云南的眼泪

第一部 黑暗的微笑

晨间 著

作家出版社

晨间，本名陈坚，曾用名陈卡。昆明长大，上世纪80年代发表几十万字中短篇小说，后挂笔下海，曾任地产行业上市公司高管，获清华大学工商管理硕士学位，被新浪网评为年度新浪乐居影响力人物。近年重新开始写作，著有长篇小说《父亲的谎言》《孔门》。

目　录

引　子

民国四年十二月的一个下午，李津兰走出赵府，沿着武成路向东走去。这是个寒冷的冬日，天上飘着小雨，昨天大风，气温降了三四度。这天，李津兰穿一身浅蓝色缎子面棉质旗袍，头发在脑后结了个发髻，清秀而灵动。她撑着一把黄色的油纸伞，轻缓地走在石板路上。

这时她十六岁，一双凤眼，看人的时候让人感到眼神有些迷离，有些梦幻，让男人看了顿时有魂飞魄散的感觉。小嘴巴娇小，嘴唇薄薄的，一口小细牙。李津兰是阿迷县城关镇人，十二三岁时就是阿迷县城出名的小美女，在学校又是校花。阿迷就是今天的开远，清朝时称开远州，隶属临安府。后来，废州改县，称阿迷县，隶蒙自道。

她父亲在老家阿迷县城开“李记古法榨油坊”，是个小作坊，雇了有三四个伙计。她是家里四个子女中最小的，也是唯一的女孩子，上面是大哥、二哥和三哥。本来她父亲不指望她干点啥，老话说“女子无才便是德”，在家里做做女红，绣花纺线，将来嫁个好人家就行，不想她很好强，非要去读书。这时民国初建，人们都要求思想开化，女子要走出闺房，她父亲不是那么封建，就同意她去县城学堂读书，还跟一个法国传教士学了法语。后来，她要求去省城读书，在她百折不挠的请求下，她父亲同意她到省立女子师范学校读书。

五个月前，李津兰毕业，很快跟赵家轸结婚。赵家轸的父亲是归国华侨，创办云南昌明火柴厂，被称为“云南火柴大王”，是云南著名的大老板。

李津兰身后是张孃孃，是他们赵家的女佣，四十多岁。李津兰跟婆婆说是到门口逛逛，买点小玩意儿，其实这不是实话，她出来是来买一张报纸，为什么买报纸要瞒着婆婆？这现在还是个秘密，暂时不便让她和公公知道。李津兰走到一处屋檐下的报摊，要了一份《云南政报》，这是云南巡按使公署的报纸，主要刊登巡按使公署的文书。她看了看头版的标题，翻到最后一版看启事，很快看到她一直等待的那个启事：“裕滇银行录取启事”。她的名字赫然在列。

张孃孃看李津兰欣喜的样子，问道：“少奶奶，这报纸上写了什么，让你这么高兴？”张孃孃不识字，自然不知道李津兰在报纸上看到什么。李津兰说：“没事，没事。”她这时内心非常激动，有点神不守舍，在想公公婆婆肯定不同意自己出来工作，如何说服他们呢？

这时，好像雨大了一些，李津兰手上的油纸伞发出雨点敲击的响声，更多的雨水从油纸伞的边缘滑落下来，被风吹到她身上。前面的石板路，雨点溅起水花，一个又一个，一片又一片。

第一章

第1节

这又是一个下雨天，厚厚的云层笼罩着昆明城，小雨时断时续，昆明城好像被水洗了一遍，地面的石板湿漉漉的，屋檐坠落着一粒一粒的水滴。这时已是傍晚，人们都匆忙回家，宝善街上的一栋西式两层楼房除了两三个窗口还亮着灯，其他窗口都黑了。这个西式两层楼房是裕滇银行办公楼。二楼临街那个窗口里有个女子，那是李津兰，她把账册收到墙边的木板柜子里，关上柜门。这是一间小办公室，只有背靠背的两张桌子。这时，办公室里只剩她一个人，她显然是在等人。

时间过得很快，李津兰跟公公婆婆说自己被裕滇银行录取，已经是两周前的事了。那天李津兰刚说一半，婆婆就炸了，坚决反对李津兰出去工作，说一个女孩子，出去工作成何体统？尤其是她丈夫不在家，知道说这是工作，不知道的还说这是去勾男人呢，这不得让人家指着我们老赵家的脊梁骨骂吗？

不过，公公没反对，这是因为他知道这桩婚姻委屈了李津兰，儿子不喜欢人家，结婚两个月就去上海读书，把人家扔家里守活寡。另外，他这个人比较开放，认为现在是民国了，女人出去工作并不是稀罕事，不用大惊小怪。公公问道："录取你？你是什么时候报名的？"李津兰说："前段时间在报纸上看到这个招聘启事，说要考试，懂法语的优先，我想我在老家跟法国传教士学过法语，就报名了。”公公说：“行，愿意去就去试试，不喜欢再回来。”李津兰高兴地说：“谢谢爹爹。”

这时屋里气温比较低，李津兰他们办公室里的炭火盆，被看门大爹收拾走了。楼梯哒哒地响起来，这是有人上楼，接着，柳貂蝉走进来。李津兰就是在等这个人。

柳貂蝉这年二十四岁，是 1912 年组建裕滇银行时的首批职员，由于工作能力强，这时已经是上街经理部副经理，他们部门没经理，由她主持工作。柳貂蝉长得端庄大气，大眼睛，高鼻梁，牙齿整齐白皙，一头茂密的长发，脸型方正，不仅漂亮，甚至还有股英气。如果说李津兰的美是一条小溪，那柳貂蝉的美就是大江大河。这天，柳貂蝉穿藏青色呢子面料的西式裙装，外面是墨绿色呢子大衣。

柳貂蝉出生在长沙，父亲是个教师，有新思想，送她到长沙“周南女学堂”读书。她毕业时，她父亲应邀到云南来编纂地方志，她和母亲跟随父亲到昆明。当时裕滇银行刚成立，招聘人才，她通过考试进入银行。两年前她结婚，丈夫是巡按使公署的一个普通官员。后来父母回湖南，她却留在昆明，现在有一个一岁的儿子。

柳貂蝉是个工作能力特别强的人，看问题能一眼看到根上，处理问题雷厉风行，跟人发生争执的时候头脑清晰，思路敏捷，几句话就把对方说得无言以对。柳貂蝉的工作积极性也极高，总是主动找事做，从不推诿，并且，当日之事当日结清，不拖到第二天。这些可能是她这么年轻就当上部门副经理的原因。

李津兰到此上班的第一天就认识了柳貂蝉，当时柳貂蝉把李津兰好好夸了一通，漂亮、清纯、高雅、秀气，这些词全用上了。后来柳貂蝉经常来找李津兰聊天，还给李津兰送了不少小礼物，李津兰觉得柳貂蝉就跟自己的亲姐姐一样。

柳貂蝉问道：“还去买我那样的那个小镜子吗？”李津兰说：“去呀，白天咱们不是说好了吗？”下班后，在街上逛逛，看看那些从越南过来的洋货，是她俩的最爱。柳貂蝉说：“卖我小镜子那一家，全是法国货，听说都是巴黎最时髦的。”李津兰从墙角的衣架上取下棕色呢子大衣，穿在自己灰色缎子面旗袍外面，见外面的雨没停，把墙角的那把油纸伞也拿在手上。

两人走出裕滇银行办公楼，撑开油纸伞朝西走去。裕滇银行位于宝善街，这时宝善街与三市街、金碧路、同仁街成了昆明城最繁华的地方，集中了粤、闽、桂、湘、赣等省商人，街上有琳琅满目的洋货，也有针头线脑、纽扣毛线，还有理发馆、照相馆、牙医馆，等等。

这时，一群学生走过来，看上去他们好像是去参加了游行，这几天昆明各界人士上街游行，要抗议袁世凯恢复帝制，街上时常能看到游行的队伍。说起来，袁大总统欲称帝这事已经闹了一段时间了，去年 8 月，杨度等人联名发起成立筹安会，公开鼓吹恢复帝制，要求变更国体。袁世凯在各地的亲信闻风而动，有的上书劝进，有的组织各种请愿团，拥戴袁世凯称帝。12 月参政院以“国民代表大会总代表”的名义上“推戴书”，恭戴当今大总统袁世凯为中华帝国皇帝。接着，袁世凯申令接受推戴成为中华帝国皇帝，宣布国体由“共和制”改为帝制，实行“君主立宪”，改国号为“中华帝国”，下令改次年为洪宪元年，在居仁堂接受百官朝贺，并宣布次年元旦举行登基大典。可是，将大总统改为皇帝，这都中华民国了，怎么能这样？这事引发很多人的不满。为此，云南率先发难，云南将军唐继尧与云南巡按使联名向袁世凯发出多个通电，要求取消帝制，惩办元凶，见袁世凯不搭理，唐继尧发出最后通牒，要求袁大总统限于 25 日上午 10 时以前答复。由于袁世凯还是拒不答复，最后期限一到，唐继尧联合蔡锷、李烈钧等人通电全国，宣布云南独立，成立云南军政府，并将发兵讨伐袁世凯。

这些学生就是十六七岁的样子，有的打着伞，有的披着蓑衣，估计是下午出来游行的，走了这半天，衣裤都淋湿了，显得有些疲惫。李津兰一再看他们，那神情很有些同情。而柳貂蝉却与此相反，冷冷地说：“这些人除了热情和冲动，还能干点什么？”李津兰问道：

“柳经理，我觉得他们这股热情挺令人敬佩的，是热血男儿。”柳貂蝉说：“眼下我大中华不缺热血男儿，反倒缺几个真正有头脑之人。”李津兰说：“是吗？你认为什么是真正有头脑之人？”柳貂蝉笑笑：“反对袁世凯能成功吗？他是现今的大总统，大权在握，有军队、有枪有钱，反对有什么用？”李津兰说：“怎么会没用呢？”柳貂蝉说：“你不知道，这讨伐袁世凯是要有实力的。可是，咱们云南有这个实力吗？云南是个穷省，根本承担不了这个大任。咱们能阻止得了吗？搞不好还引火烧身，把战火引进云南，让云南的老百姓生灵涂炭。”李津兰说：“可是，因为咱们实力不足就任其胡作非为吗？”柳貂蝉说：“不是，我知道你的想法，你认为这是我民国的大是大非之事，绝对不能坐视不管，应该舍生取义，就是粉身碎骨，也在所不辞。是不是？行了，咱们不说这个了。”李津兰听这么说，就不再说这个事了。

两人沿着宝善街往前走，到了卖法国货的店铺。店铺是欧洲风格的装修，很漂亮，女老板是越南人，三十来岁，很热情地跟柳貂蝉打招呼，中国话说得很好，看上去她跟柳貂蝉挺熟。柳貂蝉问道：“老板娘，有新到的货吗？”女老板说：“有一批新的胸针、发卡，我给你看看。这位小姐好漂亮，是你朋友？”女老板一边拿东西给她们看，一边说着。柳貂蝉说：“是同事，也是朋友。”女老板说：“同事？你们都是出来做事的新女性，厉害，厉害。”柳貂蝉说：“你不也是出来做事的新女性吗？”女老板说：“我算什么？这店是我男人开的，我帮他看看店罢了，跟你们没法比。”李津兰被这些金光闪闪的小玩意儿吸引住，拿这个看看，又拿那个看看。最后，李津兰买了一个跟柳貂蝉那个样子差不多的化妆镜，要付钱时柳貂蝉坚决不让，说要自己付款送给李津兰，李津兰争不过，只好让柳貂蝉付款。李津兰也挑了几个小玩意儿，付钱后转手把东西递给柳貂蝉，说是回报她的礼物。柳貂蝉也没过多推让就收下，两人心满意足地走了。

两人走进一条小巷，墙角有一个行乞老妇人瑟缩在屋檐下，估计是老妇人为了避雨躲在这里，身上披着蓑衣。柳貂蝉见这个老妇人，从手包里掏出几个铜钱放到老妇人面前的碗里。李津兰没想到柳貂蝉会这么做，也掏出几个铜钱放在碗里。老妇人说：“谢谢好心的太太，谢谢好心的小姐！”柳貂蝉说：“不用谢我们，下雨天，你早点回去吧。”和李津兰离开。老妇人还在她们身后感谢。李津兰问道：“柳经理，你总是给叫花子钱吗？”柳貂蝉说：“是的，看他们这个可怜的样子，我就心痛，受不了。他们是实在没办法了，如果还有一点办法，谁会这样？”这事让李津兰看到柳貂蝉的另外一面，李津兰对柳貂蝉多了一份敬佩。

第2节

第二天上午，快要吃午饭时，柳貂蝉到李津兰办公室说：“你听说了吗？咱们潘总理被唐都督表扬了，就是为咱们银行提前筹措完给护国军的十万元。”这会，裕滇银行的负责人称总理、副手称协理。

这唐都督是谁呢？是云南军务最高长官唐继尧。民国初年，国民政府变革体制，废除云贵总督和云南巡抚职位，将云南省的军队和政府最高长官合二为一，设立都督职位，办事机构为都督府，当时云南都督是蔡锷。三年前，蔡锷被调到北京，唐继尧出任云南都督。两年前，袁世凯大总统改制，将各省军队与行政最高长官一分为二，设将军和巡按使，办事机构为将军公署和巡按使公署，唐继尧任云南将军。这套体制执行一年多，宣布讨袁后，唐继尧宣布成立云南军政府，最高军队和行政长官又合二为一，再次设都督职位，办事机构为都督府，唐继尧任都督。

李津兰问道：“是吗？你听谁说的？什么时候的事？”柳貂蝉说：“刚才我在楼下碰到潘总理和王协理，他俩刚从军政府回来。是王协理说的。”李津兰知道王协理说的肯定不会错。筹措这十万元确实不容易，本来军政府已经给他们裕滇银行下的筹措二十万元军饷的任务，已经让裕滇银行不堪重负，刚完成又增加十万元，这简直是要了他们的命。可是，现在蔡锷率领的护国军第1军正在四川迎战袁世凯派遣的大军，急需资金，他们不能把这任务推出去。他们又千方百计找存款，拉储户，最终完成任务，这真是太不容易了。

“李津兰！李津兰……”总理室的人来叫李津兰去总理那里。李津兰只好让柳貂蝉回去，自己去见潘总理。李津兰走进办公室说：“潘总理，你找我？”

潘总理，姓潘，名永其，四十五六岁的样子，白白胖胖的，戴一副圆眼镜。由于屋子中间有个炭火盆，屋里挺暖和，不过他没脱衣服，他穿着栗色棉质长袍，浅灰色棉质马褂，显得有几分儒雅。大清朝时潘永其就在云南布政司衙门做事，一直从事财赋管理工作，国号改为民国后，留在省财政厅。三年前成立裕滇银行，调他任总理。

潘永其高兴地说：“小李，来，坐沙发上。今天唐都督表扬咱们裕滇银行，说给咱们记一功。这功劳里也有你的一份，并且是很大的一份，你公公的那两万存款，帮了咱们的大忙。如果没有这笔存款，咱们筹措十万的任务还不知什么时候能完成。”

李津兰听明白了，原来是这么回事，李津兰拘谨地说：“潘总理，这都是我应该做的。”潘永其说：“应该做的也要表扬，这是一份贡献，难得的一份贡献。你回家也代我感谢一下你公公，赵老板把他们工厂的资金都存到我们银行，我就感激不尽了，这次又去千方百计催收两万元货款，帮咱们银行完成这筹措十万的任务，这样支持我潘永其，真拿我当朋友，我谢谢他。”李津兰不知道说什么好，她不喜欢这样，觉得公公是公公，自己是自己，不想让人觉得自己在裕滇银行干是靠了公公的关系。事实上，李津兰进裕滇银行确实不是靠公公的关系。

这时，王平端协理进来。王平端，四十六七岁，戴一副高度近视的圆眼镜，身材细瘦，穿灰色棉质长袍，外面没有套马褂，两个袖子上戴着袖套，看上去是个做事认真、踏踏实实的人。在大清时，他也是在云南布政司工作，是潘总理的同事，主要是干记账工作，在记账方面他有丰富经验，成立裕滇银行，就调他到此做协理。王平端把手上的一个文书递过去说：“潘总理，对不起，打扰你们了。有个文书需要你签字。”潘永其看看文书，在上面签字，还给王平端，王平端接了文书走出去。

潘永其继续说：“小李，我了解了一下，大家对你的评价都挺不错，说你工作主动，是自己的事不是自己的事都抢着干，做事又很认真，一点小小的瑕疵都不放过，交给你的事都完成得很好，让人特别放心。”李津兰觉得脸上发热，不知道说什么好。潘永其接着说：“你好好干，什么地方都需要做事踏实认真、努力拼命的人，好好干，你的才能不会被埋没。”李津兰面红耳赤，小心脏乱跳，不知道说什么好，等潘永其说完，她慌忙离开总理办公室。

第3节

武成路是昆明的一条老路，从昆明城东门通到西门，是城里的主要街道，好像是元朝建昆明城时就有这条路。赵府就在武成路靠洪化桥这边，这是一栋法国式二层小洋楼，两面坡的屋顶上面覆盖着土红色瓦片，墙壁是浅黄色，墙脚是白色石头垒砌的，小楼南边都有一个外走廊，外走廊的外侧是一个个圆拱，整栋楼的窗户和门也都是圆拱形，圆拱的边缘是白色石块，如同给门框和窗框镶了一条石边，小楼的东边是个外凸六角形的塔楼，塔楼上为尖顶，塔楼里是楼梯。

小洋楼的一层是大客厅、餐厅、书房等，二层是卧室、小客厅、小书房，每间卧室都有卫生间，最大一间是李津兰的公公婆婆的卧室。小洋楼南边是院子。院子南墙边是一排平房，也是黄墙红瓦，圆拱式样的门和窗户，这里是厨房、杂物仓库、佣人住房。院门开在院子西墙，所有人由此进出院子。墙角摆放着一个黄包车，那是李津兰公公的座驾。院子东墙下是花圃，有个平房那么高的木头廊架，上面的木条上攀爬着紫藤。这时紫藤叶子全部掉落，剩下光秃秃的藤条。

一个粉嫩的小手拍打赵府铁门上的门扣，张孃孃打开门，李津兰走进小院。张孃孃对小洋楼喊道:“老爷、太太，少奶奶回来了！”李津兰跟随声音走进小洋楼的客厅，对沙发上的一对老年男女说:“爸、妈，我回来了。”

这男的是李津兰的公公赵亦恒，这年五十五岁，是个干练精明的男人，面颊清癯，鼻子高挺，双目有神，神态不怒而威。他身材未发福，行动敏捷。这天，他穿一件毛领冬衣，外是羊皮，里是兔毛，冬衣里是白色小领衬衣。下身是一条藏青色毛料西裤。脚下是一双不带灰尘的棕色皮鞋。

赵亦恒祖籍云南元阳县，他的祖上在康熙年间离乡去越南，又漂洋过海到马来半岛，做苦力挣钱后，经营种植园，一点一点做大，后来又涉足采矿，经过几代人努力，积累了一定家产。他父亲去世，他分得一部分财产后，没有继续经营祖上留下的种植和采矿业务，而是想望新兴产业，他是个有开拓精神、有创新意识的人。武昌起义爆发，中华民国建立，祖国百废待兴，这时他已年过半百，可他觉得自己跟年轻人一样，精力充沛，斗志昂扬。他觉得祖国在满人治理下积贫积弱，各方面都远远落后，工业水平低下，应该有很多投资机会，就回国考察，寻找投资机会。走了几个省份，他发现国内各地都是用洋火，没有火柴厂，最后决定在昆明投资五十万两银币，设立“云南昌明火柴厂”，生产“南风”牌火柴，产品一上市，他就被报纸称为“云南火柴大王”。

这女的是李津兰的婆婆蔡月娥。蔡月娥比丈夫小两岁，是张小脸，她皮肤白净，柳眉凤眼，身材有形，胖瘦适宜，显然年轻时是个美人，不过面相却不是那么和善，神情中带着一丝高贵的傲慢。这天，她穿一件中式大襟紧身棉衣，领子是当时最时兴的高领，棉衣是蓝色缎子面料上绣红色大牡丹，下身是深蓝色棉裙，也有细碎绣花。她相貌比实际年纪小很多。蔡月娥也是华侨，祖上广东揭阳的。不过她认为国内落后，不如在马来西亚生活好，不喜欢在国内生活，只是丈夫想来，她只有跟着回来。蔡月娥和赵亦恒生了三个孩子，老大赵素清、老二赵素龄都是女儿，就老三赵家轸是儿子。因赵亦恒到昆明投资时，两个女儿都成家了，就只带儿子到昆明。

蔡月娥不赞成李津兰出去工作，总说李津兰上班能挣几个钱，干吗非得去？在家里不是挺好的，愿意做做女红，就做做，不愿做，就读读书，画画花鸟鱼虫和牡丹兰草什么的，不是挺好的？这会见李津兰回来，淡淡地说："回来了？"李津兰说："回来了，今天耽搁了一下，回来晚了。"

听这话，蔡月娥说："一个女孩家，总是在外面抛头露面的，总是让人不放心。我知道，你是上了新学堂，想法新潮。可是，在马来西亚，也有很多新学堂，很多人家的女孩子在那读书，毕业后还是待家里。一个女孩子家，在外面抛头露面的，见那么多乱七八糟的人，毕竟不好。"

赵亦恒打断老婆的话，说道："过去那些老规矩确实旧了点，我觉得女孩子见见世面，挺好的。"蔡月娥听这么说，懒得再说下去。蔡月娥不喜欢这个儿媳妇，这倒不是嫌弃李津兰是小户人家出来的，主要是她觉得李津兰是个性很强的人，是个不好管束、不好驾驭之人。她跟丈夫赵亦恒说过自己的看法，赵亦恒承认李津兰是那种有主意的女孩子，有个性，有想法，可是，却说这有这的好处。儿子赵家轸是一个不喜欢打理工厂业务，不喜欢做生意的人，找个能干的女人，将来自己老了，让儿子掌管工厂，她能帮儿子打理业务，是个好事。说实话，当时赵亦恒就是看中李津兰这一点。

李津兰说："今天上午我们银行开了个会，说护国军现在压力很大。袁世凯调集北洋陆军八万人从川、湘两个方向进攻云南。另外，袁世凯调集广东的一万大军，经广西进攻云南。这个会的主要意思是动员大家募捐，最后在会上定下来，未来半年，每个职员都把自己每个月薪水的三分之一捐给护国军。"赵亦恒说："是吗？这对那些靠这薪水养一家人的职员来说，压力不小呀。"李津兰说："大家都表示，自己再困难，也要用实际行动支持护国军。还有，爸，今天潘总理让我回来代他谢谢你。”接着把潘永其对自己说的话，跟公公婆婆说了一遍。赵亦恒为裕滇银行筹措资金提前收回两万货款，确实很不容易，不过赵亦恒并不愿意说这事，他淡淡一笑说：“是呀，云南是个穷省，山多耕地少，交通不方便，经济落后。你看嘛，云南人用什么银元？都是‘半开’，为什么？就是穷嘛。”李津兰觉得公公说得有道理。赵亦恒接着说：“打仗是打钱，本省这么穷，唐继尧还要去讨伐袁世凯，这就是一步险棋。云南在大清朝是吃协饷的省份，民国后，也是要靠北京政府拨款。现在跟北京政府翻脸，独立了，这拨款也断了，拿什么钱来打仗？”李津兰原来不明白这个道理，现在几乎天天听给护国军筹钱，开始有点明白了。

接着，赵亦恒又说：“在军事上云南也不是北京的对手。你不知道，宣统三年，大清朝廷编练新军时，在天津小站编练了六个镇，这是袁世凯的嫡系。袁世凯当大总统后将镇改称师，改为六个师，同时又扩充一批部队，现在中央陆军有十三个师、十八个混成旅，约二十万人。另外，听命北京政府的省份，每个省有两个师约一万二千人，十个省就有十二万人，这些部队加起来有三十多万人。而咱们云南就是原来编练新军的第十九镇，民国后，将十九镇与巡防营合编成两个师、一个混成旅，另外还有一个宪兵队，加起来约一万五千人。这点兵力和北京政府打仗，岂不等于鸡蛋碰石头？”李津兰也是很担心，唐继尧他们这点兵力怎么能对抗袁世凯？赵亦恒解释说：“唐都督敢这么干，认为这是义举，顺应历史的潮流，只要顺应历史潮流，必将得到全国人民的拥护和支持，也必将取得胜利。还说，当年武王伐纣，武王军队不足五万人却要攻打殷纣王七十万大军，从力量上看，武王根本不是纣王的对手，结果大败殷纣王，灭商朝。他认为顺应历史潮流就能胜利。不过，这事不是那么简单的，武王伐纣成功，那是一个奇迹，现在怎么会出现这样的奇迹？还是不能头脑发热……”赵亦恒滔滔不绝地说着，一直到张孃孃过来说饭好了才停下。

第4节

周日上午，段毓婉到赵府，和李津兰一起去翠湖云梦轩听演讲。这个段毓婉是李津兰闺蜜，和李津兰一起考进裕滇银行，被分到银柜部，这次招聘就招了她们两个女人。段毓婉原来就读省会女子职业学堂，也是去年毕业。由于段毓婉和李津兰是一批入职，又由于年龄相仿，她俩很快成为好友。李津兰觉得段毓婉跟自己的好，与柳貂蝉跟自己的好不一样，段毓婉就像一个小姐妹，两人在一起能说心里话，是个贴心知己，而柳貂蝉则像一个好大姐，不能说很私密的话。

段毓婉的个子跟李津兰差不多，这天穿浅蓝色洋布棉旗袍，扎两条辫子，脑门上是一排刘海，一双眼睛很清纯，由于她还没结婚，发型还跟学生时一样。她的性格很热情，跟人在一起嘴里的话就不会停。她好幻想，说起那些虚无缥缈的东西劲头十足，让人感觉可爱，又有点不踏实。

段毓婉是呈贡县人，父亲在村里有几十亩地。母亲是父亲的小老婆，自己跟母亲在这个家很受气。她和母亲在县城接触到做学校招生宣传的人，她就动了心，一定要离开家去读书，父母拦不住她，就让她去了。毕业后，她不听父母的劝阻，自作主张报考了裕滇银行。

今天到云梦轩听演讲，是段毓婉提议的。这段时间，昆明市面上出现很多声讨袁世凯的聚会，昆明的老百姓对此也特别关心，每个聚会都有不少人参加。段毓婉之前曾到云梦轩听过演讲，觉得很不错，就让李津兰也来听听，她俩就来了。云梦轩是翠湖中心岛上的一个茶园，也是个露天戏院，是个类似北方四合院那样的大院子。院子由院墙包围，院墙边是走廊，走廊边是带美人靠的长椅，正南边是个戏台，院子里摆满椅子。这时院子里的椅子都坐满了，两人只有在一侧站着。

这天演讲的是一个从北京回来的云南籍学生，他讲述了筹安会的丑陋表演，讲述了北京那些官场投机分子的倒行逆施，讲述了清廷封建统治导致中国被西方世界远远地抛在后面，导致中国积贫积弱，导致近百年被列强的入侵和掠夺，让李津兰和段毓婉听得义愤填膺，满腔怒火。演讲结束，听众上去向演讲者提问，表示崇敬和谢意，场面很热烈。李津兰觉得这个演讲加深了自己对这护国讨袁的认识，觉得来得特别值得。

第5节

周二早上，李津兰走进裕滇银行办公楼。这栋西式二层楼房是用青砖砌筑，门框和窗框做了拱形的造型，屋檐外凸，上面是女儿墙，女儿墙正中间又做了个高高的圆弧形的造型，门框和窗框是木头做的，刷了栗色油漆。这栋办公楼原是省里一个衙门的用房，裕滇银行成立，用它做裕滇银行的办公楼。显然李津兰是来早了，大家都还没到，楼里空荡荡的。

裕滇银行由省财政厅、省机械局、省垦殖局三家出资七十万两白银，于1913年8月成立。这白银的分量原来叫“两”，现在改称“元”，是因市面上出现了大量的机制银元，一两就是一元。裕滇银行内设总稽核、上街经理、总簿记、票房、银柜等部门，并在河口、个旧、临安三县设立分行或汇款处，临安就是今天的建水，现有职工一百多人。

李津兰在总簿记部做簿记员，负责将裕滇银行收入和支出的情况登记到账册上。她总是早早到单位，已经养成习惯，如果哪一天晚一点到，心里还有几分不舒服。不过，今天她跟往常有点不一样，她早到还有一个事，那就是昨天下午她在上街经理部的账册中发现一笔逾期一个多月的一万元贷款，她有点意外，这钱从来没听说追讨，心里很不踏实，担心银行受到损失。这会，她取出那本账册，找到对应的凭证，再仔细看看，以免自己看错，审批单上面写的还款日期是去年 12 月 10 日，金额是一万元，用银票支付，借款人杜生贵，经手人是柳貂蝉，没有抵押物，审批人位置没有签字，也没办理延期归还的手续。

昨天李津兰看到这笔逾期借款，问自己办公桌对面的老谭是否知道这个情况。这老谭四十多岁，是个寡言少语之人，跟李津兰几乎没有一点交流。老谭摇摇头，根本没有要议论一下的意思。李津兰知道老谭就是这么个人，也就不再和他说。

很快，到上班时间，银行的职员都来了。李津兰估摸王平端协理到了，起身去王平端办公室。王平端同时兼任总簿记部经理，是李津兰的直接上司。李津兰进王平端办公室说："王协理，你有时间吗？我有个小事想向你汇报一下。"王平端放下账册让她说。李津兰把这一万元借款逾期的事说了，然后说："这笔贷款审批人位置没人签字，有点奇怪。"

王平端取下眼镜用袖子擦拭，没说话。李津兰说："这个金额不小，没有抵押，审批也不完整，现在逾期了，不会出问题吧？"是的，当时省财政厅长和裕滇银行总理的官俸每月四百元，省财政厅科长和裕滇银行部门经理每月一百元，省财政厅和裕滇银行一般职员二十至六十元。这一万元是他们一般职员三四十年官俸。王平端说："是这样，那天我和潘总理要去河口办事，潘总理接到将军公署高层的电话，要办一万元一个月的短期借款，我们马上要走，潘总理就让柳经理办理，等他回来签字，可能他回来忘记签字了。这个事很简单，抓紧去追对方还款，收回款子，事情就完了，不会出问题。"听这么说，李津兰不好再说什么，走出王平端办公室。

下午，李津兰被人叫去柳貂蝉办公室。李津兰以为有什么好事，高高兴兴地下楼，走进去说："柳经理，你找我？我还想来找你呢……"没想到，柳貂蝉完全像变了一个人，一脸煞气，恶狠狠地说："李津兰，怎么着？要找我的麻烦？"李津兰一愣，不知说什么好，她不明白这是怎么回事，结结巴巴地说：“柳经理，对不起，我是不是哪里做错了？”柳貂蝉说：“哪里做错？你自己做的事你不知道？还问我哪里做错？”李津兰说：“柳经理，我真的不知道，你就说说，我一定改，一定改得让你满意。”柳貂蝉说：“行了，别装蒜了。不过，你别说，你装得这副天真无邪的样子还确实很有欺骗性，把我都骗了。李津兰，你真的很厉害。”李津兰急得眼泪都出来了，恳求道：“柳经理，你冤枉我了，我不是你说的那种人……”

柳貂蝉打断道：“行了，我告诉你，那笔款是我办的，没有总理的签字不是我的过错，你明白吗？现在逾期，也不是我的问题！”李津兰明白了，原来是为这个事，可是，就这么个事，她就发这么大的火，像挖了她家的祖坟，这是为什么？再说，我也没做什么，只是发现它逾期了，跟我的部门经理汇报一下，都是正常的工作，怎么就得罪她了？另外，就是这么小个事，她就翻脸了，拿我当仇人一样，至于吗？难道她就是这么一个说翻脸就翻脸的人？难道她是一个看起来很亲热，骨子里却是无情无义的人？还是另有原因？这到底是怎么回事？李津兰不知道说什么好。柳貂蝉恶狠狠地说：“李津兰，你给我听好了，你要还想在银行干，你就给我老老实实，本本分分的，别多管闲事！你听明白了吗？”李津兰想解释一下，可是，柳貂蝉根本不听，不耐烦地说：“滚，滚出去！”李津兰只有离开。

第6节

李津兰想不通这到底是怎么回事，回到办公室什么事都做不了，她的屁股在椅子上拧了一阵后，她下楼去找段毓婉。李津兰把段毓婉带到办公楼外，在街角站住，把刚才的事说了。段毓婉听了很吃惊，也很不理解柳貂蝉怎么对这么个小事反应如此强烈，不就是一笔逾期贷款吗，至于如此？李津兰让她帮分析一下这到底是怎么回事，可是段毓婉分析来分析去也找不到一个合理的解释。

这时，一个男子走出银行大门，朝李津兰她俩走来。这是吴少愚，裕滇银行上街经理部的职员，是李津兰的又一位好友。李津兰、段毓婉和吴少愚被称为裕滇银行的三人团。吴少愚长得白白净净，文质彬彬的，鼻子上架一副圆圆的眼镜，让人一看就知道是个书生。吴少愚将李津兰和段毓婉视为知己，并喜欢称他们三个是个小团伙。他性格温和，当与别人看法不一致时，很少与人争吵，总是礼让他人。他这年十八岁，腾冲人，父亲是小商人，由于他们腾冲有读书的风气，他父亲在他小时候就让他读书，后来送他到昆明读云南省立第一中学校，毕业后应聘到裕滇银行，在此已经一年了。不过，他还没结婚，一个人在外面租房子住。

吴少愚过来问她俩怎么在外面，段毓婉说出来透透气。吴少愚觉得李津兰的脸色不对，关切地问道："有什么事吗？我能帮上忙吗？"段毓婉要说，李津兰拦住，可段毓婉还是说了："你们那个柳大经理太恶劣了！"把刚才李津兰说的话说了一遍。吴少愚听了也很气愤，打抱不平地说："人家叫她柳二娘，一点没错，她跟十字坡开黑店的孙二娘一样，就是个母夜叉！"段毓婉觉得吴少愚说得特别对。吴少愚又说："你俩不知道，她跟人发脾气那样子特别凶，像要把人吃了，我们部门人人怕她。"

段毓婉问说："吴少愚，你说这笔借款是不是有点问题？"吴少愚他们部门负责对外贷款，一直在做一些小额的房屋抵押贷款，他知道这个借款，也知道逾期了，但是因不是他负责的事，他没有特别在意。现在听段毓婉这么说，他想了想说："严格来说，个人借款这金额不算小，没有抵押有点不正常。还有，现在逾期，借款人还不了款，应该办理展期，没有办理展期，也有点不正常。"段毓婉说："你看，果然有问题，难怪她那么凶！"扭头对李津兰说："李津兰，看来你是捅了柳二娘的马蜂窝。"李津兰觉得好像是这么回事。段毓婉说："我看柳二娘是做贼心虚，咱们不用怕她！"李津兰觉得是这样，如果她真是有问题，为了维护银行的利益，必须跟她针锋相对，她再凶也要跟她斗下去。听段毓婉这么说，李津兰心里舒服一点了。

第二章

第1节

在从越南河内到昆明的火车上，一节车厢的车窗边坐着一个年轻人，这是李津兰的三哥李三标。李三标二十岁上下，瘦高个子，短头发，尖下巴，高眉骨，深眼眶，面色白净，眉头紧锁。他属于那种很少有笑容的青年，想得多说得少，可谓少年老成类型的家伙。他上身穿一件蓝色土布棉衣，布扣子，下身是黑色土布裤子，脚下是一双厚底布鞋，很利索，像是店铺的伙计。他在阿迷读了点书后就不再读了，到县城里的拳馆练武术，同时在父亲的榨油坊做事。后来在阿迷惹了一些事，辗转到了昆明，因有点拳脚功夫，在大洪门武馆谋了份拳师的差事。

李三标怎么是从河内回来呢？这事要从一个多月前说起。当时，袁世凯为恢复帝制大造舆论，昆明出现一些社团，如铁血社、云岭社、春风社、兴滇社等，有的拥护，有的反对。李三标和李津兰的二哥，在滇军当连长的李二标，是最激烈的反对者，他搞了个“狂风社”，宣传反袁，并四处活动，拉人入社，三标就是这样加入的。二标又联合一些观点相近的社团，一起行动。后来，李二标甚至煽动一批年轻滇军军官，说如果唐继尧将军再不通电反袁世凯称帝，就带部队发动兵谏，用枪逼唐继尧下台。他这狂风社一时间名声大噪，成为昆明反袁社团的老大。可是，就在狂风社名声越来越大，影响越来越广时，李二标突然出事，说他意外碰到本连队一个老兵在树林里强奸一个女子，不由分说，开枪打死这个人，被一个班长看见，班长举报，很快被捕。

李三标觉得这事非常蹊跷。他想，首先，这时滇军士兵在外面干坏事并不少见，尤其是巡防营的老兵，二哥早听说过这类事，不至于如此怒不可遏；其次，二哥是一个有素质的军官，知道开枪杀人的后果，绝对不会如此鲁莽。三标觉得，这事太不正常，很可能是个阴谋，二哥很可能是被人陷害。

三标来找李津兰，说了自己的怀疑，李津兰问，这怎么可能是被人陷害？有强奸现场，有被打死的老兵，有举报的班长，从哪里说这是陷害？三标说，这有可能是有人设局，布置了那个现场，将老兵摆成行事时被枪杀的样子，引诱二哥到此，让班长举报是二哥所为，并且，现在一直没找到被强奸的那个女人。李津兰觉得三标的怀疑有道理，问道："你说现在如何是好？"三标说："如果不救二哥，二哥必死无疑。"又说，"听说二哥被临时关押在他们连队的营房里，我想去打探一下，看看那里的情况，如果看守不严，就去找几个兄弟把二哥弄出来。"李津兰觉得这很冒险，但是没有更好的办法，要让二哥免于一死，只有如此，就同意了。

当天夜里，李三标到二哥他们碧鸡山下的军营，他之前跟二哥来过这里，对地形和营房房屋布局有点了解。他围着营房院墙转了一圈，找了个地方爬上墙头，打算进去看看。可是，不料被巡夜的哨兵发现，哨兵跑过来抓他，他跳下墙头和哨兵厮打起来，由于哨兵大喊大叫，更多哨兵围拢过来。眼看自己要被擒获，三标夺过哨兵的枪，开枪将其击伤，趁夜色逃脱。第二天一早他到赵府找李津兰，把整个经过说了一番，说他在与哨兵的搏斗中遗失了大洪门武馆发的吊牌，这个东西平时挂脖子上，是他们武馆成员身份证明，无论拳师还是徒弟每人都有一个，他担心军队根据这个吊牌找到他们武馆，从而将自己缉拿法办，想出去躲躲。李津兰认为他的担心很有道理，拿了一些银元给三标，让他干脆出国，去越南躲躲。这样，三标告别李津兰，马上赶到云南府火车站，乘最早的一班火车去了越南的老街。

他到老街，很快在当地销售的云南报纸上看到对自己的通缉令，说他这个洪武门的拳师是碧鸡山军营的枪击要犯，对他悬赏缉拿。三标心想当时马上离开昆明太正确，否则麻烦大了。几天后，他又在报纸上看到二哥因越狱被打死的消息。李三标无比愤怒，他认为这很可能是制造的一场假越狱，让二哥不经审判马上被打死，二哥肯定是被人害死的，什么枪杀本连士兵、什么越狱，这一切都是个阴谋，是有人刻意陷害。可是，这到底是怎么回事？是什么人要陷害二哥？他想了很长时间都想不出个头绪来，他觉得二哥太冤，就这样不明不白离开这个世界，太不应该了。二哥是那么能干的一个人，聪明、豪爽、仗义，竟然落得这么个结局。他不甘心，他对自己说一定要想办法查清真相，让这件事水落石出。

他给李津兰去信，询问二哥安葬情况，得知全由李津兰的公公派人张罗，在昆明城西边十多公里的筇竹寺买了一块坟地，下葬时，自己的父母也专门去昆明，送了二哥最后一程。

又过了几天，三标在报纸上看到唐继尧和蔡锷等人通电宣布云南独立，并出兵护国讨袁，接着又看到报道，蔡锷率领护国军第1军开进四川。看着这样令人振奋的局面，三标内心很不平静，他是坚决反对袁世凯称帝的，这时，他想回昆明去当兵，这样既可以去讨伐袁世凯，又可以去调查二哥被害真相。他给李津兰写信说了自己的想法，并说自己用假名字当兵，不会暴露身份，不会被那些人缉拿法办，自己能做到绝对安全。人们说的灯下黑就是这样，办自己这个案子的人无论如何想不到自己竟然会去当兵，在部队里自己反而特别安全。

李津兰收到信后，觉得三哥说的有一定道理，并且，现在全省上上下下都在忙着讨伐袁世凯，办案人员根本没时间来搞这个案子，如果三哥用假名字当兵，确实没人知道他是那个被通缉的人。李津兰给三哥回信，同意他的想法，并告知自己已经在裕滇银行上班，让三哥到办公室找自己。

第2节

这天下午，银行门房大爹上二楼，走到一个办公室门口，对里面人说："李小姐，有人找你。"李津兰跟大爹下楼，见是三哥。李津兰带三哥到旁边那家越南人开的西餐厅坐下。

三标见妹妹气色很好，很精神很利索，三标觉得妹妹就应该出来工作，做家庭主妇，就是做有钱人家的阔太太，都委屈她了。

李津兰问三哥从河内回来这一路的情况，三标说："路过阿迷时，我下车回家去看了爸爸妈妈，告诉他们我的想法，一开始他们不同意，觉得这太冒险，说搞不好我要被抓进去关几年，我跟他们详细说了我的方案，后来他们同意了，让我一定要小心。"

李津兰说："你打算用什么名字当兵？这必须考虑周全，绝对不能出问题，否则你麻烦大了，不仅查不出二哥被害真相，还要送了自己小命。"三标说："是这样，我有一个拜把兄弟叫刘长生，我在篆塘扛大包时他也在那，我俩处得非常好，就结拜成兄弟。他跟我学武术，我到大洪门武馆当拳师后他还在跟我学。两个月前有人雇人打架，去一趟每人一个银元，他为了挣这一个银元去了，结果被打死了，人们不敢告诉他家里，就把他草草埋了。他家是咱们阿迷县羊街乡南坡村的，家里很穷，我打算借用他的身份。"李津兰问："如果部队有人怀疑，到昆明能查出问题来吗？"三标说："到篆塘查不出来，篆塘扛大包的流动性很大，没人知道他去哪了。"

李津兰问："如果部队去他老家查，能查出问题来吗？"三标说："也查不出问题，他跟我同年，跟我关系非常好，经常跟我说他家里情况，他是家里老大，下面有两个妹妹，一个叫刘桂英，一个叫刘桂兰。父母健在，父亲叫刘田，母亲叫张春苗。都在老家种地。"李津兰说："这个刘长生识字吗？"三标说："识字，他在老家读过私塾。他们村刘家族长出资让本家男孩子上私塾，每家一个，他家是他去的。”

李津兰觉得这基本可行，可以试试，又说：“你想到什么部队？如果要查二哥被害真相，应该到二哥他们部队，你怎么做到呢？”三标说：“我认识二哥的死党陈文汉，他是二哥读云南陆军讲武堂的同班同学，两人好得比亲兄弟还亲，干什么事都一起干。他毕业后留在讲武堂工作，在部队人脉广，应该能帮上这个忙。另外，他也是狂风社的骨干，很可靠，我认为他绝不会出卖我。”李津兰说：“你说的有一定道理，可以请他帮忙。”三标说：“我想告诉他我冒名顶替、用假身份的事，我想他能保密。当然，除了陈文汉，对所有人我一概不说我用假身份的事。”

李津兰说：“我同意去找这个人，但是，你去查二哥被害真相，很可能会接触到一些认识二哥的人，人家很可能会怀疑你是二哥的兄弟，这怎么应对？”三标说：“你知道，咱们家大哥和二哥长相上比较接近，而我跟他们两个长得都不像，不像是一家出来的，人家不会看出来我是二哥的兄弟。”李津兰说：“可是，别人会想，你若和二哥非亲非故，你是不会来查二哥被害情况的。如果人家问你和二哥有什么关系，你怎么回答？”

三标说：“这个我也想好了，我就说是受人之托。”李津兰问道：“受何人之托？”三标说：“我说受二哥他父亲之托，说我在二哥他父亲的李记古法榨油坊干过，是他父亲救了我。当时我被小痞子打伤，在街头要饭，是他父亲给我治疗，给我饭吃，给我地方住，还留我在榨油坊当学徒。后来，我离开榨油坊到昆明来闯世界，在篆塘扛大包，看到护国讨袁就报名当兵。在回家去跟父母告别时，路过阿迷去见二哥他父亲，他父亲托付了这个事。这方面我不会说漏嘴。”

李津兰说：“人家听你说在李记古法榨油坊干过，问你是否认识李三标，你如何回答？”三标说：“我说不认识，我到他家干活，他已经离开家。”

李津兰觉得这个冒名顶替的方案基本可行。三标又说：“我想到部队后，给刘长生父母去个信，告诉二老自己当兵了，刘长生说他父母不识字，收到信只能找人读一下，不会因笔迹不同而怀疑这信是假的。他们知道刘长生在当兵，陷害二哥的人去找他们调查，查不出任何问题。”李津兰说：“这个办法不错，你也可以给他父母寄点钱，那就更逼真了。”三标连连点头说：“你说得太好了。”这个事就这么定下来了。

第3节

第二天，李三标到讲武堂，在一个小办公室找到陈文汉。陈文汉见到三标，吓了一跳，马上示意三标什么都别说，跟自己出去，把三标拉到房子后面一个角落里。

陈文汉，二十来岁，瘦高个子，眉清目秀，小分头，戴一副圆形眼镜，穿军装很秀气。他是大理剑川县人，家里有几亩地，算得上中农，小时候读私塾，后到昆明师范学堂读书，见很多人报讲武堂，就跟着报名，毕业后留在讲武堂工作。

陈文汉说：“你怎么来了？你不怕把你抓起来，你现在是背着通缉令之人，你居然跑到我们讲武堂来，你是不是疯了？”三标说：“没事，这里没人认识我，要是有人能认识我，我敢来吗？你放心吧。”

陈文汉说：“行，你小子是条好汉。”三标说：“就是，你也是一条好汉。”陈文汉说：“你二哥葬在哪里？我不认识你们家的其他人，没有参加葬礼，很对不起。你告诉我他坟地的位置，我约几个狂风社的朋友一起去看看他，给他烧三炷香。”昨天三标跟妹妹交谈时，要了二哥坟地的地址，就告诉了陈文汉。陈文汉又说：“你说说，通缉令上说你开枪打伤了碧鸡山军营的哨兵，这是怎么回事？”李三标解释了事情经过，说完了，又说：“没事，现在人人都忙讨伐袁贼事，哪里有工夫关心我的事？”陈文汉说：“哪里有工夫关心你的事？我跟你说，确实现在人们更关注讨袁之事，但是你被人认出来，举报给警察，他们照样抓你。”李三标说：“没事，我在昆明认识的人少，不会被人认出来，你放心。”

接着，李三标说自己想去当兵，查清二哥被害真相。陈文汉说：“你还去当兵，这不是自投罗网？你胆子也太大了。”李三标说：“没事，我改个名字，没有人知道我是李三标。”接着把自己的这个冒名顶替的方案说了，陈文汉一开始觉得这有点胡闹，听完了，觉得也还可行，甚至是个好办法。三标说：“我觉得我二哥是被人陷害，不把这事搞清楚，我觉得对不起我二哥。”陈文汉说：“是的，我也认为李二标是被人陷害，是应该搞清真相。你说吧，需要我做什么？”

李三标说：“我来找你，是想在报名后，请你找人把我分到我二哥那个连队，我如果到那个连队，肯定能查清真相。”没想这话让陈文汉为难了，他说：“这事不好办，宣布云南独立后，上面将云南陆军两个师一个旅改编为护国军三个军，原来部队都打散了，人员分给几个部队，这事不好办呀。”李三标原来以为这事很简单，听这么一说，傻眼了。

陈文汉说：“李二标原来是云南陆军 1 师 1 团 2 营 2 连连长，现在他们 2 营都被打散了，有的分到护国军第 1 军的第 1 梯团，有的分到第 2 梯团，李二标他们那个 2 连具体分到哪里，我也搞不清楚。”李三标说：“他们都在蔡锷将军的第 1 军吧？”陈文汉说：“是，护国军的第 1 军核心就是他们第 1 师，他们都在第 1 军里。还有，这个第 1 师的前身是重九起义时的新军第 19 镇第 37 协，当时蔡锷任协统，是蔡锷的老部队。还有，你可能在报纸上也看到了，本月初，蔡锷将军率领第 1 军经会泽、昭通进四川，已经离开云南。”三标意外地问道：“离开云南了？”陈文汉说：“是呀，他们计划打下四川后，进湖北，再开进北京，推翻袁世凯的洪宪王朝。”

李三标说：“没有想到是这样，那怎么办好？”陈文汉说：“把你分到第 1 军，行不行？”三标说：“行，只要分到第 1 军就行，我就有办法。”陈文汉说：“那行，现在一直在给第 1 军补充兵源，你报名吧，我找人把你分到第 1 军。”三标说：“肯定能做到？”陈文汉说：“肯定。”三标说“那就这么定了。那么，你看我下一步怎么做？”陈文汉说：“一会你到大西门，那里有个征兵点，你在那报名，我去找管那的军官说说，然后你按征兵点的军官说的做就行了。”李三标说：“好，记得我的名字是刘长生。”陈文汉说：“知道，不会搞错。”

李三标与陈文汉分手后，在大西门旁的征兵点办理了报名的手续。人家让他三天后来看通知，如果审批通过，就随军官去部队报到。也就是说，今天的事办完了。三标离开征兵点，出昆明城的大西门，在门外乘马车到了筇竹寺外的坟地，在坟地口的商贩那里买了香棍、纸钱和祭品后上山。很快找到二哥的坟墓，这是一个新坟，外形跟旁边的坟没有什么差别，坟前的石碑上刻了“云南陆军第 1 师 1 团 2 营 2 连连长李二标之墓”。三标摆上祭品，把香棍点着，插好，对石碑说：“二哥，我知道你是被人陷害的，你死得好惨，不过，你放心，我一定要查清真相，还你清白，为你报仇雪恨。”又点燃纸钱，祭拜二哥。等香炷烧完，三标收拾了一下，下山回城里。

第 4 节

回到城里，三标到篆塘码头，上一条篷布帆船，这是运送滇池上往来人员的客船。很快客船开动，沿着大观河进入草海，不一会又进入滇池，向碧鸡山驶去。这碧鸡山是什么意思？就是凤凰山。《后汉书 · 西南夷传 · 邛都夷》有“青蛉县禺同山有碧鸡、金马”。碧鸡指凤凰、金马指麒麟。原来昆明城外东、西两侧的山脉没有名字，到云南做官的内地读书人便借用此文，将它们称为金马山、碧鸡山。又由于碧鸡山在昆明西侧，人们也称其为西山。

客船到碧鸡山山脚下的高峣村码头，三标下船，沿大路向碧鸡山营房走去。这条大路边有几家商铺，过去这条路上经常人来人往的，现在冷清下来，看不见一个行人。李三标问商铺老板为何如此，人家说驻扎在这里的部队走了，现在军营是空的，里面除了几个留守人员，没有其他人，这街上就没人了。

李三标沿着围墙走，走到一个多月前自己翻墙头的地方，这里没什么变化，似乎还能看见自己爬墙时鞋子划出来那几条划痕。当时，自己从五六米远跑过来，到墙下起跳，一把抓住墙头，然后双脚用力往上爬，很快上了墙头。就在自己向院子观察情况时，身后响起喊声："什么人？你在干什么？"李三标回头望过去，是一个用步枪指着自己的军人，李三标很奇怪，自己刚才查看过这一带，并没有任何人，这小子是从哪里冒出来的？对方喊："下来，你给我下来！"李三标只有跳到地上，对方用枪押解李三标去营房里，李三标知道一旦进了营房就麻烦了，自己是犯事的李二标的弟弟，半夜三更出现在营房墙头，这少则关几天，多则与二哥案一同处理，成了杀人犯的同伙，自己必须逃走。这时月亮被浮云遮住，光线很暗，他和那个兵一前一后走在田埂上，田里庄稼都收割了，是空的。这时，他觉得机会来了，他们走到一块梯田的边缘，下面那块田比他们脚下的田埂矮了一米多，如果他把身后这小子推下去，自己就可能逃脱。决不能错过这个天赐良机，他猛地转身，向那个兵扑过去，可是，对方比他想象得力气大，没被推倒，反而抓住他的胳膊，两人扭打在一起。三标毕竟练过武术，很快翻到对方身上，跳起来要跑，可是对方一把就抓住他的腿，让三标无法脱身。最后，李三标捡起一旁的步枪，李三标跟二哥学过使用这种老套筒步枪，他拉枪栓，子弹上膛，见对方还不松手，朝对方大腿开了一枪，这样对方才放手，李三标跑走了。

李三标离开翻墙的地点，去山上的碧鸡关。这时太阳落到碧鸡山后，这一片气温低了一些，让人感觉寒冷。走了一会，山峰的垭口处出现一个高高的城楼，这就是碧鸡关关楼。李三标脚下变得平坦，是一条小街，有饭馆、商铺和客栈，途经碧鸡关的行人客商有些会在此吃饭住宿。之前，李三标和李二标来过这里，对这里并不陌生。李三标见这里人气挺旺，人来人往的，和之前一样。他在这里吃了碗米线，下山坐船回城里。

第5节

第二天，三标乘滇越铁路火车离开昆明去狗街子站，那里属于宜良县，距离昆明几十公里。李三标去这里干什么？这要从头说起。几个月前，李三标老家阿迷县城的童记绸布庄的童老板给智障儿子娶了个媳妇，这个女孩子叫白金花，生在几十里外羊街乡老树寨的穷人家，可是长得花容月貌、沉鱼落雁。这在县城引起轰动，人人都说童老板给儿子娶了个仙女回来，县城的很多年轻人都像苍蝇一样跑到童记绸布庄争着一睹芳容。这里面也有在父亲的榨油坊干活的李三标，不过，别人都是看看就完了，而李三标却看到心里，喜欢上人家。听说童老板的智障儿子让白金花很失望，白金花整天眉头紧锁，闷闷不乐的，这让李三标更是上心了，每天去童记绸布庄门口走三趟。李三标父母看出儿子的情况，担心儿子干出什么让街坊邻居戳断脊梁骨的事，赶紧托媒婆给儿子说了一门亲事。对方叫段小凤，是几十里外的村里人，家境尚可。可是李三标不满意这桩婚姻，新婚之夜就跑到童老板家，悄悄带上白金花私奔了。

两人跑到狗街子，在车站外的一条小巷里租了个房子一起生活。这偷情的日子过得很甜蜜，白天李三标到火车站扛大包，白金花在家里做饭，晚上天一黑就上床，邻居都没这么早睡觉的，可他们还嫌睡晚了。李三标离开家时带走父亲的一些银元，挣的钱加上这些银元，生活过得很惬意。

本来一切都十分美好，可是，三个月后，李三标却发现一些不对劲。白金花身上多了一些东西，有手镯、耳坠，也有小镜子、小梳子。李三标问这是哪来的，白金花说是买的，李三标让她别乱花钱，要会过日子，白金花说知道了。可是，这些东西还在增多。一天，一个邻居大妈悄悄对李三标说，让李三标多留神一下自己媳妇，最近经常有些不三不四的富家子弟到他巷子口找白金花聊天，还给她送东西。李三标听了，马上回家去质问白金花，白金花自然矢口否认。李三标相信邻居大妈不会编瞎话，白金花肯定有问题，可是，白金花是打死不说，什么也不承认。李三标心想你不承认是吧，我有办法让你承认。

几天后，李三标说去上班了，走到半道停下来，在路边石头上坐下来等，等到了十点多钟，他向自家走去。果然不出所料，白金花在巷子口跟两三个富家子弟说笑呢，白金花笑得那么开心，前仰后合，花枝乱颤的。看见眼前这一幕，三标的肺都气炸了，他没有想到白金花竟然是这样一个水性杨花的女子。他冲过去，富家子弟见他出现，马上溜走。李三标大骂白金花破鞋，并质问白金花，没想到白金花毫不示弱，说道："我跟别人说笑就是破鞋，我跟你私奔就不是破鞋？你是我什么人？我男人？你娶了我吗？在哪娶的？我跟你住一块才是搞破鞋。你还教训我，你凭什么教训我？我跟你才是瞎了眼。你有啥？要钱没钱，要地没地，要人没人，在这租个破房子住，这过的什么日子？我真是天下最大的傻瓜。我告诉你，李三标，这些来找我的人，谁都比你强。人家说了，我要同意跟他们中的任何一个好，都不会过这样的苦日子，都会把我娶回家，做衣来伸手饭来张口的阔太太。"听这么说，李三标怒火万丈，劈头盖脸打下去，打得白金花嗷嗷叫，街坊邻居过来劝架，拉都拉不住。打累了，李三标把白金花拖回家。白金花躺床上，背对李三标，一句话不说。李三标到门口坐着，也不说话。晚上，李三标躺下，突然，白金花坐起来说："好，三标，到今天这一步，我的脸让你丢尽了，你我的缘分也走到头了。我告诉你，我不打算跟你过了，从今天起，你搬出去住，你走你的阳光道，我走我的独木桥，从此再不往来。"三标没想到白金花会说出这么决绝的话，不服气地说："行，不想跟我过了是吧？我也不想跟你过了，我现在就走。"说完，李三标收拾自己的东西，白金花没阻拦他，李三标把自己的东西包在一个包袱里，往肩上一甩，拉开门走了。李三标到火车站，坐夜班火车去了昆明。

现在离家半年了，李三标想去见见白金花，毕竟是自己把她带出来的，要对人家负责，如果她过得好也就不说啥了，而如果她过得不好，自己撒手不管，这对不起自己的良心，一定要看看她的情况。说到不能撒手不管，如果白金花过得不好，三标又怎么管呢？这事三标想好，暂时把她送到在阿迷城外的远房姑姑家，这个姑姑丈夫死了，没孩子，她俩可以做个伴，等自己半年一年打完仗回来，再跟她好好过。

到狗街子站，李三标下了火车，很快到了当时他和白金花住的那条小巷。小巷还是半年前的样子，道路很窄，阳光斜射到一面的墙上，三标感到非常亲切。他毕竟在这生活过，在这爱过恨过。三标走到自己和白金花住的那个屋子门口，见门上了锁。他从门缝往里面看，见里面不像有人住的样子。他心里紧张起来。这时身后一个声音："你找哪个？"李三标转身见是一个邻居大姐，连忙说："大姐，你还认识我吗？我原来住这。"大姐说："认识，你回来了？"李三标说："这屋里好像空了。我跟你打听一下，我媳妇还住在这吗？"对方说："她搬走了，你走后她就搬走了。好像搬到山坡后那条街，有钱人住的那条街，就在财神庙那边。"

李三标知道那条街，谢过这个大姐，朝财神庙走去，很快走到那条街。这一片房子盖得都比较好，有的是两层楼。一条石板街道从这里穿过，街道两侧是一个接一个的院子。有几家院子的门开着，有老人坐门口晒太阳。李三标去打听白金花住在哪里。问了一两家，人家都说不知道。三标走到一个巷口，见巷子里面的一个院子门开了，走出一个女人。这个女人穿一件大红色上衣，非常鲜艳，那正是白金花。

这白金花皮肤白净，小脸小嘴，鼻子翘翘的，还有一双眼角上挑的凤眼，头发向上盘起，俊俏妩媚，特别是那身材，和很多年轻女人长得瘦瘦扁扁的不一样，丰满圆润，那高高隆起的胸脯，好像马上要把衣服撑破了。三标愣住了，对方看见三标，也愣住了。三标说："你，你怎么搬这来了？"对方说："你怎么回来了？你来干什么？"三标说："是这样，我报名当兵了，很快要去四川，我想回来看看你，你都好吗？"白金花不友好地说："看我干什么？我好不好跟你有什么关系？"三标说："怎么会没关系呢？其实这段时间我一直很惦记你，挺担心你……"白金花气愤地说："担心我？你还好意思说担心我？李三标，我问你，你怎么还有脸说担心我？我不要脸不要命从阿迷跟你私奔到这里，没有一个亲人，甚至没有一个熟人，你竟然把我一个人扔在这自己跑了，现在你来说你担心我，这么长时间你想过我一个弱女子在这里怎么生活吗？"三标分辩道："不是你让我搬出去，各走各的路吗？还有，我不是给你留了一些银元吗？"白金花说："是的，我让你搬出去，那你别回来呀，你现在回来干什么？我跟你没一点关系。还提那几个银元？你那几个银元顶什么用？你给我滚，滚！"这时，街道另外一头，有个男子往这边看看后消失了。

三标说："你别生气，有话好好说。"白金花说："跟你好好说？好，你问我过得好吗，我告诉你，我过得很好，我跟别人好了，是别人的女人了，你不稀罕我，有人稀罕我，怎么样，你满意了吧？"三标说："是那人出钱让你搬这？"白金花说："是呀，是人家给我钱，怎么了？李三标，我告诉你，自打你走后，我就当你死了！你和我没关系了！还有，我告诉你，我真是傻呀，跟你私奔，我图什么？跟你过一辈子？你爹妈给你娶了媳妇放家里，我怎么跟你过一辈子？做你的小老婆，你有啥本事养两个老婆？你养得起吗？"

三标说："白金花，你知道我对你是真心的，是你自己不珍惜，搞成这个样子，行，过去的话我不说了，你觉得这样好，你就这么过，我不拦着你。我今天来，是担心你过得不好，既然你过得好，你就这么过，像你说的，咱们各走各的路。"

白金花说："当然是各走各的路，你以为我还舍不得你？我真是瞎了眼，看上你这么个不是东西的家伙，你有啥好？一个榨油坊小老板的儿子，要钱没钱，要势没势，一个啥也不是的东西。”

三标听到这些侮辱的话，受不了了，气愤地说：“你我搞到现在这个样子，我不怪你，也不劝你回头，只是你别看不起我，我李三标是小老板的儿子不假，但是，我不是窝囊废，你别狗眼看人低，你就认定我啥也不是？你走着瞧吧，我李三标会让你看到我是条龙还是个虫。”

他俩这么大声说话，惊动了旁边的邻居，巷子里的几个院门打开了，伸出几个脑袋张望。巷子口站了几个看热闹的人，在低声议论。这时，三四个手拿棍子的小伙子杀气腾腾地赶到这里，推开巷子口人群走过来。为首那个梳分头的白净少爷刁蛮地说：“你来干什么？谁让你来的？”三标看看这个人，这不就是那天在巷子口和白金花说笑的那个吗？一股火冲上来，当初要不是这个混蛋，我能离开白金花吗？后来三标知道，这小子叫木云山。三标恶狠狠地说：“我来干什么？来找你算账的，你小子抢了我的女人，我不能便宜了你。”对方说：“我抢你的女人？笑话，你给老子滚！”三标说：“我滚？她是我的女人，你才他妈的给我滚！”对方说：“看来老子不教训教训你，你不知道老子是谁！弟兄们，上！”几个人朝三标扑上来，接着一通混战。三标打小学武术，这时夺过一根棍子舞起来，让人看得眼花缭乱，对方见自己不是三标的对手就撤了，同时也把白金花带走。见他们跑走，围观的人哄笑起来，三标没去追，把手里的棍子朝路边一扔，在众人的目光下朝车站走去。

第6节

晚上，武成路上一个院落的大门口人声鼎沸，热热闹闹。这院子是中式大门，宽顶飞檐，门板刷大红油漆，油亮油亮的，大门正上方悬挂的牌匾上书四个唐楷大字“武成茶园”，两个大红灯笼挂在大门两侧的门头上。一个喝茶的地方怎么如此热闹？其实这是个戏楼，听戏的。这里与翠湖“海心亭”的茶园不同，那里是唱京剧的地方，这里是唱云南地方戏。云南地方戏有两种，一个叫花灯，一个叫滇剧。那花灯是村镇、乡间唱的小曲类，入不得大雅之堂，这里唱的是滇剧。滇剧是明末逐渐成长起来的云南地方剧种，它的丝弦腔、胡琴腔、襄阳腔这三大声腔分别源于秦腔、徽调、汉调，念白是云南话，属于大戏，云南有钱人家听的戏。

武成茶园大门口的戏牌上写今日上演的折子戏为《苏三起解》《贵妃醉酒》《断桥》，主演名伶十三红。茶园远处的一个屋檐下，站着一个瘦高的青年，他靠在墙上看手中的报纸，似乎跟这个茶园的热闹无关，这是李三标，他今天从狗街子回来，就到了这里。茶园里锣鼓家什叮叮当当响起来，大戏开场了。听戏的都进了院子，门口安静下来。接着，院子里响起叫好声，显然是主角登场亮相了。李三标悄无声息地穿过街道，走到门口，买票进去，在后排不显眼的地方找了个凳子坐下。戏台上苏三哀怨的吟唱、清脆的念白、俊美的扮相、窈窕的身段、轻盈的舞步，渐渐把台下听众的魂勾走了。

不过，李三标却没入戏，事实上他不是来看戏的，是来告别的。戏台上扮演苏三的名伶十三红是他二哥的恋人，三标跟二哥来看过她演出。三标知道十三红也是阿迷城关镇人，八九岁到蒙自的福升班学戏，后来随戏班到了昆明，尽管这时刚刚二十岁，却已经是这个戏班的名角，受到一帮戏迷的追捧。三标想在离开昆明前，跟十三红说说二哥的事，否则十三红还真以为二哥的事像报纸上说的那样。这个事，三标觉得还是应该自己来说，妹妹李津兰不赞成二哥跟戏子往来，跟十三红不熟，还是自己跟她说好点。

曲终人散，李三标终于在茶园门口等到卸妆后走出来的十三红。十三红眼尖，一眼看到李三标，一脸惊愕。李三标走过去说：“小红。”这是她的小名。“能跟你说句话吗？”十三红让身边的人先走后，对李三标说：“你怎么现在才来？你二哥到底是怎么回事？怎么会出这样的事？”三标说这是个冤案，说二标不可能杀害自己手下的士兵，这是有人陷害，然后把自己知道的情况一五一十地说了。

十三红静静地听着，什么也没说。李三标见她的细牙紧紧地咬在嘴唇上，两行泪水向下滚落。李三标说自己要去当兵，要搞清楚二哥被害真相。十三红紧张地说：“太危险了！你别去！”李三标说了自己用刘长生身份的办法，说自己不会有事。另外，李三标让十三红帮他保守秘密，跟任何人提到他，都叫他刘长生，今后再没有李三标。说完了，他告别十三红走了。

第三章

第1节

夜幕落下，湖南的岳阳城已经黑了，这时天上下着小雨，雨量不大，刚刚开始下。街头出现一个年轻的新军军官，他打着油纸伞，走在湿漉漉的石板路上，脚步匆忙，他是李津兰的大哥李大标，中央陆军第3师6旅机动团2营4连的一位排长，这年二十六岁。他这个云南人怎么会在中央陆军当官？这是几年前，阿迷的知县给临安知府送去李记古法榨油坊的菜籽油，知府大人品尝后，没想到本地竟然有如此上等物品，觉得这是给上面巡抚总督送礼的好东西，想结识制作人，就召见大标的父亲李祖殷。见面聊得很愉快，知府大人就问道："你有什么事需要本府帮忙吗？"大标父亲在来的路上，就听送他过来的官人说，这是知府大人觉得他是当地能人，喜欢他，如果他有想请大人办的事，在大人询问时就说出来，这会大标父亲说："回大人的话，我想劳烦大人推荐我大儿子去北方读武备学堂。"这知府大人是直隶人，当即答应推荐孩子去考保定北洋速成武备学堂。就这样，李大标去了保定，顺利进入学堂，毕业后分配到3师6旅机动团。

街上行人不多，都是匆匆回家的。街上的店铺亮了灯火，灯光把街面石板照亮。李大标转了两个街角，远远看见"洞庭鱼香酒楼"的幌子。李大标走进酒楼，酒楼伙计把他带进一个包间，里面坐着一个军官。李大标问道：“罗营长，怎么就你一个人？文秀才呢？他请客，怎么他还没到？”

这个被称为罗营长的人叫罗继昌，是第3师6旅机动团1营营长，是李大标保定北洋速成武备学堂的同班同学，一副老成持重的样子，他实际上只比李大标年长两岁，可看上去好像年长五六岁。罗继昌说：“他早到了，去点菜了。”大标坐下后问道：“罗营长，你听说了吗，袁大总统要调咱们部队去四川打云南护国军？”罗继昌沉稳地说：“现在很多人在议论，你听到了什么？”

大标说：“听说这次调大军入川是让咱们3师打头阵，而且咱们3师又让咱们6旅打头阵。”这个时候第3师师长是曹锟，下辖第5、第6旅，而第6旅的旅长是吴佩孚，李大标和罗继昌都在第6旅，驻扎在岳阳。不过，近期时局十分复杂，唐继尧宣布云南独立，发兵北上讨伐袁大总统，这是谋反，是犯上作乱，是无君无父之举，绝对不能姑息。但是，是否会调动3师入川阻止护国军北上？罗继昌不能肯定。因为这几年，袁大总统对云南就很不放心，除了调虎离山将蔡锷调入北京，去年调湖北人陈宧任四川将军，统领四川陆军两个师和四川其他部队，并将武祥桢的中央陆军第4混成旅、李炳之的中央陆军第13混成旅、冯玉祥的中央陆军第16混成旅共计3个混成旅调入四川，现在四川陆军两个师加上三个混成旅，阻止蔡锷第1军这几千人北上，从兵力上可以说轻而易举，绰绰有余，不一定再调部队入川。但是，袁大总统也可能杀鸡用牛刀，借此机会派兵攻入云南，擒获唐继尧等人，让云南今后老老实实听自己的话。如果真是后者，那么确实可能调3师入川。

这时，一个军官走进包间，这是外号“文秀才”的文庆良。他对大标说：“你小子来了，这会下雨，以为你会晚点到。”大标说：“你文秀才请客，我哪里敢迟到。我问一句，你怎么想起来请客？”这个文庆良，因其面目清秀、举止文雅，人称他秀才，是罗继昌1营2连连长，并且跟大标和罗继昌都是保定北洋速成武备学堂的同班同学。与李大标同年。文秀才说：“咱们同学有一段时间没聚了，现在到处说咱们3师要调入四川，如果真是这样，命令一到咱们可能马上开拔，就没时间聚了。”大标说：“是的，还是你考虑周到。”在6旅这几个同学里，大标最尊重的是罗继昌，感觉他是自己的大哥，而私交最好的就是文秀才，两人见面最多，大标有烦恼时总会找他说说。

“哈哈，来晚了，来晚了。”随着话音，两个军官走进包间，前面这个外号胡公子，大名胡家仁，一副富家公子模样。他是大标他们2营5连连长，也是他们保定北洋速成武备学堂的同班同学，这年二十六岁，与李大标同年，胡公子说：“怎么？还没开席？我以为你们都喝上了。”文秀才说：“你胡公子不到，我们怎么敢喝呢？”胡公子说：“等等，我给你们各位介绍一下这位长官，这是刚到我们2营的何副营长，这位是咱们机动团1营的罗继昌营长。”胡公子接着问道，“老罗，你见过他吗？”见罗继昌摇头，何副营长连忙上前说：“罗营长好，我是何有池，刚到2营，请多多关照。”

何有池胖乎乎的，浓眉大眼，这年二十八岁，一看就是北方人，说话带着浓厚的河南口音。罗继昌赶紧起身跟何有池握手。胡公子介绍说：“罗营长是我的保定武备学堂同学，自己人，不用客气。对了，他们三个都是我保定同学。”何有池一本正经地说：“罗营长是长官，一定要恭敬，不能失礼。”

胡公子给何有池介绍了文秀才：“这是文秀才，文庆良，是罗营长他们1营2连连长。”何有池跟文秀才握了手，之后，胡公子又给何有池介绍李大标：“李大标，是咱们2营的，2营4连1排排长。”何有池伸手过去与大标握手。可是，就在他和李大标目光相对时，何有池却愣了一下，说道：“李排长，好面熟，咱们是不是在哪里见过？”大标不觉得对方面熟，客气地顺着对方的话说：“是吗？可能，可能在哪里见过。”何有池说：“你是姓李？”大标说：“对，李大标。”何有池有点紧张地问道：“你是云南人吧？”大标高兴地说：“是呀，何副营长，你是怎么知道的？”何有池说：“听你的口音，好像带点云南味。”大标说：“何副营长对云南很熟？”

胡公子插进来说："当然了，我给大家介绍一下，何副营长原在师部，之后被调到云南将军公署，刚从云南回来的，他要求到一线部队，安排到咱们营。"何有池说："是，民国二年，孙中山因宋教仁案搞二次革命，袁大总统调四个搞情报的军人去云南，当时我在咱们 3 师情报部门，有幸成为其中一员，我们的工作就是监视云南，以防反叛。谁知，他们还是反了，没办法，我们很失职，很对不起大总统。"胡公子说："何副营长，你有什么失职的？唐继尧要反，谁能拦得住？"秀才也附和胡公子的话。

大标问道："是吗？在云南将军公署，那跟云南陆军的人很熟吧？我弟弟李二标在云南陆军第 1 师当连长，何副营长认识他吗？"之前大标收到妹妹李津兰的来信，已经知道弟弟李二标死了，并且知道李津兰和李三标都怀疑这是被陷害，大标想如果何副营长认识二标，也许能得到一些新的信息。

何有池紧张地说："不认识，不认识，我就是跟将军公署的人熟悉一点，其他的军官认识得很少。"大标又说："前段时间云南陆军出了个连长枪杀手下士兵的事，何副营长听说过吗？"何有池说："没有，没有。"听这么说，大标有点失望，不再发问。何有池也不再和大标说话。

几个人闲聊着，酒菜上来了，文秀才举着酒杯站起来说："各位，我先说几句，黄猴子去长沙公干，不能参加今晚聚会，让我帮他请个假。是这样，今天邀请各位聚聚，是因目前云南谋反，时局巨变，唐继尧、蔡锷、李烈钧等妖孽点起战火，咱们有可能上前线，人们常说养兵千日，用兵一时，上前线是我等的光荣，理所应当为民国政府效力尽忠。如果真上前线，这个酒就算咱们 6 旅机动团几个保定同学彼此的壮行酒，彼此鼓励，奋勇杀敌，这是我说的第一个意思。第二个意思，上前线不是闹着玩的，有很多人会受伤，甚至送命，我希望如果真上前线了，咱们同学都能老天保佑，逢凶化吉，平平安安回来。好，就是这两个意思，咱们一起干一个。"说完，仰头把杯中酒喝了，大家也跟着把自己杯中的酒喝了。接着，胡公子站起来说："好，文秀才说得好，咱们就用他的酒互祝平安，奋勇杀敌，我也敬各位一杯。"等胡公子坐下，罗继昌也站起来敬大家："确实如文秀才所说，上前线要死人的，我也祝诸位在奋勇杀敌时多多保护自己，等平定云南之乱后，咱们都能一个不少地在这里喝酒。敬大家一杯酒，我先喝了。"胡公子见大家喝完，对何有池说："何副营长，你也说两句。"

何有池站起来说："今天是诸位的同学聚会，诸位没拿我当外人，让我十分感动，这样我就说两句，云南唐贼、蔡贼谋反，实属大逆不道，必当全民共讨之，全民共诛之。同时，这也是我们这些军人建功立业的大好时机，我祝诸位屡立奇功，成为当代军人的模范。我也敬诸位一杯，先干为敬。"说完仰头喝了，几位跟着喝了。

胡公子说："对了，何副营长，你在云南待了一年多，刚刚回来，对那边的情况很了解，你跟大家说说滇军的情况。"何有池说："这么说吧，云南陆军的军事素质不错。高级军官很多是日本士官学校毕业的，中下级军官大部分由云南陆军讲武堂培养。这一年多他们通过滇越铁路从海外购买了不少武器，有一些不错的枪炮。可以说，他们比川军、黔军装备好，军事素质高。不过，跟咱们中央陆军比，他们还是有相当的差距，毕竟云南没钱，买不起更多的武器装备。"

李大标听这么说，问道："何副营长，你怎么从云南回来了？"何有池说："是这样，云南宣布独立，唐继尧派人把我们这四个人叫去开会，说欢迎我们留在云南讨伐袁大总统，如果我们不愿意留，他们可以送我们离开云南。这样，我们就全部离开云南。我回到咱们3师，要求到一线部队，就到了咱们机动团。"

五六杯酒下肚，胡公子又开始拿大标调侃，这是胡公子的保留节目，在聚会上他总是这么干。胡公子说："李大标，这次去打仗你小子可要好好干，我跟你说，这是个机会，把仗打好了，在战场上就能被提拔。你看看，咱们同学里除了你，谁还在干排长？就你提拔得慢。"这个话胡公子不是第一次说了，大标听了并不是恼怒，只是尴尬地笑笑。大标心里很清楚，自己是无法跟罗继昌、胡公子他们这些人比的，他们家里都有人在民国政府任职，在北京的政界军界的关系是盘根错节，密如织网，自己这么个来自云南的平头百姓，在北京无根无叶、举目无亲，连个卖烤地瓜的也不认识，能混成这样已经不错了。

胡公子说："对了，李大标，这次是跟云南人打仗？他们是你老乡，你不会下不去手吧？"大标说："犯上作乱之人，别说是老乡，就是家人，我也能大义灭亲。"胡公子对罗继昌说："老罗，你看看李大标这态度，太了不起了，简直可以做咱们同学的标兵，值得好好学习呀。"罗继昌没说话，只是笑笑。文秀才说："胡公子，你带头学习吧，等你学好了，我们向你学。"大标听他们说着，悄悄向何有池看一眼，见何有池脸上挂着微笑，显得很平静。不过，大标总觉得他看自己的眼神有一丝异样。

第2节

第二天上午，李大标带自己排的兵从操场回宿舍，迎面走来一个穿男装的新潮女子，头戴鸭舌帽，上穿夹克，下穿马裤与长筒皮靴。队伍里的士兵见状发出嘘声。这是罗瑾云，罗继昌的堂妹。大标让手下的兵回宿舍，迎着罗瑾云走过去，殷勤地说："罗小姐，是来找罗营长吧？"罗瑾云说："是李排长，这么巧？怎么着，不来看他就不能来你们这了？"这罗瑾云属于大号美女，这年十七八岁，高挑身材，眼睛大，嘴巴大，她身上有股让人仰视的美艳气势。大标说："当然可以来，我们最欢迎你来，你来了是我们的大喜事。"罗瑾云说："我们的大喜事，我们是谁？"大标说："我们，就是我们这的军官，当然，最高兴的是我李大标。来，罗小姐，到我宿舍坐坐？"罗瑾云说："你的宿舍就不去了，到那边树下说说话吧。"

两人到了大树下。罗瑾云见大标一边和自己说话，一边东张西望的，问道："李排长，你这是在看什么呢？有什么事吗？"大标说：

“没事，我是在看旁边是不是有人，我怕别人看见我和你在一起引起误会。”罗瑾云问道：“误会？有什么好误会的？你我见过好多次面，算得上熟人了，有什么好误会的？”大标说：“是的，照理是这样，只是人心隔肚皮，不知道别人心里怎么想？”罗瑾云好像听明白了这话中之话，问道：“是不是有人说你追我？”

大标不知道如何回答了，事实上，大标第一次见到罗瑾云，就被罗瑾云的美貌和新潮打扮迷住了。他觉得这就是自己的梦中情人，就是自己一直在找的那个心上人，别看大标是从云南阿迷那个小地方出来的，可是内心深处却特别喜欢洋气、野性十足的女子，他觉得这种女人才有味道，够劲头。只是，大标不敢追罗瑾云，觉得自己根本配不上罗瑾云，人家无论如何也不会喜欢自己。听罗瑾云这么问话，大标低着头，羞得满脸通红。

罗瑾云毫不在乎地说：“这有什么好议论的？你追我，说明你李排长有眼光，有勇气，是个真正的男子汉，这有什么不好？我要是男人，喜欢哪个女孩子，就狂追，让所有人都知道我在追那个人。”大标抬头看着罗瑾云，觉得这也太敢说了。罗瑾云继续说：“是呀。现在是什么时候？是民国了，民国讲自由，每个人都有自由，想干什么就可以干什么。”大标说：“可是，这男女之间……”罗瑾云说：“男女之间怎么了？这是自由恋爱，婚姻自由，想追谁就追谁，想跟谁结婚就跟谁结婚，谁也管不了。我告诉你，我就想嫁个军官，哪个军官敢向我求婚，我就嫁给他。我不要什么媒人，不要什么上门提亲，我也不要我父母做主，我自己给自己做主。”大标觉得这有点过了，说道：“罗小姐，婚姻可是终身大事，父母的意见还是要听的……”罗瑾云无所谓地说：“这是我自己的终身大事，我不要别人替我做主，我能给自己做主。”大标知道这就是罗瑾云的个性，像个男人一样，敢作敢为，无所顾忌，说道：“罗小姐，你真是有魄力，真是巾帼不让须眉！”

这时，传来胡公子的喊声：“李大标，你怎么不带罗小姐到我这坐坐？”大标扭头一看胡公子走过来，大标知道他跟罗瑾云也很熟悉。大标说："不是我不带，是罗小姐等你来请她，你赶紧带她过去吧。"罗瑾云说："就是，胡连长，架子越来越大，没时间搭理我了？"胡公子走过来说："怎么可能呢？我看见你不就过来了吗？对不起，部队里没轿子，要不然我用轿子抬你到我连部去。"罗瑾云说："你小子真会说，油嘴滑舌！"胡公子说："是真的。你这么漂亮的女子，不用轿子抬真的对不起呀。"罗瑾云说："行啦，整天嘴上像抹了蜜一样，就会哄女孩子开心……"两人你一句我一句的，大标被晾在一边。

胡公子说："我哪会哄呀？只是见到你就想起这些动听的话……"罗瑾云说："你老实交代，你骗了多少女孩子？"胡家仁说："我一个没骗过。我老婆还是我爸妈给我找的。"罗瑾云说："怎么，开始嫌弃嫂子了？想换人了？你这种男人，一看就知道靠不住。别废话，去你办公室吧。"

两个人这么笑骂着走了。大标愣在那，心里想，刚才罗瑾云说嫁人的话是真的吗？我应该去试试吗？也许是真的。不过，我跟她的差距太大了，真的高攀不上，算了，还是别想这事，罗瑾云不是我李大标的菜，还是死了这个心吧。

第四章

第1节

李三标当兵离开昆明后，李津兰写了两封信，一封给大哥李大标，另外一封给父亲李祖殷，把三哥冒名顶替当兵的事告诉他们，特别提醒他们三哥是用“刘长生”这个名字，并且，让他们记住，这个刘长生在李记古法榨油坊干了大半年。

半个月过去了，那一万元还没有收回来，这是怎么回事呢？柳貂蝉说，当时是省财政厅的常耀宗科长来办的借款手续，尽管“借据”上写着杜生贵的名字，但是是常耀宗代签的，手印是常耀宗按的，这一万元银票也是常耀宗取走的。她去找常耀宗很多次，可是，常耀宗说他还不了钱，因为这是给蔡锷将军借的款，钱给了蔡将军手下的军官，现在找不到那个军官，没法还钱。

潘永其听了这个情况，让王平端跟柳貂蝉去见常耀宗。于是，王平端和柳貂蝉去省财政厅，见到常耀宗。常耀宗仪表堂堂，浓眉大眼，三十来岁，是一个看上去一身正气之人。常耀宗给王平端耐心解释了事情的原委，说收款的那个蔡将军手下的军官叫刘念堂。那个人原来在将军公署上班，后来去了护国军第 1 军，现在在四川，他给这个人写信，一直没有回复。他担心是路途遥远，可能途中把信搞丢了，前后写了几封信，可是到这会儿都没有回信，他也没办法了。王平端回来把这个情况告诉潘永其，潘永其也没办法，就把这个事放下了。

这天中午，段毓婉和吴少愚在李津兰办公室吃饭。每到这个时候，老谭都去其他房间跟人聊天了，李津兰的办公室成为他们三人吃饭的地方，也是他们每日聚会的地方。三个人聊起护国军的战况，随后，段毓婉问李津兰追那一万元逾期贷款的情况，李津兰把王平端告诉自己的情况说了。段毓婉说："那个常科长说他给四川去信，鬼才知道他到底去信没有。"吴少愚说这实在不好说。突然，李津兰灵机一动说："能不能咱们银行直接给护国军第1军司令部写信，请他们找一下刘念堂？按照常耀宗的说法，这个刘念堂应该是有一定级别的军官，他们司令部应该能找到他。如果咱们找到刘念堂，不就能把欠款追回来吗？"

段毓婉说："是呀，这是一个解决办法，如果咱们能找到刘念堂，就可以让常科长去找他要钱，这个难题就能解决。"这样，李津兰下午就去把这个想法告诉王平端，王平端觉得这是个办法，经潘永其批准后，马上给护国军第1军发了公函。李津兰心想，这下好了，去公函肯定能找到刘念堂，只要找到刘念堂，这个欠款就能收回来。即使对方有困难短期收不回来，办个延期，将来也能收回来。李津兰对自己这么一个新来的小小的职员居然解决了裕滇银行的一个大问题，为裕滇银行做出一点贡献，有点自鸣得意，飘飘然了。公函发出后，她像盼星星盼月亮一样盼着回函尽快到来。

第2节

几天后的一个中午，李津兰和段毓婉在办公室吃饭，吴少愚气呼呼地进来说："太过分了！刚才柳貂蝉把我叫到她的办公室，批评我搞的那个贷款材料上有个小问题，然后气势汹汹地质问我，为什么我现在还跟李津兰来往？"段毓婉问道："你是怎么回答的？"吴少愚说："我说，我觉得大家都是同事，互相走动没什么错。她说李津兰让咱们银行给护国军第1军公函追那一万元欠款，这李津兰的手伸得太长了吧，这不是李津兰部门的业务，管那么宽干吗？要显示自己最聪明，最能干，是吗？她不撒泡尿照照自己，她是谁呀？我看她就是想往上爬，想当部门经理，想当协理，当总理。她才来几天，就这么折腾，我看她是心比天高，命比纸薄。”段毓婉听了，气愤地说：“柳貂蝉也太过分了。”吴少愚说：“还有，她还让我放明白点，说李津兰是成不了气候的，现在银行里人人讨厌李津兰，李津兰成了孤家寡人，跟李津兰一伙，绝对没有好下场。”段毓婉说：“后来呢？”吴少愚说：“后来就是翻来覆去说这些话，我找借口走了。”

段毓婉问李津兰：“咱们不能由着柳二娘这么放肆，走，去找她算账！”李津兰淡淡地说：“无所谓，她爱怎么说就怎么说，随她去。”吴少愚说：“是的，我觉得柳二娘做得很过分，但是咱们没必要跟她直接冲突，她毕竟是部门经理，闹起来咱们不一定占便宜。”段毓婉说：“不行，我告诉你们，你们怕她，我不怕，你们都不去，我一个人去。”吴少愚说：“段毓婉，你说什么呢？我什么时候怕过她？她是我部门经理不假，可是我从来没怕过她。我是有骨气的男人，有血气的大丈夫。”李津兰说：“行了，行了，都别说了，这种事情，她愿意说就让她说，没什么了不起的，我觉得我不受影响，我该干什么我也继续干，她说这一切我都没听见。我觉得不理睬她，是对付她最好的办法。也许她在那等着咱们找上门去跟咱们干一场呢，咱们不上她的当。”吴少愚说：“对，我同意李津兰的说法，咱们不理睬她，她想说什么让她去说，我们不在乎，气死她。”段毓婉不再说了。

三个人又说起其他事情，很快，又有说有笑起来。吴少愚一再讨好李津兰，尽找李津兰喜欢听的话说。段毓婉觉得吴少愚这个人挺好的，但是他喜欢李津兰这事不太好，李津兰已经结婚，已经有男人，你吴少愚就别惦记了，没你的戏了，这样发展下去不行的。段毓婉多次见到吴少愚看李津兰的眼神经常是那种呆呆的，像灵魂出窍一样，担心这样发展下去很麻烦。为了吴少愚好，段毓婉多次暗示吴少愚喜欢李津兰是不会有结果的，还是别动那个念头好，人们说“玩火者自焚”，他别毁了自己。可是，吴少愚根本不理会段毓婉的暗示，依然故我，这让段毓婉很头痛。

下班，李津兰回到赵府。到这时，李津兰的丈夫赵家轸离开家三个多月了。李津兰还清晰地记得那天的情形。那是一个早晨，她站在云南府车站的站台上，看着车窗里的赵家轸。

昆明这车站怎么叫云南府站？是这样，在明、清两朝云南省会一直叫云南府，而昆明只是它下面的一个县。滇越铁路通车时，昆明这个车站自然叫云南府站。民国二年，废府升县，裁去云南府，由昆明县管辖原来云南府的地盘，但是车站的名字没改，一直沿用下来。

站台上是一排法国式房屋，红色瓦片屋顶，土黄色的墙壁，墙角是白色石头柱子，窗框也是白色石块，屋檐下的圈梁刷成白色，让房屋显得厚重漂亮。这排房子里有候车室、咖啡馆、调度室等。站台雨棚的柱子和梁架是钢铁件，上面覆盖棕色铁皮屋顶。站台上送行的人都聚集在车厢的窗口边，跟车厢里的人说话，有人大声嘱咐着，有人轻声诉说着。

赵家轸把头伸到窗口外东张西望，就是不看李津兰，好像根本不认识她。李津兰站在人群后看着丈夫，一言不发。站在她身边的张孃孃说：“少奶奶，少爷也太过分了，都要走了，都不跟你说一句话，怎么能这样吗？”李津兰紧紧地抿住嘴，把脸转向车头的方向。她怕那不争气的眼泪会滚落下来。她丈夫赵家轸这是去上海圣约翰大学学文学。他先乘滇越铁路火车到越南的海防，然后从海防乘轮船到上海。

赵家轸，这年十九岁，瘦高个子，南方人的小脸，小眼睛、单眼皮，梳小分头，戴一副金丝边方框眼镜。这天他穿一件藏青色呢子大衣，里面是深灰底色浅灰格子西服，白色衬衣，深蓝色领带。他出生在马来西亚，后随父母到昆明，穿着和习惯有与昆明人不同的洋气。

到这时，李津兰跟赵家轸结婚还不到一个月，丈夫这一走，不知道什么时候才能回来。可是，她知道自己无力改变这一切。她在结婚时就发现这个男人根本不喜欢自己，对这桩婚姻极不满意。

这是一场包办婚姻，是赵家轸的父亲赵亦恒在一次商业界与教育界联欢活动中见到李津兰。当时李津兰作为省立女子师范学校学生代表上台致词，赵亦恒觉得这个女孩子长相和才华都非常出众，就托媒人找到李津兰的父母，去说这门亲事。李津兰的父母没想到火柴大王来提亲，打听到他家的儿子又很优秀，自然非常高兴，很快同意了。可是，赵家轸没看上李津兰。这时赵家轸在父亲工厂工作，他不喜欢整天议论销量、产量、质量的工作，不喜欢那些数字、账本什么的。他喜欢诗歌、散文和小说一类的东西，向往西方的生活，喜欢那种洋气的女子。他觉得李津兰土气，不懂文学艺术，不洋气，没情调，他不想要这样的女人，不接受这个婚姻。可是，知子莫如父，他父亲早看出来这个不喜欢经商做生意的儿子不成器，一定要找个能干的女子帮他，要不然，让他当家后，这份家业肯定败在他手上。父亲不管儿子怎么想，就是让他接受这个婚姻。面对父亲的压力，赵家轸提出条件，要结婚可以，婚后让他去上海读书，赵亦恒同意。这样，赵家轸跟李津兰举办了婚礼，但是从来不碰李津兰，一直就闹着要走，尽管妻子还没身孕，父亲还是同意他走了。

汽笛拉响，车头喷出蒸汽，列车呼哧呼哧地开动了，李津兰望着丈夫，希望他能看自己一眼，哪怕只是一眼。可是，火车缓缓前行，丈夫还在那样东张西望的，好像站台上根本没有李津兰这个人。那个窗口越来越远，离开了站台，最后消失在铁道的拐弯处。

赵家轸离开家后，从来没给李津兰写过信，给父母的信中也很少提到李津兰。李津兰的婆婆蔡月娥每次收到儿子的信，都让李津兰给儿子写信，说女人多关心自己男人不会被人看不起。李津兰写了，不过情况没有改变，除了在来信中说“她的信亦收悉”，还是没有给她的信。

这时，蔡月娥到李津兰的卧室，平日里她对李津兰冷冰冰，很少进李津兰的卧室。她进门用眼光把屋里扫了一遍说：“脱下来的衣服不要放在椅子上，挂到衣柜里嘛，衣柜里又不是没地方。”李津兰尽管心里不喜欢这个婆婆，但是从不跟她顶撞，连忙把椅子上的衣服拿起来挂到衣柜里。蔡月娥又说：“你梳妆台上的那些小瓶子小盒子的，用完了摆放整齐，这样乱七八糟的，像什么样子？”李津兰不认为自己梳妆台上的东西摆放杂乱，不过，她还是去归置一下。她知道婆婆每次进自己屋子都要鸡蛋里面挑骨头的，自己顺着她就行了。她把椅子抬到蔡月娥身边说：“妈，你坐！”

蔡月娥不客气地坐下，跷起二郎腿说：“明天我要给赵家轸寄信，你的信也一起寄吧。”李津兰说：“好，我一会写了给你。”蔡月娥说：“他在外面也不容易，你还是要多关心他。不一定是我们给他写信你才写，平时你自己也可以写写，给自己的男人多写几封信没什么不好。”李津兰心想，如果写信能让他早点回来，我愿意每天给他写信。她说：“妈说得对。”蔡月娥说：“男人有时跟小孩子一样，任性、不懂事，咱们女人要耐心一点。赵家轸现在不懂得关心人，再过几年就好了，男人懂事晚，都是这个样子。还有，他跟一些男孩子还有一点不一样，他不善于表达自己的，害羞，其实他还是很喜欢你的。”李津兰真心希望丈夫如婆婆说的这样。蔡月娥又说了一会，离开李津兰的屋子。

李津兰拿出纸和笔，去梳妆台前写信，当然信里都是干巴巴的话，什么最近好吗，要多保重身体，及时吃饭，按时睡觉，等等，人家年轻夫妻的那些亲热的话，她跟这个男人实在说不出来。很快把信写好了，她去客厅交给婆婆。

第3节

柳貂蝉公开辱骂李津兰后，裕滇银行里有两个人站在柳貂蝉一边，公开与李津兰为敌。第一个，是票房部的职员唐芸芸，她就跟很多人说过，她最看不惯喜欢显摆的人，这说的就是李津兰。第二个，是总稽核部职员董庆仁，是个最爱夸柳貂蝉的人，他说李津兰与柳貂蝉唱对台戏，就是找死。他俩都是和吴少愚一年入职的，属于李津兰的师姐师哥。

这天中午吃饭，唐芸芸去食堂打饭。唐芸芸是属于高冷型的女子，看人时常是斜着眼。她长得不算漂亮，但是干净秀气，一双杏眼，戴一副圆形眼镜，秀秀气气的。这天穿深蓝色缎子面厚旗袍，她喜欢穿深色衣服，把自己打扮得很老气。她是昆明人，父亲在光绪年间做过云南澄江府的知府，属于从四品官员。尽管改朝换代了，官位被剥夺了，但是毕竟做了二十多年的官，还是有相当家底。唐芸芸受新式教育，思想开放，也是省立女子师范学校毕业，已结婚了，丈夫是个教师，有两个孩子。

唐芸芸见到董庆仁在那排队，跟他打个招呼，插到他身前。董庆仁长得高高大大，眉目端正，脸型瘦长，很有男子气，这天他穿一身浅灰色洋布长袍，两只袖子挽起来，像是刚干了点力气活。董庆仁是大姚县人，父亲是前清大姚县衙的捕头，尽管父亲是习武之人，却很懂大道理，知道往后的闯天下要靠读新学堂，把董庆仁送到昆明读书。董庆仁结婚了，夫人在家里照顾孩童，他也有两个孩子。

董庆仁见李津兰过来打饭，对唐芸芸小声说："那个人来了。"唐芸芸小声嘀咕道："看她那个样子，自以为是的，以为自己是谁呢！"董庆仁说："就是，一看就是那种小户人家的穷酸样！"唐芸芸说："现在嫁入豪门就以为自己了不起了，没准在人家家里跟佣人一样！我说赵亦恒的儿子怎么就看上她了？这种货色，太一般了。"

李津兰没听到他俩嘀咕什么，过来跟他俩打招呼。整个裕滇银行，包括下面的支行、分理处一百多个职员，只有四个女职员，就是李津兰、段毓婉、柳貂蝉和唐芸芸。李津兰心想，就咱们四个女的，应该搞好关系。可是，这时唐芸芸毫不客气地把脸一扭，视而不见，董庆仁敷衍地跟李津兰点点头。李津兰看出来这两人对自己的冷淡和敌视，就不再说话，站在队伍后面等候打饭。

这时，柳貂蝉过来了，李津兰恭敬地说：“柳经理好！”柳貂蝉跟没听见一样，从李津兰身边走过，走到唐芸芸身边。李津兰低下头，尽量不让人看见自己的尴尬。唐芸芸讨好地对柳貂蝉说：“柳姐，你把碗给我吧，一会我给你送去。”柳貂蝉笑着说：“不用，不用，自己来打饭挺好的。”董庆仁说：“柳姐，你站我前面，我给你在这留着位置呢。”让柳貂蝉站在董庆仁前面，董庆仁接着说：“柳姐，今天你气色特别好，显得红的红，白的白的。”柳貂蝉笑着说：“小董，咱们银行这些人里就你会说话。”董庆仁说：“不是，是就我一个人说实话。”他们说笑着，很快在窗台打完饭，柳貂蝉看看身边的李津兰，对唐芸芸说：“这种人也配吃咱们银行的饭？简直是笑话。”说完走了。

唐芸芸跟在柳貂蝉后面，走过李津兰身边时，用胳膊肘顶了一下李津兰的胳膊，李津兰手上的陶瓷碗啪的一声掉地上，摔成几片。唐芸芸见此，不仅没道歉，还用鼻子哼了一声，不管不顾地走了。董庆仁又过来踢一脚，把一片碎片踢到一边，摇头晃脑地走了过去。李津兰蹲下去收拾地上的碎片，一旁的几个同事都装作没看见，让李津兰一片一片地捡起来。李津兰从小到大从来没被这样欺负过，气得七窍冒烟。不过，她忍住没有冲过去找唐芸芸算账，她知道现在只有忍气吞声，绝对不能冲动。

第4节

几天后的一个上午，银行门口来了几辆马车。李津兰听到动静，走到窗口往下看，是运来一些木箱，有警察押送。王平端带银柜部的人出去办理接收，木箱很重，两个脚夫抬一个箱子都很吃力。人们把车上的木箱抬到银行后院的银库，来来回回的，很是忙碌。

中午吃饭的时候，段毓婉和吴少愚到李津兰房间，李津兰问道：

“你们看到上午运来的箱子吗？那里面都是什么东西？”段毓婉摇头。吴少愚说：“你们不知道？那是新印制的纸币。我听说，省里向咱们银行借款五十万。”段毓婉说：“咱们银行哪里拿得出五十万？”吴少愚说：“就是呀，肯定拿不出来，所以，省长公署让咱们银行印制五十万纸币对外发出去。”李津兰很意外，问道：“咱们印制五十万纸币发出去，这是什么意思？”吴少愚说：“这纸币叫钞票，也叫银元兑换券，等同于银元，人们可以拿它到银行来兑换银币，是咱们银行委托造币厂制作的。”

接着，吴少愚又说了云南使用纸币的情况。宣统元年，清廷在昆明设立云南大清分银行，就是现在的中国银行云南分行，发行银两票。当时为了省事，把河北张家口地区流通的“大清户部银行兑换券”加盖云南大清分银行印章就发向云南市场了。不过，这些兑换券数量不大，很快退出市场。1911 年昆明重九起义爆发，云南独立，脱离清廷统治。云南是个长年依赖协饷的省份，为了解决地方财政不足，蔡锷成立公钱局，由公钱局委托造币厂制作银元兑换券。当时云南的印刷业技术落后，纸张也不行，印出来的兑换券跟用手画出来的差不多，很容易损坏。由于市面上很不接受这个东西，都督府曾经将兑换率改为三元兑换券兑换一银元。后来，云南得到北京政府资金支持，公钱局停办，由裕滇银行陆续收回销毁了这些兑换券。

段毓婉问道：“现在怎么又开始搞了？”李津兰说：“估计是军队在外打仗用钱太多，省里没钱，想了这么个办法。”吴少愚对李津兰竖起拇指，意思是她说得对。段毓婉又问道：“市面上能接受这些纸币吗？”吴少愚说：“应该没问题，只要它们能任意兑换银元，并且军政府下令农民、工商户可以用此缴纳税款就能行。”李津兰又问：“现在不是没银元才发行这个东西，能做到任意兑换吗？”吴少愚说：“如果发行量不大，应该没问题，并且，这也是学外省干的，现在宣布独立的几个省份都发行这东西。”

晚上，李津兰刚到家，公公坐黄包车回来了，拉黄包车的郭师傅把赵亦恒搀扶下车，蔡月娥到小楼门口迎接丈夫，赵亦恒把提包交给蔡月娥到客厅坐下。赵亦恒见李津兰在家，就说：“你回来了。今天报纸上登你们银行要发行纸币，是怎么回事？是不是银币紧张？”李津兰说：“是的，是要发行纸币，现在云南军队在外面打仗，急需军饷，用这办法筹措资金。”

赵亦恒说：“云南太穷了，打仗要花那么多钱，实在负担不起。去年底蔡锷的护国军第1军向四川开进时，如果不是参谋长罗佩金将家产抵押借来十万元做军饷，部队都无法开拔。本省搞钱难呀，税赋已经很高了，不能再增加。进口关税上也没法动脑筋，南边那几个口岸的海关关税，有外国人看着，省里一分钱都得不到，难呀。外面说唐继尧用没收八万元的烟土给蔡锷做军饷，有这事吗？”李津兰说：“我也是听说，不知到底是怎么情况。”赵亦恒说：“还有，我听说李烈钧将军接收了海外华侨捐款二十万元，有这事吗？”李津兰说：“这个有，是从几个地方汇过来的。”赵亦恒说：“打仗就是打钱，这我们都理解，并且，外省也这么搞，这不算乱来。关键是，这要适可而止。如果省里长期靠它来筹措资金，就麻烦了，那样纸币会发行得越来越多，慢慢就做不到任意兑换，真要是到了那一步就不好办了。”李津兰觉得公公说得很有道理。

第5节

护国第1军的回函，在李津兰焦急的等待中终于到了。不过，潘永其告诉李津兰，回函中说他们部队里没有刘念堂这个人，这让李津兰十分意外。李津兰想这是怎么回事，是常耀宗在撒谎？这个人是他编造的？世界上根本没有这个人？

李津兰去找王平端，告诉他护国军第1军的回函，王平端也有几分意外。李津兰请求去见见常耀宗，问问这是怎么回事。王平端不说话。李津兰知道他是在掂量再去见常耀宗会造成什么麻烦，如果解决不了问题，又得罪柳貂蝉，就不划算了。李津兰说：“要不我直接去找潘总理说说？”王平端考虑了一下说：“也好，你直接去跟他说说，不过，你别说你跟我说过，就当我不知道。还有，不管潘总理是什么意见，你别让柳经理知道。”李津兰理解，王平端一直是这样小心翼翼为人处世的，很正常。李津兰离开王平端办公室，走进潘永其办公室，请求跟王平端去见一趟常耀宗。潘永其考虑一下，同意了。李津兰又请求不要让柳经理参加，就是自己和王协理两人去，潘永其也同意了。

离开潘永其办公室，李津兰把段毓婉叫到自己办公室，先说了第 1 军的回函，段毓婉也很意外，接着又说了潘永其同意自己和王平端去见常耀宗的情况，并对自己获得这个机会有点得意。段毓婉大吃一惊：“你是吃了熊心豹子胆了？柳二娘要知道这个事，还不扒了你的皮！”李津兰坦然地说：“别人都怕她，我不怕，我就是要看看她怎么扒我的皮。”

第二天，李津兰跟王平端在省财政厅见到常耀宗科长。王平端说了护国军第 1 军回函的情况，常耀宗很意外，说这绝对不可能，一再说是不是他们搞错了。李津兰问道：“常科长，你跟这个刘念堂熟悉吗？”常耀宗说：“不算很熟，不过当时见过几次面。”李津兰问道：“会不会有这种可能，他不是去了护国军第 1 军，而是去了其他部队？”常耀宗说：“这不可能，当时这个刘念堂在将军公署工作，一再说自己是给蔡锷将军做事的人，他是北方人，在蔡将军主政云南时从北京过来的。我跟他见最后一面是蔡锷将军率部出发前几天，他说他马上要跟着走了。”李津兰又问：“那么，有没有这种可能，他后来调到去广东的第 2 军，或调到留在云南的第 3 军？”常耀宗说：“有这种可能，但是即使调走了，护国军第 1 军也不会说没这个人，只会说他调离了，是不是？这样，还有另外一个办法，护国讨袁前，他不是在将军公署上班吗？现在将军公署改名护国军总司令部，在那上班的还是那些人，你们给总司令部发个公函，请他们查一下，他去哪里不就一清二楚了？”王平端觉得这话有道理，李津兰又问了一个问题："常科长，还有个小事，我有点不明白，是你在我们银行拿钱，可你在'借据'上写别人的名字，这是为什么？"常耀宗说："很简单，这个钱不是我用的，我要交给刘念堂的，当然不能写我的名字。"李津兰问："你认识这个杜生贵吗？"常耀宗说："不认识，怎么了？"李津兰问："你怎么会写这个名字？"常耀宗说："是这样，当时你们裕滇银行职员让我在借据上签名，我觉得签自己的名字不妥，这款并不是我用，我想用谁的名字好？想起来听刘念堂说过杜生贵这个名字，就写上去了。就是这么个过程，这有什么问题吗？"李津兰明白了，不再提问，随后与王平端一起离开常耀宗办公室。回到银行，王平端向潘永其汇报了跟常耀宗见面的情况，潘永其也没好办法。

第五章

第1节

太阳升起，金色的光辉把两条江水照亮，这是金沙江和岷江，它们在这里合并为长江，向东滚滚流去，江边这个叙州城，也就是今天的宜宾城，被称为长江第一城。

1916年1月，蔡锷率护国军第1军到达滇川边境，向镇守新场的川南镇守使部发起进攻，川南镇守使部向叙州溃逃，护国军乘胜追击，占领叙州。随后，川南镇守使部和其他袁军会合，发起多次反攻，均失败。叙州外围阵地也被护国军控制。

这时，三标和几个新兵被老兵带到叙州城外的一个山头上，这里有几条战壕，战壕前面的小树被战火燃烧过，有烧焦的痕迹，看起来这里发生过激烈的战斗。李三标这是去护国军第1军第3梯团游击支队1营3连。

到3连阵地，李三标见战壕里士兵的脸上和手上都是泥土，衣服也很脏，有人的衣服看上去被烧过。不过，士气还不错，士兵们主动和三标他们打招呼，问他们是哪里人，三标他们一一回答。很快，三标他们几个新兵跟老兵到一个宽一点战壕，老兵对前面的人说："报告连长，新兵到了。"这个人坐在弹药箱上背对他们看文件，听到话声转过身来，看看这几个新兵。老兵对三标他们说："这是咱们3连的关连长。"

关连长二十三四岁的样子，一张国字脸，方方正正，神态严肃。后来三标知道关连长大名叫关正阳，由于他的面色有点红，并且总是板着脸，不苟言笑，人们给他起了个“关公脸”的外号。他的脸上、手上和军服上都是泥土，看来吃了不少苦。

关连长打量这几个新兵，看见三标有点吃惊，站起来，上前仔细看看三标，很快，关连长的神情恢复了常态，问道：“你叫什么名字？”三标说：“报告连长，我叫刘长生。”关连长说：“刘长生？你叫刘长生？”李三标说：“是的，我叫刘长生。”关连长点点头，不再看三标，问其他几个新兵的名字，然后对这几个新兵说：“好呀，欢迎你们到 3 连，你们知道吗？咱们 3 连是组建护国军时新组建的连队，历史不长，但是作风很好，作战勇敢，斗志昂扬，向四川进发以来，完成了所有作战任务。现在，你们到 3 连，我希望你们能成为 3 连一名合格的士兵，为 3 连争光，为家乡父老争光，为讨伐袁世凯贡献自己的力量。”新兵们说：“遵命，我一定好好干，绝不让长官失望。”关连长把新兵分配到几个班，然后让老兵带下去。三标被分到 1 排 1 班。三标准备跟着大家走，突然，关公脸说：“刘长生，你留下！”三标站住，不知道连长要让自己干什么。

等老兵带其他新兵走了，这里只剩下他和连长了，关连长指着一个弹药箱说：“来，坐坐。”三标坐下。关公脸说：“你这一路挺辛苦吧？”三标赶紧又站起来立正回答：“报告连长，不辛苦，连长和战友们在前线才是辛苦。”关公脸说：“坐坐，不用站起来说话。我们不辛苦，打仗嘛就是这个样子。不过，打仗是残酷的，咱们 3 连出师四川到现在伤亡二十几个人，损失还是很大的，怎么样？你怕不怕？”三标又要站起来，关公脸说：“别站，坐着说就行。”三标说：“原来我是不怕的，可是，到了阵地上，看看这个样子，要说不怕是假话，这阵地比想象的吓人。”关公脸说：“这是实话，我就喜欢听实话，这打仗是要死人的，能不害怕吗？都是人生父母养的，都是肉身凡胎。不过，没事，很快就不害怕了，打两仗就适应了。你当兵前是做什么的？”

三标说："昆明的篆塘码头扛大包。"关公脸问道："还干过什么？"三标说："在碧色寨车站扛大包，还在阿迷城关镇干过伙计。"关公脸说："你老家是哪里？"三标说："羊街乡南坡村，是阿迷县的。"这是刘长生的老家。关公脸问道："你识字吗？能看报纸吗？"三标说："上过几年私塾，报纸上的字能认识一些。"关公脸又问："你父亲是做什么的？做生意的？"三标说："不是，在家里种田，家里很穷，没有一分田，一直是租地种维持生活。"关公脸问："你家里没钱，你怎么能上私塾？上私塾的钱是借来的？"三标说："不是，我们村里有几个大姓，我们刘家是一个，我们刘家族长出资让本家男孩子上私塾，每家一个，我家是我去的。"关公脸说："你家有几个兄弟姐妹？"三标说："三个，我是老大，下面是两个妹妹。"关公脸若有所思地点点头，好像心里有个东西放下了，高兴地说："好，欢迎你到咱们 3 连，我让人带你去 1 排，好好干，别给你父母丢脸。"让传令兵带三标走了。

三标觉得这番盘问来者不善，显然是对自己有所怀疑，难道是他看自己像二哥？不是人家都说自己跟二哥长得一点都不像吗？或者是口音问题，人家说有的兄弟口音和说话的口气极为相似，这是改不掉的，他是觉得我的口音和口气像二哥的？还有，即使自己有点像二哥，他为何如此在意？他认识二哥？是二哥的朋友，还是二哥的敌人？三标原来想冒名顶替到部队，肯定顺风顺水，没人能认出自己的，没想到这么快就遇到麻烦。三标对自己说，要防范这个人，了解一下他的情况，搞清楚他和二哥的关系。

后来，三标知道关公脸的一些情况，关公脸家是凤庆县名门，祖上有两代人在朝廷做官，在农村有上百亩水田，家庭富裕，他到昆明考上讲武堂，毕业后当上了军官。

第2节

三标跟传令兵走到另外一个阵地，传令兵喊："王排长，给你送新兵来了。"战壕里在小本子上写字的那个军官抬起头来，看看传令兵和三标，不满地说："怎么？就补充一个兵呀？我们排伤亡七个，连长不知道？"传令兵说："王排长，我是奉命把这个兵送过来，其他的事全部不知道。"又对三标说："这是咱们3连1排的王玉生排长。"

王玉生，二十来岁的模样，是个看上去斯文的小伙子，昆明人，父亲是昆明城南边晋宁县一个商号的账房先生。他刚从云南陆军讲武堂毕业，几乎是一出军校门就上战场。后来三标知道，王玉生比自己大一岁。

三标赶紧立正敬礼说："王排长，新兵刘长生前来报到，请指示。"王玉生抬了一下手，算是还了个军礼，对传令兵说："行，一个就一个吧，总比一个都没有好。你回去告诉连长，这个兵我收到了。"

等传令兵走了，王玉生对三标说："你叫什么？刘长生？哪里人？"三标说："报告排长，我叫刘长生，是阿迷县羊街乡南坡村人。"王玉生说："你们那里去山里打猎吗？你放过枪吗？就是你们那种装火药的火铳，你放过吗？"三标说："报告排长，放过，我会放枪。"王玉生居高临下地说："是吗？那就好办了，打仗就跟打猎一样，敌人就是猎物，你瞄准他，把他打死就行。不过也要小心，这猎物也会放枪，你要注意保护自己，否则你没干掉他，反倒让他把你干掉了。"三标说："报告……"王玉生不耐烦地说："别一口一个报告，有话直接说。"三标说："这我知道，我会放枪，也会保护自己。"王玉生说："你知道？呵，这小子还不想听教训了？你会放枪，也会保护自己？行呀，到时候在战场上试试，看看你到底行不行。就你这样，到时候不尿裤子就不错了，你还这也会，那也会的，看把你能的。”王玉生显然不喜欢三标这个不知天高地厚的家伙，但是，也懒得说更多的，说道：“你叫什么？刘长生？行，刘长生，你顺这战壕往前面走，那个土包后面就是 1 班，你到那找崔大嘴报到，他是你们班长。从今天起，你就是咱们 3 连 1 排 1 班的士兵。”

第 3 节

三标到 1 班阵地，问靠在战壕边的一个士兵：“兄弟，请问哪位是崔班长？”没等士兵说话，旁边的一个人说：“我就是崔班长，什么事？”三标赶紧立正敬礼说道：“报告崔班长，新兵刘长生前来报到。”崔班长冷冷地说：“新兵？谁让你来的？”三标说：“报告崔班长，是王玉生排长让我来的，说把我分到你们 1 班。”崔班长说：“是吗？那就待这吧，这一片是咱们 1 班的阵地，你爱待哪就待哪，随便。”

这个崔大嘴叫崔建奇，二十四五岁，因为嘴巴大、嘴唇厚和嗓门大才有了这个外号。一般是上司这么叫他，班里兵只敢私底下这么叫。崔大嘴是云南弥渡县人，父亲是种田的农民。他是个老兵，大清朝时，他就在云南巡防营当兵。四年前，昆明重九起义爆发，他在那个巡防营的连队驻滇南蒙自府，没有和蔡锷领导的起义军直接对阵，蔡锷成立大中华国云南军都督府后，他随整个连队归顺了蔡锷。这次讨伐袁世凯成立护国军，他们那个连队被打散编入这个支队。他已成家，老婆待在老家，有两个孩子，由于他没文化，到现在也仅仅当个班长。

这时，有颗炮弹落到 1 班阵地，一个兵说：“班长，敌人打炮了。”崔大嘴对班里的士兵高声喊道：“敌人打炮了，都给老子趴下，不想死的都趴下。”三标也跟着慌张地趴下。果然，更多炮弹落下来，过一会炮弹少了，敌人开始进攻，在听到王玉生排长那边枪响后，崔大嘴命令射击。没人教三标干什么，三标就学他们的样子向敌人乒乒乓乓地放起枪来，三标万万没想到自己的第一次战斗就这样开始了。

敌人的进攻有点顽强，第一波冲锋部队被打下去后，没过多久，又开始第二波冲锋，就这样反复着，打到中午才停下来，战场上的枪声消失了，敌人累了，护国军这边也累了。三标脑袋里嗡嗡的，当第一颗炮弹落下，他就蒙，这一下午他都是昏头昏脑的，像喝醉酒了一样。

他身边的一个士兵说："刘长生，你表现得真不错，第一次打仗就这么勇敢，好样的。"后来三标知道这个兵叫杨钊，不过，这会他根本反应不过来，自己打得好吗？哪里打得好？自己干什么了，三标根本不知道。这时，崔大嘴过来说："刘长生，你小子干得不错，一直在打，没有退缩，有胆量，是个好兵。"接着，王玉生排长也过来说："刘长生，怎么了？听说你小子打得不错，一个今天刚报到的新兵，不怯阵，不退缩，没看出来呀，真有两下子呀。"三标这酒劲还没过，糊里糊涂地说道："是吗？排长，我还行？咱们把他们都打下去了？"王玉生说："行，咱们把他们都打下去了，今天咱们胜了，敌人败了。"崔大嘴对王玉生说："排长，估计这小子至少打倒两三个敌人。"王玉生说："好样的，我要去向连长报告，让全连都向他学习。"崔大嘴说："对，我们 1 班出了个人物，不对，是咱们 1 排出了个人物，一定要宣传一下。"三标听不清楚他们在说这么，咧着嘴露出两排白牙，傻乎乎地笑着。

第二天敌人没有进攻，阵地上非常平静，让人似乎忘记了昨天还有那么激烈的战斗。三标他们无事可做，靠在战壕边上晒太阳，这冬天的太阳很暖和，晒在身上非常舒服。这会三标有了个朋友，就是昨晚第一个称赞自己的杨钊。

杨钊，中等个头，让人感觉敦实有力，比三标小两岁，没成家，大理下关人，农村小地主家庭，读过私塾，唐继尧宣布云南独立时他当的兵，比三标早半个多月，在三标面前算得上老兵。

杨钊很热情，和三标说了很多话，把三标当自己的知己。三标没那么坦诚，该说的说，不该说的没说，对杨钊有所保留。傍晚，敌人还是没进攻，估计这天平安无事了，三标心里绷紧的弦放松下来，继续和杨钊聊着。三标说："回想昨天的战斗，我真不知道自己是怎么打的，得到班长和排长的表扬，真是让我意外。别人说我打得好，我觉得不是这样。其实我心里非常害怕，尤其是班里有两个兵被子弹打中，一个伤了手臂，一个伤了头皮，尽管都无大碍，但是我还是吓坏了。还有阵地前面被打倒的敌人，有的受伤有的送命，后来被拖回对方阵地。我觉得这打仗真不是好玩的，太吓人，你朝我开枪，我朝你开枪，都是要对方的性命，别看对方被你打倒了，也许下一分钟就让你送命。"杨钊说："所有人刚上战场都会害怕，这很正常，你别想那么多。"

三标对杨钊说："我有点后悔了，不该来当兵，打仗真是玩命的事。"杨钊很诧异地问道："你说什么？后悔？你昨天不是表现得挺好的？"三标说："什么表现好不好的，我那是在瞎打。"杨钊说："你太紧张了，没事，打几仗就习惯了，不害怕了。"三标说："不行，我不能在部队干了，我要回家。我有父母，有老婆，我要死了，他们就见不到我了。"杨钊很理解三标，一再好言相劝，可是两人说了很久，都没让三标改变想法。

第4节

三标去找崔大嘴，说有点个人的事要谈谈，请崔大嘴到后面的树林里去谈。走到树林里，三标紧张地说："班长，我不想干了。我想回家。"崔大嘴不敢相信地问道："什么？想回家？你说啥呢？回家？"三标说："是的，班长，对不起，我想回家。"崔大嘴见三标不像是闹着玩，顿时勃然大怒，吼道："刘长生，你说什么？回家？你以为部队是什么地方？是茶馆？大车店？你想来就来想走就走？"

三标不服气地说:“怎么了?我是自愿来当兵的,怎么就不能走?”大嘴说:“你是傻,还是笨呀?刘长生,你知道你说的是什么话吗?自愿来当兵的,就可以想来就来想走就走?”三标觉得自己没有任何过错,继续说:“是呀,本来就是这么回事吗?自愿来的,自然可以想走就走。”大嘴见三标说得这么天真,笑起来,说道:“呵呵,新鲜,自愿来当兵的就可以随时走?哪有这样的部队?刘长生,我告诉你,部队是有纪律的,当了兵就由不得你,别说你回家,就是你出去办个事,不批准你,都不准去,你知道吗?这是部队。”

三标不服气地说:“凭什么?这是哪家的王法?”大嘴说:“哪家的王法?就是部队的王法,从古到今,几千年都是这样。”三标说:“有这样的王法,那招兵人也没说呀,他们要说了,我是打死也不会来的。”大嘴说:“没说吗?那我现在告诉你。到了部队就不能走,部队让你走时,你再走。没经部队批准,你要离开,那是逃兵?做逃兵会怎么样,你知道吗?那是要枪毙的。知道吗?你想你走了,躲起来部队抓不到你,我告诉你,做了逃兵,你就是逃到天涯海角也能把你抓回来。”三标听这么说,如梦初醒地说:“是这样呀?这……早知道是这样,我就不当兵了。”大嘴说:“行啦,别放马后炮了。滚回去!”三标没办法,现在只有在部队老老实实待下去。

第六章

第1节

山谷的金沙江不知疲倦地流淌着，这是枯水季，江水比雨季少了一些，但是依然汹涌。这一片地势险峻，一座山连着一座山，树木很少。这里距离泸州城几十公里，江水对面是护国军的月亮岩阵地。

李大标他们到了金沙江江边。这时，镇压护国军的整体形势是这样的，之前，袁大总统听说云南护国军分别进入四川和广西，决心杀鸡用牛刀，彻底解决云南问题，调集三路大军攻滇。第一路兵马由驻南昌的马继增第6师、驻河南的唐天喜第7混成旅、驻安徽的安武军十五个营组成，兵力两万，由湘西经贵州，攻击云南；第二路兵马由驻岳阳的曹锟第3师、驻北京南苑的张敬尧第7师以及驻保定的王汝贤第15旅组成，兵力近三万，进军四川；第三路兵马由龙觐光的广东陆军第1师，借道广西进云南，阻止李烈钧护国；第2军东进。同时，袁世凯电令四川将军陈宧，严令先前入川的武祥桢、李炳之、冯玉祥三个混成旅以及四川陆军第1、第2师严防死守，等第二路兵马到来，然后一举围歼蔡锷护国军第1军。

上次李大标他们同学在岳阳聚会后，中央陆军第3师很快开拔，日夜兼程赶赴前线。此时蔡锷兵分两路会攻泸州。护国军虽然装备差，人数少，但士气旺盛，一路所向披靡。四川陆军第2师师长刘存厚率领一个旅响应蔡锷，起兵反袁，改称四川护国军。很快，云南和四川护国军将泸州团团包围，守城长官换上百姓衣服，随时准备逃跑。

大标他们第6旅到泸州外围，马上对护国军侧翼猛冲，一番厮杀后，护国军力不能支，退出了战斗，转移到泸州南面的蓝田坝、月亮岩一线防御。随后第6旅对护国军发起几次攻击，因护国军防守有方，意志顽强，没有突破防线，形成双方僵持局面。吴佩孚急于打垮护国军，进攻多次没有进展，非常焦躁。

这时，消息传来，月亮岩一侧的金沙江边有个渡口，叫金湾渡，有四川护国军一个连把守，还有几十条民船在此往来运送难民。吴佩孚得到这个消息，决定组建一个精干的百人飞兵大队，换上当地老百姓的衣服到江对岸，夺取这个渡口，然后大部队通过这个渡口过江，从侧翼攻打四川护国军把守的月亮岩。

这天傍晚，大标顺着战壕走到一个掩蔽部，对里面的文秀才说：“秀才，你听说了吗，要组建飞兵大队？”文秀才说：“听说了，你有什么想法？你说。”大标看看掩蔽部里的传令兵，欲言又止。文秀才让传令兵出去，然后问道：“你说吧，有什么想法？”大标说：“是这样，我觉得这事不太妥，吴旅长太冒险，不够慎重，你想现在江对面的敌情是什么情况，说是只有一个连守卫，这是过去侦察的人说的，可是，你想想这可能吗？这么重要的渡口对方只派一个连看守，对方的长官是傻子？这里如果被咱们夺取，他们月亮岩阵地的侧翼就完全暴露，很可能导致整个阵地失守，他们看不到这点，只有咱们能看到？根本不可能。我觉得他们这是故意卖一个破绽给咱们，好让咱们派人过去送死。”文秀才说：“你说得有道理，我也认为这事有点悬。可是，你也知道咱们吴旅长一贯用兵大胆，喜欢冒险，我觉得他会赌一把，就是个圈套他也要去钻。”大标说：“是的，是的，只是这百人大队可能有去无回，我……”文秀才说：“你是担心把你抽调到飞兵大队吧？”见大标不说话，继续说：“我理解你，说自己不怕死是假的，哪个人想去白白送死？不过，你别担心，咱们

6旅几千人，抽调你我的可能性微乎其微，别想太多。”大标掩饰道：“是的，咱们出来当兵，干的就是脑袋拴裤腰带上的差事，就是真的让去送死，也得去，谁让咱们吃这碗饭呢？不过，你说得对，可能性不大，可能性不大。”

第2节

和文秀才聊过，大标心里轻松一点。可是，仅仅过了一天，大标又轻松不起来了。事情是这样，这天中午胡公子到前沿阵地找到大标，大声说：“李大标，你听说了吗？这次要派你去飞兵大队。”大标听了，倒吸一口凉气，连忙问道：“胡公子，你是在哪听说的？这是怎么回事？为什么要派我去？”胡公子让大标身边的几个兵退到一边去，一脸认真地对大标说：“你很意外？不应该呀，你不觉得就应该派你去吗？”大标生气地问道：“为什么？为什么应该派我去？”胡公子说：“很简单，你是云南人，冒充当地老百姓，你比我们这些北方人更合适，是不是？”大标问道：“那么，派你去了吗？”胡公子说：“没有，为什么要派我去？”大标说：“你是最想立功受奖的人，派你去不是更合适吗？”

胡公子看出大标不高兴，换成同情的口气说：“大标，我知道这个大队过江偷袭很冒险，不是闹着玩的，谁的命都是一条命，丢了就再也没有了。我能理解你，能理解。”见大标不说话，又说，“不过，你想不去有点难，你知道是谁点你名的吗？是何副营长，何有池。”这时，大家背后都管何有池叫何胖子。大标诧异地问道：“何胖子？你怎么知道的？你是从哪里听说的？”胡公子说：“他亲口对我说的。昨天晚上我到他那去，他亲口告诉我的。”大标心想，何胖子是自己2营的副营长，他点自己，自己要想逃掉，太难了，问道：“胡公子，是他点我？他去吗？”胡公子说：“他说他不去。”大标说：“不对呀，他是搞情报出身，又在云南将军公署干了3年多，最了解护国军，最应该去的是他呀？”胡公子说：“你说得有道理，可是他确实说自己不去。”大标说：“如果他不去，说我这个云南人最适合就不对了，是不是？还有，何胖子还推荐谁去了？”胡公子说：“他说他只推荐了你，没有其他人。”大标说：“这有点反常了，他不推荐别人，只推荐我，这是为什么？仅仅因为我是云南人？我怎么觉得这有点不对呀，难道他想要我的命？”胡公子说：“是吗？不会吧？是不是你过于敏感了？我觉得这挺正常的，不至于想要你的命。”胡公子没想到大标对此有这么大的反应，又说了一会，就告辞走了。

大标送走胡公子，马上去找文秀才，说了这个情况。文秀才见大标很激动，问道：“你觉得这有什么问题？”大标打住，半天没说话。秀才说：“怎么了？是不是这背后有什么事？”大标说：“有些事不知该说不该说。”秀才催促道：“有什么事你说嘛，咱们两个这关系，还有什么事不能说的？”大标说：“也许是我多心了，也许我猜错了。是这样，我觉得何胖子这是借刀杀人，要置我于死地。”秀才大吃一惊道：“你说什么？要置你于死地？为什么？”

大标就把李二标被害的事详细说了，最后说：“我弟弟是被人陷害，是死于一个阴谋。”秀才说：“阴谋？你有什么证据？”大标说：“没有。但是，我了解我弟弟，他绝对不会干那种蠢事。”秀才觉得大标的说法没有证据，只能是一种猜测。但是秀才看大标这么激动，不想反驳，问道：“那么，你怎么觉得何副营长这是借刀杀人，要置你于死地呢？这又是依据什么？”

大标说：“是这样，我弟弟的案件，是当时云南陆军发生的最重大的恶性事件，何胖子作为将军公署的军官，不可能没听说过这个案件，可是，当我问他时，他竟然说没有。这很不正常。”秀才说：“只要这个案件不是何副营长分管的，即使这个案件引起很多人关注，他确实可能不知道。”

大标偏激地说：“不，不，我认为他肯定听说过，只是他不承认。”秀才说：“好，就按你的说法说，他不承认，这有问题，是吧？”大标说：“是的，很有问题，他没说实话，说明他在隐藏什么，在掩盖什么，那么，他为什么要这样？到底隐藏和掩盖什么呢？我怀疑他和陷害我弟弟的阴谋有关系。”听大标这么说，秀才不想再跟大标辩论了，知道无论怎么说，大标都不会改变想法，说道：“也许你是对的，行，你多多小心，对于去飞兵大队的事，再想想办法，能不去就不去。”

第3节

大标告别文秀才到别的部队转了一下，打听组建飞兵大队的情况，基本搞清楚，目前这还是在准备中，没正式启动，具体派哪些人去也没最后确定。大标觉得现在情况还不算坏，最起码还有一两天时间，他心里一阵轻松。可是，很快他又心情沉重起来。为什么？这时黄猴子来告诉他一个新情况。

黄猴子，大名黄厚治，这年二十五岁，比李大标小一岁，也是大标保定武备学堂的同学，是大标他们2营6连的连长，出发前，在洞庭鱼香酒楼聚会时，他因外出公干没有参加。这时，黄猴子的传令兵到大标战壕，叫大标过去一下。大标跟传令兵到黄猴子的指挥部，问道：“什么事，还让传令兵叫我来？你这连长当得一点不吃亏，能用的绝对要用，该摆的架子一定要摆。”黄猴子是个瘦子，大概是被这个外号影响，有几分猴子样，他针锋相对地说：“李排长，让传令兵去叫你，你都不高兴，到底是你排长架子大，还是我这个连长架子大？”

大标说：“行，别啰唆了，说，有什么事？”黄猴子说：“刚才何副营长来找过我，打听你的情况。”大标诧异地问道：“为什么他不找别人，来找你？”黄猴子说：“估计他也找了别人，想你和我是同学，再找我聊聊。”大标说：“他都问了什么？”黄猴子说：“他是用聊天的口气问的，估计是不想引起我的注意。问了什么？问你家的情况。

说实话，我们几个同学对你家里的情况都不太了解，所以我说的估计没能让他满意。不过，这不是我找你来的重点，重点是另外一个事。”大标问道：“另外一个事？什么事？”黄猴子说：“是这样，后来他说起组建飞兵大队的事，他说他决定让你去飞兵大队，说你最合适。我知道这飞兵大队是有相当危险的，就问他是否征求过你的意见。他说没征求，也没必要征求，当兵吃粮的，就是应该以身报国，这是天职。我觉得他这个决定有点简单粗暴，建议他跟你聊聊，最好能让你自己去报名。没想到，他却很激动地说这事由不得他李大标，他想去得去，不想去也得去。我想问问你，你是不是有什么事得罪他了？有吗？”

大标听这话，心里一凉，他心想自己的担忧没错，何胖子是在借刀杀人，可是，这话不能再说，要高度保密，就是黄猴子也不能说，知道这事的人越少越好。他说：“可能是之前我对他有点不够尊敬，让他对我不满意，不过，具体是什么事，我也不知道。”黄猴子说：“看他这个样子，对你有点恨之入骨的意思，如果仅仅得罪他，他就这样，这家伙的心胸是不是太狭窄了？这个人是不是太小人了？”大标说：“这我不好说，我实在不了解他。”黄猴子说：“你回去还是再认真想想，到底有什么事得罪了他。另外，以后各方面多注意，咱们营有这么一个跟你过不去的长官，你将来的日子不好过呀，可要多多小心呀。”大标说：“是的，猴子，谢谢你。还是咱们同学是真兄弟。不过，我想问一句，这家伙点我去飞兵大队的事，还能调整吗？”黄猴子说：“怎么，你不想去，怕死？”

大标说：“我觉得这不是怕死不怕死的事，关键我感觉这像是要加害于我。”猴子说：“加害于你？不至于吧？你凭什么这么说？”大标说：“是这样，何副营长点我去飞兵大队的事，之前我已经听说，他的理由是我是云南人，化装成当地人我最适合。我估计他也跟你说了这话，是吧？”见黄猴子摇头，大标继续说：“没说也不要紧，可是，你想过没有？他在云南将军公署干了一年多，对护国军最了解，他不是更适合去飞兵大队，他说他要去飞兵大队吗？”见黄猴子摇摇头，大标继续说："对，他没说，为什么？因为他根本不打算去。那么，他这么适合都不去，却点我去，这不是加害于我？"黄猴子觉得大标说的有理，着急地问道："那你想怎么办？还有什么办法吗？需要我做什么？"大标摇摇头，说道："现在还没办法，让我再想想。"黄猴子说："是的，你再好好想想。有什么需要我做的，随时告诉我。"

第4节

大标从黄猴子那里出来，又去找文秀才，把文秀才从指挥部叫到外面树林里，把刚才黄猴子说的情况说了。文秀才听了，觉得是有点麻烦。两人议论了一下这个事，大标问道："你帮我想想，能有什么办法让我不去？我实在想不出办法来。"秀才说："是的，这事实在太难了，何胖子是你们2营副营长，他点你的名，怎么能不去呢？"大标说："是呀，是呀，这事非常困难，如果我不在2营就好了，他就管不了我。"文秀才说："我有个办法，你看行不行？你去找老罗说说，尽管他是我们1营营长，管不了你们2营的事，但是，他去找你们营长说说，你们营长应该会给个面子。"

大标觉得文秀才说得有道理，如果罗继昌去找找自己2营营长，应该能起作用。可是，很快大标就为难起来，他不好意思跟罗继昌开这个口，他怕罗继昌看不起自己，大标对文秀才说了自己的顾虑。文秀才觉得这没什么不好意思开口的，把真实情况告诉老罗，老罗能理解的。可是，大标还是很为难，对于大标来说，罗继昌是同学，更是一个大哥，跟这样的大哥说话要慎重，不是什么话都能说的，因为一旦说错了，就改变了自己在大哥心中的形象，再想挽回这个形象就太难了，而且，就是自己去说了，罗继昌会帮这个忙吗？罗继昌是个特别正派的人，做事从来都是光明磊落，他能当上营长，除了家里在北京政府中有相当关系，还由于自己表现非常优秀，让他去做这种事，他肯干吗？两人又说了一会，最后，大标说自己回去再考虑一下，考虑好了再作最后的决定。

可是，没等大标考虑好，事情又发生变化。大标刚回到自己连里，就得到通知，飞兵大队成员名单公布，他是成员之一，这等于彻底断了大标的退路，他再想活动不加入大队已经不可能了。这把大标打蒙了，不知道如何是好。不过，另外还有一个消息，让大标不知是该高兴还是该难过，什么消息？这就是罗继昌出任飞兵大队大队长，听说这还是罗继昌自己主动申请的。

就在大标惶惶然不知如何是好时，罗继昌的传令兵把他叫到罗继昌指挥部。罗继昌让大标坐下，然后让身边人都离开，对大标说："我听说你不想参加飞兵大队，有这事吗？"大标没说话，他不知道该不该说实话。罗继昌说："没事，是什么你就说什么，咱们是老同学，什么话都可以说，现在就咱们两个人，说错了也不要紧。"大标说："是这样，我听说这次是何副营长点我名去飞兵大队，而他自己不去，我挺不舒服。我听说他说我是云南人，化装成当地人最合适，可是，他自己在云南将军公署干了一年多，最了解护国军，他不是更合适吗？他为什么不去？"罗继昌问道："就为这个事？"大标不想把所有情况都说出来，觉得在这个事上暂时应该对罗继昌保密，说道："是的，就为这个事。"罗继昌说："是这样，何副营长也是很适合到大队的，但是，他有他的考虑，不去也是可以理解的。同时，大队用不了这么多营级军官，他真是要去，还没他合适的岗位。这个事，你要从正面理解，不要有其他想法。"大标觉得罗继昌有点为何胖子开脱，但是大标没有说话，他知道自己说不赞成的话对自己没任何好处。

罗继昌继续说："是的，这次吴旅长决心派飞兵大队夺取金湾渡口，是非常危险。现在说对面守军是四川护国军一个连，万一这个情报不准，有更多部队，甚至这就是护国军设的一个圈套，这个大队过江，就是有去无回，全部送命，确实是一个非常危险的事。"大标听着，觉得罗继昌说得很客观。罗继昌又说："不过，咱们这些当兵的，吃的就是不要命的饭，一些事情，明知是送死的也要上。我是这么想的，从到武备学堂的第一天，我就想好了，不管有多危险，需要有人上的时候我一定第一个上。我这不是说大话，我心里就是这么想的。现在咱们部队和护国军在这一带僵持不下，需要打开一个缺口来改变战局，月亮岩侧翼有四川护国军一个团，夺取金湾渡，输送大部队攻击这个团，就可以在蓝田坝、月亮岩一线打开一个缺口，就可以改变战局。我们不能错过这个机会，就是有重大牺牲也要试一下，就是因为这个，我申请率领飞兵大队，我愿意以命相搏，用我的性命换取这个胜利。”

大标听罗继昌这么说，心里对罗继昌又多了一分敬佩。罗继昌又说：“李大标，怎么样，咱们一起干？你放下那些乱七八糟的想法，不管他何副营长做的好还是不好，拿出勇气来，跟我去大干一场。我告诉你，我的直觉告诉我，咱们不会死的，咱们肯定能取得胜利。怎么样？”听罗继昌这么说，李大标还能说什么？还好意思说什么？只有点头同意了。

第5节

几天后的一个上午，罗继昌重金找来几个当地妇女做向导，让百人飞兵大队换上当地老百姓的衣服，假装难民，在金湾渡乘船过江，到达对岸。因为这些妇女讲的是当地方言，对方守军没有怀疑，放他们登岸。飞兵大队的尖兵上岸，马上制伏渡口哨兵，让罗继昌和后面的队员上岸。罗继昌一上岸，迅速下令对守军发起攻击，一时间枪声大作。可是，进攻很不顺利，很快，飞兵大队被对方火力压制在一个土坎之下，形势危急，尽管敌人只有一个连，但是，如果不改变这个局面，对方增援部队赶来，飞兵大队就可能全部报销，这次偷袭行动也将彻底失败。罗继昌万般焦急，这时，李大标爬到罗继昌身边说：“罗营长，没办法了，等下去就是死，只有拼了！我带头冲锋，怎么样？”罗继昌怀疑地问道：“你带头？”李大标说：“是的，我带头，你喊冲锋，我第一个向前冲。”罗继昌觉得只有如此，高喊：“弟兄们，冲呀！”大标随着喊声跳起来，迎着敌人的子弹向前冲，表现得十分英勇。在大标的带动下，其他队员跟着跳起来，罗继昌也跳起来，发起冲锋。飞兵大队冲进守军战壕，很快把敌人打垮，敌人死的死伤的伤，投降的投降，飞兵大队控制了整个渡口。接着，渡船将大部队运送过江，并马上对月亮岩侧翼的四川护国军那个团发起攻击，最终打垮这个团，该团团长战死，该团几门大炮也被缴获，护国军被迫将战线向后移动几公里。

战斗结束了，大标在敌人阵地上见到文秀才，秀才是随大部队过江的。秀才问夺取渡口的经过，大标说了一下，文秀才听了特别高兴，说道：“你小子胆子不小，在那么危险的时候敢冲锋，了不起。”大标说：“没办法，到那一步，冲是死不冲也是死，不如冲上去。”秀才说：“是这么个道理。但是，当时不是哪个人都能做到的。大标，好样的！”听到秀才的表扬，大标非常高兴，他真的希望自己这几个同学能看得起自己，能觉得自己不比他们差。当然，还有一个事让他更高兴，那就是何胖子的借刀杀人之计，落空了。

第七章

第1节

到了1916年6月中旬，已经是夏天，尽管大洲驿这片山坡经历过战斗炮火，但是很多地方的树木和小草又长出来，山坡恢复了绿色，和远处的农田、山峦的绿色连成一片。山坡的气息也回到原来的样子，带着泥土和草木的味道。

三标走在山路上，他这是去叙篷溪，去二哥原来那个部队。之前，他跟崔大嘴提出来回家被训斥后，便只有老实待着，不过，这并不艰难，他很快适应了战斗，不再害怕。不仅如此，他在战斗中的表现也很不错，人们都说他是天生的好兵。现在讨伐袁世凯的洪宪战争结束了，他有时间去二哥原来的部队了解一下情况。

这洪宪战争怎么结束了？是这样的，前段时间护国军在蓝田坝、月亮岩一线与曹锟的第3师、张敬尧的第7师激战后，退至大洲驿，挖掘战壕坚守。3月中旬，广西将军陆荣廷在李烈钧率领的护国军的高压下，宣布起义独立。这个消息传到纳溪前线，护国军军心大振，蔡锷乘势下令反攻，向张敬尧的第7师发起攻击，史称“纳溪反攻”。激战两昼夜，最终敌军大溃，敌主力第7师将校伤亡殆尽，士兵损失过半，已无再战能力。战后统计，击毙敌军两千余人，俘虏一千余人。护国军牺牲八百余人，伤一千余人。这是护国军出征以来规模最大、场面最激烈的一次战斗。

3月22日，袁世凯被迫宣布取消帝制，恢复“中华民国”年号，命四川将军陈宧与蔡锷谈判议和，双方达成协议，四川休战。

第2节

前段时间，三标一直在打听二哥原来那个部队改编成哪个部队，驻扎在哪里，花了很多工夫。后来，三标终于打听到，二哥他们原云南陆军第1师1团2营2连，现在的番号是护国军第1军第2梯团第4支队6连，这时驻扎在叙篷溪，距离三标他们大洲驿只有十多公里。

这天，三标找关公脸请假，说去兄弟部队看老乡，关公脸批准了。三标很快到叙篷溪，找到6连，6连的驻地也是在一片山坡上，士兵们住在临时搭建的草棚里。三标走过去，被哨兵拦住，三标出示了自己的证件，说是去找连队的人打听一点事情，哨兵叫人来带三标去见一个排长。在一个草棚里，三标对这个排长说自己是受李二标父亲之托来了解一下李二标事情的具体情况，听说李二标那个连队被改编成这个连，就找过来了。这个排长说没错，这个连的人基本是李二标那个连的，当时自己就是那个连的一个班长，认识李二标连长，也认识相关的人员。接着，这个排长介绍了那个事的具体经过，他们连有个叫黄毛贼的兵，大名叫毛有财，大清朝时是巡防营的老兵，是个兵痞，一再违反军纪。那天，李连长去营房外的一片树林，意外发现黄毛贼正在强奸一个女子，怒斥黄毛贼，两人发生冲突，李连长情急之下掏出枪打死了他。这一切被路过此地的一个人看到，这个人叫张开登，外号老烟筒，是黄毛贼的班长，他跑回营房向长官报案，于是抓了李连长。可是，李连长说黄毛贼不是自己打死的，自己是路过那里，见有个人躺在那里，他过去看，见是黄毛贼，已经死了，自己冤枉，是被人陷害。这个事不是个小事，上面非常重视，马上派人来调查，经过反复调查，最后作了结论：认定真实情况就是老烟筒说的那个情况，李连长就是凶手，逮捕他是正确的。这个事，就是这样，你回去把这个情况告诉李连长的家人吧。三标听这么说，不知说什么好，告别这个排长，心里很是失落，没想到情况是这样，不知下一步如何是好。

三标向 6 连驻地外走去时，心想：是不是应该再找其他人了解一下？尽管这事上面有结论，但是多问几个人毕竟没坏处。三标折返回去，去另外几个草棚找人，可是，说的都和那个排长说的一样，三标一无所获。看来这天的调查只能到此为止了，三标扫兴地向驻地外走去。

突然，一个兵从旁边树丛中走出来，说："老兵，等一下。"三标站住问道："你有事？"这个兵说："我听说你是来了解李连长案件的事，是吗？我想跟你说一句话，以后你别来了，否则要惹麻烦的。"三标觉得很奇怪，问道："你怎么会这么说？为什么？你是谁？"这个兵说："我是这个连的救护兵，别人都管我叫小黑子，部队改编前我就是这个连的兵，我认识李连长。"三标问道："你是不是知道什么别人不知道的情况？你说。"小黑子说："不，当时那个现场除了已经死了的黄毛贼，只有李连长和老烟筒，没有第三人，别人都说不清楚。"三标问道："那么你为何劝我别来了？你听说了什么？"小黑子说："这么说吧，我并没听说什么，但是，我告诉你，报案的那个老烟筒并没来四川，他在部队向四川开进的路上开小差了，消失了。"听这么说，三标心头一震。

第二天，三标被关公脸叫到连部，关公脸让身边的人都退下，连部只有他和三标两人，关公脸表情很严肃，用冷冰冰的口气问道："刘长生，听说你昨天去 4 支队 6 连了，你跟我请假去看老乡，为什么没说是去 6 连？你在那里有老乡吗？"三标显然对此有准备，坦然地说："是的，我本来不想让你知道，既然你知道了，我就实话实说吧，昨天我去的是 6 连，是去了解李二标连长案件情况。"

关公脸说："了解李二标连长案件情况？为什么？"三标说："是这样，我在阿迷城关镇干活，就是在他家的李记古法榨油坊做伙计，李连长的父亲有恩于我。我到阿迷找活干，被地痞流氓欺负，被打得很惨，我没钱身上又有伤，只有沿街要饭，是李连长的父亲收留了我，给我饭吃，给我疗伤，让我在他家榨油坊做伙计，如同我的亲生父亲。我身体好了，我想去闯世界，离开榨油坊到昆明，去篆塘码头扛大包。这次，我打算报名当兵讨伐袁贼，回了一趟老家，路过阿迷，我去榨油坊看了李连长他父亲。他父亲说了李连长出事了，他想不通儿子怎么会干这种蠢事，怀疑是被人陷害，拜托我一定帮忙了解一下。"

关公脸冷冷地说："是吗？李连长父亲叫什么名字？"三标说："叫李祖殷。"关公脸又问："他家有几个兄弟姐妹？"三标说："他家是四个孩子，三个男孩，最小的是女孩。"关公脸厉声问："你认识李三标吗？"三标坦然地回答："不认识。"

关公脸又问道："他家这四个孩子都是干什么的？"三标说："我到他家，他家这四个孩子都不在家，我没见过他们。听说老大在北方当兵，应该是当上军官了，老二在昆明当兵，老三在昆明的一个拳馆做拳师，老四到昆明读书。"关公脸说："你在他家干大半年，他家的孩子你一个也没见过？"三标说："是的，他家的孩子我一个也没见过。"关公脸又问："你去6连，见了谁？了解到什么？"三标说："就见了一个毛胡子排长，他介绍了一下案情，跟李连长父亲说的情况基本一样。"

关公脸怀疑地说："刘长生，在部队跟长官说话必须老实，不能有半句假话，你知道吗？如果你跟长官说了假话，要让你吃不了兜着走的。"三标用极为诚实的口气说："连长，我说的都是真话，要有半句假话，让老天爷惩罚我。"关公脸说："你这个兵，看来我是低估你了，你很会演戏，没去唱戏可惜了。"三标用很无辜的口气说："连长，我说的都是实话，没有掺一点假。"关公脸厌恶地说："行，今天就说这些，你回去吧。"

三标回到本班的驻地，杨钊赶紧过来小声问道："听说连长把你叫去，出什么事了？"之前三标没对杨钊说过二哥的事，这时三标想这个事很快会在连里传开，不妨先跟杨钊说说，让杨钊感觉自己很信任他，就以刘长生的身份，把李二标连长案件，自己受李连长父亲之托了解案件情况的事简单说了。杨钊听了这个情况，问道："这个事，关公脸怎么这么敏感？李连长的事跟他有什么关系？"三标觉得杨钊这话问得好，确实如此，关公脸为什么这么敏感？

第3节

护国军从战斗状态退出来，三标他们3连从战壕退到后面的村子里驻扎，部队没有任务，每天都是休息。不过，三标可是没闲着，梯团在镇上的临时粮库发放一批粮食，每个连队都必须派人去挑粮，关公脸安排连的挑粮队由各班抽人组成。别的班都是每天换一个人挑，而崔大嘴却派三标一连挑了五天，把三标累坏了，肩膀磨破了皮，脚上的水泡破了又长，长了又破。可是，第二天还要去。

晚上在连队的伙房，三标在用热水烫脚，杨钊在一旁陪着。伙房里只有他俩。杨钊愤愤不平地说："这五天挑粮队的人，除了你，人家都是只去一天，我看这是崔大嘴有意为难你。我说，一会你去找崔大嘴说明天你不去了，让他派别人去。"三标没说话，表情凝重。三标是在县城里长大的，很少挑担子，这五天确实累坏了。三标说："没用，没用。"杨钊说："为什么？"三标说："谁知道？可能就是他看我不顺眼。"

杨钊说："我觉得他一开始对你挺好的，说你打仗很勇敢，最近来了个一百八十度大转弯，有机会就收拾你。你是不是有什么事得罪他了？"

三标觉得这有可能是关公脸授意的，说道："我得罪他？我能有什么事得罪他？"杨钊又说："不行你去找连长说说，给你调换一个班，别在这个班受罪了。"三标说："连长会同意？你开玩笑。"杨钊说："那我去找崔大嘴说，让他换人去挑粮。"说完，不等三标表态，转身走了。三标担心这要捅娄子，赶紧追出去。

三标见杨钊走进班里睡的窝棚，对躺在大通铺上的崔大嘴说：“班长，我有话要说。”崔大嘴躺着没动，说道：“说。”杨钊说：“去挑粮的事，其他班是每天换一个人，只有咱们班是一连五天都是刘长生，明天去挑粮，请班长换个人。”崔大嘴说：“你说什么？我没听见。”杨钊说：“请班长换别人明天去挑粮。”崔大嘴说：“换人？为什么？”杨钊说：“这不公平……”崔大嘴打断道：“公平？什么他妈的公平？当兵哪有什么公平？战场上哪有什么公平？我告诉你杨钊，军人以服从命令为天职，你懂吗？”杨钊嘟囔道：“命令也要公平……”崔大嘴说：“命令就是命令，哪有什么狗屁公平？杨钊，我告诉你，咱们这个班是我说了算，你在这个班里，给老子规规矩矩、老老实实的，闭上你的臭嘴，滚！”杨钊只有离开。

杨钊见到三标，摇摇头。三标看杨钊垂头丧气的样子，觉得杨钊这小子真是够朋友。杨钊说：“不行，我去找排长。”三标劝他别去了，杨钊不听，就去找王玉生。三标没跟他去，过了一会，杨钊回来，说：“我跟王排长反映了情况，他说他会找崔大嘴说说。”

第二天一早，王玉生到三标他们班，当着全班人的面对崔大嘴说：“崔班长，你怎么一连几天都派刘长生去挑粮？你们班没别人了？”崔大嘴说：“报告排长，这有什么问题吗？其他班不也都是这样吗？”王玉生说：“谁说的？别的班都是每天换一个人。”崔大嘴说：“是吗？我听说的不是这样呀。”王玉生说：“行了，今天你们班换个人去，一个人挑几天要累坏的。”崔大嘴说：“排长，我觉得没必要换，刘长生不会累坏的，这几天他挑得挺好。”王玉生见崔大嘴这样，不高兴地说：“什么意思？”崔大嘴说：“我觉得刘长生这个兵需要多锻炼锻炼。”王玉生质问道：“你的意思这个事不用听我的，我管得宽了？”崔大嘴昂头挺胸，不说话。王玉生严厉地说：“崔班长，我命令你，今天换一个人去挑粮。”说完，不等崔大嘴答复就走了。

等王玉生走远了，崔大嘴嘴里吐出几句脏话，很不高兴，不过，崔大嘴最后没有派三标，而是改派杨钊去。杨钊没有啰唆，拿上扁担就出发了。

第 4 节

傍晚，三标到村口去等杨钊，外出挑粮的兵，一个个都回来了，就是没见到杨钊，三标有点着急。天全黑了，杨钊回来了，三标从杨钊肩上把扁担抢过来，把粮食挑去连部伙房。两人把粮食交出后，向他们班的窝棚走去，刚到窝棚门口突然闻到一股炖鸡的香味。三标感到奇怪，谁这么大本事，能搞到鸡？真香呀，他口水都流下来了。三标见窝棚侧面有三块石头搭的灶，里面好像还有余火。接着，听到屋里崔大嘴喊："刘长生、杨钊，你们回来了？"三标和杨钊答道："是，班长。"

三标和杨钊进屋，见崔大嘴躺在大通铺上，班里的其他兵有的躺大通铺上，有的蹲在地上。杨钊说："班长，你们今晚吃鸡了吧？"崔大嘴说："吃鸡？吃什么鸡？"杨钊说："我闻到炖鸡的香味，还有，窝棚外有个灶，像是刚烧过。"崔大嘴说："有这事吗？油葫芦，你们今晚吃鸡了吗？"

这油葫芦，大名叫尤禄，这年二十三四岁，是云南保山府龙陵县人，父亲是一家马帮店带马帮的老伙计。他当兵有两年多了，因他大名和"油葫芦"读音相近，他又是一副油头滑脑的样子，人们都叫他这个外号。他是跟崔大嘴最紧的家伙，就像是崔大嘴的一条狗。

油葫芦说："没有呀，谁吃鸡了？怎么可能呢？"杨钊说："班长，偷老乡家的鸡是违犯军纪的。"崔大嘴说："违犯军纪？要你给我上课？滚一边去。"

杨钊转身走出窝棚，三标跟出去。两人走到村子边，坐在田埂上，杨钊说："崔大嘴这狗日的，哪里还像护国军的军人？就是土匪！咱们去向关连长报告。”三标说：“报告有什么用？你还没看出来，崔大嘴是关连长的人，咱们告他，关连长顶多表面训一通，装装样子，不会认真处理，反过来崔大嘴肯定会报复你我，那么你我不是更惨？算了，就当没看见吧。”杨钊说：“关公脸包庇他，咱们就去向支队长报告，让支队长来处理。我就不信，就没人管他了。”三标不说话，抬头看看天上的星星，缓缓地说：“我是不想跟崔大嘴斗。”杨钊说：“现在不是你想不想跟他斗，是人家要处处跟你过不去，你躲得了吗？”三标说：“算了，人在矮檐下，怎能不低头？”

时间晚了，三标和杨钊进村，向他们班窝棚走去。这天夜空中没月亮，村里很黑，两人走到他们班窝棚外面，见前面有个人影一闪而过，三标说：“前面那个人有点像油葫芦。”杨钊说：“这么晚，他在外面干什么？”三标和杨钊走到窝棚口，见里面的油灯熄了，看来大家都睡了。他俩走进去。突然，一床被子从上往下盖住他俩，八九个人上来把他俩按倒在地，接着是一顿拳脚不分青红皂白地砸下来。三标和杨钊在被子里喊：“你们干什么？为什么打人？”没有人回答，窝棚里只有拼命捶打的拳脚声和粗重的呼吸声。三标和杨钊拼命挣扎，可是哪里能逃出这八九个人的围攻，他俩挣扎得越厉害，遭到的拳脚就越重。两人放弃了挣扎，任这些人摆布了。看着被子下面的人不动了，这些人停住手脚，散开去。

这时，崔大嘴的声音出现了，好像是刚刚睡醒，带着浓重的喉音：“出什么事了？把灯点上！”窝棚里的油灯亮了，三标推开身上的被子，见所有人都在大通铺上躺得好好的。崔大嘴发现了地上的三标和杨钊，问道：“你们这是干什么？怎么睡在地上了？”杨钊站起来说：“刚才有人暗算我俩。”崔大嘴困惑地问道：“暗算你俩？”又对大通铺上的人说，“喂喂，你们醒醒，刚才看见有谁暗算他俩了吗？”大通铺上的兵没有起身的，只是发出各种含糊的声音。

崔大嘴质问道：“杨钊，你别诬陷好人，班里的人都在睡觉，怎么可能暗算你们？”三标抹了一下嘴角的流血，问道：“把我打成这样，还不是暗算？”崔大嘴说：“放屁！你说有人暗算就有人暗算你们啦？你要说有人杀人还有人杀人啦？”油葫芦和几个兵坐起来，油葫芦说：“就是，你们在外面摔成这个样子，怪谁？怪我们？”三标知道跟这些人是说不清楚的，只好忍下来，坐到铺位上，不再说话。杨钊也不再说话。有人在通铺上嘟囔道：“这都什么时间了？还让不让人睡觉？”崔大嘴喊了声：“熄灯！”

第八章

第1节

在纳溪战线袁军一侧，3师的官兵也都在做撤军准备。这天，黄猴子告诉大标，他想去对面这事被何胖子驳回来了。这是什么事情？是这样，这段时间纳溪战线6旅机动团防守这一段，与护国军发生几次小摩擦，导致关系紧张，为了避免再次发生这类事情，机动团奉命和对面护国军那个部队举行一次会谈，会谈地点在护国军一侧。大标听说这个事很激动，大标通过妹妹的来信知道三弟在护国军第1军中，很希望能借此机会过去见上一面。于是，大标让黄猴子去找何胖子帮自己争取一下，当然，没说去看三标，只说想去看看老乡，现在黄猴子回来了，黄猴子说："我对他说了你的想法，他一口回绝，想都没想，非常坚决。"大标说："是吗？他怎么会这样？"

黄猴子说："你别生气，是这样，我问他，为什么不能让李大标去？他说，他是云南人，怎么能让他去？我说，云南人怎么就不能去？李大标会说云南话，还是一个很好的翻译，去了有利于会谈，怎么就不能去？他说，现在我们是在和云南人打仗，对云南人就要提防一点。我说，现在大总统不是取消帝制，四川都停战了，为什么还要提防？他说，停战？谁知道什么时间又跟云南打起来。"大标说："原来是这样，我看他就是个疯子，现在所有人都不希望打仗，只有他一个人希望打仗。”黄猴子说：“就是，你看，这个事办不了，要不你就别去了，算了，等时局平稳了，你再请假回家吧。”

大标送走黄猴子后，去找文秀才，走进文秀才指挥部说：“秀才，有时间吗？跟你说个事。”文秀才让身边人回避，说道：“说吧，有什么事？”大标把刚才黄猴子说的事说了一遍，文秀才听了，说道：“事先你没跟我说这个事，如果说了，我就不同意你让黄猴子去找何胖子，你知道为什么吗？我认为何胖子根本不会同意你去。”李大标问道：“为什么？”文秀才说：“为什么？你不是怀疑他跟你弟弟被害有关吗？就为这个。你想想，他怎么会让你去见那边的人交换你弟弟被害案信息呢？那不是对他太不利了吗？”大标说：“原来是这样，有道理。”文秀才问道：“这条路堵死了，现在你打算怎么办？放弃了，还是再想想其他办法？”大标说：“我不想放弃，你说，这个事我去找老罗帮忙行吗？他会帮忙吗？”文秀才说：“我觉得可以，这个事，跟不去飞兵大队的事不一样。再说，上次你在飞兵大队表现不错，老罗对你很满意，他肯定会帮忙。”大标下决心，就去找罗继昌。

李大标去找罗继昌，果然如他所料，罗继昌答应帮他去找他们2营的长官说说。大标想行了，现在万事大吉了，罗继昌出面2营长官肯定会给面子，会同意自己去，现在就等着跟随会谈组越过封锁线去护国军阵地了。两个小时后，李大标被传令兵叫到罗继昌指挥部，大标高兴地问道：“怎么样，罗营长，我们营长同意了？肯定没问题，你出马他们必须给面子……”罗继昌打断大标的话道：“不是，这个事有点复杂，不是那么简单。”听这口气，李大标紧张起来，难道没办成？赶紧问道：“怎么，他们不给面子？”罗继昌说：“不是，这不是什么面子不面子问题，大家做事都讲规矩、讲依据。你们营长对我说何副营长不同意，何副营长的理由是尽管现在战争结束了，但是咱们毕竟跟云南打了这么长时间，还是避嫌好，否则出点什么事，实在无法向上面交代，他们就是浑身是嘴也说不清楚。”李大标生气地说：“何副营长这是什么话？完全没道理。”罗继昌说：“你别激动，这话不能说一点道理都没有。”大标冲动地说：“有什么道理？罗营长，你说有什么道理？当初组建飞兵大队的时候，他怎么不说要提防我这个云南人？他点我的名去大队，说我是云南人，化装成当地人最合适，那时他就不怕我阵前反水，跑到对面去报信，如果我叛逃，他是我的长官，他怎么向上面交代？”罗继昌停下来，半天没说话，他觉得大标这话的确有道理。大标不甘心地滔滔不绝地说着，过了一会，罗继昌说：“好了，别说了，我去找吴旅长。这个事就这样，你回去吧，别着急，一会我去找吴旅长说说。”听这么说，李大标就回去等消息了。

第2节

而李三标这边，这天一早，三标他们3连在阵地前列队，奉命迎接袁军过来会谈的军官。很快对面袁军的军官过来，有十来个人，方鸣九上前敬礼，欢迎他们到来。

方鸣九，护国军第1军第3梯团游击支队的支队长，这支队就是一个团。这年，方鸣九二十八九岁，留着个小胡子，显得比实际年龄大。他是宣统三年从云南陆军讲武堂毕业，分配到陆军第19镇蔡锷的37协当排长。不到三个月，昆明重九起义爆发，他跟随蔡锷攻打五华山军械局，包围总督府，表现突出。蔡锷决定礼送云贵总督李经羲出滇，他参加了护送卫队。后来到滇西清剿土匪，经历多次战斗，作战勇敢，指挥有方，表现突出，很快提升为连长和营长，成立护国军时，又升一级，到这个支队任支队长。

袁军的团长向方鸣九还礼，对护国军的欢迎表示感谢。然后，方鸣九带袁军军官从3连面前走过，去远处的会场。三标站在3连队列的后排，目不斜视立正站立，当一行人走到队列面前，三标用眼角余光看了一下这几个人，突然觉得最后那个军官有几分眼熟，三标仔细看看，原来那是大哥李大标。

这时，李大标也看见三标了，晚饭后，大标出现在三标面前。这是罗继昌找吴佩孚旅长请求后，吴佩孚指示机动团团长带大标去参加会谈，并批准大标去看看老乡朋友，这样，机动团团长带大标等一行人越过战线到护国军阵地。这次，何胖子没有来，他怕见到护国军里的熟人。大标没想到这么容易见到三标，非常高兴，三标也是喜出望外，两人非常高兴。

两人走到旁边一片树林边，大标说道："我是从小妹的信中知道你当兵了，在四川。这次我争取上面派我到你们这边，就是为了见见你，原来以为很困难，没想到这么顺利。怎么样，你都挺好的？"三标说："你都看见了，我挺好的。你都好吗？我还不知道你在对面部队里。"大标说："我也不知道你距离我这么近，真是没想到。"

大标问了一些家里情况后，把话题转到李二标案件上，问道："怎么样，查老二案子有进展吗？"三标说找到了二哥原来那个连队，情况确实有点异常，当时是依据一个目击证人的证言认定二哥杀人的，那个人外号叫老烟筒，是二哥连队的一个班长，可是，这个老烟筒，竟然在护国军向四川开进时开小差，跑掉了，现在无人知道他在哪里。确实是，护国军向四川开进时，有一些人开小差，不只老烟筒一个人，但是，老烟筒开小差这事还是让人感觉有点不对。大标听了这个情况，赞成三标的判断，说老烟筒开小差还是很反常，是一个重要线索，这个老烟筒有重大嫌疑，要设法找到这个老烟筒。

接着，三标说了对关公脸的怀疑，自己刚到部队，他把自己单独留下问了不少问题，自己去3连后，他盘问自己，口气非常严厉，不知道这个人怎么会这样，担心他跟二哥被害案有关系。大标听了这个情况，赞成三标的看法，同意对这个人要特别防范。

然后，大标也说何胖子的问题，说这个人跟自己第一次见面神色异常，很奇怪。自己问他是否认识老二，他说不认识，可是大标觉得他完全认识。这个人原来在第3师情报部门，民国二年袁世凯从中央陆军1～6师挑选几个军官去云南省的将军府任职，他被选中，唐继尧宣布云南独立后他离开云南回到 3 师。这个人是河南项城人，是袁世凯的老乡。还有，这个人好像跟我很过不去，甚至要借刀杀人除掉我，我感觉他和老二被害有关系。

听大标这么说，三标很认同大标的怀疑。三标说，后来有人伪造的越狱，让二哥未经审判被打死，这可能与将军公署的人有关，基层部队的连长和排长是做不到这点的，只有云南将军公署的人能做到，而何胖子当时在将军公署，他有可能在其中扮演了一个什么角色。三标同意大哥的怀疑，认为应该高度重视这个人，并小心被他加害。二人又聊了一会，大标匆匆告别回会谈小组了。当晚，大标跟会谈小组一起回到自己阵地一侧。

第二天，关公脸把三标叫到连部，问道："听说昨天袁军过来会谈的一个军官找过你，你们还谈了一会，这是怎么回事？"三标知道关公脸肯定要过问这个事，心中早有准备，说道："是的，那是我的一个老乡，他在袁军当兵，过来咱们这边，没想到竟然见到我，就来跟我聊聊家常。"关公脸一脸狐疑地问道："老乡，什么老乡？你们那个村的？"三标说："不是，我不知道他是哪个村的，是他当兵前，在赶街时认识的。一次我在街子上被人欺负，他为我打抱不平，我一直特别感激他，后来在街子上没再见过他，没想在这里见到了。"关公脸说："你说的是实话？就是这样的关系？"三标说："是呀，就是这样的关系，很简单。"关公脸找不出什么破绽，很不高兴地让三标走了。

三标回到驻地，给妹妹李津兰写了封信，把与大哥见面的情况说了。之前他给妹妹的信说了老烟筒开小差之事，这次在信里说，大哥和自己一样，都认为老烟筒开小差这事很可疑，是一条重要线索。还说，大哥那边那个何胖子副营长也有点古怪，现在还不知道这里面隐藏着什么。在信里的结尾说，尽管现在这一切还很乱，还很不肯定，但是，自己最后一定能把这一切搞清楚。

第3节

月光下的广州城已经安静下来，晚上10点钟对很多人家来说是很晚了，城里大部分窗户都黑了，而南城的一间民宅的窗户是亮的，窗口的桌子上点着一盏油灯。一个军官在信纸上写字。这是陈文汉，这时他是云南陆军第4师第7旅旅部的一个连级军官，这么晚他在写什么？是在给死去的李二标写信，他想把护国讨袁的胜利，以及他们护国军第2军这段时间的经历告诉李二标。

陈文汉怎么又来当兵了？陈文汉帮三标分配到蔡锷将军的第1军后，觉得现在人们都在热血沸腾地去参军，去冲锋陷阵，而自己待在讲武堂里，这太不协调了，于是，他向上面申请去护国军，去前线作战。经过他的不懈努力，终于如愿以偿，被分配到李烈钧将军的护国军第2军第4梯团的朱培德支队。他本以为自己很快会上阵杀敌，没想到，朱培德支队长发现他读书多，能写文章，更适合干参谋工作，就把他留在自己身边。

陈文汉在纸上写道：

二标君：

你好！我在广州给你写这封信。今天是民国五年十一月三十日，算一算，你离开我快一年了，你知道么？此时此刻我特别想念你，我想告诉你，我们胜利了，我们护国讨袁的任务彻底完成了。好了，你让我把这一切告诉你。

我从讲武堂调到护国军第2军，今年2月底，我们在李烈钧司令的率领下到达广南、富宁一带。这时袁世凯三路攻滇的第三路兵马，即龙觐光率领的广东陆军第1师，已到达滇桂边境。激战数日，我们将龙觐光军部击退。我们第2军进入广西，向南宁逼近，广西将军陆荣廷站到护国军一边，通电宣布广西独立。

后来，袁世凯被迫宣布撤销帝制，但仍居大总统位，护国军继续前进。这时，广东代省长龙济光在广州虽然有兵力三万人，因潮汕、钦廉等地在中华革命党人朱执信、陈炯明等领导下纷纷起义，却是不能出省一步，在滇桂护国军大军逼近下，被迫宣布独立。

滇桂护国军和其他护国力量到达广东肇庆，成立“中华民国军务院”，唐继尧为抚军长，原两广总督岑春煊为副抚军长，梁启超为政务委员会委员长，龙济光、陆荣廷、蔡锷、李烈钧为抚军，继续北伐。接着，我们第2军抵达肇庆。我们支队奉命改编为第25团，朱培德任团长。

接着，袁世凯病死，黎元洪以副总统的身份继任大总统，段祺瑞担任国务总理。这时，龙济光却倒向北京政府，宣布取消广东独立，服从北京，命令南韶镇守使阻止护国军北上。我们第2军至韶州时，南韶镇守使将城门紧闭，我们炮轰韶州城，南韶镇守使被迫开门投降。此为后来广东人所说的“滇军三炮定韶州”。接着，龙济光增援韶州的二万部队与我们第2军在源潭交战，被我们俘虏二千余人，为护国军的“源潭大捷”。

在此压力下，北京政府被迫任命陆荣廷为广东督军、朱庆澜为广东省长、龙济光为“两广矿务督办”，这样，唐继尧等十三人联名宣布撤销“中华民国军务院”，云南、广西等省取消独立，至此，护国战争结束。龙济光对任两广矿务督办极为不满，一再拖延，他索得一笔饷款后，率部分部队移驻琼州。这场战争，因袁世凯欲当洪宪皇帝而起，也被世人称为“洪宪战争”。

撤销军务院后，唐继尧将护国军改编为云南陆军，护国第2军改编为第3、第4师，由谢如年、方声涛分任师长。第3师暂驻南雄、韶州和连平地区，第4师暂驻广州等地。

两师各下辖两旅，这时，我们25团团长朱培德被提升为第4师第7旅旅长。

二标君，当时咱们创办狂风社，就是要反对帝制，保护共和，现在这个心愿实现了，你可以放心了。

陈文汉

民国五年十一月三十日，于广州

这时，陈文汉和很多人一样，认为护国讨袁任务完成，很快要回云南了。陈文汉想回云南后，自己还是回讲武堂好，自己喜欢那个工作，那个工作也适合自己，使自己能更好地发挥作用。

还有，校园那个气氛也很吸引他，读书、上课、操练，让自己觉得生活特别有意思。讲武堂大门外那个翠湖，是夏天最好的去处，一池碧水，杨柳依依，在水边走走，胜过一切。还有那湖心岛，总是热热闹闹、喜气洋洋的。陈文汉觉得自己很快就会回到翠湖边。

第九章

第1节

这是到了1916年年底。这段时间，由于护国战争结束，没有打仗，银行筹措资金的压力没那么大，李津兰的生活比较平静。她三哥前段时间从纳溪邮寄来的信，她收到了，知道大哥越过战线到护国军这边来，与三标相见，两人交换对可能涉及二标案几个人的看法。

这天吃中午饭的时候，段毓婉、吴少愚端着碗走进李津兰办公室，和李津兰一起吃饭。段毓婉说了一个情况，说现在到柜台用纸币换银币的人越来越多，已经搞到他们银柜部无银币可用。吴少愚问道："有这么严重吗？"段毓婉说："有呀，你没听说？现在行里的新规定，从今天开始，个人到咱们银行换银币只能换一百元，工商户来换银币也只能换五百元。"吴少愚简直不敢相信，这在裕滇银行的历史上还没有过。李津兰问这是怎么回事，段毓婉说："还不是年初发行纸币闹的。"李津兰说："这纸币和银币不是都一样吗？怎么会出这个情况？"吴少愚说："咱们发行的这个纸币外省人根本不认，只能在本省内使用，这样本省人也不愿意使用……"李津兰说："那，这会不会让银币越来越紧张？"吴少愚说："应该会，甚至会出现纸币贬值，就是一元纸币换不到一元银币。"李津兰问道："那如何是好？"吴少愚说："不知道，我是不知道，估计别人也不知道。"

下班时，段毓婉跟李津兰一起回家。走在街上，段毓婉说："听说下午有人向潘总理反映限制工商户换银币可能会打击工商户的积极性，为了不让咱们银行的那些工商大户流失，对一些工商大户，可以灵活一点，就是他们确实需要时，照样给兑换，不进行限制。潘总理觉得这个说法有道理，同意了。"李津兰听了心中一喜，这个消息要尽快告诉公公，让他们工厂多换点银币，避免损失。

回到赵府，李津兰就把这个事跟公公婆婆说了。婆婆蔡月娥一听就着急了，对丈夫说："老爷，趁现在纸币换银币还是一比一，咱们赶快换一点呀，如果纸币贬值了，咱们工厂卖货收回来那么多纸币，要损失多少钱呀！"赵亦恒很沉得住气，他淡定地问李津兰："你分析一下，这纸币贬值会贬到什么状态？"李津兰说："这个，不好说。"蔡月娥火急火燎地说："还分析什么？贬去一成，咱家工厂就承受不起，咱们的利润才几成？现在一会搞帝制，一会反帝制，这么乱七八糟的，什么都涨价，利润越来越薄，再来这么一下，咱们哪里吃得消？"赵亦恒看看蔡月娥，让她冷静点。蔡月娥继续说："这要抓紧，银行的事说变就变，晚了就要造成损失了。"赵亦恒站起来，走出小洋楼，在院子里转了一圈，回来对李津兰说了自己的决定："明天我安排厂里管账的去换银币，每天收多少纸币就去换多少。"李津兰见自己能帮公公避免一点损失，非常高兴。

晚上睡觉前，蔡月娥敲李津兰的门。李津兰不知道有什么事，连忙开门。蔡月娥进屋坐到椅子上，又紧张又兴奋地说："我刚刚想到一个事，你说如果下一步市面上纸币贬值一成，一般人换银币很困难，如果我们按 0.9 比 1 价格在市面上用银币收纸币，再到你们银行一比一地换银币，这样咱们不是就可以赚一笔吗？"李津兰一想，这话挺有道理呀。蔡月娥说："刚才我跟老爷说，他让我别动歪脑筋，这哪是什么歪脑筋？这分明是一条生财之道。"李津兰觉得婆婆说的有道理，夸奖婆婆一通，婆婆高高兴兴回他们房间了。

这个时候，李津兰还不知道向潘总理提这个暂时不限制工商户换银币建议的人是柳貂蝉，而且就是为她李津兰家提的。

第二天，赵亦恒火柴厂管账的人到裕滇银行，要将五千元纸币换成银币。柜台职员说银行有规定只能给换五百元银币，管账的人就按赵亦恒的交代去找李津兰。他们找到李津兰，李津兰去找王平端，王平端去银柜部协调一下，把这五千元纸币都换了。随后几天，火柴厂的人每天都来换银币，少的时候换一千、二千元，多的时候换三千、四千元。

第2节

这天晚上，赵府里一家人在餐厅吃饭，赵亦恒想起近期在《云南民报》《共和滇报》《滇声报》上看到本省经济建设方面的事，对李津兰说："你看到昆明自来水厂要供水的消息吗？"李津兰说："看到了，好像说这个月，一些人家就能用上自来水了。"赵亦恒说："这段时间在翠湖建的这个自来水厂，是省里几个高官拉着唐继尧一起搞的。这事投资大，回款期长，一般人不愿搞，他们来搞也好。这自来水毕竟是一个现代城市必须有的东西。"蔡月娥插话说："昆明也该有自来水了，现在我们这样的家庭，都要打井水吃，这是什么事呀？"李津兰知道赵府的生活用水是来自东墙下的那口井，家里做饭洗衣服都靠它。赵亦恒说："是，不过现在快好起来了。自来水这个东西要搞起来，还是很快的。"

李津兰说："唐督军还是做了一些好事，搞的那个螳螂川的石龙坝水电站，让昆明可以点电灯了，要不然咱们家现在还在点油灯。"赵亦恒说："云南是个穷省，搞这些很不容易，听说昆明现在的照明灯盏数从五千盏增加到了两万盏，这个人还是做了一些好事。"

半个月后的一天，李津兰在办公室处理手上的工作，被叫到潘永其办公室，潘永其叫她跟自己与王平端出去一趟，李津兰问："潘总理，去哪里？"潘永其说："去法国领事馆。"李津兰有点意外。潘永其说："你应聘考试的时候，法语不是考得不错吗？去听听。"由于李津兰在老家跟一个法国传道士学过法语，应聘考试时，她的法语笔试和口试都是第一名。不过，她这法语还没在正式场合用过，不知道自己能否胜任。

潘永其说:“是去见戴福阁，他是法国歌纳银行越南大班，没事，他会带一个翻译官。”潘永其说这个大班，就是行长的意思。潘总理、王平端和李津兰三人出门，分别上了三个黄包车，很快到翠湖边的法国领事馆。这是个漂亮的院子，院子中间是栋法国风格的洋楼。他们走进院子，从洋楼出来三个人，为首的是法国驻昆明领事馆的领事艾德孟，跟在他后面的是戴福阁，再后面的一个越南男人是翻译官。

显然潘总理认识艾德孟和戴福阁，亲热地上去握手拥抱。三人一边寒暄一边走进洋楼。李津兰特别看了看戴福阁大班，这是一个四十多岁的小个子男人，瘦瘦的，留着八字胡，穿一身浅灰西服。在客厅里，潘总理向法国方面介绍了王平端和李津兰，大家坐下，又是一通客气话后，转入正题。戴福阁叽里呱啦说了一通法语，越南翻译官对潘永其说:“潘先生，我们戴福阁先生说，我这次从越南到昆明见潘先生是为了解决纸币换银币的事。潘先生知道，我们请你们河口分行的职员将八万元纸币换成银币，他们一直没办，你知道这个事吗？”

潘永其看看李津兰，意思戴福阁是这个的意思吗，李津兰点点头，潘永其说:“戴福阁先生，这个情况我们河口分行已经给我电报，我知道的。我们在调动银币上出了一点小小的问题，导致没有及时兑换，对此我表示歉意。”越南翻译官叽里呱啦地翻译成法语，戴福阁听了，马上严肃地又说了一通，翻译官说:“潘先生，戴福阁先生说你们发行的纸币是银元兑换券，既然是兑换券就必须保证及时足额地兑换银币，这是你们银行起码的义务，你知道吗？现在你们已经不能及时兑换，其他省份和海外又不接受这些纸币，出现纸币和银币两种货币的局面，这给我们造成很大麻烦。你知道吗？我们这些纸币主要是滇越铁路公司收的票款，你应该知道，滇越铁路公司要用票款归还我们银行的贷款，以及向法国有关股东支付分红款，可是，这必须是银币，而不是兑换券。”艾德孟领事也说话，越南翻译官说：“潘先生，艾德孟先生说这个事情必须解决，否则会给我们法国企业带来巨大损失，对中法关系造成非常不利的影响。”潘永其听着一再点头，表情有几分尴尬。

戴福阁脸上没有一丝笑容，神情傲慢地说一通，越南翻译官说：“我昨天跟省财政厅的吴琨厅长谈过，你们发行的这些银币兑换券不能随时兑换银币是不行的，除了给我们带来麻烦，也会给你们本省经济带来很大麻烦的，给唐继尧先生带来很大麻烦。吴琨厅长向我保证，你们一定足额兑换。请问，他跟你说过吗？”潘永其说：“是的，吴厅长跟我说了，让我们银行兑换。”王平端和李津兰在一旁听着，不敢说话。戴福阁用中指指尖敲着沙发扶手，叽里呱啦说了一通，越南翻译官说道：“戴福阁先生说，你们打算用几天兑换完？”艾德孟领事插话，翻译官说道：“潘先生，艾德孟领事说，你们必须给我们一个准确的时间。”潘永其头上冒汗说：“戴福阁先生，是这样，我们现在有点小小的困难，一时头寸紧张，我们正在想办法……”戴福阁听翻译说了，很不高兴地说了一通，翻译官说道：“潘先生，戴福阁先生说，这样是不行的，这个纸币不能任意兑换，等于你们同时使用两种货币，一个政府有两种货币，这成了什么？简直不可思议，太罕见了，这很不好，很不好。”艾德孟严厉地附和说，翻译官翻译道：“艾德孟先生说，你们这么做，确实很不好！”潘永其一边擦汗一边说：“是的，是的。”

戴福阁又说，翻译官翻道：“潘先生，我能理解你的难处，我个人也很同情你，但是，你必须给我一个准确的时间。”潘永其说：“我们已经做了安排，调集银币，尽快解决你们这笔纸币的兑换。”戴福阁听了，说几句，翻译官说道：“潘先生，戴福阁先生说，你的表态很好，可是，什么是尽快？你们中国人的这个‘尽快’究竟是几天？”潘永其看看王平端，王平端小声说：“最快也要十天。”潘永其对戴福阁说：“十天，行吗？”戴福阁听了，紧逼着说了几句，翻译官翻译道:“戴福阁先生说，不行，顶多七天，七天兑换完。”潘永其说:“行，我们七天给你们兑换完。”戴福阁又说，翻译官翻译道:“戴福阁先生说，好吧，这个事就这么说定了。”听翻译官说完，戴福阁站起来，向潘永其伸出右手，潘永其赶忙站起来，伸出双手握住戴福阁的手。戴福阁又说，翻译官翻译道:“不过，潘先生，我希望咱们今天这个事，是第一次也是最后一次，好吗？”潘永其一再点头。

接着，戴福阁神色忽然一变，兴高采烈地说了一通，翻译官翻译道:“潘先生，戴福阁先生说，我知道咱们是最好的朋友，咱们一直是最好的朋友，是吗？我很希望能在河内接待你，在河内最好的法国餐馆请你吃法国大餐。”潘永其对戴福阁这个巨大的转变有点不适应，挤出一脸假笑。随后又闲聊几句，结束了这场谈话，潘永其带着王平端和李津兰离开了领事馆。

回到潘永其办公室，潘永其让王平端离开后，问李津兰:“小李，今天戴福阁先生的话你都能听懂吗？”李津兰说:“基本上能听懂。”潘永其说:“他们那个越南人翻得怎么样？”李津兰说:“翻得不错，他的法语和汉语都很好。”潘永其说:“以后我们跟法国人打交道，你都参加，如果他们翻译官翻译的意思跟本人说的不同，你要告诉我，我们要掌握对方真实的想法。”李津兰一再点头。突然，潘永其神情严肃地说:“另外，小李，不要跟别人说今天会谈的情况，任何人都不要说，你能做到吗？”李津兰明白这是指他当时的尴尬模样，他怕别人知道，李津兰严肃地点点头。潘永其说:“我相信你，你一定要做到，不要让我失望！”李津兰再次保证。

第 3 节

为了把戴福阁的纸币兑换完，潘永其想了不少办法，最后，终于按期完成。潘永其松了一口气，李津兰觉得可以去再想想那一万元借款的事。年初，给护国军总司令部公函，很快收到对方回函，说他们那里没有这个军官，这个线索断了，这个事被放下来，这一放又放了近一年，下一步怎么办呢？李津兰认为常耀宗是个关键人物，将军公署的高层安排他到裕滇银行办借款，然后让他再把钱给下一个人，从这个情况看，他是不是会知道这里面的一些情况呢？现在很有必要去悄悄调查一下常耀宗这个人的为人，也许能从这里找到一些线索。

下班后，李津兰到欧阳红家。欧阳红是李津兰省立女子师范学校的同学，长相平平常常的，心气平和，从来没有大志向，满足过平常日子。这时已结婚，有两个孩子，没有和公公婆婆住，丈夫小马在省实业厅工作，她没出去工作，在家里照顾孩子和丈夫。李津兰找欧阳红说了一万元逾期贷款，以及由此引发的柳貂蝉翻脸的事，说想拜托她丈夫小马去了解一下常耀宗的情况。欧阳红在学校就跟李津兰关系不错，听李津兰被柳貂蝉欺负，马上就答应了。

过了几天，欧阳红让佣人到裕滇银行找李津兰，请李津兰到她家一趟。李津兰到欧阳红家，欧阳红告诉李津兰小马打听到的情况：常耀宗是楚雄人，父亲是私塾的先生，母亲是家庭妇女。他是父母晚年得子，也是家里独苗，他已结婚，他太太是楚雄一个富裕人家的女子，现在有三个孩子，他太太在家里照顾孩子。常耀宗的同事说他是个老实本分、兢兢业业之人，他工作表现很好，一再受到上司的称赞。他最大的缺点就是有点古板和认真，对自己和对手下人要求都很高，上班很少跟别人聊天，总是像蚂蚁那样忙碌着，因此，他完成的工作量很大，很多人说他一个人干了三个人的活。尽管他有点古板，但是他与上下级的关系处得还不错，他不会背后整人，内心善良，从来不记仇，可谓严于律己，宽以待人。他生活廉洁，不抽烟不喝酒，很少参加同事聚会，民国建立后的这几年，省里这些衙门很多人在外面喝酒吃饭，寻欢作乐，可他规规矩矩的，每天就是家里和单位两点一线。还有最重要的一点，他从来不近女色，没有女性朋友，跟女同事从来都是授受不亲，并且，夫妻感情特别好，是财政厅著名的模范丈夫。李津兰得到这些信息，很失望，原来以为能找到一些线索，现在看来是不可能了，她觉得这样的男人是不会干坏事的。

第4节

第二天下班回到赵府，张孃孃给李津兰开院门。赵府住着三个佣人：贴身佣人张孃孃、拉黄包车的郭师傅、厨房的王妈。

张孃孃是呈贡县人，结婚不久丈夫病故，也没孩子，在夫家待得很受罪，就到昆明做佣人，做的第二家就是赵府，赵府人对她很好，她也就把这当自己家。在这认识了大她七八岁的郭师傅，郭师傅是个三棒子打不出个屁的老实人，一直单身，她嫁给郭师傅，搬到一个屋子睡，两人感情挺好，不过一直没孩子。

张孃孃眉飞色舞地说："少奶奶，你爹妈来看你来了。"李津兰很意外，父母上次安葬二哥的时候来过昆明，之后他们一直没来过，她问道："是吗？他们在哪？"张孃孃说："在客厅和老爷太太说话呢。"李津兰快步向客厅走去，果然爸爸妈妈坐在客厅沙发上，公公婆婆在一旁陪着。

李津兰的父亲李祖殷五十三四岁的样子，身材瘦弱，个子不高，五官端正，头发浓密。他穿灰色洋布长衫，尽管不显富贵但是很得体。他言语不多，跟人交谈不积极，很少主动问对方问题，属于想得多说得少那类人。他在阿迷城经营着李记古法榨油坊，有三四个伙计，这榨油坊是他亲手创办的。他年轻时从农村到临安（今建水），在一家榨油坊做伙计，干过榨油工，干过记账，干过卖货，几年后这个生意的整套过程他都熟悉了，他就自己到阿迷城开了个榨油坊。其实这个榨油坊好开，设备简单，也不用很多钱，只是产品难卖，产品卖不出去就要关门，而产品好卖要靠产品做得好。他在原来东家干活时就发现他们家的产品好卖是因为油很香，东家在菜籽上设备压榨前，在锅里烤一下，烤得开始出香味了才上设备。他学了这一招。另外，他还在菜油里添加一些芝麻油，使菜油比老东家的还香，这样，他的产品一出来就很受欢迎，很快打开销路，让榨油坊站住脚。他又创立“满城香”品牌，从租店铺，到自己购置店铺，一步步做起来。这时他在阿迷的榨油坊是自己的房产，满城香也成了阿迷的著名品牌。

李津兰走上前去说：“爸、妈，你们怎么来了？”李祖殷说：“你妈说最近咱们家没什么事，不如去昆明玩玩，看看女儿。”李津兰的母亲庾美菊说：“就是想来看看你，想你了，不知道你过得怎么样呢。”

庾美菊看上去比李祖殷年轻几岁，皮肤白皙，眉眼秀美，身材匀称，能看出年轻时是个美人，看到她的人都会认为李津兰的美貌是从她这继承来的。她上身穿豆绿色小高领大襟袄，下身穿蓝色长裤，都是细纹洋布的料。她父亲是阿迷城附近一个镇上开裁缝店的，当年看李祖殷的榨油坊蒸蒸日上，她父亲觉得这不爱说话的小子有出息，靠得住，就主动与李祖殷接触，暗示李祖殷可以来向自己女儿提亲。李祖殷去悄悄见庾美菊，没想是这样的美人，马上托人说媒，把庾美菊娶过来。庾美菊的话也不多，她在家里经常像没人一样，屋里很安静。

李津兰说：“妈，我也想你，我还说找时间回阿迷去看你们呢，你们倒先来了……”李津兰和母亲聊起来。赵亦恒和蔡月娥起身离开，把客厅留给他们李家。庾美菊问女儿这段时间日子过得如何，在这住得惯吗？能吃好吗？能睡好吗？李津兰说一切都好，让妈妈放心。庾美菊又把给女儿带的东西拿出来，有吃的有用的，还说缺什么，下次给女儿带来。李津兰看到这些东西，高兴坏了。

李祖殷是到赵府才知道女儿在银行上班，他担心地问道：“小妹，听说你出去工作了，这行吗？”庾美菊也说：“是呀，我们到这才知道这事，这么大的事，你也不跟我们商量一下？一个女孩子家，在外面抛头露面的，这好吗？现在都这么开放了吗？”李津兰兴奋地说：“现在的新女性都出来工作了，这有什么不好？新时代新气象嘛。

现在是民国了，不再是大清朝了！”李祖殷的思想一直比较开放，当初就是他让李津兰到法国传教士开的补习班去学法语，他不反对这事，只是担心亲家有意见。庾美菊也说：“人家家里同意呀？”李津兰说：“同意，我公公婆婆思想都很开放，他们毕竟是海外回来的嘛。”庾美菊听说亲家能理解这点，不再那么担心。

李祖殷发现女婿赵家轸这么晚还没回来，问道：“小妹，咱家姑爷最近很忙吗？”李津兰把赵家轸去上海读书的事说了，李祖殷和庾美菊听到这话，互相看了一眼，非常意外。庾美菊说：“这事你怎么不告诉我们？上次我们来办你二哥的后事，你也没说，这是怎么回事？”李津兰解释说：“上次办那么大的事，看你们那么难过，怎么跟你们说？我想下次见你们再说。”庾美菊说：“你一个人过，能行吗？”庾美菊的语气中有点埋怨亲家，自己把女儿嫁到你家，你家却让儿子外出读书，冷落女儿，这家人怎么这样？庾美菊关切地问道：“你们没事吧？”李津兰轻松地说：“没事，能有啥事？他去上海读书，多学点东西，多好。我们都这么年轻，应该多干点事。”李津兰无论如何不能让爸妈知道自己跟丈夫的真实情况。

在赵府吃了晚饭后，李祖殷和庾美菊要出去到亲戚家住。李津兰知道这里他们根本没什么亲戚，是不好意思打扰自己公公婆婆。而上次到昆明办二哥后事，也是在赵府住的。赵亦恒坚决不同意说：“家里有客房，这么方便，还去住什么亲戚家？我们不就是你们的亲戚吗？就住这，哪里也不能去！”蔡月娥也这么挽留，最后李祖殷和庾美菊留下来了。

晚上，李津兰到李祖殷和庾美菊睡的客房，和他们聊天。李祖殷向李津兰了解老二被害真相的事有什么进展，他和庾美菊收到女儿的几封信，知道一些情况，但是想知道得更详细一点。李津兰把三哥了解的情况又说了一遍，并说了三哥和大哥在四川见面的情况。听完，李祖殷觉得不错，让李津兰给老三和老大回信时，鼓励他们一下，并说自己希望他们坚持下去，把这事彻底查清楚。第二天一大早，李祖殷和庾美菊就要回阿迷，李津兰、赵亦恒和蔡月娥一再挽留，可是都没用，老两口坚决要走，没办法，最后赵亦恒让郭师傅用自己的黄包车送他俩去塘子巷的云南府火车站。

第5节

李津兰的爸妈走后没几天，省里连下两条法令。此时是 1917 年 1 月，因欧洲的第一次世界大战激战正酣，对白银需求过大，香港银价大涨，有人将银币偷运出境，从中牟利。本来省里银币就非常紧张，现在更是雪上加霜，昆明市面上已经难见银币的踪影。于是，省长公署下第一条法令：禁银出境。第二天，省长公署下第二条法令：查处将银币偷运出境从中牟利之人，判处刑罚。

这天上午，李津兰被叫到会议室。她进门见屋里是王平端和两个陌生的男人。她很奇怪，不知叫她来干什么。王平端介绍说："小李，这两位是省警务处的警察，他们要找你了解点情况。"其中年纪大的男人用严厉的口气说："你是李津兰？"李津兰没见过这场面，心里怦怦乱跳，紧张地说："我是。"这个男人问道："昌明火柴厂的老板赵亦恒是你公公？"李津兰那小心脏就要蹦出来了，答道："是的。"王平端说："好了，你们谈。我先出去，有事你们叫我。"走出会议室。男人问道："他们火柴厂这段时间在你们银行用纸币换了大量银币，你知道吗？"年纪轻的男人在做笔录。李津兰紧张地说："是，知道。"接着，这个男人问："你知道换了两万多吗？他们换这么多银币的目的是什么？他们为什么要在这个时间换这么多银币？这些银币现在流向哪里了？在他们换银币时，你提供了什么帮助？在这个事上你到底扮演了什么角色？"

李津兰无法回答这些问题，这时她想到婆婆那天晚上在自己房间门口说的"这样咱们不是就可以赚一笔吗？"，冷汗顺着胳肢窝就下来了。这个男人再次说："李津兰，请你回答我的问题！"李津兰紧张地说："回答什么？你问的这些事，我根本不知道。"男人说："你知道什么？”李津兰慌张地掩饰着。双方这么唇枪舌剑斗了一番，对方没得到任何东西，这个男人说：“你不说没关系，我们肯定能把这一切都查清楚。好，你在笔录上画押吧。”李津兰画押，两个男人走了，李津兰呆坐在椅子上。

门开了，柳貂蝉走进来说：“哟，就你一个人呀？警务处的人走了？李津兰你可真能干呀，我在这工作这么长时间，第一次见警务处的人到这来，你本事真不小，把他们招来了。”李津兰没有搭理柳貂蝉。柳貂蝉继续说：“当时咱们银行限制银币兑换数量，为了不让咱们银行的大客户流失，我向潘总理建议对他们灵活一点。你公公可好，居然利用这个灵活一点，拿从咱们银行换的银币去外面低价收购纸币，然后再将这些纸币到咱们银行兑换成银币，甚至将银元倒卖到香港，这可是赚钱高招呀，这样挣钱当然容易了，你们家赚了不少吧？”李津兰不看她，心里很紧张。柳貂蝉将屁股坐在桌边上，将双手抱在胸前说：“可是，李津兰，你知道吗？是不能那样挣钱的，那是破坏金融秩序，是要坐牢的。李津兰，你是银行的人，没给你公公把关也就算了，你还帮他兑换，助纣为虐，这就是你的不对了！”李津兰觉得柳貂蝉这张光滑细腻的脸特别丑陋！柳貂蝉继续说：“但愿这个事最后只是处理一下他们火柴厂，他们火柴厂有办法，找一两个下人出来顶罪，把那几个下人判了，糊弄一下外人，就把这事了结了。可千万别来处理咱们银行的人，要是来处理，咱们银行可找不出人来替你顶罪的，到时就肯定把你判，要真把你判了，这如何是好呀？”李津兰心里一跳，如果真把自己判了，别说坐牢受不了，就是把自己从裕滇银行开除了也受不了，自己这一辈子算是彻底毁了。柳貂蝉不等李津兰回答，站起来，屁股一扭一扭地走了。

李津兰回自己办公室，想出门坐黄包车去公公工厂，告诉他警察来的事，让他有个准备，刚拿起自己的包包才想起来公公今天去大理了，要过几天才回来。她回到自己办公室，坐下低头发呆，不跟对面的老谭说话。到吃中午饭，老谭出去吃饭了，李津兰却趴在桌子上没起来。

她心里很乱，一方面怕公公出事，如果他那里处理不好，全部罪责都算在他头上，抓进去关三四年，那麻烦大了，他的昌明火柴厂怎么办？搞不好火柴厂就此垮下去了，如果垮了，公公婆婆都这个年纪了，哪里还有能力重振山河，从头再来？如果他的家人都认为这是我造成的，自己如何向丈夫，向远在马来西亚的两位大姑姐交代？那自己岂不成了赵家的千古罪人？

另一方面怕自己出事，柳貂蝉肯定要推波助澜，她这人本来无风三尺浪，现在大风大浪来了，她哪里肯放过这个天赐良机？她肯定会在背后一再把自己的问题往高了说，往大了说，让人家警务处觉得不处理都无法向省长公署交代，无法向三迤父老交代。接着，她想到，如果自己被判刑，那监狱是什么地方？自己进去了还能出来吗？退一万步说，就是出来了，那不得脱一层皮？那赵家还能要我吗？我是坐过牢的女人，赵家能要吗？如果赵家不要了，别家有要的吗？

这会她想到丈夫赵家轸，离家这么长时间，何时能回来？这种男人也配做丈夫？老婆的事他一点都不管，人家的男人是家里的顶梁柱，他是什么？一个胆小鬼、窝囊废，哪里还是个男人？她觉得自己的命真是太苦。她本来是一个最不愿意说命苦这种话的人，可是现在她顶不住了，她觉得自己跟天下所有女人一样，很脆弱，很无力，很单薄，需要一个男人的肩膀让自己靠靠。

接着，她愤怒起来，她恨柳貂蝉，这分明是柳貂蝉陷害自己，这个女人真是毒蝎心肠，竟然对我下此毒手。我哪里得罪她了？那一万元逾期借款不该收？银行的利益不该维护？我只是做了每个职员都应该做的事，怎么了？这就挖了她家的祖坟？就断了她家的香火？李津兰让自己冷静一点，又想，现在看柳貂蝉在这个贷款上肯定有问题，肯定有见不得人的事，她怕被查出来，所以对过问这个事的人就下毒手，把别人赶出银行，甚至让别人进牢房，置人于死地，凶残之极。不过，我李津兰绝不怕她，尽管自己被搞成这个样子，也不怕她，更不会向她低头。李津兰心里说，柳貂蝉，你看错人了，你以为我是那么好欺负的，无论你怎么搞我，我也不会低头，你搞不垮我，就是坐牢也搞不垮我，我就是要和你斗，只要我还有一口气，就和你斗到底！

段毓婉进来叫李津兰去吃饭，见李津兰这个样子，问这到底是怎么回事，李津兰简单说了一下，段毓婉吓了一跳，没想到柳貂蝉竟然如此心狠手辣。这时，吴少愚也来了，他已经在部门里听到柳貂蝉说警务处来找李津兰谈话的事，知道事情很凶险，甚至可以说是大难临头。两人帮李津兰想办法，设法渡过这个难关。可是，哪里有什么好办法？哪里能这么轻松渡过这个难关呀？

第6节

警察来盘问李津兰的事，很快裕滇银行所有人都知道了。大部分人都很吃惊，确实是，自打裕滇银行成立到现在，这是第一次警察上门，这可是非同小可，看来这李津兰真不是一般人，是个穿裙子的孙猴子，能大闹天宫。这时，还有两个人高兴坏了，这就是唐芸芸和董庆仁，两人在一楼的走廊里大声议论这事，唐芸芸说："咱们裕滇银行现在真是出人才，居然把警察都招来了，我想想都害怕，现在咱们职员的品行都坏到这个地步了？到了丧心病狂的地步！"董庆仁说："这是品行坏吗？会赚钱是本事，一般人还没这脑子。帮公公赚钱，谁有这本事？你我有吗？不可能呀，咱们跟人家怎么比？一个天上一个地下。"唐芸芸说："是呀，人家就是有这么大本事才被那火柴大王看上的，要是没两下子，怎么进得了那个家？"董庆仁说："不过，也可能不是这样，是某些人担心人家看不上自己，极力讨好人家，要不然就被人赶出家门了。"唐芸芸说："你说得对，是要讨好，要不然就被赶出家门了。"说完笑起来，董庆仁也笑起来。

这时，吴少愚走过来，对这两人说：“没想到你们两个是这种人，纯属宵小之辈！卑鄙！同事出事了，不去关心安慰一下也就算了，还在这冷嘲热讽，你们是什么东西？”唐芸芸没想到有人公开斥责自己，愣住了。董庆仁马上回击道：“吴少愚，谁是宵小之辈，咱们银行出了这种利用职务之便非法牟利之人，不能说，还要去保护，你是银行职员吗？你有点是非观念吗？你才是宵小之辈！”唐芸芸说：“就是，我们这是维护裕滇银行的利益，我们有什么错？”董庆仁说：“吴少愚，你对那个女人那点心思，谁不知道？还安慰，要安慰你去安慰吧。不过，我提醒你一句，你对那个女人花多少心思都没用，你得不到那个人，你这都是瞎子点灯——白费蜡，最后就是竹篮打水—— 一场空！”吴少愚没想到对方会用这个事攻击自己，气得直哆嗦。这时，柳貂蝉走过来，显然听到他们吵架，鄙视地说：“吴少愚，我让你离那个女人远点，你就是不听，现在还在这为她说话，你有点出息行不？真是狗改不了吃屎！”对唐芸芸和董庆仁说：“走，别理这种没用的东西！”

下班回到赵府，李津兰走进大门，张孃孃见李津兰这个样子，吓一跳，关切地说：“少奶奶，你脸色怎么这么差？怎么了，你哪里不舒服？”李津兰只是摇摇头，没说话。张孃孃把李津兰搀扶到客厅里，对楼上喊：“太太，少奶奶回来了。”蔡月娥听到声音从楼上下来，见李津兰这个样子，也很诧异，连忙问这是怎么了，李津兰说：“妈，出事了。”接着把今天的事说了一遍。听说是这么回事，蔡月娥也吓坏了，慌乱地说：“小妹，我说倒腾银币的事，就是说说，你爹爹不同意干，我是一个银币都没换过。你也知道，我整天在家里，能跟谁去换呀？至于你爹爹厂里是不是倒腾过，我不知道，你知道，厂里的事平时我是不过问的。”李津兰知道婆婆说的是实情，蔡月娥从来不过问厂里的事。蔡月娥这时成了热锅上的蚂蚁，焦急地说：“这可怎么办？刚好你爹爹又不在家，你说他，平时好好的，他哪里都不去，这次出事，就出去了，现在都没办法跟他商量一下，连个人也找不到，这如何是好，真是急死人了。”

看婆婆吓成这个样子，李津兰只好先来安慰对方，让她别着急，越着急越找不到解决办法。可是无论怎么说，蔡月娥都平静不下来，李津兰心一横，坚定地说："大不了我把这些事都揽下来，事是我一个人干的，与你们无关，我去坐几年牢。"蔡月娥说："你坐牢？你坐牢我儿子怎么办？他有个坐牢的老婆，让他在外面怎么做人？将来你们有了孩子，孩子他妈是坐过牢的，孩子怎么办？我就说别回国，别回国，在马来西亚我们过得好好的，回国来干什么？国内乱哄哄的，一会搞共和，一会搞帝制，现在这钞票兑换银币还犯法，这到底讲不讲理？有没有个王法？在这种地方投资，即使赚点钱有什么用？出点什么事，就全赔进去了，哪有什么前途？"李津兰一再安慰婆婆，别想太多，没什么大不了的。

第7节

第二天，蔡月娥让李津兰别去上班了，说待家里，两人无论是谁出点事，都可以互相照应一下，李津兰写了请假条让郭师傅送给王平端，就待家里陪婆婆。第一天这么过去，银行没人来找李津兰，赵亦恒也没回来。下午，火柴厂的方厂长到赵府，对蔡月娥说："刚才警察到厂里找老爷调查银币的事，我说老爷不在，他们让老爷回来了马上告诉他们，他们要找老爷谈话。"蔡月娥问他："你知不知道老爷这些银币的用途？"方厂长说："太太，款项上的事我了解得少，实在说不出什么来。这方面主要是账房那个主管负责，他跟老爷去大理了，这些事，看来只有等老爷和他回来才能清楚。"说完，方厂长回厂里了。

下班时，段毓婉和吴少愚来赵府看望李津兰，段毓婉说："这事现在清楚了，是柳二娘举报的，说你跟你公公内外勾结，套取大量银币，贩运出境牟利。这个女人太狠毒。"吴少愚说："李津兰，现在她就是要置你于死地，让你们家家破人亡。"段毓婉关切地问："这事是不是很严重，让她抓到把柄了？”李津兰说:“不知道，我公公去外地了，我不知道他们厂里的情况。说实话，当时我是提醒我公公兑换一些银币，避免遭受纸币贬值的损失。但是，我和我公公都没有赚这个钱的想法，我也没听说他赚这个钱。当然，他们厂那边的情况，要等我公公回来才能清楚，我也不能保证他那边一点问题没有，这毕竟是一个很容易赚钱的道，一般人看了都会动心。”段毓婉说:“理解，理解。”李津兰问道:“要不要让我公公出去躲几天？”吴少愚觉得这是个办法，去躲一段时间，等风头过了再回来，也许那时就没事了。李津兰送走段毓婉和吴少愚，把这个想法告诉蔡月娥，蔡月娥觉得这是个办法。

第三天，蔡月娥让郭师傅把方厂长叫到赵府，问他:“方厂长，我想让老爷出去躲躲，你看怎么才能联系上他？”方厂长说:“可以给老爷去见的那个大理经销商发个电报，让他回昆明后，不要回家，也不要去厂里。只是，如果老爷已经在回昆明的路上，就收不到电报。”蔡月娥焦急地说:“那收不到怎么办？怎么办？”李津兰说:“这样，不管是不是能收到，方厂长，拜托你马上去发电报，能做什么咱们先做什么，然后咱们再继续想办法。”

第十章

第1节

去年7月中华民国军务院撤销后，第3师从四川撤军，李大标回到岳阳驻地。由于大标在偷渡金湾渡口时作战表现突出，接替胡公子，被提升为6旅机动团2营5连连长，胡公子提升为2营副营长，何胖子由2营副营长提升为营长。

1917年3月，岳阳的天气还比较冷。这天，大标在连部，黄猴子进来大声说："李大标，你小子忙什么呢？现在当上连长架子大了，也不去我那了。"大标说："猴子，尽瞎说，我这新连长，还要多多向你学习呢。"黄猴子说："说得好听，向我学习，我有什么好学习的？"大标说："你别客气，你值得我学习的地方多了。"黄猴子说："行了，行了，你就好好干吧。"大标说："你今天怎么有时间到我这来了？有事吧？"黄猴子说："怎么着？没事就不能来了？你这是省长衙门，还是督军衙门？"大标说："别瞎扯了，你肯定有事，说吧，什么事？"

黄猴子听说大标对罗瑾云有好感，他试探地说："你听说了吗？她到岳阳了。"大标一头雾水地问道："谁到岳阳了？他是谁呀？"黄猴子说："还能有谁，就是你最想见的罗小姐，罗瑾云呀。"大标惊喜地说："什么？罗小姐到岳阳了？"黄猴子说："你看看你这个样子，好多人说你喜欢罗瑾云，看来没说错，你小子真的惦记上人家了。"

大标说:“胡说,我怎么可能喜欢她呢?我一个小军官怎么敢高攀人家?”黄猴子说:“行了,行了,别装了,跟我还装,有意思吗?我告诉你,罗小姐现在在老罗家,你去看看吧。好了,我走了。”说完,黄猴子出门走了。

大标心里在狂跳,罗瑾云来了?真是太好了!从四川回到岳阳后,大标经常想起这个女子,好像这个女子在他心里扎了根,很难让自己不想她。另外,偶尔听到别人提到这个名字,大标都会特别注意,不放过关于她的任何一句话。还有,大标觉得自己现在当上连长,自己这个身份有资格追求她,而她也会接受自己。大标马上出门去罗继昌家,希望能“偶遇”她。

罗继昌家在军营外的街上,是租的一个背街的小院子,大标敲门,是罗继昌来开门,大标说:“罗营长在家呀?我来看看你,不打扰你吧?”罗继昌说:“有什么打扰不打扰的,这就和你家一样,随时可以来。”大标跟罗继昌在堂屋坐下,大标四处看看没见到罗瑾云的身影,有点奇怪。罗继昌问道:“你找什么呢?”大标赶紧收敛一下,搪塞道:“嫂子没在家?”罗继昌说:“带孩子去邻居家玩了。”罗继昌的夫人是京城名门的千金,为了跟罗继昌住在一起现在屈尊到岳阳。大标不好意思直接问罗瑾云在哪里,东拉西扯地跟罗继昌聊着。罗继昌听说李大标喜欢自己堂妹,猜想这小子八成是来见堂妹的,就说:“你是听说罗瑾云到我家了吧?”大标说道:“是的,不过,我也是来你家看看你,我也好长时间没来你们家了。”罗继昌不想捅破窗户纸,说道:“她去逛街了。”大标问道:“她什么时候回来?岳阳城就这么大,应该不会逛很长时间吧?”罗继昌说:“那谁知道?她逛街没个准,有时快有时慢,有时在一个茶馆坐下来,一坐就坐半天。”大标说:“是的,罗小姐会享受生活。”接着,大标又和罗继昌聊了一会就告辞离开,他觉得在罗继昌家待太长时间不好。

这一夜大标都没睡好,他在想如何才能见到罗小姐。第二天上午,他就到罗继昌家门外路口等候,希望能在罗瑾云外出时见到。果然功夫不负有心人,大标等了一个多小时后,见小巷里走出一个穿男装的女子，正是罗瑾云，大标等她走出小巷，走过去说：“罗小姐早，要出去呀？”罗瑾云没想会在这里见到大标，诧异地说：“李排长，不，李连长，太巧了，竟然在这里见到你，真没想到。我听我哥说你提连长了，是吗？祝贺呀。”大标说：“谢谢，谢谢！”大标很紧张，一时间找不到能说的话。罗瑾云说：“我哥说昨天你到他家来了，我挺遗憾没见到你，心想今天找个时间去看看你呢。”听这么说，大标又惊又喜，说道：“是吗？那太好了，现在咱们过去。”罗瑾云说：“不行，我要给我侄子买点东西。这样吧，岳阳楼那有游洞庭湖的小船，咱们到船上喝茶，你先过去，我买完东西坐黄包车过去。”大标觉得这太有情调了，就与罗瑾云分手，满心欢喜地过去了。

很快，罗瑾云到湖边，两人上船，船家把小船向湖里划去。大标说：“罗小姐上次到岳阳到现在过去一年多，这次在岳阳待几天？”罗瑾云说：“待几天吧，我现在在一家日本人开的商行工作，这几天有点空闲时间，还没买回京的车票。”大标说：“我记得罗小姐好像日语很不错吧？是专门学过？”罗瑾云说：“还行吧，我在奉天府的时候，在日本人开的学习班学过两年。现在官府和国人开办的机构很少用女人，倒是外国人开明点，能聘用女人，所以到了这个商行。”大标问道：“罗小姐这次到岳阳就是来看罗营长？”罗瑾云说：“看看他们是一方面，另外一方面也是为了看看你们，我哥哥能有你们这样的几个同学，真是让人羡慕。我喜欢军人，我要嫁人就嫁个军官。”听这话，大标心里一阵狂喜，不禁胡思乱想起来，这是不是说喜欢我呢？大标说：“好多北方人不喜欢岳阳的气候，说夏天太热，湿气太重。”罗瑾云说：“没有呀，我看很多人都挺喜欢岳阳的天气的，我嫂子也喜欢，说比北京天气好。”大标说：“你嫂子这么说估计是因为罗营长在这里，星星跟着月亮走嘛。”罗瑾云说：“我嫂子真的喜欢这的天气。另外，我在这有个女同学，她是我在京师大学堂读书时的同学，她也说岳阳的天气比北京好。对了，我还没听你说过你老家云南的情况，你能说说吗？”

大标说：“云南山高路险，交通不便，比较闭塞比较落后。大清时通过科举考到外面做官的很少，滇越铁路通车后才有点改善。”罗瑾云说：“这次洪宪战争，云南人带头讨袁，很厉害呀。”大标说：“是的，民国建立后，云南人治理云南，掌权的唐继尧等人是在日本士官学校学习过，这些人见过世面，眼界开阔，有想法有魄力，所以干了这么个捅破天的事。”罗瑾云说：“是的，让他们这么一捅，今后中国再没人敢当皇帝了，是不是？你想无论是谁要当皇帝，必然招致天下人反对，包括他的手下亲信都会反对，谁还敢称帝？”大标说：“是的，当时袁大总统多强大，对付云南那不是太轻松了？可是，大总统最后还是败了。”罗瑾云说：“是的，天意不可违，中国已经是共和国了，再倒退回帝国，肯定失败。”大标说：“罗小姐，你一个女子对国事如此关心，真是很少见。”罗瑾云说：“李连长，现在是民国了，女子关心国事很正常，你的脑袋是不是有点僵化了，还在大清朝呢？”大标说：“是的，我的脑袋有点僵化，有点僵化。”两人又聊到其他话题，小船向湖心划去。

第2节

这一夜，罗瑾云在小船上的身影一再出现在眼前，还有罗瑾云的笑声在洞庭湖上随着微浪向四周散去，他觉得自己离不了这个女人，自己这一辈子都要和这个女人在一起，如果不能和她生活在一起，这辈子不白活了。

第二天上午他到文秀才办公室，说道：“秀才，有时间吗？跟你说个事。”文秀才让身边的人走开，说道：“什么事？看你这个样子，出什么事了？”大标说：“我现在不知道该怎么办，昨晚我一夜没睡好，想来想去，我觉得还是来跟你说说，我觉得我恋爱了。”文秀才诧异地问道：“什么？恋爱？跟谁？”大标说：“你别问是谁，反正我恋爱了。”文秀才说：“怎么，要保密？好，我不问，你跟对方表白了？对方也喜欢上你了？”大标说：“我没说，对方不知道，我不知道怎么说好。”

文秀才说：“你觉得对方喜欢你吗？你跟人家表白，人家会接受吗？”大标说：“不知道，就是因为不知道我才这么烦恼。”文秀才说：“这么说，你这只是单相思，还算不上恋爱。”大标说：“你说单相思也行。我来找你，就是让你帮我想想办法，你是过来人，比我有经验，你说我该怎么办？”文秀才已经结婚，夫人在北京。文秀才说：“我谈不上有经验，我夫人家跟我们家是世交，我们是青梅竹马。不过，我觉得这个事没这么复杂，如果你觉得自己离不开这个女人，你就直截了当告诉她，现在是民国，时兴自由恋爱，喜欢了就说。”大标说：“不行，不行，如果她不答应，那太下不了台了。我想找人去问问她的想法。”文秀才说：“这样也行，你找个人去帮你说媒，了解一下对方的想法，如果对方同意，就继续发展，不同意就算了。你是想让我去帮你说媒吗？”

大标说：“这个我还没想好，你说人家会同意吗？”文秀才说：“我都不知道她是谁，怎么知道她同不同意呢？她是谁？”大标说：“好，我说了吧，是罗小姐？”文秀才吃惊地问道：“罗瑾云？老罗的堂妹？”大标说：“是的，你觉得她会同意吗？”文秀才实在没想到大标会喜欢这么新潮的女子，说道：“这个，这个，这个还真不好说。”大标问道：“我想找老罗说说，让他问问罗小姐的意见，你说是我去找老罗好，还是你帮我去找老罗好？”文秀才说：“不是，不是，我说你先别去找老罗，你再想想，你觉得你和这个罗小姐，合适吗？”大标听这话，愣了一下，问道：“你怎么会说这种话？你觉得我配不上她？”文秀才说：“不是，不是，绝对不是那个意思，我是觉得罗小姐个性这么独立，结婚后，你可能管不下她，两个人会有很多摩擦。”大标说：“我不这样认为，我觉得我们很合适，说实话，我不喜欢什么事都听我的女人，我喜欢有点个性的、行为独立的。”文秀才说：“如果你找老婆的标准是这样的，这个罗小姐还真是适合你，不过，大标，过日子还是找个听话的、温顺的、贤惠的好，这不是我一个人的观点，天下男人都是这么想，我劝你再考虑考虑。”

大标激动地说：“这是给我李大标找老婆，不是给天下男人找老婆，我为什么要跟他们一样？”文秀才说：“不是那个意思，我的意思是找老婆是找来过日子的，性格、秉性接近的好相处，将来才不会总是吵架。”大标说：“你怎么知道我们将来总是吵架？凭什么这么说？再说，就是总是吵架又怎么了？我愿意。”文秀才见大标这么说，知道再说什么就没意思了，说道：“行，不说那些没用的。这样吧，我帮你去找老罗说说，怎么样？”大标说：“你去还是我去？你觉得哪个更礼貌一点？”文秀才说：“这没问题，都礼貌。”李大标说：“哪个去效果更好一点呢？”文秀才说：“我觉得咱俩哪个去效果都一样，你看罗瑾云这么有个性的人，在婚姻问题上会听谁的话？听老罗的？我看谁的都不会听，只听她自己的，所以你我谁去都一样。”大标说：“好吧，你帮我去找老罗说说，我回去等你的消息。”这样，大标告别文秀才回了自己办公室。

下午，文秀才来大标办公室，告诉大标自己跟罗继昌说了，罗继昌答应跟堂妹说说，让文秀才回去等，他跟堂妹谈完了，会把结果告诉他。文秀才没说罗继昌认为大标跟他堂妹不合适，反对大标喜欢罗瑾云的话。当时罗继昌说，罗瑾云是他叔叔的女儿，他这个叔叔大清国时在奉天巡抚衙门做事，她是在奉天府长大，会说俄语、日语。大清灭亡后，他叔叔带全家回到北京，罗瑾云又在北京读书。罗瑾云性子野，很新潮，喜欢穿男装，不是传统的那类女子。这些话文秀才都没告诉大标，只是让大标耐心等等。

第二天，文秀才来告诉大标，刚才罗继昌把他叫去，说他跟罗瑾云说了，罗瑾云说让她考虑考虑，之前她对大标没有一点那个意思，现在说了，她要好好想想，不过，她觉得大标是个很不错的青年，忠厚老实，努力肯干，将来必成大器。大标听了这些话，感觉这是人家肯定了自己，自己有希望。不过，很快罗瑾云就走了，走之前，没有进一步的表态。

第十一章

第1节

1917 年 4 月，川军刘存厚在成都发动兵变，欲夺取四川督军宝座，围攻罗佩金的督军公署。罗佩金怎么成了四川督军？是这样，四川停战后，接着袁世凯病死，黎元洪继任中华民国大总统，发布命令，废除各省将军、巡按使称呼，改称督军、省长，并任命唐继尧为云南督军兼省长，蔡锷为四川督军兼省长。可是，蔡锷上任后，仅仅一个月，就因喉疾辞卸四川督军和省长，推荐罗佩金为四川督军，北京政府批准了。蔡锷去日本治疗，后来病逝于日本福冈。

这时，在成都的滇军只有一个警卫团，因不敌对手，罗佩金慌忙撤出成都。北京政府接到这个消息，下令任命罗佩金为超武将军，免除四川督军职务，任命戴戡接任四川督军。罗佩金带部队撤到资中，宣布卸除四川督军职务。

这时四川的部队，有云南陆军赵又新第 1 师、顾品珍第 2 师，这两师均是由护国军第 1 军改编而来，另外还有未参加作乱的四川陆军四个师，即周道刚第 1 师、钟体道第 3 师、陈泽霈第 4 师、熊克武第 5 师，作乱的刘存厚仅仅带着他的四川陆军第 2 师。在这种情况下，本来罗佩金平定刘存厚并不难，可是，川军这四个师对这个事态度暧昧，滇军担心他们倒向刘存厚，联合对付滇军，形成敌众我寡的态势，经过报请唐继尧后，罗佩金采取了退让的策略。

第2节

三标他们3连跟营里赶到资中县城外的一个村里，跟刘存厚的追击部队打了一仗，把敌人打垮后，与罗佩金的部队会合。这时，还有几路部队到这里，三标听说6连，就是二哥那个连的驻地距离自己连队驻地只有不到五公里，他想再去一趟。

三标由于在纳溪反攻和跟刘存厚部队作战中勇敢无畏，表现突出，被提为班长，原来的班长崔大嘴提为排长，王玉生换到3排当排长。

他把杨钊叫到村外说想去6连，再了解一下李二标连长案子情况，杨钊说："你请假，关公脸能批准吗？" 三标说："说去看老乡，他肯定不批准。我找你就是让你帮着想想，找个好借口？" 前几天与刘存厚川军作战时杨钊的头皮让子弹擦伤，这时头上的绷带还没有拆，杨钊摸摸头说："这个借口不好找，听说刘存厚在与其他川军将领谋划，共同夹击咱们，部队随时可能再转移，在这种时候，你一定要去吗？" 三标说："上次去在6连待的时间比较短，并且刚跟他们认识，了解到的情况比较少，我想再去一趟，大家熟悉一点了，可能他们能多说一点情况。" 杨钊说："你说得对，只是，找个什么借口呢？想不出好借口。"

三标说："想不出也要想，6连就在咱们旁边，这机会太难得，不知道下一次这么近要等到什么时间，不能错过这个机会。" 杨钊说："是的，这个我理解，确实机会难得。还有，这个事你要先想好，就是批准你去看老乡什么的，最后关公脸知道你还是去了6连，怎么办？" 三标说："放心，他不会知道。" 杨钊说："他怎么不会知道？你上次去，他不就知道了吗？" 三标说："也许是碰巧呢？碰巧让他认识的人知道我去6连了，顺便告诉了他。" 杨钊说："也许不是碰巧，是他认识6连的人，你一去，人家马上就告诉他。我跟你说，他在这个事的表现挺奇怪，如果他知道你又去了，不知会怎么样呢。”

三标觉得杨钊说得对，可能关公脸与二哥案有关系，无论是谁接近这个案子，都会引起他的警觉。如果是这样，因为这个事让他们注意了我，去查我的背景和身份，我这个假身份能应付调查吗？如果应付不了就麻烦了，我毕竟还背着一个通缉令。但是，管不了那么多了，先去吧，如果引发什么事，到时候再说，就逢山开道遇水架桥，总有办法。三标做事比较二杆子，经常是不管三七二十一先干了再说，他说：“管他怎么样？他还能把我枪毙了不成？你还是帮我想想找个什么借口吧。”

借口没找到，不过三标很快得到一个机会，崔大嘴派他带油葫芦一起去救护队接几个归队的伤员，救护队距离6连很近，三标到救护队后跟油葫芦说去旁边一个病房看个老乡，就撒丫子朝6连跑去。

三标到6连，很快找到小黑子，小黑子见三标又来了，把三标带到没人的地方很紧张地说：“你怎么又来了？不是让你别来了吗？你这是怎么回事？”三标说：“我到救护队办事，顺路过来看看你，只是顺路。”小黑子说：“以后你千万别来了，否则要惹大麻烦。”

三标问：“有必要这么紧张吗？你是觉得李二标连长案件有什么问题吗？”小黑子说：“这不是明摆着的吗？老烟筒在来四川的路上开小差，离开部队，任何人都找不到他。”三标说：“我觉得这事没那么严重，当时部队向四川开进，要打大仗，一些人贪生怕死开了小差，这种情况有不少，老烟筒开小差，也算不上不正常，是不是？”小黑子说：“你这么看？行，我再告诉你一个事，老烟筒当时在连里有腾冲兵和铲子两个结拜兄弟，腾冲兵大名叫何祖铭，铲子大名叫缪集良，他们到四川后，很快被调到其他连队了，现在具体在哪个连队，没人知道。”三标问：“原来是这样，你们当时那个连队调到别的连队的兵多吗？”小黑子说：“在改编护国军时有调动的，到四川后除了他俩就没别人了。”三标说：“这确实有点奇怪，他们在你们团吗？你能帮我打听一下他们在哪个连队吗？”小黑子说：“听说不在我们团，具体在哪个团，真的没人知道。”三标说：“我知道了，拜托你帮我留意一下，如果有他们的什么信息，你帮我记一下，下次我来的时候告诉我。”小黑子说：“你还要来呀？这事真的很麻烦，真的，你千万别再来了。”

三标说：“没事，我不会给你带来麻烦，我自己也不会有麻烦，你一百个放心。另外，还有一个事我一直想不通，上次我到你们连来，我一回到我们3连，我们连长就知道我来过，这是怎么回事？难道你们这里有人认识我们那个见鬼的连长？”小黑子说：“是吗？这个情况我还不知道，我们现在这个连长是组建护国军时调过来的，跟李连长案件没一点关系，是谁告诉你们连长的？对了，你们连长叫什么名字？”

三标说：“叫关公脸，大名关正阳。”小黑子意外地说：“是关公脸，真是这样？”三标好奇地问道：“怎么，你认识他？”小黑子说：“认识，在碧鸡山军营时他是3营1连的连长，他们1连跟我们2连住在前后两排房子里，他们住前排，我们住后排。”三标问道：“原来是这样，那么说，他也认识李二标连长？”小黑子说：“当然认识，他们很熟。”三标一再点头，他似乎明白关公脸为什么对自己到6连这么敏感了，自己去了6连，他马上盘问自己，原来他认识二哥。三标心里对自己说，看来这个关公脸与二哥被害有相当的关系，不是看上去那么毫不相干呀。小黑子问：“你上次说你是李连长的朋友，是吧？你们是什么朋友？”三标敷衍道：“一般朋友。”小黑子说：“是吗？可是，你长得有点像李连长。”三标连忙解释：“不会吧？怎么可能像？”小黑子说：“好，就聊到这里吧，我也该回去了。”

三标跟小黑子分手，朝救护队走去。三标心想，过去很少听人说自己像二哥，自己也从不觉得像，但是，毕竟是亲兄弟，可能外人看还是有点像，估计关公脸也看出自己跟二哥有点像，才那么问我的情况吧。现在看，二哥这个案子肯定有问题，报案人老烟筒开小差，老烟筒的两个把兄弟又被调走，如果说巧合，只有傻子才会相信，这分明是有人想不让别人找到这三个人。既然如此，那我就去找这三个人，一定要找到。

第3节

三标到救护队，得知油葫芦已经接归队的伤员走了，就赶紧往连队走，等他回到班里，油葫芦问道：“刘班长，你这是怎么回事？你去哪了？”三标说：“我去旁边的病房看老乡，谁知道待时间太长了，出来就找不到你了，回来又走错路，搞得现在才回来。”油葫芦说：“不可能，我把救护队的几个病房都找遍了没找到你，你到底干什么去了？”三标把头一扭，不说话了。油葫芦说：“行，不说就不说，等崔排长回来审问你吧。”三标没理睬油葫芦。

吃饭前，崔大嘴去连里开会回来了，三标准备接受他的盘问，可是，崔大嘴没有盘问，只是用很严厉的语气说：“刘长生，连长让你马上去连部。”三标不敢怠慢，起身前去，到连部，三标喊：“报告。”屋里的关公脸说：“进来。”三标进屋见只有关公脸一个人，三标说：“连长，我来了。”关公脸脸色铁青地说：“刘长生，今天你去哪了？”三标估计关公脸已经知道自己去了6连，就说：“报告连长，我跟油葫芦去救护队，然后我顺路去了一趟4团6连。”关公脸说：“谁批准你去6连的？你跟谁请假了？你不知道这必须请假吗？刘长生，没看出来，你这个兵还真是胆大包天，为所欲为呀！我问你，你这是来当兵的，还是来住店的？是来扛枪打仗的，还是来游山玩水的？”三标低头不语，他知道会有这场斥责，有心理准备，听任关公脸教训。

关公脸问道：“我问你，你去6连是不是又去了解李二标的案子？你不是已经了解过了吗？为什么还要去？你到底要干什么？我告诉你，这个案子当时云南将军公署组织团里和师里长官来调查过，是认真调查后，云南将军公署做出结论，李二标枪杀他们连队士兵，是杀人凶犯，这事有受害者，有目击证人，有现场勘查，有凶器核验，李二标用的是那个兵的枪，事实清楚，证据确凿，一切都是板上钉钉的，是铁案。你一再去6连干什么？你不认可这个结论，你想翻案？我问你，你翻得了这个案吗？”三标还是不说话，他是想好了，无论关公脸说什么都不说话，不解释，不分辩。

关公脸说：“你为什么不回答？你说你为什么要一再去6连？你是打死也不说，是吗？好，我问你，你跟李二标到底是什么关系？”关公脸停下来，等三标回答，等了一会不见回答，继续说：“行，不说我也知道，什么你在李二标家榨油坊干过，李二标父亲有恩于你，这些统统都是假话，你就是李二标的亲弟弟李三标。”

关公脸又停下来，看看三标的反应，见没有反应，接着说：“我见你的第一面就发现你和李二标长得有点像，觉得你很可能是李三标，当时我就问你，你却说你只是在他家的榨油坊做过伙计，哼，你说的那些话我根本不相信。”关公脸第三次停下来，看三标的反应，见三标还是一副死猪不怕开水烫的样子，再说：“我知道，你绝对不敢承认自己是李二标的亲弟弟，是不是？你心里很清楚，李二标被抓的当天晚上你到碧鸡山军营，异想天开地打算劫狱，你胆子也太大了，那是军营你都敢劫狱。是的，你失败了，被军营的一个哨兵发现，在哨兵抓捕你的时候，你夺去哨兵的枪，开枪打伤哨兵逃走。后来，根据你遗落在现场的吊牌，办案人员找到你们武馆，确认了你李三标的姓名，下了通缉令，现在你还背着通缉令，你当然不敢承认，是不是？”三标还是不说话，他想好了，任凭关公脸怎么说就是不说话。关公脸说：“你就是不说话是吧？我告诉你，你不说也没用，我会让上面去你老家调查，很快会查清楚这一切，让你受到应有的惩罚。滚，给我滚出去！”

三标回班里，见到杨钊，把关公脸盘问自己的情况简单说了，最后他淡定地说：“没事，关公脸就是瞎诈唬诈唬，不能拿我怎么样的。”杨钊问道：“在6连打听到什么没有？”三标说打听到老烟筒有两个结拜兄弟，而这两个兄弟也被调离6连，无人知道现在在哪个部队。杨钊听了，觉得到这一步，看来三标对李二标案的怀疑确实有道理，这个案子确实疑点重重。不过，杨钊劝三标今后要千万小心，案子越是复杂，越是有问题，越是要加倍小心。三标对杨钊表示感谢。

几天后，刘存厚的部队追过来，罗佩金带部队再一步撤退，三标他们部队留下来负责阻击。这次与刘存厚部作战，三标勇敢无畏的表现又一次受到人们的关注。战后，方鸣九团长到 3 连，在对全连训话的时候，对三标进行了表扬。随后，方鸣九让关公脸将三标提拔为 3 连 1 排的排长，崔大嘴平调到 2 排当排长。

关公脸在方鸣九的压力下做这次任命，心里非常不舒服。三标听说关公脸当时对方鸣九表达了不理解，说对三标提拔太快了，三标当班长才几个月，一下子又提拔为排长，这属于破格提拔，这个提拔会在连里造成不良影响。并且说三标在连里表现很一般，稀稀拉拉的，纪律性很差。方鸣九听了这话，则说："关连长，我问你，刘长生是不是能打仗？是的，他大胆勇敢，在战场上冷静灵活，表现突出，这不应该提拔吗？部队用人还是要用能打仗的人，现在天天打仗，不提拔能打仗的，提拔什么人？提拔听话的、没本事的？这早晚让敌人把咱们消灭掉。我说，只有把能打仗的人提起来，部队才有战斗力。"关公脸又说："团长，你说得对，只是，这个人有问题。我跟你报告一下，这个刘长生的身份可能有问题，这个人可能是背着通缉令的李三标。"方鸣九说："这个事我不是跟你说过吗？你让我给滇军司令部相关部门去函调查，我去函了，那边也回复了，说刘长生的身份属实。"关公脸说："我觉得他们只是当地乡公所去函问一下，这调查太简单，有点敷衍了事……"方鸣九不高兴地说："什么太简单？什么敷衍了事？你什么意思？你怀疑上面的调查不可靠？上面的调查不可靠，谁的调查可靠？你别说了，这个事就这么定了。"说完走了，关公脸见这事无法改变了，也就不再说。

在刘存厚的压力下，滇军一再转移，换了几个地方。这期间，三标一直在通过各种渠道打听腾冲兵和铲子的下落，他认为这两人应当还在驻川滇军里，不太可能调到驻广东或驻云南的滇军，因为在驻川滇军里调动，只要协调到营长一级的长官就能办到，而调到驻广东、驻云南的部队，就要协调更高的长官，那难度就太大了。三标从自己所在的独立团开始找这两人，花了不少时间，结果独立团里没这两人。那么，下一步去哪里找呢？

第十二章

第1节

这时，北京出了个大事。因黎元洪的总统府与段祺瑞的国务院发生“府院之争”，黎元洪为了压制段祺瑞，请安徽督军张勋入京调解。张勋率定武军五千人到京城，谁都没想到，张勋没做任何调解，却搞了场“光复大清江山”，让废帝溥仪再次登基的复辟闹剧。

消息传出，全国上下议论纷纷。在食堂吃饭的大标，也跟胡家仁等几个军官议论起这个事，大家都反对张勋搞的这个复辟，而大标却与众不同，说了一番标新立异的话，他说：“我觉得这并不是坏事，反倒是国人的幸事。”胡家仁问道：“你这么说是为什么？你是什么意思？”大标说：“你们看，宣统皇帝复位，咱们这个国家有了皇帝，这就堵死别人再想做皇帝的路，袁大总统之流对当皇上也就死了心，从此天下就太平了，怎么不是个好事？还有，皇上立起来了，现在这些府院之争也解决了，大家都听皇上的，不再争来争去，咱们是个大国，还是都服从一个皇上最好。搞这个大总统、那个大总统，乱七八糟的，天下怎么可能太平？”

胡家仁说：“李大标，你这个说法在袁大总统筹划称帝的时候就有人说过，按你这个说法，那还不如让袁大总统称帝更好。”大标说：“袁大总统不合适当皇上，那样根基怎么能当皇上呢？人家宣统皇帝祖上都是皇帝，当皇帝才是名正言顺，再说人家本来就是皇帝，只是复位。”胡家仁说：“宣统是满人，难道满人比咱们汉人更适合当汉人的皇帝？你这是什么道理？”大标说：“这？这？我不是这个意思……”胡家仁说：“李大标，你简直是糊涂透顶，愚不可及，皇帝比总统好？满人当政比汉人当政好？简直是一派胡言。”大标说：“我怎么是一派胡言？你不服气满人当政，人家满人当政也有二百多年。”胡家仁说：“什么二百多年？奴才，这就是一个狗奴才的言论。”大标说：“行，我是奴才，是狗奴才，你是主子……”气呼呼走了。

没想到这话让人告诉了何胖子，何胖子报告给吴佩孚旅长。下午，大标被叫到旅部，吴佩孚把大标骂得狗血淋头。说他没有一点头脑，根本不配做民国的军人，民国怎么能有皇帝？那是历史的倒退！现在是敏感时期，思想上绝对不能有一星半点的混乱，否则就迷失方向，要铸成大错。大标没有想到这些话居然被吴旅长知道，还让旅长大人这么生气，吓得浑身哆嗦。最后吴佩孚让大标回去听候处理。

文秀才和黄猴子听说旅长大人训斥了大标，到大标办公室来看望大标。文秀才说：“大标，怎么搞的？你也太没头脑！赞成复辟？你想什么呢？怎么样？在旅长那里挂上号了？”大标难受地说：“这事你们也听说了？”黄猴子说：“这事6旅上上下下有谁不知道？你看你！”大标说：“我就是顺嘴说说，也没认真想想，哪想到搞到这个地步？是何胖子这家伙上报的吧？”文秀才说：“听说是有人把这些话告诉了何胖子，何胖子越级向旅部做了汇报。”大标说：“我就知道有人在这个事上捣鬼，否则怎么可能搞到旅长训斥我？”黄猴子说：“你就别怪别人了，我觉得你这不是随便说说，你是有自己的想法。咱们三个都是自己人，我想问问，你到底是怎么想的？”大标说道：“这个，算了吧，别再惹是生非了。”黄猴子说：“没事，就咱们三个人私下聊聊，绝对保密。你说吧。”

大标犹豫一下，说道：“这么说吧，对于要皇帝还是不要皇帝，我是有点自己的看法，你们看那日本天皇保留着，日本不是也强大了？君主立宪制，怎么就不可以呢？”黄猴子说：“可咱们六年前就把皇帝推翻，成立民国了，怎么又搞君主立宪制呢？袁大总统也想搞君主立宪，搞成那个样子，怎么能又这么想呢？”大标说：“我真的是随便说说，其实君主立宪也好，共和也好，咱们不是还当咱们的大头兵，有什么差别？”文秀才说：“你小子还是糊涂！这怎么能没差别？中华民国已经共和了，就不能再往回走！”

这时，团部传令兵进门说：“报告李连长，团部命令。”递上一个信封。大标接过信封让传令兵走了，他打开看看，神情紧张起来。文秀才和黄猴子问他是什么情况。大标说：“部队要开拔了，让我们连去配合辎重连运送弹药。”文秀才说：“我们都没接到命令，怎么就要开拔？是去北京讨伐张勋吗？”大标说：“兵马未动，粮草先行，估计是去讨伐张勋。”文秀才说：“太好了！灭掉这个混蛋！”黄猴子说：“是的，太好了！”

第2节

对于张勋复辟，各省纷纷召开万人大会，并在报纸上发表大量文章，一致声讨，反对复辟。段祺瑞也在天津发表讨张的通电和檄文，并组织“讨逆军”，自任讨逆军总司令，分两路大军，讨伐张勋。东路军司令段芝贵，辖李长泰第8师和冯玉祥第16混成旅；西路军司令曹锟，辖自己的第3师、范国璋第20师。这东西两路大军，分头向北京开进。

由于时间太紧，吴佩孚没时间处理大标，大标就带5连出发了。讨逆军一路所向披靡，张勋的辫子军望风而逃，把辫子扔了一地。不过，大标这小子运气实在太差，在大军顺风顺水向京城开进时，他却出了个不大不小的事。这天晚上在丰台郊外临时驻地，由于哨兵打盹，他们连押送的一马车弹药连马带车都丢失了。这个事，本来就很严重，再加上有人向上面诬告说大标这是同情辫子军，把这车弹药送给辫子军了，不得了，大标的麻烦来了。上面指定这事由何胖子负责，当即何胖子带人来绑了大标，送到天坛的第6旅战俘点关押。这个关押点是用绳子在古树中围了个圈，里面是被关押的辫子兵，外面是众多看守。

大标坐在一棵古树下，百无聊赖。天气太热，他脱了上衣光着膀子。旁边一个十七八岁的战俘跟他搭腔，说："大哥，你是曹锟的兵，怎么和我们关在一起？"大标气愤地说："呸！还不是被你们这帮王八蛋害的！你们拥戴溥仪登基干什么？没事找事！"小兵说："我们当兵的哪懂这个？长官让干什么就干什么。本来说到北京来调停的，谁知道张大帅怎么又搞出这么一出。这下子，麻烦来了，我们就五千人，可段祺瑞召集几万人，我们哪是你们的对手呀？好了，现在我们全完了。"大标说："活该！"小兵问道："大哥，你到底犯什么事了？关在这，看来不是小事呀。"大标说："说老子和你们是一伙的，给你们送军火。"小兵说："是为这个？这不是小事，那麻烦大了。我以为是搞女人什么的，是为这个事，你麻烦大了。"大标说："搞女人？你小子多大了？长毛了吗？还知道搞女人？滚一边去！"这个小兵讨了个没趣，不再和大标说话了。

这时，何胖子过来，大标赶紧站起来讨好地说："何营长，我是冤枉呀，那车弹药是丢了，我有错，但是绝对不是送给辫子军，辫子军倒行逆施，不堪一击，我怎么可能弃明投暗去资助他们？完全不可能的事，何营长，你帮我跟上面说说，我确实冤枉呀。"

何胖子说："你冤枉？那天下人就都冤枉了。你知道这是弃明投暗了？你不是一直赞成立个皇帝吗？不是一直觉得宣统皇帝好吗？"大标说："我那是瞎说的，那些话都没过脑子，都是蠢话！"何胖子说："那不是瞎话，都是你的心里话。我告诉你，李大标，你的好日子完了，这次一定要对你严惩不贷。"说完转身走了。大标看着何胖子的背影，心想这次掉他手上了，八成是完蛋了，估计至少被部队开除，要严重点甚至可能判去坐牢，这小子一直跟我过不去，这次他称心如意了。

第3节

第二天上午，罗继昌来了。关押点的卫兵拦住罗继昌，说：“对不起，长官！这里不准靠近。”罗继昌说：“我是6旅机动团1营的营长罗继昌，我是来领李大标的。这里有旅部的文书。”卫兵叫来看守的长官，长官看了文书，说：“罗营长，您请进！”大标一直在里面眼巴巴地看着罗继昌，见让罗继昌进来了，忙起来迎上去，说：“罗营长，你怎么来了？”罗继昌问道：“大标，你小子受罪了吧？”大标高兴地答道：“没受罪。这大热天在树下挺凉快，没事儿。你是来带我出去的？吴大人同意了？”罗继昌说：“是这样，那车弹药找到了，是被丰台的一个农民藏到他家了，打算打完仗去换钱，这样，找到弹药这就解除了你的资助敌人的嫌疑。”大标说：“是吗？真是老天有眼，老天有眼呀！”罗继昌说：“走吧，现在你被释放了，跟我走吧！”带大标走出临时关押点，大标说：“这车弹药是怎么搞的？我真是糊涂！”罗继昌说：“当时夜黑风高，部队走得也比较急，难免被附近的农民钻空子。还有，我去找吴旅长，本来吴旅长还要处理你说瞎话的事，我说了你在偷渡金湾渡口的表现，吴旅长还记得这个事，就同意放了你。”大标说：“罗营长，真不知道该怎么感谢你。”罗继昌说：“行了，别说这些见外话了，现在京城的辫子军已经被清剿干净，张勋躲到荷兰大使馆了。咱们6旅移到卢沟桥驻扎，下午就出发。”大标说：“这真是要好好感谢你。”罗继昌说：“不用谢我。咱们是老同学，这都是应该的。回去后，你好好干，管好自己的嘴巴。”大标说：“好的，我一定，你放心。”

第十三章

第1节

收到大理经销商回复的电报，说赵亦恒已经离开大理回昆明。李津兰和婆婆没办法，只有等了。过了两天，蔡月娥估计赵亦恒该到家了，让郭师傅到路口等着，如果看见老爷，让他别回家，找个旅馆住下来。郭师傅在路口等了一天，一直等到吃晚饭，赵亦恒都没回来。蔡月娥让张孃孃去替换郭师傅回来吃饭，晚饭后郭师傅继续在路口等候。到晚上八点多，街上行人稀少，一般赵亦恒不会这么晚回来，就在蔡月娥打算让张孃孃去把郭师傅叫回来时，郭师傅回来了，他兴奋地说："太太，老爷回来了，我跟他说了别回家，现在他在翠湖边的石屏会馆住下了，让你们过去。"蔡月娥和李津兰上了郭师傅的黄包车去见老爷。为了避免被跟踪，蔡月娥让郭师傅在翠湖边转了一圈。

在石屏会馆的客房里，蔡月娥和李津兰见到赵亦恒，蔡月娥让李津兰把情况跟赵亦恒说了一遍。蔡月娥原以为赵亦恒听了会吓一跳，没想到赵亦恒很淡定。蔡月娥沉不住气，急切地问："老爷，看你这不慌不忙的样子，怎么回事？你怎么一点不着急呢？这是大难临头了，搞不好咱们这个厂就被搞垮了。"赵亦恒说："没事，这段时间厂里换了大概二万多银币，这些银币我都没动，好好放那呢。"蔡月娥说："放在厂里？"赵亦恒说："是的，厂里有一个地下银库，就两三个人知道这个地方，一般人找不到。”听这么说，蔡月娥长长吐出一口气，拍着自己的胸口说：“我的妈呀，吓死我了。”李津兰悬着的那颗心也放下来。她问道：“爹爹，你怎么一直没用这些银币？”赵亦恒说：“这次兑换银币，我心里一直有点不踏实。这是咱们利用关系换的，来路毕竟有点问题，现在银币这么紧张，如果政策有变，清查倒腾银币之事，咱们就说不清楚了。所以我想先放一段时间再说。这段时间厂里的资金很紧张，好几笔账等着支付，但是我一直没让动用。没想到我这担心不多余，还真来查了。”李津兰想还是公公有头脑，在大事上如此清醒，有水平，要不然这次真让柳二娘给害了。蔡月娥说：“老爷，既然是这样，你就回家吧，还住什么会馆，这会馆能有家里好？”赵亦恒拿上行李，跟蔡月娥回家了。

第2节

查赵家非法倒卖银元的事过去了半年，到了1917年8月。这是昆明的雨季，每天都在下雨，城里的石板路面从来没有干过，滑溜溜的，那样子就像河里石头一样。这些土坯房子的墙角湿了半截，有凳子那么高。没有石板的红土路面，出现一个又一个积水坑，被脚踩踏和车轮碾压，水坑越来越大。

一切又都回到往日的样子。可是，对于李津兰来说这事没过去。通过这个事，她看到了柳貂蝉内心的邪恶，明白了柳貂蝉跟自己的矛盾不是同事之间斗气，而是一场以命相搏的厮杀，柳貂蝉是要彻底毁灭自己。尽管自己无意闯入这个角落，并不想触动她柳貂蝉的任何东西，但是，不管自己是否愿意，自己已经进入一个战场，与柳貂蝉刀光剑影、你死我活的战场。她知道，自己不能退缩，身后已无退路，退缩对方也不会放过自己。

这天，李津兰到同学欧阳红家，跟欧阳红议论这事。欧阳红说：

“你们银行谁都可以得到这种不要抵押的贷款吗？这也太随便了吧？”李津兰说：“不是，我们银行有些个人无抵押贷款，那都是唐督军的弟弟和省里的高层，一般人是不可能。并且，那些人的贷款手续完备，有审批表，有借款人签字。”欧阳红说：“是呀，这常耀宗怎么就得到这无抵押贷款？”这话提醒了李津兰，李津兰说：“你问得好，我想起来了，王协理说当时是将军公署一个高层给潘总理打了个电话，这个贷款是按照这指示办的，否则凭他常科长，根本不可能得到这笔贷款。是的，这个电话是谁打的？这是一个新线索，只要找到这个人，也许就能找到这笔钱的下落，也就能收回欠款。”欧阳红觉得这个分析很有道理，李津兰顿时来了精神，真是踏破铁蹄无觅处，得来全不费工夫。

第二天上班，李津兰到王平端办公室说：“王协理，你有时间吗？我有个小事想跟你说说。”王平端在看账本，抬起头来，让李津兰说。李津兰说：“是这样，关于那一万元贷款，督军公署回复说没有刘念堂这个人，这个事查不下去了，这也成了坏账，我总是觉得挺遗憾的。”王平端说：“你有什么新想法吗？有，你就说。”李津兰说：“是这样，记得你说过当时办这笔贷款是将军公署一个高层给潘总理打过电话，是有这事吧？协理，你知道那个高层是谁吗？”听到这话，王平端的脸色变得沉重起来，半天没说话。李津兰又说：“对不起，我可能不该问这个问题，我太不懂规矩了，对不起。”王平端尽量显得很轻松地说：“谈不上什么规矩不规矩，可以说，你继续说。”李津兰说：“那我就说了？我觉得这个贷款，事实上让你和潘总理都挺为难的，上面指示让办，但是借款人并不是那个长官，又没有抵押，这就变得复杂了，也就是因此，潘总理和你一直不肯在它的审批单上签字……”王平端打断李津兰的话说：“没签字是因为这就是个短期贷款，我们认为很快会归还，归还了这个事就过去了。”李津兰不说话了，谈话停顿下来，不过，李津兰和王平端都知道，这个事现在摆在这里的，逾期了，变成坏账了。王平端叹了口气，缓缓地说：“是，我和潘总理都没想到后来变成这样。”李津兰说："是呀，估计你们当时认为会按期收回。王协理，能说说吗？当时给潘总理打电话的是谁？"

王平端停顿一下，有几分为难地说："是老先生。"说完拿起桌上的账本，这是结束谈话的意思。老先生？这老先生是谁？李津兰见王平端这个样子，不好再问，就告辞离开。

晚上回到家里，在吃饭的时候，李津兰问赵亦恒："爹爹，督军公署有个叫老先生的人吗？"赵亦恒问道："你说的是哪个老先生？是钟子培吗？"李津兰说："我不知道，还有其他人叫老先生吗？"赵亦恒说："好像没有。"李津兰心想，潘永其是厅局级长官，能让他放贷款的人，职务也应该比他高，说："这个老先生应该是厅局长以上长官。"赵亦恒说："这么说，那就是钟子培了。"李津兰问："他是什么职务？"

赵亦恒说这个人是督军公署高参，资历很老，是大清朝的举人，在光绪年间已经是云南巡抚署的高官，从四品，属于知府级别。他思想开明，意识超前，光绪帝实施新政时，他就写文章称赞新政，是云南维新派代表人物，声望极高。百日维新失败，他被削去顶戴花翎，革职回家。后来，李经羲任云贵总督时，有人替他求情，李经羲给他一个县官做，他凛然拒绝，说自己无为民做事的本事，不适合做官。重九起义后，蔡锷聘请他到大姚县任知事，他都是五十一二岁的人，不嫌官小，不嫌路远，欣然前往。后来向蔡锷提了点建议，不被采纳，辞官回家。唐继尧接任云南都督，也很欣赏他的才华，再次请他做官，他不愿意，唐继尧三顾茅庐，他才出山，做了唐继尧的幕僚，被唐继尧一再提拔，最后成为将军公署高参，官位居本省官场最高一层，据说他对唐继尧有相当影响力。还有，听说他跟西山华亭寺的住持交往很深，时常与住持探讨天下兴亡之大事。听到这里，李津兰明白王平端当时为何会为难，涉及这么大的人物，这事情不好办呀。

第3节

第二天中午吃饭的时候，吴少愚笑嘻嘻地到李津兰的办公室，神秘地对李津兰和段毓婉说：“告诉二位，我得到一个宝贝，想知道是什么宝贝吗？”李津兰没说话，段毓婉好奇地问道：“什么宝贝？快说，别卖关子！”吴少愚对李津兰讨好地说：“你不想知道是什么宝贝？”李津兰微微一笑，还是不说话。段毓婉最不喜欢吴少愚这个贱了吧唧的样子，瞪着眼珠子说：“你说不说？不说就出去！”吴少愚赶紧说：“我说，我说，我说还不行吗？是这样，我从同学那借到一本《红楼梦诗抄》，里面有《红楼梦》的全部诗词。”段毓婉兴奋地问道：“竟有这样的书？真是好东西，快拿出来给我看看。”李津兰也很感兴趣，问道：“是呀，竟有这样的书？”吴少愚见李津兰感兴趣了，非常高兴，眉开眼笑地说：“这本书你们两位才女都没听说过？不会吧……”段毓婉说：“快拿出来，快点！”吴少愚对李津兰讨好地说：“我先给你看看。”段毓婉不满地说：“哼，吴少愚，你这分明是讨好李津兰，我告诉你，没用的，人家两口子感情好着呢，你没机会了！”这事被人家如此直白地说出来，吴少愚有点挂不住，满脸通红。李津兰也有几分难堪，斥责道：“段毓婉，你说什么！”段毓婉连忙说：“对不起，我瞎说，我这嘴就是该打。”李津兰跟段毓婉和吴少愚说过自己丈夫，说和自己感情很好，很上进，去上海读书了。这是假话，但也没什么大不了的，李津兰知道大部分夫妻都不亲密，他们的婚姻是包办的，按照孔孟之道，男子娶妻是为了娶个女子回来孝敬父母，不是为了自己快乐的，所以夫妻不亲密的事很多，自己这不算什么。

吴少愚对段毓婉说：“行，你先看，给你先看，行了吧？”段毓婉仍不肯放过吴少愚：“吴少愚，人说男不看红楼，女不看西厢，你一个大男人，去看这种书干什么？你心里好阴暗！”吴少愚有点急了，说："段毓婉，不是给你先看了吗？你怎么还有这么多废话？行，你要这样，对不起，我变卦了，我看你有多厉害，就是不给你先看，你爱说什么，就说什么，我不在乎！"李津兰说："段毓婉，算了，省省吧，别说那些没用的，人家吴少愚平时对你不是也挺好的？别猪八戒吃人参果不知好歹！"段毓婉说："行，行，不说了，我什么都不说了。吴少愚，把书拿出来吧！"吴少愚不再跟段毓婉斗嘴，从衣服口袋里掏出书递给段毓婉，段毓婉接过来又递给李津兰，笑着说："你先看，我是跟他闹着玩笑呢。"李津兰翻开书页，一边看一边说；"有那首吗？就是'半卷湘帘半掩门，碾冰为土玉为盆。偷来梨蕊三分白，借得梅花一缕魂'。"吴少愚说："有，在后面。"段毓婉说："好呀，吴少愚，这本书都让你背下来了吧？"李津兰继续看书，翻到一页说："我最喜欢这首，'桃花帘外东风软，桃花帘内晨妆懒。帘外桃花帘内人，人与桃花隔不远'。"段毓婉说："我也喜欢，好美，好美！"李津兰突然把书合上，幸福而甜蜜地对吴少愚说："吴少愚，这书太好了，谢谢你！"吴少愚听到这话，顿时像掉到蜜罐里，从头甜到脚，不好意思地说："谢什么，谢什么。你们看，慢慢看，我先走了。"转身朝门外走去。

李津兰和段毓婉继续翻看这本诗抄。两人看着，称赞着，唏嘘着，似乎不知不觉中将自己变成了那葬花、焚诗、病卧床头的林妹妹。过了一会，李津兰突然问道："我听说前两天有人要给你介绍一个男生，你不去见面，有这事吗？为什么？"段毓婉低头不语，好像没听到李津兰的问话。李津兰又说："你的年纪也不小了，是该寻个人家了，你自己不着急吗？"段毓婉摇摇头。李津兰又问："真的不急？"段毓婉幽幽地说："我想多工作几年，一旦成家有了孩子，就不能出来工作了。"李津兰说："那不一定，有孩子后，找人帮照看孩子，一样可以出来工作。"段毓婉不接话，显然不想说这个话题，没办法，李津兰只能打住，继续看书。

第4节

晚上，蔡月娥敲开李津兰的房门说：“没睡吧？”李津兰见婆婆神情凝重，让婆婆坐下，关切地说：“你还不睡？是哪里不舒服？要不要明天去甘美医院看看？”这甘美医院是法国人在昆明开的医院，里面是法国大夫，医术甚为高明。蔡月娥说身体没事，是心里不舒服。接着把心里的话倒出来：“你看，赵家轸离开家快两年了，他的学业也快结束了，可是他没说他回来干什么的话，真不知道他是怎么想的。这孩子太可气，媳妇放家里不闻不问，不管不顾，就像没媳妇没家一样，马上学校放假，他都找各种理由不回来，这像什么话嘛。”

听婆婆这么说，李津兰不知说什么好。其实这个事，李津兰比婆婆更难受，对于婆婆来说，这不回来的是儿子，对于自己来说，这不回来的是丈夫，自己心中的苦那才是说不完道不尽。一个女人结了婚，却被丈夫厌恶，丈夫躲到那么远的地方，好像自己身上有恶臭，有瘟疫，让这个女人怎么过？

蔡月娥没去关注李津兰在想什么，滔滔不绝地数落着儿子，数落完了，蔡月娥起身回自己屋子，一边走一边说：“你也动动脑筋，怎么把他追回来。如果他毕业了不回来，你的日子怎么过？我真是不理解，你怎么一点不着急？你是真不知道这么下去的后果是什么？如果他永远不回来，你怎么办？”李津兰怎么会不知道那后果有多可怕，可是自己又有什么办法？她说：“妈，他不回来我就跟你和爹爹过，陪你们到老，给你们养老送终。”蔡月娥并不领李津兰的情说：“谁要你说这种话，你还是多想想怎么把赵家轸搞回来，多给他写几封信，别只是在我们给他去信的时候才写，他是你丈夫，你多给他写信倾诉一下，有什么不好的？一写信就是冷冰冰、干巴巴的那些话，我看了都觉得没意思，男人看了能觉得有意思？”蔡月娥走到门口说：“不是我说你，小妹，他不愿回来，也不完全怪他。

我觉得你身上少了点味道，就是那种女人味道，那种让男人离不开自己的味道。”

听这话，李津兰想，怎么又冲我来了？这本来是你儿子的错，现在怪我了？不过，李津兰没那么自信，又问自己，是不是自己的身上真的差一点吸引男人的味道？就是人家说的狐狸味、骚味？要不然为何丈夫就是要走，至今不回来，是不是？不过，她很快想到，自己在学校时，不是也有一些女同学的哥哥喜欢自己，托她们给自己带条子、送礼物，还有，现在银行里的吴少愚不是也在围着自己转？凭什么说我没那个味道呢？婆婆走后，李津兰把这个问题又反反复复想了又想，一直到实在困得不行了才糊里糊涂睡过去。

李津兰给赵家轸的信按照婆婆的要求写好了，当着婆婆面装在一个信封，贴上邮票让郭师傅投到路边的信筒里。李津兰知道丈夫收到这个信肯定是跟原来一样，不给自己回信，只是在给公公婆婆的信里问候自己几句，因此，李津兰也不惦记着回信。

这天晚上，在赵府餐厅吃饭的时候，李津兰跟公公说了一个事。就是这天下午，美国三达美孚煤油公司的负责人来找潘永其总理郑重其事地谈了一通，这是因为两年前第一次发行一百万纸币后，又在去年发行二百万纸币，当然，去年发行纸币，由于事先有所准备，当法国歌纳银行到河口分行办理纸币兑换时，及时给予办理，戴福阁没有到昆明来找裕滇银行的麻烦。但是，并不是说就此天下太平，世间风平浪静。在云南的一批洋人企业，因收入的纸币货款无法换成银币，都纷纷来要求兑换。于是，法国安兴洋行、法国歌胪士洋行、英国英美烟草公司、美国三达美孚煤油公司、日本盛吉隆水火油公司，一家接一家走马灯地来兑换，搞得裕滇银行拆东墙补西墙，移山填海的，防不胜防，最终实在支撑不住，一再拖延兑换时间，搞得人家忍无可忍。今天美国三达美孚煤油公司的这个负责人找上门来，就是为这个事，要求马上兑换。

赵亦恒说：“他们算不错的，有银币优先供他们洋人企业换，我们这些本土的工商户比他们更惨。你们银行给我们兑换银币拖得更厉害，现在要拖一个月，到期有的只能换八成、六成的。我们这些工厂都是等着钱用的，这样搞，没办法，我们只有将纸币打折换银元，现在纸币一元兑换银币零点八五元，换一元损失一成半。这损失有多大？我们利润就二三成，一下子减少一成半，这是多大损失？可是，我们只能承受，打碎牙咽到肚子里。”李津兰觉得这个形势还是很严峻。赵亦恒说：“你们银行也不阻拦一下，省里说要发多少纸币，你们就发多少，要害死多少人！”李津兰辩解道：“我们银行只是个执行机构，上面让我们发，我们不能不发。”

赵亦恒说：“那你们的负责人也要据理力争呀，也要为本省老百姓想想，不能只想自己头上那顶乌纱帽呀！”李津兰觉得公公有点错怪银行了。赵亦恒说：“当然，罪魁祸首还是唐继尧！这个人野心太大，不甘心守着本省这一亩三分地，要争中原，要得天下。你说，两年前发一百万时，因护国战争军费花费太大，四处借款太多，要用新发的钱去还账，还可以理解。可是去年发行二百万，有什么理由？他看孙中山在广州成立军政府，形成南北朝，觉得机会来了，要迅速扩充实力，一方面增加自己在军政府中的分量，另一方面在对北京政府的战争中尽快扩大自己的地盘。可是，他不看看本省是什么家底，拿什么去跟人家争、跟人家拼？是不是有点自不量力、自以为是？”赵亦恒说得很激动。李津兰觉得公公说的确实有点道理。

第5节

过了几天，李津兰听说给段毓婉介绍那个男生的事有了新情况。由于段毓婉不肯去见人家，人家悄悄跑到银行来看她，这一看还看上了，就到办公室来找她。她对人家特别冷淡，人家不怕热脸贴冷屁股，还是来找她，好家伙，她居然当着很多人的面大发脾气，粗暴地赶走了人家，让行里的同事很吃惊。

中午段毓婉到李津兰房间吃饭，李津兰趁吴少愚没到，小声问段毓婉为何发那么大火，段毓婉不高兴地说："他太过分了，人家不喜欢他，他还来一趟又来一趟的，干吗？他不要脸，人家还要脸嘛。"李津兰说："那可以好好说嘛。"段毓婉说："好好说？怎么好好说？说了多少遍，没用嘛，如果能有用，我至于这样吗？"李津兰觉得也确实如此，段毓婉并不是个蛮横之人，甚至有点柔弱，总是一副楚楚可怜的样子，不是逼急了不会这样的，就说："好，不说这个了。不过，段毓婉，我觉得你还是要认真考虑一下找婆家的事了，真的，你这年纪，再不找就晚了，没人要了。"段毓婉说："没人要就算了，我就一个人过，有啥不好的？"李津兰说："净说胡话！我看你不至于糊涂至此吧？"见段毓婉不反驳，用关切的语气说："你跟男生交往过吗？"见段毓婉摇头，说："没有？我看你这个样就是没交往过……"段毓婉说："胡说，这还能看出来？"李津兰说："当然能，我看你跟任何男人接触都没脑子，人家对你示好你根本感觉不到。好了，不跟你说这个。你说说，你到底喜欢什么样的，秀气一点的，还是粗壮一点的？"段毓婉害羞地说："你别问我，我不知道。"李津兰好像明白了什么，说："段毓婉，你是不是心里一直有一个人？"段毓婉有点心虚地说："什么有一个人？什么呀？"李津兰说："肯定是，就是这样。好呀，你个段毓婉，你藏得够深的，咱们相处两年多，你一个字都不露，你太阴险了，好可怕，你原来是这样的一个人！"段毓婉说："什么阴险？我哪阴险了，哪阴险了？"李津兰说："段毓婉，你老实交代，如果你今天不交代，我就跟你绝交，绝交！"说完，李津兰把脸一沉，摆出很生气的样子。段毓婉说："交代什么呀？有什么交代的？好了，我说，别生气，我说还不行？"

接着，段毓婉说了她心底的一个秘密。她确实一直喜欢一个男生。那是两年多前，洪宪之役还没爆发，她去一个同学家参加一场家庭诗会，几个写诗的男生朗诵了他们写的诗，其中一个男生才华横溢，诗歌气势非凡。那个男生那天穿干净的蓝色长衫，脖子上围着一条深灰色的围巾，清秀，飘逸，俊美，给她留下深刻的印象。

在随后的座谈中，她专门谈了对这个男生作品的印象，发自肺腑地赞美一通。座谈结束后，这个男生主动来跟她说话，这样她认识了他。后来在其他的场合，又见过一次面。李津兰问："后来呢？"段毓婉说："后来那个诗人圈散了，没再搞过诗会，就不再有他的信息。再后来洪宪之役爆发，他们有的当兵，有的去外地，就更不可能见到他了。"李津兰惊异地说："就见过两次面，你就动心了，是吗？"见段毓婉点头，接着说："就是两次见面？太不可思议！段毓婉，你真是个傻瓜，就这样被丘比特的箭射中了？就这样坠入情网？"段毓婉说："我不觉得傻。"李津兰说："还不傻？你是天下最大的傻瓜！最蠢的傻瓜。"段毓婉不说话，任凭李津兰数落自己。李津兰说："你还在这里苦苦等待，在这里单相思，你都不知道人家在哪里，人家现在怎么样，也许人家早娶了太太，过着幸福的家庭生活，孩子都生了一大堆了。你和人家有什么关系？见过两次面说过几句话，这算什么？我告诉你，这连朋友都算不上，你只是他擦肩而过的一个路人！"段毓婉低头不语。

李津兰知道完蛋了，段毓婉还陷在那段感情里，激动地说："那是个什么人，这么大的魅力？让你今天都走不出来？段毓婉，你不能这样，不能活在这种幻觉里，那都是不靠谱的事，你不能拿这种片刻好感当爱情，你应该把他忘掉，开始自己的新生活，是不是？不能让那虚无缥缈的感情影响你一辈子，是不是？"段毓婉看着脚尖，摇摇头。李津兰看得出，段毓婉是被这感觉困住了，根本走不出来，生气地说："段毓婉，我告诉你，人家根本不知道你，不知道这个世界上还有一个叫段毓婉的女人。你知道吗？几十年后，你就是等到人家，人家也不会看重你、不会珍惜你，只会笑话你，你就是那个男人这一生中最可笑的一个笑话。"可是，段毓婉听不进去这些话。

这时，吴少愚进来，李津兰收住自己的话，气呼呼的，段毓婉则低头不语，吴少愚说："怎么？你们吵架了？为什么呀？至于嘛，有话好好说嘛……"李津兰冲吴少愚说："说什么说？这里没你的事，拜托你回避一下吧！"吴少愚还没见李津兰这么生气过，连忙退了出去。

第十四章

第1节

撤销军务院时，陈文汉和很多军人一样，认为马上可以回云南了，可是，很快他发现上面根本没有把他们护国军第 2 军撤回云南的意思，而是让这个部队在广东长期待下去，成为“驻粤滇军”。为什么不回云南？陈文汉猜测唐继尧是有占地盘、扩大云南势力范围的想法。现在因龙济光垮台，广东陆军也垮了，广东一盘散沙，滇军和桂军成了广东主要的军事力量，滇军确实有可能控制广东部分地方，甚至广东全境。不过，此时广东督军是广西的陆荣廷，他也想控制广东，这样一来，滇军将与桂军发生摩擦就难以避免了。最后是什么情况，现在实在不好预测。

这天晚上，陈文汉在油灯下铺开信纸，又给李二标写信，要把这段时间发生的事告诉与自己阴阳相隔的李二标。

二标君：

你好！我在广东韶州给你写这封信。上次给你写信到现在，过去一年半了，大家回家的希望落空了，我们没回云南。近期发生几个重大事件，张勋复辟，孙中山在上海通电参众两院旧议员南下广州反对张勋复辟。可是，孙中山还在海上，张勋复辟就被平定，扶持溥仪二次登基成为一场闹剧。

孙中山抵达广州，段祺瑞重新担任国务总理，黎元洪自责辞去大总统职务，由冯国璋取代。孙中山要求段祺瑞召开国会，按照《中华民国临时约法》规则选举新的大总统和总理。而段祺瑞知道旧国会议员中国民党议员占优势，一旦进行选举，自己将下台，就坚决反对。孙中山针锋相对，宣布护法，就是维护《中华民国临时约法》。

这时，唐继尧组建“靖国军”，自任总司令，将原云南陆军六个师升格为六个军，以顾品珍、赵又新、庾恩旸、黄毓成、谢如年、方声涛任第 1 至 6 军司令。接着，唐继尧通电加入护法行列，宣布云南独立。这是自重九起义以来云南第三次独立，此后，云南一直拒不听命北洋政府，成为广州政府的一员。

8 月下旬，由于旧国会议员已达一百五十余人，约占全部议员五百一十九人的三成，非常国会开幕，通过《中华民国军政府组织大纲》，正式成立“中华民国军政府”，简称广州军政府，与北洋政府分庭抗礼。国会选举孙中山为陆海军大元帅，陆荣廷和唐继尧为元帅。

但是，陆荣廷和唐继尧认为反对段祺瑞与反对袁世凯不同，不赞成另立一个政府。另外，他二人不满意孙中山担任军政府最高掌权者，这样，二人均未就任，并且陆荣廷声明对军政府活动概不负责。

尽管军政府内部有一些不和谐的声音，但是这毕竟是个捅破天的大事，这惹恼了北洋政府，北洋政府派出三路大军南下取缔军政府。第一路由长沙进攻湘南；第二路由湖北进攻四川；第三路由福建和江西进攻广东。行动最快的是由中央陆军第 8、第 20 师组成的第一路大军，它们很快进逼湘潭。

面对这个情况，陆荣廷放下与孙中山的分歧，组织护法军，很快在梧州召开军事会议，布置迎敌任务。会上，对滇军的安排是，谢如年率第5军留守韶州，同时，将方声涛率领的第6军分兵，下属第6旅跟方声涛进驻潮汕地区，下属第7旅则划给第5军指挥。这是驻粤滇军的第一次分兵。方声涛本是福建人，早有回福建发展之意。后来，方声涛率部脱离了唐继尧，脱离了滇军，跟随陆荣廷。

很快，中央陆军第8、第20师与护法军在湘潭西倪铺接战，中央陆军攻占衡阳。这时，蛰伏琼州的龙济光觉得夺回广东都督宝座的机会来了，致函大总统冯国璋，率两万余人由琼州渡海，攻取广东雷州和阳江等地，广州城震动。对此，陆荣廷命桂军一部与李烈钧率滇军第5军一部向琼州开进，攻击龙军。不久，护法军在化州等地歼灭龙军主力，龙济光被迫潜逃香港。

因直系冯国璋大总统与皖系段祺瑞总理内斗，冯国璋私下命属于直系的中央陆军第8、第20师撤离衡山前线。这个撤军让战场态势大变，护法军乘势发起追击，直逼岳阳，很快几乎占领湘省全境。

北军遭此失败，北洋政府众人对冯国璋大总统不满。无奈，冯国璋又命中央陆军第3师师长曹锟、第7师师长张敬尧，以及山东督军张怀芝率部，约十万人攻湘。很快，临时署理第3师的吴佩孚，率部冲在最前面，夺回长沙和衡阳，控制了湖南大部分地区，他也成为北洋军“后起之秀”。

然而，此时段祺瑞将湖南督军兼省长一职给了皖系的第7师师长张敬尧，这让直系极为不满。吴佩孚在衡阳停止前进，北军与护法军的湘省交战全面停下来。这样，粤省得以安全，我们在韶州的压力也减轻，大家都轻松下来。

二标兄，下一步将如何？我们暂且不知，但是，估计不会轻松。孙中山成立这个军政府，广东跟北方的争斗将会日益加剧。看来，我们回云南的日子将会越来越遥远。

陈文汉

民国七年五月一日，于广东韶州

第2节

吴佩孚命部队在衡阳停止前进，大标他们在衡阳休整。这天下午，大标在自己办公室和几个军官议论是否该停战一事，发生了分歧。大标说不应该停战，而应一鼓作气打到广州，捉拿军政府的首脑，彻底消灭南方反叛势力。旁边有几个军官反对，说武力统一不是上策，和谈才是长久之计，现在是民国，是共和了，协商共存是正道，武装征讨毕竟不是根本办法。双方各持一词，一时间讨论得十分热烈。

下午，大标被何胖子叫到团部。这时他们6旅机动团长官又做了调整，罗继昌因作战英勇，多次完成艰巨任务提升为团长，同时，何胖子因会溜须拍马、阿谀奉承也被提升为副团长。大标对何胖子说："报告何副团长，李大标到，请指示。"何胖子问道："李大标，知道为什么叫你过来吗？不知道？怎么可能不知道？我看你在下面挺能说的。好，我给你个机会，你给我也好好说说。"大标不知道何胖子要干什么，问道："何副团长，让我说什么？我在下面说什么了？在下实在不知道你的意思。"何胖子说："什么不知道？你不是说不应该停战吗？不是说应该一鼓作气打到广州吗？"大标说："原来是这个事，是的，我是说过这个话，不过我那是和同事聊天，都是胡说，不能当真。"何胖子说："胡说？不能当真？现在曹大人、吴大人决定不打，和对方签订停战协定，你却说应该打，什么意思？你就这么聪明，这么厉害？"大标说："何副团长，是这样，既然你让我说说，我就说说。现在广州军政府成立不久，羽翼尚未丰满，实力不够强大，我们乘此机会大兵压上，一举剿灭，彻底解决这些反贼，避免后患。现在停战，不是放虎归山？我觉得，现在是彻底解决这些逆贼最好的机会，我们这一路打得特别漂亮，打得南方军丢盔弃甲、屁滚尿流，可谓势如破竹……”何胖子没打断大标的话。

大标继续说：“不过，我知道曹大人、吴大人有他们的考虑，他们怕咱们与护法军作战，消耗实力，鹬蚌相争，渔人得利，最后让皖系坐享其成。我觉得，现在咱们直系与段总理的皖系要精诚团结，等彻底解决南方问题，再解决咱们直系和他们皖系的问题。我认为，咱们两家的矛盾是分多分少利益的问题，而咱们与南方的问题是有你无我、有我无你的问题。是的，现在不仅不该停战，反而应该调集更多部队南下，先灭掉桂军和零星的湘军粤军，再解决滇军，现在咱们具备调集更多部队南下的条件，咱们有这个实力。对，如果现在咱们直系和皖系携手合作，由咱们3师打头阵，同时调集大军跟上，在两个月内肯定可以剿灭他们。”

何胖子说：“说完了？都说完了？还有什么高论吗？有就都说出来！”大标说：“我想到就是这些，都说完了，没有了。”突然，何胖子大声吼道：“李大标，你不得了呀，你太聪明了！你不仅比曹大人、吴大人聪明，还比周瑜聪明，比诸葛亮聪明！是不是？”大标没想到何胖子会变脸，吓了一跳。何胖子说：“你真是不得了，还一套一套的，什么‘咱们3师打头阵，同时调集大军跟上，在两个月内可以剿灭他们’，你是谁呀？你成了咱们3师主子？你是咱们直系的当家人？”大标辩解道：“不敢，我这是胡言乱语，无凭无据，不知深浅的，何副团长，你别当真。”何胖子说：“别当真？这些话能让我不当真吗？我告诉你，你这不是什么胡言乱语，完全是否定曹大人、吴大人的决策，是对曹大人、吴大人的恶毒攻击，是犯上作乱！李大标，你一个小小的连长，不守本分，去做好自己的事情，反而议论曹大人、吴大人的大政方针，这是什么？是大逆不道！”大标不服气地嘟囔道：“我就是为咱们3师好，又不是败坏咱们3师……”

何胖子说：“你还不服气是不是？你是谁？是多大的长官？要你为咱们3师好？”大标顶撞道：“我是3师的军人，让3师好，是咱们 3 师每个军人的责任。”何胖子说：“你不服气是不是？我告诉你，你别以为我治不了你，别看罗团长是你同学，我照样能收拾你。”听这么说，大标不敢把事情闹大，赶紧说软话道：“何副团长，我不是那个意思，我知道，这个事我错了，确实错了，我觉得你训斥得对，我这是不知天高地厚，是太放肆了。何副团长你说的确实有道理，我以后不再说这种话，你给我一个改正错误的机会，我一定改过自新。”何胖子听这么说，心里舒服一点，又训斥大标几句，让大标回去了。

第 3 节

大标回到自己办公室，想这个事，觉得被训斥倒是小事，关键现在是不是真的不该停战，是不是停战了将养虎为患？这要搞清楚，如果确实如此，那不仅要坚持自己的看法，还应设法向上反映，避免铸成大错。想到这里，他离开办公室，去文秀才办公室，把刚才何胖子训斥的事说了，然后问道：“你觉得我说的应该继续打，一鼓作气打到广州，对不对？”文秀才想了想说道：“这个事，坦率说，我跟你的看法不一样，我理解你的看法，但是我有另外一个想法，只是……”秀才犹豫，不知道是不是该说出来。大标说：“没事，你说，你说对说错我都不生气，我是真心想听听不同意见，听听不赞成我这么想的依据。你说吧。”

秀才说：“是这样，我觉得现在停战很有道理，你看，前段时间孙文被赶下台，灰溜溜地离开广州，广州的形势确实变了，孙文是个很不安分的人，他一直叫嚣用武力解决中国各类政治问题，用武力对付北京政府，民国元年因宋教仁被暗杀，他发动二次革命，在江西等几个省搞独立，跟袁大总统枪对枪对着干。这次张勋复辟，他煽动国会议员南下，到广州张勋复辟闹剧失败，本来反复辟的事完了，国会议员南下的任务完成了，可是提出来护法，甚至在广州搞出来这么个所谓的军政府，这个人的所作所为证明他是不可能用谈判解决纷争和矛盾的。还有，民国四年，唐继尧和蔡锷发起讨伐袁大总统的洪宪之役，幸好他没参与，如果他参与了，根本不可能言和罢战。我觉得，与这个人打交道，只有武力对武力。但是，现在他被赶走了，情况变了，而陆荣廷、唐继尧这些人是可以谈的，让他们撤销军政府，重新听从北京政府号令，这是有可能的。”大标觉得秀才说的有一定道理，就告别秀才回去，他要自己想想。

第4节

几天后，大标还没想出来新的道理，文秀才来大标的办公室说：“你听说了吗？她来了。”大标好奇地问道：“谁呀？你说谁来了？”文秀才说：“她呀，就是那个她。”大标听出来这是说罗瑾云，作出一副漠不关心的样子说：“来就来呗，跟我有什么关系？”文秀才问道：“怎么没关系？在岳阳的时候，你让我找老罗说说，后来老罗不是答复说她要考虑考虑吗？”大标没说话，那意思是：考虑之后一直没表态，不就是不同意吗？文秀才说：“我觉得这种事，只要人家没明确拒绝，就是有希望，如果我是你，一定去找对方当面聊聊。”大标说：“我不去，我没那么厚的脸皮。”文秀才说：“你怎么这么傻呀？追女人就是要厚脸皮，不厚脸皮怎么可能追到？”大标说：“我不去，你说破天我也不去。”文秀才坚持劝大标，最后看实在劝不动，就死了心，自己走了。

第二天上午，罗继昌的传令兵把大标叫到罗继昌在军营外的家，这是罗继昌临时租住的院子，大标进堂屋对罗继昌说：“罗团长，你找我？”罗继昌说：“怎么，听说不愿意到我家来了？架子大了，嫌我这小了？”大标说：“没有，我怎么敢呢？谁说的，这不是要害死我吗？”罗继昌见大标有点急了，笑起来说道：“我跟你开玩笑呢，是文秀才说你听说我堂妹来了，不愿意见她。”大标说：“秀才瞎说，我没说不愿意见，我只是不敢打扰罗小姐，怕她不高兴。”屋外传来一个女人的声音："我有什么不高兴呀？倒是我怕打扰李连长呢。"说着身穿骑马装的罗瑾云走进堂屋。大标赶紧对罗瑾云说："罗小姐，听说你到衡阳了，什么时候到的？是来玩吗？"罗瑾云说："昨天到的，是来慰问你们的，最近不是有不少北方慰问团来慰问你们嘛，北京组织了个工商界的慰问团，我就报名了，来凑个热闹。"罗继昌说："大标，是我堂妹让我约你过来。好了，你来了，我的任务完成了。你们两个聊吧，我到团里去看看。"

大标把罗继昌送出大门，回到堂屋和罗瑾云坐下说话，大标说道："罗小姐，这大半年没见，你更漂亮了。"罗瑾云说："怎么可能呢？又老了一岁，都快没脸见人了。"大标说："罗小姐这样的美女说没脸见人，天下女人都别出门了。"罗瑾云说："哎哟，李连长，你这么老实的人们都学会油嘴滑舌了。"大标说："哪里，哪里，我只是说几句肺腑之言，是真心话。"两人闲聊几句，罗瑾云说："李连长，我约你来是想跟你好好聊聊，上次咱们泛舟洞庭湖，聊得特别好，我觉得你是个特别好的人，真诚、热情、淳朴、善良。"听这么说，大标心里想，这是什么意思？难道说她考虑考虑之后，愿意接受我？难道说我有希望了？大标心猿意马起来。罗瑾云还在称赞大标，大标有点不能自已，要飘起来了。罗瑾云说："我觉得自己能碰到你，真是太幸运了。你们当兵的，总是走南闯北，又碰到这么个乱世……"大标简直晕了，听不清罗瑾云又在说什么，就是感觉特别美好，特别幸福。

罗瑾云说："今天我约你来，就是想说说咱俩的关系……"大标打断对方的话，异常兴奋地说："我也想说说咱俩的关系，咱俩认识时间也不短了，有三年了，你……"罗瑾云说："不是，李连长，我要说的，可能不是你那个意思……"大标看罗瑾云神情不对，心里一紧，连忙问道："什么？你想说什么？"罗瑾云看出大标的紧张与不安，为难地说："我……我不知该怎么说……"大标鼓起勇气说："说吧，我没事。"罗瑾云说："是这样，特别对不起你，我知道你很喜欢我，我也感觉你特别好，不过，我们不合适……"大标问道："怎么不合适？我怎么没感到不合适？"罗瑾云说："是这样，尽管我觉得你特别好，可是，我一直没有想和你过一辈子的那种冲动，我觉得你好，对女人负责，是个好男人，可我没有想嫁给你的想法，我……”大标着急地说：“原来是这样，这不要紧，咱们还可以再相处看看，你说呢？”罗瑾云说：“我不是这个意思，我是想说，我们只能是普通朋友……”大标坚持着：“没关系，我知道你还没喜欢上我，咱们多接触接触，你就会喜欢我了。”罗瑾云有点急了，生气地说：“不是，李连长，我的意思是，我现在碰到一个合适的人了，可能很快我会结婚。”大标非常失望地问道：“什么？你有喜欢的人了？他是干什么的？你们认识多长时间了？”罗瑾云说：“他是个议员，在北京，我们认识一个月了……”

大标说：“一个月你就动心了？可是，我们认识快三年了，这，这到底是怎么回事？”罗瑾云说：“我，我也说不清楚，爱情可能跟认识时间长短没关系。”大标追问道：“没关系？他是议员，那他年纪也不小了，是吧？”罗瑾云说：“是，比我大几岁。”大标再追问：“大一点？他是有家室，还是离婚的？”罗瑾云为难地说：“他，他是离婚的。”大标生气地说：“离婚的，比你还大很多！这是什么事呀？罗小姐，你怎么能这样？”罗瑾云说：“李连长，我知道这很伤你。不过，我也没办法强迫自己，我只能说对不起了！”大标非常气愤，用大嗓门说：“对不起？说声对不起就完了吗？罗小姐，真没想到你会干出这种事来！”突然，罗瑾云态度一变，厉声地说：“李连长，怎么了？我干什么了？你我只是普通朋友，我从来没答应你什么，你凭什么指责我？”大标说：“普通朋友？可是你对我来说有多重要，你知道吗？”罗瑾云说：“再重要也要尊重我的选择，我有权选择。”大标说：“我觉得你无权选择，你更要尊重我的感受。”罗瑾云说：“你这是什么话？我怎么无权选择？你这种人，简直不可理喻！对不起，我要出去办事了。”说完，罗瑾云起身走出院门。大标愣在椅子上。

第十五章

第1节

二标君：

你好！给你写这封信，我还在广东韶州。上次给你写信，到现在过去一个半月。最近军政府出了一些问题，在陆荣廷的操纵下，非常国会通过了《修正军政府组织法案》，将大元帅制改为总裁合议制，选举孙中山、陆荣廷、唐继尧、岑春煊等七人为政务总裁，以岑春煊为主席总裁。孙中山不赞成这个调整，通电辞去大元帅，并拒绝参与军政府事务，离开广州赴上海。

这时，江西督军陈光远遵照段祺瑞的指令，越过大庾岭，攻打由我们靖国军第5军防守的南雄县城，南雄失守。谢如年星夜从广州赶到始兴，指挥部队反攻南雄，因敌强我弱没成功。广东省长莫荣新命李烈钧讨伐龙济光的滇军，从粤南疾速北进，紧急任命庄行乾为“粤赣湘边防军务督办”。李烈钧与庄行乾一起指挥增援部队发动全面反攻，激战四昼夜，逼使赣军向江西败退，靖国军收复南雄，此役我们称之“南雄之战”。

这时又发生一个事，靖国军第5军司令谢如年突然被逮捕。这是怎么回事？这要从庄行乾到广州说起，在孙中山任大元帅时，谢如年跟孙中山太紧，被任命为军政府陆军总长，唐继尧和桂军不想滇军被孙中山控制，就以岑春煊、莫荣新名义电邀庄行乾到广东，打算让庄行乾来取代谢如年率领滇军，这庄行乾是政学系核心成员，与国民党不是一派。当时庄行乾在陕西担任省长，因是外来户，工作很不顺利，接到电报就来了广东。驻粤滇军将领大多数为庄行乾任云南讲武堂总办时的学生，对庄行乾到来很是欢迎。接着，唐继尧以追究南雄失守之责为名，撤销谢如年的第5军司令之职，命庄行乾接任。

谢如年听到撤职消息乘粤汉铁路火车返回广州，莫荣新预先派部队埋伏于西关的黄沙车站，谢如年的车一到，枪声四起，迫使警卫营缴械，拘捕了谢如年，囚禁于观音山。接着，唐继尧任命庄行乾为驻粤滇军总司令，并取消靖国军第5军番号，改为第6军，下辖第3师、第4师，由庄行乾任司令。很快，庄行乾提升朱培德为第4师师长。

桂军赶走孙中山，控制军政府后，随即与直系进行停战谈判，并签订停战协定。但是，这仅仅是衡阳地区的局部停战，其他地方南北武装冲突并没停止。

陈文汉

民国七年六月二十日，于广东韶州

第2节

张勋复辟时，四川这边的情况是，张勋任命刘存厚为四川巡抚，刘存厚率兵攻打四川督军戴戡，戴戡战死，去救援的滇军与刘存厚部在内江等地展开拉锯战。张勋复辟失败，刘存厚兵败，逃往陕西。

孙中山成立军政府，北洋政府派出三路大军讨伐，第二路大军的吴光新到重庆，受到拥护北洋政府人士的热烈迎接。这时，川军第 5 师师长熊克武与滇军联合，奔袭重庆，赶走吴新光，唐继尧委任熊克武为四川靖国军总司令，主持四川军政。此时，桂军与直系已签订衡阳“停战协议”，但是，唐继尧不管这些，仍准备派“川滇黔靖国联军”出兵湖北、陕西。

第 3 节

1918 年 7 月，三标他们部队到重庆。这时因三标在与北洋军作战中英勇无比，被方鸣九团长看中，提升为 1 营 3 连连长。与此同时，关公脸升为 1 营营长、崔大嘴升为 1 营 2 连连长，王玉生升为 1 营 1 连连长，杨钊升为 3 连 1 排长。

三标一直在打听腾冲兵和铲子的下落。这天，三标从一个兵的嘴里听说云南靖国军第 1 军的一个连队里有个兵的外号叫腾冲兵，就找了个借口离开部队去这个部队。当时，滇军有四个旅驻重庆，分布比较广，三标费了很大劲在城外找到这个部队。三标问了一下，那个腾冲兵叫何祖铭，姓名都对，但是很可惜，这个兵在去年跟刘存厚部作战时就阵亡了，这条线索断了。三标想一定要尽快找到铲子，别再发生这样的事。

三标他们 3 连驻扎的这个地方在长江边的悬崖上，悬崖下就是滚滚长江水，三标他们可以看到长江上来来往往的船只，下行的船只顺流而下，上行的船只却只能靠纤夫把船拖上来。江面上也有小火轮，突突地响着吐着浓烟开过去。这时是 1918 年 7 月，重庆如同一个火炉，气温很高。近期部队比较清闲，滇军的军人时常上街逛逛。很快，人们都在议论营房外面那条街的面馆老板娘特别漂亮，有的说是仙女，有的说是杨贵妃转世。杨钊不信，也去看了，果然很漂亮。这天，杨钊约三标也去看看。

他们走到一条清净的街上，两旁是两层楼房，一层的房子外面搭着白布遮阳棚，遮阳棚下面摆放着各式各样的商品，有泡菜坛子、竹编器具、金属农具、白面点心。这时是下午时分，在篷布下行走十分凉快，如果偶有微风掠过，让人更是感觉惬意。很快，两人到了那个小面馆门口，门口也是有白布遮阳棚。这时不到吃饭时间，面馆里没有客人。杨钊向面馆那边指点，意思是那绝色女子就在那边。三标顺着杨钊的手指看过去，然而，当看见那小老板娘，瞬时愣住了。这不是白金花吗？三标万万没想到，在这儿碰到她。

那女子在面馆里面一转身，也看到三标，顿时，也愣住了。三标先回过神来，结结巴巴地说："你怎么在这儿？"白金花意外地说："真巧呀，真的在重庆碰到你。"三标问道："你怎么来重庆了？你不是在那好好的吗？怎么到这里来了？"杨钊意外地问："怎么？你们认识？"三标很不好意思地对杨钊说："是的，认识。这样，你先回去吧，我跟她说点事，一会回去，你先回去吧。"杨钊很想知道这到底是怎么回事，但是三标这么赶他，没办法，他只有一步三回头地走了。他心里想，真没想到，刘长生竟然认识这个美女，看来刘长生挺有办法呀。

三标见杨钊走远了，对白金花说："我也是，真没想到在重庆碰到你。你怎么会到重庆来？太让人想不到了。"白金花说："我也许就是靠自己挣钱的命，吃不了男人给的饭，想出来自己赚点钱。我在狗街子认识了一对夫妻，他们是云南人，在重庆赚了不少钱，他们说重庆特别好挣钱，遍地是黄金，就跟他们到这。后来他们嫌我拖累他们，对我的脸色越来越难看。我就跟他们分开，在这里开个小店。"白金花隐瞒了实情，实际上她是跟那个木云山好了很长时间，木云山不把她接进门，就是做姨太太都行。她不干了，就天天跟木云山闹。木云山为了不给家里惹麻烦，也为了赚钱，就带她到重庆做生意。结果生意做赔了，木云山跑了，把她一个人扔在了重庆。

三标问："你是什么时候到重庆的？一直在这一片？没去过其他地方？"白金花说："有大半年了，是的，一直在这里，没换过地方，这里做生意还可以。"白金花斜着眼上下打量了一下三标，嫉妒地问："你当上军官了？挺有本事呀，是什么长？管多少人？"三标不好意思地说："是的，就是在部队上瞎混，刚提连长，管一百来号人。"白金花瞪大眼睛说："一百来号人！这么大的官呀！挺了不起，说心里话，其实你一直是挺有本事的人，是当兵的料，在部队能混出来，将来还能当更大的官。"三标不好意思地说："没有了，就是瞎混，是长官赏识提拔的，靠长官，靠运气。"白金花说："挺好的，进屋来说话，到里面坐嘛！"

三标走进小饭馆。小饭馆里有五六张云南常见的那种矮方桌，方桌四周是小板凳。白金花让三标在一个小板凳上坐下，动作麻利地给他倒上茶水，然后把门板上到门框上，只让最后那块可以转动的门板打开，又放了个小凳子在门口，这是告诉人们今天本店歇业，白金花不想别人打扰，要和三标好好聊聊。三标说："你真能干，还开了个饭馆……"三标上下打量她一番。她基本没变样，还是那张俊俏的小脸，大眼睛，小嘴巴，小牙齿，翘鼻子，白净的皮肤，身子滚圆滚圆的，胸脯还是那么丰满。

白金花坐下说："我这是混饭吃。这两年四川一直在打仗，一会川军，一会滇军，一会黔军，一会北洋军，我们也搞不清楚。你到四川很多年了吧？去了很多地方？"三标说："是，前年离开狗街子就到四川，有两年半了，到过叙府、泸州、成都、眉山、资中等地方，当兵就是到处走。"白金花说："你跟你老婆和好了吧？有孩子了吧？"三标说："没有，没有，这些年我没回过家。"白金花意外地问："是吗？为什么？"三标说："回去干什么？没意思，我也不想见那些人，将来有机会把我爹我妈接出来过，阿迷也不是什么好地方。对了，你回过阿迷吗？"白金花说："我回去干啥？我又不是阿迷人，我去了去找谁？"三标想，是呀，她回去找她公公婆婆？那不是去找死吗？接着问道："你有孩子了吧？"白金花说："没有，怎么可能呢？"三标心想，白金花可能不会生育。白金花接着说："这两年你们到处打仗，很危险吧？你们部队会在重庆住多久？还会回云南吗？"三标说："不知道住多久，也不知道回不回云南，没想这些事，当兵就是这样不用带脑袋，长官说什么就是什么，不去操那些闲心。”白金花说：“你样子一点都没变，穿军装很精神，很神气！像个顶天立地的男子汉。”三标也说：“你也没变，还像原来那样漂亮！”白金花说：“我？都成老太婆了。”话虽这么说，听三标这么夸自己，心里还是甜滋滋的。

两人聊天的时候，门口不时有人喊：“老板娘，今天不做生意了？”听到这样的喊声，白金花就会对外面喊：“今天不做了，明天来。”听到这么说，外面的人就走了。白金花说：“重庆的这些川军军官都娶几房姨太太，你打算什么时候娶一个？”三标知道滇军团长、旅长也有娶姨太太的，但是自己不够格，笑了笑说：“我？怎么可能？我只是个小连长，这在部队里只是很小的官。”白金花说：“怎么不可能？小连长怎么啦？过两年就能当营长、当团长，当了团长能不多娶几个？”白金花的话有点挑逗的意思。三标说：“我当不了团长。眼前这些仗不会总打下去，我想再过一两年这仗就打完了，我离开部队去干其他的。”白金花说：“去做生意也很好呀，多挣钱，也能再娶几个。”

三标觉得不能再谈下去了，为什么？因为一个是白金花的话越来越不好回答，另外一个是别人见自己跟这么漂亮的饭馆老板娘这么聊天，会说闲话的。他站起来说：“我该走了。”白金花有点意外，跟着站起来说：“这么快就走了？为什么？你怕我呀？当年你可不这样，一点都不怕我。”三标笑了笑，用轻松的语气说：“我真的该走了，我出来很长时间了，不能再聊了。能见到你，我真的很高兴。等有时间我再来看你。”

白金花小嘴噘起来说：“我不让你走！”转身去把饭馆的木板门关上，屋子里的光亮顿时暗下来。白金花用背脊顶着门，低头看着自己的脚尖。三标愣了一下，说：“你这是干什么？我该回去了，你让我出去。”白金花说：“不，我不要你走。”三标说：“不行，我真的要走了，部队里有事，我离开部队的时间太长了，要耽误事的，你让一下。”白金花说：“不，你一走，我再也见不到你了。”三标说：

“这怎么会呢？我们驻地距离你这里不远，以后我会经常上你这来，我明天还可以……”

三标见白金花用胸脯拦在自己胸前，她的胸脯很高，像个山包，很饱满，很有力量，都快把那薄薄的上衣撑破了。面对这样的胸脯，三标犹豫了。突然，白金花不由分说，扑向三标，用胸脯死死地贴着三标的胸脯，两手抱住三标的腰。

三标浑身燥热，那股想脱她衣服的欲望涌上来。这个女人的身体，三标是熟悉的，三标知道这个身体的滋味，这个身体会让他无比欢畅，会让他无比痛快，会让他欲仙欲死。但是，三标克制自己不要往下发展，不能去占有这个女人，一旦和她有了这样的关系，自己就麻烦了，自己的身份可能暴露，自己要查清二哥被害真相的大计就无法完成，绝对不能……

第4节

当时，三标控制住自己，推开白金花，拉开门走了。杨钊见他回来，问道：“你认识那个老板娘？是在哪里认识的？”三标说：“别问了，现在不便说，过几天我会告诉你。对了，这事你一定要保密，别让人知道我认识她。”杨钊听这么说，就不再问，并保证一定保守秘密。

可是，在连部，白金花的脸总是出现在三标的脑海里，还有那高耸的胸脯，晚上，三标躺床上，这闹得更厉害，三标想让自己不要想，但是很难做到。三标对自己说：你不能去找她，如果她对外人说出你的情况，你的假身份就会暴露了，你查出二哥被害真相的大计就毁了，自己的前途也毁了。三标控制住自己的欲望。

第二天，三标想，尽管自己没去找白金花，但是这个事并没过去，白金花很可能到部队来找自己，而她一旦真来了，自己就完蛋了，彻底完蛋了。怎么办？如何才能消除这个威胁呢？把她赶走？找社会上的地痞流氓？重庆这边地痞流氓叫袍哥，如果自己去找，应该能找到。可是，对自己过去的女人动用这种手段，是不是有点下作，有点卑鄙？万一有一天被别人知道了，别人会怎么看我？我成什么人？

三标找不到答案，在纠结中。这样又过了两天，这天晚饭时，杨钊请他喝酒，两人去了驻地外的小酒馆，晚上九点多，三标回到连部，感觉浑身燥热，又想到白金花，感觉白金花的那张小脸就在他眼前晃来晃去。他躺床上想，你滚，快滚蛋，我要睡觉。可是，那张小脸就是不滚，无论如何也赶不走，在床上翻腾半天，最后他起身开门走出去。很快，白金花那个面馆门口出现一个黑影，黑影敲门，里面问："谁呀？"黑影低声说："是我。"里面的油灯亮了，白金花来开门。门刚开一条缝，门外这个黑影像野兽一样扑进去，里面那个娇小的猎物没有躲避，似乎她对这头野兽已等待多时了，就等它来吃掉自己。三标终于越过给自己划定的那痛苦的界限，终于回归了本性。

第二天在连部，三标一个人在犯愁。昨天跟白金花激情一番，很快乐，很享受，很舒服，白金花的身体还是那么美好，在床上还是那么让人销魂，可是现在怎么办？三标痛恨自己，为了一时的痛快，失去了理智，自己真是没出息，管不住自己的欲望，让自己被欲望所控制，成为欲望的奴隶。

现在，这白金花如同一个定时炸弹，随时会爆炸，别人马上会通过她得知自己的真实身份，自己也就完蛋，自己花费这么多心血精心布置的这一切都将毁坏。三标想，最好是让白金花回云南，她一走这个危险就消失了，这个威胁就不存在了，但是，她会同意走吗？看她这个样子，是绝对不肯走的。怎么办？

让她回去的这条路行不通了，那么只有留下来，留下来有没有一个办法让她保守秘密呢？如果跟她照实说了，说自己伪造了身份，让她保密，她也许能做到，她为了能和自己长期在一起，她愿意保守秘密，并且，白金花还是个好人，是个单纯的人，没坏心眼，不会动歪脑筋，她是能保守秘密的。

但是，还有另外一个问题，别人去查她的身份，就可能查出她是嫁给阿迷城童记绸布庄老板的智障儿子，查出他跟李三标私奔，查出他跟李三标在狗街子同居，查出自己就是那个李三标。怎么办？

三标想，如果给白金花编个假身份，不说她真实的老家，不说她在阿迷和狗街子生活过，应该能把这些调查应付过去。三标考虑再三，觉得这个办法确实可行，就决定这么干。

第二天，三标去找白金花，说了自己用假名字的情况，解释道现在兵荒马乱的，如果用真名字当兵，滇军一旦被北洋军打败了，北洋军到云南找家人报复，就要找到父母，那样就连累了家人，所以，部队上很多人都是像自己这样用假名字。然后说，自己现在用的名字是刘长生，是阿迷县羊街乡南坡村人，曾在阿迷李记古法榨油坊干过伙计，在碧色寨车站、篆塘码头扛大包，让白金花一定记住。

又给白金花编了一个假身份，让白金花以后对人说她是蒙自石崖寨人，家里五个姐妹，自己是老三。说她是经人说媒，嫁给在碧色寨车站干活的刘长生，后来两人为生活琐事一再发生冲突，有一天闹得很厉害，她一气之下赶走刘长生，两人分开，之后她非常后悔，四处寻找刘长生，终于打听到刘长生当兵去了四川，就千里寻夫到重庆，最后终于见面。

白金花对三标伪造身份，十分理解，对给自己伪造一个新身份也完全接受，她也不想别人知道自己真实的过去，就爽快地答应了。三标又说："你暂时还是住面馆，过几天我租个房子，那时咱俩再一起住。"白金花对此很理解，也同意了。

第5节

三标在街上偶遇自己千里寻夫老婆的事在部队里传开了，关公脸也听说了，把三标叫去询问情况，三标按准备好的话说了，说那是自己老婆，从云南到重庆来找自己。关公脸说："你老婆很能干呀，敢一个人到这么远的地方来找你。”三标说：“是，我离开后，她生活挺困难，就一直找我，听说我到了四川，刚好她有个表姐和表姐夫到重庆做生意就把她带到重庆了。”关公脸没有过问得很细，让三标把老婆安顿好，不要影响工作，就让三标回去了。

三标估计关公脸会去接近白金花，从白金花那里摸自己的底，果不其然，没过几天，白金花告诉三标关公脸来找过自己。当时的情况是这样的，关公脸让崔大嘴陪着走进白金花的小面馆。白金花见两位军官进来，赶紧上来问要吃什么面。崔大嘴说：“两碗重庆小面。”白金花说：“长官，我看你们是云南人，这里有云南卤面，味道很正宗，要不要尝尝？”崔大嘴说：“那就云南卤面。”然后转身对关公脸说：“营长，你看，我没说错吧，这老板娘是个美女，这姿色不是天下无双，也肯定不多，是不是？”关公脸矜持地点点头，算是认可崔大嘴的说法。崔大嘴对做面条的白金花说：“老板娘是叫白金花吧？我们是你男人那个部队的，这是我们关营长，是我和你男人的长官，我是崔连长。”白金花赶紧说：“关营长好，崔连长好，两位到我这小店关照我生意，谢谢，谢谢呀。”崔大嘴说：“谈不上谢，我和关营长路过这里，顺便来尝尝你的手艺。再一个，我们离开云南两年多了，也想云南的口味了。”白金花说：“好呀，一会你们尝尝，要觉得哪里不好，尽管说，我一定改，尽量让你们满意。”说着到灶台上忙活起来。

关公脸说：“小白，你来重庆多长时间了？一直在这里开面馆吗？没在别的街上干过？”白金花一边做面一边说：“一直在这条街上，半年了，这条街还比较容易做生意，每个店铺都能赚钱。”关公脸又问：“小白老家是哪里呀？哪年嫁给刘连长的？”嫁给刘连长？白金花停顿一下才反应过来这是说三标，说道：“民国四年嫁给他的，有三年了。”接着白金花说了三标给他编的假地址，以及跟表姐表姐夫来重庆的情况。关公脸说：“小白，刘连长真有福气，能娶到你这么漂亮的媳妇。”白金花说：“关营长真会说笑话，我这山里出来的，算什么漂亮？你夫人一定比我漂亮多了。”关公脸说：“漂亮跟哪里出来的没关系，城里的很多女子比不上山里的女子漂亮，是不是？还有，我哪里有什么夫人？我运气没你家刘长生的好，现在还单身呢。”白金花吃惊地说：“是吗？你这么大的长官还没结婚？不可能呀，哪家的女子不想嫁给你这样的长官呀？”关公脸说：“人家有介绍的，可是没有合意的，后来出来打仗，又没时间，就这么耽搁下来了。我说，小白，刘连长真是糊涂，娶了这么漂亮的女子，还出来当什么兵？脑子坏了。”白金花说：“这个事不怨他，是我不懂事，经常跟他吵架，最后把他赶出家门，不是他糊涂。”关公脸问道：“你赶他走，他就走？刘连长这么软弱？不会吧？”白金花说：“哪是软弱？我说关营长，那是脾气大，你不知道，他跟我吵架，从来不让我，我说他一句，他说我十句。”崔大嘴说：“我觉得刘连长就是这样人，挺厉害的。”白金花说：“是呀，就是，特别厉害，能把人活活气死。”崔大嘴问道：“可是，他这个样子，你还找他干什么？让他死了算了。”白金花说：“是，当时我就是这么想的，所以他离开家那个月，我根本没找他，就希望他死了算了。但是，见他不回来，我又怕了，他毕竟是我男人，他要真死了，我怎么办？”崔大嘴说：“你这是说什么呢？你这么漂亮，还愁找不到人家？还愁没人要？”白金花说：“崔连长真会说笑话，我算什么漂亮？”崔大嘴说：“你不算漂亮？就你在这条街上出了名，多少男人来你这个面馆看你，你不知道？”白金花说：“崔连长，是有人来看我，可是，你觉得这都是正经人吗？过日子不得找靠得住的人？再说，我跟他毕竟是夫妻，人说一日夫妻百日恩，百日夫妻似海深，哪能真不要了？我就开始找他。他脾气不好，我知道，但是不能为这个就分开吧？没办法，谁让我命不好。”

这时，面条煮好了，白金花给他们端到桌上，让他们吃。关公脸和崔大嘴吃起来，突然，关公脸问道：“小白，你认识李二标吗？”白金花没停顿，马上说不认识，说话的神态很自然，因为这是实话，白金花嫁到童老板家的时候，李二标已经不在阿迷城里，她根本没见过。白金花问道：“李二标是谁？关营长要找他？”关公脸说：“不认识算了，我不找他，我就是顺嘴问一句。好，小白，我们走了，以后你有什么困难，有什么麻烦，不好意思跟你们家刘长生说，可以让人带话给我，或带话给崔连长，我们都是刘长生的战友，一定会尽力帮你。”白金花一再表示感谢。关公脸让她别客气，和崔大嘴走了。

晚上，白金花给三标说了这个情况。三标听了很紧张，详细问了整个经过，感觉没露出什么破绽，才放下心来。三标说：“你今天说的话，说得好。”白金花受到这样的表扬，很高兴，问道：“这个关公脸为什么要打听你的情况呢？这有什么事吗？”三标说：“不为什么，很正常，做长官的都是要多掌握下属的情况，这样才好把下属管得服服帖帖的。”白金花说：“这些当官的真够贼呀。”不过，白金花没说关公脸和崔大嘴夸自己漂亮，她不是有什么小心思，只是不想造成三标误解，增加不必要的麻烦。三标又说：“今后你还是不能大意，关公脸不会就此拉倒，将来还会来找你摸底，一定要小心，并尽量少说自己的身世，少说你和我的过去，常言道言多必失，一定要万分小心才是。”白金花同意三标的说法，并保证一定做到。

第6节

滇军进驻重庆，是自洪宪战争结束蔡锷将军率部进驻成都以来，滇军的第二次辉煌，这在云南各界引起极大反响，群情振奋，云南省政府和民间机构都组织人员到重庆慰问，一时间重庆城变得十分热闹。这天，团里通知三标晚上连以上军官到江岸茶楼看演出，三标做了布置，过了一会，王玉生来找他说：“刘连长，你知道吗？今晚去看的是滇剧，是云南工商界花钱请来的戏班子，慰问演出。”

三标问道：“滇剧？跑到重庆来演出，不容易。”王玉生说：“晚上带上弟妹吧，让她也开心开心。”三标说：“带她，不行，不行，咱们团里连级军官没有一个有家眷的，我带家眷去太扎眼，不去不去。”王玉生说：“没事，让弟妹跟那些团长、营长的夫人认识认识，不是挺好的？”三标问道：“跟那些长官夫人认识，套近乎、搞关系？我说王连长你怎么会这么想？你不简单呀。”尽管王玉生原来是李三标的排长，是李三标的长官，但是，现在两人都是连长，是平级军官，李三标跟王玉生说话，就比较随便了。王玉生说：“这有什么，很多人不都是这样搞关系吗？刚好你夫人在这里，别人想走这个路线，还没这个条件呢。”三标说：“别人怎么想怎么干跟我没关系，可我是干不来。”

晚上，三标跟王玉生到江岸茶楼。这个茶楼位于长江岸边，到茶楼门口，见招牌上写着“福升班慰问滇军，十三红深情奉献”，竟然是十三红的演出，三标感觉很意外。很快慰问活动开始，与戏班一起来的一个云南工商界代表上台讲话，热情洋溢，滔滔不绝，讲话结束，演出开始，是唱《牡丹亭》。

这个戏讲述情窦初开的少女杜丽娘踏春归来，在梦中偶遇一个书生，两情相悦，有了云雨之欢。待她一觉醒来，寻不到那书生，而相思成疾，最后香消玉殒。之后，杜父将女儿葬在后花园，并修成梅花庵一座，杜父去外地赴任，临行嘱一老道姑看守。

三年后，书生柳梦梅赴京应试，路过此地受风寒病倒，被老道姑收住梅花庵中，夜里做梦，与一女子相遇，二人恩恩爱爱，如漆似胶。第二天告诉老道姑梦中之事，老道姑说那女子恐怕是三年前病故埋在此处的少女杜丽娘，柳梦梅说服老道姑掘开坟墓，让杜丽娘得以起死回生，重归人间。俩人随即做了夫妻，一起来到京都，柳梦梅参加了殿试。

殿试后，俩人到淮扬杜府，拜见杜丽娘父母。杜父怒不可遏，认为这儒生简直在说梦话，自己女儿三年前就死了，如何能复生？且又听柳梦梅说掘开女儿的墓，遂判他斩刑。这时，朝廷来人报柳梦梅中了状元。杜父不信女儿会复活，并且怀疑这状元郎也是妖精，于是给皇上写了奏本，皇帝传杜丽娘来到殿堂，在“照妖镜”前检验，证明是真人，于是准予他俩成婚。

一阵锣鼓响声后，胡琴拉响，女主角杜丽娘摇曳身姿上场，是十三红。三标能看出来在浓厚的油彩下是十三红那张俊俏的小脸，那悠扬嗓音也是十三红的。三标想起二哥，佳人还在，可二哥却去世三年了，阴阳相隔，不能再相见。随着剧情看下去，三标想，若是二哥能如这剧中人起死回生，与十三红永结同心该多好。

散场时，人们都往茶楼外走，三标很犹豫是否要去舞台那边跟十三红打个招呼，按他本意是很想去打招呼的，可是，他担心这会暴露自己的真实身份，如果是那样，这就不值得了。这时，三标见关公脸去了舞台那边，三标想，关公脸去干什么？让王玉生在门口等一下，也去了舞台那边。三标见关公脸找到十三红，上去说话，好像关公脸跟十三红很熟悉，说话的样子很亲热。三标很意外，怎么他们这么熟悉？关公脸知道二哥跟十三红的关系吗？知道怎么还这么亲热？

第 7 节

三标不敢让关公脸和十三红看到自己，匆匆离开，和王玉生一起回连队。路上三标心情沉重，一语不发。三标心中冒出一个念头，有没有这样一种可能？是关公脸陷害二哥，而关公脸这么做是为了夺得十三红？三标想来想去，脑袋乱哄哄的，理不出头绪。确实，尽管关公脸对他去二哥那个连队很敏感，甚至有点反应过度，但是自己并没有关公脸陷害二哥的任何证据，为了十三红去陷害二哥，这只是一个很不成熟的猜测。

不过，三标还是明确了自己该干点什么，不管三七二十一，马上阻止他们的关系，他决定去见十三红，可是怎么见呢？这个事必须做得非常隐秘，首先，不能让关公脸知道，如果知道了，会引起关公脸的怀疑，引发很多问题，甚至将三标与二标联系上；其次，也不能让白金花知道，如果让她知道，她因吃醋闹事，也会引发很多麻烦。

第二天，三标在朝天门街道上找了家旗袍店，这里距离十三红他们戏班下榻的旅馆很近，方便十三红过来。三标跟旗袍店老板说好，借他家的屋子与个朋友见面，就用十分钟。老板见三标是军官，不敢拒绝，这样就谈好见面地点了。三标写了个约十三红见面的纸条，让手下一个兵去旅馆找戏班老板，请他转交十三红。这个兵离开不久，十三红就到旗袍店来了，三标迎上去说："小红，你好，没办法，为了不让别人见到你我见面，约到这个地方。请跟我来。"带十三红到后面屋子。十三红没想到在重庆见到三标，很高兴，问三标近况。三标说自己很顺利，已经当连长，又说自己还在查二哥的案子，暂时没结果。三标问十三红近况，十三红说自己也很好，都很顺利。

三标把话题转到这天的事上，说道："昨天我看你演出，见有一个军官跟你挺熟悉，你们认识很长时间了吗？"十三红问道："哪个军官？"三标说："关正阳。"十三红说："认识时间不长，就是在洪宪战争前，他们几个军官经常来看戏认识的，后来，他们部队出发了，就没见过。"三标说："好像他对你很感兴趣，对你很殷勤。"十三红微微一笑，没说话，她觉得这很正常，这样对她有好感的戏友挺多的。三标说："他请你吃过饭吗？"十三红说道："怎么可能？我跟他没那么熟，怎么可能谈到外出吃饭？"另外还有一句话，十三红没说出来，就是那时李二标还没出事，自己怎么可能让别的男人接近自己？三标说："我明白了，是这样，今天约你来这见面，一个是你到重庆了，我很想见见你，另外一个，我想跟你说一句话。"十三红问道："什么话？"三标说："是这样，关正阳这个人可能不是个好人，希望你能跟他保持距离。"十三红说："不是好人？是什么意思？"

三标说："就是说，这个人是个两面人，当面一套背后一套，当面这一套让人感觉他很不错，挺正派的，可是背后却有点阴险狡诈。"十三红紧张地说："是吗？你为什么这么说，他干了什么坏事？你跟我说说。"三标说："我说不出来，这只是感觉。"十三红听他这么说，似乎松了一口气。三标说："不过，我敢保证，我很快能找到他干坏事的证据。"十三红说："好的，我明白你的意思，我会跟他保持距离，谢谢你的提醒。”三标觉得这话只能说到这个地步，至于关公脸对自己去二哥连队过度敏感那些话，现在还不能说，另外，三标觉得自己说到这个地步，十三红也应该有所警惕了。三标说：“为了不引起不必要的麻烦，今天咱们这个见面，不能让任何人知道，咱们就当这事从来没发生过，行吗？”十三红点头答应，又说几句闲话后，三标送了件旗袍给十三红，十三红回去了。不久，慰问活动结束，十三红跟他们戏班子回昆明了。

第8节

三标觉得白金花开面馆太有失身份，也为了多赚点钱，就拿钱帮白金花开了一个首饰店。店铺不大，但是这一片唯一的一家首饰店，生意还可以，每天都有收入，一个月下来收入减去进货成本和租金，利润还不错。

关公脸听说白金花改开首饰店，就一个人去找白金花。关公脸见到白金花，说是路过这里，顺便来看看，然后像是白金花的老熟人一样跟白金花聊天，其中不乏称赞和夸奖白金花的言词。这些言词让白金花很受用，白金花属于那种没脑子的人，听了这些话，觉得这个关营长关大哥很随和，很可亲，是个特别好的男人。很快，关公脸把话题转到白金花过去的经历上，一再问白金花干过什么，也一再问三标当兵前的情况、三标家人的情况。白金花和关公脸聊得很开心，几次差点说漏了嘴。关公脸说三标是自己的兄弟，白金花就是自己的弟妹，是一家人了。白金花觉得关公脸把自己和丈夫看成是一家人，是人家看得起自己和丈夫，感觉很荣幸。另外，白金花觉得关公脸从来不对自己说那种挑逗的话，不说那些男女之事，是一个特别正派的男子，是一个特别让人尊敬的男子。因此，在结束谈话时，关公脸让白金花不要把今天自己来看她的事告诉三标，白金花答应了。

第十六章

第1节

这段时间，裕滇银行里在议论一个事，说是给大锡公司发放那笔八十万贷款又到期了，这是一笔巨额贷款，金额大过裕滇银行成立时的出资七十万，是裕滇银行至今最大的一笔贷款，可是为什么说是又到期？因为这本来是笔两年贷款，民国三年放款，由于大锡公司经营情况不好，现在是民国八年，本息一点都没还。

大锡公司，全名云南大滇锡务公司，是云南最大的工业企业，从事锡矿的开采和冶炼，属于本省官办企业，隶属省长公署。从隶属关系上说，跟裕滇银行是兄弟单位。

这天中午吃饭，吴少愚在李津兰办公室说：“你们两位听说了吗？我们部门的人说去个旧收款是个立功的机会，说这是咱们裕滇银行的老大难问题，如果解决了，肯定是咱们银行的一等功臣，也许还能很快提职。”段毓婉说：“这是你们上街经理部的事情，你们上呀，去立功受奖呀。”吴少愚说：“不是，你们不知道，这笔贷款是根据省里的安排统一办理的，立项、审查、报批等，都是总理和协理他们在财政厅的指导下直接办的，不属于我们部门的业务，是咱们银行的业务，这个立功是为裕滇银行立功，这个提拔也是各部门都能提拔。”段毓婉说：“即使这样，它也是贷款，只要是贷款就是你们部门的业务。你等一下，你说这是个立功机会，这话是听谁说的？”

吴少愚说："我们部门的人都这么说，怎么了？难道不是这样吗？"段毓婉说："我猜这是柳二娘说的，是不是？"吴少愚说："是的，她说过，可是这不明摆着的吗？为裕滇银行解决这么大的一个问题，不是一等功臣，是什么？"段毓婉说："我看这是柳二娘自己不想去，煽动别人去。去个旧，火车只能到碧色寨，在碧色寨下车到个旧要乘马车走几十里，这一路很辛苦，她是不愿受这个罪，让别人替代她。"李津兰听他俩说了这么半天，一直没出声，她觉得这事跟自己没关系，那柳二娘爱干啥干啥。

李津兰以为这事这么说说也就过去了，没想到几天后，竟然有人在传李津兰最适合去收款，吴少愚来问李津兰这是怎么回事，李津兰说："你问我，我问谁？我还莫名其妙呢，是什么人整天胡咧咧，我怎么成了最适合的？"吴少愚也认为这简直是无稽之谈，没必要理睬。

几天后，潘永其把李津兰叫到办公室，屋里还有王平端，看样子他们是在商量什么事，潘永其跟李津兰闲聊几句后，问道："小李，你听说了大锡公司贷款到期的事了？"李津兰点点头，潘永其说："怎么样？你有什么想法？"李津兰觉得潘总理问这个问题有点可笑，这与我根本没关系，笑笑说："潘总理，我知道这是咱们银行的一个重大事项，不过，我没想过这个事，没有想法。"王平端说："要想想，确实是咱们银行的一个大事，跟每一个职员都有关系。"潘永其继续说："是呀，是呀，我唐突地问一句，你有兴趣去试试吗？"李津兰诧异地说："我？潘总理，你怎么会问我这个问题？这好像跟我没什么关系……"王平端说："是这样，这个事不是潘总理点你的将，是最近咱们银行里有人议论，说你最适合。"李津兰着急地说："潘总理、王协理，这个说法我听到过，我不知是谁说的，也不知道这到底是什么意思？这简直是东拉西扯，完全没有道理。"潘永其见李津兰这个样子，笑着说："别着急，我就是随口问一句，没有其他意思，如果你不想去，就当我没说，你别生气，小事一桩，不足挂齿。"李津兰有点蒙，不明白这是怎么回事。

晚上睡觉时，李津兰想起潘总理的问话，心想，这是跟我开玩笑吗？不像，那么，这反映他看重我，还是不看重我呢？应该是看重的，既然他这么看重我，我是不是应该试试，别让他失望。那么，我干的了这事吗？去一趟辛苦一点也无所谓，但是很可能收不到钱，如果去了没收到钱，不是让人笑话了？受这么多罪还被人笑话，这不是干蠢事吗？想到这里，李津兰有了结论，不管别人怎么说，我绝对不去。

可是，几天后，李津兰对此事的想法发生一百八十度转变。这是怎么回事？这是有人在传，听财政厅的人说，大锡公司的情况有好转，这次能归还至少二十万。这相当点了李津兰的穴位，让她倍感兴奋，心思活络起来，她想，那天潘总理问我是否愿意去收款，这说明上司是有让我去干这事的意思，如果跟潘总理说我愿意去，估计会同意我去。如果我收回二十万，算不算立功呢？李津兰渴望做出点成绩，做出点贡献，渴望比别人做得好一点。接着，她想这是个好机会，自己一定要抢到手，千万不能让别人抢走。想到这，她赶紧去找王平端，问道："王协理，你有时间吗？我有点小事。"王平端在写东西，听这么说，放下手中的笔。李津兰说："你还记得前两天你和潘总理跟我谈去收大锡公司贷款的事吗？是这样，我听说大锡公司的情况有所好转，有可能收回二十万，是有这事吗？"王平端说："这个话我听说了，但是具体是什么情况我还不知道……"李津兰不等王平端说完，急切地说："我想去试试，可以吗？"

王平端说："前两天潘总理问你愿不愿意去，你说不愿意，现在这是怎么了？"李津兰振振有词地说："王协理，我是裕滇银行的职员，裕滇银行的任何事都是每一个职员的事，你也是经常教导我们的，工作有分工但不能分家，现在这笔贷款不仅本金收不回来，连利息也收不回来，对咱们裕滇银行的经营造成巨大的不利影响，我作为裕滇银行的一员，不能袖手旁观。王协理，我愿意为此贡献自己微薄的力量。"王平端笑起来，觉得李津兰这简直是唱高调了，但是，尽管如此，这个精神值得肯定。王平端说："说得好，行，一会我去跟潘总理说，帮你争取到这个任务。到个旧你好好干，为自己争光，也为咱们总簿记部争光。”

李津兰觉得这事必须趁热打铁，赶紧说：“你别一会了，现在就去跟潘总理说说好吗？现在就去，我在这等你。”王平端说：“你这性子也太急了，好，我现在就去说。”王平端出门，李津兰在屋里东走走西走走，像热锅上的蚂蚁。李津兰觉得王平端去了很久，无论怎么等就是不回来，李津兰心想，这是怎么回事，不就是一句话吗？怎么说这么长时间？是顺便谈点其他事情？你们谈其他事情干吗在这个时候，换个时间谈不行吗，非要在这个节骨眼上？急死人了，急死人了。就在李津兰的焦急等待中，王平端回来了，李津兰问：“王协理，潘总理同意了？”

王平端说：“我跟潘总理说了，他说考虑考虑。”李津兰很失望：“考虑什么？上次是他问我，现在我愿意去，他又考虑考虑，这是什么意思？”王平端说：“小李，别着急，潘总理说考虑考虑，不是坏事，如果他说不同意，那就坏了。咱们让他考虑一下，上次他那么问你，只是随便问问，这事真让你去，估计他还要找人商量一下，你就等等。”听这么说，李津兰不好再说什么，只好不甘心地离开王平端办公室。

第2节

李津兰把段毓婉叫到自己办公室，说了这个事。段毓婉一听，就连珠炮似的说：“你疯了？你去找王协理前为什么不跟我说一下？你怎么能干出这么傻的事？你听说能收回二十万，就真以为能收回二十万，如果这是柳二娘耍的鬼把戏呢？你不是又上当了。上次兑换银币的事，你忘了？你被搞得死去活来，你忘了？柳二娘是挖空心思要害死你，我觉得这就是柳二娘下的套。好了，现在人家没把你往里面赶，你却噌噌往里面钻，你怎么傻到这个地步？”李津兰不服气地说：“凭什么说这是个套？”段毓婉说：“这不是明摆着的吗？前段时间有人说你是最适合的人选，咱们这里上班的有几十人，人们为什么不说我适合，不说你对面的老谭适合，不说唐芸芸适合，不说董庆仁适合，单单说你适合，这是因为有人在煽风点火，你心里很清楚这煽风点火的人是柳二娘，我问你，她为什么要这么干，这不是个套吗？”李津兰还是不服气。这会李津兰嘴上没说，心里却在想：这是大家都认为我的能力强，工作积极主动呗。

段毓婉说：“我知道你好强，想为银行作出点贡献，想比别人干得好一点，这都没错，甚至是我学习的榜样。但是，你想过没有？如果你一分钱都没收到，怎么办？能显得比别人强吗？”李津兰不服气地说：“凭什么说一分钱都收不到？你有什么依据？我还认为就是能收到，不仅收二十万，甚至收二十五万，收三十万。”段毓婉说：“你就嘴硬吧，我看你是不见棺材不掉泪。那好，你去收吧，收二十五万，收三十万，我等你收回来，不着急，这事很快就见分晓，快得很。”李津兰说：“等着吧，你越这么说我越要去，我就不信这个邪。”段毓婉见李津兰这么说，懒得再说了，气呼呼地走了。

下午，李津兰被叫到会议室，这时会议室里在开办公会，参加的是部门经理以上人员。潘永其让李津兰在靠近自己的椅子上坐下，说道：“小李，刚才我们说到去大锡公司收款的事，柳经理听说你自告奋勇要去，提议让你来谈谈。”柳貂蝉紧跟着说：“李津兰，听说你请求去大锡公司收款，我发现你确实有点与众不同，总想出风头。我问你，你没有收贷款的经验，凭什么说你能办好这个事？”王平端说：“对，小李，你说说。”李津兰说：“各位前辈，在裕滇银行我是小字辈，工作经验不足，工作能力差，在去大锡公司收款这个事上，我没有什么优势，不过，我觉得我也有以下几个优点：第一，我不怕吃苦，这趟收款再苦再累我没有怨言。第二，我有耐心，去收款也许会碰到我们没有预见到的困难，但是，无论遇到什么样的困难，我都不会退缩，都会去克服它，我觉得任何困难我都能战胜它。第三，我会虚心学习，我请求总理派一个有收款经验的同事跟我一起去，我会在收款过程中一边学一边做。第四……”柳貂蝉说：

“一边学一边做，你当这是去学校呀？太可笑了。”李津兰这时有点糊涂，前几天行里传自己最适合去收款，自己怀疑是柳貂蝉在背后放的风，现在她这么反对自己去，难道之前说自己最适合不是她？柳貂蝉继续说：“就你这水平，我真不知道出去是否会给裕滇银行丢脸。”王平端说：“我觉得言重了，这还不至于丢脸吧。”柳貂蝉说：“李津兰，咱们不说那些虚的，你就说你这次去能收回多少贷款？”李津兰结结巴巴地说：“这个？我争取，争取收回十五、二十万。”柳貂蝉说：“王协理，李津兰说二十万，那咱们就定二十万？”王平端说：“收回二十万，那可以说立了个大功，不过，差个四五万也可以。”

潘永其开始讲话：“这个事我说几句，我觉得小李说得不错，做工作就是要有干劲，做人就是要有干劲，只要有干劲，没专业可以学专业，没经验可以学经验。我觉得小李主动请缨去大锡公司收款，是个好事，这精神十分可贵，值得咱们银行所有职员学习，我支持她。”潘永其的这番话，等于给这个事定调子了，柳貂蝉不再出声，其他人也不说话。潘永其又说：“小李，你也给在座的诸位表个态，说一说。”李津兰没想到潘永其会这样支持自己，搞得有点不好意思，她也没经历过这种场面，心里十分紧张，她说：“各位前辈，我不会说话，这个事，我会用心用力办好，完成任务，不让各位失望。”潘永其说：“好，我相信你能完成任务，我们等待你的好消息。”

第3节

在下班时，王平端到李津兰办公室说：“小李，你在会上请求派一个人一起去个旧这个事，定下来了，柳经理派吴少愚跟你一起去。”这让李津兰有点意外，但是也没更好办法，只能这样了。王平端接着说：“你们的行程是这样，坐火车到碧色寨，个旧分行的同事会到车站来接你们，把你们接到个旧，然后一起去大锡公司。你出发后，我们会给个旧分行拍电报。”

在回家的路上，李津兰想怎么说服公公婆婆。在这个家庭里，李津兰感觉公公好说话一点，有可能同意，但是婆婆肯定是坚决反对，一点通融的余地也没有，婆婆的观念特别封建，让她同意儿媳妇跟个男人去外地，还在外面住旅馆，那真不如杀了她。在婆婆她们这类女人的眼里，自己出来上班就是离经叛道了，还要跟男人一起去外地，简直是伤风败俗到了登峰造极的地步，如圣人所说：“是可忍，孰不可忍！”还有，公公尽管开明一些，但是这事可能还是越过他的底线了，再开明再大度也不能允许发生这样的事。公公会觉得这等于把一个女人送给别的男人了，住进同一个旅馆里，不就是等于这个女人在等那个男人推门进来吗？这时的男人也是这样，一个女人跟自己住一个旅馆，能不胡思乱想？人都是有缺点的，平时是好好的人，环境变了，变成一个可以干坏事的地方，所有的人都会动邪念，什么善男信女都把持不住，事情这么出格，怎么可能同意呢？

回到赵府，婆婆在家，接着，公公坐郭师傅拉的黄包车回来，李津兰说：“爹爹，回来了。今天厂里忙吗？”赵亦恒嗯了一声，把他那个黄牛皮的公文包放到书房里，又回到客厅跟蔡月娥说厂里的琐事。李津兰内心在剧烈争斗，怎么开这个口，从哪说起呀？

接着开饭了，在餐桌上李津兰没说话。晚饭要结束了，李津兰见赵亦恒放下饭碗，要站起来，突然，李津兰嘴里冒出一句话：“爹爹，我有个事。”赵亦恒坐下来，问道：“什么事？”蔡月娥并没拿这个话当回事，指挥张孃孃收拾桌子。李津兰不知道该怎么说。赵亦恒说：“什么事？你说呀，有什么困难吗？”李津兰急忙掩饰，混乱地说：“没事，没事。”赵亦恒觉得有点奇怪，问道：“小妹，你今天是怎么了？说话吞吞吐吐的，是出了什么事吗？”蔡月娥也发现李津兰的反常，问道：“是呀，你这是怎么回事？”李津兰说：“没事，没事。”蔡月娥严厉地说：“不行，你肯定有事，小妹，有事你一定要说出来，不能对我和你爹爹有所隐瞒，你要知道，隐瞒是不对的，不要辜负我们对你的信任。”

话说到这个地步，不能不说了，李津兰就把这个事说了。果然，蔡月娥一听就炸了，很冲动地说：“不行，你绝对不能去，一个女人跟一个男同事出门，这像什么话？咱们邻居要知道了，还不戳烂我跟你爹爹的脊梁骨！不行，绝对不行。”蔡月娥态度非常坚决，让人感觉她被激怒了，在这个事上绝对没有商量余地。蔡月娥从女人的贞洁说到妇道，从他们这个婚姻说到李津兰跟赵家轸的感情，从女人相夫教子说到儿孙满堂，让李津兰不要让她失望，不要让老赵家失望，有些话甚至说得相当极端。赵亦恒听了一会，打断蔡月娥，让她冷静点，有话好好说。蔡月娥把这些话说完了，又说到这个世道，说现在是越来越不像话，大街上那些大姑娘的行为举止，哪里像是好人家的孩子，一点规矩也没有，这个世界是完蛋了，最后甚至说到土匪，说现在本省土匪闹这么凶，你这要是碰上土匪，让她怎么向儿子交代。这确实是个事，民国建立后，不知什么原因，云南多地开始出现土匪，并且逐渐活跃起来。护国战争爆发，唐继尧将大部分军队派到省外，省内兵力不足，土匪越闹越厉害，滇南、滇西等地出了几个大土匪，都拥有几千人的队伍，他们占山为王，烧杀抢掠，鱼肉乡里。唐继尧几次派兵清剿，收效甚微。赵亦恒打断她的话说：“滇越铁路沿线还是很安全的，这铁路是洋人的，那些土匪不敢惹洋人。个旧也很安全，那里有重兵看守，这些土匪也知道，他们就适合待在穷乡僻壤，没事并不出来，他们不敢在太岁头上动土。”蔡月娥不服气地说：“土匪哪有什么章法，一会这么干一会那么干，谁知道呢！”李津兰坐在餐桌旁一言不发，听公婆二人说着。

赵亦恒突然问道：“小妹，你为什么想去个旧？这有什么特殊原因吗？”蔡月娥说：“有原因也不能去。”赵亦恒说：“你让孩子说说，听听这到底是怎么回事，让人说话，也死不了人。”赵亦恒在这个家还是说了算的，他这么说，蔡月娥就不出声了。李津兰很为难，不知道怎么说才能不让公婆生气。赵亦恒说：“别担心，是什么就说什么，没关系。”李津兰不知道该怎么说了。赵亦恒耐心地说：“是什么触动你，让你想去呢？不着急，慢慢说。”李津兰紧张感减少一点，轻声说：“是这样，这笔欠款有八十万，是我们银行成立到现在最大一笔贷款，现在一再逾期对我们银行影响很大，我想为行里做点贡献。当然，人家也在传，这个事要能做好，有提升晋职机会，我有点不知天高地厚。”赵亦恒问：“你有几成把握能收回贷款？”李津兰说：“是这样，我们银行有人听财政厅的人说，最近大锡公司的情况有好转，有可能收回二十万。”赵亦恒说：“我听明白了。”李津兰说：“我跟我这个同事坐火车到碧色寨，我们个旧分行的同事会到车站来接我们，然后我们一起去个旧。我们在个旧有他们全程陪同。”赵亦恒听到这里，基本明白了。蔡月娥说：“不行，有个旧分行同事陪同也不能去，这要把老赵家的脸给丢尽了，绝对不能去。”赵亦恒让老婆别说了，结束了谈话。

第4节

李津兰觉得这事完蛋了，公公婆婆绝对不会同意自己去，死心吧。第二天起来，吃早餐的时候，李津兰对公公说：“爹爹，一会到银行，我去找王协理，跟他解释一下，我不去了。”没想到，赵亦恒和蔡月娥都没说话，李津兰很意外，看看他俩，不知道这是什么意思。这时，赵亦恒用平静的口气说：“如果你不去，对你有什么不利影响？”蔡月娥在一旁不高兴地看着李津兰。李津兰说：“没什么影响，就是让人觉得我还不成熟吧。没事，这算不了什么，小事。”赵亦恒问道：“你们银行上上下下都会因此看不起你吧？甚至拿你当个笑话，在行里议论很长时间吧？”李津兰感觉自己特别狼狈，羞愧地点点头。赵亦恒说：“这样，昨晚我跟你妈商量了一下，这个事确实不适合女人做，一个女人去那么远的地方，还要在外面住，很不合适，你请求做这个事很不冷静，很欠考虑。但是，我们也考虑了，你已经请求去了，不能退回来，不能做缩头乌龟，你是老赵家的媳妇，不能让人看不起。”李津兰很诧异，简直不相信这是公公嘴里说出来的。赵亦恒说：“是的，我们同意你去了。”什么？李津兰完全不敢相信自己的耳朵，自己没听错吧？赵亦恒说：“是这样，你一个年轻女子出门确实很不安全，我跟你妈说好了，让张孃孃陪你去，在旅馆她跟你住一起，就说是帮你拿行李，照顾你的，你看这样行吗？”李津兰觉得这太行了。其实，在去找王平端争取这个任务前，李津兰就想过让张孃孃陪自己去这个办法，只是回到家又不敢说，担心婆婆说自己让家里的佣人陪自己上班，现在公公这么说，简直太好了。李津兰对公公千恩万谢，恨不得跪下去磕个头，赵亦恒说：“别谢，你去好好干，想方设法把这事办成，别给你自己丢脸，别给老赵家丢脸。”李津兰又感谢婆婆，蔡月娥绷着脸说：“这事是你爹爹定的，跟我没关系。”

第二天中午，在李津兰办公室，李津兰对段毓婉说完昨天会上的情况和家里的情况后，又说：“王协理说了，柳二娘那边派吴少愚跟我去？”段毓婉吃惊地说：“什么？吴少愚跟你去，这怎么能行？我说李津兰，你要让吴少愚跟你去了，你就彻底完蛋了，你是跳进黄浦江也洗不清，你不知道吴少愚在暗恋你？他向你示好这么长时间，你不知道他心里想什么？”李津兰知道这事，但是嘴上却不承认，不服气地说：“什么暗恋不暗恋？根本没有那回事，他和我就是正常同事关系，没有任何其他事。”段毓婉说：“咱们都是女人，吴少愚这么做，我都感觉到了，你却感觉不到？我不相信。你说实话，你是真的不知道吴少愚喜欢你？”李津兰说：“我说实话，我就是不知道。”段毓婉见这么说，也没更好的办法，就换一种说法，苦口婆心地说：“好，咱们不说这个，退一步说，即使吴少愚对你没有那方面的意思，即使张孃孃跟你一起去，你觉得这能挡住别人说闲话吗？”

这话十分尖锐，李津兰不知道说什么好。段毓婉说：“这一趟你们在火车上要待那么长时间，在个旧还要住旅馆，这给别人提供的想象空间太大了，是不是？”李津兰争辩道：“到碧色寨就有个旧分行的同事接待和陪同，有什么想象空间？”段毓婉说：“个旧分行没有女的，接待你们的也是男同事，白天一个女人跟几个男人在一起，晚上你和吴少愚住旅馆，尽管你是跟张孃孃住，这能让别人不说闲话吗？你不怕别人的吐沫把你淹死？”李津兰不说话，这时，吴少愚进来，兴奋地说：“李津兰，你知道了吗？我们柳经理派我跟你去个旧。”李津兰不理睬吴少愚，段毓婉说：“吴少愚，看你这个样子，很高兴呀，是不是觉得这是一趟美差呀？”吴少愚很意外，问道：“什么意思？”段毓婉说：“你说是什么意思？行了，请你出去，我们两个女人有事，你一个大男人在这不方便，你走！”吴少愚听这么说，悻悻地走了。

第5节

滇越铁路是由法国人建造和经营的铁路。清朝末年云南交通十分落后，公路都很少，更别说有铁路，物资运输主要靠马帮驮运。那时又是修铁路的大时代，法国人认为修建这条铁路能获得巨大的经营效益，去北京办理了建设批文，以法国歌纳银行为首的几家企业共同投资成立了滇越铁路公司，光绪二十九年，即1903年动工，1911年初全线通车。这是米轨铁路，就是铁轨之间的间距仅一米，比平汉铁路、粤汉铁路、胶济铁路那些标准轨的间距都小，那些铁轨间距是1.435米，它窄了差不多三分之一。它的车厢也非常狭窄，二等车厢的一排四个座位，每侧两个，中间是过道。这天，滇越铁路这趟列车的二等车厢旅客较少，还空了一些座位。李津兰和张孃孃坐在一侧座位里，吴少愚坐在她俩后面一个座位里。

火车过阳宗海后，张孃孃打起瞌睡，而李津兰却睡不着。李津兰看着车窗外面景色，内心很不平静。火车驶入山谷，车厢里光线暗淡下来，车窗外的山谷幽静昏暗，植物茂密，空气清新。她脑海里浮现出很多画面，很快，出现她第一次坐这个火车的情景，那是六年前，她去昆明读中学，父母送她去，那也是她第一次出远门。

父母坐她身边，车厢里的情况跟现在很像，乘客也不是很多。当时，火车进入这个山谷，她第一次看到这样的景色……接着，脑海里出现云南府车站的画面，他们下车，向城里走去，她心想，昆明是不是跟阿迷一样？可是，进城以后她发现昆明与阿迷完全不一样，昆明城里是那么繁华，街道两侧商铺一个接一个，行人密密麻麻的，当时她就下决心一定要留在昆明，在昆明开花结果，还要把父母接到昆明，让他们也过上大地方的生活。当时她想，自己的夫君，那一定是个玉树临风、才华横溢、怜爱女生、知冷知热的人，像张生、梁山伯、贾宝玉一样，她的生活会让家乡阿迷的小姐妹们个个眼热，让家乡邻居大妈从早议论到晚。这时，她的思绪又回到眼前，其实，赵家轸也是一个玉树临风、才华横溢之人，只是他从来没有喜欢过自己。她真的替他遗憾，自己是这么优秀的女子，在哪里都是数一数二的美女，在阿迷，在女子师范都是如此，赵家轸却从来没有好好看看自己，如果他花十分钟，甚至五分钟好好看看自己，他就会发现自己的美丽，就会对自己有感觉，就会爱上自己。李津兰真的很难过，不是为自己，是为赵家轸难过，把这么出色的女子娶回家，不去打量，不去研究，不去亲近，不去拥有，不去享受，这个男人太蠢了，就是个白痴，就是天字第一号的傻子。当然，她并不灰心，她认为当时是相处时间太短，如果时间长点，她相信自己绝对可以改变这个男人，能让赵家轸发现自己娶回来的是个宝贝，是个白净的细滑的凸凹有致的珍品，是个罕见的百媚千娇的尤物，是王昭君，是杨玉环，是貂蝉，是西施。李津兰有信心，最终她还是能让这个男人撕心裂肺、掏心掏肝地爱上自己，自己还是会有一个幸福的家庭，自己还是会生儿育女，给他们老赵家传递香火……

第6节

碧色寨距离昆明有二百六十多公里，是滇越铁路的一个大站。

第二天一早，李津兰他们三人下车，向出站口走去。个旧分行的两个男同事接到昆明电报，已经提前在这里等候。然后他们乘马车一起去六十公里外的个旧。

个旧由彝语“果作”的读音演化而来，意为种荞子的地方。这里本是个普通的山地，住着彝族等少数民族，后因发现锡矿石而兴旺起来。1883 年云南巡抚署在此设厂务招商局，开采锡矿，很快这里热闹起来，大量锡矿石经越南向海外出口。1889 年蒙自对外通关。1905 年成立个旧灰山厂官商公司，建设冶炼厂，对锡矿进行冶炼加工，生产锡条，并向海外出口。1909 年该公司改为云南大滇锡务公司。

李津兰一行到个旧在旅馆住下，简单洗漱后去大锡公司。大锡公司办公楼是个西式风格的两层楼，分行职员跟门房说是找公司总理，门房起身带他们去。李津兰让张嬢嬢在门房这里等候，自己跟吴少愚以及个旧同事随门房上二楼，到公司总理办公室，李津兰见屋子里有一个年轻男子在办公桌前看文书，门房对这个男子恭敬地说:“孔总理，裕滇银行的人到了。”这个男子连忙站起来，一边说欢迎，一边跟李津兰、吴少愚和两个分行职员一一握手，请他们在沙发上落座。

李津兰见这个男子非常帅气，高高的个子，白白的皮肤，牙齿洁白，面庞清秀，双眼明亮而柔和，挺直的鼻梁上架了副很时尚的金丝边方框眼镜。他穿一身米色西服，白衬衣，系一条灰色斜纹的领带，显得洋气而利索。他热情而文雅地说:“欢迎，欢迎四位光临！”李津兰愣了一下，她没见过这么帅气阳光的男子。门房介绍说:“这位是我们孔秀康总理。”原来这位就是那个传奇人物！来之前李津兰就听说孔秀康这个人，他是昆明安宁县人，毕业于美国矿业类大学排名第一的科罗拉多矿业大学。两年前，也就是 1916 年，他回国到大锡公司做工程师，为了让困难重重的大锡公司走出困境，一年后他写了份《整顿大锡公司意见书》，呈送省长公署，获得唐继尧赞许，被任命为总理。那年他二十六岁。

个旧分行职员向孔秀康介绍了李津兰和吴少愚，寒暄之后，李津兰说：“孔总理，我们是代表裕滇银行来收贷款的，请孔总理说说情况，可以吗？”孔秀康说：“你们银行的人到我们这，肯定是来收款的，我理解。行，我跟你们介绍一下我公司的情况。”见李津兰点头，孔秀康就条理清晰地介绍起来。

大锡公司是一家进行锡矿开采和冶炼的企业，但是，原来由于冶炼技术落后，只能生产土条，就是纯度低于98%的劣质锡条，这种锡条一般用户无法使用，主要卖给香港等地的广东人，由他们再冶炼，卖给国际市场。由于这种土条价格低，企业效益很差。

这些年市面上的锡条主要有三种，第一种俗称“洋条”，是菲律宾等一些海外企业生产的，纯度达到99.75%，是优质锡条，达到伦敦五金交易所交易精锡纯度不低于99%的入场标准，直接送该所交易。第二种俗称“土条”，是大锡公司和个旧这些私营企业生产的，含铜、铅等杂质过多，纯度只有98%，是劣质锡条，无法送伦敦五金交易所交易，主要卖给香港等地的广东人。第三种俗称“中国锡”，是香港等地的广东人将个旧的土条与菲律宾生产的洋条熔炼到一起生产的锡条，纯度99%，勉强达到送到伦敦五金交易所的标准。这些广东人，被个旧人称“广帮”，他们生产的“中国锡”，每吨能赚取10%，即三十英镑差价。

1913年省里为了避免广帮渔利，获取更大利润，决定大锡公司投资三百万元采购新设备，生产纯度99.75%的洋条，大锡公司通过香港礼精洋行购买德国制造的世界上最先进的煤气熔炼炉和鼓风炉，建设了新厂区。云南是个穷省，1913年一年的财政总收入仅仅是四百多万元，给大锡公司筹措这三百万可以说是倾家荡产，砸锅卖铁，当然，这三百万里就有裕滇银行的八十万贷款。后来这些设备终于被运到个旧，德国工厂派工程师费兰德到个旧进行安装调试，很快设备都立起来了，点火投料进行试生产。可是，由于个旧锡矿石含铁、砷、铜、铅等杂质过多，冶炼难度大，产品纯度一直不达标。

到三年前，也就是 1916 年，由于设备无法正常生产，债务无法偿还，大锡公司已经成了一个烂摊子，成了省里的一块心病，公司内部士气也非常低落。孔秀康就在这时走马上任，可是搞了两年，难题仍未解决，公司里矿石和土条存货日益增多，资金占用越来越大，财务上严重入不敷出，在裕滇银行、法国歌纳银行的贷款都多次展期，公司到了靠借债度日的地步。

李津兰听完这番话，心里凉了一半：完了，大锡公司这个样子哪里有能力还款？别说二十万，只怕是两万都拿不出来。看来说大锡公司情况好转完全是个谎言，是有人给自己下套，诱骗自己干这个事，那个人很可能就是柳貂蝉。自己真是太幼稚了，情况还没搞清楚就慌里慌张地向上司请求把这个任务交给自己，还生怕这个机会被别人抢了去。裕滇银行那么多职工没有人愿意来收款，别人都傻，就自己一个人聪明？别人不愿意来收款是为什么？就是都不认为是好事，这么简单的道理都没看明白，自己真是太傻了。

看来这次是玩砸了，大难临头了。如果真是空手回去，自己这次的洋相就出大了，行里的同事和上司会如何看自己？大家都知道这是柳貂蝉给自己下的套，自己真的被当猴耍了。李津兰听了，心中暗暗叫苦，这如何是好？如何是好？

李津兰问："孔总理，你觉得经过你的努力，这些设备何时能正常生产？"孔秀康说："锡条冶炼就是去除杂质，主要分五步：熔析、除铁和砷、除铜、除铅铋、除砷和锑。而这五步需要很好地控制炉温，并添加适量的添加物，如果炉温控制不好，或添加物的量不对，产品纯度就无法达标。"

吴少愚也感觉到可能一分钱都收不到，着急地说："孔总理，你具体说说何时能正常生产吗？"孔秀康说："我们一直在努力解决问题，让设备尽快正常生产，可是，这个难度确实比我想象的大，我们做了很多尝试，没有解决。最近，我邀请我美国的老师带几个专家来个旧，看看他们来了能不能解决问题。"吴少愚说："他们什么时候到？"孔秀康说："我在邀请中，目前他们还没有答应来。当然，也存在另外一种可能，就是他们来了也解决不了问题，毕竟个旧的矿石太复杂，实在不好处理。”又说了一会，李津兰见很难有个好结果，就告别孔秀康，带吴少愚等离开大锡公司。

原来大锡公司的事情这么复杂，这么困难，这远远超出李津兰的想象，一时间她乱了方寸，不知如何是好。在路上李津兰问个旧分行同事的看法，由于这两人不负责催收这笔借款，他们说的很乐观，有安慰李津兰之嫌。见他们这个样子，李津兰觉得完全没必要再谈下去。

第 7 节

晚上在旅馆里，吴少愚过来敲李津兰房间的门，张孃孃开门，不客气地说："吴先生，这里是旅馆，有事情放到明天说可以吗？"张孃孃已经发现这个男子一再对李津兰示好，在火车上，这个男子多次过来和李津兰说话，都是没话找话。还有，张孃孃感觉他看李津兰那眼神也有问题，那不是正常看人的眼神，像是看一件宝贝，看来看去就是舍不得把眼光移开，张孃孃对他很没好感。出门前，蔡月娥专门交代一定要看好少奶奶，不能让任何男人靠近，张孃孃一直是个忠于职守、兢兢业业之人，这事做得绝对不马虎。吴少愚见张孃孃这么说，有点尴尬。李津兰在房间里面说："吴少愚，你在门口等我一下。"简单收拾一下走到门口，对张孃孃说："你回房间休息吧，我跟吴先生在走廊上说几句话。"张孃孃固执地说："少奶奶，你们都忙一天了，该休息了，再说，明天有的是时间，不能明天说吗？"李津兰知道张孃孃现在是钦差大臣，万万不能得罪，赔着笑脸说："好，不说了。吴少愚，咱们都再想想，明天再说。"吴少愚没办法，只有回自己房间休息。李津兰也回房间，很快，李津兰发现张孃孃一直黑着脸，问她是怎么了。张孃孃说："少奶奶，你跟这个吴先生接触还是小心一点，我看这个人没安好心。"李津兰说："好的，我听你的，一定小心，一定小心，行了吧？”

第 8 节

第二天，李津兰和吴少愚在大锡公司欧先生的陪同下参观公司。他们到新炉房，花三百万采购的煤气熔炼炉和鼓风炉还在试验中，有工人在这里忙进忙出的，炉子也在冒烟。然后他们到了老炉房，见这里没有一个人，几个炉子都没冒烟，看起来很久没点火了，冷冷清清的，一些麻雀在这里飞来飞去，还有一些麻雀在炉顶蹦蹦跳跳。李津兰问道：“这些炉子坏了吗？”欧先生说：“不是，它们都是好的，是因为现在它们炼出来的锡条纯度太低不赚钱，孔总理不让开炉。”他们又到矿山，这里是挖矿石的地方，可是这时也没有人，矿洞口被关闭了，运送矿石的设备停放在一边。他们到洗砂厂，见这里的设备已经多年没有运行，机件锈迹斑斑，房子破破烂烂，让人感觉就是一片废墟。

另外，他们在参观过程中，发现大锡公司周边的一些私营企业完全是另外一幅景象，人家的冶炼炉子冒着烟，人们在炉子前跑来跑去地干活，产品堆放场地摆满了银光闪闪的锡条。李津兰打听了一下，这里有“顺成号”等多个私营大商号，其中“顺成号”炉房规模很大，它们都在热火朝天地生产。这让李津兰很意外，她问陪同的职员，为什么大锡公司不能像他们这样干，欧先生说这是孔总理决定的，他不便议论。

第三天，李津兰、吴少愚去见孔秀康。一通客套话后，李津兰单刀直入地问道：“孔总理，我们昨天在欧先生的带领下，在公司里走了走，看了冶炼厂、矿山和洗砂厂。孔总理，是不是可以这么说，你们大锡公司已经停产多时了。”孔秀康说：“是的，停了一段时间。”

李津兰问道：“为什么？”孔秀康说：“你们也知道，现在海外大锡需求萎缩，锡价下跌，行情很不好。”李津兰说：“是的，确实如此，可是为什么那些私营企业没有停产呢？他们跟你们不是面临同样的问题吗？”

孔秀康被这么一再追问，很不舒服，但是，他还是礼貌地说：“李小姐，是这样，我们是官办企业，跟他们私营企业不一样。是的，他们也是生产土条，但是他们每吨土条的成本都比我们低，在目前这个价格上，他们还有微利，而我们不行，我们卖一吨土条就赔一吨的钱。”

李津兰穷追不舍地问道：“为什么他们成本比你们低？”孔秀康说：“李小姐，是这样，你没搞过工厂不清楚这里面的事，这很复杂。好，我简单说吧，看起来，应该是我们比他们成本低，我们有很多优势，在采矿、洗砂、冶炼上我们的设备都比他们多，在划分矿区时，我们有优先权，都是拿金属量最高的矿区。可是我们也有很多劣势，比如，我们生产消耗管理不好，各个环节的浪费比他们大；比如，我们设备维护不好，水平高的维修工被挖走了；比如，我们管理必须规范透明，导致管理人员偏多；比如，我们人工成本也比他们高，他们每天结算工钱，干一天给一天的钱，工钱也随行就市，大锡行情好的时候多给点，不好的时候少给点，在他们那干的人也接受。我们不行，都是按月支付工钱，这工钱无论市场行情好坏，只能多不能少。”听这么说，李津兰明白了，不再问了。

孔秀康是个儒雅的青年，没因李津兰刚才问话的火药味很浓而生气，他耐心地说：“李小姐，你刚才问得很好。坦率说，近期我也在想这个问题，是不是可以让老炉房恢复生产，这样公司有生气，职工有士气。我想我也有压低成本的办法，让产品有微利。前段时间，我的精力主要放在解决新炉问题上，不愿意考虑这些琐事，觉得要分清西瓜和芝麻，新炉问题是西瓜，这个问题解决了，就把整盘棋走活了，而那些问题是小问题，就是解决了也不可能从根本上改变公司的大局。现在看，过去那么看简单了，还是应该让公司动起来。”

吴少愚说：“是的，应当让公司动起来，让资金活起来。像你们现在这个样子，没有产品销售，没有经营流水，这不好，全厂都等新炉子正常生产，是不对的。如果你们还在生产，你们账面上就一定有收入，为了购买原材料也一定有支出，有进有出，就流动起来，看上去这个企业是活的。这样能改善你们与我们银行的关系，银行就怕账上是死的，没有一点流动。在你们有流动的情况下，如果有困难，需要银行支持一下，银行也好支持你们。”孔秀康认真听着，这认真的样子，估计是听进去了。

李津兰改变话题，严肃地说：“孔总理，你知道我们这次是来收贷款的，你可能不知道，来之前我们听说你们能还二十万，我们是比较乐观的……”孔秀康着急地说：“还二十万，这是谁说的？这根本不可能，这是有人要害我们大锡公司呀，我们现在哪有能力还二十万？这是谁说的？”李津兰说：“谁说的不重要。我想说，我们贷给你们八十万，这是一笔巨款，这对我们银行影响巨大。现在不仅你很困难，我们也很困难。所以，希望你能支持我们一下，让我们带部分贷款回去。”

孔秀康尴尬地说：“李小姐，你不知道我现在困难到什么地步，马上要发工钱了，我们这些职员和工人都是靠这点工钱养家糊口的，可是我们财务那里没有一点钱。等会你们走了，我就得出去借钱。现在能跟谁借钱？银行是早就不可能了，财政厅也不可能了，只有找私人老板，我们这的困难是你们绝对想不到的。”吴少愚说：“孔总理，你说的情况我理解，但是，你也要为我们想想，让我们空着手回去，我们怎么向上面交代？我们也有我们的难处。”吴少愚跟孔秀康磨嘴皮，设法挤出点钱。吴少愚毕竟是贷款部门的职员，跟欠款人磨嘴皮很有一套，不停往下说，可是，磨了半天，没有一点收获。李津兰见眼前这个高大帅气的留洋青年被搞成这个样子，动了恻隐之心，他也是为了这个企业好才来这的，接手这个烂摊子，现在甚至被搞到低三下四去借钱，真是难为了一个读书人。又聊了一会，孔秀康说：“李小姐、吴先生，我们真的是五百元都拿不出来，真的太困难了。还有，我请求贵行再给我们办理两年的展期，行吗？”

李津兰说："孔总理，这个我们无权答复。"孔秀康说："那么就拜托二位回去把我们的困难如实向贵行总理、协理反映一下，你们都看到了，我们确实太困难。"李津兰和吴少愚相互看看，都没说话。孔秀康见二人不说话，低三下四地说："你们二位都是裕滇银行的骨干，你们总理让你们来，说明对你们充分信任，恳请你们二位帮我们解释，做做说服工作。"吴少愚说："展期这个事，需要我们上司和财政厅商量，我们实在起不到什么作用。不过，我相信他们会根据实际情况来决定，你也别太担心。"孔秀康听这么说，脸上的表情轻松了一点，抱歉地说："哎呀，让你们二位白跑一趟，两手空空地回去，真是对不起呀。"最后，李津兰和吴少愚万般无奈地走出大锡公司办公楼。

路上，李津兰心情无比沉重，原来以为能带二十万回去，至少能带十五万，现在没带一分钱，如何向行里交代？二十万和一分钱没有，这差异太大了，一个天上一个地下。潘总理说等我的好消息，对我那么高的期望，现在被自己打脸了，这对潘总理的威望造成多大的打击？让潘总理的脸往哪里放？潘总理还让全体职员向自己学习，学习什么？这不是个笑话吗？王协理让我为部门争光，我这是争了什么光？完全是给部门抹黑，把王协理的脸也丢尽了。这几年王协理一直这么支持我，关心我，我给他什么回报？让他被同事笑话？自己总觉得自己比一般人强，有能力有办法，干什么事都会比别人干得好，将来会得到赏识，得到提升，可是这个事证明了，我这么愚蠢，这么幼稚，别说比一般人强，连水平最低的人也比不过。还有，自己怎么跟公公交代？公公让自己别给老赵家丢脸，我却把老赵家的脸丢尽了，将来公公会怎么看自己？自己就是个好高骛远的人，就是个轻飘飘的人，一点能力也没有，还不甘心老老实实待家里，做妻子做不好，做职员也做不好，一无是处。

还有，这个柳貂蝉太阴险了。本来这个巨额贷款到期，根本没有收款的可能，编出一个故事，让人觉得这个事可以展现我李津兰的能力，是天赐良机。其实这就是给我量身打造的圈套，要让我成为裕滇银行有史以来最大的一个笑话。为了让我钻进这个套，她把我一步一步诱骗进去。更可恶的，她还假装怀疑我无力完成这个任务，让我在部门经理会上做保证，表决心，让我变成个小丑。这个女人简直是个魔鬼，真是绞尽脑汁，要让我在裕滇银行遗臭万年。

第9节

李津兰从个旧回来半个月了，没有收回来一个银元。李津兰和吴少愚向潘永其、王平端做了汇报，介绍了大锡公司的恶劣情况，并对自己没完成任务做了深刻检讨。这事搞得潘永其很被动，当时他在部门经理会上称赞李津兰，希望全体职员都向李津兰学习，这让他被重重地打脸了。后来他也看明白了，这就是柳貂蝉玩的一个羞辱李津兰的阴谋，自己没能察觉，还是太大意了。潘永其提醒自己以后要小心，这柳貂蝉不是个善主，对这个人要多个心眼，她有初一就有十五，将来肯定还会搞出别的幺蛾子。对于大锡公司的逾期贷款，潘永其也没更好的办法，他跟财政厅沟通后，派人去个旧办理了展期的文书。

这段时间，李津兰觉得大家看自己的眼神都不一样了，她出门不敢抬头，生怕看到别人的目光。她受到的打击太大了，过去脸上那阳光般的笑容消失了，那明亮的眼睛暗淡了，那滑腻的皮肤粗糙了。她整天紧锁眉头，寡言少语。

这天中午，李津兰从外面回来，走到自己房间门口，听到房间里有人说话，是段毓婉和吴少愚。她本来想推门进去，突然听到段毓婉说:“对李津兰的议论太多了，说什么的都有，这你都听说了？”李津兰停下来，想听听行里人到底怎么议论自己。吴少愚说:“听说一些，都是胡编乱造的，根本没有的事。”段毓婉说:“我听说一个跟你有关的……算了，太无聊了，我还是不说了。”吴少愚听这话，感觉是很严重的话，坚决要求段毓婉说，不说就翻脸。段毓婉没办法，只好说："好，我说。柳二娘说你和李津兰这次去个旧，就是为了在一起住……"吴少愚气愤地说："什么？胡扯！"

段毓婉说："还有，她说李津兰带个女佣人去，那是为了遮人耳目，这种把戏骗得了谁？说李津兰太可笑了，说那是李津兰婆婆家佣人，李津兰不会收买了那个佣人？还说在旅馆里，那个佣人见你们在房间里亲热，都被臊得受不了，到处找地方躲，找地方藏的。"李津兰听到这话，气得七窍生烟。吴少愚说："无耻，卑鄙，堂堂裕滇银行居然有柳二娘这么肮脏龌龊的小人，这简直是咱们银行的耻辱。不行，我要去找她算账，她居然如此侮辱我，是可忍，孰不可忍……"段毓婉赶紧拉住吴少愚："你冷静点，冷静点，你去找她算什么账？她说我没说过，你怎么办？她给你发誓赌咒，说自己根本没说过这话，你怎么办？"吴少愚说："你把告诉你这话的人叫上，咱们三头六面对质，她能赖得掉？"段毓婉说："没人会去当面对质，没人，我也不能把人家卖了。你消消气，别激动，这事咱们不当回事，她爱怎么说就怎么说，有什么了不起了，瞎说一气有什么用？这个世界从来都是清者自清，浊者自浊，假话早晚要被揭穿。"吴少愚说："那也不能这么便宜了她，我一定要让她为这一切付出代价。"段毓婉说："是的，咱们绝对不能放过他，但是，咱们从长计议，慢慢来。"听到这里，李津兰心想，太可怕了，这柳貂蝉真是邪恶至极，居然在男女之事上侮辱我，给我泼脏水，她那颗心是肉长的吗？

人说来而不往非礼也，你要置我于死地，我又岂能放过你？李津兰心想，柳貂蝉，你最痛恨我追那一万元，好，那么我就继续查下去，一定要查个清清楚楚、明明白白、水落石出、真相大白。

李津兰心想，那笔贷款是老先生打电话交办的，王平端和潘永其都不去找老先生，这是什么意思？是有所顾忌，还是另有隐情？但是，不管怎么说，这很不正常。如果它是正常的，就可以放到阳光下，王平端和潘永其就应该在贷款文书中该审批的地方审批，该签字的地方签字，做得明明白白，清清楚楚。并且，现在逾期，他俩该办展期就展期，该补充抵押物就补充抵押物，不能这么放着不管。既然不正常，我就继续追查下去。可是，下一步我怎么办？现在潘总理不愿意去见老先生，这个事被这道墙挡住了，进行不下去了，怎么办？行，我不管那么多，我就去推倒这道墙。

于是，李津兰去王平端办公室汇报其他事情后，话锋一转，谈到追一万元的事，请求去见见老先生。王平端听了这话，想了一会说："小李，这个事，我看先放放为好。"李津兰冒失地说："王协理，这款逾期都快四年了，还放放，这要放到什么时候？"王平端没动怒，心平气和地说："有些事情，解决起来需要时间的，要有耐心。"李津兰直言相谏道："王协理，我理解你的意思，也懂得一些事不好办。不过，这个老先生就在督军公署上班，咱们去见见并不困难，我没有冒犯你的意思，只是有这么个想法，也是为咱们银行好。"王平端说："我理解你的好心，作为一个职员，应该为行里着想，能去收的欠款就应当去收，这很正常。"李津兰觉得王平端嘴里这么说，心里并不这么想。但是，她还是竭力争取说："那就让我跟你一起去一趟如何？明天去预约一下，可好？"王平端显得很为难，说："小李，不能着急，这事不是着急的事，是不是？已经逾期这么长时间，也不差这几天。这样，你有机会跟潘总理说说，老先生是督军公署高层，位高权重，咱们行事必须恭敬。再说，当时是他联系的潘总理，潘总理不发话，咱们两个去找人家也是不合适的，是不是？"听他这么说，李津兰就不再说什么了。

潘永其应酬比较多，经常是下班前就离开办公室，去跟人家喝个茶，吃个饭什么的，有人家请他，也有他请人家。大清朝时，云贵总督署和云南巡抚署里的官员都喜欢吃喝交际，民国建立，一度曾有改变此风的迹象，不过很快，昆明城里的酒楼餐馆又红火起来，只是进出的常客换了一批人而已。李津兰发现，潘永其也有晚走的时候，有时可能是没有应酬，有时可能是要处理银行事务。

这天下班，人们都走了，李津兰见潘永其和王平端两人房间的门开着，就在自己房间等候。等王平端走了，办公楼里完全安静下来，李津兰起身走到潘永其门口，在敞开的门板上轻轻敲了一下，潘永其抬头见是她，说道："小李，这么晚你还没走？怎么，有事吗？"李津兰站门口没说话。潘永其说："进来了，进来坐。"李津兰走到潘永其桌子对面的椅子旁，侧身坐在椅子沿上。潘永其说："有什么事？说吧！"李津兰小心翼翼地说："是这样，潘总理，我不知道该不该说，可能太冒失了。"潘永其用很随和的口气说："说吧，没事！"这样，李津兰把请求去见见老先生的话说了。估计潘永其早料到李津兰会说这个事，不假思索地说："行，行，这事我来办，等这两天去督军公署办事时，我带你去见见他，看看他怎么说。"李津兰没想到潘永其答应得这么痛快，一时有点不知所措，慌乱地说："那，潘总理，我就走了，你忙吧。"走出潘永其房间，李津兰想，太好了，终于又推进一步了，等着潘总理的消息吧！

第10节

去见老先生的事，潘永其一直拖着不办，搞得李津兰很着急。这天，王平端把李津兰叫到自己办公室说："小李，去见老先生的事是这样，潘总理让我跟你说一下，昨天唐督军派人告诉潘总理，说那一万元贷款的事他知道了，让咱们别着急，人家会还的。"李津兰心想，这是什么意思？这是不让追了？这应该不是潘永其编造的，是真的，那么是老先生听到风声，在唐督军那里说了什么？李津兰很意外，可是，事情变成这个样子，她也没办法，只能接受这样的安排。

回到自己房间，李津兰心想，这下子麻烦了，下一步无法查了，裕滇银行是省里的银行，他潘永其和王平端必须听唐督军的话，否则，他们的帽子就可能被人家摘了。李津兰想，唐督军派人来传话，是不是可以猜想一下，这个事与唐督军本人有关呢？她又觉得不可能，因为唐督军要用钱，可以直接找财政厅要，不必来找我们裕滇银行借。但是，没办法，这个事只能暂时放一放了。

第十七章

第1节

尽管直系与桂军签订湘省停战协定，但是，唐继尧不承认停战，要继续推翻北洋政府。1918 年 8 月，报纸上说唐继尧将到重庆召开由云南、贵州、四川、湖北、湖南、陕西、河南等省参加的“八省靖国联军”军事会议。

很快，上面通知李三标，说唐继尧督军将到重庆，让所有部队分工负责，搞好自己这一片的警卫，确保唐督军到重庆时不出任何问题，尤其是不出危及唐督军生命安全的问题。同时，因唐督军可能走水路从朝天门码头上岸，滇军封锁重庆这一带江岸，长江和嘉陵江上所有的船只都禁止行使，滇军在江边设立一批扣押点，把江上的船只分段扣下。

这天，士兵带一个人见三标说：“报告连长，这个人说要见你，我们杨排长让我把他带过来。”这个人三十来岁，微胖，长脸，穿一身深蓝色长衫，像是个生意人。三标问道：“你是干什么的？有什么事？”来人说：“连长好，我叫王良勇，人家都叫我勇哥，是重庆本地人，做生意的，现在我碰到一点困难，想请连长帮忙。”三标说：“帮忙？你说吧，我们滇军和重庆老百姓就是一家人，只要能帮的，我一定帮。”勇哥问道：“连长贵姓？”带他过来的士兵说：“这是我们刘连长。”三标对士兵说：“行了，你回去吧。”见士兵走了，来人说："刘连长好，是这样，我有一批货物需要找一条船运送，现在长江和嘉陵江上的船都被你们滇军扣了，在哪里都找不到。昨天我找到我的一个老表，他就住下边的江边，他的船在你们连扣的这二十多条船里，想请连长行个方便，高抬贵手，放行一下。"三标耐心地说："扣船是上面的命令，我怎么可能给你的船放行？这事办不了。再说，扣船就是这半个多月，到时候就都放了，你等几天吧。"勇哥说："刘连长，我要是能等就不来求你了，我这批货要是不运出去，我的麻烦就大了，那个罚款要让我倾家荡产呀，我是实在没办法了才来找你，你一定要帮帮忙。"三标不再谈下去，站起来友好地说："你的困难我理解，可是我帮不了你，这不是小事情，如果我帮你，我自己就完蛋了。好了，你回吧，谢谢你对我们滇军的信任。"勇哥很油滑地说："我晓得你们滇军为我们重庆老百姓做了不少好事，刘连长，你看这样好不好？今晚我们找个酒楼坐坐，让我代表重庆老百姓表达一下谢意。"三标说："酒楼坐坐？吃饭呀？勇哥，你请我吃饭也帮不了，这是上面的命令，我哪里敢违抗？"勇哥说："刘连长，不要紧，这个事不能办，咱们就不办了，今晚吃饭我们不说这个事，就是摆摆龙门阵，就咱们两个人，喝点小酒，聊聊天，如何？"三标看对方这么热情，俗话说伸手不打笑脸人，感觉吃个饭也没什么，又推脱几句后就答应了。

晚上在一家高档酒楼里，吃饭聊得挺不错，这个勇哥很会聊天，也见过世面，天南地北的事都知道，谈了四川、贵州的山水风光，又谈了当下的时局，什么冯国璋、段祺瑞、孙中山、刘存厚，熊克武，南方北方的。三标觉得跟他聊天挺有意思，推杯换盏，酒也喝了不少，很快面红耳赤。这时，勇哥说："刘连长，我晓得放行一条船要惹很大麻烦，要担很大风险，不过，我这不是请你白帮忙，我可以给补偿，比如补偿八百个大洋，怎么样？"三标愣了一下，问道："八百个大洋？"勇哥以为三标嫌少，赶紧说："算了，一千个大洋，怎样？"三标听这么说，心里一跳，这一千个大洋不是个小数目，能在桌子上堆起一座小山呢，自己对手下说一声，这钱就到手了，很是心动。三标说："勇哥出手挺大方嘛。"勇哥用可怜巴巴的神情说："连长，哪里是大方？是没的办法，如果搞不到船，对方罚款，我的损失就是这个数。我想与其让对方处罚这么多钱，不如让给你连长大人算了，交一个两肋插刀的朋友。"三标说："勇哥对我这么好，我也该对勇哥好呀。这样，勇哥，我考虑一下，明天晚上这里见，我请你吃饭。"勇哥一听三标松口了，连忙说："哪能让连长大人请我这个平头百姓呢？我请我请，明晚这里见。"两人又喝了一会儿，就散了。

三标回到家，这是他租的房子，跟白金花说了这个事，想听听她的意见。没想到，白金花一听能得到这么多钱，连忙说："这么好的事上哪找呀？我这一辈子见都没见过这么多钱。我的亲哥，你就帮他这个忙，把这钱挣回来。"听白金花这么说，三标就下决心了，给他放一条船，把这一千个大洋挣了。三标心里说，当兵是脑袋拴裤腰带上的事，这小命说没就没，还是挣点钱，万一自己有个三长两短的，对家人也是个交代，让他们能正常生活。不过，这事还不是这么简单。三标对白金花说："这个钱不能放过，只是，这事也有一定难度，上面经常下来查船的数量，少一条船，很快会被发现，怎么能让上面不发现呢？"白金花说："这有什么难的？就说没拴牢夜里被江水冲走了。"三标说："被江水冲走？这确实是个办法，是个办法。"

第二天晚上喝酒时，三标对勇哥说："既然你这么仗义，我愿意交你这个朋友。"这样，这笔生意就成交了。当即，勇哥让手下送来一个木头箱子，里面装着一千个大洋。三标让勇哥手下在酒楼看着箱子，带勇哥去江边找杨钊，让杨钊把他们排看管的一条船交给勇哥了。勇哥的手下将船划走后，三标和勇哥回到酒楼，收了木箱。等勇哥走了，三标让酒楼伙计出去找来两个脚夫，三标给他们带路，把木箱抬到自己家。白金花见三标带回来个木箱，问道："这是什么东西，深更半夜往家里抬？"三标打开盖子让她看，白金花见里面全是银元，知道三标把事办了，高兴坏了，抱着三标亲一口。

第三天，杨钊见这船没回来，到连部问三标："连长，这条船是去哪了？"三标想这种事让任何人知道都不太好，就含含糊糊说："去一个朋友那。"杨钊又问："哪天回来？"三标说："要过半个月一个月。"杨钊一听跳起来说："连长，你疯了！过这么长时间船才回来，这要惹大麻烦的。上面来清点船的数量马上就会发现少一条船，你怎么交代？"三标说："没事，就说船没拴好，被水冲走了，没事。"杨钊说："没事？谁说没事？被水冲走了就没事了，上面让你把这些船扣住，你让江水冲走，这能没事？"三标认为杨钊有点小题大做，头也不回地走了。杨钊说："连长，说江水冲走，上面能相信？"三标说："你把昨晚值班那个兵管好，上面不相信也得相信。"杨钊说："那个兵我一定管好，但是，上面要认真查这个事，只怕是纸包不住火。"三标说："没事，其他的我来应付。"

第2节

第二天，三标见杨钊又来找自己，估计他还是要来说昨晚那些话，对他不是很热情，杨钊说："连长，不行呀，这船还是要回来吧。"三标看看杨钊，不耐烦地说："我说过了，没事，上面来查，就说被冲走了。"杨钊说："你说实话，这船是不是卖给人家了？"三标说："没有，怎么可能？"杨钊说："到现在这个地步了，你千万别再隐瞒，否则你麻烦大了。"三标不说话。杨钊说："你知道我刚才在街上碰到谁了？我碰到崔大嘴和油葫芦了。"接着杨钊说了刚才的情况。

杨钊走在街上，听到有人叫自己，扭头见是崔大嘴，过去问道："崔连长，有事吗？"一边的油葫芦抢着说："你那个刘连长要倒大霉了。"油葫芦是崔大嘴连里的一个班长。杨钊问道："倒什么大霉？"油葫芦说："让我们连长跟你说。"崔大嘴说："这段时间有个人在咱们这一片转悠，想花大价钱买条船，这两天他不见了，估计是买到了。”油葫芦说：“肯定是从你们刘连长那买的。”杨钊不服气地质问道：“凭什么说是从我们刘连长这买的。”油葫芦说：“你们刘连长胆子大，又喜欢钱，不是他是谁？”杨钊说：“外面传的我们连长喜欢钱，根本不对，事实上喜欢钱的是他太太。”油葫芦说：“他太太喜欢钱不就等于他喜欢吗，这有什么区别？”杨钊强辩道：“这怎么一样？再说就凭这点说我们连长卖船，也毫无道理。”崔大嘴说：“杨排长，你别说什么有道理没道理。我告诉你，找船的这个家伙是来者不善，八成是坏人。”杨钊说：“怎么可能？”崔大嘴说：“如果他搞船是为了刺杀唐督军，他事情败露一旦被抓住，肯定会把你们连长供出来，到时谁都保不了他，马上拉出去枪毙。”说完带着油葫芦得意洋洋地走了。

杨钊问三标：“连长，你说实话，是不是卖了？”三标听这么说，犹豫了一下说：“好，我说，是卖了。”杨钊说：“完了，完了。”三标没说话，心里却有点紧张，觉得这情况确实有可能发生。不过，却嘴硬地说：“哪有那么巧的？”杨钊又说：“我说，如果这个人搞船真是为了刺杀唐督军，要出点什么事，你就成了云南的千古罪人，被千千万万云南人唾骂。”

三标听这么说，慌了阵脚，急切问道：“这么说这确实是个大麻烦，杨钊，你快想想，这事怎么办？能把这条船找回来吗？”杨钊说：“上哪找，我觉得现在是根本不可能把这船找回来了。”三标说：“那你赶快想想，还有什么办法？现在看，这还真可能是个麻烦。他妈的，这次大意了，干了这么个荒唐事。你快想想办法。”杨钊说：“行，我再想想。不过，我说连长，我还是要说你几句，你胆子也太大，这事都敢干，真是挣钱不要命了。”说完走了。

三标回家跟白金花说了这事，白金花也紧张起来。三标怪白金花见钱眼开，不劝自己小心点，现在麻烦了。白金花听三标这么埋怨，也不分辩，事情确实如此，这么多钱让自己太激动了，现在这些银元就放在墙角木箱里，这么多钱呀，自己这辈子是第一次见，怎么能错过呢？现在有麻烦了，有可能出事，要赶紧想个办法，可是，有什么办法呢？自己这么个小女子，头发长见识短，能有什么办法呢？三标说："不行，我去团里把钱上缴，主动向团长交代算了。"白金花说："什么？去主动交代？你以为主动交代就没事了？不行，我告诉你，你一说马上把你抓起来。只要这船没找回来，你这麻烦就没完，到时你们团长也有麻烦，上面肯定也会追究他的责任。这船就是个炸弹，一旦真出事你和团长都一起完蛋。还有，最后这些银元也一个剩不下，统统要被收走。"三标觉得是这么回事，问道："那怎么办呢？"白金花说："如果这个勇哥真是有货物要运，跟唐督军来重庆无关呢？毕竟他是坏人的可能性只有百分之一。"三标说："就是万分之一也不得了，那是要掉脑袋的。这脑袋可不是韭菜，割了还能长，它掉了就再也长不出来了。"

白金花说："让我说，实在不行，咱们走吧，别在滇军干了。"三标说："开溜，往哪里溜，现在重庆戒备森严，根本走不掉。还有，为这事就离开部队，我也心不甘。"白金花说："那怎么办？就坐等人家来抓你，把这钱都搜走？"三标说："再想想办法，我觉得总会有办法的。"白金花说："行，但是，这些钱到咱们家，无论如何不能再拿出去。"三标点头同意了。

第3节

接着第二天三标又找杨钊商量，这事成了一把悬在三标头上的剑，随时可能掉下来让三标身首分离。可是，一时间找不出什么好办法。三标急坏了，嘴上长几个大泡。可是尽管这样还是没找出对策，三标火气很大，下属来汇报工作，稍有不当就被训斥一通。

这天，王玉生到三标连部，见三标这副焦躁不安的样子，问道："刘连长，怎么？有什么不顺心的事？"三标说："没有，没有。"王玉生说："别嘴硬，你肯定有事，说吧，说出来，也许我能帮帮你。"三标想王玉生这个人还是比较可靠的，告诉他应该不会出事，就说：

“是这样，现在有点小麻烦，我一时糊涂，卖了一条船。”王玉生问道：“什么？卖了一条船？这可不是小麻烦，怎么会这样？”三标说：“对方说能给大价钱，我就糊涂了。”把事情的经过说了，接着说：“现在那条船肯定要不回来了，怎么办？我想找条船来凑数。可是，现在长江上的船已经扣押多日，上哪找船呢？”王玉生说：“是呀，现在找条船，真是难于上青天。”三标急得直挠头。突然，王玉生说：“你看这个办法行不行？”三标急切地问道：“什么办法？”

王玉生说：“是这样，半个月前，我在江边查看的时候，发现下游乱石滩有个船骨架子，看上去已经废弃多年，原来我曾想把它拖回来的，免得被别人利用，可是见它实在太破了，修起来太难，就放弃了。”三标问道：“你是什么意思？”王玉生说：“我是这么想，你说，找人把它修一下，拿它去充数，行不行？”三标听了马上让王玉生带自己去看看，两人到下游江边，见这破船，严格说这只是个龙骨架子，三标连忙说：“行，龙骨架子也是船，给它钉上一圈板子能充数。”王玉生说：“那你就安排人这么办。有可靠的人手吗？没有我给你派几个过来。”三标说：“有人手，你放心，我自己能搞好。王连长，感谢你的救命之恩，你就是我的再生父母。”王玉生说：“说那些干啥？咱们本来就是兄弟，兄弟有难，不该伸手相助？别客气。”三标觉得王玉生真是比自己亲兄弟还亲的兄弟，这次真是救了自己的命。

两人回来后，王玉生走了，三标赶紧叫来杨钊，说了这个情况，杨钊听完说：“这简直太好了。”三标说：“这样，你去找个修船的，我给他一点钱，让他悄悄地把这船搞一下，什么漏不漏水都无所谓，糊弄一下，只要有个样子就行。”杨钊说：“行，我去办。”三标说：“还有，这事要高度保密，绝对不能让外人知道，咱们这边只能让你手下一两个信得过的兵知道，一定要可靠，修船的人家也要保密。”杨钊说：“这点你放心，保证做到绝对保密。”说完杨钊走了。三标终于松了一口气，心想看来是天不灭我，给我留了这么条生路。

晚上杨钊来三标家，把三标叫到屋外说：“咱们这一片只有一个修船的，我找到他，这人四十来岁，修船修了二十年了。”三标说：“那太好了，让他过来干。”杨钊说：“不行，这家伙不干，他说乡公所通知了，现在不得修理任何船，违者问罪，如果被人告官，自己就完蛋了。”三标生气地说：“什么？不干？派个兵把他抓过来，逼着他干。”杨钊说：“这是气话，那怎么行？人家说有钱能使鬼推磨，就说要多给他钱……”三标急迫地打断道：“怎么样？说通了？”杨钊叹一口气说：“我跟他说了，可是，可是……”三标问道：“可是什么？”杨钊说：“可是他要的有点多，要二百个大洋。”三标问道：“什么？二百个大洋！他疯了，狮子大开口嘛。”杨钊说：“他说这材料不能用新的，他要去找人家从老房子上拆下来的，光材料就要花一百五十多个大洋，自己没挣钱。我跟他谈能不能少点，最后没谈下来，少一个子都不干。”三标犹豫了，过了一会儿，咬着牙说：“行，给他二百个大洋，五天把船搞好。”杨钊去办了，结果很顺利，五天后那条破船拖回来了。

第 4 节

三标见船拖回来了，心里顿时踏实了，那份担心烟消云散。当然，三标也有遗憾的地方，就是白金花很不高兴，这一下拿出去二百个大洋，白金花心痛呀，那就跟用刀子剜她的心头肉一样。三标劝白金花想开点，这次少挣就少挣点吧，只有自己还在部队干，将来还有机会，让她想想，如果自己提到营长、团长的位置上，挣钱不是更容易？再说，这次不是还挣到八百个大洋吗？听这么说，白金花好受一点。见白金花缓过劲来，三标心想，好了，自己稀里糊涂捅的娄子就这么应付过去了，天下太平了，又回到云淡风轻的日子。

果然，这天关公脸派人来清点船只数量，三标用这破船蒙混过去了，三标心里很是轻松。可是，三标这轻松的感觉很快又被打破，第二天下午，杨钊到连部说：“连长，又出了点小麻烦。”三标说：“不会是修船那小子的事吧？不是给他钱了吗？还能有什么事？”杨钊说：“是，他是收到钱了，但是，他反悔了，要退钱，让咱们退船。”三标问道：“什么？退钱？为什么？”杨钊说：“是这样。他心里很害怕，担心纸包不住火，一旦被人知道，不仅这二百个大洋保不住，自己身家性命就都完了，他上有八十岁老母，下有要养活的孩子，他是这一家唯一挣钱的。他来找我退钱。”三标一听生气了，不客气地说：“他干吗？当这是小孩子过家家呢，想收就收，想退就退？你怎么说？”杨钊说：“我也是这么说，哪里是你想退就能退的，这是开玩笑的事吗？拿这事开玩笑，我看你是活腻了。”三标说：“就是，后来呢？他不退了？没事了？”杨钊说：“是，我就把他赶走了，说他不走就把他抓起来。他看我生气了，就走了。”三标松了口气：“行，走了就行。估计他不会再来了，没事，这就是胆小鬼，吓唬他一下就行了。”

可是，杨钊不像三标把这事看得这么简单，担心地说：“我估计他再来咱们这的可能性不大，但是，他会不会去其他地方？比如，他去报官，去主动交代？”三标听了紧张起来，问道：“有这可能吗？他自己去报官？”杨钊说：“难说呀，他这么害怕，船又收不回来，他可能去主动交代避免遭到处罚。还有，他报官很容易，去乡公所报告就行了。他们那个乡公所在山后，归崔大嘴他们连管，乡公所知道这个事，马上会报告给崔大嘴，崔大嘴跟关公脸那么紧，他知道了肯定会马上报告给关公脸。”

三标很紧张，说道：“如果让关公脸知道了，我就完了，你觉得这种可能性大吗？不行，这要想个办法，要不然就完了，这次是真完了。你再想想有什么办法？你去找他谈谈，安慰一下，让他放心，说肯定不会被别人知道，让他老老实实把心放肚子里，一百个放心。”杨钊说：“行，我再去跟他说说，不过，我觉得让他彻底放心的可能性很小。”三标见杨钊还是很担心，就说：“杨钊，我跟你说实话，卖船这事那个人给了我一千个大洋，现在我这还剩八百个大洋，我再拿一百个大洋出来，你交给他，让他无论如何不能报官。”杨钊说：“这可能不行，我觉得这不是钱的事。”三标说：“怎么不是钱的事？有钱能使鬼推磨，就没有用钱解决不了的事。你去跟他谈谈。”杨钊见三标这么说，就不再争论，出门了。三标回家，跟白金花说了这事，白金花听又要拿一百个大洋出去，气得把头一扭，不跟三标说话。三标也懒得跟白金花解释，他拿了钱给杨钊送过去。

夜里，杨钊到三标家，说没谈成，再加一百个大洋人家也不干，放下一百个大洋走了。

第5节

没想到事情会这么麻烦，把船的数量补足了，修船的人又闹事了，真是按下葫芦浮起瓢，怎么办呢？用什么办法说服这个家伙不报官呢？给他保证他不听，给他钱他不要，看来他是吓破胆了，成了惊弓之鸟，如何是好呢？三标想跟身边的白金花商量一下，可是白金花好像并不想谈这个事，她已经把那一百个大洋收起来了，她怕再往外拿钱，这个女人是要钱不要命。

第二天，三标叫来杨钊，说自己想了一晚上也没想出个办法，问杨钊有没有好办法。杨钊说自己也是反复想过，没想出好办法。三标听杨钊这么说，气愤地说：“我看，干脆把这家伙抓起来算了。找个地方把他关起来，他还能上哪里报官？”杨钊说：“这个办法损点，但是却是个办法，咱们关他几天，等唐督军离开重庆，再把他放了，他也不损失什么，反倒能挣到一笔钱。”三标说：“就是，咱们抓他是为他好，尽管关几天受点委屈，但是跟这么多钱比，也值，就这么办。”杨钊说：“那用什么理由抓他呢？”三标说：“找个理由你都找不到，你傻呀？你就说有人告他偷木材，以偷盗罪名把他带回来，你在外面找个安全的地方把他关进去。”杨钊觉得这招可行，就马上去办。很快，把人关押到一处隐秘的屋子里。

三标松了口气，觉得终于又天下太平了，回家后把这事告诉白金花。白金花觉得三标太有办法，晚上白金花给三标多做了两个菜，犒劳一下。吃饭时见三标喝得美滋滋的，白金花想心里的那句话该说了，白金花是人心不足蛇吞象之人，她说："我说，你看有没有办法让那家伙把那二百个大洋吐出来，反正他自己也不敢收，吐出来对他也好。"三标听这么说，觉得白金花太损了，居然有这么恶毒的念头，气愤地说："你怎么能这么想？做人怎么能这样？这么干要遭报应的，要遭天打五雷轰的。"白金花觉得三标太死心眼了，天下哪有什么报应，哪有什么天打五雷轰？那都是骗人的。不过，白金花见三标的火气那么大，就不再往下说。

第6节

三标、白金花，甚至杨钊都觉得这事糊弄过去了，肯定不会出事了。没想到，这天三标在连部跟杨钊说话，关公脸带着几个军人进来，关公脸说："刘长生，他们几位是旅部的，请你跟他们到旅部去一趟。"三标诧异地问道："去旅部？营长，为什么？我犯了什么事？"关公脸说："你犯什么事，你心里没数？别废话，走。"就这样，三标被带走了。

到旅部，关公脸走了，三标被带到一个屋子里，接着进来一个军官，带着一个做记录的兵。三标后来知道这个军官姓姚。姚长官按照程序问了三标的姓名年龄职务后，问道："刘长生，你知道为什么把你叫到这来吗？什么？你不知道？我知道你会说不知道，没事，你好好想想，想想你就知道了。我先提醒你一下，你没事我们是不会让你到这里的，你明白吗？现在你就剩老老实实交代一条路，把情况都一个一个说出来。"三标猜到这可能跟船有关，他要摸一下对方的底，装得很诚恳地说："我真的不知道为什么把我叫到这来，我就是个小连长，每天都是老老实实做事，没干过什么，我真不知道。”姚长官说：“你这个小连长可不是一般的小连长，你是胆大包天呀！赶紧说吧。我告诉你，现在是证据确凿，你老实交代，争取一个好结果。不好好交代，只怕你是回不去了。”

三标说：“长官，我真的不知道是怎么回事，你指点我一下，给我起个头，那样也许我就能想起来，也就能配合你了，是不是？”姚长官说：“行，我给你起个头，你卖了一条船吧？”果然如此，三标镇定下来。这个事他早有准备，如果说他卖船，就一口否认，反正船一条没少，无论如何都能把这个事糊弄过去，淡定地说：“卖船？我怎么可能干这种事？那是违纪的，从没卖过，不信你们可以派人到我那里清点，我们连扣押的船一只不少。”姚长官问道：“你要说实话，要老老实实的，你要不老实不会有好下场的，这是什么地方？是旅部，是你能糊弄过去的地方吗？”三标装得很真诚地说：“我真的不知道，这事你们可以去清查嘛。”姚长官说：“清查？我们已经清查了，后来你另外找了条船，把卖船的那个窟窿堵上了，是不是？”三标说：“什么找条船，把卖船的那个窟窿堵上了？我不明白你说什么。”姚长官说：“不明白？你以为你很聪明，把事做得滴水不漏，但是，我告诉你，天下事，若要人不知，除非己莫为。”三标说：“冤枉呀，我真没这么干呀。”姚长官说：“你别喊冤，我告诉你，这一切我们都搞清楚了。你想想，我们没搞清楚，能把你叫到这里来？现在，我们给你个机会，让你自己交代，你要交代了，可以从宽处理，你要不交代，对不起，那我们就一切从严。”

听这话，三标心里想，他们真的知道这个事了？不可能呀，修船那家伙在杨钊手上，自己被带到此地时，就是跟杨钊在一起，这个姚长官也没提杨钊一个字，他们怎么可能知道这个情况呢？难道是通过其他通道，通过其他人？不可能呀，这个事，也没有其他人知道呀？不对，会不会是杨钊的兵去告发了？难说被哪个兵意外知道这个事。但是，不对呀，如果是杨钊的兵告发，应该第一时间抓杨钊，然后再抓我，杨钊没事，可以肯定不是他的兵告发。那么是什么呢？看来姚长官并不掌握情况，他是在套我的话。是的，他肯定是在套我的话。想到这，三标不说话，跟姚长官耗时间。

耗了一会，三标突然想到一个问题，如果现在姚长官他们找到那个修船的家伙，自己就完了。是的，没有找到那家伙，无论他们怎么想，都没有证据，而一旦找到那家伙，这个事就坐实了。怎么办？现在最好的办法是要让这个家伙赶快消失，在关押的屋子里消失，在长江边消失，在重庆消失，跑得远远的。他心里念道："杨钊呀杨钊，你赶紧把这个家伙送走，送到外地去。"三标想给杨钊带个信，可是怎么带呢？三标急死了，急得忘记自己是在旅部，忘记自己在被审讯。这时，姚长官说："你不想说是吗？行，你好好想想吧，想好了再说。我不急，"说完，让人来把三标送去禁闭室。

第 7 节

三标在禁闭室心神不定，反复想如何给杨钊带个消息，到天亮也没想出办法。第二天，没人来提审，三标估计姚长官他们又去清点船只数量了。心想，他们无论清点多少遍都无所谓，关键是别找到那个修船的家伙。杨钊呀，你赶紧把他送走呀。三标想，按杨钊这个聪明劲，知道我被关押，应该会第一时间把这个修船的人送走，但是，就怕他犯糊涂，他这一犯糊涂自己就彻底完蛋了。三标想收买看守的士兵，跟士兵主动说话，可是对方根本不搭理，换了个看守士兵也如此。

第三天，姚长官又来提审三标，在审讯室问道："怎么样？想得怎么样？今天能老实交代了？"三标答复说："我愿意老实交代，可是，我来来回回想了，我确实没卖船，没有什么好交代的。"姚长官听这个话，严厉地说："刘长生，别给我耍滑头，我再问你一遍，你今天能不能老实交代？"三标做出非常委屈的样子，可怜巴巴地说："真的，我确实没什么好交代的。"姚长官愤怒地说："好，你不交代，你就在这老实待着吧。"说完一挥手，让士兵把三标带下去。

回到禁闭室，三标对自己今天的表现很满意，对自己说，我就这个样子，我看你们能拿我怎么样。三标情绪很好，靠在床上天马行空地胡思乱想。突然，他想到一个问题，紧张起来，那颗晃晃悠悠的心一下子掉到冰窖里。这是什么事？是他想到办案人员可能到自己家搜查，三标责备自己怎么把这事忘了？太蠢了，现在抓了自己，人家怎么不会去自己家搜查？肯定会，而一搜查就会搜出那些大洋，这样自己就完了。自己这样一个小连长，怎么可能有这么多大洋？不是卖船得来的，是从哪得来的？并且可能当场审问白金花，白金花哪见过这个阵势，还不马上招供了，把事情全说了？完了，这下彻底完蛋了。这一下三标情绪坏透了。他想如果能给白金花送个信，让她把大洋藏起来就好了。可是，怎么把这个信送出去呢？这几个看守，自己试过了，收买不了，没有一点机会。怎么办？怎么办？三标陷入极度焦虑之中。

第四天，三标又被提到审讯室，姚长官问道："怎么样？你又考虑了一天，考虑好了吧，该交代了吧？好，来说说吧，你把船卖给谁了？卖了多少钱？"三标说："我冤枉，我没卖过船。"姚长官问道："你还不交代？你想想，你要没卖过船，我们会把你带到这来？"三标说："长官，这是有人诬告我，陷害我呀。"姚长官说："诬告？陷害？人家为什么不诬告我，偏偏诬告你？你说，为什么？"听这话，三标明白确实有人举报了自己，尽管自己想不出那是谁，但是肯定被举报了。另外，姚长官这个话，也说明另外一个问题，就是他们搜查自己家没搜出那些大洋。如果他们搜出那些大洋，姚长官此刻就会提到家里的大洋，就会问这些大洋是哪来的，用这个事作为突破口，撬开自己的嘴，逼迫自己如实交代。太好了，看来白金花有两下子，能把那些大洋藏好，躲过他们搜查。当然，也可能他们没去搜自己家，不过，这个可能性很小，一定去搜了。

姚长官说："怎么样？在想什么？还是不说？"三标说："我真的没卖过船。"姚长官问："还说没卖船？好吧，我问你，你认识王良勇吗，就是勇哥？"三标一听，明白了，是勇哥那家伙出事了。三标赶紧在心里把这事从头到尾捋了一遍，到最后，他想好对策，勇哥供出自己，是没证人的，自己给他船、收他的钱都没证人，自己一口否认，说是他诬告，姚长官拿自己没办法。

三标说：“什么勇哥，我不认识。”姚长官说：“不认识？有意思了，明明人家说认识你，你却说不认识人家？真是有意思。我问你，你不认识这个人，人家怎么知道你名字？”三标说：“我的名字又不是机密，我们连一百多号人，个个知道，营部、团部也有那么多人知道，这能说明什么？就因这个人知道我的名字，就认定我认识他？这也太可笑了吧？”

姚长官说：“你还嘴硬，我看你能硬多久。来人，把人带进来。”接着，士兵带进来一个人，三标一看是王良勇。姚长官问王良勇：“你认识这个人吗？”王良勇点点头。姚长官问三标：“刘长生，你看看这是谁？你看清楚了，你认识他吗？”三标知道现在承认认识王良勇，自己就彻底完蛋了，那就是神仙也救不了自己了。他用平静的口气说：“不认识。”姚长官说：“你再看看，你怎么可能不认识？”三标直视王良勇，王良勇心虚地躲开三标的目光，三标说：“不认识。”姚长官说：“好，你不认识。”对王良勇说：“你认识这个人吗？你说他叫什么名字，是干什么的。”王良勇说：“认识，他叫刘长生，就江边一个连的连长。”姚长官问道：“刘长生，怎么样？他认识你，把你的姓名、驻地都说得很清楚。你还说不认识？”三标坚定地说：“我说过了，我不认识这个人。”姚长官又对王良勇说：“好，你再说说你是怎么认识他的，你跟他干了什么，在哪里干的。”王良勇说：“我去买船，让他们连的兵带我到他的连部认识的。我给他一千大洋，买了一条船。”姚长官对三标说：“怎么样？你有什么要说的？”三标镇定地说：“我不知道他说什么，我不认识他。”

姚长官对门口士兵摆摆手，士兵把王良勇带出去，姚长官说：“刘长生，我告诉你，这是给你一个机会，我跟你说，你现在说了可以算你坦白，我们可以按一般违反军纪处理你，没收违法所得，保留你的军籍。”姚长官停顿下来，盯着三标，见三标没表示，接着说:“如果你不说，一旦被查实，你这性质就变了，那就不是开除军籍的问题，你明白吗？”三标说:“不是我不要这个机会，实在是我没什么可说的，我不认识这个人，认识就是认识，不认识就是不认识。”姚长官说:“行，你就嘴硬吧，我看你能硬多久。”让门口守卫进来把三标带下去。

第8节

第五天，姚长官又来提审，问三标:“怎么样？打算交代了吗？怎么认识王良勇的？哪天把船卖给他的？”三标还是那套话，死活不认。这天，姚长官说了一个新情况:“你别自作聪明了。我告诉你，前段时间这个叫王良勇的到你们那一片去买船，就被你们关营长盯上了。关营长担心他买船是不干好事，就派人跟踪他们，最后得知你卖船给他，就上报旅部，旅部派人把他们一网打尽。”三标心里想，原来是这么回事，看来自己中了关公脸的诡计，完了，都怪自己太鲁莽，做事没认真考虑一下，也怪自己太贪心，听对方给钱就见钱眼开，忘乎所以了。不过，现在这盘棋还没走死，我扣的船一条没少，咬死不认识这个王良勇，姚长官拿自己没办法，平静地说:“我说的都是实话，我们连扣的船都在江边，你们可以去清点一下，一条也不少。”姚长官说:“我们去清点过了，确实一条不少，但是这是你做了手脚。我告诉你，刘长生，在这个世界上做任何事情都会留下痕迹的，若要人不知，除非己莫为，我们很快能找到证人和证据，我看你还能顽抗多久。”三标不说话，他从这番话里听出来旅里没找到修船的人，杨钊那没出事，姚长官只是虚张声势，这样他们无法处罚自己。三标心中暗喜，小声祈祷老天爷保佑自己。

可是，三标愉快的心情很快又被打乱。姚长官说:“刘长生，你还不知道吧，王良勇他们这伙人已经招供了，他们是刘存厚的人，是刘存厚派来暗杀唐督军的，买船是为了在唐督军从水路到重庆时下手。”这时，刘存厚在陕西，准备卷土重来。王良勇是刘存厚的人，这确实把三标吓一跳，三标紧张地说：“什么？他们是来暗杀唐督军的？不可能吧？”姚长官说：“什么不可能？他们签字画押的口供就在我这里，白纸黑字的，全都交代了。”三标不知道说什么好。

姚长官说：“你明白了吧，为什么把你押到旅部审问？你这个案子太大了，刺杀唐督军，这是捅破天的大案。这样的大案，你想靠死不承认蒙混过去，我告诉你，那是根本不可能的，那是痴心妄想，你好好想想吧。”

三标说：“冤枉呀，冤枉呀，这是有人陷害我，有人陷害我。”姚长官问道：“冤枉？陷害？谁陷害你？王良勇陷害你，他怎么不陷害别人。到现在你还不老实，我告诉你，是你陷害你自己，是你的自作聪明陷害你自己。你真是大胆狂徒，卖船给杀手的事你都敢干，我真是不明白，你到底有几个脑袋？”

三标说：“我能有几个脑袋？长官，这是有人陷害我，要置我于死地。”姚长官说：“谁没事来陷害你这么个小连长？你以为你是谁呀？你好好想想吧。”三标喊道：“长官，冤枉呀！真的是冤枉呀！我不认识什么王良勇，我不认识什么刘存厚的人，这都是诬陷。”姚长官说：“你还嘴硬，好，继续嘴硬。”三标苦苦辩解道：“长官，冤枉呀，我真是冤死了。”

姚长官又说：“还有，你们关营长说，你不仅把船卖给这个王良勇，你还加入他们这个行动，共同实施这个暗杀计划。”三标愣住了，急忙说：“关营长这么说？这是诬陷，是血口喷人。”

三标没想到这原来是关公脸的一个阴谋，他要借机灭掉自己呀，这个人太险恶了，自己太蠢了，居然上他的当了。三标急忙辩解道：“我是云南人，是滇军军官，怎么可能倒向刘存厚，怎么可能谋害唐督军？”姚长官说：“关营长说了，你这是为了钱，也是为了报仇。”听这个话，三标非常意外，问道：“报仇？报什么仇？”

姚长官说：“报你哥哥被害之仇。你别装了，洪宪之役前夕，你在滇军当连长的哥哥李二标，因枪杀士兵被逮捕，后来因企图越狱被打死。对此，你一直怀恨在心，现在机会来了，你要报仇。”三标慌乱地说：“这是诬陷，李二标不是我哥哥，我也没什么仇……”姚长官接着说：“刘长生，你别装了，刘长生这是个假名字，你真实的名字叫李三标，当兵前你在大洪门武馆做拳师，你以为我们不知道？还有，李二标被关在碧鸡山营房时，有人劫狱被哨兵发现，打伤哨兵逃走，那个人就是你，你身上还背着个通缉令呢。”

三标说：“不是，绝对不是。我是李二标连长家榨油坊的伙计，我来当兵，李二标的父亲让我帮打听一下李连长出事的经过，这些情况我跟关营长早就说过。至于那个袭击哨兵的事，更是与我没有一星半点的关系。”姚长官说：“我早知道你不会承认，这眼前的事你都不承认，三年前的事你就更不会承认了。我告诉你，你隐藏了自己真实身份。关营长说得对，一个隐瞒真实身份来当兵的人，肯定是有原因的，是有什么不可告人的目的的。这样的人不知有多阴险，有多恶毒，他参加刺杀唐督军的团伙，一点不奇怪。”

三标说：“我发誓，我说的都是真话，这是关营长陷害我。”姚长官说：“刘长生，你这个人呀，真像人家说的鸭子死了嘴还是硬的，我知道你不会承认，不要紧，这一切我们都能查清楚的，你逃不掉的，很快一切都会水落石出，我们会让你死得清清楚楚、明明白白。”三标想，完了，这次是麻烦大了，又把碧鸡山的事扯进来，自己恐怕真走不出这个地方，再也回不去连队了，再也见不到白金花和杨钊他们了，这关公脸太恶毒了。三标说：“关营长说的是假的，是他想象出来的，他是公报私仇，因平时我对他不尊敬，多次冒犯他，他要加害于我。”

姚长官说：“公报私仇？你把滇军看成什么了？是乌合之众，是土匪呀？滇军是云南老百姓的子弟兵，是一支有纪律的正规军队，是参与过护国讨袁的光荣部队，公报私仇？你想什么呢？我告诉你，刘长生，关营长是个作风正派、处事公正的军官，你要没问题他绝对不会这么说。”三标坚持说：“你把关营长说得这么好，我请问，他有什么证据？他凭什么说我是李连长的弟弟李三标？凭什么说我的身份是假的？凭什么说是我打伤哨兵？凭什么说我参加刘存厚的暗杀行动？他的证据在哪里？”姚长官说：“你要证据？好，这些证据关营长很快都会整理好，交给旅里，一件不会少。”三标说：“好，我等他拿出证据，如果他拿不出证据，就是陷害。”姚长官说：“先不说那个。我问你，你自己说，你到底有没有问题？你摸着良心说，到底有没有问题？”三标坚定地说：“我发誓，我绝对没问题，如果我说假话天打五雷轰，如果我说假话，你们马上把我拉出去枪毙。”姚长官说：“看看，还发誓赌咒，捶胸顿足的，拉你出去枪毙那是早晚的事，你别着急。”三标知道现在自己只有一条路，就是死不承认，无论最后是什么结果，都只能这样。又说了一阵，姚长官见三标还是不招供，让人把三标送回禁闭室。

第9节

二标君：

你好！我目前在湘桂边境。上次给你写信，到现在过去两年多了，这期间我这边又发生很多事。桂军与直系签订停战协定后，一直没有打仗，广东很平静。军政府，也就是桂军将粤北的数县划给我们滇军管理，税收和县政府官员的任免均归滇军。庄行乾开办了“云南讲武堂韶州分校”，众多云南青年报考这个分校。

这时，我们驻粤滇军发生争夺兵权事件。这个事的经过是这样的，近期唐继尧又认为庄行乾跟桂军跟得太紧，有了二心，就免除他驻粤滇军总司令、靖国军第6军司令，任命他为军政府建设会议代表，并撤销靖国军第6军番号，部队改为云南陆军第3、第4师，直属云南，由李烈钧就近指挥。李烈钧接到这个命令后，就密令第3、第4师离开庄行乾控制的韶州，向始兴集中。

庄行乾闻讯，立即乘专车从韶州回广州，拒绝交接。广东省省长莫荣新支持庄行乾，下令免除朱培德等人职务，撤销第3、第4师的番号，将部队改为边防军，企图完全切断第3、第4师与云南的关系。同时，宣布在广州戒严，莫荣新还悬赏五千大洋缉拿李烈钧与朱培德，局势万分紧张。朱培德带领家眷化装逃到香港。

这时，第3、第4师已经分化为对立的两部分：一小部分留在韶州表示听从庄行乾命令，大部分遵照李烈钧的密令向始兴集中。唐继尧致电李烈钧，让李烈钧告诉所有驻粤滇军，“切勿附逆，否则拿其家属严办”。

这样驻粤滇军第二次分兵，经军政府主席、总裁岑春煊等人的调停，李烈钧将集中在始兴的滇军整编为第4师，师长朱培德，下辖胡国秀第6旅、鲁子材第7旅、张怀信第21旅。

庄行乾改任“海疆督办”，所率滇军改编为“海疆军”，下辖自己弟弟的庄行坤旅、赵德裕旅及梁骞之炮兵团，以及讲武堂韶州分校。接着，庄行乾率部移驻琼州，红边军帽改为灰边军帽。

这时，北洋政府那边也有动作，吴佩孚率第3师及王承斌、阎相文、肖耀南三个混成旅从湘南撤防，到河南驻马店、许昌等地驻扎。

就在吴佩孚撤军时，隶属广州军政府的湘军司令谭延闿，与滇军朱培德、赣军李明扬会商，决定乘北洋军撤防之机，合力赶走湖南督军张敬尧。朱培德、李明扬均同意，率部与谭延闿部队一起攻打衡阳。

这时，驻川滇军被川军围困，唐继尧为解围，急电朱培德率第4师火速赴川增援。朱培德为了取得湘战胜利，拖了一个多月才出发，部队赶到四川綦江遇敌，马上投入战斗。由于长途跋涉，缺乏休息，部队遭受重创，第6旅和第 7 旅被灭，第 7 旅旅长鲁子材阵亡，只剩下张怀信的 21 旅尚存部分战斗力。唐继尧盛怒之下撤销朱培德师长职务，朱培德无奈，只得离开部队，由重庆乘船赴上海赋闲。而我们撤退到湘桂边境停下来，进行休整。

就在我们部队向四川开进时，桂军为了全面控制广东，发兵攻打驻潮汕的陈炯明粤军，方声涛为桂军一部，第一次粤桂战争爆发。很快，桂军失利，粤军进逼广州。在此形势下，陆荣廷以四总裁名义宣布广州军政府解散，并宣布取消护法。接着，桂军部队全部逃回广西，方声涛率残部去福建发展，第一次粤桂战争结束。这样，广州摆脱桂军长达五年的控制，回到粤军手中。目前我们在联系粤军，估计很快会回广东。

陈文汉

民国九年十一月三十日，于湘桂边境

第十八章

第1节

吴佩孚在衡阳驻扎期间，曾干过一件大事，就是北京五四运动爆发，吴佩孚向全国发出支持学生的通电：“大好河山，任人宰割，稍有人心，谁无义愤？彼莘莘学子，激于爱国热忱而奔走呼号，前仆后继，以草击钟，以卵投石……其心可怜，其志可嘉，其情更有原。”

这时，吴佩孚已撤防。为什么吴佩孚他们要这么快撤防？事情是这样的，冯国璋去世后，徐世昌接任大总统，但是北京政府仍由段祺瑞控制，这让徐世昌和直系非常不满，徐世昌决定削弱皖系势力，曹锟命吴佩孚到河南，提前有所准备。

很快，徐世昌下令罢免徐树铮西北筹边使之职，将其统帅的“边防军”划入北京政府陆军部。这一招太狠了，段祺瑞马上炸锅了。这边防军是欧战中北洋政府对德宣战，段祺瑞用外国借款编练的一支“参战军”，由徐树铮统领，下辖三个师，后来又增加四个混成旅。欧战结束，它改名为边防军。这是段祺瑞的直属部队，是他的心头肉。

徐世昌这么干，段祺瑞针锋相对要求徐世昌下台，被拒绝后，段祺瑞就罗列徐世昌数条罪状，并组建“定国军”，自任总司令，任命徐树铮为副司令兼总参谋长，宣布发兵讨伐。

在此情况下，曹锟为了保护徐世昌，命令吴佩孚率驻河南的部队向北京开进。这时，曹锟成为直系当家人。很快，直皖两军在京汉铁路线上的涿州、高碑店和琉璃河一带开战，直皖战争爆发。

第2节

这天，在庞各庄6旅机动团指挥部，正在开一个连以上军官的会议。罗继昌站在讲台上说道："今天这个会就是为了一个事，吴师长要组建一个突击队，偷袭段祺瑞的团河指挥部。"团河，是北京南边的一个村，距离永定门二十多公里，清朝乾隆建行宫于此。罗继昌继续说："突击队由6旅其他团为主，咱们团抽调三个连加入，总数一个团兵力。今晚行动，就这么个情况，其他的请何副团长说说。"说完坐下，何胖子站起来说："刚才罗团长都已经说得很清楚了，就是从咱们团里抽调三个连参加突击队，要精干的，像尖刀一样的连队。参加这个突击队是一个巨大的光荣，是个立功受奖的好机会，活捉段祺瑞，是给咱们这次讨伐皖系立下头等功。就是没有活捉段祺瑞，打乱皖军部署，也是立了很大的功，大家不要错过这个机会。当然，这要深入敌后十几公里，相当危险，要有很大的勇气才行。好，下面请各个连的连长说说，自愿报名。"说完坐下。

会场上人们嗡嗡地议论起来，大标对文秀才说："这简直太冒险，深入敌后十几公里，这简直让人不敢想象，并且，段祺瑞的定国军总指挥部能没人警卫？那警卫部队也不是吃素的，一般都是火力猛、打得狠的，能这么容易被咱们打进去？我觉得这不能干。这比当年偷渡金湾渡还危险，那次如果情报不准，飞兵大队还可以沿着江水往下跑，还有活命的机会。可这次，插入敌后这么远，如果暴露了，就肯定被敌人包饺子。不行，万万不行。"文秀才说："是的，太危险，吴大人用兵一直喜欢出险招，下大赌注。这次偷袭团城，如果被发现，损失一个团兵力，这对咱们直系几十万人马不算什么，而成功，就是黑虎掏心，一举打垮皖系。所以，他要赌一把。"大标说："损失一个团，对于咱们直系确实不算什么，可是这个团的官兵就全完蛋了，这都是优秀官兵。"文秀才说："这没办法，打仗就是这样，永远是在想用最小的代价换取最大的胜利，是不是？我觉得你我如果坐在吴大人的宝座上，也会这么干。"大标无言以对。

这时，何胖子站起来说："怎么样？有报名的吗？咱们团是6旅最能打的团，我相信大家这次也不会给咱们团丢脸。怎么？没人报名？有点担心是不是？我理解，这个行动是比一般的行动冒险，但是成果也很大。大家想想，段祺瑞、段总理让你亲手抓了，那是什么功劳？那是咱们直系的第一大功臣，也是咱们中华民国的第一大功臣。怎么样？有报名的吗？"何胖子等人表态，可是还是没人举手。

文秀才小声问道："我想报名，我就不相信会失败。"大标说："我不报，我劝你也别报，这不是开玩笑的，搞不好你去了，就再也回不来了。还是小心点好。"大标又抬头看看黄猴子，见黄猴子低着头，没有要报名的意思。大标用胳膊捅捅文秀才，让他看看黄猴子。这时，讲台上的何胖子说："我说，李大标，你要不要报名呀？偷渡金湾渡你打得很不错，怎么样，这次再参加一次？你有经验，这次突击队，最需要你这样的。"这等于点大标的将了，大标还能说不去？不可能了，没办法，大标和他们连参加了突击队。后来，文秀才也报名了，率自己的连也参加了突击队。

散会后，大标、秀才和黄猴子离开团部，返回各自连队。刚走不久，团部传令兵来，说罗团长请大标和秀才去团部。他俩跟黄猴子分手，跟传令兵回团部。走进团部，他俩见屋里只有罗继昌一个人。传令兵退出后，罗继昌让他俩坐下，说道："怎么样？我看大标今天情绪不是很高呀？有什么想法？说出来听听。"大标说："没什么，保证完成任务。"罗继昌说："这一点我相信，你肯定用尽全力来完成任务，可是，不要憋着气，有什么说出来。"大标说："说什么？我没什么要说的。"罗继昌说："我不相信，你看，这话我不问秀才，就只问你，为什么？因为你这个样子就是有想法，怎么样？说说。"

大标说："好，罗团长，那我就说，我觉得今天这个事是何副团长跟我过不去，要置我于死地。你看，今天会场上，他不点别人，咱们团八九个连，他光点我李大标一个人，这是什么意思？"罗继昌说："你看，你心里就是有话嘛，这不是说出来了吗？说出来就好，是不是？"大标气呼呼地不回答。秀才替他解释道："老罗，大标就是这么一说，其实他心里对接受这个任务没意见，你放心，他和我都肯定能完成好这个任务。"

罗继昌对秀才说："你不用替他打掩护，你放心，我不会见怪。"说完扭头对大标说："大标，我在会场上就看出你对何副团长点你的将有意见。是的，你觉得这个行动很危险，这很正常，所有人都会认为这个行动很危险，这没什么不可以说的。但是，当兵吃粮就是来干这掉脑袋的事，这个道理你我都懂，再危险的事该干还是要去干。如果不是吴大人不批准，我愿意去带突击队。另外，说到掉脑袋，冲在最前面的可能掉脑袋，躲在最后面的也可能掉脑袋。有的人身经百战未伤过一根毫毛，有的人第一次打仗就送了命，这事说不准，打仗就是什么事都可能发生，没什么道理可讲。这种事，我是怎么看的？很简单，我是什么都不想，就往前冲，干就完了。想来想去都没用，富贵在天，生死由命。还有，大标我觉得你这个人骨子里是非常勇敢的，平时想得挺多，到了关键时候，你比谁都勇敢，金湾渡不就是这样？是不是？"大标气呼呼地不说话。

秀才对罗继昌说："其实，老罗你说的这些，大标都知道，他就是觉得何副团长对他一直不怀好意，有加害他的意思。"罗继昌听这么说，思索了一下，说道："我也听到一些议论，但是，这个事没有具体证据，不好说，不要乱议论。"罗继昌又想了想，说："这样好了，如果大标对参加这个突击队确实有其他担心，我可以重新考虑一下，换一个连……"大标突然站起来说："罗团长，我没那个意思。说实话，说到怕死，谁不怕死？可要说不怕死，我也不怕死。我李大标也是一条好汉，关键时候我绝对豁得出去。现在我有点想法，不是怕死，是不想被别人算计。罗团长说到这一步，我啥也不说了，我去，不用换人，我去突击队，你走着看，我绝不是胆小鬼。”罗继昌听他这么说一再点头，四年前偷渡金沙湾渡口就证明大标这说的是实话，他相信大标。

第3节

突击队出发，直奔团河段祺瑞指挥部。可是，快到团河就跟段祺瑞的警卫部队交了火，段祺瑞当即逃回北京，并调集部队围堵突击队。最终偷袭行动失败，突击队损失惨重，有一半人没回来，幸运的是大标和文秀才都回来了。

第二天，大标在后方弹药供应点见到何胖子，何胖子假装没看见大标，把脑袋扭到一边，大标也假装没看见，朝一边走去。大标心里想：这家伙没想到我能活着回来吧？他太低估我了，我李大标命硬着呢，要搞死我，没那么容易！

接下来，战局对直军很不利。吴佩孚3师正面是皖系边防军1师，这是边防军的王牌部队，双方在涿州、高碑店一带形成僵持。这时，张作霖突然宣布出兵参战，支持直系。这个消息传到大标部队，部队一片欢腾。这时，徐树铮见大势已去，当晚也从廊坊战场逃回北京。

接着，段祺瑞通电辞去定国军总司令等职，历时五日的直皖战争结束。北京政府下令解散安福俱乐部，将边防军收编到北洋政府陆军部，通缉徐树铮等首要分子。至此，这几年呼风唤雨，一再搅动风云的段祺瑞退出中国政治舞台，移居天津，一直到四年后冯玉祥发动北京政变，在冯玉祥邀请其出来善后时，才再次出现在公众视野中。

而徐树铮，则避匿日本使馆，后来到多地活动。五年后一个凌晨，徐树铮乘火车经过廊坊，被冯玉祥手下拖下火车枪杀。不过，徐树铮率边防军收回外蒙古一事值得说说。辛亥革命时，外蒙古在俄国鼓动下独立，后又取消独立，改为自治，称中华民国对其享有宗主权。1919 年，北洋政府命其撤销自治，外蒙古上层则要求将有条件撤治。当年秋天，徐树铮率领驻守外蒙古的边防军第 3 旅第 7、第 8 两个团到库伦，在库伦逗留二十二天，要求外蒙古上层将有条件撤治改为无条件撤治，并马上进行撤治。外蒙古上层接受，完成撤治，徐树铮为国家统一做出贡献。但是，外蒙古的回归，仅仅是昙花一现。直皖战争后一年，由于北洋政府忙于内斗，无暇顾及对外蒙古的控制，外蒙古在苏俄的支持下独立建国，不再归属于中国。

第十九章

第1节

1919年8月，省长公署下令撤销“昆明县”，设立“云南市”，昆明这一片就称为云南市，行政机构称“云南市政公所”，主管称“市督办”，办公地点在翠湖的湖心亭。

又过去一年，到了1920年8月。这段时间，由于唐督军不让追一万元借款，李津兰只有先放放，等待新的机会出现。个旧收款之事逐渐遥远，给她造成的恶劣影响也在缓缓消散，段毓婉甚至说已经没人记得这个事了，李津兰的日子过得风平浪静。不过，这时突然发生一件事，打破了这个平静。

这天下班，李津兰刚进家，见婆婆蔡月娥脸色铁青地坐在客厅里，李津兰不知发生了什么事，担心地问：“妈，你怎么了？”见蔡月娥没说话，又问：“我爸回来了吗？”见蔡月娥不搭理自己，又转头问张孃孃：“老爷还没回来？”张孃孃点点头。这时，蔡月娥说话了：“张孃孃，你先出去，我跟少奶奶说点事。”等张孃孃离开，蔡月娥对李津兰说：“算了，到你房间去说。”两个人上二楼，进李津兰的卧室，蔡月娥让李津兰把门关上，然后气愤地说：“他也太不像话，太不像话了！”李津兰很紧张，心中有个不祥的预感。蔡月娥说：“你知道吗？这小子在上海有人了。”李津兰心里狂跳，果然是这方面的事。蔡月娥说：“我原来看这小子一直不说回昆明的话，就担心他有问题，你看看，现在就真有问题了。”李津兰又急又怕地问道：“妈，这到底是怎么回事？你怎么知道的？”蔡月娥说：“是余太太的儿子看到了。”李津兰知道蔡月娥她们太太团那个余太太的孩子也在上海读书，跟赵家轸在一个学校，蔡月娥时常让余太太帮打听赵家轸的情况。李津兰说：“这不会搞错？”蔡月娥说：“绝对不会搞错。”李津兰问道：“他现在是什么情况？”蔡月娥说：“你知道吗？他跟一个安徽姑娘同居了。”听这么说，李津兰觉得一阵眩晕，身子晃了一下。蔡月娥赶忙搀扶儿媳妇说：“孩子，挺住，一定要挺住！”后来，李津兰的脑子乱了，不知道还说了些什么。

凌晨，她从昏睡中醒来。这天晚饭吃了什么，她不记得了，几点上床睡觉的，她也记不得了。这个消息对她打击太大了。这会，她觉得自己的心还像被针扎那样地痛。结婚后，李津兰发现赵家轸不喜欢自己。她想这个男人是在海外长大的，肯定眼光有点高，两人接触很少就结婚，不喜欢自己很正常，主要是他还不了解自己，一旦有所了解，肯定会喜欢上自己。这几年时间里，李津兰也担心过丈夫在外面有人。不过，李津兰是个乐观自信的人，她觉得丈夫出那种情况的可能性还是很小，不必杞人忧天。可是，可是，还是出事了。

李津兰觉得自己的命太苦了。本来以为这个婚姻是特别美满的：公公是本省火柴大王，著名企业家，社会名人。丈夫是这个家的唯一的男孩，从海外回来，见识广，素质高，有文化，懂英文，各方面都很出色，尤其懂文学爱艺术，听说在新派诗歌方面还有相当造诣，结果发生这样的事。还有，这个家特别干净，桌子、窗台、玻璃、一楼地面的拼花瓷砖、二楼地面的木地板总是一尘不染的。她喜欢这个家。可是，这个男人竟然不喜欢自己，竟然不把自己当妻子，竟然不想跟自己共同生活。李津兰到现在还清晰地记得两人第一次见面时赵家轸的表情，是那种冷冷的、有点厌倦的表情。不过，尽管如此，李津兰还是喜欢这个男人，愿意跟他生儿育女，愿意跟他白头到老，愿意把自己的一生托付给他。没有想到，竟然变成今天这个样子。

第二天，李津兰知道昨晚公公赵亦恒回来后听说这事，也气坏了，大发脾气，说这是赵家的败类。让蔡月娥给赵家轸发最后通牒，让他回来，如果不回来，就不再给他寄钱，断了他的生活费，让他去喝西北风。随后几天，赵府都笼罩在这阴郁的气氛中，

第2节

蔡月娥给赵家轸写信，把赵亦恒的话委婉地表达了，把信塞进街头信筒后就开始等赵家轸的回信，可是一直都没等到。蔡月娥估计是儿子不愿意回信，跟赵亦恒说了自己的猜测。赵亦恒让蔡月娥别理儿子，不回信就不给他寄钱，一分钱也不寄。

这天下午，潘永其、王平端带李津兰外出，三人分别乘坐三辆黄包车到巡津街甘美医院。再往南走几百米到一栋法式两层洋楼前停下，这是法国人开的远东旅馆，是当时云南最好的旅馆。他们走到旅馆前台，潘永其让李津兰告诉柜台里的法国小伙，说是来见戴福阁先生。法国小伙请他们等一下，让站在柜台边的服务生进去通报一下。很快，戴福阁出来了，身后跟着那个越南翻译官。戴福阁带潘永其一行去一侧的花园，请三人坐在屋檐下的休闲椅上，椅上方是暗红色的遮阳伞，挡住下午阳光。

潘永其跟戴福阁寒暄一番后，转入正题。潘永其说："戴福阁先生，非常抱歉，我们裕滇银行没有按原来说好的时间及时给歌纳银行兑换银币，很对不起，请多多谅解。"这是在说什么事？是这样，两年前，唐继尧到重庆召开"八省靖国联军"军事会议后，为了满足军队需要，让裕滇银行第三次发行纸币三百万元。五个月前，驻川滇军发动驱赶四川督军熊克武的"倒熊之战"，还是为了满足军队需要，让裕滇银行第四次发行纸币五百万元。这两次加上第一、二次发行的，累计发行一千一百万元。这么多纸币流通，没有可兑换

的银币做储备，导致纸币兑换银币越来越难。最近一段时间，裕滇银行将滇票兑换银币的限制已经下降到每天每人两元。另外，裕滇银行为了应付大客户兑换银币，可以说是到了疲于奔命的地步，什么拆东墙补西墙，拖延，哄骗，这些招数都用完了。现在窟窿越来越大，潘永其是黔驴技穷，无力回天。法国歌纳银行职员为了兑换银元已经多次来闹过，裕滇银行只有承诺一次，失信一次，再承诺一次，再失信一次，现在累计需要兑换银元的纸币估计有十多万。潘永其猜戴福阁这次到昆明就是为这事。

戴福阁不等潘永其说完，就滔滔不绝起来，越南翻译官说："潘先生，戴福阁先生说他实在不愿意为这个事情来见你，实在不愿意。你知道，他和你是好朋友，一直是很好的朋友。大家见面应该是喝酒聊天，很愉快地聊天，不应该这样。可是，他没有办法，由于你们拖延，我们兑换银币的金额越来越大，这已经严重地影响了我们的运转，这让我们失信于我们的客户，我们要被你们拖垮了。这样不行，绝对不行的。"潘永其连连认错。戴福阁严厉地说，翻译官继续翻译："潘先生，总是这样认错是没用的，不行的，我们不要这个，要按时给我们办理兑换。你们发行的纸币，你们必须兑换。要知道，你们发行的是银币兑换券，不是白纸，兑换银币是你们的义务。"戴福阁说得很快，越南翻译官急速翻译着："我跟省财政厅也是这么说的，你们到了今天这个地步，什么原因？是你们发行纸币太多了，你们发行了多少？潘先生，你说说，到底发行了多少？"潘永其含糊地说："这个事，实在不方便说。"戴福阁说："不方便说？你们做的事情却不能说，这是什么意思？"潘永其有点尴尬，不知该如何回答。李津兰用法语说："戴福阁先生，是这样的，我们有规定，请理解。"戴福阁对李津兰说："你懂法语？太好了，你是裕滇银行的职员吗？"李津兰说："是的，我是总簿记部的。"戴福阁对潘永其说，李津兰翻译道："潘总理，戴福阁说潘先生，你们银行居然有懂法语的人，太好了，应该有懂法语的，将来你们跟我们法国人打交道会越来越多的。"潘永其说："是的，我们裕滇银行希望跟你们有良好的沟通。”李津兰翻译过去，戴福阁对李津兰说：“太好了，你说得太好了。”然后对越南翻译官说一通，翻译官说：“潘先生，戴福阁说，让我们回到刚才说的事上。他说，你不说我也知道，你们到现在至少发行了一千万，不会小于这个数，否则不会这样。”听这么说，王平端看看李津兰，那意思是说这法国佬确实精明。潘永其敷衍道：“戴福阁先生，我们一定尽力保证你们兑换，一定……”翻译官翻译过去。

戴福阁说，翻译官翻译过来：“潘先生，我需要具体的时间，你知道吗？现在我们需要换的滇越铁路票款和运费款有接近二十万，我想知道你们什么时间能给我们换完？”潘永其非常为难，不知道如何回答。戴福阁接着说，越南人接着翻译：“潘先生，不是我要给你出难题，我们也非常困难，你知道吗？你们发行的这些纸币不仅拿到国外是废纸，就是拿到外省份都是废纸，没有任何人要。”潘永其脸色很难看，王平端出来给潘永其解围，说道：“戴福阁先生，请你理解，其实在这个事情上，我们跟你一样，也很困难。你知道我们只是一家银行，省里发行多少纸币，是不征求我们意见的，我们仅仅是执行。所以，我们跟你们一样，也是被这些纸币搞得焦头烂额。不过，你放心，我们回去研究一下，尽快完成这些兑换。”越南人翻译过去，戴福阁说：“王协理，真的，我很理解你和潘先生，但是，你们一定要给我一个时间，一定要给我一个时间。”

王平端与潘永其小声商量起来，过了一会，潘永其说：“戴福阁先生，我们争取在五天内给你们兑换五万，剩下的我们在之后三十天兑换完，行吗？”

戴福阁听越南人翻译后，说一通，越南人翻译道：“潘先生，五天兑换五万很好，但是，之后三十天太长了，不行的，肯定不行，你们应该在十五天内兑换完。”王平端说：“戴福阁先生，十五天我们绝对做不到，一定要三十天，这已经是我们的极限了。”越南翻译说：“潘先生，戴福阁先生说不行的，这样根本不行的，必须是十五天。”潘永其请求道：“这样吧，二十五天，再短我们实在做不到，真的。”戴福阁让越南人说：“那就再多几天，二十天，就二十天，一天不能少了。”说完起身，要结束谈话。潘永其不好再说什么了，跟着站起来，脸上的表情十分尴尬。

第3节

回到办公室，潘永其把有关部门的经理叫到会议室，一起商量解决歌纳银行纸币兑换的事。后来，费了九牛二虎之力总算按时兑换完了，这让潘永其脱了一层皮。王平端和李津兰都认为戴福阁不近人情，有点仗势欺人。可是，潘永其听到这话，让他俩千万别再说了，说人家没过错，是本省的责任，裕滇银行应该替省里承担这个责任。

建于元代的忠爱坊，是人们为了纪念元代云南首任平章政事赛典赤·瞻思丁的功德而建。这平章政事是元朝的官名，就是云南的最高长官。忠爱坊就在裕滇银行西边，从宝善街的裕滇银行出来，很快就能到。忠爱坊往南是三市街，这里连接宝善街、金碧路、同仁街，是昆明最繁华的地方，此时叫卖声、讨价还价声、母亲寻找孩子的喊声，此起彼伏，热闹非凡。这里也是李津兰最喜欢的地方，过十天半个月的，李津兰就会约人利用下班时间到此逛逛。今天她约段毓婉去同仁街一家越南人开的西餐厅，品尝那里的法式西餐。

刚刚建成的同仁街是法式风格的，房屋是青石立柱，骑街雨廊，建筑外墙是土黄色，窗框是咖啡色，地面是大青石。现在这里是昆明街市中最摩登的街道，有一种异国情调，带着一种浪漫，带着一种甜蜜的味道，这条街自然也是当时昆明时尚女子最爱的。两人很快走到同仁街。

“李津兰，李津兰！”两人身后传来喊声。李津兰回头看，见一个军官快步走过来，李津兰认出来，这是省立一中的邓明雄。

邓明雄瘦高身材，脸庞很秀气。李津兰是在一次跨校活动中跟他认识的，之后找过李津兰几次，还一起出去玩过，李津兰记得他。事实上，他还追过李津兰，对别人总说自己是李津兰的同学，给李津兰送过一些他写的诗词，诗里有几分梁山泊情思祝英台的味道。不过，后来他听说李津兰跟火柴大王的公子定亲，就知难而退了。李津兰记得邓明雄是腾越道那边的人，这腾越就是今天的腾冲。

邓明雄过来热情地说："在这里遇到你，真没想到。"李津兰说："邓明雄，是你呀，你当兵了？"邓明雄说护国讨袁自己就报名参军了，被分到唐督军的近卫团，今天督军公署有高层到此巡视，他们过来执勤。接着，邓明雄说："洪宪战争前，我在报纸上看到你结婚的公告，恭喜呀。"李津兰不好意思地说："谢谢。"邓明雄又说："你这是？"李津兰说："我现在在裕滇银行上班。这位是我同事，段毓婉。"段毓婉问李津兰："这位是谁呀？"李津兰给他俩做了介绍。邓明雄只是礼貌地跟段毓婉打个招呼，又对李津兰说："怎么不在家里安心做太太，还出来工作？"李津兰说："我觉得自己这么年轻就待家里，太对不起社会，不管怎么说，咱们都是读了几年书的人，应该为社会做点什么。"邓明雄说："真是太了不起了！我就知道你是个了不起的女人。"邓明雄的眼中闪动着一种亮光，带着点那个意思。李津兰躲开邓明雄的目光，谦虚地说："没有了，和大家一样的，很普通。"

段毓婉好像对邓明雄很感兴趣，说："我看不懂你们的军衔，你是军官吗？"邓明雄说："是的，小军官。"这时邓明雄是中尉连长。段毓婉崇拜地说："太厉害了，你将来一定能当上大官。"这把邓明雄搞得有点害羞，李津兰附和着说："就是，你也很优秀呀，都是军官了，还是近卫团的。对了，你结婚了吗？太太是哪里的？"邓明雄说自己还没结婚，父母给找了一个，自己不喜欢，一直没回去成亲。段毓婉说："这怎么行？不是把人家耽误了吗？你这个人怎么能这样？太不负责了！"这时，后边那群军人里有人叫邓明雄，邓明雄对李津兰说："对不起，我要过去，见到你很高兴，希望以后还能再见面。"李津兰说："我也很高兴，再见！"邓明雄点点头，向连队那边快步走去。

李津兰告别邓明雄，和段毓婉走进西餐厅。段毓婉有点兴奋，在谈话中多次提到这个邓明雄，李津兰说：“喂，你问他这个事那个事的，是不是喜欢他呀？”听李津兰这么说，段毓婉连连否认说：“你说什么呢？嘻嘻，我是觉得他有点喜欢你，你没发现？”李津兰惊讶地问道：“什么？他喜欢我？怎么可能？”段毓婉说：“我只是说喜欢，不是说他要追你，老封建！”李津兰说：“你真是什么都敢说！”段毓婉说：“我都看出来了，你还没看出来，不可能，他看你那眼神……”李津兰说：“再胡说，小心撕烂你的嘴！”段毓婉说：“好了，小娘子，不说了，不说了还不行吗？嘻嘻……”听这么说，李津兰放过段毓婉，过了一会，段毓婉突然低头自言自语地说：“我觉得咱俩的审美偏好挺接近的，你喜欢的那类也是我喜欢的……”李津兰说：“你没完了？老实说，你是不是看上人家了？如果你看上了我帮你联系一下，要不要？”段毓婉连忙说：“你说什么呢？怎么可能。”李津兰说：“我是认真的。”段毓婉说：“好，我也是认真的，我不喜欢，真的不喜欢。”两人西餐厅坐下，不再说这个事。

吃完饭，争着要付款，李津兰把段毓婉挤到一边，打开手提包，取出纸币，服务生说：“小姐，对不起，我们这里不收滇票？”这时老百姓管云南发行的纸币称滇票。段毓婉说：“凭什么呀？这不是钱吗？”李津兰也觉得有点意外。这个服务生说：“两位小姐可能有所不知，最近几天很多餐厅和商铺都不敢再收滇票，这滇票没人要，到银行也换不了银元，我们也是跟人家学的。”之前李津兰曾听说市面上纸币与银币是一点二元换一元，就说：“我多付点可以吗？一点二倍？”服务生说：“实在对不起，多付我们也不收，敬请谅解。”李津兰跟段毓婉面面相觑，没想到纸币已经烂到这个地步了。最后没办法，李津兰只能用银币结账。往餐厅外走时，李津兰说：“滇票到了这个地步，真不知道后面会出什么事呢，这太可怕了！”

第4节

回到家，李津兰跟赵亦恒说了西餐厅拒收滇票的情况，赵亦恒说："是呀，现在海外白银还是很贵，市面上白银紧张。到你们银行换银币，每人每天只能换两元，并且经常缺货不能兑换。本省商家和老百姓自然是拼命收存银币。这样恶性循环，市面上流通的银币就越来越少。还有，现在外省抵制滇票也很厉害，一律不收，很麻烦。你们发行滇票合计有一千万了吧？"李津兰点点头。

赵亦恒激动起来，气愤地说："这怎么行？发行这么多，你们打算何时用银币把它收回去？"李津兰摇摇头，她从未听人说过回收纸币的事，问道："这还要收回吗？"赵亦恒："不收回？那是纸，不是钱。如果收回，它是代金券；如果不收回，老百姓肯定也不要它，那它就是废纸。"李津兰没想到有这么严重，不知道该说什么。赵亦恒说："这么干不是欺负老百姓吗？我们都是老老实实地挣钱，我这个火柴厂，建厂房、招工人、买原料，把火柴做出来了，又费尽心机卖出去，收回来的货款减去材料成本、生产费用和上缴政府税金，有一点点利润，这有多不容易，你知道吗？我们卖货收的滇票，却用不出去，卖木材的商家不收，卖磷粉和氧化剂的洋人商行也不收，在银行又换不到银币，我们怎么办？我们要生产，不能让机器这么停着，怎么办？我们只有到黑市上去换墨西哥鹰元、换袁大头，原来是滇票一点一元换一个银元，现在是一点二元换一个银元，这兑换就损失两成，我们工厂利润率有多少？就是两成左右，我们哪里还有利润？让我们怎么活？"李津兰知道公公的工厂原来挺好的，现在却是越来越难。

赵亦恒接着说："当然，我们也有我们的办法，我们涨价，代理商滇票付款提货的，我们出货价提高两成，把我们的亏损窟窿补上了。但是，我们的代理商也不吃这个亏，同样涨价。好了，这一下，他们之下的批发商、零售店也涨价，最后就是市面上我们的火柴价格上涨，最后吃亏的还是老百姓，用滇票买一盒火柴要比原来多花两三成的钱。我们火柴这一行是这样，其他行业也一样，最后都把自己的损失转移到老百姓身上。他唐继尧倒是好，印刷机一开，哗哗的白纸就成钱了，这不是抢老百姓的钱吗？”李津兰觉得公公说得对，但是好像公公为省里考虑得少了点，这些年省里也是不容易，就说：“估计省里是没办法了，打仗要用钱呀，护国讨袁到现在四年多的时间，四川打仗，广东打仗，要花多少钱呀！”赵亦恒叹了口气说：“没钱也不能这么干，这不是坑害本省老百姓吗？本省经济落后，老百姓本来已经够苦了，还这么干，这还让不让人活？”李津兰觉得说得有道理，省里不能用这种方式压榨老百姓，省里应该让本省老百姓过好日子，不能反过来。赵亦恒说：“原来唐继尧反对独夫民贼袁世凯，阻止倒行逆施，为了国家和民族大义，出兵讨伐，老百姓支持，也愿意为此做出牺牲。干得不错，他成为彪炳史册的伟大人物，成为中华民族的英雄。可是，袁世凯死了，还不把军队收回来，在外面干什么？抢地盘，争天下，做军阀，这不是否定了自己？把自己那些历史功绩都否定，让世人仇恨吗？这么干早晚要成为历史的罪人，要被云南人骂几百年。”

第5节

拒收滇票的商家越来越多，李津兰听段毓婉说街边一些卖酸萝卜、酸腌菜、茄子鲊的小商贩都拒收了，人们对滇票充满厌恶。可能省长公署听到这个情况，发了一个公告，严令工商户不得拒收滇票，并再次重申缴纳政府的税赋可以继续使用滇票，希望提振市场对滇票的信心。这个公告发出后，对稳定滇票有一定作用。不过，明眼人都看得出来，这个公告作用是短期的，很快还是老样子。

这天上午，李津兰在整理账册时，又看到那一万元借款的记录，尽管是无意间的一瞥，李津兰胸中的那颗心被刺了一下，她想：我们怎么就把这事放下了？不应该呀，不应该。是的，王平端说唐督军说让放放，不能去见老先生，只能放下。但是，自己也放下吗？自己就不能查查其他方面吗？真的没有可查的吗？绝对不是，肯定有，自己多想想，一定能找到。

李津兰一边看账册，一边想这个事。下一步去查什么呢？突然，李津兰想到如果去驻川滇军那边找线索，是不是一个办法呢？常耀宗一再说这钱是给蔡锷将军办事用的，刘念堂去了四川，尽管蔡锷将军四年前病故了，但是，再查查那边，也许能查出什么呢。还有，借据上写的借款人是杜生贵，常科长说他写这个名字的原因，是听刘念堂说过。那么，是真有这个人，还是没有？李津兰想，让三哥查那边时，尤其找一下这个杜生贵，可能是个办法。

于是，李津兰拿出信笺，开始写信。李津兰想三哥只是个下级军官，权力有限，而驻川滇军有一万多人，让他去找这么一个人，成功的可能性不会太大。不过，不要紧，这就是试试，找不到就算了，也不损失什么。李津兰在信里写了这个杜生贵是裕滇银行一万元的借款人，这笔贷款逾期多年，很不正常，请三哥找一下。信写完了，李津兰打开抽屉，拿出三哥之前寄给自己的信，上面有部队番号。李津兰把部队番号抄写到信封上，出门把信投到路边的信筒里。

第二十章

第1节

就在三标被关押期间，唐继尧到重庆召开“八省靖国联军”军事会议。举行的入城式，那排场如同皇帝出巡，整个队伍排成一条长龙，最前面步兵方队，接着骑兵方队，第三是炮兵方队，中间是唐继尧的轿子，后面又是大量部队殿后，道路两侧是欢迎的人群，整个重庆一片欢腾。军事会议如期举行，广泛讨论出兵北伐的各个问题，但是在军费分担和出兵多少上分歧太大，各省都希望少出，会议结束时没有取得一致意见，很是遗憾。会后，唐继尧慰问了驻川滇军，返回云南。

三标被关到唐继尧离开重庆后才放出来，三标怎么会被放出来了？是这么回事，为了查找证据，按照关公脸的建议，驻川滇军司令部再次给云南督军公署发去公函，请求派人去刘长生老家阿迷县羊街乡调查刘长生的真实身份。督军公署派人去了，找到刘长生家，刘长生的父母说自己儿子在四川当兵，有关情况与刘长生对关公脸说的一样。督军公署回函一一作了说明，这样就没有找到刘长生是李三标的证据，否定了关公脸的第二个指控。而关公脸的第一个指控，就是卖船这事，尽管有王良勇的口供，但是三标连队实际扣押的船只数量与登记数量一致，并且也没有找到赃款等其他证据，也不能认定是三标卖船。也许王良勇这么说是为了保护真实提供船的那个人而转移调查视线，这种事完全可能发生，所以这也无法最后给他定罪。这时，方鸣九团长出来替刘长生求情。方鸣九一直为此事担心，因为暗杀唐督军是天大的事，如果认定刘长生有罪，自己也要承担领导责任，对暗杀唐督军的案件承担领导责任，这会是什么后果？简直让人不敢想象。尤其是如果唐督军得知此案，认真起来，即使不处理自己，也要影响自己的前程。这样，在方鸣九多次求情之下，旅里最终释放三标，让他回去继续当连长。

三标回去见到杨钊，问杨钊是怎么做到让那个修船家伙没暴露的。杨钊说，关公脸带人把三标抓走，自己就想到如果发现这个修船的家伙就麻烦了，就马上去对这家伙说出事了，上面在查修船这事，他再去报官已经晚了，现在只剩一条路，就是跑得远远的。这家伙同意到他湖北的亲戚家躲躲。杨钊说这事很快过去，躲两个月回来，就绝对没事了。这样，这家伙就去湖北了。三标听这么说，夸杨钊把这事处理得太好，说自己在里面最担心的就是这事，没想到杨钊能办得这么好，实在太感谢了。杨钊让三标别客气，又说，处理好修船那家伙，自己又想到，查这个事的人很可能去搜查三标家，就马不停蹄地找到白金花，让她马上把那些大洋藏到外面去，绝对不能放家里。白金花去处理了。果然，当天下午，办案人员就去三标家搜查，结果什么也没搜到。三标听这话，才知道办案人员没搜出那些大洋，也要归功杨钊，这杨钊真是救了自己一命。三标拉杨钊去自己家里喝酒。杨钊不去了，说嫂子等你都急疯了，你自己先回去吧，过两天再一起喝酒。三标觉得杨钊说得有道理，就自己回家了。

白金花见三标回来了，也高兴坏了。这段时间她真是担心死了，天天祈祷，请求老天爷保佑三标，看来老天爷没亏待自己，让三标回来了，那份激动就不用说了。三标也很高兴，自己终于躲过一劫，太太平平回到家了。白金花赶紧给三标泡茶倒水的，忙进忙出。三标在桌旁坐下，让她别忙了，先坐下说说话。白金花过来坐下，可是没说几句话，突然，白金花哭起来，停不下来，越哭越伤心。三标很意外，问这是怎么回事，白金花不肯说，经三标一再追问，最后白金花说："那钱都没了。"三标一愣，问道："什么都没了？"白金花说："那八百个大洋没了。"三标问："怎么会这样？这是怎么回事？"白金花说："那天杨钊来让我把大洋藏到外面去，我把那些大洋分装两个小箱子，放到邻居张姐家。张姐两口子都是江津人，开个小杂货店，有两个孩子，看上去本本分分的，挺靠得住，谁想他们发现箱子里是大洋，就带着钱跑了。"三标说："什么？跑了？你去报警了吗？"白金花说："我没敢报警，怕抓到人，咱们说不出这钱的来路，你在里面，给你添麻烦。"三标说："那你跟杨钊说说，让他帮咱们找找。"白金花说："也没说，张姐他们是本地人，亲戚多，就是告诉杨钊，杨钊能上哪找？说了也没用。"三标觉得也是这个理，只有叹口气，不再说话。这个事，忙了一通，甚至搞到自己被审讯，结果却没落得一子，真是没想到，看来这不义之财，就不是自己该得的。算了，就别怪白金花了。三标没责备白金花，可白金花却哭得死去活来，她不是觉得对不起三标，而是真心疼这些钱。

第 2 节

这天，三标收到李津兰的信，让他去找一下杜生贵这个人。三标又去了一趟 6 连，当时 6 连驻在重庆城内，距离三标他们连队驻地不远。

三标到 6 连，找到救护兵小黑子，问道："这段时间有没有铲子的消息？"小黑子说："没有，我去找一些人问过，没有一点消息。"两人聊了一会后，三标问道："小黑子，你们这有个叫杜生贵的人吗？"没想到小黑子说："你问这个人干什么？你知道他什么事？"三标不知道小黑子为何这么说，解释道："我不认识他，是我一个朋友托我问一下，怎么？你认识他？"小黑子说："是的，他原来是我们 2 连的兵。"三标问："他也是你们 2 连的？这么巧？"小黑子说：

“是在2连，怎么？他干什么了？”三标说：“没有，我只是顺便问一句，没想到你还真认识，没事，没事。”小黑子说：“没事就好。”三标问：“他现在还在这里吗？”小黑子说：“不在，唐督军宣布护国讨袁，我们部队改编后向四川开拔，在半路他跟老烟筒一样也开小差跑掉了，好像他比老烟筒早跑了几天。”三标听这么说，觉得这事不简单。

小黑子说：“还有个情况，不知道是不是该和你说说。”三标说：“说吧，没事，无论对的还是错的，有用的还是没用的，你就尽管说。”小黑子说：“是这样，老烟筒在李连长出事前那段时间经常到营房外的小酒馆喝酒，还玩女人，花钱如流水。”三标诧异地问：“他哪来这么多钱？”小黑子说：“问题就出在这里，他一个大头兵，哪来这么多钱？这很不正常，是不是？”三标说：“确实，很不正常。”三标觉得这个情况很重要，这可以证明老烟筒这个人肯定有问题，尽管无法判断他到底是什么问题，但是，肯定有问题。

三标和小黑子聊完，回到自己连队，把今天了解的杜生贵的情况写信告诉妹妹。三标估计这次去6连，关公脸很快就会知晓，果然不出他所料，第二天崔大嘴到三标连部，对三标说：“刘长生，看来你是个不听打招呼的人。”三标对此早有准备，问道：“崔连长，你有事吗？”崔大嘴说：“有事？当然有事，我问你，昨天你去哪了？”三标说：“按理说我去哪里根本不归你管，你是连长，我也是连长，我是看在你是我老班长的分儿上，跟你说说，我昨天外出路过6连，进去要了碗水喝。”大嘴说：“要水喝？这话你自己信吗？关营长对你去6连的事很在意，你不会忘记吧？”三标不客气地问：“是关营长让你来找我的？”崔大嘴说：“关营长没让，是我自己要来的，我听说你去6连就想来跟你聊聊，为什么你要一再去6连？你到底要干什么？”

三标说：“我跟关营长说过了，李连长的家人让我了解一下李连长出事前后的一些情况。”大嘴说：“你不是了解过了吗？为什么还去？”三标说：“我刚才说了，昨天我是路过，进去找碗水喝。”大嘴："这种鬼话，你自己信吗？别糊弄人了。我跟你说，你这个人肯定有问题，尽管重庆卖船那个事让你混过去了，但是，所有人都知道，你这个人肯定有问题。"三标说："崔连长，你不要信口胡说，我有什么问题？好呀，你提起那个重庆卖船之事，我也说说，关于卖船，当时就有结论，我们连队的船一条没少，我没有卖船；关于我的身份，咱们长官给云南督军公署去公函调查我的情况，当时也有结论。我问你，我有什么问题？你凭什么说我有问题？"

大嘴说："督军公署调查说你没问题，你也有问题。"三标说："崔连长，你凭什么这么说？说句不客气的，我觉得你这是别有用心，是想陷害我。"大嘴大大咧咧地说："行了，刘连长，我告诉你，你就继续折腾，就一条路走到黑吧。"说完走了。

第3节

二标君：

你好！我目前还是在湘桂边境。上次给你写信，刚刚过去一个月，又给你写信了。目前我们还驻这里，在寻找回广东时机。这时广东的情况是，粤军第一次粤桂战争胜利后，孙中山在粤军陈炯明、许崇智等人邀请下返回广州，通电宣布恢复"中华民国军政府"，开启第二次护法。

粤军陈炯明是秀才出身，在武昌起义前任广东咨议局议员，武昌起义时参与领导广东起义行动，广东新政府成立，被推为代都督。第一次护法时，为了抵抗北洋军，孙中山以广东省防军第20营为基础组建"援闽粤军"，任命他为该军总司令。后来他的部队发展为五个支队，许崇智为他手下第二支队司令。近期，孙中山重用陈炯明，任命他为广东省省长和粤军总司令。

还有，被莫荣新拘禁的谢如年获释，谢如年出来后曾打算将驻粤滇军组建为“护法滇军”，因唐继尧不同意，陈炯明不支持，谢如年很快离开广州。

最后一个事，最近，新文化运动的领导人陈独秀，受陈炯明的邀请到达广州，担任省教育委员会委员长，主持全省教育工作，并筹备广东大学。

现在，广州情况很好，估计我们很快能回广州了。

陈文汉

民国九年十二月三十一日，于湘桂边境

第二十一章

第1节

这天下班，李津兰听到门房大爹叫自己取信，她到门房一看，是自己等待的三哥的回信。李津兰站在门房窗口撕开信封，展开信笺，她突然“啊”地尖叫一声，赶忙捂住自己的嘴巴，简直不敢相信，真有这个人，三哥真的找到他，这是谁？就是杜生贵。三哥说他到二哥老部队打听到，真有杜生贵这个人，这个人是二哥他们连的兵，在去四川的路上开小差了。李津兰心想，这太不可思议了，杜生贵居然是二哥他们连的兵，这简直让人不敢相信！

李津兰回到办公室，在办公桌前坐下，把这封信仔仔细细又看了一遍，没错，有杜生贵这个人。李津兰脑子里有点乱，像灌满一桶糨糊，转动得极为迟缓。这个情况是什么意思？它意味着什么？最后，李津兰脑子里云开雾散，一下子变得非常敞亮，李津兰想明白了，这个情况说明什么？说明一个问题，就是这一万元贷款很可能跟二哥的死有关。

李津兰接着想，是不是用这笔款买凶陷害二哥？杜生贵就是一个参与者？尽管这不能肯定，但是确实有这个可能。这个事，本来柳貂蝉、常耀宗、刘念堂，到位高权重的老先生，这是一条线，而关公脸、老烟筒、腾冲兵、铲子是另外一条线。看起来这两条线没有一点关系，可谓风马牛不相及，一头是省里大单位的人员，银行、财政厅、将军公署，甚至高参室，但是，另外一头是很基层的军人，在碧鸡山兵营的一个连队，一般人就是再有想象力，也很难将他们联系到一起。然而，这个杜生贵，就是这个杜生贵将这两条线串联起来，使他们变成手拉手的一群人，变成一个神秘的团伙，甚至变成一支操着整齐步伐的军队。

好呀，这是一个重大突破，功夫不负有心人呀。李津兰马上给三哥去信，告诉他找到杜生贵的意义，让三哥再设法调查有关杜生贵更多情况，并且说，自己也会在昆明这边做进一步的调查。

把信投进信筒后，李津兰想今天这个事，不能告诉段毓婉和吴少愚，不能让他们知道自己二哥的任何事情。还有，也不能告诉公公婆婆，让他们知道二哥的事，对自己没有任何好处，一切要高度保密，要把自己的嘴巴闭得紧紧的。

第2节

晚上，李津兰在床上又开始想这个事。这一万元跟二哥被害有关，那么，常耀宗扮演了一个什么角色呢？李津兰想，常耀宗完全不知情，只是奉命去办这个贷款，然后把钱给那个刘念堂？这说不通，如果他完全不知情，他怎么会写这个名字，而不写其他名字？这是个巧合吗？不，天下没有这么巧的事。李津兰想，只有去见常耀宗，才能把这个情况搞清楚。

但是，她又想，自己独自去找常耀宗会引发什么问题？常耀宗告诉王平端，让王平端责问自己？这无所谓。但是，常耀宗会告诉柳貂蝉吗？这完全可能，他们之间是互通情况的。那么，柳貂蝉又扮演了一个什么角色？柳貂蝉很可能参与了这个事，她很可能知道这笔款的用途，就是说他两人是一伙的。是的，自己去见常耀宗，常耀宗肯定会告诉柳貂蝉，柳貂蝉会更仇恨自己，更想将自己置于死地。但是，李津兰顾不上这些了，就是刀架脖子上，也要去。

第二天上班，李津兰跟王平端请了个假，出门叫了一辆黄包车去财政厅。很顺利，常耀宗在办公室，李津兰寒暄几句后问道："常科长，我有个事想跟你打听一下，方便吗？"常耀宗说："方便，你说。"李津兰说："是这样，是关于那个贷款的事。如果你觉得不方便，可以不说。"常耀宗很坦然地说："没事，方便，你说吧。"李津兰说："是这样，上次和你见面，你说你在借据上签的杜生贵，是听刘念堂说过这个名字，是吗？"常耀宗说："是的，怎么了？"李津兰说："那么你不认识这个人，也不知道这个人在哪个单位，是干什么的，是吗？"常耀宗听这口气不对，有点不淡定，问道："你到底要说什么？"李津兰说："是这样，常科长，我的一个朋友说他认识一个人也叫杜生贵，不知这个杜生贵和你写的那个杜生贵是不是同一个人。"常耀宗变得有点紧张，急忙说："什么？你这是什么意思？"接着，又马上让自己镇定下来，尽量显得若无其事地说："好呀，你说，这个杜生贵是干什么的？"李津兰说："这个杜生贵是个当兵的，当时在云南陆军第1师1团2营，他们营房在碧鸡山。"

常耀宗说："就是这点事，你来找我就是为了说这个？这到底是什么意思？"李津兰说："没什么意思，不过，常科长，这个杜生贵的连长当年被举报为杀人犯，这是不是有点巧？如果有人说这个杜生贵，和借款的杜生贵就是一个人，他被这笔借款收买，陷害他们连长，你觉得有这个可能吗？"常耀宗说："这个你别问我，去问问他本人嘛。"李津兰说："我没法问他本人，这个人失踪了。"

常耀宗激动地说："李小姐，你很会讲故事，这样的情节你都能想出来，太有才华了。杜生贵是个很普通的名字，天下叫这个名字的人多如牛毛，凭什么认为这两个人是一个人？你有什么依据？"李津兰说："常科长，我没有依据，只是想告诉你，这个人并没死，也许哪天他会冒出来。"常耀宗更气愤了，急促地说："冒出来又怎样？你可以问他，我认识他吗？这个事我再说一遍，当时我在你们银行办贷款手续，你们职员让我在借据上签名，我觉得签自己的名字不妥，这款并不是我用，我想用谁的名字好？想起来听刘念堂说过杜生贵这个名字，就写上去了。就是这么回事。”

李津兰说：“常科长，别着急生气，我只是问问。”常耀宗生气地说：“李小姐，在上班时间，你来跟我讲这种无聊的故事是什么意思？我告诉你，这是对我极大的不尊重，我不喜欢听这些无聊的故事。请你出去！”李津兰起身说：“对不起，如此打扰常科长实在对不起，告辞了。”李津兰走出常耀宗办公室，心想，这常耀宗反应如此强烈，说明什么？说明他肯定跟二哥被害有关。常耀宗，你等着吧，我一定要把这件事查个水落石出。

第3节

果然，常耀宗把李津兰去找自己的事告诉了柳貂蝉，柳貂蝉又告诉了王平端，王平端把李津兰叫到自己办公室问道：“听说你去见常科长了？你知道吗，常科长很不高兴，让我管束一下，说你如此随意地代表裕滇银行去找他，是不合适的。”李津兰分辩道：“我没说自己是代表裕滇银行。”王平端严厉地说：“你不是代表裕滇银行，你代表谁？代表你自己？你只是裕滇银行的一个普通职员，代表自己，人家会接见你？”李津兰没说话，但是很不服气。

王平端说：“这给潘总理添了很多麻烦，小李，这很不好。你知道这一万元贷款的事唐督军已经有话，让放放。你竟然连唐督军的话都不当一回事，这很过分，很可怕，很危险，你知道吗？”李津兰还是很不服气，说：“我就是找了常耀宗一趟，这跟违抗唐督军的命令有什么关系？”王平端说：“怎么没关系？唐督军已经有令，你这就是抗命。”李津兰无言以对。王平端说：“你知道吗？柳经理听说这事也是非常生气，说你这样妄自尊大、目无唐督军的人根本不配待在裕滇银行，要求开除你。”听到这话，李津兰有点吃惊，说道：“她要求开除我，有这么严重吗？”王平端说：“当然有，如果他们闹到老先生那里，闹到督军公署那里，你这公职还真可能不保。”

这时，李津兰开始害怕了，如果真把自己开除了，怎么办？还能去哪里上班吗？不可能，自己就将天天待家里混日子。李津兰软下来，央求地说："王协理，我错了，这个事我做错了，对不起。我向你道歉，我也愿意向常科长道歉，向柳经理道歉。我现在认识到我犯的错误了，以后再不敢犯这样的错误。你帮我跟他们说说，请他们原谅我吧，好吗？"王平端说："现在你能认识到自己的错误很好，不过，这个事，常科长和柳经理怨气很大，我不知道能不能说服他们。我去试试吧。"

第二十二章

第1节

三个月后，到了1920年年底，李津兰擅自见常耀宗科长的事总算平息了。王平端代表裕滇银行向常耀宗做了道歉，又对柳貂蝉做了不少安抚，让两人消了气，这事就算过去了。

这天晚上，李津兰和公公婆婆在餐厅吃饭，赵亦恒问李津兰道："你看今天的报纸没有？上面说今年省长公署完成烟罚收入八十万元，这是什么话？简直太不像话了！"

这"烟罚"是对种植烟土的罚款，云南和国内一些省一样曾经大面积种植烟土，由于烟土给社会造成极大危害。光绪三十二年，即1906年，光绪发布禁烟上谕，云南与其他省都开始禁烟。1911年，中国和英国签订《中英禁烟条件》，约定到1917年，中国保证种植的土药绝种，英国保证禁止向中国输入洋药。这土药说的是中国种植的鸦片，洋药说的是印度鸦片。民国政府建立后，继续禁烟。民国三年，即1914年，民国政府为督促各级官员认真执行禁令，特设"禁烟督察处"，归属于内政部警政司。云南在光绪年间种鸦片五十多万亩，到民国六年，即1917年，经中英会勘，烟苗已全部肃清。可是，由于省里急需大量资金，这年年初，省长公署下文，将禁止种植鸦片，改为用征收烟厘金对种植鸦片者处罚。这是什么意思？就是说只要你缴纳了烟厘金，就可以种植鸦片，等于开放烟禁。省里这种“寓禁于征”的做法，导致刚刚肃清种植才两年多，又放开了，这在社会上引起巨大反应。

李津兰说：“我听说省长公署这是考虑本省种植的烟土主要是在省外销售，对本省老百姓危害不大。”赵亦恒说：“这个事是这样，本省的烟土确实不少运到省外销售的。可是，危害外省人就可以吗？外省百姓不是中国百姓吗？”李津兰又说：“上面说山西陕西也开始在种。”赵亦恒说：“他们种，咱们云南也种？这成什么了？”李津兰觉得公公说得有道理，做人不能干损人利己的事。赵亦恒说：“你看看报纸怎么说的？今年完成八十万烟罚还成了成绩？这些人还有点良心没有？还有，说到今年年底种植烟土土地已有三十多万亩。光绪年间云南种植烟土面积最大，有五十万亩，现在仅仅放开一年就达到三十万亩，这太可怕了。”蔡月娥见丈夫这么气愤，劝他冷静点，别伤了自己的身体，说这些事咱们也改变不了，别太认真。

李津兰问：“现在就没人能管这事了吗？”赵亦恒说：“原来民国政府对此管理非常严格，现在广州成立中华民国军政府，咱们云南加入广州的军政府，也就不听北洋政府那一套。”李津兰问道：“就是说，现在唐督军想怎么干就可以怎么干？”赵亦恒说：“就是这样，现在北洋政府的法律都不算数了，唐继尧想怎么干就怎么干。”

李津兰说：“唐督军这么干，可见省里还是缺钱，还是捉襟见肘。”赵亦恒说：“唐继尧这么好大喜功，一方面在四川、广东扩大自己的势力范围，一方面在本省大搞建设，这里里外外都要花钱，他当然缺钱。但是，无论如何，他不能动这个歪脑筋呀。你看看，现在倒闭了多少商户？昆明街面上有多少空商铺？我们搞工厂的也一样，机器天天转着，可是哪有利润？我都不知道能维持多久。”蔡月娥听了，在一边叹气，她知道现在工厂的情况不好。赵亦恒说：“这个民国，搞来搞去，现在搞得生活比大清那时都困难。我看民国要完蛋了，要完蛋了。”

第2节

第二天一早，李津兰到裕滇银行办公楼，门房大爹叫住她，递给她一封信，是来自大锡公司的。李津兰很意外，打开一看，原来是大锡公司总理孔秀康给她的信。孔秀康在信中说李津兰他们到个旧已经过去两年多了，自己经常会想起李津兰和她的同事，他们给自己留下深刻印象。孔秀康称赞了李津兰认真的工作态度，说李津兰他们走后，自己反复思考了他们提出的建议，最后下决心不等新设备正常运转，让企业动起来。这段时间他干了几件事：其一，将已采空的老君洞矿的运砂索道拆下来，装到6号新矿，使6号新矿的矿砂直达洗砂厂，大大提高了该矿产量，并降低6号新矿矿石生产成本。其二，对洗砂设备进行维修和改造，现在这些设备生产消耗大大减少，生产成本可以和民营企业相比。其三，恢复土条生产，进行销售。由于做了这些工作，尽管新炉子还不能正常运行，但是他们的财务情况有了很大的改善。这一年多的时间里，因欧战结束，国际大锡价格再次大跌，大锡销量大减，个旧很多民营企业损失惨重，有相当一批停产了，而他们的产品销量受影响很小，他们相信他们能渡过这个难关。现在，他希望改善与银行的关系，重建自己的信誉。他也接触了法国歌纳银行，他们大锡公司的变化得到歌纳银行的称赞。在此，他邀请李津兰和裕滇银行有关负责人去一趟他们公司，就改善双方关系进行协商。为了表示他们的诚意，他给裕滇银行准备了一份礼物：归还五万元贷款。

竟然是这么好的消息，李津兰高兴得要跳起来。她把段毓婉和吴少愚叫到办公室，把这个消息告诉了他们。段毓婉和吴少愚听到这个消息，也高兴坏了。李津兰跟他们两个聊了一通后，去找王平端，告诉他这个好消息，把孔秀康的信也递上去。王平端也很意外，把手上的信仔细看了一遍后，马上带李津兰去见潘总理。潘永其看了孔秀康的信后，高兴地说：“确实是个好消息。小李，孔总理在这封信里一再称赞你呀，看来你干得不错。上次从个旧回来，没收回一分钱，银行里有一些议论，有人拿你当笑话，有人说了风凉话，让你受了不少委屈。好了，现在可以扬眉吐气，挺起腰杆了。”李津兰说：“没有什么委屈，是让你和王协理代我受过，背了黑锅，我一直觉得特别对不起你们二位。”潘永其说：“好了，没啥，那些事都过去了，现在不是情况好了吗？”李津兰心想，是的，现在充分说明当时那一切都是正确的。

下班回到赵府，李津兰把这个情况也告诉公公婆婆，赵亦恒听了也很高兴。上次李津兰灰溜溜回来，赵亦恒问明白情况后什么也没说，他知道一个人在这个时候最需要的是同情和理解，他不想给李津兰雪上加霜。不过，蔡月娥不是这样，马上来了一通数落，赵亦恒呵斥她一声，蔡月娥才打住。这次好了，赵亦恒觉得自己对这个儿媳妇还是没看走眼，这是个能干的人。

第二天，潘永其对此事做了具体安排，让王平端、李津兰和吴少愚三个人去个旧。第一，收回这五万元；第二，看看大锡公司在改善与裕滇银行的关系上有什么具体想法，表明咱们的态度，只要有利于双方的发展，咱们一定大力支持。

这样，李津兰带上张孃孃跟王平端、吴少愚又到个旧。这次到个旧，李津兰感觉个旧的天空特别蓝，个旧的空气特别清新，感觉个旧的山山水水特别美。个旧分行的同事陪他们到大锡公司，由于提前通报了行程，孔秀康等大锡公司高管已经在会议室等候。双方寒暄一番，孔秀康说：“欢迎你们到来，无论咱们这次协商的结果如何，你们离开大锡公司时都可以带回去五万元。”之后，很快开始谈主要事项。孔秀康说他们与法国歌纳银行谈了一个解决原有贷款的新方案，“停息还本”，就是银行停止计算贷款利息，将还款总额固定下来，不再变动，这样可以减少还款金额，当然这肯定让银行吃亏。孔秀康说他们制作了一个还款时间表，之后按这个时间表归还本金和老利息，每年还两次，年中一次年底一次。孔秀康说这个方案得到歌纳银行的支持，也希望得到裕滇银行的支持。王平端问：“在你们这个还款时间表上，你们打算多长时间还清所有贷款本金？”孔秀康让他们的财务主管把时间表递给王平端，王平端看了看说：“孔总理，十年时间？今年是民国九年，要到民国十九年，这太长了吧？”民国十九年就是公元1930年。孔秀康说：“我们知道这个时间是太长了点，但是这是一个真正可行的方案，时间再少，恐怕我们很难做到每一期都按时还款。”王平端说：“这是个大事，我个人无法表态，我需要把情况向行里汇报，甚至还要跟财政厅沟通。还有，歌纳银行已经同意你们这个方案了？”孔秀康说：“是的，已经同意，并办理了相关手续。”王平端说：“好的，咱们都是省里的企业，是一家人，只要是能够支持你们的我们一定支持。这个事，我们回去后，向有关方面汇报，尽快给你们一个答复。”

会谈结束后，孔秀康让大锡公司的人员带王平端等人参观企业。李津兰发现这两年多大锡公司确实变化很大，采矿场人来人往的，料场上堆放的矿砂很少，能看出来矿砂采出来就很快被运走了，架空的运砂索道在运行，一兜兜矿砂被翻山越岭运到洗砂厂。洗砂厂也很忙碌，设备在运转，工人在设备上跑上跑下的。变化最大的是老炉房，原来这里冷冷清清，看不见一个人，炉子上麻雀飞来飞去，现在这里冒着黑烟，热气腾腾，炉房外摆放着一堆堆锡条。李津兰心里说孔秀康这人真是有能力，一下子将成本压到全个旧最低，把大锡公司搞得这么红红火火，有声有色，确实是个人才。李津兰在路上看到的那些民营企业，这时完全是颠倒过来了，原来是民营企业的炉房红火，堆场进进出出，现在那边冷冷清清，一片萧条，完全变了个样。

晚上孔秀康设宴招待王平端一行。李津兰在席间说了几句发自肺腑的赞美话，说孔秀康解决公司产品成本过高的难题，在大锡国际市场价的又一轮大跌中站住了脚，太不容易了，是了不起的管理人才。孔秀康听了这话，站起来走到李津兰身边，给她敬酒说：“李小姐，我一直想当面感谢你，如果没有你两年前的那些建议，也许我们公司还在水深火热中艰难度日。一个年轻女子，居然有这么有价值的见解，我觉得你才是了不起。还有，我觉得能认识你这样的女子，真是我的福气。来，敬你一杯！”听到这样的夸奖，李津兰羞得满脸通红，连连摆手。慌忙以茶代酒，跟孔秀康碰了一下。王平端觉得孔秀康这么夸奖李津兰很让人意外呀，难道上一次李津兰来这里做了很出色的工作？看来小看了李津兰呀。吴少愚听到这些话也很兴奋，他觉得孔秀康对李津兰的肯定十分恰当，十分中肯。孔秀康接着对李津兰说：“你们的意见是对的，不能停产等新炉问题解决，我信里没说，半年前，我美国的老师带一个美国专家到个旧，他们做了很多种尝试，还是没有解决问题。你们的建议非常好。”

很快，王平端一行带着五万元的汇票回到昆明，向潘永其做了汇报，然后和潘永其一起到财政厅，财政厅同意孔秀康提出的方案。这样，潘永其安排有关人员去个旧办理了新还款约定文书。孔秀康在个旧对李津兰的称赞，很快在裕滇银行内传播开。这天中午吃饭时，段毓婉告诉李津兰，柳貂蝉气坏了，那真是羡慕嫉妒恨，天天在背后诅咒李津兰，说李津兰事事逞能，到处显摆，好像有多大的本事，别高兴得太早了，她吃苦头的日子还在后头呢。还说，李津兰坏了她的风水，就是扫把星、丧门星！吴少愚说：“怎么能这么说？这个女人太恶毒了！”对这一切，李津兰只是淡淡一笑。她心里说，柳貂蝉，不用背后咒我，你我还有好多事要办呢。

第3节

几天后，过了下班时间，银行办公楼里的职员都陆续走完了。李津兰突然听到有人在一楼吵架，是唐芸芸和吴少愚。李津兰感觉奇怪，这两人平时不来往也不说话，怎么吵起来了？吴少愚声音很大：“唐芸芸，你这是造谣，是对我的侮辱！”唐芸芸说：“我哪里造谣了？你跟李津兰在个旧的事，人人都在说，又不是我一个人说。

哦，别人说不是造谣，我说就成了造谣？”吴少愚说：“什么别人说？都是你说的，我问了几个人，说什么我跟李津兰在个旧如何如何，什么她家的女佣人被臊得没处躲没处藏的，这些话都是你说的，你凭什么这么说？你去个旧了？你在场吗？”唐芸芸毫不示弱地说：“我告诉你了，我没说过，那些话不是我说的，你别把什么事都扣我头上。再说了，有没有那些事，不用问别人，谁干的谁清楚。”

李津兰觉得这唐芸芸确实特别不像话，她现在就是柳貂蝉的走狗，跟着柳貂蝉在背后煽风点火，兴风作浪，干了不少坏事。李津兰想今天办公楼没人，刚好趁此机会好好教训她一下，就出门下楼，走过去说：“唐芸芸，我有几句话告诉你，这么长时间我没找你的麻烦，别以为是我怕你，我告诉你，我不怕你，别说是你，就是你的那个柳二娘，我也不会怕。我只是不想把事闹大，大家毕竟是同事，闹翻脸对谁都不好。”唐芸芸回击道：“李津兰，你不怕我，你以为我会怕你，笑话，你去打听打听，我唐芸芸怕过谁。”李津兰说：“好呀，不怕更好，你干的那些坏事，别让我拿到证据，如果让我拿到，我让你后悔认识一个叫李津兰的。吴少愚，走。”

董庆仁出现在大门口，说道：“哟，谁这么大口气？是张飞还是李逵？原来是个穿裙子的李逵，行呀，有啥本事亮出来看看，让我们见识见识。”吴少愚说：“董庆仁，这里没你的事，你走开。”董庆仁说：“怎么就没我的事了？唐芸芸是我的朋友，她的事就是我的事，你们不是在教训人家吗？接着说呀。你们两个欺负人家一个，算什么本事？”李津兰说：“怎么，过来两肋插刀？好呀，刚好我也想跟你说几句。董庆仁，你们别再跟着柳貂蝉跑，别再助纣为虐，少干点缺德事，你听明白了吗？你要不听劝，到时一样让你后悔。”董庆仁说：“李津兰，你真敢说大话。我也告诉你，我就是要收拾你，让你不得安宁，我看你让我怎么后悔。”李津兰说：“行，那咱们走着瞧。吴少愚，走。”

第4节

给赵家轸发最后通牒已经过去四个月，赵家轸没有回信，也没有和那个安徽姑娘分开，这让赵亦恒很生气。当然，赵亦恒也是说一不二之人，说到做到，断了那小子的生活费。不过，这似乎也不是个办法。这天晚上，蔡月娥走进李津兰的房间。这段时间，蔡月娥为儿子在外面有女人的事十分焦虑，尽管她并不喜欢李津兰，但是绝不赞成儿子这么胡搞。所以在这个事上，她很维护儿媳，跟李津兰站在一起。蔡月娥说："小妹，现在赵家轸这个样子也不是个事，不是个事呀，你说说怎么办好？啊哟，我看你怎么一点都不着急呀，他这个样子要毁了你们这个家的，你怎么就不着急呢？"李津兰说："妈，我能不着急吗？可是我着急有什么用？他在上海，我在昆明，看不见摸不着的，我能有什么办法。"蔡月娥说："这是什么话？你不动脑筋当然没办法，你要动动脑筋呀。现在这个家里就我一个人着急，我跟你爹爹说这个，他不说话，跟你说这个，你说没办法。这怎么行呢？"

李津兰说："那天爹爹不是说他不回来就断了他的生活费吗？这不是个好办法吗？"蔡月娥说："是的，是个好办法，现在不给他寄生活费了。"事实上，蔡月娥心里是不赞成这个办法的，断生活费，儿子还不回来怎么办？饿死他？那怎么行？我就这么一个儿子，为这个事就饿死他，怎么可以呢？事实上，丈夫说断生活费后，这几个月是蔡月娥悄悄拿自己私房钱寄给儿子的。当然，这个事不能让李津兰知道。蔡月娥说道："不过，我觉得这个办法不一定行，你不知道赵家轸跟他爸一样，也是死拧死拧，不给他生活费，他在上海找事做挣钱养活自己，那不是更不回来了？"李津兰觉得婆婆说的也有道理，如果因不给生活费而不回来，不是更麻烦？可是，又有什么办法呢？

蔡月娥说："是这样，这几天我来来回回地想，总要有个办法。你知道吗？这个办法我想到了。"蔡月娥停住，等李津兰提问。李津兰问道："什么办法？"蔡月娥说："是这样，你去上海找他，当面叫他回来！"李津兰有点意外地说："这个？能行吗？"蔡月娥说："行，当然能行。你去了就死磨硬泡，像乡下女人那样一哭二闹三上吊，男人就怕这个，肯定能行。"蔡月娥见李津兰有点犹豫，又说："我让张孃孃陪你去，坐火车到越南，在那里坐船到上海。路途比较远，但是很方便的。"李津兰不担心路途远这个事，她是担心赵家轸根本不听自己的，他根本不喜欢自己，婚后两个多月从来没碰过自己，自己这么去，他不是更反感自己？更要离自己远远的？不过这些话，李津兰不能说出来，只能对婆婆一再点头。

蔡月娥见儿媳同意了，高兴地说："我去跟你爹爹说，我敢保证他肯定会同意。一会我来告诉你结果。"说完，高高兴兴地走了。结果，等了很久，蔡月娥也没过来。第二天早上，吃完早餐，蔡月娥见赵亦恒走了，在客厅小声告诉李津兰："我昨晚跟你爹爹说了，他那个死脑筋，不同意。"李津兰没有很失望。蔡月娥又说："他说马上要过年了，先让我和你给他写信，让他回来过年，如果他不回来，再看用什么办法找这小子算账！"这时已经到了1920年12月的月底，再过一个多月就过年了，看来也只能这样了，李津兰和蔡月娥又给赵家轸去信，让他一定回昆明过年。

第5节

见过常耀宗后，追一万元借款之事又停下来了，李津兰很不甘心。这天，李津兰突然想到，是不是可以再去找找刘念堂这个人，尽管督军公署回函说无此人，但是，那些公事公办的家伙会不会有什么疏漏呢？李津兰又去找同学欧阳红，请她丈夫小马私下了解一下，小马答应了。可是，小马很快回复，云南督军公署确实没有叫刘念堂的人。李津兰想起来，常耀宗说刘念堂是北方人，是在蔡将军主政云南时从北京派来的，再让小马去了解一下督军公署有没有北京政府派来的北方人。小马很快回话，蔡锷将军主政云南的后期，北京政府派来四个军官，都是北方人。但是里面也没有叫刘念堂的，还有，这些人后来都离开了。云南通电讨伐袁世凯后，唐继尧没有为难他们，让他们自己选择，愿意讨伐袁世凯的留下来，不想背叛旧主的，也能理解，给他们路费，放他们回去。这样，他们都离开了云南。

听到这个情况，李津兰想，现在看，可能是根本没有这个人，这是常耀宗虚构出来的人物；或者，有这个人，但是他告诉常耀宗的是假名字，他知道当时他们干的事风险巨大，害怕事情败露别人找到自己，用了假名。到底是哪种情况呢？李津兰想来想去，找不到答案。

第二十三章

第1节

几个月前，就是1920年8月，刘存厚率部由陕西汉中返川，联合熊克武发动驱赶滇军的“靖川之战”。这熊克武本来是在吴光新率北洋军到重庆时投靠滇军，是滇军将他扶上四川靖国军总司令宝座。可是，熊克武很快开始排挤滇军，被滇军打败后，逃去川北。这时，他与刘存厚联合，向重庆杀来。

滇军迫于压力离开重庆，向川南撤退。由于三标不知道这会撤退到哪里，没有带走白金花。三标把所有钱留下，让她安心在重庆好好待着，等自己回来。

滇军在叙永、泸州一带与追赶上来的熊克武部鏖战，由于种种原因，滇军一再失利。这时，发生一件事，对滇军震动极大，这就是靖国军第2军司令赵又新阵亡。事情是这样的，赵又新驻扎泸州，遭遇川军杨森部围攻。这杨森本是四川人，在滇军中待了多年，一直干到赵又新手下的团长。几个月前，杨森率部反叛，脱离滇军加入熊克武部，任川军第2师第1混成旅旅长，然后，突然围攻泸州，这时，赵又新完全没有准备，城中部队也不多，赵又新只有缒绳索逃到城外，向学士山逃去。不幸，赵又新在路上胸部中弹，在学士山等待救援无望，举枪自尽。赵又新的余部由靖国军第1军司令顾品珍率领退出四川，驻扎于贵州毕节。

赵又新阵亡，滇军军心不稳，士气低落，部队被悲观情绪笼罩，又因为军饷拖欠几个月，军队上上下下都盼望回滇。这里多说一句，后来赵又新的尸体是由杨森派人送回昆明，唐继尧追谥其武烈公，建“赵公祠”于昆明翠湖畔，灵柩葬于昆明郊外玉案山麓。

这时，唐继尧严令不得回滇，命令顾品珍休整后继续入川，违者斩。同时，唐继尧又派两个旅前去，名为增援，实为监视，以防他们回滇。

这天三标在团部开会，散会后和王玉生连长走路返回本连驻地。王玉生问道：“刘长生，关于当兵的闹着要回云南的事，我跟你说，在会上我没说，我们连情况也很严重，有的兵都说到部队不回云南，就不在部队干了，自己回去。乱哄哄的，搞得我很头痛，这兵带不下去。”三标说：“仗打成这个样子，怪不了他们，我看要怪也只有怪上面。”

王玉生说：“刘长生，这话可说不得，让上面听到了，要让你吃罪不起的。”三标说：“我说的是实话，本来就是这么回事，我又没夸大。”王玉生说：“是的，是实话也不能说，说了就是咱们的错。”三标说：“王连长，我告诉你，如果死活不让回云南，我都不想干了，我脱了这身军装去重庆做小买卖。”王玉生说：“你老婆在重庆，你当然愿意去了，过你们的小日子，哈哈……”这时三标扭头见崔大嘴从后面赶上来，他心想不好，自己刚才这些话不知道是不是被崔大嘴听见了，如果听见是不是要惹什么麻烦？现在对开小差的事抓得特别紧。

第2节

几天后，杨钊到三标的连部说：“连长，听说要组建兵谏特遣队，外面都在传，你知道这事吗？”三标说：“我刚刚听团部来的人说，正式通知还没到。怎么，你想报名？”杨钊说：“报名？你疯了？这事能报名吗？”三标不解地问：“大家都想早点回云南，这兵谏特遣队就是先头部队，报名了，能为大家回云南做点贡献，有什么不好的？”杨钊说：“你糊涂呀，这怎么能报名？这可不是小事，你知道吗？这是造反，如果失败了，唐督军要拿咱们的家属问罪的。”三标问：“是吗？”杨钊说：“咱们的父母、咱们的兄弟姊妹都在云南，唐继尧如果拿他们报复，那咱们家人都要遭殃。”三标觉得杨钊说得有理，这造反是很危险。

杨钊又说：“再说，现在咱们造反打回去，咱们能取胜吗？咱们这说是两个军四个旅，可是没有一个满员的，充其量就是两个旅的兵力，还都是疲惫不堪的残兵败将。可是唐督军那有四个嫡系旅，还有其他部队，所有部队都是兵强马壮，士气高昂，咱们去不是送死吗？反正我是不相信能取胜。”三标说：“是的，我也不相信咱们造反能取胜，咱们兵力不如人家，又是疲惫之师，确实等于去送死。”杨钊说：“所以，你可千万要小心。特遣队是自愿报名的，你可千万别报名。”三标认为杨钊说得对，绝对不能去报名。

三标放下这个事，但是这个事却没放下三标。第二天上午营部传令兵让三标到营部去一趟。三标走进营部，关公脸冷冷地让三标坐下。重庆卖船的事过去后，关公脸没来找三标道歉，好像他没有陷害过三标，什么事都没发生过。不过，三标就没指望关公脸道歉，所以对关公脸这个态度无所谓。三标对关公脸态度也是公事公办，你关公脸安排的事如果正常自己就执行，如果不正常，就去找方鸣九汇报。这时方鸣九已经提升为旅长，并兼三标他们团的团长。

关公脸说：“刘长生，今天叫你来了，是说一个事，现在咱们驻川滇军为发动对唐督军的兵谏，要组建一支特遣队。你也知道，咱们再待在四川几乎不可能了，川军实力提高很大，战场力量对比反转，已经变成敌强我弱，大家都盼望回云南。可是唐督军严令不得回滇，很麻烦。你听说过这个事吗？”三标说：“报告营长，现在一些人在议论这事，我听说过。”关公脸盯着三标的眼睛问道：“那么，你是怎么想的？”三标说：“是这样，我跟大家一样，也是很想回云南，从洪宪战争离开云南，到现在已经五年多了，确实很想家。”关公脸说："是的，咱们越来越不顺，原来咱们驻成都、驻重庆，现在连泸州都待不下去，被川军撵着到处跑，大家想家，可以理解嘛。对了，从泸州撤退到现在，这三个月你们连有几个开小差的？"三标说："有六个。"关公脸说："是呀，部队越来越不稳定，可是，现在是回不去呀，怎么办？"三标听这么说，估计关公脸这是想让自己报名参加特遣队，三标提醒自己，这次不能上了他的圈套，杨钊说得对，这是造反，唐督军要拿家属报复的，一定要小心，用平静的口气说："营长，这个事，尽管我很想回云南，但是还是要服从命令听指挥，你怎么说我怎么干，一切听你的指示。"关公脸摆摆手说："这个事不像你说的那样。是这样，我的意思，你一贯作战英勇，连队也带得不错，不打算为返回云南做点贡献？"

三标说："谢谢营长夸奖，我这个人还有很多不足，还需要提高。在带领连队上也有不少待改进的地方。不过，请营长放心，我一定继续努力，一定把我们3连带成英勇善战、能攻能守的优秀连队。"关公脸听出来三标这是在装糊涂，脸上露出愠色，严厉地说："现在不是说那些事，我叫你来，就是问你一句话，这个特遣队你打算报名吗？"三标胸脯一挺说道："一切听从营长指示。"关公脸说："我指示什么？特遣队是自愿报名，你说这话是什么意思？"三标不卑不亢地说："我说的都是心里话。"关公脸说："刘长生，你说你，方旅长一直看好你，器重你，我也如此，在关键时候你要主动站出来，为长官分忧，为官兵们带头，给大家做个表率，你说是不是？"三标说："是的，营长，你指向哪里我打向哪里，绝对服从指挥，坚决完成任务，绝不给长官丢脸。"关公脸见三标还是这个样子，知道这小子是不打算报名的，就不想再跟他聊下去了，对三标不耐烦地说："行了，你回去吧，跟你说话，简直就是浪费时间。"三标说："是，营长再见。"离开营部。

三标回到连部，让传令兵把杨钊叫来，说了刚才关公脸找自己的事。杨钊听完了说："你做得好，别答应他报名。咱们就是不上他的圈套。报名？去送死？让唐督军找你家里人报复？对了，我说，他说他报名了吗？没有，他自己绝对不会报名的。”三标觉得杨钊说的有点过，替关公脸辩解道：“不过，实话实说，关公脸打仗还是很英勇的，算得上条好汉。”杨钊说：“是，我不否认，这家伙打仗也很有勇气，要不然能让他当营长？但是，这个人的勇气不如他的心计，他的鬼主意很多，我倒觉得他更适合当个参谋长那类职务。我把话放这，咱们等着看，他是绝对不会报名这个特遣队的。”三标觉得杨钊说得对，关公脸是这样的人。

杨钊说：“你没被关公脸说动心吧？”三标说：“没有，只是，我觉得咱们驻川滇军回滇是唯一出路，如果不是这样，再在四川待下去，只怕是这点兵力都保不住，最后全报销了，连点血脉都留不下来。”杨钊说：“这么说，你是有点动心了？”三标连连摇头否认。杨钊接着说：“你说得对，再这么待下去，咱们全部完蛋。但是，抗命返滇，实施兵谏是不行的，并且，还要让咱们的亲属遭殃。这个利害关系，咱们一定要看清楚。”三标说：“行，就这样，我不去报名，谁愿意去谁去。”

第3节

三标到团部已经一天了，他是跟杨钊谈话那天晚上被送到这里的，当时三标还有点糊里糊涂的，不知道这到底是怎么回事，一般情况下是不会让一个连长到团部闲待着，这是要让干什么？很快，三标知道了，这是要审查自己，有人举报他要开小差。三标很生气，自己怎么可能开小差呢？这分明是有人陷害自己。他跟团部的人说要见方鸣九旅长，人家让他老实待着，方旅长现在没时间见他。同时让他放心，第一，三标他们连里面的事现在由副连长临时负责；第二，团里不会冤枉他的，如果他没问题，把情况说清楚，很快就能回去。三标只有在一个空房间里面等，接着，他发现房间门口有哨兵看守，他明白自己是被关禁闭了。

第二天，三标被带到一个大房子里，这里有几个军官，其中有关公脸和崔大嘴，团部的军官说：“刘长生，有人反映你打算开小差，你说说，这是怎么回事？”三标说：“你们搞错了吧？我开小差，这不是笑话？我怎么可能开小差？”然后对关公脸央求道：“营长，你帮我说说，我怎么可能开小差？这是不是搞误会了？”关公脸说：“刘长生，你冷静点，现在就是在核实这个问题。”三标冲动地说：“营长，这开小差的帽子怎么能戴我头上，我从来没有动过这种念头。”关公脸说：“刘长生，我说了，你冷静点，团里现在就是在搞清楚这个问题。”团里的军官说：“刘长生，你知道，现在咱们驻川滇军开小差的情况很严重，团里对此抓得很紧，所以听到这样的反映马上就会查处，尤其是军官，发现这样的问题，就一定要严查。”三标尽力平静下来，问道：“好吧，你们调查吧，是谁反映的这个情况？”没有想到关公脸说：“我。”三标很意外地看着关公脸，问道：“营长，是你？你说我打算开小差？这是怎么回事？你是听谁说的？这话可不能瞎说呀。”此时三标感觉这事不简单，这很可能是关公脸的一个阴谋。

关公脸说：“我没瞎说。”对身边的崔大嘴说：“崔连长，你说说。”三标连忙说：“是呀，崔连长，你说说这是怎么回事？这话可千万不能瞎说呀。”崔大嘴说：“刘长生，是我说的，我没瞎说。五天前，咱们到团部开会，会后，你、我和王玉生返回连队路上说的，你当时说：‘王连长，我告诉你，如果死活不让回云南，我都不想干了，我脱了这身军装去重庆做小买卖。’”团里的军官问道：“刘长生，你说过这话没有？”

三标听这么说，脑筋飞快转动起来，他想承认还是不承认？如果承认估计要问罪，麻烦大了，可是如果不承认，那能行吗？他们找王玉生来对证，两个证人，说明我肯定说过，考虑了一下，三标说：“原来是这么回事。是的，我说过这话，当时就是我和崔连长、王连长三个人，大家都是自己人，是小范围，我说个笑话，只是跟他们说笑话。”团里的军官厉声呵斥道：“刘长生，开小差是什么事！

谁会拿这个事开玩笑？你很清楚，这是绝对不能拿来开玩笑的，你如果心里没有这个想法你绝对不会说这种话。”

关公脸说：“刘长生，你还觉得这是个误会吗？”三标分辩道：“营长，真的，这只是个笑话，我真的没那意思，我说话太随便了，我该掌嘴，该死，可是那不是认真的。”团里的军官说：“别说那些没用的，刘长生，你就老老实实交代吧，你打算什么时候走？打算从哪条路走？都做了哪些准备？准备和哪几个人走？”三标急了，冲动地说：“长官，什么呀？这都是什么呀？根本没有这事呀，关营长、崔连长，我不是当逃兵的人，你俩不能拿这事跟我开玩笑，我绝对不是那样的人。还有，这位长官，这完全是小题大做呀，就拿一句玩笑话问罪，这太过分了吧？”但是，无论三标怎么说，这个局面都没改变，最后，三标被送回小屋子继续关押。

王玉生听说三标被关押，带杨钊去崔大嘴连部，屋里只有崔大嘴和油葫芦，王玉生说：“崔连长，你这么干太不够意思了吧？”崔大嘴明知故问：“你说什么？我干什么不够意思？”杨钊说：“崔连长，你凭什么说我们刘连长要开小差？”崔大嘴很无赖地说道：“那是他自己说的，不是我瞎编的。王连长，你说是不是？”王玉生说：“崔连长，那分明是一句牢骚话，一句开玩笑的话，怎么可以把私下这种话当真呢？谁不会发牢骚？谁不会开玩笑？你不会？你就没说过这类话？”崔大嘴说：“我就没说过想脱军装的话，没说过开小差的话。”油葫芦说：“就是，我们连长从来没说过那样的话。”杨钊说：“崔连长，你这是小题大做，蓄意陷害。”崔大嘴说：“杨排长，你放肆！”油葫芦说：“就是，杨排长，你注意你的身份。”

王玉生说：“崔连长，行，其他的话不说了，我想请求你去团部说一下，刘长生连长说那话就是开个玩笑，可以吗？”崔大嘴不说话。油葫芦说：“凭什么？”杨钊要说话，被王玉生阻止，王玉生说：“不凭什么？大家是一个营的战友，一个战场上下来的兄弟，刘长生有哪里做得不好的，我代他向你道歉，等他出来了，我再带他来当面道歉。”油葫芦说：“别来这套，不稀罕。”崔大嘴阻止油葫芦，说道："王连长，你说得对，有情有义，但是，咱们是军人，必须讲纪律，要向错误的行为作斗争。"王玉生说："你说得对，是应该作斗争。"崔大嘴接着说："你要知道，这不是你我，或者说我和刘长生个人的事，现在部队这么困难，咱们不能做对不起部队的事，是不是？"王玉生说："既然这么说，就算了，我们走。"说完向外走。杨钊说："你这是借刀杀人。"跟着向外在。油葫芦追到门口对杨钊说："你放屁！"

第4节

又过去一天，没人来提审三标，三标估计团里给自己定性了，自己就是一个逃兵。是呀，团里再找王玉生来核实一下，自己确实说过那些话，这事就可以认定了，不用再找自己谈什么，有没有口供都可以定罪。下一步就是对自己的处理，轻则将自己一撸到底，降为普通士兵，重则判刑，把自己送禁闭连关几年。不过不管是哪一种，自己这辈子都完蛋了，一句玩笑话把自己的前程彻底葬送了，这让人实在不甘心。可是，又有什么办法呢？怎么才能改变呢？找方鸣九旅长，不行，到这一步，人家方旅长只会觉得自己给人家丢脸了，让人家觉得看走眼了，方旅长不会放过自己，没有哪个优秀的军官会喜欢逃兵。三标绝望了，只有老老实实等待处理了。

下午，哨兵把三标带到大房间，团里那个军官在屋里等他，军官让三标坐下，不冷不热地说："刘长生，怎么样？这两天待得挺好？"三标说："还行，当兵的，什么地方都能待。"对方说："行，你还挺得住，挺好。我问一句，你对自己的事是怎么考虑的？愿意录个口供吗？我告诉你，我们问了王玉生，他也说你说过想开小差的话，你也知道你这个事有两个证人，有没有你的口供没什么关系，凭这两个证人事情就可以定了。"三标委屈地大声说："冤枉，长官，我冤枉！"对方说："冤枉？我说刘长生，当兵打仗就是这样，没有那么公正，有些事碰到枪口上，就是冤枉也要办。再说，这事你还真不算冤枉，证人是两个连长，可以说板上钉钉的。”三标说：“长官，我真是不甘心呀！我的大好前程就因这一句玩笑话就毁了，实在不甘心呀！”对方说：“是呀，作为我个人还是能理解你此时此刻的心情，甚至说我还很同情你。听说你打仗很勇敢，方旅长之前很看好你。可惜，是很可惜呀。”三标听到这话，难过得眼泪都要掉下来了。

这时，团里的军官说：“刘长生，我问你一个事，你听说组建特遣队的事吗？”三标说：“听说，不过，具体情况不知道，不知道他们现在是什么情况。”对方说：“一开始报名的人不多，这两天很多，听说有可能近期出发。”三标问道：“顾长官下决心兵谏了？”对方点点头，突然问道：“你愿意去特遣队吗？你们关营长为你这个事找过方旅长，请他高抬贵手从宽处理，并代你表态，愿意戴罪立功去特遣队。”三标诧异地问道：“关营长替我求情？”对方说：“是的，方旅长说如果你愿意去特遣队，可以放了你，并不再追究此事。”听这么说，三标连忙说：“是吗？我愿意去特遣队，愿意戴罪立功。”对方说：“你想好了？”三标很肯定地说：“是的，我想好了，绝不反悔。”对方说：“好吧，我把这个情况向方旅长汇报，你等候通知吧。”

这样，三标被释放，到特遣队报到，任小队长。办完手续，三标回连部，杨钊听说三标回来了，连忙跑到连部看他，杨钊听说三标是答应去特遣队才被放出来，一拍桌子说：“完了，你上当了，上关公脸的当了！”三标问道：“什么意思？”杨钊说：“我看这完全是关公脸做的一个局，目的就是逼你去特遣队送死。”三标说：“怎么说是关公脸做的局？”杨钊说：“你看，关公脸就想让你去特遣队，他举报你这个事，就是逼迫你去特遣队。”三标听这么说，后悔死了，觉得自己太蠢了。

第二十四章

第1节

就要过春节了。这天下班，李津兰收拾桌子上的东西，准备下班。突然，段毓婉来找李津兰，一脸愠怒。李津兰问道："你怎么了？发生什么事了？"段毓婉说："李津兰，本来我不该过问你个人的事，但是，我觉得这有点过分了，有点欺负人，我不能不说。"李津兰着急地说："我的事，我有什么事？"段毓婉说："你家那位在外面有人，是不是？"李津兰大吃一惊，她怎么知道这个的？愤怒地说："段毓婉，你在说什么？"段毓婉说："我在说什么？你不知道我在说什么？你还藏着掖着的，你不知道咱们裕滇银行每一个人都知道了？"听这么说，李津兰焦急地问："你是听谁说的？这到底是怎么回事？"段毓婉说："都是柳貂蝉说的。柳貂蝉说她一个闺蜜的母亲是一个什么太太团的成员，你婆婆也在那个太太团，那个太太团的人都在说你家那位在上海跟一个安徽姑娘同居。柳貂蝉是见一个说一个，见一个说一个。"

原来是这样！李津兰顿时觉得五雷轰顶，这真是把她的颜面丢尽了。这柳貂蝉太可恶，太下流，就是一个卑鄙无耻的无赖，一个杀人不眨眼的魔鬼。段毓婉问她打算怎么办。李津兰说现在在处理中，公公婆婆已经断了给自己丈夫的生活费，逼迫他回来。段毓婉说："你认为他过年能回昆明吗？"李津兰摇摇头，没说话。段毓婉说:“他要真不回来，怎么办？”李津兰说:“恐怕只能去上海找他。”段毓婉问道:“你觉得你到上海能把他拖回来吗？”李津兰又摇摇头，她真的没把握。段毓婉说:“说实话，我认为他身边有了女人，他的心里已经有人了，他不会回来，一个男人哪会那么容易改变？退一万步说，他就是想走，那个女人会同意吗？会放手吗？”李津兰变得木讷、无助、绝望，没回答段毓婉的问话。段毓婉滔滔不绝地说着，李津兰就那么呆呆地坐着，脑袋里面一片空白。

窗外的天黑下来，像在窗户上挂了一块黑布。后来，能在这块黑布上看到星星，出来一颗又出来一颗，后来出来得越来越多，繁星满天。段毓婉已经说了很多话，李津兰还是那样呆坐着。突然，段毓婉说:“我看算了，跟他离婚！”听到这话，李津兰一下子仿佛从梦中惊醒，问道:“你说什么？离婚？是说离婚吗？”段毓婉说:“对，这种男人没什么值得留恋的，不跟他过了。”李津兰说:“我不离婚，除非你杀了我，无论如何我都不会离婚。”段毓婉说:“为什么？”李津兰问道:“我离婚，我父母怎么办？他们的女儿离婚了，让他们怎么见人？邻居不把他们的脊梁骨戳断了？让我家的祖先怎么办？他们后代中出了个离婚的女儿，这把祖宗八代的脸都丢尽。还有，我的同学怎么看？我成了他们当中的唯一离婚的女人，我真是太有出息了！”段毓婉说:“你说的这些难处我都理解。可是，你这婚姻已经死亡了，你在这死亡的婚姻中过一辈子，这对得起你自己吗？这符合人性吗？你知道吗，人不是为别人活的，是为自己活的！”李津兰说:“不，人不能只为自己活。”两人一直说到九点，时间太晚了，就不再说，各自回家。

第二天吃午饭时，吴少愚把段毓婉叫到一边，小声说:“你听说李津兰她丈夫的事了吗？真的假的？”段毓婉点点头。吴少愚气愤地说:“这个男人也太不地道了吧，李津兰等他这么多年，他给来这么一下，这还是个男人吗？”段毓婉说:“就是，太不是个东西。”吴少愚说:“这太欺负人了，他们家有钱怎么了？有钱就可以这么欺负人？为富不仁！”段毓婉说:“你别瞎说，李津兰的公公婆婆不是那样人，只是她家那位混蛋。”吴少愚说：“你看我要不要去安慰李津兰一下？”段毓婉说：“算了，别帮倒忙了，她现在最怕别人提这个事，你就让她静一静吧。”吴少愚不再说什么。不过，此时吴少愚心里的一个小心思活了，自己喜欢李津兰这么多年，现在看来有点希望了。

第2节

过了一周，柳貂蝉在银行里传李津兰丈夫的事消停一点了，李津兰的状态也好点了。这天，欧阳红来银行找李津兰，说小马听到一个消息，不知道对李津兰是否有用。就是小马说他在一个朋友的酒席上遇到一个往西藏贩运普洱茶的马锅头，这马锅头就是马帮老板，叫杜得福，这人在酒桌上吹牛说他当过兵。如果当年护国军去四川时他不离开部队，现在也干到营长、团长什么的。这本来没什么，关键是这人说他当年自己的名字叫杜生贵，小马当时觉得在哪里听过这个名字，后来想起来，是听李津兰说过，说那笔款的借款人叫杜生贵，就让欧阳红来告诉李津兰。

这个杜生贵和二哥连队那个杜生贵是一个人吗？有可能。他俩都是当兵的，都是在去四川路上离开部队，更重要的是他改了名字，一般人没事改名字干吗？都是有事才改，从他的经历看，他改名字有可能是想隐藏当年那个自己，想让当时认识的人找不到自己。

这么说杜生贵出现了？这让李津兰一阵欣喜，如果找到这个人，不是马上就可以解开这个谜吗？于是，李津兰马上请假跟欧阳红一起去找小马，把小马从办公室叫出来。李津兰请小马一定想方设法找到这个杜得福。小马说：“是这样，这个酒席我是被同事老余拉去的，我并不认识酒席上的其他人，我去找那个老余说说，请他找找这个杜得福。”第二天，小马回话，那个老余也是被一个做生意的朋友约去的，那个朋友是孙老板，他说他是在一个马帮驿站认识杜得福，前后脚到昆明来，因很谈得来，约到一起聚聚。现在那个杜得福运一批普洱茶去了西藏，不知道什么时候能回来。听这么说，李津兰对自己说，这事不能着急，慢慢等，一定能等到。

第3节

要过年了，裕滇银行也在忙忙碌碌的。这天，银行开了个部门经理办公会，宣布几个事，其中有两个挺重要：第一个是从此开始，裕滇银行总理和协理的官称改为行长和副行长；第二是因李津兰工作努力，表现突出，提升为簿记部副经理，协助王平端管理簿记部。接着，将与李津兰一起办公的老谭搬到另外一间办公室，按照部门经理的待遇，给了李津兰独立的办公室。

这个任命，对柳貂蝉那伙人打击很大，他们觉得很不公平，银行里比李津兰早入职的人多了，他们也为银行做了那么多事，不提拔他们而提拔李津兰，凭什么？并且，这样一来，李津兰就跟柳貂蝉一个级别了。

据说散会后柳貂蝉去找潘永其，问这是为什么。柳貂蝉在银行里一贯霸道，她想不通的一定要去闹闹。她说这个任命不公平，打击了广大职员的积极性。但是，潘永其耐心地说："李津兰在收大锡公司贷款上有突出贡献，提拔她是对她的鼓励，也是告诉广大职员，干得好就会得到重用。"柳貂蝉说："吴少愚在这个事上也有贡献，为什么不提拔他？"潘永其说："是的，吴少愚和李津兰一起去个旧，也有一定贡献，但是李津兰的贡献更大一些，表现更突出一些。"柳貂蝉听说了孔秀康夸李津兰的事，知道再说下去，也是这么回事，气呼呼地走了。

李津兰觉得这个提拔有点突然，她并不认为自己做出什么突出贡献，能收回五万元，那是孔秀康总理经营有方，努力工作的成果，自己这是刚好赶上了。如果当时是别人去大锡公司，也能取得这个成果。不过，想到孔秀康当面称赞自己的那一番话，这时不禁还有点面红耳热，真是让人不好意思呀。当然，这种感觉其实挺好的，能得到这么优秀的一个男人的称赞，真是幸福呀。突然，她想到如果自己有一个这样的丈夫该多好，有才学，有能力，有魄力，有情怀，有理想，又会关心和体贴女人，真是天下最完美的男人。不行，这种想法太不现实了，孔秀康这样的青年才俊是多少大家闺秀的梦中情人，是多少金枝玉叶的白马王子，自己怎么可能得到？并且，自己是已婚女人，已是明日黄花，根本无法与那些豆蔻年华的二八少女相比，人家怎么可能喜欢自己？

第 4 节

大概是省长公署要给本省老百姓送个过年礼物，这天宣布取消"禁银出境"，不再限制银币出境。当然，省长公署这么做是有两个背景因素：第一，是因进入欧战结束后的休养期，海外白银需求下降，银价下跌，银币外流现象消失，取消后不会导致银币减少。第二，当年下令"禁银出境"，除了海关禁止银币出境，各县公署纷纷自保，居然限制本县银币外流，这样一来，商人无法做生意了，在一个县卖货收入的银币不能带到另外一个县去采购新货，商品流通完全停止，很多地方外地商品匮乏，让老百姓怨声载道。

李津兰觉得这个消息对提高百姓对滇票的信心也是个好消息，她在银行办公会上提了个小建议，她说："潘行长，我有个想法，现在看银币紧张情况有所缓解，滇票兑换银币难度逐步降低，不如搞个宣传活动，印刷一些取消'禁银出境'的传单，在银行门口摆几张桌子，散发传单。同时，搞三天优惠，将滇票兑换银币的限制由每天每人二元，提高到二十元。增加老百姓对滇票的信心，同时提升咱们裕滇银行的形象。"

潘永其觉得这个想法挺好，但是之前没有哪家银行这么干过，就征求大家的意见。柳貂蝉发言："潘行长，我不赞成这个做法。首先，这是那些小商铺的做派，说得难听一点，就是街头叫卖，咱们银行不是小商铺，搞这个活动不仅不能增加老百姓对滇票的信心，提升咱们银行的形象，反而会降低。"这是暗指李津兰要搞她父亲榨油坊促销的那套，太下作，有辱斯文。李津兰听出来了，会场上的其他人也听出来了。

柳貂蝉继续说："第二，现在马上要过年了，咱们各个部门的事情都比较多，抽调出一批人来搞这个活动，会影响各个部门的工作。第三，现在黑市上滇票兑换银元是一点三比一元，咱们按一比一兑换，会不会把所有人都招来？"潘永其让其他经理也说说，问了一圈，没人发言，潘永其说："好吧，我说说，柳经理，这确实有点像街头叫卖，并且别家银行没搞过，但是，这不等于不能搞，搞小商铺能提高对滇票的信心，能提高咱们银行形象，就值得搞。另外，这个事不会用太多的人力，抽几个来搞一下，不会影响工作的，咱们不妨试试。最后一点，这会不会引起挤兑？我觉得一个人只能兑换二十元，不至于引起挤兑。"这样，这个事就定下来了，具体由总簿记部负责，银柜部许经理配合。

会后，王平端、李津兰和许经理马上着手布置具体工作，下班前拿出传单的文稿，明天印制传单，场地布置为用六七张桌子在街边摆放成一个长条，从总簿记部、银柜部和其他部门一共抽调十个人，在四天后，就是腊月二十三，在昆明人置办年货、逛街花钱的最热闹日子，一举推出这个活动。

第5节

四天后，上午十点钟在裕滇银行的门口若干张桌子摆放成一个长条，抽调出来的十个职员有的坐在桌子后面，有的拿出传单向行人派发，撤销"禁银出境"的宣传活动开始了。王平端、李津兰和许经理坐在门房里，看着这些职员忙活。这天天气阴沉，没有阳光，不时还有一些寒风吹来，显得比前几日寒冷。

到上午十点多，裕滇银行门口的人开始明显多起来，有人领取传单，有人向桌子后面的职员咨询，有人到办公楼一侧柜台换银币。当人们得知裕滇银行今天兑换银元的限制提高到二十元，人们奔走相告，到中午，来换银币的人越来越多，银柜部的银币不够支付，银柜部职员向许经理和王平端报告，王平端马上和许经理上楼去找潘永其，李津兰跟上去，王平端说："潘行长，今天兑换银币的人特别多，现在咱们准备的二万元已经被换完了。"潘永其也有点意外，问道："这是什么原因？跟过年有关吗？"许经理说："应该不是这个原因，以前过年前会增加一定数量，但是没有这么厉害过。"潘永其问："咱们银库里还有多少银币？应该还有一万？好，都拿出来！"许经理很为难，他说："都拿出来，明天怎么办？"李津兰也觉得许经理的考虑有道理，要慎重。潘永其没答复，挥挥手让许经理去办。等许经理出去后，潘永其对王平端说："你马上联系歌纳银行昆明分行，向他们借三万银币，今天下午五点前到，以保证明天能正常兑换。"顺带说一句，此前，省里已经批准歌纳银行开设昆明分行。王平端带李津兰下楼，让李津兰在活动现场盯着，自己赶忙叫了一辆黄包车去歌纳银行。到上午十一点半，裕滇银行门口换银币的人排起长队，队伍的尾巴已经从宝善街甩到祥云街那边，估计有二三百米。队伍里的人有穿棉长袍的，有穿西服的，有穿呢子大衣的，有穿短棉衣的。李津兰看到这个情形，心里越来越糊涂，这到底是怎么回事？是百姓对滇票依然缺乏信心，还是不相信撤销"禁银出境"是长期的？

一辆黄包车到，王平端从车上下来，李津兰迎上去问情况，王平端没搭理她，进门上楼去见潘永其，李津兰跟着上去。王平端对潘永其说："歌纳银行那边头寸很紧，他们答应支持咱们一万元，下班前到。"潘永其听这话，着急起来，看今天这个样子，明天一万元是过不去的，如何是好？这时，许经理进屋说："潘行长，不行了，刚才拿出来的一万元快兑换完了，怎么办？”李津兰听说这么快就完了，焦急地说：“是呀，怎么办？现在外面排队的人太多了，有几百人呀。”潘永其问道：“有这么多人？”推开窗户看看下面，确实下面是密密麻麻的脑袋。李津兰说：“行长，这一上午我都守在门口，我说得不会错。”潘永其对王平端说：“你赶快到中国银行、交通银行去谈谈，设法再借五万银币。”王平端和李津兰下楼。

到办公楼门口，李津兰看见楼里挤满了人，人们在议论能否取到银币。越来越多的人挤进来，像潮水一样，后浪推前浪，滚滚向前。李津兰估计是排队的秩序被破坏了，想出去组织一下。可是，这时已经出不去了，所有的人都在争先恐后地往前冲，把办公楼的一楼挤满了。没办法，王平端和李津兰只有返回二楼，李津兰从窗户往外看，见排队的人后面的抱着前面的腰，不让别人插进来。排队的女人也豁出去了，不管后面是男人还是女人，那腰就让别人紧紧抱住。可是还是有很多人设法插队，想早点换到银元。场面十分混乱，喊叫声此起彼伏，有找人的，有托人给家里带话，有吵架的，有骂骂咧咧发牢骚的。在人群外面出现两个穿黑色警服的警察，他们没见过这个阵势，站在那里神色慌张，手足无措。

王平端和李津兰到潘永其办公室，潘永其也在窗口往下看。这时楼下已经是人山人海，人声鼎沸。王平端说：“潘行长，现在人太多了，根本控制不住了，如何是好？”潘永其慌乱地说：“让银柜部终止兑换，马上关门停止营业，把大门关上！我给省会警察厅打电话，让他们派人过来控制局面。”王平端和李津兰下楼去找许经理，许经理躲在走廊尽头的一个房间里，王平端好不容易才找到他，告诉他行长的决定。可是，许经理显然吓坏了，他说：“王行长，我肚子疼，太疼了，站不起来。”王平端听这么说，对李津兰说：“咱们走！”到银柜部柜台，王平端命令暂停兑换，全部停下来。然后挤到楼梯上，对人群大声喊：“各位，各位，今天停止兑换银币了，请明天再来！对不起各位啦！”

这声音像是给人群投下一枚炸弹，马上就炸开了，人群发出响雷般的狂喊："我们要换钱！""凭什么停止换钱？""银行倒闭啦！""就是要换钱！"王平端大声安抚道："明天我们银行肯定让各位换到银币，各位放心！明天来吧！"但是，没有人听这个话，人群越来越愤怒，局面开始混乱了，怒骂的、惨叫的、大哭的，各种声音混杂在一起，突然有人喊："冲进去，让他们给我们换钱！"外面的人开始朝楼里冲，大厅里的人进入一间间办公室。一些职员躲在自己的房间里，一些职员退到二楼，与楼上的职员搬来办公桌椅和柜子堵住楼梯口，往上冲的人群被阻止在楼梯上，双方形成对峙，可是，裕滇银行的职员人少，往上冲的人是黑压压的，怎么能顶得住呢？很快，二楼楼梯口的阻碍物被推开，人群冲上二楼，裕滇银行的职员只有靠在墙边，任愤怒的人群打砸和抢劫。楼下的情况也是这样，每个房间都被洗劫，剩余的银币被哄抢一空。

外面传来警哨声，大批的警察赶来了。办公楼外的人群像潮水一样散去，一些人一边跑一边喊："警察来了！快跑，快跑，警察来了！"办公楼内的人群争先恐后地冲出来，有人倒地被踩踏，有一个人被挤压的力量高高举起，像坐在船上起起伏伏往外漂移，突然被一楼大门的门框卡住，出不去进不来。警察开始抓人，人群像鸭子一样四散跑开，呼啦啦一大片，一些人跑反方向，朝警察那边跑去的，被警察逮个正着，更多的人跑掉。过了一会儿，门口的人和办公楼内的人都跑走了，地上散落着上百只各式各样的鞋子，办公楼里安静下来，警察走进办公楼。站在楼梯口墙边的李津兰看见警察，突然浑身瘫软，顺着墙滑到地上。

第6节

挤兑事件的第二天一早，裕滇银行办公楼门口的街道被打扫干净，看不出昨天发生过重大群体事件，大门口站着两个警察，这是警察厅留下来的岗哨，用来震慑那些闹事分子。

柳貂蝉一上班，就去潘永其的办公室，义正词严地说：“潘行长，我请求研究李津兰的问题，她给裕滇银行造成这么大的损失，绝对不能姑息容忍！”潘永其还没从昨天的惊吓中走出来，看了看柳貂蝉。柳貂蝉说：“搞什么宣传优惠活动，就是这个活动引发的事件，这个活动是挤兑事件的直接导火索。不过，潘行长，我认为这事你没责任，你是被李津兰蒙骗，被李津兰陷害。李津兰不仅要搞垮裕滇银行，也要搞垮你，让你身败名裂。”潘永其在本省金融界工作这么长时间，第一次碰到挤兑事件，这会脑子还有点蒙，他低声说：“缓两天，缓两天，现在办公室被打砸成这个样子，先恢复办公要紧，再有几天就过年了，先恢复办公吧。”柳貂蝉说：“行，先恢复办公。但是，潘行长，这是本省历史上第一次挤兑，性质特别恶劣，影响极其巨大，这不是偶然的，是有人故意造成的，是有人想搞垮裕滇银行，咱们对这样的人，绝对要严惩！”潘永其说：“是的，这个事影响极大，不是个小事，一定要认真处理。”柳貂蝉话里带话地说：“潘行长，我觉得这事太大了，督军公署和省长公署也不会不过问的，咱们不能太被动，别让人家认为是你的过错。”潘永其点点头，柳貂蝉走了。

潘永其召开办公会，布置一系列工作：第一，在大门口贴出布告，暂停兑换银币；第二，清点办公室损坏情况，登记造册，并找人来修理；第三，对昨天被打伤挤伤的同事进行安抚，需要治疗或休息的就安排治疗或休息；第四，派人去省会警察厅，介绍挤兑事件的整个过程；第五，安排好楼下那几个站岗警察的吃饭休息问题，人家来给咱们做事，一定要招待好。

会议结束后，李津兰到潘永其办公室，说了一通承认错误，要求承担责任的话，潘永其说：“李经理，你有这个态度很好，很好。这个问题很严重，影响很大，可能都超出我这个做行长的处理范围，咱们先不作结论。咱们先恢复日常工作，然后再来研究解决挤兑事件问题。你先去安心工作，不要胡思乱想，安心工作。”

中午吃饭的时候，段毓婉和吴少愚到李津兰办公室。昨天他俩来找李津兰，一起离开办公室。当时段毓婉和吴少愚也吓坏了，都是没见过这个阵仗，昨晚都做噩梦。这会，段毓婉小声说："今天上午柳貂蝉四处煽风点火，要李津兰认罪，要处罚李津兰。那个唐芸芸也是很活跃，到几个房间去传播柳貂蝉的那些话。"李津兰知道这是大难临头了。吴少愚说："我告诉你们，董庆仁也是这样说，还说要让李津兰和我俩都死得很难看。"李津兰听着，一句话没说，他们觉得自己特别虚弱，根本没力气去对抗这些挑战。段毓婉看李津兰这个样子，很担心，这样下去真要被那些人搞死呀。

第7节

第三天下午潘永其去督军公署开会。后来，李津兰知道这个会就是研究这个挤兑事件的。这个会的规格很高，唐继尧亲自出席，除了潘永其，财政厅长徐之琛等人都参加。此前，吴琨不再担任财政厅长，由徐之琛接任。在会上，唐继尧详细询问了挤兑事件的过程，潘永其一一作了解答。潘永其主动承担责任，说发生这个恶性事件主要是裕滇银行工作不当造成的，搞这个宣传活动，将每人每日兑换额提高到二十元，就是这个不慎重的活动导致发生这起恶性事件。听他讲完，唐继尧讲话："潘行长，这一点你说的基本准确，这个事件就是你们工作不当造成的，一个堂堂的大银行搞什么叫卖吗？这太不像话，对有关责任人，一定要严办。"潘永其担心对自己处罚太重，辩解道："唐督军，这事应该我们承担主要责任，可是，这也不能全怪我们。今天的报纸上说，发生这个事件，关键还是市面流通的滇票量过大，人们对滇票缺乏信心，这也不是没有一点道理。"唐继尧打断他的话，不耐烦地说："潘行长，那是次要的，主要还是你们的工作有问题，刚刚解除'禁银出境'你们就搞这种宣传活动，这合适吗？你要把精力放到主要问题上，找到真正的原因，拿出好的解决办法，这样才能避免再次发生同类事件。"听这么说，潘永其不敢再说了。

唐继尧又说："当然，次要问题也要处理。徐厅长，你和潘行长一起草拟一个整理金融的办法，提交给我。由于要过年了，明天就把草稿提交上来。"

散会后，潘永其到财政厅，在徐之琛办公室，草拟文书，搞到很晚才完成，这个文书叫《整理金融忌见书》，第二天由财政厅递交给唐继尧。这个《整理金融忌见书》总共列了十八条办法，主要是：第一，是动用省里的财政储备，购买生银铸造银币；第二，省长公署下令，税收全部收取纸币，纸币与银币的兑换价格保持不变；第三，不再发行纸币；第四，再次实施"禁银出境"。

接着，潘永其接到唐继尧的指示：这个文书不错，待过年后发布。但是，对裕滇银行造成此次事件的有关责任人，一定要严办，该开除的就开除。李津兰得知这个消息，知道自己这下子完了，头上悬着的那把刀要掉下来了。

下班时，段毓婉到李津兰办公室，告诉李津兰："柳貂蝉放出话来，这次一定要让银行开除你。如果潘行长不同意，她就去省里告状，找唐督军告状。给银行造成这么大的损失，给社会造成这么恶劣的影响，创了云南历史之最，这样的人还留在行里，那是对省长公署、督军公署的亵渎，是对唐督军的亵渎。李津兰，你看，这怎么办？"李津兰摇摇头，什么也没说，她能说什么？她能有什么办法？自己闯了这么大的祸，给裕滇银行造成这么大的损失，还说什么？她不想离开裕滇银行，她热爱这个工作，可是她有什么办法？

吴少愚来了，带来的也是坏消息。他说："唐芸芸和董庆仁搞了一份给省长公署和督军公署的请愿书，请求对本事件的祸首李津兰给予开除，现在在办公楼里找人签名，也有不少人在上面签名。你们说说，怎么办？"段毓婉说："怎么办？怎么办？这么大的事，你不拿主意，让我和李津兰这两个女流之辈说怎么办，你觉得合适吗？"吴少愚没想到被这么撑了一通，无奈地说："我确实没办法，我要有办法就不这么说了。”

三个人都不说话了，房间里安静下来，听到唐芸芸上二楼，进旁边的房间说：“各位，各位，请来看看这个请愿书，如果你们赞成，就在上面签字。”有个年纪大的男声说：“是要求处理李津兰的请愿书吧？开除她，是不是太狠了，她也是为了咱们银行好才搞这个活动的，不是故意要祸害咱们银行，这么处理人家，是不是……”有个年轻的男声说：“我觉得不过分，这祸闯得太大了，云南自打有银行，这次挤兑是头一份，这可真不是小事，闯这么大祸都不处理，那还有个王法没有？我签字。”有人附和着说：“我愿意签。”“我来签。”吴少愚过去把门关上，不想让李津兰再听到这些声音。

段毓婉和吴少愚把李津兰送到赵府，蔡月娥见状，连忙问是什么情况。段毓婉向蔡月娥介绍了自己和吴少愚，然后把前后经过说了一遍。蔡月娥说：“昨晚她回来，我就觉得她的状态不对，我问她，她只说是累了，我也不好多说，就让她去自己房间休息了，原来是这么回事，这可如何是好？”说着，郭师傅的黄包车进院子，赵亦恒回来了。蔡月娥连忙把这个情况告诉赵亦恒，又给赵亦恒介绍了段毓婉和吴少愚。赵亦恒在报纸上已经看到相关报道，得知这个事的始作俑者是李津兰，不知说什么好。他知道能干的人就是容易闯祸，可是，这个祸也太大了。段毓婉对赵亦恒说道：“赵大爹，估计这次李津兰要被银行开除，你能找人疏通疏通吗？”赵亦恒在客厅里走来走去，说道：“这么大的事，引起社会上这么大的关注，又是唐督军要求严惩，这不好办，很不好办。”吴少愚说：“赵大爹，李津兰喜欢这个工作，她不能失去这个工作。”赵亦恒说：“我知道，我能理解。”蔡月娥则不以为然，在一旁冷冷地说：“我觉得这反倒是个好事，一个女孩子，不在家好好待着，整天在外面抛头露面，接触那么多乱七八糟的人，哪还有个女人样？现在不让上班刚好，就在家里待着，我觉得挺好。”这番话没有得到任何人的响应，蔡月娥不在乎，继续说：“要不上班，能受这气？根本不可能，我不上班，不管你是什么单位都跟我无关，我不受你的冤枉气。你想气我，气不着。

小妹，不是我说你，这都是你自己找的，你要不去工作能这样……”这话说得太不合时宜，与这客厅里的气氛太不协调，赵亦恒打断道：“行了，你就少说两句吧，现在是说这话的时候吗？”蔡月娥不说话了，赵亦恒向段毓婉和吴少愚表示感谢，让他们在这吃饭，段毓婉和吴少愚谢绝了这个好意。这时，李津兰振作起精神，从沙发上站起来说：“段毓婉、吴少愚，你们回去吧，我没事，就是真的被开除了我也承受的了。我没事，你们回去吧，谢谢你们二位。”段毓婉和吴少愚告别李津兰，出门走了。

第二十五章

第1节

就在组建特遣队的时候，唐督军派去的两个旅已经到了驻川滇军驻地附近。顾品珍去找这两个旅长详谈，设法说服他俩反唐。结果他俩对驻川滇军的遭遇非常同情，对唐督军这些年穷兵黩武，不发展本省经济，一再到外省抢地盘，导致云南老百姓生活水平急剧下降极为不满，一致同意与顾品珍联手兵谏。

这样，三标他们特遣队出发，星夜兼程奔向昆明。但是，尽管这两个旅加入兵谏队伍，特遣队的危险并没减少一点，昆明附近的还有听命唐继尧的杨蓁旅和叶荃旅，他们特遣队这点人马根本不是人家的对手，几乎是飞蛾扑火，自投罗网。

这时，整个局势又发生变化。叶荃旅原为靖国军第8军，远征陕西失败，返滇后被缩编为一个旅，被安排到贫穷的寻甸驻扎，一再受到唐继尧打压，不给补充枪支弹药，拖欠多月军饷，他们对唐继尧极为不满，叶荃率部开始闹事。唐继尧急忙命杨蓁旅前去镇压，以免失控。这样，昆明城就成了一座空城，顾品珍命三标他们特遣队用最快的速度前进，尽快夺取昆明，同时，率驻川滇军和那两个旅也离开驻地，向昆明开进。

唐继尧见此，慌忙调回杨蓁旅前去堵截顾品珍的大部队。没想到，杨蓁也被顾品珍密使说服，加入兵谏行列。这天，顾品珍等二十多名旅级将领联名发表《邓泰中、杨蓁、蒋光亮、石重、金汉鼎等忠告唐继尧请其暂避贤路给云南各地的通电》，历数唐继尧种种劣迹："护法其名，而一切设施，无一不显为背驰……广搜民财，大兴土木，穷奢极欲，浪费无度，财政并不公开，每年预算，并不提交议会，遇有质问，概置不理，是无议会也。立连坐法，加重犯赃罪，均极苛刻。上年举行大赦，而私怨者不与焉。以命令为法律，视喜怒为赏罚，是无法律也。假废督而自称联帅，号裁兵而同时征兵……"

2月7日，是1921年农历大年三十，老百姓都准备过年了。这时唐继尧听说兵谏部队已经兵临昆明城下，而他身边的这点警卫部队根本不足以抵抗兵谏部队，于是，当日深夜，唐继尧带着家眷和亲兵百余人乘滇越铁路的火车仓皇逃走，跑得之匆忙，甚至连换洗衣服都没带。就在唐继尧乘坐的火车离开云南府车站不久，三标他们特遣队到达北门，这时城门大开，守城的军人放下武器，欢迎三标他们进城。特遣队分成两路，一路去督军公署，一路去省长公署，很快将这两处控制。随后几天，更多的兵谏部队进城，昆明城完全被兵谏部队控制，顾品珍长官在昆明百姓的夹道欢迎下进城。唐继尧在去香港的路上通电下野，辞去在云南省的本兼各职。这场兵谏最终导致云南改朝换代，执政云南七年的唐继尧下台了。

这个春节昆明城里流行一副门联，上联是"两个洋芋辞旧岁"，下联是"一棵白菜迎新春"，横批"扭转乾坤"。云南会泽出洋芋，这两个洋芋是指会泽人唐继尧和唐继虞两兄弟，昆明出白菜，这棵白菜指昆明人顾品珍。后称此为昆明"二八政变"。

为了加强控制，很快省里军政机关进行人事调整，一批驻川滇军军官到督军公署和省长公署任职，三标因在特遣队表现不错，官升营级，被调到省警务处担任重案大队大队长。这样，三标脱下灰蓝军装，换上黑色警服。这次返滇，驻川滇军上上下下都非常高兴，但是，有一个人却与众不同，他就是关公脸，他本以为这次迫使三标进入特遣队，必然死于昆明城下，没想到这小子没死，反而因此当上大队长，是营级警官。他实在气不过，自己是连长时，这个三标只是一个新兵蛋子，现在自己是营长，他也成了营长，他心里问，老天爷，你到底长眼不长眼？

第2节

这天下午三标终于抽出一点时间去宝善街的裕滇银行见妹妹李津兰。他到银行大门，对门房大爹自称是李津兰表哥，来找李津兰，大爹告诉他李津兰在二楼，楼梯口西边那个房间。三标上楼，走到李津兰办公室门口，门是敞开的，见屋里只有李津兰一个人，三标轻声说："表妹。"将称呼改为表兄妹，是两人之前就约好的。坐在办公桌后面的李津兰抬起头，见是三标，高兴地说："表哥，你回来了？"跑过来拉住三标的手，滔滔不绝地问道："啥时候回来的？我见你们驻川滇军进城，就知道你回来了。怎么样？你们住哪？你们在四川吃苦了，就是应该回来。你怎么穿这身警察的衣服？你不当兵了？"三标说："你问这么多事，我先说哪个事？我是第一批回昆的，现在住省长公署旁边，我现在调到省警务处重案大队负责。"李津兰问道："负责？就是大队长吧？"三标点头。李津兰说："太好了，你真有本事，我就知道你是一个有本事的人。"三标提醒道："注意，我是刘大队长，不姓李，别忘了。"李津兰说："我知道，你放心吧。"李津兰一边收拾东西一边说："我去跟上司说一声，提前下班，你跟我回家，到我家吃饭。"三标说："到你公公婆婆家，这方便吗？就不去了吧？"李津兰说："有啥不方便的？你等一下。"出门去王平端的房间请假，回来带三标下楼，柳貂蝉刚好从外面回来，与他俩迎面相遇，柳貂蝉不知道这个警察是谁，上下打量着三标。李津兰看到柳貂蝉的眼神，故意亲热地往三哥的身上靠一下。

两人各上一辆黄包车，到了赵府，张孃孃开门。张孃孃见过三标，热情地跟三标打招呼，又对李津兰说太太出去打牌了，老爷还没下班。李津兰说三哥晚上在家里吃饭，带三哥上楼到自己卧室。三标发现屋里缺点男人的东西，问李津兰，李津兰说赵家轸在护国讨袁前去上海读书了，还没毕业，自己也还没孩子。三标听这情况，有点意外，但是没有多问。

李津兰问了三哥这几年的情况，尽管他们有书信联系，但是李津兰还是想知道三哥更多情况，三标作了简单介绍。之后，两人交换了自己了解与二哥被害有关的情况。李津兰说三哥帮找到的那个杜生贵很有意义，她告诉常耀宗自己知道杜生贵是二哥连队的兵，常耀宗非常紧张。通过这个杜生贵，可以认定那笔钱肯定与二哥被害有关，有可能是用这钱买凶陷害二哥。三标同意她的分析，接着三标也说了自己了解的一些情况：老烟筒非常可疑，听说案发前，他突然变得很有钱，经常在饭馆吃饭喝酒。另外，这个关公脸也很可疑，他听说自己去找二哥连队的老兵，非常紧张，一再盘问自己，而且后来与自己处处过不去。另外，在四川前线见大哥，大哥说他们那个何胖子副营长第一次和自己见面时神态有一丝异样，这个何胖子在护国讨袁前曾在云南将军公署工作。李津兰觉得大哥他们那的何胖子，可能与常耀宗说的刘念堂有关系，可能他们是一起来云南的。

然后，李津兰又说："前段时间，我的一个朋友见到一个人叫杜得福的人，他自称原名叫杜生贵，这个人很可能就是二哥他们连的那个杜生贵，目前他去西藏了，等他回来，我一定设法找到他。"

李津兰又说了常耀宗和老先生的情况，让三哥想想是否可以通过部队的关系找找老先生，他是个很关键之人物，当初借款，是他给潘永其行长打电话，如果没有这个电话，裕滇银行是不可能把这个钱借给常耀宗的。李津兰说如果能当面问问老先生，也许能解开这个谜团。三哥同意去想想办法。

蔡月娥和赵亦恒回来了，李津兰带三哥跟他们见面，一家人在一起吃饭。赵亦恒问三标一些军队的事，三标一一作了回答。吃完饭，三标回去了。

第3节

第二天晚上，三标换了便装一个人去武成茶园，悄悄去看十三红的演出。这天上演的是滇剧《打渔杀家》，这是从京剧同名剧目改编过来的，讲述的梁山好汉阮小七易名萧恩，拒绝招安后隐迹江湖，与女儿萧桂英以打鱼为生。但却不料女儿萧桂英被当地渔霸看上并想占为己有，萧恩不同意，渔霸借催缴渔税逼萧恩就范。这日，正当萧恩愁闷之时，昔日友人李俊、倪蓉来访并得知此事，非常愤怒。于是，萧恩与李俊、倪蓉联手，不畏强权带领渔民与渔霸以死相拼，最后杀了渔霸的故事。

剧中萧桂英此前已经与他人定亲，在渔霸步步紧逼下愁苦万分，痛不欲生。十三红扮演的就是萧桂英，那悲伤的曲调唱得如泣如诉，让人愁肠寸断。三标坐在观众席里，看着十三红徘徊的碎步，听着十三红悲凉的唱腔，感觉十三红如同在诉说她与哥哥二标分离的悲苦。

三标不禁想到，五年过去了，一直没搞清楚二哥被害案真相，没确认凶手，太对不起二哥了，也太对不起十三红了。这次回昆明了，一定要把这事查个水落石出，让真相大白于天下，让凶手血债血偿。

散场后，三标在茶园门口等着，见十三红和几个同事出来时，迎上去。十三红看见三标，让同事先走，跟三标站在街边上。三标说:“小红，刚才我看了你的演出，你演得真好。”十三红笑笑，说道:“你们都回来了？我听大家都在说你们四川的滇军回来，所有的人都回来了吗？”三标说:“都回来了，都回云南了。”十三红说:“你们在四川这几年，受苦了。”三标说:“没有，也有过好日子的时候，在重庆不就过好日子吗？那时你还到重庆来慰问过，是不是？”十三红说:“是的，是的。在重庆你们过得挺好的，重庆那个地方也很不错。”三标说：“只是，我二哥那个事到现在还没搞出个头绪，真不知道说什么好。不过，我一定能查清真相，找到凶手，让凶手血债血偿。”十三红说：“你坚持这么多年，我相信你能做到，你二哥有你这样的弟弟，这辈子值了。”两人又聊一会，分手了。

第4节

调查二哥之事又遭遇新的困难了，小黑子在泸州保卫战中阵亡，再不可能从他那里了解任何情况，这对三标打击很大，现在只剩铲子这一条线索。不过，也有好的情况，现在三标在重案大队工作，认识的人比在部队多，又不受关公脸的监视，查找铲子方便多了。很快三标得到多个铲子的信息，三标一个一个去落实，最后，终于找到铲子。铲子在另外一个旅里，职务是排长，现在驻巫家坝军营，他已经不用外号，很多人只知道他的大名缪集良，不知他是铲子。

三标到铲子的部队，这里在昆明城外，是一片平坦的土地，军营在一个村子旁。三标进入军营，找到铲子他们宿舍，三标请宿舍门口的兵去通报一下，说自己找铲子。很快，铲子来了，这是个微胖的小排长，个子不高，看上去挺淳朴的。三标问道：“你是缪集良？能和你说两句话吗？”铲子疑惑地看着三标，问道：“你是谁？”三标说：“我叫刘长生，是省警务处的大队长。是这样，我是想找你了解点情况，是私人的事，跟我的工作无关。”铲子说：“你说吧。”三标说：“咱们过来说话。”带铲子到路边的大树下。

三标说：“我想找老烟筒，他跟你有联系吗？”铲子愣了一下，紧张地说：“老烟筒？哪个老烟筒？”三标说：“就是洪宪战争前，碧鸡山军营的那个老烟筒，当时你的结拜兄弟。”铲子更紧张地说：“我跟他没联系，他在去四川的路上开小差了。”

三标直截了当地问道：“你知道他为什么开小差吗？之前他说过什么？”铲子说：“我不知道他为什么要开小差，他没跟我说过。刘大队长，你知道开小差是个大事，部队处罚是很重的，他既然没打算带我一起开小差，自然不会告诉我什么。”三标：“可是，他为何要开小差呢？”铲子说：“我不知道，但是，当时要打大仗，又是跟北洋军打，很多人心里很害怕，就溜了。当时开小差的不只是他一个，不是很多人都开小差了吗？甚至军官都有开小差的。这有什么奇怪的？”

三标挑不出这话的毛病，转换了一个问题，问道：“你能说说，你和腾冲兵两人怎么会被调离原来那个连队？你们连的那么多兵，只有你们两个调离了，是不是有点奇怪？”铲子说：“这个事我跟你一样不知道是为什么，省里宣布云南独立和护国讨袁后，马上组建护国军，将滇军兵力扩充几倍，新建部队需要老兵，就从老部队抽调一些人过去，这很正常，有的是在云南抽调，有的是在四川抽调，我俩是在四川。至于为什么只是抽调我和腾冲兵，这是上面定的，我不知道。其实当时我并不愿意被调走，我想待在老连队，可是没办法，只能服从命令。”三标听这么说，不知道问什么好了。

铲子很谨慎地问道：“刘大队长，你怎么会来找我问这些情况？这都是很久以前的事情了。”三标说：“确实是很久以前的事情，但是，有些事一直没搞清楚，还需要再了解一下。”铲子问道：“什么事情？”三标说：“就是你们李二标连长的事。”铲子说：“那个事不是当时就有结论了吗？怎么现在还要了解？”三标说：“是的，当时是有结论了，但是李二标连长的家人一直不相信那个结论，认为案子有很多疑点，想搞清楚这个事。”铲子说：“可是，李连长都不在了，搞清楚又有什么意义呢？”三标想说怎么没意义，可以找真凶报仇雪恨，可以讨回公道，可以伸张正义，但是他没说，而是说：“他父母有他父母的想法，我也说不清楚，只是受他父母的委托来了解一下。”铲子没有再问。三标说道：“你可以说说其他情况吗？洪宪战争前，在碧鸡山军营时你跟老烟筒接触很多，毕竟是结拜兄弟。”铲子说：“是接触多点，但是也谈不上了解。他心里的很多事，从来不说。我也不问，那时我年龄也比较小，不懂那么多，也没想那么多。”

三标问道："你觉得老烟筒跟李连长有什么过节吗？"铲子说："没听说有什么过节，挺正常的。不过，李连长这个人对人比较严厉，一些人对此有抱怨，老烟筒有时也会发几句牢骚，但是这很正常，连里面大部分人都会有这样的牢骚，我也有。"三标又问："当时是不是老烟筒犯了什么事，让李连长发现了？"铲子说："应该没有吧，老烟筒有些小毛病，比如说喜欢吃吃喝喝的，但是，不会干严重违反军纪的事。"三标问道："听说当时老烟筒经常带你和腾冲兵在外面饭馆吃吃喝喝的，是吗？你知道他这吃饭的钱是哪来的？"铲子说："当时我们是经常在外面小饭馆吃饭，老烟筒是花了不少钱，至于这个钱，老烟筒说他发了点小财。"三标问道："发什么小财？"铲子说："他没说，我们也没问。当时，好长时间不打仗，一些军人会去做点小生意，挣点钱很正常。"这是实情，三标不再往下问，又谈了一会，三标见没问出什么有用的信息，就与铲子告别。

在返回的路上，三标想，铲子说的这些话，挑不出什么问题，但是，让人感觉他还是知道一些事情，只是他不说。也许这牵扯到他自己，他要承担一些责任，也许他是害怕实施这个阴谋的那些人，那些人会严惩他。不管到底是因为什么，可以想象得出来，要让铲子说出点情况是很困难的。

第5节

还有什么办法查二哥被害案的线索呢？三标想起来小黑子说老烟筒在二哥出事前除了经常在外面吃饭喝酒，还玩女人。这天，三标有点时间，就一个人离开办公室，到篆塘上小火轮。这时滇池上已有小火轮跑客运，从篆塘到昆阳，虽然船票价格高了，但是速度可比木帆船快多了。三标坐小火轮到碧鸡山脚下的高峣村码头下船，往碧鸡山营房走去，到营房门口，见有不少军人进进出出的。现在这里驻了从四川回来的部队，有了不少生气。不过，这里并没有饭馆，三标估计老烟筒当年是在碧鸡关城楼下那条街上吃吃喝喝的，那里当年很热闹，有众多商店有饭馆，甚至还有清真饭馆。三标向山上走去，走了一会，山峰的垭口处出现高高的碧鸡关城楼。碧鸡关是昆明西边的一处关隘，一条马路从城楼穿过，去往滇西的行人骡马都需经过此处，清朝时这里曾有官兵把守，民国后这里是自由通行。

城楼内侧的小街也很热闹，途经碧鸡关的行人客商会在此购物吃饭住宿。三标在小街上询问这里开饭馆的是哪年开的，如果有五年前开的，就问是否记得一个当年经常在这吃喝的当兵的，问了一圈，没问出一点东西。这确实不容易问到，时间过去五年，而且就是一个来吃吃喝喝的人，谁能记住？三标只有扫兴地离开此地，回城里。

第6节

三标到重案大队上班后就给重庆的白金花写了封信，让她把首饰店转让了到昆明来。三标以为很快能收到白金花的信，白金花识字不多，但是她会找人帮写信。但是过去一个多月都没见回信，三标实在不放心，托人去找找白金花，看看是什么情况。很快去重庆那边的人回话了，告诉三标一个不好的消息，人家白金花来不了昆明了，说是腿摔伤了，走不了这么远的路，要过一段时间再说。这个去找白金花的人多了个心眼，找白金花的邻居打听一下，得知白金花不愿到昆明的真实原因，是她跟一个男人好上了。

听到这个消息，三标火冒三丈，心想这个女人真不是个东西，自己离开重庆仅仅半年，竟然干出这么不要脸的事，这就是个烂货。还有，三标认为白金花这么做也有另外一个原因，她不看好滇军了，认为滇军在重庆待不住，跟着个滇军小连长没前途，不如改换门庭，另外寻个靠山。她喜欢重庆，在重庆寻个靠山就可以在那里扎根。

自己真是太傻了，当时在重庆就不应该跟她和好。不过，后来想到白金花在狗街子的情况，三标又释怀了，自己早就知道这是个水性杨花的女人，跟这种女人有什么好生气的？看清她的嘴脸就行了，从此跟她一刀两断，不再联系，大路朝天各走一边。

第 7 节

这天，王玉生来找三标。三标到重案大队上班，就请求上面把王玉生和杨钊也调过来，这样王玉生任副大队长兼 1 中队中队长，属于副营级，杨钊任 2 中队中队长，属于连级。

杨钊敲三标办公室的门，听到里面叫进来，走进去，见三标在处理公文，说："大队长，你听说了吗？关公脸又要搞你了。"三标疑惑地问："他搞我？搞我什么？"三标知道自己这次提升，如果说有让一个人最生气，那就是关公脸。但是，关公脸现在能怎么搞自己呢？

三标问道："你听到什么？"杨钊说："我听油葫芦说关公脸要找人去你老家调查你，关公脸一直认为你的身份有问题，这次要彻底调查清楚。"听这话，三标心里一惊，不知道这会不会出问题，可嘴上却说："调查什么？在重庆的时候，在审讯勇哥买船那个案子时，他提出调查，驻川滇军司令部请督军公署调查过，事情不是有结论了吗？他还查什么查？"杨钊说："是呀，听油葫芦说，关公脸认为那个调查太粗糙了，完全是应付了事。这次他自己找人下去，要认认真真仔仔细细地查一遍。关公脸还说，他不相信查不出问题。"

三标一拍桌子说："放屁，我有什么问题？是他心中有鬼才看谁都是鬼。我让他查，看最后查出什么来。这个关公脸就是嫉妒我，我当兵的时候他是我的连长，现在我当大队长，跟他平起平坐，他嫉妒死了。可是，嫉妒有屁用，老子是真刀真枪干出来的。"杨钊说："是的，这家伙心眼特别小，见不得别人比他强。"三标赞成杨钊的说法，两人骂了一通，杨钊走了。

屋里只剩三标一个人，三标想，骂关公脸的话是该骂，但是这个事不能掉以轻心。这时，三标还是有点心虚，担心真被他查出点什么来，那就完蛋了。他想一定要阻止关公脸的调查。

下午，三标到警务处开会，坐在会议室里。警务处长在前面讲话，三标坐在下面神魂不定。他想关公脸找社会上的人去查，不会像政府的人去查那样，公事公办，找乡公所问问了事，很可能到处乱窜，问了老张家问老王家的，甚至直接到刘长生家，去问刘长生父母等人。尽管自己在此前全部周密考虑过，又一直给他家里写信和寄钱，家里人说的情况与我现在的情况一致。但是，什么事都可能百密一疏，万一哪个事我不知道，人家说的跟我说的不一样，关公脸掌握后来盘问我，怎么办？怎么解释？不过，很快三标找到应对办法，就说自己记错了，或者干脆咬死不承认，那么，即使关公脸知道我撒谎，也拿我没办法。关公脸依据这个向上汇报，他站不住脚，缺乏说服力，上面不会重视。想到这里，三标心里平静下来，他觉得事情没那么严重，不必过于紧张，自己有点杞人忧天，自寻烦恼。

散会后，三标回到重案队，碰上杨钊，杨钊约三标去喝酒。三标心里挺轻松，就同意了，他让杨钊去叫上王玉生，三个人出门。杨钊说有一家大理人开的饭店，饭菜味道不错，不如到那里品尝一下，三标和王玉生同意，就去了。随后大家喝酒聊天，聊聊四川的往事，很是开心。

可是，仅仅过了两天，三标又为这事紧张起来，这是怎么回事？是这样，这天上班的时候，三标在走廊上碰到几个本单位的警察，他们带一个受害人家属来辨认案犯。在几个人走过去之后，一个可怕的念头闪过，三标一哆嗦，他突然想到，如果关公脸的人把刘长生的家人带来昆明辨认自己，自己不是马上露馅了？所有的伪装顿时被扒下，实在太可怕了。而关公脸将这个情况上报，上面马上可以立案调查自己，自己苦心经营的一切就都完蛋了。

怎么办？如何阻止关公脸把刘长生的家人带来昆明？必须想出个办法。可是又有什么办法呢？这事不能跟杨钊和王玉生商量，只能自己想办法。三标在办公室里如坐针毡，有人来汇报工作，都被他撵出去。他对自己说，一定要想出个办法。

还没下班，三标脱下警服，换上老百姓衣服，离开办公室，去盘龙江边，找了一家小饭馆，这里比较僻静。三标要了两个菜一瓶杨林肥酒，自己喝起来。三标想，不行自己带几个人下去，把关公脸派去的人抓起来，让他无法带人走。但是，很快又否定，这不行，抓了人还是要放的，他回去告诉关公脸，关公脸能善罢甘休？不会，他会再找人下去，甚至他自己下去。这个办法行不通。自己下去把刘长生家人转移，让关公脸的人找不到，这个办法如何？感觉还不错，可是，转移多长时间？时间短尚可，如果半年一年的，人家不回家？不可能的，这还是要被关公脸找到。另外，关公脸找不到刘长生家人，把邻居带到昆明，不是一样露馅？自己还能把那一村人都转移？不行的。三标又想一个办法，还是行不通，后来，三标有点急了，心想，如果确实找不出办法，干脆去把关公脸干掉算了。不过，三标知道这是个气话，干掉一个滇军营长，哪有那么容易？那就是鱼死网破，同归于尽。想来想去，也没想出个办法，到饭馆下班时，三标喝了不少酒，有点醉了，起身回家了。

第8节

第二天下午，三标去裕滇银行找李津兰，两人到同仁街那家越南人开的西餐厅，三标说了这个情况，问道：“你看看这会不会出什么麻烦？”李津兰听说关公脸有可能把刘长生的家人带到昆明来认人，也担心起来，说道：“如果真是这样就麻烦了，一定不能让这个情况出现。”三标说：“是的，来了肯定出事，只是，如何阻止呢？你有什么办法？”李津兰摇摇头，她还没想到什么好办法。两人聊了一会，李津兰说：“这个事，你去找方旅长说说，他能帮忙吗？”

三标说道：“我觉得还是不找方旅长为好，原因是方旅长即使愿意阻止关公脸，也不一定能阻止得住，关公脸可能阳奉阴违，私下还是去调查。另外，这可能会让方旅长起疑心，方旅长会想，为什么刘长生不想让人了解你的情况？我觉得不找为好。”李津兰觉得有道理，放弃这个办法。两人聊了很长时间，没有找到办法，三标还要回大队办事，两人就结账离开西餐厅，分手了。三标感觉有一把剑悬在自己头上，随时可能掉下来。

当天夜里，三标还在想这个事，非常焦急，他担心关公脸行动了，自己再没办法，就完了，怎么办呢？急死人了。最后，他终于想出一个办法。

第二天一上班，三标给妹妹打了个电话，说自己决定去刘长生家，只能这么办。

第二十六章

第1节

由于唐继尧带亲信乘滇越铁路火车南下，并通电辞去云南督军等职务，云南改朝换代，督军公署和省长公署的很多官员都躲了起来，两个公署停止办公，查处裕滇银行挤兑事件责任人的事也被放下来，谁还来管这个事？

柳貂蝉万万没想到会发生这种事，气坏了。她本以为这次可以开除李津兰，可是，竟然发生这种五百年不遇的怪事，唐督军逃走了，让李津兰又逃过一劫。

这天在赵府的餐厅，李津兰和公公婆婆吃饭，公公赵亦恒说："唐继尧跑了是好事，这个人早该下台了，看看他这些年干了什么？为了在外面争地盘，穷兵黩武，把本省搞成什么样子？你看看，他滥发滇票，让本省金融完全混乱，再加上他横征暴敛，税赋增加了多少种？搞垮了多少工商户？让云南经济倒退了多少年？你再看看，他开放烟禁，毁了多少人，毁了多少家庭？"李津兰觉得公公说得有道理。赵亦恒说："你跟我说的，你们行长他们搞的那个《整理金融忌见书》，因唐继尧跑了，没公布实施，但是，你觉得能实施吗？根本不可能。第一，动用省里的财政储备，购买生银铸造银币，这就是说让两公署还钱，可是，两公署能还钱吗？他们有钱还吗？"

李津兰说："现在两公署绝对不会还钱。"赵亦恒说："这不完了？

这一条有什么用？全是废话。第二，省长公署下令，纸币与银币的兑换价格保持不变。这有用吗？谁听呀？这不是自己骗自己吗？他们不到黑市上去看看，滇票与银币兑换贬值多少？用什么保证兑换价格不变。第三，说不再发行纸币，这话现在说已经晚了，市面上那么多滇票，已经泛滥成灾，只有回收滇票才能解决问题，说不再发新的，就能让市面上的滇票变少了？不可能呀！第四，说再次实施‘禁银出境’，你两公署有点信用没有？刚宣布取消，又宣布再次实施，这是在干什么呢？小孩子过家家，闹着玩呀？”李津兰觉得确实如此。赵亦恒说：“这《整理金融忌见书》就是花拳绣腿，解决不了一点问题。”李津兰知道，现在云南经济的问题已经是积重难返，这些办法扭转不了这个局面，现在顾品珍上台，看看顾品珍有什么办法吧。

第2节

李津兰有个警官表哥的事在银行传开了，段毓婉和吴少愚都来问李津兰表哥的情况。李津兰简单说了一下。段毓婉说：“现在你在警察里有人，不怕柳二娘整你了。”李津兰是觉得自己确实比原来多了几分底气。

顾品珍重组省长公署，让省长周钟岳继续担任原职，一些不危及政权稳定的岗位则使用旧官员，裕滇银行行长大概属于不危及政权稳定岗位，没有换人。然而，将一些重要岗位安排了原驻川滇军的人，如警务处处长等，还有，督军公署改为云南陆军总司令部，顾品珍出任总司令。

对于如何执政，顾总司令求教云南的一位饱学之士，对方云：“诸葛武侯治蜀，开诚布公为先，此乃政治原则。另外，本省自护国讨袁以来，连年用兵，元气大伤，唐氏因情势所迫，无计收缩军队。滇军既不能逐鹿中原，势必有阋墙之争，于是民不聊生，饿殍载道。今日若整顿内政，应增益生产，藏富于民，休养生息，成就百世功业。”于是，顾品珍推出新政的核心是八个字“开诚布公，休养生息”。

很快公布新政的具体措施：第一，查处腐败，对唐继尧主政时的贪腐，一经揭发，马上立案调查，坐实罪状后，官员判刑，财产充公，补贴省里的开支；第二，官员减薪，对省、州、县、乡四级官员，一律降薪，接受降薪的继续干，不接受的可以立马走人；第三，减税降赋，降低多项农业和工商业税赋，减轻百姓负担；第四，停发滇票，对社会各界承诺，不再发行新的滇票，并且今后将陆续回收销毁滇票，回到银币时代。

一时间三迤大地风生水起，热气腾腾，顾品珍得到本省各界的广泛好评。很多人将他的新政与唐继尧的旧政进行对比，认为唐继尧那是“暴政”，是“苛政”，有文人在报刊上撰文称唐继尧的旧政是“苛政猛于虎”。

可是，减税降赋、停发滇票，官府的收入一下子大幅度减少，而很多事情是需要花钱的，这样一来省里的资金非常紧张，从省长公署到县公所，到乡镇公所都缺钱。很快，省长公署下令，停建一切官府的建设项目，不再支付工程款，待资金宽裕时再恢复施工。就是那些盖了一半的乡公所也停下来。但是，这么干了还是无法解决新政权资金困难。

这时，裕滇银行里开始传一个说法，说省里要变卖官府的部分财产，还说要从财政厅和裕滇银行抽调人员组成财产处理组，段毓婉来告诉李津兰这个情况，并说从银行抽调的人员主要是负责财产估价，李津兰觉得估价是柳二娘他们部门的业务，与自己无关，让段毓婉别操这种闲心。

本来李津兰以为这事说说也就过去了，可是没想到，两天后，不仅没过去，反而议论得越来越多，并且直接点了自己的名，说李津兰最适合去干这个事，理由是：第一，当年她去个旧收贷款，取得重大成果，显示出超人的能力和极高的工作水平，去财产处理组不会给银行丢脸。第二，李津兰搞取消“禁银出境”宣传活动引发挤兑，给裕滇银行造成重大损失，应该去戴罪立功，弥补她给银行带来的损失。不过，李津兰听到这些议论，仍然不以为然，一笑而过。

这天中午吃饭时，段毓婉到李津兰办公室说：“你听说了吗？咱们银行里都议论说你去省长公署的‘财产处理组’最合适。你怎么看？”李津兰说：“都是瞎说的，别当回事。”段毓婉说：“我知道这又是柳二娘在背后搞鬼，但是你还是小心点好，这处理组是万万去不得的，你想顾总司令把省里东西卖了，唐继尧能同意吗？如果不同意，唐继尧回来重新掌权，顾总司令是跑了，而办事的人跑不了，唐继尧不跟办这事的人一个一个算账？”李津兰觉得这有点过虑，并且不必过于害怕唐继尧打回来，云南这个天变不了。段毓婉说：“还有，你别忘了，你现在还是戴罪之身……”李津兰打断她的话：“什么戴罪之身？那是唐继尧时代的事，现在改朝换代了，早就一笔勾销。”段毓婉说：“你想一笔勾销，有那么简单吗？有人可是盯着呢，一直在找机会重新追究这个事。”李津兰说：“那是白日做梦。”

这时吴少愚进来，问道：“这是说谁呢？”段毓婉解释了一下，吴少愚说：“谁说这个天变不了？这事还不能说的这么肯定。现在唐继尧手上还有很多部队呢，你们没看报纸上说，唐继尧到蒙自，受到那里部队和乡绅热烈欢迎。从现在情况看，唐继尧反攻昆明是否成功，还真不好说。”李津兰不这么看，问道：“他要有实力反攻成功，干吗要辞职下野？”吴少愚说：“这也许是他躲避顾总司令追杀的权宜之计。当时，他的部队都不在昆明，他怕顾品珍追得太紧，自己走不掉，情急之下采用此计。”段毓婉赞成吴少愚的说法，附和道：“你别不相信，你去了解一下，有多少人认为唐继尧能打回来？还是小心一点好。”李津兰不再争辩，觉得他们多虑了。

下班到家，吃饭时赵亦恒问李津兰：“你们单位这几天怎么样？处理你的事有新的说法吗？”李津兰说：“没有，那是唐继尧的指示，现在唐继尧说的不算数了，没人再提这个事，我估计这事就这么过去了。”赵亦恒听了思考片刻说：“现在唐继尧跑了，确实有可能就过去了。”李津兰高兴地说：“过去了，彻底过去了。”蔡月娥说：“小妹，你别高兴得太早，你们银行里有多少双眼睛盯着你，哪天形势有变，又会有人跳出来要求处理你，还是小心点。”李津兰说：“妈，不会的，你放心吧。”

第3节

几天后的办公会上潘永其说接到省长公署的通知，让裕滇银行派三个人去财产处理组工作，参与省里变卖财产事务，具体负责财产评估、登记造册、契约签订、财产移交等。这个处理组由省财政厅、省实业厅和咱们裕滇银行等单位人员组成。咱们银行去的三个人里，要有一个负责人，这个人应该是咱们的部门经理或副经理，今天我们要确定一下这个负责人。说完潘永其用眼光把在座的人扫了一遍，发现个个都在躲避自己的眼光，有的人直视前方，有的扭头看向一边，有的干脆低头看着地面。潘永其知道，这些人是怕唐继尧卷土重来，到时不好交代。现在不仅是裕滇银行的职员有这种畏首畏尾的情况，就是省长公署里留用的那些官员，相当一部分都是如此。

不过，潘永其是决心服务新政权的，这原因也很简单，第一，如果不跟顾品珍干，可能马上被免职，降职降薪，这是他不愿意的；第二，他从心底里拥护顾品珍新政，不赞成唐继尧的搞法，他认为顾品珍执政，本省老百姓的苦日子就结束了，云南会一天天好起来；第三，对于唐继尧打回来这事，他觉得唐继尧已失去人心，回来也不可能取胜。

潘永其知道这事比较敏感，没有点将，要听听大家的意见。他让王平端先说说，王平端说了一通省里变卖财产的重要性，并表态如果需要自己去，自己可以去。王平端也是决心服务新政权的，原因和潘永其差不多。潘永其说王行长说得很好，不过这个事不可能派一个副行长去，还是请大家都说说。潘永其用眼睛去找柳貂蝉，发现柳貂蝉不在会议室。他问王平端这是怎么回事，王平端说柳貂蝉刚才请假了，说身体不舒服。潘永其愣了一下，觉得这是柳貂蝉耍滑头，有意躲避。

这时，在会议室里的李津兰也愣了一下。李津兰认为这个业务属于上街经理部，最合适去的人是柳貂蝉，可是她躲了，来个老将不会面，明摆着是要把这事推给别人嘛。推给谁呢？估计自己就是人选之一。这个柳貂蝉真是比泥鳅还滑。

潘永其只好点一个经理，这个经理说了一番自己家里的困难，去不了。潘永其又点银柜部许经理的名，许经理说自己知道这个事很重要，也很愿意为顾总司令的新政权做点贡献，只是家中老父最近病得很厉害，这段时间要请假回家照料，实在是去不了。听这么说，潘永其感觉这事有点不好办了，照此下去，可能找不出一个愿意去的人，他的目光在会场上扫了一圈，停留在李津兰身上，无奈地说："李经理……"没想到许经理抢着发言，许经理说："行长，我有几句话说，可以吗？"见潘永其让自己说，许经理说："是这样，柳经理回家前来找我说了几句话，让我代她在会上说说。柳经理说，如果今天会议是研究去省里财产处理组负责人之事，她建议安排李经理去，理由有两条……"就是银行里面传的这两条。许经理说完，与会的人都纷纷说有道理，还是李经理最适合。到此，潘永其看出这里的门道，对许经理的话没有作评价，也没再征求李津兰的意见，草草宣布散会。

下午，潘永其把李津兰叫到自己办公室，屋里还有王平端。等李津兰坐定，潘永其就说之前省里要求处理咱们银行挤兑责任人那个事，现在没人提，就算了。本来大家都知道，造成挤兑最关键的因素还是滇票发得太多了，并不是由于搞什么活动，处理咱们银行的职员能解决什么问题？什么也解决不了，根本有没意义嘛。当时是上面这么往下压，而自己内心深处根本就没打算处理任何人。这是向李津兰示好，李津兰非常明白，马上向潘永其表示感谢。接着，潘永其问道：“如果这次让你带两个人去处理组，你愿意吗？”李津兰说：“潘行长，其实这个事就是上街经理部的事，柳经理最适合。”在一旁一直没说话的王平端突然开腔，对李津兰说：“是的，但是你也看到了，她今天请假，这就是在躲嘛，像她这个样子，去了事情也做不好，到时候怕上面对咱们银行不满意。”听这么说，李津兰感觉似乎没有退路了，只好把这事应承下来。潘永其很高兴，说自己对李津兰没看走眼，李津兰就是个干事的人，是好样的。然后说：“你带上街经理部的两个男同事到省里上班，你们总簿记部的工作暂时就由王副行长负责。”李津兰同意了。

段毓婉和吴少愚听李津兰说还是要去处理组，知道这是无法改变了，只好让她到那边上班做事一定要多加小心，不要出头，不要显示自己，让别人去担责任，自己跟着混就行了。之后，李津兰带两个男同事，按通知的时间到省里的财产处理组报到。省里提供了一份财产清单，上面有多处房地产有一些小企业的名字。处理组马上开展工作，到现场进行逐一评估。这些房地产基本上是大清时云贵总督府和云南巡抚署的老房子，就是仓库、驿站、马场、兵营之类，这大部分处于郊外交通不便之处。李津兰第一次接触这类政府财产，感觉这改朝换代就是政权更替，民国政府无偿获得大清政府的房产，跟老百姓没什么关系，甚至一些老房子是明朝的，是大清政府无偿获得大明政府的。

处理组各司其职，测量房屋和土地面积，按照市场比较法设定价格，十几天后这些房产的价格都出来。这时云南经济不好，房产价格很低，省里希望调高一点，可是处理组担心就是这个价都不一定卖得出去，不愿意调。

房地产评估完了，处理组开始对省里小企业评估。这些是酱油厂、木材厂、建筑队、衣帽制作社、榨油厂等，都是官办的。大家进入这些企业进行工作，见他们股份清晰，记账规范，比较好评估。过了十几天，评估工作结束了。评估结果上报省里后，省里很快批准了，马上在报纸上刊登了出售公告。

第4节

出售公告刊登后，市场反应平淡，半个月下来只卖出去几处房产，看样子其他财产是根本卖不动了，收的这点钱距离省里的期望相差太远，对于解决省里现在资金困难可以说是杯水车薪，怎么办？省里通知财产处理组评估唐继尧的个人房产，李津兰随即到了唐府和唐家花园。

唐府，也称唐公馆，位于昆明北门街。大门是古希腊风格，四柱三间，三个拱形门洞，上方为三角形造型，门柱为雕刻精致的西式石柱，大门两侧为反八字影壁。入门是个院子，院中是空场地，比较开阔，可进出黄包车和马车。院子中间是个中西合璧两层红砖楼房，被称前楼，楼房大门做了古希腊石柱支撑的雨棚，全楼是方形窗框，二楼均是外挑阳台，阳台栏杆是铁艺镀金的，图案精美，楼上木地板，楼下地面为法式花瓷砖，不过，屋面是中式灰色瓦片。这栋楼房之后是后楼，是一栋中式木结构二层楼，房间比前楼多很多，与前楼有一个二层走廊相连。后楼一侧有莲池、拱桥、雕花石栏、喷水假山。唐继尧和他的家人住在这里。

唐家花园，又称梅园，也位于北门街。为中西合璧式园林，与唐公馆一墙之隔，也可以说是唐公馆的一部分。临街为中式彩绘门楼，入门有水池，池中是个假山，相互对立放置半裸洋女雕像两座，这两位洋女与西方美女维纳斯有几分相像，手中端有瓷盆，喷水机关开动，池水源源不断通过瓷盆注入池中。据说洋女雕像为法国人所赠。园内花树扶疏，盆花多种，四时不谢。全园环境静谧，景色幽深。日本领事赠送唐继尧的五十多株樱花，也种植于此。花园东南角，有假山环绕莲池，莲池上有雕花石栏拱桥，园内主体建筑是一个庙宇式飞檐大堂，上挂“寿逾华山”牌匾，此花园是唐继尧为自己生日庆典而建，此牌匾是当时所挂。院子的右侧是个西式八角亭，由石头砌筑。因此园枕山面湖，站在此亭上可揽尽全城之胜。飞檐大堂后面又是一个院子，建有戏楼，戏楼上下有二十个包厢。另外，园内还有几栋中西合璧的二层楼。唐继尧是秀才出身，个人收藏典籍、古玩、金石、字画颇多，也都存放于此。

唐继尧的家人与其去了香港，这些房子里住着一些佣人。李津兰想处理人家的私人财产，这合适吗？不太好吧？但是，大家均不敢违抗省里的命令，硬着头皮对院子进行评估。

下班回到赵府，李津兰在饭桌上跟公公婆婆说了白天的事，公公还没说话，婆婆就说："怎么能卖人家的家产呢？大家政见不同，争夺云南大权，男人之间争就争嘛，干吗卖人家的宅子？小妹，咱可不能干这缺德的事。"李津兰说："我也是这么想，这是不是有点过了？我们处理组的很多人也是这样想。"蔡月娥说："是呀，这顾总司令是怎么想的？老爷，你说是不是？"赵亦恒说："你们没看报纸？这段时间有文章说唐继尧公款私用，巧取豪夺，指出唐继尧的这些家产来路不正，是掠夺云南百姓的。"蔡月娥不服气地说："现在这些文章说什么的都有，他们说这话是不是得有点真凭实据？有就拿出来，别瞎说，人家现在下台了，就这么瞎说，人家在台上他怎么不说？只怕是小人所为。"赵亦恒说："说得对，唐继尧在袁世凯时代每月津贴上万元，民国四年十二月袁世凯要称帝，曾封唐继尧、陆荣廷等人一等侯，给唐继尧每月津贴三万元，按理这些钱够盖这些房子，尽管他几个太太，家里开销很大，应该还是够盖这些房子的。我也是不赞成变卖人家的房产。民国还优待前清的溥仪皇帝，让人家住紫禁城里，他顾品珍不会这么小肚鸡肠吧？"蔡月娥说："小妹，让别人去干这伤天害理的事，你可千万别干。不说万一唐继尧回来报复你，就是唐继尧永远回不来，也不能干。"李津兰觉得婆婆说得很对。

晚上在床上，李津兰想怎么躲过这事呢，明天请假？说自己不舒服？人家是不是能看出来自己是躲这个事？肯定能看出来，那么人家会不会觉得自己心眼太多？让人家觉得自己把这得罪人的事推到别人身上，这不是有点不够意思？是不是有点阴险，有点卑鄙？还是去吧，去了再想办法，也许到那有新办法。可是，能有什么新办法呢？这时李津兰想自己怎么会去处理组，太鲁莽，柳貂蝉一直在这个事上煽阴风点鬼火，自己分明知道，还往坑里跳，自己太蠢了。现在看这柳貂蝉确实狡猾，她知道这是惹麻烦的事，甚至早就预料到会涉及唐继尧家产。柳貂蝉这个人险恶呀，真是不放过任何一个坑我的机会。自己还是太幼稚、太草率了、太傻了。

第二天，李津兰让郭师傅到唐公馆找处理组负责人给自己请假，说自己病了。李津兰是下决心不干这个事。一周过去了，这天段毓婉到赵府来找李津兰，说是潘行长派她来的，潘行长说他们处理组的负责人让李津兰明天上午无论如何要到唐公馆去一趟。段毓婉问李津兰身体好点没有，李津兰说了实话，自己没病，是在躲评估唐继尧家产的事。段毓婉担心躲不过去了，问李津兰怎么办，李津兰说没办法，到那里见机行事吧。第二天，李津兰到唐公馆，处理组负责人轻描淡写地问了一下李津兰的身体情况，并没更多关注。李津兰原来担心对方问很多，自己不会撒谎，担心应付不下来，见是如此心里一阵轻松。很快，处理组的人到齐了，负责人让大家到大客厅坐下，说："各位，这几天处理组的人员请假比较多，影响了工作进度，经过坚守岗位的几个同事的努力，现在评估结果出来了，今天请大家过来听听这个结果，评审一下。"然后，负责人开始念评估结果，用一个多小时把评估结果念完，对大家说："大家说说，有什么意见？"大家都没说有意见。接着，负责人说："如果没有不同意见，就请大家签字，下午把这个结果报省里。"把评估结果文书放桌子上，请大家签字，大家看逃不掉了，只有乖乖地签字，李津兰也无奈地签了字。

签字结束，负责人就宣布大家可以回自己单位上班，如果有事再通知各位过来。李津兰走出唐公馆，心想最终还是没有逃脱，如何是好？如何是好？李津兰心里七上八下的。之后她把这个情况告诉公公婆婆，他们也很为李津兰担心，可是也没解决的良策。评估结果文书上有自己的签字，这是根本无法改变的，神仙也改变不了。李津兰也告诉了段毓婉和吴少愚，段毓婉和吴少愚都说这要怪还是怪柳貂蝉，本来这是柳貂蝉的工作，她躲了，还推到李津兰身上，这个人太阴险，太恶毒。段毓婉说："我敢说，现在你做的任何事，柳二娘都在用笔记着呢。如果唐继尧重新回来掌权，她肯定拿出来一笔一笔跟你算账。那时，唐继尧绝对不会放过你。"吴少愚说："是的，如果唐继尧重新掌权，估计要狠狠报复跟他作对的人。"李津兰觉得他俩说的有点道理，唐继尧肯定会这么做，唐继尧不是个心慈手软之人，自己的前景确实不乐观。

第5节

第二天中午，段毓婉到李津兰办公室，说行里有人在传一个事。李津兰问是什么事。段毓婉说："是柳二娘跟人说，你家那位跟那个安徽姑娘分开了，有这事吗？"李津兰没听说过这个事，摇摇头，段毓婉说："柳二娘说是听她闺蜜的母亲说的，估计十有八九是真的。"李津兰说："她具体是怎么说的？"段毓婉说："柳二娘说，那个安徽的女的在外面交往一个男友，你家那位受不了，跟她发脾气，那个女的不服气，说这有什么？你在老家有个老婆我都没计较，你还跟我计较什么。你家那位说我跟家里的老婆有名无实根本没感情，如果你不满意我马上回去离婚。那个女的说，离婚，你敢离婚？你父亲能同意你离婚？你骗谁？你还是算了吧。两人大吵一架，那个女的就搬走了。"

听到这话，李津兰暗暗高兴，如果真是如此，赵家轸也许很快就回来了。不过，嘴上却说："柳二娘说这个干什么？她要搞什么幺蛾子？"段毓婉说："不知道，估计说你家的花边新闻，为了看你的笑话。"李津兰说："无聊。"段毓婉说："也许他很快就回来了，如果真的回来怎么办？你还跟他往下过吗？能原谅他吗？"李津兰不说话，她确实不知道说什么好。段毓婉说："我觉得，如果他回来，还愿意跟你过你就继续跟他往下过，是不是？人家说的浪子回头金不换，是不是？"段毓婉见李津兰一直不说话，眼睛也转向窗外，知道触动了李津兰那根敏感的神经，李津兰需要认真地想想，就不再说话，蹑手蹑脚走出房间。李津兰好像没听见段毓婉出去，她望着窗外，窗外的天空很蓝，这是昆明刮风的季节，从南边来的季风，风力达到五六级，一阵一阵的，从早刮到晚，把天空刮得没有一丝云彩，干干净净、碧蓝碧蓝。李津兰这时心思混乱，脑子里有点散，无法集中注意力，慢慢地她思路清晰起来，他真的回来，自己到底怎么办？他不再是离开昆明时那个单纯的赵家轸，而是一个跟别的女人同居过的男子；他不再是那个在感情上初出茅庐的小伙子，而是一个对女人再熟悉不过的情场老手；他对女人的身体不再是缩手缩脚，不得要领，而是熟门熟路，无比老练。自己还会喜欢他吗？自己能接受他吗？

第二十七章

第1节

那天，三标给李津兰打电话后，跟上司请假，乘火车到阿迷，租了匹马去南坡村，在村口躲起来，一直等到天黑透了，才悄悄摸到刘长生父母家门口，这是一个很普通的农舍，破烂而陈旧。三标轻轻敲门，屋里的油灯亮了，有男人的声音问道："谁呀？是谁呀？"三标小声说："是我，我是刘长生的朋友。"屋门开了，三标进去，在只有几个小木凳的堂屋坐下。见刘长生的父亲个子不高，瘦瘦的，也没有刘长生粗壮。刘长生的母亲也过来。三标问家里是不是还有其他人，刘父说刘长生有两个妹妹，都嫁到其他村子了，家里只有他们老两口。

三标对老两口说自己是刘长生的好兄弟，刘长生死于帮人打架，已经去世五年，这些年是自己给他们老两口寄钱。老两口见黑灯瞎火进来个陌生人说这些事，半信半疑的。三标拿出最近两次给老两口寄钱的单据，证明自己没说假话。老两口不识字，三标念了上面写的金额和时间，老两口听了，松了口气，觉得说其他都可能是假的，但是这寄钱的金额和时间是真的。另外，还寄了五年，相信三标是儿子的好兄弟。

这样，三标说了来意，说自己为了秘密调查害死哥哥的凶手，不能用本名，借用了刘长生的名字。现在有个情况，那个害死自己哥哥的坏人怀疑自己不是刘长生，要派人来找他们了解情况，甚至会带他们到昆明去认人。自己请求他们二位配合自己，说自己就是刘长生。

说完，见老两口犹豫不决的，三标跪下说："二位长辈，五年前你们的刘长生不在后，我就是你们儿子，今天让儿子给你们磕头，儿子保证终身侍奉你们。"说罢，磕三个响头。刘长生的父亲见这样，赶紧把三标扶起来，说："好，好，我们认你这个儿子，你就是我们家长生，永远是长生。"这个事，就这么解决了。这里多说一句，后来三标一直给刘长生父母寄钱，像亲儿子一样。

另外，这次三标去刘长生家，还办了个事，他返回昆明的时候，进阿迷城，到李记古法榨油坊去看望父母和段小凤。自打三标带白金花私奔，父母和段小凤有近七年没见他了，他们只能从李津兰那里打听三标的情况。三人见到三标，非常激动。母亲庚美菊哭得一脸泪水，父亲李祖殷红了眼圈，段小凤远远站一边，尽管没掉眼泪，心里也是酸酸的。

由于三标请假时间短，马上要去车站，父母也就不硬留他，只是，父亲提了个要求，让三标把媳妇段小凤带到昆明去。这时，三标对段小凤这个父母给找的媳妇还不接受，心里那个弯还没拐过来，不肯带去。同时，三标觉得段小凤到昆明会不会暴露自己的真实身份，会不会带来什么麻烦？自己实在没把握，就推说自己刚回昆明事情太多，自己也不稳定，等自己稳定了，再把他们都接到昆明去。李祖殷说了几次，三标都不答应，李祖殷没办法，就让三标独自走了。

第 2 节

刘长生老家的事刚办好，这边又出新问题，这是什么事呢？这天，杨钊走进三标办公室说："大队长，你听说了吗，关公脸在追一个昆明戏子？”三标问：“戏子？哪个戏子？”杨钊说：“叫什么？名字怪怪的，十三红？对，就是十三红。”三标听到这话心里咯噔一下，问道：“你怎么知道？你是听谁说的？”杨钊说：“听我原来那个连里的兄弟说的，他们说是听崔大嘴说的。”三标说：“这是什么时候的事？刚发生的？”杨钊说：“好像是的，不过，听说关公脸很早就认识这个戏子。”三标说：“这是真的假的？”杨钊说：“那谁知道呢？我也只是听说。”

三标半信半疑，为了搞清情况，晚上三标换了便装去武成茶园，在后面角落找了个位置坐下。这天晚上演出剧目是《花田错》，很快开演。这个戏说的是小姐刘玉燕携丫鬟春兰赴花田盛会，偶遇赶考书生卞玑，心生爱意。而同村小霸王周通欲娶刘玉燕，刘玉燕不同意，小霸王跑来抢刘玉燕，一再被愚弄，笑话不断。很快卞玑中了状元，与刘玉燕完婚。这戏的主角是丫鬟春兰，她穿梭在刘玉燕与卞玑之中，活泼夸张，唱腔轻松愉快，并配合活跃、流动的舞蹈身段，在欢乐气氛中妩媚动人。十三红就扮演这个春兰。

在演出中，三标看见坐在前排一角的关公脸。戏散场，三标到场外，见关公脸进了后台。三标没跟过去，在茶园门外街角的暗处等候，很快见关公脸和十三红等人一起出来了，关公脸一直把十三红扶上黄包车，待黄包车消失在街道尽头才离开。三标想，看来杨钊说的情况是真的，关公脸确实是在追十三红。完了，这十三红本来是二哥的女人，现在却要变成别人的女人了，这怎么办？

第二天晚上演出前，三标在武成茶园的一个角落与十三红见面，这时十三红已经上妆，准备演出了，寒暄两句后，三标说：“我今天来是想跟你说个事，可以吗？”十三红说：“你客气什么？当然可以，什么事？”三标说：“咱们在重庆见面后，我一直在关注关正阳这个人，想搞清楚他的为人，你知道，我对这个人是有看法的。”十三红说：“是的，后来了解的情况如何？他是个什么样的人？是不是不太好？”三标说：“说实话，到现在还没有找到什么他出格的事，不过，他给我那种感觉没变，我还是觉得挺有问题。”

十三红明白三标的心思，这是希望自己跟关正阳保持距离，说道："没事，可以再慢慢了解，了解一个人不容易，需要时间。"三标在考虑要不要把关公脸害自己的事说出来，想了一下，还是决定不说，因为自己说出来，如果十三红对关公脸说了，关公脸就会知道自己的真实身份，说道："是的，其实我并不想把这个人想太坏，有的时候我也希望他是个好人。"十三红说："是的，你和你二哥一样，心地非常善良。"

三标说道："我觉得一个女人嫁个什么样的男人很重要，如果没有找对人，这女人这辈子就苦了，就把自己害了。"十三红点头。三标说："听说关正阳最近经常来看你演出，是吗？"十三红说："是的，经常来。"三标说："散场后他还要送送你，是吧？"十三红警觉地说："怎么？你调查过我？"三标说："算不上调查，只是我来听戏时碰到了。"十三红有点不高兴，说道："你来听戏，为什么不来告诉我一下？"三标赶紧撒谎道："是跟几个同事一起来的，去告诉你不方便。"十三红说："有啥不方便的？如果你自己不能到后台，可以让茶园的伙计带个话过来嘛。"

三标想别绕圈子了，还是把话说出来吧，说道："这么说吧，今天我来，就是想让你离关正阳远一点，这个人人品有问题，我不希望你们……"十三红问道："不希望我们什么，成为夫妻？是吗？"三标艰难地说："是的，就是这个意思。"突然，十三红笑起来了，说道："你想到哪去了，我怎么可能跟他那样？太可笑了。"三标困惑地问道："你是什么意思？说你跟他接触没那个意思？"十三红说："是呀，他顶多是个戏友、戏迷，我跟他接触没有那个意思。"三标说："可是，他在对你献殷勤。"十三红说："他献殷勤不是那个意思，只是表示一种尊敬。"三标问道："尊敬？是吗？"

但是，三标心里不认同十三红的说法，认为十三红是在敷衍。三标说："很多戏迷这样吗？我怎么没听说过？"十三红说："不能说很多戏迷这样，但是有一些戏迷会这样，没什么可以大惊小怪的，真的没什么。"三标还是很难接受这个说法。十三红看出三标的心思，说道：“既然说到这里，我就跟你说实话吧。是这样，我要结婚了。”三标问道：“结婚？跟谁？”十三红说：“是我们戏班里的琴师，他这么多年一直对我很好。”三标如梦初醒地说：“是吗？那太好了，祝贺你，祝贺你。办婚礼一定要通知我，我来祝贺。”十三红说：“好的，这下子，你放心了吧？”三标高兴地点点头。

第3节

这天，三标给李津兰打了个电话，说他请人去找老先生。人家回话，这个老先生跟唐继尧一起去香港了，现在没办法找。还有，财政厅的常科长也消失了，是逃出国了，还是到下面县里躲藏没人知道。

这时，原来在两公署工作的很多旧官员，由于不知道顾品珍会如何对待他们，都躲出去了。而顾品珍的控制范围只是本省的一部分，像蒙自、文山、红河、临沧等地还被效忠唐继尧的军队控制着，一些旧官员躲到那些地方，顾品珍拿他们没办法。

李津兰听到这个情况，知道只能等了，别无他法。

这时，又发生一件事，让三标一下子陷入困境。这事是这样的，前段时间，昆明顺城街一家饭店发生一起爆炸案，当场炸死六个，炸伤十人。现场勘查，这可能不是报复饭店老板，而是对顾品珍扬言要打击本省土匪的回应，警告顾品珍不要对土匪下手。这家饭店生意好，这时吃饭的人很多，这个爆炸影响极大。

这个案子交到重案大队手上，三标马上带本队得力人员展开调查，根据现场情况和有关线索，马上抓了七八个嫌犯。接着，一个一个过堂，可是一再审问，甚至大刑伺候，一直没结果。一周过去，社会上议论很多，基本上是指责顾品珍的新政权无力管理云南，说以后这样的案子会越来越多，甚至走在街上随时可能被炸死。一时间搞得昆明的老百姓人心惶惶、提心吊胆，昆明的报纸也接二连三发文章火上浇油。本来顾总司令推出新政，全省减赋税，重农业，鼓励商业，受到全省上下一致好评，威望蒸蒸日上，可是这个案子却给他抹了黑。省警务处处长被顾总司令训斥几次，回来又把三标这个大队长训斥一通。可是，训斥归训斥，还是要破案才行。三标再加大力度，扩大调查范围，一时间这案子各种线索铺天盖地，滚滚而来，然而真正有价值的线索却一条没有，搞得三标疲惫不堪，无法招架。这时，顾总司令忍无可忍，下死命令，省警务处三天之内必须破案。这断了三标退路，只有拼了。时间过去一天，只剩二天了，可是三标面前还是一团乱麻，找不出一点头绪。怎么办？三标已经两天没睡觉了，再去审讯室，那几个嫌犯已经被手下打得皮开肉绽，死去活来，只剩半条命了，他们不是不肯说，可是说的都跟实际情况对不上号，显然是招架不住酷刑瞎说了。怎么办？怎么办？

夜里，三标在办公室看那些线索的材料，一个没用，下一个没用，再下一个还是没用，三标气得砸桌子，甚至抓自己的头发大喊大叫。这时，门开了一条缝，一个脑袋伸进来问道："刘大队长，可以进来吗？"三标见是大队的一个老警察，不耐烦地说："进来就进来，都什么时候了，还这么啰唆？说，你是哪个队的，有什么事？"这个警察大概五十来岁，干瘦干瘦的，他说："报告大队长，我是2中队的马水生，我看大队长压力太大了，想帮大队长分忧。"三标不耐烦地说："什么分忧？有话就说，不用讲究那些虚礼。"马水生说："大队长，上面要求后天中午将顺城街爆炸案破案，这怎么可能做到？现在一点有价值的线索都没有，天天在这乱七八糟的线索中打转转……"

三标说："老马，你说重点，你到底要说什么？"马水生说："好的，是这样，我是这里的老人，大清朝时这里是刑部衙门，我是光绪十六年到这当差，民国后，这才改称警务处，到今年我在这里整整三十年……"三标说："说重点，不要兜圈子。"马水生说："好的，我马上说重点，大队长，你不用上火，其实这事解决起来并不难。"说完意味深长地看着三标。三标说："并不难？你好大的口气，好，你来解决，你有本事把这个案子破了，我这把椅子让给你坐，真的，让给你坐。”马水生说：“大队长，你的这个位置我们这种小警察怎么敢坐？但是，真的不难。你听我说，这样的无头案历朝历代都有，不是什么稀罕事。你想想，这天下这么大，每个月发生的案子这么多，这么复杂，怎么可能做到什么案子都能破？咱们又不是神仙。还有，你过去看到那些大案、凶案一个个都被破，觉得是案子就该破，不可能不破，其实，那都是假的。”三标诧异地问道：“假的？”马水生说：“是呀，假的，那些案子都是做了手脚，要么是将嫌犯屈打成招，要么找几个人把罪顶下来，说他们就是罪犯，然后录下口供，签字画押，往上一报，上面画个红钩，或斩或毙，案子就结了。”三标诧异地问道：“你的意思是，这类无头案过去都是这么办的？”马水生说：“是呀，都是这么干。”三标又问了一些问题，最后相信这是真的了。三标想，看来只有用这个办法了。

三标让马水生走后，派人把杨钊叫来，把马水生说的办法说了，杨钊觉得这招太损，可是也认为这是目前唯一可行的办法，这样三标下决心就这么办。三标让杨钊负责这个事，带上马水生，去让一个嫌犯做证人，再去外面抓三个老弱病残的流浪汉回来，当作凶手。还有，去找个屋子，在里面摆放制作炸弹的工具，然后带人搜查，把做炸弹的工具带回来，这样人证和物证齐全，就能结案。第二天，这个爆炸案的作案团伙就被一网打尽了，作案工具被收缴。三标把结案报告送上去，上面很满意，批准结案，将案件移交省高等审判厅审理。接着，省高等审判厅开庭，尽管这些人在堂上苦苦叫屈，但是人证物证俱在，最后依然判决死刑，并立即执行。案犯枪决后，昆明的报纸登载了相关报道，昆明老百姓非常高兴，都称顾总司令厉害，把昆明罕见的这么个爆炸案给破了。

第 4 节

三标以为这个事已经过去了，可是，没想到这天崔大嘴和油葫芦来了。崔大嘴在院子里大声对一个警察说："我是来看你们刘长生大队长，我们是一个营的兵，是一个战壕的老战友。"这个警察把他俩带到三标办公室，崔大嘴对三标说："刘大队长，恭喜荣升大队长呀，现在你可是营级军官了，不，是营级警官了。"油葫芦也跟着道喜。三标忙请他二位坐下。三标挺奇怪，崔大嘴怎么到这来了？三标说："崔连长，你今天好兴致呀。"崔大嘴说："哪里，是你提升这么长时间，一直没来贺喜，感觉非常失礼，今天刚好有时间，我和油葫芦就来了，祝贺，祝贺。"三标想自己提升，最不高兴的除了关公脸就是他崔大嘴，他来贺喜？不可能呀。三标说："欢迎你们来，有几天没见，很想你们呀。"崔大嘴说："是呀，你当兵时，我是你的班长，王副大队长是你的排长，现在你升到我们的上面了，你说你的命有多好。"三标说："是，全靠长官赏识，你们帮助。"崔大嘴说："不，是靠你的命。你说这次攻打昆明，你好像知道唐帅要跑，昆明是座空城，是不是？知道自己要立功，要提升，是不是？"三标谦虚地说："我这是瞎猫碰到了死耗子。"

这时，杨钊进来，见崔大嘴和油葫芦，说道："崔连长、尤班长，你们来了？"崔大嘴说："是呀，来给你们贺喜的，祝贺你们荣升。"杨钊说："谢谢，谢谢。"崔大嘴对三标说："刘大队长，你说杨中队长跟着你，也一路升迁，发展很快呀。对了，你们王副大队长呢？怎么没见到他？"三标说："他出去办事了，这几天他们事多，老是在外面跑。"

崔大嘴话锋一转，说道："刘大队长，我听说一个事，想跟你核实核实。"三标心里说，果然他不是过来闲逛的，还是有事，于是说："什么事？你说吧。"崔大嘴说："是这样，前几天你们破的那个顺城街爆炸案，外面有些传言，你们听说了吗？"三标看看杨钊，问崔大嘴："什么传言？没听说呀。"杨钊说："是的，有什么传言？"崔大嘴说："是这样，外面传，你们处死的那几个罪犯，根本不是什么罪犯，是被你们抓来顶罪，做替罪羊的。"杨钊着急地说："崔连长，这话可不能乱说呀。"崔大嘴不慌不忙地："杨队长，什么乱说？

这话不是我说的，我是听外面传的。”油葫芦半天没说话，这时抢着说：“这是外面传的话，有本事你去让外面的人别说呀。”三标尽量保持镇定，说道：“崔连长，外面还传什么？”崔大嘴说：“传你们这是偷梁换柱，冒名顶替，草菅人命，残害百姓。”杨钊说：“胡说八道。”崔大嘴说：“是不是胡说八道，一查就知道了。是不是，杨中队长？”杨钊不知道说什么好。崔大嘴接着说：“关营长听到了这些话，觉得有必要查一下，说你们毕竟是1营出来的军官，要对你们负责。如果外面说的是假的，不能让外面的传言坏了你们的名声。但是，如果是真的，关营长也要为民请命，将狂妄之徒绳之以法。”说完，起身走了，油葫芦跟出去。

听到这个话，三标心里一下凉透了。原来办完这个事他心里就一直不踏实，多次做噩梦，那被杀的几个流浪汉总是出现在梦里，哭着喊着要从阴间回来。三标见崔大嘴他们出去了，慌乱地问杨钊：“他们怎么知道的？这在咱们队里也就是你、马水生和我三个人知道，这消息怎么会走漏出去？到底是哪里出了问题？”杨钊也很紧张，说道：“是呀，哪里出了问题？”三标说：“肯定就是咱们三个中的一个人说的，我看马水生有问题，他可能被关公脸收买。你去把马水生叫来！我枪毙了这个狗东西。”

很快，杨钊把马水生带来，三标厉声问道：“马水生，你真是胆大包天呀，我问你，你到底是还要不要你的脑袋？”马水生来的路上就被杨钊的态度吓坏了，听三标这么说，差点吓尿了，他哆哆嗦嗦地问：“大队长，这是怎么回事？我到底犯了什么事？”三标说：“你犯了什么事你不知道？你挺能装呀。”马水生说：“大队长，我一个小警察，哪里敢装？我确实不知道犯了什么事，我要说了假话，天打五雷轰，让我断子绝孙。”三标说：“现在外面有人说这个爆炸案的侦破是假的，案犯是冒名顶替的，你说，这是不是你说的？”马水生说：“大队长，我怎么敢说这话？你借我个脑袋，我也不敢说呀。”三标说：“你小子还狡辩？”马水生说：“大队长，我绝对不敢狡辩，你想想，我怎么可能往外说这个事，我是傻子呀？这个主意是我出的，我怎么可能往外说？这事如果暴露，我也是脱不了干系的，你们要倒霉，我也要倒霉，我怎么敢说呀？”三标觉得这话有道理，如果上面来查这个事，他也跑不掉，他怎么会往外说呢？三标说：“你不用说这种话，这个事，只有我们这里的三个人知道，现在外面人知道了，不是你说的，是谁说的？”马水生说：“大队长，我绝对没说，我要说了天打五雷轰。”杨钊在一旁插话道：“马水生，你说不是你说的，那么，你认为是谁说的？”

马水生说：“杨中队长，我认为这个事可能是咱们大队的人瞎猜的。咱们大队有很多老警察，他们见这个案子这么长时间没有头绪，突然一下子就搞清了案犯，他们可能怀疑又是用原来的老办法，这么瞎猜的。”杨钊半信半疑地问道：“他们瞎猜？”马水生说：“是的，绝对是瞎猜的，本来这种瞎猜没什么，很多类似的案子办结之后，都会有人瞎猜，甚至瞎议论。如果不被别有用心的人利用，这是根本无需重视的小事。”杨钊说：“是呀，现在就是这种情况，被别有用心的人利用。”马水生说：“大队长、中队长，别有用心的人拿这个事捣蛋并不要紧，完全不必在意。”三标说：“不必在意？你口气不小，上面来查，怎么办？”马水生说：“这些人有什么证据吗？是人证还是物证？没有，他们没有任何证据，光是拿嘴在那说，上面就会来查吗？”杨钊说：“他们要是说得多了，上面就可能重视。”马水生说：“说得多也不会，上面只会让他们别再说。当然，如果上面有大长官要跟咱们过不去，要搞咱们，倒是有可能拿这个事做文章，派人过来查。”三标听这话，不再说话，想了想，让马水生回去了。

第5节

晚上，三标与杨钊在饭馆喝酒，这是个小包间，里面只有三标和杨钊，三标喝了一口酒后说：“怎么会搞成这个样子？你认为马水生说的这话可靠吗？上面真的不会听信关公脸那些人的议论？”杨钊说："马水生说的有一定道理，他们没有证据，应该掀不起大浪。"三标忧心忡忡地说："可能事情没那么简单。现在咱们不知道关公脸手上有什么东西，重案大队一百多号人，万一哪个被他们收买，悄悄收集一些东西，那还是很危险的。还有，你们抓的那几个流浪汉，如果有人暗地里记下他们的情况，找到他们的亲属或熟人，做一些材料，咱们很麻烦呀。"杨钊说："是的，天下没有不透风的墙，如果咱们大队有人被关公脸收买，确实很危险。"三标说："那么，咱们怎么办呢？"杨钊低头喝了一口酒，没说话，他知道这确实不好办。后来，两人想了一个办法又一个办法，可是到离开饭馆，都没想出一个万全之策。

和杨钊喝酒后，三标又找妹妹李津兰商量，可是也没找到好办法。时间在一天一天地过，听说议论这事的人越来越多。三标天天熬着，觉得这日子过得苦不堪言，根本无心处理公务，事情来了能推给别人办就推出去，不能推的就把文件堆桌子上。他的话变得越来越少，下属汇报工作，他很少提问，就是点头或摇头，看上去变得很愚钝，但是，实际上他有一根神经很敏感，哪根？就是保护自己的那根，跟爆炸案有关的任何消息都会触动这根神经，让他马上会高度关注，他会盯住每一条这样的消息，反复研磨、翻腾、筛选，这状态真是太难受，度日如年。

很快，他听说崔大嘴放出风声，说这个事已经报告给警务处处长了，上面很快会下来调查，过几天又说报告给顾总司令了，总司令部要组织一批人下来调查。三标听到这些消息，吓出一身冷汗，夜不能寐。很快，三标实在绷不住了，要去找处长自首，他把自己的想法告诉杨钊，杨钊赶紧阻拦，让他别干傻事。

还有，三标在找被关公脸收买的人，把重案大队的人排查一遍，发现有三个人有一定嫌疑。三标让杨钊盯住他们，看看他们有什么动作，如果发现异常就抓起来审讯。但是，三标也知道这解决不了问题，上面只要下来查，自己就完蛋了。三标再次感觉头上悬着一把剑，随时可能掉下来，夺去他的性命。

第6节

二标君：

你好！刚过五个月又给你写信，目前我们还在湘桂边境，我跟你说说最近广州发生的大事。孙中山通电恢复“中华民国军政府”后，由于军政府被陆荣廷等人搞得名声不好，再次将旧国会议员邀请到广州，召开国会非常会议，宣布取消“军政府”，成立“中华民国政府”。这样广州“中华民国政府”正式成立，与北京“中华民国政府”分庭抗礼。接着，孙中山当选“中华民国非常大总统”，宣布北京政府非法，劝其大总统徐世昌离职。

可是，被孙中山任命为内政总长兼陆军总长的陈炯明，对新政府有不同意见，不肯到任。陈炯明是广东实力派人物，他的这种表现，让人对新政府的前景不禁有几分担忧。

陈文汉

民国十年五月十日，于湘桂边境

云南的眼泪

第二部

颤抖的赵府

晨间 著

作家出版社

目 录

第一章

第1节

这天晚上，一只修长白皙的手敲打赵府的大门，敲得很轻，似乎敲门的人有几分犹豫。很快，里面的人问道：“这是谁呀？看看都几点了？有什么事呀？”这是张嬢嬢的声音。敲门的人没有出声。接着门开了，开门的人叫起来：“哎呀，这不是少爷吗？少爷你回来了？真没想到，快进来，快进来。老爷、太太，少爷回来了！”等张嬢嬢带少爷到客厅，蔡月娥穿着睡衣就从二楼下来了，她见到面前是拎着一个皮箱的赵家轸，激动地说：“儿子，真是你？你回来怎么也不发个电报，让我们去车站接你？”

赵家轸说：“不麻烦你们，我叫个黄包车回来，很方便。”蔡月娥说：“这有什么麻烦？你这孩子！你这走了五年，我们去接一下有什么麻烦？哎呀，你这样子变化太大了，胖了这么多，如果走街上我都认不出来，成了个真正的男子汉了！”

这时，听到声音的李津兰下来了，站在楼梯口，蔡月娥见儿媳下来了，高兴地说：“小妹，快过来，你看看谁回来了？”李津兰不好意思直视丈夫，赶紧把头低下，缓慢走过去。蔡月娥一把抓住李津兰的胳膊，把李津兰拉到赵家轸面前，说道：“家轸回来了，你看看。”又对儿子说：“看看你媳妇，她天天盼你回来呢。”赵家轸对李津兰拘束地说：“你都挺好？”那脸上的神色有点尴尬。李津兰说：

"嗯，你回来了？"声音有点颤抖，表情也是很不自然。蔡月娥看出来两人的这个生分，让儿子坐下，又让儿媳坐自己身边，打圆场地说："家轸，我告诉你，我是不同意小妹出去工作的，是她自己要去，她说自己还年轻，还是做点事好。你爹爹也说现在时代变了，女性出去工作挺好的，就同意她去工作了。对了，这个事在给你的信里说过，你也同意的，你记不记得？"赵家轸说："记得。"蔡月娥说："就是嘛，你不知道小妹在银行干得还不错，现在已经是部门副经理了，没想到吧？我和你爹爹都没想到，那天她回来告诉我和你爹爹说她升为副经理，我们都不敢相信，以为她开玩笑呢。结果这是真的，不是开玩笑。你看看，她还挺能干。你爹爹总是说小妹是个能干的女孩子，你爹爹没说错。"蔡月娥这么东拉西扯又兴高采烈地说着，李津兰觉得这样挺好，否则她真不知道找点什么话说，那真是太难为情了。

李津兰忍不住偷偷看看丈夫，丈夫穿一件剪裁合体的白色衬衣，应该是量身定制的，一条深咖啡色带背带的西裤，一双浅棕色皮鞋，里面是深咖啡色袜子。还是小分头，不过看得出头发是上过蜡的，原来那副金丝边方框眼镜换成圆框的，很洋气。李津兰觉得丈夫比走的时候显得成熟很多，不再是一个大男孩，而是一个有经历的青年，是一个成熟的大小伙，是一个像模像样的男子。是呀，丈夫离开家有五年多了，应该比那时成熟了。这时，李津兰觉得这个男子很帅，看着很顺眼，是那种对女人很有吸引力的男人。忽然，李津兰想起这个男人的龌龊之事，竟然在上海跟那个安徽姑娘同居。她对这个男子有点鄙视，有点厌恶，有点气愤，甚至有点仇恨，但是这都不影响自己想靠近这个男人。

蔡月娥说："不管过去有什么，现在回来就好了，是不是？回来了就好了嘛。儿子，在外面受苦了？外面闯荡不容易，对了，你吃饭了没有？我让王妈给你做点？"张孃孃说："是，少爷，让王妈去给你做点吃的。"赵家轸说："不用，妈，我吃过了，不……"赵家轸的话说一半就打住了，因为他看见了站在楼梯口的父亲。赵亦恒神情严肃，站在那像是个雕塑。蔡月娥没着急上楼叫赵亦恒下来，就是想尽量把气氛搞轻松一点，没想到，赵亦恒自己下来了。

赵家轸站起来说：“爸，我回来了。”赵家轸看着眼前这个逆子，缓缓走过来，没有说话。蔡月娥又开始在他们父子间和稀泥说：“老爷，儿子是不是比原来壮实了？你看看他，在外面吃了不少苦。”又对儿子说：“儿子，你看你爹爹一直惦记你，一直盼着你早点回来。”赵亦恒威严地走到儿子身边说：“坐吧！”儿子让父亲先坐，赵亦恒说：“五年前同意你出去读书，是希望你学点东西，不是让你忘了这个家。你知道吗？这五年谁为你牺牲的最多？你知道吗？是你媳妇。一个男人对家庭要有责任感，要没有责任感，就是干出一番事业，就是出人头地，又有什么意义？一个男人不能只知道向家庭索取，要学会付出，只有学会付出了，才能成为一个家庭的顶梁柱，成为真正的一家之主。”好像赵家轸对父亲这套说教已经非常熟悉，听得并不那么专注。蔡月娥知道丈夫教训儿子的话不会很快结束，就由着丈夫慢慢说，她心里说：这臭小子也是该教训一下。赵亦恒说教结束后，问道：“回来想做什么工作？”赵家轸说：“我是学文学的，想去报馆干。”赵亦恒说：“昆明有几家报馆，在报馆做挺好的。”赵亦恒没问儿子跟那个安徽姑娘的情况，也没问自己不给他寄生活费，他怎么生活。赵亦恒知道蔡月娥在悄悄给他寄钱，只是假装不知道，由她去办。事实上，赵亦恒对儿子回来也很高兴。

后来，谈话结束了，赵亦恒说：“时间不早了，都睡觉吧。”自己上楼去睡觉了。蔡月娥让张嬢嬢把儿子的皮箱拿去儿子和李津兰的卧室，可是，赵家轸按住皮箱，没说话。蔡月娥让李津兰先上楼，待李津兰进卧室后，小声问儿子：“你怎么不回你的屋？”赵家轸说：“让张嬢嬢收拾一下客房，我在客房睡吧，给我一两天时间，让我适应一下。”蔡月娥理解儿子，同意了。她和张嬢嬢收拾好一楼的客房，让儿子住进去后，她上楼进李津兰的卧室说：“小妹，他在客房睡了，咱们给他一两天的时间，他很快就好了。”李津兰没有反对，其实丈夫突然出现，让她也很意外，如果一下子让两人睡一起，她也很不习惯。他们毕竟有隔阂，很陌生的两个人，她也需要一点时间来适应。这样，赵府的灯慢慢都熄灭了。

第2节

中午在食堂打饭时，李津兰悄悄对段毓婉说：“你让吴少愚中午别过来，我告诉你一个秘密。”一听要说秘密，段毓婉顿时两眼放光说：“什么秘密？快说，别卖关子！”李津兰摇摇头说：“等会到我办公室，咱们两个慢慢说。”段毓婉说：“好的，等一下我去找吴少愚，让他别过来，哪凉快上哪去，行了吧？”李津兰回到办公室，不一会段毓婉兴奋地进来，着急地说：“什么秘密？快说！”李津兰犹豫片刻说：“他回来了。”段毓婉一时没反应过来说：“他回来了？什么意思？谁回来了？”突然，段毓婉明白了，激动地说道：“你是说你家那位回来了？是吗？你丈夫回来了？”李津兰点点头。段毓婉说：“真没想到，这太好了。你看你，现在这都成什么样子了？像掉进蜜罐里一样，哎呀，甜蜜呀，幸福呀！”李津兰笑着，此时心里确实很甜蜜。

段毓婉问道：“怎么样？他跟安徽那个女的彻底断了吧？肯定彻底断了，不断不会回来，男人都是这样。好呀，浪子回头金不换呀！”段毓婉对李津兰与丈夫见面的细节很感兴趣，问李津兰见他第一面感觉如何？他有什么变化？又问李津兰当时是什么感觉？两人关系怎么样？似乎李津兰也特别希望与人分享这些细节，很幸福地说见到丈夫的经过。段毓婉听了特别高兴，真心为李津兰高兴。

李津兰让段毓婉保密，但是，连李津兰自己都知道，段毓婉是不可能保密的。果然，第二天裕滇银行所有的人都知道李津兰的丈夫回来了，李津兰跟丈夫关系很亲密。当然，这里面自然增加了一点香艳的内容，那是段毓婉为了增加感染力而添加的。同事们都为李津兰高兴，但是，也有几个人不高兴，甚至很恼火，为首就是柳貂蝉。柳貂蝉听说这个事，觉得自己被人给了当头一棒，气坏了。

第3节

赵家轸回来几天了，他和父亲的关系基本回归正常，两人时常谈起一些男人感兴趣的话题，赵亦恒说："你看见了吗？昆明跟你走的时候相比变化挺大的。"赵家轸说："是的，我看火车站那边出现很多新房子，原来那边没这么多房子。不过，我觉得好像没有我走的时候商业气氛好，很多店铺都关门了，门上挂着招租的牌子。"赵亦恒说："是，最近几年唐继尧穷兵黩武，竭泽而渔，把云南经济搞垮了，一些工商户倒闭了，一些在勉强维持，现在各行业的生意很难做。咱们家火柴厂的情况也一样很不好，只是勉强维持着。"赵家轸说："是吗？厂里日子也不好过？"赵亦恒说："是，就是在盈亏线上挣扎，这个月赚点，下个月亏点。"赵家轸焦急地说："能再想想办法吗？"赵亦恒说："能想的办法都想过了，降低成本减少费用，这成本和费用已经降到底了，价格可以跟越南过来的洋火拼。而扩大销售，咱家厂子的火柴主要在云南卖，云南老百姓生活这么困难，怎么扩大销售？"赵家轸听说这么困难，很为父亲着急。赵亦恒说："真是没想到，本来想云南这么个边陲小省，人们就想好好过日子，可是出了唐继尧这么个人，他想去争霸中原，成为天下霸主，这野心太大了，云南又没这能力，云南人说他是瘦狗屙硬屎——干挣，最后都是老百姓遭殃。"赵家轸说："我在火车上听到人们一再议论唐继尧和顾品珍，好像顾品珍的政策好一点，人们都对顾品珍抱很大希望。"赵亦恒说："是呀，现在看顾品珍的政策对老百姓有利，但愿这能长久。"父子俩对时政的很多看法很接近。

这天晚上，李津兰躺下后，赵家轸进了卧室，李津兰假装睡着，一动不动，赵家轸脱衣服躺下，也是一动不动。李津兰很紧张，她怕发生什么事，又怕什么事都不发生，就这么不安地拒绝着、期盼着，不知过了多长时间，李津兰听到赵家轸发出轻微的呼噜声。不知为什么？这让她有几分失望，然后她在这失望中放松下来，慢慢睡着了。

第二天，李津兰被憋醒，觉得胸口压着重物，让自己呼吸困难。她抬头看看，是赵家轸的一条胳膊压在自己胸口上。李津兰听见赵家轸的呼噜声，知道他还没醒。李津兰扭扭身子，没推开这条胳膊，她觉得这被压着的感觉很舒服，很奇妙，甚至让自己灵魂出窍，神游四方。突然，就在李津兰云里雾里、天上地下这么来来去去时，她感觉这条胳膊硬把自己搂过去，搂到一个男人怀里，李津兰没有反抗，没有挣扎……

第 4 节

这段时间，李津兰在等报纸刊登唐公馆和唐家花园的出卖公告，可是一周过去了，却没见到，这更让李津兰不安。按理早该刊登了，这没刊登是为什么？难道又出什么事了？还能出什么事呢？李津兰让跟自己同去处理组的男同事去财政厅打听一下，为何这么长时间都没刊登。这个同事去打听了一番，回来说没人知道，估计是省里的高层在研究，也可能是高层长官的事情多，没顾得上处理。没办法，只有耐心等了。

又过了几天，还是没刊登，李津兰去同学欧阳红家，说了这个情况，拜托小马打听一下。过了两天，欧阳红到裕滇银行找李津兰，说了小马了解到的情况。是这样的：处理组的评估文书呈送顾总司令，顾总司令见是处理唐继尧的家产，觉得有点不妥，就把文书扣下了。这顾总司令与唐继尧是日本陆军士官学校第六期同学，好像有点下不了手。总司令部和省长公署的几个比较激进的高层长官听说文书被扣下，就去找顾总司令，请求尽快批准。顾总司令说了自己觉得处理家产不好，尽管两军对垒，与对方不同戴天，但是处理家产还是感觉不好，唐继尧的家人还是要有房子住的，这些家人也无罪。这几个高层则坚决要求处理，他们的理由也很充分，两军对垒，争夺天下，属于你死我活的残酷行为，绝不可有妇人之仁，至于唐继尧家人住房问题，可以另外找一个小院子解决，没必要给他们留这么豪华的府邸。最后顾总司令说让他考虑一下，就这么被放下来。原来如此，李津兰暗自祷告，顾总司令一定不要改变主意呀，要坚持住呀！

又过了几天，处理组负责人传达了顾总司令的批示，对处理唐公馆和唐家花园所有财产的请示不予批准，所有相关工作停止。李津兰听说后，心想这个事总算过去了，老天爷长眼，让我逃脱杀身之祸，谢天谢地。

第二章

第1节

不过，爆炸案的事，上面一直没有来调查。听说关公脸写给省警务处处长、写给顾总司令的举报信被扔到废纸篓里，随同废纸销毁了，这个事无人理睬。这是怎么回事？如果不是方鸣九旅长找三标谈话，三标还蒙在鼓里。

这天，三标接到方鸣九的通知，让他过去一趟。三标心里一惊，不知道这是什么意思，心想上面真是要查办自己也不用让方鸣九大旅长出面呀，自己是在警务处，只是一个营级警官，警务处直接派几个人来就行了嘛，不用方鸣九动手嘛。应该不是为此，那么是为何？三标一时也猜不出来，赶紧到北校场方鸣九的旅部，在办公室门口大声说：“报告旅长，刘长生前来报到。”方鸣九高兴地说：“好，来，坐下。”示意让三标坐沙发上，招呼勤务兵过来，对三标问道：“你是喜欢墨江普洱，还是凤庆滇绿？”三标受宠若惊地说：“都行，都行。”方鸣九对勤务兵说：“凤庆滇绿，这是赵又新司令老家的茶叶。”然后对三标说：“怎么样？这两天挺好的？在重案大队干得怎么样？喜欢那个工作吗？”三标去重案大队前，方鸣九曾找三标谈过话，说是自己推荐三标过去的，相信三标能干好。三标说：“旅长，你让我去重案大队时，我就说我干不了警察的活，我真的没这本事，你非要让我去，你不知道我在那过的是什么日子，那真是吃尽苦头。”方鸣九没生气，笑着说：“我听说你干得不错，你怎么这么说？”三标说：“我真是干不了，旅长你把我调回来吧，如果没有营长的位置，我就当连长，我不嫌官小。”方鸣九说：“调回来？那怎么可能？现在就是我要想调，你们警务处长也不同意。”

三标说：“他怎么可能不同意？警务处人才多了去了。”三标嘴上这么说着，心里在想，方鸣九叫我来干什么？绝对不会是聊天的，现在他说处长不放人，难道说上面不认为爆炸案侦破有问题？是不是这个意思？一定要了解清楚。方鸣九说：“我听说了，你干得不错，可能你听到一些闲言碎语，别理睬那些东西，各方面都认为你干得不错。”三标猜想方鸣九说的这“闲言碎语”是指爆炸案侦破问题，但是吃不准是不是确实如此，就说：“不行，最近几个案子我做得不好，一些案子侦破不及时，在社会上造成不良影响，给上面造成很大压力。”方鸣九说：“没事，都很好了，很好了。”

又闲聊一会，方鸣九说：“我这次叫你过来，没别的事，就是问问你的工作情况，我想应该关心一下你的工作，你毕竟是我老部下。另外一个，也跟你说说，以后经常来我这坐坐，不要有事才来，要多联系多走动。”三标说：“我是怕打扰你，你工作这么忙，哪里有时间跟我闲聊，是不敢来。好了，今天你这么说了，以后我经常过来。”方鸣九说：“这就对了，以后经常来。”

两人又谈了一些其他的事情，方鸣九说：“行，今天就聊到这，另外有个事我跟你顺便说一句。是这样，昨天你们警务处的一个长官来我这闲聊，他跟我很熟，在四川时我们两个部队经常有配合。在闲聊中，他说你在重案队干得不错，工作认真负责积极主动，做事有魄力有担当。最近将这个爆炸案成功侦破，顾总司令都很满意，说你为维护昆明的社会稳定做了贡献。我想跟你说，你不要去关心外面那些乱七八糟的说法，那都是小人之举，上面不会重视。”三标听明白了，这等于告诉自己关公脸的举报不会查了，顿时一阵轻松，心中那块大石头终于落地了。方鸣九接着说：“一些小人没有全局观念，整天无事生非，制造麻烦。你说这个案子已经结案了，又让上面去调查你们，重新公布一个相反的结果，老百姓会怎么看这个政府？那不是胡闹吗？”三标觉得方鸣九，以及方鸣九上面的长官看问题就是有高度，就是有境界，就是有格局，一时间有点热血沸腾。方鸣九说：“怎么样？在重案大队继续好好干，行不行？我推荐的人肯定不会让我失望。”三标高兴地说：“旅长，你放心，我一定好好干，继续努力，绝不给你丢脸。”

第2节

三标对没找到老烟筒吃喝的饭馆很不甘心，这段时间一直在想这个事。后来他想，当时铲子经常和老烟筒一起喝酒，这小子应该对那个饭馆的名字有印象。于是又去巫家坝军营找铲子，客气几句后，三标单刀直入地问：“我今天来，是想问你，你还记得当时你和老烟筒经常去的那些饭馆的名字吗？”铲子说：“不记得，过去这么多年了，谁能记得？”三标说：“好好想想，也许还记得。”铲子想了想说：“确实不记得了。”三标说：“你再想想，再想想。”铲子说：“不是我不想告诉你，确实不记得了。”三标听这么说，想了想问道：“那么，还记得饭馆老板姓什么？”铲子想了想说：“好像，好像大家叫他王老板，应该姓王，男的，四十多岁。”听这么说，三标很高兴，心想知道这个姓，自己就能找到人，于是告别铲子离开。

这天，三标穿着警服又去碧鸡关，在关楼下的小街上找这个开饭馆的王老板，人家说这里没有姓王的老板。三标说，过去有没有呢？五年前，四十多岁，男的，有人知道吗？问了一圈，人们都说五年前这里开饭馆的也没有姓王的老板，这又让三标失望了。在三标要离开小街时，一个胖胖的开杂货店的女人问他：“长官，你找的那个人会不会是苗老板？”三标停住脚步，问道：“你怎么会说苗老板？”胖老板娘说：“我看你来这两次，看来这个人确实对你很重要。我就跟你说说，我家杂货店在这开了五六年了，我对这小街上的情况比较熟悉。当年在这里开饭馆现在不再开的有三四家，其中男老板就只有一个，姓苗，所以我问你是不是找他。”三标不确定是不是苗老板，但是觉得见见肯定有益处，就说：“也可能我把他的姓记错了，他是姓苗，他现在在哪里？”大姐说：“他家是龙门村的，在山下的滇池边，你到那里找，说在碧鸡关开过饭馆的苗大哥，就能找到他。”这样，三标告别大姐去龙门村。

在龙门村经过别人指点，三标很快走到苗老板家门口，这是一个三开间的农舍，舂土墙茅草屋顶，木板门。三标见门开着，就对里面喊：“有人吗？请问家里有人吗？”一个男人走出来，四十多岁的模样，头发乱蓬蓬的。三标问道：“你是苗大哥吗？”这个人说：“我是的，你是哪个？找我有什么事？”三标又问他是不是在碧鸡关小街开过饭馆，对方说开过。三标就说：“大哥，我找你是想找一个外号叫老烟筒的人，他是我们碧鸡山军营的兵，我们去四川前他经常在碧鸡关小街吃吃喝喝的。我想问问，他经常吃饭的饭馆是不是你开的那家？”苗老板看看三标身上的黑色警服，问道：“你找他干什么？他犯什么事了？”三标怕吓着对方，不敢说跟杀人案有关，就说：“是这样，他是我战友，原来我们都在碧鸡山军营，去四川前他找我和几个战友借了钱，然后在去四川的路上就跑了，我要找他要钱，想找人打听一下他的情况。”苗老板问道：“找你们借钱？过去这么长时间了，你们还要？”三标说：“那当然要要，这些钱不能就这样糊里糊涂没了。原来我们在四川回不来，现在回来了必须来要，这小子太不是个东西。”苗老板看看三标，半信半疑。三标接着说：“当时他经常来的那个饭馆是不是你开的？你对他是不是有印象？”苗老板没回答。三标耐心地问：“大哥，是不是有印象？”苗老板摇摇头。

三标看出来这个苗老板肯定想起老烟筒了，只是怕惹事，不敢说。三标神情一变，严厉地说道“大哥，你肯定想起来了，只是你不说，是不是？大哥，这个事对我们很重要，如果你知道却不说，恐怕会给你自己带来麻烦了。”苗老板说：“你们？”三标说：“是的，我们有我，还有腾冲兵、铲子。我告诉你，腾冲兵死在四川了，铲子还在，就住在巫家坝军营。行，你不说也不要紧，明天我带铲子过来，如果他说当时就是经常在你的饭馆吃饭，你就惹麻烦了。”苗老板不说话。三标也没说话，冷冷地看着苗老板。

苗老板想了想，突然说：“长官，我说，老烟筒经常来的那个饭馆是我开的，我对他有印象，他这么一个大头兵在我这大吃大喝的很不正常，我当时就想他哪来这么多钱？我记得这个人。”

三标听对方开始说了，高兴地说：“我们去四川后，他来过碧鸡关小街吗？”苗老板说：“来过，是来找一个女的。你们去四川前，他不仅在这吃吃喝喝，还玩女人。你也知道，小街的山坡上面有家客栈是专门做那个生意，里面一个姑娘叫水仙，他喜欢这个女人。”

三标没想到能得到这么重要的信息，连忙问道：“你是说我们去四川后，他又到小街找过这个女的？”苗老板说：“是的，你们走后那段时间，他经常来。看那个样子他是和那个水仙好上了。不过，后来来得少点，越来越少，这两年好像就不来了。当然，我也不知道，两年前我把那个饭馆盘给别人后，很少去小街，即使他来我也不一定知道了。”三标问道：“那个客栈叫什么名字？这个水仙还在那里吗？”苗老板说：“叫神仙客栈，那个女人应该还在那里。”这情况太重要了，三标马上告别苗老板返回小街。

三标走进小街的坡上面那个的神仙客栈，很快找到老板娘。从老板娘口里得知，一年前，她家隔壁又开一家桃花源客栈，也是做这种生意，把她家的生意抢走了，现在她这里客人很少。三标问道：“你家的姑娘都还在吗？”老板娘说：“我家的姑娘年纪本来就比较大，很多都二十六七岁，成了残花败柳，来的客人少了。她们见这里生意太差，赚不到钱，就走了。”三标问：“你这里是不是有个叫水仙的姑娘？现在在哪里？”老板娘说：“有这个人，她现在好像是住在下面高峣村外的一个房子里，时常在小码头上找生意，就是做暗娼，也做一些熟客的生意。你到小码头上一打听水仙，就能打听到。”

三标到高峣村码头，果然很快打听到水仙的住处。可是，三标到她住的房子却见大门上挂着大锁，屋里没人。三标找邻居打听，得知水仙家里有事，回楚雄老家了。三标问她老家的具体地址，邻居中没人知道。这样，三标找不下去了。不过，三标感觉今天收获很大，找出来老烟筒相好的女人。三标想，找到这个女人很可能就能找到老烟筒。三标打算过几天再过来，他相信自己一定能找到这个水仙。

三标到码头上船回城里，在船上看着滇池上的湖光山色，三标想铲子说那个小饭馆老板姓王，他是记错了，还是故意不说实话误导自己，让自己找不到这个人？看来是后者，铲子耍了个小滑头，可以理解，铲子有他的顾虑。行，现在取得这样的进展，已经很不错了，继续努力，自己一定能查出二哥案的真相。

第3节

这天，崔大嘴带了几个兵到重案大队，这几个兵都用扁担挑着很沉的箩筐，不知里面装着什么东西。杨钊到门口迎接，说道："崔连长，你好，今天怎么又来了？上次你来说那些话，够厉害的，能把人吓个半死。"崔大嘴说："杨队长，上次的事算你们本事大，让上面没下来查，我佩服。"杨钊说："上面没下来查，不是我们的本事，我们哪里能左右上面，是不是？"崔大嘴说："别说这些漂亮话，杨钊，我告诉你，你们能蒙混一时，不可能蒙混一世，咱们走着瞧。"杨钊不想跟他废话，站在那没搭理他。

崔大嘴说："你站着干什么？赶快叫人来收东西。"杨钊问："收什么东西？"崔大嘴说："钱呀，全是滇票。"说着，掀开箩筐上的布，这是满满一箩筐钞票。杨钊说："你给我们送钱？哪来这么好的事？"崔大嘴说："好事？你做梦讨媳妇尽想好事，这都是假的。"杨钊意外地问道："假的？"过去拿起一张钞票仔细察看，看不出有什么不同，说道：“这怎么可能是假的？”崔大嘴说：“行了，已经找银行鉴定过了，都是假的，你叫人收货吧。”

杨钊问道：“让我们收货？崔连长，我们收这干什么？你应该挑到银行去。”崔大嘴说：“上银行？上哪家银行？哪家银行要这破玩意？我跟你说杨队长，我这是来报案的，你赶快叫人出来收货。”

杨钊说：“报案？那我们也不能要呀，我们没管过这方面的事呀，你送我们干啥？不能要，要了我们放哪？”崔大嘴说：“杨队长，你不知道这是怎么回事，去问问你们这的老警察，他们知道，快点把东西收了。”杨钊转身问一个老警察，这个老警察说：“杨队长，这事是归咱们管。两年前，在唐帅主政时，咱们重案大队就立了个制造伪钞案，由于难度太大，一直没破案，现在还挂着呢。”

听这么说，杨钊就让人来接收东西，并对崔大嘴的报案做笔录。崔大嘴说这是他们连的兵在昆明东门执勤时，发现有人争吵，过去一问，得知一个人使用假钞，于是把这人抓了。去他住处搜查，没想搜出一箱假钞，赶紧审问，然后顺藤摸瓜找到他的上家，在那里又抓了四五个人，搜出这几筐假钞。现在这几个人还在他们连里关着，他们先把东西送过来。做完笔录，崔大嘴走了。杨钊向三标汇报了这个事，三标没当回事，让杨钊按相关规定处理。

三标以为这是个小案，也没太注意，哪里没有用假钞的？在四川不是也碰到过假钞吗？可是，很快发现这哪里是个小案？简直是个惊天大案。

几天后，省长公署那边转过来一份文书，是昆明城的几个名流士绅要求尽快侦破唐继尧留下来的“费景宣假币案”，以救本省百姓于水火的陈情函。这份陈情函说这些年百姓深受假币侵害，苦不堪言，需要尽快侦破，不能再拖了。省长批示，在三个月内破案。三标看了文书，不知道该如何办理，把杨钊叫来商量对策，说道：“看来崔大嘴送来的滇票确实不是个小事，刚才省长公署转来一个文书，要求尽快侦破这个假币案。”杨钊说：“今天的报纸上有一篇文章说这个费景宣假币案，呼吁尽快破案。”三标说：“你去了解一下，怎么一下子提起这个旧案？这不是没事找事吗？现在每天事情这么多，哪里有时间去处理唐继尧留的旧案？再说唐继尧时代这个案子都没破，咱们能破吗？”

第二天，杨钊到三标办公室说：“现在社会上呼吁尽快侦破这个旧案，是关公脸搞的鬼。上次他们抓了那几个倒腾假币的家伙，关公脸通过这几个人知道原来这是唐继尧时代没有侦破的重大案件，并且警务处牢房里还关着几个案犯，于是四下活动，找到昆明名流士绅和报馆搞了这么一出。”三标说：“关公脸这是什么意思？”杨钊说：“什么意思？崔大嘴已经放出话来，说咱们绝对破不了这个案，用这个案子叫咱们滚蛋，离开重案大队。”三标明白了，心想，关公脸够狠呀，这次自己的大麻烦来了。三标让杨钊回去，让人去把马水生叫来。

第 4 节

马水生在门口喊：“报告，马水生到。”三标让马水生进来，在椅子上坐下，说道：“老马，叫你来，没别的事。是这样，估计你也听说了现在有人重提那个费景宣假币案，你给我说说这个案子的来龙去脉，到底是怎么回事？”

马水生按照三标的吩咐，把这个案子的情况详细说了一下。事情是这样的：两年前，本省多地出现滇票假钞，使用人数多，范围大，影响恶劣，老百姓极为不满，省警务处指定重案大队负责侦破此案。经过深入了解，得知这是一个团伙所为，为首的就是“云南劝工厂”原总理费景宣，而这云南劝工厂是当时云南最大的企业，大锡公司都在它之下，大锡公司的企业规模是在后来投资洋条冶炼设备后才超过它。

那么，费景宣这个著名企业家怎么成了罪犯，去造假钞呢？这要从头说起。费景宣生于光绪初年，是滇南蒙自县的富室子弟，自幼喜爱画画。照相机刚传到云南，他就学会了摄影和冲晒技术。光绪三十年，即 1904 年，他从家乡来到省城昆明，买下在翠湖水中小岛“海心亭”上的一块地皮，建盖房屋，开起云南第一家照相馆“云梦轩”，兼带替顾客画炭精像。他头脑灵活，信息感强，留声机外传入滇后，云梦轩就增加了发售唱机、唱片的业务。接着，又经营一些西式教学学习用品，云梦轩成为云南第一家文化用品综合商店。随后，又购买了一部电影放映机，在云梦轩创办了云南第一家电影院，当时放映的光绪三十年日俄战争纪录片轰动一时。

宣统二年，即 1910 年，云南巡抚衙门的劝业道和费景宣官商合办，共同出资，创办云南第一座戏院，定名“昆华茶园”，地点在云梦轩，总理一职由一位官员兼任，费景宣则被推举担任具体主持业务的协理。费景宣建议戏院的演出，以省内尚未出现过的京戏为主，同时配北方鼓书、杂耍助兴，费景宣亲自到上海、天津等地邀角。次年，昆华茶园开业，一批京剧名角登台献艺，大鼓、杂耍也分别表演，这是首次“京剧入滇”“鼓书入滇”，揭开云南京剧史、杂耍史新的一页。

民国元年，省实业厅委任费景宣为“云南劝工厂”总理。这劝工厂又是怎么回事？这也要从多年前说起，在清朝末年，云南劝业道为发展地方实业，开办了云南劝工厂，厂内设金工、化工、电镀、陶瓷、织染、缝纫、竹木、藤器八科，分科生产，同时，投资买来一批国外的车床、镗床等机器，机器设备水平一流，为云南种类最多的综合工厂。而劝工厂原总理不善管理，劝工厂产品质量低劣，销售困难，导致产品大量积压，账上没一分钱，拖欠薪水多时。民国建立后，云南劝工厂划归省实业厅管理。

费景宣上任后，将云梦轩的电影院、照相馆、画像，还有聘请上海牙科医生开展的镶牙等业务，全部交给弟弟费景达经管，并辞去戏院的工作，专心云南劝工厂事务，把积压产品的品名、用途、价格等编成目录，分送全省各地大力推销。同时，在省实业厅要了一万元，到上海添购机器和招聘技师。在积极处理存货的同时，开发新产品。很快，劝工厂面貌为之一变，业务蒸蒸日上，账上资金充盈。

接着，费景宣又与省实业厅成立云南第一家轮船公司“昆海轮船公司”，在越南订购小火轮一艘，很快，开通昆明到昆阳的滇池水上客运航线，与跑这个航线的木帆船竞争。昆明的码头设在篆塘，沿途的草海、高峣、观音山、海口等地也设有码头。小火轮速度远远高于木帆船，极大地缩短往返两地的时间，深受旅客喜爱，一时间生意兴隆。

民国三年，省实业厅、巴拿马出品协会云南分会，和云南省精品品鉴会，在昆明南城外联合举办“首届盛世春天展览会”。其中的非卖品展区展出了向名流、士绅、富商、大户借来的珠宝玉器、字画古币，费景宣的一双碧玉手镯也拿来展览。

这副玉镯通体透亮，碧绿欲滴，温润滑腻，在展览会上一经亮相就引起各方面注意，内行人士均赞此为价值连城的稀世珍品。确实如此，它乃大清宫中之物，原是慈禧太后赏给李鸿章的，后来李鸿章又给了侄子李经羲。昆明重九起义爆发，起义军攻打云贵总督署，时任总督的李经羲携眷仓皇出走，忙乱中将这副玉镯失落民间。经过多次转手，最后被费景宣花重金买下，收藏起来。

第5节

不想，这副玉镯也引起一个唐姓滇军长官夫人的兴趣，这唐长官找他，愿出一万大洋购买这副玉镯。费景宣不舍得出手，婉言回绝。可是这唐长官不依不饶，天天纠缠，志在必得。费景宣知道自己这回惹上大麻烦了，展览会刚一结束，费景宣就取回玉镯交给夫人。他见对方逼得这么紧，和家人商量自己到上海躲一段时间，等这个风头过了再回来。于是，他向省实业厅递交辞去劝工厂总理的辞呈，不等批准，将工厂事务向手下做了交代后就起身去上海，入住“云华馆”。这云华馆是他前一年开设的，位于上海四马路书锦里口，拥有“阅报室、会客室、寝室数十间”，供云南乡亲经商或游历到上海时下榻。同时代客户办理报关、上税、运输储存货物、购买车船票。到上海后，费景宣想上海不归云南管，你唐长官拿自己没办法了。然而，他想错了。

到上海还不到一个月，费景宣收到弟弟费景达一封快信。弟弟告诉他，辞职已经获准。可是，继任者却指控他拖欠了两万多元的公款，必须追赔。费景达让哥哥短时期内别回云南。几天后，又收到弟弟费景达的一封快信。信里说唐长官派人来过云梦轩，说是只要交出那双碧玉镯，拖欠公款的事就一笔勾销。不仅如此，将来还保举他当实业厅厅长。费景达问哥哥，交不交出玉镯?

费景宣回信让他妻子将玉镯收好，绝不交出。同时，为了防止对方仗势欺人，来没收经营财产，他让弟弟办理分家，分一部分资金出去，另起炉灶。费景达收到信后，另购房屋，开起另外一个照相馆。

事态继续扩大。继任者将费景宣拖欠了两万多元公款之事上报，云南省实业厅、省财政厅、省高等审判厅对此进行核查，都认定拖欠公款属实。费景宣得知此消息，给省实业厅负责人去信请求帮忙。对方表示为难，又找多个朋友斡旋，也都没有改观。无奈之下，他函呈云南省长公署，力辩自己清白，但是几个函件发出，也毫无作用。

接着，继任者又挖出费景宣造成工厂亏损四万余元。《共和滇报》发表了题为《又亏四万余元》的文章，此事提交省高等审判厅审理。

省高等审判厅最后判决费景宣渎职罪成立，这四万余元与拖欠的两万多元合计六万多元，用费景宣财产抵付。省高等审判厅人员，将费景宣云梦轩财产、合办企业的股份、蒙自老家财产等等，全数低价折算赔偿，同时，从费景宣妻子身上搜走那副玉镯，短短一个多月，把费景宣在云南的财产掠夺得干干净净。得到这个消息，费景宣一病不起。

1917 年初夏，费景宣转卖了上海云华馆，拖着病痛的身子，返回离别三年的昆明，在妻子租的小房子住下，深居简出，远远退出公众视线。当年，离开昆明前，他是昆明赫赫有名的风云人物，这时，成为无人搭理的路人。费景宣去云梦轩看电影院，去昆华茶园看戏院，去篆塘码头看小火轮，去劝工厂看那些设备，眼见这一切都与他毫无关系，心中无比愤怒。他憎恨加害自己、使自己倾家荡产的人，他要报复！

这时，尽管很多人遗忘了费景宣，但是，有一个人却给他送去一个邀请函，邀请他去通海县见面，这个人是谁？是滇南大土匪吴学显，吴学显是云南几大土匪之一，手下有几千人。吴学显为什么要邀请费景宣见面？是吴学显认为费景宣是个难得的人才，脑子活、懂照相和印刷，又对现在云南这些掌权者极为仇恨，要拉他入伙，一起干个大事，共同搞垮唐继尧。费景宣到通海与吴学显见面，不明白吴学显为何邀请自己入伙，问道："我是个没摸过枪杆子的人，到你这里能干什么？"吴学显直截了当地说："我想请你和我一起做假钱。"接着把自己的设想和盘端出，吴学显打算制作滇票假币，在滇南购买大烟，然后运送到沪、穗、港等地贩卖，又将贩卖大烟的钱用来向法国购买军火，来充实自己的军力，这样干，自己很快能壮大，就可以搞垮唐继尧。

费景宣听了这个说法，欣然同意入伙，跟吴学显商量了具体做法后。他回昆明把家里人安顿好后，带吴学显的人去香港，租用厂房，制作做假币的印版，购置印刷机、纸张和油墨。经过一番努力，到1918年秋，费景宣在香港印制出大量滇票假币，吴学显让手下用假币购买大烟，很快大量假币流入云南多地。

不断出现的假币，引发社会不满，严重破坏云南金融秩序，使唐继尧十分恼火，他责成省警务处火速破案，扫清市场上的假币，捣毁制作假币的场所，将制作假币罪犯绳之以法。省警务处将侦破任务交给重案大队，重案大队会同造币厂和裕滇银行对假币进行研究，认为假币十分精美，达到以假乱真的地步，而这样的印刷技术，决非云南本地所有。他们认定，这些假币的印制地点很可能在香港。

那么是谁在香港印制的呢？他们从抓获的几个罪犯嘴里得知这些假币是出自吴学显，而吴学显这个大老粗是做不了这个事的。他们再了解，得知这是吴学显让费景宣干的。

1919年3月，昆明《滇声报》登出了一则消息：“云梦轩业主费景宣，在云南劝工厂总理任内，挪亏公款甚巨，后经官府追缴，家事逐渐零落。随后，其回昆不甘心破败，勾结匪类伪造纸币，祸害极大。日前，由省长公署派军队一连协调省警务处警员，前往抓捕。”但是，有吴学显的保护，哪里会这么容易抓获的？闹腾半年，没个结果。

本来这成了个悬案，重案大队人人避之不及，没想到形势又发生变化，案子很快了结了。这又是怎么回事？当时唐继尧在外连连用兵，本省兵力不足，治安乏力，一些打家劫舍的小混混逐渐做大，占山为王，虎啸山林，出现了吴学显、杨天福、普小洪等等称霸一方的大土匪，搞得唐继尧很是挠头。为了维持社会稳定，唐继尧采用宋朝对梁山好汉的做法，对土匪进行“招安”，将土匪武装收编为官军。

督军公署在跟吴学显谈招安条件时，就提出让吴学显交出全部假币、将费景宣押解归案这两个条件，吴学显答应了。1920年2月，吴学显摇身一变成为云南陆军第一游击支队队长，驻防昆明郊区的干海子。这个案子似乎很快要了结了，重案大队的兄弟们心里一阵轻松。后来，事情发生变化，这些做土匪的没那么守信用，吴学显交出全部假币后，并未将费景宣押解归案，说是手下人看守不严，让费景宣逃走了。这让重案队的兄弟极为失望。好在，费景宣失去吴学显的支持与合作，没有假币流通渠道，很难靠他的一己之力再制作假币危害社会。

不过，显然人们低估了费景宣。费景宣逃到香港后，很快将假币流通渠道的一些人员组织起来，用更低的价格贩卖假币，大量新印制的假币又滔滔不绝涌进云南市场。唐继尧再次下令重案大队花大力气抓捕费景宣。为此，重案大队又搞了几次抓捕行动，由于费景宣行动诡秘，飘忽不定，一直到顾品珍率部攻入昆明，都没抓到费景宣。

第6节

现在，经过关公脸这么一闹腾，抓费景宣这个老大难的事又被翻出来，三标他们不得不按照警务处长官的批示，下功夫去侦破。

三标让杨钊找崔大嘴把那几个案犯移交回来，进行审讯，没得到一点有用的线索。说白了，这几个人都是贩卖假币很外围的小混混，对印制假币的事根本不清楚，更别提什么费景宣的下落了。三标找来此案卷宗，见里面有几个案犯现在警务处牢房收押，就提出来审讯。这几个人都是吴学显归顺后抓的，是费景宣出货渠道的一部分，跟费景宣打过交道，但是提供的费景宣行踪都是过时的，当时依照他们提供的行踪去抓捕都没抓到，现在关了这么长时间，再按这行踪去抓捕，更是瞎忙活。

这时，三标得到一个消息，说费景宣在蒙自老家的母亲病重，恐不久于人世，而费景宣的父亲早几年已去世，双亲只剩母亲一人，费景宣是大孝子，很可能回老家。三标连忙让杨钊带几个人去蒙自，只要费景宣一冒头就把他拿下。可是，天性谨慎多疑的费景宣到母亲去世都没出现，杨钊等人一直等过了头七才离开。这次行动失败。三标听完杨钊的汇报，怀疑是重案大队内部有人走漏风声，对内部进行一次清查，最后没有结果。

这天，杨钊对三标说他们这次到费景宣老家，见费景宣老家院子在扩建，看样子至少扩大一倍。杨钊估计这是费景宣出钱盖的，他弟弟那点小生意挣不到这么多钱。三标觉得这个线索很重要，派杨钊再次去蒙自，去找当地警署，找理由阻止盖房，逼迫费景宣现身。一旦见到费景宣立即逮捕押送到昆明。杨钊按三标的吩咐去蒙自做了安排，不过，过去半个月，没有动静。三标知道这一招不行，费景宣这么狡猾的人是不会露面的。三标头痛不已，不知哪天能抓到这个人了。

第三章

第1节

1921年4月，周钟岳辞去省长职务，顾品珍在金汉鼎等人的提议下，经省议会批准，担任总司令的同时兼任省长。

这时，还发生一件事：潘行长从财政厅回来说了一个情况，陆军总司令部收到德意志合作银行上海分行来函，说他们那的云南督军公署的账户内有一百万元存款，已经存放多年，有二十四万元利息。之前，唐继尧派人来取走利息，现在唐继尧又派人来取本金。银行知道唐继尧已下台，不知是否可以让他取走，来函询问。

这个公函呈送顾总司令，顾总司令看了问财政厅这是怎么个情况，可是现在财政厅的工作人员无人知道这回事，就叫潘永其去说说情况。潘永其有点印象，说回去查一下再答复。潘永其回到办公室，把王平端和李津兰叫来，请他俩回忆一下几年前给上海德意志合作银行的汇款的事，两人记得这事，估计总数有一百万。王平端和李津兰去查了账册，在四年前分四次汇到这家银行一百万元，用途是购买德国毛瑟步枪和克虏伯火炮。这是财政厅来办理的汇款，潘永其把有关记录简单抄写，马上去云南陆军总司令部做了汇报。

顾总司令问汇这个款去干什么，为什么让它躺在这家银行睡大觉呢？潘永其解释道这就不能怪裕滇银行了，因为钱到那个账户，资金进出，是否买了军火，支付给哪个洋行，裕滇银行根本就不知道了。而督军公署掌握这个机密的人是唐继尧的亲信，他们现在都跟唐继尧逃跑去香港了。

情况清楚了，总司令部马上派几个人带云南督军公署印信去上海办这一百万本金取款。人们都以为这事很简单，这些钱马上就汇回云南来了，而这笔巨款到云南，几乎等于天上掉馅饼，省里凭空得到一大笔钱，这能有效缓解省里的资金压力，解决很多问题。

可是没想到，情况发生变化。唐继尧在香港发表通电，说顾品珍是通过兵变篡夺政权，云南执政者身份没有得到北洋政府认可，为非法政府。要求银行让自己取款，上海是北洋政府管辖地区，自然认北洋政府的任命，因此，德意志银行面对这个情况，不敢让这几个人把资金带走。

关于争取北洋政府任命的事，有人跟顾品珍提过，只是顾品珍觉得这些年云南和自己一直跟北洋政府对着干，现在急转弯，去请北洋政府任命，对自己良心，对滇军将士，对本省百姓难以交代，就没采纳这个意见。那么，可以争取获得孙中山广州政府的任命吗？顾品珍主政后，曾发表通电支付孙中山广州政府，并给孙中山写亲笔信，孙中山对他的表态表示欢迎，但是孙中山对他的合法性一直不表态。这里又有什么问题呢？是这样的，唐继尧逃离昆明后，曾到访广州，会见孙中山。孙中山隆重欢迎唐继尧的到来，邀唐继尧出任广州新政府相应职位。唐继尧不看好这个新政府，婉拒盛情邀请，避居香港。孙中山为了争取唐继尧，对确认顾品珍政权的合法性一事非常谨慎。

因此，从上述情况看，顾品珍执政者的合法性，无论从北洋政府方面看，还是从广州政府方面看，都有点问题。唐继尧对顾品珍的指责，得到很多人的认可。这时，云南的蒙自等几个地方政府发通电支持唐继尧，称唐继尧才是云南合法执政者，这种种情况，让云南收回这笔钱变得更加困难。

第2节

看来要派有能力之人到上海解决问题，那么派谁去呢？最好是在唐继尧时代就任厅局职务的老人中找一个，这时这些老人都担心唐继尧回来报复，不敢出来挑这个头。这天上午吃饭时，李津兰跟段毓婉和吴少愚说这事，对这些老人往后缩很有些愤愤不平。段毓婉听李津兰这么说，连忙说："你就别操心这事，这都是那些省里高层考虑的事，跟咱们没关系。"李津兰说："这些钱明明白白是省里的，唐继尧要抢走，你我怎能坐视不管，有点正义感，好不好？"段毓婉说："不是我没有正义感，可是咱们管，有用吗？咱们管得上吗？谁会听我们的？"吴少愚赞成段毓婉的说法，可是李津兰不服气地说道："咱们有点行动总是可以的吧？如果连一点行动都没做，说自己有正义感，合适吗？"段毓婉说："行，我同意有点行动，你说吧，怎么办？"

李津兰说："我想毛遂自荐去上海办这笔款，你们觉得如何？"段毓婉说："我的姑奶奶，你是发烧了吧？怎么满口胡话？你去上海？你算老几？你能做什么？谁会让你去？"李津兰不服气地说："我可以跟潘行长或王行长去，做他们的助手。"段毓婉说："现在潘行长和王行长都没说要去，你做什么助手？"吴少愚也说："你这分明是将他俩的军，为难他们嘛。"李津兰说："是的，我就是要推他们一把，一百万不是一笔小钱，他们是裕滇银行的负责人，在这重大经济利益上应当努力争取。"段毓婉说："你说得都对，可是一家有一家的情况，他们二位的家庭都靠着他们，如果出点事他们家庭就垮了，他们肯定要慎重一点。"吴少愚觉得段毓婉说得对，劝李津兰赶紧打消这个念头。

可是，李津兰没听他俩的话，下午上班时，到潘永其办公室说了自己的想法。潘永其告诉李津兰这事在等省里的安排，看看省里怎么安排再说不迟。其实，潘永其不想去办这个事，他很清楚办这个事，等于是跟唐继尧面对面，真刀真枪地干，万一唐继尧真的回来主政，真是不好交代。

晚上，李津兰回到赵府吃晚饭时，婆婆说赵家轸没回来吃饭，这些天他总是在外面和他的同学朋友吃饭，让李津兰理解理解。接着，话题又转到赵家轸身上。现在尽管赵家轸跟李津兰睡一张床了，但是两个人还是客客气气，彬彬有礼的。所以，两个人的交谈很少，李津兰并不清楚他每天都在干什么。蔡月娥说公公其实是想让赵家轸到火柴厂上班，由于赵家轸不愿意，这样公公就由着他去报馆了。赵家轸说，他已经在一家报馆找到工作。

李津兰对报馆工作很有好感，觉得是文化人，都比较高雅，如果赵家轸真能在这一行发展，也挺好的。蔡月娥说赵家轸的中学同学，有的当了军官，有的在官府里有个一官半职，有的自立门户做生意，都挺有出息，他们非常赞成赵家轸回昆发展，都说上海是不错，但是在昆明做事机会多，熟人多，好干事，比上海强。蔡月娥说，感觉赵家轸是打算长期在昆明干了，不去上海了。这对于李津兰是个好消息，李津兰一直担心丈夫在上海见了大世面，觉得昆明的池水太浅容不下他这条大鱼。李津兰想，他长期在昆明干，他们夫妻的关系就稳定下来，将来生孩子，可以一起养育孩子，让赵家枝繁叶茂。是的，现在李津兰觉得自己很快会怀孕，她觉得这不会错。吃饭后，李津兰回自己卧室，不久，赵家轸回来了，两人客气地问候几句，就上床睡了。

第3节

这天中午吃饭时，段毓婉来找李津兰，刚进屋，吴少愚就走进来，段毓婉生气地说："去，去，今天中午我要跟李津兰说几句女人之间的话，你回避一下！"吴少愚觉得段毓婉是骗自己，说："我不走，我也听听，到底是什么事？”段毓婉急了，说：“吴少愚，你这个人脸皮怎么这么厚？整天往女人堆里凑，你是不是个男人？”吴少愚愣了一下，没想到段毓婉的话说得这么重，不高兴地转身走了。

李津兰说：“段毓婉，什么事呀？对人家吴少愚这么凶？”段毓婉嬉皮笑脸地说：“我跟他闹着玩呢。好了，明天我跟他道歉不就完了，没事，嘻嘻。”李津兰说：“你说，什么事？”段毓婉故作神秘地说：“你猜猜！”李津兰说：“我哪里猜得到，说不说？不说就算了！”李津兰做生气状。段毓婉说：“好了，我说，我说还不行吗？是这样，我跟你说，我见到他了。”李津兰问道：“什么他？你在说什么？”段毓婉说：“就是那个人，哎呀，你怎么不明白呀？”李津兰恍然大悟，问道：“哦，见到你的心上人了？是不是？”段毓婉害羞地点点头。

李津兰顿时来了精神，连珠炮似的问道：“快说，是怎么回事？你在哪里见到他的？这些年他去哪儿了？”段毓婉说了经过：昨天她以前的老文友小张叫她去吃饭，说是给一个刚从外地回来的老朋友接风，她说跟人家不熟，不去了。这个朋友说，怎么不熟？当时诗会的成员，不是经常一起海阔天空、得意忘形的吗？于是，她去了，万万没想到，这个回来的老友，竟然就是他。他变化挺大，变得成熟稳重，更有男人味了。李津兰问道：“这么说你们联系上了？再次巧遇，是不是？后来呢？”段毓婉说：“后来我就晕了，我就那么晕乎乎地坐那，忘记了是什么地方是什么时间，就那么腾云驾雾的，感觉像得道升天一样。”

李津兰笑笑，她很能理解段毓婉当时的心情，用通俗的话说就是陶醉其中了。段毓婉说：“当然，我没晕那么长时间，后来在敬酒的时候，我借敬酒机会跟他聊了一会，我问他还记不记得我？说当时我点评过他的诗，他竟然记得我，这让我太兴奋了。你知道吗？我昨晚喝了好多好多酒。我跟他说，这些年我不知道他去哪了，可是我一直没忘记过，他的那几首诗特别美，给我留下的印象太深刻了。你知道我，回家我才知道我喝多了，完全喝醉了，醉惨了，吐得一塌糊涂的。”

李津兰觉得段毓婉此时好像还醉着呢，问道："那你下一步怎么办？他叫什么名字？"段毓婉说："我只知道他的笔名叫临风。"李津兰问道："只知道笔名？人家结婚了吗？过去这么多年，难说人家孩子都能打酱油了。"段毓婉紧张地说："是的，我最怕就是这个。我让小张去了解一下这个人的情况，小张答应帮这个忙。估计这两天就能把情况搞得清清楚楚。"李津兰说："阿弥陀佛，但愿人家还是单身。"

第 4 节

几天后，李津兰找潘永其的事就在行里传开了。段毓婉进李津兰办公室说："你去找潘行长了说你想去上海了？你疯了？你知道吗？现在行里都在传这个事，柳貂蝉又跳出来了，说你是想害裕滇银行，去上海这个事，省里上上下下这么多老长官，没有一个伸头的，为什么？这不是明摆着吗？唐继尧要这笔钱，是杀红眼的，在这事上得罪唐继尧，那是真得罪了。如果唐继尧回不来另说，而他要真回来当政，那肯定是杀头的罪。现在人们躲都来不及，你还去找潘行长说这话，你怎么想的？柳貂蝉说你这是要害潘行长，害咱们裕滇银行，你是不是跟潘行长有仇？跟咱们银行有仇？"

李津兰分辩道："这钱是云南老百姓的钱，应当收回来改善民生，如果让唐继尧拿走了，这钱只能用来祸害老百姓。在这样的大是大非事情上，怎么可以默不作声，做缩头乌龟！"

这时吴少愚进来，他也是来和李津兰说这个事，他说："行里有不少同事在议论这事，指责你祸害裕滇银行，他们都很气愤，你知道吗？"段毓婉说了自己刚才对李津兰说的话，吴少愚赞成段毓婉的说法，让李津兰一定要冷静。李津兰不服气地说："我没有祸害裕滇银行，这样的帽子扣不到我头上。"吴少愚苦口婆心地说："你真是个固执之人，你想想看，你的所作所为如果不会造成那样的恶果，别人干吗这么说你？”段毓婉附和道：“就是，如果不是这样，柳二娘能这么说？”李津兰激动地说：“那是柳二娘要害我！”吴少愚说：“我不同意你这个说法，我认为这个事跟柳貂蝉无关。换一句话说，如果你没做错，柳貂蝉想煽动这么多同事指责你，她也做不到。”段毓婉说：“吴少愚说得对，事实上就是这样，你这是触动这些一般职员的利益，要砸他们饭碗。”李津兰说：“人总要有点正义感吧？总是要明辨是非吧？我做错什么了？他们凭什么这么指责我？”吴少愚说：“你是仗义，有正义感，可是不是每个人都有你这样的承受能力，都有你这样的境界，你要考虑一下这些同事的承受力，考虑一下人家的感受，人家是怎么想的？不是人人都能做英雄好汉，也没有谁规定每个人都必须做英雄好汉。你是部门副经理，可以讲正义、讲责任、甚至讲情怀。可是，他们只是一般职员，小小的职员，没有义务承受这么大的压力。你别认为是柳貂蝉煽动的，别把问题看歪了。”李津兰激动地打断道：“吴少愚，你别替柳二娘说话。”

吴少愚生气道：“李津兰，我怎么是替她说话？你知道这么长时间我跟她都是势不两立，你知道我从来都是维护你的。但是，在这个事上我觉得她说得是对的，你错了。你说的这些东西看起来都是很正义，但是实际上你根本不考虑别人，这对你是正义的，而你强加在别人头上就是不正义的。到今天我算是看清你了，你就是个冷酷无情之人，是个无情无义之人。就是喜欢出风头，显示自己，为了自己的利益，牺牲别人，踩着别人的肩膀往上爬。我告诉你，你我做朋友的缘分到今天结束了，从现在起，你不是我的朋友，我也不是你的朋友！”说完转身往外走。

段毓婉阻止道：“吴少愚，你冷静点，有什么话好好说，别这样别这样。”吴少愚说：“你别拦我，我跟这样的人没什么好说的，告辞。”李津兰说：“别管他，让他走！”吴少愚说：“我当然走，这个地方臭气熏天，多一分钟我都不想待。”出门走了。段毓婉对李津兰说：“他今天怎么这么大的火气？”李津兰说：“没事，他不想跟我交往就不交往，我今天也看清他这个人了，他跟咱们不是一路人。”段毓婉对李津兰说了不少安慰和劝解的话，之后又去找吴少愚，劝解一通。尽管如此，但是最后并没改变这个情况，就因为这个事，吴少愚和李津兰反目为仇，势不两立，不再是朋友。

上海的情况越来越复杂，省里成立一个事务组，由裕滇银行、财政厅、实业厅抽调出来的人员组成。由于这一百万是从裕滇银行汇出去的，并且潘永其熟悉银行运作，省里就让潘永其出任这个组的负责人，这个组很快成立，一行人去上海收款。

第四章

第1节

由于张作霖出兵支持直系，吴佩孚部大胜，历时五日的直皖战争结束。第3师离开北京南下，这时岳阳已经被广州政府的湘军占据，不能去了，吴大人选定洛阳为长期驻地，大兴土木建设“西工兵营”。这时，大标官升一级，被提升为机动团3营营长。

很快一年过去了，到了1921年6月。这天大标在营部，见罗继昌的传令兵走进来，问他有什么事，传令兵说：“罗团长让我问问李营长，今天下午是否有时间去家里喝茶，罗团长还说他堂妹来了，想跟李营长聊聊。”李大标想，罗瑾云来了，去不去呢？上次罗瑾云说她跟议员要结婚了，置大标的感受而不顾，态度还那么恶劣，现在自己还有必要去吗？想了一下，对传令兵说：“你回去告诉罗团长，谢谢他的邀请，下午我过去。”

下午，大标到罗继昌的家，这是罗继昌租的洛阳城里的一个西式的小洋楼，进了客厅大标问道：“罗团长，你夫人回北京有半个月了吧？何时回来？”罗继昌让大标坐下，说道：“还要过两天吧，她父亲身体不好，让她在身边多陪几天。”接着，罗继昌说：“是这样，我堂妹已经结婚了。不过，这次来，她还是想见见你，大家还是朋友嘛。”大标听说罗瑾云结婚了，并不感觉意外，说道：“是的，难得她还拿我当朋友。”罗继昌叫罗瑾云出来，罗瑾云还是一身男装，浅灰色花格子西服，咖啡色西裤，棕色皮鞋，白色立领衬衣，看上去比上次还漂亮。大标说："罗小姐，恭喜恭喜，新婚快乐！"罗瑾云大方地笑笑。大标问道："你的夫君来了吗？给我个机会，让我请你们夫妇吃顿饭。"罗瑾云说："他在北京有事，来不了，你的好意我心领了。"大标说："好，下次带他来，我一定请他。"

罗瑾云坐下就说道："李营长，我也该祝贺你呀，现在你是大长官了，不一般了，看看，你这气色也好了很多，真是春风得意马蹄疾。"大标说："我算什么大长官，不过是罗团长手下的一个小兵。"罗继昌说："大标，你别过分谦虚，现在你可不是个小兵，一个营长，不管怎么说也是手下有几百号兄弟的长官。"大标说："是，是，那都是你的栽培。"罗继昌说："行了，别这么客气，那都是你自己努力的结果，你打仗敢冲不怕死，还有脑子，打得机智灵活，是个好军官。好了，咱们不说这个。我妹妹说她来洛阳最想见的人就是你，她一直很挂念你。"罗瑾云接过话头说："是的，我给我哥写信，每次都问你的情况，我是一直拿你当好朋友，可是，你却从来不给我来信。"大标说："太感谢，太感谢，我也很挂念你，只是你结婚了，实在不便打扰，不敢联系，怕别人说你闲话。"罗瑾云说："行了，你看我是怕说闲话的人吗？我从来不在乎什么闲话。"说完大笑起来。大标觉得罗瑾云确实不是怕闲话的女子，自己这话说得很不恰当，尴尬地跟着笑笑。

罗瑾云笑了一阵，收了笑容说道："李营长，这次我到洛阳，还带了我天津的一个女同学过来，咱们请她一起出来聊聊，可以吗？"大标说："当然可以，早就应该叫人家出来嘛，是不是，罗团长？"罗继昌笑笑，没说话。罗瑾云起身说："行，我去叫她。"走出客厅。

很快，罗瑾云返回客厅，身边跟着个女子，罗瑾云对大标介绍身边女子道："李营长，这是温玉娴小姐，我在京师大学堂的同学。"温玉娴属于小巧可爱类女孩，长长的刘海下是一双眼角微微上翘的丹凤眼，红唇皓齿，薄肩长颈，一身中式打扮，上身穿新潮女子流行的大襟短袖浅蓝色上衣，下身是深蓝色短裙，白色长袜，黑色皮鞋。

罗瑾云又说："温玉娴，这位是李大标营长，我们6旅的精英。"温玉娴听了，细声说道："见过李营长，祝李营长万福。"说着向大标行前清的万福礼，双手手指相交，置于身体左侧，微蹲一下，大标慌忙站起来拱手还礼说："见过温小姐，祝温小姐安好。"罗瑾云说："看看你们这架势，太隆重了，行了，两位都别客气了，坐吧。"见温玉娴坐下，接着说："温小姐是旗人，在天津长大，家里讲究那些旧礼，李营长别见怪。"大标说："没有，我觉得挺好的，我反倒觉得新礼那样男女见面就握手不妥，圣人说男女授受不亲，还是老礼好。"罗瑾云介绍温玉娴的情况，出身于前清官宦之家，受过新式教育，思想还是比较开放，目前在天津一个学校教书。这样，四个人就东拉西扯地聊起来。聊了一个小时，罗继昌说要到团部去一下，大标才跟罗继昌走出去，离开罗瑾云和温玉娴。

第2节

第二天是周日，大标见罗继昌的传令兵又来了，说是罗团长请大标跟他们一起去龙门石窟游览，自然是四个人一起，有罗瑾云和温玉娴。到了石窟景区入口，罗瑾云让温玉娴和罗继昌走一起，自己则和大标走一起。罗瑾云对这些石头雕塑有点了解，给大标和罗继昌做讲解，罗继昌听得仔细，而大标对这些东西完全陌生，没有太大兴趣，只是做出一副在听的样子。

游览结束，他们到城里的"管记水席"饭馆，胡公子、黄猴子、文秀才三个人已经在此等候，原来是罗继昌派人请他们过来一起吃饭。这时，胡公子提升为2营营长，黄猴子提升为2营副营长，文秀才也提升为1营副营长了。这三人都是第一次见温玉娴，跟温玉娴打了招呼，然后和罗瑾云调侃起来，问她议员丈夫如何，说是不是比当兵的好。他们三人都知道大标喜欢罗瑾云，这话是话中有话的。罗瑾云很大方，说道："国会议员当然比你们这些扛枪打仗的强，你们这些人哪天把小命丢在战场上都不知道，怎么敢嫁给你们？"

饭后大标把罗继昌、罗瑾云和温玉娴送到家门口，才跟他们分手，罗继昌让两位小姐先进去，然后问大标："怎么样？你对温小姐的印象怎么样？"大标有点难为情地说："挺好的，挺好的。"罗继昌说："说的是实话？这事你不用应付我。"大标说："是实话。"罗继昌说："她对你的印象也挺好的。我说，李大标，你对她有那个意思吗？如果有你就说，我帮你做这个媒。"大标没想到罗继昌是这个意思，紧张地说："不行，不行，这不太好。"罗继昌说："有什么不好的？我跟你说实话，我堂妹这次介绍你们认识，就是有意给你们牵线的，只是怕你害羞，没跟你挑明。"大标一点思想准备都没有，不知说什么好，低头不语。罗继昌说："到底喜欢不喜欢？喜欢就点个头。"大标还是低头。罗继昌说："不点头，就是说不喜欢，那我告诉你，过了这个村就没下个店了，到温小姐家提亲的人多着呢，门槛都踩烂了。"大标还是没点头。罗继昌说："行，我明白，那就算了，这事就算我没说过，你回去吧。我告诉你，明天她和我堂妹就走了。"

听这么说，大标赶紧上上下下想了一通，他不知道人家是来相亲的，在相处中，一直没朝那个方面想。现在想想，他必须承认，这温玉娴身上没有罗瑾云那种野性、大胆、直来直去的劲头，跟罗瑾云完全是两种不同类型。但是，温玉娴是正宗的大家闺秀，秀气、文雅、识礼、贤淑，做老婆是头一等的。大标长这么大，也是第一次接触这样的女子，这好感也是满满的，怎么办？如果不说喜欢，可能就错过了，再没这个机会了，干脆，答应吧，自己年纪也不小，早该成家了。大标终于说出来："喜欢……"罗继昌说："还是喜欢人家？"大标点点头。罗继昌说："喜欢就说出来，这不就完了？还不好意思，有什么不好意思的？笑话。"大标说："她们明天就走？这么快？"罗继昌说："是，她俩那边有事，必须回去。"大标说："明天我来送送？"罗继昌说："算了吧，我刚才说人家对你印象好，不是说人家喜欢你。今晚我告诉她你的想法，还不知道她是什么态度。别去送了，她们很快会再来。”大标觉得有道理，没有再坚持。

第二天中午，大标去见罗继昌，问道：“她俩走了？温小姐是什么态度？”罗继昌说：“走了。挺好，人家没反对。”大标问道：“那下一步我做什么？”罗继昌说：“你给她写信吧。”说完，掏出一个纸条，递给大标。大标见上面是温玉娴的地址，激动地说：“谢谢，谢谢你呀。”罗继昌说：“不用谢。不过，我提醒你，你要喜欢人家，就一定要对人家好，明白吗？”大标说：“放心，我一定会对她好，一辈子对她好。谢谢你，你是我的大恩人。”罗继昌挥挥手说：“行了，你回去吧。”

第3节

几天后的这天，大标在路上碰到胡公子和黄猴子，胡公子对大标说：“大标，我听说吴师长要派人去云南游说滇军投靠咱们，这是一个去云南的难得机会，你不去争取一下？”黄猴子说：“是呀，这么好的机会，应该去争取一下，可以回去看看你父母，你有很多年没见父母了吧？”

大标说：“真的？”胡公子说道：“绝对是真的，是我师里的朋友说的，他说最近顾品珍率驻川滇军强行返滇，赶走唐继尧，掌握云南大权，想得到孙中山的广州政府的认可，广州政府一直没表态，这是拉拢滇军投靠咱们的一个机会。”黄猴子说：“你去争取一下吧，你是云南人，能讲云南话，应该能争取上。”大标听这事，激动万分，能回云南去看看，这太好了，一定要去争取。

第二天大标就去师里了解情况，很快得知这个事完全属实，吴佩孚师长确实决定派人去与滇军联系，只是现在还没定去几个人，是公开去还是悄悄地去。

最早，吴大人想给顾品珍发个电报，表达联合他的想法，但是不知道顾品珍是什么态度，万一顾品珍不愿意，将电报内容在报纸上公开，就麻烦了，除了社会各界会议论吴大人要把手伸到云南，也会让在香港的唐继尧仇恨吴大人。

接着，吴大人又想派一个正式代表团去见面谈谈，但是，担心顾品珍不愿意，把代表团的情况捅给报界，也很麻烦。并且，代表团乘火车走京汉铁路到武汉，再走粤汉铁路到广州，乘船到越南海防这一路要经过广州军政府管辖地区，如果他们身份败露，也很麻烦。

最后，吴大人决定先悄悄派三个人作为自己的密使，带一个礼物过去，口头与顾品珍谈谈，如果顾品珍有此意，再派一个正式代表团去，如果顾品珍没这个意思，就算了。

这天下午，大标去团部找罗继昌。之前，大标请罗继昌向吴佩孚推荐自己，罗继昌答应去努力一下。这会大标是去了解一下进展情况。刚到门口，罗继昌的传令兵拦住大标，小声说里面在说大标的事，让大标在门口等等。大标听里面何胖子在说："罗团长，我反对，不能这样。我知道李大标是你的同学，你跟他个人感情不错，但是，这太危险，如果大标到云南被滇军收买了，传回来的消息是假的，吴大人按照他的消息把正式代表团派去了，结果被滇军向天下人公开了，怎么办？那你我都交代不了，李大标毕竟是咱们团的营长，你和我都要承担长官责任。不行，绝对不行。"罗继昌说："我知道这事的重要性，知道如果李大标叛变了，将给吴大人，给咱们造成巨大损失，但是，我觉得不可能发生这种事，李大标不是那种人。还有，不是还有另外几个人吗？他们也可以监督李大标呀，也不会让李大标为所欲为。"何胖子说："另外那两人有什么用？你想想，他俩是外省人，在云南谁也不认识，两眼一抹黑，怎么监督李大标？李大标只要略施小计，就能把这几个人蒙混过去。不行，绝对不行。"

罗继昌说："你对李大标有偏见，我不这么看他。他读的保定武备学堂，毕业后在咱们 3 师干了六年多，从小排长干到营长，经历了多次战斗，一直表现出色，他为什么要背叛咱们？我认为根本不可能。”何胖子说：“为什么背叛？为钱呀！滇军花钱收买他，他能在老家安家娶媳妇过日子，怎么不会背叛呢？你没听他说过云南这么好那么好吗？他说云南天气好，不像湖南、河南、河北这样，要么热得要死，要么冷得要死。云南吃大米，那大米比河北、河南面粉好吃多了。”罗继昌说：“夸自己家乡有什么不妥？一方水土养一方人，哪个人不说自己家乡好？”何胖子说：“是呀，哪个人不说自己家乡好？滇军收买他，他能回家乡过日子，他怎么不会叛变？”罗继昌说：“不会的，李大标根本不是那种人，我了解他，这个事，我可以拿脑袋担保。”何胖子说：“团长，你别说这种斗气的话，你要真拿脑袋担保，只怕到时候军法无情，真要取你性命……”大标听着，心想，看来自己去云南这事要办成太难了。

第五章

第1节

这天，三标有点空闲，他又去了高峣村。小火轮离开篆塘，驶出运粮河，进入草海水面，这里右边是大观楼，左边是千亩良田，视野开阔。很快到了高峣村码头，三标上岸去刘水仙家，可是让他大失所望，刘水仙家门上还是挂着一把铁锁，跟上次一模一样，显然，刘水仙一直没回来过。三标去问旁边的邻居，人家说刘水仙确实没回来过。面对这个情况，三标没办法了。他去碧鸡关的小街，想找胖老板娘聊聊，看看能否得到新的线索。

三标到碧鸡关小街找到那个老板娘，说道："大姐，谢谢呀，我找到龙门村的苗老板了，他就是我要找的那个人，谢谢呀。"大姐问道："你见到他了，他身体还好？当时他不干了，把饭馆盘出去是因为身体不太好，累不动了。"三标说："还好，挺结实的，我没说是你让我去找他的，他也没问我是怎么找到他的。"大姐说："没事，说不说都没关系，他不是干坏事的人，不怕别人找他。"三标又问："大姐，上面那家神仙客栈的姑娘你熟吗？"大姐说："那客栈的姑娘在这很多年了，她们经常到这条街上逛逛，买点东西，应该都见过，能叫出名字。不过，她们都是用花名，没人用真名。"三标问："有个叫水仙的，你有印象吗？"大姐说："有印象，年纪挺大的，你找她？这种人找她们干什么？千人骑万人睡的，臭不要脸。"三标说：

“你知道她的情况吗？”大姐说：“不知道，好像很久没有见到她了，她还在那个客栈吗？”三标说：“她离开那个客栈几年了，那个客栈生意不行了。”大姐说：“是的，她们的生意都被新开的那家桃花源客栈抢走了，每天从这里过的客人就这么多，人家去了那家就不会再去她家了。对了，我想起来了，这个女人好像还在这一片住，我记得曾见到这个小姐来买过东西。”三标赶紧问：“这几天见过她吗？”大姐说：“没有，上次见她应该是去年了吧？具体时间我记不清了。怎么？你找她？这种女人你找她干什么？我说长官，这种女人都是烂货，不值得。”三标连忙解释道：“老板娘，不是那个意思，我找她是……”老板娘说：“行了，我知道男人是什么意思。我说，男人千万别喜欢上干那行的女子，人家都说婊子无情，戏子无义。你想人家睡过那么多男人能对你有真感情？长官，我看你一表人才，找个女人还不容易，那些大家闺秀、小家碧玉，不是随你挑？找个干干净净的，离那些臭女人远点。”三标笑起来，说道：“大姐，我找这个人是其他事，我自己不会找这样的女人。不过，你的建议挺好，正派的男人是应当远离那种女人，呵呵……”说完，三标跟老板娘告辞，去神仙客栈。

到神仙客栈，见那老板娘还是闲散地靠在门口椅子上嗑瓜子，三标走上前去打招呼，老板娘说：“怎么样？找到刘水仙了吗？”显然她还记得三标，三标说：“没有，上次去找她，她的邻居说她回家了，我刚才去她家看看，还是锁着门。你有她的消息吗？”老板娘说：“她早不在我这干，我怎么会有她的消息？”三标说：“那也难说，也许她回来看看你。”老板娘说：“看看我，她们会来看看我？简直是笑话，我这姑娘离开后，没有一个回来看我的，干我们这行，人家怎么会来看你？好在我也不惦记她们来看我。”老板娘说着吐出口中的瓜子皮。三标见问不出什么情况，闲聊几句就下山回昆明了。

第2节

这天上班，三标收到云南陆军总司令部转过来的一个文书，上面有警务处长的批示：请重案大队提出处理意见。这是费景宣给顾长官的一封来函，上面说他目前在香港，自己做假币只是针对唐继尧的黑暗官府。这些年唐继尧的官府欺压百姓，巧取豪夺，敲骨吸髓。现在顾长官主政云南，请求重审本人欠损两案，归还没收财产，还本人清白。关于本人做假币的罪责，愿意捐款赎罪，请顾长官恩准。如果能恩准，自己愿为新云南建设贡献力量。

三标找杨钊、王玉生来商量。之前王玉生在忙另外一个案子，三标没让他参与这个案子，现在王玉生那个案子结束了，三标让他一起来商量。三标说重案大队这个意见不好出呀，费景宣的欠损两案，省高等审判厅八成是受上面指使做出的冤案，按理说是该改判纠正，这个好办。但是，他做假币这事怎么办？这有两难，第一，同意他捐款赎罪，费景宣这几年印制假币危害太大，吴学显在归顺时把印制假币的所有罪责都推到他头上。如果用捐款赎罪，重罪轻罚，恐难平众怒。第二，不同意捐款赎罪，则他将继续作恶，危害云南经济，让案子久拖不结，老百姓的怨气更大。三标问杨钊和王玉生："你们说说，有什么高见？"杨钊说："这么复杂的事，我能有怎么高见？我估计，上面长官也是十分为难，才把这个难题推给咱们。"王玉生说："是的，这事太复杂。"三标说："我有个想法，你们看行不行？是这样，我想咱们就同意跟他谈判，将此作为一个诱饵，掌握他在香港的行踪，然后伺机将其抓捕归案。"两人都觉得这个办法不错。这样，三标他们给上面写了意见。

上面同意这个意见，由省警务处处长代顾长官给费景宣复函，对他在唐督军时期的不幸遭遇表示同情和慰问，同意组织有关部门重审他的欠损两案，还他清白。对于他说捐款赎罪，解决他做假币罪责一事，也可以考虑。只是他印制假币对本省造成的影响巨大，希望他能支付足够钱款。这个信函发去香港后，很快收到费景宣的二次来函。费景宣表示他更看重的个人名声，如果能还他清白，对印制假币之事，他愿意接受任何金额的处罚。

上面的长官按照原计划推进，起草复函，给他找了个下台的台阶，说印制如此精美的假币没有洋人协助是无法做到的，只要费景宣同意支付十万元罚款，罪名该洋人承担的就让洋人承担，他别再替洋人扛着。并且，请他尽快安排时间和省里的人见面详谈。第二封信函发出，三标认为应该能见到费景宣，抓捕他有可能了。但是，不想这时又出问题了，让这事办不下去了，出什么事？土匪吴学显跑了。

第3节

这吴学显怎么跑了呢？事情是这样的：唐继尧招安的几个土匪虽然改编成滇军，穿上军装，戴上大盖帽，吃上皇粮，但是却依然匪性不改，四处欺压老百姓，甚至盘剥起老百姓更是狠毒，有几次还开枪打伤老百姓。老百姓对此极为不满，纷纷要求政府解决这个问题，而这时，顾品珍的大剿匪运动取得相当成果，具备解决这些收编土匪问题的条件，可以将匪首绳之以法。顾品珍首先将目光投向最为恶劣的吴学显、杨天福这两支队伍。杨天福是大理人，做土匪的名气也不小，他曾绑架法国游客和英国牧师，迫使唐继尧接纳他们的“投诚”，招安后，杨天福被委任为云南陆军第二游击支队队长。

可是，本来抓捕匪首是很机密的事，但在行动前却出了岔子。原来，顾品珍派杨蓁旅长去执行这个任务，而杨蓁属下有一个团级军官和吴学显关系密切，暗中通风报信，结果让吴学显逃脱了，只是逮捕了杨天福。接着，省里以“骚扰百姓、危害国家”罪名将杨天福就地正法，而对吴学显却无可奈何。这吴学显跑走，马上将这个情况告诉费景宣。费景宣立刻断绝了与省里的联系，归顺的事也就黄了。这么一来，抓获费景宣又难于上青天了。

第六章

第1节

这天，三标在办公室，见妹妹家的郭师傅来了，挺奇怪，问道："郭师傅，你怎么来了？有事吗？"郭师傅说："她哥，是这样，少奶奶的父母和嫂子到我们家了，少奶奶让我来告诉你，请你过去一下。"三标一听这话，赶紧起身，他不知道父母和媳妇怎么自作主张到昆明来了，他们这是怎么回事？三标跟郭师傅到赵府，见客厅里一屋子人，有妹妹，妹妹的公公、婆婆，父亲、母亲、媳妇，三标跟妹妹的公公、婆婆打了招呼，问父亲道："爸，妈，你们怎么来了？有事吗？"三标的父亲李祖殷说："没事，就是你妈想你和小妹，过来看看。"

三标一来担心暴露自己真实身份，二来担心父母要逼自己跟段小凤住一起，想让他们尽快回去，就对父亲说："好呀，你们到昆明来太好了，我和小妹也想你们了。这样，我去找个旅馆，你们到那住几天。"三标的母亲庾美菊说："能找到吗？"三标说："能找到，昆明旅馆多，找个旅馆很简单。"李祖殷说："只是昆明旅馆太贵，你找个便宜的就行。"三标说："这你们就别管了，我来安排就行了。"李津兰说："就是，爸、妈，你们别管了，让三哥去办，三哥现在是大队长，是营长级别的长官，有钱，花这点钱不算什么。"三标说："是，小妹说得对，花这点钱不算什么。"李津兰的公公赵亦恒说：

“干吗去旅馆住？我们家这么多房间，还住不下你们？别去旅馆住了。”李祖殷说：“亲家，哪能这么打扰你们？你别管了，我们一会儿就跟老三去旅馆。”两人又客气一番，最后，还是去旅馆住，走出赵府大门，赵亦恒让庾美菊和段小凤坐上郭师傅的黄包车，三标又叫了个黄包车，跟父亲坐上去，一行人离开赵府。

三标想要做好保密工作，尽量不要让别人知道父母和媳妇来昆明了，就把他们带到大西门的一家中档旅馆，给他们开了两个房。基本安顿好了，李祖殷把三标叫到旅馆大门口，说道：“儿子，我们这次来，是想让你在昆明租个房子，我们跟你住一段时间。”三标说：“爸，我这事情太多，你们住昆明，我也照顾不了你们。我说，你们还是住两天就回去吧。”

李祖殷说：“我们到昆明不用你照顾，你忙你的，我们不给你添麻烦。不过，你每天也要吃饭睡觉吧？你媳妇给你做饭，你只要回来吃饭睡觉就行。”三标说：“可是，你知道我现在用的假身份，你们到昆明生活，万一暴露……”李祖殷说：“儿子，这个你不必担心，我已经考虑好了，我们也用假名字，这样我们住那个地方的左邻右舍只知道我们的假名字，不会暴露你的。”三标说：“你说的这是个办法，可是……”李祖殷说：“可是什么？我知道，你心里还是不接受你这个媳妇。儿子，这个事我要说说你，之前我给你妹妹写信，知道你现在是一个人，这就对了，那种狐狸精是靠不住的，过日子还是要和你媳妇这样的老实女人过。”三标知道自己当年带白金花私奔，白金花的公公找父亲闹过，要拼命，要告官，把父亲骂得猪狗不如，最后是父亲给人家银元赔偿才得以平息。自己在这个事上，对不起父亲，对不起母亲，对不起老李家。三标说：“可是……”

李祖殷说：“你别说什么可是，听我把话说完。当兵干的就是脑袋拴裤腰带上的事，那条小命，哪天说没了就没了，跟自己媳妇生几个孩子，万一哪天出事，自己在这个世界上也有个后。还有，你看看咱们老李家，有三个儿子，可是，到今天一个孙子也没有，这算什么事？让我和你妈怎么安心呀？”三标说：“爸，这个你别着急……”李祖殷说：“我能不着急吗？你和老大都多大了？还没个孩子，这我能不着急吗？老三，我跟你说，今天你愿意给我们租房子你就去租，你要不愿意，我自己去租，不要你花钱，反正我们在昆明是住定了。还有，家里那个榨油坊我已经停了，伙计都辞退了，现在生意不好做，榨油坊很难赚钱，我想停一段时间再说。”

没办法，三标只有同意父亲他们在昆明住，下午就去外面租房子，很快在钱局街租了个小院子，第二天三标带父母和媳妇住进去，又添置了一些生活用品，一个家就算建起来了。晚上，李祖殷不让三标走，逼三标去段小凤的屋子睡，小声说：“你要走，我就一头撞死在这个院子里。”说完去睡觉了。三标在客厅里坐了很久，后来确实困了，就去段小凤房睡了，此后，他每天晚上都在段小凤房里睡了。

第2节

三标父母在昆明住下的几天后，这个上午，昆明北门警署的一个小警察来向三标报告，说他们抓获了一个北洋政府的奸细，而这个人不承认自己是奸细，并且称认识刘长生队长，他们警署长官让他来向刘长生队长报告，询问如何处理。三标还没听说有谁抓过北洋政府的奸细，问这到底是怎么回事。小警察说是今天他们在日常巡视中发现一个男人四处打听云南陆军总司令部在哪里，鬼鬼祟祟的，就上去盘问。这一问问出问题来了，他说自己是云南宣威人，是做火腿生意的。可是看上去他根本不像，倒像当兵的，就问他昆明卖羊和卖马的市场在哪里，他不知道。又问他宣威老普家火腿在昆明开的店铺在哪条街上，他也不知道。就把他绑到警察署，这样他说自己是北洋政府的信使，要带信给顾总司令。他们警署长官让他把信拿出来，他却不肯拿，估计他是使诈。他们警署长官就把他关起来了，要慢慢审。他又说他认识刘长生大队长，他们警署长官不相信他的话，可他说刘长生大队长的履历和任职情况，说得有鼻子有眼的，他们警署长官不敢大意，就让他来说一下。三标听说这个情况，感觉很奇怪，让小警察回去把人送过来。小警察马上回去了。

很快，小警察带一个五花大绑的人到三标办公室，三标见这个人穿一身深色长衫，棕色缎子马褂，戴礼帽，一副商人的样子。这个人一抬头，三标看清他的面庞，愣了一下，这不是大哥李大标吗？三标掩饰住内心的激动，对小警察说："行，这个人你就交给我，你回去吧。"也让身边的人离开，然后去把门关上，问大哥道："你怎么来了？这是怎么回事？这太危险了。"一边说一边给大哥松绑。

大哥满不在乎地说："有啥危险的？云南是我老家，回老家有啥危险的？"三标说："你说啥呢？你现在是北洋政府的人，是北洋军，这不是你们地盘，当然很危险。"大标说："什么北洋政府、北洋军？我们是中华民国中央政府，是中央军，华夏之地，都是我们的地盘，怎么说不是我们的地盘？"三标说："你说的那是大道理，唐继尧在任时云南就脱离了北京政府，现在顾长官当政，继续不听命北京政府，这就不是你们的地盘。好了，不说这个，你还挺能瞎说，你跟我们警察说你是北京政府的信使，要带信给顾长官，你说这种大话不怕掉脑袋？"

大标说："掉什么脑袋？谁说大话了？我这次到昆明真的是来做信使的，我带了我们吴大人给顾品珍的礼物。"三标说："真的？你带来吴佩孚给顾长官的礼物？"大标说："绝对是真的。对了，你明天帮我去跟云南陆军总司令部联系一下，我去见你们顾长官。"三标说："这事你别开玩笑，到底是真的还是假的？"大标说："怎么可能是假的？没事我编这假话干什么？还有，现在是什么时候，我不在部队好好待着，跑回云南来干什么？"三标说："真的？"大哥跟三标详细说了此次来昆明的原因，吴佩孚让他们三人带给顾品珍一个礼物，试探一下顾品珍的态度，如果顾品珍有心跟随吴大人，听命北京政府，吴佩孚将派一个正式代表团来商谈。还有，他们是三个人一起来的，另外两个不会说云南话，在旅馆里躲着，让自己出来联系一下。

说完，大标又说："不过，你对外千万别说我是你大哥，避嫌，避免将来出什么事，查你在北京政府的关系，把你牵连进去就麻烦了。就说是熟人，说我是通过一个重庆老板知道你的情况。那个重庆老板说如果我在昆明碰到困难，就找你帮忙。"三标觉得这个事是应当提前准备，避免将来惹麻烦，跟大哥商量一下，统一说法后，三标说："吴大人的礼物在你身上吗？"大标说："没有，在旅馆，是一个有吴大人题字的中华民国地图。"三标说："一会我去向我们警务处处长报告，请他联系顾长官，然后你把吴佩孚的礼物交给顾长官。"大标觉得这样挺好，就让三标去了，自己在这里喝茶。三标出去一趟，没用多长时间就回来了，对大标说："我跟我们警务处长说了，他说他向总司令部报告一下，让我等他通知。估计今天不会有结果。"

大标说："行，不着急。这样，这次我想回阿迷去看看爸妈，我离开昆明后就没见过他们。"三标说："你不用回阿迷，爸妈他们刚刚到昆明，我在昆明租了个院子，跟他们在那里住，你在昆明就能见。"大标说："那走吧，去那个院子吧。"三标说："不行，今天他们去圆通寺上香，要等到晚上才能回家。"大标问道："要到晚上？"三标说："是的，晚上他们才能从圆通寺回家。中午你跟我和小妹一起吃饭吧，咱们去旁边的谭家院子酒楼，我派一个人去银行跟小妹说一声，让她到酒楼来。"大标同意了。

三标和大标到酒楼后，很快李津兰也到了酒楼。李津兰没想到在这里会见到大哥，很是吃惊，李津兰说："大哥，真的是你吗？你怎么到昆明了？你不是在北洋军那边吗？什么时候到昆明的？"大标说了一下情况。李津兰高兴坏了，没想到兄妹三人能在此团聚。

三标让大家坐下来，一边吃饭一边聊。李津兰问为什么不把父母叫过来一起吃？三哥说他们去圆通寺上香了。这些年大标给李津兰写过几封信，但是说得很简单，李津兰听到大哥已经是营长，很高兴。李津兰和三标都劝大哥回云南来干，大哥拒绝了，说自己在滇军里没有关系基础，很难发展，他还是继续在那边干算了。三标和李津兰觉得说得有理，没有再坚持。后来三个人交换了自己了解的跟二标被害案有关的情况，对一些模糊的问题进行了分析，最后大家都认为一定能查清这个案子真相，找到凶手，让他们受到惩罚。

第3节

几天后，一个星期天，李津兰和大哥、三哥、段小凤，以及父母一起去大观楼游玩。这是李津兰提议的，大家都很高兴。这群人里唯独没有赵家轸，不过三标觉得这个妹夫不来也好，否则他那么生分还会搞得大家别扭。这也是李家这些年第一次团聚，非常不容易。

大观楼是昆明西郊的一个公园，他们到篆塘上木帆船，驶向大观楼，两岸是泡水的稻田、摇摆的柳树、模糊的人影。家人这些年还是第一次凑一起出来游玩，大家的兴致都很高。李津兰向嫂子段小凤介绍河边景色，李津兰在昆明生活这么多年，算得上是个昆明人了。

很快，到了大观楼码头，一行下船走进近华浦。这近华浦三面环水，入口为一处四方八角穿心重檐门楼，北面和东面是大型荷花池，浦内有长堤虹桥、柳荫荷塘、葱郁古树、云崖假山、紫藤花架。浦内还有单檐歇山顶雕花门窗的催耕馆、观稼堂、澄碧堂等建筑，以及造型别致的牧梦亭、涌月亭及沿湖长廊。

大观楼在近华浦西南角，是一座三层三重檐楼阁式建筑，土木结构，楼坐落在石灰岩所砌月台上。该楼初为两层，在清康熙年间由云南巡抚王继文兴建，道光年间增建为三层，光绪九年再修。乾隆年间，滇省名士孙髯翁登大观楼有感而发，一挥而就一副长联，上联下联合为一百八十字，把滇池风光和云南数千年历史展示在世人面前，气势磅礴，文采飞扬。此长联一出即惊动四方，人们争相传诵，被誉为“海内第一联”。后来昆明的一些地方和街道就是用长联中的字词命名，如龙翔街、凤翥街，等等。这原来是官府园林，百姓不得入内。三年前，唐继尧将其开放，改为百姓游玩的公园。三标一家人一直游玩到下午，才回到钱局街家里。

第二天，三标汇报的情况有反应了。顾品珍派两个人跟大标他们三人见面，大标把吴佩孚的礼物交给来人，双方详谈很长时间，来人详细询问吴佩孚的想法和承诺，大标他们一一回答，谈罢，两人走了。

几天后，两人又来见大标他们三人，请大标回去面见吴大人时，代顾总司令感谢吴大人的美意，说由于诸多原因，顾总司令无法与吴大人同行，无法与吴大人共同成就伟业，万请吴大人宽谅。大标希望能有一封顾总司令的亲笔信。两人说实在不方便，只能口头说说。说完，送给大标他们三人一百个大洋做路费，和总司令部开具的通行证，以便大标安全离开云南。随后，大标告别家人，离开昆明，回去复命。

第4节

二标君：

你好！上次给你写信，又过了五个月，最近我们离开湘桂边境，到了桂林。近期又发生哪些大事呢？孙中山先生就职中华民国非常大总统后，陆荣廷就出兵攻入广东，企图夺回广东控制权，第二次粤桂战争爆发，孙中山命陈炯明率粤军迎战。此时，唐继尧指示李友勋、龙云等响应孙中山的号召，参加讨桂战争，很快进占柳州。一个月后，粤军南下攻击在钦廉地区的陆荣廷嫡系部队，给其重创，陆荣廷的部队丧失作战能力。万般无奈，陆荣廷通电下野，之后流亡上海，第二次粤桂战争结束。

这期间，庄行乾率领“海疆军”离开琼州，配合桂军进攻孙中山的粤军，最后也被打败，庄行乾逃去北京。

另外，这时我们21旅也发生一个大事。事情是这样：援川失败，朱培德被免职后，张怀信率我们21旅撤退到贵州。在遵义，张怀信旅长与第38团团长王钧发生冲突，王钧自称独立团，张怀信逐渐消极，部队到了湖南洪江，张怀信辞去旅长职务，去上海，从此脱离滇军。我们21旅改由杨益谦率领，杨益谦在跟随唐继尧还是孙中山之间摇摆，部队辗转在湘桂边境。

今年4月，朱培德到香港见唐继尧，要求唐继尧给一笔钱，以便把我们21旅带去柳州与李友勋、龙云等部会合，帮助唐继尧打回云南。唐继尧同意，将之前云南督军公署在德意志合作银行上海分行存款所得二十四万利息交给他。

这时，我们21旅刚进驻桂林。朱培德赶到桂林，对我们21旅军官改了说法，不再说要跟随唐继尧，而是说要带我们跟随孙中山。朱培德同几个团长秘密串联，每团发给三万元，并封官许愿。由于朱培德在滇军中威望很高，又加上金钱的作用，朱培德获得我们旅大部分军官的支持。这样，朱培德与孙中山联系，请孙中山指示下一步的行动。不想，这时杨益谦被唐继尧密使说服，准备调动军队跟唐继尧在柳州的部队会合。朱培德让全体官兵拒绝调动，杨益谦只有带少数官兵出发，朱培德又率军追赶，将这些官兵追回。杨益谦只有只身离开，朱培德执掌我们21旅。孙中山先生对朱培德的行为予以嘉勉，任命他为“中央直辖滇军总司令”，将我们21旅扩编为一个师辖三个旅。

很快，孙中山抵达桂林，组建“陆海军大元帅大本营”，任命胡汉民为文官长，李烈钧为大本营总参谋长，准备北伐。这时大本营的部队有：许崇智粤军三个旅，参谋长蒋介石；李福林粤军三个旅；朱培德滇军三个旅；谷正伦黔军两旅；彭程万赣军两旅，合计十三个旅，七八万人。

同时，孙中山先生动员人们加入国民党，对军官讲解三民主义。十二月十五日，朱培德率我们三个旅滇军在桂林集体加入中国国民党，表明滇军接受三民主义思想和对孙中山的忠诚。

陈文汉

民国十年十二月三十日，于广西桂林

第七章

第1节

潘永其行长从上海回来了，那一百万元也带回来了。裕滇银行部门负责人都到行长办公室看望潘永其，潘永其很高兴，和大家一一打了招呼。潘永其去上海是这年4月底，掰指头算算，他在上海待了三个多月。当时没有哪个人会想到他们要待这么长时间，实在不容易。

当时，潘永其等人到上海一下船，就去上海德意志合作银行，可是对方坚决不给办理。由于这事在报纸上公开了，四川、广东两省政府也来动这个脑筋，编故事找理由，跑到银行要求把钱给自己。一时间，这个事是乌烟瘴气，谣言满天。

接着，唐继尧的代表在上海提起诉讼，找了国内著名的大律师，起诉到上海法院，形势对云南极为不利。没办法，潘永其请示省里后，也去找上海的多位大律师商谈，组建律师团。很快，法院开庭，潘永其与唐继尧的代表对簿公堂。唐继尧要求法院认定顾品珍的云南执政者身份非法，现云南政府非法，判定唐继尧带走这一百万。

潘永其组织的律师团答辩，尽管顾品珍政府合法性正在待有关方面确认，但是，现在本方来要钱的不是顾品珍，而是云南老百姓，顾品珍、云南陆军总司令部和云南省长公署提交承诺书与用款明细，说明这些资金将全部用于云南教育、交通、水利、公共设施，绝不用于军火、军饷，以及官员薪水。经过反复辩论，最后，法院作出判决，这一百万归云南省长公署，于是潘永其等带钱回到昆明。

第2节

顾品珍主持滇政期间，实行休兵息民的方针，并且力除积弊，严惩贪污和受贿，这段时间报纸上报道两个事。第一个，是陆良县厘金局局长李培炎贪污银洋二千余元，被逮捕法办。第二个，是顾品珍的连襟陈继唐为谋求保山县县长职，托自己的岳父，也是顾品珍的岳父向顾品珍行贿，被顾品珍下令逮捕。顾品珍如此重拳出击，法不避亲，云南各界很是震动。

不过，顾品珍也干了一些让人很难理解的事。这天，李津兰在办公室，段毓婉过来告诉她一个情况，今天的报纸上登了，顾品珍免去孔秀康大锡公司总理职务，理由是孔秀康一直没能解决那批德国炉子问题，给省里造成巨大损失。

李津兰听了简直不敢相信，怎么会这样？这顾长官一直这么英明伟大，怎么干出这么糊涂的事？是的，孔秀康是没解决那批德国炉子问题，顾总司令不知道那批炉子问题太复杂，超过所有人的想象。

孔秀康在大锡公司任总理这四年，一直在千方百计、想方设法解决这个问题，可以说是呕心沥血。现在把他免了，问题就能解决吗？顾总司令再找个人去接任，那个人能解决这个问题吗？李津兰对段毓婉说了自己的看法，段毓婉说："现在还没有听说让谁去接任，估计顾总司令在找人，但愿能找到有能力解决这难题的人。"李津兰心想，行呀，顾长官，你去找吧，看看你能找个什么样的人。接着，转念一想，这样对于孔秀康来说也许不是个坏事，大锡公司早已经是个烫手山芋，本来是想放都无法放，现在可以放下了，可以离开了，解脱了。

第3节

几天后，下班时段毓婉到李津兰办公室神神秘秘地说：“今晚去参加朋友聚会，那个人会去。”李津兰自然明白那个人是指谁，说：“去就去呗，至于专门跑到这来说一声？”段毓婉假装生气地说：“人家就是想和你说几句话嘛，不想听了？不耐烦了？好，那我走了。”李津兰说：“好了，我听你说，行了吧？看你这个小脾气，说不高兴就不高兴了。对了，你托小张了解他的情况，了解得怎么样了？”

段毓婉说：“还没了解到什么，小张跟他也不是很熟悉，不了解他的家庭情况，不过，小张答应帮了解，今晚聚会就是小张组织的。”李津兰觉得段毓婉这事有点不靠谱，根本就不认识那个人，单相思这么长时间，这对自己的感情也太不负责了吧？不过，这事李津兰想错了。事实上，感情之事就是这样，少男少女在某一刻喜欢上一个异性，并不知道那人家庭情况，喜欢就是喜欢，很简单，这种喜欢会持续很久，甚至是终生。段毓婉说：“好了，说完了，我走了。”李津兰说：“祝你今晚玩得开心！”段毓婉一边往外走一边说：“放心吧，那是肯定的。”

第二天上午，欧阳红来银行找李津兰，慌里慌张的。李津兰不知发生了什么事。欧阳红把李津兰带到宝善街的那家越南人开的西餐厅，刚一落座，欧阳红就说：“你知道吗？今早我家小马跟我说了一个事，他说昨晚他和朋友吃饭，离开时，在那个酒楼门口见一男一女往外走，那女的挽着男人胳膊，身子使劲往男人身上贴，挺过分的……”李津兰说：“这女的也太不像话了，是青楼女子吧！”欧阳红说：“小马当时也是这么想，不过，小马见这女的穿着打扮像是职业女性。”李津兰说：“职业女性这个样子？不会吧。”欧阳红说：“就是，小马又打量一下这个男的，觉得这男的有几分眼熟，他再仔细看看，你猜这男的是谁？”李津兰心中升起一丝不祥之感，小心脏剧烈跳动起来，问道：“是谁？”欧阳红说：“是你家赵家轸。”

李津兰听到这话心跳加剧，问道：“你家小马肯定没看错？”欧阳红说：“肯定，小马在你们婚礼上见过赵家轸，不会看错。”李津兰完全乱了分寸，竟然发生这样的事情，这太可怕了，问欧阳红如何是好？欧阳红说：“你别急，看上去是那个女人往赵家轸身上贴，赵家轸倒是有几分与对方拉开距离的意思，好像跟那个女人还有几分生疏。我让小马去了解一下，看看那个女的是哪个单位的，他们到底是什么关系，了解到情况马上告诉你。另外，你也留意一下赵家轸。”李津兰说：“留意什么？”欧阳红说：“哎呀，这你都不懂，就是留意赵家轸身上是不是有女人的头发、口红、香水味什么的。”李津兰很茫然，她从来没留意过这些东西。欧阳红说要走了，李津兰觉得欧阳红真是自己的亲姐妹，对自己太好啦，感激的话说了一大堆。欧阳红让她别客气。李津兰结完账，就和欧阳红在餐厅门口分手，李津兰失魂落魄的。

回到办公室，李津兰脑子里很乱，无法工作，酒楼门口那个女人挽着赵家轸胳膊的画面一再出现在眼前，晃来晃去。就这样，她胡思乱想，昏昏沉沉地到了中午吃饭时间，她没有胃口，不想去打饭了。过了一会，吴少愚绷着脸走进来。上次吵架后，吴少愚这是第一次到李津兰办公室来。

李津兰赶紧整理一下头发，不想让吴少愚看到自己的慌乱。李津兰说：“你坐，你打饭了吗？”吴少愚坐下，没说话。李津兰感觉吴少愚今天很严肃，心想是不是上次吵架自己有点过分了，还是解释一下，把他和自己的矛盾化解了好，说道：“对不起呀，上次我说的一些话很不恰当，本来我也没想那么说，可我不知道怎么就说出来了，我向你道歉，对不起……”

吴少愚突然冷冷地说：“你不用说这些的，我今天来……”吴少愚停顿下来，好像在想怎么说好，他咬咬牙，艰难地说：“我今天来，这么说吧，段毓婉让我告诉你，她以后再也不会到你这来了，她恨你！”李津兰非常诧异，问道：“为什么？到底是怎么回事？”吴少愚口气像刮胡刀片那么锋利地说：“她现在知道了，她喜欢这么多年的那个人，是你家赵家轸！”

“什么？是她！”李津兰简直不敢相信自己的耳朵，这简直太荒唐了。她段毓婉就是那个挽着自己丈夫胳膊的女人？那个使劲往自己丈夫身上贴的女人？她竟然是这么下贱的女人！真是没看出来呀，她竟然是这么一个人，骨子里竟然这么风骚。我真是瞎了眼，这么多年没看出她是怎么个货色，没看出来她是这么个不要脸的东西。自己还以为她是个冰清玉洁的女子，还以为她是一个单纯、正派、高尚的人，那都是假的，她就是一肚子男盗女娼……

这时，李津兰把所有的仇恨、愤怒都发泄到段毓婉的身上。她对吴少愚说：“段毓婉要跟我断交？她还有脸来和我断交，我还要和她断交！你告诉她，从此她和我是不共戴天的仇人，是今生今世永远不和解的仇人。”

这样，这个三人团解体了。

第 4 节

下班后，李津兰回到赵府。赵家轸不在家，蔡月娥说赵家轸又出去和朋友吃饭了。和公公婆婆吃饭时李津兰情绪低落，蔡月娥问她是不是不舒服，李津兰说今天有点累，饭后她就回自己卧室休息。李津兰躺床上一直在想欧阳红和吴少愚说的那些话，努力分析赵家轸跟段毓婉的关系到底到了哪一步，已经是情人？应该不会，欧阳红说那个女人使劲往赵家轸身上贴，而赵家轸努力跟她拉开距离，这个样子应该还没成为情人。并且，段毓婉说那个男人回来后她这是第二次见面，不可能发展那么快。但是，段毓婉应该是很想发展这个关系，想得到赵家轸。段毓婉对赵家轸的感情很不一般，本来五年前只是见过几次面，但是这样就暗恋上了，并且这五年里痴情不改，还是那么一往情深。看看她来说要去跟赵家轸吃饭的样子，是那么兴奋，那么开心，那么眉飞色舞。但是，赵家轸对她是什么样的感情呢？赵家轸离开昆明的时候应该不知道段毓婉喜欢自己，甚至他对段毓婉根本没有印象，脑袋里没有这个人。这次回来这是第二次见面，有可能察觉段毓婉对自己的好感。但是，因只是第二次接触，双方都没说破这层关系，还没有实质性的接触，这点现在可以肯定。

但是，下一步呢？两人会怎么发展？段毓婉让吴少愚来说这个话，除了发泄愤怒，也是来下战书的，就是说段毓婉今天向自己宣战了，段毓婉不会退出这个关系，她要拼命夺取赵家轸。那么，赵家轸会如何呢？赵家轸一直喜欢他们那些舞文弄墨的人，段毓婉比自己喜欢文学，算得上一个文艺青年，这对赵家轸的胃口，赵家轸很容易对她产生好感。尽管人们都说段毓婉的长相比不上自己，但是，男人看女人怪得很，经常就是喜欢那些长得稀奇古怪的，赵家轸在上海同居的那个安徽姑娘就比自己漂亮？肯定不如自己。

现在的问题是，情况如此，自己的对策是什么？如何让段毓婉白费心机，最后竹篮打水—— 一场空？跟赵家轸说破这个事，让他远离段毓婉？不行，按照赵家轸的个性和目前与自己的感情状态，他知道段毓婉想跟他好，也未必会拒绝。当然，赵家轸有可能在自己面前保证不与段毓婉接触，不发展感情，但是背后会怎么样就没人知道了。所以，现在捅破这层窗户纸没用，那么怎么办呢？还是先观察一下，一边观察一边想办法。现在只能如此了。

赵家轸回来了，李津兰只是若无其事地和赵家轸说几句闲话。像平常那样，李津兰没发现赵家轸有什么异常，也没让赵家轸发现自己的异常。后来两个人像平常那样睡了。

第八章

第1节

由于吴学显跑了，假币案又被一些人拿出来说事。上面本来对吴学显跑这事不满意，这时将对吴学显的气都撒在费景宣身上，当然，也是为了防止吴学显和费景宣再次勾结印制假币，省里下令警务处派人去香港搞清楚费景宣住址，然后尽快将其抓捕归案。三标带几个人出发，带的人里有一个是认识费景宣的云南劝工厂职员，让他辨认费景宣。香港是英国人管理的地方，云南警察在那里没有执法权，如何抓费景宣呢？省警务处的方案是；三标他们找到费景宣住址后，给警务处电报，省长公署派交涉员去香港总督府警务处请求抓捕与引渡。

这样，三标、王玉生和杨钊一行乘滇越铁路火车到越南的海防市，再从海防上船到香港。三标想，费景宣信函上的地址应该就是费景宣的住址，这事不麻烦，去了就能找到人，然后让省里派交涉员到香港，很快就能把费景宣带回昆明。

可是，到香港后，三标才发现自己错了，事情哪里这么简单？哪里这么容易？三标、王玉生和杨钊等几人在香港上岸后，听不懂广东话和英国话，对这个地方又很不熟悉，食宿、问路都很困难。还有，这里很热，昆明还要穿两件厚衣服，而这里穿一件衬衣都热，气温高热湿度大，整天汗水淋漓。当然，如果仅仅是这些困难，他们真是烧高香了，事实上比这更糟糕。

三标没想到，费景宣这个地址很不一般，它是在一个城池内，城门还有清兵把守，什么清兵？就是大清朝留辫子戴斗笠的士兵。现在大清被推翻十年了，怎么还有大清的士兵？确实有，这就是九龙寨城，如果不是三标亲眼所见，他是万万不敢相信，天下还有这样的地方，还有清兵。

三标找人打听，才知道这是怎么回事。光绪二十四年，就是1898年，大清与英国签订租借新界的条约时，就把这个九龙寨城当作一个要塞把控在自己手中，没租借出去。尽管它四周的土地都租借给英国了，但是九龙寨城属于大清，不归香港总督府管辖，香港警务处在这里没有执法权。民国建立后，本来这个九龙寨城应该属于中华民国政府，但是民国政府忙于内斗，哪里有时间来办理接收？就没派人来替换守卫官兵，就这么顺其自然，让其保留现状，还是大清的官兵管理。

三标看这个情况，动了小心思，既然他们属于大清朝廷，自己进去直接抓人带走就行了，不用劳烦香港警察了。就带杨钊到九龙寨城，这看守城门的兵勇，跟重九起义前的清军的穿着完全一样。三标上前跟兵勇说明来意，当班的兵勇带他们去见城寨的管带，管带请他们出示北京大清朝廷的文书，或者是大清云贵总督署、云南巡抚署的文书，可是，这些衙门早没了，三标他们上哪里找这种古董文书？都什么时代了？自然提供不了。三标跟对方说现在已经改朝换代了，不是大清，是民国了。这管带曾在广东巡抚衙门当过戈什哈，见过大世面，说道："你说这些，你以为我不知道？我告诉你，我比你还清楚。但是，做事必须讲规矩，我们九龙寨城不属于你们民国政府，你们不能在此抓人。"

既然说不通，三标请求进城去看看，管带说这可以，就放他们进去。三标他们进寨城看看，见这个寨城如同一个袖珍版的县城，四面城墙，开有东南西北四个门，门上有门楼，城中间是鼓楼。这城虽小，但布局规矩，一般县城里的建筑这里一样不少，有店铺，有衙门，是个完整的城池。

很快三标他们找到费景宣信函上那个地址，这是一家名叫“怀梦轩”的茶园，这个名字好像有怀念昆明云梦轩的意思。三标估计这茶园就是费景宣开的，在旁边打听一下，果然这个老板姓费。他们进茶园喝茶，不敢说话，生怕这里有人听出他们的云南口音。不一会他们见到一个老板模样的男人进来，身后是一个和他年龄相近的女人和一个小伙子，老板模样的男人到茶园的柜台后面对手下吩咐一通。三标看看身边云南劝工厂的职员，这个职员点点头，确认此人就是费景宣本人。等这三人离开后，三标又去柜台问茶园伙计这老板模样的男人是不是费老板？伙计说是。三标问那个女人和小伙子是什么人，伙计说是他老婆和他儿子。三标回到座位上，又坐了一会才离开了。

回到旅馆后，三标和王玉生、杨钊商量，在九龙城寨内抓捕看来行不通，只有将其引诱到城外，和香港警察合作，一举抓获。三标给省警务处长官发电报，说了今天的情况和自己的计划。很快收到回电，警务处让他们在香港耐心等待一下，省长公署的交涉员马上出发去香港。

很快，交涉员到香港，带三标等人去香港总督府警务处。可是，交涉情况不乐观，对方要求三标他们提供费景宣的犯罪证据，他们说明办案必须要有证据，没有证据，就不能说人家有罪。三标他们办案，根本不是这个路数，都是先抓人后搞证据，自然提供不了。这样对方表示无法协助，无论三标他们如何解释，对方警官都是一再耸肩膀，一副爱莫能助的样子。

这样谈了三天，都没有进展，把三标急坏了。这天晚上三标去九龙寨城的“怀梦轩”茶园。费景宣在这，眼见恶贯满盈的罪犯在眼前晃来晃去，而自己却将其奈何不得，三标急得嘴上长大泡，急火攻心，嘴里呼出的气息恶臭难闻。最后，交涉员实在办不成这事，三标他们只有跟交涉员一起离开香港，愤愤不平地回了昆明。

第2节

回到昆明，三标又开始办其他案件，这天三标带杨钊等几个警察从晋宁回昆，乘船路过高峣村码头，三标就让杨钊他们回去，自己在此下船。这时快到晚饭时间，因高峣村在碧鸡山东侧，山峰挡住西沉的太阳，这里处于阴影中，气温下降很多，让人感觉很冷。三标这是想顺便去看看刘水仙回来没有，由于这么长时间没找到这个人，三标几乎不抱希望了，他觉得这个刘水仙可能永远都不会回来了。可是，他刚走上一个土坡就见刘水仙那个房子的烟囱冒出蓝色炊烟，三标心中一喜：难道刘水仙回来了？走到门口，房子里有个女人在做饭，三标在敞开的门板上敲了几下。

这个女人扭头向门口看过来，三标看到她的脸。原来三标以为这个刘水仙是个低俗、粗鄙、刁蛮，甚至有几分凶恶的女人，可是，眼前这个女人完全不是这样，这是一个皮肤白净、脸庞秀美、神情和善的女子，估计不到三十岁，三标问道："请问，你是刘水仙吗？"三标担心自己穿警服让对方紧张，语气尽量放得很和缓。这个女人十分淡定，没有一丝慌乱，不仅如此，双眼还很大方地看着三标的眼睛。这让三标反倒有点不适应，三标知道只有干那行的女子才会如此直视男人，由此看来，这个女子很可能就是刘水仙。这个女人问道："长官，我是刘水仙，你是？"三标说："我姓刘，是个警察，不过，我今天来找你，跟我的警察身份无关，对不起，打扰你了。"刘水仙说："没关系，警察也是人，你是过夜，还是待一会儿就走？"三标感觉对方误会自己是嫖客了，连忙说："不是，我是来找你打听点事。"刘水仙说："你不经常出来玩吧？没事，要喝点酒吗？喝的话我给你炒盘鸡蛋。"三标说："不用，不用。"对方说："真的不用？"这个刘水仙轻声细语，性格柔和，很能体贴人。三标心想难怪老烟筒会喜欢这个女人，这个女人如果不是干这行的，还真是个让男人疼让男人爱的尤物，唉，估计她家情况不好，如果情况好怎么会来做这一行？可惜，现在混成这个样子，在这小码头做个暗娼，真是可惜。

三标说："是这样，我跟你打听一个人，你认识老烟筒吗？老烟筒，大名叫张开登，总是吸大烟筒，人家给他起了这个外号。"刘水仙问道："你找这个人干什么？你是他什么人？"三标说："我是他战友，洪宪战争前我们都住旁边的碧鸡山军营，我们去四川的路上他离开部队了，我们是好朋友。我是带个信给他，我们一个兄弟，外号叫腾冲兵的，在四川阵亡了，他跟老烟筒是拜把兄弟，他有封信给老烟筒。"三标担心引起刘水仙的警惕，顺口编了个瞎话。刘水仙说："腾冲兵？我记得这个人，是他的拜把兄弟，瘦瘦高高的，怎么？他死了？"

三标用沉痛的语气说："是的，他死了，特别可惜。你能找到老烟筒吗？腾冲兵说老烟筒跟你的关系不错。"刘水仙放松了警惕，说道："我找不到他，他很久没来这里了，有几年了吧。"三标说："是吗？不应该呀，腾冲兵说老烟筒特别喜欢你。"刘水仙说："那都是过去的事了。当然，说实话，老烟筒曾经对我不错，在我这也花过不少钱，他还说过要把我赎出去，把我娶回家。不过，你也知道，男人靠得住，老母猪会上树。对了，你是怎么找到我的？"三标说："很简单，腾冲兵说了你的名字，我去你们神仙客栈找你，知道你到这生活，就找到了，这很容易。"刘水仙说："是的，我们这很小，就是这些人，大家彼此都认识。"

三标问："你离开神仙客栈后，他来过吗？"刘水仙说："你说他来过吗？这问得挺好笑，他要来过我还不跟他走了？"三标说："那就是说他有两年没来过了？"三标想这个女人靠做暗娼的收入支撑自己生活等那个男人到来，实在不容易。刘水仙说："是的，差不多两三年吧。不过，他也挺不容易的，部队走后，他回到这里租房子住。我觉得他压力特别大，整天心事重重的，夜里还总是做噩梦，我感觉他是背上什么大事了。"三标觉得这几句话很重要，看来老烟筒确实有问题。三标说：“是吗？他能背上什么大事？你平时听他说过什么？”刘水仙说：“他说他值了，能给父母钱让他们在老家盖房子，他这辈子就值了。”

三标说：“盖房子要花不少钱，他一个大头兵，哪来这么多钱？”刘水仙说：“我也奇怪，我问他他不肯说，但是他一直大手大脚的，到你们去四川时他已经花了不少钱。”三标问：“他老家的房子盖了吗？”刘水仙说：“他回来住了三个月，就回老家盖房子，后来他说已经盖了。”三标说：“如果去他老家，能找到他吗？”刘水仙说：“问问他家里人吧，我想他会和家里人有联系，家里人能知道他的情况。”三标说：“你知道他老家是哪里吗？”刘水仙说：“我记得是临沧凤庆县小湾镇张家寨。”三标听这么说，心想凤庆县？老烟筒跟关公脸还是老乡呀。

三标记下这个地址，告别刘水仙回城里，决定派个人去这个地方一趟，看看是否能找到一些线索。派谁去呢？三标想，就安排杨钊去一趟。当然，暂时对杨钊保密，不告诉他为什么要找这个老烟筒，不论什么事，别人知道得越少越好，能保密一定要保密。

第3节

三标从刘水仙那回到办公室，还没来得及去找杨钊说去老烟筒老家的事，负责门卫的警察来说，有个教书先生要见三标。三标奇怪，自己从来不和外面的教书先生打交道，不认识谁呀，但是出于礼貌，三标让警察带这个人进来。很快门卫领进来一个穿灰色棉长袍、戴礼帽的人，这个人脖子上系一条黑色围巾，脸上有一副圆眼镜，看上去有点穷酸文人味道，三标马上喊出来声来：“陈文汉，是你？你怎么变成这个样子？”三标当兵后就没见过陈文汉，算一算也有五年了，真是没想到这时能见面。陈文汉说：“怎么？这个样子不好吗？”三标说：“你在讲武堂不是好好的？怎么？离开部队了？”

陈文汉把自己申请调到第2军，去了广东，现在自己是在朱培德部做参谋，营级军官，以及自己经历的滇军分兵等情况简单说了一下，然后说：“回到昆明就打听你刘长生，没想你混得不错，很多人都知道你，很轻松就找到了你。”三标笑笑，有点得意。陈文汉又说，“我这次回来，是明天讲武堂有个纪念活动，朱培德师长让代表他出席，同时帮驻粤滇军在讲武堂宣传一下，动员更多的毕业生到我们部队来。”三标问：“那个纪念护国战争五周年的活动，就你一个人来？”陈文汉说：“不是，我们来了三个人。”三标说：“这么说，你们朱师长转变了，不再听命唐继尧了？”陈文汉说：“是的，朱师长在夺权21旅时就跟唐继尧翻脸了，决定跟随孙中山，听李烈钧指挥，现在希望跟顾品珍总司令建立更多联系。”三标说：“原来是这样，太好了。不过，你为什么不穿军服？打扮成这个样子？”陈文汉说：“我们这一路要经过李友勋、龙云他们控制的地盘，他们是听命唐继尧的，一路都要盘查，穿军服不方便，就换成这个样子了。不过，明天去讲武堂参加活动时，我们会找几套军服换一下。”三标说：“我给你找吧，这个事就交给我好了。”陈文汉说：“行，就请你帮我们找了，我们这三个身材都差不多，找三号军服就行。军衔我们带了，只找军服就行。”三标说：“放心，一定办好。”陈文汉说：“对了，你现在干得不错呀，升为营级军官，跟我一个级别了，还在重案大队这么重要的岗位干。”三标谦虚地说：“哪里，就是运气好点。”

晚上，三标请陈文汉吃饭，两人又聊了很多。陈文汉说自己想去李二标的坟上看看，给他烧点香火，烧点纸钱。两人约好了后天上午去，就散了。第二天，陈文汉去参加讲武堂的活动。第三天，他俩去给李二标烧香，当天下午，陈文汉就乘火车回广东了。时间太紧，陈文汉都没能回剑川老家看看。

第 4 节

三标这边工作一直很紧张，他一直没找到让杨钊去老烟筒老家的时间。这天，上面来人通知三标马上去见警务处新处长，这新处长叫石重，原是云南陆军宪兵司令，这时还兼省会警察厅厅长。三标到石重办公室，石重说有消息说费景宣又与吴学显勾结印制假币，并且吴学显已经投靠唐继尧，准备配合唐继尧反攻昆明。为了解决费景宣问题，顾总司令已与驻昆明的英国领事馆联系，说这是关系云南新政权生死存亡的大事，请他们联系香港总督，请香港警务处支持。英国领事馆与香港总督联系后，答复顾总司令香港警务处同意支持和配合。

这样，需要重案大队拿出一个引蛇出洞的方案，将费景宣引出九龙寨城供香港警察实施抓捕，石重命令三标三天内拿出方案。三标知道费景宣生性谨慎多疑，要把他引出九龙寨城难于上青天。三标希望石重处长能给十天，石重处长说不行，顾总司令压力太大了，实在不能再多给几天了。

第二天，三标在办公室里来回踱步，根本没想出可行的方案，三标又上火了。这时，杨钊进办公室说：“大队长，你还不知道吧，崔大嘴那边又说风凉话了，说重案大队咱们这几个猪脑子，怎么可能抓到费景宣？让咱们别为难了，把位置腾出来让给别人算了，别占着茅坑不拉屎。”三标说：“放屁，老子这次就是要把这家伙抓回来，让崔大嘴他们看看到底谁是猪脑子。”杨钊为难地说：“可是用什么办法呢？我想过一个方案，咱们扮成吴学显的手下，约他到九龙寨城外见面，可是，就怕他不肯出来了。”三标说：“你说这个，我想过了，不行。咱们再想想，我相信咱们一定能想出来，一定。”杨钊说：“是的，咱们碰到这么多难题都解决了，这次一定也能解决。”三标说：“对，叫上王玉生，咱们喝酒去，放松放松。”三人出去喝了一顿大酒。

第二天上午，三标把杨钊和王玉生叫到自己办公室，说自己昨天夜里想到一个方案，接着把这个方案说了。杨钊和王玉生一听，觉得这招有点损，但是没更好的办法，只有如此。三标马上向石重处长汇报了方案，下午石重批复下来，同意实施此方案。

这样三标带杨钊、王玉生等一行再次去香港。到香港后，三标让其他人在旅馆休息，自己和一同去的省长公署交涉员去香港总督府警务处。事情办理得很顺利，对方指派旺角警署配合。三标和交涉员到旺角警署，和具体执行的警员交代了具体的抓捕方案，一切安排妥当，开始实施抓捕方案。

这是一个什么方案？原来是通过费景宣那个二十来岁的儿子来诱捕费景宣。三标那天夜里想，费景宣不肯离开九龙寨城半步，可是他那个二十来岁的儿子肯定不愿意老是待在里面，会出来玩，应该能找到他儿子玩的地方，这样就能成事。

三标马上派杨钊去调查，很快杨钊回来报告，果然费景宣那个儿子由于年轻喜欢热闹，经常到旺角的一个酒吧玩。三标和杨钊到旺角这个酒吧蹲守。第一晚，费景宣的儿子没出现，第二、第三晚都没等到，夜里收队的时候，杨钊开始沉不住气了，三标让他稳住，一定要稳住，他肯定会出现。就在这时，三标的好运来了。第四天晚上费景宣的儿子在酒吧出现了，他还带了个中国女孩子，可能是他的女友。三标使了个眼色，杨钊装作喝多了，到费景宣儿子的身边挑衅，很快杨钊动手，双方打起来，把酒吧的桌子掀了，椅子砸断了。酒吧老板出门叫警察，很快，旺角警署的两个警察一边吹警哨一边冲进酒吧，把费景宣的儿子和杨钊两个人带到旺角警署。两人脸上都流血了，看来刚才打得够狠的，警署叫来医生给他们处理了伤口。

费景宣儿子的女友回去报信了，很快费景宣到了警署，就在他向警察说明自己身份时，突然有人在身后用云南话问道：“费景宣，你终于出来了。”费景宣一听云南话就明白，他一直担心发生的事今天还是发生了，他浑身一软，瘫在地上。

后来，三标和交涉员跟香港警方办理了引渡手续，将费景宣押解回昆明，交省高等审判厅进行审理。审判厅认定他制作贩卖假币罪名成立，且金额巨大，危害极广，判处死刑立即执行。这个案子终于结束了，昆明百姓都特别高兴。但是，这时有两个人却不高兴，这就是关公脸和崔大嘴，他们搞垮三标的美梦又落空了。

第九章

第1节

就在枪毙费景宣后不久，说唐继尧要打回来这话的人越来越多了。有人说，当时唐继尧逃离昆明，在佽飞军大队长龙云护送下到达蒙自，受到滇军旅长、第二卫戍区司令兼蒙自道尹李友勋热烈欢迎，在蒙自留驻一日，蒙自地方绅士纷纷前来问候，送上酒席，共度新春佳节。由于唐继尧要借道越南去香港，而越南的法国总督不允许云南部队进越南，唐继尧让李友勋这个旅在蒙自坚守，等候自己反攻。同时，将佽飞军大队改编为近卫第11团，任命龙云为团长，也驻蒙自。最近，唐继尧组织部队从贵州、广西等地做了一些反攻试探，与那里的新政权守备部队发生冲突，双方互有伤亡。又说，唐继尧收买一批土匪武装，麾下人数越来越多，已经超过顾品珍的部队。同时，顾品珍军队确实有些动静，有那么一两个旅一会向北，一会向东，跑来跑去，很是忙碌，如果唐继尧没有反攻，他们不会这样。

这些消息对昆明人的生活造成巨大影响，那些盼着唐继尧回来的人日益活跃，那些不希望唐继尧回来的人愤愤不平，那些害怕唐继尧回来的人日渐惶恐。据说两公署上班的人有所减少，原来一些人四处活动想在新政权里谋个一官半职，现在不活动了，酒楼饭馆生意清淡很多，人们的应酬都减少了。裕滇银行里面更是如此，潘永其和王平端的工作积极性有所下降，前段时间那风风火火的劲头没了，说话也谨慎很多。

赵府里面气氛也变了，原来赵亦恒的那种滔滔不绝的高谈阔论少了，对本省未来的那种乐观预测少了，而骂唐继尧的话越来越多。赵家轸这段时间每天跑采访，写报道，十分忙碌，在外面吃饭少，似乎也没接触什么女人，李津兰感觉他挺正常。赵家轸回到赵府，跟父亲讨论时局的时间越来越多，赵家轸和赵亦恒的观点相近，厌恶唐继尧的暴政，赞成顾品珍的仁政。两人都认为顾品珍是放弃到省外抢地盘，踏踏实实建设本省之人，这样的人执政必然对云南百姓有利。不过，在唐继尧是否能重新夺取本省大权问题上，两人有重大分歧，赵亦恒说这种可能性存在，甚至越来越大，而赵家轸则认为根本不可能，唐继尧不得人心，怎么可能重新夺取云南大权。赵亦恒认为儿子太幼稚，这个世界并不总是邪不压正，有时就是虎狼当道，邪恶压制正义。

第2节

几天后，李津兰在裕滇银行办公会上发言，门房大爹进会议室示意李津兰门口有人找，李津兰看见了，结束发言后，到银行大门，见赵家轸站在门外，意外地说：“你怎么来了？有事吗？”此前赵家轸从来没来过裕滇银行找李津兰。赵家轸急切地说：“到这边说，有要紧的事。”

赵国轸把李津兰带到办公楼的一角，急切说：“我来和你告别一下，我要参军。”李津兰十分震惊，问：“什么？你说什么？”赵家轸说：“唐继尧带兵打回来了，我要去当兵。”李津兰说：“唐继尧要打回来了？你听谁说的？我们银行的人怎么不知道？”赵家轸说：“是陆军总司令部的人说的，唐继尧的部队已打进本省，这边的几次阻击都失败了，现在唐继尧的部队在向昆明急进，情况很危急，顾品珍已经带部队出发了。”李津兰说：“不是说近期唐继尧不可能打回来吗？怎么一下子变成这样？”赵家轸说：“总司令部的人说，前几天唐继尧的部队向贵州六盘水方向开进，顾总司令判断唐继尧将从那边回滇，调集部队去堵截，没想到朝六盘水开进的只是小部队，是声东击西，而唐继尧的大部队则从广西百色回滇，过广南和弥勒，现在逼近昆明，而这一线并无防守部队。顾总司令仓促带昆明部队去宜良，准备在那里进行阻击。”

李津兰急切地说：“你能不能不去？这很危险呀！”赵家轸说：“我知道危险，我不怕。”李津兰说：“可是，这太突然了。这样，你先回家，咱们和爸妈商量一下。”赵家轸说：“不行，来不及了。现在情况非常危急，我们马上就要出发。”李津兰不说话，此时她有点蒙，脑子有点不够用。赵家轸说：“别以为我只会写文章，我也是个好军人，你放心，我不会出事的，一根汗毛都不会掉。”李津兰不知该说什么。赵家轸说：“好了，我走了。”转身跑走，跑到远处回头向她招手，灿烂一笑，说道：“放心，我会回来的。”李津兰大声喊：“你一定要回来！”随着喊声，眼泪从眼眶里滚落下来，李津兰不想让刚刚出现的幸福快乐的家庭生活被毁灭，不想让刚刚回到身边的丈夫又失去，她真的是万般不舍。这时，李津兰不知道，这一切，被楼上窗户后面的一双眼睛看见，那是段毓婉的眼睛。

下班回到赵府，李津兰把赵家轸去当兵的事告诉公公婆婆，马上蔡月娥的埋怨就劈头盖脸地过来了：“有你这么做妻子的吗？丈夫跟你说去当兵，你就让他去当兵，他不是你丈夫？是别人的丈夫，是吗？跟你没关系，是吗？那不是去玩，是去打仗，是去玩命的。你这女人，真是没心没肺的，只知道别人心疼你，你会心疼别人吗？你那心是肉长的吗？是不是用刀子割都不会出血的？”这一次，蔡月娥对儿媳的不满大爆发，蔡月娥觉得自己忍得太久，现在实在忍不住了，她厉声说：“气死我了！找了这么个媳妇！你说你，结婚这么多年了，要孩子没个孩子，要男人留不住自己的男人，这男人好不容易回来，好家伙，这不到一年又走了，去哪儿？这次更完蛋，不是去读书，是去打仗，去玩命！李津兰，我真是搞不懂你到底是怎么想的？你是想让我们老赵家断子绝孙？是想让我们老赵家家破人亡？”李津兰一句话不敢说，此时，她觉得自己太没用了，觉得婆婆说得都对，觉得婆婆骂得好，没拦住丈夫是自己的错，是自己对不起赵府，对不起人家老赵家，李津兰此时是痛心疾首，万分自责。

后来，是赵亦恒发话：“别说了，儿子当兵，小妹也是很难过的，人家也不希望自己男人离开，这没什么错。这事要怪，就怪你儿子，你儿子是什么性格，你不知道？那么任性，小妹能管住他？他去告诉小妹一下就很不错了，如果他不去跟小妹说一声，就那么无情无义、无父无母地走了，你又有什么办法？”李津兰觉得公公这是在替自己开脱，这就是自己的错，绝对是自己的错，自己罪该万死。

第二天，李津兰到办公室突然恶心呕吐，她担心自己是不是那个了，毕竟最近赵家轸跟自己在床上亲密过多次。下班后她去欧阳红家，跟欧阳红说了这个情况，欧阳红问了李津兰几句，然后说：“你怀孕了。”

第十章

第1节

三标听说顾品珍已经出发，去阻击唐继尧的部队，并且在出发前逮捕了杨蓁旅长，急忙赶到方鸣九办公室，问道：“旅长，人们说顾总司令逮捕杨旅长，你没事吧？”方鸣九说：“我没事，你放心。”接着说了这次逮捕杨蓁的情况：去年11月份顾总司令致电孙中山先生，表示愿意参加北伐，组建云南北伐军，任命自己为总司令兼第1路军司令，任命杨蓁、金汉鼎分别为第2、第3路军司令，任命范石生为北伐先遣军司令，具体部署是，自己率兵出征，金汉鼎率第3路军留守昆明，接替自己担任云南陆军总司令。

可是，在四川时，杨蓁是顾品珍手下的支队长，金汉鼎则是赵又新下面的支队长，这次组建云南北伐军，顾品珍将云南陆军总司令的职务让给金汉鼎，引发杨蓁不满，杨蓁私下串联一些军官，准备以索要军饷为名闹事，在唐继尧准备反攻昆明的背景下，这不是小事。有人说，杨蓁甚至准备拿下顾品珍作为给唐继尧的见面礼。顾品珍得此消息，四天前，在与金汉鼎举行云南陆军总司令交接仪式上，突然逮捕杨蓁，指责杨蓁曾与土匪吴学显勾搭，致使吴学显逃走，现在又谋划索要军饷闹事，行为非常恶劣，宣布解除他的所有职务。方鸣九又说，但是，这时杨蓁部队占据了圆通山，有可能从山上开炮轰击总司令部，用武力抢夺杨蓁。顾品珍感觉继续扣押杨蓁有点麻烦。这时，驻昆明的英国领事出面为杨蓁说情，顾品珍顺水推舟放人，派杨蓁只身赴广东与孙中山部接洽，并赠以旅费两万元，由英国领事监护出滇境。方鸣九说这些事跟自己关系不大。

听说对方鸣九没影响，三标就放心了，又问："人们说顾总司令已经出发了，是真的吗？唐继尧的反攻能成功吗？"方鸣九说："是的，顾总司令率部南下阻击。去年年底唐继尧从香港到柳州，将效忠他的李友勋、胡若愚两旅改编成第1军、第2军，开始反攻云南。最初，唐继尧打算借道贵州入滇，由于黔军阻止只得返回广西。唐继尧又将部队分作两路，一路由百色进攻剥隘，一路借道贵州兴义进攻师宗，结果失败。并且，李友勋这一路，在广西遭遇桂军残部与土匪袭击，李友勋阵亡，唐继尧任命龙云为这一路代理司令。后来，唐继尧收买土匪吴学显，委任吴学显为滇南宣抚使，让他配合自己部队攻打昆明，于是，吴学显在通海的马尾寨和云龙山一带啸聚一万多人，加入反攻，让战场态势发生重大转变。"三标感觉形势很严峻。方鸣九又说："现在听命唐继尧的部队已经逼近昆明，我这个旅也准备出发了。"

三标说："旅长，既然要打仗了，那把我调回部队吧？我觉得我更适合打仗。"方鸣九说："你在重案大队不是干得挺好的？假币案的主犯也被你抓获，受到上面表扬，成绩很多，听说还要给你升职，到部队干什么？"三标说："我真的不适合当警察，那是逼出来的，实在没办法，当然也是我命好，把那个家伙抓到了。可是，我这命下一次还能不能好？只有老天爷知道。"方鸣九听他这么说，觉得三标挺有意思。三标说："现在最大的问题不是抓罪犯，而是打败唐继尧，如果唐继尧反攻得逞，我们那个重案大队还可能存在吗？不可能，所以，我还是回部队好。"三标一再央求，最后，方鸣九被打动了，说道："行，我去争取一下。你知道我管不了警务处，人家放不放你我不知道，我只能去说说。如果说成了，你就回来，如果说不成，那就算了，你在警务处好好干。"三标听这么说，千恩万谢地走了。

三标离开方鸣九办公室，赶紧回到家里，李祖殷见儿子这么早回来，有点奇怪。三标说了唐继尧反攻的情况，让父母回阿迷躲躲。此前，李祖殷已经听到唐继尧打回来的传闻，觉得三标这个安排很好，就马上让老婆和媳妇收拾东西。三标让身边的小警察去银行叫小妹回来。李津兰回来后，父母的东西也收拾好了，老老少少出了院门，叫了三辆黄包车去云南府车站。这样，一家人在车站告别，李祖殷他们上车走了。

这么安排好了家里人，三标放心了。不过，有一个事让三标有几分遗憾，就是让杨钊去老烟筒家调查的事一直没有安排上，一推再推，推到现在去不了了，太可惜，现在没办法了，只有以后再找机会了。

第 2 节

这天傍晚，西边的晚霞一片火红，把天地映红，山坡上一支队伍向西撤退，部队已被打乱，士兵们三三两两的，衣衫破烂，疲惫不堪。这边是一片山坡地，一副四个人抬的担架抬过来，跟在担架边的三标让抬担架的士兵休息一下，士兵们把担架放到地上。三标问担架上的人说：“旅长，是不是让救护兵检查一下伤口？”方鸣九在担架上艰难地抬起头说：“不用，我感觉不出血了，应该没问题。”三标不由分说把救护兵叫过来，帮救护兵解开方鸣九大腿上的绷带，这条大腿被一颗子弹打穿，伤口止血情况并不好。三标说：“旅长，这么一直走，伤口没法愈合，必须找地方停下来，好好休息几天才能好。”方鸣九说：“快了，明天到沾益，咱们争取休息一下。”三标问道：“你估计他们不会追来？”方鸣九说：“是的，应该不会，现在咱们部队都打散了，他们追过来得不到什么。”

十几天前，三标回到方鸣九旅，担任新 1 团 1 营营长，同时，三标请求把王玉生和杨钊也调回来，分别担任两个连的连长。三标带上部队后，马上跟随方鸣九离开昆明去与顾品珍的队伍会合。两支队伍合在一起，力量将强大很多，方鸣九和三标都很乐观，认为完全可以打败唐继尧的反攻。然而，唐继尧在打仗上很有一套，这次不按常理出牌，他指挥部队时而向北，时而向南，飘忽不定，搞得能征善战的顾品珍很头痛。这时，听说唐军到了弥勒，顾品珍带大军连忙杀向弥勒，可是到了路南，却听说唐军去了北边陆良方向，顾品珍指挥部队改变方向，向北边陆良进发。然而，没想到刚刚走十几公里，又听说唐军杀过来了，赶紧构筑工事准备作战。顾品珍的指挥部设在陆良县大莫古镇鹅毛寨，就是今天石林县石林镇和摩站村，方鸣九旅被部署到顾品珍部的东侧，准备率先迎击唐军。

这天上午他们工事还没做好，唐军就到了面前，接着一场大厮杀拉开帷幕，由于顾军准备不足，仓促应战，很快陷入被动，多处阵地被突破，人员伤亡惨重。一天下来，竟然让人感觉难以继续支撑，是继续阻击，还是撤退？这要作个决定。顾品珍也是久经沙场，觉得面前的不利是由于准备不足导致，今天适应一下，第二天是可以改变的，坚持下去，肯定能取胜，就下令继续坚守。

第二天，战斗依然很激烈，三标他们营打得很苦，向上面请求增援，可是很快得知他们旅的情况都不是很好，根本调不出兵力支援，没有办法，三标只有严令死守，苦苦支撑。这时，吴学显的土匪武装杀入战场，这些土匪不讲战法，乱冲乱闯，四处穿插迂回，让顾军防不胜防。

中午，三标得到命令，去旅指挥部保护方鸣九，就连忙带一个连过去。快到指挥部见一些士兵撤下来，这时四面八方都在打枪，让人分不清谁是自己人，谁是敌人。三标只有朝前跑，跑了一会，翻过一个山坡，三标见前面有两支部队在交火，看靠近自己这一方的像是唐军，就冲过去，果然是唐军。三标命令开火，将这股部队打散，三标终于到达方鸣九指挥部外面。三标赶紧问卫兵旅长在哪里，情况怎么样。卫兵认识三标，说旅长受伤了，在里面。带三标进去，三标见方鸣九躺在一个临时担架上，过去说：“旅长，你受伤了？怎么样？伤得重吗？”旁边的救护兵说是大腿中枪。三标见方鸣九很疲惫的样子，可能失血过多，脸色苍白，神情也有些慌张。三标第一次见旅长这个样子，一阵心如刀绞。

方鸣九说：“刘长生，你来了？现在情况很不好，顾总司令阵亡了。”三标听说，心里一惊，问道：“什么？顾总司令阵亡了？这怎么可能？”方鸣九说：“我也不相信，咱们在四川打那么多仗他都没事，竟然在这出事，确实让人不敢相信。”三标说：“那咱们怎么办？”方鸣九说：“现在最重要的是冲出去，我们必须冲出去。”三标：“好的，我带大家往外冲。旅长，你放心，有我在就有你在，咱们一定能冲出去。”方鸣九说：“不，你不要管我，带领你们营往外冲，不要管我。”三标说：“不行，旅长，我一定要把你带出去，我们一定能成功。”说完，三标不等方鸣九表态，下令旅部所有人员跟随自己向后方撤退。到傍晚，三标他们这些人终于冲出唐军包围，死里逃生。

后来，三标得知顾品珍阵亡的经过。那天，顾品珍亲率杨池生的步兵 2 团，设指挥部于陆良鹅毛寨，很快遭到土匪吴学显部的袭击，激战中顾品珍的参谋长战死，卫兵伤亡惨重。顾品珍在少数卫兵掩护下上马，欲冲出重围，当他到陆良天生桥村时，脚受伤，从马上跌落下来，被追赶上来土匪吴学显部下当场枪杀，终年三十九岁。发生这个惨剧，人们才真正意识到当时让吴学显逃脱，是个多么巨大的错误。

三标带部队向贵州前进，方鸣九对三标说：“刘长生，到沾益后，你派一些人出去找找，把被打散的官兵收拢起来，咱们这个部队不能散。”三标说：“旅长，我听说咱们旅有不少队伍是按照连排的建制在撤退，我放出消息，他们很快能跟咱们联系上。”方鸣九说：“好，把弟兄们收拢起来，能联系多少人就联系多少人。还有，你也派人去联系一下其他几个旅的长官，我估计他们也会去贵州。现在咱们在云南是待不下去了，贵州是个去处，可以休整一下，黔军应该不会为难咱们。”三标觉得方鸣九说得有道理，就布置人手去办。

第3节

一个月后，三标他们部队到了桂西北的庆远，就是今天的河池市。为什么会到这里？是这样：三标他们部队到达贵州盘县，人家黔军不欢迎他们入黔，他们只能离开。这时是第二次粤桂战争刚刚结束，桂军被打垮，桂西北这一片没有军队，完全是个空白，他们到这里休整。

这时，原归属顾品珍的部队陆陆续续从四面八方到达这里，成为“入桂滇军”，由于顾总司令阵亡，部队推举谢如年为入桂滇军总司令。这谢如年 1918 年 5 月被唐继尧解除滇军第 3 师师长职务，被桂军关押。1920 年 10 月，陈炯明将桂军赶出广东，谢如年被解除囚禁，返回昆明，被顾品珍任命为云南陆军副总司令。这次跟顾品珍一起南下阻击唐继尧，所幸没受伤。谢如年将逃到此的滇军整编为五个旅。方鸣九旅为第 1 旅。

这时，三标因作战勇猛，营救旅长有功，被提拔为新 1 团团长，接着，三标任命杨钊为 1 营营长，王玉生为 2 营营长。而关公脸，因他率领的那个营在陆良战场表现不好，指挥混乱，伤亡很大，不仅没得到提升，还差一点让方鸣九把他营长职务撤了，最后关公脸保住营长职位，他那个营编为新 1 团 3 营，他本人成为李三标的下级。

这个调整，让关公脸极为不满，他认为战场情况复杂，当时他们营遭遇的唐军数量极大，战况不佳，损失大，怎么能全部怪自己？另外，关公脸对刘长生担任自己的团长也极为不满，他认为，刘长生当新兵时自己是他连长，现在他当团长，自己成了他手下的营长，这让他怎么见人？怎么带兵？关公脸认为方鸣九提升刘长生完全是感谢刘长生在战场上救了自己，是徇私情，是公权私用，是滥用上级长官给他的权力。

关公脸心里这些不满之言不敢对方鸣九说，就越级上报，悄悄去找了谢如年司令。而这时，谢如年与方鸣九不和，认为方鸣九对自己不够尊重，自己的资格比方鸣九老很多，自己跟唐继尧、李烈钧、罗佩金、顾品珍、庄行乾、庾恩旸为日本陆军士官学校第六期同期同学，去日本那年是光绪三十三年，而方鸣九只是宣统元年入云南讲武堂的新生。洪宪战争爆发时，方鸣九仅仅是蔡锷第1军的一个小小的支队长，一个营级军官，而自己是护国军第2军的参谋长。而方鸣九对此也有自己的看法，方鸣九认为尽管谢如年资格老，还在广州坐桂军大牢多年，但是，没打过几仗，没有多少实际作战经验，指挥能力与自己这些从四川回来的军官相比差远了，当司令是靠能力不是靠资历，谢如年根本不够格。

这时，关公脸来找谢如年，谢如年正好要在部队里拉拢一些人，形成自己的山头，觉得这关公脸可以算上一个，便认真听取关公脸的投诉，并询问一些细节，听完投诉后，称赞了关公脸为人正直，刚正不阿，敢于抵制部队中的不正之风，是个好军官。关公脸没想到谢如年会这样表扬自己，对自己这么好，特别激动。关公脸知道谢如年是滇军的核心人物，位高权重，能巴结上他，自己在滇军里就有了靠山，便掏心掏肺向谢如年表忠心。谢如年没有阻止关公脸，并让关公脸以后多来自己这里走走。关公脸听了非常高兴，又声泪俱下地倾诉一通，视谢如年为再生父母。

刚才走进谢如年办公室时，关公脸是心虚胆怯、忐忑不安、愁眉不展，现在，走出谢如年办公室时，关公脸是胸有成竹、精神抖擞、眉开眼笑，心里舒坦了很多。他想，刘长生别看你当我的团长，我不怕你，你别猖狂，我不仅能收拾你，还能收拾你的靠山方鸣九。

第4节

部队在庆远，由于刚遭遇惨败，又离开云南，士气十分低落，开小差的越来越多，让三标这个新团长很头痛，现在要带好一个团可比平时困难多了，他觉得自己在这么困难的时候当团长，够倒霉的。不过，他觉得自己当这个团长，也有几个高兴的事，其中一个是关公脸现在变成自己的下级，要听自己指挥了，想想关公脸对自己做了什么，给自己制造多少麻烦，他甚至要将自己置于死地，再看看现在，自己翻身了，站到他头上，现在不是他管教自己，而是自己管教他，他只能老老实实，不能乱说乱动，否则随时可以处理他，轻则训斥，重则处罚。正如杨钊说的那样，这回要让关公脸知道刘长生的厉害了。

三标很长一段时间沉浸在这喜悦中，但是，接着发生的一个事，让他从这喜悦中忽然醒来。事情是这样的：这天，三标在团部，卫兵来报告说，崔连长带一个人来见他。三标想崔大嘴一个连长来找我，这是不越级吗？估计是关公脸让他来了，就让他进来，崔大嘴说："报告团长，报告你一个好消息。"三标皱着眉头问道："好消息？什么好消息？"崔大嘴说："我没骗你，真是好消息。"三标不耐烦地说："别废话，说，到底是什么好消息？"崔大嘴说："好的，报告团长，我把你夫人带来了。"三标一愣，问道："什么，我夫人？怎么回事？"崔大嘴对门外说："团长夫人，请进，进来吧。"一个漂亮的小女子走进来，这是白金花。三标万万没想到在这里见到白金花。

三标半天没说出话来，过了一会儿，三标问道："崔连长，这是怎么回事？你怎么……你怎么找到的？"崔大嘴说："报告团长，是我们连的兵在南门那一片巡逻时，发现有两个兵要抢人家小饭馆的腊肉，饭馆女老板揪住他俩不放，说你们是云南人，我也是云南人，老乡不能欺负老乡，让他们把腊肉放下。我们巡逻的兵过去把他们三个人带到连部。我一看，这女老板不是咱们团长的美女夫人吗？就这样，我就把你夫人送来了。"

三标把白金花上下打量一通，白金花还是梳小媳妇的发型，在脑后盘个发髻，穿一件红色棉布大襟上衣，一条黑裤子，脸上的表情有点尴尬，有点愧疚，也有一点兴奋与欣喜，估计她认为见到三标是个好事。可是，三标不这么想。他离开重庆后，白金花又跟别的男人搞到一起，不肯到昆明，他不想再和这个女人有什么关系。心里想，这个女人也是不要脸，如果我是她，哪里还有脸见自己原来的男人，不如一头在墙上撞死。可是，崔大嘴把她送到这里，怎么办呢？

崔大嘴说："夫人，现在你家老爷是团长了，不再是那个小连长了。"白金花说："这么快就当上团长了？真是没想到。"崔大嘴说："你不知道，你家老爷打仗厉害，命也特别好，打一仗升一次官，打一仗升一次官。"三标不想听这些话，阻止道："崔连长！"崔大嘴马上明白了，赶紧说："好，夫人，我回去了，有需要我做的事你就尽管吩咐，尽管吩咐。"说完就往门外走。三标很想让崔大嘴把白金花带走，可是，崔大嘴会带她去哪里？十有八九是送到关公脸那里，关公脸的头脑可不像崔大嘴这么简单，他会把白金花安顿好，设法从她嘴里挖出些自己过去的事，搞清楚自己的真实身份，如果是那样自己就完蛋了。想到这里，三标说："崔连长，谢谢你啦。"崔大嘴说："对了，团长，刚才抢夫人腊肉的那两个兵还在我那里关着，你看怎么办？"三标说："这事还要问我吗？军纪是怎么规定的？你照军纪执行不就完了？"崔大嘴讨好地说："你看，要不要我去好好收拾他俩一顿，替夫人讨个公道？"三标说："你别给我来这个，是怎么规定的就怎么处理，你别另搞一套，明白吗？"崔大嘴："好的，团长，明白了，明白了。"告辞走了。

三标让身边的人也出去，然后把门关上。白金花说："三标，对不起，你不知道，我在重庆的时候是想回云南的，但是那段时间店里面生意特别好，我想赚钱不容易，现在生意这么好，我多赚点，将来咱们生活也能过得好点。"三标听白金花这么说，顿时就火了，骂道："放屁！你是为了多赚点？你分明是又跟一个男人搞到一起了，你还在这里撒谎。我告诉你，我找人去调查过你，你以为我在昆明就不知道你在重庆干什么？太可笑了，别说你在重庆，就是你到天涯海角，在阴曹地府，我要想知道你在干什么也能知道。你不看看我是谁。”白金花讨好地说：“我当然知道我男人的厉害，但是这事你可千万别冤枉我，我在重庆就是一个人，每天开门做生意，关门回家做饭，干干净净，清清白白的，绝对没干对不起你的事。”三标咬着牙说：“你还撒谎，还撒谎！你相不相信我撕烂你的嘴？”白金花说：“我说的都是实话，我是你的女人，你想撕你就撕，我不怪你。”三标说：“我从来没见过你这么不要脸的女人，在狗街时你跟那些不三不四的男人胡混，在重庆你又来这么一出，你到底是个什么人？我真是搞不明白。”白金花说：“真的，你冤枉我了，我没干什么。一直是老老实实的。我喜欢钱，想多挣点钱，就这么简单，我没那些心思。说我在重庆这样那样的人是要拆散咱们，是要害我，他们是别有用心。”

三标说：“放屁！去重庆调查你的人跟你无冤无仇，为什么要害你？为什么要拆散你我？”白金花说：“你也知道，外面有男人对我不怀好意，打我的主意，我到哪里都碰到这样男人，他们就希望你不要我。”三标说：“行了，还把自己说得像一朵花一样，其实就是臭狗屎，一堆臭狗屎，还打你的主意，真不要脸。”白金花说：“你要想骂就骂吧，我不还口，你是我的男人，你想打就打，想骂就骂，我不怪你。”三标又骂一通，能骂的话都骂完了，没可以说的了，就不说话了。只是，现在如何处理？不能让她还待团部，那么让她去哪里？赶出去，她去找关公脸就麻烦了。留下她，让她去跟自己住？想来想去，三标没想到更好的办法，只有带白金花回自己家。

后来，三标与白金花和好了，为什么会如此？一个是三标怕白金花被关公脸利用，对自己不利，另外一个是三标在骂白金花的时候，看着白金花小肩膀圆圆的，胸脯高高的，竟然对她有了那方面的欲望。三标实在想不通自己在那么生气的时候怎么会对她有那方面的欲望，怎么会想把她的衣服脱光，去占有她、去蹂躏她。回到家，白金花才靠近三标的身体，三标就像被点燃了一样，把白金花一下子扑倒在床上。

后来，白金花解释了自己怎么到了这个地方。她说一个经常在她店里买首饰的大姐，说广西这边有大客户，要买很多首饰，让她带上店里的所有货来给这个客户看看，如果生意做成了，可以让她赚一大笔钱。这样，两个月前，她跟这个大姐到了这里。没想到这个大姐是个坏人，到这第二天，就趁她不注意偷走她的包袱逃走了。她去报警，没用，人家说人跑了上哪找？她被扔在这里，也没脸回重庆，只有典当一些身上戴的首饰，开个小饭馆维持生活。

三标对白金花说的这个情况根本不相信，但是，也不想揭穿她，揭穿了有什么好？赶她走？能赶她走吗？她出门就会去找崔大嘴和关公脸，然后把自己的老底全抖搂出来，自己不是麻烦更大了。算了，还是少点麻烦吧。还有，这兵荒马乱的，漂亮的女人就干净不了，想那么多干什么？再说，她只是个跟我临时搭伙的女人，又不是我老婆，没必要像管自己老婆那样对她，她愿意服侍我就让她服侍，自己又不吃亏，有个女人暖被窝总比一个人睡强。这时，三标脑袋里闪过媳妇段小凤的身影，但是就是这么一闪而过，仅此而已。就这样，三标又和白金花住一起了，外面人叫白金花团长夫人、团长太太，三标也不反对。

确实是，白金花说自己到这里的经过全是假话。实际情况是三标跟部队离开重庆后，白金花很快认识一个男人，这个人是个广西人，经常到白金花店里买货，他跟白金花交往之初，出手很大方，让白金花觉得这人有钱又对自己好，比三标这么个小连长强。一来二去白金花就跟这个人好上了。白金花原来打交道的男人，都是垂涎她的美色，从来没碰到骗女人钱财的，而这个男人不同，是冲她钱来的。白金花逐步进入这个男人的圈套，终于转让了首饰店，带着所有首饰来广西，要在这里开个大店。没想到，到这第二天这个男人就拿着白金花装首饰的箱子远走高飞，把白金花一个人扔在这。没办法，她只有变卖身上的首饰，开个饭馆。见三标时，白金花心里很清楚，这个真实情况绝对不能跟任何人说，尤其是不能跟三标说，如果说了自己就彻底完蛋了，没有哪个男人会喜欢跟过这么多男人的女人。

第十一章

第1节

唐继尧重新掌握云南大权，接着，开始在本省开展自上而下的“清查附逆行动”，这让那些担心唐继尧回来会倒霉的人马上坠入恐慌中，而让那些盼望唐继尧回来的人则感觉到：我们的好日子终于回来了。

那天从欧阳红家回来，李津兰把可能怀孕的事告诉了公公婆婆。公公婆婆非常高兴，他们早就盼着这一天早点到来，现在终于到来了，赵家轸是家里唯一的儿子，他们希望李津兰把老赵家的香火传下去。不过，李津兰没跟任何同事说自己怀孕之事，她觉得现在讲没任何好处，毕竟昆明很不太平。

这天李津兰下班回家，在吃饭的时候，听公公问她：“现在省里在清查附逆，你们裕滇银行有什么动作没有？”李津兰说：“没有，还是老样子，估计他们先在总司令部和省长公署清查吧，到我们那里不会那么快。”赵亦恒说：“听几个在省实业厅上班的朋友说查得很严，人人过关，互相揭发，已经有一些人被逮捕审查了，像这个搞法，不知道有多少人要倒霉呀。”李津兰觉得公公说得有道理。赵亦恒说：“附逆，附逆，什么算附逆？在顾总司令主政期间做事的官员是不是都算附逆？人家不上班吃什么？而上班肯定要做事，拿着省里的俸禄，怎么可能不做事？做事就成了附逆，好了，现在清查附逆了，要查办了。这民国法律有没有附逆这一条？”李津兰说：“咱们云南也不按照民国法律办事，法律有没有这一条又有什么用呢？现在他唐督军就是法律，只要他唐督军想干，干什么都合法。”赵亦恒没有反驳儿媳，他知道目前现实情况就和儿媳说的一样。

蔡月娥对儿媳说：“你在银行里要小心一点，难说什么人要借机报复你，这不是开玩笑的，要背后搞你一下，你就要倒大霉。如果只是不让你上那个劳心劳命的班，也就算了，但是把你抓起来，关个两年三年的，那太不合算。”上次蔡月娥因李津兰没留住儿子大发脾气，把心中积压多年的怨恨都倒出来了，不过说完了也就轻松了，觉得这确实不能全怪儿媳，对儿媳的态度又有所改善。另外，现在大难临头，一家人毕竟是一家人，她确实担心李津兰。李津兰说：“我做事是按照工作要求做，唐督军当政我是那么做，顾总司令当政我也是那么做，并没专门要给谁做的，我觉得自己没事！”蔡月娥说：“没事？你别大意。你不知道你们银行有什么人报复你呢！”李津兰心里特别明白，肯定有人要报复自己，那柳貂蝉就是第一个，然后是唐芸芸、董庆仁，他们都会纷纷跳出来，还有段毓婉、吴少愚现在也把自己当敌人了，不知道是不是也要借此出出气。

赵亦恒打断老婆的话说：“一方面要多小心，一方面也别害怕，他们愿意怎么查就怎么查，由他们去。咱们做人有咱们自己的原则，只要对得住自己的良心，别人爱怎么样就怎么样，不管他！”蔡月娥最不能接受丈夫的这一点，天不怕地不怕的，真不知道天高地厚，这早晚会惹出大事的。做生意的人，和气生财，人人都是咱们的衣食父母，谦和低调，但是劝丈夫的话已经说了一辈子了，再劝又有什么用呢？她就用鼻子不满地哼一声，把脸扭向一边。

潘永其也很紧张，也许是他原来真不相信唐继尧能打回来，也许是他怕离开行长职位，在顾品珍时期他比较努力，好了，这下子唐继尧真打回来了，让他有点手足无措。他总是把自己关在办公室里，不再开任何会议，不再作任何指示。人们去找他请示，他让身边人拦住，实在拦不住的让人进屋，三言两语就把人打发了。每天都是眉头紧锁，忧心忡忡的。他跟同事在楼里相遇一律低头前行，不打招呼。有不少同事为他担心，觉得他在顾品珍伪政时期的作为，尤其是去上海收一百万之事现在确实有点说不清楚。当然也有同事为他开脱，说他只是做了点本职工作，谈不上过于卖力什么的，哪个人在这个位置上不得这么做？换了你不也是这样？

不过，在大部分同事对潘永其报以同情的时候，裕滇银行里也有人不是这样，这就是柳貂蝉。当唐继尧回到昆明城后，柳貂蝉的面貌为之一变，从小心翼翼，谨小慎微，在人后嘀嘀咕咕，煽风点火，顿时变为趾高气扬，神气活现，在人前气吞山河，豪言壮语，甚至到了让人以为裕滇银行已经易主，她成了行长。还有，她这个样子，潘永其连屁都不敢放一个。同事们还在传一个事，就是潘永其去找柳貂蝉私下谈过，希望柳貂蝉看在大家是老同事的分上，看在自己对柳貂蝉还有提携之恩的分上，在清查附逆上请柳貂蝉高抬贵手，给自己留条活路，毕竟自己除了不识字的老婆，上有八十岁老母，下有未成年的儿女，实在负担很重，自己出事这一家人就完了。还说，最近一段时间，自己对柳貂蝉关照不够，对她有所疏远和冷淡，这都是自己的不对，这是自己吃了屎，犯糊涂，糊涂之极。而谈话的结果有几个版本，第一个是说柳貂蝉同意了，还很动情地安慰潘永其别太忧虑，别太紧张，自己不是那样无情无义之人，肯定不会加害于他。第二个是柳貂蝉不为所动，无论潘永其怎么说，紧闭双唇，一言不发，让潘永其更加惶恐。第三个是柳貂蝉勃然大怒，痛斥潘永其对自己的种种冷落和迫害，说到伤心处，甚至声泪俱下，泣不成声。至于到底是哪个版本，众说纷纭，莫衷一是。

第2节

这天，上面通知裕滇银行负责人去省长公署开会，潘永其和王平端一起到公署会议室。王平端特别留意了一下会议室的气氛，还好，与平日并无不同，工作人员依然是那么春风满面，热情周到。王平端心想今天的会应该和清查附逆无关，是个常规的工作会议。不过，很快出现异常，到开会时间，省长没出现，进来一个紧绷着脸的中年男人，他开口说自己是督军公署负责“清查附逆”工作的，奉命来宣布一个事。这时，督军近卫团的十几个军人鱼贯而入，站在参会人员身后，会议室里骚动起来，人们都没见过这阵势，这是要干什么？中年男人让大家安静，听他把话讲完，说他是来宣布一下被审查人员名单，念到一个人，一个人被军人押出去，出去五个人后，他念到潘永其。听到叫自己名字，潘永其站起来，他身后的军人上前把潘永其反剪双手押出去，中年人宣布散会。没有念到王平端名字，王平端瘫坐在椅子上，半天站不起来，目光呆滞，那椅子上的身体只是一个躯壳，那躯壳里的灵魂早已出窍，飞到九霄云外。

中年男人到王平端面前，把省长公署关于潘永其问题的一纸公文放到桌子上，一句话没说走了。王平端看公文上面写道：“裕滇银行潘行长永其，卖身投靠顾匪伪政，为夺取原督军公署在上海的一百万元存款费尽心机，不遗余力，致使巨款被非法鲸吞。实属罪大恶极。兹决定，自今日起免除其本兼各职，逮捕查办。”

潘永其被逮捕，有人说这是柳貂蝉揭发的，有人说与柳貂蝉无关，是上面将一百万存款之事作为重点清查案件查下来的，但是，不管是否有关，这个事让柳貂蝉极为开心，行里宣布省里公文后，她兴高采烈，喜笑颜开。

很快省里查办人员进入裕滇银行，调查其他附逆罪行。这天，柳貂蝉公开对同事讲，自己已经将揭发李津兰的材料送给查办人员，材料里一共列举了李津兰的五大罪状：第一，在变卖省里财产时，当时银行所有同事避之不及，而她则争先恐后，卖力奋勇，争当顾匪鹰犬。尤其是在变卖唐公馆和唐家花园之事上，她是殚精竭虑，献计献策，如果不是顾匪后来忌于社会舆论取消变卖，她的罪恶目的就达到了。第二，在收上海一百万事上，她曾向潘永其申请去上海工作，甘愿为潘某的走狗，只是因省里认为她是个女人不方便，她才没去成。第三，她本来就是裕滇银行挤兑事件的直接责任人，当时唐督军就要求严办，因顾匪篡权没有处理，现在应该新账旧账一起算，认真严办。第四，她有个表哥是顾匪骨干，曾任伪省警务处重案大队队长，后随顾匪去阻击唐督军大军，她与顾匪骨干关系密切。第五，她丈夫在唐督军光复昆明前夜，加入顾匪军队，妄图阻止唐督军大军回昆，她属于不折不扣的匪属。

听到这些话的同事，都吓出一身冷汗。柳貂蝉这五大罪状实在太可怕，按常理说，一个人摊上其中一条就完蛋了，而李津兰居然摊上五条，这下子李津兰肯定是在劫难逃了。

人们常说，当事人总是最后一个知道自己的坏消息。果然，很多人听说这个消息后，见到李津兰都是绕着走，避免说话，导致李津兰无从得知。

第3节

下班时，一个女子走进李津兰办公室，这是唐芸芸。唐芸芸是柳貂蝉的死党，这大概是她第一次进李津兰办公室。李津兰见唐芸芸来自己这里，很是奇怪，礼貌地说："唐姐好，欢迎欢迎！"唐芸芸神情温和地说："李经理，你我是同事，尽管我年长你一点，但你是部门副经理，你就叫我唐芸芸吧。"李津兰摇摇头，觉得对方太客气。唐芸芸说："你可能奇怪，我怎么会到你这里来。是的，过去我跟柳经理接触比较多，不过，这都是误会，我觉得我跟她不是一伙的，而咱们更可能是一类人。"李津兰不知这是什么意思，问道："什么？一类人？什么意思？"唐芸芸说："是的，你和我都属于善良、正直、不搞阴谋诡计的一类人。"接着，唐芸芸说了柳貂蝉揭发李津兰的五大罪状。李津兰听了这话吓一跳，这柳貂蝉不是要将自己置于死地吗？李津兰想柳貂蝉这显然夸大了很多情况，自己在变卖唐公馆和唐家花园的事上不是这样。自己申请去收回上海一百万只是想让云南老百姓的钱用于老百姓，并不是要跟谁作对。关于处理挤兑风波责任人自己本来就是冤枉，过去一年了又重提这个事，纯属居心不良。关于表哥和丈夫的事是事实，可是顾品珍军队几万人，这军人家属少则几万，多则几十万人，难道要将这么多人定性为匪属？都要处理吗？柳貂蝉这个人太恶毒了，太凶残了。

唐芸芸问道："你打算怎么办？要不要到外地去躲躲？现在好多人都出去躲了，避避风头也是好的。"李津兰坦然地说："我一个女人，怎么躲？现在本省上上下下都在清查附逆人员，如何躲得过去？算了，听天由命，该怎么样就怎么样，我对自己当时做的事也一点不后悔。"唐芸芸没想到李津兰会这样说，简直有点视死如归的意思，心中产生一丝敬意。李津兰说："不是我不害怕，都是普通人，怎么能不害怕？可是怕又能怎么样呢？我认命，命中注定的，就由他去吧。"唐芸芸说："我觉得别这么消极，万事无绝对，多想想，总会有办法的。"

李津兰摇摇头问道："你为什么来告诉我这个？是柳经理让你来的？"唐芸芸说："不是，我是自己来的。我觉得柳经理举报这五大罪状不合适，我跟她说我不赞成她这样做。她笑话我是妇人之见，说她跟你的关系是不共戴天的关系，绝对不能心慈手软。我跟她辩论，极力想改变她的想法，但是一切枉然，她坚持要这么干，并且最后她也这么干了。这让我很生气，通过这个事，我看清了她的凶残嘴脸，看清了她跟我不是一类人。我已经告诉她，她和我不再是朋友，我没有她这样的朋友。她回答得也很干脆，说随便，她根本不在乎，她从来也没拿我当朋友。我今天到你这来，是想告诉你，无论你遭受什么样的打击，经历什么样的厄运，我都是你的朋友。"李津兰听了非常感动，她没想到在自己如此危难之时，唐芸芸能这样对待自己，李津兰说："我不知道该如何感谢你，你这样掏心掏肺地对我，太让我感动了。我想说我也愿意做你的朋友，做你的姐妹，真心相待，两肋插刀，做一生一世的至亲姐妹。"李津兰把手伸过去，按在唐芸芸的手背上。

下班回到赵府，李津兰没告诉公公婆婆五大罪状之事，李津兰知道在这个事上公公婆婆都帮不上忙，他们知道了只会平添烦恼。

第二天上午，两个男人跟着王平端走进李津兰办公室，李津兰认出他们是进驻裕滇银行的清查人员，其中一个问道："李津兰，请跟我们走一趟！"李津兰知道这是怎么回事，站起来，打算跟他们走。这时，唐芸芸路过这里，见状说："等等，你们让人家收拾一下，把该带的衣服带上。"这个男人不客气地说："你是谁？这里没你的事，一会让王行长通知她的家人，让她家里人把铺盖送过去，我们那里不是旅馆，没铺盖。"王平端紧张地说："唐芸芸，人家这是执行公务，别说话，这跟你无关。"唐芸芸说："怎么是无关？李津兰是咱们银行的职员，是我们的同事，怎么无关？我让他们给李津兰一点收拾东西的时间，怎么就影响他们执行公务了？"这个男人说："行，李津兰，你收拾一下。"李津兰拉开抽屉，取了一些东西放自己随身的手包里。又看看桌上，见没可收的，对这个男人说："走吧。"

这个人给李津兰戴上手铐，带出办公室。不知是谁把这消息传了出去，楼道里站满了人，李津兰从这些人面前走过，大家静静地看着。李津兰从来没想过自己一生中会有这么丢脸的一天，刚才的淡定一扫而光，她羞愧万分，拉散头发，深深地低着头，让自己的脸藏在头发后面，这时，她真是恨不得找个地缝钻进去。就这样，李津兰被带走了，接着，王平端代表裕滇银行宣布免除李津兰簿记部副经理的职务。

第 4 节

出乎裕滇银行所有职员的意料，就在李津兰被带走的一周后，柳貂蝉又给查办人员递交举报材料，向王平端副行长发起攻击，举报王平端在顾匪伪政时期，是潘永其和李津兰罪恶同伙，在变卖官府和唐督军财产，以及夺取上海一百万存款上积极参与，出谋划策，沆瀣一气，罪不可恕。

王平端是裕滇银行出名的老好人，平时为人低调，跟所有职员都是和和气气，布置工作都是商量的口气，很少与人发生冲突，甚至一些人认为他根本不适合当副行长。现在柳貂蝉这么干，引起众人的议论，有些人认为柳貂蝉太过分了，有些人认为她内心太阴暗了，有些人认为她为人太歹毒了。

这天，几个同事在聊天，一个同事问唐芸芸："柳经理这是为什么呢？王行长跟她无冤无仇。"唐芸芸说："这不是明摆着吗？她想把王副行长扳倒，自己往上爬嘛。"这个同事又问："她想当副行长呀？她够资格吗？"唐芸芸说："她觉得自己上得去，不仅是副行长，甚至是行长，她都觉得自己够资格。"同事们都很吃惊："她还想当行长？这不可能吧？"唐芸芸说："走着瞧吧。"

不过，这时裕滇银行冒出来两个称赞柳貂蝉的人，这就是段毓婉和吴少愚。这两人为什么会这样？这里有一定原因。先说段毓婉，前面说了，这个女人当知道自己喜欢这么多年的男人是李津兰的丈夫时，觉得特别受伤，觉得是李津兰夺走自己的心上人，让吴少愚告诉李津兰自己与其绝交，不再有李津兰这个朋友。本来这事是她的过错，是她不慎重，不了解那个男人就那么匆匆坠入情网，迷恋至深，从头到尾都是她的责任。并且，后来知道这人是有妇之夫，她应该尽快转身后退，不要破坏别人家庭。而她不是这样，反而把李津兰恨之入骨，当作不共戴天之敌。因此，她去亲近柳貂蝉，去做了柳貂蝉的朋友。

再说吴少愚，前面也说了，吴少愚跟李津兰翻脸是吴少愚认为李津兰推动潘行长去收上海一百万，是李津兰想出头，为此不惜牺牲银行同事利益，让他很不认同。但是，使吴少愚仇恨李津兰的则是另外一个事，这也和赵家轸回来有关。之前，吴少愚暗恋李津兰，认为李津兰和丈夫没感情，迟早会离开赵家轸，弃暗投明，最后投入自己怀抱，与自己相亲相爱，共筑爱巢，白头到老。可是，赵家轸回来，李津兰竟然没有冷淡排斥，反倒是委曲求全，摇尾乞怜。李津兰的所作所为，让他伤透了心，彻底绝望。吴少愚的爱情逻辑是，爱就爱他个轰轰烈烈，恨就恨他个你死我活。现在他就盼着李津兰早点死！因此，当段毓婉约他去做柳貂蝉的朋友时，他当即同意，马上和段毓婉站到柳貂蝉一边。

柳貂蝉对两人站到自己这边非常高兴，这样让李津兰就成了货真价实的孤家寡人。当然，柳貂蝉对唐芸芸也很生气，柳貂蝉觉得这个人太愚蠢，唐芸芸不同意自己检举潘永其和李津兰完全是头发长见识短，妇人之见，怎么能放过扳倒潘永其和除掉李津兰的天赐良机？这样的机会一旦错过真不知道何时候再有了，再说，自己只是实话实说，揭发潘永其的事不是事实？去上海收一百万的事人人知道，自己不揭发上面也会追查，自己没有做错什么。揭发李津兰的事不是事实？有自己虚构的东西吗？柳貂蝉通过这个事，也发现唐芸芸心肠太软，干不成大事，觉得她要断交就让她断交，自己无所谓。

但是，事情并没按照柳貂蝉设想的那样发展。柳貂蝉递交举报王平端的材料后，一直没见到对王平端采取任何措施，好像上面没接到举报材料，这让柳貂蝉很恼火。她想如果等半个月没有见到对王平端采取措施，自己就往更高一级单位递交材料，无论如何要把王平端拿下。可是，就在柳貂蝉将要去省里递交材料时，省长公署下了一个公文，任命王平端为裕滇银行代理行长。这让柳貂蝉明白，省里不同意拿下王平端，自己提升副行长的可能性被彻底否定了。

第十二章

第1节

到了1922年4月，大标从云南回洛阳过去大半年了，他跟温玉娴书信往来，鸿雁翻飞，感情温度逐日升高。不过，他们突然接到命令北上。这是怎么回事？

直皖战争后，曹锟和张作霖的直、奉两系共同控制北京政府，后为争夺权力，矛盾趋于激化。张作霖决定用武力将直系赶出北京，将奉军改名为“镇威军”，调集四个师九个旅，约十二万兵力，络绎不绝地进关，一路进至天津军粮城、马厂、静海附近，另一路进至长辛店，企图围攻直军的大本营保定。为此，曹锟任命吴佩孚为直军总司令，调集七个师五个旅，共十万余人迎敌。很快，双方开战，奉军战败，阵亡两万余，被直军俘虏四万余，逃亡者万余。无奈之下，张作霖和曹锟的代表签订停战协议，张作霖的奉军撤出关外，第一次直奉战争结束。

这次，大标他们第3师打得非常漂亮，活捉奉军西路总指挥兼奉军16师师长，并逼迫其战场倒戈，使奉军溃败。战争结束后，大标他们第3师回到洛阳。

第2节

经过这段时间的通信，大标感觉更喜欢温玉娴了，就托罗继昌找人去温玉娴家提亲。罗继昌很高兴，请了个媒人去天津温家提亲。温玉娴父母看了大标的情况，挺满意，同意了这桩婚事。大标得到这个答复，立刻操办婚礼。

这天傍晚，大标在营部，胡公子走进来，大标着急地问道："胡公子，你终于回来了，你走后我一直担心，生怕出什么岔子，怎么样？都顺利吧？温小姐和她父母都住下了？"这趟去天津迎亲，是胡公子主动请缨，走之前就说一定把这个事办到让大标挑不出一个字来，这会胡公子说："住下了，他们对洛阳大旅社挺满意，咱们洛阳比不了天津，但是洛阳大旅社档次也不差。"这洛阳大旅社是洛阳城里一个刚开张的豪华旅社，是一栋西洋建筑风格的四层大楼，门窗都是拱形，很华丽，很气派。

大标问道："这一路劳顿，温小姐和两位老人家还能承受？没搞出什么毛病？"胡公子说："放心吧，都好着呢，两位老人心情好，身体也很好。"大标说："真是感谢你。这样，明天8点你到大旅社陪他们，10点我到大旅社迎亲，将温小姐接上轿子，你陪温小姐父母到新房，在新房举行拜天地，然后婚宴开席。"胡公子说："挺好。只是，我说一句，之前我让你把你父母接到洛阳出席婚礼，你说路途遥远，不同意去接。你看，明天婚礼，你父母不在场，是不是不太好？"大标说："从我老家阿迷到洛阳，这路途太远，实在是没办法。我已经把结婚的事和温小姐的情况写信告诉我父母了，他们知道了，祝福我们了。现在就这样办吧，现在市面上很多婚礼也是有的父母不一定能出席的，没事。"胡公子说："行吧，就这样吧。"三标说："你早点回去休息休息，明天还要麻烦你。"胡公子说："说什么麻烦？咱们是兄弟，行，我先回去，你忙吧。明天上午8点我到大旅社。”说完胡公子走了。

大标回到办公桌前，心里想着明天的婚礼的事。这时，一个卫兵送进来一封信。大标看看信封，上面的笔迹很清秀，是从北京发来的，这是谁写的？大标撕开信封赶紧去看落款，他没想到这信竟然是罗瑾云写的，大标心里想，罗瑾云从来没给我写过信，怎么现在给我来信，这是来表示祝贺的吧。大标展开信笺看起来，看着看着大标眉头皱起来，等看完了，他把信轻轻放桌上，心事重重地在椅子上坐下。

这是怎么回事？罗瑾云的信里到底说了什么？是这样：这封信不是来祝贺的，相反，是来说大标和温玉娴不合适。罗瑾云说她刚刚听说大标要和温玉娴举办婚礼，她觉得大标和温玉娴不适合，让大标慎重。罗瑾云说温玉娴这个人心眼小，动不动就生气，总要让别人让着她，还特别虚荣。并且告诉大标，自己当时和温玉娴到洛阳，是温玉娴自己要求来的，说温玉娴一直想嫁军官，听说自己堂哥在军队当团长，就让一定带她去。罗瑾云说你们两个不合适，你们结婚后绝对不会幸福。

这封信让大标的情绪一落千丈，他问自己怎么办？明天这婚礼办还是不办？继续办吧，如果真像罗瑾云说的根本不幸福，怎么办？但是，不办吧，这婚房、婚宴、请帖、花轿、吹鼓手都准备好了，万事俱备，只差那么一哆嗦，能不办吗？还有，宣布不办，温玉娴能接受吗？温玉娴父母能接受吗？她家的街坊邻居该说什么？还有还有，自己军队里这些同僚又该说什么？大家都准备来参加婚礼了，告诉他们不办了？他们会怎么看我李大标？大标在屋子里转起圈来，怎么办？怎么办呢？时间在一分一秒地过去，大标在屋里转了一圈又一圈，但是，还是没个主意。

第3节

大标敲响文秀才租住的小院大门，这是一个只有五间房的小院，文秀才来开门，大标说："对不起，你还没睡？嫂子和孩子睡了吗？"秀才说："他们睡了，你是来给我安排任务的吧？说，需要我明天干什么？都怪我，我应该到你那去一趟，看看有什么需要我干的。"说着，文秀才把大标带到客厅坐下。大标说："不用，昨天你不是到我那去过了吗？干吗今天再来一趟？没那么多事，都安排好了。"秀才说："是吗？那这会你来干什么？你现在这么空闲，不去再准备准备，看看还缺什么。"大标说："不是，我有个事，这个事跟谁说都不合适，只能来找你聊聊。"说完，大标叹了口气。

秀才发现大标神情异常，心想这是怎么回事？明天举行大婚，一般人高兴都高兴不过来，大标怎么愁眉苦脸的？问道："怎么？出什么事啦？"大标又叹口气，没说话。秀才追问道："说嘛，有什么事说出来嘛，如果是跟结婚有关的事，一定要说出来，明天就拜天地了，你再不说就晚了。"大标说："是这样，我刚才收到罗瑾云的信。"秀才问道："罗瑾云的信？你跟她有通信吗？我好像没听说你们在通信呀？是不是私下在通信？"大标说："没有，从来没有通过信，这是第一封。"秀才说："她在信里说了什么？"大标把信的内容告诉了秀才，然后问道："你说，我该怎么办？"

秀才想了想说："罗瑾云反对你和温玉娴结婚？真是没想到，她和温玉娴是同学，是好友，她在这个时候给你来这个信，这太不够意思了。她要反对，她为什么还要介绍温玉娴认识你？为什么不早说你们不合适？这个人怎么会这样？"大标为罗瑾云开脱道："也许，当时她带温玉娴来认识我，认为我和温玉娴不会好，现在她这么说，我想这是她不想我以后不幸福吧？这也是他的好意，是不是？"秀才说："好意？有这样的好意？我觉得罗瑾云这个人有点不地道。"大标不愿意别人说罗瑾云的坏话，说道："秀才，我觉得你不该这么说罗瑾云，她根本不是那样的人，她就是为我好，是不希望我结婚后不幸福。"秀才说："大标，你别替她说话了。另外，有个事不知你是否知道，我听说罗瑾云和那个国会议员过得不太好，经常吵架。"大标诧异地问道："是吗？有这事吗？你是什么时候听说的？听谁说的？”秀才说：“大概就是半个月前吧，当时是老罗和我聊天，他无意中漏出这么一句话。”

大标紧张地问道：“是吗？真有这事？两个人感情不好？”秀才说：“是的，大标，我能说说我对这封信的看法吗？”大标说：“有什么看法？你说。”秀才说：“我觉得这封信是罗瑾云希望你别结婚，等着她。”大标说：“是吗？那么，你说明天这个婚礼还办不办？”秀才吃惊地问道：“什么？李大标，你是疯了，还是傻了？明天的婚礼怎么可能不办？现在什么都准备好了，温玉娴和她父母也到洛阳了，这婚礼能不办吗？”大标说：“是呀，我也觉得很难办，所以来找你，请你帮我分析一下，拿个主意。”秀才看出来大标还是心中恋着罗瑾云，严肃地说：“李大标，我告诉你，罗瑾云不适合你，那样新潮的女子不是做老婆的料，你要娶那样的女人，才是根本不会幸福。我跟你说，这些都是我掏心窝子的话，罗瑾云是老罗的堂妹，我没必要说她坏话，也没必要抹黑她，我说的都是实际情况。你看她结婚到现在有孩子了吗？没有，她没跟那个国会议员生孩子，跟别的男人结婚也不会生孩子的，她就不是生儿育女、相夫教子、好过日子的女人。”大标说：“也难说是那个议员身体有问题，生不了孩子。”秀才捶胸顿足地说：“大标，大标，我看你是中邪了，你心里一直惦记着罗瑾云，收到这封信你心思又活动了，是不是？我告诉你，李大标，这不行的，这要害你一辈子的，你醒醒吧！”

大标说：“秀才，你胡说什么呢？什么我一直惦记着罗瑾云？什么我心思又活动了？哪有这些事？”秀才说：“我胡说什么？我说的句句都是实话，好，你听不进去我的话，咱们去找老罗，把这个事告诉老罗，听听老罗怎么说。”大标紧张地阻止道：“你说什么呢？这事怎么能告诉老罗？这事只能告诉你一个人，别的任何人都不能说。”秀才说：“你怕了？你知道老罗会反对你跟罗瑾云好，会要求你明天按原计划举办婚礼，是不是？”大标说：“那还用说吗？他肯定是说明天婚礼照常举办，这我知道，老罗做事从来都是一板一眼的，绝对不乱来。”秀才说：“对，你说得好，他绝对不乱来，你也别乱来。我告诉你，你现在绝对不能取消婚礼，你就是心里有什么花花肠子，你也给我藏着，现在婚礼这事已经是箭在弦上不得不发，是生米煮成熟饭了，你明白吗？”

大标觉得秀才这番话有道理，连连点头说：“是的，生米煮成熟饭了。”秀才说：“现在你明白了？已经这样，你愿意不愿意都是这个样子。”大标垂头丧气地说：“对，你说得对。”秀才说：“我告诉你，娶温玉娴是对的，过几年你就知道了，你是娶了个好老婆，过日子的好老婆，将来你有儿有女，人丁兴旺，家庭和睦，有人跟你相依相伴，有人给你养老送终，你没选错人。”大标不说话，告别秀才回了自己宿舍。

第二天，婚礼照常举办，很热闹，很排场，很喜庆，很有面子，女方很满意。

第十三章

第1节

那天李津兰被带走后，被送到北校场关押，那里一直是兵营，现在拿出一些营房关押附逆人员。李津兰她们这个临时女牢关了十来个女人，都是省里高官的太太，人人穿着绫罗绸缎，珠光宝气，李津兰发现自己是里面穿得最寒酸的，这些人有的哭哭啼啼，有的怨声不绝，有的骂骂咧咧，有的在数落某某人，很不平静。

刚才，张孃孃和郭师傅按照蔡月娥的吩咐给李津兰送来铺盖卷等生活用品。这时，李津兰已经平静下来，反正已经这样了，就认命吧。当然她知道，无论如何自己罪不至死，说重了判几年，说轻了就是开除公职，没什么了不起的，到这一步，爱谁谁。

很快，李津兰在里面关了一个多月，这期间她公公赵亦恒四处找关系想把李津兰捞出来，但是清查附逆是唐继尧亲自抓的，是何等大事，哪里有人敢徇私情？赵亦恒找了不少人都办不到，最后只好作罢。

李津兰这女牢进的人越来越多，竟然达到二十多人，后来进来的这些女人的衣服开始变差，好像社会层次有点低了，李津兰觉得这可能省里是开始抓一些中低级官员的家属。这让李津兰很绝望，这个级别的人都要抓，这要抓多少人呀？像这个样子，自己不是更出不去了？

这时，李津兰的身孕已经有三个月，她想自己要照顾好肚子里的孩子，不能伤到孩子。有时，李津兰会想那个匆匆告别的赵家轸，他现在在哪里呢？没受伤吧？李津兰安慰自己，自己大哥、三哥打了那么多仗，没受一点伤，赵家轸就打这么一仗就受伤，不可能吧？老天爷不会这么不公平。

这天一早开始提审，女牢里的气氛顿时紧张起来，那些平日总是叽叽喳喳的人闭上嘴，人们都在心中暗暗祈祷，但愿别被搞太惨。很奇怪，出去了一个又一个，但是没有回来的，人群里有个声音："不是拉出去毙了吧？"这声音一出，如同发出一个哭的命令，顿时女牢里哭声一片。李津兰的眼圈也红了，她在想自己这一辈子就完了？自己才二十三岁就要告别这个世界？带着肚子里的孩子离开这个世界？这个世界没那么完美，但是自己舍不得它。还有，自己舍不得父母亲，舍不得赵家轸，舍不得自己的哥哥和公婆，他们肯定也舍不得自己，尤其是父母，如果他们知道自己死了，能承受得了吗？

就在李津兰的胡思乱想中，管女牢的警卫大声叫："李津兰，出来！"李津兰心想，来了，终于还是来了，不管那么多了，走吧。李津兰被带到另外一个房间，几个人对她进行了审讯，问了一些问题，李津兰如实回答，她不想隐瞒，就这么点事，也隐瞒不了。审讯之后，又被带到另外一个房间，这里的人都是从她们女牢出来的，大家都不知道等待自己的是什么，个个惶恐不安。到傍晚，这个屋子基本装满了，几个办案人员进来说，你们可以回家了。这让大家非常意外，她们问给自己定了个什么罪，办案人员说没罪，释放了。大家都有点不相信。办案人员说，昨天接到上面指示，说你们这些事都属于小事，够不上犯罪，就不追究了，你们愿意回监舍收拾东西就去收一下，不想收拾就算。这些人哪里还要那些东西？不要了，什么都不要了，大家争先恐后向大门跑去。

李津兰坐黄包车回到赵府，公公婆婆在家里，李津兰告诉他们自己放出来了，没事了。公公婆婆都非常高兴，他们一直为李津兰担心着，这下子好了，可以放心了。婆婆蔡月娥对张孃孃说：“去少奶奶的卧室，给浴缸放热水，你照顾少奶奶好好洗洗。”

李津兰坐下来跟公公婆婆说在里面的情况，蔡月娥听了很是感慨，这哪里是人待的地方！赵亦恒说：“关押人的地方肯定好不了，哪个朝代都一样。”蔡月娥说：“小妹，你受苦了。不过，现在好了，一切都过去了。”又聊一会，李津兰问道：“妈，有家轸的消息吗？”蔡月娥叹了口气，那高兴劲消失一半说：“没有，你爹爹也在找人打听，一点消息也没有。”赵亦恒说：“听说他们部队现在到了广西，情况还可以，唐继尧也没派兵去追。到了外省，唐继尧拿他们没办法。我觉得不用担心赵家轸，他们部队安全他就安全，我觉得他没事。”李津兰觉得公公说得有道理。张孃孃从楼上下来，说洗澡水放好了，李津兰去洗澡了。她这么长时间没洗澡，一身酸臭，确实需要好好洗洗。

第2节

第二天，李津兰到银行去找王平端，要求恢复工作，她认为自己既然没事，就应该恢复工作。王平端很热情地接待了李津兰，问了在里面的情况，很同情李津兰的遭遇，当即表态马上把李津兰请求复职的事上报省里，请他们给个意见。让李津兰耐心等两天，一有结果马上告诉她。很快，王平端让人把李津兰叫到银行，告诉李津兰省里已经答复，说李津兰这类被释放的人员，一律恢复工作，有职务的恢复职务。这样，李津兰就回裕滇银行继续担任总簿记部副经理。

李津兰后来听说，这次自己和同牢房的人八成都释放了，不是她们问题不严重，不是唐继尧开恩，更不是她们命好，而是这个时候“清查附逆”之事发现了微妙的变化。据说导致这个变化的原因是：一、自“清查附逆”以来，从上到下抓了很多人，引起社会极大震动，对唐继尧的不满情绪上升，社会日渐不稳定。二、顾匪伪政时期一些人做的一些事，都是职务行为，也算不上对顾匪的效忠，这种情况都要追究，打击面过大，有失公平，有失人心。三、抓军官家属，等于把逃到广西的军官全部推上绝路，让他们与唐继尧不共戴天，而他们毕竟是云南军队，毕竟是云南子弟。基于以上三点，督军公署下公文，要求清理“扩大化”问题，一般问题的人都放了。李津兰就属于这一般问题之人。

李津兰回来，最不爽的当属柳貂蝉。柳貂蝉当时认为李津兰此次必死无疑，当然这个死不是说要了李津兰的性命，而是说让李津兰滚出裕滇银行，甚至判几年。可是，真是人算不如天算，现在又搞起这个纠正“扩大化”，柳貂蝉感觉自己被别人耍了一通，觉得自己的命不好，觉得老天爷对自己有点不公平。

除了柳貂蝉还有一个不爽之人，就是段毓婉。当李津兰被带走的时候，段毓婉有种扬眉吐气、大仇得报的感觉，觉得李津兰过关斩将、春风得意的时代终于走到了头，好运气终于抛弃了她，并且，她甚至想，一个在女牢待几年的女人，还有哪个男人会要？赵家轸肯定要抛弃她，另外组建家庭，而另外那个女主人的最佳人选是谁呢？必然是我段毓婉。没想到，刚刚过了一个多月，自己那心情舒坦的日子就到头了。

还有那个吴少愚，当李津兰在两个男人押解下从他面前走过时，吴少愚对自己很诧异，居然对自己曾经那么喜欢的女人没有一点心痛，自己的心竟然这么平静，甚至有几分快乐，他似乎听到自己心里轻轻响起一个重复的声音：活该、活该、活该……吴少愚心想我得不到的女人最好去死，死得越惨越好。可是，现在李津兰没死，好端端地回来了，还官复原职，这真是让他郁闷至极！

这样，李津兰继续上班，处理日常工作。过了两个月，李津兰的身孕已有五个月，身形已经改变，在蔡月娥的坚决要求下，李津兰只好向王平端请长假，王平端同意了，让她生下孩子后再回来上班。

第3节

二标君：

你好！距上次给你写信，又过去半年了。现在我们又到了湘桂边境。这段时间我们这边的情况是：孙中山担任非常大总统后，马上提出北伐，而粤军总司令陈炯明却表示反对，提出“联省自治”。

这“联省自治”是怎么回事？早在四年前，就是民国六年，孙中山成立“中华民国军政府”后，陆荣廷就与之对抗，成立“中华民国护法各省联合会”，主张用美国式的联邦政府来取代军政府。陆荣廷败出广东后，民国九年，湖南督军通电全国，呼吁成立联省自制政府，川、滇、黔、桂、浙和奉天等省督军积极响应，一时非常热闹。

孙中山否定陈炯明的主张，并免去其粤军总司令等职务，在桂林下达北伐令，北伐军顺利攻克赣州。突然，陈炯明军队炮轰总统府和粤秀楼，孙中山被迫登上永丰舰避难。

此时，吴佩孚直系大军增援江西，北伐军被迫分两路退兵：许崇智的粤军和李福林的福军退入福建，滇军与赣军退入广西。本次北伐失败，孙中山离开广州，第二次护法运动失败，广州“中华民国政府”解散。

陈文汉

民国十一年八月七日，于湘桂边境

第十四章

第1节

前段时间，由于孙中山的使者找到谢如年，谢如年发电孙中山表示参加北伐，将入桂滇军整编为五个旅，向桂林进发。可是没走几天，得到陈炯明炮轰总统府，孙中山被迫登上永丰舰避难的消息。这样，再去北伐已经不可能，滇军攻占柳州后，暂时在柳州驻扎下来。

白金花见柳州城市里面热闹，商业繁华，心眼又活泛起来，她发现这里洋布店生意特别好，想开一家。她在庆远的小饭馆，早就关了，这段时间无事做。这天，白金花跟三标说了自己的想法。三标一直很反感白金花在外抛头露面，自然让她放弃这个想法。可是，过了一段时间，滇军军官中有不少人在外面做生意。白金花再跟他说，他觉得现在滇军这个样子，有家不能回，四处漂泊，将来不知道是个什么样子，也确实应该赚点钱有个防范，就同意了。很快，白金花在柳州城南门大街这个热闹地段的洋布店就开业了，白金花还找了两个十六七岁的男孩做伙计。

这天，一个军官走进这个洋布店，小伙计问道："长官，要点什么？"来人问道："你们老板娘在吗？请她出来一下。"小伙计把白金花从后院叫出来，白金花一见这个军官，连忙说："哎呀，这不是关营长吗？你这消息够灵通的，我这才开张，你就大驾光临了。"在庆远时，白金花跟三标住一起后没几天，关公脸就到小饭馆去看望白金花，问白金花怎么到广西来了，白金花把那个大姐的故事又讲一遍，完了说：“我这人就是简单，被人骗了。”关公脸根本不信，估计这是跟什么男人跑，又倒霉了。但是，没必要说破，她男人都不说破，自己说了干什么？

白金花赶紧让小伙计去泡茶。关公脸说：“你也真是，还开什么洋布店？现在你是团长太太了，在家里享清福多好，还到外面吃苦受累的。”白金花说：“我家男人刚混上团长，有啥？吃的、穿的、用的，啥都没有，我能挣点就挣点。当然，主要是我不愿意闲着，整天一个人闲在屋子里有什么意思？其他长官的太太没一个在这里，我连个说话的人都没有。”关公脸觉得这说得也是，两人又聊了一会，关公脸告辞走了。

过了几天，关公脸又来了，这次他是来帮白金花赚钱的，他说这个洋布店干一个月赚的那几个钱，不够买两瓶醋的，白金花应该去赚大钱，赚什么大钱？倒卖枪支。白金花听了吓一跳，说道：“这怕是违犯军纪的吧？不能做，这个绝对不能做。”关公脸说：“什么违犯军纪？你知道吗？军队的长官靠什么赚钱？就是两条，一个是吃空饷，一个是倒卖枪支弹药。你不知道什么是吃空饷？就是发军饷时虚报士兵数量，把这些士兵的军饷装自己口袋，每个部队都有。至于倒卖枪支弹药嘛，这事就更多了，打仗这事武器今天多明天少的，谁能搞得清楚真实数字，倒卖一些枪支弹药，谁能知道？”白金花觉得挺有道理，问道：“可是，我上哪搞这些东西呀？”关公脸说：“这太简单了，你现在是团长太太，让团里管枪械的军官拿几条枪给你，他能不给你？”白金花很心动地说：“我去说就行？人家就能给我？不会告诉我家那个？”

关公脸说：“肯定给，你让他别跟团长大人说，人家绝对不会说，当兵的懂事，讲规矩，不该说的绝对不说，你就一百个放心。”白金花说：“可是，我搞到这些东西又卖给谁呀？我在这里谁也不认识，上哪找买枪的人？”关公脸说：“你放心，广西这边各个村都在编练乡勇，在四处买枪，外面有人专门做这个生意，我让崔连长出去说一声，马上就有人来收购。”白金花很犹豫地说：“谢谢你呀，关营长，我考虑一下。这事我没做过，心里实在没底，我再考虑一下。”关公脸说：“行，不过，这事你回去不能跟团长说，说了他肯定不让你做，这不抢了他的生意吗？”白金花说：“你的意思是他也在私下做？”关公脸说：“那是当然，哪个长官不做？你家团长还要给他爹妈寄钱呢，能不做？”一听三标还要给他父母寄钱，白金花心里一阵不舒服，这不就是给他家里的老婆寄钱吗？在重庆的时候，白金花曾问过三标给不给家里寄钱，三标回答得很含糊。当时三标就是个小连长，也没什么钱，白金花也没太在意。现在三标是团长了，这一个月的官俸就不少，白金花要搞清楚这个事。

晚上在床上，白金花和三标闲聊时突然问道：“听说现在云南的情况不好，很多生意很难做，你爹妈家榨油坊的生意还好吗？”三标说：“不好，我在昆明的时候，他们榨油坊就关门了。”三标没有告诉白金花在昆明时爹妈和媳妇到昆明生活的事，不想谈这类话题。白金花用轻描淡写的口气问道：“那你要给他们时常寄点钱呀，做儿子的不能不管爹妈呀。”三标说：“在广西部队这么困难，没寄，等情况好点再说。”白金花听明白了，这是说三标是在给家里寄钱的。

第二天，白金花见关公脸又到洋布店，对他说：“我想来想去，不挣钱确实不行。关营长，请你引见一下团里管枪械的长官，我来做。还有，你放心，我挣到钱也有你的一份。”关公脸听这么说，连忙说：“别，我什么都不要，绝对不要。我家里负担轻，我也有点其他办法，你不用考虑我。我这是看你困难，帮你一下。再说你男人是我团长，我这就算巴结你一下，将来有什么事，你帮我在刘团长那里美言几句，我就感激不尽了。好，下午我把那个军官给你带来，不过，咱们说好了，这里面我什么都不要。”

后来，关公脸把团里管枪械的军官带来了，白金花要了五条步枪一百发子弹，军官送来后，过了一两天崔大嘴带一个男人过来，崔大嘴走后，这个男人给白金花一口袋银元，把枪拿走了。没想到这么容易就赚了这么大的一笔钱，白金花高兴坏了。过了几天，关公脸过来，白金花拿一个白毛巾包了一包银元给关公脸，可是关公脸死活不要，推来推去，白金花见关公脸是真心真意不要，也就作罢。然后，白金花问道："关营长，你看什么时候能做下一笔？"关公脸说："这事你直接去问那个管枪械的军官就行了，不用再问我。拿到东西，你让人给崔连长带话，他就会告诉外面的人，很简单，不用再经过我。不过，这事不能天天做的，我觉得你最多一个月做一次。"白金花听这么说，惋惜地说："要等这么长时间呀？"关公脸说："那当然，那个军官不敢把武器拿出来太勤了，如果被发现，要出事的。"白金花说："是的，行吧，那就等等。"

第2节

白金花赚钱之后就开始享受了，她去买了一些首饰，又去买了一些胭脂、头花等东西，在家里把自己好好打扮一通。三标下班回来，白金花问道："怎么样？好看吗？是不是变了个样？"三标看白金花这个样子，问道："怎么回事？你发财了？哪来的钱？"白金花说："这两天我店里生意好，增加不少流水。"三标说："多收几个钱就这样？你店铺后几个月的房钱能交上吗？就是能交上也不能这样，将来你店里生意不好怎么办？"白金花得意地说："你就放心吧，交那几个房钱，那算什么？小意思了。"三标说："这口气不小呀，你是挣了座金山还是挣了座银山？"白金花说："就花这几个钱，还用得着挣金山银山呀？"三标懒得管她，不屑地说："行，你的事你自己看着办，我不管。"白金花本来要臭美一下，让三标这么一说也没心情了，不再说话，把东西收到盒子里。

这几天关公脸还时常到白金花的洋布店来聊聊天。每次来，白金花都会问还有没有其他赚钱的道道，白金花对赚钱简直可以说是到了如狼似虎的地步，这让关公脸找不到新赚钱办法都感觉有点不好意思，感觉对不起白金花。好在，这个局面终于改变。这天，关公脸对白金花说："昨天我想到一个赚钱的办法，那是赚大钱，你想听听吗？"这还用问吗？白金花说："你赶紧说说，是什么办法？"关公脸说："真的，这是赚大钱，倒腾几支破枪跟它比算什么？根本就不值得一提。"白金花听这口气，更着急了，央求关公脸尽快说，可关公脸却不紧不慢地，故意吊白金花的胃口，磨蹭几句后，关公脸说："不过，这个事听了如果你不敢做，你可千万别跟别人说，就当我没说过。"

白金花说："说吧，你放心，你还信不过我吗？我不是小喇叭，你不让我说的事我绝对不说。"听白金花这么说，关公脸说："你知道现在滇军的军饷是靠什么发吗？不知道吧？是用大烟发，就是烟土。"白金花纳闷地问道："没听说呀，我家那个他拿回家的不都是现大洋吗？没见什么烟土呀。"关公脸说："是的，发到我们官兵手里的是现大洋，可是，这都是用大烟换来的。我们在四川的时候就这样，云南运来的军饷是大烟，我们把它卖了，用卖它的大洋发军饷。现在我们在这也是这样。"白金花不明白这和自己赚钱有什么关系，问道："可是，这跟我有什么关系？怎么能用它赚钱呢？"关公脸又吊白金花的胃口，说道："你想，你再好好想想。"白金花急坏了，说："我哪里想得出来，急死我了，我的关营长，你快说吧。"这样，关公脸才压低声音说："你不知道，我们这个旅的大烟都放在我们团，每次发军饷，旅部管军饷的军官到我们团取大烟出去卖。如果这个管军饷的军官知道你要做这个生意，他知道你男人是旅长的大红人，不敢拒绝你的。"白金花听明白了，这是说让自己在卖大烟上插一脚，但是她实在没把握，问道："这能行吗？还有一个问题，我拿到大烟卖给谁呀？"

关公脸说："卖给谁？那太简单了，我让人出去说一声，外面买大烟的自然会来找你。还有，你也不用真的把大烟买过来再卖，那多麻烦？不把你累坏了？"白金花说："那怎么办？"关公脸说："这个事说白了，就是在你这设个槛，到咱们部队买大烟的，只有经过你才能买到货。”白金花还是没明白，着急地问道：“这怎么可能呢？外面的人凭什么认我？”关公脸说：“我把管军饷的军官给你找来，跟他说，以后来买咱们大烟的，必须有你的条子，没你的条子的一律不卖。”白金花听明白了，疑惑地问：“管军饷的能听我的？”关公脸说：“能听，你是团长太太，团长是旅长的红人，他能不听你的吗？”白金花半信半疑地问道：“那具体怎么办呢？”关公脸说：“简单，就是买大烟的先到你这，让你抽点水，你给他们发个纸条，他们拿纸条去找管军饷的军官，就这么简单。”白金花问道：“是吗？”关公脸说：“是呀，就这么简单。”白金花问：“这抽水是抽多少呢？”关公脸说：“就是一千元抽五十元。你的一个纸条是卖一千元的货，你抽五十元。”白金花又问：“可我只会写自己的名字，写不了几个字。”关公脸说：“不用写字，连名字都不用写，我给你弄一些纸条，你在上面按个手印就够了。”

白金花说：“明白了，只是，这一个月能赚多少钱？”关公脸说：“咱们旅每月用大烟换军饷的金额很大，但是你不能赚太多，毕竟还有别人要赚钱，每月你能赚三百个大洋就行了。”白金花意外地说：“能赚这么多？那可真是大买卖呀。”关公脸说：“是吧，我就说跟这比，倒腾几支破枪赚的还叫钱吗？”白金花眉开眼笑地说：“是呀，是呀。可是，这不会出事吧？”关公脸说：“出什么事？多少人一直在赚这钱，他们都不出事，你说你能出什么事？再说，你赚这点钱在这事上只是一笔小钱，不影响别人的收入。”白金花听这么说，就同意了。她心头一阵狂喜，就此要发大财了。

这个时候，白金花不知道自己已经掉入关公脸设计的一个陷阱。部队里对在军饷上赚钱是特别敏感的，士兵管这叫喝兵血，她干这个事一旦被发现，那就是大祸临头，她和三标都将受到严惩。是的，这是关公脸有意为之，他就是要用此计搞垮三标。

接着，关公脸找来旅部管军饷的军官，那个军官很配合，关公脸把他请到洋布店，没废什么口舌就说定了，一个纸条白金花收五十元。很快，开始准备发这个月的军饷。有几个男人前后脚到洋布店来找白金花开条子，他们会递过来一个小布袋子，里面装着五十个大洋。白金花见此，就拿手指头沾上胭脂在纸条上按个印子，把纸条给对方。如果对方给两袋子钱，就给对方两张纸条。这事太简单，一天就办完了，白金花清点了一下，自己赚了三百块大洋。这可真是发了，像这样下去，很快要赚一座金山了。

白金花把这些银元藏好，不让三标知道。她觉得也应该犒劳一下自己，到柳州城里最好的绸布店给自己做了两身旗袍，去最贵的鞋店，买了两双最时髦的皮鞋，又买了一些很贵重的首饰。最后到一家高档理发馆去做了一个大波浪的发型，屁股一扭一扭地回家了。

晚上三标回来，白金花把这些宝贝拿出来给三标看，三标应付地胡乱看看，说挺好的，就糊弄过去了。三标确实不懂这些东西，看不出哪里好看，也不知道要花掉多少银元。男人就是这样，能干大事者一般不懂女人这些东西，而懂这些东西的，一般干不了大事。不过，对此，白金花并不在乎，自己觉得很开心，很满足。男人不懂就算了，自己高兴就行。

第3节

这天傍晚，王玉生在街上见崔大嘴和油葫芦在路边小饭馆喝酒，王玉生过去说：“崔连长、尤班长，打牙祭呢？小日子不错呀。”崔大嘴已经喝得面红耳赤了，见是王玉生，说道：“是王营长呀？我们兄弟俩喝点小酒，算什么？”油葫芦也喝得管不住嘴了，说道：“是，王营长，这些菜你们大长官根本看不上。”王玉生说：“你们点的这个牛腊巴不错，柳州名小吃，下酒最好。”崔大嘴说：“我们也就吃这些上不了台面的东西。”王玉生说：“崔连长，听你这口气，有点情绪呀。”崔大嘴说：“有什么情绪？我这样的小军官，没资格去大酒楼吃饭。”

王玉生不高兴地说：“你说这就不客观了，我也没去那些大酒楼吃饭。”崔大嘴说：“你没去，但是有人去。”王玉生明白这是指刘长生和杨钊，他两人是去大酒楼潇洒过几次。并且，杨钊还比较喜欢这个，还和其他军官去过。王玉生说：“是有几个长官喜欢上大酒楼，不过，咱们团长去得不多。”油葫芦舌头打卷地说：“团长大人是去得不多，人家有自己花钱的道道，看看他太太，穿金戴银的，柳州城有钱人家的阔太太也比不了。”崔大嘴厉声阻止道：“油葫芦，你说什么呢！我看你是喝多了。”王玉生最近是见白金花很能打扮，一身富贵的，不想说这个话题，就说：“行，你们慢慢喝，我走了。”

晚上，王玉生去找杨钊，说了油葫芦的这些话，杨钊说：“人家爱打扮就打扮，跟他油葫芦有什么关系？我看他是喝大了。”王玉生说：“是跟他没关系，但是，你说实话，团长太太是不是打扮得有点过了？太招眼？”杨钊说：“我没看出来，我觉得人家爱怎么打扮就怎么打扮，跟任何人都没关系。”王玉生见话不投机，闲聊几句就告辞了。

第二天，王玉生到团部来找三标，聊了几句闲话后，王玉生说：“团长，现在外面对你太太有些议论，你听到了吗？”三标让王玉生说说是什么情况，王玉生就把昨晚油葫芦的话说了，三标问道：“我太太现在是新做了一些衣服，也买了一些首饰，这要花很多钱吗？我不懂。”王玉生说：“是，我前几天见过她，她穿的戴的那些东西都是高档货，要花不少钱。”三标说：“她说她那个洋布店最近生意很好，是不是她把赚的钱都花了？”王玉生说：“我听他们说，她那个洋布店赚不了太多钱，应该没能力买这些东西。”三标说：“是吗？那你的意思是她在做其他生意？是吗？她能做什么生意呢？”王玉生说：“说的是，她可能在做其他生意，至于她能做什么生意，你知道你现在是团长，利用你这个身份，能干很多事呢。”三标半信半疑地问道：“是吗？利用我这团长身份？”三标是个廉洁的军官，同时，他当团长的时间这么短，很多赚钱的门道他还不清楚，于是问道：“她能利用我的身份做什么呢？”王玉生说：“说实话，这方面我还不如你，我哪里知道？”三标说：“好，晚上回去我问问她。”

晚上，三标一进家就上下打量在做饭的白金花，从发型到皮鞋，一边看一边说道：“确实是高档货，别人还真没瞎说。”白金花见自己男人这么注意自己，有点得意，也有点害羞，说道：“看啥呀？又不是没见过，赶快去洗个手准备吃饭。”三标说：“你说说，这是怎么回事？你哪来这么多钱？买这么贵的东西？”白金花还没意识到将要发生什么，不在意地说：“说啥呢？赶快，马上吃饭。”三标火了，把武装带解下来往饭桌上一拍厉声说：“吃饭，吃他妈什么饭？过来，你给老子说清楚这是怎么回事，你买这些东西的钱是哪来的？你不说清楚，今天这饭你就别吃了，你给我滚。”白金花听这么说，吓了一跳，赶紧放下手上的东西过来说：“怎么了？今天你这是怎么了？怎么这么大火气？”三标瞪圆双眼说：“别给我说那些，你给我老实交代，你买这些东西的钱是从哪来的？”白金花明白是为这事发火，放心了，对此她早有准备，她淡定地说：“我的洋布店赚的，我花自己挣的钱，怎么了？”

三标说：“你那么个洋布店能赚这么多钱？你看你这一身，还有你的皮鞋，你的头发，这要花多少钱？”白金花说：“是要花不少钱，但是我说了都是挣的，怎么了，我想美一下，让人家看看我是团长的太太，不是给人家洗衣服做饭的佣人，怎么了？我没告诉你，店里刚做了一个大单，我把赚的钱都花了，怎么了？不可以吗？我是你太太，没花你一分钱，没用你一个铜板，你发什么脾气？你有什么资格发脾气？”听白金花说的这么理直气壮，三标有点心虚，声音降低八度，问道：“你是说你花的都是自己的钱？没打我旗号去干什么事？”白金花说：“是呀，花我自己钱，我打你旗号，团长大人，你看看我敢打你旗号吗？我要打你旗号，你还不要了我的小命。你看你这个样子，都要吃人了，别人还敢打你旗号？”三标觉得自己有点错怪白金花了，就说：“既然你这些钱都是你挣的，那你当然有理由花，打扮一下自己也挺好的，挺好的。”这场冲突就这么过去了。三标还是个实在人，他觉得白金花既然这么说肯定是真话，今天是自己错怪她了。

第 4 节

很快，白金花又收到一个月大烟换军饷的抽水，可是这些银元怎么存放呢？这既不能让三标知道，也不能让店里的小伙计知道，她花了很多心思才把钱藏好。开始收第三个月抽水，这天上午一个中年汉子到店里找白金花，白金花之前见过这个人，是一个大烟贩子，广西人，干瘦干瘦，一脸凶相，之前给自己送过抽水的钱，这个人说："老板娘，最近生意挺好？"白金花觉得挺奇怪，过去他来都是交了钱，拿了条子就走，今天怎么跟自己聊起来了？他跟我有那么熟吗？白金花客气道："挺好，挺好，一直是这样。"汉子说："老板娘，我今天是来跟你商量个事，不知道你有没有时间。"白金花说："有时间，你说吧。"

汉子说："是这样，你看每个月我们几个过来拿条子，给你带来不少麻烦，我跟弟兄们商量一下，想从这个月开始就不让他们来了，我一个人过来，如何？就是他们的条子都由我代办了，他们不用过来了，这样你不用那么麻烦，他们也可以少跑点路。"白金花警觉起来，心想这是什么意思？每个月来办条子的就是六七个人，这没什么麻烦的，他为何要这么干？嘴里说："是吗？你这么为我着想真不知道该如何感谢你。不过，这事要跟我家里人的商量一下，原来定了规矩不好改变。"汉子说："老板娘，这是个小事，你自己还不能定？再说这对你对他们都好，让你们都省事。"

白金花心想，你又不是观音菩萨，来做善事？做生意的都是无利不起早，这里面估计有什么门道，应该去了解一下，不能这么痛快答应，就应付道："行，我知道了，我考虑一下，过两天给你回话，你先回去吧。"这个汉子说："不是，老板娘，现在开始做这个月的生意了，不好再等。我把我们几个的大洋都拿来了，你看看。"说着提上六个布袋子。白金花见状，赶紧把店里的伙计支使到后面屋子里，对汉子说：“我说这位老板，你这是怎么回事？咱们原来定的规矩不是这样，你怎么能这么干呢？再说，如果我把条子给了你，他们又来找我拿条子，我怎么办？是不是，你也要为我想想。”没想到这个汉子不高兴了，啪地在桌子上拍了一巴掌，说：“老板娘，怎么回事，我说这么半天都不行？不给面子？那我就对不起了，你大概不知道，做我们这行的都是什么人。”白金花听说做大烟生意的都是地痞流氓，都是亡命之徒，不敢得罪，连忙说：“这位老板，你别着急，有话慢慢说，你看这样行不行，我考虑一下，你明天上午过来，我给你回话。是的，你知道，我会尽量按你说的办。你先回去，明天上午来，好吗？”汉子大概觉得等一天也不是不可以，就说：“你说的明天上午？不会变了？”白金花说：“是的，明天上午，绝对不变。”汉子拿起布袋转身走了。

这家伙一走，白金花马上把小伙计叫过来，让他去找一趟关营长，请他中午过来一趟，如果他没时间，晚上也要过来一趟，一定要来，有要事要跟他说。小伙子走了。中午关公脸来了，白金花把上午发生的事说了，问道：“你看怎么办？明天上午他要过来，我都急死了。”关公脸听了，很淡定，不急不忙地说：“行了，我知道了，这个人想控制这个生意，从别人买大烟的钱中抽水，你别管了，我会处理的。”白金花问道：“你处理？你怎么处理？你可能不知道那些人都是什么人，都是不要命的，咱们惹不起。”白金花觉得关公脸还是读书人，是一个文绉绉的军官，对付不了这些人。关公脸说：“盗亦有道，什么事都有自己的规矩，没事，这事你就交给我吧。”说完就走了。

这天晚上，白金花睡得很不踏实，这又不能告诉三标，就这么翻来覆去熬到天亮。起床后匆匆赶到店上，卸下门板后，不时到门口向外张望，希望那个汉子来，又希望他不来。快到中午，这个汉子走进洋布店，白金花连忙招呼道：“这位老板，来了？坐坐。”汉子坐到方桌前，低头不说话，白金花觉得他这是在生气吧，讨好地端茶倒水忙活一通。汉子还是低头不语。白金花心想，看来关公脸处理不了这个事，人家还是要按人家的规矩办，算了，既然这样就按他说的办吧，还有什么办法呢？开口道："我说这位老板，我考虑了，你说的办法也是的个办法，让我和你的那些朋友都省事……"这汉子开口说道："不用，老板娘，我这是来告诉你，你还是按原来的办法办吧。"听这话，白金花觉得是不是自己听错，问道："什么？你是说规矩不改了？是吗？"汉子重重地说："是。"口气中显出这是被逼无奈。白金花不知道说什么好，怎么发生这么大变化？难道是关公脸做了什么？

就在她胡思乱想中，一个身影出现在门口，这是崔大嘴。崔大嘴走进店铺，用驳壳枪捅捅这个汉子的脑袋说："你给老子老实点，你要再乱来别怪老子不客气，听清楚没有？"这个汉子说："听清楚了。"崔大嘴说："大声点，我没听见。"汉子大声说："听清楚了。"这一下子，白金花明白了。

第5节

半个月后的一天，三标在团部开会，旅部传令兵进来，说命令他马上到旅部。这传令兵的口气明显与平日不一样，显得特别严厉，三标不知道发生了什么事，站起来对身边的人说："散会，先这样，你们回去吧。"出门对卫兵说去旅部，卫兵把马牵过来，他上马，卫兵也上马，两人一前一后跟传令兵去旅部。进旅部，见方鸣九站在窗口往外看着，屋里只有他一个人，三标说："报告旅长，刘长生奉命报到。"方鸣九没动，好像没听到他说话，三标第一次见旅长这个样子，心里突突地跳起来，很紧张，小声说："旅长，我到了，你找我有事？"

方鸣九转过身来，两眼在冒火，恶狠狠地说："有事？刘长生，我问你，你到底是怎么回事？我问你，你这是要干什么？"三标一愣，赶紧说："旅长，我不明白你的意思，这是怎么回事？"方鸣九说:“怎么回事?你还问我?你不知道是怎么回事?”这真把三标搞糊涂了,三标着急地说:“旅长,我真不知道,你就直说吧,如果是我的错,该杀该剐随你便,我绝不说半个不字。”说完把脖子伸出去。方鸣九说:“柳州当地的官员今天来找我,说我们这出了个毒枭,你知道吗?”

三标说:“我不知道。”方鸣九说:“不知道?这个毒枭很厉害,控制了咱们这一片的大烟买卖,咱们旅拿大烟换军饷时,这个毒枭从中抽水,不让抽水的就不给拿货,你一点都不知道?”三标坚定地说:“不知道。”这时他根本没想过白金花能干这个。方鸣九用调侃的口气说:“不知道,好,我告诉你,人家说这是个女毒枭,这个女毒枭还长得挺漂亮,云南人,就住咱们营区边上。”三标听明白了,用诧异的口气问道:“旅长,你是说那个女毒枭是我家的那个女人?”方鸣九说:“你说呢?是不是你家这位?”三标百思不得其解地说:“不可能呀,她哪有本事干这么大的事?这太不可思议了,她是在做生意,开了个洋布店,卖从省城运来的洋布,就在南门大街那边,她哪里有本事干这事?是不是搞错了?”

方鸣九脸色变得异常严峻,问道:“刘长生,你觉得我是会搞错的那个人吗?”三标知道自己这话说得不对,连忙解释道:“不是,我说错了,我绝对没那个意思,只是我实在被搞糊涂了,我家那玩意能干这么大的事?”方鸣九说:“我告诉你,是跟我们做大烟换军饷的人举报的,人家带我们去认了人。”三标诧异地说:“真有这事?”方鸣九说:“我们的人已经把你太太抓起来了,她也都承认了。”三标那张开的大嘴巴半天没合上。方鸣九说:“刘长生,还狡辩吗?没必要了吧?我问你,你为什么要这么干?你缺钱缺到这个地步?要挣这个钱?你不知道当兵的最恨在军饷上做手脚的事?你从一个小兵当到大团长,你不知道这影响有多恶劣?”三标不再说话,知道再做任何辩解都没意义了。方鸣九说:“我问你,你这么做,就不怕那些当兵的在战场上打你黑枪?我问你,你到底有几个脑袋?”三标委屈地说:“旅长,我那女人太不像话了,不过,这事我真不知道。”

方鸣九说：“不可能不知道，这么大的事，你怎么可能不知道？我告诉你，你再狡辩了老子一枪毙了你。你信不信？”方鸣九气得哆嗦，接着说：“刘长生，我对你太好了，觉得你会打仗，能打仗，重用你，提拔你，让你狂了，不得了，尾巴翘上天了。”三标发自肺腑地诚恳地说：“旅长，对不起，我辜负了你。”方鸣九说：“是吗？现在承认错了，我问你，哪错了？”三标说：“我老婆干这种事，不管是怎么回事都是我的错。我甘愿接受军纪处罚。”方鸣九说：“我告诉你，你的问题不仅如此，你老婆还倒卖过枪支，她都交代了，问题很严重，性质很恶劣。”三标低下头，用力捶了自己胸口一下，懊悔万分。就这样，方鸣九滔滔不绝地说着，最后，让三标回去等候处理，并让他把白金花带回去，三标出门见到白金花，白金花低头不敢看三标，三标怒火万丈，拔枪就要毙了这个混蛋女人，是卫兵冲上来把三标的手死死按住，才让白金花保住她那条不安分的小命。

第6节

回到家，三标把门一关，恶狠狠地问：“我说你这个女人是什么东西变的？怎么什么事都敢干？你说说你到底是个什么东西？是什么东西？”白金花站在门口说：“对不起，我错了，我这次真知道我错了，给你惹祸了。”三标说：“你是不是想钱想疯了？”白金花说：“我想有点私房钱以防万一，你们这些当兵的，生的来死的去的，我想给自己留条后路，你万一有个三长两短，我有过日子的钱。我糊涂，害了你，我该死，我给你当牛做马，我伺候你……”三标说：“挣钱？你干什么挣钱不好，要干这个？你说贩卖大烟，倒卖枪支，这都是谁教你的？”白金花说：“没人教我，我听别人说做这个能挣钱，我就去做了。”三标一拍桌子吼道：“放屁！这种事没人教你，你知道怎么做？没人帮你，你想做就能做？说，是谁教你的？”白金花说："真的没人教，我听说这事，就自己去瞎闯，闯出来的路。"三标说："你再不承认？老子枪毙了你。"白金花说："真的，没谁。"三标说："到现在了你还不说实话，还要护着这个人，那个人是不是你相好的？说！"听到说是相好的，白金花赶紧辩解道："不是，绝对不是。我说，是关营长教的。"三标吃惊地问道："关公脸？真的是他？"白金花说："真的，是他把旅里管军饷的军官带到我的洋布店，说好去他那里拿货的，必须经过我，我抽半成的水。我做的过程中，一个拿货的广西人想让外面的烟贩子给他抽水，来威胁我，我告诉关公脸，他还让崔大嘴去把那人摆平了。搞那几支枪的事，也是他教的，他把那个管军械的军官带到我店里。"听这么说，三标明白了，这是关公脸的圈套呀，他要用这个事搞倒我，白金花就是个傻子，往人家圈套里面钻，还生怕钻慢了。白金花说："这个事，我在旅部跟调查的军官也说了，把这几个月挣的钱也上缴了。"三标想，看来这是实话，是关公脸要害自己，但是，这也不能都怪关公脸，白金花不是这么见钱眼开，关公脸的圈套害不了我。这个蠢女人，眼睛里只有钱，真不是个过日子的东西。

白金花说："我说的这些都是真的，如果有半句假话，天打五雷轰。"三标说："还天打五雷轰？这话你也说得出口？我问你，你跟我在一起你说了多少假话？你以为我不知道，我告诉你，我都知道，只是我懒得揭穿你。你说，你从狗街到重庆，又从重庆到庆远，哪一次不是跟男人去的？你自作聪明，以为能瞒住我，我要是能让你瞒住，我能当团长？"白金花说："哎呀，太可怕了，没想到你心里是这么看我呀？这让我没法活了，没法活了……"话没说完，转身退两步，一头朝门框撞去，咣当一声倒在地上。见这个样子，三标一点没心软，对地上的一脸是血的白金花说："对，你撞死，你给老子好好地撞，别让老子再看到活着的你。"说完，拉开门走了。

这晚上，三标没回家住，第二天接到旅里的命令，他的团长职务被免除，下放到骡马队当队长，属于连级军官，驻地在三江县，当天三标让人回家拿了点东西就去三江了。临走前，三标交代身边人，谁都不得告诉白金花自己去哪了，如果谁说了，自己对他绝不客气。

到晚上，白金花见三标没回家，就去找人打听，得知三标被免职去了外地了，白金花问去哪里了，没人敢告诉她。没办法，白金花只有一个人回家睡了。

第二天，白金花去找关公脸，问三标去了哪里。关公脸当然知道三标去的地方，可是没告诉白金花。他觉得自己搞垮三标的这个诡计顺带把三标和白金花拆散，真是意外的收获，自然不能让他俩再到一起。

另外，这个事关公脸做得很漂亮，自己没受一点影响。白金花向调查人员供出是关公脸介绍她认识管枪械的军官和管军饷的军官，但是，关公脸一口咬定这是受白金花的胁迫，自己不得不给她介绍，并且自己从中未取分文。调查人员核对了，关公脸确实没收过钱，就放过他。同时，那管枪械和军饷的两个军官也没被追究责任，他俩按照关公脸教他俩的方案，也是一口咬定是受到白金花胁迫，迫不得已而为之。当然，他们三个能轻松过关，也是由于方鸣九不想把这事扩大化，自己旅里面出这样的事，是给自己脸上抹黑，能往小处理就别往大处理吧。

第十五章

第1节

六个月后，李津兰坐完月子，回裕滇银行上班。唐芸芸来李津兰办公室看望李津兰，唐芸芸说：“真是太快了，你这坐月子都坐完了，小心心放家里你放心吗？”在李津兰在家休息这几个月，唐芸芸到赵府来看望过李津兰几次，所以她知道李津兰生的是女儿，大名赵心怡，小名叫心心。唐芸芸说：“很多女人在这个时期都离不开孩子，毕竟孩子太小了，放不下。”李津兰说：“是的，我也一样放不下，不过家里给找了个姓薛的保姆，还有我家那个张孃孃帮照顾，孩子交给她们，能放心，另外还有我婆婆在一边看着呢。那毕竟是她亲孙女，能亏待孩子？”

唐芸芸说：“李经理，有个事，不知道该不该说。是这样，董庆仁想来看看你，不知道你是不是方便。”李津兰想，这董庆仁一直是站在柳貂蝉一边与自己作对的，怎么要过来看自己？见李津兰有点疑惑，唐芸芸解释了一下，是李津兰在家休产假时，董庆仁跟柳貂蝉吵了一架。事情的起因是个小事：那天董庆仁跟同事聊天，说现在还不释放潘行长很不合理，潘行长太冤枉了。没想这话有人说给柳貂蝉了，柳貂蝉把董庆仁叫到自己办公室，质问董庆仁说这些话是什么意思？你也知道，是柳貂蝉举报潘行长的，柳貂蝉认定董庆仁这话是冲自己来的，是与自己为敌，根本不配做自己的朋友，用很恶毒的语言辱骂董庆仁。董庆仁气坏了。他从小到大没被人这么辱骂过，怒火万丈。确实是，董庆仁对柳貂蝉举报潘行长，以及举报李津兰和王行长确实有看法，认为柳貂蝉太阴险，太凶恶。这会听柳貂蝉这么辱骂自己，就不客气地说柳貂蝉是凶手、奸臣、阴谋家。这把柳貂蝉彻底得罪了，这样，两人成了仇人。

听了这个情况，李津兰心想过去对董庆仁不了解，从这个事看，董庆仁还是一个很不错的人，当即表示欢迎董庆仁过来聊天。唐芸芸听这么说，就去把董庆仁叫来。这样，李津兰、唐芸芸和董庆仁成了新的三人团。

第2节

唐继尧回滇后，除了清查附逆，还干了几个大事。当年秋，建巫家坝机场，创办了云南第一所航空学校，从香港购买了五架美制飞机，又从法国聘请了顾问和教官。聘请了广东人刘沛泉等旅美华侨来滇，组建了云南第一支空军部队。当年 12 月，他参与投资的东陆大学建成，启用印信，准备于次年 1 月招生。

另外一个是，当年 8 月唐继尧批准颁发了《云南省政府暂行组织大纲》，改组云南官府体制，将省长公署改称省政府，云南首脑仍称省长，同时撤销云南督军公署，将其降两级，成为省政府内的“军政司”，负责人为军政司司长。将武官治省，改为当时流行的文官治省。这次改组，在省政府外设省务委员会、省议会两个机构，与省政府平级。另外，将省政府的厅改称司，设为八司四处，其中八司是：内务司、财政司、军政司、外交司、交通司、教育司、实业司、司法司；四处是：参谋处、机要处、军咨处、总务处。同时颁布《云南全省暂行县制》《县议会议员选举章程》《县行政官员任用条例》《县参事选举章程》《县教育局章程》《县实业局章程》《县警察局章程》《县团保局章程》《县财政局章程》。还有，《云南省政府暂行组织大纲》中还宣布撤销“云南市”，设“昆明市”，行政机构称“昆明市政公所”，主管人的官职是“市督办”。唐继尧搞这个改组，与当时一些省主张搞“联省自治”有关，同时，他摇身一变成为“民选”的省长。

还有，唐继尧还干了一件大事。陈炯明炮轰总统府，孙中山被迫离开广州时，唐继尧认为这是一个扩张机会，筹措资金发展军力，命令裕滇银行发行滇票五百万元，这是第五次发行了，累计发行滇票一千六百万。

这次为了区别费景宣印制的假币，裕滇银行提高了滇票质量标准。事实上，滇票印制水平一直比较低，发行第一、第二批滇票时，是在昆明印刷的，由于昆明的印刷技术跟不上，纸张也很低劣，印出来的钞票跟用手画的差不多，还容易损坏。发行第三、第四批滇票时，找上海商务印书局代印，质量有所提高，达到大部分省份纸钞的水平。这第五批，省财政司是找美国钞票公司印制，票面上是金马、碧鸡立于地球的图案，很豪气，很漂亮。

第3节

这天，王平端召集几个部门经理开会，李津兰和柳貂蝉等几个人参加。现在柳貂蝉跟王平端关系在大面上是过得去的。有人说，柳貂蝉听说王平端任代行长，知道自己揭发材料未扳倒王平端，马上到王平端家里道歉认错，一把鼻涕一把泪的，检讨得十分深刻，甚至把之前对王平端的一些小小的不敬也翻出来道歉。让王平端觉得她这道歉都过分了，都显得很虚了。不过，王平端是厚道人，没说柳貂蝉虚伪，相反，一再安慰柳貂蝉说自己不在意，自己一直都认为柳貂蝉是个好同事、好经理，这次柳貂蝉给查办人员递交举报自己的材料，也可以理解，这都是上面要求的，人人都有揭发的责任，揭发是好事。柳貂蝉通过搞了这个痛哭流涕的仪式，知道王平端不会计较，心里平静了，觉得自己跟王平端的关系恢复正常化了，这时说话跟什么事都没发生过一样。

王平端说：“柳经理，你把今天要研究的事给大家说一下。”柳貂蝉说：“是这样，现在省政府想要扩大昆明的自来水供应。大家都知道翠湖那个自来水厂是民国四年洪宪之役前修建的，到现在七年了，可是，龙头只有八十四个，水站只有四十四座，并且水价很高，每立方水的价格够买三公斤大米，昆明很多市民是买挑水工卖的盘龙江水，大家都能看到，昆明满街都是挑水工，这充分显示昆明自来水无法满足广大市民的需要，无法满足昆明这个三迤大地上的省会城市发展的需要。这样，省政府决心扩建自来水厂，在盘龙江边建设新的取水点，在城里铺设新的自来水管道，提供一大批龙头和水站，彻底改变昆明供水情况，让昆明大部分市民用上自来水。这是省政府为民办事的大好事，也是满足广大昆明市民的热切期盼的重大举措。”

王平端插话说：“大家听明白了，这对咱们昆明极为重要，是个大事。好，柳经理，你继续讲，你讲得很好。”柳貂蝉对王平端谄媚地笑笑说：“没有，我这都是跟你学的，还要继续向你学习。好的，我继续说，那么这个大事跟咱们裕滇银行有什么关系呢？是这样，这个自来水厂是官商合办，属于省政府下属企业，现在这个企业资金紧张，没有能力进行扩建，省政府打算发行六十万元自来水债券，筹集扩建资金，帮他们解决困难。对，省政府的意思是希望咱们裕滇银行发行六十万债券。还有，这个债券只收银币，到期本息兑付仍用银币。”

李津兰听到这里，心想这发行债券能成功吗？这些年发行过强军债券、靖国债券、个碧石铁路的债券，可是发行情况均不理想，有一些债券发行出去的仅仅三成，现在银币这么紧张，发行这个自来水债券能成功吗？

柳貂蝉继续说：“是的，发行这个债券是有相当风险的，但是咱们是省里的银行，应该在省里需要我们的时候竭尽全力为省里效劳。

所以，王行长跟我说这个事的时候，我就表示愿意接下来。这是我们上街经理部的业务，我也愿意带领我们部门尝试一下，看看能不能为裕滇银行、为省政府、为昆明市民做出一点贡献。”王平端插话说：“咱们裕滇银行多次发行债券，大家都经历过，确实很困难。所以，跟大家商量一下，这事干不干？要能干咱们去省政府把这个承接下来，如果都觉得不能干，咱们也学着躲，让别家银行去干。当然，这个债券发行代理费比例比较高，干了能明显增加咱们裕滇银行的利润，也可增加职员的收入，大家说说。”几个部门经理嘀咕起来，有的说这个事不错，有的说要谨慎，王平端看看李津兰，意思是你也说说吧，李津兰说：“好吧，王行长、柳经理，我说说我的看法，我觉得现在发行六十万债券难度太大，不是一般的大，还是慎重一点好。如果咱们银行把这事接下来，可只发行出去一半，甚至是三分之一，那就骑虎难下，只筹集三分之一的钱，自来水厂继续扩建，资金不足，无法完工。而不开工，停止扩建，债券卖出去一些，退款很麻烦，还会给咱们银行造成相当损失。所以，这个事一定慎重再慎重。”李津兰的话音才落，柳貂蝉马上发话：“我不赞成李经理的说法，我觉得这只看到困难的一面，没看到有利的一面。事实上，这个债券的优点也很明显，第一，它规模不大，就是六十万元，属于小型债券。第二，它是属于市政建设，是改善民生的债券，广大昆明市民肯定是热烈拥护和踊跃支持的。我个人觉得发行成功的可能性还是比较大。”王平端显然是想做这个业务，也许是他想干出点成绩，不让提拔自己的人失望，他说：“我赞成柳经理的说法，这个债券的优点确实很明显，不至于出现只发行出去三分之一这样的情况，这太悲观。同时，退一步讲，如果确实没有足额发行出去，缺一二成，让自来水厂先动工，咱们再想想其他办法，也是可以的。怎么样？还有什么意见吗？没有就散会。”李津兰对王平端今天的表现有点意外，王平端一直是特别谨慎之人，怎么一下子变成这样？如同换了一个人。

第4节

由于被关押和生孩子，李津兰暂时放松查一万元借款的事，现在有时间了，李津兰请欧阳红帮打听一下常耀宗回来没有。很快，欧阳红回复说常耀宗回来了，在财政司正常上班呢。

这天，李津兰走进常耀宗办公室，常耀宗很客气地接待李津兰，显然有意显示不计较上次李津兰对自己的冒犯。寒暄几句后，常耀宗问道："听说上半年你出了点事，被误解了，在里面没吃苦头吧？"看来常耀宗对自己的情况非常了解，李津兰轻描淡写地说："还行。"自从李津兰认定常耀宗与二哥被害有关，对常耀宗说话的口气不再那么恭敬。常耀宗说："你没待几天就出来了，还是很幸运，现在我们财政司里还有几个没出来呢。这些人，本来都是唐省长提拔起来的人，唐省长对他们恩重如山，可是他们却卖身投靠顾匪，助纣为虐，真是人心隔肚皮，知人知面不知心呀。"

李津兰知道常耀宗是属于唐继尧嫡系，一直跟唐继尧非常紧，调侃地说："是的，常科长去外地躲躲，这一招还是高人一筹呀。"常耀宗说："哪是高人一筹？只是不愿意吃顾匪之米吧。做人总要有点骨气，我虽比不了那饿死在首阳山的伯夷、叔齐，但也不是没有一点骨气。"李津兰没想到常耀宗居然拿自己与古代圣贤相比，觉得有点可笑。

李津兰说："常科长，上次冒犯你了，不会说话，让你生气了。"常耀宗说："有这事吗？我都忘了，没事，我没往心里去。"李津兰说："常科长是大人有大量，宰相肚里能撑船。不过，今天可能又要冒犯你了。"常耀宗警觉起来，问道："是吗？你说吧，是什么事？"李津兰说："是这样，就在顾匪篡权之前，有人在昆明见到杜生贵了。"常耀宗愣了一下，问道："什么意思？"李津兰说："我是说有人见到那一万元借款的借款人。"常耀宗脸上变得铁青，冷冷地说："然后呢？"李津兰说："然后他走了。我跟常科长说这事，没别的意思，就是想说说，也许有一天我能见到这个杜生贵。”

常耀宗突然厉声说：“李经理，你这是什么意思？你到底要干什么？”李津兰平静地说：“常科长，别着急，我什么都不干。”常耀宗说：“我不希望再听到这些乱七八糟的东西，贷款那事已经过去那么多年了，而且上面也交代让你们裕滇银行别追了，你为什么还要追，你到底要干什么？”李津兰说：“我没追，只是听到这么个消息，来告诉你一声，没有其他意思。”常耀宗说：“出去，你给我出去！”李津兰从椅子上站起来说：“行，我走。”李津兰走到门外还能听到常耀宗呼呼的喘气声。不过，这次常耀宗却没投诉李津兰擅自去见他。

第5节

这天，唐芸芸来找李津兰说：“这半个多月，柳经理在兴师动众地筹备发行自来水厂债券，段毓婉和吴少愚成了骨干。吴少愚本来就是她柳貂蝉手下，积极参与没什么可说的，可是段毓婉根本不是他们部门的，跟着忙什么？”李津兰说：“听说柳貂蝉跟王行长说，要把段毓婉借过去了，我觉得王行长心里还是很担心这次发行不成功，所以柳貂蝉要什么给什么，全力支持。”唐芸芸说：“我觉得这事悬。你想之前发行的债券，很多都无法按期兑付，老百姓都对债券丧失了信心。还有，现在银币这么紧张，一般老百姓手上哪里还有富余的银元？这债券怎么能发行成功？”李津兰说：“是的，我也是这么看。不过，我是真心希望它能发行成功，昆明确实需要自来水。”唐芸芸说：“这是好事，就是难办。”

突然，李津兰说：“我有个想法，也许能让这事办得可进可退，就是发行不成功，也不会陷于被动。”唐芸芸问：“什么办法？”李津兰把想法告诉唐芸芸，唐芸芸觉得很不错，让李津兰去告诉王平端，听听王平端的意见。说完，李津兰去王平端办公室，在王平端桌子对面的椅子上坐下，说：“王行长，这两天我一直在想发行自来水厂债券的事，有点担心。”王平端说：“是的，这事不是那么简单的，不是那么容易。”李津兰说：“我有个小想法，不知该不该讲。”王平端说：“当然该讲，什么想法？你说说。”

李津兰说：“是这样，我想这个水厂债券能不能缩小范围，只对工商户发行？”王平端问道：“你的意思是不面对公众发行？”李津兰说：“是的，如果只对工商户发行，影响面小，万一发行失败了，咱们终止这个业务，涉及的持有人数量小，沟通的工作量小，退钱还款比较容易，尽管咱们银行会遭受一些损失，但是不至于陷入进退两难的困境。”王平端听了，想了想说：“不错，这个想法不错。这样，我去叫柳经理过来一起商量一下。”王平端起身，到门口让人去叫柳貂蝉过来。

柳貂蝉进屋坐下，仰着头，还是用鼻孔看李津兰。这时，柳貂蝉并没对揭发之事向李津兰道歉，并且公开说：“我凭什么要道歉，我说的哪一条是假的？都是实实在在，难道不能说实话？说实话也要道歉？现在这个世道有那么黑暗吗？”王平端说：“柳经理，对这次发行水厂债券，尽管有不少有利的因素，但是，我还是有一些担心。还有，咱们裕滇银行不仅我一个人担心，李经理也担心……”柳貂蝉说：“王行长，我理解你的担心，但是我是很有信心的。还有，这个事咱们已经定下来，就没必要想那么多，那种犹犹豫豫、瞻前顾后、一步三回头的，肯定是好事也做砸了。”

王平端耐心地说：“不是犹豫，是这样，李经理刚才说了一个办法，我觉得不错，她建议考虑一下改为面向工商户发行。”柳貂蝉听这么说，炸了：“面对工商户？就是说不搞公众发行？那怎么行？现在宣传品印刷好了，广告牌做好了，报纸的广告费也付了，马上就刊登出来，不对公众发行，这怎么办？”王平端说：“如果真的不面对公众发行，宣传品和广告牌的钱是白花了，取消广告也会损失一些广告费，但是这都是小问题，而万一，我说的只是万一，只发行四成五成，就发行失败了，面对那么多持有人，退款非常麻烦，损失更大。”柳貂蝉说：“王行长，我觉得你这是想得太多了，我认为不可能失败，区区六十万债券还只发行一半，不可能，绝对不可能。”李津兰插话：“这是一个方案，建议考虑一下。”柳貂蝉说：“什么方案？面向工商户发行，才会把这事搞砸了，你不清楚吗？面向工商户等于将想买债券的无数老百姓挡在门外，让他们想买也买不了。这反而会导致发行出去的更少。”李津兰说：“柳经理，小心没大错，凡事预则立，把困难预想多一点没坏处。”柳貂蝉不客气地说：“李经理，谢谢，我真的不需要这样的提醒，我心里有数。”王平端说：“柳经理，你冷静一点，多考虑考虑有好处。”柳貂蝉说：“王行长，我觉得这有点太欺负人了，难道我的工作经验还不如一个资历比我浅的人？她李津兰入职时我已经是部门副经理，我不如她？我要她来指手画脚？”王平端见柳貂蝉这么冲动，只好说：“行，你还是按原来的方案准备吧。”

第二天中午吃饭的时候，唐芸芸和董庆仁到李津兰办公室，董庆仁说：“上午吴少愚对一些同事说，李津兰给王平端建议把这次水厂债券改为定向发行，简直太可笑了，她对我们的能力了解多少？凭什么认定发行不成功？这种女人一贯自作聪明。”

李津兰知道此时吴少愚已经结婚，女方是小商人的女儿，吴少愚父母出钱给他在昆明买了三间房子，日子过得还不错。李津兰不明白，吴少愚有老婆有家了，干吗还如此仇恨自己？唐芸芸问董庆仁：“那些人是怎么说的？”董庆仁说：“有人说，我觉得李津兰这是好意，是想帮你们，柳经理可能把这意思理解反了。可是，吴少愚这小子听不进去，他说，李津兰会去帮别人？我还不了解她？她怎么可能去帮别人？她不害别人就不错了。”唐芸芸说：“这个人就是不知好歹！”

第6节

这天李津兰在报纸上看到一条消息，说孔秀康出任省实业司司长。这可是个好事。唐继尧逃去香港时，顾品珍认为孔秀康是唐继尧的人，罢免了他大锡公司总理职务，现在唐继尧再次起用他。李津兰希望本省不要埋没了这个人才，也希望这个人能用自己的才能为本省的经济发展做出重大贡献。不过，她没有给孔秀康去信表示祝贺，甚至都没跟别人提这个事。她不是不想祝贺一下，只是怕别人误会，毕竟自己与人家只是工作关系，这个好消息像一阵风吹过李津兰的心湖，泛起一阵涟漪，很快又平复了。

第 7 节

很快，水厂债券在裕滇银行正式推出。本省印刷的水厂债券已送到柜台，前天、昨天和今天昆明主要的报纸都登载了发行广告，广告牌已经挂好，宣传品也放到大门外临时摆放的桌子上。上午 9 点半，发行活动开始，不一会这里就聚集了一些行人，他们好奇地看广告牌和宣传品，有人向工作人员了解情况。可是，当听说这是发行债券，人们很快离开，显然对此不感兴趣。整个一天的情况基本都是这样，冷冷清清的。还有，裕滇银行几个外地分行同时推出债券，同样是一副惨淡光景。

下班时，柳貂蝉在办公室给相关人员开会。事实上，她原来想的是在她的精心准备下，一经推出马上会形成人人争抢的火爆场面，然后柜台里的债券会一批又一批地搬出去，一批又一批的银币会收进来。而现实情况如此，这不是好兆头，如果局面不扭转，这为期十五天的发行肯定发不出去多少债券，这个事就彻底失败了。这时柳貂蝉有点焦虑，她急切地问："现在情况都清楚了，怎么解决？请各位都说说，哪一个先说？"吴少愚说："我说说，柳经理，我觉得今天这个情况说明两个问题，第一是老百姓手上的银币确实很少，一般人实在拿不出买债券的银币；第二是可能一些潜在的购买人没有得到发行的信息。我认为第一个情况，咱们很难改变，而第二个情况，咱们完全可以改变。所以，我建议采取两个行动：首先在报纸上加大广告投入，其次是派人到云南富庶的几个地方去宣传和发行，例如玉溪、曲靖、楚雄、大理等地。”吴少愚的话音刚落，段毓婉说：“我觉得吴少愚的办法不错，很值得一试。”一个员工说：“我也觉得这个办法不错。另外，我建议考虑将十五天发行期改为三十天，甚至四十五天。”吴少愚说：“对，延长发行期也很重要。”这样，更多的人发言，七嘴八舌地，又说了一些建议，甚至对一些细节也提出整改建议，例如将广告牌的位置调整一下，让从忠爱坊那边过来的人能看到；又例如让街上的报纸报摊代为派送宣传品，支付他们一定的辛苦费，让更多的人接触到这个信息等等。最后，柳貂蝉作了总结，认为大家的建议都很好，明天就开始实施。这时，柳貂蝉心里轻松不少，这一天的焦虑在逐渐淡化，遭受打击的自信心也逐渐开始恢复，她想，明天一定会有一个新局面。

第二天一上班，柳貂蝉把昨天会上说的几个事向王平端做了汇报，王平端对这些新举措完全同意。于是，柳貂蝉派人去谈广告，叫来施工人员调整广告牌，又派两个人出去与报摊小贩商谈，并安排几个人出差，把外地分行的气氛也搞起来。她心里想我就不信这事做不成！到中午，广告牌调整完毕，与报刊摊商谈的人回来说谈了十来个，对方都同意。柳貂蝉心里又想，就是嘛，这事我肯定能干成。这时，柳貂蝉的手下跟她的感觉一样，大家都浑身是劲，劲头十足。

中午饭后，裕滇银行门口开始有一些人聚集，七八个一群，也有十来个一群的，看上去这些人都是干力气活的，不像是来买债券的。裕滇银行门口这条宝善街，是昆明繁华的商业街，一般很少有这类干力气活的人在这聚集，段毓婉觉得不对劲，对吴少愚说：“你看这些人在这干什么？有点不正常。”吴少愚也觉得奇怪。段毓婉说：“你赶紧去跟柳经理说，让她下来看看。”很快，吴少愚带柳貂蝉出来，柳貂蝉之前也没见过这种情况，她说：“吴少愚，盯住他们，看看他们到底是干什么的。”

这时，对面人群里有人高声喊：“各位兄弟，都过来，都过来！”

喊话的人五十多岁，瘦瘦的，黑黑的，胳膊和腿上肌肉很明显。这些干力气活的聚集到他那边。他说："大家在这等候，我去跟他们交涉。"说完走到临时摆放的桌子前说："小伙子，请叫你们管事的出来，我们有话要说。"柳貂蝉走过去说："我就是负责的，你是谁？"这个人说："我姓左，大家都叫我左大爹，你是什么官职？"吴少愚说："这是我们部门的柳经理。"左大爹说："好，柳经理，我告诉你，请你们停止发行这个水厂债券，马上停下来，把这些桌子撤了。"柳貂蝉说："为什么？你们是什么人？"左大爹说："我让你撤你就撤，你问我是什么人，我告诉你，我们是昆明城的挑水工。"柳貂蝉说："笑话，你们一群挑水工，凭什么不让我们搞？我们发行债券是省政府批准的，你们说不让搞就不搞了？"段毓婉跟着帮腔道："就是，你们算老几？我们是受法律保护的。你们说别搞了就别搞了？"左大爹说："我不懂什么法律，我们就是一群干力气活的老百姓，但是，我们就是不能让你们搞。"吴少愚说："凭什么？凭什么？"左大爹说："不凭什么，但是我说不行就是不行。你们看看，你们这个水厂扩建，我们这些人怎么办？这不是砸了我们饭碗吗？我们这些人每天天不亮起床，去盘龙江挑水，一直挑到天黑，然后用挣的这几文钱养家糊口，我们的生活来源就是挑水，现在你们要砸我们的饭碗，你说，我们能答应吗？我告诉你，我十五岁开始挑水，现在还在挑，我两个儿子也在挑，如果都改成自来水了，我们靠什么吃饭？"段毓婉说："你们有困难可以去市公所和省政府反映，跟我们说没用。我们不是水厂的人，只是卖水厂债券……"左大爹说："是的，你们不是水厂的人，但是，你们卖债券，把钱给水厂的人，他们就有钱扩建了，是不是？"人群喊："就是不能卖债券！我们坚决不答应！"段毓婉对身后的人高喊："快去给警察局打电话！报警！"有人进办公楼去打电话。

这时，四周围满了看热闹的人，黑压压的，有几百人。王平端听手下说了这个情况，从楼上下来，走到柳貂蝉身边问道："这是怎么回事？"柳貂蝉说："王行长，这些人来无理取闹。"对面一个年轻挑水工说："就是不让你们干。"王平端对左大爹说："老人家，咱们有话好好说，你先让你们的人回去，你到我们办公室慢慢谈，可好？"吴少愚说对左大爹："这是我们王行长。"左大爹说："你是行长，就是说你的官最大？好，我就跟你说，你们不答应停止卖水厂债券，我们的人就不会离开。"段毓婉说："我们报警了，你们就等着被抓吧。"听到这么说，对面几个挑水工大声喊起来："别说抓我们，就是枪毙我们，我们也不走。你们搞水厂就是让我们死，早死晚死都是个死！""对，我们没活路了，今天就死这里。""我就没打算活着回去！"

王平端说："大爹，这么搞不是解决问题的办法。你看，现在围了这么多人，这影响很不好，你让他们散了，咱们进去好好谈谈。"对面挑水工喊："别信他的鬼话，他就是个骗子，我们不走了。"

这时，警哨响起来，有几十名警察赶来，为首的警长喊："谁在这里聚众闹事？聚众闹事是犯法行为，赶快散开，赶快散开！"外圈的围观人群散开，可是这些挑水工没有一个离开。警长喊道："快散开，快散开，再不散开我们就抓人了。"警长带几个警察挤到王平端身边，段毓婉指着左大爹说："这个人是他们领头的。"警长对左大爹说："你叫你们人散了，快，叫他们散了！"左大爹说："我们是来讨公道的，没有结果，我们是不会散的。"警长说："大爹，不要冲动，你也是上年纪的人，要懂得守法，有事情通过正常的渠道解决，这样是犯法的，快！"左大爹说："不行，这事必须有个说法，否则我们绝不散！"王平端和警长反复做说服工作，可是，左大爹就是要一个说法，停止发行债券才散，他手下的人更是冲动，没有说法，就要死在这里。最后，在万般无奈之下，警察只有动用警棍驱赶，双方冲突起来，有更多的警察赶到，银行门口成了打斗的沙场，你冲过来，我压过去，有人摔倒，有人流血。最后，这场骚乱终于平息下来，挑水工这边有三十多人被带走，场地上留下不少血迹，还有撕下的衣服碎片和很多破草鞋……

第十六章

第1节

由于桂军残余势力“自治军”的围困和袭扰，滇军五个旅在桂西的柳州处境困难，被迫转移到靠近广东的藤县，三标他们骡马队驻宁康乡。这天三标赶马车到乡里，见对面一个军官走过来，仔细一看，这是旅部的姚长官，就是在重庆审讯三标的那个军官。三标赶紧上去打招呼：“姚长官，你怎么到这来了？好久不见，最近都挺好的？”姚长官见三标也有几分意外，问道：“刘团长，真巧，没想在这里碰到你了。我挺好的，你好吗？”三标说：“我哪里是什么团长？现在是骡马队的刘队长。”姚长官已听说三标被免职的事，就说：“怎么样？当队长跟团长可大不相同，习惯吗？”三标说：“习惯，不习惯也要习惯，到这一步了，还能怎么样？对了，方旅长最近好吗？”姚长官说：“挺好的。我说，你听说了吗？咱们要向广州开进，去打陈炯明了。”三标说：“什么？打陈炯明？怎么可能？”姚长官说：“真的，由孙中山的特使联系咱们入桂滇军和刘震寰桂军，昨天在藤县濛江镇的白马庙举行军事会议，组建滇桂讨贼联军，要共同讨伐陈炯明。”

三标说：“不会吧？咱们入桂滇军，说是有五个旅，实际上就是一万多人，而刘震寰桂军也就几千人。可你看看陈炯明的粤军，有几万人，兵强马壮，他都敢炮轰总统府，赶走孙中山，咱们哪里能打过他？”姚长官说：“是呀，陈炯明实力很强。”三标说：“咱们滇军是谁主张打陈炯明？”姚长官说：“当然是谢如年总司令。”三标说：“谢总司令这是要把咱们入桂滇军往火坑里送。”姚长官说：“不过，也不能全那么说，现在咱们在广西的处境日益困难，向广东发展也许是一条出路。”三标听到是这样，说道：“这么说也有道理，你估计什么时候行动？”姚长官说：“快了，马上就会行动。”三标听这么说，连忙说：“既然要打仗了，我就不能在骡马队混，我要回我们团，带兵打仗。”

姚长官说：“回团？你能回去吗？”三标说：“我去找方旅长，请求他批准我回去。”姚长官说：“没这么简单吧？有个事你还不知道吧？谢总司令与方旅长一向不和，找各种理由整方旅长。你老婆那个大烟案，谢总司令说方旅长包庇你，只给你个降职处罚，太轻了，这应该判刑。”三标听了很意外，问道：“什么？这简直是胡来。”姚长官说：“谢总司令还说方旅长在旅里一手遮天，顺我者昌逆我者亡，用人唯亲，不是用人唯贤，是看亲疏不看才干，甚至说方旅长根本不是一个称职的长官，不配当旅长。”三标问道：“这都是谢总司令说的？这也太过分了吧？”姚长官说：“就是，是很过分。”三标说：“我觉得这口气像是关正阳的口气，是不是关正阳假传圣旨？”姚长官说：“这确实是关正阳说的，是不是他编造的，我不知道。”三标说：“那肯定就是这么回事了，别信这些话。”姚长官说：“现在关正阳经常去谢总司令指挥部，搞得谢总司令对方旅长火气很大。”

三标说：“完了，我连累了旅长，我对不起旅长呀。姚长官，你看看，我能为旅长做点什么？”姚长官说：“做什么？我说方旅长那里你就别操心了，你一个骡马队长能做什么？算了，方旅长有办法对付谢总司令，你就老实待着吧。”三标说：“说得是。唉，真是太对不起旅长了。”姚长官说：“行了，现在后悔也晚了。”三标说：“是的。不过，我还是想回去，你说我去找方旅长一趟，好吗？”姚长官说：“找方旅长？算了，别给方旅长添麻烦了。”三标说：“我能打仗，能给咱们旅打头阵。”姚长官说：“能打仗也不行，我告诉你，就是旅长同意你回去，谢总司令也不会同意，你明白吗？”说完，姚长官走了。

回去后，三标想来想去，觉得自己还是要去找方旅长争取一下，打陈炯明这么大的事，自己不参加，在骡马队窝着？这对不起自己，也对不起旅长。第二天，三标带一个兵去旁边的濛江镇，方旅长的指挥部在这里。旅部，是个两层楼的四合院，院子门口站着两个哨兵，三标请哨兵进去通报自己来见方旅长，一个哨兵回来说：“旅长在开会，今天没有时间，还是明天再来吧。”三标不甘心，说自己有要紧事，请再去通报一声。

哨兵又进去，过了一会，一个小军官出来对三标说：“你是刘队长？”三标用讨好的语气说道：“是的，我是骡马队的刘长生。”这个军官严厉地说：“刘队长，你是当过团长的人，是个老兵了，部队规矩你不知道吗？你有事就来见旅长？这合适吗？你有事应该去找你们营长，怎么可以直接来找旅长？”三标尴尬地说：“是的，部队的规矩是这样的，我知道。其实，我是有点个人的事，我是听说部队要去打陈炯明，想请旅长批准我回团里，麻烦你再去通报一下。”

小军官说：“刘队长，你是说你想回去当团长？我说你就死了这个心吧。上面一再拿你老婆的事责问旅长，说旅长对你处理轻了。你还想让旅长批准你回去当团长，你这不是在做梦吧？”三标说：“什么处理轻了？这是颠倒黑白，有意陷害。”小军官说：“行了，行了，我说刘队长，我要是你，有多远我滚多远，别再惹旅长生气。”三标泄气了，说道：“行吧，我走，我不说了，我走。”灰溜溜地离开。

第2节

下午，三标到关公脸的营部。这是村口水塘边的一个院子，院子里面是个小晒谷场，后面是个三开间的平房。三标离开旅部后，心想也许自己去向关公脸低头服软，请关公脸到谢如年那帮自己说说好话，不再为难方旅长，方旅长能让自己回去当团长。三标知道向关公脸低头是个很没面子的事，但是为了能回去打仗，别说没面子，就是让自己送命，也要去干。

哨兵进去通报，关公脸从平房出来，站在门口。三标上前伸手去握手，可是，关公脸双手往身后一背，拒绝了。这把三标搞得有点尴尬，尽管三标来之前做足了低三下四的准备，可是关公脸搞这么一手，还是让三标挺难受。关公脸用居高临下的神情说："怎么，刘团长来了？大驾光临，有失远迎呀。"三标说："关营长，我现在不是团长，你知道的，就别笑话我了。"关公脸说："是吗？前段时间你不还是我的大团长吗？你对我们的谆谆教导，我是一直铭记在心。"

三标说："关营长，你别笑话我了，我一直是你的兵，我到部队的第一天就在你的连队，我是新兵蛋子，你是大连长，人家说：一日为长官，终身为长官，是不是？行了，我走这一路，嗓子都要冒烟了，能赏碗水吗？"关公脸板着脸，不回答水的事，说道："这几年你升得这么快，肯定觉得自己特别厉害，其实，你有什么厉害的？你能提营级军官，是因你加入特遣队，瞎猫碰个死耗子。可你别忘了，我不逼你加入，你怎么可能有这个机会？"三标听这么说，心想关公脸这纯粹是放屁，当时你逼我加入特遣队，是想让我有去无回，我因祸得福，得到升职，跟你有半毛钱的关系吗？可是，三标没把这些想法说出来，嘴上说道："是的，是的。"

关公脸又说："在路南阻击唐继尧时，我们营的正面那么多敌人，是你们的数倍，我们顶住了，我们营损失比你们营大一倍，我得到什么？什么都没得到，不仅如此，还被批评，说我指挥不力，现场处置不当，这都是什么话？我这是指挥不力？是处置不当？"三标附和着说："是，战场情况复杂，事后评价不一定客观。"关公脸说："看看你，你们的正面有多少敌人？你们伤亡有多少？就是因为你们靠近旅部，你救了旅长，立了大功，提升为团长，让我成了你的下级。让大家看看，我当连长时的新兵蛋子，当了我的团长，这可真是个笑话。”

三标说：“是的，是的，你当连长是滇军最优秀的连长，当营长是滇军最优秀的营长，我这点本事都是跟你学的。”关公脸说：“你的本事？你有啥本事？拍马屁的本事？那可不是我教的，这方面我必须跟你学，你是我的先生。”三标赔着笑脸，没有反驳。关公脸接着说：“在战场上救了长官，是功劳，是应该嘉奖，可是这跟军事指挥是一回事吗？因此就提团长，这个旅是他们家的？拿官位做生意？救过自己的就提拔重用，没救过的就打压不用？有些长官个人品质太差，德不配位，把滇军的一个主力旅搞得乌烟瘴气，暗无天日。”

说完，关公脸用指头朝屋里指指，示意三标进屋，自己昂首挺胸地先进屋了，在方桌一侧坐下，三标跟着在方桌另一侧坐下。关公脸叫传令兵给三标上茶。这时，三标心里很不舒服，感觉这侮辱实在难以忍受，想撑他几句。可是，他忍住了，自己是来向人家低头服软的，要撑了对方，这事就砸了。

这时，关公脸高高在上地说：“说了半天废话，很没意思。怎么样？刘团长，你肯定是有事才到我这来的，说吧，有什么事？”三标说：“是这样，关营长，我今天来是想向你认个错的，过去我做了一些不够尊重你，甚至对不起你的事，请你原谅，我错了，请你大人大量，不要跟我这样的小人计较。”关公脸听着没出声，脸上毫无表情。三标继续说：“我听说部队要向广东开进，要打仗了，打陈炯明不轻松，我想做点贡献，我想请你跟谢总司令说说，批准我回团里。”关公脸说：“想回团里？就是想回来当团长，是吗？”三标说：“如果有可能，我想争取一下。”关公脸脸色一变，说道：“刘长生，你真是太高看自己了？你以为你是谁？滇军缺了你就完蛋了？就不能打胜仗了？你竟然有这么荒唐的想法，这太可笑了。”听关公脸这么说，三标不敢出声了。

关公脸继续说道：“再说，撤你团长职务的是方鸣九，要恢复你应该去找他呀。”三标说：“是这样，我听说谢总司令对我老婆犯的事很生气，一直在说方旅长处理我处理轻了，如果谢总司令不发话，方旅长哪里敢恢复我的职务？所以，请求你跟谢总司令说说，他有个话，我就好去找方旅长。”关公脸听这么说，气呼呼地说：“刘长生，你是不是吃着屎了？你来找我帮忙？是吗？这太可笑了。我告诉你，你这是蚊子叮菩萨——认错了人，你知道吗？咱们滇军里谁都可能帮你，只有一个人绝对不会帮你，那就是我！我说，这么多年，连这一点你都没看明白吗？”

三标还是低三下四的口气：“是的，我知道，过去我在很多事上对你不够尊重，多次冒犯了你。不过，你是大人大量，宰相肚里能撑船，你不会跟我一般见识的。”关公脸说：“刘长生，你看错了，这不是什么肚量不肚量的问题，你我不共戴天，我怎么可能帮你？你以为我傻呀？”三标不知道说什么好，没有出声。关公脸继续说：“还有，你知道你怎么会降为队长吗？这是我的功劳，你老婆干那些事，都是我教她干的。”说完，关公脸冷笑一声，很快收起脸上的笑容，用冷峻的目光看着三标。

三标不生气，他知道自己和关公脸斗这么多年，这一局关公脸赢了，占上风了，算他厉害，没什么，下一局自己一定能扳回来。三标平静地说：“关营长，既然这么说，我再说就没意思了。行，我知道了，你不会帮我。就这样吧，今天我没来找过你，什么也没说。”

关公脸说：“对，你早该回你骡马队了，别在这浪费我的时间。另外，我多说一句，你能到骡马队当队长，你就知足吧，如果不是方鸣九护着你，只怕你早就被判刑，脱军装了。”三标不服气地问道：“凭什么说方旅长护着我？我老婆那些钱都交旅里了，我跟我老婆也分开了，这处理有哪不合适？”关公脸说：“不服气是吧？行，你等着，等把你的靠山搞倒，再来看怎么收拾你，你等着。”三标不想跟关公脸争辩，老话说：既在矮檐下，怎能不低头，自己就忍忍吧，起身说道：“关营长，我哪敢不服气？谢谢你见我，我回去了。”说完出门走了。

第十七章

第1节

第3师在洛阳待了半年。这时，吴佩孚已经是直鲁豫巡阅副使，掌握管理直鲁豫三省的军政大权，不过，他的地盘并不太平。这几年，京汉铁路的工人运动日益活跃，搞工会，要求改善劳工待遇，此起彼伏。吴大帅当时用开明姿态对之，没有给予限制，反而提出赞成“保护劳工”的口号，邀见工人代表，赞成劳动立法，颁发肖像奖章，并且批准设立劳工局。但是，似乎工人们的要求越来越多。1922年8月，长辛店工人举行反对工头压迫和争取工人权利的罢工，接着，郑州京汉路工人举行支持长辛店工人的罢工，闹了几天，最后长辛店工人得到他们要求的东西。这一个接一个的罢工，搞得吴佩孚十分头痛，他不得不改变态度，指示手下对工人运动严加看管，不能放任自流。

前段时间，京汉铁路局局长给吴佩孚电报，呈报京汉铁路工人成立“京汉铁路总工会”的申请，说目前京汉铁路各地已有十六个工会，现在这些工会需要联合起来成立一个总工会，拟定1923年2月1日在郑州召开成立大会。吴佩孚收到电报，觉得让京汉铁路各地已有十六个工会联合起来，这将形成巨大力量，使政府的控制更加困难，回电不予批准。

这天下午，罗继昌的团部在开会，屋里除了罗继昌，还有何胖子副团长和李大标副团长，由于李大标在第一次直奉战争中表现突出，近期被提升为副团长。大标算走运的，这次只提拔他一个人，胡公子、黄猴子和文秀才职务没有变动。何胖子对罗继昌提拔大标非常不满意，他认为大标根本不配与自己平起平坐，自己当副营长时大标才是排长，这几年这小子提拔太快了。当然，这次罗继昌也由团长提升为 6 旅副旅长，不过他没去旅部上班，继续兼任 1 团团长。

这时，罗继昌在布置一个新任务，什么新任务？就是几天前，京汉铁路总工会筹委会五个代表到洛阳面见吴佩孚，申请成了总工会，说铁路局局长之前已经同意成立，他们各工会代表已到郑州，吴大帅现在不同意完全没有理由。吴佩孚仍不批准。这些代表离开大帅府时扬言不批准也要成立。吴佩孚决定让他们机动团出一营去郑州盯住这些人，由一个副团长带队，今晚就出发。

何胖子听罗继昌说完，马上说：“我去，这些人一直是得寸进尺，绝对不能姑息。我带这个营去，保证让他们开不了什么鸟的成立大会。如果他们不听劝阻，我就用机枪招待他们，把他们全突突了。”罗继昌说：“这个事可能不是这么简单，这些人是工人，是老百姓，不是军人，不能随便拿机枪对付，这不是开玩笑。”何胖子说：“怎么不能拿机枪对付？他们搞这些罢工和造反有什么两样？官府的话，军队的话，什么都不听，不是造反吗？”大标觉得何胖子说得有理，附和道：“我也觉得是这么回事，他们就是造反，今天提这个要求，明天提那个条件，这就是无法无天，就是犯上作乱，吴大帅这是派咱们去讨伐逆贼，就是应该来硬的。”

罗继昌说：“说实话，我也忍受不了他们这么干，动不动就罢工，今天要这个，明天要那个，本来是铁路上的工人，现在成了刁民，我不赞成惯着他们。但是，真要说到开枪，那必要按规定办，上面没有下令，谁也不能开枪。”何胖子说：“是的，当然有命令才能开枪，我就是这么说说。怎么样？罗副旅长，让我带这个营去。”大标听这么说，也赶紧争取，说道：“副旅长，让我去吧。”罗继昌说：“这个事我想好了，何副团长，算了，还是让李副团长去好一点。”何胖子说：“罗副旅长，为什么不让我去？我不够资格还是怎么的？我还是请求去。”罗继昌说：“何副团长，你的资格完全够，你这么强的能力，办好这趟差完全不成问题。我不让你去，主要是考虑团里的事情还很多，如果你去，李副团长不一定能把这些事处理好，李副团长毕竟刚到团里。这样，你就别争了。”何胖子听这么说，不吭声了。罗继昌对大标说：“李副团长，怎么样，这个任务就交给你了，你说说带哪个营去合适？”大标略为考虑一下说：“罗旅长，你看带文庆良这个营行不行？”罗继昌说：“文庆良这个人做事比较稳重，比较仔细，就带他这个营去吧。”说完，大标就带部队马上出发，去郑州。

第 2 节

2 月 1 日清晨，大标带领文秀才这个营，在郑州普乐园剧场一侧的街道内隐蔽待命。这普乐园剧场是一个只能容纳几百人的小剧场，位于繁华街区。大标和文秀才带卫兵和传令兵站在剧场对面的街道边，这里视线好，能看到剧场和周边的几条街道。此时，这一片被戒严，普乐园剧场的大门上锁，贴了封条，通往剧场的各条街道都有荷枪实弹的军警把守，更多军人隐藏在附近的街道内。

上午 10 时，五洲大旅馆那边走过来很多人，他们是各地工会代表，以及北京和武汉等地的学生代表，另外，郑州铁路工人一千多人出现在另外一条街上，他们举着各工会和团体的旗帜，抬着赠送的匾额，甚至还请了一个管弦乐队。这两路人走到会场不远处，被军警阻拦，队伍停下来，有人出来跟军警交涉，坚决要求进入剧场，而军警则坚决不准进入，互不相让。僵持一阵后，一个工会领导人不顾生死，带头发起冲击，高呼“京汉铁路总工会万岁”“劳动阶级胜利万岁”等口号，很快他们冲破军警拦阻线，撕去剧场门上的封条，砸开门上的铁锁进入剧场。

郑州警察局局长黄殿辰下令进行驱赶，在那里阻拦的军警转身进入剧场。大标让身边的部队也跟着冲进剧场，很快，大标手下的军人与参会者发生冲突。有一个工会领导人用身体保护身后的人，向军警大声抗议，大标身边一个搞情报的军官说：“李副团长，这个福建人叫林祥谦，是江岸工会负责人，也是这次成立大会的核心人物。”大标说：“好，你给我盯住他，必要的时候把他抓起来。”

军警与参会者相持一段时间后，黄殿辰局长大叫：“限五分钟解散，有不服从者逮捕法办！”就在这时，这次成立大会的秘书李震瀛登上讲台，高喊：“京汉铁路总工会成立了！”几个警察上去把他按住，其他军警们扑向人群，实施抓捕，参会者反抗，与军警扭打起来，但是军警人多，又持有警棍枪支，逐渐占上风，把参会者一个一个押出去，剧场腾空，各地工会的旗帜，以及各团体赠送的匾额散落一地。

这边处理完了，大标奉命带士兵赶到总工会会所，这里已经被军警占据，禁止工人出入，室内被捣毁一空，文件和物品弃置道旁。大标他们部队到此无事可做，大标通知就地休息。接着，大标接到命令，去五洲大旅馆，大标又带部队赶过去，见在剧场抓捕的人员大部分都被关押在这里。警察局的人在对这些人逐个登记，登记完后，勒令他们马上离开郑州，由军警押送他们去车站。大标他们部队参与人员押送。

第3节

将成立大会一事平定后，大标还没返回洛阳，又接到命令，说铁路总工会的负责人转移到汉口，并将在汉口进行大罢工，让他们乘火车南下汉口，参与阻止罢工行动。这样，大标率领这个营到了汉口。

2月4日，京汉铁路总工会宣布开始罢工，郑州站、汉口江岸站、长辛店站分别于9点、10点、11点罢工，到中午12点，全路的各类客车、货车和军车全部停驶，车站、桥梁、道棚、工厂一律停工。只用了短短三小时，长达一千二百余公里的京汉铁路全线停运，三万铁路工人一致听从铁路总工会指挥。

总工会发表宣言，提出了五项复工条件：一、要求交通部撤革京汉路局局长赵继贤和南段段长郑云，要求吴佩孚撤革查办郑州警察局局长黄殿辰。二、要求京汉路局赔偿成立大会之经济损失六千元。三、要求军警将当日扣留的一切匾额礼物，用军队奏乐方式送还总工会郑州分会。所有占领郑州分会之军队立即撤退。郑州分会匾额重新挂起，分会一切损失由郑州分会开单索赔，并由郑州地方长官到郑州分会道歉。四、要求星期日休息，并照发工资。五、要求阴历年过年放假一星期，并照发工资。

罢工开始后，工人纠察队在各路口站岗放哨，在车站拦截火车，每个工人手举一面小白旗，上面写着“劳工神圣”“提高工人政治地位”“提高工人生活水平”“争人权、争自由”等口号。

这天，大标他们按照上面的指示，到江岸火车站北侧的“江岸机厂”执勤，防止工人毁坏机车和设备。这江岸机厂始建于光绪二十七年，源起于芦汉铁路的修建，随着芦汉铁路的贯通并延伸成为京汉铁路，铁路运务日渐繁忙，机车车辆修理工作与日俱增，工厂不断扩建，到这时已经具有相当规模。同时，为了提高机车维修水平，江岸机厂聘用法国人进行管理。现在罢工，没有人上班，厂区内很平静，一些工人纠察队队员在车间外面走动。大标对身边的文秀才说：“文营长，你放一个班到那边院墙下面去，以防有人翻墙过来破坏，小心一点，如果咱们负责看守的江岸机厂遭到破坏，咱们就给6旅丢脸了。”秀才说：“副团长，我马上安排，确保不出任何岔子。不过，我问一句，副团长，你觉得那些工人会来破坏吗？他们不是说保护工厂设备财产吗？”大标说：“你说呢？你看看这些人，搞什么罢工，这罢工一天，要给国家造成多大损失？他们在乎吗？

不在乎。这些人，如果不满足他们的要求，我看他们什么都干得出来，破坏工厂算什么？把机车炸了，他们也干得出来。”秀才说：“不会吧，那不是把他们自己的饭碗也砸了？这工厂是他们的饭碗，砸了自己的饭碗，他们的生活来源断了，他们怎么生活？”大标说：“怎么生活？这谁知道？行，你赶快布置一下，把人派过去。”

第4节

长辛店方面，2月5日，京兆尹及宛平县知事到现场劝说工人上工，工人以“由总工会做主”相回答。劝说工人复工无效后，曹锟派兵到长辛店，宣布戒严，工人依然上街游行，并向士兵宣传。2月6日，京汉铁路局局长、宛平县知事、北京警察厅督察长、第14混成旅旅长，以及四郊游缉队长，在长辛店车站紧急协商，当晚9时左右，军警闯入长辛店铁路工人家，逮捕工会负责人十一人。

郑州方面，2月4日，中央陆军第14师师长靳云鹗将工会代表召来讲话，强令代表开车复工，工会代表以“须有总工会命令才能开车”为由，加以拒绝。5日，军警逮捕了郑州铁路工会委员，对他们软硬兼施、威胁利诱甚至严刑拷打，威逼他们开车复工，他们始终拒绝。

汉口方面，2月5日，湖北督军兼中央陆军第25师师长萧耀南派参谋长张厚生到江岸车站，以强硬态度要求工人复工，工人拒绝，张厚生要求工人交出工会负责人。午时，大批军队将车站包围，并将两名开车工人捕去，工人闻讯后，集合两千多人，冲破军队防线，将两名工友抢回。6日，武汉工会两千余人，到江岸举行慰问大会，会后，在汉口英租界举行了声势浩大的示威游行，给租界洋人极大震动。

第5节

2月7日下午，大标接到命令，把他们这个营带到江岸工会会所。他们离开江岸机厂，很快到了工会会所旁边的一条街道。负责跟他们接头的武汉驻军军官对他们交代，由于总工会罢工给国家造成巨大损失，并因其在租界游行造成恶劣影响，今天萧耀南派张厚生参谋长去逮捕罢工领导人。张厚生已经带一个营到这里，就在工会会所另一侧的街道里，张厚生的计划是约他们到江岸工会会所谈判，他们到了就动手。大标听了这个安排，带卫兵到会所大门口观察情况。

江岸工会会所，是一个单门楼式两杠二层楼房，灰砖墙，木椽架，灰瓦顶，这时兼为京汉铁路总工会会所，门口有四五个工人纠察队队员把守。到下午5点多，与总工会接洽的军官从院子里出来，对张厚生说总工会代表到齐了。张厚生下令开始抓捕，一群军人持枪往院门里冲，门口纠察队队员阻拦，说你们不是来谈判的吗？既然是来谈判，只能军官进入。这些持枪士兵不理会这些说法，继续往里面冲，双方发生冲突，接着更多纠察队队员从门里出来阻拦。

一个军官上前说："你们统统让开，我们是奉命请你们总工会负责人到督军府去一趟，这是执行公务，请你们让开，如果你们再不让开，格杀勿论。"这时，众多工人从四面八方赶来，在楼外聚集几百人，有人高声喊："这是萧耀南派来抓人的，他们来了很多军人，这附近都是他们的人。"工人们骚动起来，有人慌张动摇。刚才说话的军官再一次命令工人们让开，守卫的工人誓死不让，有传令兵上去向这个军官交代新命令，这个军官指挥军人退后几步，最后一次要求工人让开，说不让开就开枪，工人还是不让，军官下令士兵开枪。顿时，工人一批一批倒下，可是士兵还在射击，枪声一直没有停歇。没有被打中的工人向四面八方跑开。

这时，大标接到命令，让他们营派一个连冲入会所。这时射击停止了，大标下令冲，这个连的士兵端着枪冲进去，很快，士兵把院子里的人全部控制住，连长出来问要不要把这些人带出来。大标、秀才和刚才下令开枪的当地军官一起走进院子，见院里的人被士兵们控制在几个房间里，蹲在地上，连长指着一个屋子对大标说："副团长，这个屋子的人是总工会的负责人。"

大标过去对屋里的人厉声问道："你们哪个是最高负责人？"没人回答。大标又问一遍，还是没人回答。这时，大标手下那个搞情报的军官带一个工人过来，说道："李副团长，这个人愿意指证这里的最高负责人。"大标看看这个人，獐头鼠目的样子，大标对这种人历来没好感，厌恶地示意他指证，这个人指了指人群后面的一个人。大标对那个人说："你，站起来。"见对方站起来了，继续说："你叫什么名字？在总工会担任什么职务？"大标觉得这个人有几分面熟，可是一时想不起来在哪里见过。这个人用仇恨的眼神看着大标，没有回答。搞情报的军官说："我认识你，你叫林祥谦。"獐头鼠目的人说："对，他是林祥谦，是京汉铁路江岸分工会委员长，是这次江岸区罢工总负责人。"大标也认出他，说道："林祥谦，原来是你，我认识你，2 月 1 日在郑州总工会成立大会上，我见过你。"然后对身边人说："把他给我绑了，带走！"秀才问道："其他人怎么办？"大标说："先关在这里，等候处理。"说完，转身向院外走去。

第 6 节

当夜，天降大雪，黑幕一般的天空微微发亮，雪花飘落，在昏暗的灯光中能看到雪花凄惶的身影，汉口变成一片白色。大标奉命把林祥谦押送到江岸车站警署，交给张厚生的第 25 师，25 师军人把林祥谦绑在站台的一个柱子上。这时，下午江岸分工会会所冲突伤亡情况统计出来，秀才说："李副团长，今天江岸分工会会所冲突工人死亡三十多人，受伤二百多人，情况很严重，恐怕会引起社会各界的巨大反应。”大标没说话。秀才又说：“听说长辛店、郑州那边也发生流血冲突，今天京汉铁路全线，包含咱们汉口，死亡四十多人，抓捕百余人，受伤五百余人。”大标听着，向候车室那边看去，还是没说话。秀才说：“还是咱们汉口这边最厉害。”大标说：“没什么了不起，这些人无法无天，破坏社会秩序，都闹到租界去了，在洋人那造成很坏的影响，就是应该好好教训教训。”秀才说：“可是，他们只是老百姓，手无寸铁。”大标说：“什么老百姓？就是刁民，就是反贼，哪个朝代对这样的乱臣贼子都是一个字：杀。文营长，对这些人绝对不能心慈手软，咱们是在执行任务，我劝你清醒一点，可别动什么菩萨心肠。”

张厚生参谋长到，大标过去敬礼问候，张厚生说：“李副团长，这几天你们辛苦了，感谢你们来武汉支持我们，感谢吴大帅。听说这祸首林匪是你们抓获的，你们给民国政府立了一大功，要好好表彰你们。”大标说：“参谋长过奖了，这都是我们应该做的，我们到武汉来，就是要配合好你们。”张厚生说：“你们3师是好部队，能打硬仗，前年打赵恒惕，我们25师跟你们3师配合过，见识过你们的打法，很令人敬佩。”大标说：“谢谢参谋长夸奖。”张厚生说：“不客气。”说完，向林祥谦走去，接着说：“今天我要让这个林匪听我的。”大标跟在张厚生身后。

这时雪下得越来越大，张厚生走到林祥谦面前说道：“你就是林祥谦，我听说过你的名字，福建人，在马尾造船厂学的钳工，现在一个技术工人，收入不少，生活不错，竟然要搞什么工人运动。你知道你犯了什么罪吗？”林祥谦把头一扬，看着天上的雪花。张厚生说：“举行罢工，破坏正常生产秩序，给政府造成巨大经济损失，还在租界非法游行示威，造成极为恶劣的国际影响，数罪并罚，你这是该杀头了。不过，我可以给你一个机会，只要你现在下令停止罢工，恢复上工，我可以马上放了你，不追究你的罪责。”林祥谦还是看着雪花，不理睬张厚生和李大标这一行人。

张厚生继续说:“我看你也就三十岁左右，年纪不大，家里有妻儿老小，如果你死了，他们怎么办？你不是整天说为工友们着想吗？现在你也为你的家人想想，怎么样？你下令上工，我马上放你，并不再追究你的罪责。怎么样？”林祥谦还是不看张厚生，不予回答。张厚生说:“我说最后一遍，你下令上工，我就放了你。否则，我就不客气了。”见林祥谦还是不搭理，张厚生对手下人歪了一下头，示意动手。

一个粗壮的士兵拎着一把大刀过来，粗野地问道:“上不上工？”林祥谦不搭理。这个士兵在林祥谦胸口划了一刀，问道:“上不上工？”林祥谦开口了，高声说:“你们不答应我们的条件，绝不上工。”士兵又在林祥谦胸口划一刀，林祥谦说:“头可断，血可流，不答应条件，绝不上工！”士兵回头看张厚生，张厚生示意狠点。

文秀才对大标说:“这是条好汉，够硬气。”大标不屑地说:“什么硬气？就是个傻子、蠢货。”拿大刀的士兵得到张厚生的指示，抡起大刀砍到林祥谦左肩上，顿时血流如注，士兵问道:“上不上工？”林祥谦不回答，士兵又抡起大刀砍到林祥谦右肩上，林祥谦昏死过去，士兵见他清醒过来，问道:“现在怎么样了？”林祥谦拼尽最后的力气怒斥道:“现在还有什么话可说？可怜一个好好的中国，就断送在你们这帮军阀手里了！”士兵猛砍一刀，林祥谦咽了气。

第十八章

第1节

藤县白马庙会议后，入桂滇军和桂军一部组建“滇桂讨贼联军”。谢如年为了麻痹陈炯明，特派范石生等人到广州会见陈炯明，表示滇军志在回滇，请资助军饷服装。陈炯明一直担心这支滇军进广东给自己添麻烦，听到这话，慷慨赠送广东毫洋十万元，服装一万套，干菜若干船，还对滇军军官赠送了白兰地酒。当陈炯明赠送的礼物运到濛江，谢如年就在濛江召开誓师大会，通电讨伐陈炯明，随即部队将向广东开进。

接着，在路上入桂滇军发生内讧，几个旅长要求谢如年辞职，推举金汉鼎担任入桂滇军总司令，由于金汉鼎在外地，暂由方鸣九任代理总司令。谢如年只得离开滇军，去找孙中山。

就在谢如年离开后第二天，方鸣九就恢复三标新 1 团团长职务，让他回去带部队，做滇桂讨贼联军的先锋。三标回去上任，带部队打梧州，驻防梧州的陈炯明部队倒戈，不战而下梧州。然后，讨贼联军打三水、肇庆，一胜再胜，陈炯明部队溃不成军。陈炯明见大事不妙，只好通电下野，退往惠州。这样，讨贼联军进入广州。这一路，三标带新 1 团打得很漂亮，没给方鸣九丢脸。

讨贼联军通电欢迎孙中山回穗。很快，孙中山到广州，恢复“军政府”，是的，是恢复“中华民国军政府”，而不是 1922 年他宣布解散的广州“中华民国政府”。他继续担任陆海军大元帅，他的办公地称大元帅府。

孙中山对部队进行整编，将原入桂滇军改为“中央直辖滇军”，原五个旅升格为五个军，孙中山任命方鸣九为“中央直辖滇军”总司令，兼直辖滇军第1军司令。

部队整编后，三标他们新1团仍是原来的番号，他还是团长，杨钊、王玉生和关公脸仍分别为1、2、3营营长，崔大嘴也还是3营1连连长。这时，尽管三标又成为关公脸的长官，但是并没去找关公脸报藤县羞辱那一箭之仇，这并不是三标心胸开阔，而是三标想找一个合适的时机，不要让人觉得他太小气，公报私仇。

当然，这时关公脸是有点紧张的，现在三标又是自己长官，自己在藤县那么羞辱他，他一定要来羞辱自己。另外，关公脸有点想不通，谢如年总司令资历那么老，本事那么大，怎么斗不过方鸣九他们？反倒让他们把自己赶走了，这到底是怎么回事？没办法，现在关公脸只有认命，老老实实待着，忍气吞声，夹着尾巴。

第2节

这天，杨钊走进三标团部，说道：“团长，我回来了。”杨钊这是从哪里回来？是这么回事，一个多月前，三标安排杨钊请假回云南老家，借此去老烟筒老家走一趟，了解一下情况。本来三标早就想安排杨钊去老烟筒家，只是在广西时部队不稳定，没有安排，到广州后，情况好了，部队也比较稳定，三标就落实了这个事。三标说：“这么快就回来了？我以为你要再晚几天呢，为啥不在家多待几天？”杨钊说：“我家里没什么事，父母身体都挺好的，生活也还行，我看看他们，跟他们住几天就行了。我惦记老烟筒的事，就赶紧去他家。”三标问道：“去他家怎么样？”

杨钊说：“因老烟筒不在家，就没给你电报，想我回到广州来向你详细汇报。是这样，按照你给我的地址，很快找到老烟筒的家，他父母健在，他是家里老二，他上面是个姐姐，下面是一个弟弟一个妹妹，他们都结婚了，他父母家确实盖了新房子，应该盖了几年了，老乡说是老烟筒出钱盖的。”三标问道：“老烟筒回过家吗？”杨钊说：“我找村里的人打听了一下，这些年老烟筒回过家几次，不过，在家待的时间很短。”三标问道：“最近一次回家是什么时间？”杨钊说：“是去年夏天，我们在广西的时候。”三标心想，这是他知道他的老部队离开云南，他胆子又大起来。杨钊说：“邻居说他原来混得好，很有钱，这几年没见他给家里花钱，回家也不请客，估计混得不行了。”三标想，看来老烟筒也是不会赚钱的人。

三标表示感谢，让杨钊回去了。杨钊离开后，三标想，尽管这次没找到老烟筒，但是核实了这个重要情况，那就是老烟筒给他父母盖房子，说明老烟筒确实曾经有钱，也说明刘水仙说的情况属实。由此看，老烟筒的嫌疑很大，他没干坏事，哪里来这么多钱？自己一定要设法找到老烟筒。

另外，三标觉得自己调查二哥案的情况应该跟王玉生说一下，如果不跟他说，他知道自己跟杨钊说了这个案子情况，而一个字没对他说，他会觉得自己不信任他，会造成误会，就叫传令兵把王玉生叫来，说了这个情况。之前，王玉生听说三标去过二标那个连队，听说关公脸对此不满，知道一点情况，因三标没跟他提这个事，他没说过。三标这时跟他说，他表示理解，并表示需要自己做什么，让三标就直接说，不用客气，自己一定努力去做。

第3节

这天，三标在团部，哨兵进来报告，有个自称是三标老朋友的军官求见，三标问来者叫什么名字，哨兵说：“他说他叫陈文汉。”

什么？陈文汉？三标说：“这是我的老朋友，快请他进来。”很快哨兵把陈文汉带进来，陈文汉说：“刘长生，终于找到你了，真是不容易。”三标说：“是呀，你怎么找到我的？你这本事不小。”陈文汉说：“也没费多少事，你现在是方鸣九手下新1团的团长，很多人知道你。”三标问：“你现在做什么？”陈文汉说：“跟在昆明见你时一样，还是做参谋，写写画画的。”陈文汉跟三标上次见面到这时有一年多时间。

三标让手下给陈文汉上了茶，两人聊起来，陈文汉说了这段时间他们的情况。接着，陈文汉说：“我们部队到藤县时，知道距离你们部队很近，我就想找你，无奈时间太紧，没去成。现在我们驻三水，比较稳定，今天我到广州来办事，顺便来找你。”

聊了一会，三标想陈文汉这些年一直在广东，应该对国民党比较了解，就问道：“我有个事想请教，可以吗？”陈文汉说：“咱们俩这关系，什么请教不请教的？太见外了，有什么事，你就说吧。”三标说：“是这样，最近上面要求我们这次到广东的滇军要集体加入国民党，可是，我们都不了解这个党，它是个什么东西？你能给我介绍一下吗？”陈文汉听是这个问题，笑起来说：“我当是什么大问题呢，行，我给你介绍介绍。”

接着，陈文汉介绍道，国民党的前身是孙中山发起的同盟会，民国建立后，同盟会联合四个小党派组建了国民党，孙中山委任宋教仁为国民党代理理事长。民国二年宋教仁被暗杀，孙中山发起二次革命，失败后，孙中山在日本将国民党改组为“中国国民党”。现在说的国民党，就是这个“中国国民党”。

三标问道：“这个党要干什么？”陈文汉说：“这个党的纲领是以三民主义为宗旨，扫除专制统治，建设完全民主国家。”三标问：“三民主义？这是什么意思？”陈文汉说：“这三民主义指的是：民族主义，驱除鞑虏，恢复中华；民权主义，建立民主，实现共和；民生主义，富裕民众，平均地权。”三标说：“听起来不错。”陈文汉说：“是的，我赞成这个主义。一年半前，在桂林，朱培德长官率领我们集体加入了国民党。”

三标问道：“现在北京政府不是共和政府？不是已经做到孙中山先生希望的那样吗？为什么孙先生还要反对他们？”陈文汉说：“现在北京政府被军阀控制，已经是一个假民主、假共和的政府，实际搞的还是独裁专制那套。皖系、直系和奉系用武力争夺控制权，打来打去，他们不再是国民政府，是军阀的政府。所以孙中山先生这个国民党，要打倒他们，建立一个真正的民主政府、共和政府。”

三标问道：“可是，不是已经有广州这个军政府了吗？干吗要再搞一个党？”陈文汉说：“政府是政府，政党是政党，应该说共和政府是由多个政党组成的。”

三标说：“明白了，看来你是赞成加入国民党的。”陈文汉说：“是的，加入国民党是个好事，国民党壮大，就能更有力量打倒北洋政府，就能早一天实现民主共和。”两人又聊了一会，陈文汉还有事，就走了。

三标对陈文汉说的并不完全理解，但是，他明白一点，现在他们这支滇军返滇是不可能了，跟随孙中山似乎是唯一出路，所以应该加入国民党。

第 4 节

第二天，三标到中央直辖滇军总司令部方鸣九办公室门口，高声喊：“报告。”方鸣九听出是三标到了，说道：“进来。”三标进屋立正敬礼，说：“报告总司令，刘长生前来报到。”方鸣九说：“好，好，你坐。”让勤务兵给三标倒茶。见三标坐下，方鸣九问道：“刘长生，怎么样？你到广州时间也不短了，喜欢广州吗？”三标说：“广州确实是个好地方，商店太多，走很久都看不完，简直让人不敢相信，昆明、重庆简直无法跟它比的，是个好地方。”方鸣九说：“让你长期待在这，你愿意吗？”三标说：“我喜欢广州，可是这里也有一点不好，就是天气太热，咱们云南人受不了。”方鸣九笑起来，说道：

“是，天气是比较热，人家说咱们云南人是家乡宝，就是舍不得云南的天气。不过，我觉得咱们要适应这里，适应了，就不觉得热了，你看他们老广哪个嫌弃天气热？”三标说：“是的，请总司令放心，我一定能适应。”

方鸣九转换话题，问道：“最近关正阳怎么样？没搞事吧？”三标说：“没，没搞事，对我没有什么抵触。”方鸣九说：“这个人还不是个坏人，前段时间他投靠谢长官，也是糊涂，他不想想，咱们从四川回来的滇军怎么可能听谢长官的？谢长官又没带领过咱们，部队还是要讲历史讲传承的。再说，谢长官打仗经验不足，咱们打过多少仗？他打过多少仗？他率领咱们，不能让众人服他。”三标觉得方鸣九对谢如年的评价还比较客观，只是觉得对关公脸的评价有点过于宽容，三标觉得关公脸就是个坏人。

方鸣九说：“听说你跟关正阳的关系有点紧张？这个事，我觉得有必要提醒你一下。你刚当兵的时候，他是你的连长，现在你是团长，他是你手下的营长，他有点想不通，这很正常，换了你，你也会有情绪，会想不通。”三标第一次听方鸣九说这样的话，有点意外，之前三标一直觉得方鸣九是对关公脸不满意的，这时才发现，在方鸣九心中并不把关公脸视为对立面，还是看作自己人。三标深感方鸣九在用人上很大度，很有胸怀，自己是望尘莫及。接着，三标又觉得自己太幼稚，在关公脸问题上，其实自己早该看明白方鸣九的这一点，赶走谢如年后，方鸣九仍然让关公脸当营长，还让他带兵打仗，这说明什么？说明方鸣九还是信任关公脸，还是拿关公脸当自己人，否则，不会给他兵权，顶多给他个闲职。

这时，方鸣九继续说：“我相信你能跟关正阳搞好关系，你们一个团里的上下级长官关系搞不好很危险，你要注意。”三标赶紧点头。方鸣九说：“你放心，我也会对关正阳这么说的，让他跟你搞好关系，我不会只单方面要求你。”对此，三标有点疑问，觉得跟关公脸搞好关系的可能性很小，关公脸与自己为敌的态度不会改变。事实上，这些年自己几乎没为难过关公脸，他俩之间发生的这些事，都是关公脸制造的，自己只是一再接招，从来没有主动找他的茬。不过，三标不打算申辩，三标说道："总司令说得对，我一定跟他搞好关系，让总司令放心。"

方鸣九说："好，我相信你能做到。不过，我今天叫你过来并不是说这个事，我要说的加入国民党的事。可能你也听说了，孙先生想让咱们入桂滇军集体加入国民党。"三标说："是的，听说了，外面议论这事的人很多。"方鸣九说："你说说，你是怎么看的？"三标不知道方鸣九是什么看法，耍了个滑头，说道："我对政党这些东西不了解，说不好。"方鸣九说："这个简单，政党跟社团就是一回事，原来孙先生搞同盟会，就是政党，咱们云南也出现过政党。"三标问："云南出现过什么政党？"方鸣九说："洪宪之役前，昆明对支持还是反对袁世凯称帝有不同态度，社会上出现铁血社、云岭社、春风社、狂风社、兴滇社等社会团体，那就相当于政党，明白了吗？"三标听到狂风社，心里一颤，连忙掩饰住内心的波动，镇定地说："有点明白，政党就是把有相同想法的人集中到一起的社团，对不对？"方鸣九说："对，对，就是这么个东西。"三标说："明白了。总司令，在这个事上，我没那么高觉悟，没那么高思想水平，我是这么想，现在咱们入桂滇军无处可去，待在广东是最好的选择，所以咱们应该加入国民党，跟孙先生搞好关系，这样有利于我们在广东长期待下去。"方鸣九听三标这么说，笑了笑，问道："你从这个方面看这个问题，很好，很现实，咱们也确实必须考虑这个因素。"三标听到方鸣九夸自己，嘿嘿地笑笑。

方鸣九说："好，我再问你另外一个问题，咱们加入国民党后，应该怎么做？"三标没听明白这个问题，问道："怎么做？什么意思？"方鸣九说："你知道，国民党是他们的党，咱们加入后，是一切听他们的吗？还是要保持咱们滇军的独立性？"三标说："咱们加入后，不是成了一家人吗？现在咱们不也是听命军政府吗？"方鸣九说："是的，现在咱们是拿军政府军饷，吃军政府的粮，但是，咱们滇军并没丧失独立性，他们不能干涉咱们军官任免，不能拆分咱们部队。”三标说：“我觉得加入后，在这点上不会有太大变化吧？”方鸣九说：“在这个问题上，咱们要提前思考，提前准备，不能马虎大意。你知道吗？如果他们把手伸到咱们滇军的内部，就把咱们搞乱了，搞垮了，咱们就完了。”三标觉得这确实是个问题。

方鸣九接着说：“咱们入桂滇军，现在是军政府实力最强的军事力量，我方鸣九跺一脚，孙先生的大帅府也要抖一抖，是不是？可是，有很多人并不希望我们强大，他们想削弱咱们，想把咱们从最高的位置上拖下来。所以，咱们加入他们的党后，绝对不能丧失独立性。”三标觉得方鸣九说得很有道理，很有水平。方鸣九又说：“还有，今后咱们要更加注意维护咱们入桂滇军的利益，将这个利益永远放在第一位。刘长生，你知道吗，我们不维护自己的利益，就会被削弱了，就会一步一步被边缘化，最后在广东都没有立锥之地。”

三标和方鸣九又谈了一会后，告别方鸣九回团部。在路上，三标想，方总司令特别关注独立性，这会让别人认为滇军搞独立吗？滇军加入国民党后，与国民党的关系能处理好吗？这会碰到什么难题？会引起什么冲突？三标找不到答案，心情有点沉重。这次谈话后不久，入桂滇军集体加入国民党。

第十九章

第1节

被警察抓走的挑水工很快都被释放了，但是，挑水工抵制发行水厂债券的事上了报纸，这顿时引发社会广泛关注。有人认为挑水工值得同情，不赞成搞水厂扩建；也有人认为昆明城现代化很重要，这个现代化过程肯定是有成本的，肯定会伤害一部分人的利益，水厂扩建还是应该搞。这两种观点都是为民着想，各有各的道理，一时间吵得很热闹，后来省实业司做了个了结，通知裕滇银行停止债券发行，暂停自来水厂扩建。

这个事，在裕滇银行内部也有两个说法，一个说如果听李津兰的意见只是面向工商户发行，也许就成功了，将来挑水工知道这个事也晚了，工程动工就不会停下来。另外一个说幸好是面对公众发行，让挑水工不满的问题及时暴露出来，避免将来开工时挑水工来抵制，将自来水公司陷入进退两难的困境。这两个说法互相对立，似乎都有道理。不过，这个事后李津兰职务由副转正，成为簿记部经理，这说明王平端行长还是认可李津兰的判断和做法，这把柳貂蝉气坏了，她咬牙切齿地对段毓婉和吴少愚说：“王行长就是昏君，李津兰什么都没干，反倒官升一级，昏庸至极。”

李津兰这时另外有个心事，就是：赵家轸去哪了？唐继尧打回来一年多了，三哥来过两封信，可是赵家轸一封信也没来过，这让李津兰实在放心不下。这天，李津兰到欧阳红家，说这个事。欧阳红说:“我认识的几个，他们当兵的亲属也是跟顾品珍跑了，但是都写信回来了，说他们打进广东，赶走陈炯明，住得好吃得好，挺好的。”

李津兰说:“是呀，写封信回来不麻烦，为什么不写呢？不仅不给我写，也没给他父母写，这到底是怎么回事？”欧阳红说:“你家这位，原来在上海写信就不积极，他可能就是个不爱写信的人，你别想太多。”话是这么说，可是李津兰还是不放心。李津兰想这不是在上海，家里人担心，他不知道？就这么没心没肺？欧阳红尽量安慰李津兰，说了很久。李津兰也只有相信赵家轸尽管没来信，还是没事。

晚上回到家，在床上又想起这个事，李津兰对自己说也许过几天他的信就来了，过几天，再过几天，再过几天，可是，一直没有。这时，公公婆婆对赵家轸也开始担心起来，蔡月娥开始频繁地跟李津兰说这个事。李津兰这时顾不上自己着急了，优先宽慰婆婆，去找各种理由说明赵家轸是平安的。天天说这样的假话，这真是苦了李津兰，可是，有什么办法呢？只有这么熬呀。

第 2 节

这天上午，董庆仁到李津兰办公室说他听说的一个事，说的是美国星旗银行香港分行想跟云南本地银行做一笔低息贷款业务，交易条件是云南银行帮它在昆明开设办事处，贷款金额是五十万英镑，相当于五百万银元，利率低到每年 1%，贷款期长达十年，并且不要资产抵押，只要省政府出具书面担保就行，他觉得这可能是个给本省搞来一大笔资金的机会，值得重视。李津兰知道这个星旗银行是美国十大银行之一，实力雄厚。

正说着，唐芸芸到李津兰办公室，董庆仁把这个事又说一遍，唐芸芸听了问道："董庆仁，你这消息是从哪来的？"董庆仁说："刚才我听吴少愚和段毓婉说的，吴少愚说这是昨天柳貂蝉去参加滇越铁路公司组织的一个活动，见到星旗银行一个叫递米的美国人，是这个递米说的。"唐芸芸说："那柳貂蝉是什么想法？"董庆仁说："吴少愚说这是个机会，如果咱们银行能做成这事，这笔巨款可以帮咱们大忙，帮本省一个大忙。应该跟王行长说说，去争取一下。可是，柳貂蝉说这不是他们部门的事，让吴少愚别狗拿耗子——多管闲事。"

唐芸芸对李津兰说："向其他金融机构借款是你们总簿记部的事，这可能真是个机会，是不是？"李津兰想了想说："是这样，可是，怎么才能找到这个递米？"唐芸芸说："这不简单吗？滇越铁路的活动歌纳银行能不出席？去找歌纳银行的人问一下，不就找到了？"李津兰觉得这么简单的问题自己竟然没想到，简直有点可笑。

下午李津兰去歌纳银行昆明分行办公室，得知这个递米住巡津街的远东旅馆，为了避免谈不成被同事笑话，她尽量保密，只带唐芸芸一个人去见递米。李津兰曾跟潘永其到这个旅馆来见戴福阁大班，对这个旅馆不陌生。李津兰请前台去向递米通报一下说有裕滇银行的人求见。很快，一个年轻的洋人下来，黄头发、蓝眼睛、大鼻子，中等身材，三十来岁。李津兰用法语问道："你好，递米先生，请问你会说法语吗？"对方用法语答道："没问题，我会说法语。"李津兰用法语和递米交谈起来，李津兰做了自我介绍，然后询问那笔长期贷款的事。递米回答确实有这个事，如果你们银行想做，一定要把星旗银行在昆明开设办事处的事办成。李津兰说："我们对这个贷款很有兴趣，如果真的做，肯定要满足星旗银行的要求。不过，现在只是初步了解情况，自己回去还要向行长汇报，并且，这个事可能还要向省政府汇报。"递米说："我理解你们的程序，我可以等，等你们定了，再往下谈。"

唐芸芸提醒李津兰了解一下对方的情况，李津兰用法语问道："递米先生，我可以问几个问题吗？如果你觉得不礼貌可以不回答。”等递米表示可以后，李津兰问道：“递米先生，是哪位先生邀请你出席滇越铁路公司的活动？你过去就跟这个铁路公司有接触吗？”递米答道：“不，之前我跟这个公司没有打过交道，我是通过越南法国歌纳银行大班戴福阁先生认识他们的。我原来也不认识戴福阁先生，是我来云南前，我们星旗银行香港大班凌顿先生让我找一下戴福阁先生，说他对云南很熟悉，也认识云南官场和金融界的很多人，通过他开展这个业务是个不错的主意。对了，听说戴福阁先生过两天要来昆明，到时候咱们一起聊聊。”李津兰觉得自己未经过王平端同意见戴福阁很不妥，支吾一下，然后告辞。

回的行里，李津兰向王平端汇报了这个事。王平端也觉得这是个好事，只是对省政府是否会批准星旗银行在昆明开设办事处吃不准，让李津兰等一下。下午王平端去省政府汇报，回来后对李津兰说省政府说这个长期贷款是个好事，不过开设办事处的事他们需要研究一下。

接着，戴福阁先生到昆明，递米请戴福阁、王平端和李津兰喝咖啡，这样，王平端带李津兰见了戴福阁。戴福阁主动介绍和递米认识的过程，说是递米拿星旗银行香港大班凌顿的亲笔信找到自己的。听这么说，李津兰和王平端打消了对递米身份的怀疑。回来后，王平端又去省政府作了汇报。

不知怎么回事，柳貂蝉知道了李津兰接触星旗银行的事，就去找王平端，很激动地说是自己最早认识递米先生的，如果裕滇银行要办这事，应该让自己办，是自己把这个信息带回行里，没理由让别人去办。王平端说这事还是让李津兰办合适一点，李津兰他们总簿记部本来就管这个业务，再说李津兰懂法语，沟通起来方便些。两人说了半天，最后柳貂蝉不高兴地走了。几天后，省政府的意见下来了，说如果星旗银行能给这笔贷款，作为交换条件，省里可以允许星旗银行在昆明开设办事处。

第3节

这天下午，香港中环街头出现两男一女，他们东张西望，认真看楼上的巨大招牌。这是王平端、董庆仁和李津兰。由于李津兰的孩子还不到半岁，王平端本来不同意她来香港，可是，李津兰坚决要来，说家里能安排好，王平端只好同意。李津兰还是让张孃孃陪着自己，这会张孃孃在旅馆里。

他们找到“番禺同乡会”的招牌，上面写着在这个楼的三楼。他们上三楼，进去找一个叫林良驹的人。这林良驹是谁？是王平端一行离开昆明前，递米主动介绍的自己的一个朋友，说可以帮他们介绍旅馆、提供翻译等等。又说这个人是搞番禺同乡会的，主要接待到香港的番禺人，可以帮他们解决在香港的任何问题。

这个“番禺同乡会”就是一套住宅，面积不大，有两三个人。林良驹走过来。这是个三十多岁的广东人，他热情地作了自我介绍，王平端也向他介绍了自己，林良驹说：“王先生、李小姐，你们住下了吗？要我帮你们找旅馆吗？”王平端说：“谢谢，林先生，旅馆我们已解决，就不麻烦你了。我们找你，是想请你帮个小忙。就是我们都不懂英语，也不会讲粤语，去和星旗银行凌顿先生见面说话无法沟通，想请你帮找个翻译官。”林良驹说：“这个事你们考虑太多了，他们那边有翻译官的，你们去就行了。不过，你们倒是需要一个懂粤语的，在香港这里不懂粤语很麻烦。”王平端说：“是这样，我们考虑还是带一个翻译官更好，他们有翻译官，我们带一个也不多余，当然，他如果懂粤语更好。”林良驹说：“是的，王先生考虑周到，那我帮你们找一个。”他转身叫道：“老缪，过来一下！”老缪过来，他也是三十多岁。林良驹说：“王先生，老缪是菲律宾华侨，英文很好，祖上是广东人，也懂粤语，能胜任这个翻译工作。”王平端说：“缪先生，那就麻烦你了。”然后对林良驹说：“林先生，你看这个费用多少合适？”林良驹说：“王先生，你太客气了，这是很小的事，算不上什么，还谈什么费用？”李津兰说：“林先生，小事也不能让你们白忙，你们也要生活。”最后说好，缪先生做翻译官，不管跑几趟，给二十个大洋。

于是，他们带着缪翻译官去铜锣湾的美国星旗银行香港分行。这是一栋欧式风格的五层办公楼，他们进去，一个戴眼镜洋人询问他们办什么业务，他是大堂经理，王平端让缪翻译官说自己是云南裕滇银行的，来拜见凌顿先生，之前已经由星旗银行的员工跟凌顿先生约过。缪翻译官把话翻译过去，这个洋人去后面屋子请示后，出来告诉王平端凌顿先生今天没时间，请他们明天下午来。

第二天下午他们一行人再次到星旗银行，昨天那个大堂经理把他们带到五楼凌顿先生办公室。凌顿先生从桌子后面起身过来和他们一一握手。凌顿有五十多岁，穿米色西服，大个头，灰白的头发，留着两头上翘的白胡子。凌顿请他们在沙发上坐下。王平端让董庆仁把带来的虫草、田七等云南土特产拿出来，递给凌顿，可是对方一再摇手说：“NO、NO。”王平端坚持请对方收下，凌顿见推脱不掉，叫手下人把这些东西拿到旁边屋子，待一会王平端他们离开时，让他们带回去。缪翻译官把这个意思说了，王平端只好尴尬地笑笑，看来这洋人是不懂中国的礼节。

接下来王平端说了这次的来意，说自己在昆明跟递米先生商谈过，对贵行这五十万英镑的长期贷款很有兴趣，希望能尽快获得，云南省政府可以出具还款担保，并愿意帮星旗银行在昆明开设办事处。缪翻译官把这些话一段一段地翻译过去，凌顿先生对王平端的话很满意，一再说 yes、good、fine 一类的话。整个会谈的气氛很好，最后，王平端说回去自己就安排同事准备贷款的相关材料，凌顿说：“good，good。”该说的都说完了，王平端问道：“凌顿先生，你们还有什么要求吗？”缪翻译官把话翻译过去，凌顿耸耸肩，双手一摊说没有了。王平端就告辞离开，王平端一行人到一楼大堂，见大堂经理在门口等自己，把那些土特产递给王平端，请他们一定带走。

王平端让缪翻译官解释一下这是我们中国人的习惯，没有其他意思。可是翻译过去，大堂经理还是坚持让带走，推脱一番后，王平端让董庆仁把东西接下来，离开了星旗银行。在路上，王平端问李津兰和董庆仁：“你觉得怎么样？”李津兰说：“我觉得挺好的，凌顿先生挺满意的。”董庆仁说：“是的，凌顿先生对我们态度很友好，他的脸上一直挂着微笑，这很说明问题。缪翻译官，你说是不是？”缪翻译官赞成董庆仁的说法。

第4节

王平端带李津兰和董庆仁回到昆明后，马上带李津兰去省政府作了汇报，得到省政府的肯定后，又去见递米，介绍了跟凌顿大班面谈的情况，递米很高兴，请王平端准备贷款材料。这事很快在云南官场传播开，省财政司和实业司的人对此议论纷纷，有的说这天上掉馅饼怎么掉裕滇银行头上了？有的说裕滇银行真是走狗屎运了。有知道内幕的说，这关键的一步是靠李津兰，是李津兰抓住这个商机，然后才有了后面的发展。李津兰的名字开始被金融圈里更多的人知道。这些议论也传到裕滇银行，传到柳貂蝉的耳朵里，对李津兰的议论让柳貂蝉极为反感，柳貂蝉在多个场合说：“什么靠李津兰？她知道个屁！不是我把这个信息带回行里，她上哪去知道这个事？滇越铁路的活动，她根本没参加，她是听我说的。”唐芸芸听到这话，去告诉李津兰，李津兰轻蔑地一笑，这种话根本不值得理睬。王平端把准备材料的事交李津兰负责。由于这些材料必须有英文版，李津兰雇了两个懂英文的华侨来作翻译。

这天上午，在巡津街的远东旅馆咖啡厅，李津兰带本部门的两个人和递米见面，李津兰用法语说：“递米先生，我们把材料准备好了，今天过来请你过目一下，看看还缺什么。”说完，让同事打开皮箱，拿出一沓材料递给递米。递米翻看着材料，在资产负债表等几张表格上看得极为仔细。李津兰说："我们没做过这样的材料，第一次肯定有很多疏漏，你看缺什么，尽管说。"

递米看了一会，抬头看着李津兰，用法语说："李小姐，材料留下来，我慢慢看。不过，有个小要求，要跟你说一下。"李津兰高兴地说："你说，有什么要求，只要是我们能做到的我们一定给你办。"递米说："这个业务，涉及的金额比较大，要审核的材料比较多，为了稳妥起见，按照我们银行的规矩，需要你们提供一万英镑担保。"李津兰问道："一万英镑担保？这是什么意思？"递米说："是惯例，没有其他的意思。我方下一步的工作是，我回香港，请行里专业人员进行材料审查，如果有必要会派人到云南考察。然而，我方担心我方做了一番工作，例如审核你们的材料、调查你们情况等等，花费一些人力物力之后，你们改变主意，不要这个贷款了，那样我们就白忙了。所以，我们需要一个保证，就是说，如果你们不要这个贷款，我们就不退还这个担保金。"李津兰心想一万英镑折合银元十万元，这可不是个小要求，必须请示行长，甚至要请示省政府，就对递米说自己需要请示一下，请他等等。

李津兰回去把这个要求向王平端作了汇报。王平端说这必须向省政府汇报，不过，王平端认为，对个钱对于这笔长期贷款来说，还是个小钱，省里应当能同意。果然，两天后，王平端告诉李津兰省里同意了。这样，李津兰去告诉递米这个情况，递米提供两份英中两种文字的《担保契约》，王平端在两份契约上面签字盖章后，交给递米，由递米将它们邮寄到香港星旗银行签字盖章。两周后，递米把有香港星旗银行盖章签字的《担保契约》交给王平端，这样裕滇银行向歌纳银行昆明分行的星旗银行账户转账十万银元，并提交全部贷款材料。然后，递米带上这些材料回香港了，裕滇银行耐心等候递米的通知。

裕滇银行在星旗银行办理长期贷款这个事，还是被记者打听到，云南一家报纸刊登了这条消息，并说这笔巨额资金一旦到位，将对云南经济发展起到举足轻重的作用。王平端在办公会上表扬了李津兰，希望行里的同事向李津兰学习。李津兰脸上没有一丝得意之色，但是，她心里却是很高兴，甚至可以说是乐开了花。之后，李津兰幸福地等待着，期盼这笔巨款进入裕滇银行那一天早日到来。

第5节

在李津兰幸福的等待中，时间过去半个月。这天，欧阳红来裕滇银行说她家小马又见到杜生贵了，事情是这样的：前一天晚上小马跟同事老余去参加一个饭局，没想到那个自称杜生贵的人也在，小马想李津兰不是一直在找这个人吗？这次可找到了。小马回到家，马上把这个情况告诉了欧阳红，让欧阳红赶紧告诉李津兰。李津兰听这话，急切地问道："你家小马还能找到这个人吗？"欧阳红说："小马知道这个人对你很重要，当时就跟他聊起来，小马想这次不能让他再溜了，就约他今晚吃饭，让你我都去。"李津兰说："要等到晚上？现在去不行吗？"欧阳红没想到李津兰这么着急，说："现在？现在能不能找到我不知道，这个要问小马……"李津兰说："走，去找你家小马，现在就走。"欧阳红说："这么急？我才刚坐下，你连杯水都没给我倒……"李津兰说："行啦，等回来我给你倒，让你喝个够。"两人出门，叫了一辆黄包车就去省实业司，到了后，李津兰在外面等着，欧阳红进去把小马叫出来。李津兰问道："刚才欧阳红把情况都跟我说了，走，现在你带我去找这个人，我想马上见到他，你知道他住哪吗？"小马说："我知道，昨晚吃饭的时候我问了他，不过，不知道他现在在不在旅馆里，咱们晚上见他不行吗？我都跟他约好了晚上请他吃饭。"李津兰说："我想马上见到他，一刻都不能等。"小马有点犹豫。欧阳红说："那就走吧，你去跟上司请个假，现在就走。"小马回去请假后，叫了两个黄包车，他和老婆坐一个，李津兰坐一个，一起去文林街的那个旅馆。这是一家小旅馆，是一个走马转角楼的房子改的，房间不多，但是档次很高，院子里摆满种植鲜花的花盆，让整个旅馆显得很优雅。

小马对看门大爹说自己来找叫一个杜得福的人，请问此人住哪个房间。可是，大爹说杜得福昨天夜里就退房离开了，他留了个纸条，还说如果有人来找他，就把这个纸条给对方看，说完把纸条递给小马。小马见上面写："各位朋友，对不起，我的马帮在凤庆被山匪打劫，我需要马上去解决，十万火急，对不起，等我下次来昆明一定请你们吃饭，叩首！杜得福。"李津兰听小马念这个条子，心里瞬间凉了，完蛋了，这次又找不到这个人了。没办法，李津兰只好跟欧阳红夫妇离开。不过，李津兰不死心，在路上心想，这个人是去了凤庆，有什么办法能去凤庆找他一下？凤庆距离大理比较近，如果找个大理分理处的同事帮忙，行吗？

第6节

在李津兰动脑筋想找哪个同事帮忙时，这边出事了。这是省里见过了半个多月递米和星旗银行都没消息，有点着急，让王平端给递米发个电报催一下。王平端派人去电报局拍发了电报，可是，电报被退回来了。王平端把李津兰叫到办公室说了这个情况，李津兰意外地问道："退回来？为什么？"王平端说："星旗银行说此人已离职。"李津兰一听，大吃一惊说："离职？怎么会离职？搞错了吧？"王平端把电报局的回复递给李津兰，这是一份英文电报，由昆明接收电报的工作人员翻译成中文，文字并不多。李津兰见上面白纸黑字就是这么写的，李津兰有点慌乱，着急地说："递米离职，那这笔贷款应该有其他人接手办理吧。咱们再给凌顿先生发个电报，问一下是哪个人接手这个贷款业务，好不好？"王平端觉得这个办法不错，就让李津兰起草了电报，派人去电报局发出去。李津兰在电报中说已经通过递米，跟贵行签订《担保契约》，并支付十万银元担保金，星旗银行应当遵守契约。第二天收到凌顿回复的电报，王平端把李津兰叫到办公室，把电报递给李津兰。凌顿在电报中说："尊敬的王先生，电报收悉。非常抱歉，鄙人不知道递米先生在云南办理了什么贷款业务，鄙人只是派其去云南了解银行业的市场情况，从来没有委托其办理任何贷款业务，我们银行没与贵行签订任何契约，也没有让他收取任何担保金。现在其已经离职，本银行对其个人行为不承担任何责任，由此给你带来的不便，鄙人深表遗憾。你忠诚的朋友凌顿。"

李津兰傻了，这是什么意思？星旗银行没有委托递米办理贷款业务？这是个骗局？递米是个骗子？王平端对李津兰的发问只是默默地点了点头。李津兰急切地说："赶快问一下昆明歌纳银行，那十万还在他们银行吗？"王平端垂头丧气地说："我已经给他们打电话了，十万都转走了，一分也不剩。"李津兰说："这不可能，那是星旗银行的账户，递米是不可能转走的。"王平端说："歌纳银行说，这个星旗银行账户是递米开的，银行的印章是递米提供的，预留的签名是他的签名，他用这个印章和自己签名就可以把账户的钱转走，现在这个钱已经转到上海的一个瑞士银行的私人账户。"

这不得了，裕滇银行遇到骗子了，被骗走了十万。王平端把这个情况报告省政府，省政府震惊，如同发生地震，马上召开紧急会议，警务处、财政司、裕滇银行等单位的负责人参加。主持会议的省里的一位高官痛斥裕滇银行无能，说这是重大渎职，把云南人的脸丢尽了。之后决定，派王平端带人与警务处的人一起去香港追款，无论如何要把这十万追回来。

几天后，王平端、李津兰、两个警官和省里的一个翻译官一起出现在香港中环皇后码头。他们一下船就去星旗银行，很快见到凌顿先生。凌顿先生很重视，在会议室接待他们，会议室还有星旗银行的几个高级职员。王平端介绍同来的一行人，把那两个警察说成银行的安保人员，然后说了来意。翻译官把这些话一段一段翻译给凌顿先生，凌顿先生很紧张，让王平端把这个事的来龙去脉说说，王平端如实说，凌顿先生认真听着，一直没说话，不过在王平端说到上次与凌顿先生见面，贷款这事得到凌顿先生首肯时，凌顿打断王平端的话，严肃地说："对不起，王先生，我从来没首肯过这个事，我是收到你们那个电报才第一次知道有这个事。"王平端说："不是，当时在你的办公室，我向你汇报了情况，你听了汇报，一再表示满意。"凌顿先生说："王先生，你一定是搞错了，我确实没有听说过这个事，当时你是说你们希望跟我们合作，希望我们开展云南的业务，就是这样，根本没有说过长期贷款，我们也根本没有给云南长期贷款的计划，从来没有。"李津兰激动地说："凌顿先生，我们非常尊敬你，可是，上次说这个事的时候，我就在王行长身边，我可以作证，你们谈了长期贷款的事，你一再说 yes、good、OK。"

凌顿变得很激动，一再否认自己知道这个事。王平端拿出递米提供的《担保契约》说："这是递米提供的贵行签字盖章的文件，我们已经支付了十万银元。"凌顿先生看了一下这个契约的印章和签字说："王先生，我可以很负责任地告诉你，这个契约的签字和印章都是假的。"然后把契约递给那几个高级职员，高级职员看了，也一再摇头。

王平端说："这是递米先生亲手交给我的契约，怎么可能是假的呢？"一个高级职员凑到凌顿的耳边小声嘀咕了几句，凌顿先生说："OK！ OK！"这个高级职员走出会议室。凌顿先生继续说："现在看这个事很复杂，很复杂。首先，我再次声明我对我所说的一切负责，你们必须信任我。我只是委派递米去昆明了解云南银行业情况，为我们下一步开拓云南市场做准备，他的所有活动都仅仅是了解情况，没有安排他去谈任何商业合作，更不要说谈贷款。还有，这个递米到我们银行时间不到一年，他应聘时说他曾在中国上海工作过，对中国人比较了解。还有，他很灵活，做事很聪明，得到了我的信任，现在看，他很可能有问题。这样，王先生，请你再把这个过程说一遍，我们一起研究一下。"王平端这时浑身发软，让李津兰把情况再说一遍，李津兰从第一次见递米开始，一个事一个事地讲。

突然，会议室的门被打开，进来七八个洋人警察，为首那个年纪大的警察用英语稀里哗啦说一通，云南的翻译官告诉王平端："这个人说他叫麦得信，是香港铜锣湾警察局的高级警察，他们接到星旗银行的报案，来进行调查。"与王平端同行的两位云南警官起身，翻译官连忙让他两位坐下，小声说："不要动，你们在这里没有执法权，不要表明你们的警察身份，听他们安排。"两人坐下。麦得信对翻译官说："你能把我的话翻译给他们吗？"见翻译官表示可以，就说："各位，对不起，现在请你们到我们警局配合调查，所有人都去，尊敬的凌顿先生，也要委屈你一下，可以吗？"凌顿先生站起来，坦然地说："OK。"

会议室的所有人都到了铜锣湾警察局，麦得信初步了解情况后，对凌顿先生和王平端说，他怀疑这是一个精心设计的骗局，而这里面有个很重要的环节，就是一定要王平端相信这个业务是凌顿先生委托递米办理的，他是如何做到的呢？你们注意那个姓缪的翻译官，递米是通过这个人做的，缪翻译官当时给凌顿先生翻译的谈话内容，根本没有贷款之事，就是说，很可能你们说贷款的事，而这个人翻译过去的话是说其他事，他一直在说假话欺骗你们。

王平端觉得有这个可能，自己是通过递米认识林良驹，再认识这个姓缪的，这个林良驹和姓缪的可能是同伙。王平端说了自己的怀疑，麦得信认为很有道理，马上派几个警员去"番禺同乡会"传唤林良驹和缪翻译官。很快这几个警员回来，说那个"番禺同乡会"是假的，他们那个房子只租了两个月，现在那些人早退房走人了，现在要找到林良驹和缪翻译官变得非常困难。听这个话，王平端差点晕过去。麦得信见这个情况，表示他会向上级汇报这个案子，请上级调集更多资源来侦破。王平端和李津兰能有什么办法？只能如此。麦得信请各位先回去，有需要的话会通知各位再来，并特别交代王平端，请他们暂时不要离开香港。

王平端一行找旅馆住下，商量一通后，给省政府拍电报，汇报了今天的情况。第二天省政府的回电到了，指示他们：第一，盯住铜锣湾警察局，尽力推动他们查找这几个嫌犯。第二，不能让星旗银行把自己的责任推得一干二净，首先，这个事不能他们说是假的就是假的，我们认为这是真的，那个《担保契约》就是跟他们星旗银行签订的，是他们收了十万元。其次，退一万步讲，这就是假的，可递米当时是他们职员，递米所作所为都代表了他们星旗银行。综合上述两点，应当逼迫星旗银行尽快退还十万担保金，如果他们不退款，应当考虑在香港起诉星旗银行。至于他们如何找递米退还是他们内部之事。第三，让同行的警官利用在香港的云南老乡关系，秘密查找林良驹和缪翻译官，可以对外承诺，帮忙抓住其中一个的给五千元大洋奖赏。

王平端坚决执行这些指示，一项一项去落实。这时香港天气非常潮湿，让人觉得抓一把空气都能捏出水来，他们这些云南人很难适应，感觉精疲力竭。他们是尽全力去办，可是，事情很不顺利。铜锣湾警察局已经对他们一再到办公室来很不耐烦了，警告他们不要再来，否则以妨碍公务罪拘捕他们。同时，星旗银行不客气地回绝了他们的退款要求，并请他们不要再来。这样，他们又去中环法院起诉星旗银行，可是法院认为此事已经在警察局立案，属于刑事案件，不予受理。没有办法，他们想方设法联系到香港的几个云南老乡，人家听了这个事，非常同情，并帮他们积极去查找，很快，得到了几个线索，可是事后证明这几个线索都搞错人了。

第7节

后来，又过了半个多月，王平端一行灰溜溜地离开香港，乘船到越南，然后到河内。王平端和李津兰去找了一趟戴福阁，当时那个递米在昆明约戴福阁与王平端、李津兰喝咖啡。戴福阁说递米拿星旗银行香港大班凌顿的亲笔信找到自己，并说这是星旗银行想在云南开展业务，王平端要找他算账。可是，戴福阁把所有责任推得干干净净，说自己当时说递米拿凌顿先生的信找自己是事实，说他们星旗银行想在云南开展业务也是真的，但是，自己从来没说有这么一笔长期贷款业务，这个业务你们裕滇银行也从来没有征求过我意见。这样一来，还能说什么？王平端和李津兰只有吃这个哑巴亏，离开河内回昆明。

云南金融圈里都在议论这个事，王平端和李津兰成了天大的笑话。裕滇银行内也有人私下议论，话最多的自然是柳貂蝉，这一次她可是扬眉吐气了，她认为，这一次上面绝不会放过王平端和李津兰。

第二十章

第1节

孙中山回广州重新起用军政府后，广州的形势并不平静。在北洋政府教唆下，桂军沈鸿英把军队集中于广州北郊的高塘和新街，宣布就任北洋政府册封的广东督办，通电要求孙中山下野，率部向广州发起攻击，滇桂联军再次行动，将沈鸿英赶去江西。

沈鸿英不甘心失败，再次进犯广东。吴佩孚同时调赣南镇守使、南韶镇守使、豫军一部配合沈鸿英行动。滇桂联军再次打退了沈军的进犯，沈鸿英败退桂林。

就在滇军与沈鸿英作战时，陈炯明叛军进犯石龙和增城，威胁广州。孙中山组建由滇、桂、湘、粤、赣各军组成的讨贼联军，发起"东江战役"，决心攻克惠州，彻底消灭陈军，然而，惠州城垣坚固，联军久攻不克。

这段时间，广州的滇军也很不太平。当初谢如年在濛江镇离开滇军，一直跟孙中山先生保持联系。在跟随孙中山先生的事情上，谢如年一直是比较坚定的，就在打垮陈炯明，入桂滇军被改编为中央直辖滇军后不久，谢如年到广州，被孙中山任命为大元帅大本营参谋长、湘粤联军总司令。

这天，三标在团部焦急地等杨钊，门响了，杨钊进来，三标急匆匆地说:"要出事了，要出大事了，你听说了吗？有人要把滇军拉走？”杨钊诧异地问道：“把滇军拉走？拉到哪里？”三标说：“拉到外地，你知道这是什么性质吗？这是分裂滇军。”杨钊说：“是谁？我看他是吃了熊心豹子胆，狗胆包天。”三标说：“是杨如轩师长的一个手下告诉我的，现在杨如轩在悄悄找人动员，跟他们师的几个军官谈过。”杨钊知道，这杨如轩是方鸣九中央直辖滇军第1军的一个师长，跟三标都很熟。杨钊说：“他有这么大的胆子？不会吧，是不是搞错了？”三标说：“绝对没搞错，他一个人确实不敢这么干，但是他上面有人，我估计这是谢如年和金汉鼎煽动的。”

杨钊知道，前段时间金汉鼎到广州，本来在赶走谢如年时，入桂滇军推举他为总司令，他到广州以为很顺利能就职总司令。可是跟方总司令谈过，感觉方总司令没有让位之意，又去联系直辖滇军其他军的司令，这些人也是态度暧昧。他知道自己就职无望，就去与谢如年结成联盟，想拉走一批部队，另立山头。谢如年一直对方总司令他们逼他辞职不满，还想重新坐上滇军总司令的宝座，现在这个情况，他也是心中不满。

三标说：“听说他们已说服几个旅长跟他们走。你说这事怎么办？”杨钊说：“赶紧向方总司令报告，对那几个部队加强监视，如果他们真有什么异常举动，马上缴械。”三标说：“你觉得这事总司令不知道吗？不过，不管三七二十一，先向总司令报告了再说。对了，你说这个事关公脸会不会参与？”杨钊说：“这个不好说。”三标说：“在广西时关公脸曾一度投靠谢如年，现在谢如年干这么个事，能不联系他？”杨钊说：“有道理，他确实有可能参与，跟新主子去升官发财。”三标说：“前段时间方总司令还找我谈过，希望我跟他搞好关系，总司令还是信任他。但是，我觉得在这么敏感的时期，宁可信其有不可信其无。提前防范总是好一点。”杨钊说：“我不知道总司令怎么看他，我觉得他这个人靠不住。”三标说：“这样，你派出一些暗哨到他的营区，暗中观察他们营的动静，发现异常马上向我报告。”杨钊马上去布置了。

三标到中央直辖滇军总司令办公室，向方鸣九汇报了听说的情况，方鸣九显然已经得到消息，一点不吃惊，让三标坐下慢慢说，还让勤务兵沏茶，三标屁股还没落在沙发上就焦急地问道：“总司令，这要尽早防范才行，否则要出大乱子。”方鸣九问道：“坐下，有那么紧张吗？喝点水的时间都没有了？”三标说：“不是，事不宜迟，他们随时可能行动。”方鸣九问道：“你觉得咱们中央直辖滇军，有谁跟他们走？”三标说：“这个事，如果只是谢如年一个人所为，我跟你想的一样，他没在咱们驻川滇军干过，在咱们部队中没有基础，没有哪个长官会跟他走，但是，现在金汉鼎跟他联手，情况就不同了，咱们部队中有不少人是他的部下。”

方鸣九说：“我觉得大部分长官不会跟他们走。”三标说：“我听说，现在他们已说服几个旅长跟他们走。总司令，我觉得应该提前做点安排，阻止他们把部队拉走。”方鸣九低头不语。三标说：“当然，我今天来也想说说关正阳，我已派人监视他们那个营，如果有异常，就把他们缴械。”方鸣九说：“我觉得这个关正阳不会跟他们走，不用担心。”三标听方鸣九这么说，着急地说：“总司令，他毕竟在广西的时候投靠过谢如年，不能不防。”方鸣九说：“那时是那时，现在是现在。”三标说：“那时和现在不是一回事吗？”方鸣九严肃地说：“我不同意监视他们那个营，你知道吗，此时此刻，他知道我对他不信任，是很危险的。”三标不说话了，他知道方鸣九说的是对的，一个军官如果发现自己的长官在关键时刻不信任自己，是有可能做出过激行动的。但是，三标觉得放任不管又太危险。方鸣九说：“好了，就这样吧，你回去撤销对关正阳的监视，把心装在肚子里，不会有事的。”听这么说，三标不好再说什么，就告辞。

第2节

过了三天，谢如年和金汉鼎要发动兵变的风声越来越紧，听说杨蓁和另外一个原驻川滇军旅长黄毓成也到了广州，加入谢如年一伙。这杨蓁本来与金汉鼎是死对头，这时为了重新掌握兵权，又握手言和。

这天，三标在团部看报纸，听到门口响起关公脸的声音：“报告。”三标说：“进来吧。”三天前，三标跟方鸣九谈话后，撤了对关公脸他们营的监视。但是，三标一直不放心，现在外面的说法越来越多，三标觉得应该跟关公脸谈谈，就这样，把关公脸叫来了。三标让关公脸在椅子上坐下，又让卫兵送上茶水。

这时办公室里的气氛有点凝重，三标官复原职后，与关公脸的关系尴尬了，之前关公脸是三标的上级，那么羞辱一通三标，现在三标成了关公脸的上级，两人都觉得见面不好说话。三标不想在此时算旧账，他知道现在最要紧的是别让他跟谢如年那些人跑了，三标用平静的口气说：“关营长，我今天叫你来，是告诉你，你我的个人恩怨，跟工作无关，我不会公报私仇，徇私枉法，不会用手上的权力报复你，希望你能好好工作，该怎么做就怎么做。”三标停下来，等关公脸说话，可是关公脸没出声，好像没听见。

三标问道：“关营长，我刚才说的话，你听清楚了吗？”关公脸听这么说，用冷淡的口气说：“听到了。”三标说：“就这么一句话，没什么要说的？”关公脸问道：“要我说什么？”三标说：“我说了我的期望，说了对你的态度，你怎么看？起码要表个态吧？”关公脸说：“我说我听到了。”三标说：“这口气，不太对呀。”关公脸说：“没什么不太对的，反正现在你是我的上司，我是你手下，你想怎么干就怎么干，我都没意见。”这话显然不是三标希望听到的，三标上下打量关公脸，关公脸就是一副要杀要剐由你去的样子。

三标耐心地说：“你不要有顾虑，别想那么多，你干得好，我该给你表扬就给表扬，该嘉奖就嘉奖，像对别的营长一样。”关公脸说：“谢谢。”三标说：“还有，你不知道，方总司令实际上很信任你，很看好你的。”关公脸嘴角轻蔑地咧了一下，显然他根本不相信这话。三标说：“我知道你不信，我现在也不要求你相信，走着瞧吧，慢慢你就会知道的。”关公脸没出声，脸上也没有表情。

三标把话题转到重点上，说道："关营长，我找你来，是想跟你了解一下，现在外面很多人说谢如年、金汉鼎要拉一部分队伍出去干，不再听方总司令号令，他们找不少军官谈，我想问问，有人找你谈吗？"没想到，关公脸很迅速地回答："有，我拒绝了。"三标问道："是吗？是谁找你谈的？具体谈了什么？"关公脸说："对不起，这个不方便说。"三标说："说说也无妨嘛。"关公脸说："我拒绝人家，人家理解我，没有强迫我，只是要求我不要对外人说，我答应了，我应该守信用。"

三标听这么说很不舒服，本来想说两句，想了想忍住，问道："你觉得谢如年长官这个人怎么样？"关公脸说："按理我不能随意评论长官。不过，既然团长你问了，我就说说，我认为谢如年长官是个好长官，目光远大，有理想有情怀，军纪严谨，爱兵如子。"三标一笑，说道："你倒是挺坦率。"关公脸说："我是实话实说。"三标问道："如果是谢如年长官来和你谈，劝你带部队走，你会听他的吗？"关公脸脸色依然严肃地说："不会。"三标问道："你对他评价这么高，为什么不呢？"关公脸说："军人以服从命令为天职，我的长官是你和方总司令，而他是大元帅大本营参谋长，不是我的直接长官，我不能听他的。"三标调侃道："这么说，现在你挺有原则呀。"关公脸说："我一贯遵守纪律。"这话没毛病，但是硬邦邦的，让三标不舒服，三标问道："真是这样？"关公脸说："是的，就是这样。"三标不客气地说："既然这么说，我也就不客气，关营长，你说得很好，希望你能说到做到。"关公脸没出声。三标继续说："我提前说一句，如果你没按你现在说的做，那就别怪我不客气，别怪我下手太狠。关营长，这跟你我的私人恩怨无关，我是秉公执法，替天行道。"关公脸不说话，三标问道："听到了吗？"关公脸答复道："听到了。"三标说："好，你回去吧。"

第二十一章

第1节

很快，省政府的人到裕滇银行宣布被骗案的处理决定，免去王平端代行长职务，降为普通职员，这真是够狠的，可是，还有比这更狠的，那就是宣布开除李津兰。当然，这两条之后，还有一条决定，那就是宣布柳貂蝉为裕滇银行临时负责人。省政府的人走后，办公楼里喧闹起来，段毓婉、吴少愚带头到柳貂蝉办公室祝贺，一些平时跟柳貂蝉交往不多的同事，也纷纷去祝贺，唯恐去晚了。

李津兰这边则是一副凄风苦雨的景象，她一个人坐在办公室里，屋里悄无声息，冷冷清清。唐芸芸和董庆仁走进来，可是半天没说一句话，他俩实在不知道说什么好。还是李津兰自己打破沉默说：“我一会就移交工作。”唐芸芸说：“不用这么着急吧？晚两天没事。”李津兰说：“我不想再看见那些人。”唐芸芸连连点头，很理解李津兰心中的痛。李津兰打起精神说：“没事，我给行里造成这么大损失，是该处罚，这处罚不算重。”董庆仁说：“省政府那些人太过分了，他们就没过错？这个事都经过他们审批，现在出事了，他们把责任全推给别人，这太不讲理了，咱们是不是去争取一下？”李津兰说：“别这么说，这是咱们银行的业务，我们是具体办理者，当然是主要责任人，不怪别人。”董庆仁说：“那他们就没一点责任？怎么说，也要分担一点吧？去反映反映，争取一下，如何？”李津兰一再摇头，唐芸芸说："我同意李津兰的看法，争取也没用。退一万步讲，就是他们那里处罚一两个人，也不会减轻对这边的处罚，算了吧。"李津兰说："你们去看王行长了吗？"董庆仁说："我去了，屋里没人，听说他身体不舒服，回家了。"屋里又安静下来。过了一会，唐芸芸说："你要挺住，不管发生什么事，不管有多倒霉，都要挺住，你女儿、你丈夫，还有你的家人都需要你。"李津兰对唐芸芸挤出一丝笑容说："谢谢，我能挺住。"

下午，李津兰走进柳貂蝉办公室说："柳行长！"柳貂蝉的目光从桌子上抬起来，投射到李津兰的脸上。李津兰迎着柳貂蝉的目光说："我想办理工作移交，你看移交给哪一位？"柳貂蝉冷冷地看着李津兰，半天没说话。不过，李津兰明白柳貂蝉的意思，这是在用无声的语言说："李津兰，你也有今天？你不是很能干吗？不是能折腾吗？不是能蹦跶吗？你没想到会有今天吧，可是，告诉你，我早就想到了，打一开始就知道迟早有这一天，你看，这一天来了吧？"

这时，段毓婉进来，见李津兰站在这里，没和李津兰打招呼，对柳貂蝉说："柳行长，忙着呢？"柳貂蝉不再看李津兰，问段毓婉："不忙，有事吗？"段毓婉说："没事，就是来找你聊两句，看来真是风水轮流转呀，那个人不是那么趾高气扬吗？那么不可一世吗？怎么着？现在神气不起来了？"柳貂蝉对这番话很满意，说："是这样，谁知道，昨天还那么牛，今天就尿了，不知是怎么回事。"段毓婉说："玩砸了呗，想放个大炮仗，一鸣惊人，超过所有人，要干一个本省历史上没有过的大事，把自己玩死了吧？她也不拿个镜子照照，看看自己是谁，呵呵，现在把工作都玩丢了，活该！"李津兰实在忍受不了，转身离开。

多年之后，柳貂蝉私下对个别人说星旗银行这个事，她早就看出来是个骗局，看出那个递米就是个骗子。你想想看，十万银元担保金，还要将担保金转到歌纳银行的星旗银行账户，而不是直接转到香港星旗银行，这能没有问题？可是，柳貂蝉见李津兰和王平端对此视而不见，也就装聋作哑，就让他们继续错下去，并要借此废掉他们。

李津兰回到办公室，唐芸芸和董庆仁很快到了，唐芸芸问她柳貂蝉让把工作移交给谁，李津兰说：“她说考虑一下。”没有说柳貂蝉的傲慢态度和段毓婉的恶劣表演。这时，吴少愚进来了，好像没看见唐芸芸和董庆仁，没好气地对李津兰说：“李津兰，柳行长让我通知你，把工作移交给老谭。老谭是你们部门的临时负责人。”董庆仁说：“嚯，现在这口气大了，不叫李经理了，神气起来了！”吴少愚转身看着董庆仁说：“什么口气大？她现在是什么经理？老董，我告诉你，她已被开除了，不是裕滇银行的人了，你醒醒，还叫什么狗屁经理？”董庆仁站起来说：“吴少愚，李经理是为了裕滇银行被搞成这个样子，她是错了，可那不是为她自己，是为咱们银行。再说，她的工作还没有移交，她还坐在她的经理办公室里，怎么就不是经理了？怎么就不能叫经理了？”吴少愚说：“行，老董，我不跟你吵，你说得有理。不过，我奉劝你，你还是看清形势，到现在你还不跟这个人拉开距离，你不会有好果子吃的。”董庆仁激动地说：“吴少愚，我也告诉你，你不用吓唬我，我就这样。我觉得李经理人品好，为人正派，是个好人。我就不认清形势，能怎么样？我就不相信就为这个把我开除了。”吴少愚不想再吵下去，往门外走，说：“行，咱们走着瞧，走着瞧。”董庆仁要追过去，唐芸芸起来拉住董庆仁说：“算了，算了，别说了！”

第2节

李津兰让唐芸芸和董庆仁回去工作后，叫来老谭，办理了工作移交，然后，她走出办公室。这时还没有到下班时间，同事们都在自己的桌子前做事。她低头轻轻地往前走，希望不惊动任何人。不过，她很快感觉到自己走过的门口有人悄悄伸出脑袋，一个门又一个门，到楼下，那脑袋又从一个门到又一个门伸出来。

出来银行大门，有几个黄包车停在街边，她招手叫来一辆，上车回家。她敲赵府的大门，开门的是张孃孃，张孃孃开了门说：“少奶奶回来了，老爷和太太还没回来。”她进到客厅，孩子的保姆薛妈抱着赵心怡从婴儿房出来说：“少奶奶，今天回来得这么早。孩子刚刚睡醒，正在玩呢。”这时赵心怡半岁多了。李津兰从薛妈怀里把孩子抱过来，轻轻地晃着。薛妈说：“中午拉屎了，臭臭的。”李津兰逗了两下孩子，把孩子递给薛妈，对一旁的张孃孃说：“今天我有点累，我去我房里休息一下。”张孃孃说：“是，看你脸色不太好，你去躺一下吧，吃饭时我叫你。对了，你想吃什么？”李津兰向楼梯走去，没有回头地说：“别管我，我吃什么都行。”

到吃饭时间，李津兰拖着沉重的脚步到餐厅，公公赵亦恒和婆婆蔡月娥都在餐厅里，蔡月娥说：“刚才张孃孃说你要在屋里休息一下，我就没去打扰你。怎么？看你脸色很差，是不是生病了？”李津兰说：“没有，就是有点累。”蔡月娥说：“不对，你肯定生病了，平时你哪有这么早回来的，还一回来就躺床上。”见李津兰一再否认生病，蔡月娥说：“那是出什么事了吧？是不是？是有赵家轸的消息？”李津兰没说话，她在想要不要把这个事告诉二老。赵亦恒关切地问道：“是有家轸的消息？”李津兰一咬牙说：“爸、妈，是这样，我明天不再上班了，银行不让我上班了。”蔡月娥吃惊地说：“他们把你开除？为什么？你不是干得好好的吗？前段时间你们还忙成那个样子，没早没晚的，还去香港，连孩子都照顾不上。”赵亦恒说：“是呀，开除可不是件小事，你说说，这到底是怎么回事？”李津兰控制住自己的情绪，用平静的口气把事情的来龙去脉说了一遍，最后说自己被开除，王行长被降为普通职员。之前赵亦恒和蔡月娥听李津兰说在争取星旗银行的长期贷款，李津兰两次去香港，他们也都同意，去找了临时奶妈，但是没想到到头来是这么个结果。赵亦恒气愤地说：“递米这个混账东西！”蔡月娥说：“这个坏蛋，早晚要遭报应。不过，这个事不能只让你跟王行长两人背锅呀，省政府不是有审批，怎么到最后他们没一点责任？这不合理呀！不管怎么说，他们也要分担一点呀！”赵亦恒说：“这就没法说了，省政府那些人，让他们来给你分担过错，根本不可能。”蔡月娥发泄一通不满之后说：“没事，不去上班就不去，没什么了不起的，咱们本来就不想去呢。咱们不稀罕那几个钱，刚好可以在家带孩子，孩子现在是最需要母亲的时候，我觉得这反倒是个好事，成全了你和孩子，是不是？”李津兰点点头，脸上挤出苦涩的笑容。

到了凌晨一点，躺在床上的李津兰还没睡着。一旁的女儿在熟睡中，卧室里只有她和女儿。本来李津兰在晚上 10 点多就睡着了，可是今天已经过去三个小时，她一点睡意都没有。她在脑海里把星旗银行贷款这事从头到尾回放了一遍，觉得这事本来有很多疑点，都是因自己太想把这个事做成了，才忽略了这些疑点。比如，递米提出担保金的事就很可疑，没有哪个银行这么办；又比如，递米让把十万银元转入所谓星旗银行在歌纳银行开立的账户上，这也很不正常，按常理，应该转给香港星旗银行。同时，如果在以下两个事上注意一下，也可以避免受骗，第一，第一次去香港，应该请省政府派一名翻译官同行；第二，签订那个《担保契约》时，应该要求到香港星旗银行跟凌顿大班当面签订，而不是在昆明跟递米签订。现在倒过来看，还是自己太马虎，还是自己太粗心。不过，现在再后悔也没用了，已经这样，根本不可能再改变，木已成舟还后悔什么？对于自己遭受的处罚，她没有怨言，损失十万银元这么大的金额，自己不受处罚谁受处罚？再说极端点，这都构成渎职罪了，都可以判自己几年了，只是开除，这真是够仁慈了。她又想到王平端，觉得王平端跟着倒霉了，自己很对不起王平端。她心里默念，王行长，对不起呀，真的对不起呀。

李津兰又想到自己丈夫，没有一点消息，这到底是怎么回事？难道真的出事了？不会吧，大哥和三哥打了那么多次仗都活得好好的，他去打一仗就出事？怎么可能呢？那么，他到底是怎么回事？是他离开部队去了大城市，比如去上海，他对上海很熟悉，在那里碰到其他女人了？甚至又和那个安徽姑娘同居？有这种可能，他哪里是坚定的军人，骨子里就是个文人，完全可能离开部队去干其他的，尤其是再碰上个什么女人，早把这个家忘到九霄云外了，跟那个女人逍遥快活呢。如果真是这样，他还是别回来，永远都别回来好。我就当没这个男人，就当守寡。不过，李津兰不是狠毒之人，心里很快又软下来。她看看身边的女儿，心想就是他真的在外面鬼混，只要愿意回来自己就可以当什么都没发生过，还是我的男人，还是女儿她爸爸，不管怎么说，保住这个家比什么都重要。

李津兰又想到，什么跟别的女人逍遥快活？根本不可能，为什么？那需要钱，没有钱哪个女人会跟他好？在上海那样大城市一个月要花多少钱？要租房子要吃饭，要买衣服要乘车，他挣钱能力这么差，挣的钱绝对不够用，那么他必须找父母要钱，可是他从来没要过钱呀，从来没有。想到这里，李津兰心里又凉下来，这么说他真的可能出事了，真的可能回不来了，今后只有心心陪伴自己，孤儿寡母，无依无靠的。想到这里，顿时悲从中来，她觉得鼻子发酸，眼眶潮湿，翻身趴床上哭起来。

第3节

这天下午，滇越铁路阿迷站的出口，李津兰抱着孩子走出来，她身后是薛妈。她们上马车去城里，进阿迷城后，很快到李记古法榨油坊。这个榨油坊的房屋和这条街两侧的房屋一样，是明清风格的，土木结构，单层，沿街一面是店铺，木头门板，门框上下有一个木轨，关闭时门板装到这木轨中，一扇一扇推进去。后面是住房，一家人都住里面。

李津兰走进榨油坊，对柜台后面的老人叫了一声：“爸！”这老人是李津兰的父亲李祖殷。李祖殷惊喜地问道：“你怎么回来了？你这上班的人，怎么有时间回来了？”听到这么问，李津兰觉得自己特别可怜，特别委屈，顿时泪珠就一串串滚落下来。李祖殷慌乱地对着后面的院子叫："娃娃他妈，小妹回来了！娃娃他妈，小妹回来了！"李津兰的母亲庾美菊从后门进来，见果然是女儿回来了，惊喜地说："你怎么回来了？你怎么回来了？"李津兰给二老介绍道："这是薛妈。"李祖殷和庾美菊从李津兰的来信中知道女儿生了个丫头，小名叫心心。庾美菊把孩子从李津兰怀里接过来说："这就是心心吧？"赵心怡认生，在外婆怀里十分紧张。庾美菊逗心心说："我是外婆，那是你外公。"心心那份紧张没有消除，小眼睛警惕地在外婆脸上扫来扫去。庾美菊对丈夫说："他爹，把门关了吧，今天别做生意了。"等李祖殷把门板上了，一家人进到后面的堂屋中，李津兰告诉父母自己不上班了，以后就是带孩子。李津兰父母也是一直反对她上班，一个女人没必要在外面抛头露面的，在家里带孩子照顾丈夫挺好的，干吗非要出去。晚上庾美菊做了几个菜，让李津兰又品尝到家的味道。这时，李津兰想还是家里好，哪里都比不上自己的家。

李祖殷问："你三哥给你写信了吗？"李津兰说："写了，先是说到了广西，前段时间来信，说他们在广州，他们给你写信了吗？"李祖殷说："写了，说的跟给你的信一样。"

第二天吃完早餐，李津兰到街上去走走。李津兰上次回家是结婚前，那时刚刚毕业，打算跟赵家轸结婚，这一晃过去六年了。她在外面看父亲这个房子，感觉变得很破旧，梁柱和门板上的油漆脱落，变得斑驳陆离。她走了几步，发现不仅是父亲的房子这样，几乎整条街的房子都是如此，破旧不堪，让人感觉很是衰败。还有，街上有一半店铺都关闭，不是还没开门，是歇业，或者说是倒闭多时了。李津兰没想到自己长大的这条街会变成如此光景。自己去昆明上学时，这里还是那么热闹，那么兴旺，那么繁华，每间店铺的门口都摆满商品，有竹器、咸菜、陶罐、丝绸，还有从越南过来的洋货，镀金小镜子、小梳子、擦脸膏等等。

李津兰回到父亲店铺门口，见父亲卸门板，要开门营业了。她问："你们不是停业了吗？还开门开什么？"李祖殷说："家里还有不少存货，能卖一点算一点。现在生意难做，老百姓都没钱，这点存货还不知要卖多久。”李津兰有点意外，她原来知道这些年唐继尧这么穷兵黩武，大搞建设，好大喜功，滥发纸币，搞得本省百姓生活每况愈下，举步维艰，但是没有想到竟然到了这么严重的地步。李祖殷说：“你都看见了，这条街一半的店铺都歇业了，租房的商户都走了，像咱们家这样自有房屋的商户就这么维持着，混一天算一天。”李津兰觉得唐继尧这种政策还将持续，照此看，不知道本省经济会糟糕到什么地步。

在父母家的日子过得很快。这天薛妈抱孩子到门口去了，父亲在店铺的柜台里，后屋里只有母亲庾美菊和李津兰，母亲小声说：“小妹，我问你一个事，你要跟妈妈说实话。”李津兰问道：“什么话？”庾美菊说：“赵家轸是不是不在昆明？”李津兰愣了一下。庾美菊说：“肯定不在昆明，这瞒不住我，是不是？”李津兰只有点头承认。庾美菊问：“他去哪了？你们之间是不是出了什么问题？”李津兰说：“没出问题，他、他……”庾美菊说：“他什么？他到底去哪了？”李津兰只有实话实说。当庾美菊听说赵家轸去部队后一直没给家里书信，心里咯噔一下，她觉得姑爷这八成是回不来了，说道：“孩子，你命苦呀！”就哭出声来。李津兰本来想劝母亲别往坏处想，也许他过几天就来信了。可是，才劝了一句，就说不出话了，自己也跟着哭起来。

李津兰越哭声音越大，越哭越伤心，也许她此次回家就是为了这场痛哭，她真的需要这样大哭一场，哭得无所顾忌，哭得昏天黑地，哭得像被抛弃的秦香莲，像思乡的王昭君，像哭倒长城的孟姜女。李祖殷在柜台上听到后屋妻子和女儿的哭声，他没去问原委，他知道这肯定不是好事，他的鼻子发酸，一只老手无声地抹去脸上的眼泪。

第4节

李津兰在娘家住了十来天，告别父母，回到赵府。晚上吃饭的时候，蔡月娥问回娘家的情况，李津兰简单说了一下，当说到父母那条街的萧条景象时，赵亦恒插话说："是呀，现在这种情况到处都是，哪里只是阿迷？你看看玉溪、楚雄、曲靖、大理，哪里不是这个样子？现在唐继尧把本省毁成什么样子？他想称王称霸，不满足做春秋一国之君的诸侯，不满足做南唐、北魏那样割据一方的霸主，还想问鼎中原，图谋天下，可是，他做得到吗？这么一搞，咱们这个穷省的百姓就惨了，滇省的省力哪里能支撑他的雄心大志？"李津兰觉得公公说得不错，现在的情况就是如此。可是，蔡月娥最怕丈夫说这样的话，担心招引飞天横祸，说道："咱们不说这个，做生意的人家，和为贵，忍为高。"赵亦恒激动地说："谁不想忍，可是怎么忍？别的咱们都不说，就看看咱们家这个厂，停产两个月了，不知道下一步怎么样。他唐继尧不这么胡干，能成这个样子吗？"看丈夫这样，蔡月娥不说话了，她知道家里这个厂子现在很麻烦。赵亦恒说："民国建立，我以为国人能看看自己和西方的差距，认真搞工业，发展经济。咱们国家太落后了，其他的不说，就说城市建设，咱们城市是什么样子？人家西方是什么样子？昆明城满城都是破破烂烂的木房子，有点好的建筑吗？也就同仁街有点现代感，严格说，昆明城还是明朝的样子，四百多年没变化。可是，去看看西方，人家维也纳都有地铁，人家美国有布鲁克林大桥，那是钢铁大桥。"李津兰在报纸上看到过这方面的文章和照片，西方国家是相当发达。

赵亦恒接着说："可是，咱们搞什么建设了？有人想退回去当皇帝，有人要让退位的大清皇帝重新登基，有的拒绝沿用旧国会那套，有人在南方另立政府，一个南朝一个北朝，然后，南朝和南朝打，北朝和北朝打，内战打了一年又一年。"蔡月娥说："幸好本省没打仗……"赵亦恒说："是，本省是没打仗，可是，滥发滇票，赋税高企，解除烟禁，本省老百姓这日子不也是水深火热吗？"随后，赵亦恒长长叹一口气。李津兰想，这时公公怕是后悔回国发展了，唐继尧再这么干下去，他这个厂怕是要破产，如果继续待在国外，怎么干也不至于这样。赵亦恒无心吃饭了，站起来说："你们吃吧，我去厂里看看。”蔡月娥说：“现在工人都不上班，除了看大门的，厂里没一个人，你去干啥？”赵亦恒说：“我就是去看看厂里没人的样子，看看该怎么感谢唐省长。”出门叫来郭师傅，上黄包车出门了。

李津兰和婆婆继续吃饭。李津兰知道现在本省人对唐继尧的评价有两种，一种是像公公这样，说他坏的；另外一种是说他好的，说他主政后办了不少好事，例如建设昆明海口兵工厂、昆明自来水厂。他把大清时供总督、巡抚享受的官家禁地大观楼改为公园，让老百姓游玩。他支持修建“个碧石铁路”，创办私立“东陆大学”，自己出资五十万元。为了解决这个大学奖学金问题，他下令各县分摊款项，每年大县二百元，中县一百五十元，小县五十元。还在筹集巫家坝机场修建费，购买飞机开办航校。

不过，她倾向公公这边，觉得唐继尧没有让本省老百姓的生活好起来，甚至还大不如前，比清朝还差。到这时，李津兰才知道天下这些掌权者是不一样的，有的把太平盛世，百业兴旺，百姓富足放在首位；有的相反，而是把开疆扩土，争霸天下，铁马金戈干一场放在首位。不幸的事，现在云南摊上了后面这样的一个掌权者。

第5节

由于离开裕滇银行，找杜生贵更困难了，原来李津兰想托大理分理处的同事去凤庆找找这个人，现在完全不可能了，只有作罢。现在李津兰的生活完全改变，她待在家里带孩子，不再有工作上的难事，不再有人来请示汇报工作，不再有那种明里暗里的争斗，可是，她不喜欢这样的生活。一天，李津兰在梦里回到裕滇银行，她官复原职，又回到那间办公室，王平端也重新当了代行长。她跟王平端谈，本省经济情况越来越差，必须把银行的业务做得更好。王平端很认同她的想法，同意由她去大干一场，她精神抖擞，心情愉快……后来，她醒了，这只是一个梦。

这天下午，李津兰收拾家时意外发现一个小本子，她翻开，里面是赵家轸写的诗，是自由体的新诗。李津兰不懂诗，不过，赵家轸的音容笑貌一下子浮现在眼前。李津兰觉得其实赵家轸是个特别好的人，是个很单纯的人，只是他与自己是缺点缘分，使他很晚才了解到自己妻子的优点。不过李津兰不恨他，也不后悔嫁给他。李津兰陷入回忆，很多往事像泉水一样咕嘟咕嘟涌上她的心头，很多事并不圆满，并不完美，可是，现在想起来却是那么美好，却是那么甜蜜。突然，赵心怡的笑声从楼下传上来，李津兰一下子回到当下，她头脑一下子变得清晰明白，当下是什么？是赵家轸可能永远回不来了，将来的日子只有自己和女儿，她们母女二人往人生的远方走去，一路不停息地走下去。可是，自己现在才有多大？今年才满二十四岁，李津兰的鼻子发酸，觉得自己真的像母亲说的那样命苦呀。

婆婆在院子里叫李津兰下去喝茶，李津兰只有擦去脸上的泪水，去楼下陪婆婆喝茶。蔡月娥给李津兰倒了一杯茶说："听你爹爹说，省政府又摊派捐款，这都不知道捐了多少次了。哎，现在工厂日子这么困难，哪里还有钱去捐？原来你爹爹说在大观楼外面那边买块地建个花园，现在看根本不可能了，不建园子也行，可是照现在这个情况看，只怕将来过日子都困难，这怎么办呀？"李津兰原来听说过公公想建园子这事，说："没钱，叫爹爹别捐。"蔡月娥说："哪里这么简单，你不捐是什么意思？不支持本省建设？小气？不行，只有大家都不捐才可能不捐。你爹爹今天上午就去找几个开工厂的朋友聊聊，商量如何应对。哎，这个事已经让他头痛几天了。他说，现在一听到去省政府开会就紧张，说是动员慷慨解囊，哪里是动员，跟抢钱有什么两样？"

突然，有人敲门，很急促。蔡月娥说："什么人？这么着急？张孃孃，你去看看，是谁在敲门。"张孃孃连忙开门，结果进来三个穿黑衣服的警察，张孃孃说："你们这是干什么？"为首的帅气警察打了个立正，啪地给张孃孃敬了个礼说："我们是省警务处的，奉命来请赵亦恒先生。拜托你去请他出来。”张孃孃说：“我们老爷不在家。”帅气警察以良好的军姿说：“对不起，我们是在执行公务，请你去请他出来。”张孃孃说：“我说了不在，你们没听见……”蔡月娥起身过去说：“等一下，这位警官，我是这家的太太，她说得没错，我家老爷不在家。你们找他做什么？”帅警察又向蔡月娥敬了个礼说：“太太，我们是奉命来请赵亦恒先生去省政府一趟。”蔡月娥说：“去省政府一趟，去干什么？”帅警察说：“这个我不知道，我只是奉命来请他。”李津兰过去说：“刚才太太说，我家老爷不在家。”帅警察又对李津兰敬礼说：“好的，我们在此等候赵先生回来。”然后转身对他手下说：“立正，稍息。你们跟我一起在此等候。”李津兰说：“你们这是干什么？别站着，你们都坐。”帅警察说：“对不起，我们执行公务不能坐。”蔡月娥猜到这不是好事，对张孃孃说：“你去外面看看老爷是不是就在附近？如果是在，你让他早点回来。”悄悄给张孃孃使个眼色，可是张孃孃哪是那么机灵的人，她傻乎乎地说：“老爷不是说去见朋友了吗？不在附近。”蔡月娥恨死这个笨蛋，着急地说：“我让你去看看，你就去看看。”李津兰看懂婆婆的意思说：“妈，算了，还是我去吧。”说完往门口走。帅警察拦住李津兰说：“对不起，在赵先生回来之前，所有人都不得离开，请配合一下。”蔡月娥很不满，但是帅警察这态度又客气又礼貌，她实在不好发作，就忍住了。

这时又有人敲门，帅警察让一个手下开门，不出李津兰所料，果然是公公赵亦恒回来了。赵亦恒见院子里的警察，愣了一下。帅警察说：“你是赵亦恒先生吧？”赵亦恒说：“鄙人是赵亦恒，你们有何事？”帅警察说了来意。赵亦恒问道：“请我过去，有什么事？”帅警察说：“这个我们不知道，就是奉命来请你。”赵亦恒激动地说：“你们这是来请吗？这不是来抓人吗？来带犯人吗？我犯了什么法？到底犯了什么法？”蔡月娥说：“就是，哪有你们这样请人的？”帅警察客气地说：“对不起，太太，我回答不了你的话，我们就是来请人的。你也知道，像赵先生这样的老板，在云南这么有名气，没有上面命令我们怎么敢来请？赵老板，还是请你过去一趟，到我们那去问我们上司，你不就都明白了？”赵亦恒气愤地说：“算了，我跟他们走！”蔡月娥伤心地说：“那我给你带点衣服。”帅警察说：“不用，说了他去了就回来，没事。”赵亦恒就这样被带走了。不过，他这一去，并没有马上回来。

第6节

过了几天，唐芸芸来赵府看望李津兰，说赵亦恒被扣押，跟柳貂蝉有关系。事情是这样的：这一两年省里资金紧张，有人给唐继尧出主意，对工商户下手，搞了多个摊派和捐款，巫家坝机场修建费、航校运行费、东陆大学建设费，等等，都让人出钱。一开始这些工商户还慷慨解囊，后来项目多了，搞得人们难以承受，出钱金额越来越小，很多工商户私下发牢骚，甚至辱骂唐继尧。听说唐继尧对此非常气愤，下决心要惩处一两个冒头的，让这些工商户知道小锅是铁打的，从他们身上榨出更多钱。柳貂蝉听说赵亦恒是这些工商户中牢骚最多的几个人之一，就找人去收集了一些证据，向省政府写信检举赵亦恒。过了一段时间见那个检举信没效果，去打听一下，听说唐省长觉得因言治罪有违民国主流的自由民主精神，担心被人视为肚量太小，非常犹豫，柳貂蝉只好作罢。不过，很快柳貂蝉又听说唐省长下令严查偷漏税赋，矛头直指工商界。明白了唐省长的用意，柳貂蝉又四处收集昌明火柴厂偷漏税赋的证据，然后给省政府递交材料，举报昌明火柴厂有偷漏税之嫌疑，这样，警务处就下令抓人了。听警务处的人说，上面要拿公公开刀，杀一儆百。李津兰问唐芸芸怎么知道这些事，唐芸芸说：“这是柳貂蝉自己说的，她跟段毓婉和吴少愚都说这个事，还说她不把李津兰家搞得家破人亡，她绝不罢手。”李津兰听了倒吸一口凉气，这柳貂蝉可真是毒如蛇蝎。

唐芸芸走后，李津兰把这个情况告诉蔡月娥，当然是隐瞒了柳貂蝉这个人，只说是有嫉妒公公的人举报。蔡月娥一听，吓坏了，赶紧收拾衣物铺盖让李津兰陪着去关押公公的巫家坝军营，人家没让她跟丈夫见面。蔡月娥感觉这事可能不是小事，搞不好丈夫就永远回不来了，回来后就去了丈夫的几个朋友家，恳请人家出手相助。这几家人倒是很够朋友，一口答应，可是过了几天，人家先后回话说这个事很不好办，打击偷漏税赋是本省目前最大的事，具体管的是财政司的一个副司长，管得很严，一般人根本插不进手。听这么说，蔡月娥觉得麻烦大了，搞不好要判死罪，而一旦赵亦恒人头落地，自己不就成寡妇了？想当初，她跟着丈夫欢天喜地、意气风发地到昆明投资，结果搞成一个家破人亡，这老天爷真是不长眼呀！想到这，蔡月娥痛哭失声。李津兰也觉得赵府搞到这一步，真是太惨了，也陪着大哭起来。张孃孃、薛妈、郭师傅和厨房的王妈也跟着在一旁抹眼泪，赵府陷入凄风苦雨之中。

第7节

赵府痛哭一场后，这天晚上10点多，一个黑影走到赵府门口，赵府的大门被轻轻敲响。这时张孃孃已经上床了，听到敲门，她心里想，这么晚是谁呀，起身去开门。张孃孃打开门上的小窗口，见是一个三十岁左右的陌生男子，问道：“先生，你找谁？”男子说：“请问这是李津兰家吗？”张孃孃答道：“是，你是谁？”对方说：“我是她的朋友，可以让我和她说两句话吗？”张孃孃说：“这么晚了，少奶奶睡了，你明天来吧。”对方说：“对不起，我有要紧的事跟她说，请她起来一下，可以吗？”见张孃孃犹豫，又说：“真的很要紧，我是从广州回来的。”张孃孃听是从广州回来，感觉确实是大事，让对方等一下，关上小窗口，转身上楼把李津兰叫下来。李津兰打开小窗口问道：“你好，我是李津兰，你说你是从广州回来的？”对方答道：“是的，我是赵家轸的战友。”李津兰一听，愣了，从小窗口上下打量这个人说：“你是军人？”对方点点头。李津兰对张孃孃示意，张孃孃马上把门打开，对方走进来。李津兰让张孃孃回自己的屋里，把这个男子带到大门南侧那排平房的屋檐下。这个男子压低声音说：“赵太太，我是奉命回昆明来发阵亡通知书的，你是我要找的第七个人。”他从口袋里掏出一个信封，递给李津兰说：“我万分悲痛地通知你，非常不幸，你丈夫赵家轸牺牲了。”当听到这个男子说他是赵家轸的朋友时，李津兰就紧张起来了，她担心这人会带来那个最可怕的消息。当时，心跳得很厉害，腿有点发抖。现在听到这两句话，她身子晃了一下，差点摔倒。这个男子伸手扶住李津兰，男子抬头见张孃孃站在客厅门口，示意张孃孃过来，把李津兰交给张孃孃，男子说：“太不幸了，拜托好好照顾她。”说完，开门走了。

李津兰不知道自己是怎么回到卧室的，只觉得天旋地转，觉得自己被一阵大风吹走，在山岭上飞舞，又觉得自己是在一条小船上，被巨浪掀到天上又重重摔下。对于丈夫阵亡，尽管她早就猜到八九分，但是，当真的接到通知，她还是被打垮了。回不来了，他再也回不来了。这次是真的，不是猜想，不是做梦。她把脸埋在枕头上痛哭，不知哭了多久，她感觉有人摇动自己的肩膀，然后听到张孃孃的声音：“少奶奶，少奶奶，别哭了，这会哭坏身体的！”可能是知道有亲近的人在身边，李津兰的哭声更大了。

这时，蔡月娥被李津兰的哭声惊醒，走到李津兰卧室，问是出什么事了？张孃孃说：“太太，刚才有人来说少爷……”蔡月娥说：“少爷怎么了？少爷怎么了？”张孃孃说：“不在了。”蔡月娥像发疯一样，大声问道：“什么？少爷不在了？是哪个人说的，那个人是谁，他怎么知道？”张孃孃回答不上来，蔡月娥问李津兰：“小妹，你说，那个人是谁？他怎么知道？”李津兰转过身来，不知道该怎么说。这时，蔡月娥看见枕头上的阵亡通知书，打开一看，顿时放声大哭：“我可怜的儿子，我可怜的儿子呀。”张孃孃这时也忍不住哭起来，屋子里哭声一片。李津兰清醒一点，仔细看了一遍阵亡通知书，上面写赵家轸是去路南阻击唐继尧时，与唐继尧部队遭遇，牺牲在宜良县鸡猪山。

第二天，张孃孃在赵府客厅布置了个小灵堂，在对着大门的那面墙摆放了一条桌案，上面立着个装赵家轸照片的镜框，镜框前点上香。蔡月娥让薛妈抱赵心怡去一个邻居家住几天，让郭师傅去关押老爷的地方把这个事告诉了老爷，让老爷放心，家里会按照规矩办好丧事，然后让郭师傅和张孃孃去通知那些老爷的好友，和蔡月娥有走动的邻居。陆陆续续有一些朋友和邻居过来吊唁。

由于阵亡通知书上没写赵家轸的埋葬地点，无法收取他的遗骨，蔡月娥决定给儿子建个衣冠冢，让郭师傅在西郊筇竹寺旁买了墓地，守灵三天期满，撤了灵堂，蔡月娥和李津兰乘马车带赵家轸的一些衣物去筇竹寺，用衣服代赵家轸的遗体下葬。

从筇竹寺回来，也许是太劳累了，也许是儿子衣物下葬的大事办完了，蔡月娥一下子垮掉，躺倒在床上。李津兰让郭师傅叫来同学欧阳红帮忙，去找来昆明城最著名的郎中。这欧阳红在李津兰被银行开除后曾多次到赵府，尽力安慰李津兰，此时更是尽力帮忙。欧阳红找来郎中，郎中说是这是经受重大打击后的极度虚弱，需要静养，开了一个药单，让一日三服。郭师傅去抓了药，张孃孃天天炉子上煎药，按时给蔡月娥服下，可是，四五天过去，没见一点起色。李津兰又陪婆婆去巡津街甘美医院找法国医生看看，人家检查一遍也没找出病因，开了点小药片，让停了汤药，服这药片，可是，四五天过去，蔡月娥还是不见病情减轻。没有办法，只有慢慢调养。现在赵府这上上下下，老的老小的小，病的病关的关，家里总要有个人主事，李津兰只有硬撑起来。

第二十二章

第1节

谢如年与金汉鼎策划的兵变，还是发生了。那天，杨如轩、杨池生带他们那两个师的滇军离开驻地，向粤赣边境移动。方鸣九向孙中山大元帅汇报这些人“有通北嫌疑”，请求采取行动。孙中山下令免去谢如年大元帅大本营参谋长等职，免除杨池生、杨如轩师长职务，并对他们和金汉鼎、杨蓁、黄毓成下了通缉令，这六人闻风而逃。后称此为“七一六”事件。

关公脸按他对三标说的那样没有跟谢如年走，这让三标有点意外。但是，两人的关系并没有一点改善，三标认为关公脸没跟谢如年走，算他还没蠢到头，还有那么一点点头脑，否则，自己让他死无葬身之地。而关公脸则认为，我没走不是给你团长面子，只是我清楚哪个是阳关道，哪个是独木桥。我没那么笨，不用你来教训我。所以，经历这场风波后，两人关系还是老样子。

第2节

“七一六”事件平息后，三标去找铲子，想跟他聊聊，也许能得到一些新情况。三标打听铲子他们部队，得知驻佛山，这天有时间，就带上卫兵四毛驴过去了。这四毛驴是三标新卫兵，十七岁，云南文山人，穷人家的孩子。三标进佛山城，到铲子他们驻地门口，三标让四毛驴去叫铲子出来，自己去旁边的一个茶馆，在那里等他。

三标在茶馆要了一杯茶，坐了一会，四毛驴就带铲子过来了。三标站起来跟铲子握手，请铲子坐下，又让茶馆的伙计给铲子上茶，然后让四毛驴到外面去等候。等四毛驴离开后，三标说："看你的肩章，当连长了？"铲子说："是的，在广西的时候提的。刚才听你卫兵说，你离开重案大队回部队，在广西提团长，恭喜，恭喜。"三标说："谢谢。是这样，在离开昆明前，我到碧鸡关小街找到那个老板，就是当年你和老烟筒经常吃饭那个小饭馆的老板，通过他找到一个叫刘水仙的女子，你认识这个刘水仙吗？"铲子说："不认识。"

三标说："她当时在神仙客栈干，她说她认识你和腾冲兵，跟你们一起吃过饭。"铲子似乎突然想起来了，说道："你是说那个妓女呀，认识，一起吃过饭，只是忘记了她的名字。"三标说："是的，刘水仙是干那一行的，不过，老烟筒跟她好过，好像老烟筒还说要带她走。"铲子问道："带她走了吗？"三标说："没有，她说她离开神仙客栈，老烟筒就没来找她了，她不知道老烟筒出了什么事，当然，也可能是变心了。"铲子问道："她是哪年离开神仙客栈的？"三标说："三四年前吧。不过，她说了一个情况，说老烟筒开小差回来，在碧鸡山小街附近租房子住了一段时间，老烟筒很有钱，还在他老家给父母盖新房子，你觉得老烟筒做点小生意能赚那么多钱吗？"铲子愣了一下，说道："盖房子的钱？应该赚不到。"

三标说："是的，我想他也赚不到。那么，这钱是哪来的？你说，哪来的？"铲子说："这我就不知道了。"三标说："是吗？另外，刘水仙还说了一个事，说老烟筒开小差回到碧鸡关小街后，心事重重的，整天闷闷不乐，夜里还经常做噩梦，让人感觉他是背上什么大事。你说，他会背上什么大事呢？"铲子紧张起来，说道："这我不知道。他离开部队后，还回碧鸡山小街去住过三个月？我是第一次听说。"三标诱导地说："你说这些情况是不是说明老烟筒有点反常，一般人不会这样，是吧？”铲子替老烟筒辩解道：“钱的事不好说，可是，说他心理压力大，会不会是他开小差，怕人家来抓他？一般人都顶不住这压力。”三标说：“说得好，有这个可能，他是担心被抓住。”

两人又聊一会，三标见聊不出什么新东西，就起身，说道：“那我就走了，你要有什么事需要我帮忙的，你尽管跟我说，不用客气，咱们现在认识了，就是朋友。”铲子没说话。三标问道：“你怎么不说话？我哪里说错了？”铲子说：“没有，刘团长，如果没什么事，我觉得你就不用来找我了，我也实在没什么可说的。”三标问道：“怎么？不想见我？”铲子说：“不是，是这么远的，你来一趟不容易，我觉得你太辛苦了，而我知道的事都说了，没有什么可说的了。”三标说：“原来是因为这个？没事，我不觉得辛苦，跟你聊聊挺好的。行，我走了。”

第3节

这天，三标的卫兵四毛驴进三标的房间说：“报告团长，我带回来一个人。”三标问道：“什么人？”四毛驴不说话。三标感觉奇怪，问道：“你怎么不说话？你小子这是怎么回事？”四毛驴为难地说：“团长，我把你太太带来了。”三标在广西与白金花分手后，一直没联系，没想到四毛驴会把她带来了，问道：“你不认识她，怎么把她带来了？”四毛驴说：“其实不是我带来的。有个女人到咱们大门口，说找你，又自称是你太太。刚好我路过，就带她过来。不过，在路上我就后悔了，没经过你同意，就带她过来可能不合适，就让她走，可是她死活不走，我实在没办法。”三标一听，顿时火冒三丈，大声喊道：“四毛驴，你小子好大的胆！没经过我同意，你竟然敢带女人来见我，你信不信，我枪毙了你？”四毛驴吓得浑身哆嗦。三标说：“你赶快把她带走。”四毛驴说：“团长，我错了，我带她走。”说完转身往外走。

这时，白金花走进来说道：“要枪毙就枪毙我吧，四毛驴没错，要说错，都是我的错，有火你就冲我发吧。”三标气愤地对白金花说：“枪毙你，你早该枪毙一百次了。”白金花说：“行，我知道我对不起你，广西的事我错了，我对不起你。”三标说：“别，你别跟我说这个，你跟我没关系，你走，赶紧走。”白金花说：“行，我走，走之前，我向你道个歉、赔个礼行不行？就是你我没有关系，我错了，我伤害了你，你也要给我一个认错的机会，向你道个歉。”

白金花不等三标表态，示意四毛驴赶紧出去。四毛驴看看三标，见三标没阻止，就悄悄走出去。白金花接着说：“是我财迷心窍，见钱眼开，上了别人的当，去干那违法乱纪的事，让你被撤职。真的，你走后，我后悔死了，我真是蠢呀……”听她说着，三标心里的怨气逐步消散，不禁想，这个事说到底，还是关公脸捣的鬼，白金花只是受骗上当，罪魁祸首是关公脸，白金花认错态度既然这么诚恳，真的也没必要死揪住不放。另外，白金花到广州，自己再把她拒之门外，她是否会被关公脸利用？再者，白金花穿一个无袖缎子面旗袍，把她丰满的身体包裹得紧紧的，胸脯上的两个高高隆起的部位好像要把旗袍撑破。他觉得白金花的身体还是那么诱人，还是那么让人心动，还是那么让人想去占有。最后，他带白金花回家，两人睡一起，又和好了。

第4节

三标对白金花被关公脸利用的这个担心一点不多余。半个月后的这天，白金花出门，在街上就听到有人叫她。白金花站住，回头看，原来是关公脸。白金花并不想见这个人，不冷不热地应付道：“关长官，有事吗？”关公脸说：“刘太太，听说你到广州了，就想去看你，没想到在这里碰上了，太好了。怎么样，跟刘团长的关系缓和了？刘团长这个人什么都好，就是脾气太大，一点小事就搞得那么绝对，什么断绝关系的，至于吗？你最近怎么样？我看你气色挺好的。”白金花说：“是吗？这都是托你的福嘛。”关公脸说：“哪里是托我的福？是你本人天生丽质难自弃，本人太漂亮，怎么收拾都漂亮，没办法，把别的女人活活气死。”听他这么夸自己，白金花很高兴，对关公脸的怨气消除一半，说道：“关长官，你这嘴太能说了。”关公脸说：“哪里，别人都说我嘴笨，是你本人实在太好了，一见到你，那些夸人的话自然而然就冒出来了。”女人真是不经男人夸，三下两下，白金花就觉得关公脸不是那个害过自己的人，而是一个最好的朋友。

关公脸说道：“其实，广西那事完全是小题大做，无事生非，你说，那才多少钱？算什么？我问你，你知道我们这批滇军到广东后都在干什么？”白金花问道：“干什么？”关公脸说：“从上到下，从下到上都在赚钱。”白金花不敢相信地问道：“都在赚钱？真的？”关公脸说：“这事我能骗你，当然是真的。我跟你说，从方总司令下来，司令、师长、团长，到下面的小排长，都在赚钱。”白金花问道：“他们怎么赚钱？”关公脸说：“八仙过海各显神通，大的开烟馆、开赌场、倒卖进口的洋货，小的收保护费、买卖小东西，干什么的都有。”

白金花疑惑地问：“这么干，方总司令不管吗？在广西的时候，他管得那么严，当时恨不得把我枪毙了，现在就放开了。”关公脸说：“对，放开了，方总司令不管了，他自己也在忙活呢。你不知道，在广西的时候，滇军处境艰难，前途未卜，必须要死死抓紧军纪，否则部队散了，一切都完了。而现在呢？情况全都变了，在广东咱们滇军是老大，站住脚了，局势稳定了，所以大家不去赚钱去干什么？”白金花说：“是吗？看来我来广东是来对了。”关公脸说：“当然来对了。你看，你来广东，跟你男人又到一起喽。另外，赶上一个人人赚钱的好时期。”

白金花是特别喜欢钱的女人，听关公脸这么说，动了小心思，问道：“关长官，你说说，如果我去赚钱，干点什么好？”关公脸说：“是这样，我听说，现在来钱快的，又不太复杂的生意有几个。”白金花急忙问道:“你快说说，哪几个？”关公脸说:“一个开烟馆，一个开赌场。”白金花自言自语地说:“开烟馆，整天跟那些烟鬼打交道，我不喜欢。开赌场好点。”关公脸说:“是的，开烟馆不太好。”白金花说:“你看我开赌场行吗？”关公脸说:“行，你绝对行，租几间铺面，装饰得富丽堂皇的就行，店里的伙计在门口贴个广告就能招到，广州干这行的人多。你想想，广州这是大码头，赌场干了几百年，能缺这方面的人才？还有，你知道这赚钱有多快？我听说一个三四个伙计的小赌场，一个月就能净赚几百个大洋，是硬邦邦的广东大洋。”

白金花听这么说，欣喜雀跃，恨不得马上就干，说道:“那我干一个。”见白金花被蛊惑起来了，关公脸语气一转，皱着眉头说:“不过，这里面有点小问题。你不知道，由于滇军赚钱闹得太厉害，孙中山先生对滇军非常不满，把滇军高官叫去训斥几次，现在滇军赚钱不敢那么明目张胆，都转入地下了。所以，这个事，首先要过你们家刘团长这一关。”白金花已经完全进入马上要大捞一笔的兴奋状态，说道:“怎么过他这一关？”关公脸说:“不能说开赌场。”

白金花着急地问:“那开什么？”关公脸说:“开饭店，门头上挂饭店的牌子，私下里是赌场。”白金花说:“这个主意太好了，就说开饭店。”关公脸说:“还有一点，最好是用他的钱。”白金花说:“对，对，开饭店，我找他要钱。关长官，你帮我算算，我开个二十来个伙计的赌场要多少钱？”关公脸说:“开这么大呀？我帮你算算，租金、装饰、设备和人员工钱，估计至少有八百个大洋。”白金花向旅部交钱时，留了一手，没全部交出去，私留三百个大洋，这样需要在三标那里拿五百个大洋。白金花说:“行，我让他一定拿出来这八百个大洋。”关公脸听白金花这么说，心中一阵欣喜，心想，好呀，刘长生，这回要你好看。白金花说:“关长官，在租房子、装修房子上还要拜托你。”关公脸说:“那都是小事，你回去跟刘团长说好了，就来找我，我给你介绍几个人，把这些事给你都办了，不用你操心。”说完，说了自己的地址，让白金花拿到钱去那找自己。

第5节

白金花回到家，赶紧做饭，在吃饭的时候她看三标心情挺好，就说："我今天上街去逛逛，这广州市面简直太热闹了，卖什么东西都有，尤其是洋货，好多东西我从来没见过。"三标低头吃饭，没有打断白金花。白金花说："我觉得广州真是一个做生意的好地方，做什么生意都能赚钱，比重庆强。"三标还是吃饭，不说话。白金花说："你知道吗？我有个想法，你知道是什么想法吗？"白金花停下来，等三标发问，三标随口问道："什么想法？"白金花说："在这里开个饭店。"三标停住，抬头看白金花，说道："什么？你想开饭店？"白金花说："是呀，我觉得这么好赚钱的地方不去赚钱太可惜了。"三标说："你别给我惹事了，现在上面不让军人做生意，正在查呢。"白金花说："不让军官做生意，是说不让做非法的生意吧？正当生意也不能做吗？而且，是我去做，不要你参与，军官家属做生意，很正当，不行吗？"三标说："倒是没有限制军官家属，不过，还是算了，难说哪天又限制了。"白金花说："我觉得像开饭馆这种生意不会被限制，这是再正常不过的生意。"三标说："算了，正常的你也别做。再说，做生意都是有风险的，你怎么能保证赚钱，万一赔钱怎么办？别搞了。"白金花说："肯定有风险，但是，我相信我绝对能赚钱，是不是？我还是想做。"三标说："不行，你这个女人太不安分，老老实实待家里不好吗？你又不缺吃喝。"白金花噘嘴说："不嘛，人家就是想做。"三标说："你别整天胡思乱想，能过几天老老实实日子吗？"两人不再谈这个事。白金花很不高兴，一晚上都气嘟嘟的。

白金花不甘心就这样让她赚钱大计付诸东流，她不是那样性格的人，她想干的事一定要干成。她去找关公脸，让他帮忙寻找店铺，又找人了解赌场运作方法。关公脸很热心，很快万事俱备，就等资金到手。这天，三标下班回来，一进门就说："你知道吗，方总司令为了鼓舞士气派人去昆明请戏班子到广州来演出，有滇剧，还有花灯，说这几个戏班子很快就到。”三标心情很好。白金花一直想再跟三标提开饭店的事，见三标心情这么好，就说：“是吗？滇军官兵能在广州看到家乡戏，太难得了。”三标说：“是的，是的。”当然，让三标高兴的事还有一桩，那就是可能看到十三红了，这一晃，三标又有两年没见到她了。白金花说：“滇军在广州的日子真是越来越好。”三标说：“是，越来越好。”

这时，白金花话头一转，说道：“滇军的日子是越来越好，可是咱们家还是老样子，一点改善都没有。”三标听这么说，问道：“你这是什么话？咱们家怎么就没有一点改善？”白金花说：“本来就是嘛，过日子是要靠钱，咱家的钱就是靠你的军饷，你又不搞吃空饷那些乱七八糟的事，咱家没有一点外快。是的，现在你的军饷确实不少，但是，要回云南买房子买地，这点钱又太少了，能干什么？”

三标听这话，心里想，白金花说得不错。在广州，滇军直接控制十几个县的税收，税务局的负责人由滇军任命，滇军的经济情况是好了很多。但是，尽管如此，如果自己不在军队干了，回云南去买房子置地，确实买不了什么。白金花接着说：“我觉得现在能合理合法地赚钱，咱们不去赚，就不应该。这个时候，咱们应该把握机会。说实在的，滇军在广州这好日子能有多长时间？我是有点担心的。广州这块肥肉，人人惦记，滇军就这点力量，早晚有一天会被别人挤下去。”三标不说话，他心里很清楚，确实存在这个可能。滇军兵源主要靠云南子弟，而云南人是家乡宝，受不了广东这么热的天气，不愿来当兵，新兵补充得很困难，远远不如粤军、桂军、湘军他们新兵补充得快，这样下去要不了多长时间，此消彼长，滇军将丧失优势地位。

白金花继续说：“我觉得我们还是应该抓住这个机会，出去赚点钱。”三标说：“你还是想开那个饭店？我不是说过了吗？你怎么能肯定你能赚钱？如果赔了呢？怎么办？”白金花说：“别人开饭店能赚钱，我开就赔钱？是这个意思吗？我觉得不会，你看广州这么好的地方怎么会赔钱？真的，我觉得咱们不把握这个机会太可惜了，咱们不会有几次这样的好机会。”三标沉默不语，没有同意，但是没有像原来那样强烈地反对。

第6节

这天，白金花去关公脸介绍的那个店铺看看。那个店铺是在东关大街，是上下两层，一层两开间，二层四开间。白金花想在楼下摆几个桌子，像饭店一样，就是装装样子，上楼后，二楼全是赌场，可以摆八张赌桌。

白金花回家时，在街上碰到关公脸，说道：“关长官，好几天不见，你是在忙什么呢？”关公脸说：“团长太太，你好，几天不见，我能忙什么？就是那些鸡毛蒜皮的小事，瞎忙。”白金花说：“那个店铺，就是你找那个人介绍的那个，我觉得还可以，只是，你看看价格能不能再往下压一点？”关公脸说：“这个事，我说你有什么想法，直接跟对方谈就可以，让他给你办。”白金花说：“我跟他说了，他说已经是最低价了，我想再往下压一点。”关公脸为难地说：“这可能不好办，你也知道，广州的房租都特别高，特别难压价，如果对方说谈不了，估计就是谈不了了。”白金花说：“你再跟他说说，压一点都行。”关公脸说：“行，我尽力而为，再去跟他说说。”接着关公脸话锋一转，说道：“我说，你别只是压价，你的钱准备好了吗？你家大团长同意给你钱了吗？”

白金花有几分尴尬地说：“没有。”关公脸说：“没有？没有钱你谈房价干什么？我说，这个事做成做不成不是这点房价，而是有没有钱，如果你没拿到钱，都是白忙活。”白金花说：“我知道，我知道。”关公脸说：“我说，团长太太，你觉得他到底能不能同意？你有把握吗？”白金花说：“你放心，我肯定能让他同意，我有把握。”关公脸有点怀疑，上下打量一下白金花，问道：“你肯定？”白金花说：

“我肯定。”尽管如此，关公脸还是不完全相信，但是不好再往深里追问，就说：“那行，我再跟那小子谈谈，设法再压点价。”

第7节

这天，三标回到家，见厨房没人做饭，有点奇怪，叫白金花，白金花在卧室弱弱地回答一声，三标到卧室，见白金花躺床上，背对门口，问道：“怎么了？病了？哪里不舒服？”白金花说：“没事，我躺一下。”三标说：“要不要请郎中来看看？如果要，我让四毛驴去叫一下。”白金花没有转身，用自己的背脊对着三标说：“不用，躺一下就好了，没事。我没做饭，不行你自己出去吃点东西吧，我不想吃。”三标说：“不想吃饭？肯定是病了，哪里不舒服？是什么感觉？”说着动手去白金花身上查看，白金花推开三标的手，说道：“真的，没事，你去吃饭吧。”三标见不让查看，只好作罢，说道：“没事，我也不饿，一会饿了再说。”说完往客厅走去，说道：“要我给你冲杯红糖水吗？”白金花说：“不用。”

三标还是冲了一杯红糖水，给白金花端到床前，说道：“喝吧，喝了就能好点。”白金花还是背脊对着三标，三标劝了几次，见白金花都没转身，只好把水杯放床头的桌子上。三标准备出去时，突然听到微弱的哭声，他向白金花的那边看去，只见白金花捂着脸在轻声啜泣。

三标问道：“怎么了？出什么事了？”白金花不回话，三标过去推推白金花肩头，问道：“说嘛，到底怎么了？”白金花说：“你心里从来就没有我，我对你来说就是个外人，你父母也不认我，我从来不是你们李家的人。”三标问道：“怎么说这话？你是怎么回事？”白金花说：“我能有什么事？本来就是这么回事。”三标不高兴地说：“没事，你说这个干什么？”白金花说：“本来就是嘛，外面的人叫我团长太太，可我是什么团长太太？顶多是个姘头，是个私下相好的，连个小妾都算不上。”三标说：“你疯了，这是什么乱七八糟的？”白金花坐起来，满脸泪水地说：“我就是疯了，就是疯了。三标，你心里清楚，我在你这里什么都不是。你老家有老婆，有一天你一脚把我踢到门外，不再管我，我就在外面饿死冻死。是的，我是死是活跟你没关系。”三标说：“你怎么想起来说这些了？不是好好的吗？怎么一下子变这样？”白金花说：“变这样？什么变这样？这一切一直都摆放在这里，只是我不说罢了。”

三标明白过来，问道：“你这是，你是不是还想开那个饭店？是不是？”白金花没说话，三标接着问道：“是不是为这个事，要我拿钱给你去开饭店？”白金花还是不说话，只是不再哭了。三标说：“我说你去干那个，累死累活的，干吗呀？有时间你找那些军官太太走动走动，或者打打麻将，不是挺好的，非要去开个什么饭店？”顺带说一句，这时，有一些军官的太太到广州了。不过，杨钊、王玉生、崔大嘴的老婆都在家里，他们想等滇军再稳定一点，再接过来。

白金花说：“你知道，我不喜欢跟她们玩，我就喜欢干点事情。”三标说：“有福不去享，真是让人搞不懂。”白金花说：“说实话，我在你身边一直有种不安全感，你我又没有孩子，我不知道自己老了以后会怎样，我一直都想自己有点钱，有钱我的不安全感就少一点。”三标说：“我理解，理解。”白金花说：“现在我就想开这个饭店，什么都不想，就想这一个事。”说完，用乞求的眼神看着三标，三标躲开白金花的目光，问道：“要多少钱？”白金花说：“五百个大洋。”三标意外地说：“这么多呀？”白金花心想我还少说了三百个大洋呢，说道：“是稍微多点，不过很快能赚回来。”三标狐疑地问道：“很快？是多快？”白金花说：“一年，顶多一年，要搞得好，十个月就能赚回来。”三标说：“这么快？我说，咱们别只说好的这面，做事肯定都有两面，如果做亏了，怎么办？”白金花说：“如果做亏了，我这辈子给你当牛做马，不要锦衣玉食，不要绫罗绸缎，给口饭就行，终生伺候你。”三标不说话，起身朝客厅走去。白金花见他这个样子，也不再说这个事，继续躺床上。晚上，两人也都没说话。

第二天早上，三标临出门时对床上的白金花说：“行吧，下午我给你拿钱回来。”这样，白金花达到目的，半个月后她的“三逅香饭店”开张了。

第8节

半个月后，十三红他们福升班到广州，开始到滇军几个部队慰问演出，自然最先慰问的是方鸣九的部队。这天，三标带白金花去南关的同乐戏院，三标穿军装，白金花穿一身浅色短袖旗袍，头发烫了个大波浪。广州戏院比昆明大很多，气派很多。三标和白金花与来听戏的军官和太太打招呼，三标见关公脸也来了，坐在远处，没过去说话，就当没看见。很快演出开始，又是《牡丹亭》。一阵锣鼓响声后，胡琴拉响，女主角杜丽娘摇曳身姿上场，是十三红，那扮相还是那么俏，身段还是摇曳多姿，嗓音还是那么甜美。三标不知不觉完全沉浸到戏里，跟着杜丽娘和柳梦梅到了那园中，忘记自己在哪里，身边有谁，是哪年哪月。

白金花是在山里长大的，小时候没接触过滇剧，所以她来听戏，更多是来看看热闹。此时她在座位上东张西望的，看别人都在干什么，坐得很不踏实，看完别人，又看身边的三标。很快，她发现三标看得非常投入，到了忘乎所以的地步。她仔细看三标，从额头往下看，眉毛、眼睛、鼻梁……而三标并没察觉，白金花很不理解，戏台上是什么让三标这般如痴如醉？很快，白金花看明白了，她拉下脸不高兴了，为什么？因为她觉得三标是被戏台上那小妖精迷住了。白金花气鼓鼓的，觉得一个女人让自己男人来听戏，简直太愚蠢，这不是让男人那个淫魂去逍遥吗？而且自己还要坐在一旁，陪着他去逍遥。终于，戏唱完了，杜丽娘与柳梦梅有情人终成眷属，人们站起来向戏院外走去。

三标走到戏院侧门，见一个人影向后台走去，他仔细一看，是关公脸，三标想关公脸又去向十三红献殷勤去了，这个不要脸的东西。但是，想到十三红已经跟琴师结婚，关公脸根本没机会了，就没做多想，回家了。回到家，白金花说她以后不跟三标去听戏了，这完全是受罪，这完全是男人享受的玩意，让女人受折磨。听这么说，三标很意外，说道：“那么多军官太太去听戏，人家都很开心，你怎么会这样？”白金花说：“那有什么好看的？那戏台上的小妖精，就是专门勾引男人的，就你们男人喜欢。”三标说：“太可笑了，这样的话，你也就在家里说说，在外面说要让人家笑掉大牙的。”白金花不服气地说：“笑什么？本来就是这么回事吗！”三标说：“什么这么回事？那是艺术，连这都不懂。行了，以后你别去听戏了，省得丢人现眼。”白金花说：“不去更好，本来我就不想去了，你自己去逍遥自在吧。”三标说：“好，我就自己去逍遥自在。”

第9节

几天后，下班时，三标收拾东西准备离开办公室，这时，杨钊进来了，说道：“团长，要回家了？”三标说：“是呀，这么晚过来，有什么事？”杨钊说：“你听说了吗？关公脸又去追那个女戏子了，他每天都去戏院，那个女戏子的演出他是一场不落。”三标说：“他那是去捧角，是戏迷玩的那套。”杨钊说：“不是，你记得在昆明时，我跟你说过一次，你跟我说不是在追女戏子，记得吗？”三标说：“记得，后来他也没得到什么。”杨钊说：“不是，那是唐继尧突然打回来了，如果不是这样，他再追一段时间，就追到了。”三标说：“唐继尧没打回来也追不到，这事你不懂。”杨钊听三标这么说，不再说什么，告辞走人了。

不过，尽管三标这么说，心里还是有几分担心。见杨钊走了，三标想不行，还是应该跟十三红说说，俗话说不怕一万就怕万一，万一关公脸真是穷追不舍，搞出点什么事就不好了，还是去说说好。

第二天上午，三标到十三红他们住的旅馆，请服务生给十三红传话，说老朋友求见，很快，十三红下楼来，三标迎上去说："小红，我看了你的戏，尽管你是名角，我想怎么也要跟你见个面。不打扰你吧？"十三红说："看你说的，什么名角不名角的？说得这么见外。说实在的，我估计你也在广州，也很想和你见一面呢。去年初你们匆匆忙忙离开昆明，真是够紧张的，怎么样，听说现在你们挺好的，比在重庆的时候还好，是吗？"三标带十三红到大厅一侧的茶座坐下，说道："是的，是的，现在我们滇军是广东实力最强的部队，是广东老大，这样，我们日子自然过得挺不错。"十三红看看三标肩上的上校军衔说："你现在是大官了，真有出息，真好。"三标说："如果我二哥还在，他肯定干得比我好。"十三红说："他那个案子找到一点线索吗？"三标说："找到几个他们连队的老兵，现在在设法找到老烟筒，这是个关键人物，是他当时指证二哥枪杀那个兵的，找到这个人，就能查到指使他的人，就能查出很多问题，甚至整个案件真实的情况就都知道了。"十三红说："这个人还在部队里？"三标说："没有，他在当年部队去四川的时候就开小差了，不过，我肯定能找到他。"十三红说："是，你做事这么坚定，我相信你一定能找到他，一定能搞清楚这个案子。"三标说："是的。另外，我有个事想跟你说两句，可以吗？"十三红说："你还是这么客气，你说。"三标说："按理说，这是你的私事，我不该说什么，毕竟……"十三红说："你又这么客气，你就直接说。"

三标说："是这样，在昆明的时候，我听你说你要结婚了，现在你们情况怎么样？过得好吗？"十三红没想到会谈这个问题，一时间不知道如何回答好，想了一下，她说："还行吧，就那么回事，谈不上好，也谈不上坏，过日子好像都是这样。"听这么说，三标心里咯噔一下，这等于说过得不好呀。三标问道："怎么？他对你不好？不应该呀，按理说能娶到你，夜里睡觉都要笑醒，是不是？"十三红斜嘴一笑，非常不屑。三标说："对了，他不是一直对你很好吗？怎么会变了？"十三红说："得到手就变了，不稀罕了，就不珍惜了。”三标说：“这人也太混蛋了，早知道就不嫁给他。”十三红说：“谁知道呢？按理说这么多年他一直对我那么好，应该靠得住，可是，到头来是这样。”三标说：“是呀，为什么呀？”十三红说：“主要他的心眼太小，别的男人只要对我有一点好，就闹得一塌糊涂，没完没了。你说我就是这么个情况，怎么可能不接触别的男人。”三标明白了：“原来是这样，这是一个麻烦，不好解决。估计他要知道我今天见你，也可能要跟你闹一场。”十三红说：“完全可能，他要知道了肯定闹。”三标说：“这会不会是他过于喜欢你？怕你跟了别人？要真是这样，也不能说就是坏事。”十三红说：“还不是坏事？如果真是这样也不是好事，我宁可要一个没这么喜欢我的男人。”三标说：“这都是气话，说说也就算了，别真这么想。”十三红说：“我说的不是气话，我心里真的就这么想的。”

三标听这么说，心想现在十三红这个情况，搞不好她会和她那个该死的琴师离婚，而这样一来关公脸确实有了可能，现在看事情还有点紧急，要赶紧提醒她一下，要不然就晚了。可是，这话怎么说？也许十三红此时此刻很喜欢关公脸这样的男人献殷勤，我让她远离，她能听进去？但是，不说……三标心一横，说道：“我今天来有一句话想说，就是我听说关正阳这几天每天都来听你的戏，有这事吗？”十三红说：“有，这几天他都来。”三标说：“戏散场，他还到后台来看你。”十三红说：“是的，他到后台来看我。”三标说：“在昆明的时候，我跟你谈过一次，说这个人人品有问题，你还记得吗？”十三红说：“记得，当时我没注意，你说说，他有什么问题？”三标说：“这个人表面看起来挺不错，有涵养、正派、仗义。会为别人着想，是个不错的人。”十三红说：“是的，他给人的印象就是这样，但是，他有什么问题？”

三标说：“是的，这个人实际上城府很深，当面一套背后一套，甚至可以说是阴险，诡计多端。”十三红吃惊地问道：“是吗？他干了什么事？”三标想把发生在自己身边的几个事说出来，但是，担心十三红去问关公脸，如果是那样，自己身份就暴露了，关公脸就知道自己是李二标的弟弟，所以，不能说，三标说道：“要说他干了什么事，那倒是没有，只是他给我感觉是这样。”听这么说，十三红轻轻舒了口气，三标见状，着急地说：“是这样，有些事因为我还没彻底搞清楚，不便说，但是，你要相信我，我对这个人的看法绝对不会错的，你一定要跟他保持距离。”十三红笑笑说：“我知道了，谢谢你的提醒，谢谢你的好意，我知道了。”三标说：“真的，你一定要小心，你要相信我，我跟你说这些话绝对是为了你好。”十三红说：“行，我相信，我相信你是为我好。”三标又说几句，见十三红把话说到这个地步，就不好再说了，跟十三红聊了点别的事，就告辞回去了。

第10节

二标君：

你好！我还是在广州，再说说我们的情况。谢如年、金汉鼎等人离开广州后，孙中山讨伐陈炯明的“东江战役”进展不顺利。

这时，陈炯明命驻扎闽南的林虎、洪兆麟诸部回援惠州，惠州城内外陈军兵力合计达三万多人，而围攻的讨贼联军也就刚刚三万人，战场态势转为对陈军有利。接着，陈军里应外合发起进攻，联军大败，朱培德拽马尾渡河，才幸免于难。

接着，陈军围攻广州，局势危机。联军以死相拼，重创陈军，保住广州。因双方均损失过大，暂停交火，东江战役结束。

陈文汉

民国十二年十一月二十四日，于广州

第二十三章

第1节

时间过去半个月，蔡月娥的病没有好转，甚至发展到不能走路，没人搀扶一步不能走，大部分时间躺床上，只是偶尔去二楼阳台上晒晒太阳。赵府死气沉沉，丧失了所有生气。这段时间，蔡月娥时常拉着李津兰的手说："小妹，你说我的命有多苦，两个女儿在马来西亚，儿子不在了，你爹爹又被关起来……"她又开始念叨那套经了，"小时候，有个算命的说我命不好，后来嫁给你爹爹，一直都很顺，我还说那个算命的看走眼呢，没想到我都快六十了，大半辈子都过去了，应该没事了，却变成这个样子……"李津兰安慰道："你别想那么多了，再难咱们也能挺过去。"蔡月娥说："挺过去，一定挺过去。你在我身边，我就觉得能挺过去，我一个人的时候，就觉得挺不过去。"李津兰说；"没事，我就一直陪着你。"蔡月娥说："你陪着我就好。你说，咱们能不能变卖一点东西去补缴税款，请他们把你爹爹放出来？不就是几万元吗？"为什么说是几万元？是这样：就在赵亦恒被带走的第二天，方厂长来家里悄悄说了，这几年因厂里经营情况不好，你爹爹确实搞了一些偷漏税的事，不过金额不大，应该就是几万元。

李津兰说："这个不好说，如果他们成心要拿爹爹开刀，给咱们计算几倍，甚至几十倍的罚款，就不好办了。"蔡月娥说："我看唐继尧就是打算用这个由头抢走咱家的财产，他就是个土匪！早知道会这样我们就不回昆明来投资，在马来西亚我们生活得好好的，干吗要回来？”李津兰知道现在说这些于事无补，一再耐心地安慰她。

这段时间，蔡月娥发生了很大变化，原来那个盛气凌人、趾高气扬的阔太太，一下子变成唉声叹气、无依无靠、面临倾家荡产的老太婆。过去她因不喜欢李津兰，在李津兰面前那张脸总是冷冰冰的，还经常横挑鼻子竖挑眼。现在来了个一百八十度大转变，语气温和了，态度友善了，甚至有时眼神里露出一丝讨好的神色。李津兰知道，她现在只有靠自己这个媳妇，如果李津兰不管她，就没人管她了。李津兰觉得婆婆完全不必如此，还是原来那样高高在上好一点，那更像真实的她。并且这些年自己已经完全习惯了被她挑剔和指责，习惯了做个小媳妇，现在她这么一转变，还让自己心里特别不踏实，像人家说见主人就跪着说话，时间长了，见主子就不会站着说话了。

也许是李津兰对婆婆的悉心照料感动了老天爷，也许是静养有了疗效，前天下午，蔡月娥在张孃孃搀扶下去阳台时，突然感觉腿上有劲了，能独立站住了，她推开张孃孃试着走了两步，果然能走动。随后，她一再尝试走动，腿不软，也不累，到晚上吃饭时，她竟然在张孃孃搀扶下到一层的餐厅吃饭了。这把赵府里的所有人都乐坏了，看来老太太这病是好了，笼罩赵府的那份阴霾一扫而光。小心心也特别高兴，见谁都笑，奶奶抱她她就不下来，这小家伙真不懂事！

第2节

不过，赵府这边高兴得太早了，它的厄运还远未结束，就在蔡月娥到一层餐厅吃饭的半个月后，新的灾难又降临赵府。这天上午，赵府的大门又响起急促地敲门声，张孃孃开门，又是穿黑衣服的警察。这次来的比上次多，有十来个人，为首的还是上次来的那个帅警察。他们一进门，就让张孃孃把老太太和少奶奶叫到院子里，然后这个帅警察宣读了一份省政府的文书，核心意思是：因昌明火柴厂涉嫌偷漏税赋，且金额特别巨大，依据相关法规，省政府决定对昌明火柴厂实施查封，查封范围包括土地、房屋、产品、原料、机器设备。同时，也对赵府实施查封，查封范围包括土地、房屋、家具、设备。两处的财产待案子审结后变卖补缴税款，若补缴后尚有剩余，可退还赵家。

这个情况让李津兰猝不及防，怎么办呢？查封火柴厂好办一点，反正已经停产，而难办的是赵府这房子，如果不让住，这一家人怎么办？李津兰质问帅警察，对方公事公办地说："变卖时，你们肯定要搬出去另外找地方住。当然，现在你们还能住。我们今天只是来把你们家的物品清点一下，登记造册，至于下一步怎么办，你们等通知吧。"

于是，这十来个警察在各个屋里七手八脚地干起来，屋子里所有的家具被一一登记，并贴上封条，一层的客厅、餐厅、婴儿室，到二层的蔡月娥卧室、李津兰卧室、书房、客房，到阳台，然后到平房的佣人房间，每一个房间，每一个物件都没有放过，就是院子里的黄包车也贴了封条，整个赵府顿时变了样，像个绑了一身绷带的病人。

突然，坐在沙发上的小心心放声大哭，这时她刚满十个月，她被眼前这一切吓坏了。薛妈马上把她抱起来，可是赵心怡仍然在歇斯底里地哭喊，身体颤抖着，双眼惊恐万状。李津兰吓了一跳，赶紧把女儿抱过来，一边拍女儿一边说："怎么了？宝贝，不怕，咱们不怕……"可是没有制止住女儿的眼泪和喊叫，赵心怡身体抖得像狂风中的一片树叶。李津兰估计女儿是被这个情景吓坏了，让薛妈抱女儿到邻居家玩。

过了两个多小时，清点完了，帅警察让蔡月娥和李津兰在登记册上一一签字，按下手印，然后说："两位太太，提醒一句，从现在开始，这些物品禁止从这里带出去，否则赵老板更麻烦，明白吗？”然后带队离开。

第3节

第二天下午，唐芸芸和董庆仁到赵府，在客厅坐下，唐芸芸对李津兰说：“我们今天来看你，是柳貂蝉交代的。她说你们家的工厂和小洋楼被查封了，你受到的打击太大，让我们来看望一下。”李津兰说：“她确实神通广大呀，昨天来查封我们家，今天她就知道了。”唐芸芸说：“柳貂蝉说，昨天下午省政府那边就通报了查封你公公所有财产的情况，说这次查处偷漏税赋省里的重大举措，让本省工商户都看清楚这次查处偷漏税赋是认真的，让大家不要有侥幸心理。”董庆仁说：“还有，柳貂蝉让我们来，还有一层意思，让我们看看跟她作对的下场，这是要教训我们。”李津兰说：“柳貂蝉真是用心良苦呀！”

唐芸芸环顾客厅说：“这么好的家具，真是太可惜了。”李津兰不知该怎么说，苦笑一下。唐芸芸说：“你要挺住，越是困难越是要挺住，我相信你是打不垮的，早晚你能走出困境，还会有所作为。”董庆仁也说了这样的话。李津兰表示感谢，不过，说实在的，走到这一步，她对自己的未来已经完全没信心了。唐芸芸问赵心怡的情况，李津兰让薛妈抱女儿叫过来跟他们见面，赵心怡从昨天开始有点不舒服，过来闹着不愿见生人，他们跟赵心怡逗几句，李津兰就让薛妈把赵心怡抱走了。唐芸芸和董庆仁又聊了一会，就告辞了。李津兰把他们送出大门，在目送他们远去时，暗暗咬牙说：“柳貂蝉，你要整死我，做梦。”

显然李津兰低估了警察抄家对女儿的伤害。唐芸芸走后，李津兰发现没有女儿的声音，好像挺长一段时间女儿都没发出声音，李津兰到楼上去看看。在二楼阳台，见薛妈在低头做针线活，身边是竹子做的摇篮，见女儿在摇篮里面睡觉，李津兰走过去，薛妈见她过来，连忙说：“少奶奶，孩子在里面呢。”李津兰觉得挺奇怪，平时这个时间女儿不睡觉的。她低头看女儿的小脸红扑扑的，有点不正常，她伸手摸女儿的额头，哎呀，这额头像火炭一样烫手，李津兰叫起来：“薛妈，孩子怎么病成这样？你在干什么？”薛妈用手摸孩子额头，吓坏了，哆哆嗦嗦地说：“刚才还好好的，怎么一下子就变成这样？”李津兰让薛妈下楼让去告诉老太太。很快蔡月娥上来，见孩子这个样子也吓一跳，对李津兰说：“我养了三个孩子，没见过烧这么厉害的。薛妈，快让郭师傅去把洪化桥那个郎中请来看看。”

很快，仙风道骨的郎中来了，一番望闻问切后说：“这个娃娃是受了巨大惊吓，惊风失魂，我给她开个回魂汤，用药罐煎一小时，每天早晚各服一次。”郎中开完药方走了。郭师傅去药铺把药抓回来，张孃孃让厨房的王妈煎好一服，给赵心怡喂下。赵心怡一直在睡觉。晚上 10 点多，李津兰摸摸赵心怡，感觉不是那么热了，心里那根绷紧的弦放松一点，也睡了。可是，夜里李津兰被赵心怡踢醒，小家伙一边踢被子一边喊叫着。这是孩子做噩梦，李津兰连忙把她叫醒，她睁开眼睛看妈妈一眼，又睡着了。李津兰从来没见孩子这么做梦，有点奇怪。天快亮时，赵心怡又踢闹了一次，李津兰叫醒她后，她又安静地睡了。第二天照常服药，赵心怡没有下床，可是身子又热起来，小脸红扑扑的。到晚上，李津兰陪孩子睡，孩子夜里又闹了两次。

到第三天上午，汤药吃了几服，李津兰认为孩子病情应该有所减轻，可是并非如此，反而开始剧烈咳嗽，好像要把五脏六腑都咳出来。李津兰跟蔡月娥说了这个情况，蔡月娥又让郭师傅把洪化桥那个郎中请来。郎中查看了孩子的病情后说：“这个娃娃病得不轻，不是我看得了的，还是赶紧带去洋人医院看看，别耽误了孩子。”这样，李津兰送走郎中，马上抱上孩子，让郭师傅用黄包车送自己、孩子和薛妈去巡津街的甘美医院。

到了甘美医院，李津兰用法语跟法国医生说了孩子的病情，法国医生仔细检查赵心怡，用听诊器听赵心怡的前胸后背很长时间。李津兰说前两天，自己家里来很多警察查封家里物品，那个阵势可能吓到孩子了。医生说有可能是这个原因，人受到惊吓会紧张和焦虑，这会降低抵抗力，导致细菌感染，现在患者体温很高，肺部的呼吸音很不正常，估计转成肺炎了，建议使用蚂蟥吸血治疗。李津兰根本没见过这么厉害的病，只有听医生处理。洋人医生用蚂蟥吸血后，开了点药，让李津兰带孩子回家，按时吃药，卧床休息，加强营养。

回到家，蔡月娥接过孩子，问了在医院的治理情况，不过蔡月娥觉得赵心怡的病情没有减轻，咳嗽还是那么剧烈，李津兰说晚上再看看。到夜里，赵心怡的病情更重，一咳嗽就是地动天摇的，让人害怕，同时，身子烧得烫手。李津兰感觉非常不好，连忙叫醒蔡月娥和薛妈。蔡月娥让李津兰再去甘美医院看看，然后，李津兰和薛妈抱赵心怡第二次去甘美医院。这一去，孩子再没回赵府。剧烈的高烧，导致肺炎，肺炎又让高烧烧得更猛，最终导致赵心怡多个器官衰竭，心脏停止了跳动。

三天后，几辆马车向筇竹寺那边走去，这是去安葬赵心怡。李津兰把赵心怡安葬在赵家轸的衣冠冢旁，让他们父女在今后无论刮风还是下雨，无论夏天还是冬天，无论白天还是黑夜，一直相互陪伴。回城的路上，李津兰觉得身上丢了一件东西，落在山上，她在想自己少了什么，是一只胳膊，还是一个手掌？是一条腿，还是一只脚？是胃，还是肝？是胆，还是脾？后来她搞明白了，是丢了心，自己的心跟女儿一起离开了自己。

李津兰万万没想到自己的一生会遭受这样惨烈的生离死别，遭受这样心碎的灾难，而这一切，都是柳貂蝉干的。李津兰想，柳貂蝉你够狠，你搞得我家破人亡，我告诉你我不会放过你的，这血海深仇我永世不忘，你等着，这些账我会跟你一笔一笔清算。

第二十四章

第1节

这天，传令兵进三标办公室，递上一封信，三标看看信封，上面写收信人刘长生，地址内详，看看邮戳，这是广州本地发出的。三标感觉挺有意思，这个人有意隐瞒自己的地址，自己在广州并不认识什么人，是谁给自己写信呢？三标打开信，见写信人说他有当年碧鸡山军营李二标案的重要情况，说刘长生如果有兴趣，三天后的晚上7点到东堤“襟江楼酒楼”的暗香厅面谈，并要求支付五百元赏银。这让三标挺兴奋，看来可能得到二哥被害案的重大线索，但是，很快他又犯难了，不是赏银金额太大，这个钱他可以找人去凑，不是问题，而是这见面地点有问题，这襟江楼他去过，是个妓院，过去到妓院玩玩无所谓，现在不同了。

由于驻广州的滇军、桂军、赣军等各部队军纪糜烂，开烟馆、开赌场的情况屡禁不止，甚至多次发生士兵到孙中山大元帅府索要军饷的恶性事件。几天前，孙中山召集各军师以上的军官到大元帅府训话。于是，滇军总司令部颁布整顿军纪几项规定，重拳打击开赌场、开烟馆、拦路抢劫的行为，干这类事的，一旦被抓获，一律判刑。对吸食大烟、参加赌博、嫖娼宿妓也绝不手软，被抓现行者，是军官的一撸到底，是士兵的关押囚禁。

三标想，在这个风头上，去不去呢？三标把杨钊叫来，说了这个情况，问杨钊的意见。杨钊说："我觉得这要慎重，你应该知道，如果被总司令部的宪兵抓到，你就完蛋了。"三标说："可是不去呢，可能是个巨大的损失，错过了，这个机会就不再来了。"杨钊说："我觉得不至于，既然这个人跟你联系了一次，就会联系第二次。"三标说："那不一定，事情没有这么简单。也许有人不希望他跟我联系，知道他联系我了，就会设法阻止他再联系我，是不是？"杨钊觉得这个说法也有道理，说道："尽管如此，我觉得还是不去的好，毕竟一旦出事，付出的代价太大了，不值得。"三标又和杨钊聊了一会，见杨钊的想法跟自己的不一致，就让杨钊回去了。

三标又把王玉生叫来，说了这个情况。王玉生听了半天没说话，三标问道："怎么不说话？你想什么呢？"王玉生缓缓地说："我觉得这事有点不正常，很奇怪呀。"三标说："有什么奇怪？"王玉生说："不对，我怎么觉得这像是个圈套？"三标说："圈套？不至于吧？"王玉生说："你看，他为什么要约到妓院见面呢？"三标说："这很正常呀，现在军官都不敢去妓院，那里最不容易碰到军官，最安全。"王玉生说："是的，但是，那也最危险，如果你被宪兵抓到，你这大团长肯定要被撸了。"三标说："是的，所以我叫你来商量一下。"王玉生说："我的意见，是最好不要去，风险太大。"三标明白王玉生的态度，让他回去了。但是，三标不死心，还是想去。

第2节

第二天上午，三标到中央直辖滇军总司令部，他这是想摸摸底，看看宪兵队近期是否有巡查计划。三标是这么想的，如果他们近期没有巡查计划，自己就去一趟那家妓院，跟那个神秘的写信人见一面，听听他能说点什么。当然，如果有，就另想办法。三标知道这事不能问宪兵队的军官，他们是打死也不敢说的，要问只能问总司令。

三标到方鸣九办公室，闲聊几句，然后问道："总司令，这次整顿军纪活动，对滇军军官震动很大，他们看到公告后，感觉这是动真格的，都纷纷转让那些赌场和烟馆，好像现在咱们滇军的军纪情况有点好转。"方鸣九对此很认真，单刀直入地问道："你们团的情况怎么样？还有在外面做这些生意的吗？"三标说："没有了。"方鸣九说："嫖宿娼妓的呢？"三标说："也应该没有。"方鸣九步步紧逼地问道："什么？应该？只是应该没有吗？"三标没想到方鸣九这么严肃，连忙解释道："不是，绝对没有了，我们内部也一直清查，没有发现，如果有发现马上向总司令部报告。"方鸣九态度和缓一点地说："这个事不能大意，孙大元帅都这么说了，咱们再不整顿这些东西，对不起孙大元帅，也对不起广州老百姓。当兵的不能伤害老百姓的利益，如果伤害了，让老百姓失望了，咱们军人就失去立足之地。"三标赶紧附和道："是的，总司令英明，看问题看得就是远，值得我们学习。"方鸣九说："别给我戴高帽子。"

接着，三标话头又转到清查违纪问题上，说道："最近他们宪兵队好像没干什么事，是在休整吗？"方鸣九说："是吗？我没过问。"三标又问："他们最近没什么巡查任务吧？现在滇军军纪情况有所改善，他们也该休息休息。"方鸣九察觉到什么，问道："你怎么关心上这事了？"三标用很无所谓的口气说："我没事，就是顺嘴问问。"方鸣九上下打量三标，看出点问题，三标那两下子，怎么能糊弄了他，方鸣九用严肃的口气说："刘长生，我警告你，你不要动什么歪脑筋呀，你要在外面干坏事被宪兵队抓了，我绝对六亲不认处理你，不会姑息养奸。"三标很少见方鸣九这么严厉，搞得十分狼狈，一再解释："放心，总司令，我不会去干坏事的，真的，不会去的。"三标告别方鸣九，在回来的路上他想，完了，这襟江楼是万万不能去的。

回到团部，三标想法又变了，他把杨钊叫来，说了自己去总司令那了解到的情况，话里透着不甘心。杨钊听出来了，说道："团长，我说你真的不能去。"三标说："可是，咱们是不是把问题想严重了？

这根本不是圈套。”杨钊说：“团长，你太希望得到李连长被害的线索，这让你失去了判断能力，你这个状态很危险。”三标说：“我是非常希望得到李连长被害的线索，但是不至于丧失判断力，我没那么笨。”杨钊说：“我认为这就是关公脸所为，他设计这个圈套，诱骗你到这个妓院，然后马上给宪兵队通风报信，让人家来搜查，这一查一个准，你这个堂堂的大团长马上被抓个现行，不仅丢尽脸面，还丢了乌纱帽。”听这么说，三标不说话了，陷入沉思。

第3节

但是，到了下午，三标又改了主意，他实在不想错过这个机会。二哥那个事过去七年多了，现在知道的人很少，如果这个写信人不知道，是不可能写这信。并且，这个写信人知道自己对那个案子有兴趣，这到底是怎么回事？三标实在好奇，如果不搞清楚这个问题，他心里实在放不下。所以，想来想去，最后，他决定先去襟江楼看看，了解一下地形，然后再决定是否与对方见面。

这样，三标和四毛驴换了便衣出门，三标坐上黄包车，四毛驴步行在一侧，两人很快到了东堤。这东堤边上酒楼林立，一家挨一家，门面装修豪华，装饰风格有中式的，有西洋式的，争奇斗艳，富丽堂皇，各家门口挂着大牌子，上写：花酌、花筵均可。

三标往前望去，东山酒楼、安乐酒楼、冠越酒楼、东坡酒楼、天演酒楼一字排开，三标之前多次到此，知道这都是妓院。广州的高档妓院喜欢做成酒楼样式，人称“大寨”，客人到此嫖妓通常在这的包间开一桌酒席，人称“开厅”，叫妓女作陪，一边喝酒一边狎玩，这有坐十人的大厅，也有坐三四人的小厅。酒楼都有丝竹笙笛的小乐队，在妓女献唱时伴奏。一般大厅算上酒菜一晚上的消费是三四十元，小厅是十一二元。给妓女伴奏的琴师称先生，一般唱完一曲，客人要给先生一点钱打赏。这些酒楼的妓女很多来自扬州、苏州、江西。广东人称妓女为“老举”，称接待洋人嫖客的叫“咸水妹”。酒足饭饱，挑逗戏谑一番，有那劲头了，狎玩的主人和客人要睡某个妓女，就去酒楼一旁老举屋，不过那是另外付费，可睡一会，也可过夜，价格不同，当然，各个女子的价格也不同，年轻姿色好的价格肯定高点。

东堤的珠江水面上还有四五十条小木船，停泊不动，把一段江堤挤满，这些木船称花艇或花舫，就是供嫖妓的妓艇，广东人称“鬼棚尾”。妓艇上可以设酒宴可以住宿，每夜租钱大艇不过三数元，中艇不过一二元，妓女和筵餐茶点费用另计，妓女有妓艇提供的，也可由客人将岸上的带到船上。

这个附近，也有一些低档的妓院，不提供宴席，只能开房睡觉，被称为“二四寨”。这时广州与妓女过夜一般多少钱？大寨的妓女比较贵，有十元、十五元的，二四寨的有一元的，也有二元或三元的。当时广州最豪华的旅馆住一夜是六元，中档旅馆住一夜是二三元，由此可见，与妓女过夜挺贵的。是不是广州的妓院只有这里呢？当然不是，广州的妓院很多，西关陈塘还有不少，只是规模档次不如这边。

每当入夜，东堤这里个个酒楼华灯盛开，热闹非凡，灯火照耀如画，与江上花舫灯色接连，上下相映，美不胜收。

三标走过几家酒楼，到了的襟江楼门口，这是一个中式风格的酒楼。三标之前曾经光顾此地，熟门熟路，就让四毛驴在门外等候，自己朝里走去。这里的门卫是包船形头巾的印度阿三，不过他们都能用广东话说“欢迎光临”。这时是一天之中客人最少的时候，酒楼里冷冷清清，三标进第一个院子，一位管事的出来相迎，问道：“客官，你是花酌、花筵？有几位？”这花酌是指喝茶，花筵是指酒宴，三标说：“开个小厅，花酌，就两位，那一位一会到。”管事的招呼道：“花酌，一位……”三标打断道：“给我开暗香厅。”管事对里面的人说：“好的，暗香厅，花酌，一位。”又转头问三标：“有熟悉的姑娘？”三标说：“姑娘等我朋友到了再说，先喝茶。”这样管事带三标走入二进院，这院子右侧有一个房间，门牌写暗香厅，进房间，三标问道：“明晚我再订这个厅能订到吗？”管事的说：“稍等，我去看看登记册，预定厅房的都在上面登记。”三标挥手让他去查看。很快管事的回来说：“对不起，明晚这个厅订出去了，我给客官另外订一个厅可以吗？”三标说：“等等，订这厅的是哪位？哪天订的？当时是你办的吗？”管事的说：“是小人办的，是一位姓秦的先生，是大前天来订的。”三标说：“秦先生经常来这里吗？”管事的说：“不，之前好像没见过，应该是第一次来。”三标说：“他是说广州话，还是外地话？”管事的说：“是说白话的，是本地人，大概三十岁的样子，不过，看上去这人不像经常到这种高档场所之人，估计是帮别人订房。”

三标听这么说，知道问不出什么，看看这个厅，窗户和门都朝院内，后墙上没开窗，问道：“这墙后面是巷子？”管事的说：“是的，我们这个院子前门在东堤大街上，另外三边房子外面是巷子。”三标又问：“你们酒楼除了大门还有几个门？”管事的说：“一个后门，是给酒楼做工的人进出和进货的。客官有什么需求？我们听说最近孙大元帅在整顿广东驻军的军纪，客官是长官？确实，看上去仪表堂堂，就有股英武之气，肯定是位长官。这样，我们这里还有一个暗门，在第三进院子的假山后，从哪里可以通到后面的巷子里，很隐蔽。”三标听到这话，赶紧让管事的带自己去看看。两人入三进院，管事的把三标带到靠墙的假山前，钻进一个隐蔽的小门，三标跟进去，这是院墙里的夹道，走出夹道后门，已经出了院，站在巷子中，三标回来，感觉这个门确实很隐蔽。管事的说：“长官，你放心，这些年这个门曾经走过一些大长官，没一个出事的。”

三标点点头，往回走，到暗香厅门口，见它隔壁那个厅叫听浪厅，推开门看看，也是个小厅，问道：“明晚我订这个厅，能订到吗？”管事的说再去看看，很快看了回来说可以订到。三标回到暗香厅，让管事的把老板叫来说话，管事的很快去把老板娘叫来。这老板娘有五十多岁，身材挺好，没发福，很漂亮，很精干，很利索，让人很难相信她是开妓院的。老板娘用广东话说：“长官好，欢迎光临。我听说长官叫我，你说，有什么事？我一定按你的吩咐做。”三标对管事的说：“我和你们老板娘说两句，请回避一下。”老板娘对管事的说：“你去忙吧，这里没你的事了。”见管事的走了，三标说：“这样，明晚请给我订下隔壁那个听浪厅，另外请老板娘给我准备几样东西，我可以多给你钱……”三标跟老板娘小声交代一通，老板娘说：“长官，你喜欢这么玩，挺有意思。姑娘们也喜欢搞怪的客人，太好了。我一定办到，你放心。”三标说：“还要保密，不能让别人知道。”老板娘说：“放心，干我们这行的要不能保密，早被人扔到珠江里喂鱼了，你放心。”

第 4 节

第三天晚上 5 点半，三标又和四毛驴换便衣到襟江楼，这时，酒楼的灯光都亮了，不过客人还不多。三标让四毛驴到远处江边，去叫住一辆黄包车，让他跟黄包车一起在那等自己，说一会自己去那边找他，说完，三标进了襟江楼。昨天那个管事的见三标来了，赶紧迎上来，带三标走进二进院，到听浪厅。管事的把老板娘叫来，自己走了，老板娘对三标说：“长官来了？来这么早呀？”三标问：“暗香厅的客人到了吗？”老板娘说：“没有，来了我马上告诉长官。”接着老板娘指指墙边柜子上的一个大布包，说道：“你要的东西都在这里。”三标去解开布包，见里面是自己要的东西，说：“不错，谢谢。”老板娘说：“小事，很简单啦。”三标说：“老板娘，麻烦你给我找个小伙计，去夹道后门帮我看着。我另外给你加三个大洋。”

老板娘说：“没问题，我这里有人，我去给你叫过来。”说完，出去带了一个十三四岁的男孩子进来，对三标说：“长官，他叫光仔，让他到夹道后门守着行吗？”三标对光仔说：“你到夹道后门等着，如果有宪兵出现，你马上回来告诉我，别让我从夹道出去碰到他们，听懂了吗？”老板娘又用广东话跟光仔说了一遍，三标见光仔明白了，让他现在就去后门，又对老板娘说：“如果隔壁的客人到了，你让管事的来告诉我一下。”老板娘说：“那怎么行？我自己来告诉你，你放心。”三标问办那包东西花多少钱，老板娘说了个价，三标把这个钱、这天晚上的花筵钱、给光仔的钱一起付给老板娘。说姑娘等客人到了再点。老板娘给三标叫了一壶好茶，就走了，三标在房间里慢慢品起来。

这时，来玩的客人越来越多，叫姑娘迎客的，给客人带房的，招呼伙计上茶的，一声接一声，有姑娘跟客人打情骂俏的，有客人甜言蜜语的，骚声浪语，装嗲扮嫩的，一下子让人感到红尘滚滚，男淫女荡，情色缤纷。三标看看怀表，6点一刻了，隔壁一个人没到，6点半了，还是没到，眼见就到7点了，突然有个酒楼伙计喊：“老板娘，宪兵检查，宪兵检查！”老板娘喊道：“他们在哪？”伙计喊道：“他们把大门封锁，命令所有客人不得离开，客人不得离开。”三标听到这些话，知道很快就要进来搜查。老板娘进三标房间说：“长官，对不起，宪兵来搜查了，我去应付一下。”三标说：“你去忙，不用管我。”三标想，看来这是一个圈套，什么有李二标案的重要情况？这分明就是个诱饵，就是要害自己，并且，这就是关公脸这家伙干的，肯定是他，除了他，没有人干得了这个事。

这时，光仔跑进来说：“后门有宪兵。”三标问道：“有几个？”光仔说：“有六七个吧，长官，走假山夹道是出不去了。”三标并不着急，看看柜子上的布包，布包好好地放在那里，没人动过，三标让光仔走了，关上房门。

很快，一个穿印度长袍、头上包着船形头巾、留着大胡子的印度阿三走出房门，向工人进出的后门走去，在两排宪兵注视下，这个阿三走出襟江楼，进入小巷，很快走出小巷向珠江边走去。江边的四毛驴见这个阿三过来，愣了一下，很快认出来，让他上了身边这辆一直等候的黄包车。车夫等阿三坐好，就撒丫子跑起来。跑出两条街，这个阿三在车上摘下包头的头巾，撕去脸上的大胡子，这是三标。三标猛砸自己大腿一拳，心里说：关公脸，你个狗娘养的，差点害死老子。

第二十五章

第1节

京汉铁路大罢工于1923年2月9日复工，京汉铁路局开除了各地的工会负责人，但是，事情并没结束，社会各界对此极为不满，各地报纸都出现了谴责曹锟和吴佩孚所作所为的文章。3月2日北京各界群众前往天安门，向北洋政府示威，遭政府镇压。3月22日北京五千余名各界群众举行施洋、林洋谦及二七诸烈士追悼大会。但是，不管怎么说，京汉铁路恢复运行了，大标也率领他的部队回到洛阳。

这段时间，北京很不平静，这是怎么回事呢？是这样：直系势力越来越大后，曹锟动了当大总统的念头。为了尽快登上大总统宝座，去年初，曹锟动手驱赶徐世昌大总统下台，扬言安福国会选举的徐世昌大总统是不合法的，理由是黎元洪的离职和国会的解散都是被张勋复辟所逼，任期未满，所以安福国会不合法，应由黎元洪补满任期，再行国会选举。曹锟称此为“法统重光”。去年中，徐世昌被迫辞去大总统职位，黎元洪就任大总统。

几个月后，曹锟手下人又扬言黎元洪任期截止日是去年12月，并要求黎元洪到时卸任，国会另选新总统。黎元洪则认为任期截止日是后年9月，不肯卸任。这样，曹锟示意用策动内阁辞职、军警索饷闹事，以及将黎宅断水断电等手段，向黎元洪施压。几日后，黎元洪被迫辞职。曹锟立即进行大总统选举准备，因众多国会议员被孙中山动员南下广州，曹锟命人在北京甘石桥设立议员俱乐部，贿赂议员，承诺给每个出席国会的议员五千大洋，一些南下议员返回北京。经过一年多的努力，1923 年 10 月，召开国会，这些接受贿赂的议员选举曹锟为第三任中华民国大总统。

第 2 节

在洛阳军营的操场上，正在举行曹大人当选大总统的庆祝大会，罗继昌在主席台上讲话。这时机动团升格为 3 师机动旅，与 6 旅平级，罗继昌提升为机动旅长，不再任 6 旅副旅长。下面第一排听众中站着李大标，这时李大标升为机动旅 1 团团长，他身边的文秀才是机动旅 1 团 3 营营长，还有，这时何胖子的职务变更为机动旅 2 团副团长，没得到提升。远处的胡公子职务变更为机动旅 2 团 4 营营长，黄猴子提升为机动旅 2 团 5 营营长。

罗继昌在主席台上慷慨激昂地讲着，参加大会的军人都很高兴，曹老帅当上大总统，等于是直系掌控北京政府，直系军人的日子肯定越来越好过。

晚上，黄猴子在洛阳的一家高档酒楼张罗一桌酒席，邀请机动旅的这几个同学聚聚，一个祝贺曹大人上任大总统，一个补办一下对罗继昌的祝贺，祝贺他升为旅长。很快，罗继昌、李大标、文秀才、胡公子到齐了，黄猴子举杯站起来说了几句祝酒词：“诸位同学，今天邀请大家到这里一聚，主要是为了庆祝曹老帅当选大总统。曹大人是咱们 3 师第一任师长，是咱们的老长官，当选大总统是他本人的荣耀，也是咱们 3 师的荣耀。我为自己是 3 师的一员感到无比自豪，来，我领第一杯酒，咱们为曹老帅当选干一杯！”黄猴子仰头把杯中酒喝了，几个同学也把杯中酒喝了。黄猴子接着说：“我再领第二杯酒。上周，咱们的老大哥，也是咱们保定北洋速成武备学堂的骄傲——罗继昌同学被提升为咱们3师机动旅旅长，咱们没有祝贺一下，很是失礼，现在咱们一起给他补办一下对他的祝贺，咱们一起敬他一杯，祝他继续高升，平步青云，一起干了。”一桌人又喝了，黄猴子说：“我再领第三杯酒，祝咱们的好同学、好兄弟李大标荣升团长，祝他前程似锦，越来越好。这里我多说一句，过去，我有点看不起李大标，觉得他不是很机灵，不是很能干，事实上他提拔也最慢，我们都当连长副连长，他才仅仅是个小排长。可是，没想到后来他后发制人，升迁最快，现在是团长了，而我们才是营长，看来我是看走眼了，他确实是个人才，很能干。大标，今天真心向你祝贺，希望你干得更好，提拔到更高的职位。来，咱们一起敬他一杯。”大家又喝了。文秀才说：“黄猴子说得太好了，把我心里想说的都说了。大标，我再敬你一杯。”胡公子和罗继昌也相继表示了祝贺。

然后，几个人把话题转到时局上。胡公子说：“我觉得现在报纸上有人攻击曹老帅的当选，完全是废话，说曹老帅收买议员，一张选票五千大洋，这次到会议员五百七十三人，要花几百万大洋，这有什么？这就是实力，现在就是凭实力说话。”

黄猴子说：“是的，曹老帅也说了嘛，这是补发议员的俸禄，他们一个月俸禄三百多个大洋，这些年经常欠发，现在一次补发五千大洋，谈不上贿赂。不过，给众议院、参议院议长每人四十万元，这是不是多了点？现在北京买个四合院就是十万元，那两个议长得的这笔钱，每人可以买四个四合院了。”

胡公子说：“议长相当一品大员，每月两千大洋俸禄，这有什么问题？历朝历代不都是这么多吗？”黄猴子说：“是，你说得是。”胡公子说：“能给得起，就是实力。现在什么都是假的，只有实力才是真的。什么是实力？有枪、有钱、有人。”大标说：“是的，胡公子说得好，其实就是应该比较实力，没有实力当了大总统也没用，根本管不了事，那样的大总统就是个摆设，你看那黎元洪、徐世昌不都是那么回事？”

罗继昌是个性格沉稳之人，刚才很少说话，见大家在议论这个话题，说了点相反的观点：“听说吴大帅对用这么多钱也有点不同看法的。你们可能不知道，这些钱有一半是从咱们直系控制的一百七十多个县索要上来的，小县一万，大县三万元。还有，现在很多人对这个选举制也有看法，选举确实没用，你们看看，那些议员能代表谁？全是一批放空炮的闲人，一会去广州选孙中山，一会到北京选曹老帅，让他们来选举总统有什么意义？”文秀才说：“老罗说得有道理，现在这些议员没把国家搞好，反而越搞越乱。”胡公子说：“现在就是个乱世，这个选举制什么的，肯定都不完善，我看至少要再过一百年才能完善。”众人觉得这话有道理。

胡公子又说：“还有，要拆紫禁城三大殿那个事，荒唐至极！国会参议院、众议院那帮人嫌宣武门资政院地方狭小不能满足这么多的人办公，想拆除紫禁城太和殿、中和殿、保和殿这三大殿，在那改建西式议会大厦，还请瑞典的建筑师做了设计方案。是咱们吴大帅通电反对，才逼迫他们停下来了，否则那三大殿早没了。”黄猴子说：“是呀，拆了，废帝溥仪住哪里呀？”胡公子说：“你说什么呢？溥仪住哪里算什么！关键这是历史建筑，是宝贝，能拆吗？”文秀才说：“中国现在是乱透了，乱透了。”大标说：“就是，现在是乱世，乱世就必须用乱世的办法，到将来完善了，再说完善的做法。来，我来敬大家一杯，我真心诚意地谢谢大家。我一个来自云南偏远省份的土包子，诸位同学不嫌弃，拿我当亲兄弟，如此高看我，一直让我感激不尽，我谢谢诸位！”

第3节

大标的话音刚落，他的卫兵进来说：“报告团长，有你的一封信。”把信递给大标。大标让卫兵出去了，把信装上衣口袋里，继续喝酒。过了一会，大标想这是谁来的信？家里人？趁别人说话的时候，大标掏出信看看，见上面的笔迹好像是罗瑾云的，心里一阵紧张，赶忙把信装进上衣口袋。可是，大标没想到自己神情的异动被身边的胡公子看见了，胡公子问道：“大标，是谁来的信？看你神色有点紧张呀，有问题吧？”大标赶紧敷衍道：“没有，没有，家里人来的。”胡公子揪住不放地问道：“不会吧，家里人来的用得着这么紧张吗？我看你汗都下来了。是有事吧？不会是什么女人给你的信吧？”大标说：“胡公子，你净说笑话，你看我天天待在营房里，除了到办公室就是回家，哪有机会接触女人？”胡公子说：“那也难说，也许是哪天你在外面快活，给人留了地址，人家找上门来了。我说，记住这个教训，以后在外面玩就玩了，别狗扯羊肠，没完没了的。”大标说：“这听起来好像说的是你自己，你总是在外面四处留情吧，这么有经验？”胡公子不再逗大标，改聊其他话题。不过，大标心里却越来越不踏实，盼着这顿饭早点结束。

终于这顿饭吃完了，大家在酒楼门口分手，回自己家。这时罗继昌、胡公子、黄猴子和文秀才也把家眷叫到洛阳，在外面租房子住。大标见他们走远后，走进一家店铺，掏出那封信，见上面写道：“我到洛阳了，住龙门旅馆，望来一见。”落款是罗瑾云。去不去呢？大标犹豫起来，约在旅馆见面，这是什么意思？只是见面聊聊，还是上床？旅馆上床太方便，应该是上床，如果不是，完全可以约到其他地方见面，比如茶馆，或书店，那么，罗瑾云是这个意思，自己去不去呢？按理说自己现在已经和温玉娴结婚，不应跟别的女人有肌肤之亲，尤其是跟自己喜欢过的女人。因为一旦有了那层关系，将来很麻烦的，那不是只见一两次，可能会很长时间保持关系，不是说自己想断就能断的。可是，如果不去，如果不去会怎么样？是不是失去了自己人生中一个极为重要的机会？就是得到这个女人的机会，而自己对这个女人曾经是那么朝思暮想，那么魂牵梦萦，那么寝食难安，那么肝肠寸断。

大标走进龙门旅馆大堂，这是一个高档的西式楼房，问柜台里的服务生，说：“请问，罗瑾云女士住哪个房间？”对方翻看了一下登记本说："215 房，在二楼。"大标谢了对方后上楼，在走廊上找到 215 房，他轻轻敲门。门开了一条缝，露出罗瑾云幽怨的双眼，不等大标说话，伸出来的那只手，抓住大标的领口，不由分说把他拽进房间……

第 4 节

几天后，大标下班回到家，跟保姆带的孩子逗了一下，这时他的儿子大宝两个多月，温玉娴过来说："李妈，你抱孩子到那个屋去玩一会。"等李妈出去后，温玉娴用平静的语气说："听说罗瑾云到洛阳了，有这事吗？按理她到洛阳应该到咱们家来坐坐，可她来了几天，一直没来，不知道是什么意思。"大标敷衍道："是吗？她到洛阳了？她没到咱们家来，也可能是她忙，再说她在洛阳认识很多人，可能都要去见见。"温玉娴说："再忙也不耽误来咱们家坐坐，她和我是什么关系？是同学，是闺中密友。可你看看，就这样的关系都不来看看，这是什么事？"大标说："确实是不应该，到咱家来坐坐花不了多少时间。"温玉娴突然话锋一转，单刀直入地问："你和她见过面了吧？"大标慌乱地说："什么？见面？我怎么会和她见面呢？其实，我也是刚刚听人家说她到洛阳了，她具体到了几天，是办什么事，是一点都不知道。"温玉娴用质疑的口气说："不会吧，过去你俩的关系那么好，她来了能不告诉你？"大标说："你说什么呢？那都是什么时候的事了？你可别小心眼，我跟她可是一点关系都没有，绝对是干干净净的。"

温玉娴说："是吗？可是你这几天变化挺大，你知道吗？每天你把皮鞋擦得油亮，变得很注意自己形象，像换了一个人，一开始我还奇怪，不知这是怎么回事？今天听说她来了，我一下子明白了，原来是这么回事。"大标说："你胡说什么呀？近期部队里会议比较多，我必须注意一点自己的仪容仪表，这不是很正常吗？你别无事生非，拿这些事做文章。”温玉娴说：“你撒谎，你肯定见过她了，不仅如此，你和她还干了那见不得人的事。”大标生气地说：“温玉娴，你别胡说，怎么可能的事？我每天团里那么多事，忙都忙不过来，哪里有时间去干那些乌七八糟的事？我看你是疯了，说出这些疯话来，完全是无理取闹。”温玉娴说：“大标，说到这了，你还不承认，你太对不起我了。”大标说：“承认什么？我干了什么要承认？你在胡说什么？”温玉娴说：“你还不承认，你知道吗？你身上有罗瑾云的香水味，她和我相处这么多年，我知道她喜欢用什么味道的香水。”说完，温玉娴伤心地大哭起来。大标傻了，胡乱说着：“什么香水味？你胡说什么？哪里有什么香水味？我怎么一点都没闻到？你别疑神疑鬼的，这都是你的心理作用，你想太多了。”这时，院门响了，大标去开门，见是胡公子的传令兵，说胡公子找他有事，大标借此机会离开了家。

第5节

温玉娴和李大标吵闹的事很快让文秀才知道了，这天秀才约大标出去走走，两人上了东门的城门楼，顺着城墙往前走，秀才说道：“你别不承认，我跟你说句实话，你和罗瑾云这个事，不只我一个人知道，只是人家不说罢了，但是，你和我是什么关系？是这么多年的好朋友，我能不跟你说吗？我能看你走到悬崖边不给你一个提醒？不拉你一把？”秀才不再说，等大标回答，可是大标还是一语不发。秀才说：“你不承认是吗？我提醒你一句，最近你老去龙门旅馆，有这事吧？没事，我给你时间，你好好考虑考虑。”两人走了几步，大标突然说：“行，我说，我跟她是有关系。”秀才说：“是吧？我没冤枉你吧？好，过去的事不说了，你说你打算下一步怎么办？你想过下一步吗？”大标说：“说实话，我不知道。一开始我并不愿意和她有这样的关系，是我没把持住，变成这样。至于下一步，我真的不知道。”秀才说：“你知道吗？你和她这个样子，对你家温玉娴有多大伤害？她可不是没见过世面的女子，她是上过新学堂的，如果这事把她惹急了，她跟你离婚，你怎么办？孩子怎么办？还有，这个事如果让老罗知道了，老罗会怎么看你？我们跟老罗是兄弟，现在你跟他堂妹有了这事，是不是打老罗的脸？”

大标说：“秀才，是这样，她和她议员丈夫离婚了。”秀才诧异地问道：“离婚了？什么时候的事？她跟老罗说了吗？怎么谁都不知道。”大标说：“她没跟任何人说，你想想，这种事怎么跟别人说呢？”秀才说道：“这倒是，那么，如果是这样，你怎么考虑？想和她结婚？估计她有这个意思？可是，温玉娴呢？你能放下温玉娴吗？”大标老实地说：“说真心话，温玉娴是个特别好的女人，要让我跟她离婚，我真的下不了这个决心。”秀才说：“是呀，你们还有孩子，如果离婚，孩子跟她走就没父亲了，那么，你打算怎么办？”

大标没说话，他真不知道如何是好。秀才又问道：“另外还有一个问题，大标，你想过吗？你觉得你跟罗瑾云成了夫妻，你们会幸福吗？”大标说：“我不知道，不过，我觉得自己很喜欢她，愿意跟她在一起。”秀才说：“你觉得她是个过日子的人吗？是那种能给男人端茶倒水、生儿育女的女人吗？”大标说：“她不是传统女人，不过，每个人有自己的活法，不一定要一个模样。”秀才说：“我明白了，那么你就让罗瑾云做你姨太太吧。”大标说：“你说笑话呢，罗瑾云是做姨太太的女人吗？根本不可能。”秀才说：“你说得也对，罗瑾云不是甘当小老婆的人，这样你就麻烦了，这个疙瘩不好解。”

第二天晚上，大标离开龙门旅馆回到家，见温玉娴和孩子睡了，大标在客厅打开灯，解下武装带和佩戴的驳壳枪，没想这时温玉娴从卧室走到客厅，大标问道：“你怎么还没睡？很晚了，你去睡吧。”温玉娴看着大标，没说一言半语，大标觉得妻子今晚的表现有点异常，问道：“怎么了？身体不舒服，还是有什么事？”温玉娴还是没说话。大标说：“去睡吧，这都几点了？睡太晚明天你该起不来了。”温玉娴终于说话了：“大标，我问你，你今晚去哪了？”大标听这话，愣了一下，接着说：“到黄猴子他们营去了，他们那有点事，你怎么会问这个？我不是经常回家很晚吗？”温玉娴说：“大标，我再问你一遍，你今晚去哪了？”大标紧张起来，他觉得这话问的有原因，可能温玉娴发现了什么，便说道：“你今天怎么了？怎么总是问这个？”对方打断大标的话，厉声说：“我再问一遍，你今晚去哪了？你给我老老实实地说。”

大标不说话了，他在想自己该如何回答，看来温玉娴是知道自己今晚去见罗瑾云了。温玉娴说：“要我说出来吗？215房间，龙门旅馆。”大标不敢说话了，现在说得越多越被动。温玉娴冷冷地说：“今晚我没敲门进去，是给你们面子，我没想到那个女人这么不要脸，偷自己朋友的男人，天下真没几个女人干得出来，不要脸，烂货，贱人。”大标说：“玉娴，别说得这么难听，你也是有文化的女人。”温玉娴说：“啊，怎么难听？这不是事实吗？如果怕别人说，别去干哪些烂事呀，既然干了就别怕人说。”大标说：“你不知道，她也有难处。”温玉娴说：“看看，你现在还护着她，到底她是你妻子，还是我是你妻子？有难处？有什么难处？不就是跟议员离婚了，没男人了。”大标说：“你听说了？你是听谁说的？”温玉娴说：“这事还用别人说，稍微动动脑筋就能想出来，她这种女人跟什么男人能过得长？活该，我早就知道她就是这个样子。”

大标心想，不对，温玉娴怎么知道这么多？住哪个旅社，哪个房间，她都知道，肯定是有人告诉她的，问道：“这都是谁对你说的？肯定有人说，他到底是谁？我跟你说，这是有人要害我。”温玉娴说：“要害你？谁害你？你不干坏事，别人能害你吗？我告诉你，是你们何副团长说的，他是不想让你把这个家毁了。”大标说：“何胖子？原来是他，这家伙不是什么好东西。我告诉你，你离这个人远点。有些事你不知道，这个人跟我一直过不去，你提防点。”温玉娴说：“你别跟我说那些没用的。好了，我不跟你说了。李大标，我告诉你，我明天带儿子回天津，我不想再见到你。”大标听温玉娴要走，赶紧劝阻：“怎么能回天津？你别要小孩子脾气，有什么事，咱们好好说。”大标觉得自己太对不起温玉娴，让她这么回娘家，自己对她娘家没法交代。可是，温玉娴不想再和大标说话了，转身回卧室，在里面插上门闩，不再搭理大标。第二天，温玉娴带着儿子和保姆走了。

第二十六章

第1节

三标从襟江楼逃脱后，并没去找关公脸算账。他知道，自己没有证据，去问关公脸，他肯定一口否认，让你拿他一点办法也没有。三标只有忍住，等将来有机会跟他算总账。同时，三标也有点暗自得意，心想你关公脸不是要害我吗？你费尽心机布这么个局，怎么样？所谓魔高一尺，道高一丈，最终还是竹篮打水—— 一场空，这个回合，我是赢家。

这天，三标有点时间，请假带四毛驴乘粤汉铁路火车到韶州，下车后去朱培德部驻地，很快找到陈文汉。三标寒暄几句后，说道："我这次来见你，除了看望你，还有一个是要向你请教。"陈文汉说："说什么请教，不用客气，有问题就说。"

三标说："你在广东时间长，比较了解这边的政治情况，所以我想来找你聊聊。我不理解国民党为什么搞这个国共合作，我请问，你了解中共吗？这中共是怎么回事？是个什么党？怎么之前没怎么听说？"

三标为什么问这个话？是上个月，中国国民党第一次全国代表大会在广州召开，国民党确定国共合作的路线。这个决定把三标搞糊涂了，这国民党干得好好的，怎么又去跟苏俄、跟中共搞合作？

陈文汉说道："是这样，这中共也称CP，是三年前在苏俄的帮助下成立的一个政党，总书记是陈独秀，是中国工人阶级的先锋队，他们奉行阶级斗争理论，主张与资产阶级斗争，消灭剥削阶级……”

三标说：“等等，这么多新名词，到底是什么意思？”陈文汉说：“资产阶级也叫剥削阶级、资本家，就是城市里的工厂、商店老板，以及农村地主富农，他们对工人农民进行剥削……”

三标问道：“等等，什么是剥削？”陈文汉说：“就是他们雇用工人和农民给他们干活，获取工人农民的劳动果实，他们自己不干活，却吃香喝辣的，而工人农民却吃不饱穿不暖。具体说，城市里就是工厂和商店老板给工人很少的钱，却让工人干很多活；农村里则是让租他们土地的农民交租子。”三标说：“这租地农民交租子，不自古就是这样的吗？”陈文汉说：“是，上千年来，剥削阶级就是这样剥削农民。CP 就是要改变这一切，消灭剥削阶级，改变这个世界……”

三标说：“改变成什么样子？”陈文汉说：“改变成共产主义。”三标问道：“共产主义？什么是共产主义？”陈文汉说：“共产主义就是劳动人民当家作主，城里打倒工厂和商店老板，工人成为工厂和商店的主人，不再被剥削，享受企业的红利；农村打倒地主富农，农民成为土地的主人，不再交租子。”三标说：“这可能吗？”陈文汉说：“当然可能，还有，共产主义就是消灭私有制，任何人都不再有个人财产，一切财产收归社会共有。”三标说：“不再有个人财产？自家的房子也不是自己的？”陈文汉说：“是的，房子也不是自己的，但是可以分配给你使用。”三标说：“这些东西听起来真是新鲜。”陈文汉继续说：“共产主义就是天下人人平等，共同富裕。”

三标说：“天下人人平等，这听起来不错，那么，这个 CP 干了什么？”陈文汉说：“这个党成立之后，主要是开展工人运动，发动工人与资本家做斗争。你可能关注得比较少，实际上这个党很活跃。前年，他们组织了香港海员大罢工、长辛店铁路工人罢工、安源路矿工人大罢工，去年又搞了京汉铁路工人大罢工。”三标说：“原来如此。”陈文汉说：“他们还搞农民运动，前年搞广东海陆丰的农民运动，去年搞湖南衡山岳北农民运动。”

三标说：“好像他们的搞法跟国民党还是有很大不同。”陈文汉说：“是的，之前国民党的三民主义是：民族主义，驱除鞑虏……”三标说：“这个我知道。”陈文汉说：“这次孙中山先生在国民党一大，提出新三民主义，就是民族主义，反对帝国主义，主张中国境内各民族一律平等；民权主义，主张国家政权为一般平民所共有，把政权放在人民掌握之中，实行人民民主政治；民生主义，平均地权，反对土地权之为少数人所操纵，节制资本，反对私有资本操纵国计民生。”三标说：“听上去，国民党的主张与共产党还是有一些不同。”陈文汉说：“是的，两党纲领有一些不同。”

三标问道：“既然两党纲领并不相同，那么，你说说为什么还要搞国共合作？”陈文汉介绍道：“孙中山先生经历第一、第二次护法失败，感觉自己没有武装力量，仅仅依靠滇军、桂军、粤军力量难以实现目标，他想建立一支属于国民党的党军，真正有革命信仰的军队，而不是依靠那些投机的、各自打自己小算盘，甚至同床异梦、各怀鬼胎的军队。”

三标问：“我看你对共产党了解得非常细，你加入了共产党吗？”陈文汉说：“没有，我还是国民党员，不过，我很欣赏共产党的主张。”通过这番谈话，三标基本搞明白共产党，以及国共合作是怎么回事，但是，对于国民党和共产党哪个更好，却暂时没有清楚的看法，他在这方面迟钝一点。

第2节

三标从韶州回广州后不久，位于黄埔的国民党“中央陆军军官学校”举行开学典礼。这个军校是苏俄帮助建立的，苏俄方具体负责人是鲍罗廷顾问，学校设置参照苏俄军事院校，教材也是使用苏俄的。

这天，王玉生急匆匆走进三标办公室，说道：“团长，你听说了吗？关公脸在大元帅府码头跟两个军官吵起来了。”三标问道：“怎么回事？”王玉生说：“上午我去大元帅府看个老乡，出来时，在码头上见有人在吵架，我过去看，见是关公脸和两个军官在吵架。”三标想，这天早上关公脸来找自己请假外出，这点时间就跟人吵架了？三标问道：“那两个军官是什么人，为什么事吵架？”王玉生说：“我过去听了一下，那两个军官好像是黄埔军校的，他们说像戴季陶主任这个人，走得越远越好，黄埔军校不需要这个人。而关公脸则说，戴季陶主任是对的，就不应该让中共党员加入国民党。”

之前，三标听说黄埔军校政治部主任戴季陶突然不辞而别，去了上海。坊间说他离职的原因是国民党一大后，中央监察委员会五名监委中的张继、谢持、邓泽如三名监委反对国共合作，提出《弹劾共产党案》，受到孙中山的批评后，最近戴季陶又私下活动支持那个《弹劾共产党案》。戴季陶认为中国的主要矛盾是受到国际帝国主义的欺压，国内并不存在阶级分化，只有“大贫和小贫的区别”，以及“觉悟者”和“非觉悟者”的区别，因此不需要强调阶级斗争。相反，应当构建兄友弟恭、长幼有序的儒家传统社会，用“仁爱”来缓和阶级矛盾。

这戴季陶是什么人？他生于四川广汉，早年留学日本，后追随孙中山，在国民党一大当选为中央执行委员会常委。这中执委是参照苏共政治体制设置的，它的常委相当于中央政治局常委。也是在国民党一大上，他出任国民党中央党部宣传部部长。接着，成立黄埔军校，他出任黄埔军校第一任政治部主任。在此顺便说一句，他离职后，中共的周恩来接任这个职位。戴季陶与蒋介石交往甚密，曾一起留学日本，为结拜兄弟。

王玉生觉得关公脸在公开场合反对“联俄、联共、扶助农工”三大政策是错误的，这毕竟是国民党已经确定的政策，因此事与其他军官在街上发生争吵更是不应该。三标听了王玉生说的情况，觉得是应该叫关公脸来说一下，让他以后注意。

王玉生走后，三标让传令兵去把关公脸叫过来。三标见关公脸进来，说道："关营长，上午的外出挺顺利？"关公脸不卑不亢地说："是，很顺利。"三标说："没有发生一点小小的事情？"关公脸说："刘团长，我知道你要说什么，我见到王营长了。是的，我在大元帅府码头跟两个黄埔的军官发生一点争执，我反对他们的说法，就吵了几句。"三标问道："大家都是军人，应该比较好沟通，不至于争吵嘛。这是为什么事？"关公脸不说话，把头扭向一边。三标耐心地问道："说说嘛，既然在外面可以说，在咱们内部也可以说说嘛。"关公脸说："我个人对时局的一点小小看法，微不足道。"三标说："没事，小小的看法也可以说说。"关公脸不高兴地说："刘团长，当今中国，各种主义风起云涌，各种派别山峰林立，什么联省自治派、和平会议派、商人政府派、无政府派，甚至君主立宪派都在宣传自己的主张，对时局有点自己的看法没有不当吧？"三标听到这样的顶撞，有点不高兴，说道："我刚才的话说到当与不当吗？难道问问也不行？"

关公脸脖子一梗，说道："行，我说。我反对国共合作，我赞成戴部长的说法，那些 CP 加入国民党，是养虎为患，必然危害国民党。"三标听这么说，平静地说："行，咱们不说你这反对是对是错，我想听你说说，你为什么要反对呢？"关公脸说："很简单，CP 搞阶级斗争，消灭资产阶级，这是绝对不允许的。什么剥削？都是谎话，都是骗人的。人家工厂主、地主那些财富哪个不是靠自己的双手辛辛苦苦积累起来的？这有什么过错？按照 CP 的话说，财富都靠剥削积累的，积累财富就是剥削，积累财富就是犯罪？要被推翻，被消灭，人家怎么就成了罪犯？"听这么说，三标不知道该说什么，之前他没深入考虑共产党的纲领和主张，跟陈文汉讨教时，也没做深入的思考。关公脸又说："CP 要消灭私有制，每个人，不仅是地主，也包括农民，都不能有自己的土地、房屋、牲口、农具、马车牛车，而你知道吗，每个人的生命权、财产权，这是人类自然权利，是不可以被剥夺的！"现在听关公脸这么一说，感觉共产党的主张确实有点问题。

三标说："还有吗？"关公脸说："简单说就是这些，今天在码头上，我就是听不下去那两个家伙说的话，我反驳他们，就这样吵起来。”三标说：“原来是这样。”关公脸说：“就是这样。”三标说：“我说，现在各种主义和各种派别很多，你有自己看法很正常，无可厚非，但是，你在外面跟别人争执这个问题就不妥，你毕竟是个军官，要注意自己的形象，一言一行都要注意。”关公脸不服气地说：“军人要有正义感，我觉得他们说的那套不对，就是应该跟他们辩论，否则不是个好军人。”三标听这么说不高兴了，说道：“什么正义感？什么好军人？现在国共合作政策是孙先生倡导，在国民党第一次代表大会上确立的，执行这个政策才是有正义感，才是好军人。”关公脸说：“我不这么看，说实在话，我不管这是谁定的政策，我只是不想中国成为一个赤色中国，成为一个搞阶级斗争的中国。”

三标严厉地说：“你这是胡说什么？什么你不管这是谁定的政策？我警告你，只要你还是国民党员，还是革命军人，就必须服从党的纪律，服从军队的纪律，你愿意服从要服从，不愿意服从也要服从。”关公脸顶撞道：“刘团长你不用压我，你也压不住我，我是有信念的人。我反对把中国变成苏俄那样的赤色国家，我会坚守自己的信念，不会为了官位俸禄，放弃我的信念。”三标说：“关营长，你不用跟我喊口号，我是个俗人，不懂那么多政治主张。我警告你，既然你是我的手下，你必须服从我，你回去把你的部队带好。如果你抗拒我的命令，违法乱纪，你就别怪我对你不客气。”说完，对外挥挥手。关公脸脖子一梗，什么话也没说走了。三标心里想，关公脸，你别自作聪明，你要一意孤行，绝对让你吃不了兜着走。

第3节

第二天上午，三标被方鸣九的传令兵叫到建国滇军总司令部。此前，孙中山下令将各军改称“建国军”其中建国滇军由方鸣九任总司令，建国粤军由许崇智任总司令。三标走进办公室，见方鸣九在和姚长官说什么，方鸣九板着脸，三标不知道发生什么事，小心翼翼地说：“总司令，我来了。”方鸣九说：“刘团长，看来我是要找你谈谈了。”三标听方鸣九称呼自己的官衔，知道情况有点严重。连忙说：“总司令，请你训示。”姚长官在一边站着，没有插话。方鸣九说：“刘团长，现在你也学会搞两面派了？当面一套背后一套？”三标被说得丈二金刚摸不到头脑，说道：“总司令，你这说的是我的什么事？我被你说糊涂了。”方鸣九说：“糊涂？我看你挺会装糊涂。我问你，咱们滇军什么时候又可以搞烟馆、开赌场的？”三标说：“没说可以呀，不是一直正在严查严办吗？”方鸣九说：“是吗？刘团长，是正在严查严办吗？”三标说：“是呀，我没收到放开的指示呀。”方鸣九说：“既然没放开，有人怎么还敢干呢？你说说这是为什么？”

三标说：“有这样的人吗？这是谁？谁有这么大的胆子？”方鸣九说：“谁？你不知道是谁？”三标诚恳地说：“总司令，我确实不知道。”方鸣九说：“是吗？真的一点不知道？”三标老老实实地说：“真的一点不知道，如果我说假话，天打五雷轰。”方鸣九说：“刘长生，我不跟你兜圈子了，我问你，你那个婆娘干的事，到底是你让她干的，还是她自己干的？”三标一听提到白金花，知道完了，肯定白金花又给自己捅娄子了。连忙说：“绝对不是我让她干的。总司令，她干什么了？”方鸣九说：“真不是你让她干的？”三标说：“绝对是，我若有半句谎言，天打五雷轰。”方鸣九说：“但是，不管是不是你让她干的，她干的就是你干的。姚长官，你说说。”姚长官说：“刘团长，是这样，经过别人举报，我们查清楚了，你太太开了个赌场。”三标不敢相信这话，问道：“开赌场？不会吧？我一点不知道。”姚长官说：“这么说吧，你太太开了个饭店，你知道吗？”三标说：“这个我知道，叫三迤香饭店，怎么？这跟赌场有什么关系？”姚长官说：“这个三迤香饭店，是挂羊头卖狗肉，挂着饭店的牌子，实际做的是赌场生意。”三标脑袋飞快地转起来，他想到这段时间白金花买了不少稀罕的首饰和高档的衣服，感觉是她那饭店赚了不少钱，自己还想她挺有两下子，把这个饭店经营得这么好。没想到实际上她干的是这个？这个败家娘们。真是太可气了。

三标说：“原来是这么回事，总司令，你放心，我马上带人去把那个饭店砸了，绝不手软。”方鸣九把脸转向一边，没说话。姚长官说：“刘团长，在目前三令五申禁止的情况下，顶风作案，性质很恶劣。有人把这个事报告给大元帅府，孙大元帅很生气，对滇军很不满意，这给滇军造成极为恶劣的影响。”三标惊愕地说：“是吗？有这么严重？总司令，你看，我怎么能补救一下？”姚长官说：“刘团长，这个事，总司令已经作了决定，命你马上清除这个赌场。同时，免去你的团长职务，到你们团3营担任营长。你的团长职务，由关正阳接任。”这等于三标跟关公脸对调了职务。

三标离开滇军司令部，带人去把三迤香酒楼砸了，又派人把白金花的东西装几个箱子，送到酒楼门口，三标让人告诉白金花：“不许你回家，这不再是你的家，你我这辈子别再见面，我不认识你，你跟我没一点关系。”白金花被吓坏了，不敢去找三标，只有自己在外面租房子暂住。

三标对总司令对自己的处理没有怨言，对自己说，这怨不了别人，要怨只能怨自己找了这么个倒霉的婆娘。不过，三标没想到让关公脸接替自己团长的职务。三标听说，这段时间关正阳经常往方鸣九这里跑，三标想不通，怎么方鸣九和关公脸的关系变得密切起来，这是为什么？

第二十七章

第1节

在悲痛心情减轻一点后，李津兰给父母写信，把这边公公被抓、赵府抄家、丈夫阵亡、女儿病故的情况告诉了他们，李祖殷和庾美菊收到信就着急忙慌地赶到昆明来看她。小妹见到爹妈，又是一场痛哭，有多少辛酸、多少委屈、多少伤悲要说，可又如何能说尽？李祖殷和庾美菊在赵府住了十来天回老家了。蔡月娥觉得这些情况也应该让丈夫知道，让郭师傅去关押点，告诉赵亦恒这些事。赵亦恒听说后，无比愤怒，大声咆哮，把一同关押的人吓坏了。

又过去了一年，赵亦恒还是没回来。家里人少了，用不了这么多佣人，当然也是没有收入，手头越来越紧，蔡月娥给薛妈、厨房的王妈一笔遣散费，请她们回去了。家里只剩张孃孃、郭师傅两个佣人。这一年，李津兰和蔡月娥这两个可怜的女人就这么在悲苦的气氛中过着。

1924年的这天上午，天气阴沉，下着小雨。蔡月娥和小妹在客厅说话，听到有人敲门，蔡月娥让张孃孃去看看，张孃孃看了回来说有两个当兵的来找太太，蔡月娥起身到院子门口，张孃孃拉开门，蔡月娥见门外是一个眉目清秀的军官，后面站着他的卫兵。蔡月娥问道："请问你找谁？"卫兵说："太太，这是我们治安团的邓团长。"军官打断卫兵的话说："赵太太，我是你家少奶奶的同学。"见蔡月娥满脸狐疑，这个军官又说："真的，我是李津兰的同学，是她的同学。"

蔡月娥赶紧请邓团长进来，对着客厅喊："小妹，你的同学来了！"李津兰走到客厅门口一看，意外地说："邓明雄，你怎么来了？"这邓明雄就是李津兰刚到裕滇银行上班时，与段毓婉去越南人开的西餐厅路上碰到的那个小军官，云南省立一中毕业的，当年曾经给李津兰写过情诗。蔡月娥说："人家是邓团长，治安团的邓团长。"李津兰说："是吗？恭喜恭喜，当上大团长了。"邓明雄说："惭愧惭愧，本来早就该来，拖到今天，实在对不起，对不起。"蔡月娥招呼邓明雄在客厅坐下。李津兰说："什么惭愧、对不起的？什么意思？"邓明雄看看客厅里贴了封条的家具，用平静地口气说："是这么回事，两个月前，由于省警务处的事情太多忙不过来，省里把看管这次偷漏税赋嫌犯的事移交给我们治安团。我听说被关押人中有火柴大王赵亦恒，心想，这不是你公公吗？就很着急，一心想把他弄出来，可是找了很多人，搞到今天，才有点进展。今天我是来宣布一个省里的决定，从今天起撤销对赵府的查封。"

撤销查封？蔡月娥没想到有这样的好事，激动地说："邓团长，这是真的？是真的？"邓明雄递过去文书，蔡月娥看了文书说："这是真的，是真的。"邓明雄说："是的，赵老先生的释放手续也在办理中，过两天就能回家，没事了。"李津兰说："真的，你有这么大神通？"蔡月娥用讨好的口气说："人家现在是治安团的团长，当然有办法。"李津兰说："听说这是唐省长亲手抓的事，我和我妈也找过一些人帮忙，人家都说太难了，帮不上忙。"邓明雄说："是很难，打击偷漏税赋的事是唐省长定的，具体管是财政司的一个副司长，这个人很不好说话，人称财政司的酷吏，任何人都不给面子。不过，我有自己的办法。是这样，这些年我跟随的这个老长官，是唐省长手下的四员大将之一，跟唐省长说得上话，我请他跟唐省长说一下。他去说了，当时唐省长不了解情况，说他去了解一下，这样，唐省长才知道那个副司长下手太狠，把赵老先生搞得这么惨，当即下令纠正。不过，那个副司长坚决不同意解封工厂，说放了工厂，拿什么去补缴税款？就成了这样。我说赵太太，你别着急，先解除赵府查封，迎接赵老先生回来，工厂解封，我再想办法。”邓明雄说的这个老长官是胡若愚。

李津兰说道：“我们没欠那么多税款呀？为何不能解封工厂？”邓明雄为难地说：“我知道，但是，那个家伙太难说话，实在不好办。”蔡月娥说：“算了，只要人能回来就行。”邓明雄说：“是，我觉得太太这个说法对，这个时候保人要紧，人最重要。”蔡月娥说：“现在我家老爷在里面怎么样？”邓明雄说：“你们别担心，里面条件还可以，是新建的营房，房子和家具都挺新的，伙食也不错，赵老先生在里面好吃好喝的，没受罪。过几天，他办一下手续，就能回来了。”

蔡月娥说：“邓团长，真不知道该如何感谢你。这样，等我家老爷回来……”邓明雄说：“千万别这样，说感谢就见外了，我是少奶奶的同学，这是我应该做的。”李津兰说：“同学也要感谢，你这是帮了我们家的大忙，这不是个小事，无论如何也要感谢感谢你……”邓明雄站起来说：“不说这个，不说这个。这样，我还有事，我先走，改天再来看你二位和赵老先生。”蔡月娥说：“再坐一会嘛，这才坐了多大一会？”最后，还是没有拦住，邓明雄走出院门，带上那个卫兵走了。就是这么短短的几分钟，什么都没变，天上还是在下雨，屋檐的水珠一串串坠落到院子里，院子的地面有几摊积水，屋里有点阴暗，空气中还是昆明那股雨季的潮湿味道，然而，赵家命运却发生了翻天覆地的改变。

第2节

没想到赵府解除查封这个好消息马上传开了，第二天唐芸芸和董庆仁来赵府祝贺。李津兰把他们请到客厅，问他们怎么这么快就知道了。唐芸芸说:“你不知道，今天一上班，柳貂蝉就在办公室大发脾气，摔桌子打板凳的说是谁这么混蛋，去唐省长那里帮李津兰公公说好话。这样，行里的同事都知道赵府解封了，你公公要回来了。怎么样？他哪天回来？”董庆仁说:“是呀，哪天回来？”李津兰说:“不知道，昨天说我公公还要办一下手续，要等几天，不过应该也很快了。”董庆仁说:“还会处罚你们家吗？”李津兰说:“火柴厂恐怕要不回来了，说是要变卖它补缴税款。”董庆仁说:“工厂没了，将来怎么办？”唐芸芸说:“那将来再说吧，现在能这样就是万幸了。”李津兰也说公公能平安回来，能保住这个家，就该谢天谢地了。唐芸芸和董庆仁又聊了一会，回去上班了。

李津兰到书房给父母写信，告诉他们赵府发生的变化。信写好后，李津兰看着信，自言自语道:“爸、妈，你们可以放心了。”谁知道，李祖殷和庾美菊收到这个信马上买火车票来昆明。他俩走进赵府，把蔡月娥和李津兰都高兴坏了。蔡月娥把亲家让到客厅坐下，李祖殷说:“亲家，以后就好了，等亲家公出来，这个灾就算过去了。”庾美菊说:“是呀，亲家，这个灾就算过去了。”庾美菊拉着女儿的手说:“总算过去了，以后就好了。”李祖殷说:“真没想到你们赵家会遭受这么大的劫难，赵家太不容易了，太不容易了。”蔡月娥听这么说，眼圈发红，泪水从眼眶深处涌出来，立刻哭花了脸。庾美菊说:“亲家，别难过，别难过，现在不是好起来了吗？”蔡月娥心里说，能不难过吗？就这短短的几年，儿子没了、孙女没了、丈夫被关押、厂子垮了，这样磨难哪家遭遇过？哪家承受过？

庾美菊能体会亲家心中的伤痛，安慰道:“别想那么多了，让小妹好好伺候你。”蔡月娥也不想再说这些伤心的事，让亲家这次一定要多住几天，然后去厨房交代张孃孃多做几个菜，要好好招待一下。客厅里只有李津兰和父母，李祖殷对女儿说:“人的一生就是这样，总是要经历很多磨难。每个人除了要经历自己和家人的生老病死这四个大关，还要经历家道的兴衰荣辱，经历自己的起起落落，这都是人生的常态，无论如何都要挺住。你还年轻，不能向挫折低头。”

李津兰没想到父亲能说出这么有水平的话，突然感觉父亲并不是那么普通的人。庾美菊说："就是，都会好起来，人家说大难不死必有后福，将来都会好的，越来越好。"李津兰心里想，我有这样好的父母，真是我的福分呀。

第3节

过了三天，赵亦恒回来了。赵亦恒头发乱蓬蓬的，胡子也留得老长。蔡月娥与丈夫相见，稀里哗啦哭了一通，好半天才止住。赵亦恒安慰了妻子，和李祖殷、庾美菊聊起来。蔡月娥赶紧让张孃孃去烧热水，让郭师傅请门口那家理发店的师傅来给赵亦恒理发刮胡子。把丈夫收拾好后，蔡月娥问赵亦恒晚上想吃什么，她亲自下厨给他做一顿。赵亦恒说："就不在家里吃了，你让郭师傅去碧波楼订个雅间，咱们上那好好吃一顿。"蔡月娥觉得这么安排才豪气，才气魄，就是应该搞一个像样的家宴欢迎老爷回家，转身去安排了。

到吃饭时间，赵府的人出发，赵亦恒夫妇坐郭师傅的黄包车，另外叫了两辆黄包车，李祖殷夫妇坐一辆，李津兰坐一辆。这碧波楼，就在翠湖边，是这时昆明数一数二的酒楼，广东人开的，卖粤菜。赵家订的是个可以看到翠湖水面的雅间。菜上桌后，蔡月娥站起来，举起酒杯说："咱们一起欢迎老爷回家，干一杯。"大家喝下去后，李祖殷、李津兰跟着敬酒。李津兰仔细看看赵亦恒，发现他瘦了很多，脸上的骨架显得更分明，眼睛显得更大，让人感觉更有精神，更加坚毅。赵亦恒站起来说："我也说两句，这两年咱们老赵家经历了太多事，实在不容易，不过，我的个人信念是再难也要挺住，再难也能熬过去。我就不相信他们能把我打垮，来，咱们一起喝一杯，祝咱们越来越好！"

接着，赵亦恒连着喝了三杯酒，然后把酒杯重重地放到桌子上："借着查税赋把我抓起来，查封我家和我的厂子，现在还不解除工厂查封，我漏了多少税？要用我的一个厂子去还？就是个土匪！恶霸！你们看看现在云南成了什么样子？”蔡月娥劝慰道：“听说这是财政司一个副司长办的，唐省长不知情。”赵亦恒气愤地说：“不知情？他怎么可能不知情？要抓我，那个副厅长不向他请示？”蔡月娥说：“也可能不知道，唐继尧批准他查封工厂，他就自作主张，除了查封工厂，还去抓人、查封赵府。”赵亦恒说：“这次不只抓我一个人，我们那里关了几个老板，有广东的，有四川的，这个副司长不经过唐省长批准，敢抓这么多人？”蔡月娥说：“那也可能，邓团长就说唐省长不知道你的情况。”赵亦恒说：“谁说的我也不信。”李祖殷出来打圆场：“亲家，我敬你一杯，别太生气，伤身体。”

两人喝了酒，赵亦恒说：“我也不想伤身体，可是你看看，云南被这个唐省长搞成什么样？咱们这么一个穷省，要养这么多兵，天天想着去外省抢地盘，这本省里能富起来吗……”蔡月娥紧张地说：“老爷，你小声点！这可不是在家里。”

赵亦恒把声音降低下来说：“滥发滇票，现在所有银行都停止滇票兑换银元，滇票变成什么？一张废纸。现在本省做生意用什么钱？用墨西哥鹰元，用法国纸币，这都成了什么世道？”李津兰觉得赵亦恒说得有理。赵亦恒接着说：“到处种大烟，提高税收厘金，搞得民不聊生、市面萧条、怨声载道、民情激愤……”李祖殷也了解一些情况，附和着说是的是的。

赵亦恒还在说：“还有，在经济建设上，好大喜功，建这个建那个，可是，哪有钱？哪有钱……”这个接风家宴，变成赵亦恒对唐继尧的声讨会，让赵亦恒狠狠地发泄了一通。

第4节

接风家宴结束后，第二天李祖殷和庚美菊就回阿迷了。临行前，李津兰觉得家里榨油坊停了，父母没有收入，拿出一些银元给母亲，这是她的私房钱。母亲说不要，说老大和老三时常给家里寄钱，他们不缺钱。还有，赵家经历这么多事，也挺困难的，关键的时候你就补贴赵家家用吧。李津兰说赵家经历这些事是很难，但是瘦死的骆驼比马大，基本生活还行，同时，自己也不困难，平时家里的花费都是婆婆支付，自己的薪水一般用不上，自己攒了不少钱，让母亲带上。父亲过来说，我们生活花不了多少钱，不困难，你在人家，身边有点钱好，平时多给你公公婆婆买点东西，多孝敬孝敬人家，人家也会对你好。最后，李津兰只好作罢。

这天下午，李津兰外出回来，张孃孃给她开门说："少奶奶，刚才有个人找你。"李津兰说："谁呀？"张孃孃说："就是来过咱们家的那个唐女士，你在银行的同事。"李津兰知道是唐芸芸，问道："人呢？"张孃孃说："走了，说让你去银行一趟。"站在院子里的蔡月娥问道："去银行？你都离开一年了，还叫你去干啥？"李津兰说："很正常，可能有过去的业务要找我核对一下。"蔡月娥说："那也是，你下午就去一趟吧。"

下午，李津兰换上原来上班时穿的素雅旗袍，走进裕滇银行办公楼，直接去一层唐芸芸办公室。唐芸芸见李津兰来了，高兴地说："你来了？太好了。"李津兰问道："是什么事？"唐芸芸笑而不语，那表情有几分神秘。李津兰说："说呀。"唐芸芸办公室一个男职员路过李津兰身边时说："李经理好！"李津兰见这个同事对自己这么客气，有点意外。当初她离开裕滇银行时，是人人冷眼相对的，这是怎么了？唐芸芸说："跟我走吧，一会你就知道了。"李津兰懒得再问，跟着唐芸芸上楼，路上碰到几个同事，人家都跟她热情地打招呼。李津兰心想，他们在柳貂蝉那恶婆的管理下变这么好？不应该呀！到了二层行长办公室门口，门是开着的，唐芸芸轻轻地在门板上敲了一下说："行长，李津兰来了。"然后转身离开。办公桌后面的男子站起来说："好，欢迎，欢迎呀。"李津兰一看愣住了，这不是孔秀康吗？他怎么到这当行长了？

孔秀康这天穿一身深色西服，白衬衣，深蓝色的领带，棕色皮鞋，很干净很精神。他似乎看出李津兰的心思，说道：“没想到吧？我也没想到。”李津兰连连点头。孔秀康介绍了自己的情况：“三年前，顾品珍执政时，顾品珍责怪我一直没解决新炉子问题，免了我大锡公司总理职务。后来，唐省长回来主政，又任命我为省实业司司长。最近，由于柳貂蝉只是临时代理，裕滇银行行长这个位置一直空着，省里就任命了我。”李津兰说：“祝贺孔行长，祝贺。”

孔秀康说：“别只是祝贺我，也祝贺你自己一下，现在咱们可以做同事了。”李津兰又吃一惊，问道：“同事？什么意思？”孔秀康说：“我请你回来工作，还担当你们总簿记部的经理。”李津兰说：“可是，我是被开除的，怎么可能？”孔秀康说：“是的，这事我跟省政府说了，他们同意了。星旗银行那个事过去了，并且不该让你一个人承担全部责任，有过错，那也是从下到上的过错，是一串人，不是一个人。还有，那么处理，太打击下面工作人员的积极性，如果不调整，将来谁还会为单位做事？为省里做事？”李津兰听得有点头晕，自己又回来工作了？这是真的？孔秀康说：“怎么样？你愿意回来工作吗？”李津兰脱口而出：“愿意，愿意。”这是她的心里话，她不知道做过多少次回银行上班的梦，她太想工作，太喜欢这份工作了。她觉得这个工作与自己血肉相连，生生死死，不可分割。

两人又聊了一会，李津兰告别孔秀康下楼，到唐芸芸房间，问王平端在哪个办公室，唐芸芸说在一层总簿记部的大办公室。李津兰告别唐芸芸，去看望王平端。王平端的工位在总簿记部大办公室的角落里，李津兰见他正在低头看账本，李津兰走过去轻声说：“王行长。”王平端抬头一愣说：“小李，你来了？”李津兰说：“王行长，你好吗？”王平端压低声音说：“好的，好的。走，咱们出去说话。”带李津兰往外走，走出办公楼大门，一直走到街道边上，说道：“你都好吗？我一直想去看你，可是，一直瞎忙。”李津兰知道王平端这种小心谨慎的人是不敢去赵府看自己的，那不是又得罪柳貂蝉了？也就是嘴上说说罢了。李津兰说孔秀康请自己回来工作，自己也愿意回来。王平端说：“我知道，银行每个人都知道孔行长要请你回来。

回来好，你有干劲，能为裕滇银行做点事。”李津兰问：“王行长，你别给我戴高帽子，咱们是自己人。对了，孔行长没给你调整工作？”王平端说：“他找我谈话，想让我继续当副行长，我拒绝了。”李津兰问道：“为什么？”王平端说：“我年纪大了，再干几年就退休了，不想再惹事了，平平安安地混到退休，比什么都好。你看，潘行长在里面关几年了，一直没个说法，他去上海收款是为谁？是为自己？结果落得这么个下场。算了，算了。”李津兰想这就是王平端的性格，改变不了的，就让他走自己的路吧。

这时，董庆仁从楼里出来，见李津兰和王平端在街边说话，本来想悄悄走过去不打扰他们，可被李津兰看见，李津兰叫住他。王平端赶紧说：“好，你们聊，我还有点小事，我先回去。”说完转身走了。李津兰对董庆仁说：“你出去办事？”董庆仁说：“是，去取一个材料。怎么样？你回来上班高兴吧？”李津兰连连点头。董庆仁说：“对了，你不知道柳貂蝉的情况吧？上面宣布孔秀康任行长，柳貂蝉气坏了，她一直以为她自己这个临时负责人很快能转副行长，然后转正行长，哪里想到会这样。她总是高估自己，她也不看看自己是什么资历，是不是？她有在巡抚衙门做事的经历？有留洋的经历？啥也没有，上面怎么可能让这样的人当行长？让她临时代理一下，那是一时找不到合适的，好家伙，她那尾巴翘到天上去了。好了，宣布孔行长当行长，她顿时傻了。还有她那一对哼哈二将，就是段毓婉和吴少愚，也傻了，他们知道孔行长对你印象很好，心想这一下搞不好你要回来工作了。你不知道，这几天他们整天在一起嘀嘀咕咕的，像三只老鼠，看看，现在你真的回来了，他们最怕看到的终于来了，哈哈……”董庆仁说得特别开心，是的，李津兰心里也非常开心。现在她是峰回路转，春回大地，从那个地狱一般的世界走出来了，眼前是阳光灿烂，海阔天高。

董庆仁说：“这次你绝对不能放过那个柳二娘，真不敢相信天下有这么狠毒的女人，也让她家破人亡，让她知道你的厉害。”李津兰知道，自己跟柳貂蝉这是血海深仇，绝对不能放过，这是为了自己，也是为了别人。董庆仁说："还有段毓婉和吴少愚，现在那脸色如丧考妣，走路低着头，不跟任何人打招呼，把那尾巴夹得紧紧的，哈哈，他们也有今天，哈哈……"李津兰觉得让人看见自己和董庆仁这么谈笑不好，连忙说："好了，好了，你去办事吧。我回去了。"董庆仁说："好的，明天见！"

第5节

李津兰这次离开裕滇银行有近一年的时间，这期间省里发生了几个大事：一、去年第六次发行滇票六百万元，累计发行二千二百万；二、去年2月唐继尧将唐家花园改为"东陆图书馆"，对外开放，概不收费，唐继尧收藏的图书、古玩、书画、金石、纪念品等悉数陈列；三、今年云南省政府将"昆明市政公所"，更名为"昆明市政府"，负责人仍称"市督办"；四、滇缅公路的昆明大西门至碧鸡关段通车了。这是云南第一条公路，首期目标到一平浪，以方便黑井食盐，以及一平浪煤矿、易门铜矿的矿石外运，然后将继续向西修，一直到缅甸。

第二天，李津兰身轻如燕地到裕滇银行正式上班，还是到她原来那个办公室。老谭向她移交了总簿记部的工作，她召集本部门的同事开了个会，又找几个人了解情况，很快上手工作。

李津兰回来上班，最不高兴的自然是柳貂蝉。她跑到省政府去投诉，说孔秀康色胆包天，居然把一个被开除的女人召回来上班，又说孔秀康对这个女人心怀鬼胎，看这个女人有几分姿色，又是死了丈夫孩子，正是急需男人，欲行那苟且淫荡之事。又说这李津兰本是个不安分的女人，更是投桃报李，投怀送抱。现在裕滇银行成了什么了？简直与秦楼楚馆、娼寮勾栏无二。这柳貂蝉是怎么知道李津兰丈夫阵亡和女儿去世之事？后来，李津兰得知，柳貂蝉是听余太太，就太太团的那个人说的。

由于柳貂蝉这么一再举报，省政府派人到裕滇银行调查，很快结果出来了。孔秀康召回的李津兰，已跟省里说过，得到省政府同意，至于说两人男女之事都是穿凿附会，查无实据。省里来人把这个结果也告诉了柳貂蝉。

第6节

赵亦恒去筇竹寺那边的山上给儿子和孙女的坟上香。看着面前的这两个坟头，他心中涌起巨大悲伤，好好的一个家，现在垮了，两个活蹦乱跳的人竟然埋在这里，这个世道，是什么世道？他想起《礼记》中的那句话：苛政猛于虎。

蔡月娥和赵亦恒多次让李津兰感谢一下邓明雄，说人家帮咱们家这么大的忙，一定要好好感谢。这天，李津兰终于把邓明雄请到家里吃饭，为了避免冷场，李津兰还把欧阳红夫妇也叫来作陪。欧阳红夫妇之前没见过邓明雄，是到这里才认识。

在席间，人们的话题又转到时政上，欧阳红对当下的经济情况发了几句牢骚。小马是在省里上班的人，对这些话比较敏感，连忙制止老婆。欧阳红说：“有啥不能说的？这是在同学家里，又不是在大街上。”然后对赵亦恒说：“赵大爹，你说是不是？”赵亦恒不知道邓明雄对唐继尧是什么看法，不敢表态，只是用拳头挡着嘴干咳一声。李津兰也担心邓明雄是拥护唐继尧的，想制止欧阳红，可是欧阳红无所顾忌地说：“北京的报纸整天刊登指责北洋政府的文章，人家北洋政府都能容忍，他唐省长有什么不能容忍的？现在是民国，又不是大清。”

李津兰知道本省对言论管制得还是比较严格的，尽管唐继尧一再宣称自己是民主开明的，说允许报纸议论本省时政和自己，但是实际是另外一套。他下令查封了几家报纸，并要求省政府的职员不得议论时政，对于军人和警察的要求更严格，要求军人警察绝对拥护自己，绝对和自己保持一致。这时，邓明雄说："没事，你说吧。我们部队内部也私下议论，很正常。"欧阳红听这话，接着说："现在市面上的情况就是越来越不好，这些年唐省长的做法有问题，要不然怎么成了这个样子？他说要使本省兴旺和富强，可是，你们看看，现在这是兴旺和富强吗？"小马说："我觉得唐省长是真心想让本省兴旺和富强，他投资大锡公司，创办东陆大学，建飞机场，修滇缅公路，扶持企业合股修个碧石铁路都是为了这个。"邓明雄说："是，小马这话说得对。"

欧阳红说："可是，你们看看，这老百姓的日子过好了，还是更差了？"小马说："这要有个过程，需要一定的时间，将来老百姓的日子就好了。"欧阳红跟丈夫争执起来说："将来，将来是到哪一天？是到哪一年？到底需要几年？而且凭什么说将来就好了，就凭这么一句话将来就好起来了？是吗？这怎么能让人信服呢？"小马说："唐省长现在搞的这些是基础项目的，等这些基础项目搞好了，老百姓的日子自然就好了。"欧阳红说："基础项目好了，如果还是不把老百姓的生活放在第一位，还是不会好。为什么这么说？因为这些基础项目太多了，搞了这个搞那个，搞一百年也搞不完。赵大爹，你说是不是？"蔡月娥怕赵亦恒说话，赶紧阻拦说："你们年轻人议论这些事，我们不太懂，你们说，你们说。"

赵亦恒打断老婆的话说："我觉得唐省长这搞的不是强省富民政策。不错，他是做了不少大事，就是说做了不少所谓基础项目，但是，如果做这些大事让广大老百姓生活越来越困难，这肯定不是强省富民政策，现在不是，将来也不是，天下没有这样的强国富民政策。"

小马听了有些吃惊，邓明雄也似乎没听过。蔡月娥看到这两个小伙子的诧异的表情，连忙说："老爷，咱们是请客人吃饭……"赵亦恒继续说："天下的强省富民政策只有一种，就是让老百姓先富，老百姓富了国家才会富。云南也是如此，老百姓有钱了，省里才会有钱。"李津兰觉得公公说得有道理，但是不敢发声附和。赵亦恒接着说，“唐继尧搞的强省富民政策，是骗人的，是假话，不仅仅是他，无论哪个掌权者说这话，都是假话。我告诉诸位一句话，牺牲老百姓的利益，搞强省富民，都不会成功，最后，肯定都是省不强民不富。”

蔡月娥觉得丈夫太过分了，一边拉他的衣袖一边说：“是的，我们家老爷平时也经常夸唐省长，说他为本省做了很多好事……”赵亦恒继续说：“唐继尧建这个建那个，搞的是‘省富民穷’，为什么他要这么搞？很简单，民再穷他不穷，老百姓就是饿死，他的衣食住行也不受一点影响，依然可以娶姨太太，可以吃山珍海味，所以他不怕穷，穷跟他没关系，那么，什么跟他有关系？他的梦想跟他有关系，他坐在省长宝座上想什么？就想去争霸天下，当天下霸主。”

蔡月娥简直急坏了说：“老爷，你净顾着说话了，把客人都冷落了，请客人喝酒！”李津兰见邓明雄表情有点严肃，对公公说：“爹爹，你也吃点东西，你喜欢吃什么？我给你夹点。”欧阳红说：“大爹，你说得太好了，把这个事给说透了，把我心里的好些疙瘩解开了。”小马制止欧阳红说：“你少说两句不行呀？就你话多。”李津兰也希望结束这个话题，对欧阳红说：“咱们两个快点吃，一会到我卧室坐坐。”蔡月娥说：“就是，多吃菜，多吃菜。”

这时，谁也没想到邓明雄说话了，他说：“赵大爹这番话说得很有意思，对我震动很大，现在看，有些事我要好好想想。我们这些军人过去基本上都是认为唐省长是绝对正确的，深信不疑，可是，顾品珍倒唐让我们看到有这么多军人、这么多老百姓对唐省长不满，这是为什么？这在军队中引起不少私议，动摇了我们的一些想法，产生了一些怀疑，尽管现在我们平定了顾品珍，但是这个怀疑并没消失。今天赵大爹又谈到这个问题，并说了出现这些问题的原因，有意思，很有意思。赵大爹，谢谢你，我敬你一杯。”邓明雄举杯跟赵亦恒的酒杯碰了一下，喝下去。蔡月娥和李津兰听邓明雄这么说，都松了一口气。后来大家不再谈这个话题。

第7节

回到银行上班，李津兰又想调查那一万元的事，杜生贵去凤庆那事已过去这么长时间，肯定再去凤庆是什么也查不到的，那么查什么呢？李津兰想孔秀康现在是唐继尧面前的大红人，在省政府办事都很容易，不知道是不是可以通过他去见见老先生。

这天中午吃饭时，李津兰跟唐芸芸、董庆仁说起追那一万元的事。唐芸芸和董庆仁早就知道这个事，并知道柳貂蝉仇恨李津兰也就是从这个事开始的。李津兰说现在查到老先生钟子培这里，因见不到老先生查不下去了，想通过孔秀康见一下老先生。唐芸芸说："这倒是个办法，只是不知道孔行长是否愿意，毕竟这是旧账，跟他没一点关系，他完全可以置之不理。"李津兰说："虽然是旧账，可这也是裕滇银行的账，一个负责任的行长怎么能不管？"唐芸芸说："是，从道理上说是这么回事，可以试试。"董庆仁说："这要小心，如果让柳二娘知道了，估计又要找你麻烦了。"李津兰说："这我不怕，她找我的麻烦已经不少了，再多一两个也无所谓。"听她这么说，两人说那你李津兰可以试试。

下午，李津兰到孔秀康办公室，见办公室只有他一个人，说："孔行长，我有个事想向你汇报一下，你有时间吗？"孔秀康让她说，李津兰把一万元逾期借款的事一五一十地说了一遍。孔秀康之前没听说过这个事，为了更全面了解这个事，问道："这个事，可以叫王平端过来说说吗？"李津兰说："可以，我去叫他。"孔秀康阻止李津兰，让行长室的人去叫一下。很快，王平端到了，孔秀康请他说一下这个事，王平端简单说了一下，和李津兰说的一样。情况基本搞清楚了，孔秀康问李津兰："你的意思找省政府的老先生问问？"李津兰说："是的，如果不是老先生给潘行长打电话，潘行长是不会同意办这笔借款的。"孔秀康说："这么说，这个事最关键的人物就是老先生。老王，这笔贷款逾期了，潘永其行长为何不去找老先生呢？”王平端答道：“老先生位高权重，潘行长想把情况搞清楚再去，否则贸然去打扰人家，怕人家对他有看法。”孔秀康自言自语地说：“他也不用这么谨慎嘛。”王平端说：“是，不过，最根本的是后来唐省长那边来话，让潘行长先放一放。”听到这话，孔秀康说：“有这话？”见王平端很肯定地点头，孔秀康对李津兰说：“李经理，这个事，既然唐省长那边已经有话，咱们先放放，如何？”李津兰说：“可是，这已经放了很长时间……”孔秀康打断道：“就这样，先放放吧，过段时间再说，你们二位先去忙吧。”李津兰不好再说什么，和王平端一起离开行长办公室。

过了几天，李津兰又来找孔秀康，再次请求去见老先生。孔秀康还是劝李津兰先放放，李津兰很固执，坚持说这个事跟柳貂蝉关系很大，也许在这个事上柳貂蝉有重大问题。听到这句话孔秀康想了想，初来裕滇银行孔秀康就听说柳貂蝉收拾李津兰的阴险毒辣，这段时间他又强烈感觉到柳貂蝉的捣乱，以及与自己的对立，说道：“好吧，我请人去跟他约个时间，咱们去拜访一下。”李津兰心中一阵喜悦，终于能去见见这个老先生了。

几天后，两辆黄包车到省政府大门口，孔秀康和李津兰分别从各自的车上下来，走进老先生办公室。老先生个子不高，面庞清瘦，头发花白，留着飘飘欲仙的长胡子，有六十四五岁的样子，穿一蓝色细布长衫套咖啡色缎子马褂。显然孔秀康与他并不陌生，两人寒暄一通后聊起了当下本省的经济问题，聊了一会，他说：“孔行长，你说有事要找我说说，是什么事？”孔秀康把一万元逾期借款的事简单说了一下，强调了是老先生给潘永其打电话，帮蔡锷将军借的，之后说：“恳请老先生帮个忙，指示一下，让我们去找用款单位，请他们处理一下。”李津兰觉得孔秀康说得很好，也很恭敬，没有让对方不舒服之处。可是，李津兰万万没想到，老先生竟然说：“一万元借款？护国讨袁那时候的事？我给潘永其行长电话？怎么，这个事我一点记忆都没有，让我想想，我不记得打过这样电话。”李津兰急了说："这是财政司的常耀宗科长去办的，你记得常耀宗吗？"老先生非常肯定地说："让财政司的人办理借款？叫什么常耀宗？我也不记得呀，有这事吗？"李津兰一听愣了，让对方这么一说，这事又查不下去了，她非常着急，冲动地说："怎么会？绝对……"孔秀康打断道："是这样？有可能，有可能，毕竟这事过去快十年了，也许是潘行长和那个常耀宗记错了，什么事都是这样，时间长了就容易忘记，你说得对。"听孔秀康这么说，李津兰只好把话咽到肚子里。孔秀康又和老先生聊了几句其他的事，带李津兰离开了。整个过程，老先生的神态都很淡定，很平静，很舒缓，如同行云流水一般。回银行的路上李津兰没有埋怨孔秀康，她理解，对方这么说话，孔秀康能怎么办？只能如此，再往下追问就显得孔行长在官场上太不成熟了，没办法了，这个事，只能再想其他办法了。

第二十八章

第1节

这天，三标接到父亲的电报，说他们于四天后乘海轮抵达广州，让三标到码头去接他们一下。三标在广州给父母去过书信，父母有他的地址，但是，他万万没有想到他们会到广州来。三标带四毛驴按电报上说的时间到天字码头，很顺利。三标见到父亲母亲、媳妇段小凤和儿子李云剑，之前三标收到父亲的来信，知道儿子是前年5月出生，到这时已经两岁了，这名字还是三标起的。

说实话，三标并不赞成父母和媳妇到广州来，这里天气太热，担心他们受不了。但是，李祖殷不这么看，他认为一家人生活在一起比什么都好，尤其是三标能和段小凤住一起，别说广州这天气，就是住火焰山也行。人已经来了，三标接上他们，坐上黄包车，去南华西街。这南华西街是广州繁华地段，纵横街巷有几十条，商铺众多，生活非常方便，三标租的房子就在南二巷内，是个小的中式合院。三标等他们把行李放下，带他们到外面的酒楼吃饭。父亲是第一次到广州，对广州的繁华赞叹不止。这时，三标觉得一家人在广州团聚，也确实挺好的。

几天后的一个晚上，一家人刚刚吃晚饭，有人敲门，三标租的这个房子是在巷子深处，很隐蔽，一般没人来，三标挺奇怪，这会是谁？打开门吓了一跳，门口站着的是白金花。三标问道：“你来干什么？你怎么找到这来了？”白金花低三下四地说：“我去咱们原来那个家找你，邻居说你几天没回去了，我就悄悄跟着，知道你在这租了院子，让你父母住，那天我不敢打扰你们就走了，可是我还是想回家，我一个女人在外面，让我怎么活？所以今天我又来了，你让我回家吧？”

三标说：“回家？回什么家？你是不是有病？这不是你的家，你走，赶快走。”白金花说：“我错了，我知道我又错了，这次怪我，全怪我……”院子里面三标的父亲李祖殷问道“老三，是谁呀？”三标答道：“没谁，是个问路的。”说完把门带上，赶紧拉白金花往巷子外走，走到巷子口，说道：“我跟你说过，我跟你没关系了，你愿意赚钱你去赚，我不拦着你，你别来找我就行了。”白金花撒娇地说：“我不，人家就是想跟你在一起，人家知道错了嘛。”白金花撒娇这一招很厉害，对三标有很大杀伤力，可是，这时三标不为所动，坚定地说：“不行，绝对不行。”三标有点着急，可是，白金花却说：“没事，我跟你爸妈合得来，我愿意伺候他们。”三标说：“你说什么呢？我让你走，你赶紧走。”白金花说：“虽然我跟你没办过门仪式，可我跟你在一起这么多年，早已是你家的人，生是你家的人，死是你家的鬼。”巷子口行人走来走去，三标怕被熟人看见，很着急，说：“别说这些废话，你走，赶紧走。”白金花却不动身子，继续说：“我知道，你媳妇和你儿子也在这住。我说真心话，我能和他们相处好，你媳妇是大太太，我会听她的使唤，伺候她，对你儿子会像对我自己的儿子一模一样，掏肝掏肺地对他好。”白金花的这番话，把她自己身段放这么低，这让三标有点意外，一时不知道说什么好，只好胡乱应付道：“别说这些，你走，你给我马上走。”说完去推白金花。

白金花说：“你别推我，在大街上让别人这么看着，多不好，你还穿着军装，不知道的，还以为是你们当兵的欺负老百姓呢。”三标说：“行，我不推你，你自己走，马上走。”白金花说：“我求求你，让我回家嘛。”三标说：“别，别说回家，这不是你家，我跟你没关系。你赶紧走。”白金花说：“这怎么不是我家？我是你太太，这是你的家，就是我的家。”三标说：“你是我太太？不是我薄情寡义，你我走到今天这一步是谁造成的？我两次降职降级是谁造成的？我两次让长官失望，两次在众人面前出丑是谁造成的？我这老脸都让你丢尽了。你还有脸说你是我太太？真的，我不配有你这么有能耐的太太。你看看，哪家太太能像你这样？能把自己的男人搞成这个样子？”白金花说：“是的，我知道我做得很过分，对不起你，我刚才就说了，我错了。”三标说：“不用说对不起，不用说你错了。”白金花说：“我跟你说过，我想赚点钱是我没安全感，是有原因的，我没想害你，真的，把你搞成这样我确实觉得没脸见你。可是，我一个女人家一个人在广州，没一个亲人，我没法过。你就可怜可怜我吧，让我回家吧。”三标不说话，不想再搭理她。白金花说：“真的，我给你，给咱爸妈，给你媳妇，给你儿子当牛做马，绝没怨言。”

三标听白金花说得这么可怜，不知道说什么好，这时，三标有点动摇，心中的怨气有所减弱，对白金花的排斥不再那么坚定。三标想，白金花这些话，听起来像是真话，如果她进家真的能这样，好像也不错。他斜眼上下打量白金花，见她穿的细纱短衫薄如蝉翼，衣服里的肉时隐时现，那丰满的乳房，圆润的小肩膀，感觉这个女人还是让自己很有欲望，感觉把她压在自己身体下面，让她反抗，让她呻吟，还是一个很刺激的事。三标不明白这是怎么回事，自己认识白金花十年，一起生活了这么长时间，为什么还是对她有欲望？还有，自己跟两个女人一起生活是不是很刺激？很有意思？尽管她们两人会发生很多矛盾，给自己造成很多烦恼，但是这与这种关系带来的愉悦比，实在算不上什么，自己今天睡白金花的床，明天睡段小凤的床，这两个女人会怎么想？女人最喜欢嫉妒，但是，此时却必须克制嫉妒，忍受嫉妒带来的折磨，忍受自己男人身上有别的女人的味道，带着别的女人的体液，共侍一夫，这是不是对女人最好的调教？想到这里，三标觉得这简直有点做皇上的感觉，感觉自己双脚离地，飘飘欲仙，无比幸福。三标想，算了，让白金花进家吧。再说，白金花在外面漂着，有可能被关公脸利用，从她嘴里得知自己真实的身份。是的，尽管现在自己身份暴露也不是太可怕的事，建国滇军不归唐继尧管，十年前在昆明干的事无人追究，但是，多一事不如少一事，还是不暴露身份为好。

这样，三标同意白金花回家，说道："你在这等我，我回去先跟我爸妈说一声。"说完回到院子里，李祖殷说："是谁问路，说了这么半天？"三标把父亲拉到一个屋子小声说："爸，是这样，这事我对不起你，对不起我妈，对不起段小凤，你要不同意就直接说。"李祖殷马上明白是怎么回事，说道："那个女人找上门了吧？"三标点点头。李祖殷说："你是怎么考虑的？这两年你们又搞到一起了？想让她到这来跟我们一起住？是不是？"三标说："是的，不过，你们来之前我已经把她赶走了，这是她自己找上门的。"接着，把这几年跟白金花的事简单说了一下：狗街子首次分手，重庆相遇，广西再相遇，大烟抽水二次分手，开赌场三次分手，自己因此两次被降职降级。李祖殷说："这都是报应，报应，这个女人就不是一个安分守己的人，就是给男人找麻烦的人，让你别去招惹她，你偏要去，现在知道这种人不能招惹了吧？"三标说："那时不是年轻不懂事嘛，糊涂嘛，谁还没糊涂过？"李祖殷知道现在再指责儿子也没太多意义，这么多年，生米煮成熟饭，说那些有什么用？而且儿子现在是大长官，是大男子汉，给他留点面子吧，就不再责备。三标说："让她进家还有个原因，你知道我现在是用假身份，如果她彻底翻脸，把这一切都抖搂出去，对我不利，咱们还不能把她逼急了。"李祖殷明白这个利害关系，说道："她回来能太平吗？"三标说："能，她跟我保证伺候你和我妈，伺候段小凤，对李云剑像对她亲生儿子一样。要不，等她进家了，我让她当面跟你们做个保证。"李祖殷说："你在这等一下，我去跟你妈，跟你媳妇商量一下，你就在这等我。"三标点头哈腰送父亲出去。三标知道这个家是父亲做主，父亲同意了，母亲和段小凤反对也没用，这等于全家同意白金花进家了。果然，过了一会，李祖殷过来说："行，就这样吧，你妈和你媳妇不愿意，可是已经这样，又能怎么办？让她进家吧。"

三标到巷口对白金花说："他们同意了，不过，他们有个要求，你进家要把跟我保证那些话当面跟他们说一遍，就是说你心甘情愿伺候我爸妈和段小凤，对我儿子像对自己亲生的儿子一样，能做到吗？"白金花毫不犹豫地说："能。"三标带白金花进院子，见客厅里父亲端坐八仙桌左侧，母亲坐右侧，段小凤抱儿子坐母亲一边。

三标带白金花走到八仙桌前，对父母说："爸、妈，这是白金花。"对白金花说："白金花，这是爸、妈。"白金花扑通双膝跪下，对李祖殷咚地磕了三个头，又略为移动身子，对庾美菊磕了三个头，然后对二位说："公公、婆婆在上，受媳妇一拜。我一定像孝敬我父母一样孝敬你们二位，在李家当牛做马绝无怨言。"李祖殷说："不用行这样大礼。"三标没想到白金花会这样，赶紧拉她起来，白金花不起，说道："媳妇进李家，二老一定要受我这一拜。"李祖殷说："行，行，起来吧。"白金花又移动身体，面对段小凤磕了个头，说道："姐姐受我一拜。"段小凤脸色铁青，一言不发。白金花又说："我一定伺候姐姐，给姐姐当牛做马绝无怨言。还有，把姐姐的儿子当作自己亲生儿子，照顾他一生一世。"李祖殷说："好，说得好，从今天起，你就是我李家的人，起来吧。"三标拉白金花站起来。磕头完毕，三标的母亲庾美菊给白金花收拾了一个房间，白金花出去将自己的东西从她临时住的地方搬过来，就完全进这个家了。

晚上睡觉前，三标很为难，这几天他都是跟段小凤睡一个屋子，现在白金花进家了，跟谁睡？白金花主动对三标小声说："去姐姐屋里吧。"三标觉得这样也好，就进了段小凤的屋子，可是，很快，三标母亲庾美菊到院子把三标叫出来，小声说："人家第一天进门，怎么也要跟人家睡，去，去她屋里睡。"把三标往白金花的屋子推，三标不拒绝，就去白金花的屋子睡了。

第 2 节

国民党筹办黄埔军校，表明了要建立自己的军队，这对广州的各路驻军影响很大，滇军、桂军、湘军、福军都非常关注此事，担心这个军队坐大，自己地位不保。就在国民党宣布建校后不久，方鸣九决定恢复“云南陆军讲武堂韶州分校”。这个分校是民国七年，即 1918 年 6 月桂军与直系签订停战协定后，庄行乾在韶州开办的，当时吸引不少云南子弟到此就读，后来因种种原因停办。

黄埔军校从全国各地来的一千二百名考生中正式录取学生六百四十多名，6 月中旬，举行开学典礼，孙中山到会场给青年们做了热情洋溢的讲话。7 月，“云南陆军讲武堂韶州分校”也举行了开学典礼，不过学生不足百人，还大部分是云南子弟，相形之下，显得十分寒酸。

三标觉得滇军搞韶州分校跟讲武堂分庭抗礼有点可笑，在公开场合说了一些风凉话，不想这被人打小报告告诉了方鸣九。这天，三标被叫到方鸣九办公室，办公室里除了方鸣九还有姚长官，方鸣九说：“刘长生，听说你对办韶州分校有点看法，你说说，把你的想法都说出来。”三标说：“总司令，我没看法，一点看法也没有。”方鸣九说：“怎么可能没看法呢？你不在几个地方都说了吗？说得很有水平，很有见地嘛。来，你在这跟我说说。”三标知道自己又被打小报告了，只好硬着头皮说：“总司令，我错了，我乱说话了。”方鸣九说：“错了？你怎么可能错呢？你这么有水平，怎么可能错呢？”三标紧张地说：“真的，我错了，我该死。”方鸣九用和蔼地口气说：“你别说那些没用的，今天我叫你来，不是要责备你，是想听听你的想法，跟你谈谈这个事。你别紧张，照实说，心里怎么想的就怎么说，我不责备你。”

三标半信半疑地问道：“真的，不训话？”方鸣九说：“真的，不训话。”姚长官说：“刘营长，总司令是要跟你好好谈谈，不是责备你。”三标说：“是吗？那我说了？”三标见方鸣九点头，说道：“我觉得咱们搞韶州分校跟黄埔军校对着干，没意思，也没必要，咱们都是国民党，是一家人，总司令，你说是不是？”方鸣九没表态，示意三标继续说。三标说：“还有，咱们也斗不过人家黄埔军校，人家有苏俄支持，咱们没有。人家的考生来自全国各地，可是，咱们韶州分校呢？考生几乎全是云南来的，又由于唐继尧阻止，来的人数很少。咱们第一期这个开学典礼，大家都看到了，很不理想。”三标见方鸣九的脸上有点难看，收住话，不敢往下说了。方鸣九说：“继续说。”三标说：“没了，就这些了。”方鸣九说：“你说完了，我说说好吗？”三标说：“请总司令训示。”

方鸣九说：“你觉得咱们搞韶州分校跟黄埔军校对着干没意思，也没必要？你认为咱们都是国民党，是一家人，是吗？”三标诚惶诚恐地说：“是的，是的。”方鸣九突然提高声音说：“他们跟我们是一家人吗？我问你，黄埔军校培养的军官是给哪个部队？给咱们滇军、桂军，还是给湘军、福军？给哪个部队？”三标说：“没听说要给哪个部队。”方鸣九问道：“军校有我们滇军班吗？有桂军、湘军、福军班吗？没有。你说他们给谁培养军官？”三标说：“这个……”方鸣九说：“是给国民党自己培养军官，是给孙中山培养军官。”三标说：“好像是这样。”方鸣九说：“你说，他们要干什么？”三标说：“好像他们自己要组建一个黄埔学生军。”方鸣九说：“对，他们要建立国民党党军，你明白吗？你说他们和我们是一家人，我问你，他们什么时候拿我们当一家人？这是一家人吗？”

三标觉得方鸣九说得有点道理，此前自己没考虑到这一点。方鸣九说：“人家这么对待咱们，你说咱们怎么办？怎么办？”三标不知道该怎么回答，更加惶恐。方鸣九说：“我们滇军能有今天这个地位，靠的是咱们滇军的实力，如果咱们不保存和提高咱们的实力，咱们很快就会丧失这个地位。你希望咱们滇军走到那一步吗？”不等三标回答，方鸣九继续说：“这个世界从来没有免费的午餐，无论什么都要靠自己去争取，咱们不争取，最后只剩下饿死那一条路。”三标觉得方鸣九说得很有道理，感觉无比羞愧。方鸣九说：“我告诉你，咱们必须跟他们对着干。”

第3节

黄埔军校在报纸上刊登广告，第二期新生入学考试将在下个月中旬举行，欢迎各地的青年来报考。于是全国各地的很多青年学子纷纷到广州来报考黄埔军校，一时间，黄埔军校很热闹，来咨询的，来报名的，人声鼎沸，摩肩擦踵。而韶州分校尽管也在报纸上刊登广告，但来报名的很少，与黄埔军校相比，可谓冰火两重天。

三标听说滇军里出现“大滇军主义”秘密小组，好像负责人是关公脸，并且方鸣九对这个小组好像不闻不问，有点任其发展的意思。三标反对搞这样的组织，没有去参加活动。不过听说，这个组织要做的第一件事，就是改变韶州分校现状，让它红火起来。

这天，三标被叫到团部，关公脸对他说：“刘营长，上面把韶州分校扩大考生来源的任务交给咱们团，现在分校的情况你很清楚，这个任务很艰巨，我想听听你有什么想法。”关公脸的官位和三标互调后，关公脸曾找三标谈过一次话，说他也是一个有肚量之人，不会公报私仇，不会因为自己与三标的个人矛盾给三标穿小鞋，让三标不要有顾虑，好好工作，如果三标做出成绩自己会给他报请嘉奖。三标对这话不感兴趣，心想你爱干啥就干啥，我无所谓。这时，听关公脸这么说，三标说：“团长，我没想法，有需要我去执行的任务，请直接下命令。”

关公脸说：“咱们韶州分校情况不好，你就没想想用点什么手段？”三标说：“没想过。”关公脸说：“你就不能动动脑筋？好好动动脑筋？”三标没说话。关公脸说：“我觉得，现在报考咱们韶州分校的人少，主要是那些青年学生不了解韶州分校，有的甚至根本就没听说过，是不是？所以我想，咱们如果对那些来报考黄埔军校的年轻人宣传一下韶州分校，也许有很多人会报考韶州分校，咱们云南讲武堂毕竟是一个非常优秀的军校。”

三标说：“你的意思是？”关公脸说：“是的，我的意思是咱们到车站码头，对那些来报考黄埔军校的年轻人介绍一下韶州分校，把他们争取过来。”三标说：“你指示，需要我们怎么做。”关公脸说：“上面指示我们团办理这个事，我命令你带一个连，明天到车站码头向报考黄埔军校的学生散发传单，上面已经把印刷好的传单送过来了，一会你派几个人过来取。”三标说：“保证完成任务。”关公脸说：“我再说一句，你们一定要把传单发到每个考生手上，一定要改变这个局面。”

第二天，三标让一个排去太古仓码头，自己带两个排到粤汉铁路的广州站。到了车站，三标对这些兵交代，堵在出口，只要见到男青年，无论是单个的还是三两一伙的，就把传单送上去，如果对方看了传单，有意愿去韶州看看，你们就把人家引到休息区休息，然后统一带他们乘火车去韶州。士兵听明白了，马上去执行，见到年轻人就迎上去，热情地递上传单，有的兵见对方认真看传单，还跟着做进一步的讲解，可是一上午下来，居然没一个人要去韶州看看。三标纳闷，怎么会这样？他原来以为，这些报考黄埔军校的学生只要看到传单就会去韶州看看，云南讲武堂毕竟不是一般学校，记得洪宪战争后，天南海北的青年都到昆明去读讲武堂，里面甚至有南洋回来的华侨，还有朝鲜国的年轻人。可是，现在怎么会这样？

下午三标到太古仓码头，从福建、浙江、江苏和上海来的船都在这里上岸，码头人气很旺，滇军士兵把守出口，派送传单，但是还是没人愿意去韶州看看。三标有点上火，但是也没更好的办法。

第 4 节

三天过去了，还是没有学生去韶州分校看看。这天一早，关公脸叫三标跟他一起去滇军总司令部，走进办公室，方鸣九就严厉问道：“关团长，去车站码头拉人去韶州分校的事，办得怎么样？”关公脸紧张地答道：“办得不好。”方鸣九又问：“不好是什么意思？拉过去多少人？”关公脸不敢回答，方鸣九大声问：“说呀，到底拉过去多少人？”关公脸还是不敢说话，一旁的姚长官说：“关团长，总司令问你话呢，是多少，你说一下嘛。”关公脸胆怯地说：“没有，一个人也没有。”听这么说，方鸣九暴跳如雷，说道：“什么？一个也没有？我交代你的事，你就这么办吗？”关公脸说：“总司令，这个事具体是刘长生办的，这两天都是他去车站码头。”姚长官问道：“刘营长，你说说，这到底是怎么回事？为什么居然没有一个人去？”姚长官这话，等于把矛头指向三标。

三标紧张地说：“这三天我带一个连的兵到粤汉铁路车站和太古仓码头，向见到的每一个男青年发放传单，并交代士兵，如果这些人看了传单有需要咨询的，给他们做一下讲解，如果你们讲不清楚的，可以让你们的长官去解释，甚至找我解释。但是，尽管我们发出很多传单，到目前为止，还是没有一个人愿意去韶州分校看看。”

方鸣九气愤地喊道：“别说那些没用的，关正阳、刘长生，我告诉你们两个，你们马上到车站去，到码头去，去哄，去骗，去抢，我不管你们用什么手段，无论如何要把那些黄埔考生搞过来。”三标为难地说道：“可是，总司令，这会不会得罪蒋校长？”方鸣九说：“得罪就得罪，他算老几？老子是中央直辖滇军总司令，是国民党一大中执委委员，他蒋介石是什么？黄埔军校校长，连中执委的候补委员都不是，就是个屁。”

关公脸抓住这个机会，马上表态道：“总司令说得对，就是不管用什么手段，一定要把黄埔考生搞到韶州分校。总司令，我马上亲自带人去车站码头，一定完成任务，绝不让总司令失望。”姚长官说：“关团长说得好，就应该这么干，军人做事就应该有个军人的样子。刘营长，你看看，你要好好向关团长学学呀。”三标没说话，对姚长官这么夸关公脸有点不服气。姚长官没理睬三标的态度，对方鸣九说：“总司令，你看看，是不是让他们这就去办？”方鸣九不耐烦地向外挥挥手。这样，三标跟关公脸走出方鸣九办公室。

很快关公脸和三标带崔大嘴他们连到了太古仓码头，关公脸对崔大嘴说：“你带一个排，去对来的青年说你们是黄埔军校派了来接人的，把他们带到一旁休息，下午我过来带他们去韶州分校，另外两个排跟我走。”布置好后，关公脸和三标带这两个排到粤汉铁路车站，关公脸对三标说：“这里跟大嘴那一样，你带他们去对来的青年说你们是黄埔军校派了来接人的，把他们带到一旁休息，然后送他们去韶州。”三标命士兵散开，关公脸在此坐镇指挥。

这个办法效果不错，很快搞到几个青年，到下午 6 点，车站这边搞到六个，崔大嘴过来说码头那边搞到四个。关公脸让人买了粤汉铁路火车票，让崔大嘴带一个班把这十个年轻人送到韶州分校，送到以后，当晚乘火车返回。关公脸马上去建国滇军总司令部向方鸣九做了汇报，方鸣九说他干得好。

可是，不知道哪里走漏风声，第二天，关公脸、三标和崔大嘴带这个连到粤汉铁路车站，刚刚把士兵布置下去，见黄埔军校也派军人到这来接考生。这样，出站口出现两拨军人接考生，穿一样的军装，一拨黄埔的，一拨滇军。很快，崔大嘴就和对方发生冲突。关公脸见这个情况，过去查看，见黄埔军校领头的是个戴圆眼镜的，从军衔上看是个学员。这个圆眼镜说：“你们滇军怎么可以接走我们黄埔的考生？你们不觉得可耻？”崔大嘴说：“什么可耻的？人家是来报考我们讲武堂韶州分校的，我们为什么不能接走？”圆眼镜说：“报考你们韶州分校？你撒谎，已经有人告诉我们了，你们昨天就冒充我们黄埔军校，把我们的考生骗到韶州。你说，是不是有这事？”崔大嘴说：“没有。”圆眼镜说：“你不用否认，我们已经有人去调查，很快就能查出真相。”崔大嘴说：“你们爱查不查，跟我们没关系。”

这时，有几个北方青年从出站口走出来，圆眼镜和崔大嘴都迎上去，圆眼镜说：“我们是黄埔军校的，你们是来报考我们学校的吗？”崔大嘴说：“我们也是黄埔军校的，你们跟我们走吧。”这几个青年愣住，看看这两拨人，军装的颜色式样完全一样，不知如何是好。圆眼镜说：“他们是假的，我们才是真的。”崔大嘴说：“不对，他们是假的，我们才是真的。”

关公脸见状，走进人群，用严厉的口气质问圆眼镜：“我问你，你叫什么名字？是什么职务？”圆眼镜说：“我叫陈赓，是陆军军官学校第一期学员。”关公脸的卫兵说：“这是我们建国滇军的关团长。”圆眼镜马上立正向关公脸敬礼说：“长官好。”关公脸居高临下地说：“陈同学，我命令你马上把你的人带回去。”圆眼镜说：“对不起，长官，我的长官给我的任务是来接考生，不能执行你的命令。”关公脸说：“你好大胆，敢违抗我的命令，来人，把他给我拿下。”圆眼镜说：“你敢？我跟你拼了。”圆眼镜身边的人赶紧拉住说：“算了，陈赓，别跟他们硬顶，走，咱们走。”圆眼镜不服气地被人拉走。见对方退了，关公脸对这几个青年说：“我们也是黄埔军校的，是来接站的，你们跟我们走吧。”这几个青年稀里糊涂被带走了。三标看着眼前这一切，感觉这有点过分。

第5节

第三天下午，三标跟关公脸赶到建国滇军司令部，这是接到方鸣九命令，让他们赶紧到司令部来一趟。两人到方鸣九办公室门口，让秘书向里面通告。这时三标见门口等候的长椅上坐着四个陌生的军人，三标仔细看看这几个军人，发现有一个人是昨天车站那个戴圆眼镜学员。三标想，估计他们都是黄埔军校的人，他们来找方鸣九干什么？难道是为了那几个考生？很快秘书让关公脸、三标和这四个人到会议室，分坐长形会议桌的两侧，方鸣九和姚长官走进来，走到会议桌一头坐下。关公脸和三标起身向方鸣九敬礼后，这几个人也起身向方鸣九敬礼，方鸣九让他们都坐下，一旁的姚长官给对方介绍道："这是建国滇军方鸣九总司令，这两位是建国滇军关正阳团长、刘长生营长。至于我嘛，刚才跟你们见面的时候，我已经自我介绍过。"对方一个军官站起来介绍道："我是陆军军官学校军校参谋处长钱大钧，这三位是军校第一期学员陈赓、宋希濂、胡宗南。"钱大钧念到一个人的名字，一个人就起身向方鸣九敬礼。方鸣九示意他们都坐下，说道："钱处长今天来有何贵干？说说吧。"

钱大钧恭敬地说："方总司令，今天我们奉命前来是为一点小事，最近咱们两家发生一点小误会，我们来解释一下，消除误会。"方鸣九说："你说具体的。"钱大钧说："是这样，我们发现建国滇军官兵将一些外地到广州报考我们军校的考生，搞混了，以为是报考云南讲武堂韶州分校的，把人带去韶州。我们恳请建国滇军把这些考生归还我们。"方鸣九扭头对姚长官说："有这样的情况吗？"姚长官心领神会地说："没听说呀，应该没有吧。咱们去车站和码头接考生的事，是关团长负责，关团长，有这事吗？你说说。"关公脸马上说："没有，这几天我们的人都在接韶州分校考生，没有听说有这样的事情。"陈赓听这么说，气愤地说："关团长，你可能忘了，昨天你我还在车站见过面，是不是？"关公脸说："见过，我记得，这有什么问题吗？"陈赓说："昨天在车站咱们为接几个考生发生冲突，你的人欺骗人家，说你们是黄埔军校的，要人家跟你们走。"关公脸说："有这事吗？我怎么没印象呢？我记得当时你们的人跟我们的人发生争吵，我制止了争吵。"陈赓说："争吵？是为你们欺骗考生才发生争吵，最后，你命令我把我们的学员带回去，强行把那几个考生接走。"关公脸说："没有这事，我是让你把你们学员带回去，但是没有接走什么考生。"陈赓激动地说："你撒谎！"关公脸说："你放肆！"

三标见关公脸这么说话，暗暗有点脸红。

钱大钧赶紧制止陈赓，对方鸣九说：“方总司令，你们确实接走了我们的考生。”方鸣九说：“钱处长，你说我的人接走你们考生，我的人说没有，这到底有没有呢？你有证据吗？这么大的事不能空口白牙地说呀。”钱大钧从文件包里取出一张纸，说道：“这是一个前天被你们接到韶州分校的考生给他在我们军校表哥的电报，说他被接到韶州，被限制行动，让他表哥救他。”说完，把这个电报递给方鸣九，方鸣九接过来看看，说道：“有这样的事？不应该呀。”姚长官说：“总司令，会不会是个别考生被咱们的人搞错了，接到韶州分校？”方鸣九说：“这有可能，我们为了给去韶州的考生提供方便，到车站码头接他们，其中有个别接错人的，也是有可能的。”然后对姚长官说：“个别搞错的一两个人，给他们送回去也行，没什么。”

陈赓说：“方总司令，这绝不是搞错一两个人……”钱大钧阻止陈赓，接着说：“方总司令，我还带来一封我们蒋校长给你的信。”说完从文件包里取出来，递过去。方鸣九没接文件，让钱大钧的手悬在空中，姚长官赶紧去接过来，要递给方鸣九，方鸣九说：“没事，你看看吧，他信里说了什么？”姚长官看了信后说：“蒋校长的意思是请总司令给个面子，把人还给他们。”方鸣九听了，起身在会议室里走动，说道：“蒋校长这么客气，还给我亲自写封信，真是辛苦他了。”转身对姚长官说：“行呀，你跟韶州分校那边联系一下，让那个考生回广州吧，对了，钱处长，那个考生叫什么名字？”陈赓抢着说：“不是一个考生……”钱大钧拉住陈赓，不让他说话。方鸣九的脸色有点难看。姚长官赶紧说：“怎么不是一个考生？刚才钱处长那个电报，不是就说一个人吗？”关公脸附和道：“就是，刚刚说的就是一个人。”钱大钧说：“一个就一个吧。”陈赓不服气地说：“你们到底接走多少人，这个人一回来，恐怕就要暴露了。”关公脸说：“什么暴露不暴露的，什么意思？”陈赓说：“什么意思你知道。”关公脸气急败坏地说：“放肆！你一个小小的学员，竟敢如此无礼！”钱大钧连忙替陈赓道歉：“关团长，对不起，对不起，我回去一定好好管教他。”方鸣九不听这个道歉，傲慢地说：“暴露了怎么样？不暴露又怎么样？”钱大钧赶紧起身说：“对不起，总司令，我们错了。”又把陈赓拉起来，陈赓说：“对不起，总司令，我错了。”这场会谈最后不欢而散。

几天后，那个发电报的考生回到了黄埔军校，向钱大钧详细说了被骗去韶州分校的考生情况，根据他的说法，有二十多人。钱大钧向蒋校长汇报了这个情况，蒋校长召开会议专门研究这个情况后，委托军校党代表廖仲恺去找方鸣九。

这廖仲恺是国民党一大中执委常委、国民党中央党部工人部部长，同时，是军政府大元帅大本营秘书长、广东省省长，他到建国滇军司令部，方鸣九不敢再敷衍。两人交谈后，方鸣九同意把所有被骗到韶州分校的考生还给黄埔军校。抢考生这个事，最后落得这么个尴尬的下场。

第二十九章

第1节

温玉娴和大标大吵一架后带着儿子和保姆回天津的事，罗瑾云听说了，罗瑾云不想把事情闹大，不想让更多人知道自己和大标的事，也回北京了。两个女人走了后，大标冷静地想想，觉得跟罗瑾云的关系不能再继续，秀才说得对，这种女人不是过日子的人，自己还是应该老老实实跟温玉娴过，于是就想把温玉娴接回来。大标一连给温玉娴去了几封信，对方都没回复，大标见这样不行，就请假去天津到温玉娴娘家接人。温玉娴娘家人知道女儿受了委屈，很是怨恨李大标，不过，这会见姑爷上家里接人，怨气消了一半，劝温玉娴跟大标返回洛阳了。这样，大标把温玉娴带回来，龙门旅馆的风波算平息了。

可是，大标他们部队没消停，一年后，又被调去北京，这次他们去北京干什么呢？是这样：这时北京的形势又紧张起来。曹锟大人当上大总统，扩大直系势力，对不服从自己的皖系军队进行进一步打压。几天前，属于直系的江苏督军齐燮元攻击属于皖系的浙江督军卢永祥，江浙战争爆发。张作霖借此发难，通电谴责直系攻打浙江的行动，并以援助卢永祥为名，组织“镇威军”六个军，总兵力约十五万人，向关内开进。对此，吴佩孚针锋相对，毫不相让，调集兵力二十万人，北上迎敌。第二次直奉战争爆发。

大标他们机动旅离开洛阳到北京，驻丰台，没想到很快罗瑾云找上门了。由于部队处于战备状态，军官不能离开部队，两人就在部队驻地外的一条水渠边走走。这时水渠边的白杨树还没落叶，一阵微风刮过，树叶哗哗作响。大标说："现在局势很紧张，你也少外出，要注意安全。"罗瑾云说："有什么不安全的？现在你们直系大军开到北京，北京能不安全？再说，你们又不是没和张作霖交过手，两年前那次直奉大战，你们从南方往北京打，他们从北京往南方打，你们不足十万人打垮他们十二万人，现在你们二十万大军到北京，他们那帮胡子、山炮能干啥？"

是的，大标心里知道，由于曹老帅当总统，直系得到进一步发展壮大，确实不一般了，五个月前，身为直豫鲁巡阅使的吴大帅在洛阳过五十大寿，那洛阳城是什么场面？全国各地来祝贺的达官显贵、文化名人和各国使节有六七百人之多，其中有苏联人，有美、英列强，甚至有废帝溥仪的特使前摄政王。美国的《时代》周刊封面都登了吴大帅的照片，说他是中国最有实力的人物。现在，洛阳城成了第二个京城了，全国有十八个省的督军在洛阳设代表机构。真像报纸上说的"洛阳刮风，京城下雨"。大标说："直系是更强大了，但是还是要小心。"罗瑾云说："让我说，张作霖向关内用兵，就是鸡蛋碰石头，必败无疑。"

大标说："不像你说的那么简单，现在是张作霖、孙中山、段祺瑞结成'倒直三角同盟'。张作霖率奉军从北边压下来，孙中山的建国军和段祺瑞的皖军在南边和东边虎视眈眈，压力很大呀。"罗瑾云说："那也没问题，就我看他们三家也不是你们直系的对手。"大标说："这个不好说，好在目前孙中山和段祺瑞的部队没动，让我们可以先对付奉军，对付奉军应该问题不大。"罗瑾云说："报纸上说，吴大帅这次是担任中华民国陆海军大元帅，威风呀。"大标说："是，也是我们3师的荣耀。"两人又聊了几句，大标让罗瑾云回去了。

第2节

这时，奉军兵分三路向榆关、赤峰、承德三个方向进发。这榆关，就是今天山海关。吴佩孚组建“讨逆军”，自任总司令。很快，双方发生交火。这天，文秀才在团部向大标报告了一个事情，秀才说：“你注意到没有？这两天何副团长很忙活，在军营里进进出出的，让人感觉有点异常。”大标困惑地说：“挺忙活，没给他安排什么活呀？他忙什么？难道是罗继昌交代他办什么事？”秀才说：“我觉得你最好还是找老罗落实一下，别出什么事。”大标说：“出事？不会吧？他能干什么大事？”秀才说：“现在局势这么紧张，还是小心一点好。”

大标觉得有道理，就去旅部问罗继昌，罗继昌说没安排何胖子办事，大标把罗继昌的话告诉秀才，让秀才别太多心。秀才说：“不是，这个事，我觉得还是小心一点好。还有一个事，我听说有个其他部队的军官来找他，那个军官说话是西北口音。”大标琢磨道：“西北口音？咱们跟西北部队完全没接触，他怎么会认识西北的军官？”秀才说：“是呀，这我也想不通，很奇怪。”大标说：“也许他原来搞情报工作的时候跟西北的军官一起工作过，有几个那边的朋友，没事。”秀才觉得大标说得有道理，就不再说了。

几天后，李大标带文秀才、何胖子到旅部，听罗继昌介绍最新战况。罗继昌是刚刚从总指挥部开会回来。罗继昌脸色沉重，见下属们进来，只是点点头，就说：“你们也知道，咱们直系部队已经跟奉系部队交火几天，打得十分激烈，现在前线情况很不好。最先出问题的是第2军，他们防守的喜峰口，现在失守了，让咱们的整个战线不稳。”大标着急地问道：“怎么这么快就失守？这……”罗继昌没有回答，好像没听见大标的发问，看起来事情确实非常严重。罗继昌停顿了一下，继续说：“吴大帅也没想到这么快失守。接着第1

军这边也出问题，他们负责的九门口，也丢了。奉军占了九门口，直接威胁榆关，咱们直军非常被动。”何胖子愤愤不平地说道：“这第1军打得什么仗！”秀才说道：“这太危险了，应该命令第1军回去把九门口夺回来呀。”罗继昌说：“吴大帅是这样下的命令，可是第1军司令说上不去，吴大帅说上不去也要上，掉了脑袋也要上，最后第1军司令竟服毒自杀了。”

大标诧异地说：“什么？自杀了，这才打几天就自杀了？第1军也是很能打的，怎么打成这样？”秀才说：“自杀？看来奉军的攻势确实很猛，咱们不能轻敌呀，不能把他们看成上次那样。”大标说：“旅长，吴大帅说了吗？咱们3师什么时候上？这都到了关键时刻，再不上就晚了。”罗继昌说：“今天在会上，吴大帅没有说把咱们3师拉上去的时间，只是让咱们做好准备，不过，我个人觉得很快就要上。你们都要做好准备。还有，吴大帅让咱们旅留一个营待在原地，配合京城的警卫，曹老帅那里有卫队，京城也有警备部队，但是，为了保险，咱们旅留下来一个营，以防万一。同时，再留一个副团长率领这个营。李大标，你看留哪个营好？”大标略为思考一下说：“旅长，你看把3营留下来行不行？”罗继昌想了想说：“行，把能打的部队带去前线也对，毕竟现在前线压力大。那么，哪个留下来率领呢？”大标还没说话，何胖子抢话道：“如果你们不觉得是我胆小怕死，让我率领行吗？我再说一遍，我这不是怕上前线，我只是说说，最后怎么定，旅长你说了算。”大标说：“行，我觉得可以让何副团长留下来率领3营，旅长你说呢？”罗继昌说：“行，就由何副团长率领，好了，你们回去准备吧，估计很快出发的命令就会到。”

第3节

天已经亮了，天上乌云密布，小雨一直在下，一列火车停在铁路上。这是半个月后，这列火车是吴佩孚的专列，因榆关车站受到炮击，为了安全就停靠在这前不着村后不着店的路基上，这列车也是吴大帅的指挥部。李大标率领他们团在列车附近执行警卫。本来吴大帅是有卫队的，但是由于这里距离交战的火线很近，战局不稳，情况复杂，罗继昌给吴大帅留下李大标这个团。

这时，由于吴大帅把3师调来参加增援，并亲自到前线指挥，战局有所改观，第1军收复了九门口，第2军夺回喜峰口。不过，现在张作霖的奉军在调整部队，准备发起新一轮攻势，最后直军是否能抵御住张作霖奉军攻势，还是个未知数。

大标到黄猴子的阵地巡视，这里距离吴佩孚的专列不远，黄猴子见大标来了，衣服已被雨水打湿，连忙把大标接到自己的临时指挥部内。黄猴子说："这雨没停，你就别过来了，有什么事，你让传令兵来叫我过去就行了。"大标说："这点雨算什么？咱们是当兵的，又不是千金大小姐。怎么样？你们这片都没出问题？"黄猴子说："你放心，我们布置的这几个防御点都正常，更前面的哨兵也正常。"大标说："还是要小心点，现在前面不稳定，后方也要小心奉军偷袭。"

黄猴子说："我听说，现在咱们这边压力大，主要是冯玉祥大人那边行动迟缓。他率领的第3军到现在才到古北口，距离承德还有两百多里地，不知道什么时候能向承德的奉军发起攻击。他这么磨磨蹭蹭的，会让奉军把承德的部队调到榆关、喜峰口一线，给咱们这边造成巨大压力，你说是不是？"大标说："好像是这样，听说吴大帅派人去催促，仍无起色。冯玉祥大人称补给不足，又是山路，行军困难。"黄猴子说："如果冯玉祥大人还这么拖，咱们这边不乐观呀。"大标说："是的，现在情况很严峻。"黄猴子说："这个冯大人到底想干什么？他也是个老军人了，不知道他的迟缓行动，让整个战局对咱们不利？"

大标说："听说，吴大人看出冯玉祥大人靠不住了，已从榆关秘密抽出三个师从另外一条路前往承德，打算迂回到奉军后背发起攻击，一旦得手，这三个师马上进逼张作霖老巢奉天，这样榆关、喜峰口一线奉军必然后撤回防，奉军一撤，咱们乘势发起追击，打垮这一线部队，这样这场战争就结束了，咱们又胜了。”黄猴子说：“吴大人这一招狠，这是猛虎掏心，一招致命。”

第4节

两天后，罗继昌到大标指挥部，见大标、文秀才两人在这里，用高兴的语气说：“大标，你们准备一下，可能你们和吴大帅指挥部要往前开拔了。”大标见罗继昌心情这么好，问道：“旅长，是不是前线有好消息下来？”罗继昌说：“是的，你们知道吗？今天把榆关、喜峰口一线的奉军全部打回去了。”文秀才说：“是吗？之前说这次是张作霖亲自到前线指挥，全线压上，要大干一场，一定要拿下这几个关口。”大标说：“是呀，我们还一直很担心。”

罗继昌说：“没事了，被咱们打回去了。还有，奔袭承德的三个师进展顺利，一直没有被奉军发现，现在他们已完成对承德守军的包围，很快会发起攻击。”大标说：“他们发起攻击，咱们对面的奉军必然大乱，咱们的追击就要开始了。我说，旅长，这次回洛阳你可要请我们喝酒呀。”秀才说：“干吗等到洛阳，回丰台旅长就该请了。”大标说：“对，对，回到丰台就该请了，别等到洛阳了。”罗继昌笑着点点头。

这时，突然很多高级军官过来上了大帅的列车，都是急匆匆的样子，好像是来开紧急会议。第3师师部的传令兵到，对罗继昌说：“报告罗旅长，吴总指挥通知你到列车上开会。”罗继昌跟三标和秀才告别，随传令兵走了。大标说：“怎么回事？怎么会来这么多长官，出什么事了？”秀才看这些长官的面色都很紧张，说道：“不像是来庆功的，是很不正常，难道出什么事了？”大标说：“不行，你赶快回你们营，高度戒备，等候命令。”秀才接受命令，走了。

很快，大标得知北京出事了。冯玉祥突然从古北口返回北京，发动政变，囚禁曹锟大总统，控制北京城。罗继昌命令大标带秀才那个营马上乘上大帅这个火车，随大帅回京。

第5节

这天下午，天上还下着小雨，天津军粮城乡外的一个树林里，大标的指挥部设在这里。他身后是个村子，吴佩孚大帅的指挥部就在村子里。

五天前，大标和秀才带部队乘大帅火车到杨村，前面的铁路被拆除，火车无法通行，大标部队下车抢修铁路，被对面部队打回来。对面有冯玉祥的三个旅，大标这边远远不是对手。接着，罗继昌率机动旅大部队到了，让大标他们撤下来保卫吴大帅。罗继昌指挥机动旅发起一波又一波冲锋，一直没停过，可是冲锋很不顺利，一直没冲过去。这几天天天下雨，除了铁道路基和永定河堤外，到处都是一片汪洋。部队都挤在路基上，根本无法展开，一发炮弹落下来，炸倒一片。死去的兄弟无法掩埋，尸体泡在水里，很快一个个都泡得胀起来了，像个皮球一样。

这时，吴佩孚不敢把榆关、喜峰口一线部队全部回撤，担心一撤，奉军乘势发起攻击，形成腹背受敌局面，前面是冯玉祥的阻挡，后面是张作霖的追击，完全被动。吴大帅调集山东、江苏直系部队过来，由于冯玉祥部队破坏了津浦线的铁路，部队过不来。而对方呢？很快，冯玉祥又调来五个旅，对杨村直系军队进行攻击，战局非常不乐观。

这时，胡公子一身泥浆地走进大标团部，胡公子是跟随罗继昌到杨村作战，大标见胡公子疲惫不堪，一脸惊恐，连忙问道："怎么了？怎么你一个人回来了？"胡公子说："垮了，全垮了。"秀才说："什么意思？"胡公子说："咱们的部队全被对方打垮了，有的跑了，有的投敌了，有的待在原地等对方处理。"大标问道："怎么会这样？"胡公子说："对方兵力几倍于我，敌众我寡，我们又着急打开缺口，几次中了对方奸计，全垮了。”大标说：“这么说，这一带没有咱们部队了？敌人很快就过来了？”胡公子说：“是的，敌人在对这一带进行包围，很快就过来。”秀才问：“有人去向吴大帅报告吗？”胡公子说：“有，已经去报告了。”

大标问：“罗旅长呢？他回来了吗？”胡公子说：“他和黄猴子都阵亡了。”大标和秀才都大吃一惊，他们没想到前面打得这么惨烈。大标问道：“怎么会这样？他们是怎么死的？”胡公子说：“老罗是他的指挥部被炮弹打中，他被炸死的。黄猴子是阻止对方反冲锋时，子弹打中头部阵亡的。”

大标说：“那他们的尸体呢？你们给安葬一下没有？”胡公子说：“哪里有埋人的地方？现在四面都是水。一开始让老罗的卫兵用担架抬着老罗的尸体，后来冯玉祥的一支部队追过来，觉得没法把尸体抬回后方了，只有在永定河大堤的一个高处，把尸体放那，上面堆一些石头，算是埋了，为了将来能找到，做了个‘罗继昌之墓’木牌立在上面。”秀才说：“那黄猴子呢？他的尸体怎么样了？”胡公子说：“一开始也是抬着他的尸体，后来部队被打乱了，抬尸体的兵跑了，尸体搞丢了。”听这个情况，大标鼻子一酸，眼泪滚落下来。没想到，要请弟兄们喝酒的罗继昌、欢蹦乱跳的黄猴子就这样阵亡了，这简直让人不敢相信。

胡公子说：“现在冯玉祥的部队已经把这一片包围了，估计吴大帅和咱们都走不出去了。”大标说：“走不出去就不走了，老子跟他们拼了。罗旅长、黄猴子都阵亡了，我也不打算活了。”秀才说：“李团长，咱们的任务是保护吴大帅，不能由着你的性子干，冷静点。”把大标按住后，秀才又让人送胡公子到后边休息。

第6节

很快，冯玉祥的部队把军粮城外这一片村子包围了，大标他们战壕对面就是敌军。天快黑的时候，对面阵地喊话，要跟李大标团长说话。大标心想，这是谁，居然知道我的名字，就到战壕前面问道："我是李大标，谁要跟我说话？"对方说："请李团长等一下，我们长官马上过来。"这是西北口音。过了一会儿，对方有人说话了："喂，对面是李团长吗？你听出来我是谁吗？哈哈……"说完对方哈哈大笑。大标心里一惊，这不是何胖子的声音吗？他怎么到冯玉祥那边了？这么快就叛变了？还是他早就投靠了冯玉祥，做了内奸？大标问道："何副团长，你怎么到他们那边了？这是怎么回事？"何胖子说："李团长，对不起，这些年机动旅对我怎么样你不知道吗？民国五年去四川讨伐护国军时，我就是副营长，干了八九年，我才是副团长，这对得起我吗？你看看你，当年是什么职务？才是一个小排长，现在成了团长，老罗更牛，当上大旅长了，这他妈的公平吗？老子打的仗少吗？老子立的功少吗？可是，你看看冯玉祥大人是怎么对我的？人家认为我是人才，完全可以干个旅长。你说，冯玉祥大人这么待我，我能不过来吗？我跟你说句实话，在丰台军营时，冯玉祥大人派人动员我过去，说事成之后让我当旅长，我就答应了。冯玉祥大人在北京一行动，我就把这个营拉过去了。好了，现在老子是何旅长了。"

大标听这么说，气坏了，说道："何有池，你这个无耻宵小！为了升官发财居然卖身投靠，干出这么无君无父、大逆不道之事，你就不怕你祖宗从坟里跳出来骂死你？"何胖子说："你说什么无君无父、大逆不道？你的主子曹锟、吴佩孚才是无君无父、大逆不道，用一百多个县的民脂民膏去贿赂议员，这是什么？这是欺世盗国，是最大的大逆不道。"大标说："你放屁，什么贿赂议员？那是给议员补发的生活费，那公告上不是说得清清楚楚、明明白白？曹老帅当选大总统是众望所归，民心所向。反倒是你们那个冯大人，这么多年在吴大帅麾下，大帅视他为兄弟，他却恩将仇报，从背后捅吴大帅一刀。这种人不被雷劈，天理不容。何有池，我告诉你，你这么背叛吴大帅是死罪，我劝你迷途知返，赶紧回来，请求宽大处理。"

何胖子说："李大标，你在说什么？现在的形势你看不明白吗？都什么时候？马上你自己和你们那个吴大帅都要性命不保了，还劝我迷途知返？你知道吗？现在你们这几百人已经被我们两万人团团包围在这里，如同铁桶一般。你们榆关、喜峰口一带部队被奉军缠住，无法增援，你们山东和江苏的部队因为铁路被毁，还在几百里外，我们随时可以消灭你们这些人。这次吴佩孚是插翅难飞，没想到吧，跺一脚中国都要抖一抖的吴大帅会落到这步田地，这叫什么？叫盛极必衰，太狂了就要垮台。还有，你说死罪？你继续跟随吴佩孚才是死罪。李大标，我是念你我同事一场，来劝你一下，给你留条活路，尽快弃暗投明，到我们这边来。我告诉你，你过来可以继续当团长，继续带兵打仗，如果你的手下不想当兵了，也可以走。冯大人说了，投诚过来的官兵，一律不为难，听个人意见，愿意当兵的继续干，不愿意当兵的发路费回家，来去自由，行留两便。"大标说："到冯玉祥贼军当兵？我不会去，我手下官兵没有一个会去，你就死了这条心吧。"何胖子说："李大标，我告诉你，你死不悔改，你的末日到了，最迟明天你就给吴佩孚陪葬。"

大标说："何有池，你这真是小人得志，忘乎所以，你以为我是你那样的小人？我告诉你，我李大标是忠君不二之人，我跟定了吴大帅，如果能跟吴大帅死，做他的陪葬，是我的荣幸，我绝不后悔。"何胖子说："李大标你不要执迷不悟，你现在是死到临头了，别跟我讲什么忠义气节，当今这个乱世，忠义气节就是泡臭狗屎。我告诉你，明天我们就要发起总攻击，现在你的生死就在一念之间，你好好想想。"大标说："何有池，你就不必费心了，明天咱们战场上见。"说完返回指挥部。

第7节

大标回到自己的指挥部，把刚才跟何胖子的对话告诉了秀才。

秀才听说何胖子叛变，也非常气愤，说早知道他会来这么一手，不如把他干掉。当然，大标知道这是气话，不能解决任何问题。这时，大标见大帅身边的一个长官带来几个洋人，都是黄头发绿眼睛的，大标问秀才："这是怎么回事？怎么会有外国人？发生什么事了？"秀才说："刚才大帅那边的一个副官来说，这是请英国人出面调停，现在咱们是陷入重围了，没办法，只有请英国人跟冯玉祥说说，放开一条生路，让大帅出去。"

大标说："现在困难到这个地步了吗？咱们不能再坚持一下，等榆关、喜峰口的第1军和第2军回援？或者等山东和江苏的部队过来？"秀才说："不行了，刚才那个副官说，第1军被奉军打垮了，第2军投靠了冯玉祥，派去迂回承德的三个师也投靠了冯玉祥，咱们彻底垮了。"大标说："是吗？怎么一下子变成这个样子？咱们这是二十万大军呀，这么几天工夫全完了，怎么变成这样？"秀才说："是的，刚才何胖子跟你说的那句话是真的，一旦他们明天发起进攻，咱们就完了。"大标说："真是没想到。"秀才说："现在冯玉祥那边没有进攻，是英国人出面斡旋了，英国人要求无论如何不能伤害吴大帅。"大标说："你去大帅那边找人问问，现在是什么情况了？"秀才离开大标指挥部，去大帅指挥部了。

大标心想，这冯玉祥真是歹毒之人。其实原来他就听说过冯玉祥对大帅不服气，民国五年到四川讨伐蔡锷叛军时，吴大帅是6旅旅长，冯玉祥是第16混成旅旅长，算是平级长官。后来，吴大帅在他之上，出尽风头，他是一直很不服气，表面听从大帅指挥，私下另搞一套。而他很有野心，觉得自己能主宰这个国家，只是自己一再错过了登上国家舞台的机会，这次跟张作霖合作，里应外合，一定要灭掉吴大帅，自己掌握北京政府大权。可是，他不想想，他有主宰一个国家的能力和水平吗？

过了一会，秀才回来了，说道："英国人跟冯玉祥谈好了，那边明天早上让开一条路，让英国人陪同，吴大帅只带这几百人到塘沽上直系的军舰南下，英国的军舰一路护送。可是，大帅不同意，不愿意离开，说他要跟冯玉祥这个反贼拼了，就要死在这里，绝对不离开，一步也不离开。”大标说：“是呀，咱们就在这里跟冯玉祥拼了，人活着就是要有骨气，死有什么好怕的，我跟大帅一起拼到最后一个人。”秀才不说话了，他知道这都是气话，没用的。

最后，吴大帅身边的长官说服了大帅，大帅离开，去塘沽上船了。后来三标知道，这次冯玉祥发动政变，是因为他收了张作霖五十万银元的贿赂。三标非常气愤，仅仅五十万元就干出这样无君无父的恶行，小人，真是个旷世小人。

云南的眼泪

第三部

正义的罪恶

晨闻 著

作家出版社

目 录

第一章

第1节

从老先生那回来后，孔秀康对裕滇银行仓库中的鸦片进行集中处理。柳貂蝉在任临时负责人时，为了获取一定利润，开展了鸦片抵押贷款业务，由于对鸦片档次品质鉴定经验不足，被那些黑心鸦片商人以次充好骗了几笔，银元给了人家，人家不来还款，用那些鸦片抵账。孔秀康的处理方案是马上拍卖，变现银元回笼。可是，这些劣质鸦片的市场价格均低于抵押价格，一旦出售必将形成几笔坏账，而坏账祸首的帽子将戴在柳貂蝉头上，因此柳貂蝉坚决不同意。

但是，孔秀康也很坚决，一定要处理，理由是：处理这些鸦片，尽管有一些损失，但是可以马上回笼十几万银元，减少裕滇银行资金不足的压力，反之，这些东西将来处理可能价格更低，损失更大。裕滇银行在报纸上发布拍卖库存鸦片的信息，招来很多人看货，一时间让人感觉处理的前景比较美妙。可是，看了货，听说是按抵押价卖，人们觉得价格高了，都走了。拍卖时，无人参加拍卖会，最后全部流拍，这让孔秀康很头痛。

这天晚上，李津兰到欧阳红家吃饭，说起拍卖鸦片的事。小马听说了，出了个主意，说这些年省里常用鸦片充作军饷，由于军队在外省卖鸦片的价格经常比财政司给他们的价格高，军队还挺喜欢，可否让孔行长去找省财政司谈谈，让财政司按你们抵押价收购当军饷，把这些鸦片掺在好鸦片里去卖。尽管滇军现在主要在省内，但是他们拿到滇黔、滇川、滇桂边境销售，以次充好，那些当兵的还能赚不少，他们肯定愿意。李津兰觉得这个办法不错，第二天告诉孔秀康，没想，这还真的成了，这些鸦片按抵押价全部卖给了财政司。

第2节

这天下午，李津兰在外面办完事，刚刚回到办公室坐下，王平端轻手轻脚走进来，小声说："李经理，有时间吗？"这是王平端第一次到李津兰办公室，李津兰马上站起来说："有的，你坐，有事吗？"王平端在桌子对面的椅子上侧身坐下，小声说："你听说了吗？孔行长要花五千英镑请一个洋人到个旧？"李津兰说："我刚回来，没听说，你何时听说的？"王平端说："刚才，你不在，他叫我到他办公室说的，说想听听我的意见。我跟他说了，现在负责大锡公司的是张孝基总理，不是他，这个事让张总理办更合适。再说，五千英镑折合五万银元，花这么多钱请一个人来提提意见，是不是太贵了？如果钱花了没解决问题，那就麻烦大了，背后人们会怎么说？会影响他的前程的，一定要慎重。"李津兰问道："孔行长怎么说？"王平端说："孔行长说，张总理不懂技术，自己要不帮他，大锡公司新炉房那些德国炉子的问题很难解决。对于五千英镑，他也觉得贵了点，所以想听听我的意见。"李津兰说："那么？"王平端说："我来跟你说的意思，他肯定会征求你的意见，你一定要好好劝劝他，这事太悬。"说完王平端就走了，李津兰想了想，起身去找孔秀康。

李津兰知道孔秀康尽管离开大锡公司三年，可是心里一直放不下，大锡公司的冶炼炉子不能正常生产，一直是他的一个心病。这个事，李津兰曾对孔秀康说过，那些洋条冶炼设备是别人买的，是他们搞砸了你才去接手的，一直不能正常生产，不是你的过错。可是孔秀康不同意这个说法，说是不是自己过错不重要，关键是那些设备不能正常生产，自己心里过不去。

李津兰到孔秀康办公室，屋子里只有孔秀康一个人，李津兰说："孔行长，你有时间吗？"孔秀康见是李津兰，高兴地说："你来了？刚才我还找你，我有个事想听听你的意见。是这样，你知道我一直想解决大锡公司新炉房那些德国炉子不能正常生产的问题。我听说英国人有处理个旧这类矿石的冶炼技术，便求助英国驻昆领事，希望领事能够推荐有实践经验的炼锡专家前来帮助。英国领事当即与英国海外贸易部联系，海外贸易部推荐了一位叫坤利的退休英国人，这个人没上过大学，不是工程师，只是个高级技工，但是在业内名气很大，解决了不少地方的炼锡问题，我觉得可以试试。跟他联系一下，刚刚收到他从英国发来的回信，他同意来，但是要价五千英镑，预付三千，提交书面解决方案当场再付两千。"

李津兰说："我也是为这事来的，刚才王平端来找我说了这事，他觉得五千英镑不是小钱，万一事情没办好，不好交代，让我来劝劝你，希望你慎重一点。"孔秀康笑笑说："他已跟我说了这话，我理解，我理解。"李津兰说："说实在的，我听到这个消息也很担心。不过，我首先担心的是这有没有被骗的风险？你知道我是被骗过。"孔秀康说："我当然知道，不过这跟星旗银行那事不一样。这个人是英国海外贸易部推荐的，是个行业内的老人。英国海外贸易部提供了他解决几个企业炼锡问题的资料，这不是编出来的。不过，我理解你，老话说，一朝被蛇咬，十年怕井绳，我理解。"李津兰说："孔行长，还是不能大意，尽管是英国海外贸易部推荐的，也还是要小心。星旗银行那个递米，是歌纳银行介绍的，当时看上去来路也绝对没问题。我觉得这都是高风险的事，还是要百般小心。"孔秀康说："这个我有把握，绝对不用担心。"

李津兰说："好吧，再说另外一个问题，这个价格是不是也太高了？五千英镑，折合五万银元，就是来看看，提交一个方案。如果这个方案把新炉问题解决了，能生产出达标的洋条，当然谁也无话可说。但是，如果解决不了问题，这五万银元就等于打水漂了，怎么向省里交代？你想过没有？”李津兰还有下面的话没说出来：这五万银元，相当于省政府一个司长二十年的薪水呀。孔秀康说：“这肯定有风险，但是，搞企业就有风险，如果这点风险都不敢承担，就别搞企业。还有，搞大锡公司的德国炉子花了那么多钱，这五万银元与那些相比算什么？就是九牛一毛，我觉得这个英国人解决新炉问题的可能性很大，值得冒险一试。”

第3节

李津兰的劝阻没起作用。孔秀康代大锡公司的张孝基总理向省政府提交了请英国人诊断新炉问题的请示，并四处游说，最后让省政府批准了。很快，预付三千英镑。这时谣言四起，说等着看吧，洋人拿了钱还会来吗？傻子才会来，挣到这个钱够了。现在洋人都知道云南人特别傻，特别好骗。等着吧，将来有更多的洋骗子来云南，不把你云南人骗光了绝不罢休。这时，李津兰特别难受，她真怕悲剧重演，这会让孔秀康声望大损，会对他的前程产生重大不利影响。李津兰对唐芸芸说了自己的担心，唐芸芸也觉得孔秀康太冒失了，这太危险了。另外，唐芸芸觉得孔行长已经不是大锡公司总理，这完全是越俎代庖，是犯傻。

很快，到了约定坤利到个旧的日子，可是，坤利没有到。这让柳貂蝉、段毓婉、吴少愚等人高兴得差点跳起来。他们私下议论：看看，说对了吧？受骗了吧？丢人现眼了吧？李津兰也感觉完蛋了，果然跟自己担心的一样。

不过，事情没这么糟糕。过了一周，坤利到个旧了。坤利已经六十多岁，一脸胡子，脸上皱纹沟壑纵横，看上去饱经风霜。孔秀康让张总理给坤利配了三名助手，都是搞技术的年轻人。坤利到大锡公司马上投入工作，钻进炉子，检查炉子残存物情况；然后到采矿厂，进矿洞查看矿石情况；又到选矿厂，查看研磨出来的矿粉情况；还到配料场地，查看配料情况。他要了一间办公室，拿出自己带到大锡公司的化验设备和试剂，组建了一个临时的化验室，对产品、炉渣、矿石、矿粉逐一进行化验，化验总数量超过一万次，并且反复研究德国炉子，多次点火投料试生产。经过三个月的努力，他向张总理提交了《大锡公司改良报告书》，这是英文书写的解决方案，然后收了尾款二千英镑去香港了。很多人听说坤利提交方案走人了，都松了一口气，没有被骗，真是谢天谢地。

可是，人们哪里知道，这事的风险到此时才刚刚开始。什么意思？什么叫才刚刚开始？是这样，坤利提交的这份《大锡公司改良报告书》是什么内容？你是没听到，听到了你要吓一跳。这是怎么回事？坤利这份报告说，个旧的锡矿石属于世界上少见的高杂质矿石，与菲律宾一个炼锡公司的矿石相似，铜、铅、砒等杂质含量过高，冶炼困难。而从德国进口的那些煤气熔炼炉和鼓风炉是普通的冶炼炉，完全不适合个旧的矿石，建议拆毁，另外购买英国乌德工厂制造的冶炼炉。为了达到原先设计的产量，建议购买柴油熔炼炉三座，反射炉两座。第一步，用这柴油熔炼炉是将精矿砂冶炼成土条；第二步，用这些反射炉是将土条冶炼成高纯度洋条；同时新建处理精矿石的净矿塘二十一个，清洗矿粉。这等于将原来冶炼、选矿的全部设备拆毁，在原来地皮上建造一座新的冶炼厂，没错，建一座全新冶炼厂。张总理收到此报告后，马上安排人员进行核算，初步结果是这需要约三百五十万元。三百五十万？这超过前一年云南年财政收入的一半，居然要花这么多钱，怎么办？并且，如果真花了这些钱，采购回来的英国炉子还是生产不出达标的洋条，怎么办？谁承担这个责任？

第4节

这天，看门老爹走到李津兰办公室门口说：“李经理，门口有三个当兵的找你。”李津兰愣了一下：这又出什么事了？她下楼到门口，见是邓明雄带两个卫兵，说：“邓团长，你怎么来了？看你这派头，前呼后拥的。”邓明雄说：“别叫团长！我是办事路过这里，顺便来看看你。”李津兰说：“带着哼哈二将，哪里是来看人的？说抓人的还差不多。”邓明雄说：“没有，我真不会办事。冒犯，冒犯。”李津兰说：“没事，说笑话，到我办公室坐坐！”邓明雄说：“不用了，我还有事，马上就走。今天晚上我请你吃饭，咱们慢慢聊聊，可以吗？”李津兰说：“大团长请吃饭，不会是鸿门宴吧？”邓明雄说：“不会的，只是找个地方聊聊天。好，今晚聚福园我等你。”见李津兰答应了，邓明雄带着两个卫兵走了。不过，李津兰不知道，邓明雄到裕滇银行找自己这一幕，被段毓婉看见了。

晚上在聚福园的一个包间里，只有李津兰和邓明雄两个人。李津兰说的“鸿门宴”已经吃了一会了。邓明雄介绍自己这些年的情况，一开始在唐省长的近卫团当兵，因想上前线，一直在找机会去作战部队。刚好碰到胡若愚长官的作战部队扩编，要调一些军官过去，他提出申请就过去了。跟胡若愚长官在四川、广西打过仗，因自己运气好，又有文化，回来读讲武堂一步一步提升起来，到现在当上团长，应该说比一般人顺利。李津兰觉得干到这个职务，可以说是干得很不错了。邓明雄也问了李津兰这些年的工作情况。李津兰简单说了一下。邓明雄问李津兰家人的情况，李津兰把家人这些年的情况简单说了一下。邓明雄没喝酒，李津兰让他喝酒，说他们这些当兵的喜欢喝酒，自己能理解。可是，邓明雄礼貌地谢绝了，说跟美女聊天实在不适合喝酒。这让李津兰对他的好感大大提升。

邓明雄扭转话题，说起当年来找李津兰玩的事，他们去了大观河，去了草海，这把李津兰带回到少女时代。尽管李津兰这时只有二十五岁，但是觉得那是特别遥远的事，遥远得有点模糊，遥远得有点不真实，如同是梦里发生的。时间过得很快，两人在愉快的气氛中结束了晚餐。邓明雄要送李津兰回家，李津兰婉拒，叫了一辆黄包车自己回家了。到家后，李津兰回想今天两个人的晚宴，感觉邓明雄说话一直很得体。说实在的，李津兰去吃饭前曾担心邓明雄要追求自己，还有点不想去，免得拒绝对方把人家搞得太尴尬，现在看是自己想多了。

第5节

现在是三十五万英镑，不再是五千英镑，这是完全不敢想象的一笔巨款。这时议论声又起来了，说大家一开始担心被骗五千英镑，真是没见过世面，没见过真正的大骗子，人家要骗的哪里是那点小钱？而是这三十五万英镑，把那些闲置没用设备卖给你，厂家能赚多少？那个洋老倌自己能赚多少？你敢想吗？

孔秀康作难了，这天，他把李津兰叫到办公室说："李经理，坤利提交的那份《大锡公司改良报告书》，你也听说了吧？现在不好办了，你帮分析一下这如何是好？三百五十万，这改造费用，不，这已不是改造，完全是新建一个冶炼厂了，这么大金额，我真没想到，这个事你有什么看法，你说说！"

李津兰略为思考了一下说："孔行长，刚才你的一句话说得对，这已不是改造，完全是新建一个冶炼厂。而你当时一再去说服省里的高层同意请来这个英国人，是为了改造，那么现在既然是新建一个冶炼厂，就完全不一样了，这超出你的初衷，超出你的思考范围，我想还是交给省里的高层来决定算了。"孔秀康说："你说得有一定道理。不过，我不赞成这么做，我是省里抓经济发展的几个人之一，是大锡公司的前任总理。你想想，如果我把这个方案往上一交，撒手不管，这个方案还有谁管？单靠大锡公司的张孝基一个人的力量，肯定办不成，因为投入这么大资金，谁有这个胆量？谁敢定？而这一来，最有可能解决大锡公司问题的机会就被错过，也许因此大锡公司的问题永远得不到解决。"李津兰说："是的，行长，这个事最后很可能就是这个结果。"

孔秀康叹了口气说:“可是，我不甘心呀。”李津兰很不理解，问道:“行长，这是大锡公司的事，跟咱们裕滇银行没关系，你这是在帮他们的忙，能帮就多帮点，帮不上就算了，有什么不甘心呢？”孔秀康说:“这确实跟咱们银行没关系，但是，你知道吗？我回国做的第一个事就是去大锡公司，感谢唐省长的信任，让我去那里解决这个问题。我在那里干了五年，可到离开都没解决这个问题。我感觉愧对唐省长，愧对本省老百姓，这是我的一个心病。”李津兰说:“行长，我理解你，你是一个特别有责任心的人，肯定会这么思考。不过，我觉得有些事是超过个人能力的，对这样的事有时不得不放手。你看，当初你到处去游说，让省里的高层同意请这个英国人来，这在你能力范围内，可以坚持。可是，现在要花费三百五十万，这远远超过了你的能力范围。有些事只能这样，我觉得懂得放手、懂得退让是一种智慧，是一种才华。”孔秀康说:“这话对。不过，刚才说的是我的第一个不甘心，我还有第二个不甘心，就是我们云南冶炼不出达标的洋条，让别人把云南大锡这么大的利润赚走了，我也不甘心。我是学矿业的，是云南第一批学矿业的人，我有这个责任，有这个使命，来彻底改变这个现状。如果改变不了，我不甘心。”李津兰对孔秀康的这份情怀很理解，并且觉得这份情怀令人敬佩，可是，怎么办呢？这场谈话并没有找到解决办法。

下班回到赵府，李津兰跟公公谈起这个事。赵亦恒这段时间在家里休养身体，同时谋划东山再起。他听说省里把他的昌明火柴厂卖给了四川来的一个老板，工厂搞得很不好。他在找朋友借钱，想把火柴厂买回来，他不甘心自己就这么垮了。赵亦恒听李津兰说了这个事，一边思考一边说:“这确实不好办，把当年投资购买的那些德国东西都扔了？那可是一大笔钱呀，谁敢说这个话？这事当年是唐继尧定的，谁敢跟唐继尧说，唐省长，是你搞错了，把事情办砸了，谁敢？如果唐继尧龙颜大怒，那这个人头顶上的顶戴花翎还要不要？我看能跟唐继尧说上话的人没一个敢说。而一般人给唐继尧去信函说说也不行，这些信函都要经过唐继尧身边人审阅，他身边人一旦看到是这个内容，怎么敢给唐继尧送过去？他也怕被摘了顶戴花翎。”李津兰觉得公公说得有道理，现在省政府那些人就是这个鬼样子。赵亦恒又说：“还有，再购买英国的炉子也必须是唐继尧拍板，除了他，任何人说了都不算。”李津兰问道：“有没有一个办法，让唐省长觉得当初的投资失误，不是他的责任？”赵亦恒说：“帮他开脱呀，怎么开脱？让他说他不懂搞工厂、不懂技术？可是，你做督军的本来就不用懂工厂也不用懂技术，只要会用人就行，那你用对人了吗？没有呀，你这明显是遇人不淑，用人不当，这黑锅他肯定得背。”

第6节

第二天下班，李津兰去找欧阳红，给她的孩子带去一些水果和点心，跟他们夫妇说坤利报告的事，说现在孔秀康还是不甘心，想促成再花三百五十万。小马说：“是，现在省政府里面很多人在笑话孔秀康，有些话说得挺难听。你不知道，孔秀康被唐省长重用，那么年轻就当上大锡公司总理，后来又当实业厅厅长，当上裕滇银行行长，很招人嫉妒，现在他这个样子，很多人特别高兴，拿他当笑料。”李津兰说：“在请这个英国人来的时候，他特别积极。我就曾劝过他，这事有风险，可是他根本听不进去。哎，算了，不说前面的事了，关键现在怎么对待这个报告，怎么办？”欧阳红说：“李津兰，你还想着怎么办呢？不瞒你说，这个事我和小马议论过几次，这已成定局了，已不可能改变，根本不存在解决办法。”

李津兰不解地问道：“什么意思？什么定局？”欧阳红说：“你不会糊涂到这个地步吧？这不是明摆着吗？绝对不可能采纳那个报告的意见，让省里再花三百五十万改造！你疯了？原来花了三百多万，一分钱没收回来，现在再花三百五十万，绝对不可能。大锡公司改造的事到此为止，原来是什么样子将来还是什么样子，不可能改变。”李津兰说：“你们是这么看呀？”小马说：“不仅我俩这么看，省政府的人都这么看。”李津兰失望地说：“原来是这样。”本来李津兰希望在他们这里找点支持和找点办法，现在看，那是完全不可能了。也许真的像欧阳红说的，这事已成定局。

不过，李津兰不是轻易放弃之人，第二天她对自己说：不行，不能让这事就这么了结。她到办公室后，问孔秀康身边的职员，问省政府作的《大锡公司改良报告书》的中文译本是否送过来了。对方说送过来了，他们正在抄写副本，已经抄了大部分，就剩一点，一会就能抄完。李津兰请他们抄完后拿副本给自己看看。

第二天中午吃饭前，李津兰看完了中文版的《大锡公司改良报告书》。里面大量的技术术语和数据，看得李津兰头晕眼花的，没有一点收获。唐芸芸端着饭碗进来，见李津兰还没打饭，说：“你还在忙呀？我去帮你打饭。”拿上旁边柜子上的饭碗就要出去，李津兰站起来阻止，这时董庆仁进来了，董庆仁见两人争着要去打饭，说：“你们都别争了，我是男的，我去吧。”李津兰说：“行，那就拜托你了。”唐芸芸看到桌子上的《大锡公司改良报告书》，问道：“这个东西，能看懂吗？”李津兰说：“技术性太强，看不懂。”唐芸芸说：“你这个人有时挺奇怪的，怎么会去看这类东西？换了我是绝对不会去看的，我知道这就是浪费时间。”李津兰说：“我这不是死马当活马医吗？事情搞成现在这个样子，孔行长那么为难，想帮他想想办法。你们也都看见了，柳貂蝉那帮人现在上蹿下跳的，那个高兴劲，简直让人忍无可忍。”唐芸芸说：“人家孔行长是学矿业的，他都没办法，你这个外行能有办法？这是不是有点奇怪。”李津兰苦笑一下说：“是，我也觉得自己挺可笑的。可是，怎么办呢？”

这时，董庆仁把饭打回来了，听他俩这么说，插话道：“这个事其实很简单，既然那么信任这个英国人，人家把路指出来，往前走就行。”唐芸芸说：“你说得简单，原来那些炉子全部拆毁，那么多的钱打水漂，谁敢下这个命令？”李津兰说：“就是，谁敢拍这个板？”董庆仁说：“拍这个板的肯定是唐省长呀，别人谁有这个权力？”唐芸芸说："如果他能下这个命令当然好了，你觉得他会下吗？"董庆仁被问哑巴了，不知道该如何回答。李津兰说："这就是难点。"董庆仁憋红了脸说："只要唐省长明白现在这些德国炉子是永远改造不好的，就能下这个命令。"唐芸芸说："你说，怎么才能让他明白呢？"董庆仁不服气地说："这个《大锡公司改良报告书》不是说了改造不好了吗？"唐芸芸说："那个洋老倌说改造不好就改造不好吗？如果他说错了，这么多钱就扔了？"董庆仁说："搞了这么多年都没解决，不是也证明了吗？"唐芸芸说："搞了这么多年没解决，只能证明过去没解决，不能证明将来不能解决，万一再过半年就能解决呢？"董庆仁问道："那你说这事怎么办？"唐芸芸说："我不知道。"

李津兰说："我觉得咱们是否可以把德国炉子放一放，先研究英国炉子问题，如果能证明英国炉子可行，事情就好办一些，是不是？"唐芸芸说："当然，如果证明英国炉子可行，对解决整个问题意义太大了，可是，如何证明呢？"董庆仁说："这个应该可以证明吧？这个英国人推荐这些炉子，应该有证据证明这些炉子可行。"李津兰说："坤利在他的报告中说菲律宾有一个炼锡厂使用的就是英国乌德工厂制造的冶炼炉，说他们那的矿石情况跟个旧的很相似。"董庆仁说："这就简单了，派人去菲律宾考察，如果他们那的情况跟报告上说的一样，不就可以证明了吗？"李津兰说："是的，考察是个办法。"

下午，李津兰去找孔秀康，建议先放下德国炉子如何处理问题，坤利说菲律宾一个炼锡厂就是在使用英国乌德工厂制造的那个炉子，不如去考察一下，如果那个炉子确实能冶炼个旧的矿石，不就把问题解决一半。孔秀康听了说："这个建议不错。把处理德国炉子问题与购买英国炉子问题分开，这样有利于问题的解决。"几天后，孔秀康告诉李津兰，经过他的努力，省里批准了去菲律宾考察的事。于是，孔秀康和大锡公司三个人组成一个考察团，由孔秀康带队出发了。

第7节

两个月后，孔秀康从菲律宾回来了，他们一行考察了坤利说的炼锡厂。其实孔秀康对这个厂一点都不陌生，在他刚到大锡公司工作时，那个在厂里安装设备的德国工程师费兰德就说过它，费兰德说个旧的矿石和菲律宾的很相似，说如果能去看看菲律宾这个厂就好了。孔秀康请制造炉子的德国厂家联系这个厂，请求参观一下，被拒绝。孔秀康请省里去函联系也被拒绝，后来孔秀康找美国老师帮联系还是被拒绝。这次是坤利联系的，也许是坤利告诉英国乌德工厂有希望把这个炉子卖给云南，乌德工厂出面联系，这个冶炼厂同意了。孔秀康在这个厂里看到乌德工厂出产的这种炉子，运行情况很好，产品的纯度很高，完全达到洋条水平。他们认真查看了这个厂使用的矿石情况，查看他们的化验报告，觉得矿石确实与个旧的很相似，为了保险，他们还带了不少矿石回来，以便在个旧再次化验。

在回来时，孔秀康还带考察团去香港看广帮开的一个冶炼厂，这个厂把个旧的土条冶炼成中国锡，他们冶炼时在土条中加入一定数量的菲律宾洋条。孔秀康发现他们实际也是使用英国炉子，这坚定了他购买英国炉子的想法。另外，孔秀康还了解了广帮冶炼厂的产品销量、销路、售价和结算情况，又去走访了几个购销个旧大锡的洋行。孔秀康回来后，先到个旧对带回来的菲律宾矿石进行化验，化验结果与菲律宾那个厂做的完全一致，可以肯定这两个地方的矿石非常相像。

孔秀康兴冲冲去省政府请求做一个专题汇报，省政府很重视，马上安排到第二天下午。孔秀康带李津兰和大锡公司的人参会，唐继尧省长破例到会场，财政司、实业司、交通司等多个部门负责人出席，一个大会议室坐得满满的。孔秀康用激动的口气介绍了在非律宾那个冶炼厂看到的情况，以及在香港那些广帮冶炼厂看到的情况，思路清晰，语言流畅，逻辑严谨，激情昂扬。最后总结，如果投资三百五十万购买英国设备，每年生产的洋条可获纯利八十万元，年投资利润率22%，四年多可收回全部投资，这是一个金光闪闪的投资项目。汇报完了，孔秀康认为自己打动了在场的所有人，这个事马上会被批准，他用期盼的眼光把会场这些人扫了一遍。

不过，过了一会他发现自己错了，事情的走向与自己想的完全相反。实业司高司长发问："孔行长，西方人说世界上没有两片完全一样的树叶，你是在美国留学的，应该听说过这句话。你说菲律宾的矿石跟个旧的矿石非常相似，我可以肯定这绝对不是百分之百一样，那么，我请问你，到底相似百分之多少？九十五，还是九十九？"孔秀康说："高司长，对，就是九十九这个样子。"高司长说："就是说，有百分之一的不同，请问，这百分之一的不同会不会导致炼出来的洋条纯度不达标？你知道菲律宾洋条纯度是百分之九十九，个旧土条纯度是百分之九十八，它们相差也就是百分之一，个旧矿石与菲律宾这个差异，会不会导致冶炼出的产品也有这个差异呢？"

孔秀康信心满满地说："不会，矿石百分之一的差异问题不大，用这个炉子，有这个差异的矿石，应该同样可以冶炼出达标的洋条。"高司长说："孔行长，你这里说的是应该，并不是肯定，就是说这仅仅是推测，并无绝对把握，是不是？"孔秀康不知道该如何回答，被问住了。高司长继续说："如果纯度不达标，生产不出真正的洋条，怎么办？这几百万是不是又打水漂了？"孔秀康说："不会，我想不会。"高司长寸步不让地说："是的，我们都听到了，你是说你想不会，仅仅是你想的。"

孔秀康被高司长这番话压得喘不上气来，完全处于被动，突然，孔秀康想到一个理由，说道："高司长，是这样，香港广帮也是用这样的炉子，不仅仅是菲律宾用……"高司长步步紧逼地说："孔行长，你刚才说香港广帮是在他们炉子里加入菲律宾的洋条，你是打算购买英国炉子后也进口菲律宾的洋条来做添加物吗？”孔秀康说：“香港的炉子太老了，如果他们换新炉子，应该不需要再添加……”高司长说：“孔行长，香港广帮还没换新炉子，为什么？”孔秀康说：“估计他们认为目前这个炉子还能用，而换新炉子要花很多钱……”高司长说：“你说的是一种可能，但是客观上是不是还存在另外的可能呢？比如说，他们认为新炉子炼个旧矿石也有问题？”孔秀康支支吾吾说：“这个，从道理上说，当然也有可能，但是……”高司长打断道：“你承认有这个可能，好了，我的问题问完了，谢谢。”孔秀康此时被搞得有点狼狈。

接着，交通司彭司长发问：“孔行长，你刚才说得很好，但是你似乎遗漏了一个问题，就是你是如何认定大锡公司的老炉子无论如何也无法冶炼出洋条？你的依据是什么？”孔秀康正要回答。彭司长继续问：“孔行长，有没有这么一种可能，就是在这些德国炉子冶炼时添加一些别人的洋条，让产品的纯度达标？”孔秀康说：“这个我在个旧时就做过试验，一直没成功。”交通司司长追问：“你们做完了所有可能的试验吗？”孔秀康说：“我在大锡公司的时候做了一部分的，我离开后，大锡公司又做一部分的，可以说做了大部分的吧。”交通司司长说：“就是说，还有继续试验的可能，他们还没有穷尽所有可能，是吗？”孔秀康无奈地说：“是的。”彭司长说：“好，孔行长，谢谢你的回答。”

会场上的质疑声越来越多，几乎成了一边倒。孔秀康的处境很尴尬，一直议论到快下班时间。这时，唐省长示意大家停止发言，做了一个简短的总结发言，肯定孔秀康一行去南洋很有收获，开拓了视野，增加了见识。但是，两个关键问题还是没彻底解决，一个是现在还是不能说这些英国炉子百分之百能生产出达标的洋条，另外一个是原来的德国炉子也不能说是百分之百地不能生产出达标的洋条，所以，这事还需要再考虑。这次不能再犯上次那样错误，三百五十万，这是笔巨款，金额太大了，这不是小事，必须绝对有把握才能决定，此事再议。于是，就这样散会了。

第8节

汇报会过去了几天，李津兰为这个事被搁置很着急，她觉得这个事的处理是不进则退，就是说如果不被认为是个好事，就肯定成了一个坏事，也就成为孔秀康为官的一个污点。李津兰与欧阳红夫妇谈过这个想法，他们都认为李津兰的担心是有必要的。李津兰在想：形象地说，现在就是要通过省里审批这道门，那么，如何通过这扇门呢？应该有一把钥匙，但是，这把钥匙在哪里呢？这是一个巨大的难题，同时，不管这把钥匙在哪里，这个事的发展没有给李津兰和孔秀康留更多时间。很快人们都开始传一个事，说现在有几个司长对孔秀康沽名钓誉、一意孤行的行为极为不满，要联名弹劾。

联名弹劾？这不是个小事，民国新建之后省里多个厅长司长联名弹劾一个官员的事还没有过，如果真是发生弹劾，不管最后是否成功，被弹劾的官员都将声名扫地，身败名裂。李津兰十分紧张，担心这事真的发生。

可是，无论李津兰如何不愿意，事情还是发生了。联名弹劾书送到唐省长的桌子上，省政府的一个核查组进驻裕滇银行，几天后弹劾的内容泄露出来，几个司长指责孔秀康有六大罪状：一、自我吹嘘，当年给唐省长上书说能解决德国设备问题，骗取唐省长信任，然而在大锡公司干了五年并没解决问题；二、志大才疏、好高骛远，说话总是夸夸其谈，然而为官这些年一事无成；三、贪图虚名，妄图给自己树碑立传，借英国人坤利之手，提出所谓大锡公司的巨额改造方案，其核心是想给自己扬名；四、不能勤俭持家，竟然一笔否定唐省长当年苦心创立的家业，痛下其手将德国炉子全部拆毁；五、将公帑用于个人享受，所谓菲律宾考察，其实就是去南洋游山玩水，享受异域风情。六、用人不当，品行不端，召回被裕滇银行开除的女职员，并与这个女职员关系极为不正常。

这下子，天塌了。李津兰很清楚，如果弹劾成功，孔秀康的前途彻底毁了，自己也将背上一个不贞不洁的污秽之名，并且二次离开裕滇银行。还有，李津兰从这个弹劾书中嗅到柳貂蝉的味道，看来柳貂蝉为扳倒孔秀康贡献了自己的不少力量。

第9节

这天，吴少愚走进李津兰办公室，请李津兰安排总簿记部的职员复核一笔账的记录，由于这种工作差错时有发生，所以这时李津兰听了吴少愚的话，只是简单说了一句："行，我知道了。"没想到吴少愚突然高声质问："李经理，我奉我们部门经理之命来向你反映问题，你这是什么态度？什么是我知道了？"李津兰愣住了，没想到吴少愚会这样说话。吴少愚继续说："你们部门职员出错，影响了别的部门的工作，你就说声'我知道了'，你对待工作就是这种态度吗？像这样你能把你们部门管好吗？"李津兰诧异地说："吴少愚，你说什么呢？我怎么了？哪里不对？"吴少愚火气十足地说："你没错？是我无事生非、无理取闹，是吧？是，你在裕滇银行这些年所有的事情你都做对了，每一件事都做得特别好，白璧无瑕，无可挑剔……"李津兰觉得这是来无理取闹，厉声说："吴少愚，你要干吗？你凭什么要诋毁我？向我泼污水？"吴少愚针锋相对地说："就你这样的女人，还用别人向你泼污水？你还以为自己是贞洁玉女呀？笑话！你去打听一下，听听裕滇银行的同事背后是怎么说你的。你就是个害人精，你看你害了多少人？潘行长，现在还在里面关着；王行长，现在变成一个小职员，薪水就是一个刚入职新职员的水平；现在你又把孔行长害成这样……"李津兰觉得这完全是胡说八道，愤怒地说："吴少愚，我真没想到你是这么卑鄙的人，当年我还拿你当朋友，我真是瞎了眼。"吴少愚说："拿我当朋友？你还好意思说，你拿谁当过朋友？段毓婉？你拿她当过朋友？还有现在的唐芸芸、董庆仁？你拿他们当朋友？这么说你也不脸红？跟谁在一起，你都是把好处全捞走，你给别人留过一点好处吗？拿我当朋友，当年你和我去大锡公司，我替你背了那么多黑锅，好家伙，后来收回五万，全是你的功劳，你当上副经理，那好处有我的一点点吗？我告诉你李津兰，我是看透你了才远离你，你这种人根本不值得交，根本不配做别人的朋友。”

李津兰气得哆嗦，说：“吴少愚，你就是个无耻宵小！你竟然颠倒黑白，说出这样的话，简直是无耻至极。”吴少愚说：“你踩着别人肩膀往上爬，你才是无耻宵小，原来踩着我和段毓婉，现在踩着唐芸芸和董庆仁，你永远就是利用别人。但是，我告诉你，你别太猖狂，别太得意忘形，别忘了你是被裕滇银行开除过的人。”这时，董庆仁出现在门口，厉声问道：“吴少愚，你在干什么？”吴少愚说：“我干什么？你问问她，她在干什么？”王平端也出现在门口说：“小吴，少说两句，回你办公室，快回去吧！”这时，门口又出现一些同事，吴少愚知道再闹下去不好收场，借着王平端的话，转身溜走。

这天孔秀康出去办事了，回来后听说了这个事，把吴少愚叫到办公室进行严厉批评，并让他当面向李津兰道歉。吴少愚没有抗拒，向行长承认错误，向李津兰道歉。这个事算告一段落，不过，李津兰和孔秀康心里都清楚，这都是因为核查组进驻裕滇银行，使他们觉得李津兰和孔秀康的好日子到头了。

第 10 节

这天下班，李津兰走得晚一点，她走出大门见前面有一男一女在路边说话，男的是孔秀康，而女的则是她没想到的一个人，是段毓婉。李津兰向另一边走去，不时回头看看。李津兰见他们两人说完了，孔秀康很礼貌地跟段毓婉告别，上一辆黄包车走了，而段毓婉则站在那里目送孔秀康远去，一动不动，待孔秀康的黄包车在街角消失了很长时间，她才整理一下衣服向前走去。

第二天中午，李津兰把这个情况告诉唐芸芸和董庆仁，唐芸芸说:“是吗？有人说段毓婉在追孔行长，看来是真的。”李津兰吃惊地问道:“追孔行长？有这事？”唐芸芸说:“是呀，你不知道吗？有跟段毓婉接触多的同事说，段毓婉现在公开说孔行长就是天下最完美的男人，是自己心中的白马王子。”李津兰说:“可是，孔行长不是有家室了吗？”唐芸芸说:“是的，听说孔行长的夫人是他出国前父母给找的，是包办婚姻，夫人没文化，只会写自己名字。段毓婉觉得这样的婚姻肯定不幸福，觉得只有她才能给孔行长真正的幸福。她说孔行长在外面做事这么累，回到家连个能说说单位的事、释放一下压力的人都没有，太可怜了。”李津兰问:“那孔行长是什么态度？”董庆仁替唐芸芸回答道:“那是段毓婉单相思，一厢情愿，孔行长没那个意思。”李津兰忧心忡忡地说:“现在核查组来查孔行长，别再给他增加一条品行不端、与一个未婚女同事发展不洁关系的罪名，那孔行长更麻烦了。”

董庆仁说:“有这个可能。还有，为核查组来这个事，段毓婉还和柳貂蝉闹翻了。段毓婉说现在人家害孔行长，你柳经理怎么能幸灾乐祸呢？你凭什么恨孔行长？人家来当行长是省政府的任命，不是人家要跟你争。而且，让你临时负责一年多一直不让你当副行长，就说明你的资历、能力、水平还达不到，你恨别人有什么用？孔行长是那么好的一个人，从来没有得罪过你，你有点良心没有？柳貂蝉说段毓婉是个叛徒，是重色轻友，不要脸，想男人想疯了，说段毓婉是白日做梦，孔行长绝对不会看上她，让她死了这条心。”李津兰很意外，问道:“是吗？她俩闹成这样，前段时间她俩可是好得穿一条裤子都嫌肥。”董庆仁说:“对了，上次吴少愚来侮辱你，被孔行长批评后，吴少愚对孔行长极为不满，在背后说了很多攻击孔行长的话。段毓婉听到后，也去跟吴少愚吵过一架，现在两人也翻脸了。”听了段毓婉的这些情况，李津兰又多了一份担心，她真怕段毓婉这个蠢货干出什么蠢事，让别人拿她去攻击孔秀康。

第11节

大锡公司改造项目停滞，弹劾核查组进驻裕滇银行，孔秀康到了几乎崩溃的地步。李津兰见他胡子越来越多，衣服不是那么整洁，有时来上班甚至忘记系领带。李津兰发现孔秀康对自己的态度也发生了变化，那张严峻又亲切的脸上经常有一种抱歉的神情，好像做了对不起自己的什么事。这天，李津兰见孔秀康办公室没有别人，安慰他说：“孔行长，我知道现在你很难，压力很大，但是，你自己千万不能垮，一旦垮了就完了，不到最后时刻，别说自己败了。”孔秀康对李津兰笑笑，这笑容中有感谢的意思。李津兰又说：“还有，你也不妨看开点，退一万步说，就是败了又如何？又死不了人，人生不怕从头再来，将来肯定还可以东山再起，还可以卷土重来。”李津兰经历过那些磨难，这些话是真实想法，孔秀康点点头，很认可这番话。

当然，李津兰知道此时孔秀康最需要的不是几句安慰话，而是找到改变困局的办法。她跟唐芸芸、董庆仁谈了多次，寻找解决办法。这天，聊天时李津兰想到一个办法，急匆匆说：“等等，我突然想到一个办法，一个解决办法。”唐芸芸问道：“你说，什么办法？”李津兰说：“我不知道是否行得通，但是确实值得试试。”董庆仁问道：“你说呀，到底是什么办法？”李津兰说：“是这样，现在省里那些大厅长、大司长们不是因咱们个旧矿石与菲律宾矿石有一点不同，质疑菲律宾炉子用个旧矿石冶炼不出达标洋条吗？”唐芸芸说：“是呀，你有什么解决办法呢？”李津兰说：“让大锡公司发一批矿石到菲律宾，请那个工厂冶炼一下，不是就知道是否能炼出达标洋条了？”董庆仁听这话，一拍大腿，大声说：“是呀，这不就解决问题了？如果个旧矿石能炼出达标洋条，就购买这个设备。”李津兰说:“对，对。”唐芸芸说:“这真是个好办法，这就能回答他们的质疑，让他们哑口无言。”董庆仁说:“李经理，你赶紧去把这个办法告诉孔行长吧，快去。”李津兰很想去，但是又有一点担心，说道:“不是，两位，我说的这个办法真的能行吗？会不会因为我们太想解决这个问题，有点一厢情愿，忽略了什么问题？”唐芸芸说:“应该不会吧？我觉得不会。”董庆仁说:“放心，我认为绝对不会，这个办法绝对能解决问题。”最后，李津兰下决心了。

李津兰去孔秀康办公室，没找到，行长室的人说孔秀康出去办事了。李津兰请他们见孔秀康回来，跟孔秀康说一声，她有紧急的事向他汇报。李津兰等到快下班，终于等到孔秀康回来了，李津兰跟唐芸芸和董庆仁说自己去见孔秀康，就赶到孔秀康办公室，李津兰说:“孔行长，你回来了？”孔秀康说:“是，听说你有紧急的事找我，是什么事？你说吧。”李津兰把自己想的解决办法说了，听完，孔秀康沉默了，没有马上说话。李津兰不知孔秀康在想什么，着急地问道:“孔行长，你说，这个办法行不行？”孔秀康整理桌子上的文书，轻轻摇摇头。李津兰见状，说道:“那些司长们不是担心菲律宾的炉子用个旧矿石冶炼不出达标洋条吗？炼一炉给他们看看，这不就解决问题了？”孔秀康还是没说话。李津兰急了，说道:“孔行长，你说话呀，你什么意思？是觉得这个办法不行吗？你说，为什么不行？”

孔秀康说:“李经理，首先，感谢你把我的困难当成自己的困难，苦思冥想寻找解决办法，真心谢谢你。但是，这个办法行不通，为什么行不通？咱们暂且不说菲律宾那个冶炼厂是否同意给我们炼一炉，不说这要收多少钱，单就说这个事，这办法就行不通。他们炉子常年冶炼他们的矿石，拿咱们个旧的矿石去炼一炉，炼出这个产品的纯度没有说服力，那个炉子里面有很多他们的矿石残渣，这样炼一炉，等于咱们矿石添加他们矿石，不行，不行。”李津兰听明白了，是的，自己忽略了这个问题，人家的炉子是多年冶炼本地矿石的老炉子，用这样炉子做这个实验不科学，其结果确实没有说服力。李津兰明白这点，当场就泄气了，挺直的腰板塌下来，整个人矮了半截。孔秀康见李津兰这个样子，安慰道："没事，别气馁，其实你这个想法还是很有水平的，你看，我就没想到。"李津兰说："孔行长，别夸我了，这叫什么有水平？完全是我这样外行的胡思乱想，是不是？你这样的专业人士怎么可能这么想呢？我太可笑。"孔秀康说："不可笑，我认为一点不可笑。相反，你的这种精神让我非常敬佩，我说的是真心话。"李津兰听出来孔秀康这话不是敷衍，感到很温暖。她告别孔秀康，到自己办公室，把这个结果告诉等在那里的唐芸芸和董庆仁。

晚上，李津兰去找欧阳红夫妇谈，说了下午的情况，感觉自己很失败，欧阳红说："之前我就说这是定局，你们还硬要往前走，结果如何？更被动了吧？原来说这是定局，现在可以说是死局，绝对走不下去了。"

第二天吃早饭时，李津兰把欧阳红的这个话告诉公公，赵亦恒说："欧阳红说得直接一点，但是基本上就是这个样子了。"李津兰不甘心地问道："难道一点办法都没有了？"赵亦恒说："我看是这样，我是搞工厂的，到这一步我看不出还有什么办法，唐继尧不批钱，他孔秀康拿什么干？"李津兰觉得公公说得有道理。

第12节

二标君：

你好！我还在广州。上次给你写信，到现在又过去半年了。现在的情况是，10月，第一艘运送军械的俄国轮船到广东黄埔，苏俄给黄埔军校送来一万五千支步枪和其他武器，这些武器足够装备一个军。

这时，广州发生商团叛乱，孙中山下令武力平定。我所在朱培德部向西关发起攻击，将当地商团武装缴械，又前往佛山，将当地商团组织一网打尽。

孙中山命令二次北伐，建国军在江西作战失利，历时三个月的第二次北伐又遭失败。

北伐部队刚刚回到广东，陈炯明再次进犯广州，广州军政府发动“第一次东征”，迎击陈炯明。蒋介石率领黄埔军校教导团和学生军第一次出战，学生们在战场上表现非常突出，英勇无比，军政府部队将陈炯明部击溃。

北方是这样的，冯玉祥发动北京政变后，请孙中山北上善后。去年 11 月，孙中山启程北上。由于得知冯玉祥又邀请段祺瑞参与善后，孙中山不想与段祺瑞合作，决定暂不去北京。到上海后，孙中山去了日本，后到天津，再从天津乘火车上北京，前后走了一个多月。到北京当天，在前门火车站受到十万群众欢迎。

陈文汉

民国十四年一月三十日，于广州

第二章

第1节

白金花进三标家后，一开始确实如白金花所说，在家里做饭洗衣服，孝敬公婆，伺候姐姐，爱护儿子，一家人基本和睦。可是，过了半个月，白金花的一些毛病就暴露出来，毕竟白金花不是相夫教子、居家过日子的女人。她外出的时候开始多起来，主要是去逛街，回来的时候会给公公婆婆，以及段小凤和儿子带回来一些衣服和食品。婆婆庾美菊一开始挺高兴，可是见白金花出去的次数较多，就不高兴了，她对白金花说：“没事，你别老往外跑了，一个女人家，老去逛街干什么？这太不像话，会让人说闲话的。”白金花没有回嘴，收敛下来，可是，过了几天她又找理由出去。庾美菊就把这事告诉三标。三标说了白金花一顿，由此，白金花与庾美菊有了矛盾。

这天，在家里为水缸舀水瓢摆放位置两人发生了第一次口角，白金花说：“放哪里不是一样吗？干吗非要放一个固定地方？”庾美菊说：“用完了放在一个固定的地方，下次用的时候伸手就能取到，今天放这里明天放那里，用的时候到处找，难受不难受？”白金花说：“就这么大个厨房，怎么是到处找？去看看，不在这里就在那里，有什么难受的？”白金花如此顶撞，庾美菊很不高兴，可是还没等她说话，一旁的段小凤说话了：“妈说你，你就听着，你哪来那么多废话？”白金花听段小凤教训自己，不服气地说：“我说什么了？不就说放哪里都可以，这怎么就成了废话？”听白金花这么说，段小凤就火力全开地说：“嚯，你不得了了，不能说你了？咱妈说你你就听着，一个家有一个家的规矩，听咱妈的就是规矩。”白金花说：“什么破规矩？你愿意听你听，我可不想听。”

段小凤说：“怎么，你还无法无天了？你要不想听你就滚出去，这个家本来就不是你的家。”白金花寸土不让地说：“你让我滚我就滚？你算老几？我叫你一声姐，是给你面子，你还真以为是我姐了？笑话。”段小凤气得发抖，说道：“你以为我想当你姐，你去外面听听别人是怎么议论你的，我做你姐真是把脸丢尽了。”白金花说：“别人怎么议论了？你说怎么议论了？”段小凤说：“怎么议论？我说都脏了我的嘴，只有我家这个男人没出息，喜欢这么块臭肉。”白金花说：“什么臭肉？你说谁是臭肉？”说着，要过去与段小凤动手。庚美菊见这个样子，挡住白金花，对段小凤说道：“行啦，行啦，少说两句，都是一家人，说那么难听干什么？”

这件事，算是拉开白金花与段小凤争斗这场好戏的大幕，之后，白金花与段小凤的摩擦越来越多，到了每天都要斗嘴的地步。白金花把伪装的面具摘下来，显出她懒散和不拘的本性，不再给庚美菊、段小凤和李云剑买东西，做家务的时候也明显减少。不过，这些事，三个人都没告诉三标，也尽量避开李祖殷，藏在三个女人的小圈子里。三标外面事多，家里事没人跟他说，他就一无所知，他是按规矩一周在白金花的屋里睡，下一周到段小凤屋里睡，以为家里很太平。

第2节

很快，白金花与段小凤的摩擦减少了，这是怎么回事？是两个人和解了吗？不是，两个人的关系已经发展到不共戴天，怎么可能和解？那么是因为什么？是因为段小凤病了。一开始，段小凤感觉身子变得软绵绵的，浑身无力，也不想吃东西，家里人都以为她是感冒了，去街上找郎中来看看，开了几服药，可是吃药后情况不见好转。李祖殷、庚美菊和三标都很着急，李云剑见妈妈总是躺床上，很不理解，他希望妈妈能带他去巷子里玩。

这时只有一个人不着急，这就是白金花，她嗑着瓜子，在院子里走来走去，好像家里没有一个病人，她还叫李云剑跟她到外面去玩。不过，李云剑已经觉得白金花不是好人，跟她不亲近，甚至有点敌意，不管白金花怎么叫，他都不搭理。段小凤病了十来天，感觉病情越来越严重，已经起不了床，吃不下东西了。三标感觉这不是小病，跟父母商量后，就决定花大价钱去沙面那边找洋医生来看看。

这天，三标带四毛驴把洋医生请回家，这是个英国人，四十来岁，据说是博士，大个子，黄头发，高鼻子，蓝眼睛，不会说中国话，带了一个年轻的华人翻译过来。洋医生给段小凤做了检查，很快结束检查，把那些诊断器具放到随身带来的箱子里。李祖殷着急地问："大夫，她是什么病？严重吗？有药治吗？"庚美菊也跟着询问，洋医生耸耸肩说：看上去情况不太好。这时，白金花站在门口，向屋子里伸头探脑的。洋医生把东西收拾好，对年轻的华人翻译叽里咕噜说了一番话，就走到院子里。翻译对三标说："长官，你是这家主事的吗？"三标说："是的，这家我说了算。"翻译说："病人是长官的什么人？"三标说："是我太太，我的大太太。"翻译说："长官，请你找个房间，博士要跟你单独谈谈，就和你一个人谈。"李祖殷听这话，急忙说："老三，是不是小凤病很重？你让洋医生再想想办法呀。"庚美菊说："是呀，再想想办法呀。"三标说："好的，到院子对面那个屋子去吧。"说着，带翻译和洋医生去对面屋子。

进屋子后，翻译把房门关上，三标见这个样子，不知道对方将要说什么情况，很紧张。洋医生又叽里咕噜说一通，翻译把话翻译过来，说道："长官，你们家里就这些人吗？另外有佣人吗？"三标说："没佣人，就是这几个人。你问问博士，到底是什么病？"翻译把三标的话翻给洋医生，洋医生又说一通，翻译说："是这样的，长官，你太太这是中毒。"三标疑惑地问："中毒？这是什么意思？"翻译说："就是说有人在你太太的食物里投放毒药，你太太被人投毒了。"三标脑袋嗡一下，急忙说："投毒？谁投毒？"翻译说："投毒人应该就在你们这几个人当中。"三标说："博士他，他肯定这是投毒？不会搞错？"翻译说："肯定是投毒，是老鼠药一类的药物，估计是放在饭里，或喝的水里，是小剂量多次投放，现在发现得早，吃我们的药，病人应该能好起来。长官，我想问问，你需要报警吗？这可以请警察来调查是谁投毒。"三标说："不用，不用，我自己能处理。拜托你请博士给我药。"洋医生留下解药，在上面写了服用方法，收了医药费，往门外走，三标把他们送到巷口，洋医生和翻译走了。三标让四毛驴也走了。

三标站在路边思考这事，有人投毒？那投毒之人肯定就是白金花，怎么办？告诉父母吗？他们知道了会怎么办？肯定要求我马上赶走白金花。可是没有证据，白金花很可能一口否认，父母拿她没办法，赶她走她就是不走，家里要闹个天翻地覆。自己私下跟白金花谈，说认定她投毒，她也不会承认，自己拿不出证据，她甚至会倒打一耙，说自己陷害她，污蔑她。不行，不行。三标站在街边，看着来来往往的行人，脑子里空空的，茫然无措。

但是，必须拿出一个解决办法，怎么办？怎么办？突然，三标脑海里闪过一个念头，他想出一个办法。三标把这个办法翻来覆去想了几遍，觉得确实万无一失，离开街道，返回院子。父亲李祖殷问道："洋医生说了什么？病重吗？能治吗？"母亲庚美菊也急切地问："是呀，能治好吗？"三标坦然地说："放心，能治好，完全能治好。"三标把刚才洋医生留下的药给母亲，说道："吃这些药，上面写了服用方法，吃了很快就好了。"听三标这么说，二老心里踏实一点，去给段小凤烧水服药。三标进屋对床上的段小凤说："洋医生说了，没事，吃他的药，很快就好起来了。你就放心吧。"段小凤有气无力地点点头。

把这些安排好，三标走到院子里，准备出门。白金花在屋里叫三标，让他过去一下。三标进白金花的屋子，白金花说："这洋医生说是什么病？"三标说："说就是感冒发烧一类的，不要紧。"白金花问道："不要紧？她都病这么长时间了，还说不要紧？这是感冒发烧吗？"三标没好气地说："人家洋医生就是这么说的，我哪知道是不是这个病？行了，我要出去一趟。"白金花说："这都要到吃饭时间了，你要去哪？"三标说："到部队去，这一下午都不在部队，我不放心。"白金花说："有啥不放心的？有事人家早上门找你，算了，别去了。"三标说："什么别去了？你知道个啥？多管闲事。"说完，出门走了。

到吃饭时间，三标回来了，走进院子，却没关门，接着，走进来两个穿黑色制服的警察，三标在堂屋，对李祖殷的屋子说："爸妈，你们出来一下。"又走进白金花的屋子，说："你也出来一下。"李祖殷、庚美菊、白金花都到堂屋。他们三人见这两个警察，不知道发生了什么事情。三标指着白金花对警察说："就是她。"一个警察走到白金花面前问道："你是白金花？"白金花疑惑地说："是，有什么事？"警察说："请你跟我们走一趟。"白金花说："为什么要跟你们走？我犯什么事了？我犯什么事了？"警察说："犯什么事？你自己知道，走，跟我们走吧。"白金花说："我不走，凭什么要我走？"警察说："不走，我们就给你戴手铐子带你走，我们这是执行公务，你愿意走要走，不愿意走也要走。"白金花对三标说："你对他们说什么了？你说，你是不是要害我？你跟他们说什么了？"三标把头扭向一边，不看白金花。警察过来抓住白金花的胳膊，说道："走吧。你别问为什么带你走，我不知道，我们只是负责把你带到局里，走吧，如果你没事，到我们那很快就送你回来了。"白金花见这个情况，知道赖不掉，只好走了。

白金花跟警察走后，李祖殷急忙问道："警察来抓她，这是怎么回事？是跟小凤的病有关吗？"三标把洋医生的话原原本本告诉父亲。一旁的庚美菊听这么说，说道："这女人太狠心了，居然下毒，简直让人不敢相信。”李祖殷说：“是呀，太可怕了。那么，警察把她抓走，会怎么处理？”三标说：“警察会调查，如果白金花投毒情况属实，警察会送法院审判，这属于杀人未遂，估计法院会判几年。”李祖殷说：“判几年？就是说要把她送监牢里关几年？这不太好吧？”庚美菊说：“有什么不好的？她这是罪有应得，就让她关几年。”李祖殷忧心忡忡地说：“话是这么说，但是，能不关还是不关的好。关了咱老李家就结下一个冤家，她出来后还会跟咱们家过不去。”庚美菊说：“过不去就过不去，谁怕谁？”李祖殷说：“你懂什么？老话说，冤家宜解不宜结，结下冤家没任何好处。”三标说：“爸，你放心，我已经到警察局安排好了，就是请他们把人抓了，吓唬她一下，只要她同意离开咱们家，就放了她。”李祖殷说：“这样好，这样好。”三标说：“只是，这是小凤的事，她是受害者，我想这么处理，但是最后还是要听她的意见。”李祖殷说：“对，对，一定要听听小凤本人的意见。”说完，带三标进段小凤的屋子，让三标跟段小凤说，三标把这个情况说了一遍，问道：“你说放不放她？”段小凤说：“我不知道，这个事，爸，你做主，我听你的。”李祖殷说：“我做不了这个主，你是受害者，要你自己拿意见。”段小凤说：“妈，你帮我做这个主。”庚美菊说：“小凤，这事妈不能帮你做这个主，还是你自己拿主意。”听这么说，段小凤有气无力地说：“如果她能离开这个家，能放就把她放了吧。”这样，最后警察放了白金花，白金花收拾自己的东西，搬出去了。

第3节

这段时间，在三标的家庭之外发生了更大的事。孙中山到北京后，很快病倒，这年3月在北京去世。孙中山去世，导致广州军政府出现权力真空，各股势力蠢蠢欲动。第一股势力是云南的唐继尧，他通电宣布在云南就职军政府副元帅，但军政府通电不予承认。于是，唐继尧派出两路大军向南宁和柳州进发；第二股势力是惠州的陈炯明，他想乘此机会开展反攻，夺回广东控制权；第三股势力是广州的方鸣九，他自认为他的滇军是广东最强的军事力量，应该由自己继任大元帅。而紧接着，方鸣九这股势力，在广州制造了不少麻烦。

这天下午，三标在营部，王玉生匆匆忙忙进来说："刘长生，有要事相告。今天中午我和一个老乡到酒楼吃饭，我们邻座那三个人是朱培德部队军官，从韶州到广州办事，他们在议论一个事，我觉得很严重，应该和你说一下。"三标见王玉生神情严肃，赶紧让身边人都退下，问道："什么事？"王玉生说："听说方总司令要反叛，他要发动政变，把中华民国军政府大权夺过来，自己当大元帅。"三标不敢相信，问道："不可能吧？他们是听谁说的？"王玉生说："当时我听了很吃惊，问他们，这话你们是从哪听到的？这可不能乱说呀。他们说，你们广州这边不让说这事，封锁得紧，很多人不知道，韶州那边部队都在议论。孙中山先生去世，大元帅位置空着，都说将由汪精卫和胡汉民中的一个人继承。方总司令觉得滇军在广东是老大，自己最应该得到这个位置。"三标听了非常吃惊。

王玉生继续说："还有，他们还说这两天有个'光头'从昆明到广州，这个人是云南省政府的资深幕僚老先生的门生，能量很大，可以直接向唐继尧报告。"三标想起来妹妹跟自己说过唐继尧身边的这个老先生，那么这个光头既然是老先生的人，肯定不一般。三标说："还有什么？"王玉生说："还有，他们说方总司令为这个事联系了唐继尧，两人一拍即合，成了同盟。"三标有点不理解怎么方鸣九又和唐继尧搞一起去了，三年前还是战场上的敌人，打得你死我活的，怎么一下子就成一伙的了？王玉生说："之前，我也听说过昆明来了个光头，四处活动，好像是唐继尧的人。你没听说？"这段时间，三标都去解决家里的麻烦，很少关心外面的事。

王玉生说："听说，关公脸跟这个光头搭上了关系，经常见面。关公脸现在情况不同了，是方总司令的红人。"三标对方鸣九重用关公脸实感到万分惋惜。关公脸这个人看上去相貌堂堂，一身正气，事实上，这个人内心阴暗，狡猾歹毒，是绝对不可重用之人。

三标不愿意谈关公脸，问道："你觉得方总司令发动政变，能成事吗？"王玉生说："我觉得肯定失败。在军事上，这几年咱们滇军没什么发展，而黄埔学生军发展很快，已经有相当实力，这在与陈炯明部队作战中已经显现出来。方总司令觉得滇军具有绝对优势，真实情况并非如此。在政治上，孙中山的三民主义得到大量民众的认同，国民党秉承孙中山的思想，致力建设一个新的政府，很有前途。而方总司令在政治上没有追求，没有理想，他联合唐继尧夺取军政府控制权后，很可能在这里搞云南那一套，不能适应广东的形势，得不到更多民众的支持，肯定要失败。"王玉生说完走了，三标想，王玉生说的这不是个小事，是要去了解一下。

第 4 节

很快，三标得知方鸣九确实在密谋反叛，同时，建国桂军的刘震寰也参与了这个事，白马庙结盟后，刘震寰与滇军一起打进广东，一直跟方鸣九保持很好的关系。有消息说，4 月份刘震寰悄悄去了一趟云南，面见唐继尧，唐继尧任命他为广西省长。最近刘震寰回到广东，调集部队，准备回广西上任。又说，刘震寰对方鸣九政变非常看好，又打算留下来，在军政府捞个一官半职后再走。还有，听说黄埔军在东征惠州时，搜获一批方鸣九与陈炯明暗中往来密电，电文中所谈之事非常危险。

到 5 月中旬，三标听说方鸣九、刘震寰在香港皇后酒店秘密开会，陈炯明、邓本殷、唐继尧、段祺瑞，还有港当局的代表参加，很可能是对发动政变做进一步的准备。

接着，方鸣九将多个驻守广东边远地方的部队向广州调动，同时，刘震寰的桂军也向广州调动，这让军政府十分紧张。这时军政府是胡汉民代理大元帅，胡汉民派人找方鸣九和刘震寰谈，要求停止部队调动。但是，两人根本不理睬，方鸣九调动的先头部队很快布防于广州东郊、龙眼洞、瘦狗岭、白云山和广九铁路一带，挖战壕，堆沙袋，构筑战斗工事。刘震寰的桂军也布防广州多处。在这种情况下，胡汉民调东征陈炯明的蒋介石回师广州，应对方鸣九和刘震寰的反叛。

这天晚上，三标家院门有敲门声，三标的母亲去开门，见是杨钊来了，连忙接到堂屋坐下，三标听到母亲和杨钊说话的声音走到院子里，问杨钊："你怎么来了？有事吗？"杨钊说："怎么？没事就不能来吗？"三标说："别废话，说吧，什么事？"杨钊说："你不觉得今天下午关公脸在白云山布置阵地时有点不正常？"三标让母亲回屋子后，对杨钊问道："什么不正常？"杨钊说："他把你们3营摆在最前面，把我们1营摆你们后面，让王玉生的2营做预备队，胡汉民的部队打过来，首先是打你们营。"

三标说："这很正常，总要有部队在前面。"杨钊说："你的心真够大的，他可以把我们1营和王玉生他们2营摆前面，可是他没这么干，为什么？他这是要借刀杀人。"三标说："想多了吧？我不觉得有什么不正常。"杨钊说："不是我想多了，这是明摆着的事，司马昭之心，路人皆知。还有，关公脸把崔大嘴和油葫芦两人临时调离你们3营，安排到王玉生他们2营，什么意思？就是认为你们3营太危险。"三标说："不会，这么调动，可能是关公脸认为我跟崔大嘴搞不好关系。"杨钊说："就你一个人这么想。你知道崔大嘴到2营后说什么？"

三标问道："说什么？"杨钊说："他说这次要让你知道关团长的厉害，让你知道小锅是铁打的。"三标说："听他胡说八道！"杨钊说："这是无风不起浪，如果关公脸没那个意思，大嘴能说这话？"三标觉得这话也有点道理，没说话，心里琢磨起来。杨钊说："我来找你，就是提醒你一下，你要有个应对办法。"

三标无奈地说："我有什么应对办法？关公脸是团长，他这么安排，我能不执行？那不是违抗军令？"杨钊说："那就认命了？等人家取你的性命？”三标说：“那也不是我一个人的性命，还有几百号兄弟的性命呢。”杨钊说：“我说这事你能不能心眼灵活一点？找找上面长官，稍微给你调整一下？”听这话，三标生气了，杨钊见三标脸色有变，连忙说：“我就是这么一说，就是一说，不行就不行。”三标忍着火说道：“杨钊，你也是老兵了，不懂这个道理？当兵就是要打仗的，打仗就是要死人的，这次咱们团防守白云山南侧，我们营在最前面阵地，因为危险，我就要求调整阵地，这像话吗？”

杨钊说：“我觉得你误会我的意思了，如果是跟陈炯明作战、跟北洋军作战，上面把你放在最前面，我绝不多说一句话。军人就是要不怕死。关键这是跟军政府的部队作战，是咱们滇军反叛，是内讧，自己人打自己人，我觉得为这个死，不值得。”三标说：“是的，我理解，对于这次方总司令起事，你有看法，我也有看法，内心深处我也不愿打，但是……”杨钊说：“还是那句话，为打这样的仗送命，我觉得不值。”三标不说话了。杨钊说：“你想想吧，保护好自己，事先有个准备，总比没准备好。”三标不知道说什么好，杨钊告辞走了。

杨钊走后，三标觉得杨钊说得还是有点道理，不是自己怕死，如果自己真的在这场政变中送命，确实太不值。自己在护国讨袁时当兵，经历川滇战争、靖国战争、返滇反唐、入广东赶走陈炯明，这一路都没丢性命，最后死在内讧中，这算什么？这结局太难以接受。另外，二哥被害的真相还没搞清楚，真凶还没找到，自己也不能死，不能这么便宜了那些凶手。

那该怎么办呢？想什么办法呢？按照杨钊说的去找方鸣九？请他出面，让关公脸给自己这个营调整一下阵地？不行，根本不可能，方鸣九还以为自己贪生怕死呢，百分之百不行。找关公脸去说说，让他调整一下阵地？也是根本不行。那么，怎么办呢？把自己弄病了，甚至自残？那也都不可行。三标想不出办法，时间一小时一小时过去，心里有点焦急。

第5节

这天一早，胡汉民给方鸣九、刘震寰发出最后通牒，要他们立即服从军政府命令，将已经调到广州的滇军和桂军撤走，但遭到方鸣九、刘震寰拒绝。无奈之下，胡汉民下令免去方鸣九建国滇军总司令、刘震寰建国桂军总司令的本兼各职。方鸣九、刘震寰不理睬，指挥部队占领省长公署及粤军总司令部，接着占领财政厅、公安局、电报局、车站等处。胡汉民调集黄埔学生军、建国粤军陈济棠等部向滇军和桂军进攻，平定叛乱。但方鸣九自恃其兵力强大，竟傲慢回答说：“请代帅先攻打我们三天，然后我们再回手。”

三标被叫到团部，他对着房门喊道：“报告，刘长生前来报到。”关公脸让他进去，板着脸问道：“刘营长，我问你，你们3营的工事搞得怎么样了？”三标说：“我们在抓紧干，但是，团长，你也知道，我们是前天才开始干的，在明天中午12点前完成，这么短时间确实很困难。”关公脸说：“你别说什么困难不困难，你知道你们阵地有多重要吗？你们是第一道防线，你那里垮了，后面怎么守？咱们团就都完了。”三标说：“我们已经是拼尽全力在干了。”关公脸说：“什么拼尽全力？就是累死也要完成。我告诉你，这个事没任何条件好讲，必须完成，不管你们有什么困难，都要完成。”

三标说：“行，我回去后再加把劲。”关公脸说：“刘营长，这个事我不跟你开玩笑，你头脑要清醒点。”三标说：“明白，我们尽最大的努力完成任务。”关公脸瞪着眼珠说：“我告诉你，刘长生，我明天中午12点到你们阵地，如果你没把工事搞完，我枪毙了你。”三标只好答应，回去抓紧干活了。

三标路过杨钊他们营阵地，走进杨钊的临时指挥部。杨钊问：“你怎么来了？”三标说：“我这是被团长大人叫去训话了。”杨钊说：“训话？为什么？”三标说：“嫌我们营的工事搞得慢。我们的工事有那么多活，干成这样已经很不错了，这叫慢吗？他竟然说明天中午 12 点搞不完，枪毙了我。”杨钊说：“你这可要小心点，你别让他在这个事上抓住你的把柄，否则，那小子真的可能处理你，说枪毙你夸张一点，但是，他把你这营长撸了，让你当连长、排长是完全可能。”

三标说：“他是故意跟我过不去，现在他完全可以调一个连来帮我们搞工事，他却不调。”杨钊说：“是的，他是有点故意找茬，要收拾你，可是现在他是团长，你怎么办？只能忍气吞声不是？”杨钊这都说到点子上，三标无话可说。杨钊又说：“对了，我让你提前有个应对办法，你想了没有？”三标没好气地说：“哪有什么好办法？”杨钊说：“这么说没想出办法？那怎么行呢？”三标说：“你说，有什么好办法。”杨钊想了想说：“说实话，我确实帮你想过，只是也没想出来。”三标说：“行了，就这样吧，我回去抓紧时间干活吧，今晚要干个通宵了。”

第 6 节

完成工事后，尽管一夜没合眼，三标觉得自己不能休息，必须去一趟滇军总司令部。三标觉得，要让自己不死在这场内讧中，只剩一条路，就是犯颜进谏。三标觉得这是为自己好，更重要的是，这也是为方总司令、为全体滇军官兵好。

三标到总司令部，人家说方总司令在开会，让他在一间办公室等候，总司令部里人来人往，非常繁忙。很快，散会了，三标被领入方鸣九办公室，屋里只有方鸣九和姚长官。三标敬礼后，方鸣九说：“刘长生，今天怎么到我这来了？”三标恭敬地说：“好长时间没见总司令，想过来看望一下。”方鸣九说：“现在局势这么紧张，部队这么忙，你竟然有闲心来看我？不会吧，有什么事，你说吧。”三标说：“是的，就是想长官了，来看看。”方鸣九说：“你们团好像是防守白云山的，怎么样？工事都搞好了吗？那里可是一个重要地点，一定要守住。”方鸣九一边收拾桌子上的文件，一边说：“刘长生，关于你的降职问题，我知道你想不通，心里有抵触，但是，你也看到了，事实证明跟黄埔军校对着干是正确的，是完全有必要的。你看，这些黄埔学生现在有多厉害，在这次东征陈炯明时什么样子，简直英勇无比，是以一当十，锐不可当。真的是可惜，我们就不应该让步，就是应该不退回那些学生，就是应该继续到车站码头去抢他们的考生，壮大我们的力量。”三标不敢反驳，老老实实听着。

方鸣九接着说：“还有，一些大道理还是要讲的，我们每一个人都要正确对待历史机遇，都应该有所作为，现在重大历史机遇来了，重大的历史责任落到咱们滇军肩上，怎么办？我们不把握？就放弃？可以吗？绝对不可以。”三标还是认真听着。

方鸣九停顿下来，上下打量三标，说道：“刚才说远了，我知道在咱们滇军跟国民党的关系上，你是有一些看法的。当兵的都知道，不能心里装着事去打仗，不能带着情绪去打仗，你有什么想法说出来，不要紧，无论什么话都可以说出来。我是你的老长官了，你当年到纳溪前线当兵的时候，我就是你的营长，说起来过去快十年了，你算得上是我的老部下了。没事，说对说错都不怪你。”

三标说：“是的，我是有点不理解，咱们滇军和国民党的矛盾，不可以用其他方式解决吗？不可以再商量一下吗？真到了动刀动枪的地步？毕竟咱们是一家人，用武力来解决，会不会有点走极端了？”

姚长官插话道：“刘营长，这怎么是走极端呢？孙大元帅去世后，谁来当大元帅？他们的意思是汪兆铭或胡展堂来当，可是，凭什么是他俩当？为什么不是咱们方总司令？这中华民国军政府能有今天，国民党能有今天，靠的是谁？靠的是咱们入桂滇军。如果不是方总司令与刘震寰联手赶走陈炯明，他们能站在广州这块土地上？军政府能够恢复？国民党能有今天这个局面？刘营长，你说说，是不是这样？”

方总司令说："对，姚长官说得对。是他们逼我们，现在咱们只有和他们以死相拼。"三标说："可是，咱们和他们毕竟是一家人，这样打起来，会不会遭世人非议？"方鸣九说："刘长生，你真是一个只会打仗的呆瓜。你看看，历朝历代争夺权力哪个不是靠武力？玄武门之变、陈桥兵变、朱元璋登上皇位，哪个不是靠武力？还有，咱们在四川的时候，刘存厚、熊克武不一直跟咱们打？还有顾长官赶走唐继尧不也都是靠武力？用武力夺取，怎么可能被世人非议？"三标不知道该如何反驳。方鸣九继续说："要跟他们搞文的，咱们这些行伍出身的，怎么斗得过他们那些玩政治的？他们的花花肠子太多，就是把咱们卖了，咱们还给他们数钱。"

三标仍坚持着，说道："当时顾长官违纪回滇发动兵谏，是唐帅做事太过分了，根本不管咱们驻川滇军死活。可是，咱们跟国民党无冤无仇，现在却要刀枪相见，这让我感觉实在有点说不过去。"方鸣九说："国民党与我们无冤无仇？这几年，好东西都是归他们，给过咱们滇军什么？这里面的冤仇多了，他们一直排挤咱们滇军。还有，刘长生，你说他们跟我们是一家人，我告诉你，不是这样，他们跟我们根本不可能是一家人，国民党最后是容不下我们滇军的。现在他们是没办法，只是老话说的'明知不是伴，事急且相随'。"姚长官附和道："是的，这几年他们一直在发展自己的力量，你看他们的黄埔军校教导团和学生军现在已经发展成这个样子，等他们羽毛再丰满，肯定要来灭掉我们。"

方鸣九说："外面有人说我们这是大滇军主义，是容不下他们，这完全是颠倒是非，我们都是被他们逼的，我们不这样做，很快就会成为砧板上的鱼肉，任人宰割。"姚长官说："是的，如果咱们被排挤出广东，咱们去哪里？回云南，唐继尧能容咱们？去广西或湖南？那里的地方武装也容不了咱们。你说说，咱们根本没有出路，怎么办？"方鸣九说："所以，咱们滇军必须去争、去抢，用枪杆子去跟他们争夺天下。"

三标问道："可是，咱们就是打败他们，夺取了军政府的大权，咱们能干什么呢？”方鸣九说：“我们会继承孙大元帅的遗志，打倒北洋政府，打倒军阀，打倒列强，建立一个真正的、符合民意的、为百姓谋福利的民国政府。”三标不服气地问道：“可是，我冒死斗胆问一句，咱们有这能力吗？”方鸣九听了，没生气，哈哈大笑道：“怎么没有？时势造英雄，你说唐督军在重九起义时，作为一个小小的管带，他想过能当云南督军吗？没有，可是，他当了，还干得像模像样，尽管有些错误，但是更多是成绩。”姚长官说：“就是，方总司令当大元帅，肯定比汪精卫、胡汉民干得好，他们懂什么？”

三标认为这完全是说大话，领导好军政府，方鸣九根本没这能力。就是唐继尧、顾品珍、谢如年也没这能力。但是，这些话他是绝对不能说出口的。三标见方鸣九根本听不进去自己的意见，只有告辞离开。路上三标想，完了，这回滇军完了，自己想办法保住自己的小命吧。

第7节

滇军与军政府的对峙完全公开化，广州城多处戒严，由于担心打起来，商铺关门，商贩不出来摆摊，一时间街道变得行人稀少，冷冷清清。

几天后，胡汉民下令行动。蒋介石率领黄埔学生军为主力，配合一部分粤军，向反叛的滇军和桂军发起攻击。战斗先在广州郊区打响，胡汉民的部队很凶猛，很快攻占龙眼洞、瘦狗岭等地，迫使广九铁路一线叛军部队首尾不能相顾，迅速溃败。

这天，胡汉民部队进广州城，开始攻击叛军在城里的据点。枪声最早在省长公署那边响起，逐渐密集。杨钊他们1营很早就被调到那边，后来又把王玉生他们2营调过去，听着枪声，三标知道战斗规模不小，有点为他俩担心。这时，三标他们白云山阵地还很安静，过了一两个小时，省长公署的枪声有增无减，三标想现在那边的滇军怎么样？他们能顶住吗？突然，三标见山下出现军队，尽管对方的军服与滇军的一样，三标还是很快认出他们是粤军，是胡汉民的部队，看他们的样子，队伍整齐，行动迅速，像打了胜仗。三标猜想，是不是他们打算在攻克省长公署的同时，攻克白云山，如果是这样，怎么办？

这时，山下胡汉民部队越来越多，密密麻麻的，黄埔学生军也调过来了，怎么办？三标知道白云山是守不住的，杨钊和王玉生他们两个营在这里都可能守不住，现在只有自己这一个营，怎么能守得住呢？估计对方发起两次进攻就能进入战壕来拼刺刀，那么自己怎么办？在这里死守，结果就是这个营完了，自己也完了。如果自己完了，那真是成全了关公脸，让他的阴谋得逞了。

怎么办？怎么办？现在就下令撤退？向山后逃走？原来杨钊的阵地和关公脸的部队在自己后面，自己是不可能向后撤退的，现在他们都被调走，后面空了，完全可以跑了。可是，没有上面的命令就撤退，这是临阵脱逃，是死罪，还有，向后面跑下山会如何？那里能没有胡汉民的部队吗？如果遭遇胡汉民部队，再干一场，能逃出去吗？

守不行，退也不行，怎么办？想来想去，没有想出个办法，而山下部队很快要进攻了。三标脑子里闪过一个念头，为了保住这几百个云南子弟的性命、保住自己的性命，只有这么干。

这时，王玉生带一个连的兵过来了，说是关公脸担心三标这里压力太大，让他们来支援。三标问："省长公署那边情况如何？"王玉生说："还在打，估计还能守一段时间。关公脸是担心你这边，这边兵力太薄弱了。"三标说："可是，你看看下面的部队，增加一个连的兵有什么用？完全是豆腐挡刀。"

三标带着王玉生巡视阵地。王玉生越走心情越沉重，说道："刘长生，情况确实不乐观呀，他们这么多人，搞不好咱们都要在这报销了。"三标冷冷地问道："怎么办？你说怎么办？"王玉生说："我有个想法，不知该说不该说。"三标说："你说。"王玉生说："你知道我不是胆小鬼，不是怕死之人。可是，现在这个情况实在是……我就直说，不行，咱们撤吧。”三标说：“没上面的命令就撤，那是死罪，跟死在这有什么两样？”王玉生生气地质问道：“那你说怎么办。”三标没说话。

过了一会，三标说：“战场起义。”王玉生听了，吃惊地问：“什么？投降？”三标说：“他们和我们本来就是一家，怎么是投降？”王玉生不说话。三标接着说：“现在白云山南侧就咱们这个营，战场起义没有太多障碍，应该能成功。”王玉生说：“你是认真的？”三标点点头。王玉生说：“这会有什么后果？”三标说：“什么后果？不就是一死吗？咱们和对方开打是一死，后撤是一死，起义成功留条命，失败了也就是一死。”王玉生说：“你说得有道理。你下决心了？”三标又点点头。王玉生说：“如果下决心了，我就听你的，跟你干。”三标说：“好，就这么干。”

这样，三标让王玉生下去与对方进行和谈，说自己3营和王玉生那个连全体官兵愿意放下武器，战场起义。很快，王玉生从一侧悄悄下山，去找对方长官。三标焦急地等着他回来，时间一分一秒过去，终于王玉生回来了，他说：“对方负责的是粤军的一个团长和黄埔学生军的一个队长，他们很欢迎咱们深明大义、弃暗投明站到他们那边去，具体做法是，让咱们营全体官兵将武器放在阵地上，空手下山接受改编。”三标说：“这不太好吧，让大家都有一种灰溜溜的感觉。”王玉生说：“我也是这种感觉，我对他们说，最好的办法是他们派一个连上来，每一个排负责我们一个连的武器接收，接受完一个连，下去一个连，等咱们全下去了，他们其他部队上来接收阵地。他们觉得这个办法也行，就同意了。”三标觉得这个办法不错。

三标马上在临时指挥部召开军官会议，所有连长排长都参加，大家坐好后，三标站起来说：“诸位，现在下面是什么情况？大家都很清楚，我叫大家来，就是来说说咱们营怎么办？怎么打？大家都说说，有什么说什么。”没有人说话，三标等了一会，还是没人说话，就说：“我觉得下面的军政府的部队这么多，我们守不住这个阵地，把咱们全营的人都打光，也守不住，咱们死守就是白白送命。这样，我有一个建议，请大家考虑。好，我长话短说，我建议战场起义。”这话一出，顿时临时指挥部里鸦雀无声，安静得一片树叶落地的声音都能听得见。

三标跟大家解释自己提出这个决定的原因：“我这么干，不是我贪生怕死，我是个什么样的人？大家都很清楚，那么为什么会提出这个建议？首先，我不赞成咱们上司发动这次事变，我觉得咱们和胡汉民的部队是一家人，不能内讧，不能自相残杀。其次，我们跟国民党争夺军政府领导权，是不应该的，我认为我们滇军没有领导军政府的能力，没有领导中国的能力，而国民党有，我们滇军应当老老实实跟国民党干，国民党代表了中国的未来。孙中山先生到北京，受到十万人的欢迎，这充分说明他的三民主义是正确的，是代表广大民众利益的，是民心所向。尽管孙中山先生去世了，但是，国民党能执行他的政策和主义，能率领咱们实现他的奋斗目标。我们跟国民党翻脸是没前途的。最后，很多人都认为咱们滇军是广东最强的军队，是广东的老大，但是，真是这样吗？咱们滇军进广东这些年都在干什么？你们比我清楚，咱们还有在四川、在广西那样的战斗力吗？现在的战场情况作出了明确的回答！这次起事，尽管咱们长官做了精心部署，可是现在怎么样？这几天下来，广州郊区的阵地全部丢了，部队垮了，今天，省长公署那边又快完了，咱们滇军的据点没有几处了，现在咱们这样打下去还有意义吗？”

三标停下话，看看手下这些军官，说道：“我认为没意义，好了，多的话不说了。为了咱们几百号兄弟的性命，为了咱们几百号兄弟的妻儿父母，我恳请诸位认真想想，同意我的这个建议。”

有人问道：“咱们战场起义，人家同意吗？”三标说：“不瞒大家说，我已经派人悄悄跟对方联系过，他们同意。”没有人说话了，指挥部里还是很安静，突然，王玉生站起来说道：“我觉得刘营长的建议是为大家好，到这一步，没什么路可走了，我同意刘营长的决定。”王玉生坐下，一个排长起来表态同意，接着，指挥部里的军官都表态同意了。

散会后，王玉生二次下山，很快带山下一个连的军人上山，开始在阵地上接收武器，挺顺利，很快一连的武器收缴完毕，这个连的滇军官兵开始下山。可是，万万没想到就在这时响起枪声，在旁边阵地上，有不愿起义的军官突然向来接收的军人开枪，于是，马上双方对打起来，阵地上乱了。滇军认为是军政府军人使诈，是来假接收真消灭，跑去找枪的找枪，躲藏的躲藏。山下的部队见山上打起来，也认为是滇军使诈，假起义，马上展开进攻，步兵向上推进，炮兵也开火，向阵地发射炮弹，阵地上子弹乱飞，炮弹狂炸，局面完全失控。

王玉生对三标说："刘长生，跑吧。"三标说："他妈的，这是怎么搞的？这到底是怎么回事？"王玉生说："别管是怎么回事了，咱们赶紧跑吧，再不跑就来不及了。"三标不甘心地说："部队在这，我怎么能跑呢？"王玉生说："现在还说什么部队？都乱成一锅粥了，哪里还有你的部队？"三标说："那就不走了，我就在这等他们打上来接收吧。"王玉生说："刘营长，现在咱们被他们抓住，不再是起义人员，是俘虏，人家还会认为这是咱们使诈，诓骗他们上来接收，给他们造成这么大的损失，你我的罪责大了。"三标觉得这话说得有理，不再坚持，跟王玉生一起向山后跑去。

第8节

三标和王玉生带二十多人跑到东侧山脚下一个土坡边。这里原来是滇军的一个防守阵地，有战壕，有沙袋，显然这时经过一场战斗，工事被破坏，沙袋被烧得漆黑，有一些伤兵零散地倒在地上。王玉生上去跟伤兵打听情况，知道他们是滇军，他们被打垮，部队跑了，胡汉民的军队去追击逃走的部队，没人管他们。三标让四毛驴帮这些伤兵包扎一下，王玉生把三标拉到一边小声说："刘长生，不行，这些伤兵咱们不能管，不能在这耽搁，必须马上离开，否则遇到胡汉民的兵就麻烦了。”三标觉得有道理，现在情况太特殊，只能如此，可是，就在他打算离开时，他突然看见前面沙包上躺的那个军人有点眼熟，他仔细看看，是他，铲子。

三标快步走到铲子身边，把他扶起来靠在沙包上，问道：“你伤到哪了？伤得重吗？”铲子点点头。三标见铲子胸前的衣服都被血染红了，撕开衣服，见胸口上有一个黑豆大的窟窿，那窟窿还在往外流血。三标说：“走，我让人背上你，马上去医院。”铲子摇摇头，说道：“不用，我这样到不了医院就完了，来不及了。”三标说：“少废话，什么来不及？”对四毛驴说：“来，你背上他，咱们去医院。”铲子对三标说道：“谢谢你，你们赶紧跑吧，再晚就跑不出去了。”王玉生也过来对三标说：“是的，这里是胡汉民部队控制区，很危险，咱们不能耽搁。”三标对铲子说：“跑不出去就不跑了，我不能扔下你。”铲子说：“别，我伤太重，没救了，谢谢你。对了，你之前问我的那个事，我跟你说说吧。”

三标见铲子要告诉自己二哥被害的情况，着急地说：“你说，赶紧说。”铲子呼吸急迫，费力地说：“是这样，老烟筒说李二标连长是凶手，是假话。”铲子喘了几口气说：“老烟筒被人收买了，收买他的人可能是关正阳连长，那几天，老烟筒和关连长经常见面。”铲子说话非常困难，喘得非常厉害，他继续说：“关连长不是我们连的，老烟筒老去找他干什么？这不正常嘛。”铲子停顿下来，休息了一下又说：“是的，老烟筒是被收买了，他一下子变得很有钱，整天在外面下馆子喝酒，还去玩女人。”

三标听这么说，心想，看来我的猜测是正确的，关公脸与二哥被害有关，并且在这个案件中扮演一个至关重要的角色。铲子说：“还有，陷害李连长这个事，我觉得关连长也就是个执行人，他跟李连长没有私人恩怨，他后面还有人，是官位更高的人。”三标觉得铲子说得有道理。连连点头。铲子继续说：“好了，我知道的就是这些了，你们走吧，晚了就来不及了。”三标说：“我们一起走，我不能把你放下。”铲子说：“算了，我没救了，你们走吧。”王玉生对三标说：“他说的是事实，他这个情况，到医院也不行，咱们走吧。咱们这有二十来号人呢，你不走，大家都走不了，你也为大家想想。”听王玉生这么说，三标只有忍痛放弃铲子，转身跑走。

在路上，三标想，一定要找到老烟筒，让他来指证关公脸，逼关公脸交代他是受谁指使，关公脸一交代，这个案子的盖子就揭开，真相就水落石出了。

第9节

三标他们跑出城，没有碰到军政府的军队，大家疲惫不堪，三标在一棵大榕树下停下来，让大家休息一下。王玉生把三标拉到一边问道：“刘长生，下一步咱们去哪？”三标歪着头看看王玉生，说道：“你说呢。”王玉生说：“去找关团长是不行的，有人会告诉他咱们起义的事，咱们成了叛徒，这条路是彻底堵死了。去找胡汉民部队，也不行，人家会认定咱们白云山起义是诈降，要清算诈降的账。”三标说：“是的，去找朱培德部队也不行，听说这次朱培德的部队从韶州调过来参加平定反叛。”王玉生说：“是的，回云南，也不行，估计这次唐继尧跟方总司令有结盟，唐继尧知道咱们起义，可能跟咱们算账。退一步讲，即使不算账，唐继尧的部队也绝对不会接收咱们，咱们回云南就要脱军装，顶多就是做点小生意混日子。”三标说：“不行就脱了这身衣服，回家过平常日子。当兵这些年，今天我打你，明天你打我，这是在干什么？说句实话，对这种日子我已厌烦了。”王玉生吃惊地说：“什么？刘长生，你竟然有这种想法？这怎么可能呢？”三标说：“有什么不可能？我原来的理想就是开个小店铺，过小日子。我根本不想当兵，后来当兵完全是个意外。”王玉生说：“刘长生，你是当过团长的人，这官相当于县太爷，是光宗耀祖之人，回家也是衣锦还乡，这么偷偷摸摸回去过小日子，你能接受？”三标说：“我不在乎那个，什么衣锦还乡，光宗耀祖？有条件去显摆一下，没条件就算屌，差别不大。”王玉生说：“你说的这些是真话，还是闹着玩的？”三标说：“现在我有闲心跟你闹着玩吗？”王玉生说：“万万不能这么想，这太消极，太灰心了。”三标生气地说：“那有什么办法呢？你说去哪？”王玉生不知该如何回答。三标也不说话。

过了一会，三标说：“就这样，你们跟我回云南吧，我开个昆明最大榨油坊，我有手艺，你们都在我这干，有我吃的有就兄弟们吃的。”三标见王玉生低头不搭理自己，说道：“回去休整一下，等待机会，如果机会来了，咱们再出来干。”王玉生说：“只怕回去了，就出不来了。我跟你说实话，我来当兵就是想干点大事，这样一事无成地回去，我不甘心。”三标说：“你想干大事，我不反对，反过来说，对你还有点敬佩。但是现实情况如此，不这样还能怎么样呢？老话说既在矮檐下怎能不低头？咱们先生存下来，再谋发展。”王玉生觉得这么说也有点道理，点点头，认可三标的说法。三标接着说：“咱们去东莞，从那上火车去香港，然后回云南。”王玉生说：“好吧，我听你的。”三标见王玉生同意了，就转身走回去，对这二十来个兄弟说了自己的打算，大家都同意。三标让王玉生派几个人去附近村里搞一些老百姓衣服给兄弟们换一下，他们不能这么穿军装去香港，至于武器，三标让王玉生找个地方埋起来，等有用的时候再挖出来。王玉生一一做了安排。

第 10 节

过了一会，三标把王玉生叫过来，说道：“还有个事，我父母和老婆孩子在城里，我想去安排一下，让他们也回云南。”王玉生连忙阻止道：“不行，你千万不能去，现在城里这么乱，这太危险。”三标说：“没事，我一个人带四毛驴去，不会有事。”王玉生说：“不行，到出事就晚了。你想想，你要出事，我们这二十几个兄弟怎么办？”三标迟疑不语。王玉生说：“四毛驴知道你家住址吗？我觉得让他和一个机灵一点的兵一起去，能把这事办了。怎么？你不放心？”三标没说话。王玉生说：“没事的，你的家人不属于被清查人员，去火车站很安全。不行，就让四毛驴他俩把他们一直送回云南，行不行？”三标觉得这个办法可以，就让王玉生去找一个机灵一点的兵，自己把四毛驴叫过来，交代他怎么到家，把自己写的条子交给父亲，让他把值钱的东西收拾一下带走，回云南，其他的就不要了。交代四毛驴一直把父母送回阿迷老家，在家等自己的信，自己会写信给父亲，让父亲告诉四毛驴到哪里找自己。说完，三标给父亲写了个条子。很快，四毛驴和那个机灵一点的兵换上老百姓的衣服出发了。

这二十来个人换上老百姓的衣服，王玉生让人找来锄头铲子，在旁边的小树林开挖，很快挖出个坑，王玉生心疼这些枪，让人找来猪油，把每支枪都抹上猪油，用破布包好放到坑底。天黑时，这些事情都忙活完了，为了不引起附近村里人的注意，三标决定不进村，在这树下睡一觉，明早分批离开，避免引起别人注意。

这是夏天，天亮得早，第二天，三标和兄弟们起来，准备出发去东莞。这时，有人发现广州城方向过来几个人，远远的，看不清是什么人。三标赶紧站到土包上仔细看，看清楚是当兵的，三标心头一紧，心想麻烦来了，如果这是军政府的人，搞不好他们这二十来号人就走不掉了。三标赶紧下令大家散开，做好战斗准备，如果这几个家伙找他们的麻烦，就跟他们来硬的，咱们这边人多，能把他们解决了。

那些人也发现了三标他们，停下来，向这边张望，估计是看到三标他们没穿军装，就走过来。三标紧张地注视着，等对方走近，这边有人喊起来：“刘营长，你看，那是杨营长，是杨营长。”对面的人也听到喊声，停下脚步。三标让王玉生上前去看看，王玉生过去，看清对方的面孔，转身对三标喊道：“刘长生，是杨钊。”很快，王玉生把杨钊这几个人带到三标面前，三标见是杨钊，又惊又喜，说道：

“杨钊，你小子，没想到，你还活着。”杨钊说：“是呀，是你呀，没想到还能见到你。”

三标问道：“你们省长公署那边战斗什么时候结束的？你怎么现在才逃出来？”杨钊说：“昨天上午胡汉民的部队打得很猛，我们拼死抵抗，还是抵抗不住，很快一道战壕丢失，又一道战壕丢失，大部分阵地被对方占据，部队开始溃败，我见关公脸跑了，就带几个兄弟逃跑。一开始，我往白云山这边跑，想来找你们，可是，很快发现道路上都是胡汉民的部队，知道白云山是去不了，只有往城外跑。结果，跑得很不顺利，几次碰到胡汉民的部队，我们是躲路边老百姓家里才没被抓住。后来在一个好心人家睡了一觉，天没亮就离开，出城跑到这里。”三标说：“真不容易，你们1营跑出来多少人？”杨钊说：“部队都打散了，不知道跑出来多少人。”王玉生说：“行，你们能跑出来就行。”

杨钊见三标这边的人都换了老百姓的衣服，很意外，问道：“你们这是？”这话把三标问得很不好意思，三标涨红脸。王玉生抢着答道：“你不知道，我们阵地上出了点问题，无处可去。”说完看看三标。三标说：“说吧，反正早晚人家都会知道。”王玉生把阵地上起义失败，并给胡汉民部队造成相当伤亡的事说了，最后说：“没办法，方总司令这边去不了，胡汉民部队那边也去不了，只有先回云南躲躲，等这个事过去了再说。”

听这么说，杨钊说：“回方总司令这边是肯定不行，不是他们不放过你们，是他们全垮了。我昨晚听路上胡汉民的军人喊话说，方总司令跑去香港了，滇军总司令部已经被胡汉民部队占领，咱们滇军全垮了。”王玉生问道：“真的吗？这么快？”杨钊说：“说老实话，我们也没想到会这么快。”王玉生说：“杨钊，现在你们打算去哪？”杨钊说：“本来我们打算去找方总司令的部队，现在这个样子，我也不知道去哪里好了。”王玉生说：“你跟我们一起回云南吧，我让兄弟去给他们找几件老百姓的衣服。”三标阻止道：“王玉生，你说什么呢？人家杨钊跟你我不一样，凭什么让人家回云南？人家现在可以去胡汉民部队。”杨钊听这么说，迅速说：“刘长生，这是什么话？你不去胡汉民部队，让我去？什么意思？咱们这么多年的兄弟，白做了？我告诉你，既然我碰上你了，你去哪里，我就去哪里，绝不可能与你分开。”王玉生说：“太好了，就是嘛，咱们一起走，就回云南。”听这么说，三标对杨钊说：“行，你小子到时候别后悔。”

第11节

三标一行去东莞，中午走到太和镇口，这里有军人检查站。三标觉得这里距离广州城已经有几十公里，远离交火区域，应该安全了，不会有麻烦，心里很放松，三四个人一伙地大摇大摆地朝检查站走去。这是个太阳天，中午时分天气很热，检查站这几乎没有行人，没有想到，他们二十几个人都被扣下来。三标去交涉，请求过去，这里执勤的粤军，其中负责的小军官用广东话说：“你们说是来干活的，你们会说广东话吗？说几句。”三标他们这些人能说广东话的一个都没有，不知如何是好。这个小军官说：“你看，你们根本不会说广东话，怎么可能到这里干活？我告诉你们，我早就看出来了，你们是云南人，是滇军残部。”杨钊上去解释：“不是这样，我们是江西人，不是云南人，是有广东老板雇我们到广州干农活，现在让我们去东莞干农活，我们不会说广东话不要紧，那个老板会说江西话，他交代我们干什么，我们就干什么嘛。”这边，王玉生跟三标小声说：“刘长生，这个小军官很难缠，看这个样子，他是不会放咱们过去了。”三标问道：“你什么意思？”王玉生说：“不行咱们下了他们的枪。”三标说：“不行，咱们不知道镇里还有他们多少人，如果闹出动静，镇里的部队赶过来，我们就栽在这里了。”王玉生说：“那怎么办？”三标说：“谁知道？”杨钊一再解释，这个小军官就是不听，最后杨钊火了，跟对方吵起来，这小军官不是好惹的，马上下令，让他手下的兵把三标他们都捆起来，三标手下的兵听说要捆自己，拿出一副拼命的样子，对方停手，一时间，双方僵住了。

这时，一支部队从广州城那边走过来，有一百多人，走到这个检查站，这个小军官进行检查，这支部队出示证件，小军官确认他们是友军，放行。王玉生听这支部队有人说云南话，想过去攀谈，但是被三标止住，三标小声说："他们肯定是朱培德的部队，不要暴露咱们身份。"就在王玉生犹豫要不要跟对方谈谈时，突然，听到对方有人大声说："刘长生，你怎么在这？"这人是队伍后面一个军官，三标看过去，他是陈文汉。

陈文汉过来跟三标说话，三标说自己和这些兄弟路过此处，检查站的军官不放自己过去，陈文汉这时是朱培德军部的团级参谋，他给这个小军官看了自己的证件，说自己是来收容叛军残部的，让小军官把三标他们交给自己，小军官移交了。陈文汉和三标带手下人到镇子里吃饭，士兵们散开，陈文汉和三标、杨钊、王玉生在一个小饭馆坐下。三标给陈文汉介绍了杨钊和王玉生，之前陈文汉没见过他俩，陈文汉亲切地和他俩握手，然后问三标："你们这是要去哪？军装都脱了？"三标说："没办法，残兵败将，无路可去，打算回云南。"陈文汉说："回云南？为什么？什么残兵败将？咱们都是一家人，方鸣九反叛，跟你们没关系，你们只是执行命令罢了，军人以服从命令为天职，跟你们没关系。我告诉你们，我带一个连到这边，就是来收编方鸣九的残部，到我们这来吧，我代表朱培德长官欢迎你们加入我们部队。"陈文汉以为自己这番话能让三标热血沸腾，没想到三标脸上冷冰冰的，脸上没一丝笑容。陈文汉问道："怎么？不愿意去？"

三标说："不是不愿去，你不知道，是去不了。"陈文汉说："去不了？怎么可能？"三标说："现在我身上背着一个诈降的罪名，怎么能去？"接着，王玉生说："陈长官，是这样，我们这边出了点情况。"接着说了起义失败，人家可能怀疑是诈降的事。陈文汉听这话，认真问了整个经过，然后说道："这个事，首先，刘长生我相信你是真心诚意起义的，这一点我绝对不怀疑。其次，我觉得这事能说清楚，当时阵地上那么多人，是谁煽动开枪的，肯定有人知道，能说清楚。第三，你应该相信朱长官和军政府是能明辨是非的，在这个事上会用事实说话，绝对不会葫芦僧乱判葫芦案。”杨钊说：“是的，刘长生，我觉得陈长官说得有道理，很有道理，你应该放下包袱。”三标看看王玉生，王玉生说：“我同意杨钊的说法，咱们去朱培德长官部队。别回云南了。”四个人又说了一会，最后，三标决定不回云南，去投奔朱培德。

第三章

第1节

运一批个旧矿石去菲律宾冶炼的办法被孔秀康否定后，李津兰不甘心，总觉得冥冥中有个办法可以解决这个难题，让孔秀康走出困境，让孔秀康不成为一个失败者，不成为一个笑话，而成为一个赢家。李津兰挖空心思地想，要找到那个办法，一定要找到那个办法，可是它在哪呢？如何才能找到它呢？

这天晚上，天色已经很晚，李津兰还是睡不着，又开始想大锡公司的事，最近这样的失眠已经是常态，她的睡眠越来越少，要么到凌晨一两点才入睡，要么早早睡着了，一两个小时后就醒来，要再过两三个小时才能又睡着。李津兰想到省里来的核查组，想到吴少愚丑恶的嘴脸，想到孔秀康脸上带着歉意的微笑，突然，她觉得脑海里划过一道闪电，自己脑海中那条绳子上的一个个死结瞬间消失了，绳子变得平滑顺溜，她想到一个办法，可以解决大锡公司的难题。李津兰连忙起来穿上衣服，走到走廊那头公公婆婆的卧室门口，轻轻敲响他们的房门，蔡月娥在里面问道："谁呀？"李津兰说："妈，是我，我有急事要找爹爹说。"蔡月娥说："这都几点了？明天说不行吗？"李津兰焦急地说："对不起，这事太重要了，必须马上说。"赵亦恒醒了，在里面对蔡月娥说："这孩子从来没这样，肯定是要紧事，我去看看。"接着，门开了，赵亦恒出来，蔡月娥也跟着出来，李津兰说：“爹爹，咱们到楼下客厅去说。”三人下楼在客厅坐下。

李津兰说：“我刚才有了个想法，不知道这能不能帮孔行长走出困境。”赵亦恒说：“什么想法？你说吧。”李津兰说：“就是化整为零，减少首次投资。”赵亦恒说：“什么是化整为零，你具体说说。”李津兰说：“是这样，现在省里不同意洋老倌的这个方案，表面上说德国炉子和英国炉子好坏问题，实质是花钱太多，如果这是一个五十万，甚至三十万的改造方案，会这么研究吗？不会的，省里依据大锡公司的报告就批准了，是不是？”赵亦恒说：“是这样，你的意思是？”李津兰说：“我的意思是只买一个炉子，换成最小的那种，花五十万，甚至三十万，等生产出达标精锡，再买其他炉子，你看这样行不行？”赵亦恒说：“你这个想法有意思，很有意思。”李津兰说：“把整个事切割成几块，一块一块地处理。”

赵亦恒说：“化大为小，减少投资压力，减轻决策压力，有水平，小妹，你这想法有水平。”赵亦恒情不自禁地夸赞起儿媳，当时他挑这个女子做儿媳就是感觉她将来能成大事，现在看了没错，只是可惜昌明火柴厂被收走了，如果没收，让她来搞这个厂，她也能搞出不少名堂。接着，赵亦恒把李津兰的这个想法归纳为两句话：“各个击破，小步快跑。”

李津兰有了这个想法后，心里并不是很有底，没想到竟然得到公公这个老企业家的认可，这么说自己的想法是可行的，她高兴得差点跳起来。

第二天，到裕滇银行，李津兰马上到孔秀康办公室，这时，她难以抑制自己的激动，用颤抖的声音说：“孔行长，我有个想法想向你汇报一下，你有时间吗？”李津兰觉得自己兴奋得脸上发烫，孔秀康第一次见李津兰这么激动，好奇地说：“什么事？你说吧。”李津兰把“各个击破，小步快跑”的办法说了。孔秀康在这个事上也动了很多脑筋，所以一听马上听白了，他一拍大腿站起来说：“好，太好了，这简直是绝妙的主意！太好了，谢谢你，成功了！咱们成功了！”李津兰看到得到了孔秀康认可，心想，看来这个办法真的是个好办法，真的能帮孔秀康走出死局，真的能让核查组马上撤走，真的能帮孔秀康逃过这一劫，谢谢老天爷给我这个启示，这是神来之笔。现在看大锡公司改造的事马上就是乌云消散，雨过天晴，阳光灿烂。

孔秀康说："好，我马上联系坤利和乌德工厂。李经理，真不知道该怎么感谢你，你算得上我的救命恩人，等这个事批下来，我一定好好谢谢你！”李津兰兴奋地说："要说救命恩人，你才是我的救命恩人，你让我回到裕滇银行，你的大恩大德我一辈子都感谢不完呢。”孔秀康说："那不算什么，你这样的人才本来就应该回来上班，为省政府，为本省百姓多做工作。好了，不说了，你去忙吧，我给他们写电报。”李津兰几乎是飞出孔秀康的办公室，飞到二楼走廊中，飞进自己的办公室，飞到自己座位上。

李津兰把这个好消息告诉唐芸芸和董庆仁，唐芸芸和董庆仁非常吃惊，他俩没想到李津兰会想出这么妙的办法，这简直太出人意料。是的，他俩也认为这个方案完全可行，完全可以帮孔行长走出困局。下班，李津兰去欧阳红家，对他们夫妇说了今天的情况。两人简直听傻了，他们之前认为这是一盘死局，认为谁也走不出去，没想到竟然被李津兰破解了。他们夫妇认为这确实可行，认为孔秀康面对的这个困难局面马上将彻底改变。

第2节

很快，坤利和乌德工厂回电到了，说可以提供小型的柴油熔炼炉和反射炉，总价五万英镑，折合五十万银元。孔秀康把这个消息告诉李津兰，然后去省政府汇报了。

这个消息证明这个想法可行，甚至可以说这个问题彻底解决了。这让李津兰处于极度的愉悦中，李津兰到窗口看路边的树都是那么婀娜轻扬，那么温婉可爱，那么情意绵绵。

下午，李津兰被叫到孔秀康办公室。可是，李津兰没想到，她面前的孔秀康垂头丧气，像被大雨淋了一场，丢盔弃甲的。孔秀康说：“省里不同意，说没钱。”李津兰问道：“五十万，也没钱？”见孔秀康点头，接着问：“他们请示了唐省长吗？”孔秀康说：“没有，他们说没用，请示了唐省长也是这句话。还说，你是裕滇银行行长，省里有没有钱，你不知道吗？现在所有钱都是一个萝卜一个坑，别说五十万，就是十万也没有。”李津兰说：“我觉得你自己去向唐省长汇报一下，也许唐省长不是这个想法。无论如何这都要去试试。争取一下，再争取一下！”

孔秀康觉得有道理，拿上他的公文包下楼又去省政府。

下班了，同事们陆陆续续离开办公楼，楼里一个房间又一个房间的灯熄灭了，整个办公楼除了李津兰和看大门的老爹没有其他人，楼里非常安静，能清晰地听到街上人们说话的声音，有的在谈论商铺里的货物，有的在谈论朋友，有的在谈论天气。

终于，孔秀康回来了。李津兰听到孔秀康和看大门老爹的说话声，连忙跑下楼说：“孔行长，怎么样？”孔秀康无可奈何地摇摇头，显得精疲力竭，李津兰不甘心地问：“唐省长说了什么？”孔秀康说：“他说确实没钱，省里现在太困难了。”李津兰说：“那么说，这是彻底没办法了？”孔秀康沮丧地点点头。李津兰不知再说什么好，觉得自己一下子掉到冰窟窿中。

李津兰都不记得自己是怎么回到赵府的，这一路都是恍恍惚惚的，这一天从极度兴奋跌落到极度失望，这感觉就像从西山顶跌落到滇池里，除了溅起几滴水花，什么都没有，原来以为这样能救了孔秀康，结果是空欢喜一场。这对她打击太大了，她的大脑失去了思维能力。走进客厅，蔡月娥问道：“回来了？怎么这么晚？吃饭了吗？没吃我让张孃孃给你做点。”李津兰机械地点点头。蔡月娥说：“怎么了？你是不是身体不舒服？”

赵亦恒猜到是因为那个事，问道：“是不是事情不顺利？省里不同意？他们是怎么说的？”李津兰把情况说了一遍。赵亦恒说：“这事的关键还是他们和你们的思维方式不同，你们是尽力想解决问题，他们是认为你们根本解决不了问题。这就成了鸡同鸭讲，各说各的话，无法达成一致。”李津兰说：“可是，我不明白，这个问题解决了，省里能收到可观的利润，能得到实实在在的好处。他们怎么就不明白这个道理呢？”赵亦恒说：“这是你们看问题的角度，可是他们根本不这样看，认为你们瞎折腾，不安分守己。”李津兰问道：“那您看下一步还有什么办法呢？”赵亦恒说：“没办法，太难了。”李津兰一听，这还说什么？去自己卧室了。

第 3 节

第二天，李津兰无精打采地到办公室，一副失魂落魄的样子，唐芸芸过来跟她打招呼，她就机械地应付一下。接下来的几天，李津兰都是这个状态，让唐芸芸和董庆仁很担心，两人一再安慰李津兰，效果不佳，李津兰没从这个倒霉状态走出来。

这天，行长室的人来找李津兰，说孔行长请她去一下。李津兰努力打起精神，跟来人走了，刚进屋子，孔秀康就大声对她说：“有办法了，有办法了！”她愣了一下，不知这是什么意思。孔秀康说：“省里不是怕花钱吗，我想到办法了，不要他们花一分钱就能把这事办成。”李津兰吃了一惊，不是为孔秀康想出办法，而是担心孔秀康疯了。李津兰呆呆地看着孔秀康，看他还有没有救。

孔秀康说：“真的，有办法了。是这样，我想让英国乌德工厂先运来一座柴油熔炼炉、一座反射炉，咱们生产一段时间再分期支付设备款，就是先吃饭后给钱。”李津兰十分怀疑，问道：“这么干，洋人能同意吗？”

孔秀康说：“如果他们相信自己炉子在个旧能生产出达标精锡，应该会同意，当然，咱们也可以在价格上做点让步，等于给他们利息。”李津兰说：“很少听说用这种方法做生意，完全是个新东西。”

孔秀康说：“乌德工厂不同意我也有办法，我是这么想，如果厂家不同意，我们找个洋人银行做五十万贷款，用贷款买。”李津兰说：“这个办法好像更可行，然后咱们分期归还洋人银行贷款，这是常规做法。但是，洋人银行要提供担保，怎么办？咱们能拿出这个担保吗？”

孔秀康说：“我想请乌德工厂做担保。”李津兰诧异地问道：“什么？乌德工厂担保？他们能同意吗？”孔秀康说：“还是那句话，如果他们相信自己炉子在个旧能生产出达标洋条，应该会同意。同时，如果他们不肯担保，就说明他们对自己炉子没把握，他们是说大话。这样也好，这样的炉子我们不要了，这个事不办了。”

李津兰觉得这话有道理。孔秀康接着说：“这个办法除了解决没钱问题，还有一个好处，就是可以解决炉子产品不达标问题，一举两得。”

李津兰听明白了，这确实是个好办法，真是柳暗花明又一村，又能走出这个死局。孔秀康说：“好，你去忙吧，我马上写报告，去省里汇报。”李津兰回自己办公室。下午，孔秀康从省政府回来，兴高采烈地说：“成了，成了。他们同意这个方案，让我们与坤利、乌德工厂和洋人银行联系，及时上报有关问题。”

这个事后来就很顺利了，经孔秀康联系和反复说明，乌德工厂、英国庄生兄弟银行对这个方案很感兴趣，决定分两步走，先上两个炉子，不过，不是小型试验性炉子，而是正常的大炉子，用个旧矿石冶炼，等正式投产后，产品纯度达到洋条标准，大锡公司支付第一笔设备款；然后，再上另外三个炉子，正式投产后产品纯度达到洋条标准，大锡公司支付第二笔设备款。原来的总价是 350 万，乌德工厂由于延迟收款，要求加 10% 资金占用费，总价提到 385 万。同时，庄生兄弟银行给云南贷款 385 万，期限五年，年息 10%，利息总额 192.5 万，每年支付利息，五年后到期一次还本。这样，购买这五个炉子贷款与利息合计 577.5 万。

孔秀康认为这个价格太高，无法接受，提出乌德工厂的报价本来就有 10% 议价空间，现在我们不要求降价，乌德公司也不应要利息，总价还应该是 350 万，不提高一分钱。对于庄生银行利息，孔秀康也认为太高，应该降到 8% 以下，同时，由于是在产品达标后，炉子可以正常生产，大锡公司就有流水，可以支付利息的同时分期归还本金，这样算下来利息总额不应超过 100 万。经过反复谈判，最后乌德工厂和庄生银行接受孔秀康提出的这个金额，贷款与利息总额 450 万。

关于担保问题，由乌德工厂提供担保，但是，乌德工厂要求大锡公司提供再担保，就是说乌德工厂一旦为大锡公司支付了贷款，乌德工厂可以要求大锡公司赔偿。孔秀康同意乌德工厂的意见，这样，有关各方开始落实各个事项。

第 4 节

但是，真可谓好事多磨，在一片大好的形势下，又出新问题了。乌德工厂和庄生兄弟银行来人到个旧考察后，乌德工厂提出来大锡公司负债太高，一旦乌德工厂要求大锡公司赔偿，大锡公司根本没有赔偿能力，他们要放弃这个合作。

这把孔秀康急坏了，风风雨雨、千辛万苦走到这一步，绝对不能功亏一篑。他急得像热锅上的蚂蚁，在办公室里团团转。终于，他想出一个对策，放弃大锡公司，用大锡公司优秀资产，即矿山、采矿厂和选矿厂组建一个净资产不低于一百万的新公司，由新公司来购买设备，办理贷款，签订再担保契约。

这个方案得到外方和省政府的同意，很快“云南新时代炼锡公司”成立，简称“新时代公司”，厂址定在大锡公司院墙外，股东是省政府，孔秀康是大股东代表，总理由大锡公司张孝基总理兼任，接着，乌德工厂、庄生兄弟银行、新时代公司三方准备签订契约。

可是，这时又出事了，什么事呢？乌德工厂突然要求再增加担保人，就是乌德工厂认为新时代公司的再担保还是不可靠，要求云南省政府也同时提供担保，就是说如果新时代公司无力履行赔偿责任，由省政府赔偿。这等于乌德工厂要赖皮了。孔秀康与他们的代表据理力争，他们说是他们工厂董事会的决定，他们无权改变。孔秀康要求他们给股东发电报说明中方坚决反对，可是发了几份电报，对方还是不改变决定。

没办法，孔秀康只有垂头丧气地去向唐省长汇报，没想，唐省长在百忙中抽时间见了孔秀康，并当场表态，省政府同意担保。这让孔秀康喜出望外，觉得唐省长太了不起了，真是一个英明神武的伟大省长。

这样，相关契约终于签订，项目开始实施。一个国内最先进、达到世界最高水平的现代化的大型锡矿冶炼企业即将诞生在个旧的土地上。更了不起的是，得到这个企业，省政府竟然没花一分钱。

第四章

第1节

大标、秀才和胡公子跟随吴佩孚离开军粮城后，到塘沽登上直系的军舰，很快到上海，然后到汉口。吴大帅准备在汉口成立“中华民国护宪军政府”，带领全国各界人士讨伐冯玉祥。吴大帅满以为湖北督军萧耀南会热烈欢迎自己到来，配合成立护宪军政府，毕竟自己有恩于他。可是才上岸，萧耀南就派人来说：“大帅留汉口，让萧督军很为难。”搞得大帅只住两天就上军舰去黄州，黄州就是今天的黄冈，然后上岸乘火车回洛阳。到洛阳后，吴大帅想，回到自己的老窝了，可以站稳脚跟，大展宏图。不想才住没几天，他手下一个投靠冯玉祥的师长为了争夺河南督军的位置，带兵进驻洛阳，逼迫大帅宣布下野。大帅只有宣布辞去本兼各职，离开洛阳到信阳鸡公山养病。又没住几天，大帅的又一个部下率兵进驻信阳，赶大帅走。大帅只有离开信阳去湖北，没想到萧耀南竟派人拆毁铁路，逼迫大帅在湖北的广水一带下车。

大标和胡公子带部队下车，护送吴大帅离开，大标说：“这萧耀南也太过分了，不是大帅一手帮他，在湘鄂战争中从王占元那抢来湖北督军的帽子给他戴上，又把赵恒惕的湘军赶出湖北，他哪能当湖北督军？这等小人竟如此忘恩负义！”胡公子说：“这萧耀南太不是个东西，薄情寡义！”大标说：“大帅也太可怜，真是虎落平阳被犬欺呀。”之后，湖南督军赵恒惕与吴大帅联系，表示欢迎大帅在岳阳长住。这样，吴大帅一行到了岳阳，终于有了个落脚地。

这天大标、秀才和胡公子三人走进自己的老营房，非常感慨，大标说：“民国三年，咱们3师从长春移驻岳阳，在岳阳驻一年半。民国四年去四川讨伐蔡锷叛军，停战之后，回岳阳驻两年。民国六年进京讨伐张勋辫子军，之后就没回岳阳驻扎过。现在是民国十四年，咱们离开岳阳快八年了，这时间过得太快了。”秀才和胡公子不知说什么好。

这时北方局势如何？冯玉祥北京政变成功后，与张作霖、段祺瑞搞了个“中华民国临时政府”，并推选段祺瑞出任“临时执政”，准备召开国会，选举新的大总统。接着，这三方合作破裂，冯玉祥被段祺瑞和张作霖排挤出北京，以“西北边防督办”的头衔，驻地张家口。段祺瑞和张作霖并要他将部队缩编为六个师，人数在十五万之内，取消他刚刚给自己部队起的“国民军”名号，改称“西北边防军”，简称“西北军”。

第2节

岳阳街上的一个院门，大标到此敲响院门，里面响起温玉娴的声音：“李妈，有人敲门，你去看看是不是老爷下班回来了。”过了一会，李妈开了门，大标进去见温玉娴在客厅陪孩子玩，这时，大标的大儿子两岁，小女儿半岁，大标跟他们简单说几句，脱下武装带和驳壳枪，去厨房洗脸。大标随大帅到岳阳一个多月后，见局势平稳一点，估计大帅能长期待在岳阳，就派卫兵去洛阳把温玉娴和孩子接到岳阳。温玉娴并不喜欢大标这种四处漂泊的生活，本不想来，但是她看到吴大帅都变成这个鬼样子，还能说什么？只能来了，谁让自己嫁给当兵的？

大标洗完脸回来对温玉娴说：“我可能要去北京一趟，就这几天，如果快，也可能明后天就走。”温玉娴一听说去北京，警觉起来，罗瑾云就在北京嘛。温玉娴问道：“是跟大帅去？去多少人？”大标说：“大帅怎么可能去北京，段祺瑞、张作霖能让大帅去？不是，就是我带几个人去。去了就回来，不会待太长时间。”温玉娴说：“你自己去干什么？有什么事要你自己去？不会是去见她吧？”大标反感地说：“见什么她？哪有那闲工夫？我是去找何胖子算账，我不能饶了这个混蛋。”温玉娴已经听大标说了何胖子叛变之事，说道：“何胖子这个人太可恶，是不能放过他。为这个去我不拦你。但是，大标，你给我保证你不去见她，你敢保证吗？”大标满不在乎地说：“这算什么事？有什么不敢保证的？好，我保证，我到北京不见她。”温玉娴说：“你说，绝对不见！”大标说：“好，绝对不见，见她就让我出门被车撞死。”

不过，尽管大标在嘴上这么说，心里却不是这么想。这次去北京，是他向吴大帅提出来的，他说自己想去办三个事：一是找一下罗继昌和黄猴子的遗骨，设法妥善安葬；二是见罗瑾云，把罗继昌阵亡的经过告诉她；三是找何胖子，设法干掉他。吴大帅考虑最近也没什么大事可做，就同意了。当然，这些事没必要都跟温玉娴说这么清楚。

第3节

大标带胡公子和十来个精干的卫兵，伪装成河南省长公署的官员，乘火车去到北京，然后换车去杨村。由于他们手上有原来河南省长公署的证件，一路很顺利。离开杨村车站到当时机动旅与冯玉祥部队交火的地方，这里跟当时的样子完全不一样，一点也看不出曾经发生过那么大规模的战斗。这时是6月份，永定河岸边的柳树都长出新叶，乡村道路两旁的白杨树也绿了，一望无边的麦子都黄了，有的已经收割。

胡公子带领大家沿着永定河堤岸去找罗继昌尸体的埋葬点。由于当时是天降大雨，永定河发大水，也由于当时非常紧张，走了很长时间胡公子都找不到，堤岸上根本没有坟堆。后来，他们走到河岸上的一个树林边，胡公子见里面有些坟堆，就让大标他们在外面等，自己进去看，很快他跑出来说："找到了，找到了，就在里面。"大标一行人进树林，见这是一个乱坟堆，是埋附近村里那些无儿无女老人的地方，坟堆外围有个新坟堆，坟前的石碑上写着"中央陆军第3师机动旅罗继昌旅长之墓"。胡公子说："当时肯定不是埋在这里，看来，是冯玉祥的部队重新埋过，也许是机动旅的老兵重新来埋的，还找人专门刻了石碑。当时我们只是堆了一些石头，立了个木牌。"罗继昌的埋葬点找到了，大家又去找黄猴子的埋葬点。因为当时没有埋葬，这就更难找了，他们在这一片找了很久，可是无论如何也找不到了。最后大标决定不找了，他们回到罗继昌坟堆前，在一旁挖个坑，把黄猴子用过的一个驳壳枪枪套埋在里面，上面用土堆了坟头，算是给黄猴子下葬了，立个木牌，写上"中央陆军第3师机动旅2团5营黄厚治营长之墓"。三标又让人把带来的祭拜物品摆到两人坟墓前，一一进行祭拜。完了，让一个卫兵去村里找来个石匠。大标对石匠说："师傅，给我们兄弟刻碑的事，就拜托了。就按我们这个木牌上面的文字刻，刻碑的钱，我们现在就给你，你一定要刻呀。"石匠说："长官放心，我就是这个村子的人，收了你们的钱，肯定刻，不会骗你们。"大标给了他钱，又想起来当时在这一片阵亡了很多机动旅军人，就问石匠："师傅，去年这里打仗时，吴佩孚的部队死了很多人，这里有一个埋很多尸体的地方吗？"石匠说："有，是冯玉祥的部队埋的，就在那边铁路边上。"三标让石匠带路去看看，一行人到铁路边，石匠指着路基下的一块地说："就是这里，原来这是个小水坑，他们把水舀干，做了墓地。"三标问："为什么选这里？"石匠说："我们这是平原，土地很金贵，冯玉祥的部队不愿意花太多钱买地，就买了这个小水坑。"

冯玉祥的部队没给这里立碑，三标让石匠做个一米五高的大石碑，做一个石头台子，石碑放台子上，上面写“中央陆军第 3 师机动旅阵亡将士墓”，让石匠多找几个帮手来做，做好一点，把钱付给石匠，又对长眠在这里的将士做了祭拜。把这一切办完了，一行人离开树林，去北京。

第 4 节

在王府井大街的一家洋人开的西餐厅，一男一女坐在临窗的桌子边，这是李大标和罗瑾云。大标带人从杨村到北京后，让卫兵住王府井一侧胡同里的一个便宜客栈，自己和胡公子住在王府井大街上一家高档旅社。这家西餐厅就距离旅社不远。

之前，大标给罗瑾云写信告诉她罗继昌阵亡的情况，由于笔墨限制，说得比较简单。这会，大标把罗继昌阵亡的详细情况介绍了一下。罗瑾云一边听一边流泪，但是，显然罗瑾云是个坚强的女子，尽管她流泪没停过，却一直没有失控。大标最后说了这次去找罗继昌墓地的情况，说找到了，自己做了祭拜，并告诉罗瑾云具体地址，让她告诉罗继昌的太太和父母。

这次见面，大标除了谈这个事，还谈另外一个事，谈什么事？谈结婚。是的，大标想，自己正式提出来跟罗瑾云结婚，如果罗瑾云同意，自己就和温玉娴离婚，跟罗瑾云结婚。如果罗瑾云不同意，自己就把与罗瑾云的关系定位在朋友上，绝不再越雷池一步。

大标说：“估计我们部队会在岳阳住一段时间，我想跟你结婚，带你去岳阳生活。你愿意吗？”说完，大标等罗瑾云的答复。

罗瑾云没有答复，反而问道：“你觉得吴大帅在岳阳能干什么？他现在就是个光杆司令，手下人马一两百人，在岳阳住着还要看赵恒惕的脸色，如果哪天赵恒惕心情不好，觉得吴大帅没用了，马上就会赶吴大帅走。你觉得吴大帅落魄到这个地步，还能干什么？”

大标说：“吴大帅一直在筹备组建反冯玉祥和张作霖的联盟，大帅还有很大号召力，还有那么多老部下，我认为大帅能成功，也一定能拉起队伍，找冯玉祥报这血海深仇。”

罗瑾云说：“吴大帅能干成吗？他想搞护宪军政府，搞起来了吗？他搞讨贼联军，搞起来了吗？是的，他是有很多旧部，他提携过很多将领，有恩于很多将领，可是在今天这个乱世，有谁会为了报恩跟随你？你是我的老长官，你提携过我，我也不听你的。萧耀南听他的？河南督军听他的？山东督军听他的？江苏督军听他的？说句不客气的话，吴大帅现在是落了毛的凤凰不如鸡。”大标知道罗瑾云说的这些是客观情况，没有反驳。

罗瑾云说：“大标，你如果愿意，我倒是有个建议，你想听听吗？”大标说：“什么建议？你说吧。”罗瑾云说：“如果你不喜欢这个建议，你可以拒绝，可以当我没说过，但是，你千万不能生气，你做得到吗？”大标心里想，估计她是建议我脱军装，换个行当干干，说道：“行，你说吧，我不喜欢也不生气，你说吧。”罗瑾云说：“我觉得你不如干脆投靠冯大人算了，在冯大人这边凭你的能力，你肯定很快提升，大展宏图。”大标以为自己听错了，问道：“什么？投靠冯大人？投靠冯玉祥？你是说投靠冯玉祥？我没听错吧？”

罗瑾云很严肃地点点头，说道：“是的，投靠冯玉祥。”大标问道：“你怎么会说出这样的话？你疯了？脑子出问题了？你堂哥死于冯玉祥枪下，你跟我一样，跟冯玉祥有血海深仇，是不同戴天的，你还让我投靠他？你竟然说出这样的话，简直不可思议。”罗瑾云冷静地说：“大标，你说得对，从感情上说，冯玉祥的部队打死了我堂哥，我与他不同戴天。但是，中国有句老话，识时务者为俊杰，咱们不是斗气，是选择发展方向。现在冯玉祥兵强马壮，如日中天，原来直系的部队很多都投靠了他，并且，早晚他的实力将超过皖系和奉系，最后由他主宰中国。反看吴大帅，手下的人马，就这么仨瓜俩枣的，就这样他还幻想东山再起，找冯玉祥算账，你动脑筋想想，这可能吗？这不是痴人说梦吗？”大标生气地说：“什么俊杰？那都是出卖灵魂、出卖人格者的托词，是那些不忠不义之徒的借口，是那些宵小之人欺骗世人的谎言。罗瑾云，看来你还是不了解我，我李大标是讲忠义名节之人，绝对不会干这种不忠不义、不要名节、卖身投靠之事，绝对不会。”说完，大标起身向西餐厅门口走去，消失在门外。罗瑾云没有站起来挽留大标，坐在那里，头都没抬，任由大标走出西餐厅，似乎在说，这个二货，不就是农村人说的傻柱子吗？我怎么会看上他？真是瞎了眼。

第5节

大标对罗瑾云死了心，开始办到北京的第三件事：干掉何胖子。他让胡公子带人去丰台了解何胖子那个旅是不是驻那里。很快得知，何胖子带的部队已经调到张家口。这样，他们一行赶到张家口，找到何胖子部队后，大标让手下人在何胖子营房附近租了个小院住下。这天，大标和胡公子在屋子里商量除掉何胖子的办法。大标说：“在哪里下手是大问题，我原来考虑是在路上，搞清楚他外出的时间和经过的街道，在路上拦截他，干掉他。”胡公子说：“这个方案最大的问题，是他外出带的卫兵比较多。听说现在他外出至少带一个排的卫兵，如果去远的地方，甚至带一个连的卫兵，咱们人手少，不容易得手。”大标说：“你说得有道理，你有什么想法？”

胡公子说：“你看这样行不行？是这样，咱们换上军装，直接到他们兵营里去，兵营里面的情况咱们熟悉，到他的旅部下手。一般旅部门口那几个哨兵警惕性都不高，干掉哨兵，冲进去往他办公室扔几个手榴弹，就完事了。”大标说：“我觉得不可行，你想，我们怎么混进兵营？现在他们部队情况咱们都不熟，很难混进去。”胡公子说：“这个简单，咱们买通几个里面原来咱们机动旅的兵，让他们把里面各连队情况说一下，这样哨兵盘问咱们，咱们能应付过去。”大标说：“不行，即使了解他们的情况，咱们混进去一两个人可以，可是要进十来个人，很难做到。还有一个问题，咱们下手后，怎么撤出来？这是在他们兵营里，他们把大门一关，咱们就是插翅难飞，你我和十几个兄弟的性命就全交代了，不行。”

胡公子觉得大标说得有理，尤其是最后一点，怎么撤出来？那几乎不可能。就说：“你说得对，这个方案不行，那你有其他方案吗？”大标说：“我没想好，你再想想。”胡公子说：“你看，这样行不行？如果他近期出席一个什么活动，咱们在会场下手怎么样？会场上人杂，来自四面八方，咱们容易混进去，容易接近他，当时不用别人，就我一个人走过去，对他脑袋打几枪，就完事了。并且，开枪之后，会场肯定大乱，咱们撤出来也很容易。”大标说：“你这个方案好，唯一难题是近期有这样的活动吗？如果没有怎么办？咱们不能一直在这等，那也很危险。不过，这可以作为一个方案，在没更好方案前，咱们先按这个办，明天就去打听何时有这样的活动。”

两人又聊了一会，突然，大标说：“你看这个方案行不行？我有个新想法，你看行不行。”胡公子说：“你说，什么办法？”大标说：“咱们找到何胖子的家，在他家下手，怎么样？通常旅长会在营房外面租院子住，家里住的卫兵就一个班，咱们骗开院门冲进去，解决这一班人不困难，然后到他卧室干掉他，这么干，撤出来也比较容易。”胡公子觉得这个方案不错，可行性最大，说道：“这个办法好，我赞成。只是，这要找到他住的院子。”大标说：“这不困难。”

第6节

大标安排手下人找机动旅老兵打听何胖子的家，并想方设法接触在他家住的人，卫兵或厨师都行，很快搞清楚何胖子在张家口城里租了个一进带两个旁院的宅院。接着，找到他家里的一个姓余的卫兵，这个人是何胖子叛变前就给他当卫兵了，也是机动旅的老兵。跟这个人接触几次后，让胡公子跟他见面，胡公子回来说这个人能行。大标让胡公子给他三千大洋的银票，让他提供何胖子家里的情况，并在下手时给予配合。对方收了钱，告诉胡公子这个院子的布局及使用情况，靠大门的一个大屋子住一个班卫兵，这是看守院子卫兵，一般不离开这个院子；何胖子和夫人住正房东侧屋子，正房西侧屋子住他的贴身卫兵。东西旁院是存放物品和住佣人、厨师之类。最近何胖子一直住这里，没去别处住过。

大标搞清楚这些问题后，决定尽快行动，具体方案是：后天晚上，何胖子在院里睡下后，姓余的卫兵朝院墙外扔一块砖头，说明何胖子在家里睡了。院墙外的他们见砖头落地，就去敲门，姓余的卫兵打开院门，他们冲进去，两个人控制住大门屋里的卫兵，把他们的武器统统收缴，另外两个人去控制住贴身卫兵。与此同时，其他人去何胖子的房间，把何胖子击毙在床上。行动完成后，趁着夜色火速撤离，上城墙沿绳索滑到城外。大标让胡公子把这个方案告诉姓余的卫兵，请他到时在里面配合。

可是，胡公子回来后，大标说："不行，我担心这个姓余的靠不住。胡公子，你说如果他使诈，怎么办？"胡公子说："使诈？不会吧？"大标说："很难说，万一使诈，咱们不仅没干掉何胖子，还可能吃大亏。"胡公子说："你说，他为什么要使诈？"大标说："这原因就多了，咱们不去分析这个。我觉得，提防总比不提防好，有疑心总比没疑心好。"胡公子觉得这也有道理，说道："那你说，怎么办？"大标说："时间提前，今晚行动。"胡公子说："可是现在通知姓余的来不及了，怎么办？"大标说："不通知他，不要他做内应，咱们自己干。"接着，大标说了新方案，马上派两个人去何胖子家门口蹲守，见何胖子回家就回来报告。然后到晚上 11 点行动，让四个人翻墙进到何胖子家大宅院，一个人去开大门，两个人控制住大门屋子里卫兵，还有一个去控制贴身卫兵，院门打开，大标带人冲进何胖子卧室，执行枪决。行动完成，马上去西门城墙，翻墙撤退。

晚上 10 点多，大标带着一班人到何胖子家院子外，大标已得知何胖子回到家了。这是个月黑之夜，路上很暗，几步外的东西都看不见，看来老天爷要助他们行动成功。这时，街上空空荡荡，见不到一个行人。到 11 点，大标命令四个行动队员翻墙进入何胖子的大宅院，一切都顺利，很快大门被打开，胡公子一马当先往里冲。

突然，院子里枪声大作，胡公子和几个行动队员被打翻在地。大标知道大事不妙，自己中了埋伏，赶紧原地卧倒，心想，看来提前行动也没躲开对方的算计，这个姓余的卫兵是假装被收买，把情况统统告诉了何胖子，而何胖子老奸巨猾，猜到自己信不过姓余的卫兵，会提前行动，做了防备，现在自己是自投罗网。大标知道行动已经失败了，只有赶紧逃走。大标下令撤退，扔下伤员，什么都别管，大家撒丫子跑吧。

第五章

第1节

新时代公司相关合同签订后，英国乌德工厂开始制造设备。这个事情办得漂亮，唐省长对此非常满意，这再次证明唐省长是个有眼光的人，证明唐省长发现的孔秀康是个人才。这个事让弹劾孔秀康的人颜面扫地，顿时变得灰溜溜的。进驻裕滇银行的核查组，在新时代公司相关合同签订前就从裕滇银行撤走了，对孔秀康的负面议论顿时减少了。在银行内部，柳貂蝉等人也马上闭嘴，把尾巴夹在屁股沟里。时间过去三个月，有两个炉子到了新时代公司，正在安装，听说很快就将点火，一切都很顺利。

这天将要下班的时候，孔秀康到李津兰办公室说晚上有个饭局，请她参加。李津兰有点犹豫，这会不会让别人说闲话？不过，这是孔秀康第一次带自己去应酬，怎么也要给他个面子，她答应去了。下班后，李津兰和孔行长各坐一辆黄包车去大东门的一家酒楼。这个饭局是孔秀康和几个本省有留学经历的朋友的聚会。他们一边喝进口的洋酒一边议论省里各个领域的发展建设情况，议论唐省长做法的得失利弊。李津兰还是第一次接触这么多留洋回来的青年才俊，觉得他们个个都让人仰视、高不可攀。他们优雅地喝酒，很文明，互不相劝，更没有划拳猜掌什么的。李津兰对他们很有好感。

饭局散了，孔秀康把那些人送上黄包车走了，对李津兰说：“咱们顺着盘龙江走走，散散步，好吗？”李津兰觉得自己单独跟一个男子这么散步，太不合适，很为难。这时，天已经黑了，一轮圆月在东方升起，圆月周围飘浮着几块云朵，那云朵是半透明的，在明亮的夜空中，像溪水里顺水流摆动的白纱。也许是受这美景的影响，李津兰没有拒绝这个邀请。两个人走出大东门的门洞，顺着盘龙江往南走。

孔秀康说:“李经理，你家里人怎么称呼你？”李津兰说:“叫我小妹。我是家里四个孩子中最小的，也是唯一的女孩子。”孔秀康说:“小妹？这个名字好。以后我可以叫你小妹吗？”李津兰说:“这怎么行？被银行的人听见，人家会说闲话的。”孔秀康说:“行，听你的。”然后转换话题说:“你的事我都听说了，省里前段时间搞钱有点不择手段，你公公这是吃了大亏。当然，这主要不是唐省长的过错，还是那个财政司的副司长，那是一个心狠手辣之人。”李津兰知道孔秀康是唐继尧的红人，不想在他面前对这个事发表意见。孔秀康又说:“你失去了丈夫，又失去孩子，真是不容易。”李津兰不知道该说什么好。孔秀康说:“说出来都没人相信，你这么年轻，却遭受这么多的打击，经受这么大磨难，太让人难以相信。不过，肯定会好起来的，你的命是先苦后甜，以后就好了，越来越好。”李津兰听孔秀康说着，悄悄拿出手绢擦擦眼角。

孔秀康看看盘龙江水，一边走一边说:“我的生活经历没你的起伏这么大，但是也不算好，我夫人是家里给我定的娃娃亲，她不识字，我们有三个孩子，但是我和她几乎没有一点交流。”李津兰想，原来外界传说他和太太的情况是真的，这么说段毓婉动这个脑筋，还确实有机会，不过，人家已有这么多孩子了，去离婚，不要孩子了？不太可能，段毓婉的机会不大。孔秀康接着说:“我父亲也没太多文化，就是读过两年私塾，我母亲不识字。我是小时候有点小聪明，喜欢读书，我的一个远房叔叔听说这个情况后，资助我读书，后来我考上朝廷的留学生，去的美国。所以，我父亲这个情况，觉得找没文化的夫人最好，能操持家务。还有个旧思想:女子无才便是德。”李津兰是新女性，最不赞成这个说法，不过，她也很同情孔秀康的夫人。

孔秀康说：“你不知道，我这一辈子最大的愿望，就是找一个像你这样的夫人。”听到这话，李津兰顿时紧张起来，这是对自己示好，李津兰觉得孔秀康不该说这样的话，这与他的高大美好形象完全不符，这让自己看不起他。尽管李津兰觉得孔秀康带自己去吃饭，又带自己在盘龙江边散步这些行为很出格，可能有那个意思，但是，李津兰还是愿意向好的方面想，认为是自己想多了，是小人之心度君子之腹，人家是从美国回来的与女性交往比较开放，都是这样，很正常的。现在看，是自己错了，他还是有那个想法，这太可怕了。李津兰说：“我算什么？太普通了，很多女子都比我出色。”孔秀康说：“不，我不这么看，像你这样有文化有知识、聪明又能干的女人太少了。”

李津兰越来越紧张，觉得自己必须马上离开，对方是有妇之夫，是三个孩子的父亲，自己不能做破坏人家家庭的坏女人，绝对不能让孔秀康再往下说。李津兰低下头，用非常严肃而坚定的语气说：“对不起，孔行长，太晚了，我先回去了！”说完不等孔秀康说话，转身快步走开。孔秀康愣了一下说：“等等，你等等，我送你回去。”李津兰不理不睬地往前走，到门洞口，这时迎面过来一辆黄包车，李津兰上车，让调头，头也不回地走了。孔秀康站在江边，看着李津兰消失的那个门洞，有点意外，怎么一下子变成这样？

第2节

这天，裕滇银行里在传一个消息，说潘永其行长被放出来了，过几天就要回来上班。潘永其是在清查附逆中被判刑的几个人之一。不过，他不是刑满释放，他被判了五年，现在仅仅关押了三年，他是被撤销原判，就是说当年判错了。为什么撤销原判？听说是跟方鸣九的部队有关，现在那个部队占据大半个广东，又成了气候。唐继尧想拉拢这个部队，趁孙中山去世夺取广州军政府大权。为了显示自己的诚意，唐继尧让人把“清查附逆”时判刑的都放了，撤销原判。听说银行里已接到通知，潘永其将回来担任副行长。

顿时，柳貂蝉紧张起来，如惊弓之鸟，坐卧不安。她这是怕潘永其报复自己，毕竟当时抓走潘永其，她是贡献过“绵薄之力”的。这点裕滇银行人人记得，潘永其出来了，岂能放过她。这天唐芸芸、董庆仁在李津兰办公室吃饭，唐芸芸说：“你们不知道，柳貂蝉到处找人帮她出主意，如何逃过这一劫。有人建议她去当面道歉，先去王平端家，让王平端帮自己在潘永其那里解释解释，通融通融，然后去找潘永其。她觉得这个建议不错，这样，她就去王平端家道歉，说自己对不起王行长，对不起潘行长，说当年真是鬼迷心窍，那样对待赏识自己重用自己的恩师，自己太糊涂了，请王行长原谅，也请王行长帮自己跟潘永其行长解释一下。”

董庆仁问道：“王平端怎么说？”唐芸芸说：“王平端说得特别有水平，说不能怪她，当时形势那么乱，谁都很难把握。再说柳貂蝉也是为了唐省长好，毕竟自己和潘行长做的几个事，是对唐省长有伤害的，这个事潘行长能正确对待的。柳貂蝉说，就是，就是。自己都是为了维护唐省长的利益，没有其他心思。恳请王行长跟潘行长说说，自己真不是要害他。最后，王行长答应了。”董庆仁说：“这不挺好的吗？”唐芸芸说：“好什么好？柳貂蝉把这个话告诉了吴少愚，让吴少愚帮她分析一下。吴少愚说，这话不能全信。你也知道王平端这个人是谁也不得罪，两面讨好的人，这只是安慰你，他心里是不是这么想？谁也不知道。你想，一个人被关了三年，这么大的事，他能正确对待？柳貂蝉听这么一说，那颗刚刚放到肚子里的心又悬起来了。”董庆仁和李津兰听了都非常开心。

第3节

几天后，潘永其来上班了，他的职务确实是副行长，办公室是原来王平端的那间。银行里没有搞任何欢迎仪式，就如同新来了一个小职员一样。不过，很快有人去潘永其的办公室看望。孔秀康、王平端也去看望了潘永其，然后是柳貂蝉走进潘永其办公室，她在那里待的时间最长。听说昨天她听说潘永其放出来了，跑到潘永其家里，声泪俱下地自我谴责一通，最后得到了潘永其的谅解。

李津兰见去那的人少了，也去看望一下。潘永其瘦了一半，原来那个白白胖胖的样子没有了，变成一个枯瘦的老者，身上的衣服显得有点肥，那张圆圆的脸也变长了。李津兰说："潘行长，你受苦了。"潘永其谦卑地说："不受苦，不受苦，大家都一样。"李津兰说："你身体还好吗？看你瘦了很多。"潘永其说："瘦点好，瘦点健康。"李津兰说："你上班别太累，好好保养身体，身体是最重要的。"潘永其说："是的，我也干不了什么，就等退休吧。再有两年就到年龄了。"

李津兰看他这个样子，有点心酸，说道："让你受这么大的委屈……"潘永其说："算不上委屈，算不上委屈，还要感谢唐省长，感谢唐省长给我重新做人的机会。"李津兰说："怎么感谢他呢？这次不是撤销原来那个判决，说当时判错了吗？"潘永其说："当时判错是对的，唐省长这是为了教育我。现在撤销也是对的，唐省长这是为了挽救我。真的，我是发自内心地感谢唐省长。"听这么说，李津兰想潘永其在牢里不仅身体受摧残，精神上受的摧残也不轻呀。两人又聊了一会，不过，潘永其一直没提李津兰受打击的事情，李津兰心想，潘永其肯定听说了，但是不好问，他对唐省长如此感恩戴德，怎么对自己的遭遇表态呢？

这时，又有几个同事来看望潘永其，李津兰就告辞出来。李津兰感觉潘永其简直发生了天翻地覆地的变化，身上原来那种行长气势没了，变得谦卑了，唯唯诺诺，像个刚入职的小职员。眼神里那股居高临下的傲气没了，换成谄媚的神情。真没想到，这么一个大行长竟然变得如此这般。

第二天，李津兰在办公楼走廊上碰到段毓婉，段毓婉显然也看见李津兰了，不过，段毓婉不打算跟李津兰讲话，把头一扭，旁若无人地走过去。自从吴少愚来说段毓婉不再是朋友后，段毓婉没跟李津兰说过话，李津兰也没想搭理段毓婉，两个好友已经变成路人。

李津兰见段毓婉又换了一身旗袍，是银色缎子布料，上面是雅致的君子兰图案。心想，这段时间，银行职员都议论段毓婉天天换衣服，每天不一样，看来果然如此。同事都说段毓婉这么换衣服是为了引起孔秀康的注意，说段毓婉为了吸引孔秀康是费尽心机。除了这么换衣服，她还会经常拿一本书在走廊上走来走去，设法让孔秀康看见。不过，她做了这么多，效果好像还是很不理想，这让她很郁闷。有人见她下班后不回家，一个人在办公室坐到窗口，手托香腮作沉思状，一副寂寞又忧伤的模样。唐芸芸私下对董庆仁说一个女人做到这一步，就跟恋爱没关系了，完全成了下贱，简直是不要脸，成了花痴。对此，李津兰觉得唐芸芸说得有点刻薄，但是，她也是不赞成段毓婉这样做的，一个女人一定要自爱，要自尊，要有分寸，如果没有自爱，别人又怎么会爱你呢？

再说，孔秀康是有老婆和孩子的人，段毓婉这么做也是很不道德的。现在是民国了，婚姻上开放了，提倡自由恋爱，但是这也不能将自己的快乐建立在别人的痛苦上，她这么干，就是和这个男人结合了，毁了孔秀康的夫人，她内心能平静吗？李津兰真是希望段毓婉能够迷途知返，否则最后真不知是个什么结果。

第4节

昆明报纸上刊登了广州滇军反叛的情况，从滇军与军政府叫板，到双方发生武装冲突，再到滇军失败，有头有尾，报道得非常详细。昆明人对此议论纷纷，一些人认为尽管最后失败，但是拼了一把，挺值的，给云南人长脸了。但是更多人则认为这纯粹是胡闹，跟随孙中山就应该老老实实跟随，不应该有野心。孙中山去世了，汪精卫、胡汉民作为继承人，顺理成章，滇军应该服从这个安排，而不是野心膨胀，乘虚而入，另搞一套。

不过，这对裕滇银行的工作没有影响。这段时间，孔秀康在银行内部发起了“增效抑费”活动，就是增加利润减少费用，让所有职员荐言荐策。李津兰想到自己这些年一直想开展的“跟单押汇”，应该提出来。事实上，李津兰与孔秀康在盘龙江边发生的事，已经过去了。第二天，李津兰在银行见到孔秀康，保持淡定，对自己说，那是孔行长酒后失言，只是一个失误，自己不要把那个事看得太重。她相信孔秀康是个成熟的人，会正确对待这个失误。果然，孔秀康见到她时，也没提那个事，甚至一点暗示都没有，两人还是正常的工作关系。

这天中午吃饭时，李津兰与唐芸芸、董庆仁谈起开展“跟单押汇”的事。唐芸芸没听说过这个业务，问这是怎么回事，李津兰说：“这是一种新型贷款，专门给大锡企业的，开展这个业务利润高风险小，并可得外汇。”董庆仁说：“这是法国歌纳银行带到云南的，很受大锡企业欢迎。”唐芸芸问道：“这具体是怎么回事？”李津兰说：“是这样，歌纳银行在碧色寨车站设办事处，大锡企业的土条在碧色寨装上火车，歌纳银行凭发货单就给企业贷款，金额最高能达到大锡货款的八成。过去是大锡到香港出手后，企业才能收到贷款，货物占用资金时间很长，企业压力很大。歌纳银行这么搞，货一上车就拿到钱，减轻企业资金压力。”唐芸芸问：“还款呢？企业怎么还款呢？”董庆仁说：“这等于是用在途货物抵押，货物在香港交易后，企业归还贷款，歌纳银行给抵押货物开放行单。”唐芸芸说：“这样做银行的风险比较小，确实不错。”李津兰说：“还有一点，歌纳银行让企业收的英镑等外汇在他们银行兑换银元。”唐芸芸说：“银行还可以得到很多外汇，是吧？”李津兰说：“是的，就是这样。”

唐芸芸说：“可是，歌纳银行这么好的业务，咱们插进去一脚，歌纳银行能同意吗？”李津兰说：“肯定不同意，这如同虎口夺食。很早以前潘行长就想过去争取一部分这个业务，由于担心歌纳银行反对，一直没行动。现在，孔行长当家，他做事有魄力，我觉得应该争取一下。”唐芸芸说：“我也觉得值得试试，其他不说，就说外汇这个事，现在云南外汇都在歌纳银行手上，省政府用外汇都要找它兑换，这太不正常。”三个人又议论一会，上班后李津兰去写报告，下班前将报告递交到行长办公室。

孔秀康收到报告后，第二天找李津兰谈了一次，孔秀康认为这是个很好的想法，但是觉得困难肯定也不小，为了慎重起见，孔秀康想在银行的办公会上征求一下意见，李津兰觉得这样考虑很周全。几天后，孔秀康在办公会上说了这个事，请各位说说自己的看法。几个部门经理先后发言，清一色反对，都是怕得罪歌纳银行引发洋务纠纷。这时，柳貂蝉开始发言，人们以为她也会反对，可是，出乎大家的意料，她没有反对，相反是大力称赞这是一个特别好的想法，不仅可以增加裕滇银行的收益，而且可以打击一下歌纳银行的傲气，这些年歌纳银行总是高高在上的，盛气凌人，颐指气使，吹胡子瞪眼的，可恶至极，好像是中国人的主子，这次就冒犯它，能怎么样？没必要怕它，那些害怕洋人的思想该改改了。还有，这些年歌纳银行给裕滇银行制造了不少麻烦，那个星旗银行职员的诈骗案，它就扮演了很可疑很卑鄙的角色，人说老虎屁股摸不得，这次就摸摸它，看它怎么办。柳貂蝉不仅观点尖锐，言词也是十分激烈。会场这些部门经理听这么说，面面相觑，不知柳貂蝉这葫芦里卖什么药。孔秀康觉得尽管柳貂蝉的言词激烈了一点，但是观点还是正确的，当即给予称赞。

孔秀康把这个事写成报告，请求省政府下令所有本省企业均不得在外国银行办理“跟单押汇”，裕滇银行将在碧色寨车站设立办事处，相关业务，一律在该办事处办理，然后亲自把报告递交省政府。

这天晚饭时，李津兰跟公公说起这个事，赵亦恒说：“这恐怕要惹翻歌纳银行，这不是抢它的饭碗吗？他们肯定不干的。”李津兰说：“是的，这就是向歌纳银行挑战。”赵亦恒说：“不行，这可是个惊天大事，肯定会影响本省和法国的关系，要慎重呀。”李津兰说孔行长已经将这个报告送上去了。赵亦恒说：“不行，你让孔行长赶快把报告要回来，这是捅马蜂窝的事，不能干，干了要毁了你和孔行长。”李津兰问道：“有这么严重吗？”赵亦恒说：“你不知道这个厉害，那些洋人不好惹的，如果这事把歌纳银行惹毛了，他们动用法国政府来给省里施压，最后省里肯定让步。不仅如此，法国人还可能要求惩办祸首，你跟孔行长就是祸首，搞不好在银行都待不下去。你知道吗，庚子之乱八国联军要求惩办祸首，慈禧太后是杀了几个大臣？庄亲王载勋被逼自尽，山西巡抚毓贤即行正法，端郡王载漪和辅国公载澜斩监候。”李津兰觉得公公说的是不是有点严重，就这点事情不至于吧？赵亦恒继续说：“滇越铁路是法国人的，这是卡脖子的事。你不知道，原来本省进内地非常艰难，要翻山越岭，走上千里路，到株洲才能上火车，这种恶劣的交通状况，严重制约本省的经济发展。滇越铁路改变了这个被动局面，云南人可以乘火车到越南，然后可以乘船到香港、广州、上海、天津，还可以到日本、法国、英国和美国，云南这个封闭的世界一下子被打开了。可是你知道吗？滇越铁路在他们手上，如果人家铁路停运会怎么样？你好好想想吧。”李津兰觉得赵亦恒说得有道理，法国人是得罪不起，应该提醒孔秀康注意，不行放弃算了。

第二天一早到办公室，李津兰就去找孔秀康，人家说他去省政府了，两个小时后，李津兰听说他回来了，去他办公室，见他情绪激动，脸色很难看。李津兰问道：“行长，怎么了？”孔秀康急促地说：“咱们的报告，省里不批。这些官僚老爷，这也怕那也怕的，首鼠两端，瞻前顾后，什么都干不了！”听这么说，李津兰反倒松了一口气，心想还是别捅这个马蜂窝好。不过，孔秀康在气头上，不能那么说。李津兰附和着说：“那些人整天坐在办公室里，最怕承担责任，对于他们来说，最好每天都一样，什么都不发生，让他们进办公室就喝茶，一直喝到下班。你听说过吗？人家说省政府消耗最多的是什么？是茶叶，什么普洱、滇红、滇绿，那些人是换着花样喝，要说品茶，个个是高人。”孔秀康不甘心地说：“不行，我一定把这事办成，大锡公司改造那么难的事都办成了，这个事还办不成？我就不信。”

随后，孔秀康在省里上上下下找人，一再游说，一再碰壁后，万般无奈之下去找唐继尧，最后，唐继尧同意开会审议一下。这让孔秀康看到了一线生机。

第5节

这天中午吃饭时候，董庆仁对李津兰和唐芸芸说：“上午段毓婉来找我说了一个事，你们知道吗？段毓婉说那天办公会上柳貂蝉说支持开展跟单押汇，是想害孔行长和李津兰，散会后柳貂蝉私下对吴少愚说，就是要让他们去得罪歌纳银行，那些洋人是那么好惹的？他们闹得越凶最后败得越惨，只怕最后的处理结果比星旗银行诈骗案还厉害，让那两个傻瓜都滚蛋。”唐芸芸问董庆仁：“段毓婉跟你说这个，是什么意思？她现在不是柳貂蝉他们一伙的，怎么维护起李经理了？”

董庆仁说：“现在因段毓婉暗恋孔行长，跟柳貂蝉闹翻了，她不想让孔行长因此倒霉，不想让柳貂蝉的阴谋得逞。她是想通过咱们这个渠道提醒孔行长一下。”唐芸芸说：“人家孔行长要她提醒？要她心疼？她是谁呀？也不拿镜子照照。”李津兰说：“段毓婉没有恶意，别说她了。现在看这个事是很凶险，不去碰为好。可是，如何才能让孔行长放弃呢？如果省里取消开会审议这个事就好了。”唐芸芸说：“取消不了，唐省长说要开会审议，肯定会的。”李津兰说：“这个事是我提出来的，我太鲁莽了，没把这个事想清楚就提出来，太不冷静，太愚蠢了，这下子要害了孔行长。”唐芸芸说：“这个事，如果孔行长去跟唐省长说取消倒是有可能取消，你们说是不是？只是，如何说服孔行长呢？”李津兰觉得应该好好想想。

过了几天，李津兰还没想出让孔秀康放弃的办法，就被孔秀康带去法国领事馆，去与戴福阁会面。很快，孔秀康、李津兰和王平端分乘三辆黄包车到了翠湖边的法国领事馆。孔秀康带李津兰和王平端一起过来，是知道他们原来与戴福阁打过交道，并知道李津兰懂法语。他们三人走进会客室，法国领事迎上来寒暄，这个领事是新上任的，身后是戴福阁，戴福阁的越南翻译官给孔秀康介绍法国领事和戴福阁，李津兰向对方介绍了孔秀康。戴福阁这是第一次见孔秀康，说了一些恭维话，孔秀康也夸赞了对方一通。法国领事寒暄后离开，把会客室留给这两拨客人。

戴福阁直接进入本次会面的主题，表情严肃地稀里哗啦说了一通，翻译官说：“孔先生、王先生、李小姐，戴福阁先生听说你们在请求省政府下禁令，禁止所有大锡厂家在外国银行办理跟单押汇，而在你们本省银行办理，请问，有这事吗？”孔秀康说：“有，省里正在研究。”翻译官把这个话翻译过去，戴福阁马上又稀里哗啦说了一通，翻译官说：“孔先生，戴福阁先生说我们对此很不满意，我们希望你们停止与此有关的所有活动。跟单押汇业务是我们歌纳银行带到云南的，现在这些厂家跟我们做这个业务，是建立在双方自愿和公平的基础上，这应当得到政府的保护，而不是破坏。你们省政府无权下此禁令，这个禁令是破坏自由经济，破坏市场经济的，我们希望你们立即停止。”

孔秀康说：“戴福阁先生，你知道大锡是我们云南的支柱产品，对云南的经济影响巨大，对此我们必须进行必要的管控。我们云南要建设要发展，这样的支柱产品就必须掌握在自己手上，这个禁令就是一个管控措施。还有，这个业务涉及外汇管理问题，大锡外销所得外汇也必须纳入本省银行的管理范围，云南省政府使用外汇都要到你们那里去兑换实在不正常。我们要改变这一点，我们认为这是一个国家和地区的主权问题，不是经济的自由与公平的问题，这一点请你理解。”

翻译官翻成法语，戴福阁听后又说一通，翻译官翻道：“孔先生，戴福阁先生说，他知道你有美国留学的经历，对市场经济有一定的认识，这完全就是一个市场公平问题，跟主权问题无关。你们要介入这个领域很正常，完全可以在不限制别人的经营情况下开展同样的业务，大家公平竞争。”孔秀康质问道：“戴福阁先生，你们是滇越铁路的大股东，之前，你们把这个业务与滇越铁路的货运捆绑在一起，如果厂家在别家银行办理跟单押汇，你们就不给办理货运，这公平吗？”翻译官翻成法语，戴福阁又说几句，翻译官翻道：“戴福阁先生说，这是历史原因形成了。同时，拿法国企业发运单在我们法国银行办理贷款，这也方便了厂家。当然，今天你说到这个问题，他可以表态，咱们可以坐下来探讨这个问题。我们可以考虑解除这两个业务的相关性约束，就是不在我们银行办跟单押汇的企业，滇越铁路公司也允许他们在碧色寨发货。”

孔秀康说：“现在我们不打算跟你们探讨这个问题。我只想指出，在你们的行为中，你说的公平竞争根本不存在。你也知道，你们法国在云南的企业，例如滇越铁路、甘美医院、远东旅馆等企业的营业收入全部存在你们银行，他们需要的贷款也在你们那办理，这是公平吗？”翻译官翻成法语，戴福阁说，翻译官翻译道：“这很公平，这是因为我们为他们提供了很好的服务，他们选择了我们，这怎么不公平？”孔秀康说：“戴福阁先生，你们法国是老牌资本主义国家，实力雄厚，经验丰富，你们与我们的所谓公平竞争，就像拳击台上一个成年人跟一个儿童对打，这是公平吗？我们的经济比你们弱，进行一定的保护，这哪里不公平？”

翻译官翻译成法语，戴福阁说，翻译官又翻道：“孔先生，戴福阁先生说，市场经济是没有前提的，市场经济是充分的自由经济。”孔秀康说：“戴福阁先生，如果市场经济是由实力雄厚一方制定规则，那无论冠以什么动听的名字，它都是不公平的。”翻译官翻译成法语，戴福阁听了激动起来，大声说一通，翻译官说道："孔先生，戴福阁先生说，实力雄厚没有任何不好，有的时候确实要靠实力说话，你们没权搞这种限制，这是粗暴践踏自由经济，是野蛮人行为，我们绝对不允许。"孔秀康也很生气，针锋相对地说："我们欢迎外国人来云南做生意，我们的政府也愿意给他们提供良好的经营环境，但是，有的人因为自己有坚船利炮，觉得自己拳头大，就可以让云南人服从他，听从他的指手画脚。恐怕他搞错了，云南不是他们的殖民地。"

翻译官翻成法语，戴福阁听了，粗暴地说一通，翻译官翻道："孔先生，戴福阁先生说，如果你们不听我们的劝告，一定要强行搞这个禁令，就不要怪我们不客气，我们会让滇越铁路公司停运你们的大锡，让你们回到石器时代，你明白吗？回到石器时代。"

孔秀康听明白了戴福阁的话，激动地说："滇越铁路是在光绪三十四年才通车的，可是在那之前个旧大锡就已经外销，你们用铁路来卡我们，不可能让我们回到石器时代。是的，当年没有铁路，我们用牛背马驮，甚至用肩挑人扛，能把大锡运出去，现在我们仍能做到，你们卡不住我们！"越南翻译官有点为难，在犹豫是不是要照原话翻译，李津兰不客气地把这话翻译给了戴福阁，戴福阁听了，气得呼呼直喘粗气。孔秀康起身告辞，带王平端和李津兰离开。走出法国领事馆后，一直没说话的王平端说："孔行长，好样的，你长了我们云南人的志气！"李津兰没说话，但是，心中对孔秀康多了一份敬佩，多了一份爱戴，为自己有这样了不起的上司备感自豪。

第六章

第1节

前段时间，方鸣九发动广州政变，朱培德按照胡汉民的指示，率部从韶州出发，由粤汉铁路南下，到达石井兵工厂附近时，广州城大部分反叛部队已经被打垮。朱培德便把集中于此的滇、桂叛军残部全部包围缴械。朱培德还收编了驻连县附近的滇军朱世贵部、驻惠州一带的曾万钟部和一部分溃散的滇军官兵。

后来，方鸣九是什么情况呢？省长公署失守后，方鸣九带少量随从在沙面乘英国人的船逃到香港，在香港买了房产，再后来，方鸣九长期在香港生活，抗战爆发后他回昆明生活。另外，关公脸是什么情况？省长公署失守后，关公脸也逃到香港，听说他在香港碰到也逃到那里的光头，两人一起回了昆明。

与此相关的另一个事，就是唐继尧派遣进入广西的两路大军怎么样呢？龙云和胡若愚，与唐继虞和张汝骥这两路滇军，在广州政变时还停留在广西，由于两军相距太远，唐继虞和张汝骥这一路滇军被新桂军李宗仁、白崇禧部队分割围攻，唐继虞部在柳州被消灭，张汝骥部在庆远被击溃，同时，在南宁的龙云和胡若愚部也被其他桂军围攻，后来艰难突围，慌乱回滇。

陈炯明的部队怎么样呢？本来陈炯明是要与方鸣九一起行动的，但是，由于方鸣九的部队垮得太快，快到迅雷不及掩耳，陈炯明部队只好留在原地，不再向广州开进。陈炯明站在惠州城楼上遥望五羊城，扼腕叹息。

三标他们跟随陈文汉到广州沙河，这里集中了刚收编的各路滇军，朱培德到此对官兵讲话。朱培德讲话的大意是：你们多是云南子弟，参加过护国军，一直跟随孙中山先生。你们这些队伍是有光荣历史的，现在被人带错了路，走向反革命。今后要保持滇军的光荣传统，为国民革命奋斗。

后来，三标他们被送到韶州，经过整训，三标出任第3军独立师新组建的独立2团团长，杨钊担任这个团1营营长，王玉生担任这个团2营营长。他们带去的兵，也在这个团里。对了，不久，崔大嘴带一些兵也到韶州，崔大嘴被编到王玉生2营当副营长。油葫芦在省长公署战斗中阵亡了，不能跟崔大嘴到韶州了。

朱培德部在讨伐方鸣九叛乱时，虽然号称一个军，实际兵力却不足三千人，收编方鸣九旧部后，朱培德的部队扩大了几倍。

三标心里还惦记父母回云南的事，给父母家去了封信，让他们到阿迷老家给自己来封信，并让四毛驴和那个兵到韶州来找自己。很快，三标收到父亲的来信，说他们到阿迷老家了，让三标放心。接着，四毛驴和那个兵也到韶州，四毛驴继续给三标当卫兵。

两个月后，三标带四毛驴去广州办理自己租那个院子的退房手续，路过白金花开的三迤香饭店，见这个饭店又开业了。白金花因投毒，被三标赶出家门后，三标不知道白金花在干什么。三标让四毛驴送父母和媳妇回昆明时，曾想过白金花，但是，当时三标确实不知道白金花在哪里，并且当时时间太紧，就没管白金花。现在看，白金花还是有生存能力，把饭店又开起来了。三标让四毛驴去看看老板是不是白金花，四毛驴回来说："饭店老板是团长太太。不过现在这是真正的饭店，不再是赌场。"

三标知道，没有滇军罩着，白金花的赌场根本开不下去。三标见四毛驴用那种眼神看自己，问道："你什么意思？让我过去找她，是吧？"四毛驴没说话，那神态，就是这个意思，三标说："行了，你别瞎琢磨了，现在她跟我没关系，你知道吗？她想干什么就干什么，我不认识这个人。”说完，带四毛驴走了。

第2节

这天上午，三标路过连队食堂，在门口，见几个兵在听一个年轻军官讲道理，这个军官很面生，不知是哪里来的。三标站下来听听，这个军官说：“我们都是穷人，天下穷人是一家，是兄弟，不应该互相辱骂，互相欺负，互相伤害。”一个小个子兵指着一个大个子兵说：“是他先打我。”军官对大个子兵说：“这就是你不对了，你怎么可以动手打自己的兄弟呢？”大个子说：“我是先动手，可是，是他先骂我，他不骂我能打他吗？”军官说：“首先是他不该骂你，其次是他骂你，你也不该动手。你仗着自己是老兵，身体比他强壮，就动手打人，这是不对的，上级欺负下级，军官欺负士兵，老兵欺负新兵，这是军阀军队的恶习，我们革命军队是绝对不允许的。”三标觉得这个军官这番话说得挺有水平，见这几个兵的冲突已经被他化解，就没去打扰他们，悄悄走开。

下午，三标在团部，陈文汉走进来，这时，陈文汉是第3军独立师党代表兼政治部主任，是第3军少有的几个不是中共党员的党代表，三标见状，连忙起身欢迎，陈文汉说：“刘团长，我给你带了个人过来。”说着，陈文汉身后的一个年轻军官向三标敬礼，说道：“刘团长好，于待昌到独立2团报到。”三标看着这个军官一愣：这不是上午在食堂给士兵调解矛盾的那个军官吗？这么巧，他怎么来了？陈文汉说道：“刘团长，给你介绍一下，这是给你们团派来的党代表，于待昌。”听这么说，三标赶紧与于待昌握手，说道：“于代表，欢迎呀，欢迎你到我们团，今后咱们就是一家人了。”

于待昌说：“是的，我以后一定好好向团长学习。”三标说：“别这么客气，什么团长不团长，以后你就叫我长生。”于待昌说：“那太不礼貌，团长年长待昌，是我的大哥，我还是叫你团长。”陈文汉说：“刘团长，于代表是山东人，山东齐鲁大学毕业，有文化有水平。”三标说：“你们都是大知识分子，太了不起了。”于待昌说：“没有，还是团长这样枪林弹雨中杀出来的了不起。”三标说：“你别给我戴高帽子。对了，今天上午在食堂里给几个兵做调解工作的是你吧？”于待昌说：“是我，团长怎么知道？”三标说：“我刚好路过，看见你，你讲得特别好，有水平，我看那些兵很服你。”陈文汉说：“原来你们上午就见过面了？那我介绍就多余了。”三标说：“没有，我只是在门外听了一会，没进去打扰他。”陈文汉说：“行，你们认识了，我的工作就完了。我先回去，有事你们来找我。”说完走了。

第3节

第二天，三标从师部开完会回团部，路过操场，见那棵大榕树下崔大嘴和几个老兵在聊天。他走过去，他们没有发现三标过来，崔大嘴说：“你们说什么？凭什么就不能娶戏子？不能让戏子做老婆？”一个胖老兵说：“戏子无情，婊子无义，你没听说过？”崔大嘴说：“胡扯，戏子有无情的，也有有情的，看遇到哪个。”另外一个脸黑黑的老兵说：“就是，那么多长官娶戏子，凭什么咱们团长就不能娶？”听到这话，三标紧张起来，心想他说的团长，莫非是关公脸？不会吧？

胖老兵说：“那些长官娶戏子是做姨太太，没人娶来做正房夫人的。戏子在家里主事，那家风能好？”黑脸老兵说：“什么家风不家风的，你想娶还娶不到呢。”崔大嘴说：“对，对，这就是人家说的嫉妒，自己得不到也不想别人得到。没事，你好好干，等干到团长了，你就有能力娶了。”胖老兵说：“什么干到团长？他现在是个屁的团长，手下一个兵都没有。”崔大嘴说：“你知道啥？唐省长很快就会给他个官位，比在咱们这边级别高。”

三标过去说：“你们这是说什么呢？说得这么热闹。”几个人连忙给三标敬礼，三标说：“都把手放下，继续说。”崔大嘴说：“刘团长，我们在这闲聊，没什么好说的。”胖老兵说：“是的，我们就是闲聊。”三标说：“我刚才听你们说团长娶了个戏子，这是说关团长吧？你们是听谁说的？”崔大嘴说：“有几个兵从云南回来，是听他们说的，他们在云南报纸上见到关团长的结婚公告。”三标问道：“娶了哪个戏子？”崔大嘴说：“就是两年前到广州唱戏的那个戏子，叫什么红……”三标说：“十三红？”崔大嘴说：“对，对，十三红。”三标心里咯噔一下：还真有这个事。

三标跟他们告辞，回团部。接着，三标四处打听，关公脸怎么娶了十三红？十三红不是有丈夫吗？是他们戏班子里的琴师，怎么还嫁人？还有，这关公脸是怎么回事？难道这些年他一直在跟十三红联系？

很快，结果出来了，这些年关公脸一直联系着十三红，给她写信，邮寄礼品，可以说是一往情深。当然，关公脸也知道十三红到广州演出后和她琴师丈夫离了婚。这次广州政变失败后，关公脸回到昆明，抓住十三红单身这个契机，向她求婚，十三红没有拒绝，这样关公脸终于抱得美人归。还有，关公脸回到昆明，那个光头帮他在唐继尧的部队中谋了个副团长的职位，对这个职位关公脸并不满意，比自己原来的团长职位矮半级，并且根本无实权，这算什么？可是政变失败，还有什么本钱要官？能给这个官就已经很不错了。关公脸知道这个道理，也就不再说什么，接受了任命。

关公脸娶十三红的事，还是让三标很气愤。三标认为十三红本来是他二哥的女人，二哥跟十三红两小无猜，青梅竹马，是那么美好的一对。可是，就是这个关公脸，害死了二哥，不仅如此，还霸占二哥的女人，这简直欺人太甚。三标暗自说：“关公脸，我与你不共戴天，你等着，我一定要把我二哥被害案查个水落石出，找你讨还血债。”

第4节

二标君：

你好！我还是在广州。上次给你写信，到现在又过去一年了，现在广州的革命形势发展很快。孙中山先生去世后，滇桂联军发动政变，被军政府平定，去年6月，在苏俄顾问的指导下，国民党主席汪兆铭主持召开了国民党中央政治会议，决定将孙中山生前的“中华民国军政府”名称中的“军”字去掉，改为“中华民国政府”，人们称其为“革命政府”。这项重大调整，不再沿用孙中山召开国会的做法，改为由国民党中央决定。这引起社会上的一些议论，人们觉得以后国民党将搞苏俄式政治，放弃孙中山的美国式政治，还有，新政府首脑不再称呼大总统，改称主席。

7月1日，新政府正式成立，汪兆铭任广州中华民国政府常务委员会主席，兼军事委员会主席、宣传部长等职。接着，革命政府军事委员会下令将“建国军”名称取消，统一更名为“国民革命军”，初步编成六个军：黄埔军校军为第1军，蒋介石任军长；部分湘军为第2军，谭延闿任军长；滇军为第3军，朱培德任军长；粤军为第4军，李济深任军长；福军为第5军，李福林为军长；部分湘军为第6军，程潜任军长。后来，编桂军为第7军，李宗仁为军长。

朱培德第3军下辖三个师：王均师长的第7师、朱世贵师长的第8师、朱培德兼师长的第9师。

去年10月，汪兆铭下达讨伐陈炯明行动令，开始“二次东征”，经过东征军的浴血奋战，十五天后终于攻克惠州，端了陈炯明老巢，彻底消灭陈炯明军主力，陈炯明无奈逃往香港。从此陈炯明再无力兴风作浪了。

陈文汉

民国十五年二月三十日，于广州

第七章

第1节

由于歌纳银行总部找了法国政府，法国驻云南领事馆与云南省政府联系，要求云南当局严守市场经济的原则，不得用行政命令干预市场。接着，法国的越南总督约云南省政法高官在河口会晤，越南总督明确表示如果云南省政府下这个本省企业不得在外国银行办理“跟单押汇”的禁令，他们总督府也将下令取消之前的对大锡过境越南的关税优惠政策。这次会面后，省里经过一再研究，最后决定暂时不下此禁令，待条件成熟后再说。孔秀康把省里的这个决定告诉李津兰，对省政府的决定很不满意，愤愤不平。

李津兰说：“没办法，法国人如果在越南卡咱们的脖子，咱们没办法，老话说：人在矮檐下，怎能不低头？省里这么决定也是出于无奈。行长，你也别生气了。”孔秀康叹了口气，他知道只能如此，云南受制于洋人，只能忍气吞声。李津兰问：“省里还有其他决定吗？比如对于某个人的处理决定？”孔秀康说：“什么意思？”李津兰说：“我是担心法国人认为这给他们添麻烦了，要求省政府追究相关人员的责任。”孔秀康上下打量一下李津兰说：“你害怕了？不至于吧？他们还要求惩办我们？有这么不讲理的吗？”李津兰说：“不是我害怕，我是想跟单押汇这事是我提出来的，担心这事得罪洋人，影响了行长的前程。”孔秀康说：“为我担心？谢谢，没事的。不过，真有事我也不怕，惩处我我也不后悔。”

第2节

这天，李津兰走进巡津街的远东旅馆咖啡厅，在墙角坐的邓明雄起身相迎，他穿着军装，请李津兰在自己这桌坐下。李津兰说：“干吗找这么贵的地方？咱们是老朋友，怎么搞这个排场？”邓明雄说：“算不上什么排场，只是这里的咖啡特别好喝，想请你品尝一下。别不信，喝了你会喜欢的。”李津兰为了不让人家扫兴，没说自己此前已喝过，只是笑笑。昨天，李津兰接到邓明雄请喝咖啡的电话，尽管心里有点担心对方有那方面想法，但是又想到上次见面对方那么规矩，觉得问题不大，就答应了。此时，李津兰嘴里说别来这么贵的地方，其实心里还是挺喜欢，这种有情调又浪漫的地方，没有哪个女人不喜欢。

咖啡上桌，香味四溢，邓明雄又聊起当年见面时的一个可笑之事，气氛很轻松，聊了一会，邓明雄说：“这事都是很早以前的事了，算一算，这都过去十年了，人生有几个十年？”李津兰点点头，很有同感。邓明雄的话头一转，感叹地说：“最近我也挺烦的，家里催我结婚，真是没办法。”李津兰吃惊地问：“原来你家里给你找的那个，你们一直没成婚？”邓明雄说：“那是很多年前的事情了，那个人，因我一直坚持不接受，我父母去退了婚，那都过去了。”

李津兰说：“你赶快找一个呀。”邓明雄说：“我是一直在找，可是都没有合适的。”李津兰问道：“像你这个条件，部队的大团长，大户人家的千金小姐，哪个不愿意嫁呀？你还找不到合适的，奇怪了。”邓明雄说：“有人介绍，确实没有碰到合适的。你知道，现在年轻女子有文化的还是少，尤其是那些村镇上大户人家的小姐，很多都不识字。你知道，找夫人不能只看年轻漂亮，还要有共同语言。”李津兰觉得邓明雄说得有道理，现在是民国，那种女子无才便是德的观念过时了，已被淘汰了。邓明雄说：“你不知道，我长期驻防外地，那些地方的村镇还很封闭很落后，女人里找不出一个识字的，跟大清时一样。那里人给我介绍的女子，我只要听说不识字就一口回绝，接受不了，接受不了。”李津兰问道：“你长期不在昆明？”邓明雄说：“是，我们团从屏边调到昆明没多久，也就是我第一次去你们赵府的半年前吧。对部队的事你知道得少，过去防卫昆明的一直是龙云的部队，最近，唐省长担心龙云权力过大，调我们过来参与一部分，现在还不知道要在昆明待多久。”

邓明雄又转到刚才那个话题上说：“我父母每次来信都是催这个事，我现在看到昌宁来的信就头痛。”李津兰知道邓明雄是腾越道昌宁人，同情地说：“你原来驻防外地不方便找，现在到昆明，昆明有文化的女孩子多，应该很快能解决。”邓明雄不这么看，摇摇头。

李津兰觉得应该结束这次见面了，再往下聊如果聊出敏感问题，搞得双方尴尬。可是，邓明雄显然不想结束，继续说：“找到有共同语言的，很难的，我是不认为有那么好的运气。对了，你知道我想找个什么样的吗？”停下来，等李津兰回答，见李津兰没回答，又说：“就是你这个样子的。”李津兰阻止道：“别瞎说！咱们之间不兴开这种玩笑。”邓明雄严肃地说：“我说的是真的，不是开玩笑。”李津兰站起来说：“对不起，时间不早了，我该回去了。”邓明雄挽留李津兰，李津兰说：“谢谢你请喝咖啡，我确实该走了。”说完朝大门走去。邓明雄说：“我送你回去。”李津兰婉言谢绝，坐上门口的黄包车走了。

在黄包车上李津兰想，看来自己的担心还是对的，邓明雄对自己还是有那个意思，男人约女人单独见面，十有八九是打那个主意，天下男人都一样。不过，晚上躺在床上，想起这个事，李津兰的想法又有所改变，她觉得自己是不是有点过于紧张，邓明雄是单身，自己也是单身，人家追求自己不是很正常吗？自己干吗拒人千里之外？另外，要说老规矩丈夫死了妻子守寡一年，这个期限已满。邓明雄的条件很好，年纪轻轻当上团长，这条件的男人是多少深闺女子的梦中情人，是多少千金小姐的心中白马王子，多好的男人！还有，人家约自己喝咖啡自己就去了，是不是自己有点喜欢他？李津兰不敢往下想，赶紧强迫自己睡觉。

第3节

这几天李津兰想的还有另外一个事，上次见老先生，老先生说不记得借款这个事，现在潘行长回来，如果带潘行长去见老先生，当面对质，是不是能让老先生说实话？当然，现在认定老先生是撒谎证据并不充分，也许人家就是想不起来，带潘行长见他，能让他回忆一下，应该没坏处。

这天，李津兰走进潘永其的办公室，对看报纸的潘永其说："潘行长，有时间吗？"潘永其放下报纸，见是李津兰，连忙殷勤地说："李经理，来，来，坐！有事吗？"李津兰在他办公桌对面坐下说："没什么事，就来你这坐坐。潘行长，这几年你真是受苦受大了，真是没想到，本来这都是你的本职工作，在这个岗位上谁都无法推脱的，最后变成你个人问题，太不公平了。本来是他们两人抢政夺权，跟咱们这些老百姓没一点关系，到最后拿老百姓撒气，这让不让人活？"潘永其连忙起身去把门关上说："李经理，这话你可千万不能说呀，这要惹麻烦的。我知道，你说这个没其他意思，可有的人不这么看，你知道咱们银行里有的人是不安好心的，给他们抓住把柄就惨了。"李津兰说："是，是要小心，我知道。潘行长，现在你家里也都好？"潘永其说："好，都挺好的。你是有什么事吧？有事你就说，是什么事？"

李津兰说："是有个小事，就是那一万元贷款的事，你还记得吧？"潘永其说："记得，有什么事吗？"李津兰说："是这样，就在你回来上班之前，我跟孔行长去见了老先生。"潘永其有点意外地问道："是吗？谈得如何？"李津兰说："我跟他提那一万元，他说他不知道，我说他当时还给你打过一个电话。你知道他说啥吗？他说他忘记了。"潘永其说："忘了？这种事怎么能忘了呢？"李津兰说："是的，我也觉得不应该忘。潘行长，我今天来，我的意思是你要方便，咱们跟孔行长一起去见一下老先生，帮他回忆一下这个事。”潘永其听说是这个事，面露难色。

李津兰接着说：“你不知道，我和孔行长去见老先生时，他对我们特别客气，很平易近人的样子。我估计他是真的忘记了，他每天处理那么多事，这又是很多年前的事，忘了是完全可能的。我的意思是，咱们去帮他回忆一下，估计你跟他聊聊，他能回忆起来。”潘永其为难地说：“这个事……这个事不好办，老先生是省里的高层人物，他说忘了，我再去说这事，可能不太合适。这个事不好办，不好办。”李津兰早料到潘永其会推脱，知道潘永其是有点吓破胆，但是李津兰不放弃，继续说：“没事，特别简单的，去见个面，一切就都清楚了，他回忆起来，说了用钱单位，这个事也就了结了，这也解决了裕滇银行一笔呆账。”潘永其没说话，他知道裕滇银行呆账多了去了，多这一笔不多少这一笔不少，然后他说：“这个事当时督军公署来发过话，让放一放，现在上面有新的说法吗？”李津兰说：“没有，只是我觉得这真的不复杂，只要去一趟就完了。”潘永其听这么说，松口气说：“原来这样，那好吧，让我考虑考虑好吗？”李津兰不好再坚持，就这样结束了谈话。不过，李津兰也想好了：我就是不让你推脱掉，过两天我再来找你，一定让你去一趟。

第4节

在搞跟单押汇时，孔秀康就跟李津兰说过一个想法。是什么想法呢？事情是这样的，那天，他俩从省政府回来，刚进银行大门，孔秀康说：“现在市面上滇票贬值得太厉害，到了不得不整顿的地步。”是的，李津兰知道目前很多商家不愿收滇票，滇越铁路、甘美医院、安兴洋行、歌胪士洋行、英国英美烟草公司、美国三达美孚煤油公司、日本盛吉隆水火油公司等这些洋人企业更是坚决拒绝，黑市兑换已经到了五元滇票换一个大洋。

孔秀康说："我想从市场上回收一些滇票，公开销毁，来提升市场对滇票的信心。"李津兰说："孔行长，这事可不是个小事，你打算怎么收？收多少？回收的银币从哪里来？"孔秀康说："用一百万银币回收等额滇票，银币当然是让省里拿。"李津兰知道孔秀康到裕滇银行上任后，发行第七、第八次滇票，合计一千六百八十万元，加上之前六次发行的，累计发行三千八百六十万。省政府的钱这么紧，怎么可能拿出一百万办这个事？李津兰觉得这可能就是孔秀康顺嘴一说，根本无须认真，笑一笑就回自己办公室了。

可是，今天孔秀康把李津兰叫到办公室说："是这样，我想正式给省政府写报告，让他们用银币归还咱们一百万借款，咱们用些银币回收滇票，搞一次滇票销毁活动。"李津兰听了一愣，这么不靠谱的事，他还真要干呀？孔秀康似乎没看到李津兰这诧异的表情，继续兴致勃勃地说："我觉得他们会同意的，提升市场对滇票的信心，最受益的是他们。现在，滇票贬值这么厉害，给老百姓造成巨大损失，让人家怎么生活？还有，公职人员的薪水是滇票，这会导致什么？导致贪污受贿盛行，你看看，现在从省到县这些公职人员腐败成什么样子？难怪人家说现在云南官场的腐败比光绪年间还厉害。"李津兰知道本省官场腐败已经非常严重，唐继尧重新掌权后，也搞过查办腐败的"清廉正风"之事，也处理过一些贪官，但是收效甚微。客观现实导致公职人员不能不贪，不解决公职人员的收入，查办腐败只是治标不治本。

孔秀康继续说："现在滇票几乎无法流通，到了这一步，我不相信省里面不想提升和稳定市场对滇票的信心，就不相信他们不肯拿钱出来办这个事。"李津兰提醒道："孔行长，搞大锡公司改造的时候，让省里拿出五十万他们都说没钱，现在哪有钱了？"孔秀康说："他们确实没钱，但是，销毁滇票，市场对滇票的信心提升了，省政府是最大的受益者，他们能找到钱。"李津兰觉得孔秀康把问题看得太简单了，本想劝劝，但是，看孔秀康这么信心满满，也就懒得再说下去，找了个理由回自己办公室了。下班时，李津兰听说孔秀康又找潘永其、王平端等几个人商量这个事，李津兰心想，看来孔秀康是真要干呀。

下班，李津兰去欧阳红家吃饭，跟他们家孩子聊了几句，对欧阳红夫妇说了孔秀康的想法，小马说："这事万万使不得。省里怎么可能拿一百万银币出来办这个事？他们根本没有，退一步讲，他们有也不会干。"李津兰说："我也是这么说，可是孔行长根本听不进去。"小马说："孔行长这么聪明的人怎么一下子糊涂了？你说他搞大锡公司改造，那么难的事都干成了，这么聪明，这么高的学历，可这么简单的道理他竟然不明白，真是搞不懂这个人。"欧阳红说："他聪明什么？我觉得他就是胆子大，什么都敢干。搞那个跟单押汇，法国人明确表达不满意了，他还要继续办，最后怎么样？被省政府否了吧？成了本省官场的笑柄。"

李津兰说："有的时候，他这个人确实有点倔强，有时考虑问题也不够全面。"欧阳红说："我说，他把你召回银行有恩于你，他人品也不错，但是，你还是要跟他保持距离，他这个搞法早晚要出大事。"小马说："是的，别让别人说你是他一伙的，否则他被处罚你肯定受牵连，还是小心一点好。"李津兰连连表示感谢，不过她有点不甘心，问道："小马，这事就一点可能都没有？"小马说："我觉得确实是一点可能都没有，首先，是省里没钱，其次，是这些年发行滇票有差不多四千万吧？让你们就是收回一百万能有啥作用？杯水车薪，怎么可能提振市场对滇票的信心？再其次，回收一百万，要在社会上造成大的影响，肯定是搞公开回收，这会不会造成挤兑？一元滇票换一元银币，这不是要引发疯抢吗？"李津兰觉得小马说得有道理，尤其是公开回收造成挤兑，这必须高度重视才行。欧阳红说："一定不能让孔行长向省里提这个事，别忘了，上次弹劾他的那些人还在，上次没弹劾成功，他们还憋着一肚子气呢。绝对不能让他们用这事把孔行长搞倒。"李津兰觉得今天来找欧阳红夫妇聊聊是来对了，他们局外人比自己看得清楚。

第5节

王平端的儿子结婚，因王平端现在的身份，婚礼很简单，就是在家里摆两桌，王平端也没在裕滇银行里说，只是请孔秀康、潘永其、李津兰等几个人去他家参加婚礼。昆明人的婚宴都是安排在吃晚饭的时间，吃饭出来，天都已经黑下来了。李津兰跟孔秀康一起走出王平端家，对孔秀康说："行长，我先走了，明天见。"没想孔秀康说："你是往翠湖方向走吧？我送送你。"王平端家住文林街上，距离武城路不太远。李津兰说："这没多远，我坐黄包车回去，很方便。"孔秀康说："没事，刚吃了饭，走走舒服。"这样李津兰不好再拒绝了。两个人朝钱局街走去，路上孔秀康说了一些工作上的事，后来话题转到家庭上，问李津兰："你公公婆婆身体都很好？"李津兰说："挺好的。我公公在家看看报纸，出门找他的朋友聊聊天，过得挺好。他想把那个厂搞回来，一直在找朋友帮忙，不过，现在昆明市面上这么不景气，他也不是很着急，他觉得晚几年把那个厂收回来的费用还能再低一点。"

孔秀康说："确实有这可能，现在云南经济越来越差，滇票贬值，银币也在贬值，物价越来越高，老百姓的生活越来越困难。你看看这街道两边的店铺，有一半都关门了，开不下去呀。"文林街一直没装路灯，街道的照明都是靠店铺里的灯光。

李津兰对此还是有相当了解的。她父亲李祖殷来信说家里那个榨油坊还是没招伙计，就是靠他和母亲那么支撑着，并说他家的情况算好的，那条街上外地来做生意的商户全走光了，一户都不剩，街上的行人也很少，很萧条。李祖殷说现在是世道不好，没办法。李津兰觉得云南民国初年那种欣欣向荣、龙腾虎跃的景象都消失得干干净净，目前萧条凄凉的程度，甚至比光绪那些年还厉害。

路边有一个乞丐，靠在屋檐下，头发乱蓬蓬的，衣衫褴褛，有五十来岁。孔秀康说：“这些人都是在村里活不下去了，到城里讨饭，现在昆明街头这样的人越来越多。”说着走过去掏出一张滇票放在乞丐面前的破碗里，李津兰也放了一张，乞丐对两位作揖：“谢谢先生，谢谢太太！”两人离开乞丐，到了翠湖边。

这时湖边行人不多，湖水像一面镜子一样，镜子上是对面点点灯光的云梦轩倒影，有微风吹过，那倒影便晃晃悠悠地摇动起来。孔秀康放慢脚步说：“最近这几个事，你帮我出谋划策，对我帮助很大，一直想跟你说声谢谢。让我谢谢你！”李津兰受宠若惊地说：“孔行长，我是裕滇银行的职员，这是我应该做的。再说，是你把我召回来的，要说谢，更应该是我谢谢你。”孔秀康说：“不，不，像你这么优秀的职员，不召回来是裕滇银行的损失，我只是做了一个行长应该做的事。还有，你也别说这都是你应该做的，裕滇银行这百八十号人，能做到你这样的，事实上只有你一个人。”李津兰说：“过奖过奖。”孔秀康转换话题说：“最近你家里都挺好？对了，我还没听你说过你娘家的事，能说说吗？”李津兰说：“当然可以。我父亲在阿迷城里开一个榨油坊，很小，原来有几个小伙计，现在经济不好，都辞退了，不过店铺房产是我们家的，所以现在还勉强能支撑。”孔秀康说：“听说你大哥和你表哥都是当兵的。”李津兰说：“是的，我大哥在北方当兵，有个表哥在滇军当兵，现在在广东，不过，他二人跟我联系不多，我也不了解他们的情况。”李津兰不想谈这类话题，有点戒备，担心招致不必要的麻烦。孔秀康说：“他们当兵的挺不容易，生逢乱世，总是四处漂泊，当然，也有人说乱世出英雄，说乱世也是个好世道，不过，我不这么看，我倒是希望少出几个英雄，让老百姓能过上好日子。”李津兰说：“是的，我也是这样想，能平平安安、顺顺利利过日子比什么都好。”

孔秀康说：“你说后人会怎么看咱们这个时代？会怎么看咱们做的这些事？”李津兰愣了一下说：“这个？我没想过。”孔秀康说：“想想，我觉得这挺有意思！有人说，后人会把我们这个时代看成充满机会、大展宏图的时代，看成奋进的时代，这个时代创造了云南历史上这么多个第一：第一个水电站，第一个自来水公司，第一个火柴厂，第一个兵工厂，第一个大学，第一个机场，第一个航空学校，是我们这个时代开启了云南走向现代社会的大幕，让云南进入一个新时代，云南今后的历史都将建立在今天的基础之上。”李津兰听这些话，皱起眉头，心里很不认同这个说法。孔秀康继续说：“他们还说，你看在军事上，在护国战争中蔡锷率领的护国军向北打到四川，李烈钧率领的护国军向东打到广东。在靖国战争中叶荃率领的靖国军向北打到陕西，方声涛率领的靖国军向东打到福建，这都是云南历史上汉习楼船、唐标铁柱、宋挥玉斧、元跨革囊那些时代不曾有过的。”

李津兰不明白地问：“孔行长，对这些夸赞的说法，你是怎么看？”孔秀康说：“我不认同这些说法。我先说，护国运动，唐省长做了了不起的事，功在千秋，这世人肯定的，我也完全赞成。但是，护国运动之后呢？唐省长干得就不合适了，他穷兵黩武，四处扩张，而云南是个穷省，根本没这个能力。现在他一再杀鸡取卵、竭泽而渔，一再扬汤止沸、饮鸩止渴，经济负担越来越重，把云南彻彻底底压垮了。今天的云南就像个背负巨石的老人，步履蹒跚，就像功德碑下的赑屃，在重压之下寸步难行，甚至可以说到了危在旦夕的地步。省里开放烟禁，滥发滇票，税赋高企，让老百姓生活在水深火热之中。我认为以牺牲老百姓利益为代价的发展经济，不是良性发展，不是可以长久的发展，不是真正的发展。现在大家都看到了，这种发展造成的恶果都显现出来了，物价飞涨、商业尽毁、土地荒芜，收入菲薄，民不聊生。”李津兰觉得他说得太好了，把自己心里话说出来了。

孔秀康继续说：“可是我们无力改变这一切，只能仗剑临风，无谓长叹。”李津兰说：“孔行长，我觉得你做了很多，也起到很大作用。在解决大锡公司改造问题上，你这丰功伟绩，必将在云南经济史上写上浓墨重彩的一笔。”孔秀康说：“言重了，言重了，都是小打小闹，不至于说丰功伟绩，并且，这里面也有你的功劳，也有你的劳动成果，我这不是跟你客气，事实就是这样。你是一个很优秀的女子，很出色的女子，很少见。”李津兰说：“行长，这夸过头了，我就一个特别普通的小女子，也没有太多的想法，就是想过平平常常的日子，在银行上班就是想把工作做好，不能白拿这份薪水。”孔秀康说：“你真会说话。是这样，有句话我一直想告诉你。”不等李津兰表示，孔秀康继续说：“是这样，你知道吗？当年在大锡公司我们第一次见面时，我就喜欢上了你，我没想到天下还有这样漂亮灵动、知性优雅的女子，后来越是了解越是喜欢……”

李津兰听到这话，心跳加速，神智慌乱，她明白这话后面的意思，但是她实在不敢听下去，她根本承受不起，对方是个有家室的男人，有太太和孩子，这绝对不能往下发展，自己不能成为罪人。可是，她又很兴奋，有一种浓烈的幸福感，让人飘飘欲仙的，她不知道是不是每一个女人这时都会有这样的感觉，可是，她真真实实地感到幸福，感到喜悦，感到甜蜜。当然这时她还没有完全迷失，她心里有一个声音在说：要阻止对方往下说，一定要阻止。可又有另一个声音在说：说下去，继续说，说重点，说那最关键的……就在她的这种纠结中，她听到自己声音：“孔行长，请你别说了！”对方愣住了，喉咙发出一个咕噜声，好像嗓子眼被堵住了，很多话被关在里面。李津兰也没说话，她见对方这样，有些后悔，有些怨恨自己，怨恨自己说出这么不近情理的话。还是孔秀康打破了沉默，他说：“我说的都是心里话，你不知道，我是好不容易把这些话说出来。这些话在我心里憋得太久了，我要再不说出来就把我憋死了。”李津兰没有想到自己又说：“对不起，你可能不知道，我是特别特别尊重你，我希望能永远这么尊重你。”孔秀康说：“谢谢你，我想把我这些心里话说出来，让我们……”李津兰坚定地说：“孔行长，对不起，前面就是洪化桥，快到我家了，这边认识我的人比较多，我实在不方便跟你一起走，对不起！”说完，李津兰穿过街道，走到那边商铺的屋檐下，顺着街边向前快步走去。孔秀康站在原地，不知如何是好。

第6节

第二天，唐芸芸到李津兰办公室吃饭时说："你知道吗？段毓婉跟几个人说你在勾引孔行长，说你努力工作就是为了表现自己，为了引起孔行长的注意。还说，你勾引孔行长不是一天两天了，当年你去个旧收贷款看人家是海外归来的，就开始勾引了，要不然怎么孔行长到裕滇银行一上任就把你召回来？说你从来就是一个不守妇道之人，说得特别难听。"李津兰就怕自己和孔秀康的关系引起非议，可是，看看，这还是来了。李津兰气愤地说："段毓婉这人太恶毒了，她凭什么说我勾引别人？我干什么了她向我泼污水？她有什么证据？你是听谁说的？我去找她算账。"唐芸芸见李津兰这么生气，紧张地说："我看算账就算了，段毓婉这种女人，裕滇银行谁不知道？说话最恶毒，你别生气。"李津兰说："不行，我绝不放过她，你说你是听谁说的？"唐芸芸说："真的，她是背后说的，你去问她她绝对不会承认，算了，消消气。"李津兰说："我从来没得罪她，从来没说过她的坏话，她居然这么诋毁我，气死我了。"唐芸芸说："其实这个事特别简单，她为什么要这么说？是她自己在勾引孔行长，她怕你跟她抢，贼喊捉贼。"李津兰说："我跟她抢孔行长？怎么可能，人家是有老婆孩子的，我怎么能做那种事？我根本就不是那种人，她是瞎了狗眼。"唐芸芸说："是的，她就是狗眼看人低，用小人之心度君子之腹。咱们不跟她一般见识。"唐芸芸又劝了半天，终于把李津兰劝住，没让她去找段毓婉算账。

这天，潘永其到李津兰办公室，这实属罕见，李津兰连忙起来招呼潘永其坐下，又给他把茶水倒上。潘永其现在上班就是混日子，既不得罪省里的人，也不得罪行里的人，什么事都不干，什么话都不说，身在银行里，心在五行外，什么副行长不副行长的？自己拿自己当裕滇银行最小的职员，那颗心已远离这滚滚红尘，就等再过几年，退休年纪一到就回家抱孙子。李津兰热情招呼着，潘永其说："别忙活了，我就是几句话。昨天孔行长找我，说他想向省里请求回收一百万滇票，他也跟你说了吧？这事使不得呀，外面一旦知道咱们回收，马上有成千上万人过来挤兑，那阵势肯定比顾匪夺权前那年的厉害，那人山人海的，只怕要把咱们裕滇银行这个楼都挤垮了，不敢干这事，要闯大祸呀。"

李津兰说："潘行长，我也正在想这个问题，如果处理不好，肯定出事，造成恶劣影响，结果不仅没有提升市场对滇票的信心，反而让滇票名声更坏。"潘永其说："那年挤兑，唐省长要求从重处理责任人，如果不是发生顾匪夺权，如何处理？我觉得至少是开除，甚至可能坐牢。可以这么说，如果此次再发生挤兑，上面的处罚肯定比那次更严厉。孔行长这个人干工作有冲劲，有热情，有魄力，也有水平，有智慧，但是在一些事上还是欠考虑。你看，搞跟单押汇那个事，把筷子伸到洋人的碗里，那洋人是好惹的？结果搞成这个样子，影响很不好，对他自己也影响很大。"李津兰说："是的，你说得对，孔行长应该冷静冷静。"

潘永其说："孔行长找我谈的时候，我看他说得那么热闹，没给他泼冷水。可是，我想想，这不行呀，要搞出事的，要捅马蜂窝的，太危险啦。所以我来找你，你有机会时劝劝他，让他冷静冷静，别太冲动，咱们不能看着他这么往火坑里跳。"李津兰说："潘行长，你说得对，我一定再劝劝他。"说完，潘永其起身走了。

李津兰觉得自己确实应该劝劝孔秀康，提醒他一下。不过，李津兰有点犹豫，担心见面两人尴尬，她想了一会，对自己说：我自己心中无杂念，有什么好尴尬的？就去孔秀康办公室。果然，孔秀康的神情也并无异常，语气也很平静，李津兰悬着的心放下来。李津兰用平静的口气说："孔行长，我想说说我对回收滇票这事的看法，我想来想去，觉得这事最好还是不搞为好，主要是：第一，省里没钱，你提出这事，即使省里觉得挺好，想支持咱们搞，他们也拿不出钱来……"孔秀康打断道："这个问题你不用担心，我有办法。"

李津兰说："行，不说这个。我说第二点，咱们这些年发行了这么多滇票，就是省里同意了，我们拿一百万来回收，又能起到什么作用呢？能解决什么问题呢？这不是杯水车薪吗？"孔秀康说："你怎么会这样看问题呢？这些钱是不多，但是，这让老百姓看到省里开始解决滇票难流通问题，在稳定滇票，这样能提振市场对滇票的信心，怎么会没意义呢？"

李津兰说："你说得有理，但是，就这点金额，真能起到这样的作用吗？"孔秀康说："古人云，千里之行，始于足下；不积跬步，无以至千里。这是第一步，但是没有这第一步，哪里会有第二步、第三步呢？我们从现在做起，一点一点地努力，集腋成裘，最后改变整个局面，对不对？"李津兰觉得这个说法也有道理，很难反驳，就说最后一点："拿一百万去市场上公开回收滇票，一元滇票换一元银币，这会不会造成挤兑？会不会引疯抢？如果会，怎么办？"孔秀康用很自信的口气说："你是不是考虑太多了？是的，这确实存在引发挤兑的风险，但是，我觉得这个问题只要组织好就完全可以避免，咱们能解决，不用考虑太多。"李津兰觉得孔秀康太乐观了，简直可以说是盲目乐观，激动地说："孔行长，做事情多考虑一下没坏处，有人提醒我，上次弹劾你的那些人还在，上次没弹劾成功，他们还憋着一肚子气呢，千万别让他们在这事上抓到把柄。你知道吗，如果抓到把柄，他们马上卷土重来，搞倒你。"孔秀康笑着说："搞倒我？不可能，绝对不可能。李经理，不用考虑那些无聊的家伙。"李经理见孔秀康根本听不进去自己的话，知道多说无益，无奈地离开孔秀康办公室。

第7节

这天下班时，唐芸芸走进李津兰办公室说："你听说了吗？段毓婉跟吴少愚吵了一架。"李津兰说："吵架？为什么？"唐芸芸说：是这样，今天柳貂蝉对吴少愚说孔行长要回收一百万滇票的事，太幼稚了，拿这一百万到市面上回收滇票？这能不造成挤兑吗？孔行长是嫌咱们银行没挤兑不热闹吗？是他觉得闲得难受了要给自己找点刺激。云南人说：光光头找刺棵棵钻，自己给自己找罪受。说的就是他这种人。云南人说：胖婆娘跳井，自己跟自己过不去，说的也就是他这种人。这种水平的人还当行长，简直可笑至极。又说，孔行长现在是被李津兰搞昏了头，原来智商没这么低，可是受了那个狐狸精的蛊惑，已经晕头转向了，变成一个可笑的蠢货。然后，吴少愚就把这些话告诉段毓婉，本意让段毓婉听听柳貂蝉是如何攻击李津兰，让段毓婉开心一下。没想到，段毓婉听了，觉得这是在污蔑孔行长，就火了，说柳貂蝉就是个小人，整天在别人背后说长道短，煽风点火，搬弄是非。吴少愚见段毓婉急了，赶紧替柳貂蝉解释，说柳貂蝉一直对段毓婉很好，拿她当自己人。可段毓婉根本听不进去，骂吴少愚好坏不分，整天跟在柳貂蝉屁股后面转，像柳貂蝉的一条狗，也是个小人。

吴少愚听这么说也不干了，气愤地说：“段毓婉，你就是个疯狗，见谁咬谁，连好坏都分不清，我一直拿你当朋友，简直瞎了眼。我告诉你，你现在暗恋那个男人绝对不会有好结果，最后还是竹篮打水——一场空，和你上次暗恋那个人的结果一样。”段毓婉气坏了，大声说：“吴少愚，你给我说清楚，我暗恋谁了？什么上次下次？你什么意思？你今天不说清楚你别想走。”吴少愚看这个样子，知道闹下去不好收场，心想好男不跟女斗，一边溜一边说：“行，我说错了，我什么也没说，行了吧？”段毓婉不依不饶地说：“还有脸说暗恋，当年是谁暗恋李津兰，对人家朝思暮想，对人家流口水？现在得不到人家，就恶语相向，造谣中伤，你才是疯狗。”

李津兰听了这些话，不屑地说：“这些人，不把心思用在工作上，整天就干这些没用的事，无聊至极。”唐芸芸听李津兰这么说，不再说了。

第8节

孔秀康向省里递交了回收滇票的请求报告，然后上下活动，游说相关高层，甚至直接找唐继尧陈情，最终省政府批准了，只是金额减少一点，是三十万。对此孔秀康不再争取，就用三十万打响回收滇票的第一枪。可是，孔秀康满心欢喜制订回收计划时，发现新问题，其实这不算新问题，只是之前他视而不见，现在不得不面对而已，这个问题就是：这区区三十万拿到市场上将如何？是否会马上形成挤兑？

这天下午，孔秀康请潘永其、李津兰和王平端到办公室，颇为焦虑地说："三位，今天请你们来商议一下，如何避免兑换三十万时发生挤兑的问题。原来我不太重视这个问题，主要心思都放到如何让省里批准的事上，现在省里批了，这个问题成为最大问题。我也来来回回想了几天，看来这个问题还不太好解决。"孔秀康停顿一下，看看三个人，接着说："我考虑了一个方案，每天限制一千人，每人三十元，这样每天兑换三万元，用十天时间换完三十万。可是，如果每天来要求兑换的不止一千人，是五千人、八千人，甚至上万人，这怎么办？估计人家要通宵排队，但是到十天还有人在排队，结果换不到银币，他们能不闹事吗？并且，情况可能比这还麻烦，可能第一天排队的人就不准咱们关门，要求一下子把三十万换完，可是三十万换完，还有很多人没换到会怎么样？他们能不闹事吗？诸位，这还真是个大问题呀，这个问题要解决不了，咱们能干吗？如果干了要捅大娄子，要惹大麻烦，你们说说看，有什么好办法？"三个人一听是这个问题，心想你才知道这是个大难题呀？好了，现在你终于明白了。

孔秀康把目光移到潘永其脸上，潘永其知道这是让自己说话，略为思索说："民国建立，本省为了发展图存发行滇票，这实在是无奈之举，由于种种原因现在滇票到了岌岌可危地步，确实需要挽救。孔行长提出回收销毁确实是个良策，这除了能稳定百姓对滇票的信心，还能提升省政府形象，非常英明，非常有远见，非常有魄力。是的，这个事的一个难题就是这可能造成挤兑，客观说这是个难题，那么，如何解决？如何避免？说实在的这个事，我已经想了多遍，想找到一个万全之策，只是，由于本人愚笨，也由于本人年纪大了，暂时还在苦苦寻找中。不过，我相信这个办法一定能找到。”

这番话显然不是孔秀康希望听到的，没办法，孔秀康皱着眉头把目光移到王平端脸上。王平端说：“孔行长，我说两句。我感谢孔行长让我参与商量这个大事，本来这是你们行长、经理考虑的问题，我是没有这个资格的，但是孔行长高看我，让我参与研究，我王平端感激不尽。这个事，我这几天一直在考虑。我曾经想过一个办法，就是可否不公开回收，只是面向工商户？工商户是市场的重要组成部分，面向他们回收，可以提高他们对滇票的信心，这样也将提高市场对滇票的信心。当然，这样做也是有缺点的，最大的缺点是可能被老百姓指责，遭到报纸的诟病，他们会认为把这样的好事给了工商户，极为不公平，甚至可能引发百姓对政府的强烈不满，所以，这个办法不可行。我再说我想过的第二个办法，就是还是面向社会兑换，请省里派大批警察或治安团的军人来维护治安，有这样的保护，一般说来不可能发生挤兑，就是发生挤兑也不会出现混乱，不会发生人员踩踏，不会造成伤亡，把挤兑的危害压缩到最低点。我考虑，可能第二个办法比较可行，当然我这都是不成熟的想法，供孔行长参考。”

孔秀康在想王平端说的这两个办法，觉得还是有点意思，这说明王平端是认真思考过的，是想找到解决办法，不像潘永其，说的全是没用的官话，在这个事上根本没有用过心思。孔秀康最后把目光投向李津兰。

李津兰说：“我觉得刚才王平端老行长最后那个想法很好，请警察或治安团来维护秩序，我也是这么想的，这样做可以有效避免挤兑。另外，我也想过另外一个办法，咱们把回收点放到下面去，比如滇中道、蒙自道、腾越道、普洱道等地，下面那些地方人比较少，挤兑的风险相对较小。但是这有个问题，无论在哪里，咱们都要在报纸发布公告，这公告一出，恐怕会有大批人不分昼夜赶下去兑换，这样还是会发生挤兑，并且让老百姓觉得我们这是故意玩弄他们，招致更多怨言。看来，这个办法还是不行，我目前还没找到一个周全的办法，让我再去想想。”大家又研究了一阵，因为实在找不到可行的办法，只好散会。李津兰见孔秀康很焦虑，心想这是何苦呢？没事找事，人家说的“作茧自缚”大概就是他现在这个样子吧。

第9节

晚上，在赵府饭桌上李津兰说了下午开会的情况，请公公帮着想想办法。赵亦恒说：“这是个大事，你们的担心绝对不多余。这个事，我告诉你，你们只要开始兑换，百分之一百出现挤兑，当天就会来上万人。我给你从兑换效益上算算，目前市面上滇票兑换银元至少是四比一，每人限额三十元，这一下子可以用三十元滇票换得三十元银币，这三十元银币再拿到黑市按四比一换出去，得到一百二十元，减去成本三十元，净赚九十元滇票，干什么能这么快赚钱的？”蔡月娥说：“就是，这如果叫十个人去给自己排队，一天能赚九百元滇票，这不是一笔小钱呀。”李津兰说：“您这说的是黑市上倒钱那些人，他们这样的人应该不会太多吧？”

赵亦恒说：“行，咱们不说那些倒钱的人，说说一般家庭。你看，现在想拿三十元滇票换银元的家庭有多少？先说昆明，估计昆明有几万户吧，再说全省，你们发布公告，不会只对昆明人兑换吧？下面这几十个县也可以换吧？算上他们，估计至少几十万户，这一户来一个兑换，那至少是几十万人，你们如何接待？如何办理？”李津兰觉得公公说得很有道理，这确实是个庞大的数字。赵亦恒说：

“你们孔行长这么聪明的人，怎么不事先算算这个账呢？这是一个万万不能干的事，怎么会这样呢？”李津兰说：“之前我们都提醒过他，可是当时他脑袋发热，你说什么都没用，根本听不进去，你怎么办？”蔡月娥说：“你们这个孔行长，人是个好人，就是胆子太大，什么都敢干，只怕这回这个坎过不去了，要摔个大马趴。”这“摔个大马趴”是蔡月娥跟邻居学的昆明话。

李津兰听这么说，越来越着急，问道：“爹爹，您搞企业时间长，经历多，再想想，看看能不能找到什么办法。”赵亦恒说：“我觉得这个事太麻烦，就这点银币，要面对这么多人，这是僧多粥少，怎么分？怎么解决？我看只有神仙有办法，咱们这些凡夫俗子根本做不到。”李津兰说：“那怎么办？就一点办法没有了？”赵亦恒说：“我刚刚想，反过来想，这也不是没办法，如果让孔行长跟省里说说，把这个事取消了，这是不是个办法吗？”李津兰说：“这个……估计很难，你不知道，孔行长向省里争取这个事时，省里本来是不同意的，他是找了很多人，磨破嘴皮子才争取下来的，听说还去找了唐省长。你看，现在他去说自己考虑不周全，干不下去，取消吧，这话他能说出口吗？”赵亦恒说：“这等于是打他的脸，像他这种好强的人，把面子看得比什么都重要，很难说出口。”李津兰说：“确实如此，估计他是舍了性命也不会干。”赵亦恒说：“是的，这个我理解，但是面子毕竟没有性命重要的，这次干砸了，下次再把面子挣回来嘛。这么年轻，还有大把机会，干吗非要在一棵树上吊死？你们多劝劝他，让他别死脑筋，想开点，忍一下风平浪静，退一步海阔天空。”李津兰知道，看来只有去劝劝了，可是，这事绝对不容易，要让孔秀康改变主意，比登天还难。

第二天，李津兰想怎么去跟孔秀康说，想来想去，总是觉得张不开口，到下班也没去。第三天，李津兰鼓起勇气，走进孔秀康办公室，谨慎地说：“孔行长，你有时间吗？我想跟你说说回收滇票的事。”孔秀康说：“好呀，坐，你坐下说。”李津兰坐下说：“这两天我在想避免挤兑的这个事，想了很久，想找个解决办法，可是，还是没想出来。”孔秀康说：“是吗？别着急，这个事肯定不容易，咱们慢慢想，不差这两天。”李津兰说：“是的，是的，不过，我有个新想法，不知是否可以讲讲。”孔秀康说：“什么是否可以？咱们是同事，有话直说。”

李津兰说：“是这样，孔行长，你看有没有这样的可能，我说的是可能，就是这个事暂停一下，等条件具备了再搞？”孔秀康说：“暂停？你是说把这个事放下来？不搞了？那怎么可以？这不开玩笑吗？费了九牛二虎之力争取下来，现在跟省里说我们不做了，放弃了？你怎么会有这种念头？”李津兰见孔秀康的样子很恼火，便吞吞吐吐说：“不是，是这样，我确实想不出避免挤兑的办法，我想是不是暂时放一放好点？”孔秀康激动地说：“我听明白了，你这是打退堂鼓呢。李经理，你是怎么了？怎么会这么想？暂停？放弃？简直让我难以相信是从你嘴里说出来的话。”李津兰分辩道：“我这不是为自己考虑，我是怕行长……”孔秀康打断道：“好了，我明白了，别说了，你请回吧。”李津兰无可奈何地离开。

第10节

几天后的一个中午，唐芸芸和董庆仁到李津兰办公室吃饭，唐芸芸说：“李经理，你听说了吗？唐省长叫孔行长去问话，问销毁滇票的事，现在准备得怎么样了，什么时候启动回收。”李津兰说：“没听说，孔行长是怎么说的？”唐芸芸说：“你没听说，奇怪了，行里人都在传呢。”董庆仁说：“我也听到一些，不知道和你听的是不是一样，你说说。”于是，唐芸芸说了自己听说的情况，说孔行长说正在准备中，近期将开始回收，具体时间还没定。唐省长说，具体时间没定？是不是碰到困难了？现在有人说你们这个事搞不下去，一搞就要引发挤兑，你不敢搞了，是不是？孔行长说确实存在引发挤兑的风险，所以要慎重一点。唐省长说，当时你来申请，就跟你说过有这个风险，你根本听不进去，现在给你批了，你搞不下去了，这成什么了？你想过别人会怎么看你，会怎么看我？这不是成笑话了？我是想支持你，可是把我搞被动了，这个事办得不好呀。算了，不行就算了，你们别搞了，你给省里写个报告解释一下。董庆仁问道："什么？这事不办了？"李津兰也有点意外。

唐芸芸说："哪有这么简单？听说孔行长一听这话就站起来，说不行，我不同意放弃，这个事我一定要办，您放心，我一定能办好，绝对不给省里丢脸。"董庆仁问道："唐省长怎么说？"唐芸芸说："唐省长根本不相信，说算了，我知道你的个性，干什么都不服输，这是个优点，这让你有干劲，有热情，但是，这也是个缺点，你知道吗？幸运女神不总是站在你这边，不是你想干什么都能干成，做人有时必须懂得进退，一味只进不退不一定能成事，聪明人要懂得退，敢于退。"李津兰问道："是吗？最后是怎么定的？"唐芸芸说："最后，唐省长决定不干了，让孔行长以后别提这个事了。"李津兰说："是这样呀？也好，也好，这事要干下去，搞不好孔行长要惹大麻烦，不如这样。"

第八章

第1节

到1926年初，国共合作进一步深入。汪精卫提议任命共产党员周恩来、李富春、朱克靖分任国民革命军第1、2、3军副党代表，其后，汪精卫再派三个共产党人为第5、6、7军党代表，这时，第1军各师五名党代表中有四名是共产党员，各团十六名党代表中有五名是共产党员。而此前，汪精卫是国民革命军的总党代表，各军并不设党代表，现在全变了。另外，国民革命军各部队参照苏军建立了政治部主任制度，从军、师到团，每一级都设政治部，负责人称主任。很多国民党人觉得形势大好。

不过，这也引起一些国民党军官的不满和仇视，他们认为国民革命军的政治工作几至完全落入共产党之手，军队被共产党控制，而且，军队中共产党的秘密工作国民党的指挥官无法知道，让他们无法控制。于是，一些国民党军官开始要求限制共产党活动，要去苏俄化。这样，军队内开展与限制共产党活动的矛盾很快升温，日益尖锐，双方势不两立。

第2节

这天，在黄埔军校学院宿舍里，三标和陈文汉在床铺边坐下，他俩将在这里住两天。三标和陈文汉怎么从韶州到黄埔来了？是这样，他俩是来参加黄埔军校为期两天的政治学习。这时陈文汉是第3军独立师党代表兼政治部主任，本来，听这个课是他的对口业务，与三标的工作无关。可是，陈文汉觉得这个课对提高三标的思想水平很有帮助，去帮他找朱培德军长请假。朱培德对黄埔军校的活动，以及共产党的活动持开放态度，批准三标来听课了。这时黄埔军校的名称已经改了，由“中央陆军学校”更名为“中央政治军事学校”。

很快，进来两个黄埔军校学员，动员陈文汉和三标参加“孙文学会”活动，还没说几句，又进来两个学员动员他俩加入“青军会”活动，两伙人有点互不相让。陈文汉说我们是来听课的，只住两晚上，就不参加了。这两伙人都很耐心地劝他和三标了解一下他们的组织。陈文汉还是婉言拒绝了。

这四个人走后，三标问道：“这是怎么回事？好像他们两伙人是互相对立的。”陈文汉之前来过黄埔军校，对这里的情况比较熟悉，就对三标说：孙总理确定的国共合作，在黄埔军校是不太顺利的，这段时间军校在多方面反对和干扰共产党的活动。事实上，黄埔军校反共情绪一直比较重，军校刚成立一个多月，第一任政治部主任戴季陶就因为对孙中山先生的国共合作不满，离开军校去上海了。戴季陶是国民党的重要人物。他的反共情绪引起很多人注意。蒋校长与戴季陶私交甚好，政治观点接近，都是对共产党的活动不满，戴季陶离开后，蒋校长一直与共产党针锋相对。去年，军校内学生自发成立“中国青年军人联合会”，简称“青军会”这是由共产党发起的，实际领导人是接替戴季陶担任政治部主任的周恩来。见此状，蒋校长马上搞了一个“孙文主义学会”，简称“孙文学会”，与青军会公开对抗。

在军校内，每日收操下课后，或晚上自学时间，青军会和孙文学会都各自积极展开活动，吸收同学为会员。青军会的会员说：“中国革命，要为广大的工人、农民谋福利，将来实现最进步的共产主义。”孙文学会的会员说：“中国革命应为全国人民谋利益，共产主义不适合中国的国情，行不通，只有三民主义最好！”他们各自宣传，针锋相对，矛盾很大。

三个多月前，黄埔军校在广东潮州设立分校，蒋校长要求军校政治部主任周恩来交出黄埔军校内共产党员名单，被周恩来婉言拒绝。蒋介石又在国民革命军潮州行营召集政治部人员和各级党代表会议，以讨论两党团结问题的名义，作出了限制共产党人活动的两条规定：一、共产党员在军校“凡有一切动作均得公开”。二、国民党员如加入共产党，“须向国民党特别党部声明，请得照准”。同时，孙文主义学会也在潮州设立分会。这一切引发共产党的强烈不满，青军会与孙文学会会员一再发生摩擦，纠纷不断。

最近，将介石召集青军会和孙文学会的会员开联席会议，达成四点协议：一、两方面干部互相加入；二、两会在军校和党军内的活动，均需要接受校长及党代表的指导；三、团长以上高级长官不得加入两会；四、两会会员对此有不谅解，得请校长及党代表解决之。这样一来，蒋校长就把青军会置于他的监督之下。

听了陈文汉的介绍，三标才知道黄埔军校内国共合作出现这么多问题。三标想，在第3军，那些中共党员的党代表与大家相处得挺好的，没发生什么摩擦。去年夏天，苏联顾问团派马采伊利克为第3军的军事顾问，指导军事训练，马采伊利克与大家处得很好，受到官兵的尊重。还有，第3军改用苏联武器，大家对这些武器也很满意。三标不知道黄埔军校为什么发生这些矛盾，更不知道发展下去会怎么样。

结束黄埔军校学习，三标和陈文汉回到韶州。过了一段时间，三标听说现在有个秘密的“倒蒋运动”，当然称呼其为运动，这里显然夸大了，这根本谈不上什么运动，只是有些人想搞垮蒋校长。

黄埔军校政治部教官高语罕就公开指责蒋校长为新军阀，并说：“我们国体里有一个段祺瑞，要打倒北方段祺瑞，就要先打倒这里的段祺瑞。”同时，在黄埔军校有人以油印品分送，做反蒋宣传。

这时蒋介石除了是黄埔军校校长，还担任什么职务呢？他还担任国民革命军总监、国民政府军事委员会委员、政治委员会委员、国民革命军第一军军长、广州卫戍司令部司令，是国民政府的重要人物。

据说，最近蒋校长与俄国人季山嘉的摩擦越来越激烈，这季山嘉什么人？他是苏联红军将领，是广州国民政府代理苏联军事顾问，为什么是代理顾问？这是他去年从苏联来广州接替因病回国休养的加仑将军，正式顾问的身份尚待相关程序确认。蒋校长与季山嘉的矛盾已经到了水火不容的地步。

蒋校长认为共产主义与先总理的三民主义是完全冲突的，不愿意看到“国民党的共产党化”，要求禁止对黄埔军校和国民革命军第1军的苏俄化，限制共产党活动，要求换掉季山嘉，但是汪精卫不赞成蒋校长的看法，拒绝了。而季山嘉针锋相对，要设法扩大苏俄化，开展更广泛的共产党活动。据说，由于蒋校长破坏国共合作，严重影响共产党活动，季山嘉对他恨之入骨，秘密策划“倒蒋运动”。

第3节

太阳落山，三标带部队回到太和镇，结束一天的训练。三标奉命带独立2团到广州城外训练，驻扎在太和镇，这个地方就是去年陈文汉劝三标投奔朱培德部队的那个地方。这里什么都没变，当时吃饭的那个小饭馆还是老样子，老板也还是那个老板。三标曾进去问他最近生意好不好，他说还行，但是他显然没认出三标是曾经到此吃饭的顾客。对了，当时，三标让王玉生埋在这一片的枪支，在决定投奔朱培德后就挖出来带到了韶州。

第二天早上，三标在团部接到一个重要电话，对方自称是朱培德军长的秘书，说朱军长要跟刘团长说话。三标有点诧异，因为朱培德从来没给自己这么个小小的团长打过电话，对方把电话给了朱培德，朱培德用非常严厉的语气说：“是刘长生团长吗？我是朱培德。”三标听出来这是朱培德的声音，三标曾多次听过朱培德训话，听得出他的声音。三标说：“报告军长，我是刘长生。”这个声音继续说：“你们团现在是在太和镇吗？”三标说：“报告军长，是的，我独立 2 团奉命在此训练。”朱培德说：“你们团是咱们第 3 军距离广州城最近的部队，我命令你率领你们团马上进城，在今天下午 3 点前到达东关大街的第 3 军辎重仓库，然后在那里待命。我再说一句话，无论你们在路上碰到任何情况，都必须按时到达。”说完，挂了电话。

这电话，把三标搞得丈二金刚——摸不到头脑，这是怎么回事？突然调动自己部队，还是军长亲自下的命令。不过，三标没想那么多，命令就是命令，必须马上执行。他让卫兵把于待昌叫来，说了这个情况。于待昌到部队时间短，在这种事上没主见，让三标定夺。这样，三标让传令兵通知全团集合，向广州城方向出发。

下午，三标他们部队到了广州东门，部队停了下来，这时三标在队伍中部，不知道为什么部队停下来，就骑马赶到最前面，问正在与东门哨卡的军官交涉的杨钊：“杨营长，这是怎么回事？”杨钊说：“团长，他们说广州城戒严了，所有人员不得进出。”三标问道：“所有人员，包括部队吗？”杨钊说：“是，包括部队。他们说，部队进出必须出示广州卫戍司令部的文书，否则一律不行。”三标问道：“卫戍司令部文书？现在上哪去弄？”杨钊说：“是呀，这不刁难咱们吗？”

三标觉得这下子麻烦了，他下马把杨钊叫到一边商量，说道：“上面要求咱们下午 3 点前到达，现在快 2 点半了，去办文书已经来不及，并且更重要的是，他们可能不给办这个见鬼的文书。”杨钊说:“是的，很可能不给办。”三标说:“这个文书不办了，咱们撒个谎，往里闯。”杨钊说:“撒什么谎？能行吗？”三标说:“就说咱们团是给东关大街第3军仓库搬运物资的，这几天我们就驻扎在那里，我们这是回营房。回营房还要什么文书？”杨钊担心地问道:“这行吗？”三标说:“不行也得行，说白了，咱们就是给自己找个理由，硬闯了。反正那个仓库距离东门不远，进城门后很快就到。”杨钊说:“这会不会惹什么麻烦？”三标生气地说:“什么麻烦？他们卫戍司令部能把你我拉出去毙了？我告诉你，不能按时到达指定位置，违抗军令才是最大的麻烦。”杨钊明白了，转身去跟哨卡的军官商量，这肯定商量不通，接着杨钊对自己的兵说:“1营，听好了，现在我命令你们进城。”1营的几个兵把东门哨兵挤到一边，他们身后的部队像潮水一样向门洞涌去，哨兵没办法，只有站在一边，看部队进入。哨卡的军官派人去给卫戍司令部打电话。

三标他们团很快走进东关大街第3军辎重仓库院子，这时三标手表的指针距离下午3点还差五分钟，三标用仓库的电话联系朱培德秘书，报告独立2团全部按时达到，秘书向朱培德报告后，对三标说:“军长让你们原地待命。”

半个小时后，辎重仓库大门口出现大量部队，并在大门口拉上铁丝网，一个军官进仓库面见三标说:“我们是第1军第2师的，我代表师长来通知你，由于你们违抗戒严命令闯入广州，我们奉广州卫戍司令部命令来看守你们，没有广州卫戍司令部的命令，你们这里的所有人不得走出大门，如有违抗命令者，我们将开枪射击。”三标说:“咱们都是国民革命军，你们向我们开枪？行，你们试试，如果你们开枪，我们也开枪，咱们就干一场。”这个军官没理睬，转身走了。

当天晚上11点，一个军官拿着广州卫戍司令部的通行证，通过仓库大门口的警戒线走进大门。这是陈文汉，三标没想到会在这里见到他，问道:“你怎么来了？”陈文汉说:“我是奉命来跟你通报情况，让你们尽快知道广州发生了什么事。”三标问:“你是从哪来？”

陈文汉说："我奉朱军长命令，从韶州过来。告诉你们最新情况。"三标说："打个电话不就行了，你还专门跑一趟。"陈文汉说："现在情况很复杂，一些话不方便在电话里说，所以我必须过来。"三标听这么说，感觉情况很严重，问道："要不要请于待昌过来听听。"见陈文汉同意，三标派传令兵去把于待昌叫来。于待昌来了后，陈文汉说了现在广州的情况，这次广州全城戒严，是蒋校长一个人搞的。今天凌晨，蒋校长突然派兵逮捕中山舰舰长李之龙，解除中山舰武装。包围广州新河浦春园别墅区，那里住有约四十名苏联顾问，蒋校长的兵解除那里卫兵的武装，禁止苏联顾问离开。同时，搜查全市共产党机关，扣押共产党员四十余人。收缴省港罢工委员会的工人纠察队枪械。这个行动没有经过汪精卫主席批准，是重大越权行为，甚至可以说是一场政变，汪主席一直都被蒙在鼓里。

蒋校长称此为平定李之龙叛乱，这个李之龙是中共党员、国民政府海军局代理局长。蒋校长说，昨晚，李之龙谎称蒋校长将乘坐中山舰从广州回黄埔，将中山舰开到广州，装足煤片，升火不熄准备远航，企图在蒋校长上船后，将蒋校长和卫兵缴械，强迫蒋校长离粤，直驶海参崴，送往俄国。

陈文汉说："说李之龙叛乱，把蒋校长押送俄国，你们相信这话吗？"三标知道，国共合作后，苏联人开通广州到海参崴的轮船，定期有轮船往返。但是，是不是会用这个办法除掉蒋校长，确实不知道。三标没有回答。陈文汉继续说："你想想，一个舰长，把国民党如此重要人物秘密押走，可能吗？"三标觉得这也说不好，没有回答。陈文汉说："有人说是季山嘉顾问对蒋校长不满意，不满意归不满意，但是不至于用这种阴暗的手段。如果季山嘉觉得蒋校长不能再用，他是国民政府顾问，可以让汪主席找理由让蒋校长靠边站，把他有实权的职务都撸了。"三标觉得这话有道理。陈文汉说："所以，这个所谓的叛乱，完全是蒋校长编造出来的故事，是蒋校长对苏联顾问和CP下手的借口，事实上，这是蒋校长发动的一场叛乱。"三标觉得陈文汉说得有道理。陈文汉说："我认为蒋校长这么干，是要破坏国共合作，清除国民党内的CP。”

三标说：“那咱们怎么办？”陈文汉说：“现在朱军长已经到广州，在跟有关方面商量对策。你知道为何调你们团到广州？一个是为了保护汪主席安全，以防万一，另外一个是如果要跟蒋动武，在城里多一份我们的力量。”三标明白了。陈文汉接着说：“你们硬闯进广州城的事，朱军长知道了，称赞你们干得好，像个革命军人的样子，说要给你们记功。”三标没想到自己这么干还受到表扬，有点不好意思地说：“不用记功，我们只是完成任务，应该的。”陈文汉说：“别谦虚了，你干得确实漂亮，你知道吗？硬闯要有勇气，要有胆量，很多人做不到。好了，我走了，明天我还可能来。你注意接电话，有命令下来，就坚决执行命令。”说完陈文汉走了。

第4节

第二天晚上，陈文汉又到三标这里，他带来最新消息，说昨天下午，蒋介石已经取消戒严命令，之后到汪精卫主席家探望，汪主席称病不见。蒋介石回到广州卫戍司令部，朱培德军长与第2军的谭延闿军长一同去见蒋介石。谭军长质问蒋介石：“总理逝世才一年，尸骨未寒，你干什么呢？国共合作是总理生前的主张，你现在的行动，总理的在天之灵能允许吗？”蒋介石做了辩解，说是李之龙等人要加害他，自己是自保行动。并坚持他排斥苏联顾问，限制CP活动的立场。朱军长和谭军长要求释放李之龙，解除对苏联顾问住宅的包围，释放扣押CP人员，归还收缴的工人纠察队枪械。蒋介石没有答应。

朱军长和谭军长两人之后去见苏联代顾问季山嘉，朱军长说：“蒋这是反革命行为，我提议对其严厉制裁。”季山嘉赞成朱军长的说法。今天上午，朱军长和谭军长去见汪主席，请求武力讨伐蒋，汪主席同意，说道：“你们2、3、4、5、6军联合起来，给我打这个擅自行动的反革命蒋介石，他这次行动根本没经过国民政府军事委员会的批准，没有经我这个国民革命军党代表部署，就是越权行为。”三标觉得说得好。陈文汉说：“朱军长和谭军长根据这个指示，马上进行部署，分别通知第2、3两军做好准备，接到命令就从西江和北江向广州移动。同时联系第4军李济深军长、第6军程潜军长，传达汪主席的指示，那两人也表示无法容忍蒋介石的胡作非为，愿意出兵讨伐。现在，就等汪主席的最后命令。”三标听了，很振奋，觉得这回一定要好好教训这个贼胆包天的蒋校长。

陈文汉说完，就要回去，三标和于待昌送他到大门口，三标看着门口这些蒋介石的军人问道：“蒋校长何时能把他们撤走？”陈文汉说：“我们有人去跟蒋校长交涉了这个事，蒋校长对你们团闯入广州很生气，没同意。”

第三天上午，为了团里军官了解目前广州的情况，三标召开连以上军官会议，在会上三标把陈文汉说的情况作了介绍，说明这是蒋介石发动的一场叛乱，会上没有人提出疑问。三标让各位做好准备，命令一到就出发，让姓蒋的知道第3军的厉害，很快散会。

三标原以为大家在对蒋介石的态度上是一致的，没有想到出了异常。散会后，杨钊走进三标办公室说道：“团长，我有点想不通，想跟团长单独说说，不知道行不行？”三标说：“行，有什么不行的？说吧。”杨钊没说话，看看一边的于待昌。三标明白杨钊的意思，说道：“于代表，你回避一下，我单独和杨营长聊聊。”于待昌说：“好，我出去走走，你们聊。”见于待昌出去后，三标对杨钊说：“什么事？搞得神神秘秘的，你说吧。”

杨钊说：“团长，我觉得把蒋校长这么干说成叛乱是不对的，这根本不是叛乱，我们不该讨伐。”听这话，三标一愣，想说什么，三标忍住了，示意杨钊继续说。杨钊说：“这段时间，你们也看到了，CP太不像话了，在军队里宣传他们那套主张，开展他们党的活动，搞成党内有党，军内有党，他们搞的活动还是秘密的，还不让我们军官知道，这成了什么了？”

三标纠正道：“目前咱们军里CP的活动，都是在上面规定的范围内，没什么出格的，没什么问题。你怎么会有这个想法？”杨钊说：“怎么没问题？他们搞的共产党活动，跟咱们国民党根本不是一回事。团长，你看看，他们搞那个农民运动是什么东西？就是煽动村里的地痞流氓造反，抢村里有钱人的钱财土地，你说这是什么运动？”杨钊说的农民运动，三标听说过一些，由于三标是县城长大的，并没有很关注。

杨钊又说：“你也知道‘廖案’是怎么回事，那就是廖仲恺支持广东各县组织农会，鼓动农民暴动，杀害地方士绅，在东江、海陆丰一带搞得那么残酷，被人家报复。”杨钊提到的这事，是说去年，廖仲恺偕夫人何香凝乘车前往国民党中央党部开会，在党部门前被刺客枪杀。这时廖仲恺是什么职务？除了是国民党一大中执委常委，还是国民党中央党部农民部部长、国民政府财政部长、黄埔军校党代表、黄埔军校“青军会”首任会长。

廖仲恺被杀这个事引起苏联顾问和中共高层的强烈反对，接着，这个反共事件很快被亲共的汪精卫解决。汪精卫认定是胡汉民、许崇智指使，派兵包围胡汉民寓所，禁止外出，另外逮捕粤军首脑许崇智。这两人均反对国共合作，反对共产党搞的那套，最后，两人被迫离开，胡汉民乘船去苏联，许崇智去上海。汪精卫不仅打击了反对国共合作的势力，同时借此搞垮自己最强劲的政治对手胡汉民，使其再也没有与自己竞争的实力，巩固了自己的领导地位。

杨钊说：“我赞成蒋校长的说法，CP跟国民党不是同路人，不能任其发展，那样会危害我党。”三标听这么说，脸色变得沉重起来，说道：“杨钊，你对时局的这些看法是有问题的，对国共合作的态度是不正确的，国共合作是先总理孙中山先生确立的，这是正确的，是必须要执行的。在双方合作中出现一些问题，出现一些摩擦这很正常，我们可以通过沟通协调来处理，并且，我们有共同的打倒军阀打倒列强的目标，我们怎么不是同路人？”

杨钊说：“他们跟咱们就不是同路人，他们是来占国民党的便宜，他们有什么战功？有什么贡献？可是，你看他们那些读书娃娃进入咱们部队担任什么职务？这个是党代表，那个是政治部主任，都是军级、师级军官，至少也是像于待昌这样的团级军官，他们当这么高的长官，他们配吗？他们有什么资格？”三标说：“在国民革命军设立党代表和政治部，这是国民党中央的决定，你是国民党党员就要服从中央决定。他们一些人是比较年轻，是缺乏战斗经历，是没有军功，但是，他们会在未来的战斗中奋勇争先，用自己的鲜血和生命来争取军功，用实际行动来证明他们是对得起这个职务。”杨钊不服气地说：“那是团长你的想象，等上了战场你就看到结果了，和你想象的完全不一样。”

三标说：“杨钊，你今天的言论让我很意外，你怎么会对 CP 如此抵制？好像换了一个人，我觉得你变了，这是怎么回事？”杨钊说：“我没变，我从来就是这样一个人，我一直不赞成 CP 的主张，只是过去你和我没谈过这方面的问题。”三标说：“好，杨钊，你反映的思想情况我知道了，我暂时不对你的想法作评论，你回去再好好想想。但是，无论你怎么想，在执行命令上，你绝对不能含糊，如果你因有自己的想法拒不执行命令，或者执行命令不力，我把丑话放前面，尽管你我是十多年的战友，如果真出现那样情况，我同样军法从事。”

杨钊不服气地说：“先别说执行不执行命令，我把话放这，我赞成限制 CP 在军队内的活动。”说完转身走了。三标想，杨钊今天抽风了，竟然说出这些疯话，我换个时间再找他谈谈。三标没有把这番谈话告诉于待昌。

第5节

辎重仓库门口有军队封锁，如果接到命令出去执行任务能冲出大门吗？硬冲会有多大伤亡？如何才能将伤亡降到最小？当天黑下来后，三标带王玉生到仓库大门口走了一趟。现在，三标觉得杨钊这个样子非常危险，在思想上跟自己的分歧很大，必须有所防范，重大问题不能再找他商量，而王玉生想法似乎与自己比较接近，三标想以后可以与王玉生多商量。这样，三标带王玉生查看外面封锁部队的简易工事情况，又到大门两侧的围墙上看看。三标觉得大门外至少有一个营的部队，当然，这只是看到的，也可能后面的民房里还藏有一些部队，实际有两个营或一个团。

三标对王玉生说："你看他们在外面布置三道工事，都是他们机枪阵地，如果咱们直接往大门外冲，肯定有重大伤亡，不行，绝对不行。"王玉生说："团长，咱们是不是可以在大门两侧的墙上架上几挺机枪？在往外冲前，向对方机枪阵地开火，压制对方火力，给冲击的部队提供掩护。"三标说："是的，我也是这么想的。还有，你一会去安排人手去收拾一下仓库里的那几辆马车，在车上摆上沙包，架上机枪，每辆车就是一个移动的机枪工事，向外冲的时候，先把这几辆车推出去，一边打一边冲，在墙上机枪的配合下，攻占他们的工事。"王玉生说："团长，这个主意好，这相当做了几辆铁甲车了，太好了。我这就去安排。"三标说："收拾马车时，同时把大门两侧围墙机枪阵地也搞好，在墙角下摆沙包，一层一层垒起来，机枪手就站沙包上。"王玉生说："明白，保证做好。"

三标说："你等一下，还有个事，下午杨钊来找我聊了几句，他对我把蒋校长的戒严说成叛乱不太满意，你知道他有这样的想法吗？"王玉生说："知道，这段时间当大家谈到国共合作，以及共产党活动时，他都很生气。"三标说："他怎么变成这样？"王玉生说："我觉得不是他变了，他一直都是这样，只是现在整个广州民国政府分裂成左右两大派，两种思想很对立，很撕裂，他自身的那些东西就表现出来了，他本身就是个右派。"三标说："是吗？为什么这么说？"王玉生说："你知道吗？他父亲是小地主，他看农民运动这么干，很担心父亲受到冲击，他的家庭情况决定了他的思想。"三标说："这不一定，于代表的父亲也是地主，还是大地主，可人家却是共产党员。每个人的思想观点跟家庭有关，但也不被家庭决定。”王玉生说：“不是，地主家庭的孩子，像于代表这样背叛家庭，背叛父亲的只是少数，大部分人是维护自己家庭的。”三标想了想说：“你说得有道理，大部分人是他的家庭决定了他的想法和立场。”王玉生说：“所以，杨钊有目前这个想法，很正常。”三标明白了，现在社会撕裂，思想撕裂，确实很麻烦，一定要小心。对王玉生说：“好了，不说了，你回去安排一下，马上干。”

第6节

三标从大门回到团部不久，陈文汉到了，三标问：“怎么样？外面情况如何？”于待昌也进团部，问道：“是呀，陈代表，我们都在等你来，说说外面情况。”陈文汉与昨天判若两人，垂头丧气的，他愤愤不平地说道：“不讨伐蒋了，退让了。”三标诧异地问：“什么？退让了？这是怎么回事？”陈文汉说了今天的情况，今天上午10时，国民党政治委员会在汪精卫寓所召开临时特别会议，汪精卫主持会议，做出决议：一、工作上意见不同之苏俄同志暂时离去，另聘其他人为顾问。二、汪主席患病应予暂时休假。三、李之龙受特种嫌疑，应即查办。

三标问道：“怎么会做出这样的决议？这对苏联顾问很不利，对汪主席也很不利呀。汪主席为什么要这么做？”于待昌说：“是呀，这不等于满足蒋校长的要求，让他反革命叛乱成功吗？”陈文汉长叹一声，说道：“是的，蒋发动的这场政变成功了，他获胜了。”陈文汉说：“这个决议传达下来，很多人都不理解，觉得汪主席太软弱了。但是，也有消息说，这不是汪主席软弱，是苏联顾问逼迫汪主席干的。”三标说：“苏联顾问？他们为什么要让步？他们怎么变得这么软弱？”陈文汉说：“这就不知道了。”

后来，这个事过去半年后，三标才知道退让的真正原因，是当时正在广州考察的苏联访问团长布勃诺夫担心蒋校长走极端，对他以及访问团其他成员采取行动，危及生命安全，便作出妥协和退让的决定。这布勃诺夫是什么身份？他是当时苏联红军政治部主任、俄共（布）中央书记。

当时陈文汉还说："如果不是苏联顾问要求退让，朱军长和谭军长很快能与其他国民革命军组建反蒋联军，打败蒋校长的部队，挫败他的反共行动，可惜，太可惜了。"这件事后来被世人称为"中山舰事件"。

第 7 节

中山舰事件发生后，国民党发生哪些变化呢？辞退苏联顾问季山嘉，季山嘉很快离开广州回国。汪精卫以"迁地就医"为名，由广州出走香港，后转赴法国，长期逗留欧洲。国民党与革命政府由谭延闿负责。蒋介石第 1 军中的共产党员全部撤出。国民党中央通过《整理党务第二决议案》，决定共产党员不得再担任中央各部部长，国民党中央组织部部长谭平山、宣传部部长毛泽东、农民部部长林祖涵相继辞职。蒋介石被推举为国民党中央军事委员会主席，并为北伐设置国民革命军总司令部，蒋介石出任总司令。

三标他们独立 2 团，在季山嘉离开广州后没几天，就离开东关大街的辎重仓库返回韶州。三标以为他们闯进广州这个事过去了，没想到在蒋校长出任国民革命军总司令没几天，国民革命军总司令部的一个调查小组到达韶州。

三标被叫去询问，询问结束，三标回到团部，陈文汉就来问他："他们来调查什么的？问了你什么？"三标说："真是可笑，他们是来调查我们团开进广州的事，问我是接到谁的命令？这事都过去两个多月了，还有什么必要查？"陈文汉说："原来是查这个事，看来是冲朱军长来的，蒋要收拾朱军长。你是怎么说的？"

三标说:“我猜出他们的目的，自然不能提朱军长。我说是在我们进广州的前一天，我们独立师王师长下达这个命令，当时我们在太和镇训练，说我们团距离广州近，让我们团去仓库帮忙。我们按那个命令去的，我们不知道广州发生什么事，不知道戒严，只是执行前一天接到的命令，就这么简单。”陈文汉说:“说得好，干得漂亮。”

三标说:“不过，我估计他们不会相信我这个说法的，他们马上会去找王师长调查，问是不是有一个去仓库帮忙的任务，通知哪个团去的，是什么时间下的命令。你要马上跟上面通气。咱们保持一致口径。”陈文汉觉得考虑得周到，马上去找王师长。

果然如三标所料，调查组第二天就找王师长询问情况，王师长按照三标的说法说了，调查组没问出什么问题。三标又让陈文汉马上给广州东关大街辎重仓库打电话，与仓库负责人统一口径。又让三标猜对了，调查组把情况报告司令部，司令部马上派人去东关大街辎重仓库询问，没问出问题。

这几个漏洞都被三标抢先堵上了，调查组到韶州几天还是两手空空，三标以为自己把这事蒙混过去了。可是，没想到调查组在离开韶州前，与第3军军部交换意见时，做的结论是说调动部队上没有问题，但是独立2团在进城时广州已经戒严，该团仍仗自己人多枪多，强行进城，违反戒严令。第3军出现如此严重违纪问题，作为军长的朱培德有不可推卸的责任，要接受处罚。

忙活半天，还是要处罚朱军长，三标和陈文汉很泄气。这天，三标约陈文汉到韶州城里一家酒馆喝酒，酒过三巡，面红耳热后，三标的话多起来，他说:“这次总司令部来调查，就是蒋总司令要报一箭之仇，戒严当日，朱军长和谭军长去质问他，他觉得自己受气了，现在得势了，要让朱军长知道他的厉害。”陈文汉也喝了不少，说道:“小人，这个人就是个小人。”三标附和道:“是的，就是如此。”陈文汉说:“不过，咱们要小心，小人得势，那不得了。”

三标说:“你看，咱们有什么办法帮朱军长减轻处罚？”陈文汉说："有什么办法？他就是要收拾朱军长，能有什么办法？"三标说："你再想想，难说有什么办法呢。"陈文汉想了想说："有这么个办法，算了，不说了。"三标说："说呀，怎么不说了？"陈文汉说："这让你做出的牺牲太大了，不合适。"三标说："不管合不合适，你说说看。"陈文汉说："是这样，一般来说对当事人处罚重点，对上级长官的处罚会轻点。"三标说："那把责任都推我头上，对我从重处罚，让他们对朱军长的处罚轻一点，行不行呢？"陈文汉说："这倒是有可能，可是，如果从重处罚你，降职降级，甚至开除军籍，去坐牢，你能承受吗？"三标说："能。"陈文汉说："你别太幼稚，你以为这样做朱军长将来会帮你，甚至能报答你？我不是说军长坏话，他们都是搞政治的，在他们玩的棋盘上，你就是个小卒子，你为他做出牺牲，舍命相救，他转脸就忘了，你明白吗？"听他这么说，三标沉默了，过了一会，三标用坚定的语气说："你跟上面的长官去说吧，我愿意。"

陈文汉把三标这个决定上报给军部，第二天，军部上报总司令部一个处理方案：免去三标团长职务，将其押送广州，由总司令部处理。不过，朱军长没让人给三标带一句感谢的话。

第九章

第1节

第一批的两个炉子投产半年多了，生产的洋条纯度完全达标，质量非常稳定，第二批三个炉子也已经投产。省政府对新时代公司的情况非常满意，并打算一年后，拆除那些德国炉子和相关设备，把场地腾出来给新时代公司用。可是，这时，孔秀康意外发现一个问题。

这天，李津兰被叫到孔秀康办公室，孔秀康对她说：“新时代公司这几个人工作态度实在让人不敢恭维。”李津兰问道：“出什么问题了？”

孔秀康说：“我刚刚知道，他们洋条运费有点高。”李津兰问道：“为什么呢？是他们找的海运公司有问题？”孔秀康说：“不是，你看，他们的产品主要发往欧洲，他们的锡条在越南海防上船后，应该直接向西走，过马六甲海峡进印度洋，可是他们却反方向，向东走，经过海南岛到香港，来回多走一千多海里。另外，到香港货物还要搬下船，再搬上另外的船去欧洲。”李津兰问道：“这不正常，是为什么？”孔秀康说：“他们的货必须送香港皇家化验所，让人家对货物抽样化验后，出具伦敦五金交易所认可的成色证明。”李津兰说：“出这个证明，是谁要求的？”孔秀康说：“伦敦五金交易所。”李津兰知道，这时世界上的有色金属交易主要是通过伦敦五金交易所，卖家把自己商品信息提供给交易所，买家到交易所找货，根据自己的需要下单买货，然后，厂家把货发运到买家指定的地点。

孔秀康说："没有化验所的化验单，交易所拒绝入场交易。"李津兰说："新时代可否换一家化验机构，不去香港？"孔秀康说："不行，亚洲就只有这一家。"李津兰说："那不好办。交易所规矩不好改，洋人特别认死理。从这个情况看，新时代运费高，我觉得也是没办法的事。"孔秀康说："动动脑筋嘛，规矩是死的，人是活的，做生意就是要多动脑筋，做别人做不到的事，否则怎么赚钱？"李津兰觉得这几乎是无法解决的，但是不愿意和孔秀康顶牛，说道："是的，应该多动脑筋。"孔秀康说："你看，如果不去香港，可以节约多少运费和搬运费呀。"李津兰说："运费？对呀，他们的洋条到香港，为什么还要换船？"孔秀康说："他们一批货装不满一条船，都是跟别人的货物混装的，并且那船的目的地就是香港，到了香港，他们的货要跟着下船，然后再装去欧洲的船。"李津兰说："原来是这样，确实是不仅增加运费，还增加香港下船和上船的两次搬运费。"

孔秀康向新时代公司提出建议，请他们设法解决到香港化验的问题。几天后，新时代公司几个人到裕滇银行找孔秀康汇报，孔秀康叫来潘永其和李津兰参加。大家到会议室落座后，新时代公司销售部欧经理讲话。李津兰觉得这个欧经理有几分面熟，认真想想，自己第一次到大锡公司时，陪同自己参观企业就是这个人，看来干得不错，当上经理了。

这时，欧经理介绍了他们洋条的运输过程：在个旧上个碧铁路火车，运到碧色寨，搬运到滇越铁路火车上，运到越南海防，再搬运到船上，运到香港，再搬到码头上，由化验所人员抽样后，再搬上去欧洲的船，最后运到买家指定地点。

孔秀康说："这个过程我清楚，我是想问问，你们有什么办法，能不让货物去香港跑个来回？"欧经理说："孔行长，我们也不想让货物在香港搬上搬下，但是没办法，必须到香港化验，这是亚洲唯一的化验所，实在没办法。"孔秀康说："这个情况我也知道，我想知道，你想过解决办法没有？”欧经理说：“坦率说，过去没想过，你提了这个要求后，我组织我们部门人员认真研究，认真想办法，只是，现在还没想出来。”

孔秀康说：“这样不行，到香港转运，增加了成本，减少了利润，这很不合适。欧经理，你也知道，现在你们新时代公司背着巨额贷款，压力很大呀。”欧经理说：“是的，是的，所以你提出这个要求后，我们张总理很重视，我们也很重视，马上组织人员集思广益，寻找解决办法。”孔秀康说：“别人说了，才觉得是问题，这是不对的，是不是？难道原来多支付运费很正常？”欧经理赔着笑说：“是的，只是，行业内都是这样，我们就没想去改变。孔行长，你可能不知道，菲律宾的那个大冶炼厂，信誉好，是免检的，货物直接发欧洲，而菲律宾的其他冶炼厂，发欧洲的货也是到香港化验，他们绕的圈子更大。”孔秀康说：“我知道这个情况。但是，做生意，搞企业，就是要动脑筋，做别人做不到的事。如果走的都是别人走的路子，是赚不来钱的，再好的企业也要搞垮的。”

欧经理说：“是的，孔行长，我这次来，一方面是向你汇报我们新时代公司上上下下都很重视这个问题，另外一方面，我们也想请你指点一下，看看我们怎么做，才能避免去香港？”孔秀康说：“我也在想办法，现在没找到，这个事不简单，要下大功夫才能找到解决办法。”欧经理说：“好的，我们继续努力，认认真真找办法。这样，孔行长，我们就回去了，好吗？”孔秀康对身边的潘永其和李津兰说：“你们二位有什么要说的吗？他们新时代公司跟咱们裕滇银行是一家人，他们干好了，欠咱们的钱才能早日还上。潘行长，你说说。”

潘永其谦卑地说：“孔行长，你说得已经很好了，我没有要说的。欧经理，回去一定要继续努力，把这个问题解决了。”孔秀康又说：“李津兰，你说说。”李津兰说：“行长，你和潘行长都说得很好了，我没有要说的。”孔秀康对欧经理说：“那好，你们就回去吧。”欧经理说：“好的，给孔行长添麻烦了。”孔秀康把他们送到楼梯口，说道：“好，不送了，路上注意安全。”欧经理说：“谢谢！另外，孔行长，我还有个小小的请求，可以说说吗？”孔秀康说：“你说。”欧经理说：“是这样，这个事确实很困难，你是云南搞经济的专家，这方面比谁都强，思路多，点子巧，这不仅在本省出名，在国内经济界中也是大名鼎鼎，你一定要帮我们想想办法，拉我们一把。”孔行长说：“欧经理，你这张嘴越来越会说话了。好，我答应你，一定帮你们想办法。”说完，欧经理千恩万谢地走了。

第 2 节

本来新时代公司并不归孔秀康管，论级别，新时代公司的张孝基总理与孔秀康是平级，孔秀康那个大股东代表也就是个虚职，没一点实权，裕滇银行很多人认为孔秀康不该过问新时代的事务。不过，李津兰不这么看，撇开孔秀康是大锡公司老总理，以及他为成立这个公司做出那么大贡献不说，单说这个公司投资这么大，搞得好不好对省政府影响很大，对云南经济影响很大，孔秀康多关心一点没错。李津兰心想，很多人还不知道，实际上，之前，孔秀康已干预过新时代公司一个事，为减少他们损失、增加利润做出过贡献。

事情是这样的：新时代产品开始销售后，孔秀康发现他们洋条售价远远低于市场价，很不正常，就过问这是怎么回事。新时代公司派欧经理到孔秀康办公室来解释，欧经理说：“这是因为我们新时代洋条没商标，进不了伦敦五金交易所。没办法，我们只有去找业内厂家借商标，生产同一级别洋条的厂家不肯借，我们只有找香港广帮，人家同意了，我们就用他们商标，由于广帮商标属于中国锡等级的，我们就只能按中国锡价格出售，售价低一点。”

孔秀康说：“这不是低一点，是低了不少。另外，我问你，广帮是不是还要在这个价格里抽水。”欧经理说：“是的，咱们用了人家商标，自然要给一点费用。”孔秀康问：“一点费用是多少？”欧经理说：“是 1%。”孔秀康说：“收入的 1%？现在洋条每吨售价二百一至二百二十英镑，折合银元二千一百至二千二百元，现在售价比同级别的低 5% 到 8%，再给人家抽水 1%。这要每吨要损失近二百元，这不是一笔小钱呀！你们怎么能这么搞？这样搞下去要把新时代公司搞垮的。”欧经理不敢说话。

孔秀康说：“为什么你们不注册自己的商标？”欧经理说：“是这样，注册自己商品的事我们考虑过。但是，孔行长，你可能有所不知，我们注册的商标，在市场上是个新东西，在伦敦交易所里没人知道，我们担心买家不认可，最后让咱们的货卖不出去。”

孔秀康说：“是的，新商标的商品是不好卖，但是，你们可以去宣传。现在我们新时代公司投资这么大，使用的全部是世界第一流的设备，我们又是个旧这个世界锡都最大的冶炼企业。下一步，新时代不仅冶炼我们自产的矿石，还会把个旧民营企业的土条都收购过来冶炼，成为世界上数一数二的大型精锡冶炼企业。我们应该把这个情况告诉交易所，告诉那些大买家，我不相信他们知道这个情况，能不认我们新时代的商标，能不喜欢我们新时代的产品。”欧经理听了没有说话，一直在擦汗。

孔秀康继续说：“还有，我相信我们新时代公司的商标，最终会成为全球有色金属行业著名商标，成为响当当的商标，成为百年不衰的老字号商标。”欧经理回去了，马上派人去香港注册了“YNN”国际商标，这是英文“云南新时代”的缩写。然后，在送伦敦五金交易所的所有洋条上铸上这个商标。由于“YNN”商标的洋条纯度高，成色好，质量稳定，很快得到市场认可，“YNN”成为国际著名商标，新时代的洋条价格进入伦敦五金交易所同类产品的最高档。

第3节

过了几天，中午吃饭时间，在李津兰的办公室，李津兰、唐芸芸和董庆仁一边吃饭一边说新时代公司的事，董庆仁说：“孔行长为它操心太多了，这些事让他们公司的人自己去办，能办就办，办不了算了，反正又不是孔行长的事。”李津兰说：“你到现在都没看出孔行长是什么样的人？他就是爱操心的人，无论是对咱们裕滇银行还是新时代的，只要有事他就放不下，就要去管管。”唐芸芸说：“是的，我觉得孔行长就是那种最适合搞企业的人，一点点利益都要去争取，一点错误都不放过，总是千方百计、想方设法把事情做到最好。在做产品上，他要自己产品的成本做到最低，利润做到最高，质量做到最好。一些人搞企业，做到别人的水平就满意了，他是绝对不满意。”李津兰说：“对，唐芸芸说得对，他就是最适合搞企业的人。”唐芸芸说：“他真是与众不同，我过去就没见过这样的人。”李津兰接着说：“还有，同时他又不是那种小气的人。你说当时为改造大锡公司，花五千英镑请那个洋老倌过来，所有人都反对，而他一直坚持，敢花钱。还有，在人员薪资上，他一再建议新时代张总理提高职员的待遇。他老说，咱们新时代要做国际一流的企业，出国际一流的产品，要做到这点，新时代就要用一流的薪资待遇笼络行业内的各种优秀人才，去上海、广州招聘，一些岗位需要洋人就招聘洋人，这方面不能省钱。”

三个人说着，话题转到解决去香港化验问题上。董庆仁问李津兰：“听说，最近孔行长要求新时代解决到香港化验问题。”李津兰点点头。董庆仁说：“我听说这事难度太大，这是伦敦五金交易所指定的，根本不可能改，再说，也没法换，这样的化验所亚洲就只有这一家，往哪换？”唐芸芸说：“是的，这太难了，根本没法换。”董庆仁说：“我见这几天孔行长愁坏了，整天眉头紧锁，寡言少语的。”唐芸芸说：“是的，你们听说了吗？这几天段毓婉经常去孔行长办公室。还私下跟别人说，孔行长压力太大了，人都要累垮了，太让人心疼了。”董庆仁说：“人家孔行长有夫人，轮得到她心疼吗？自作多情。”

唐芸芸说：“李经理，听说孔行长给他美国的老师发电报，请人家帮想想解决办法。”李津兰说：“没听说，不过，我觉得依照孔行长的性格，应该有可能。”唐芸芸说：“这能行吗？”李津兰说：“不知道。”董庆仁说：“我估计不行。”李津兰听董庆仁这么说，并没反驳，她想这个事行不行很快就有结果。

第4节

这天，李津兰在孔秀康办公室请示完工作，向门外走，被孔秀康叫住，孔秀康让李津兰在椅子上坐下，说道：“我跟你说说新时代化验的事。”李津兰问道：“有什么新进展吗？”孔秀康说：“是这样，前几天我给我美国老师发电报，请他帮忙解决去香港化验问题，刚刚收到他的回电。”李津兰说：“是吗？老师怎么说？有办法吗？”孔秀康苦笑一下，说道：“他说没办法，并说这类事不好解决。”李津兰失望地说：“原来是这样？不过，咱们也应该理解，这事确实太难了。”孔秀康说：“我能想到的办法就是这个了，没其他办法了。”李津兰说：“那你考虑下一步怎么办？”孔秀康说：“你知道，我是从不轻言放弃之人，但是，看来这个事确实没办法，只有如此了。”孔秀康很灰心，好像被人揍了一顿。李津兰心里一颤，觉得孔秀康这样子确实有点可怜，确实有点让人心疼。

李津兰回到办公室，觉得孔秀康太苦了，太难了，太遭罪了，李津兰觉得自己要帮孔秀康，要用尽所有力量帮孔秀康。也就是说，李津兰也要动脑筋，去找一个解决办法，有这样的办法吗？李津兰不知道，但是，她要去努力。李津兰去找唐芸芸，说了自己的想法。唐芸芸觉得李津兰根本不可能做到，这完全是瞎忙活，但是，见李津兰这个的样子，怕伤害李津兰，没把心里话说出来，反而说了一些鼓励的话。

李津兰下班回到赵府，在吃饭的时候，跟公公说了孔秀康收到老师回电的事，说自己要帮孔秀康想办法。公公很理解她的心情，但是并不认为她能找到解决办法，这么多人，甚至孔秀康美国老师都解决不了的事，她能解决？这完全不可能。不过，公公不想让李津兰受打击，没说泄气话，只是鼓励她再想想再试试。

晚上，李津兰在床上翻来覆去睡不着，脑子里都是这个问题，上上下下，翻江倒海的。天亮了，她起床去上班，一路都是头重脚轻的，脑袋晕乎乎的。李津兰从来不相信生活中有奇迹，大概从她上中学开始，身边人跟她说一些神奇的事，她都是一笑了之，根本不相信。那么，到底有没有奇迹呢？接下来发生的事，让李津兰彻底改变了看法。

李津兰走过“朱记米店”门口，这时米店还没开门，但是门口已经有人排队等着买米了。这家米店开了二十多年了，一直生意特别好，这不是它的米好，它卖的就是普通大米，而是它从不在秤上做文章，从来不缺斤短两。它店里有一块木牌匾，上面写着“缺一两赔十斤”，顾客从他家买米，出门到外面称重量，从来不少斤两，反而是多一点，就是这一招，让这个“朱记米店”一直生意兴隆。李津兰看着米店门口这些排队的人，突然，脑子里面闪过一道闪电，她找到解决去香港化验的办法了。

李津兰赶紧赶到裕滇银行，把唐芸芸叫到自己办公室，说道：“告诉你，我找到办法了。”唐芸芸看李津兰兴奋得面颊潮红，问道：“是吗？是什么办法？”李津兰说：“是这样，刚才我路过武成路那个朱记米店，你知道这家米店吗？知道吗？”唐芸芸说：“知道，老字号了，它跟你的办法有什么关系？”李津兰语无伦次地说：“有关系，关系太大了！我就是看见它才想到的。”唐芸芸有点急，说道：“你在说什么？我怎么听不懂？”李津兰说：“真的，就是看到这家米店才想到的。你知道吗？这家店的生意一直特别好，早上没开门，门口就有人排队，每天都是这样，今天我路过时，又是这样。”唐芸芸摇摇头，叹口气。李津兰继续说：“你知道它的生意为什么一直这么好吗？知道吗？”唐芸芸说：“听说过，它从不缺斤短两。”李津兰说：“原来你也知道，太好了，但是你说得不完全对，更重要的是它承诺缺一两赔十斤。”唐芸芸说：“是的，我知道它这个承诺。但是这跟解决去香港化验有什么关系呢？”李津兰说：“我说这么清楚，你还没听明白吗？你怎么了？”唐芸芸说：“你对化验的事，一个字没提，我怎么明白？”

李津兰停下来，似乎明白自己说得有点混乱，说道：“等一下，你让我冷静一下。”然后说，“是这样，想到朱记米店的成功之道，我想，新时代公司是否可以对交易所承诺，洋条成色达不到我们说的情况，一公斤货赔偿十公斤货款？”唐芸芸说：“你的意思是用这个办法代替去香港化验？”李津兰说：“是的，就是这个意思。”唐芸芸说：“伦敦交易所会同意吗？”李津兰说：“当然会同意。”唐芸芸说：“哪有这么简单的事？”李津兰说：“算了，不跟你说了，孔行长来了吗？我去跟孔行长说。”唐芸芸说：“应该来了。但是，李经理，我劝你还是冷静一下，再思考思考，等考虑好了再说，别着急忙慌地跟孔行长说，搞不好，孔行长会对你有看法，慎重点。”可是，李津兰听不进去，她心中的这个灵感之火在熊熊燃烧，火光冲天，说道：“谢谢你的好意，谢谢，你先回去吧，我去行长办公室。”

李津兰走进行长办公室，对刚刚在办公桌前坐下的孔秀康说了自己这个伟大的、惊天地泣鬼神的想法，朱记米店的成功之道，新时代公司对伦敦交易所承诺，洋条成色达不到自己说的情况，一公斤货赔偿十公斤货款，李津兰满以为孔秀康会一拍桌子，大声说：“好！太好了！”没想到，孔秀康听了，满脸狐疑地上下打量李津兰，那神态好像在说：“你今天怎么了？没毛病吧？”李津兰不知孔秀康怎么会如此，问道：“怎么？我没说明白吗？我的意思……”孔秀康说：“等等，我听明白了，你是想通过向交易所承诺赔偿，由新时代的化验单取代香港化验所的，是吧？我听明白了，你别着急，我有个问题要问你。”李津兰信心满满，意气风发地说：“你问。”

孔秀康问道：“伦敦五金交易所能接受这个办法吗？它指定香港皇家化验所化验，等于是它自己化验，你说不要人家的化验，用咱们新时代公司的化验，它能接受吗？”李津兰说：“我们可以设法说服它。现在咱们新时代公司的化验室，使用的是国际一流设备，人员都经过洋人的专业培训，化验结果是可靠的，这是事实。”孔秀康说:“每个炼锡公司都有化验室，做出来的化验结果也都是可靠的，可是，伦敦交易所就是要你再化验，要你提交第三方化验所的报告。事情就是这样，英国那些绅士，做事古板得很，很难改变。”

李津兰固执地说:“咱们试试，去争取一下可以吗？”孔秀康一直在摇头，看上去一点可能性也没有。李津兰没办法，只好离开。回到办公室，唐芸芸过来问孔秀康的意见，李津兰说了一下，唐芸芸让李津兰别灰心，也许过几天事情会有新的转机。

李津兰下班回到家，在饭桌上，公公赵亦恒见李津兰情绪不高，问道:“怎么？是为香港化验的事？”李津兰没说话，因公公一再问，就把白天的事说了，赵亦恒听了，说道:“我觉得孔行长说得有道理，这不容易改变，那些大不列颠人，特别固执，特别死板，要说服他们，难于上青天。”李津兰说:“我们这不是弄虚作假，完全是实事求是，根本没道理不同意。”赵亦恒说:“你有你的道理，人家有人家的法则，没办法。”李津兰很不服气，但是，她知道公公和孔秀康的话是对的。赵亦恒又说:“我说，这本来就不是你的事，你都是为孔秀康操心，为他想办法，现在既然他说不行，你就别坚持了。”

上床后，李津兰让自己把这事放下，别想了，什么都不如好好睡一觉。昨晚就没睡好，这时，她眼皮重得抬不起来，很快睡着了。

第5节

第二天，李津兰刚到办公室，行长室的人来说:“李经理，你来了，孔行长叫你过去，他等了半天了。”李津兰说:“有什么事？这不是才上班吗？”行长室的人说:“是刚上班，孔行长今天来得特别早。”李津兰到孔秀康办公室，孔秀康急冲冲地说:“你来了？太好了，我告诉你，昨晚我想了很久，我觉得你的说法还是有道理的，应该设法去说服英国人。”李津兰一听是这事，顿时精神为之一振，兴奋地说:“是吗？你改变主意了？”孔秀康说:“是的，尽管英国人很固执很死板，但是我觉得如果咱们确实有道理，还是应该去争取。如果咱们不去争取，是失职，是对新时代公司、对省里不负责。”李津兰说：“是的，你说得对，确实应该去争取。”孔秀康说：“我是这么想的，我和张孝基联名给伦敦交易所发个电报，提出申请，并详细说明我们的为难之处，和我们化验室能达标的理由，承诺如有一公斤洋条纯度达不到我们说的情况，除了退还一公斤货款，另外赔偿十公斤货款。当然，更重要的是说明我们新时代公司是目前设备最先进的精锡冶炼企业，是未来世界上数一数二的大型精锡冶炼企业。”李津兰说：“说得太好了，我相信一定能成功。”孔秀康说：“是的，我马上跟张孝基联系，然后给交易所发电报。我叫你来，就是要告诉你我的这个决定。好了，说完了，你去忙吧。”李津兰走出孔秀康办公室，心情好极了，感觉自己不是走路，而是像一片羽毛在飞舞。

很快，孔秀康和张孝基的电报发出了，李津兰兴奋地等待着，等待着大好消息降临。但是，事情并没向李津兰希望的方向发展，而是相反，这天，新时代转来交易所回的电报，人家非常绅士，用文雅而高贵的语气，礼貌地拒绝了。

这一盆冷水，泼到李津兰头上，让她从头到脚湿透了。孔秀康也很受打击，不过，相比较，他受到的打击似乎没有李津兰的沉重。往后的几天，李津兰不知是如何过的，她神不守舍，头重脚轻的。唐芸芸和董庆仁知道这个情况，一再安慰她。公公赵亦恒一直不看好这事，但是看儿媳妇这么难受，也很难受。

也许是冥冥中注定，李津兰要为解决香港化验这事做出点贡献，几天后一上班，李津兰到孔秀康办公室，说道：“行长，我有个新想法，能说说吗？”孔秀康听这话很高兴，目前这个事办不下去，也让他挺难受的，如果真有好办法，那真是谢天谢地。孔秀康说：“你说说。”李津兰说：“行长，你能不能请乌德工厂的老板帮咱们说说话。乌德工厂是英国著名工厂，是冶金机械行业执牛耳者，在国际上很有地位，再说，他们都是英国人，如果他肯为咱们说话，也许交易所那些绅士能重新考虑一下咱们的请求。”

孔秀康意外地问道：“找乌德工厂老板？”李津兰点点头。孔秀康说，“这个……我考虑一下。”李津兰说：“咱们的设备是乌德工厂制造的，他对咱们的情况最了解，让他出来帮新时代说话，有基础。再说，咱们不要他吹捧，只是实话实说就行。”孔秀康说：“怎么找他？我没见过他，给他去个电报？”李津兰说：“我觉得没见过不要紧，他肯定知道新时代公司的情况，你和张总理联名给他发电报就行。”孔秀康说：“这个事，我考虑考虑吧。”听这么说，李津兰告辞走出办公室。下班的时候，李津兰又被叫到孔秀康办公室，孔秀康说：“我考虑好了，还是给乌德工厂老板发个电报吧，请他帮着说说。还是那句话，能争取的咱们不去争取，是失职，是对新时代公司、对省里的不负责。”

第二天，孔秀康给乌德工厂老板的电报发出了。电报是英文的，他亲自写，把他在美国学的高雅之词都用上，写得自己很满意。事情出乎意料地顺利，一周后，孔秀康收到乌德工厂的老板回电，人家没推辞，答应给交易所写个信。

第6节

这天下午，李津兰被叫到孔秀康办公室，孔秀康用激动的口气说：“太好了，太好了。李经理，我刚收到新时代转来的交易所电报，你知道交易所是怎么说的吗？他们说他们再一次审阅了新时代的申请，考虑到新时代优秀的设备和良好的管理情况，决定从即日起，请新时代在提交香港皇家化验所化验单的同时提交自己公司化验单，如果在未来一年内新时代的化验单与香港化验所的均无差异，并且，新时代同意将一公斤洋条纯度不达标，除了退还一公斤货款，另外赔偿十公斤货款的承诺，作为一个条款写入买卖契约，那么，一年期满，可以免提交香港化验所的化验单。”听到这话，李津兰高兴得快要叫起来，这事终于办成了。两人互相夸赞一通，都是真心实意的。最后，李津兰说：“行长，现在你可以放松一下了，休息休息。”

孔秀康说：“休息什么？我不累。这个事办完了，我打算启动另外一个事，把新时代公司的管理再提高一个档次，获取更大利润。”李津兰意外地问道：“你还要干什么？”孔秀康说：“是这样，我打算让新时代公司购买最新的无线电台，安装在他们办公楼里面。”李津兰不解地问道：“安装无线电台？为什么？”孔秀康说：“现在伦敦五金交易所给新时代发电报，需要从伦敦走海底有线电报传至香港，再由香港传至昆明，昆明传至个旧，个旧电报所送到新时代，并且，新时代给交易所发电报也是如此。这样，交易所与新时代往返一个电报用时超过二十四小时，然而，伦敦五金交易所的交易，是一方出价之后，对方必须在二十四小时内回话。由于咱们无法在二十四小时内回话，现在的交易，都是给交易所一个底价，只要对方出价不低于底价就成交，这让新时代在售价上有相当损失。”李津兰说：“原来是这样，这确实有损失。”孔秀康说：“安装无线电台，新时代公司直接接收香港电报，可以在二十四小时内回话。”李津兰说：“那投资购买无线电台，确实很有必要。”

孔秀康说：“还有，国际金融市场汇率一日数变，如果信息不灵，不能及时掌握汇率的话，在汇兑时会造成相当损失。如果有了无线电台可以让香港渣打银行、汇丰银行，以及中国银行，每天早、中、晚三次给新时代发电报，告知银元与英镑的兑换率。避免货币兑换损失。”听孔秀康这么说，李津兰觉得眼前这个人真是搞企业的高人，意识超前，思维缜密，每一点利益都奋力争取，实在了不起。

第十章

第1节

去年，大标暗杀何胖子失败，跑出张家口，到城外他清点一下，身边只剩下四个人，这次他们去了十几个人，其他的都没出来。后来听说，那些人有的阵亡了，有的受伤被俘，胡公子是当场阵亡。

大标回到岳阳后不久，吴佩孚东山再起，到汉口将萧耀南、靳云鹗等直系各部队集合起来，组建苏、浙、鄂、赣、川等“十四省讨贼联军”，自己出任总司令，与张作霖宣布联合讨伐冯玉祥。这时，主政北洋政府的段祺瑞见冯玉祥被直奉联合讨伐，冯玉祥已沦为国人共讨之人物，就逼迫冯玉祥下台。在这个情况下，冯玉祥没办法，无可奈何地辞去自己的本兼各职，通电下野。

1926 年 4 月，冯玉祥被迫出国赴苏联考察，当日他部下鹿钟麟突然发动二次北京政变，北京临时执政府垮台，段祺瑞逃入使馆区。鹿钟麟释放了曹锟，欲联合直系对付皖系和奉系，而曹锟与吴佩孚断然拒绝，下令与鹿钟麟兵戎相见。无奈，鹿钟麟率部退回张家口，并在南口要塞布下重兵，阻止吴佩孚前进。

昌平县城北边，是华北平原北侧边缘，土地突然隆起，海拔高度从几十米一下子上升到一千五百多米。这里属于燕山山脉，群山连绵几十公里。这片山岭中有一个山口，名为南口，从北京去张家口和绥远的公路和铁路均由此通过。

冯玉祥被贬为“西北边防督办”，移驻张家口后，经人介绍认识了共产党领袖李大钊，并与苏联驻华大使加拉罕会面。去年春末，苏联军事顾问进入西北军，拿苏联红军那套方法训练冯玉祥部队，在张家口帮冯玉祥开办骑兵学校、炮兵学校、机枪学校、反间谍学校、通信学校、军械工厂，还送他一万八千支枪、大量火炮、弹药，以及经济援助。同时，冯玉祥派遣二十四名军官到苏联留学。据说，苏联人对冯玉祥的援助规模，甚至超过两年前援助南边孙中山的规模。

冯玉祥为了阻止北京的部队北上，保证张家口安全，决定在南口修建一个要塞，卡在京张公路和京绥铁路上。这个要塞，冯玉祥希望搞成坚不可摧、百年不倒的，请苏联人帮忙。苏联人很卖力，派专家普里马科夫设计和指导，冯玉祥按照苏联人的图纸，让手下的三个工兵营整整干了一年才建成，命名为“南口要塞”。这个南口要塞位于这片山岭悬崖脚下，要塞中心是一个宽三十米的方形城堡。要塞前面一公里处，是京绥铁路的南口车站。车站前面是第一道阵地，利用地形地物情况摆放的射击阵地，可以控制六公里的正面。正面有铁丝网和地雷，射击阵地挖成卧式和立式两种，彼此之间有交通壕连接。这道阵地后面是第二道阵地，由一系列机枪堡垒构成，堡垒十分坚固，且有良好的射击面。这两道阵地后面的高地上是炮兵阵地，摆放众多大炮，俯视山下。

这个夏天，南口这一片非常热，在距离南口要塞几公里的河滩上，那些大石头都被晒得像灶台上的铁锅一样，烫得吓人。河滩一侧有片白杨树林，里面的指挥部忙碌着，这是中央陆军第 37 混成旅的指挥部，这个旅是成立“十四省讨贼联军”时新组建的，旅长是李大标，很多官兵都是原 3 师机动旅的人。这时，秀才跟着传令兵进来了，问道：“李旅长，你找我？”秀才也升职了，已是 37 旅 1 团团长。大标让秀才坐下，说道：“明天的进攻，发生一点变化。吴大帅部署一支部队迂回到南口要塞的侧翼，将从侧面发起进攻，要求咱们旅充分利用这个机会，趁正面之敌慌乱时，全线发起进攻，攻占对面的大青石阵地，活捉何胖子。”

秀才说：“不过，我还是有点担心，明天这个侧翼攻击能动摇整个要塞防守吗？攻击力量有这么强吗？”大标说：“这个你不用担心，大帅布置的兵力肯定足够的，一发起攻击，肯定动摇整个要塞防守。”秀才说：“苏俄人设计的这些工事太复杂了，战壕和地堡互相掩护，火力上都是互相覆盖，同时交通壕非常复杂，兵力移动方便迅速。只怕侧翼遭受攻击，他们能火速调兵顶住，整个阵地不受影响。”大标说：“你把他们说得太厉害了，我不认为这样，我认为侧翼进攻肯定动摇整个阵地，明天我们能大获全胜。”

秀才说：“旅长，你别太大意，咱们在这里打了三个月了，一直没打下来，这些工事不好打的。”大标说：“是的，就是打了三个月，对方的工事、武器和守军我们都很了解，咱们可以说是万事俱备只欠东风，明天侧翼进攻就是东风，我们趁机全线进攻。”秀才说：“明天全线进攻，我建议要冷静，要审时度势，避免硬拼，避免伤亡太大。”

大标生气地说：“什么避免硬拼？明天就是要硬拼，利用这个机会，猛打猛冲，一鼓作气拿下敌军阵地。”秀才说：“旅长，要冷静，我建议明天进攻注意火力掩护，注意观察侧翼进攻是否奏效，敌军是否开始慌乱，然后再……”大标不耐烦地说：“行了，别说了，我叫你来，不是听你说这个，我是交给你一个任务，明天你负责抓何胖子来见我，如果抓不到活的，你就带他的脑袋来见我。一定要替老罗、黄猴子和胡公子报仇。好了，你回去吧。”秀才还想说什么，忍住了，走出指挥部。

第2节

第二天，吴大帅派去的迂回部队绕到敌军侧面，可是，敌军都是吴大帅的老部下，很熟悉吴大帅这个大胆迂回、冒死穿插、在敌人背后下刀子的打法，所以早就做了准备，在侧翼留两个旅，就等吴大帅的迂回部队出现，结果迂回部队发起进攻马上被对方压制住，无法前进半步。同时，敌军制造侧翼遭遇攻击，守军溃败的假象，吴佩孚正面部队错误地以为迂回部队得手，按原计划发起进攻，结果进攻失败，李大标这个旅伤亡惨重。

两天后，大标到后方村子里的37混成旅救护队，救护队的医生见旅长大人到，赶忙出来迎接，大标让医生带自己去看文团长，很快见到躺在病床上的文秀才，说道："怎么样？伤得厉害吗？看这个样子应该这伤不要命。"秀才说："不要命，是一颗子弹从左肩穿过去，真是幸运，如果子弹往下打两寸，那就打心脏上，我可就报销了。"大标说："不会，你命大福大造化大，怎么可能就报销了？"大标给秀才整理一下被子，又说，"这事怪我，如果我听你的意见，发起进攻的时候谨慎一点，你就不至于这样了，我是急躁了。"秀才说："旅长，不能这么说，你的安排部署没问题，是敌人把咱们侧翼部队顶住了，做出阵地动摇的假象，做了个圈套让咱们钻。"

大标说："尽管是这么个情况，但是，我还是有很大责任，如果我听从你的意见，咱们旅的损失会小一点。尤其是对你，让你这个团长都负伤，真是很愧疚。"秀才说："旅长，你可千万别这么说，这跟你没关系，这都是执行上面的命令，如果你不这么干，你怎么向上面交代？你万万不能自责。"

大标点点头说："行，不说这个了。另外有个事，刚才收到何胖子送过来的劝降信，这小子先说他安葬了胡公子，坟地在张家口城外北山上，立了石碑，接着说吴大帅是自作聪明，他那套打法太老套了，对我进行劝降，说跟吴大帅干下去没前途，不如到他那边干。他真是瞎了眼，我怎么可能到他们那边去？老罗、黄猴子、胡公子都死在他们的枪下，我怎么可能背叛这些兄弟去跟他跑？"秀才说："这家伙就是一个地地道道的宵小之辈，这一仗他们占点便宜，就得意成这个样子，不知天高地厚，早晚不得好死。"大标说："说得好，这就是个宵小之辈，再让他高兴几天，过两天我要亲手枪毙了他，为老罗、黄猴子、胡公子他们报仇。”

第3节

一个月后，由于张学良的奉军参与讨伐西北军，吴佩孚另外派出的一支部队绕个巨大的圈子，突然出现在张家口城下，引起鹿钟麟恐慌。鹿钟麟怕抄了自己的老巢，丢了性命，急忙调动部队回援。本来南口守军已经坚守四个多月，伤亡过半，粮弹缺乏，早就盼望回撤，接到命令，各部队就立即动身，阵地出现混乱。吴佩孚趁机发起全面进攻，几轮冲击，守军溃败，向绥远、包头一带逃窜。直系部队追出几十公里，吴佩孚才下令停止追击。

天黑时，大标走进西北军永久性防御阵地，站到苏俄人设计的碉堡上。终于攻克南口要塞，打垮西北军，他心潮起伏，感慨万千：总算让冯玉祥知道我们的厉害，不过，跟冯玉祥这仇还没完，我们要一路向西追过去，把你们西北军彻底消灭。这时，秀才过来，这次进攻前，秀才已经康复归队继续当团长，他说：“旅长，没抓到，何胖子跑了。”大标说：“跑了？这个狗娘养的，这次算他命大，下次绝不放过他。”

第十一章

第1节

新时代公司购买安装无线电台的事，在孔秀康的努力下，很快完成了，新时代与伦敦五金交易所、香港几家大银行的通信建立起来。李津兰的注意力转回到裕滇银行内部，又来考虑查那一万元借款的事。这几天，李津兰一再找潘永其，请他带自己去见老先生。最后，潘永其实在推不掉了，说他找人私下跟老先生沟通一下，等沟通好了再一起去见面，这样礼貌一点，也可以避免白跑路。听这么说，李津兰不好再催，只有等。

这天中午，唐芸芸和董庆仁在李津兰办公室吃午饭，看门大爹进来把当天的一沓报纸放李津兰桌上，每天报纸来了之后，都是看门大爹派发。董庆仁把报纸取过去，翻开随便看看，突然，诧异地说："钟子培死了。"李津兰听了一愣，连忙拿过报纸来看，果然上面登载了钟子培的讣告。唐芸芸问道："这不就是那个老先生吗？怎么死了？"董庆仁说："是病故。"李津兰心里说，这下完了，完了，原来还打算在他这打开一个突破口，现在彻底没可能了。这个消息对李津兰的打击特别大，之前她把所有的希望都放在老先生的身上，现在他死了，这条线又彻底断了。

第2节

这天下班，李津兰乘黄包车到翠湖边一家新开张的西餐厅，在靠窗边的卡座上邓明雄已在那里等她，邓明雄穿着军装，见她到了一边起身招呼她坐下一边说："这个西餐厅是一个广东人开的，据说做得很好，正宗的法国菜。"

本来，李津兰是不想来的，她觉得一男一女这么吃饭，容易让看见的人误会。下午，邓明雄到裕滇银行找李津兰，说晚上请她吃饭，李津兰推了半天，最后没推脱掉。李津兰还是想和邓明雄保持良好关系，毕竟人家是大团长，帮了自己不少忙。李津兰说："我公公的那个事，每次我想起来，都觉得特别感谢你。"邓明雄说："小事，小事，不足挂齿，再说这都是缘分，这事让我们治安团管我才有机会知道赵老先生关里面，也才有机会让我能找到你。"李津兰说："是，缘分自然是前提，但是，换一个人知道那是我公公也不一定会帮忙，这人跟人还是有差异的，人品的高低之分，往往就体现在这些你说的小事上。"邓明雄说："夸大了，其实我做的这点事真的微不足道。"

又聊了几句闲话后，李津兰说："有个事想麻烦你一下，不知道是不是合适。"邓明雄说："你太客气了，咱们是自己人，有什么合适不合适的？你说。"李津兰说："我们银行有一万元的私人借款，一直追不回来，可能跟我们内部一个女人有关系，她听说我追这个事，就对我恨之入骨。后来听说唐省长的高参老先生，当时给裕滇银行负责人打过电话，说这是给蔡锷将军借的，我们找过这个老先生一次，情况没搞清楚，现在本来打算再跟他核对一下情况，没想到他病故了。"邓明雄说："你想让我做什么？"李津兰说："我想请你找找省里人了解一下老先生，他这个人怎么样？是很正派的人吗？"邓明雄说："这事是不是很重要？"李津兰不想说这事跟二哥被害可能有关系，说道："是的，一方面我觉得银行的钱就应该追回来，另外一方面，我觉得这一万元借款很神秘，想搞清楚它后面的秘密。这个事，给你添麻烦了。"邓明雄说："这个不麻烦，行，我这两天就去了解一下。"

西餐厅里很安静，人不多，说话的声音都比较轻。聊了一会，邓明雄把话题转到自己身上，说自己的父亲是大清时腾越道昌宁县衙的一个小吏，就是负责抄抄写写的，民国建立留在县公署做事。自己家有三个孩子，自己是老大，下面一个弟弟一个妹妹，自己是家里唯一到省城来读书的孩子，现在弟弟和妹妹都结婚了，所以父母对自己的婚姻特别关心。李津兰问道："他们都在老家？也好，在老家可以陪陪你父母，父母年纪大了需要子女多陪陪。"其实，李津兰不想谈这个话题，可是没办法。邓明雄说："是的，现在我父母就跟我弟弟一起过，他们都挺好。"

突然，邓明雄不说话，气氛冷了下来，李津兰想找个话题打破这个气氛，还没找到，邓明雄说："李津兰，其实我一直特别喜欢你。"邓明雄见李津兰要阻止，连忙说："等等，请让我说完。你不知道，我见你的第一面就喜欢上你了，当时我就想，天下居然有这么漂亮的女子，长得就像我梦见的那个一样，只是当时我觉得自己配不上你，不敢公开追你。后来听说你跟火柴大王公子订婚，我就死了这个心。"李津兰说："其实我没你想得那么好，只是普普通通的一个人，和大部分女子一样。"

邓明雄说："你太谦虚了，我说，我现在追你，有可能吗？"李津兰想，看来是绕不开这个问题了，神色平和地说："邓明雄，我配不上你了，现在的我早不是当年那个我了，你应该知道，我结过婚，有过孩子，按老话说属于残花败柳，而你也不是那个省一中的小青年，而是威武的大团长，一个走到哪里都响当当的大丈夫，真的，是我配不上你。"李津兰说得实实在在、情真意切。可是，邓明雄不为所动，坚定地说："不，是我配不上你，你在我眼里还是当年那个中学生，还是那么青春年少，还是那么楚楚动人……"李津兰说：

“那只是当年的记忆，你不会长期生活中记忆里，现实不是那样的。你很快能找到比我好的女子，你条件这么好，机会有的是。对不起，咱们不合适，真的不合适。”李津兰说着，拿起手包站起来，示意邓明雄不要阻止自己，朝餐厅外走去，邓明雄赶紧结账追出去，在门口赶上李津兰说：“你别走，咱们再聊聊。”李津兰坚决地说：“不用了，真的，我这是为你好，当然也是为我好，否则你会后悔的。”邓明雄说：“不会，我绝对不会后悔。”李津兰说：“你现在是头脑发热，等你冷静下来，你就会明白我说的这些话，真的是为你好。”说完坐上门口的黄包车离开。

回到自己卧室，李津兰把手包一扔，趴在床上，没有为邓明雄表白生气，反而怨恨起他来。她想，邓明雄这个笨蛋，自己起身离开时，为什么不拉住我？还是大团长，这点勇气都没有，能把团长当好了？难怪他现在还打光棍，追女人都不会，想要追到女人就拉住她，别让她走，光用嘴说有什么用？要是真爱人家，就要有行动，笨蛋，太笨，太可笑。不过，她又想到，自己真的和邓明雄结婚了会如何？他真的不在乎、不后悔？那是他还没得到自己，得到了神秘感就消失，那时就开始挑毛病了，就会感觉还是不如找那些小姑娘，不如找那些黄花大闺女了。这时，李津兰脑子里很乱，一会希望邓明雄追到自己，一会害怕他追到自己，翻江倒海的，翻来覆去，内心久久无法平静。

第3节

半个月后的一个中午，唐芸芸在李津兰办公室吃饭，突然提到邓明雄，问道：“前几天是不是有军官来找你？”李津兰点点头。唐芸芸说：“段毓婉见到这个人了，说这个人特别帅。他是哪里人？好像是个大军官，之前我没听说过，你是怎么认识他的？”李津兰说：“是我的一个老同学，认识很多年，是个团长。对了，我刚到裕滇银行不久，他在街上执勤，我跟段毓婉还碰到过他。最近他们部队调回昆明，他跟我有点联系。”唐芸芸说：“你知道吗？段毓婉对人说这个长官在追你。”李津兰说：“她胡说，根本没有的事。”

唐芸芸说：“你不知道，现在段毓婉恨你恨到骨头里。她还说你勾引孔行长，说你特别阴险，特别有手段，在孔行长面前一本正经的，好像心无杂念，其实都是假的，私底下一直在使劲。段毓婉说她最看不上你这种小人，端着大家闺秀的架子，心里比那青楼女子还淫荡。还有，段毓婉说孔行长太单纯，到现在都没看透你，被你迷得颠三倒四的。”

李津兰听了怒不可遏地说：“这个无赖，我去撕了她的那张臭嘴！你说，这是她跟谁说的？我去找她算账！”唐芸芸说：“冷静，冷静，这种事去找她没用，她绝对不会承认，也没人愿意出来跟她对质。算了，你就当没听见。这些话没人信，人人都知道这是段毓婉嫉妒你编造出来的。你还不知道，现在咱们银行的人怎么看段毓婉？都说她想男人想疯了，就是个神经病，大家都躲着她走。她说这种话越多，人家越是不会搭理她。现在柳貂蝉、吴少愚也不搭理她。”听这么说，李津兰心中的气消了一点。

第二天下午，李津兰在办公室处理工作上的事，孔秀康出现在门口。孔秀康很少到李津兰办公室，李津兰赶紧起身迎接，孔秀康说：“你别忙，我就是过来说一句话，下班时你等我一下。”李津兰问道：“有什么事？”孔秀康说：“小事。”说完走了。李津兰想这会是什么事呢？如果是银行的事，他上班就可以交代，不用等到下班，估计不是。那就是要带我出去吃饭？这也可以直接说呀，没说，估计也不是。那么到底是什么事？难道又要提那个事？我不是已经拒绝了吗？他不应该再提了，他这么儒雅，这么有身份的人不会这么太唐突吧？那么到底是什么事呢？李津兰这么猜来猜去的，一直找不到一个满意的答案。

下班了，同事们纷纷离开办公室，很快人走完，办公楼里安静下来，走廊上有脚步声，是孔秀康的脚步声。李津兰起身到门口相迎，孔秀康到了，对李津兰说："对不起，耽误你下班了。你坐，咱们坐下说。"两个人坐下，孔秀康说起几个工作上的事，李津兰在等着进入主题，聊了一会，孔秀康说："今天我请你晚点走是有个小事，当然也不能说是小事，怎么说呢？这话还不好说出口。"孔秀康有点尴尬，在琢磨怎么说。李津兰此时猜到今天要谈的话题了，肯定是那个事，没错，他又要说那个事，李津兰在想要不要阻止对方，心里很犹豫。

这时，孔秀康站起来，把房门虚掩上，说："是这样，今天我接到家里的来信。我没跟你说，前段时间我给我父母去了一封信，说我想离婚……"李津兰心想我没猜错，果然是那个事。他跟父母说要离婚，他疯了。孔秀康继续说："我父母回信说不像话，说白养我了，我读那么多书，越读越不懂事。"李津兰觉得这在意料之中，肯定遭到反对。孔秀康说："不过，我不死心。我又给他们去信，说我一定要离，我是铁了心了。他们收到信就从安宁到昆明来，跟我谈了三天，要我改变主意。不过我一直坚持，最后跟我爹妈摊牌了，说他们同意不同意我都要离，把他们气走了。"李津兰觉得孔秀康做得很过分，这要把他父母气死的，简直成了不孝之子。孔秀康接着说："这个事我太太知道了，本来我不想告诉她，等我说服父母了再跟她谈。我父母到家这么一闹，瞒不住她了，我跟她说了你的情况，希望她能理解……"李津兰想，怎么说我的情况，这跟我有什么关系？

孔秀康说："我还是比较了解我太太，她不是那种小心眼的人。是的，过了几天她跟我说，她同意我再娶一房，我写信给我父母说了这事，今天回信到了，我父母也同意了。"

什么？再娶一房？李津兰见过有妾的人家，段毓婉就是出自这样的家庭，自己还有一些同学朋友也是出自这样的家庭。她仇恨一夫多妻，她曾下决心自己这辈子绝对不做妾，就是饿死也不做。她没想到自己在谈婚论嫁的年纪没碰到这事，现在成了少妇，竟然碰到这事。她又想到，是不是孔秀康觉得自己是寡妇，有过男人，生过孩子，会接受小妾的身份？不行，不管是什么原因，不管孔秀康怎么想，绝对不行。这时，李津兰努力抑制住心中的怒火，冷冰冰地说："孔行长，我特别感谢你对我赏识。不过，你不知道，我绝对不会做任何人的小妾。对不起，我先走了。"

在回家的黄包车上，李津兰感觉特别委屈，觉得不被孔秀康尊重，觉得自己竟然被纳入小妾的行列，很不舒服，甚至说有点恼怒，心想我是有婚史的女人不假，但是我不是破烂货，不是不值钱的东西，我到多大的年纪都不会去做小妾。不过，她很快平静下来，觉得自己也没必要这么冲动，现在这个社会就是这样，男人娶小妾，不是什么大不了的问题，社会和家庭都不会指责这类事，别人可以娶小妾，他孔秀康凭什么不能？他比那些男人强多了，原配没文化，无法沟通，为什么不能娶个小妾？越是这么想，心里的气越少。李津兰想，如果我是个男人，原配是这个情况，估计我早娶个小妾了。

后来，李津兰又想，如果自己真的跟孔秀康生活在一起，那么又会怎么样呢？他是那么儒雅，那么有知识，那么有才华，那么有干劲，跟他一起生活肯定特别幸福。李津兰心想，真是没缘分，如果自己与他相逢年少时，两人都不曾谈婚论嫁，他是穿白色长衫的飘逸少年，自己是头戴花冠的如花少女，一起走在洒满晨光的碧鸡山上，一起走在黄昏的滇池边，那该多好……

第 4 节

第二天李津兰没去上班，她觉得碰到孔秀康太尴尬，不知道该怎么办，让郭师傅去帮自己请了个病假。第三天一早，李津兰还是很犹豫，纠结很长时间，咬牙去了，心想，看见他就低头走过去，反正不跟他说话。他也不会好意思来跟自己说话。很顺利，没有在走廊里碰上，孔秀康也没找过她。李津兰一再对自己说："过去了，都过去了，都是成年人，过去的事就别太在意了。"到办公室没有碰到孔秀康，李津兰要外出，在办公室拿了文件就出去了。

李津兰回来，听说裕滇银行出了个事，什么事？是段毓婉去找柳貂蝉吵了一架。这事发生在办公楼走廊里，段毓婉专门在走廊等柳貂蝉，待柳貂蝉一出现，就过去火药味十足地说："柳经理，你等一下，我有话要跟你说。"由于段毓婉特别维护孔秀康，这时柳貂蝉已经不把段毓婉当作自己人。这会看段毓婉这个的样子，很不屑地说："说什么？如果是工作上的事，让你们经理来说。如果不是工作上事，就别说，我没工夫听。"段毓婉说："你凭什么侮辱我？你说癞蛤蟆想吃天鹅肉，是什么意思？谁是癞蛤蟆？我招你惹你了？这么多年我一直特别维护你，把你当好上司好朋友，没想到你竟然说出这样的话。"柳貂蝉不耐烦地问道："谁告诉你这些话是我说的？你说，谁告诉你的？"段毓婉说："你不用问是谁告诉我的，你说了就自然有人会告诉我。"柳貂蝉说："既然你不说是谁告诉你的，就说明没人告诉你，就说明我没说过这些话，就说明这一切都是你自己想象出来的，跟我没有半毛钱的关系。"段毓婉说："你没说过这些话？你敢摸着自己胸口说自己没说过这些话，你敢说你要是说了这些话，就天打五雷轰，你敢说吗？"柳貂蝉说："什么天打五雷轰？我凭什么说？你是谁呀？你算老几呀？"段毓婉说："我不算老几，但是，你不敢发誓，就说明你说了。柳经理，你这个人真是人面兽心，一肚子坏水，阴险狡诈……"柳貂蝉说："你说谁人面兽心？谁一肚子坏水？"段毓婉说："就说你，就说你！我告诉你，我不是好惹的……"

这时吴少愚听到声音赶过来说："段毓婉，你疯了？有什么话不能好好说，一个女子怎么可以这样？"段毓婉说："我是疯了，是让你们逼疯的，你们不逼我，我能疯吗？"柳貂蝉说："别血口喷人，谁逼你？我犯得上逼你吗？你是谁呀？"吴少愚对段毓婉说："咱们到柳经理办公室说，在走廊上，这太不像话了，进屋说。"段毓婉说："怎么？怕丢人了？我不怕，我没干亏心事，我不怕人知道。"吴少愚说："你真是不可理喻。柳经理咱们走，让她一个人在这吵。"拉着柳貂蝉下楼，段毓婉没追过来。当时走廊里站满了人，唐芸芸和董庆仁也在里面。事后，孔秀康把柳貂蝉和段毓婉叫去，对两人都做了严厉的批评。

这天晚上在家里吃饭，赵亦恒说起市面上老百姓越来越多用墨西哥鹰元和法国纸币，问李津兰是否知道。李津兰说："我知道这个情况，我们一直很关注，也在找解决办法。"李津兰知道，近期云南市场上由于滇票无人要，而银元又太少，一些边远地区倒退到以物易物，或者用盐块、茶叶代替货币的状态。这样，从越南进来的墨西哥鹰元和法国人发行的越南币开始流入云南，一开始在边境一带活跃，后来已经蔓延到全省各地，现在在昆明使用这些外币已经不是什么新鲜事了。赵亦恒说："找解决办法？这么一再发行滇票，你们能有什么解决办法？一再打仗，钱怎么会够？"李津兰没有反驳，知道公公说得对。赵亦恒说，"云南怎么变成这个样子？中国怎么变成这个样子？"

李津兰说："前段时间我们想回收部分滇票，就是为了稳定滇票……"赵亦恒说："回收区区三十万滇票，别说没启动，就是启动了有什么用？这么点钱有什么意义？云南搞那么多军队，穷兵黩武，老百姓怎么称呼唐继尧？称他唐屠夫。这个人把云南害惨了。只要这个唐屠夫还掌权，云南老百姓就没有好日子过……"赵亦恒话没说完，突然啊的叫了一声，捂住胸口靠到椅子上。李津兰没见过赵亦恒这样，吓慌了神说："爹爹，你怎么啦？你怎么啦？"又连忙叫客厅里的蔡月娥。蔡月娥也没见过赵亦恒这个样子，不知道是出了什么事。赵亦恒脸上汗如雨下，痛苦地说："我不行了！救救我！"

第5节

赵亦恒突发心脏病去世，那么突然，那么意外，那么让人手足无措。他到云南投资建厂，本来想抓住民国初建，云南步入现代社会，三迤大地百废待兴这个千载难逢的商业机会，投资火柴厂好好赚一笔，同时为云南的工业化，为云南百姓生活的改善做出贡献。他万万没想到结果完全是另一回事，自己的厂子被没收了，儿子阵亡了、孙女夭折，最后自己这样撒手人寰。赵亦恒带着他对家乡的热爱，带着他对这个世道的怨恨，带着他对这个家的无限眷念，离开了这个世界。

蔡月娥的天塌了。赵亦恒这一走，她的生活没有了支柱，她的人生没有了依靠。她不知道该怎么办，甚至她连赵亦恒的后事都没能力办。李津兰让郭师傅去治安团找邓明雄，请他帮忙。这个家里没有个男人张罗事，实在不行。邓明雄当即带几个兵赶来。在赵家设立灵堂，接受友人的吊唁。几年前还风风光光的赵府，这时变得肃穆凄凉，来送殡的客人不少，除了赵亦恒的好友，有邻居，有火柴厂的职员和工人。孔秀康、潘永其、王平端、唐芸芸、董庆仁等人来了，还有裕滇银行其他的职员。李津兰让郭师傅找人去阿迷给父母送信，李祖殷和庾美菊收到信，马上坐火车到昆明。

赵亦恒的遗体，被家人送到筇竹寺那边的山上，和他的儿子、孙女在一起。当时，赵亦恒被放回来，到这来给孩子们上香时，就说过自己百年后就不回马来西亚了，和孩子们在一起，这是按照他生前的愿望办理的。蔡月娥哭得死去活来。李祖殷和庾美菊是第一次到这里，第一次看到女婿和外孙女的坟墓，庾美菊顿时泣不成声，而一生很少落泪的李祖殷也控制不住，老泪纵横。李津兰尽量控制情绪，让自己不要垮了，她知道现在这个家只有靠自己。

第 6 节

办完赵亦恒的后事，李津兰的父母回阿迷了。一个月后，赵亦恒的大女儿和女婿从马来西亚到昆明，他们是接到蔡月娥的电报，来接她去马来西亚的。这之前，当蔡月娥说要给女儿拍电报，李津兰就一再劝婆婆在昆明多住一段时间，可是蔡月娥说她在这个伤心的地方实在待不下去，多待一天就多受一天的折磨。李津兰理解这种心情，并且知道自己毕竟是外人，不如女儿跟她亲，就不再挽留。蔡月娥让李津兰跟他们去马来西亚，李津兰婉拒了婆婆的好意。蔡月娥又说李津兰有合适的人就把自己嫁了吧，你还这么年轻，别一个人单着，现在是民国了，过去那些好女不二嫁的说法都过时了，要有自己的新生活。

蔡月娥要走，赵府这个房子怎么办？这是摆在李津兰和蔡月娥面前的一个大问题，是李津兰主动提出来，请大姐和大姐夫做主把房子卖了。蔡月娥不肯答应，说没了房子，李津兰连个住的地方都没有，不合适。李津兰说自己可以在外面租房，外面出租的房子很多，很容易找。蔡月娥觉得这样太对不起李津兰，后来说了一个方案，给李津兰买个小院子，李津兰不同意，蔡月娥说这个家的财产有儿子赵家轸的一份，儿子不在了自然那份归儿媳，给李津兰买个小院子是天经地义。再说李津兰还给赵家生过一个女儿，老赵家不能无情无义，如果爹爹赵亦恒活着，也会这么安排。最后，李津兰没再拒绝。

赵家轸的大姐和大姐夫把卖房子的信息发布出去，又去看了一些出售的小院子，很快签了赵府这个院子的买卖契约，约定十天后交房。接着，把小院买进来。这个小院在北门街的一个小巷里，是个很小的合院，两层楼，天井只有两张双人床大，厨房之外，有六个房间。蔡月娥让郭师傅去外面找来小工，给小院修缮一下，门窗和楼板刷了漆，石灰墙刷了新石灰，又找人把赵府的一些家具搬过去，很快房子变得有模有样的，让李津兰、张孃孃和郭师傅都搬入。蔡月娥给郭师傅一笔遣散费，把他辞退了，留下张孃孃，给她五年的薪水，请她再陪伴李津兰五年。这样张孃孃和郭师傅跟李津兰住这个小院，李津兰也不感到特别孤单。张孃孃继续照顾李津兰，郭师傅在外面拉黄包车，有一定收入，生活应该过得去。这些都安排好，蔡月娥收拾好自己带走的东西，把赵府移交给买家，就和女婿和女儿乘火车去越南的海防市，再从那里乘船去马来西亚。

这样，赵府，李津兰的夫家，这个她住了十年的家，就这样与她无关了，在她的生活中干干净净地消失了。之后，她很长时间不敢从赵府旁走过，她怕回忆起住在那里的日子，怕在眼前出现赵家轸、赵心怡、公公、婆婆的音容笑貌，怕耳朵里出现他们的声音。

第十二章

第1节

大别山与桐柏山之间有个隘口，设有关楼，南北朝称武阳关，清朝称武胜关，这时沿用清朝的名字。此处位于湖北广水北三十公里，距离河南信阳三十五公里，是鄂、豫两省交界处，为南北交通咽喉。

这时，李大标走到一个山头上，遥望武胜关。尽管此时已入秋，但是这山山林林还是绿色的，那些大大小小树木上的叶子都还没掉落，地上的草也是绿色的。李大标他们37混成旅在取得南口大捷后，还没来得及好好庆祝一下，就急匆匆离开南口南下，去解武昌之围，此时武昌十分危急。

这是怎么回事？是这样，就在大标他们与冯玉祥的西北军在南口血战时，广州革命政府的国民革命军开始北伐，拿下湖南后，攻入湖北，这湖北是直系的地盘，可是直军抵挡不住北伐军凶猛的进攻，丢了汀泗桥、汉口、汉阳，目前只剩下武昌一座孤城还在坚守。接着，北伐军发动武昌战役，从多处攻城，因武昌城墙坚固，城墙之下又有护城壕沟，城池未破。为此，北伐军的蒋总司令下令，将速战速决改为围困战，对武昌城断粮、断水、断电、断通信，要让武昌这个孤城成为一座死城。大标他们到达武胜关时，武昌城已被围城超过三十天，据说此时城里大量贫民饿死，人食树皮，将树皮吃尽，卖儿卖女，出现人相食，其惨状惊人，急待增援解围。

大标的指挥部就在武胜关北侧一个山头后面，这时，大标向手下团长、营长布置作战任务，这里没有文秀才，他带的那个团在后面，还没到武胜关。大标说守备武胜关的是广州革命政府的国民革命军，明天我们就是和他们交手。我们37混成旅被调上来做主攻部队，是吴大帅对我们的信任，是对我们战斗力的极大肯定。在南口，我们旅尽管曾经遭受惨重损失，但是最后还是取得最后胜利。现在，吴大帅又把回援武昌这么重要的任务交给我们，我们绝对不能让吴大帅失望。我们现在的首要任务，就是尽快攻克这“鄂北天险”武胜关，为救援武昌大部队打开南下的通道。

大标说这是在山上垭口作战，部队摆不开，迂回困难。他考虑从正面进攻，1团先上，携带炸药，在火力掩护下，对东侧的城墙进攻爆破，把城墙炸垮。然后，1团一个连冒死冲进关楼，扫清缺口两侧守军，控制这个缺口，1团的其他部队从这里冲进去，控制整个关楼。

然后，大标率2团冲进关城，直扑守军指挥部，打掉这个指挥部，如果这时守军撤退，大标将率全旅展开追击，扩大战果。说到这里，大标很乐观地说：“开始追击后，你们就放心大胆地追，咱们身后，信阳的吴大帅会率十万大军跟上，火速前行，最终解武昌城之围。”

第二天清晨，37旅1团开始进攻，但是一直不顺利，每次都被打回来。大标不放弃，坚持强攻，一直到下午才在城墙下进行爆破，将城墙炸开一个两米宽的豁口，然而，就是这一炸，一下子改变了战局。大标马上指挥1团投入更多兵力冲锋，很快大批士兵从豁口像潮水一样涌进关城，大标命令2团发起冲锋，自己与2团一起进入关城。防守武胜关的北伐军开始放弃关城向南撤退，大标抓住这个机会，留一个营看守关城，命令其他部队火速追击。

不过，大标他们追到一个山谷里，那些撤退的北伐军突然停下来，转身卧倒，向大标他们射击。大标这时已被胜利冲昏了头脑，根本不考虑是出了什么问题，还让士兵呼啦啦地往前冲，结果，完蛋了。这是怎么回事？是这样的，这时，撤退的北伐军得到武昌城直系守军出城投降的消息，他们大受鼓舞，便停止撤退，借助山谷地形布置一个口袋阵，将他们37旅包了饺子，37旅惨败，大标被俘。之后，吴大帅得知武昌城失守，再增援已失去意义，让部队停止前进。

第2节

第二天，在武胜关的一个救护队病房内，李大标躺在床上。他的左胳膊受了伤，挂在绷带上。这会伤口的疼痛让他难以忍受，他对门外大声喊："哨兵，哨兵，给我叫医生。"在外面的哨兵进来说："李大标，你喊什么？医生又不是给你一个人准备的……"大标说："你说什么？李大标？这名字是你叫的吗？老子是中央陆军37混成旅的李旅长，李旅长，你知道吗？"哨兵说："我知道，李旅长，败兵之将，神气什么？"大标生气地说："谁是败兵之将？你以为这次老子栽你们手里，是你们打败我呀？放屁，你们才是我的手下败将，这次如果不是武昌城那帮家伙出城投降，你们能打败我？做梦。这武胜关，你们守了三十多天，这么坚固的城墙，是被我们37旅炸垮的，你看看清楚。"

哨兵说："行了，别吹了，你现在是我们国民革命军的俘虏，还吹什么？有意思吗？"大标说："谁是俘虏？我跟你说了，不是武昌城那些家伙投降，我绝对不会成俘虏。还有，你去跟你们长官说，他要有真本事，让他和我各自带部队拉开五十里，再干一场，看看谁输谁赢。"哨兵说："你可真像我老家话说的，鸭子煮熟了嘴还硬。你等着，我去给你叫医生。"

几天后，大标被哨兵带出病房，去接受审讯。出于尊重，没把大标双手捆上，可是就这样大标还不满意，一边走一边嘟囔着："有什么好审的，看老子不顺眼，拉出去枪毙算了，有什么了不起？我告诉你，小兵，老子不怕死。”哨兵说：“李旅长，大长官，你跟我说这些都没用，是否枪毙你是上面定的，我这个小兵就负责看守你。”大标说：“我知道你说了不算，没事，你去跟上面说，让他们枪毙我。”哨兵说：“行了，别废话了，你放老实点，否则我就对你不客气了。”大标不屑地说：“对我不客气？不客气能怎么样？小人得志。”

走进一个院子，到厢房门口，哨兵说：“报告，李大标到。”听里面说：“请进。”哨兵说：“李大标，请吧。”李大标走进屋子，他看坐在桌子后面的人大吃一惊，他心里想，这不是看错了人吧，他又仔细看看，确实是他，大标想这是见鬼了吧？问道：“何有池，你怎么坐这？你是人是鬼？”何有池说：“放心，是人不是鬼，大白天的，哪有什么鬼。”大标说：“你不是跟西北军跑去绥远了吗？怎么到武胜关来了？”何胖子淡淡一笑，说道：“我没去绥远，我觉得冯玉祥这个人成不了大事，就离开西北军南下，到湖北加入国民革命军了。”大标还是没反应过来，这变化也太大了，他怎么就参加了北伐军？

何胖子说：“我告诉你，我现在是国民革命军第 4 军独立 1 师的副师长，没想到吧？咱们又见面了，而且是以现在这个方式：一个被审讯的战俘，一个主审官。你以为你在南口打败我，你就是胜利者，你太天真了，那根本不算什么。你看看，这才多长时间，你就成了我的阶下囚。”李大标愤怒地喊道：“何有池，你就是小人得志，你一辈子再得意又如何，顶多就是个小人。我告诉你，现在我是战俘，也仍然是胜利者，我不是被你打败的，你永远不可能打败我，你只可能是我的手下败将。”

何胖子说道：“不管是谁打败你，现在这个屋子里，你就是败将，你不服气也是败将。”大标说：“败将？你看看你自己，一个没有气节，卖身投靠的宵小之徒，无耻至极的鼠辈。你这种人，除了卖身投靠，你还能干什么？去年在北京，你背叛吴大帅，卖身投靠冯玉祥，现在你又背叛冯玉祥，投靠国民党，我真不明白，你怎么还有脸活着？还有，你不忠不义，毫无气节，甘做个小人也就算了，你还为虎作伥，助纣为虐，在杨村害死罗继昌、黄猴子，在张家口害死胡公子，你是罪恶滔天。”大标气得七窍生烟，如果不是看何胖子身后站了两个士兵，真要冲上去撕了何胖子。听大标这么说，何胖子并不恼怒，似乎大标骂的是别人，跟他毫不相干，他慢悠悠地说：“李大标，哪里来的这么大的火气？什么小人、忠义、气节，这些重要吗？在咱们这个乱世，有必要看重这些东西？老话说：识时务者为俊杰，一个人最重要的是识时务，看清当今天下是怎么回事。除了广东和湖南，现在湖北、江西也到了国民革命军手里，吴佩孚待在河南，就那点人马，还遭受张作霖和冯玉祥的打击，能干什么？还有，孙传芳、张宗昌也是自顾不暇，能干什么？我告诉你，你们这些军阀很快就要完蛋，你们统统不是国民革命军的对手，你说那些话太迂腐，跟不上形势，肯定要被淘汰的……”大标不想和何胖子说下去，说道：“别废话，送我回去，老子不想看见你。”说完往外便走，何胖子好像早料到会这样，对哨兵挥挥手，让大标回去了。

第3节

过了两天，哨兵又要带大标去接受审讯，大标躺床上不起来，说道：“老子不去，你去告诉何有池，老子不想看见他。”哨兵说：“大旅长，你在这较劲有什么意思？你看看现在自己的处境，这都什么时候了？别这么大架子。”大标说：“小子，我告诉你，我这不是架子，一个人不管干什么都要讲个气节，要有忠有义，不能做个软骨头之人。”哨兵说：“这个我知道，我们村里男人都拜关公，老人也会跟我们讲岳飞、文天祥的故事，不过我觉得这要分时候，现在没必要讲究那个。”大标说：“糊涂，糊涂！算了，跟你说这些也是白说。你去跟何有池说，我不去。要杀要剐，随便。”哨兵走了。

下午，哨兵没有提大标出去，第二天、第三天都没有。又过了两天，这个下午，何胖子来了，他走进大标的病房，大标见他进来，躺到床上，何胖子被如此冒犯一点不生气，说道：“李大标，你不想到我那去，没事，我可以到你这里来。”大标转身，把背脊给了何胖子。何胖子不急不恼地说：“李大标，我今天来是告诉你，本来我们是想说服你到我们国民革命军这边来，弃暗投明，继续带兵，为打倒北洋政府，打倒大小军阀，实现三民主义做点贡献。我们觉得你带兵这么多年，打了这么多仗，有经验，会打仗，是个难得的人才。”

何胖子停顿下来，想看看大标的反应，见大标还是那个样子，没有一点反应，接着说：“但是，我去跟上面说了，你这个人是不会过来的，你至死效忠你的吴大帅，是个不能用的人，我们改变不了你，谁也改变不了你，你是长了个花岗岩的脑袋，彻底完蛋了。”何胖子一边说一边在屋里走来走去，这会停下脚步，也不说了，等大标表态，等了一会，见大标没有任何表态，继续说：“既然这样，我们也不想再白费工夫，不想再说服你。不过，我们不打算放掉你，为什么？因为你不是普通士兵，你是手上沾满那么多革命军人鲜血的高级军官，是个战争罪犯，我们要用革命的名义对你进行审判，要枪毙你。”大标没动身子，说道：“随便，老子不怕。”何胖子说：“好，你就充好汉吧。”说完走了。

第十三章

第1节

这天晚上九点多，北门街李津兰住的这个小院的门被敲响，李津兰还没睡，听见敲门声，很奇怪，晚上没人来自己家，这是谁？张孃孃要出去开门，李津兰觉得这肯定是找自己的，就整理了一下衣服，点灯，走到院子里问：“谁？”门外的人说：“是我。”是邓明雄的声音。李津兰搬入这个小院大半年了，邓明雄只是在帮搬家时来过这个小院，之后没再来过。今天，为何这么晚找自己？李津兰打开门问道：“这么晚，你有事吗？”邓明雄穿着军装，对李津兰笑笑说：“没事，就是想见见你。可以出来走走吗？”李津兰为难地说：“太晚了吧，明天白天……”邓明雄说：“对不起，我是刚散会，我们部队可能马上调离昆明。”李津兰很意外，问道：“是吗？什么时间？”邓明雄说：“也许是明天，也许是后天。”李津兰问：“为什么？”邓明雄说：“具体的原因长官没说，估计是我的老长官不希望我们这个团离开他太久，跟别人跑了，日久生变嘛。”李津兰说：“那么到屋里说吧。”邓明雄说：“还是外边走走吧。”李津兰听这么说，连忙说：“你等一下，我去加件衣服。”转身对楼里的张孃孃说：“是邓团长，有点小事，你和郭师傅睡吧。”到楼上加了一件衣服到院子门口说：“走吧。”

两人走到翠湖边，聊了一会闲话，邓明雄话头一转说：“是这样，我这一走不知道什么时候再回昆明，不知道什么时候能再见到你。”李津兰默默地听着，没有出声。邓明雄说：“一些话我想跟你说，如果不说，不知道什么时候能说……”李津兰心想邓明雄要说的，一定是那个意思，原来自己一直害怕他说，可是，现在婆婆也走了，原来那个家彻底没了，自己跟张孃孃住在这个狭窄的小院里，她渴望有个家，渴望有个男人。但是，她又有点担心，担心邓明雄将来会嫌弃自己，毕竟邓明雄没结过婚，毕竟人家是个大团长，如果将来邓明雄不喜欢自己了，甚至抛弃自己，怎么办？李津兰很纠结，一方面想拒绝，一方面又想接受。

这时，李津兰听到一个声音：“嫁给我吧！我想和你结婚。”这低沉而诚恳的声音从邓明雄的喉咙里发出来，李津兰感觉一股电流从身体里穿过，让她一阵战栗。李津兰是第一次体验这种感觉，尽管她结过婚，尽管她生过孩子，但是她从来没有过这种感觉。这时，她手脚发麻，身体在颤抖，她想做出拒绝的表示，让这个男人距离自己远一点，让自己有时间再考虑一下。可是，她什么都做不出来，整个人都瘫软了，站不住了，就要瘫倒在地，李津兰不知道如何是好。突然，她感觉邓明雄一把抱住自己，自己特别没出息地靠在邓明雄的怀里。不行，绝对不能这样，她慌乱地挣扎着，不知是因邓明雄的手太有劲了，自己太瘦弱了，还是自己并不真的想离开，她挣脱不了，最后她放弃挣扎，顺从了对方。接着，她感觉对方的嘴唇贴到自己嘴上，她听到这个男人粗壮的呼吸，觉得这个男人变成了一头野兽，而自己像一只小兔子，被这个野兽抓住……

第2节

第二天下午，银行看门的大爹又来告诉李津兰门口有人找她，李津兰到门口见是邓明雄，穿着军装，身后是他的一个卫兵小周。昨晚，邓明雄与她海誓山盟，倾诉衷肠，很晚才分手。她回家后回想发生的这一切，她认了，决定嫁给这个男人。她又想到邓明雄要离开，她希望邓明雄晚点走，甚至晚一个月走。可是，现在邓明雄来了，李津兰担心地问道："怎么？是要走了？"邓明雄说："没办法，通知马上出发，只能用这种方式跟你告别。"李津兰着急地问道："这也太急了吧？早知道我上午给你准备点东西，现在去准备没时间了，这如何是好？"邓明雄淡定地说："准备什么？我什么都不缺。"李津兰看邓明雄这个样子，突然发现邓明雄很有大丈夫气概，高大雄壮，像一棵大树，像一座高山，李津兰有点奇怪，之前怎么从来没有发现这点？

邓明雄对身后的卫兵小周挥挥手，让小周去远处等候，李津兰以为是邓明雄要跟自己来个亲密拥抱，把身子往前靠靠，可是邓明雄没有拥抱，低声说："还有一个事要告诉你，你让我了解老先生的事，今天有回话了。"李津兰问道："是吗？怎么说？"邓明雄说："人家说老先生与蔡锷谈不到一起去，关系疏远，蔡锷不可能让他帮借钱。"李津兰意外地问道："这？这说法可靠吗？"邓明雄说："这是原来在蔡锷身边一个长官说的，他一度是唐省长和蔡将军的联系人，掌握内部情况，这个说法应该可靠。"

李津兰一边想一边说："这么说，这么长时间常耀宗都在说假话？一直在说假话？为什么？"邓明雄说："天下假话都是为了达到一个目的，就是隐瞒真相。"李津兰说："说得好，可是，真相是什么呢？这个事的真相到底是什么？"邓明雄说："别着急，继续查，我也会把这个事放在心上，有机会一定查，我相信一定能查出来。"

说完邓明雄伸手拉住李津兰的胳膊，轻声说："我走了，到外地会给你写信的，记住，你也要给我写信。"李津兰目不转睛地望着对方的眼睛，点点头，李津兰鼻子发酸，突然，李津兰心里闪过一个念头，邓明雄一走不会像赵家轸那样再也回不来吧？她突然特别害怕，害怕自己这个念头。就在这时，邓明雄把李津兰拉到怀里，用力地抱了一下，这一抱很突然，李津兰的脑袋像拨浪鼓那样晃了一下。然后，邓明雄推开李津兰，转身向卫兵小周走去，回头说："走了，再见！”李津兰想说点什么，可是什么都没说出来。

第3节

李津兰与邓明雄告别这一幕，被裕滇银行的几个人看见了，其中一个是段毓婉。当时段毓婉到窗口给那几盆小花浇水，一低头见到街角上的李津兰和邓明雄。段毓婉就站在窗口一侧悄悄看着，段毓婉看明白了，邓明雄拥抱了李津兰，两人肯定好上了。

段毓婉这时的心情挺复杂，一方面对李津兰跟这个军官好了很嫉妒，觉得李津兰就是个狐狸精，自己丈夫死了，居然还能找到一个军官。另外，她挺高兴，李津兰既然和这个男人好，就不会再去勾引孔秀康，如果李津兰停止勾引孔秀康，自己的机会就来了。

此前，段毓婉一直有一个感觉，就是孔秀康不回应自己的示好跟李津兰有关，是李津兰一直勾着孔秀康。段毓婉认为，如果不是这样，孔秀康不可能这么长时间不理会自己，李津兰尽管生过孩子，但是仍有几分姿色，又很有手段，如果真是跟自己争夺孔秀康，自己还真不一定是这个不要脸女人的对手。现在好了，李津兰跟这个团长好了，她脚踩两条船结束了，孔秀康知道这事也会对她死心了。段毓婉要尽快让孔秀康知道这个情况，让银行的全部人知道。

第二天下班前，李津兰被孔秀康叫过去，李津兰进孔秀康办公室，问道：“行长，你找我有事？”孔秀康抬头见是李津兰，没说话，用手指了指沙发示意她坐下，李津兰坐下后，孔秀康起身去把房门关上，走到李津兰对面的沙发坐下说：“是这样，我是想说……怎么说呢？”李津兰不知道孔秀康要说什么，紧张地说：“出了什么事吗？”孔秀康说：“是这样，昨天一个姓邓的团长来找你，你们在楼下的谈话，有人看见了……”孔秀康并不认识邓明雄。

李津兰听是这事，很尴尬地，不知道说什么好。孔秀康说：“我知道，这是我不够好。”李津兰连忙说：“不是，不是那个意思，不是……”她不想让孔秀康受伤，但是又不能把心里不接受做小妾的实话说出来，不知如何是好。孔秀康摆摆手说：“不用解释了，我知道，这种事到现在说什么都没用了。”说完，痛苦地摇摇头。李津兰说：“孔行长，对不起。其实你不知道，我没那么好，配不上你。”孔秀康又摆摆手说：“别说了，是我没有这个福分呀。”李津兰说：“不是，是我配不上你，你太优秀了，是我高攀不起……”孔秀康示意别解释，又痛苦地说：“我有点想不通，是不是我比不上他？”

李津兰连忙解释道：“不是，你比他优秀多了，你是留洋回来的，学识这么丰富，这么有才干，现在还担当这么重要的职务，他比你差远了。”孔秀康显然不听这些话，继续说：“真的，我很受伤。其实你不了解我，我没有谈过恋爱，说起来我是留洋回来的，视野宽，见识多，可是我却很简单。夫人是家里给我找的，是旧式婚姻，虽然说有三个孩子，可我根本没有谈过恋爱，我不懂女人，一点都不懂。”李津兰突然觉得孔秀康特别可怜，他也像自己原来那样没谈过恋爱，那是什么婚姻？哪里有一点点爱情？觉得自己太对不起他，觉得自己这样伤害他太可恶，简直是罪恶滔天，十恶不赦。

孔秀康说：“我没想到会是这样，现在我突然觉得什么工作呀，事业呀，为本省百姓谋福祉这些统统没意思了，觉得活着太没意思，太没意思了。”李津兰说：“孔行长，你可千万别这么想，千万别！你是了不起的青年才俊，是本省找不出第二个的经济人才，我不值得让你如此看重，真的不值得。”孔秀康说：“你不知道你有多美好，不知道你对我有多么重要。天下再也没有第二个你这么好的女子了。”李津兰听了心里咯噔一下，她没想到孔秀康会这么看重自己，这么爱自己，她觉得自己太对不起孔秀康，真真是孔秀康的罪人，她说：“你不知道，我的命不好，我不敢给你带来厄运，你知道我前夫阵亡了，按我老家阿迷的说法，我这种女人克夫，真配不上你。”孔秀康说：“我不信什么克夫，不怕带来什么厄运。”李津兰说：“孔行长，世上好女子多着呢，你别气馁，像你这么好的人，一定能找到一个配得上你的女人。真的，一定的。你别太难过，你这个样子，我都不知道该怎么办了。”李津兰急得不知说什么好。

孔秀康终于抬起头来，看着窗外说：“好了，不说了，不说了。我祝你们幸福，真心祝福你们！”李津兰说：“谢谢，谢谢，你也一定能找到一个好女子，一定能。”孔秀康苦笑一下，说道：“我也谢谢你，谢谢你。你走吧！”李津兰不知道此时离开是否合适，问道：“行长，那我先走？”孔秀康说：“走吧。出门把门带上。”孔秀康说这些话时没看李津兰。李津兰起身，轻轻地走出办公室，在外面把门带上了。

第 4 节

过了半个月，唐继尧在护国运动十一周年纪念会上，宣布成立“中国民治党”，他攻击国民党和共产党为“卖国政蠹”，声称以国家主义为指导思想，仿效德国的俾斯麦和土耳其的凯末尔，要以“内谋统一，外谋独立”的策略建设云南。

这几年，唐继尧一直在大力宣传“国家主义”和“民治主义”，多次重金聘请外省的国家主义分子到滇宣讲，组织人员编写《国家主义十讲》读本，并且，创办宣传国家主义的刊物《滇事旬刊》。这几天，签名加入民治党的有两千多人。

这天中午，董庆仁去食堂打饭，在走廊上见吴少愚在几个同事面前攻击孔行长，吴少愚说：“唐省长成立民治党，他不参加，这明摆着跟唐省长叫板，你们知道这是为什么吗？就是为发行第九批滇票。”

这是怎么回事？是孔秀康上任这几年，已经奉命发行第七批滇票八百万元、第八批滇票八百六十万元，从发行第一批滇票到此，已经累计发行三千八百六十万。孔秀康认为市场已经承受不了，不能再发，可是，前段时间省里又让他发行第九批滇票一千五百万，孔秀康坚决反对。省里说他们也知道不能再发，但是缺钱，怎么办？后来，孔秀康无可奈何去办了发行，这样滇票累计发行达到五千三百六十万。这个事办了，可是，这个事对孔秀康打击很大，那几天孔秀康完全蔫了，失魂落魄的。孔秀康对唐省长第一次产生强烈不满。

吴少愚说："我说，孔行长这次肯定完了，上面绝对不可能让他在裕滇银行再干下去。你想想，他跟唐省长都不是一条心，唐省长怎么可能让他在这么重要的岗位上干下去？他的好运气是到头了，这种人，唐省长这么赏识他，这么重用他，他却这样对待唐省长，真是无情无义之徒。"

董庆仁听到这些话，气得七窍生烟，追上去说："吴少愚，你放肆！你凭什么这么说孔行长？孔行长怎么无情无义？省里要求再发滇票本来就不对，你没看见滥发滇票把本省经济搞成什么样子？这样还能再发滇票吗？孔行长不赞成，有什么错误？有什么不当？"

吴少愚没想到董庆仁这么说，慌乱地说："我说什么了？你来教训我，你算老几？咱们裕滇银行是省政府的下属机构，当然应当执行省政府的命令，唐省长让发滇票，不执行就是抗命，这说错了吗？"董庆仁说："当然错了。孔行长不同意执行这个错误决定，说明情况、据理力争这是他岗位职责，跟抗命完全是两回事。你手摸良心说，再发滇票有没有错？"吴少愚说："错不错不是你说了算的，唐省长作出这个决定肯定有他的考虑，怎么可能错？"董庆仁说："当然是错，无论有多大的困难，再发滇票就是错，这是竭泽而渔，杀鸡取卵，饮鸩止渴，用这个办法最终要彻底毁了云南。"吴少愚说："你这口气，真不知道天高地厚，你比唐省长还聪明了？是吗？"

董庆仁说："我不聪明，我知道我是小人物，但是我觉得孔行长做得对，我就支持，我认为孔行长这是为了云南经济，为了省政府，不是为他自己。"吴少愚说："你不用拍马屁，你跟他这么紧没用，他在这干不了几天了，到时只怕你跟着倒霉。"董庆仁气愤地说："吴少愚，你混账，竟然说这么大逆不道的话，你……"吴少愚摇头晃脑地说："你什么你？这话不是我一个人说，你去了解一下，咱们行里哪个不在说这个事？我再多说一句，这是他自找的。”说完吴少愚走了。

第5节

几天后的一个下午，李津兰接到通知所有部门负责人到二楼会议室开会。人员到齐后，孔秀康说：“诸位，今天我宣布一个事，是这样，我已经向省政府递交了请辞书。”会场上嗡的一声，大家纷纷议论起来。孙秀康接着说：“安静，安静。这个事情与诸位无关，纯属秀康自己无能，无法做好裕滇银行行长的工作，辜负了唐省长和省政府的厚望。关于我的辞职，可能各位听到一些传闻，为了避免误传，也为了不影响工作，今天召集各位来说明一下。这是秀康本人提出来的，不是被谁要求，被谁胁迫。秀康真心感觉无法胜任这个工作，实在是能力不足，所以向省里提交请辞书。是这样，在省政府正式批准我辞职之前，我还将一如既往地工作，不会因为提交请辞书而懈怠。这里，也请各位一如既往地工作，不要受这个事情的影响。”

一个部门经理说：“孔行长，如果省政府不批准你辞职，怎么办？”孔秀康答道：“此次辞职，是秀康反复思考的结果，绝非一时兴起，秀康想省政府会批准。”一个经理说：“孔行长，我们都很希望你能留下。”孔秀康说：“谢谢各位的挽留。秀康在裕滇银行工作这段时间，各位对秀康的工作支持很大，替秀康分担了很多压力，秀康真心感谢各位。说实话，现在秀康的辞职，主要还是秀康干不下去了。秀康来裕滇银行上任前，曾向省里提了几个条件，当时省里答应了，但是，省里现在不认了，说情况变了，当时说的不算数了。这样，秀康是无法再干下去了。这里恳请各位多多理解，多多包涵！”会场上不再有人发言，这个会就散了。孔秀康申请离职的消息马上在办公楼里传开了，王平端听了这个消息，轻轻地摇摇头，他能理解孔秀康的无奈。

李津兰跟着孔秀康到办公室，屋里只有她和孔秀康，李津兰问道："孔行长，有时间吗？能跟你说两句话吗？"孔秀康说："你说。"李津兰说："你请求离职的事，之前没听你说过一言半语，发生了什么事？"孔秀康愤愤不满地说："发生什么事？今天上午我去省政府，他们又要求发行两千万滇票。"李津兰吃惊地问道："又要发行两千万？这是第十批了吧？"

孔秀康继续说："你也知道，发行那第九批一千五百万滇票，我就坚决反对，跟他们说这么干本省经济就彻底完蛋了。他们一再说省里的难处，这里要花钱那里要花钱，他们实在是被逼无奈，让我多理解他们，最后我让步了，理解他们了。可是，刚刚过去半年，又要发两千万，我看他们是彻底疯了。"李津兰也觉得省里确实太过分，简直让人不敢相信。

孔秀康说："这行长干不了了，实在干不了了。"李津兰听这么说，劝道："你别着急，再跟他们说说，不行去找一下唐省长。"孔秀康说："找他没用，人家说了，这就是他下的命令。这种伤天害理、丧尽天良的事我孔秀康干不了。"李津兰能理解孔秀康的心情。孔秀康说："我孔秀康不是没有底线，这种坏事，我阻止不了，但是我可以不做，不去跟他们一起祸害老百姓，祸害云南，不干了。你看看，现在都成了什么样子？云南殖边银行停业，他们让我们承担偿还债务的责任，我们没这个能力，可是还是承担了。还有，现在云南外国货币泛滥，一开始墨西哥鹰元进入，行，那好歹还是银元。现在法国人发行的越南币又大量进入本省，一开始只是河口等边境地区使用，现在昆明都在用，还有英镑也在昆明流通，云南金融市场混乱不堪，省里完全失去了控制权。"李津兰知道这些情况，省里也拿不出解决办法。

孔秀康说："我觉得我们可能就不该活在这个时代。在这个时代，我们改变不了它，我们太渺小，太卑微，太微不足道，最后被这个时代吞没，像千万人那样悄无声息地被吞没，这就是一个人祸时代。"李津兰知道云南这些问题，都是人为因素造成的，是那些人想建功立业，想称霸天下，一再穷兵黩武，竭泽而渔。

孔秀康说："现在又搞什么民治党，宣传国家主义，什么国家主义？就是牺牲老百姓的利益成就当权者的功名，什么省富才能民富？都是谎言，只有民富才能省富，牺牲老百姓利益的强大都是假强大。大清的洋务运动，搞了三十年，朝廷的实力强大了，朝廷的军队强大了，军舰多了，枪炮多了，可老百姓生活水平改善了吗？没有，还是老样子，甚至还不如以前。大清这么干能改变衰败的国运了吗？没有，甲午海战大清败了，庚子之乱大清又败了，这些事没过去多少年，可是一些人就忘了，还要继续朝穷兵黩武的路走下去。圣人说：是可忍，孰不可忍？我忍受不了了。"李津兰对这个民治党也很反感，觉得这根本不是富民兴滇的政党。

孔秀康接着说："可是，我们无法选择，只有听从命运安排，在这个时代随波逐流，碌碌无为。说起来，我们也算幸运了，这个时代还有那么多老百姓因苛政累死饿死病死，我们活得好好的，锦衣玉食，脑满肠肥。"李津兰说："孔行长，我觉得你提出辞职太着急了，可否再跟上面沟通沟通，再等等，再看看。"

孔秀康说："其实，上面也不想让我干了，觉得我不听话。你不知道，前段时间上面免去了我新时代公司大股东代表的职务，不让我介入新时代的事务。"李津兰听了非常吃惊，问道："这是真的？你为新时代做了这么多贡献，他们竟然免职？"孔秀康说："他们跟我们想的不一样，我们只想把企业搞好，可是他们想的是权力，不想让我有更多的权力。"李津兰说："行长，这太不公平，太欺负人了。"孔秀康苦笑一下，说道："好了，咱们不说这个事了，我这还有几个文书要处理，你去忙你的吧！"没办法，李津兰只有离开。几天后，省政府批准了孔秀康的离职请求，孔秀康离开裕滇银行。

第6节

孔秀康走后，省里指示潘永其临时负责。潘永其打心眼里不想负责，去省政府说自己不合适，年纪大了，脑子不好用了，等等。但是人家说，你不合适，你说谁合适？从外面调一个人去当行长，一时间找不出来，从内部提拔一个，提拔谁？潘永其也想不出来选谁合适，万般无奈之下，只有这么硬着头皮上了。

接着，裕滇银行发行第十批两千万滇票，累计发行七千三百六十万。市面上滇票情况越来越差，那印刷精美的花花绿绿的纸片，据说给乞丐人家都不要。

这时，又有一个新情况，就是裕滇银行不行了，储户不能提取银元，贷款业务暂停，汇款业务稀少，看上去像停业一样，门可罗雀，而裕滇银行不仅是个办事机构，还是省政府的脸面。省里要求裕滇银行拿出办法来，改变这个情况。

任务下达，把潘永其压得喘不过气，他开会与部门经理商量，会场气氛很沉闷，大家都没好办法，会议在潘永其的失望中结束。散会后，柳貂蝉去找潘永其，提出一个方案，让潘永其眼前一亮，这是什么办法？就是让裕滇银行搞个活动，半个月的，允许储户每人在银行提取五元银币。柳貂蝉提出这么个方案，是因储户已有很长时间不能在银行提取银元了，一旦可以提取，尽管金额不大，会认为银行情况在好转，恢复对银行的信心。又由于这只是提供给裕滇银行储户的，而储户数量有限，应该不会引发不良事件。

潘永其觉得这个办法不错，叫李津兰到自己办公室，问道："李经理，你也看到了，刚才开会没人说话，这怎么办呀？"李津兰说："是的，行长，我看到了，这个情况不好办。"潘永其说："可是，省里要求咱们解决，这压力很大呀，不解决不行。"李津兰说："是的，这事真是难为你了。"潘永其说："你知道，这个行长我根本不想干，我就想混几年退休算了，可是，孔行长一走，又让我干。你说，孔行长都干不好，我能干好吗？"李津兰说："孔行长在银行业务方面的经验不如你，你是银行的专家，你别太谦虚。"潘永其说："李经理，你可别给我戴高帽子了，孔行长是出名的本省搞经济的大能人，我能给他比？"李津兰说："孔行长有他的长处，你有你的长处，都有长处。”潘永其说：“李经理，我第一次发现你挺会说话，好了，好了，不说这些，说正经的。”李津兰说：“好的，行长你说。”潘永其说：“是这样，刚才柳经理来说了一个方案，就是搞个短期活动，允许储户每人提取五元银币。”李津兰听了，吃惊地问道：“行长，这能行吗？不会引发挤兑吗？”潘永其说：“应该不会，这只提供给咱们有限的储户，跟那些不是储户的人没关系，应该不会引发什么问题。”李津兰说：“是的，仅仅是提供给储户，但是，这样也可能出问题。”潘永其说：“为什么呢？你看咱们承诺每个储户都能取到五元，怎么还会引发挤兑？”李津兰说：“行长，你看，假如我是个储户，我听说搞这个活动，也看到银行说承诺每个储户都能取到五元，但是，我会对银行的承诺没有一点担心吗？我肯定会有，担心过几天银行不按承诺办，所以，我会第一时间到银行取钱。以此类推，每个人都第一时间到银行，这就可能出现挤兑。”潘永其说：“你说得有一定道理，一部分人会这么想，但是，也会有一部分人不这么想，是不是？所以并不是肯定会发生不良事件，对不对？”李津兰说：“是的，行长说得对，但是……”潘永其说：“好了，不说了，这个事我再考虑考虑，你先回去吧。”李津兰见潘永其这么说，只好作罢，回自己办公室了。

下午，唐芸芸和董庆仁到李津兰办公室，唐芸芸说道：“李经理，你听说了吗？潘永其把你的意见告诉了柳貂蝉，柳貂蝉听了，让潘永其不要听你的意见。”李津兰说：“是吗？柳二娘这是要干啥？要毁了潘行长？要毁了裕滇银行？”唐芸芸说：“她要干什么你看不出来？她就是要显摆自己，要出风头，要向上爬，等潘行长退休，她来接任行长。”董庆仁说：“她当行长？可能吗？她的资历、能力，哪一条具备当行长？她想什么呢？”唐芸芸说：“这是咱们的看法，不是她的想法，她把自己看得太高了，觉得她比任何人的能力都强，觉得不让她当行长是省里那些长官太没眼光。”董庆仁说：“这种人就是自不量力，太膨胀了。”李津兰说：“是的，这个人永远不能看到自己真实的样子，太可笑了。”唐芸芸和董庆仁又说了几句，走了。

很快，李津兰听说潘永其向省政府上报了这个方案，省里觉得这个办法有好的一面，也有不利的一面，如果引发聚众取款，冲击银行，可能会造成相反的影响。省里很犹豫，柳貂蝉跟潘永其去省里做了进一步解释，说储户数量不大，应该不会引发聚众取款。省里考虑，这个活动如果成功，对于改善省政府形象，恢复民众对银行的信心确实很有好处，最后批准了。

李津兰听说省里批准了，想再去劝劝潘永其，但是想到上次谈这事潘永其的态度，担心几句话就被他阻止，不让往下说，尤其是现在省里已经批了，潘永其可能更不想让自己多说，就决定给潘永其写封信，书面说明自己不赞成搞这个活动的理由。李津兰的信写好后，送到行长室，请那的同事呈递给潘永其。可是，这封信显然没有起到任何作用，很快，潘永其宣布开展这个活动，由柳貂蝉全权负责。

这天，尽管没有做任何宣传，到上午 11 点多，裕滇银行门口就聚集了上百人。裕滇银行本来计划每天办理三百人取款，所以来这些人潘永其并不担心。可是，到下午的情况就不太好了，来的人越来越多，排队的长龙有几百米长。潘永其让柳貂蝉去通知排队的人群不要再排了，说今天提银元的额度用完了，明天再来。潘永其原来以为这么一说人群就散了，可是他眼前的情况与此相反，人群没散，乱哄哄的，说什么的都有。有的说要在这里排一夜，否则明天取不到了。有的说，不行，银行不能下班，必须继续办取款，坚决不走。有的说这就是裕滇银行做样子的，明天根本不会再让取了。一时间众说纷纭，七嘴八舌，乱七八糟的。

突然，有人喊："马上给我们取银元！给我们取银元！"这声音得到人们的认同，很快更多的人高喊起来。柳貂蝉出来解释，请大家安静，说明天一上班就让大家取，大家就回去吧，明天再来。有人喊："放屁！我们不走，马上取，马上取！"很多人跟着喊。柳貂蝉耐心地安抚大家，可是没用，人群骚动起来，喊声、叫骂声四起。潘永其指示赶紧关上营业厅大门，结束这天的兑换。有人见要关门，大声喊:“他们要关门了，要关门了！”这一下，人群如同火山爆发，轰的一声乱起来了，人们疯狂地往里挤，一定要阻止关门，后面的人挤前面的人，更后面的人挤后面的人，人群就如同火山喷发的岩浆向裕滇银行流去。裕滇银行第二次挤兑爆发了，场面极为混乱，最后，是大批军警赶来才控制住局面。后称此为“1・25”挤兑事件。

第十四章

第1节

三标被免除团长职务，送国民革命军总司令部处理。总司令部将三标关押到广州军事监狱，等候进一步处理。接着，国民革命军举行北伐誓师大会，各部队向北开进。总司令部实在没时间处理这些琐事，就通知第3军来领人，当然，被释放的还有很多人。这样，三标在军事监狱关了二十多天，没有定任何罪名，被第3军的人领了回去。

三标回到韶州的第二天晚上，军部的一个士兵来团部，说道：“刘团长，我是军部的传令兵，请你现在去一趟军部。”三标跟这个传令兵出门，走到军部房子外一棵大榕树下，三标见树下站一个人，走近了，见这个人是朱培德军长。三标赶紧说：“报告军长，刘长生前来报到。”朱培德脸上没有表情，用低沉的声音说：“回来了？受苦了。”三标说：“回军长的话，昨天回来的，没有受苦。”朱培德说：“原来我就听说过你，说你是方鸣九一手提拔起来的。方鸣九很欣赏你。”三标说：“是的，方总司令一直对在下很好。”朱培德说：“看来方鸣九确实有眼力。”三标说：“不敢，不敢，在下做得很不够，很不好。”朱培德说：“你回去继续当团长吧，我相信你能把独立2团带好。”三标赶紧说：“谢谢军长栽培，谢谢军长栽培。”朱培德说：“方鸣九有眼力，有眼力。”说完转身朝办公室走去。三标对着朱培德的背影说："在下绝不辜负军长的厚爱，一定好好干。"朱培德没有回头，消失在军部房门里。

国民革命军开始北伐，作战对象是直系吴佩孚，在湖北打败吴佩孚军队后，主力转向安徽、浙江。

三标他们第3军则向江西进攻，作战对象是新军阀孙传芳。这孙传芳原是直系第2师师长王占元手下旅长，后接任王占元师长职务，逐渐坐大，成为浙、闽、苏、皖、赣五省联军总司令，拥兵二十多万。第3军歼灭了孙传芳大部精锐部队，占领南昌，现在江西战事结束，他们驻扎在南昌，朱培德军长兼任南昌警备司令。

这时，北伐军攻占的地方，在共产党的组织领导下，农民运动和工人运动已成为风潮，江西也不例外。这天，三标接到上面的文书，让他去旁边的清溪村协调一下，让当地农会把一个长官的父亲放了，说当地农会搞得有点过分。第3军进入江西后收编了一些赣军部队，最近一个赣军团长向军部报告说他父母在老家吴泰县寻庵乡清溪村被农会捆绑游街，戴高帽子，说他父亲没有执行政府规定的"减租减息"，就是没有做到田租减到25%以内，借粮和借款年利息没有做到20%以内。而事实情况则不是这样，是他父亲退佃自耕，佃农不准，引发冲突。这个军官派人去解决，没能解决，只有请求第3军出面解决这个问题，把他父亲救出来。由于三标他们团就驻扎在吴泰县，距离清溪村二十里路，上面就派三标去处理一下。

三标觉得这事很简单，自己去了就能把老爷子捞出来。这时，杨钊来找三标，说道："团长，听说你要去清溪村办事，跟农会打交道，我跟你一起去吧。"三标说："你去干啥？这点事还用得上去两个人？我一个人就办了。"杨钊说："团长，你有所不知，农会那些人很难打交道的，事情不是你想的那么简单。"三标说："我一个北伐军大团长去，还办不了这个事？笑话。"杨钊说："人家根本不认你什么团长师长的，那些人野蛮得很。"三标说："看你说的，这是咱们北伐军用脑袋打下来的地方，咱们说了能不算数？"

杨钊说："你说得对，这里是咱们的地盘，不是北洋政府的地盘，但是，那些人是谁也管不了的。"三标说："在咱们地盘上，谁也管不了？你觉得可能吗？"杨钊说："怎么不可能？"三标说："不会吧？"杨钊说："怎么不会？你都看到了，他们连咱们北伐军的家属都敢斗争，要是管得了，能这样吗？还有，你知道吗？赣军团长父亲这个事，他们赣军已去协调过，是协调不下来才找军部，这事不简单。"

三标说："我估计这里面有点误会，那个长官原来是赣军军官……"杨钊说："误会？认为那个赣军长官不是咱们北伐军的人？这根本不可能。"三标说："那会不会有其他问题？没事，估计是那里农会执行政策上有点过激，没有把握好政策尺度。"杨钊说："团长，就算是过激，你也不好办的，你能纠正他们过激？用什么办法纠正？"三标不知道该如何回答。杨钊说："我跟你去吧，团长，我说我跟你去只有好处，不会有坏处。"三标觉得杨钊说得有道理，第二天一早就与杨钊带上四毛驴和另一个卫兵出发了。

第2节

上午到清溪村，这个乡的街道两侧墙上写有标语"三民主义万岁""农民协会万岁""农民万岁"等等，三标他们按那个军官提供的地址，找到他们家。这是村里一个不大的院子，大门口有个持梭镖的小伙子在此站岗，杨钊说要进去找这家的主人严乃康，小伙子不同意，杨钊生气地说："小老表，我们是来办公事的，有正经事，你凭什么不让我们进？"小伙子说："我们农会老大说了，没有他们的批准，任何人都不准进。"杨钊见这小子这么不懂规矩，要发火，四毛驴见状，上去说："喂，这是我们国民革命军第3军独立师独立2团1营杨营长，你客气点。"

三标上前去态度和蔼地道："小老表，我们是国民革命军的，我们是来找这家的主人调查一点情况。"四毛驴说："这是我们独立2团刘团长。”三标说：“是，就是来调查一点情况，你就让我们进去，行不行？”小老表终于同意了。

一行人走进院子，三标见这就是个两进四合院，前院正面是厅堂，两侧是厢房，都是平房，中间天井只有四张床那么大，后院前院子一样大小，三标感觉这家人也就是个富农或小地主的水平，算不上什么大地主。院子里是空的，家具和生活设施都在，但是没有一个人。

从院子里出来，三标问门口的小老表：“这家主人呢？”小老表说：“在农会关着。”杨钊说：“你小子刚才怎么不说人在农会？”小老表说：“你们又没问我。”三标见杨钊要发火，劝道：“算了，别跟他计较。”杨钊用指头指指小老表，忍住没发作。三标问道：“农会在哪？”小老表说：“在村后鲁班庙里。”

三标他们走到村后鲁班庙，见门口有持梭镖的小伙子站岗，杨钊上前说：“小老表，我们是来找你们农会委员长的，他在吗？”小伙子问道：“你们是哪的？”杨钊说：“我们是国民革命军第3军的，是来找你们委员长办公家事。”小伙子看他们穿军装，就把他们带到厅堂坐下，去叫了一个人出来，小老表给三标和杨钊介绍道：“我们这里只是乡农协的办事处，没有委员长，这是我们老大。”这个老大二十六七岁的样子，虽然身材瘦弱，却一脸狠劲，是个练武之人，听三标他们是为严乃康的事来，老大一脸严肃地问道：“你们是哪个部队的？为什么要管严乃康的事？”

四毛驴上去说：“这是我们国民革命军第3军独立师独立2团刘团长。”三标赔着笑脸说：“是的，我们是国民革命军。老大，是这样的，严乃康的三儿子，是我们那的军官，听说他父亲被批斗，让他在部队里很不安心，派我们来了解一下情况，如果可能也解决一下问题。他父亲到底是什么情况？”瘦弱的老大说：“什么情况你们不知道？你们不是派人来了解过了吗？怎么又来了？”杨钊见他这么说话，说道：“上次来不是没解决问题吗？”三标说：“是的，我们部队上是希望能解决问题。”老大说：“情况很简单，严乃康态度恶劣，很不老实，不肯减租减息。”三标说：“听说他不是不肯减租减息，是要退佃自耕，他家就十亩地。”老大说：“什么退佃自耕？分明是威胁佃户，人家佃户让他减租，他就不让人家种地，十分恶劣。算了，不跟你说了，这个人的事是我们乡农会定的，你有意见，你去找我们乡农会，去跟他们说。”

三标说：“老大，你的意思是这个事是上面定的，要解决去找他们，是吗？”老大没回答，好像没听到三标问话，一点不给面子。三标看得出来这是个二杆子货，不知道说什么好。杨钊不甘心地说：“照你们这个搞法，我爹退佃自耕也要被斗了？”老大冷冷地问道：“你家是哪？”杨钊说：“云南。”老大说：“云南怎么搞不知道，我们这不减租减息就必须斗争。”杨钊气愤地说：“必须挨斗？你们这是无法无天。”老大说：“谁无法无天？你再胡说，别怪我对你不客气。”

三标对老大说：“行，这个事，我们到乡上去，跟你们乡农会谈谈。另外，我们既然来了，可以让我们看看严乃康吗？听说他是被关在这里。”老大问道：“为什么看？有必要吗？”杨钊说：“怎么？看看人都不行？就是判了死刑的都可以探监，你这连看都不让看？”老大脸上没一点表情地说：“没必要看。”三标觉得跟这个老大谈不出什么来，没必要跟他浪费时间，让杨钊走。

第3节

走出清溪村，杨钊还怒气未消，说道：“完全是胡来，是无法无天。没想到北伐军流血流汗打下来的土地竟然变成这个样子，太让人失望了。”三标说：“别着急，咱们再了解了解情况。”杨钊觉得三标的脑子还是转不过来，说了也是白说，不再说了。问道：“现在去哪里？”三标说：“去乡农会，他们不是说这个人的事是乡农会定的？找乡农会解决。”杨钊反问：“你觉得找乡农会能解决吗？”三标说："你什么意思？有话你明说。"杨钊说："我的意思，看他们这个嘴脸，你觉得乡农会能和他们不一样？比他们好点？"杨钊见三标脸色有变，赶紧说："别急，我的意思是，乡农会跟他们一样，咱们找乡农会没用。"三标没好气地问道："那你说找谁？"杨钊说："找县农会，到县里。"三标觉得这话有道理，就直接去县城。

下午，三标一行到吴泰县县城，很快找到县农会，三标对门口的梭镖队员说："小老表，请通报一下，我们找县农会委员长。"很快，小老表带一个人出来，给三标他们介绍说："这是我们县农会梭镖队的王队长。"王队长长得挺结实，三十多岁，他说："你们是哪里的？找我们委员长干什么？"四毛驴上前说："这是我们北伐军的刘团长、杨营长。"杨钊说："我们找你们委员长办公事，他在吗？"王队长说："我们委员长去旁边一个县学习了，过两天才能回来。你们有什么事？"杨钊说："我们是来谈一个被关押乡绅的事，请你们把这个人放了。"王队长说："说放人是大事，只有委员长一个人能定，别人说了都不算，必须等委员长回来办。"听这么说，三标只好带杨钊等人离开，返回驻地。

第4节

第二天，三标感觉特别窝囊，就让杨钊带一个排去清溪村把那个老爷子带回来了。杨钊带人出发了，下午就回来了，三标没想到这么快，问杨钊："你们这动作也太快了，怎么？人家农会没反对，你们去了就把人交你们了？"杨钊说："那个狗屎老大，见我带人来真的，马上放人，屁都没敢放一个，对农会这些家伙就是应该来硬的，他们不讲理，咱们就更没必要讲理。"三标表扬了杨钊一通，让他把老爷子给那个赣军长官送去。

几天后，四个当地的老百姓模样的人到三标他们驻地，对哨兵说要见部队长官。三标在一个庙里检查粮食储备情况，听哨兵这么说，就让他把这些人请过来，这四个人过来，哨兵介绍说："这是我们刘团长。"三标礼貌地说："鄙人刘长生，四位是有何事？"一个人给三标介绍："这位是我们吴泰县农会刘委员长。"这个委员长也就二十多岁，像是个读书人，样子挺斯文的，三标说："是农会刘委员长？幸会，前几天我们去县里找你，你外出了，没见上，今天能见，缘分呀。"刘委员长淡淡一笑，没说话。三标说："刚才说委员长姓刘，咱们还是本家呀，天下刘姓是一家，是不是？"

刘委员长神情严肃地说："刘团长，我今天是来办公务的，闲话咱们以后再谈。"三标这热脸贴了个凉屁股，有一点尴尬，说道："办公务？好，请说。"委员长说："是这样，刘团长，三天前，你们部队的人到清溪村接严乃康，有这事吧？"听这话，这时三标明白这四个人是来干什么的，不再那么客气，说道："有什么问题吗？"委员长说："你不知道有什么问题？"三标不客气地说："我们是奉我们军部的命令去接人，这能有什么问题？"委员长说："不管你是奉谁的命令，这都是错误的。你应该知道，你们部队无权干涉我们农会的事。"三标说："我们不想管你们农会的事，可是你们抓了我们军官的家人，这不行。"

委员长严肃地说："刘团长，我告诉你，我不是来讲道理的，我是来要人的。"三标问道："要人？要什么人？"委员长说："要杀人凶手，你以为我们农友是你们想杀就杀的？"三标吃了一惊，问道："什么杀你们农友？什么时候的事？"委员长身边的一个人上前一步说："就是三天前，他们到清溪村接严乃康时。"三标认出这个人，就是那个县农会梭镖队的王队长，这个人继续说："当时我们清溪村的农友不让他们接人，他们就动手打人，打伤我们五个农友，受伤最重的那个农友，昨天死了。"

委员长厉声说："刘团长，请把凶手交出来。"三标说："有这事？我没听说打人的事，他们回来说很顺利，清溪村的农友什么都没说就把人放了。"王队长说："他们撒谎，他们用枪托打人，打得几个农友满头满脸是血。"三标估计这是确有其事，但是，这不能承认，否则很不好办，三标糊弄地说：“不可能，你是王队长吧，我在县里见过你。”王队长说：“是的，团长，咱们见过，我有印象。”三标说：“你们是不是搞错了？我的人不会干这么鲁莽的事，农友是我们北伐军的亲兄弟，怎么能打呢？还用枪托打，这实在不可能。”王队长说：“绝对没搞错，村里那几个受伤的人可以作证。”委员长说：“刘团长，确实，你的手下可能向你隐瞒了这个情况，你派人去调查一下，很快能搞清真相。”三标还在糊弄：“应该不可能，他们怎么能隐瞒这么大的事呢？”

这时，于待昌走进来，见这些人，问三标：“团长，有客人呀？”三标没好气地说：“是来要杀人凶手的。”于待昌也是一惊，问来人：“你们四位是？”王队长介绍道：“这是我们吴泰县农会的刘委员长。”于待昌听这么说，赶紧自我介绍：“委员长好，我是独立 2 团党代表于待昌。”委员长听这么说，对于待昌热情地说：“原来是于代表，太好了。请问，你是中共党员吧？我是中共党员。”于待昌说：“我是的。欢迎四位，欢迎。”委员长说了来意，说了事情的经过，最后说了刚才三标的态度。听完，于待昌说：“这样，刘委员长，这个事就交给我吧，我会向上级汇报这个事，一定给你们一个满意的答复。”委员长说：“太好了。于代表，实不相瞒，这个事，我们也向省农会汇报了，他们也会跟你们第 3 军长官联系，要求交出凶手的。”于待昌说：“好，从两个方面反映情况，有利于事情尽快解决。如果我们独立 2 团的人确实干了这个事，我们一定严肃处理，绝不姑息。”有于待昌的这个表态，刘委员长不再说什么，告辞返回，于待昌送他们四人出去。

于待昌回来后，跟三标谈这个事，于待昌希望三标马上向上面报告，不要隐瞒，然后按照上面的指示处理。三标觉得这事让于待昌知道，就不好办了，就是自己不向上报告，于待昌也会去报告的，同时走他们共产党的那条线，报告给第 3 军的党代表。没办法，到这一步，也就只能如此，三标答应了。商量完，于待昌走了。

三标让人去把杨钊叫来，杨钊不知道找他什么事，急匆匆赶来了，三标说：“杨钊，你知道吗？刚才县农会的人来过，他们来要清溪村的杀人凶手，说你们去接严乃康打死了人。”杨钊听这话愣了一下。三标说：“你说实话，那天动手打人了吗？”杨钊说：“我们接人，农会那几个人不同意，我们就去抢人，在抢人过程中，双方都动手了。”三标说：“动手？那你回来告诉我很顺利，那个狗屎老大，马上放人，屁都没敢放一个，你老实说，这到底是怎么回事？”杨钊说：“我觉得就是打了两下，小事一桩，就没说。”三标说：“你敢隐瞒不报在外面做的事，你好大的胆子。还有，那是打两下？把人家五个农友打得满头是血。我告诉你，伤最重的那个，昨天下午死了。”杨钊说：“死了？不可能，来讹咱们吧？”三标说：“我觉得人家没死人，县农会委员长是不会专门来找咱们一趟的。”杨钊有点慌乱地说：“那怎么办？”三标说：“你想想，是哪个兵的责任？”杨钊说：“应该是牛大脚，不过，是要追究他的责任吗？”三标说：“是呀，如果军里顶不住省农会的压力，我告诉你，那是真可能严办责任人。”杨钊说：“严办？会怎么严办？”三标说：“杀人偿命，一条命换一条命。”杨钊听这么说，很紧张，说道：“那麻烦大了，麻烦大了。”又说了一会，杨钊忧心忡忡地走了。

第二天，三标把这事上报，省农会的也到军部告状，要求惩办。当天，军部派人到团里调查，很快锁定牛大脚。杨钊慌了阵脚，来对三标说：“团长，不好了，怕是要出事了，军里已经查到我们营了，估计马上要抓牛大脚。你说，怎么办？”三标说：“他们有证据吗？这单凭嘴说，你们可以不认的。”杨钊说：“不行，他们把村里的农友找来，就是那天被打的人，让他们认人。”三标说：“看来上面是要认真办呀。我说你，你怎么干出这么蠢的事？一点脑子都没有。”杨钊嘟囔着：“就是打了两下，哪想到会死人。再说，那些梭镖队的太蛮横，根本不讲道理，跟土匪一样。”

三标说：“我看你才像土匪，还说人家，是人家打死你的人，还是你打死人家的人？胡说八道。”杨钊说：“行，我错了，我知道我错了。可是，怎么办？就让军里把牛大脚带走？人家是奉我的命令动手的，把他带走，这太对不起人家。”三标说：“你让他打死对方？”杨钊说：“那倒没有，我只是说把人抢过来。没说要打人。”三标说：“那就行了，是他打死人，让他偿命。”杨钊说：“不行，不行。”

三标说：“什么不行？你什么意思？”杨钊说：“真的，要他偿命，太对不起人家。”三标明白了，八成是杨钊下令打人，甚至是下令往死里打，现在让牛大脚承担责任，他良心上过不去，三标不想说破这一点，就说：“我说杨钊，如果这个牛大脚跑了，军里还能抓到他吗？上哪抓？”杨钊马上明白了，说道：“对，他要跑了，军里就抓不到他了。好了，谢谢团长。”说完，转身走了。

最后，因牛大脚畏罪潜逃，这个事给杨钊一个处分，算过去了。

第十五章

第1节

很快，省政府对“1·25”挤兑事件的处理决定下来，认定这纯属人为事故，是该活动负责人过错所致，将潘永其降为部门经理，柳貂蝉降为普通职员，由李津兰为裕滇银行临时负责人。这是李津兰第一次做裕滇银行的当家人，有些担心不能胜任，不过，还没等李津兰做什么，昆明又发生一个重大事件。

这天晚上，李津兰和张孃孃去外面买东西，她们走到小巷口，见北门街上有很多部队走过，军人都拿着枪，神情紧张，接着，她俩被士兵拦住。李津兰问当兵的发生什么事了。当兵的让她们赶紧回家，说昆明城戒严了。张孃孃说：“少奶奶，咱们回去吧。”李津兰说：“别急，看看这是怎么回事。”又问士兵：“这么多年昆明从来没有戒严过，怎么突然戒严？”士兵回答：“唐省长欠饷，我们找他要军饷！你们快回去吧，到处都戒严了，你们哪里都去不了。”李津兰见这么多军人，密密麻麻的，张孃孃说：“这哪是要军饷？不是造反了吗？”这个兵说：“差不多，不给结清欠饷，就反了。”张孃孃说：“少奶奶，这是出大事了，咱们回去吧，这太吓人了。”李津兰镇定地说：“有什么吓人的？人家造唐省长的反，跟咱们有啥关系？咱们怕什么？”路口聚集了很多人，议论纷纷。当兵的开始驱赶路口的行人，李津兰她们只得回家了。

第二天戒严还是没有解除，中午，李津兰让郭师傅出去看看怎么样了，这个样子上不了班，让人着急。很快，郭师傅回来说："外面还是兵，不让出去，听说蒙自、大理的兵都调到昆明来了，火车站那边挤满了兵。"郭师傅把报纸递给李津兰。李津兰看报纸上有龙云、胡若愚、张汝冀和李选廷四个镇守使发表的联名通电，称此为兵谏，对唐省长提出"清发欠饷，惩办贪污，屏除宵小、驱逐唐三"等条件。唐三是唐继尧的弟弟唐继虞。这时，报纸也报道兵谏部队扣押唐继尧和亲信官吏二十余人。

接着，四镇守使派代表面见唐继尧，提出解散民治党、改组省政府、改良政治等十二项条件。并在报纸上再次发表联名通电，指责唐继尧"全出独裁，势同专利"，表示愿"外应潮流，内顺舆情"，在这种情况下，唐继尧自知大势已去，被迫通电交出政权，辞去云南省长等本兼各职，后称此为昆明"二六政变"。

第2节

第四天，戒严解除了，李津兰到办公室。当天晚上，邓明雄出现在李津兰小院门口，李津兰把邓明雄接进来，两人堂屋坐下，李津兰问外面这到底是怎么回事。邓明雄说，这是2月6日那天，有士兵到省长公署索饷闹事，昆明镇守使龙云趁机派兵堵截昆明各城门要道，实施戒严，同时密电另外三个镇守使，让他们带兵到昆明实施兵谏。邓明雄团就是胡若愚收龙云电报后跟随胡若愚乘火车到昆明的，现在形势基本稳定，抽空来看看李津兰。

本来云南很多年没有镇守使的官位，这四个镇守使是怎么来的？是这样，两年前，在广西吃了败仗的唐继虞、胡若愚、龙云、张汝骥四个军回到云南，唐继尧深恐弟弟唐继虞之外这几个将领回来拥兵自重，于是采取缩编分化的办法，把各军缩编为旅，设镇守使职务，任命龙云为昆明镇守使，胡若愚为蒙自镇守使，张汝骥为昭通镇守使，李选廷为大理镇守使，就出现了这个四个镇守使。

那么他们为什么要造反？首先，唐继尧做事不公平，厚此薄彼，这边一再裁减他们人马，削弱他们的力量，不发给他们一条枪，另外一边又扩充唐继虞的禁卫军和卫队，配发购买的法国新式枪械，让其他镇守使不满；其次，唐继尧实施“点名发饷”，派员到各部队点验发饷情况，军中素有“兵无三日齐”的说法，当时滇军中下层军官跟外省的军官一样，主要靠吃空饷敛财，这一点验就断了这些军官的财路，让中下层军官对唐继尧不满；再三，唐继尧发的军饷一部分银币一部分滇票，可滇票就是废纸，让士兵对唐继尧极为不满；最后，就是这样，唐继尧还不按时给四镇守使的部队发军饷，有的部队欠半年，有的欠十个月，这让整个部队怨气极大。

这时，云南社会各界对唐继尧也极为不满。唐继尧为了筹集资金养军队，近年在原有的多个税赋上加倍征收，包括盐税、锡税、铜税、茶税、厘金、田赋等等，又强制发行名目繁杂的地方公债，都是二十年归还，导致民怨沸腾，这些民意反映到省议会，省议会很多议员也对唐继尧不满，在四镇守使派代表面见唐继尧，提出解散民治党、改组省政府、改良政治等十二项条件时，省议会也发出通电，赞成四镇守使的主张。

这次行动还得到法国人的支持。四镇中龙云、胡若愚兵力较强，各有四个团，张汝骥有三个团，李选廷只有一个团，但是其中任何一家独自的兵力都很难对付唐继虞部队，必须一起行动。这时除了省里的电报系统外，只有法国人的滇越铁路有电报系统，龙云联系法国领事馆，请求给胡若愚传递电报和用滇越铁路火车将胡若愚部队从蒙自运到昆明，法国人给予配合。

对于民治党，这个唐继尧搞起来的政党，四镇守使也提出强烈要求，必须解散。为何要求解散？这时四镇守使的思想基本上都是想让云南休养生息，云南人不要去争天下，不要去打仗，而民治党却是相反的，要开疆扩土，要争霸天下，与他们的想法完全对立。

邓明雄说：“这次，唐继尧近卫队队长孟坤都跟随龙云造反了，唐省长的人心、军心丧失殆尽。”李津兰很担心地说：“这次能稳定吗？六年前顾品珍倒唐，夺了本省大权，刚刚一年就被唐继尧夺回去，这是不是又要重演一遍？我看报纸上说，唐继虞已经潜逃出省。”邓明雄说：“是的，现在唐继虞逃走了，并带走一些部队，但是改变不了这个局面。当时顾品珍他们掌握云南政权时，效忠唐继尧的部队数量很大，实力很强，现在效忠他的就是唐继虞带走那点兵，实力悬殊太大。”李津兰问：“这唐继虞会回来夺权吗？”邓明雄说：“肯定会，不过，他绝对成不了气候。”

第3节

孔秀康离职，对段毓婉打击很大，这样，她就不能每天都看到这个她喜欢的身影，她像丢了魂一样，上班看账本时总是走神，交给她的工作根本无法完成，她的部门经理说了她几次，可还是没有丝毫改变。并且，大家下班，段毓婉经常不走，一个人待在办公室里，待到很晚才离开。董庆仁本来很厌恶段毓婉，可是现在总是看段毓婉这个样子觉得她特别可怜，动了恻隐之心。这天下班后，董庆仁到段毓婉的办公室，见段毓婉又坐在办公桌前，过去在一旁坐下说：“还没走呀？楼里的人都走完了，只剩看门的大爹了。”可能段毓婉刚才正在神游天外，一下子被打断很不高兴，段毓婉敌视地说：“你不是也没走吗？”董庆仁说：“是，我马上就走了，我见你没走，就过来跟你聊聊。”段毓婉说：“聊什么？咱们聊过吗？”董庆仁知道会碰钉子，已有心理准备，并不生气，继续说：“没聊过，一起聊聊不就聊过了吗？你晚上怎么吃饭？回家做吗？”

段毓婉说：“不做，也不饿。”事实上，这段时间段毓婉瘦了很多，就如同那句诗说的“衣带渐宽终不悔，为伊消得人憔悴”，董庆仁说：“好像中午你也经常不去食堂打饭，是不是？老是不吃饭，身体受不了，要搞出病的。人生在世，什么钱财、功名、情爱，都不重要，身体最重要，身体垮了，要那些又有什么用呢？”段毓婉看着窗外，如同没听见。董庆仁说：“我知道，人最苦的就是为情所困，这是最伤人，最难走出来……”

段毓婉极不友好地说：“你说什么呢？为情所困？谁为情所困？你说谁呢？”董庆仁说：“我说错了，我的意思是无论什么事都应看开一点，都是身外之物。”段毓婉说：“你到底要聊什么？你来找我聊，是来告诉我我很可怜吗？我不觉得呀，我有什么地方让人可怜了？我哪里不好？我日子过得很好，我很幸福，我觉得比你幸福多了，你要可怜谁，先可怜一下自己吧，真是可笑。”董庆仁看这个样子，知道谈不下去了，说：“是的，大家都觉得你挺好的，是我不会说话，不会说话。那你忙着，我先走，再见！”起身向门外走去，段毓婉鄙视地用鼻子哼了一声。

第4节

唐继尧辞去省长职务后，四镇守使在昆明郊区的昙花寺开会，决定改省长制为委员制，由民意机构产生“省务委员会”。由各界团体和有关人士参加的各界联合会，推举胡若愚、龙云、张汝骥、李选廷、王人文、王九龄、周钟岳、马聪、张耀曾为省务委员会委员。接着，云南省政务委员会委员集体宣誓就职，推举胡若愚为省务委员会主席兼军政厅厅长。另外，给唐继尧一个有名无实的“总裁”名义，不进委员会，不参与政事决策。

很快李津兰和邓明雄举办了婚礼。他们的新房在北门街李津兰的小院里，本来邓明雄要去新买个院子，李津兰不同意，说过段时间再说。由于婚期紧张，邓明雄就不再坚持。另外，由于自己是二婚，李津兰希望婚礼简单一点，尽量少人知道，可邓明雄不这么想，他觉得娶李津兰是自己的骄傲，一定要有个样子，就在广东人新开的“粤广大酒楼”摆了十几桌。两家的父母都从外地赶来了，还来了很多客人。不过，显然男方的客人居多，都是穿军装的，这些军官大部分带着女眷，军官的女眷穿得花花绿绿的，给婚礼增添一份喜气。由于邓明雄是胡若愚长官的红人，胡主席带了夫人也来出席婚礼。还有，因胡主席这时是云南最高长官，参加活动必须有相应的警卫规格，整个酒楼都布满了警卫人员，这把酒席的规格一下子提高到本省最高的级别，让邓明雄非常兴奋。

可是，邓明雄的父母很不高兴。他们不同意这个婚姻的，首先是他们原来已经给邓明雄找了一个媳妇，后来退婚了，觉得这很对不起女人家。其次儿子就是要娶一个，有那么多黄花大闺女不要，偏偏找一个结过婚的女人。这让他们觉得脸上无光。老两口坐在家长席一句话也不说，也不搭理李津兰的父母。李津兰的父母十分高兴，对亲家非常殷勤。他们觉得女儿经历那么多，还能嫁给老邓家这么优秀的儿子，觉得自己有点高攀人家。

女方客人来得不多，欧阳红和小马夫妇来了，潘永其、王平端、唐芸芸、董庆仁来了，张孃孃和郭师傅来了，他们像是李津兰的家人。孔秀康没有来，李津兰没给他发请帖，她觉得这有点伤害人家。李津兰自己越幸福就觉得越对不起孔秀康，她觉得像孔秀康这么优秀的男人应该有个幸福美满的家庭。有几个男方客人的女眷在一旁悄悄议论，说这个女人真是厉害，二婚还嫁给邓团长，这邓团长可是胡主席的亲信，这女人实在不得了。

第5节

二标君：

你好！我还是在南昌。上次给你写信，到现在又过去一年了，现在南昌发生不少事情。去年11月，蒋中正总司令到南昌干了三个事：建立了江西临时政权机关，指使段锡朋等右派分子秘密成立了AB团组织，邀在冯玉祥那里任总参议的李烈钧到南昌。

今年2月，蒋介石在南昌召开所谓中央政治会议，不经武汉革命政府同意，正式组建江西省政府，任命李烈钧为省主席，而我们军长朱培德仅列为省政府十一个委员之一。这引发我们第3军军人的严重不满，也让武汉革命政府极为不悦。

3月30日，武汉革命政府作出改组江西省政府的决议，推翻蒋总司令的决定，免去李烈钧职务，改为朱培德为省政府主席。改组江西省政府的消息传到南昌后，李烈钧和段锡朋等AB团分子十分不满，搞了一个反对中央改组省政府的所谓“护党运动大会”，还组织了三百余人的省党部武装纠察队，武装把守省党部、省政府，阻止新任命人员进入。面对挑衅，朱培德把驻城外的一部分队伍调进城里来，与其相对。

4月2日，南昌学生、工人、市民，举行了“反对右派的全市大行动”集会，上街游行示威。石重率领第3军军官教育团给予积极配合，他们身着便装，内藏手枪，暗中保护游行的人员。游行队伍一举占领了右派把持的省党部、省政府，解除了省党部纠察队的武装，右派头目、AB团分子除了头目段锡朋、周利生逃亡南京外，其他程天放、罗时实、巫启圣等三十余人被捕押。李烈钧在向各报馆发出《江西省党部被共产党徒捣毁电》后，率原省政府部分人员避往上饶。

三天后，朱培德从九江进驻南昌，举行了就职典礼，朱培德在大会上发表请郭沫若代写的宣言，表达“革命到底的决心”。

陈文汉

民国十六年四月六日，于江西南昌

写到这里，陈文汉激情澎湃，尽管发生了这个省长之争，他觉得这不影响大局，国民革命军会攻占一个省又一个省，相信这次北伐一定会成功。

进南昌后，陈文汉认识了南昌一家报馆的一个张姓记者，对这个记者说了自己很多故事，尤其是当年护国讨袁，自己与同学李二标连长一起创办“狂风社”的事，并且，自己这十多年一直给身故的李二标写信。这个记者问这个信能不能让他看看，陈文汉给他看了。前几天这个记者把信交还时说，你这些信写得太好了，从一个角度记录了你们滇军的一段历史，建议你把它出版了，让更多人看到，让更多的人记住这段历史。而且，出一本书花不了多少钱。这些话很让陈文汉心动。这样，陈文汉就去找了一家书局，以《给碧鸡山友人的信札》为书名，把这些信出版了。

第十六章

第 1 节

4 月，汉口开始也有点热了。江边的树木长出新叶，沿着长江向下游望去，田野都开始绿了。江水还是清澈的，这说明上游还没下雨。

大标对抗何胖子审讯，结果，不仅没被枪毙，反而让他当上国民革命军的团长。这是怎么回事？事情是这样的：尽管何胖子一再跟上面建议枪毙大标，说大标是罪大恶极，手上有很多兄弟的鲜血，可是，上面最终还是没听他的意见，而是把何胖子调走，换人来跟大标谈，最后说服大标归顺国民革命军，把原来中央陆军 37 混成旅的兄弟们收拢起来，成立一个团，让大标当团长，这样，国民革命军第 4 军 26 师新编第 1 团成立了，李大标当团长。

大标这个团组建后，被调到汉口，由于部队没太多事，大标就与温玉娴联系，想接温玉娴过来一起生活。从去南口，他跟温玉娴分开，已经有快一年时间了，温玉娴当然很愿意过来，这样，温玉娴就带两个孩子到了汉口。

本来大标是好心接温玉娴过来，专门租了个小院，可是，两人一见面，就闹了一次。事情的经过是这样的：这天晚上孩子们睡了，大标在客厅里，温玉娴过来说："你还不睡？时间都晚了，明天早上还要早起。"大标头也没抬地说："没事，你先睡吧，我再看看这些材料。”温玉娴说：“有个事我一直想问你，在信里不好说，我想跟你当面说好点。”大标说：“什么事信里不能说？你说吧。”温玉娴说：“你们去年从洛阳去北京，你在北京见罗瑾云了吗？”大标警觉地抬起头问道：“没有，你怎么会问这个？”温玉娴说：“我想你到了北京，跟她见一面很方便，你应该去看看她。”

大标说：“没有，到北京形势很紧张，我根本不能离开部队，哪里有闲工夫去跟她见面。”温玉娴说：“去就去呗，我也不会说什么，不就是那么点事吗？”大标说：“什么去就去的？我刚才说了我没去，没去。”温玉娴根本不信，用鼻子哼了一声。本来这也没什么，可是李大标有点做贼心虚，说道：“你这是什么意思？你给我好好说说，你这究竟是什么意思？”温玉娴说：“我没什么意思，你这么紧张干什么？”大标说：“我紧张了吗？我哪里紧张了？分明是你没事找事，跟我过不去，还说我紧张。”温玉娴说：“大标，你这个样子说明什么？你知道吗？说明你心中有鬼，说明你在北京就是见了那个女人，说明你跟那个女人就是有事。”大标说：“你这么说有什么证据？你不能这么信口胡说，不能这样栽赃陷害。”温玉娴：“我胡说？我陷害？大标，跟你说这些事真是没意思，早知道一见面就这样，我就待我娘家，不来这个鬼地方了。”说完，不等大标说话，温玉娴进卧室睡觉了。大标看着窗外，心想，这女人就是心眼小，别跟她计较。

第二天下午，大标带一个班的卫兵去师部办事，走到江岸码头的街道上，见前面有一群人，不知发生什么事。大标走过去看，见人群里是七八个工人纠察队队员在捆绑一个人，说是这个人攻击工会，要把他绑去工会处理。这个人也有点力气，在拼命挣扎，可是就如老话说的好汉难敌三只手，力气再大，在这几个纠察队员面前也没用，很快被纠察队员制伏了。大标看被绑这个人，身穿蓝色洋布长袍，像是生意人。大标觉得这人有几分面熟，再仔细一看，这不是弟弟李三标吗？他怎么会出现在汉口？他怎么又招惹了工人纠察队？

大标上去说："工人兄弟，等等，这是怎么回事？你们怎么在大街上绑人呀？"为首的纠察队员说："这是反革命，他说我们动员码头工人罢工是搞破坏，是违法犯罪。"大标过去问三标："你说他们搞破坏，是吗？"三标认出是大哥，没声张，说道："不是，是他们不让码头工人上工，强行赶人家回家，可人家要挣钱养家不愿意走，他们就打骂人家，我上去劝阻一下，他们就来绑我。"一个纠察队员说："放屁，你说我们不让人家上班是搞破坏。我们这是为工人兄弟搞斗争，怎么是搞破坏？"大标说："我明白了，这样，各位兄弟，这个人是我们部队的，外出执行公务，这是我们教育不到位，让他乱说乱动，妨碍你们工作了。这样，你们把他交给我们，我带回去教育。"一个工人问道："你是什么人？"大标身后的卫兵上前说："这是我们国民革命军第 4 军第 26 师新编第 1 团团长。"为首的工人听这么说，说道："是大长官，对不起，这个人在我们这犯事，必须由我们工会处理。"

大标说："知道知道。这个事，我带回去，让我们团党代表好好教育他，我可以向各位保证，我一定认真处理，绝不姑息养奸。"为首的工人说："行，我看你这个大团长是有相当的革命觉悟，把他交给你，你一定会认真处理。"说完，对手下一甩头，示意手下把三标交出去，他手下把三标交给大标的卫兵，为首的这个人带着工人纠察队员走了。大标走到三标身边，见三标想说话，赶紧做了个别说话的手势，带着三标回团部。

第 2 节

大标回到团部，让身边人退下，屋里只剩大标和三标，大标急促地问："你现在在哪里？怎么到汉口来了？还没穿军装？你离开部队了？"三标说："没离开部队，我还在朱培德第 3 军独立师独立 2 团当团长，最近驻扎在南昌。"三标当独立 2 团团长后，曾给大标写信说了这个情况。三标接着说:“是这样，苏联顾问团在汉口搞一个培训，给我们第3军十几个名额，我争取了一个，就来了。昨天培训结束，我想到汉口转转，看看热闹，就上街了，为了方便没穿军装。”

三标看看大标这个样子，说道:“倒是你才奇怪，你怎么成国民革命军了？前段时间你不是还在吴佩孚那干吗？这是怎么回事？”大标把自己武胜关被俘的情况介绍了一下，三标听这么说，搞明白了，说道:“好呀，现在咱们都在国民革命军里，是真正的一家人了。”大标说:“是你们国民革命军发展得快，很能打，现在这势头是锐不可当，占据两广、两湖、江西、安徽、江苏，中国南方基本都属于你们了。”三标说:“是的，现在国民革命军北伐很得人心，发展得很快。你加入国民革命军，是正确的选择，非常正确。”大标说:“不过，今天你这事整得有点悬，如果给那些纠察队的人带走，挺麻烦的。”

晚上，大标带三标到自己家，跟温玉娴和孩子见面，在家里吃了饭，送三标去旅馆，说好明天陪三标去逛黄鹤楼。

第二天上午，大标到旅馆接上三标去黄鹤楼，他们走到街上，见一个游行队伍走过来，人数众多，如同一股潮水，把街道都塞满了。这些人有的高举红旗，有的手举小纸旗，人人高喊口号，三标还是第一次见这场面，问大标:“他们这是干什么呢？这么多人，我看至少有一万人。”大标说:“肯定是上万人。这是市民示威游行，要求惩办‘四三惨案’凶手，队伍里的人主要是工人。”三标在报纸上看过“四三惨案”的有关报道，是前几天，一些工人在租界与日商发生冲突，日本水兵过来维护日商，刺伤中国车夫一名，市民反抗，捕捉日本水兵六人、商人四人。接着，日本水兵大批登岸，开枪击毙中国民众九人，伤八人。三标没想到游行示威规模如此之大。

第3节

第三天，在汉口著名的“荣华照相馆”门厅里，大标带温玉娴和儿子坐在藤椅上等三标到来，大标穿着军装，温玉娴穿一身旗袍，已经在柜台开了照相的票，就等三标来拍个合影。这荣华照相馆是汉口最早的一家照相馆，是广东人开的，是武汉三镇有钱人照相的地方。很快，三标来了，穿的还是昨天那套商人的衣服，大标起身相迎。

这时，有个人出现在照相馆门口，这是何胖子，身边带着一个女人和四个孩子，这女人是何胖子的老婆，大标跟她挺熟，大标知道何胖子和老婆的感情特别好，何胖子是机动旅家眷口中的模范丈夫。何胖子的老婆在此碰到一个熟悉的太太，那女人也是跟家人来拍照的，何胖子的老婆对那人说：“贺太太，真巧，在这里碰到你了。贺军长，你也在这里，一家人来照相呀，好幸福呀，好有情调呀。”何胖子也赶紧和这个贺军长打招呼，

他们在那边说话，这边温玉娴也看见何胖子和他太太了，用胳膊肘捅了捅大标，大标示意温玉娴不要声张。那边，何胖子和贺军长打完招呼，一转身也看见大标了。何胖子赶紧让他太太往外走，他太太没看见大标和温玉娴，不知发生什么事不肯离开，何胖子伸手拉他太太的胳膊，他太太甩掉何胖子的手。何胖子只得把嘴伸到太太的耳边嘀咕了几句，他太太扭头朝大标这边看了一眼，这才走了。

等何胖子带太太和孩子走出照相馆，大标对三标说：“你看见了吗？这个穿军装的就是何胖子。”三标听这话，朝何胖子的背影看看。大标说：“你看他日子过得还挺滋润，一家人还有心情来拍合影。”说完他们进去照相。

第十七章

第1节

三标和大标去照相后，回到南昌。这时，还有一个人也到了南昌，这就是白金花。这天，四毛驴向团部的三标报告：“团长，有人求见。”三标整理桌子上的报纸，头也没回地问道：“谁呀？”四毛驴说：“是太太。”三标问道：“什么太太？”四毛驴说：“团长，是你太太。”三标转身问道：“我太太？我哪个太太？”四毛驴说：“金花太太。”三标生气地说：“她来干什么？不见，让她走。”

这时门口传来一个女人的声音：“团长，见个面都不肯？这么绝情呀？”随着声音，白金花一扭一扭地走进来了。三标见人都进来了，不再说什么，示意四毛驴退下，问白金花：“你来干什么？”白金花说：“不干什么就不能来呀？不错呀，又干上团长了，运气不错。”三标说：“你广州那个饭店不是也开张了吗？你不在广州搞饭店到南昌来干什么？”白金花说：“这段时间，我那个饭店生意不好，革命政府搬迁到武汉，广州的生意都不好了。”三标沉默不语，不知道白金花是什么意思。

白金花说：“是这样，我把广州的饭店转手了，我想到南昌来开，别紧张，我不用你帮忙，所有的事我自己办，不会给你添麻烦。”三标说：“笑话，紧张？你跟我有什么关系？我有必要紧张吗？”白金花说：“团长大人，别把话说得这么难听，你我好歹在一起生活过，毕竟不是陌生人。行了，我今天来，没别的意思，就是来看看你，同时告诉你我到南昌了。我看你不怎么欢迎我，行，我走了。”说完，转身向门外走去。三标也没挽留白金花。

第 2 节

这天，三标到军部办事，看见一个熟悉的身影，三标实在不敢相信会见到这个人，他揉揉眼睛，看清楚了，确实是他，谁呀？关公脸。这时，关公脸转过身来，也看见三标，关公脸主动说道：“刘团长，你来办事呀？”三标连忙说：“是的，关团长，你怎么在这里？我听说你回昆明了，怎么你在这里？”关公脸说：“怎么？我来北伐，不行呀？”三标说：“你不是一直跟国民党对着干吗？怎么又来北伐了？”关公脸说：“我什么时候跟国民党对着干？你不要造谣。谁都知道我是坚定的国民党员。”三标没想到这个人竟然这么撒谎，问道：“抢黄埔考生、发动兵变，你不都是骨干吗？怎么摇身一变，成为坚定的国民党员了？”关公脸变了脸，生气地说：“刘长生，你别胡说八道，我是什么骨干？你才是骨干，谁不知道你是方鸣九的嫡系大红人，一直紧跟方鸣九。”旁边有人喊：“关副参谋长，文件办好了，你拿回去吧。”关公脸撇下三标去那边取文件，然后离开军部。

三标想不通关公脸怎么到了第 3 军，办完事，就去陈文汉办公室，一进门说道：“陈主任，在忙呀？”陈文汉在桌子前面写东西，抬头见是三标，放下笔，招呼三标坐下。三标坐下说：“我刚才在这里见到关公脸了，他怎么到第 3 军？”陈文汉问道：“什么关公脸？”三标说：“就是关正阳，原来我们入桂滇军的。”陈文汉说：“关正阳？我知道，是这样，他是刚刚过来。”三标说：“这是一个有问题的人，不能用呀。方鸣九发动政变时，他是骨干，当时，唐继尧派来一个外号叫光头的代表，方鸣九与光头联系都是通过他。政变失败，他跟光头跑回昆明，唐继尧给了他一个官，估计他在唐继尧那里混得不好，才来投奔咱们第 3 军。”

陈文汉说：“这个人前面的情况我不了解，他是跟粤赣边境的杨如轩部队一起投奔第 3 军。你也知道，杨如轩和杨池生这两个部队，三年前离开你们方鸣九总司令，跟金汉鼎跑了一段时间，又脱离金汉鼎在粤赣边境一片活动。咱们北伐军攻占江西，他们就来投奔第 3 军，朱培德很高兴地收编他们，都是云南人嘛。”三标问：“他在杨如轩那个师干什么？”陈文汉说：“好像是在师部干一个副师级参谋长，没有具体带部队。怎么？你跟他很熟？”三标说：“是，我当兵时，他是我的连长，我当连长时，他是我的营长，后来我和他平级，再后来我当团长，他是我手下营长。在方鸣九兵变前，我被贬为营长，他被提拔为我的团长，跟我算得上是一对老冤家。”陈文汉说：“看来你跟他关系不怎么样。没事，他干他的，你干你的，井水不犯河水。”

三标见陈文汉不重视此事，没办法，只能离开。过了几天，三标听说关公脸见到白金花，关公脸对白金花很热情，还帮白金花开饭店，忙前忙后的。很快，三标他们独立 2 团调到九江驻扎。

第 3 节

这时，上海的形势非常紧张。蒋介石到江西后，制造了一系列反共事件，他除了要求苏俄撤回顾问鲍罗廷，又制造“九江惨案”，查封《国民新闻》，惨杀了九江市党部和市总工会的四位负责人。接着，制造“安庆惨案”，捣毁安庆市总工会、市农会、市妇女协会等团体。这时，革命政府的负责人并不是汪精卫，汪精卫在中山舰事件后出国就医，滞留欧洲，还没回国，临时负责的是谭延闿，谭延闿好像事事都听鲍罗廷的，让人们对鲍罗廷这个太上皇有不少议论。

1927 年 3 月底，蒋介石由九江进驻上海，要求上海总工会交出上海统治权。这是怎么回事？这是几天前，上海总工会发动和领导了上海第三次武装起义，推翻隶属北洋政府的上海市政府，夺取了上海统治权。蒋介石要求上海总工会把这个权力移交给以他为代表的革命政府手里，但是，上海总工会拒绝了。

与此同时，蒋介石等人，以国民党中央监察委员会部分委员的身份，在上海举行“监察委员会紧急会议”，发起“护党救国运动”，要求“取消共产党人在国民党党籍”，查办共产党，提出共产党人及附共分子名单一百九十余人，并决定自4月12日起，上海、南京、江苏等地开始全面清党。

4月初，蒋介石成立“上海临时政治委员会”，取代上海总工会控制的“上海市特别临时政府”，夺取上海统治权。蒋介石发布北伐军总司令部布告，要求上海工人武装纠察队与工会一律在北伐军总司令部的管辖之下，“否则以违法叛变论，绝不容许存在”。

但是，上海市总工会拒不服从上述命令。4月9日，蒋介石以北伐军总司令部名义发布《战时戒严条例》，严禁全国各地的集会、罢工、游行。同日，蒋介石离开上海，进驻南京。

4月12日凌晨，发生“四一二惨案”，枪杀工人纠察队员一百二十余人，拘捕共产党员和工人两千余人，在上海的共产党领导人汪寿华、罗亦农、陈延华、赵世炎等被捕后被杀害。

第4节

这时，独立2团驻扎在九江城外一个镇上。这天下午，团部里有三标和于待昌两个人，两人都在报纸上看到上海发生的事，在桌子边议论着，有人敲门，接着杨钊走进来说道：“团长、党代表，你俩都在。”于待昌说：“杨营长，你来了刚好，我在和团长说上海的事，你也来聊聊。”杨钊说：“你们二位长官说话，我不方便参与吧？”三标说：“没事，一起聊聊。”于待昌说：“就是嘛，一起聊聊，杨营长，你对上海的事怎么看？”于待昌知道杨钊对工人运动和农民运动多有不满，接着说：“我亮明自己的观点，我是反对蒋总司令这么干，我认为他这是对人民的犯罪。”杨钊对三标说：“团长，我跟党代表的看法有点差异，我说说？”三标说：“说说，没事，想什么就说什么，咱们这是在家里关起门来说话，没事。”

杨钊说：“我觉得上海的事主要还是怪上海总工会。你们看，蒋总司令发布北伐军总司令部布告，要工会与工人武装纠察队一律在总司令部的管辖之下，否则以违法叛变论，绝不容许存在。又宣布‘上海临时政治委员会’，取代‘上海市特别临时政府’，可是，他们不服从命令，这才导致事件的发生。”

于待昌说：“杨营长，我不同意你说法，你说蒋总司令凭什么要求上海总工会交出上海管理权？你也知道，是上海工人阶级发动三次起义，工人阶级付出巨大牺牲，才把上海从北洋政府、从孙传芳的魔爪下解放出来。我认为，用上海临时委员会取代上海临时市政府，要求将工会与工人纠察队置于北伐军总司令部的管辖之下，这种粗暴野蛮的做法，让人根本无法接受。”

杨钊说：“一个地方，一个城市只能有一个政府，北伐军进入上海后，建立了相应的政府机构，上海就应归北伐军领导，绝对不允许存在两个政府。”

于待昌说：“蒋总司令这个临时委员会，机构成员缺乏工人代表，缺乏共产党员，它不能充分代表上海工人的利益，得不到上海工人的支持，不接受这个决定是正常的、合理的。”

杨钊说：“对新政府机构有意见，觉得机构成员的代表性有缺陷，可以通过正常途径来解决。并且，这也只是一个临时委员会，在正式政府成立时，可以听取各方面意见，吸收更多工人代表，充分协商，满足上海工人的要求。而抵制临时委员会，坚持搞上海市临时政府，事实上就是让两个政府并存。”

于待昌说：“怎么充分协商？中山舰事件，迫使毛泽东等一批中共党员辞去国民党中央部长职务，迫使黄埔军校和第1军中周恩来等一批中共党员退出，国共合作一再退步，上海正式政府成立，可能充分协商吗？”

杨钊说：“这么说，这个问题就很难说清楚的。各自的立场不同，对此看法不同。”

于待昌说：“是呀，是立场不同看法不同。让工友、共产党与国民党充分协商，通过正常途径解决，而蒋总司令则可以派军队去镇压、去逮捕、去杀头，这公平吗？讲理吗？”

杨钊不想跟于待昌争论下去，跟三标打个招呼，出门走了。对于刚才杨钊说的那些话，三标觉得有点道理，但是，他觉得于待昌说的也有点道理。三标觉得政治问题太复杂，各有各的道理，都说得通，都没有错，但是，谁也说不服谁。

第5节

下午，三标走进九江城里一家茶馆，这是王玉生约他喝茶。当时王玉生来约这个事，三标就说：“到外面喝茶？你有什么话不能在这里说，非要到茶馆说？”王玉生说：“没事，主要想和团长聊点闲话，茶馆里能让人放松点。”

刚进茶馆，见里面一个方桌有几个军官说话声音很大，好像是在激烈争论。三标伸头一看，是王玉生、关公脸和崔大嘴，看来是王玉生先到茶馆，碰到关公脸和崔大嘴，聊着聊着争论起来。三标没打扰他们，在旁边一个茶桌坐下，听他们到底在争论什么。

王玉生说：“还有，上海工人纠察队是工会的队伍，保护工友利益，维护上海市面的秩序，干得好好的，为什么要置于北伐军总司令部的管辖之下？”关公脸说：“你看看这些工会眼中根本没有革命政府，无法无天，完全成为革命政府内的一个独立王国，是搞国中之国，搞党中之党。上海工人纠察队现在上千人，规模庞大，拥有武器，当然应该纳入北伐军管理。”

王玉生说：“现在，北伐军打下来的很多地方建立了新政府，可是，这个新政府不保护工友农友的利益，站在资本家地主一边，维护剥削阶级利益，这还能算革命政府？这跟北洋政府有什么两样，跟清廷有什么两样？把这样的政府搞乱，这是坏事吗？不是，是好事，是好得很！”

关公脸说：“革命政府什么时候不保护工友农友的利益？什么时候站在地主资本家一边？”王玉生说：“反对工人运动、农民运动，就是不保护工友农友的利益，就是站在地主资本家一边。”关公脸说：“共产党搞工农运动，就是制造矛盾，破坏北伐。”

王玉生说：“蒋总司令屠杀工友和共产党人，才是破坏北伐。”关公脸说：“说到这一步，咱们完全没有必要再聊了，你我走的根本不是一条路。”说完，起身往外走。崔大嘴跟着一起走了。

见他俩走远了，三标走到王玉生身边问道：“怎么跟他吵起来了？”王玉生说：“是这样，我不是跟你约的到这里喝茶吗？我来得早，没想碰到关公脸，我听他们议论时政，觉得多有谬误，就对他指出，他不服气，就跟我辩论起来。就这样，说了半天，越说分歧越大。”三标说：“是，这种事，各有各的看法，谁也说服不了谁。”王玉生说：“实在让人生气至极。”三标说：“你约我来，要聊点什么？不会也是政治问题？”

王玉生说：“还就是政治问题。团长，我觉得当前形势特别复杂，对一些事件的处理，将影响国家命运和前途。”三标说：“你说说你的想法。”王玉生说：“是这样，我觉得蒋总司令这么干完全背离了孙总理的遗志，背叛了革命，成为历史的罪人。我觉得咱们应该向第3军长官、向武汉中央和国府请愿，发兵东进，讨伐蒋贼。”

听这么说，三标有点意外，说道：“这话不是随便说的，要惹大麻烦的。”王玉生说：“咱们第3军驻地江西，往东走就进入安徽，如果上面下令讨伐他，咱们很快可以到达上海。另外，现在支持蒋总司令的只有少数部队，只要武汉中央下令讨伐，咱们完全可以打败他们。”三标说：“从军事上讲，打败他们是没问题，只是北伐军打北伐军、国民革命军打国民革命军，还没有这个先例。”王玉生说：“可是，他已经背叛革命，成为革命的叛徒。”三标说：“上海事件该如何定性，现在还不好说，也不是咱们说了算的，这要由武汉中央来定。这个事，你跟我说说也就算了，不要再跟任何人说。”两人又说了一会，三标回了团部。

在路上，三标想王玉生这个想法太鲁莽了。说实在的，三标对上海事件是有看法的，但是他不赞成向上面请求东征，这是上面定的事，如果上面下令讨伐，他一定不遗余力地跟蒋介石干，不惜流血牺牲，但是，上面没发话，下面的军官不该煽动这个事。这时，他特别想跟陈文汉聊聊，听听他的意见，可是陈文汉去南昌办事了，还要过几天才能回到九江。

第6节

两天后一个下午，在九江城外一个村里的林氏祠堂，几十个军官在此聚会，讲台上是于待昌在发言，他慷慨激昂，痛斥蒋介石的反革命罪行，动员大家在给朱培德军长的请愿书上签名，请求东进讨伐蒋介石。他发言结束后，又有几个人发言。

三标和王玉生坐在听众中，三标小声说：“你小子把我拉到这，不太合适吧？这里都是他们搞政治工作的人，都是共产党人，你说，你是不是加入共产党了？”王玉生说：“没有，我只是觉得他们的主张很有道理，喜欢参加他们的活动。不过，这么多人的活动，我也是第一次参加。”三标说：“你小子小心点，共产党毕竟是共产党，跟咱们不一样，跟他们接触还是要保持距离。”王玉生说：“上面没有禁止跟他们接触，要保持什么距离？”三标说：“你脑子坏了？上面没禁止，但是也没鼓励呀，你看有多少人跟他们跑？我说你还是小心点。”王玉生不服气地说：“这有什么？你不知道，咱们团里喜欢跟他们接触的人不在少数，只是处于秘密状态。”三标说：“什么秘密状态？我跟你说，王玉生，你还是小心点。”

会场上开始传递请愿书，让到会的人签字，三标对王玉生说：“这个东西我不能签。我跟你说，如果知道要我签这么个东西，我绝对不会跟你来。我也是太信任你了，你说来听一个讲话，我就来了，结果是搞这个，你小子竟然骗我。”王玉生说：“我没骗你，就是听听讲话，签字是自愿，你不想签就不签，我签。”三标说：“我劝你也别签，我跟你说，如果这次上面不同意东进，你在上面签字，上面会怎么看你？搞不好，这把你毁了，你的前程都搭进去了。”王玉生说：“人生一世，总要干点有意义的事，做个男人有的时候是要仗义执言，挺身而出。”三标说：“你小子，真是傻了。”请愿书传到三标这里，三标摆手拒绝了。三标见这里的人基本上都签了，不过，三标心里很坦荡，他们是共产党人，我不是，不签很正常，没什么不好意思的。请愿书又传到王玉生身边，王玉生接过来签上自己大名。很快，签字结束了，主持会议的军官宣布散会。

就在这时，突然，祠堂大门被撞开，一群手持长枪的军人冲进来。为首的军官走进来说：“诸位，诸位，都坐好，不要动，我们是第 3 军执法队的，我们奉军部的命令前来取缔这个会议。”会议主持人说：“凭什么取缔？我们都是独立 2 师的军官，有聚会交流的权利。”执法队的军官说：“诸位，现在时局动荡，为了第 3 军的安全，也为了诸位的安全，未经军部批准，不得举办会议等活动。诸位就散了吧，散了吧。”参会的军官嘟囔着起身，执法队军官又说：“还有一个小事，诸位在离开会场前，请到兄弟这里来登记姓名、单位和职务。对不起，有劳诸位了，诸位多多担待。”没办法，三标只有去登记，登记完，走出祠堂，见门口站着关公脸、杨钊，这时，关公脸调到三标他们独立师当副参谋长，是三标的上级。

显然关公脸、杨钊是跟执法队一起来的，最近这两个人联系非常密切。三标见这两个家伙脸上那种幸灾乐祸的表情，感觉有点尴尬，妈的，今天真是倒霉。

接着，这个会议众人签字的请愿书，递交朱培德军长后石沉大海，没有回复。后来，三标知道军部为什么不回复请愿书。这几天，江苏、浙江、安徽、福建、广西等省也已开展清党，对共产党员和革命群众进行镇压。广东拘捕共产党员两千余人，其中萧楚女等领导人被杀害。并且，控制北洋政府的奉系军阀也在北京捕杀共产党员，著名的中共创始人李大钊被逮捕。以汪精卫为首的武汉中央和国府软弱无力，容忍了蒋介石上海的行为，不考虑东进讨伐。

这时，蒋介石却越发疯狂,4 月 17 日蒋介石等人在南京召开“中央政治会议第七十三次会议”，发表宣言，通缉共党首要和附共分子一百九十七人，其中鲍罗廷、陈独秀、谭平山、林祖涵、毛泽东等名字赫然在列。

第 7 节

不仅如此，蒋介石等人还组建另一个“中华民国政府”，4 月 18 日，新组建的中华民国政府在南京举行成立典礼，宣布开始办公，胡汉民为主席，并发表《告全体将士书》，要求消灭共产党所操纵的汉口伪国民政府。

当天，汪精卫以国民党中央的名义发表通电说：“蒋中正屠杀民众，摧残党部，甘为反动，罪恶昭彰。已经中央执行委员会决议，开除党籍，免去本人所兼各职。著全国将士及各革命团体拿解中央，按反革命罪条例惩治。”

这汪精卫怎么在武汉？他不是“中山舰事件”时去欧洲了吗？是何时回国的？是这样，去年 11 月，汪精卫收到国民党中央请求他“销假回部，主持大计”电报，就离开巴黎回国。而他路过柏林时，因病滞留三个月，今年 3 月初才抵达莫斯科。他会晤斯大林等人后，乘火车走西伯利亚铁路到海参崴，再换乘轮船，4 月 1 日到上海。对于汪精卫回国，蒋介石发表支持汪复职的通电，并在上海与汪面谈，试图说服汪精卫“清党”，汪精卫则主张召开国民党二届四中全会来研究这个问题。4 月 5 日，汪精卫离开上海去武汉主持大政，临行前，给张静江信，说希望 4 月 15 日左右召开二届四中全会。不过，这个会还没召开，蒋介石就在上海动手了。

4 月 20 日，中共中央发出《中国共产党为蒋介石屠杀革命民众宣言》，指出蒋介石是新军阀，是国民革命的敌人，是帝国主义压制中国国民革命的新工具，是屠杀工农和革命群众的罪魁祸首。第二天，朱培德与汪精卫等中央执监委员、国府委员发表《武汉国民党中央、国民政府否认南京政府通电》，号召“凡我民众及我同志，尤其是武装同志，如不忍革命垂成之功隳于蒋中正之手，惟有依照中央命令，去此总统之叛徒，本党之败类，民众之蟊贼”。

这天，第 3 军独立师离开九江，向东开拔，这是第 3 军的秘密东进，三标他们团为先头部队，走在最前面。由于蒋介石、胡汉民组建南京政府，与武汉革命政府分庭抗礼。东进讨伐蒋介石的话题又被重新提出来。当然，提出来归提出来，并没有形成决议。不过，朱培德认为武汉中央和革命政府绝对不会容忍这样的分裂行为，与蒋介石部队一战势在必行。而战火一开，江西是双方交战最早的战场，也可能是最主要的战场，为了让第 3 军在未来的作战中处于主动地位，朱培德秘密命令一些部队向赣皖边境移动，在那里待命。

两天行军二百里，三标他们独立 2 团到九江下属的马当镇。这里的东边是安徽池州的香隅镇。晚上，马当镇关帝庙里有三标、于待昌、王玉生三个人，这是独立 2 团的临时团部，3 个人在商量明天的行动。这时三标已经不敢重用杨钊，免除他的营长职务，改任团政治部副主任，为于待昌的手下，不再参加独立 2 团重大事项研究。

三标说：“你们二位说说，如果明天再往东走走，怎么样？”于待昌说：“上面给咱们团的命令就是到这马当镇，再往东走，这会不会是擅自行动？”王玉生说：“是呀，再走，那就是进入安徽，进入蒋总司令的地盘，很危险的。”三标说：“我知道这是违犯军纪，是危险的，但是，我觉得值得试试。是这样，咱们团往东走五十里，在香隅镇一带潜伏，一旦开战，咱们能从他们后面来一个突然袭击，马上改变赣皖边境敌我态势，咱们也就争得头功。”

于待昌希望尽快与蒋介石开战，说道：“我觉得团长这个想法值得试试，这样在下一步的战斗中，咱们能更为主动，能出其不意，以少胜多。”王玉生则劝说：“这是违背军令，捅娄子，如果惹恼了宁汉双方的高层长官，麻烦就大了可能丢了性命。我不同意，这太冒险。”

三标认为：“这是冒险，但是，如果成功了，这讨伐蒋总司令的头功肯定是咱们团的，我觉得值得。”王玉生说：“你这是赌博，如果赌赢了咱们得头功，但是，如果赌输了，你想过吗？你将承担什么责任？将面临什么样的处理？”三标说：“当兵本来就是玩命的事，处理就处理，也没什么了不起的。”三标这么说，是他心里已经定了。

第二天，三标命令王玉生带他们营的一个连，越过赣皖边境去香隅镇，让王玉生和自己统一口径，对外都说这是去做秘密侦察，不算部队东进，这样，即使被上面知道了，也不算三标擅自行动，不属于违抗军令。而实际上，这是独立2团进入安徽的第一步。让这个连去侦察，了解这一片蒋介石部队的驻防情况，如果对面没有部队，就过去一个营，再过去一个营，直至把独立2团全拉过去。王玉生觉得这风险很大，但还是执行命令，带部队出发了。于待昌相反，觉得三标这么安排非常机智，既达到目的，又避免风险，可进可退，游刃有余。

可是，出问题了。王玉生他们那个连到香隅镇，没发现敌军，这样就又过去一个营，没想，这个营刚到香隅镇，就碰上李宗仁第7军一支部队，这李宗仁是站在蒋介石那边的，李宗仁的部队很快把这个营包围，全营都被缴械做了俘虏。

之前王玉生说的一句话是对的，就是这如果惹恼宁汉高层长官，麻烦就大了。蒋介石马上让手下把这事通报汪精卫，并质问这是不是代表武汉向南京宣战？这时宁汉关系那根弦已经绷得不能再紧了，很可能一个擦枪走火，就引发一场大战。武汉方面非常重视，火速命令朱培德彻查此事，向武汉报告。

很快，三标作为擅自行动，干扰武汉方面大政，破坏党内和政府内部团结的罪魁祸首，在马当镇被军部来人逮捕。在三标被带出团部时，杨钊请办案人员让他跟三标说句话，办案人员同意，杨钊走到戴手铐的三标身边，用冷冰冰的口气问道："团长，我有个问题一直想不明白，可以问吗？"三标看出来这是来者不善，但是仍然淡定地说："说吧。"杨钊说："你违抗军令这么干，说明你特别仇视蒋总司令，我问一句，你为什么这么仇视蒋总司令？为什么？"

三标很淡定地说："因为他破坏国共合作，违背先总理的遗愿。"杨钊说："共产党搞的那套是错的，什么目前中国社会最大的矛盾是剥削阶级与被剥削阶级的矛盾，完全是胡说八道。共产党到处搞工会农会，危害社会，危害民众，老百姓被搞得民不聊生，生灵涂炭。团长，我告诉你，蒋总司令反对这么干是正确的。"三标说："杨钊，工农运动是出现一些过激的问题，但是这是可以纠正的，这个方向是正确的，而蒋总司令反对与共产党合作，甚至对共产党人举起屠刀，这是错的，他是千古罪人。"杨钊听这么说，用鼻子哼一声，咬牙切齿地说："既然如此，从今往后，你我再见面，就用枪说话吧。"说完，转身走了。三标被带走，到长江边，直接乘小火轮押送武汉。

第8节

三标被押走后，王玉生和那一个营被放回马当镇，独立2团离开马当镇返回九江，两天后到达原来驻地。于待昌刚在团部坐下，陈文汉走进来。陈文汉这段时间一直待在九江，对马当镇事件的细节不清楚，这会来找于待昌了解一下。于待昌让陈文汉坐下，把这个事说了一遍，陈文汉说："刘长生这个人太鲁莽了，怎么能这么干呢？这次被押送武汉，不知道是个什么结果，如果因此被判刑，你看值得不值得？"于待昌没说话，当时他是赞成三标这么干的，现在能说什么呢？陈文汉说："这次他去武汉，是凶多吉少，武汉这边高喊声讨蒋中正，可是，没有一点实际行动。汪主席这个人外强中干，每到关键时刻就软蛋。那些苏联顾问也不行，也是马上就软蛋。你看看，人家都在南京另立国府了，他们干什么了？就是发几个通电，什么都不敢干。"于待昌说："是不是汪主席害怕打不过他们？"

陈文汉说："是的，我看根子上就是害怕打不过他们。明明汪主席这里有这么多部队可以用，明明听命他的兵力远远超过蒋的兵力，可是他就是不敢来硬的，不敢刀对刀枪对枪地干，就怕刺激了南京方面，干什么事都小心翼翼，胆战心惊的。"于待昌说："这么说，刘团长这次被押送武汉，可能回不来了？"陈文汉说："是的，本来他派出一个营潜入安徽地界，这事算不上什么，但是，你看汪主席这个样子，吓坏了，我担心刘长生要成为避免事态扩大的牺牲品。"于待昌说："是吗？这么严重？那怎么办？能有什么办法救他？"陈文汉说："很难办，很难办。"

这时，师部执法队的军官进来，问于待昌："我们是独立师师部执法队的，你是于待昌吗？"于待昌说："我是，有什么事？"执法队的军官说："我们奉命逮捕你。"陈文汉说："我是独立师政治部主任，我说，这是怎么回事？他们独立2团的事，不是已经处理他们团长了吗？怎么还抓他们党代表？"执法队的军官说："报告长官，对不起，其他情况我不知道，我只是来执行命令。"没办法，陈文汉知道这事阻止不了，不再说话。执法队的军官让手下把于待昌带出门。陈文汉问道："上面还让你们抓谁？"执法队的军官说："还有他们团的王玉生营长。"陈文汉意外地问道："还抓他？抓到了吗？"执法队的军官说："抓到了，在门口。"陈文汉到门口，见路边站着王玉生，他被反剪双手，身上是五花大绑。王玉生看见陈文汉了，微微一笑，脸上并无恐惧之色。一些军人来围观，陈文汉见人群里有关公脸、杨钊和崔大嘴。

第十八章

第1节

在武汉关押的三标没被放回来，在军部关押的于待昌和王玉生也还在关押。这让陈文汉很放心不下。最近，陈文汉在报纸上看到，朱培德军长代表武汉方面在九江湖口迎接南京代表李宗仁军长，宁汉双方进行正式会谈，最后达成协议，继续北伐，北伐胜利后双方再坐下来处理分歧。

接着，武汉方面对国民革命军进行改编，组建几个方面军，第5方面军在原第3军基础上组建，朱培德任总指挥，下辖第3、第9两个军，王钧和金汉鼎分别为军长。到此，朱培德部得到了较大的扩充，由北伐初期的一万六千余人骤增至六万余人。

宁汉双方关系缓和，陈文汉去方面军司令部找朱总指挥的秘书，请他给朱总指挥送个信，信的内容就是请朱总指挥跟武汉说说，把刘长生放了。陈文汉还特别说一句，这个人就是中山舰事件时闯进广州城的那个团长。

过了几天，秘书回复陈文汉，朱总指挥还记得这个事，对刘长生这个人印象也不错，但是朱总指挥说这事太敏感，暂时不好说话，让再等等。听到这话，陈文汉很是泄气，总指挥这么说，还能怎么办呢？没办法了，只有放下。

过了一段时间，陈文汉想到一招，再次请秘书给朱总指挥带话，请总指挥给李宗仁军长去个信函，说当时那个部队误入安徽，纯属误会，现在宁汉继续北伐，烦请李军长给武汉方面去个信，把关在武汉那个团长放回来算了。

请托是办了，但是陈文汉并没抱太大希望，因为这要朱总指挥写信，还有李宗仁写信，实在过于麻烦，估计办不成。没想到，李宗仁很给朱总指挥面子，真给武汉方面发了个信函，三标被放回来了。接着，关在第 3 军的于待昌和王玉生也被放了。并且，上面下令恢复三标、于待昌和王玉生原来的职务，这样，这场风波算是过去了，三标又逃过一劫。

第 2 节

此时，宁汉关系缓和，但是武汉方面却出了新问题，军队中出现要求反共清党的声音，尤其是中层军官，很不稳定，反共情绪渐强。就在这样的背景下，国民革命军独立 14 师师长夏斗寅，发动“五一七”事变，宣布反共，企图推翻武汉国民政府，被叶挺等部击溃，逃到安徽。几天后，何键 35 军 33 团团长许克祥，在长沙发动“马日事变”，袭击湖南省党部，省、市总工会，农民自卫军总部等机关，夺取工人纠察队、农民自卫军的枪支，放走了关押在监狱里的土豪劣绅。鉴于此，武汉国民党中央作出“战略退却”的决定，转向反共，开始公开限制和压迫工农运动。眼见武汉转向，朱培德和第 3 军也改变态度，开始转向。

由于近期形势极为复杂，三标他们独立 2 团被调到南昌城内驻扎，加强南昌城的军队力量。这天，三标在团部，陈文汉的卫兵送来一个纸条，上面写道：“请到总指挥部门口，他们要被送走了。”这之前，陈文汉已经担任第 3 军政治部副主任，看上去这是说个很严重的事。可是到底是什么事？是什么意思？没头没脑的，他们是谁？为什么要被送走？三标问卫兵，卫兵说陈副主任只让他送纸条，不知道是怎么回事。三标让这个兵走了，马上派人去把王玉生叫来，说了这个纸条的情况，问王玉生怎么看，王玉生也是丈二金刚——摸不到头脑。王玉生说：“还分析什么？咱们去看看，不就什么都明白了吗？”

两个人赶去省政府，方面军总指挥部就设在里面，快到门口，见所有道路都戒严了，戒严的士兵都是总指挥部警卫团的，所有人不得通过。看这个样子，可能发生了什么事，但是，向两边街道望去，没有行人，空空荡荡的。三标对王玉生说：“这是什么情况？是出什么事了？”王玉生说：“估计很快就明白了。”

话音刚落，大门内就传来汽车声，很快六辆卡车出来。王玉生说：“团长，你看，车上好像是咱们第5方面军的政治工作人员，就是那些共产党。”三标看看，果然是那些党代表。这些人在车上站得很整齐，有几十人。这时，有一些穿便装的人赶到大门口，他们打开横幅标语，上面写“共产党赶快离赣”“江西人民不欢迎共产党”，这些人一边喊口号，一边向大门口挤，堵住道路，卡车被迫停下来，很快人数越来越多，乱哄哄的。

在三标身后的街道，也有人打出标语“礼送共产党出境”“热烈欢送共产党离赣”“第5方面军感谢共产党”。车上的党代表看上去不像是被欢送，反倒是有点像是被押送。不过，这些人并没低头，他们在车上互相手臂挽着手臂，挺起胸膛，用冷峻的目光看着路边的这一切。三标看见于待昌的身影，他也在车上。三标知道于待昌今天去总指挥部开会，没想到他被送走。警卫团的士兵驱赶围观人群，卡车继续前行，车上一人举起拳头高喊：“打倒蒋介石反动派！”“国共合作万岁！”“工农大众万岁！”“共产党万岁！”路边也有人跟着高声呼喊。卡车越过人群，向城外开去，很快被房屋挡住看不见了。三标把目光从卡车收回来，转身看这些乱哄哄的人群，突然看见其中的关公脸，关公脸是一副胜利者的样子，得意洋洋的。关公脸旁边是杨钊，杨钊在高声咒骂，声音中充满愤怒。杨钊身边是崔大嘴，崔大嘴朝卡车吐出一口浓痰。

第3节

晚上，路边的一个两层楼小院子，堂屋里只有三标和陈文汉，这是三标临时租的房子。卫兵四毛驴被赶到外面的屋子，堂屋很安静。陈文汉说：“我刚刚听说这个消息，就给你送去这个条子。”三标问道：“这是怎么回事？怎么这么突然？”陈文汉把这个情况说了一下。今天，朱总指挥突然召集第5方面军在南昌的所有政治工作人员到总指挥部开会，人们到了，才发现这个全场已被警卫团士兵包围，所有人只能进不能出。朱总指挥未露面，由第3军军长王钧传达朱总指挥的话，王钧说：“现在江西军队中的武装同志和做政治工作的几位人员发生了一点意见，请他们暂时离开江西，以免引起不好的结果。”这话引发不满，会场一时混乱。王钧又说：“诸位，安静安静，不要误会，朱总指挥的意思，只是让个别几个人离开，并不是涉及大家。”有一个党代表说：“要走大家走，要留大家留。”这个话得到众多人的拥护，这样，要么一个不走，要么全部走，双方形成僵局。最后，王均去请示以后说，朱总指挥同意你们全部离赣，并说，将用卡车送往武汉，每人发给三个月伙食及差旅费。这样，南昌的这些共产党人上了卡车。后来，在九江等地军中的共产党人也离开，共计一百四十二人。

这些共产党人刚走，朱培德下令南昌所有的工会农会停止活动。并派南昌卫戍司令部的部队配合宪兵在全市广布岗哨，断绝交通，包围省总工会、省农会，缴去两会所属一切武装，查封市党部、学生会、农民协会、《贯彻日报》《民国日报》等处，将所有工作人员“单身逐出”，随后，又将在省、市党部工作的方志敏等共产党人和国民党左派二十二人强行遣送出境。

几天后，三标在办公室，陈文汉急匆匆走进来，说道：“刘长生，你在呀。太好了！”三标见陈文汉这个样子，有点意外，说道：“你这是有什么事吗？”陈文汉看看三标身边的四毛驴，三标明白了，示意四毛驴出去一下，让陈文汉坐下慢慢说。陈文汉说：“是这样，出了点事。”三标问道：“什么事？要紧吗？”陈文汉说：“我的共产党员身份暴露了。”三标听这么说，很意外地问道：“你加入了共产党？什么时候的事？”陈文汉说：“四一二事变，让我看透了蒋介石，这个人就是一个彻头彻尾的反动派，我要跟他斗争到底。就在那时，我加入的。”三标有点明白，说道：“原来是这样。”陈文汉说：“现在外面在搜捕共产党员，我要离开南昌，出去躲躲。”三标说：“你怎么知道自己暴露了？有人告诉你？”陈文汉说：“是的，组织上告诉我，咱们方面军对我的秘密调查已经结束，只是我是老滇军老第3军的，朱培德没让他们动我。但是，形势继续恶化，朱培德转向会更厉害，他们很快就会动我，组织上通知我马上撤离。”

三标听了，觉得这事来得太突然，问道：“是吗？非要走吗？”陈文汉说：“现在形势很紧张，南昌街头出现了‘打倒共产党，欢迎蒋总司令’等标语，你知道吗？”三标说：“我听说了，南昌是变化很大。”陈文汉说：“还有，朱培德将程天放从看守所放出来了，这说明朱培德是彻底转向南京了，彻底投靠蒋了。”

这程天放是什么人？为什么释放他说明情况这么严重呢？程天放是AB团首要分子，是在今年4月2日南昌的学生、工人和市民举行“反对右派的全市大行动”中被第3军抓捕的。当时，为了打击蒋介石在江西的势力，有关部门判决程天放死刑，判决后，蒋介石得此消息，特给朱培德电报，要求朱培德不得执行死刑，并要求确保其安全。为了不与蒋介石撕破脸，朱培德只有下令暂缓执行死刑。现在释放这个程天放，说明朱培德彻底倒向蒋介石了。

陈文汉说：“组织上要我离开南昌，说再不走，就要遭毒手了。我今天来，就是来跟你告别的。”三标觉得形势确实不容乐观，没有挽留，又聊了几句后，陈文汉说：“我该走了。”说完起身和三标握手，出门沿街道向前方走去。

第4节

江西形势继续恶化，朱培德组织了“清党运动委员会”并发出布告，指责共产党“背乎先总理容纳之初衷”，“未遵照国民党党纲及国民政府决议案之范围，影响所及，牵动全般”，江西出现“民众不安、社会骚动之原因，共产党实难辞咎”。这个布告传至全省后，各县土豪劣绅及反动分子应时蜂起，或纠集流氓假称民众，或勾结土匪冒充军队，纷纷捣毁农会工会团体，屠杀工友农友。

这天，王玉生带部队搜查南昌城里省农协的一个秘密站点，抓获三名共产党，王玉生到团部请示如何处置，三标说：“这还要再问我？你不知道怎么办？行了，去做个登记，然后把人直接送军部就行了。”三标对这么大肆搜捕共产党是有不同看法的，行动消极。很多部队抓获共产党要审讯一下，查清身份并设法再挖点线索多抓几个，而他呢，这些事能不干就不干，干也就是糊弄一下。王玉生提醒道：“团长，咱们就不审了？上面知道了会不会不太好？”三标说：“行，那你们就问两句，做个口供，然后把人送走。”王玉生不再发问，也不审了，做个登记，派两个兵押送他们去军部。

可是，在路上却出了问题，这三人突然抢夺押送士兵枪支，双方厮打起来，结果这三人一个被打死，两个逃脱。本来出这个问题是不太好，毕竟是个差错，但是当时这类逃脱的事还是比较多，也算不上很大的事。三标和王玉生并没把这个事放在心上。

没有想到，几天后，军部执法队到团里把他俩拘捕，送到南昌军事监狱关押。审讯三标的军官说：“知道为什么拘捕你和王玉生吗？”三标说：“我哪知道？我还要问你呢，我什么也没干，你们不问青红皂白就把我抓到这来，这是为什么？”审讯军官说：“你什么也没干，我们不问青红皂白抓你？我告诉你，你们团是不是有两个被押送的农协分子逃脱？”三标说：“有呀，这怎么了？哪个单位没有这样的事发生，就凭这个把我抓起来？疯了吧？”军官问道：“你知道逃脱的那两个人里有谁吗？”这三标哪里知道，自然回答不上来。审讯官说：“有方志敏，你知道吗？”这方志敏是什么人？三标知道，他是江西共产党要人、中华全国农民协会临时委员会的执行委员、江西农协秘书长，是个大人物。让这样的大人物逃脱，这确实是个大麻烦。审讯军官说：“你知道吗？举报你的人说，你这是故意让方志敏逃脱，是你把他放了。”三标说：“放屁，他们脱逃时，不是我们还打死他们一个人吗？要放他，用得着打死一个人吗？”审讯官说：“人家说了，这是你跟共党分子商量好的苦肉计。”三标气愤地喊道：“胡说八道！全是放屁！”审讯官说：“你知道吗？这个事已经上报给朱总指挥，朱总指挥听了，非常恼火，让一定要严办，绝不姑息。”三标说：“不对，这个事不对。那个方志敏不是前几天就被强行送走了吗？怎么会在南昌？”审讯官说：“确实送走了，但是他不能秘密回来吗？”三标不知道该如何辩解。审讯官说：“有人说，你同情共产党，一直对清共、分共心怀不满。”三标说：“这是谁说的？这是有人陷害我。让他来跟我当面对质，他敢吗？”审讯官说：“对质？你要求对质？可以呀，我可以安排你们对质。”

第二天，三标被提审，这次审讯官带来一个人，这人是关公脸。审讯官说：“刘团长，你不是要对质吗？我把人给你请来了，这是你们独立师的关副参谋长。”关公脸说：“刘长生，能在这种地方跟你见面，我很高兴。”三标说：“原来是你举报我？关正阳，你够狠。”关公脸说：“这个事，我不是针对你刘长生，任何一个人放走方志敏，我都不会放过他。”三标说：“你凭什么说是我放的？”关公脸说：“刘长生，你还敢问我这个问题，我问你，你押送这么重要的共党分子到军部，就派了两个兵？这不是明摆着要放人家走吗？”三标辩解道：“本来派两个兵送三个人很正常，过去我们一直都这么干，都没出过差错。”关公脸说：“那是送一般共党分子，可是，送共党大人物能这样吗？你知道吗？这三个人，有两个是方志敏的警卫，他俩是拼死要保护方志敏的。”三标不服气地说：“我哪里知道谁是方志敏？”关公脸说：“不知道就有理了？你以为不知者不问罪？可能吗？你也是个老兵，从洪宪之战到现在，干了十几年，还是团长，对抓获的共党分子必须认真审讯，弄清身份，这是基本要求，你不知道？”三标泄气了，知道再说什么也没用了。

第二天，上面的命令下来了，释放三标和王玉生，处理办法是三标被停职反省，关公脸接替他的职务，由独立师副参谋长兼任独立2团团长。王玉生被免去营长职务，降为连长。崔大嘴接替王玉生独立2团2营营长职务。

第5节

当天晚上，三标和王玉生去酒馆喝酒解闷，到9点多才到家。三标心里实在憋屈，自己也太倒霉了，逃走的人中居然有这么重要的共党。当然，在酒馆里，三标就跟王玉生说过：“这是不是诬陷呀？关公脸说逃走的人中有方志敏，他怎么知道的？消息从哪里来的？难道他在共党分子里有人？”王玉生说：“算了，这事没地方说理去，现在上面是宁可错抓错办，不可丝毫遗漏。关公脸是充分掌握眼下的政策，才下手的。”确实如此，三标知道就是关公脸诬告，自己也没任何办法，只好忍着受着。

喝了酒，心里好受一点，他心想，人生就是这样，起起伏伏，没什么了不起的，什么官位呀，钱财呀，都是过眼云烟，都是生不带来死不带走之物，大丈夫就是要能屈能伸，想那么多干什么？很快，三标心里轻松下来，在家里洗脸时还哼起弥渡山歌。这天，卫兵四毛驴去看老乡了，不回来住。

突然，有人敲门，三标心想是谁来了，听敲门的声音很轻，不像是那些传令兵所为，好像很担心这动静被别人听到。很奇怪。他去看门，没想到门外是陈文汉，陈文汉没穿军服，是老百姓的打扮。三标心想，陈文汉不是几天前就离开南昌了吗？还没等三标发问，陈文汉飞快推门进来，又马上转身把门关上。三标问道：“你这是怎么回事？没离开南昌？”陈文汉说：“没有，我手上还有点事要办，离开部队后，我就躲在城里。”三标说：“那现在是？”陈文汉说：“我被你们独立 2 团的人发现了，现在在全城搜捕我。”三标说：“我们独立 2 团？谁呀？”陈文汉说：“是的，就是崔大嘴他们。不行，我现在逃出城已不可能，只有在城里找地方躲躲。怎么样，我躲你这里行吗？”三标毫不犹豫地说：“行呀，当然行了，咱俩是什么关系？”陈文汉说：“估计很快会到你这搜查，如果你不交出我，又被他们搜出来，你是要招惹麻烦的，你想好。”三标很肯定地说：“我想好，招惹麻烦就招惹麻烦，我不怪你。”陈文汉说：“好，万一出事，你就当为我党做贡献，我党今后会感谢你。”三标说：“国共合作，原来是一家，现在变成你党我党的，还搞得有你无我，不同戴天，你死我活的，真是没想到。行，平时没机会为你们党做点事，现在补偿，我心甘情愿。”

这时，外面有叫喊声，好像搜查的人过来了。陈文汉说：“好像他们过来了，我躲哪里？”三标说：“你就到厨房吧。”说着，三标带陈文汉到厨房，里面有个柜子。陈文汉说：“好，我就躲这。”

这时，有人敲门，敲得很重，三标示意陈文汉躲进去，自己去开门，一开门，见是一群举着火把的士兵，三标大声质问道：“你们干什么？要拆我这房子呀？”一个当兵的说：“刘团长，对不起，我们是来搜查共党分子陈文汉。”三标说：“搜查陈文汉到我家干什么？你们吃多了没事干？”当兵的说：“陈文汉刚才跑到这里就消失了，估计他是躲到这一片人的家里了。”三标说：“这一片这么多人家，你们就来我家？你们是哪个部队的？”当兵的说：“我们是独立 2 团的。”三标说：“独立 2 团的？妈的，你们还是我的兵嘛，下午还是你们团长。你们不认识我？”当兵的说：“认识。”

这时，人群后有人高声说：“现在你已不是团长了，我们团长是关长官。刘长生，我说得对吗？”三标听着声音很熟，看过去，见是崔大嘴。崔大嘴走上前来说：“对不起，刘长生，我们是来搜查共党分子，冒犯了。”三标说：“崔大嘴，刘长生的名字是你叫的吗？老子现在是停职，不是撤职，还是团级军官，是你的长官。对长官如此无礼，你吃了熊心豹子胆了？我告诉你，要恢复老子的团长职务，我干的第一件事就是撤了你的营长职务，你信不信？”崔大嘴不慌不忙地说：“那是肯定的，我今天没冒犯你，你也同样会这么干，是不是？我在你手下这么多年，你何时提拔过我？何时重用过我？你不仅不提拔我，恐怕还天天盼我死，是不是？只是对不起，我命大福大造化大，就是死不了，是不是？”说完哈哈大笑。三标说：“大嘴，你别高兴得太早，将来看我怎么收拾你。”崔大嘴说：“收拾我？恐怕没机会了。现在的形势你还没看清楚了，像你这种同情共党分子，甚至帮助共党分子的人，好日子到头了。你以为还是像原来那样，你还能咸鱼翻身？你做梦吧，根本不可能了，国民党肯定是跟共产党干到底，彻底把他们消灭掉。你完蛋了！”三标听这话，气得够呛，说道：“崔大嘴，你小子太猖狂了！我告诉你，国民党里不是每个人都像你这样愚蠢，还有很多人要求坚持走先总理定下的国共合作的道路，国共合作是正道，国共合作中国才有前途。”崔大嘴打断三标的话，说道：“刘长生，干吗呢？给我们上政治课？别废话，让开，我们要进去搜查。”三标气愤地说：“老子要不让呢？”崔大嘴说：“不让？我们就把你拿下。”三标说：“拿下？你来，你来呀。”崔大嘴没有动，他有点犹豫，毕竟三标是他的老长官，老话说的虎死虎威在，他害怕三标炸了不好收拾。另外，三标是今天停职，正是怨气冲天的时候，自己要是硬来，会不会撞他枪口上？

“什么情况？为什么不进去搜？”说着，过来一队军人，为首的一个军官吆喝着，崔大嘴他们闪开一条道，这个军官走到三标面前说道：“原来是刘团长呀，失敬失敬。”三标看对方的军衔就是一个营级军官说：“你是谁？”军官身边的士兵说：“这是我们总指挥部警备团的罗营长。”罗营长问崔大嘴：“崔营长，是什么情况？刘团长不让进去搜查？”崔大嘴说：“是的，是的，有点小误会。”罗营长说：“什么误会？我知道他原来是你的老团长。”说完他转身对三标说：“刘团长，我们是奉朱总指挥的命令搜查陈文汉，请你配合。”三标说：“配合什么？搜查陈文汉到我这干什么？你们去他家搜呀。”罗营长说：“我们有权到任何人家搜查，你必须配合。我说，不让到你家搜查，你知道这么做的后果吗？”三标说：“不用废话，我告诉你，我家里没有陈文汉。”罗营长说：“刘团长，我希望你清醒一点。你知道吗？如果你现在让开，搜出陈文汉与你无关，你顶多是个知情不报。但是，你不让开，搜到陈文汉你就是同案犯，就是共产党。知道这个利害关系吗？你好好掂量掂量。”三标说：“你不用吓唬我，我打这么多年的仗，什么没见过，还怕你这个？”罗营长咬着后槽牙说：“我不跟你废话，请你让开，否则我就不客气了。”三标说：“凭什么让开？你敢怎么样？”这时，三标心里很紧张，他知道这些人一进来就完了，陈文汉肯定会被他们发现。听三标这么说，罗营长也不再啰唆，把头一摆，几个兵上去把三标推开，三标大叫：“罗营长，你们警备团有什么了不起？我告诉你，别说你个小小营长，就是朱总指挥来，我也不怕。”尽管三标一再挣扎，还是被人推到一边，罗营长挥挥手，他手下的兵拥进门搜查。三标想，完了，彻底完了，这一下陈文汉完了，自己也完了。

过了一会，搜查的兵陆续出来，对罗营长说：“没有，不在里面。”崔大嘴说：“怎么可能没有？我的手下明明看到陈文汉跑到这个门附近就消失了。”罗营长说：“再搜，我就不信搜不出来。”说完带人进院子，崔大嘴也跟进去。三标心想，怎么没搜到呢？难道他们没打开厨房的柜子？这么明显个柜子，不应该不打开搜一下。过了一会，罗营长出来说：“刘团长，对不起，你家里确实没有陈文汉，抱歉抱歉，今天真是太失礼。”又对手下说：“你们还这么拦着刘团长干吗？这是长官的家，让人家回去。”崔大嘴也说：“就是，我们这也是奉命行事，请刘团长多多包涵。”三标这时有底气了，他知道陈文汉躲过去了，就不客气地说：“大嘴，奉命行事？你奉谁的命？谁命令到我家搜查的？谁命令的？还有你个姓罗的，你给我记住了，老子不会放过你，你俩都给我等着。”由于没搜出人，罗营长软下来，说道："刘团长，别生气，今天真是冒犯了，对不起，真的对不起。我这不是针对你，其实我早听说过你的大名，一直非常仰慕，非常崇敬，今天情况特殊，我一着急就……做得实在不当。"又说几句道歉话，罗营长和崔大嘴带人走了。

第6节

三标反身回到院子，把门插上，三步并作两步到厨房，见柜子门大敞着，里面没有陈文汉。三标心想，他人呢？这是怎么回事？难道插翅飞走了？三标又到其他屋子，全部看一遍，陈文汉确实不在。三标糊涂了，这到底是怎么回事？这时，三标听到屋顶上有窸窸窣窣声音，很快，他见一条腿从屋檐伸到院墙上，又是一条腿，很快整个人出现在院墙上，这是陈文汉。

三标把陈文汉接下来，问道："我说他们怎么没找到你，你是怎么想的？怎么躲到屋顶上了？"陈文汉说："我听你阻拦他们，知道肯定拦不住，很快会进来，而他们进来，那个柜子根本藏不住我，所以我想不如上墙，翻出去逃走。"三标说："是呀，这个办法不错，那你怎么没走呢？"陈文汉说："可是，我上屋顶一看，这一片全是来搜查的兵，根本出不去。我想，算了，我就躲这里，等搜查的人撤走再说，就这样，等院子里搜查的人走了我就下来了。"三标长长吐了口气，说："谢天谢地，总算躲过这些狗日的。"

两个人在堂屋坐下，陈文汉说："下一步怎么办呢？你考虑了没有？"三标问道："什么下一步？"陈文汉说："我在屋顶上看他们把这一片都封了，估计天亮后他们会进行二次搜查。"三标说："他们查过一次，不会再查第二次吧？"陈文汉说："难说，他们是一定要抓到我。"三标说："你是不是一个很重要的人物？带着什么重要任务吧？"陈文汉说："这个你别问了，你知道得越少越好，我不想给你带来更大的麻烦。"三标说："我不怕麻烦，我想知道帮你一把到底帮了多大的忙，没事，你说。”

陈文汉说：“我负责组织领导咱们方面军里的滇军共产党员。”三标听这么说，马上明白了，陈文汉在共产党内的职务不低，说道：“好，我一定让你逃出去，一定做到。”陈文汉说：“谢谢你，真心谢谢你。”三标说：“不过，现在不能出去，我认为他们很可能在我家门口放了暗哨，尽管他们没搜到，但是，不会放弃对我的怀疑，所以，现在绝对不能出去。”陈文汉说：“那怎么办？天亮了就不好办了。”三标说：“咱们都想想，再想想，我觉得一定有办法。”两个人说着，探讨几个办法，都觉得不行，这是已经是深夜，陈文汉都有点疲劳了。

突然，三标说：“你看这个办法行不行？不错，我觉得行，肯定行。”陈文汉说：“你说，什么办法？”三标说了一个办法，陈文汉听了说：“可是，我是走了，他们肯定会揪住你，不行，要连累你的。”三标说：“没事，只要他们没抓住你，处理我这个停职的人，还能往哪处理？再说，就是再往狠了处理，又能如何？我又不是没被处理过。好了，没事，你就不用为我担心了。”陈文汉还是不干，两人又争执一番，最后三标说：“你离开后能做很多事，你知道，你做的事比我做的有意义，别争了。”听这么说，陈文汉不再说话了。

第十九章

第1节

李津兰跟邓明雄的婚礼结束后，李祖殷和庾美菊就动身回阿迷，在云南府车站的站台上，李祖殷和庾美菊嘱咐李津兰给过去的婆婆蔡月娥去封信，把结婚的事告诉人家一下，说这样好点，有始有终。李津兰拿出一包银元给母亲庾美菊，说这是自己的薪水，家里榨油坊生意不好，拿这钱回去用，母亲坚决不要，李祖殷说："我们有钱，够花了。另外，你不知道，你大哥、三哥给我们寄的那些钱，我们都用不上，我跟你妈帮他们存着呢。"李津兰不再坚持。李祖殷说："你两个哥哥寄来的钱现在成了我们的负担了，现在物价这么一直涨，不知道将来这钱会不会不值钱。前段时间，我跟你妈商量，不行我就去乡下买几亩田地，不管怎么闹，田地总不会不值钱，是不是？你看，田地能保住本钱，平时还能收个租子，挺好的。"李津兰觉得这个办法不错，只是田地好坏差别挺大，让他们多看看，多问问懂行的，别着急签地契。这样，李祖殷夫妇回阿迷了。

父母刚走，欧阳红到家里找李津兰，含蓄地表达了让邓团长帮她家小马跟胡主席说说，往上提提的意思。她是在婚礼上看邓明雄跟胡若愚长官关系这么好，觉得邓明雄帮说说一定顶用，说小马在省实业司干了十多年了，一直兢兢业业，平时连假都不敢请，可一直得不到提拔，还是个小办事员，也挺不容易的。李津兰觉得小马确实是个不错的人，答应下来，回去就跟邓明雄说了，邓明雄没有推脱。几天后，欧阳红来告诉李津兰小马被提升为科长，说自己一定要表示一下。李津兰说表示什么，咱们这么好的朋友，说表示就见外了。

时间过去半个月，这天中午，李津兰和唐芸芸在自己办公室吃饭，欧阳红和小马来了，两人神态都很焦急，李津兰见状，让唐芸芸回避一下，问欧阳红出什么事了。欧阳红说："有人见到那个杜生贵了……"李津兰听了，猛地站起来说："什么？见到杜生贵了，在哪里？"欧阳红说："小马，你说说情况。"小马说："是这样，刚才我同事老余找我，说他的朋友孙老板告诉他，那个杜得福要来昆明，过两天到。"

李津兰紧张地说："具体哪天到？住哪里？上哪里能见到他？"小马说："孙老板说，杜得福到昆明会去他的店铺找他，他会请杜得福吃饭，到时可以跟他见面。"李津兰说："这次绝对不能让他再跑了，我去跟邓明雄说，一定把他扣下来。"欧阳红说："这会不会违法？"李津兰说："他是逃兵嫌犯，抓他不违法。"欧阳红说："行，先扣下再说。"

欧阳红和小马走后，李津兰回到家里，等邓明雄回来。见邓明雄进家，李津兰对他说了杜生贵的事，说这个人就是那一万借款单上签名的那个人，并把自己二哥的事原原本本说了一遍。说二哥肯定是被人害死的，这些年自己和三哥、大哥都在查这个事的真相，从现在的很多情况看，这个杜生贵很可能跟二哥被害案有关。邓明雄听明白了，感觉这个人很重要，当即说可以去抓。这样，李津兰与邓明雄说好，有了杜生贵的位置和时间，就告诉邓明雄，邓明雄马上派两个兵把他抓起来。

第2节

事情很顺利，几天后杜生贵到昆明了，李津兰把信息给了邓明雄，邓明雄派两个兵很顺利地把他抓住，关押在一个旧仓库里。邓明雄让一个小军官做笔录，与李津兰一起跟他谈。杜生贵长得大脑袋粗脖子，说话嗓门大，性情急躁，同时有商人的狡猾，他从邓明雄军衔看出来邓明雄是团一级的军官，有点紧张。邓明雄问了他的姓名、年龄、住址，然后让李津兰问话，李津兰问道：“杜得福，你还有个老名字，是吗？”杜生贵说：“是的，原来我叫杜生贵，后来做生意总是不顺利改了名。”李津兰问道：“你当过兵吗？”杜生贵说：“当过，怎么了？跟这事有什么关系？我当兵那都是十几年前的事了。”李津兰问道：“当时你在哪个部队？”杜生贵说：“云南陆军1师1旅2团，怎么了？这不犯法吧？”李津兰问道：“你是在2团3营6连3排吧？”杜生贵愣了一下，问道：“你怎么知道？”李津兰说：“别管我怎么知道的。我问你，当年你们部队改编成护国军开进四川，你为何没去？”杜生贵紧张地答道：“我生病了，去不了。这事你怎么知道？你是什么人？”邓明雄说：“你少废话！你要不老实，就把你吊起来！”李津兰冷冰冰地说：“你没生病，你是开小差了。”杜生贵慌乱地说：“胡说，胡说，我没开小差。”李津兰知道当年开小差的这个事现在不算什么，用眼下法律处理，处罚也很轻，说道：“不用紧张，我们不追究你开小差的事，只想知道你到底为什么不去四川。”杜生贵说：“不为什么，就是生病了——”李津兰打断他的话说：“生病？生病为什么不请假？为什么不在部队治疗？”杜生贵说：“我当时犯糊涂，我没文化，干了蠢事，后来我很后悔，我跟很多朋友说过如果我不离开部队，现在也干到营长、团长了。”李津兰说：“胡说！满口谎言！”杜生贵脖子一歪，蛮横地说：“什么胡说？本来就是这样。”

李津兰严厉地说："你一点都不糊涂，你是犯了事，不敢待在部队了。"杜生贵听到这话，有点紧张，心虚地问道："你到底是什么人？"李津兰说："我告诉你，当时你在裕滇银行借了一万元。"杜生贵很意外，问道："什么？银行借钱？我一个小兵怎么可能在银行借钱？谁会借给我？简直是天大的笑话。"那表情似乎一下子放松下来，感觉是虚惊一场。李津兰说："我们知道不是你借的，但是这和你有关系。"杜生贵轻松地说："这就和我有关系？笑话，我告诉你，跟我没有一文钱关系。"李津兰说："你认识省财政厅的常耀宗科长吗？"杜生贵说："不认识，财政厅大门朝哪边开我都不知道，怎么可能认识那的人。"李津兰说："你撒谎，你肯定认识，你还拿过这个常耀宗给你的钱。"杜生贵说："你真能讲笑话，我连这个人都不认识，怎么可能拿他的钱？"李津兰说："我们知道，常耀宗在裕滇银行借了一万元，这钱给了你。"杜生贵说："这是栽赃，我不认识这个什么常耀宗，我也没拿过什么一万元，你说的这一切跟我没关系。我跟你说，如果你是因为这个什么见鬼的一万元找我，你们是蚊子叮菩萨——找错了人。还有，我问你，你凭什么说我拿过这个常耀宗的钱？"李津兰说："很简单，常耀宗留在裕滇银行的那一万元的借条，上面写着你杜生贵的名字。"

杜生贵听这么说，轻松地说："人家爱写啥写啥，跟我没关系。"李津兰冷笑一声，说："你太天真了，真的以为没关系，如果没关系我们能找你？有这么简单吗？"杜生贵说："你爱说啥就说啥，反正事实就是这样。还有，我问你，那借据上面的手印是我按的吗？"李津兰说："不是你的手印，但是，别人把你的名字写在借条上，为什么？他怎么不写张三李四王老二？"杜生贵说："同名同姓的人多了，凭什么说那个名字就是我？"李津兰说："是的，可是，在 2 团 3 营 6 连叫这个名字的就你一个。"杜生贵问道："这两个事有什么关系？"李津兰说："我问你，你还记得你的连长的名字吗？"杜生贵愣住了。李津兰说："我告诉你，他叫李二标，他是我二哥，他死了，但是，我大哥、我三哥和我，我们兄妹三人还活着，你知道吗？这些年我们一直在找你，从来没有停止过。”

杜生贵崩溃了，如实交代了他知道的情况。当年，他们隔壁连队的关正阳连长曾经找他，让他设法除掉李二标连长，说这个李二标连长特别坏，要祸害云南老百姓，除掉这个人是为民除害，并许诺给他一笔巨款，让他这辈子都花不完。当时他答应了关正阳，可是后来一直没通知他行动，却出了老烟筒指控李二标连长枪杀自己手下士兵的事。这个老烟筒自己认识，也是个老兵，然后上面来人把李连长抓起来，然后李连长又死了。后来，云南宣布护国讨袁，部队进行改编，接着向四川开进。走到曲靖一带，关正阳跟他私下谈了一次，给了他五百大洋让他消失，说现在开小差的兵很多，尽管放心，没人会去找他，回去后改个名字，就是有人想找他也找不到。这样，他就开小差了，改了个名字，回云南来做生意，一直做到现在。李津兰问他还记得关正阳当时和上层什么人联系多？杜生贵说有一个将军公署的军官，胖胖的，姓刘，关连长叫他刘长官，河南人，那人还说自己和袁大总统是老乡，项城的，自己家距袁大总统家就几十里地。李津兰问：“刘长官？叫刘什么？刘念堂？”杜生贵说：“不知道名字，就知道叫刘长官。”李津兰认为这个刘长官很可能就是刘念堂，因为他姓刘，河南人给关公脸出钱，又在将军公署，难道将军公署还有第二个姓刘的河南人？有那么巧吗？

听了这些话，李津兰觉得这个人很可能就是刘念堂。

接着，李津兰又把这个刘念堂与大哥说的何有池的情况对比一下：他是河南项城的、袁大总统老乡、胖胖的、是将军公署的，而何有池也是河南项城的、袁大总统老乡、胖胖的、是将军公署的，李津兰心里想，从这个对比看，这个刘念堂很可能就是何有池，刘念堂只是个化名。

审问结束，李津兰让杜生贵在询问笔录上画押。走出仓库，李津兰对邓明雄说：“这个杜生贵与我二哥被害案有重大关系。他拿的五百元很可能是那一万元里面的，退一万步说，即便他不是参与者，至少他是个证人。我给三哥和大哥去信说一下这个情况，把他的口供抄两份，给他俩各寄一份。”邓明雄问道：“你说他是个证人？是什么证人？”李津兰说：“他是指证关正阳有问题的证人。一个连长为什么要给一个兵五百个大洋，当时当兵一个月薪水也就四五个大洋，关正阳为什么给这么多钱，而且，关正阳并不是他的连长，是为什么？”邓明雄说：“你说得有道理，不过，这个人怎么办？要不要送警察局？他是个开小差的兵。”李津兰说：“他开小差的事，现在不会处理很重，他又没伤害过我二哥，我觉得已经拿到他的口供，不行就把他放了吧。送个人情给他，也许哪天还要用他。”这样，邓明雄就安排人把杜生贵放了。

第3节

这段时间，裕滇银行还发生一件小事，人们都在传有人见到李津兰跟孔秀康在巡津街的远东旅馆吃西餐，还说吃饭后，两人乘坐一辆黄包车离开。这事还有很多细节，说那天李津兰打扮得特别漂亮，一看就是那种精心准备的，脸上抹了厚厚的脂粉，画了血红的嘴唇，头发盘得高高的，还有，李津兰穿着一双白色高跟鞋，那后跟只有小脚趾粗，有五厘米高。

这天，唐芸芸把董庆仁叫到一边说：“你听说关于李津兰的那些传闻吗？”董庆仁说：“听说了，怎么了？”唐芸芸说：“怎么了？这可不是个小事。现在李津兰是有夫之妇，如果这些话让她家邓团长知道了，不知道要发生什么事。”董庆仁说：“不至于吧？这些传闻太假了，根本不可信。再说，现在是民国了，男人也没那么小心眼。”唐芸芸说：“小心眼？这怎么是小心眼？”董庆仁说：“本来就是嘛，二婚的女人都能接受，这点事算什么？”唐芸芸说：“董庆仁，你真是没脑子，这跟二婚有什么关系？你是男人你不知道？男人不介意用别人用过的碗，但是介意别人把筷子伸到他碗里。”董庆仁说：“是的，从这方面说，你说得有道理，有道理。”唐芸芸说：“咱们必须要提醒李津兰，不能让她铸成大错。”董庆仁说：“你说得对。不过，这些话你们女人之间说比较好，我回避一下，你去跟李津兰说吧。”唐芸芸说：“行，我去跟她说。”

这天中午吃饭时，唐芸芸到李津兰办公室，对李津兰说：“有人说前几天你跟孔行长吃饭，有这事吗？”李津兰感到很意外，问道：“什么？我跟孔行长吃饭？哪有呀？孔行长走后，我根本没见过他。”唐芸芸相信李津兰说的是实话。又说：“可是，咱们行里很多人在传你跟孔行长在远东旅馆吃西餐。”李津兰说：“他们看走眼了吧？这段时间我都没去过远东旅馆了，怎么可能在那吃饭？”唐芸芸说：“可是，他们传得有鼻子有眼的，说你盘了头发，抹了脂粉，涂了口红，穿着一双跟特别细的高跟鞋……”李津兰笑起来说：“怎么可能？你见过我这个打扮吗？简直是俗不可耐，谁说的？太可笑了！”唐芸芸说：“是特别可笑，不过，你可要小心一点，这话要传到你们家那位的耳朵里，那可不得了。也许你会说没事，你家那位信任你，可是，他再信任你，第一次不信，第二次不信，听的次数多了，他能一点疑心都没有？谁都不是圣人，听多了都会有想法的。你们刚结婚，这会影响你们夫妻感情，这可不是开玩笑的。”

李津兰觉得是这么回事，如果真是这么四处瞎传，传到部队上，传到邓明雄耳朵里，真是要搞出事的。李津兰严肃地问：“这是谁说的？你说，你是听谁说的？”唐芸芸说：“我是听一个同事说的，但是这个同事肯定是听那个柳二娘说的。”李津兰想，柳貂蝉，看来你是不弄死我不罢休呀。

第4节

这天，李津兰收到小马转来的一封信，拆开一看，是杜生贵写的。杜生贵说非常感谢放了自己，并通过你们抓我这个事，知道了李连长的兄妹这么多年一直在查李连长被害真相，很是感动。这样，他也愿意为查清真相做点事。他觉得老烟筒是个关键人物，应该尽快找到他。这段时间他去找了一些原来的战友，问老烟筒的情况。这些人很多已经回老家，找起来不太难，很快得到一个信息，有个老兵说他近期见过老烟筒，说老烟筒不敢回老家，这些年都在河口中越边境一带生活，还提供了老烟筒的地址。杜生贵在信里写了地址，说希望对李津兰有用。李津兰看完信，觉得这是重大线索，马上把情况告诉邓明雄，请他抓人。邓明雄立刻行动，派人去到河口，在这个地址抓到了老烟筒。

把老烟筒带到昆明，李津兰和邓明雄去和他谈，老烟筒没想到时隔这么多年，李二标连长的家人还在找自己，顿时就瘫倒在地，老实招供了。说这是关公脸设的局，让他举报李二标连长枪杀士兵，给他四千五百大洋，他答应了。那天傍晚他就到了关公脸说的那片树林，果然见李连长和一个躺地上的士兵，就慌忙回去报案。李连长很快被拘捕。关公脸事前给了他两千，事后给了二千五百大洋。部队向四川开进时，关公脸让他开小差，他就离开了部队。老烟筒说他知道的就这些，至于那个老兵是谁枪杀的，他也不知道，估计是关公脸安排的。听老烟筒交代完，邓明雄让他在口供上画押。然后，李津兰让邓明雄把他送到警署，按杀人罪报案。随后，李津兰给三哥和大哥写信，说明了情况，并给他俩每人邮寄了一份老烟筒的口供抄件。

第二十章

第1节

那天晚上，陈文汉是怎么离开三标家的？是这样的：三标说，每天早上6、7点，我家门口这条街上会出现一些小贩吆喝卖菜、卖水或卖柴火，这条街上的住家要买东西，就叫他进家里，小贩把东西挑进去给人家，收了钱回到街上继续一路吆喝往下走。三标说，他的办法是，到这个时间，他叫一个身材跟陈文汉相近的小贩进来，就把小贩留下，买下挑子和衣服，让陈文汉扮成小贩出去，逃出包围圈，远走高飞。结果，成功了，陈文汉就这么逃走了，等上午搜查人员再来的时候，发现家里的街头小贩，知道狸猫换太子，陈文汉早已走远。

三标被警备团的人带去总指挥部。罗营长想绝不能轻饶三标。没想到，朱培德总指挥听说陈文汉跑了，抓回来刘长生，就什么都没说，对外挥挥手，让人把三标放了。三标都没想到能这样汗毛都没掉一根轻松过关，大喜过望，心想，朱军长还是有情有义之人，是个君子，为这个样的长官卖命，值！以后再有需要自己替他背锅顶罪的事，自己绝不含糊。

三标回到家里，见四毛驴回来了，四毛驴说："长官，听说你被带走了，我急死了，发生这么大的事，我不在长官身边，我太对不起长官了。"三标让四毛驴别胡思乱想，说跟他有屁的关系。四毛驴嘀嘀咕咕到一边去了。这时王玉生来看望三标，又问这到底是怎么回事。三标觉得这事还是不说的好，尽管王玉生是自己人，但是，还是要为陈文汉保密，这不是小事，是人家党的高度机密，能不说就不说，敷衍道："他们说我帮陈文汉逃走，哪有的事？完全是胡扯，找不到陈文汉，拿我出气。"王玉生问道："那怎么又把你放了？这也不正常呀？"三标说："朱总指挥多英明呀，这些家伙把我抓到总指挥部，让我顶罪。朱总指挥一眼就看出他们的鬼把戏，人跑了，抓个替死鬼。就让人把我放了。"王玉生说："朱总指挥真是英明。"

这个事过去了，后面的日子，三标无所事事，他不用去团部，也不用去检查下面部队情况，就这么混着。

这天，三标在街上见对面有个女人挺面熟，他仔细一看，是白金花，赶紧走进身边的小店，不想让白金花看见自己。在小店三标悄悄看过去，见白金花是和一个男人走在一起，那个男人也有点眼熟，他又仔细看了看，简直不敢相信自己的眼睛，这个男人竟然是木云山，就是在狗街子勾走白金花的那个少爷。十多年过去，他的样子基本没变。三标想不明白，木云山怎么到南昌来了？还找到白金花，难道他们这些年一直有联系？想到后面这点，三标后脊梁发冷，白金花这个女人太可怕了。三标知道，白金花在南昌搞的三迤香饭店早已开业，生意还不错。毕竟现在南昌云南人多，又没有第二家云南口味的饭店，她的云南菜饭店自然受欢迎。

三标想，木云山突然出现在南昌，不是个好事。如果他跟关公脸搅和到一起，自己的假身份就将被揭穿。尽管打伤碧鸡山哨兵的事已经过去十多年，尽管那是唐继尧政府辖区的事，并非广州革命政府辖区的事，但是，这事真的被揭开，很多人会对自己有不同看法的，会认为自己用假名字、假身份这么多年，实在有点可怕。这事最好还是没人知道的好，那么怎么办呢？三标一时间没有了主意。

第2节

三标私下调查一下，这个木云山到南昌五天了，住在鼓楼大街的一个小旅馆里，木云山的经济情况不太好，这个小旅馆的住宿费是白金花支付的。三标派四毛驴去盯住木云山，看他每天都干什么，在跟谁接触。很快，四毛驴来说，木云山大部分时间待在旅馆，好像在南昌除了白金花他不认识什么人，也没人到旅馆来找他。

这天傍晚，四毛驴来报告，说木云山在白金花的三迤香饭店跟关公脸喝酒。三标心里一惊，如果关公脸从木云山嘴里掏出什么，自己的假身份肯定暴露了。三标想，木云山知道自己的什么事？知道自己叫李三标，是阿迷县城关镇人，家里开李记古法榨油坊，不用再知道底细的，这两点就足以撕开自己的伪装，就足以让自己完蛋。

三标又想，白金花能让木云山说出这些吗？一般不会，现在毁了自己对白金花并没什么好处，白金花应该向木云山交代过，让他叫自己现在的名字，不要叫老名字。白金花不是个笨女人，她让木云山在南昌住下来，肯定要做一些安排，别让他捅娄子。

但是，三标人生经验告诉自己，不要把自己的安全寄托在别人身上，总是认为别人会为自己保密，事实上那都是错的。这个事，自己必须尽快去处理。

晚上，四毛驴说木云山回旅馆了，三标就带四毛驴去这家旅馆，三标让四毛驴去跟木云山说白金花的一个朋友想见他。很快，四毛驴把木云山带到旅馆旁边一个背静的巷子里。当木云山见到三标时，很紧张，这天晚上他喝了不少酒，走路摇摇晃晃的，可是一见到三标，顿时这酒全都吓醒了。三标问道："木少爷，怎么样？还认识我吗？"木云山说："认识，认识，李，不，刘团长。"三标问道："这些年都过得好吗？"木云山知道来者不善，哆哆嗦嗦说道："混得不好，两年前我找家里要了点钱，跟朋友到广州做生意，现在钱都赔完了，生活都没着落。我也不敢回老家，没脸见人。”三标问道：“你是怎么找到南昌来的？这些年你一直跟她有联系？”木云山说：“没有，没有，我是在广州和老乡聊天，说原来广州有家卖云南菜的三迤香饭店，做得很好，云南老乡都喜欢去，这个老板叫白金花。我一听是她，她饭店又开这么好，肯定有钱，就想找她借钱。人家都说她关了广州的店，到南昌去开店了，就到南昌，这样才找到她。”木云山怕三标多心，连忙说：“我没有其他意思，就是想找她借点钱，你也知道没本钱是无法做生意的。她借点钱给我，我就走。”三标问道：“你说，你怎么认为她会借钱给你？”木云山说：“我不知道她借不借，只是我想，我现在就认识这么一个有钱人，只有她有这个能力。还有，现在她生意做这么大，赚这么多钱，拿点小钱出来，应该不在乎。”三标说：“她答应了？”木云山说：“没有，我说了几次她都没答应。”

三标又问：“她跟你说了她和我的关系吗？”木云山谨慎地说：“她简单说了两句，说你当团长了，现在叫刘长生，让我不要说你过去的名字，还有她说你一直在九江驻扎，很少到南昌。”三标想白金花肯定从关公脸嘴里听说自己是在南昌，停职反省了，没跟木云山说实话，不过，她这么说也挺好。

三标说：“你知道我今晚为什么找你吗？”木云山说：“不知道，不过，你让我干什么都行，我都答应。”三标说：“我让你明天离开南昌，永远消失。”木云山说：“这个？我身上没钱，旅馆的住宿费都是她给交的。”三标说：“行，我给你十个大洋，你明天就消失。”木云山说：“十个大洋？不够做生意，你要帮我就帮到底，能再多拿点吗？给我拿两百个大洋，这不是白给，我是借，挣钱了一定还你。”三标说：“你还嫌少？我说木少爷，你别做生意了，你不是做生意的料，回老家吧，这点钱够路费了。”木云山说：“求求你，真的我求求你，这个样子，我回家没脸见人，不敢回去呀。”三标说：“你还蹬鼻子上脸了？别给老子讨价还价，就是十个大洋，明天消失。你要让我在南昌再看见你，我打死你。”从口袋掏出十个大洋，放到木云山手上，带四毛驴走了。

第3节

这天，三标收到妹妹回信，打开一看，是说审问杜生贵的事，信里妹妹还对情况作了分析，同时附了一份杜生贵口供。三标看了来信和口供，觉得妹妹分析得有道理，这个杜生贵与二哥被害案有重大关系，这个杜生贵拿的五百元很可能是裕滇银行那一万元里面的，同时，这个杜生贵是个重要证人，他能证明关公脸参与陷害二哥之事。三标想，铲子临终前也说了当时老烟筒与关公脸走动很多，看来关公脸肯定在里面干了不少坏事。

三标以为木云山收了十个大洋就会老老实实离开南昌，事实证明他错了。第二天木云山没走，而是换了个旅馆住。当天晚上南昌城里发生一场大火，火光冲天，照亮了半个南昌城，救火队到现场扑救，但是，火势太猛，扑救十分困难，最后，烧了半条街后，救火队终于把火扑灭。

根据救火队现场勘查，大火是从白金花的三施香饭店开始烧的，在现场发现了一些助燃物，判断这很可能是人为放火，这场大火烧死不少人，最关键的是在三施香饭店发现一男一女两具尸体，经辨认，女的是白金花，男的是木云山。消防队推测，这男人可能是纵火犯。

第二天，三标收到妹妹李津兰的信函，三标撕开信封，见里面说抓到老烟筒，说了从老烟筒嘴里得到的情况，最后是一份老烟筒口供抄件。看了这些东西，三标想，这一下，可以说二哥被害案件真相大白，现在这个口供可以证明报案人老烟筒没看见二哥枪杀那个士兵，证明老烟筒指证二哥杀人是被四千五百大洋收买后的诬陷。也就是说，二哥枪杀士兵是个阴谋，关公脸是这个阴谋的主谋。三标想，好了，熬了这么多年，终于熬到那个时刻，哪个时刻？和关公脸算总账的时刻。当即，三标给妹妹写了回信。

第二十一章

第1节

这天，李津兰在办公室，拿出大哥、三哥来信又看起来。李津兰想，现在二哥被害案可以说是搞明白了，老烟筒、关公脸、何有池、柳貂蝉、常耀宗和老先生，这几个人在案件中所扮演的角色也一一搞清楚了。李津兰不禁感慨，没有想到，查出这个真相花了十二年的时间，十二年呀，这实在太漫长。当然，尽管漫长，真相终于能够大白于天下，这也值得。真是老天有眼，老天不会放过恶人。好了，现在就找他们一个一个算账吧。

李津兰马上给父亲写信，把这些情况告诉父母，她知道父母等这个消息等得太久了，他们跟自己一样，认定儿子是被人陷害，他们了解自己的儿子，事实证明，他们是对的。现在搞清楚了真相，他们可以松口气了。

这时，李津兰已经怀孕两个多月，李津兰把自己怀孕的事也在信里跟父母说了。很快，李津兰写好信，下楼投入街边的邮筒。

第二天，李津兰刚回到办公室，欧阳红匆匆进来，李津兰问道："你怎么来了？有事吗？"欧阳红说："你听说了吗？常耀宗辞职了，据说是他嫌现在挣这个薪水难以养家，要去做生意。不过，这有点反常，他们财政司的人都说常耀宗不是个很看重生活享受的人，并且他是科级官员，薪水不算少，怎么会因薪水辞职？省政府那么多一般公职人员薪水比他少多了，他们都不还在老老实实上班吗？”

李津兰问道：“那么是什么原因？”欧阳红说：“小马说，好像常耀宗知道你们审问过老烟筒。”李津兰非常意外，问道：“这个，是真的？”欧阳红说：“是的，小马说，并且常耀宗还知道很多细节，说你们在审问中提到常耀宗，提到裕滇银行一万元借款，提到讨伐袁世凯前夕出事的李二标连长，并有一份老烟筒的口供。”李津兰吃惊地问道：“常耀宗怎么会知道这些事？”欧阳红说：“听说你家邓明雄手下一个外号叫棍子的兵，在关押老烟筒时他是守卫，他听到审问内容，觉得用这些内容可以在常耀宗那搞到钱，就开小差离开部队，去敲诈常耀宗。”

李津兰问道：“竟然有这样的事？小马是怎么知道的？”欧阳红说：“小马说是听财政司的人说的，财政司里有个人刚好认识棍子，前两天他和棍子喝酒，棍子说自己吓唬常耀宗搞到一笔钱。”李津兰说：“这么说，常耀宗是吓跑了？”欧阳红说：“是的，肯定是这么回事。”李津兰想这真是没想到。欧阳红说：“我来就是告诉你这个事。我家里还有事，我走了。”说完，急匆匆走了。李津兰想糟糕，常耀宗跑了，下一步怎么找他算账呢？

接着，李津兰发现柳貂蝉也有些反常，这几天柳貂蝉总是精神恍惚的，跟人说话时，突然停下来，好像去想其他问题。有时她会发呆，人家走进她办公室她都没察觉。有人问柳貂蝉是不是家里出什么事了，她回答说没有，家里都挺好的。吴少愚也察觉柳貂蝉状态不好，他尽量替柳貂蝉分担工作，让柳貂蝉少操心。唐芸芸跟李津兰议论过这事，说这是柳貂蝉要遭报应了，害怕了。说柳貂蝉作恶太多，肯定不会有好下场。

李津兰在走廊上跟柳貂蝉碰过一次面，过去这样的碰面，两人都是把目光移到一侧，避免触碰对方的目光，可是这次不同，柳貂蝉直视李津兰，两眼血红血红的，仿佛在燃烧，那是一种仇恨的目光。李津兰不知这是怎么回事，难道是常耀宗跟她说了什么？

第2节

唐继尧失去权力后，很不甘心，他在四镇守使之间进行一些挑拨离间，没有成功，然后，他企图逃往滇西。这时，他弟弟唐继虞在腾越一带收拢一批人马，打算到那里东山再起。可是，唐继尧刚刚逃出，又被龙云发觉追回，于是，他“忧懑吐血”“偃卧月余”，于1927年5月23日不治身死。这样，唐继尧时代就彻底结束了。

几天后，李津兰下班回到家，刚刚把手上的东西放下，邓明雄就气呼呼地进来了，李津兰见邓明雄这么早回家，感觉有点奇怪，问道：“今天回来这么早，怎么回事？团里没事了？”邓明雄说：“不是，心里不舒服，就想早点回来。”李津兰问道：“什么事让心里不舒服？你平时从来不说这话。”邓明雄说：“我顶撞了胡主席。”李津兰很意外，问道：“顶撞胡主席？为什么？你胆子也太大了吧，胡主席现在不仅是你们部队的最高长官，还是云南省务委员会主席，你居然敢顶撞，你不想干了？”邓明雄说：“什么不想干？我是生气。”

李津兰问道：“生什么气？为什么？”邓明雄说：“生胡主席的气。你不知道，现在龙云越来越不像话，跟胡主席的矛盾越来越激烈，很多事，胡主席说这样办，他说那样办，根本不把胡主席放眼里。”李津兰说：“是工作上的分歧？这不是大问题。”邓明雄说：“什么工作上的分析？根本不是那回事，这事的核心是龙云不服胡主席，要跟胡主席争权。这龙云也不看看，他是什么资历？就是一个拳师出身，做了唐继尧的侍卫，顾品珍篡权时，他只是唐继尧佽飞军大队的大队长，到蒙自才被唐继尧任命为近卫团团长。胡主席呢？云南陆军小学堂毕业，参加过重九起义，又读云南讲武堂，毕业后留校任中队长，洪宪战争时就是团长，在川滇战争时就是旅长。龙云比胡主席的资历差远了。”李津兰说：“是的，他俩不同，龙云是唐继尧的禁军统领，胡主席是作战部队的老长官。”

邓明雄说："今天省里分配一批新采购的武器，胡主席作了指示，可是龙云不同意，觉得自己部队得到的少，来找胡主席，要求多分，话还说得很过分。胡主席见龙云这个样子，就给龙云做调整，多分配了一些。当时我在场，等龙云走后，我劝胡主席别惯着龙云，不能让步，如果这次让步，下次他会要的更多。本来我这是为胡主席好，可是，你知道胡主席怎么说？"李津兰问道："怎么说？"邓明雄说："胡主席说我狗屁不懂，长了个猪脑子，就知道胡说八道。"李津兰说："胡主席这么说你？"邓明雄说："是呀，我这是为他好，可他还训斥我，真是狗咬吕洞宾不识好人心。"李津兰说："你就对胡主席说这话？你不想干了？"邓明雄说："我哪能对他说这话？这是我跟你说，才说这话。当时，我说是胡主席软弱。胡主席冲我发脾气，让我滚，我想滚就滚，就回家了。"

李津兰说："原来是这么回事。行了，你别生气了，长官骂几句就骂几句，没什么了不起的，再说，这是胡主席骂你，一般人想找胡主席骂自己，还找不到呢。"邓明雄说："你说得有一定道理，但是，我觉得胡主席对龙云太忍让了，这不行的，他应该硬气一点，龙云提那些不合理的要求，就给他顶回去，不用讲道理。"李津兰说："行了，行了，那些大长官之间的事，你就别操心了，你算老几呀？人家胡主席当时问你的意见吗？没有，你要瞎说话，胡主席能不生气吗？行了，别生气了，洗洗手，准备吃饭。"邓明雄不说话了，去吃饭。

第3节

几天过去了。这段时间，邓明雄没有回家住，说部队接到命令，军官不能离开部队。这天晚上，李津兰刚刚躺下，听到外面响起枪声，是在翠湖那一片，由于李津兰的院子在北门街，距离翠湖非常近，枪声听得非常清楚，这时枪声密集起来，好像打的规模不小。

李津兰跑到院子里，张孃孃也跑到院子里。李津兰说："好像是翠湖那边在打枪，打得这么厉害，是出什么事了？"张孃孃说："这会出什么事呀？"李津兰知道翠湖四周都是住一些大人物，法国领事馆也在那里，说道："我出去看看是怎么回事。"张孃孃说："少奶奶，你别出去，太危险！还是我去看看吧。"李津兰说："有什么好怕的？好吧，咱俩一起出去。"

两个人出门，走到巷子口。见街上已经站了不少人，议论纷纷的。李津兰和张孃孃在街边上站了很久，一直到枪声停下来。这时，有人从翠湖那边过来，说是龙云宅子在打仗。街边有人说："龙云宅子？是翠湖边那个院子吗？谁敢打他家呀？""是呀，现在是龙云他们的天下，谁敢打他家呀？""是不是唐继尧他弟弟唐三打回来了？""是吗？如果唐三打进昆明，那事情就闹大了，麻烦就大了。"李津兰听这些议论听不出个头绪，带张孃孃回家了。

夜里，邓明雄回家了。李津兰听到有人敲院门，披上衣服打开门，见邓明雄一身的泥土。问道："你怎么这个样子？你这是干什么去了？"邓明雄走进堂屋，一边扑打身上的土，一边说："去干大事了，是干捅破天的大事。"这声音很得意。李津兰跟进堂屋，问道："什么大事？今晚翠湖那边打枪，和你们有关吗？"邓明雄说："是的，就是我带人去干的。"李津兰吃惊地说："什么？你去打龙云家？你吃了豹子胆了？你不知道他是省里二号人物？"邓明雄说："我怎么不知道？打的就是这个二号人物。"李津兰说："你疯了？你不要命了？这是砍头的罪呀。"

邓明雄说："没事，别紧张，这是胡主席下令干的。是这样，龙云这家伙不听胡主席的。想把胡主席拿下，私下搞了很多活动。二六事变时，他是昆明镇守使，推翻唐继尧他的功劳是不小，但是，他这资历，想让胡主席把主席的位置让给他，这可能吗？呵呵。"李津兰问道："你们这么打，抓住龙云了？"邓明雄说："抓住了，我们把他的警卫连全干光了。是法国领事出面调停，我们才饶他一命。那个法国领事就住龙云家隔壁。"李津兰问道："那现在呢？龙云在哪里？”邓明雄说：“龙云打枪时枪炸膛，把自己的眼睛给炸瞎了。我们做了个铁笼子，把他关在里面。”李津兰说：“铁笼子？为什么？”邓明雄说：“龙云这家伙会武功，当年他在昆明街头的擂台上打败法国拳师，才被唐继尧发现，做了唐继尧的侍卫。胡主席怕屋子关不住他，让我们做个铁笼子关他。”李津兰说：“这能关住？”邓明雄说：“我还有一个连的兵看着他，他跑不了。不过，我马上要走。龙云驻北校场的那个团逃走了，胡主席派兵去追了。我还要去守着龙云。”李津兰说：“邓明雄，这可是不得了的大事，这到底行不行呀？”邓明雄说：“没事，跟着胡主席干肯定没事，你放心吧！”说完，邓明雄匆匆走了。

第4节

二十多天过去了。从那天邓明雄夜里回家告诉李津兰他把龙云关在铁笼子里后，邓明雄回过家几次，但是都没有在家里住，说是现在形势还是十分紧张。这天晚上，天上下着大雨。李津兰在堂屋里坐着，心想，邓明雄他们关龙云都二十多天了，局面应当稳定了，怎么还说形势紧张呢？另外，她真是不明白，胡若愚和龙云，本是一家人怎么又闹到你死我活的。

突然，有人敲院子门。李津兰问：“谁呀？”邓明雄的声音：“是我，我回来了，开门！”李津兰过去把门打开。邓明雄急匆匆进来，身上的衣服被雨水淋透了。李津兰有些意外，问：“下这么大雨，你怎么回来了？”邓明雄说：“进屋说吧。”两个人进到堂屋。李津兰问：“是不是出什么事了？快把衣服脱下来！”

邓明雄一边脱衣服，一边说：“我们要撤离昆明了。”李津兰问道：“怎么？出什么事了？”邓明雄说：“是这样，前段时间从北校场逃走的那个团，在卢汉的带领下逃到禄丰，他们与龙云的主力部队会合，开始反攻昆明，在祥云和我们部队激战。谁知道，卢汉这家伙非常狡猾，他派少数兵力在祥云和我们打，自己却带大部队直接杀来昆明。”李津兰吃惊地问道：“什么？你是说卢汉的部队要到昆明了？”邓明雄说：“是，目前我们在昆明的部队不多，守不住昆明，胡主席下令撤出昆明。”

李津兰说：“这才多长时间？发生这么大变化，太可怕了。”邓明雄说：“没办法，胡主席也没想到会变成这样。”李津兰问道：“胡主席会放了龙云吗？”邓明雄说：“不会，他已经下令我们带着龙云一起走。”李津兰问道：“你们什么时间走？”邓明雄说：“我来和你说一声，马上就走！”听这么说，突然，李津兰坚定地说：“不行，我要和你一起走！”邓明雄非常意外，说道：“你说什么呢？我怎么可能带女人去打仗？”李津兰说：“我不管，我就是要跟你走！”邓明雄说：“不行，这绝对不行，我们部队也不允许的。”李津兰说：“那我就不让你走，你给我在家待着，这个兵，咱们不当了。”邓明雄没想到李津兰会说出这样的话，说道：“你这是说什么呢？怎么能说小孩子的话？当这个兵，想当就当，不想当就不当？可能吗？”

李津兰固执地说：“不行，我不管，就是不让你走。”邓明雄说：“你怎么了？怎么一下子变成这样？”李津兰突然放声大哭，哭得惊天动地。邓明雄说：“你怎么了？这是怎么了？”李津兰边哭边说：“你不能走，你一走，我就再也见不到你了。”邓明雄说：“你想多了，我打了那么多仗，汗毛都没掉一根，怎么会让你再也见不到我？你瞎说什么呢？没事的，你就一百个放心吧。”李津兰不说话，抓住邓明雄的胳膊使劲摇晃，就是不松手。这时，赵家轸跟她告别的那一幕出现在脑海里，她害怕，这是上战场呀，上战场呀，她害怕那一去不返，从此生离死别的事又来了。

李津兰就这么哭着，无论邓明雄说什么都听不进去，哭得声嘶力竭，哭得筋疲力尽。哭到后面她才发现邓明雄已经走了，她不记得邓明雄是什么时候走的，走的时候说了什么，不知道邓明雄有没有拿把雨伞，或者拿点衣服。这时，她身边是张孃孃和郭师傅，是的，是张孃孃和郭师傅把她扶到卧室床上。院子里的雨还在不停地下着，从屋檐落下的雨水把院子地面的石板打得噼啪作响，水花飞溅到门上和墙上，让那砖墙和木门的下半截湿透了。院子里的雨水汇合在一起，从院角出水孔流出去，流到院子外面。雨水带来的那种潮湿的气息，在院子里弥漫，穿过房门和窗户，飘到屋里，飘到桌子和柜子上。雨没有要停下来的意思，一直在下。

第二十二章

第1节

这时，北边吴大帅的情况很不好，本来在南口大战前，吴大帅还拥有兵力约二十万人，占据湖南、湖北、河南和陕西东部，控制着京汉铁路。可是，由于国民革命军北伐，吴大帅丢失湖南、湖北，损失相当军队。同时，张作霖见吴大帅在南边遭受北伐军攻打，派兵攻入吴大帅占据的河南等地，双方发生激战。接着，冯玉祥也瞅准这个时机，从绥远杀过来，与张作霖联手攻打吴大帅。吴大帅在南北夹击下，一败再败，很快，河南，吴大帅最后一块土地，也被奉系占领，吴大帅下面的军长、师长、旅长大部分投靠奉系，张作霖将投靠的各部收编为五个军和五个暂编师。吴大帅被迫逃往四川，由杨森收留。

江西瑞昌，是九江市下属的一个县。这时是 1927 年 7 月，这也是瑞昌天气最热的时期，街上的男人都是光膀子，女人也不讲究了，上身穿个宽大的汗衫，下身穿花布大裤衩子。晚上人们就睡屋子外面的空地上，家里条件好的，睡个竹床，条件不好的，就拿块木板往地下一放，睡板子上。大标他们新编第 1 团调到这里驻防。这时，国民革命军第 4 军扩充为第 1 方面军，共下辖第 4、第 11、第 12、第 13 军和暂编第 20 军。大标他们是第 11 军第 26 师新编第 1 团，而何胖子调到他们师当副师长。

这段时间大标心里很气愤，这是怎么一回事呢？前几天，大标去师里开会，在会议室外面碰到何胖子。大标想他怎么到我们师来了？大标不想见他，转身回避，没想到何胖子过来说：“李团长，我有要事相告，今晚南门街的那个饭店见，我请客。”大标没搭理。何胖子说：“你要不来，后悔一辈子。”

晚上，大标到南门街饭店，他之所以要来，只是想不后悔一辈子。大标进包间，见何胖子已经坐那里，屋子里只有何胖子一个人。大标说：“说吧，什么事？”何胖子说：“不着急，咱俩好长时间没见了，一边吃一边聊。”转身叫门外的伙计上菜。上菜后，何胖子提议喝一口，大标没拒绝，酒过三巡，大标见何胖子还不说事，说道：“你不是说有事说吗？你说，是什么事？”何胖子说：“是大事，是关乎你性命的大事。”大标用不屑的口气说：“你别故弄玄虚，说，到底是什么事？”何胖子不急，像猫玩老鼠一样，喝了杯中酒，说道：“你要大难临头了。”大标说：“什么大难临头，有什么话你就说，别装神弄鬼的。”何胖子说：“你知道吗？有人在秘密调查你。”大标说：“调查我什么？我的历史清清白白的，有什么好调查的？”何胖子说：“清白？你觉得你清白吗？”大标说：“当然清白，什么意思？你是说在吴大帅手下干算不清白？那你不是也不清白？”何胖子说：“那算不上不清白，北伐军不追究这个，北伐军里在吴大帅那干过的人多了，不是这个事。”大标说：“就是嘛，有什么不清白的？”何胖子说：“我不是说这个事，是说另外的，你明白？”大标上：“另外的？什么事？”

何胖子说：“你四年前在汉口犯的事。”大标听这话，心里一惊，慌张地说：“四年前在汉口犯什么事了？我没犯什么事。”何胖子说：“没犯什么事？你还记得那个名字吗？”大标赶紧掩饰自己的慌张，假装淡定地问道：“什么名字？”何胖子说：“林祥谦。”大标心里咯噔一下，他一直担心现在有人提起这个事，可是怕什么来什么，现在还是来了。何胖子说：“林祥谦是CP工人运动头目，CP一直在找杀害他的凶手，现在查到咱们军了，如果他们找到凶手，绝对要报复。”大标问道：“能怎么报复？”何胖子说：“血债血偿。”

大标听这么说，吓坏了，不知道说什么好。何胖子幸灾乐祸地说：“李大标，没想到吧，你也会有今天？”大标警觉地问道：“你什么意思？”何胖子说：“什么意思？这些年你一直跟我作对，还潜入张家口要暗杀我，你我是不共戴天。”大标说：“那是你作恶太多，必须惩罚。”何胖子说：“什么作恶太多？我干什么了？”大标说：“你背叛吴大帅，如果不是有你这种败类，吴大帅至于兵败榆关吗？”何胖子说：“别再跟我提什么吴大帅了，这种人已经被时代抛弃了，已经彻底淘汰了。我告诉你，即使没有冯玉祥的北京政变，吴大帅也要垮台，他不适合这个时代了。”大标说：“胡说，全是胡说。”

何胖子摇头晃脑地说：“这回你是被 CP 盯上了，他们很快能把你杀害林祥谦的事全部搞清楚，你跑不掉了。”大标说：“当时我是执行吴大帅的命令，我没错，现在要找我算账，我也无所谓，砍脑壳、枪毙，随便他们。”

何胖子说：“你是死到临头了还嘴硬，好了，不说这个，另外还有一个事。坦率说，我今天约你到此，是要告诉另外一个事，这个事，我要不告诉你，你是死不瞑目。好，为了让你死得踏实，我现在告诉你。”说完，何胖子仰头喝了杯中酒，说道：“我知道这些年你一直想搞清楚我跟你家老二出事到底有什么关系，很好，现在我可以告诉你。”

之前，大标收到妹妹李津兰寄来的杜生贵、老烟筒的口供抄件，知道案件的进度，也知道何胖子很可能是那个刘念堂，参与了这个诬陷案。既然现在何胖子要谈这个事，那就让他说出来吧。

接着，何胖子说出了这个秘密。当时袁世凯要称帝，唐继尧在反袁与拥袁之间徘徊，态度一直不明朗。昆明出现很多反袁和拥袁的民间社团，都试图对唐继尧施加压力，让唐继尧朝自己希望的方向发展。他们将到云南将军公署工作的四个人做了分工，何胖子负责盯着民间团体。很快，何胖子他们接到北京的命令，要不惜一切代价阻止唐继尧反袁。这时，李二标的“狂风社”是昆明要求唐继尧反袁最激进的一个民间社团，他们在社会上有相当影响力，还非常偏激，甚至准备组建铁血团，一旦唐继尧拥戴称帝就下手刺杀唐继尧。何胖子他们将这个情况报告了北京，北京指示他们除掉狂风社的头目李二标。

这之前，何胖子就用刘念堂的化名加入“云岭社”，这“云岭社”是拥袁的民间社团，他跟这个社团幕后控制人“老先生”联系，说了北京的决定。老先生很赞成这个决定，让他找“云岭社”成员、滇军军官关正阳商量具体方案，由老先生解决经费。后来省财政厅的常耀宗，这个人也是“云岭社”成员，交给他一万元，他又把这钱交给关正阳，让关正阳用这钱收买一个兵，诬陷李二标杀人，除掉李二标。在李二标被抓捕后，哄骗他已经安排好逃跑路线，诱骗他越狱，然后趁机干掉李二标。

整个方案，是何胖子设计的，关正阳只是一个执行人。何胖子就是要让李二标马上消失，杀鸡给猴看，震慑那些反袁分子。那一万个大洋的花费是，关公脸先物色第一个指证人，给了五百个大洋，后来改为让第二个指证人干，给了这个人四千五百个大洋，剩下五千个大洋退回何胖子，何胖子把这些钱给了诱骗李二标越狱，以及干掉李二标的人。何胖子说：“说起来，这事过去十多年了，真是光阴似箭，如白驹过隙。好了，不说了，现在你都知道了，不会死不瞑目了。”

大标一直压着火听何胖子讲这个事，何胖子刚讲完，大标站起来，掏枪指着何有池说：“狗日的何有池，你信不信，老子一枪毙了你？”何胖子不慌不忙地说：“我知道把这些告诉你，你要跟老子拼命，所以我早留了一手。”说完，大喊一声：“来人！”两个卫兵听到声音，手持驳壳枪冲进来。大标见状，知道不能硬拼，把桌子一掀，酒肉饭菜撒了一地，愤然离去。

第二天，大标给三标和李津兰各发出一封信，把何胖子说的情况详细说了，并告诉他们，自己在想办法干掉何胖子，一旦有办法，马上动手，替老二报仇雪恨。

第2节

大标想，干掉何胖子最好的办法是做成一个意外事件，让人不会怀疑到自己，可是，这很不容易。大标对自己说，别着急，一定会有这样的机会。

这天，卫兵进团部对李大标说:“报告团长，有个商人求见。”大标放下手上的文书漫不经心地问道:“商人？做什么的商人？叫什么名字。”卫兵说:“他说是做粮食生意的，是从北方来的。他没说自己的名字，但是，他指名道姓地说要见你。”大标问道:“他知道我的姓名？怪事，我不认识什么做粮食生意之人。行，你带他进来吧。”卫兵出去了，很快把人带进来。这个人对大标说:“李团长，有时间不见了，在下甚是想念呀。”大标听声音很熟悉，仔细看看来人，这不是文秀才吗？大标惊喜地问道:“秀才，怎么是你？”大标是在南口与秀才分手的，当时紧急驰援武昌，大标率大部队走前面，秀才率一个营在后面，攻打武胜关兵败被俘时，秀才的部队还没赶到。

大标赶紧让身边人退下，对秀才说:“咱们南口一别，这快一年了吧？你怎么这个样子了？我以为你还在大帅那里干呢。”秀才说:“是呀，谁想到到南口一别，竟然天各一方。”大标说:“武胜关一仗，实在是愧对大帅。”秀才说:“没事，打仗嘛，有胜有败，有的靠运气，是自己左右不了的。”

大标说:“你怎么不当兵？改做生意了？”秀才说:“大帅的情况不太好，我就离开了，我想这些年一直打仗，挺没意思的，不如回家做点生意，就成了这样。”大标不敢相信地问道:“你真去做生意了？这太不应该了，你是带兵打仗的料，不适合做生意。”秀才说:“没办法，混饭吃，总要挣钱养家吧。”大标说:“我说，既然你来我这了，就别再做生意了，跟我干，我现在是团长，给你个副团长干干。”秀才说:“谢谢团长的好意，谢谢。真不想当兵了。你看咱们机动旅的几个同学，现在就剩咱俩了，要再当兵，恐怕最后我这小命也保不了，算了。”大标说：“行，你不愿意我就不勉强，随你自己的意思吧。你什么时间改了念头，又想当兵了就来找我，我随时欢迎。对了，你是怎么找到我的？我们部队到瑞昌没几天。”

秀才说：“我找你不困难，之前我就听说你们37旅被国民革命军收编了，成了26师新编第1团，就想来看看你，一直没时间。这几天有时间，到汉口找你，听说你们已经调动到瑞昌，我到瑞昌，就找到了。我毕竟是个老兵，找个部队还是容易。”大标问道：“是想看看我，还是想找我做点生意？”秀才说：“主要是看看你，这么长时间没见面，一直很惦记你。当然，如果你这有可能，搞点部队的生意关照我一下就更好了。”大标豪爽地说：“行呀，我让管粮草的跟你认识一下，如果有可能，请你帮我进粮食。不过，咱们丑话说前面，咱们是按规矩办，不能像那些奸商那样质低价高，以次充好。要是那样，我们团的兵该骂死我，你这生意就做不成了。”秀才说：“你放心，我就是亏本也不干那些坑蒙拐骗的事，你照顾我生意，绝对不干给你丢脸的事。”两人高兴地聊着，到吃饭点，大标带秀才到瑞昌城里一家高档酒楼，两人开心地喝了一顿。

第3节

秀才在大标这里待了三天，并没要离开的意思。大标有点奇怪，做生意的人都是大忙人，现在秀才跟团里管粮食也订了一单供货契约，按理他应该回去准备准备，可是不慌不忙的，好像还有什么事要办。这天秀才约大标喝酒，说他请客，订了一家很背静的酒楼，这个酒楼距离部队驻地有点远，很少有军官到此喝酒。大标到酒楼，对包间里的秀才说：“你怎么找这么个酒楼，这么远，是这的菜特别好吗？”秀才说：“我安排到此，自然有我的理由，这里菜倒算不上好，不过有他家特色，咱们换个口味，品尝一下。”酒菜上桌后，两人喝起来。

三杯酒下肚，秀才突然说："李团长，其实我这次来找你，不是来请你关照我生意，完全是为了另外一个大事。由于我对你现在的情况不了解，慎重起见，不敢当即就说。还有，我也压根不是什么做粮食的生意人，对不起，我骗了你。"大标听这么说，紧张起来，说："没事，我理解，你就说吧，是什么大事？"秀才说："我现在还在吴大帅麾下，大帅到四川后，重建3师机动旅，我现在是机动旅旅长。"听到这话，大标一惊，这让他十分意外。秀才说："尽管我们这个旅严重缺编，但是番号还在，我们还有几百号人。"大标说："原来如此，我见你一直不着急离开，就感觉有点不对劲，怀疑你的身份，现在看，果然如此。好，这我明白了，大帅现在身体好吗？精神状态好吗？大帅遭受这么重大的打击，一般人是扛不住的，压力太大了。"秀才说："大帅是个很顽强的人，现在在四川待着，身体好，精神状态也好，每天还跟身边人一起出早操和开会研究各地的战况和最新的形势。"大标说："这就太好了，大帅了不起，真是了不起。"

秀才说："李旅长，我还是叫你旅长吧，我有一句话，不知当讲不当讲？"大标说："你别搞得这么严肃，有什么话就说，咱俩是什么关系？比亲兄弟还亲的兄弟，有什么当讲不当讲的，讲。"秀才说："好，如果你不想听，或者觉得冒犯你，你就当我没说，并恕我无罪。"大标说："讲，别搞这些虚头巴脑的，讲！"

秀才说："好，李旅长，我觉得你应该把你们这个团拉到大帅那边去。"说完秀才停顿下来，大标没说话，包间里一下子静下来，静到一根针掉地上都能听见。过了一会，大标笑起来，说道："秀才，你是跟我开玩笑吧？这个玩笑开得有点大，有点大。"秀才说："李旅长，我绝不是跟你开玩笑。你是觉得把你们团拉过去，是干个蠢事？是干赔本的买卖？"大标问道："难道不是吗？你看看现在的形势？国民革命军发展到三十多个军，五十多万人，占据两广、两湖、江浙、鲁豫，你反观吴大帅是什么情况？逃到四川，身边几百人，哦，我可能说少了，这次可能比上次从军粮城逃出来好点，可能有一两千人，让我放着阳关大道不走，去走独木桥？你不觉得这是开玩笑吗？”说完大标哈哈大笑。

秀才说：“李旅长，你别笑。你很清楚，历史不以一时一地论英雄。今天渺小明天强大，今天强大明天渺小，这样的世事轮回难道是稀罕事吗？我听说，聪明人是在渺小的时候，看到这个事物的强大，而笨人则相反。”大标继续笑着，说道：“行，你说，你继续说，我让你说个够。”说完又接着大笑。秀才说：“李旅长，我一直以为你是这个时代的一个好汉，是这个乱世的一个英雄，你过去的经历说明你是这样的一个人，你在一步一步走上让世人仰慕的神坛，成为中央陆军最优秀的军人，成为让后世景仰的楷模。可是，我现在突然发现我错了，我完全看走眼了，你根本不是这样的人，你只是一个平庸的小军官，平庸得如同尘埃。”

大标突然说：“等一下，秀才，我今天才发现你是很能说的人，你比我们这边的党代表还能说，我原来竟然没发现你这个长处，可惜了，让你来带兵打仗浪费了你的才华，你应该去给吴大帅做谋士，甚至给曹老帅做谋士。好，这些话我不多说了，我也不想听你说这些废话。这是个天大的事，搞不好是要掉脑袋的，绝不是你一个人这么空口白牙说一通就能干的，行了，不说这个了。”秀才说：“李旅长，我这不是空口白牙一说，我这里有大帅亲笔信一封，不知道是不是可以请你一看。”大标说：“大帅的亲笔信？你说你带来大帅的亲笔信？”大标在大帅麾下当到旅长，也从来没收过大帅的亲笔信。大标说：“你拿出来看看。”秀才从贴身的衣服里掏出大帅的亲笔信，递给大标。

大标很激动地把信接过去，展开阅读。大帅在信里说希望大标把这个团拉过去，马上重建第 3 师，并希望大标担当第 3 师师长。这些话让大标激情澎湃，热泪盈眶，大标激动地说：“秀才，感谢大帅的知遇之恩，大帅如此看得起我，真是让我无以回报。我李大标算什么？一个小蚂蚁，一个微不足道的小军官，怎么值得大帅如此礼遇？”接着，站起来，走到窗口对着四川方向，流着泪说：“大帅，我的好大帅，李大标永远是你的兵，永远听你指挥，为你肝脑涂地，在所不辞。”说完，跪下朝四川方向磕了个头。秀才说：“李旅长，不，现在我就该称呼你李师长了，你坐下，咱们慢慢说。我就知道你对大帅的忠心没有变，我就知道你永远是大帅的兵，所以这次大帅找我来见你，我一口就答应了，我知道我能办成这个大事。”大标一边擦眼泪一边说：“我离开大帅这段时间里，一直在惦念大帅，一直把大帅放在心里，从来没有放下。我向北伐军投诚，接受他们改编，就是想要保住37旅的这点血脉，有机会把部队带到大帅身边去。”

两人说了一通掏心掏肺的话，然后商量具体的行动方案，大标说：“现在九江这一片有几万北伐军，如果我现在率部哗变，四周部队马上会包围过来，让我们死在此地。说实话，把我们这个团从这几万大军的重重包围中拉过去，这简直是一件比登天还难的事。我说，秀才，你帮我想想，有什么好办法？”秀才说：“这里驻军的情况我了解过，确实困难重重，不过，我觉得办法肯定会有的。”大标说：“我认为这事不能着急，应该一边准备一边寻找机会，等机会来了再行动。”秀才说：“只是，现在大帅那边很着急，想把3师尽快立起来，3师立起来意义重大，可以形成巨大的感召力，让更多人回到大帅麾下。”两人又商量一番，最后秀才说：“今天咱们先这样，明天我去九江用电报把你这里的情况向大帅报告一下，把这边的困难也说一下，请大帅指示。”

此时，大标能这么痛快答应把部队拉到吴大帅那边去，还有一个重要原因，就是共产党在调查杀害林祥谦凶手的事。这个事何胖子说得没错，共产党会一直追查下去，最终找到凶手，并且报仇雪恨。如果自己不走，早晚要成共产党的刀下鬼。现在有这么个机会，真是老天有眼，他必须抓住机会，赶紧开溜。

第4节

三天后，秀才从九江回到瑞昌，告诉大标，用电报向大帅汇报了大标同意把部队拉过去，并说因这里目前四面都是部队，需要等待时机。之后收到大帅回复电报，大帅对大标的忠义给予表扬，说自己一直认为大标是个优秀的人才，认为大标肯定能担负起重振直系的大任，能为直系的重新辉煌做出贡献。最后，吴大帅同意等待一下，待机会成熟再行动。这样，大标重回大帅身边的事就定下来了，大标给秀才找了个隐蔽的住处，将两人接触转入地下，避免别人察觉。接着，大标想一旦自己行动，去大帅那边，势必殃及夫人孩子，派亲信到汉口送温玉娴和孩子回天津娘家，告诉温玉娴自己到新的地方安稳后马上接他们过去。

之后，大标还有一件大事要解决，那就是除掉何胖子，为二标、罗继昌、黄猴子、胡公子报仇。可是，如何下手呢？一直没找到机会。这天，大标到秀才住的屋子商量这个事，说道：“现在干掉何胖子很困难，你有什么好的想法？我一定要干掉他，如果不干掉他，我死不瞑目。”秀才说：“是的，一定要干掉他，否则无法向老罗这些兄弟交代。说实话，这个事我想过很多次，有过几个方案，可是再仔细想想，这些方案行不通，还是要再想想。”大标说：“你看，把他诱骗到什么地方下手，行不行？这样在兵营之外，他身边的卫兵不会太多，容易得手，并且下手后也好撤退。”秀才说：“这个方案不错，只是，如何诱骗？用什么借口？这挺不容易的。你看，我有个想法，收买他身边人，给他下毒？这样动静很小，然后让那个人逃之夭夭，如今这个乱世，他们能上哪里去查？重赏之下，必有勇夫，至于资金，我来的时候，大帅让我带了几万银元的银行汇票，以便不时之需。”大标说：“这个办法不行，上次去张家口刺杀何胖子就是收买他身边人，结果让那小子告密，给咱们造成很大损失，胡公子的性命也丢在那。不行，绝对不行。”

秀才说：“说的是，这个办法风险太大，搞不好你我都会被牵连进去，确实不行，咱们再想想。”大标说：“我有一个方案。他现在住在师部旁边屋子里，旁边是警卫连，由于这是军营中心，他会感觉很安全，不会做更多防备，而这是灯下黑，往往是最容易下手的地方。只要我派一位勇士潜入他的屋子，用匕首干，无声无息，干掉后再悄悄退出，等发现他断气已经是几个小时后的事，勇士不仅逃出兵营，甚至逃出瑞昌，逃出九江了。”秀才说：“这个方案不错，只是你身边有这样的勇士吗？这个人要绝对可靠，如果不可靠，他把情况向何胖子告密，则不仅无法得手，你还可能身陷危境。”大标说：“这个你放心，我身边有这样可靠之人，绝对不会出问题。”秀才说：“行，那就照这个方案干。你去何胖子住房附近踩点，确定进出通道，并把那里警卫情况摸清楚了。但是，李师长，有句话我必须说说，除掉何胖子是你我的心愿，但是咱们都要明白，相比较把部队拉到大帅那去，干掉何胖子是小事，绝对不能让这个小事坏了咱们的大事。”大标说：“这个我知道，咱们不能因小失大。如果条件成熟咱们就干，如果不成熟就算了，暂时放他一马，今后找机会干。”说完，两人就分头开始行动。

事情很顺利，很快搞清楚进出何胖子住处的通道。大标让一位跟随自己多年的老兵担任这个勇士，接着，在一个风高月黑之夜，这个勇士潜入何胖子住房，可是，没想到他碰倒屋里物件，惊醒了何胖子，何胖子从床上跳起来大喊：“有刺客！有刺客！”这位勇士乱了阵脚，好不容易逃出来，连夜逃出瑞昌，远赴异地他乡。有人在军营里暗杀副师长，这还得了？这惊动了北伐军第二方面军长官，马上派人来调查。一下子，大标处境危险起来，大标和秀才商量此事，秀才说：“尽管这个勇士已逃走，可是，上面来的调查人员很快会怀疑到你，为什么这么说？因为，第一，这个杀手对何有池住房情况非常熟悉，并敢在兵营下手，很可能就是兵营里的军人；第二，现在最有杀何有池的动机，是你李师长。这样，上面来的人很可能围绕你展开调查。”大标对此一再点头，认为秀才分析得不错，然后说：“你看，现在咱们马上起事，把部队拉过去如何？”秀才神色凝重地说：“不行，现在周围这么多北伐军，咱们拉不出去。”大标焦急地说：“那怎么办？怎么办？”秀才说：“稳住，此时此刻，一定要稳住。”

第5节

过了几天，大标感觉风声越来越紧，上面下来的人已经找几个自己团里的军人谈话。他跟秀才交换意见，现在到了危急时刻，不能再等了，即使条件不成熟也必须马上起事，硬拼了，硬拼了还有几分希望，而不拼则一点希望能没有了。

这天，大标在报纸上看到，武汉政府枪毙了一个叫花代子的日本女间谍，而花代子的中文名字是罗瑾云。这让大标大吃一惊，他没想到罗瑾云会遭遇这个，更没想到罗瑾云竟然是日本间谍，这到底是怎么回事？他去找秀才说这个事，秀才也非常吃惊，可是，实在想不出来这到底是怎么回事？这罗瑾云怎么成了日本间谍？这是从什么时候开始的？他俩被彻底搞糊涂了。

不过，这时大标实在顾不上去多想罗瑾云的事，他自己是危在旦夕了。秀才建议硬拼，这不是个办法，可能部队没拉出去五公里，就被第4军的各路部队追击堵截，让众多兄弟们送命。不行，太不可行。

这时传来个消息，第二方面军下属的两个部队擅自调动，第一个是贺龙的暂编第20军，第二个是叶挺的第11军第24师，分别从九江等驻地向南昌移动，这贺龙的暂编第20军是原黔军彭汉章的国民革命军第9军部队的一个师，取消第9军番号后，这个师分出来扩编为暂编第20军。叶挺的第24师是原叶挺独立团扩编而成，是张发奎第4军的主力。另外，此时，第11军的李汉魂的第25师也不稳定，下属73团、第75团有被聂荣臻、周士第带领离开驻地的迹象。这两个团的驻地距离大标他们26师新编第1团的驻地不到三十公里。

大标把这个情况告诉秀才，秀才听了一拍大腿说：“太好了，机会来了，咱们浑水摸鱼，趁机溜走。”大标说：“那就这么定了，马上出发！”

第6节

两天后，大标带领的新编第1团到了湖北阳新县地界，这是山岭中的一条官道，再往前就是岳阳城了，官道两旁山上长满树木，树木深处阴森幽暗，在这酷暑季节散发出潮湿的寒气。

大标下达命令，新编第1团奉命向西进发，并没说明去投奔吴大帅。可是走着走着，团党代表和一些军官感觉不对，就要求离开，大标也不挽留，还有一些士兵不想去，陆续开小差离开部队，到这里部队减员近百人。

大标骑马走在队伍的中部，这时他看看两侧山岭树木，有股不祥之感，他正想跟秀才说这个感觉，突然，一侧的山头上有人喊道：“李团长留步，李团长留步。”秀才说：“不好，咱们中埋伏了！”大标让身边的卫兵答复，卫兵对那边喊道：“李团长在此，有什么事？”对方说：“请等一下，我们何副师长要跟李团长说话。”大标听这话，心里一惊，完了，自己紧赶慢赶，还是被追兵赶上了。

接着，林子里传来何胖子的声音：“李团长，你这是要去哪里呀？你就这么走了，连个招呼都不打，不够意思呀。”大标说：“何副师长，我有点着急的事，就先走了，没来得及跟上面说一声，你多多包涵。”何胖子说：“你有啥着急之事？贺龙、叶挺他们带部队去南昌，说是要进城去吃两顿，犒劳犒劳手下兄弟，你这一路向西，跟他们没走一条路，是打算去哪呀？”大标说：“我没打算去哪，就是出来转转，在一个地方待太久了，出来散散心。”何胖子说：“不会吧？出来转转，一走就走一百多里地，走得可不近呀。我看你这是打算投奔吴佩孚吧？”

大标说：“对，我想吴大帅了，想去四川看看他。”何胖子说：“去看吴大帅？做人要讲究有情有义，这我能理解，可是，你别把新编第1团带去呀，这新编第1团可不是你个人的。李团长，你一直标榜自己是个讲究忠义之人，可是，你对吴佩孚大帅有忠有义，对张发奎总指挥有忠有义吗？他们这么器重你，给你拉起一个团，让你当团长，你就这么报答他？你觉得合适吗？”大标说：“你说得对，我是有忠有义之人，老话说，一仆不侍二主，一将不侍二朝之君，所以，只有让张长官失望了。”何胖子说：“行，我不跟你辩论这些道理，我告诉你，我奉命带你和新编第1团回去，如果你愿意跟我回去，上面说了可以对你这次所作所为不予追究。”大标说：“我要不愿意回去呢？”何胖子说：“那也很简单，你不愿意回去，这里就是你的葬身之地，你在岳阳待过多年，应该知道这是什么地方？这是落马坡，汉朝一位大将军的阵亡之地，我专门给你找了这个地方，够意思吧？与汉朝大将军同亡一地。我告诉你，这个山沟里被我们几个团包围，如果你不愿意回去，你不要心怀侥幸，以为能逃出生天，那是绝对不可能的，你是必死无疑。”

听这么说，大标扭头看看秀才，秀才说：“咱们跟他们拼了，拼个鱼死网破，能出去一个算一个。”大标说：“现在咱们是陷入包围，又在这么个深山沟之中，硬拼？不行，我不能让这么多兄弟在这送死。”秀才说：“那怎么办？”大标说：“我跟他们回去。”秀才说：“万万不可，走到这一步已经没有回头路，你回去他们也不会放过你。李师长，不能这样呀。”大标说：“行，你的意思我明白，不要说了。”然后扭头对何胖子说：“好吧，我想好了，我跟你们回去，但是，我有个要求，我这里有个人与此无关，也不是新编第1团的，你能放他走吗？如果你放他走，我就带部队跟你回去。”何胖子说：“让一个人走？可以，绝对没问题。”大标就说：“那好，君子一言，驷马难追，我答应跟你回去，一定跟你回去。我现在让他走，你们不得伤害。”何胖子说：“行，既然你答应跟我回去，我保证放他走，君子一言，驷马难追。”

大标对秀才说：“走吧，你马上走。”秀才说：“不，我不走，我回去怎么交代？我绝对不走。”大标发火了，拔出驳壳枪，大声吼道：“我命令你走，你走不走？不走我就枪毙你。”秀才说：“李师长，你不能这样，我回去无法向大帅交代，要枪毙你就开枪吧。”大标说：“你放心，你回去绝对可以交代，我会给大帅去信说明情况，并承担所有责任，大帅绝对不会怪罪于你。走，马上走！”秀才从没见大标这么严厉，知道这一切无法改变，就一夹马肚子，向前跑去。

随着秀才坐下那匹马的马蹄声消失在山谷那头，山谷里安静下来，没有人说话，何胖子那边没有声音，大标这边也没有声音，只有偶尔的几下马匹的喷鼻声。过了一段时间，大标觉得秀才已经跑出此地，绝对安全了，对何胖子说：“好了，你遵守你的承诺，我也遵守我的承诺，你把我脑袋和这新编第 1 团一起带回去吧。”说完，举起驳壳枪对准自己太阳穴，扣动扳机，啪的一声，随着枪响，大标身子一歪，从马上坠落下来了，横躺在黄土官道上。

第二十三章

第1节

这段时间，武汉形势很不稳定，第35军军长何键率部从河南前线回到武汉，发表反共宣言，并要求汪精卫、唐生智清党。7月15日，国民党中央执行委员会举行第二届常务委员会第二十次扩大会议，提出对共产党“加以相当的制裁”，实施“清党”。

当日，何键派兵占据汉口、汉阳工会，又占据汉阳兵工厂政治部、特别党部，逮捕共产党员数十人。十天后，汪精卫又以中央政治委员会主席团名义，发表了《统一本党政策决议案》，开始对共产党采取行动，要求在本党的共党分子，即日起必须声明脱离共产党，本党党员不得加入共产党。

第2节

这天，三标收到从瑞昌来的信，这是大标的信，里面说了何胖子说的情况。三标觉得很重要，赶紧给大标回信，支持他设法找何胖子算账，替二哥报仇。信写好，三标让四毛驴把信投到邮局门口的邮筒里。

同时，三标觉得跟关公脸摊牌的时候到了，自己必须尽快跟他谈一次。在哪里跟关公脸谈呢？他现在是副师长，兼独立2团团长，到办公室是绝对不合适的，他身边有卫兵，团里还有其他士兵，他会有恃无恐，拒不回答。把他约到饭店呢？他很可能不来。那么到他家里堵他呢？这倒是一个办法，只是，他老婆孩子在一边，如果发生冲突，就在女人和孩子面前干，那也不合适。

如果在他上下班时，在路上等他，再带他去背静地方说话呢？不行，他不会跟自己去，而在大街上也不方便，并且他身边还一直带有卫兵。那么，在他参加某个活动，劫持他到一个地方逼他交代？这简直有点《水浒传》的味道，更是不可行。那么，还有什么办法呢？三标反反复复，想来想去，一直没想出个万全之策。最后，他决定不管三七二十一，就约他吃饭，他不来再说。

三标给关公脸写了一个短信，请他明晚到城中心的“万祥楼”吃饭，让四毛驴给关公脸的手下送去。三标心想，这小子应该会来跟我吃饭，他正是春风得意，可以在自己面前好好显摆显摆。可是，下午，关公脸让手下人给三标送了份回函，说谢谢刘长生的好意，这两天事情实在太多，无法赴约，等有时间再聚。这一招，没成。

三标出门转转，遇见杨钊，杨钊马上把脸转朝另一边，避免与三标目光相遇，三标也把脸扭开，这样更好，两人都像没看见对方一样。在三标因贸然东进安徽被拘捕时，杨钊说的那番话，三标记忆犹新，杨钊恶狠狠的表情，也时常浮现在三标眼前。三标不理解，杨钊怎么一下子变成这样？怎么如此仇恨共产党？三标觉得太可怕了。不过，三标觉得尽管政见不同，但是杨钊的人品还是不错，为什么这么说？就是因为这杨钊现在站到关公脸一边，并没有告发三标原来干的那些荒唐事，例如在重庆，把船卖给勇哥；在昆明，三标偷梁换柱，找无辜者顶爆炸案案犯。三标认为，不管怎么说，这杨钊还不是个坏人，在骨子里跟关公脸是不一样的。

晚上，王玉生来找三标，两人在三标屋里坐下，王玉生说：“现在关公脸当独立2团团长，处处跟我过不去，我这个小连长简直没法干了。”三标说：“关公脸知道你倾向共产党，肯定跟你过不去，为难你很正常。杨钊呢？他给你出难题了吗？”王玉生说：“杨钊还好，没给我出难题，只是我们两个见面都互相不打招呼。”三标说：“那还行，他还有个人样。”王玉生说：“关键是关公脸，他骑我头上拉屎拉尿，真是没法干了。”三标说：“那确实不好办，部队就这样，官大一级压死人。”

王玉生说：“我说，你要回来当团长就好了，我就不用受这窝囊气了。”三标说：“我也想回去当团长，人家让我当吗？你说得轻巧。”王玉生说：“能不能托人找一下朱总指挥，你是在他那里挂上号的，你让朱总指挥同意你去当面汇报一下，然后让你官复原职。行吗？”三标说：“你说行吗？”王玉生说：“我说行。让共党首要分子逃脱，那是一个失误，又不是我们故意的，停职反省几天就算了，该恢复就恢复吧。”三标说：“你想得美，我告诉你，放走方志敏绝不是个小事，人家认为我是倾向共党之人，现在武汉中央高调分共，从上到下，到处都在清党，朱总指挥敢恢复我的职务？”

王玉生说：“你说得有道理，那你说怎么办？”三标说：“怎么办？等待，只有等形势缓和一点，才可能去找朱总指挥。”王玉生悲观地说：“可是，现在分共、清共、反共闹得这么凶，什么时候才可能缓和呢？你说，会不会永远也不缓和？最终国共彻底分家，再也不合作了？”三标说：“不知道。”王玉生说：“如果再不合作，咱俩在这里肯定得不到重用，一点前途也没有，你说怎么办？”三标说：“不知道。”王玉生听三标这么说，觉得眼前一片黑暗，黑得伸手不见五指，变得心灰意冷，又说几句闲话，就告辞走了。

三标说的是真心话，自己确实不知道国共是否会彻底分家，不知道国共两党的关系下一步会变成什么样子。不过，这时对他来说最紧急的事，暂时还不是这个，而是跟关公脸摊牌，逼他说出真相。

第3节

这天中午，关公脸坐黄包车带两个卫兵急匆匆离开独立2团团部，往赣江边一个茶馆赶去，这个茶馆就建在江边上，坐里面可以看到下面流淌的江水。这种地方，显然是文人雅士喜欢之处，关公脸并不喜欢，并且这个位置有点偏，有点冷清，附近人家不多。关公脸为何来这里，这是他收到一封信，说将向他提供刘长生的真实情况，信里说刘长生的真名叫“李三标”，是十二年前碧鸡山军营那个李二标连长的亲弟弟。这个情况太重要，搞清这个情况就可以搞清刘长生的真相，撕下刘长生的伪装。

关公脸带着卫兵走进靠江边的包间，里面没人，就在里面坐下，让卫兵到外面等候。他看看手表，自己是来早了一点，他叫茶馆小二上茶。他话音刚落，走进来一个人，正是三标。关公脸一下子明白了，这是一个圈套，他起身要出去，三标说：“关副师长，你的卫兵我已经让手下安排好了，来，坐下，你放心，你很安全，我不会对你干什么，就是谈谈。”关公脸一脸狐疑地问道：“刘团长，你要谈什么？”

三标说：“谈你感兴趣的，你不是一直对我身份很感兴趣吗？行，我就打开窗户说亮话，如给你的信上说的，我的真名叫李三标，我是李二标的亲弟弟，我来当兵，除了护国讨袁，另外一个就是为了调查我二哥的被害真相。”

关公脸说：“很好，你终于坦白交代了。”三标说：“这些年你我二人一直过不去，斗来斗去的，一直没停歇过，是吧？我先问你一个事，你说这次从王玉生手下逃脱的是方志敏，是你胡编的吧？你要用这个事把我官职搞掉，是吗？”关公脸说：“是，是我编的，那人不是方志敏，我也不知道是谁，怎么样？”三标说：“真的跟我猜测得一模一样，你呀，你真是坏事做绝。”

关公脸说："刘长生，不，李三标，我记得你的身上还背着通缉令呢，是不是？在碧鸡山军营你打伤哨兵逃走，上面发了对你的通缉令，是吧？"三标说："与你相比，我李三标背的通缉令可谓小菜一碟。你不会忘了吧，你身上可背着血案呢。"关公脸说："什么血案？你血口喷人，我哪有什么血案？"三标说："为陷害李二标，杀害老兵黄毛贼，是你干的吧？将杀人罪名嫁祸李二标，最后导致李二标丧命，是你干的吧？"关公脸说："你这是诬陷，是信口雌黄。"

三标说："别激动，我这些年没闲着，我一直在调查这个案件。并且，除了我，还有，在吴佩孚部队的我大哥李大标，在裕滇银行的我妹妹李津兰也一直在调查这个案件。现在，我们已经找到杜生贵、老烟筒、柳貂蝉、常耀宗、老先生、何有池，对了，何有池就是那个在云南督军公署上班的北方军官刘念堂。"说完，三标停顿一下，斜眼看看关公脸，见关公脸在极力保持镇定。

三标接着说："我告诉你，现在我们已经查清楚了，当时除了杜生贵、老烟筒，你们几个都是'云岭社'的成员，你们密谋除掉李二标。为了办成这个事，省政府的高参老先生给裕滇银行负责人打电话，让省财政厅的常耀宗在裕滇银行柳貂蝉手上借了一万大洋。常耀宗拿到这些银票后，全部交给将军公署的刘念堂，刘念堂再把钱交给你。你用这个钱收买一个叫杜生贵老兵，让他陷害李二标，后来你又改了主意，收买一个外号叫老烟筒的班长，让他诬陷李二标连长枪杀士兵黄毛贼。事情办成了，在部队向四川开进时，你让杜生贵和老烟筒开小差逃走，给了杜生贵五百个大洋，给了老烟筒四千五百个大洋，剩下的五千个大洋你退还给刘念堂。现在我手上有杜生贵和老烟筒的口供，白纸黑字，由本人画押，并且，他俩还在我们手上。"

听这么说，关公脸激动地说道："你说什么都没用，我不认识这些人，不知道那个案件，你说的这一切都与我无关。"三标说："你再怎么狡辩也没用，我告诉你，我手上现在这些文书口供递交上去就可以拘捕你，你信不信？"关公脸说："那是在昆明的事，这里是江西，第5方面军是没人管这个事的。”

三标说：“你说得对，第5方面军可能不会审理这个陈年旧案，不会对你绳之以法，但是，第5方面军对你这么个阴险毒辣、背着命案、劣迹斑斑的军官会怎么办？你很清楚，肯定会把你从部队开除出去，你的军官仕途到此为止。同时，我把这些材料递交云南警察机关，他们肯定会立案，只要你在云南一冒头，就会被拘捕。”关公脸软下去了，说道：“你找我来就为说这个？”三标咬牙切齿地说：“是的，我要告诉你，我找到你杀李二标的证据，你被我抓住了，你完蛋了。”关公脸问道：“你要怎么办？李二标的事都过去这么多年了，要怎么办？”三标恶狠狠地说：“我要让你血债血还！”

关公脸突然神色一变，大义凛然地说：“血债血还？好，我告诉你，这是我干的，这是我干的，黄毛贼是我杀的，把李二标骗到现场是我干的，收买老烟筒举报也是我干的，但是，我那么做不是为了我，我是为了云南。当时，李二标四处煽动反对袁大总统称帝，袁大总统有几十万大军，云南陆军就一万多人，云南根本不是袁大总统的对手，反袁就是鸡蛋碰石头。而袁大总统对云南讨伐，那几十万大军会开进云南，云南的老百姓必然遭殃。我是为了避免云南土地被践踏，为了避免云南百姓生灵涂炭，我才那么干的。我没做错，当时我是冒着生命危险干的，将自己的身家性命置于一边，我就抱着牺牲我一个，避免云南千千万万老百姓陷入苦海的信念去干了。我没错，我告诉你，到今天我也要说，我没错。”

三标针锋相对地质问道：“你是为了云南百姓？可是，袁贼称帝，国政倒退，我们大中华又会怎样？我们几万万百姓又会怎样？你还认为你没错？你真的没错吗？”

关公脸说：“你要这么说，我就跟你说说，我错了吗？阻止反袁错了吗？袁大总统倒了，国政进步了吗？府院之争、张勋复辟、安福俱乐部、曹锟贿选，皖系、直系、奉系，军阀混战，墙头变换大王旗，你方唱罢我登场，天下太平了？百姓过上好日子了吗？如果袁大总统称帝成功，能这样吗？咱们中国不是成为英吉利、日本那样的君主立宪国家，不是就天下太平了？”

三标说：“你不要用后面的事来否定前面的事，说初一就别说十五，共和国再到帝国，就是历史倒退，就是反动，这是中国老百姓人人都明白的道理，你不明白？你想推翻？”关公脸说：“李三标，我们不说那些大道理，今天你找我来说李二标的事，我可以告诉你，这是我安排老烟筒诬陷，但是我只是整个事件中的一个小棋子，这里面有将军公署、省长公署的长官参与，有财政厅和一个银行的支持，不是那么简单，这里面的一些事你已经调查到，我就不多说了。我就说，我只是在执行一个任务，完成一个使命，对，完成我一生最荣耀的一个使命。”说完，挺起胸膛。这让三标有点意外，一时间不知说什么好。

关公脸继续说：“执行这个任务，就跟我们上战场打死敌人一样。你今天跟我算总账，我理解你，如果是我哥被害，我也不会放弃调查，但是，这不是一个私人恩怨，不是个人仇恨，我希望你能冷静一点，这毕竟过去十多年了，不要再计较了。”三标听着，还是没说话。

关公脸起身，要离开，说道：“今天先谈到这里吧，我还有事，如果你需要我再谈谈，你随时可以联系我。”三标说：“等等，就这么走了？这事就这么完了？这太轻松了吧？太便宜你了吧？”关公脸说：“你想怎么样？想在这开枪打死我？随便，你我都是当兵的，不怕这个。是不是？我再告诉你，当初干这个事的时候，我就想好了，失败了，我就把性命送上，让他们枪毙我。人这一辈子嘛，总要干点有意义的事，否则不是白活了？为千百万云南老百姓死，值得，有价值，死又何惜？死不足惜。”三标坐着，没有动。关公脸说：“算了，我劝你好好想想再说，反正你我都在南昌，你想打死我，机会很多，你要向上面举报，也没问题。”说完，走出去。

三标没有阻拦。三标干掉关公脸的决心动摇了。三标自己不知为何会这样，就那么呆坐那里，一动不动。本来三标想好要掏出手枪，对准关公脸的脑袋，扣动扳机，可是三标竟然没行动，像个傻子一样。

三标在想，关公脸说得对吗？那是一派胡言，强词夺理。如果袁贼称帝成功，中国就能成为英吉利、日本那样的君主立宪国家？绝对不可能！既然你袁世凯能靠枪杆子称帝，我段祺瑞、冯国璋、曹锟、张作霖就不能靠枪杆子称帝？甚至冯玉祥、鹿钟麟就不能称帝？孙传芳、张宗昌就不能称帝？如陈胜、吴广所说："帝王将相，宁有种乎？"谁不能当皇帝？这样争夺下去，中国就能天下太平？百姓就能过上好日子？这绝对不可能。

但是，有一点三标认为关公脸是对的。哪一点？就是关公脸做这一切不是为了自己，而是为了千千万万的云南老百姓，是为了三迤大地的山山水水。三标相信，关公脸说的这话是真的，不是假话，不是为自己找借口。这让三标不知说什么好，不知该如何看待这个人。三标心想，关公脸的道理是错的，但是他的出发点没错，他的动机没错，他的情怀没错，他做得巍峨高尚，做得大义凛然，从某个方面看，他可能不是个罪人，相反，是铮铮铁骨一条好汉。

晚上，三标给大哥和妹妹去信，告诉他们自己今天与关公脸见面，关公脸当面承认了是他布局，让二哥到所谓案发现场，让老烟筒诬告二哥等等。三标说，这些话证明关公脸参与了陷害二哥，证明二哥被害案有几个凶手，除了他，有老烟筒、常耀宗、柳貂蝉、何有池、老先生。现在，关公脸说了这番话，可以说是真相大白了。不过，三标没说自己临时改主意，没有除掉关公脸的原因，只是说，今天不便动手，自己会尽快找机会干掉他。

第二十四章

第1节

三天后的下午，王玉生到三标住处，说：“你听说了吗？张发奎第2方面军的两个部队拉到南昌来了？”三标说：“两个部队到南昌，我能没听说？他们具体是哪些部队呢？”王玉生说：“就是贺龙暂编第20军和叶挺第11军第24师，大约有三万人。”三标问：“他们不是在九江吗？怎么到这来了？”王玉生说：“听说是路过，他们把南昌大旅社包下来，指挥部设在那。”三标说：“他们要住几天？”王玉生说：“谁知道。对了，你听说了吗？咱们那个石团长跟他们联系挺多，去过那里几次。”

三标知道王玉生说的这个石团长是第3军军官教育团的石重团长，石重曾经在三标担任重案大队大队长时担任省警务处处长。后来，因唐继尧反攻成功，夺取云南大权，石重逃去四川，后来去了国外。第3军驻扎南昌后，石重来到南昌找朱培德，他们二人是讲武堂同学，且私交甚好，朱培德任命他为第3军军官教育团团长。朱培德出任江西省长后，又任命他为南昌市公安局局长。朱培德将共产党人礼送出境时，石重被迫辞去局长职位，独自去汉口。一个月后，石重从汉口回到南昌后，仍住原来房子里，继续担任教育团团长。

为什么石重跟住大旅社的部队联系这么多？三标实在想不出理

由，三标问：“石团长跟贺龙、叶挺熟吗？”王玉生说：“贺龙是湖南人，叶挺是广东惠阳人，他们都跟滇军接触很少，应该不熟。”三标问：“那他跑去干什么？非亲非故，有那么多话聊吗？”王玉生找不到答案，不知该如何回答。

第2节

当天夜里，贺龙和叶挺的部队向南昌城中滇军发起攻击，一时间枪炮齐鸣，火光冲天，子弹横飞。这时，南昌城内部队为第5方面军总指挥部警备团，王均第3军的第23、24团、独立2团，金汉鼎第9军的79、80团，程潜第6军的第57团，省府警卫队，合计为六个团一个警卫队，约一万人。

三标在睡梦中被枪声惊醒，他提上枪出门查看，很快明白这是南昌遭遇攻击，市内旧藩台衙门、鼓楼、大士院街、牛行车站、松柏巷天主教堂、新营房、百花洲等地枪声最为激烈。他觉得自己应该尽快找到一个部队，参加战斗。三标赶到新营房独立2团，找到王玉生那个连队，与他们一起战斗。打了一会，崔大嘴营长命令王玉生带连队去旧藩台衙门支援，那是省政府，战斗非常激烈。

三标跟随王玉生到旧藩台衙门，这里是杨钊他们营防守，三标见他们1营损失很大，很多尸体都撤不下去，就躺在工事里。三标见到杨钊，这杨钊显然是打红了眼，正指挥一挺机枪疯狂射击。攻击部队被压制住，一时间停止冲锋，只是趴在地上射击。杨钊打得很凶，见对方被压制住，发起一次反冲锋，把攻击部队逼退几十米。三标看杨钊这个样子，觉得杨钊疯了，已经神志不清了。

等杨钊返回工事后，三标想过去劝他冷静一点，这时，攻击部队又开始猛烈射击，滇军也全部开火回击。三标向杨钊那个方向摸过去，好不容易，爬到杨钊身后的工事里，三标大声喊：“杨钊，杨钊，我是刘长生。”杨钊终于听到三标的喊声，转身问三标：“你过来干什么？找我有什么事？”三标说：“你这是干什么？不要命了？”杨钊愤怒地吼道：“我跟他们共产党拼了，打死一个够本，打死两个赚一个。”

三标说：“不行，都是北伐军，跟北伐军打，丢了性命不值得。”杨钊喊道：“什么北伐军？他们是共产党。”这时，对面阵地有人用湖南话喊：“对面的长官听着，我们是国民革命军暂编第20军的，我们搞暴动，是反对国民党右派的倒行逆施，是反抗他们屠杀共产党人，我们本身与你们滇军兄弟无冤无仇，我们希望你们放下武器，走到我们这边来。我们保证，你们过来就是兄弟，是一家人，一律算战场起义，不作为俘虏对待。”三标听到这个喊话，对杨钊说：“杨钊，你听到了吗？战场起义，就是一家人，不算俘虏。”杨钊说：“刘长生，你竟然说这种话，太让我寒心了。”然后对对面阵地喊道：“对面的，你们听好了，什么暴动？你们搞偷袭，攻打我们这些拿你们当兄弟的部队，不仁不义，都是奸佞小人。我告诉你们，我跟你们共产党不共戴天，绝对不会投降。这里是你我的葬身之地，你们有本事就放马过来吧。”三标身后响起一个声音：“对，说得好，杨营长，好样的，跟他们拼了。”三标扭头看，说话的是关公脸。关公脸接着对身边的士兵说：“打，给我狠狠地打，消灭这些共产党。”一时间，枪声大作，子弹横飞。杨钊跳到前面一个工事里，让手下把几个手榴弹绑在一起递给他，他站起来，扔出去一个，接着又站起来要扔第二个，就在这时一颗子弹击中他的脑袋，他晃了一下，仰脸倒下。

三标跳到前面工事，把杨钊抱在怀里，撕下杨钊身上的衣服，想堵住脑袋上流血的窟窿，可是出血太猛，根本堵不住。王玉生在一旁，看到三标这么干，觉得太危险了，大声喊叫：“回来，回来，太危险了，快回来。”三标听到喊声，起身拖着杨钊的衣领往后撤，刚走出两步，这时，一颗子弹打中三标的身体，三标像被棍子捅了一下，直挺挺地扑倒在地上。

第3节

南昌城的枪声平息，战斗结束了，起义部队控制了整个南昌城。王玉生和一批俘虏待在新营房院子里等待处理。王玉生被俘的经过是这样的：杨钊和三标阵亡时，他就在一边，算得上是眼睁睁看着他俩没命的。那之后，部队在关公脸指挥下，继续打着。又打了一会，见阵地要被攻破，关公脸指示崔大嘴死守阵地，自己撤了。崔大嘴傻乎乎地指挥手下继续打，可是，士兵都知道团长已经溜了，也无心打了。崔大嘴上蹿下跳的，还在忠实地执行关公脸的命令，结果一个手榴弹在他面前爆炸，他顿时没命。士兵们见崔营长死了，都看着王玉生，大家都不想打了，王玉生见这个情况，对他们挥挥手，意思是投降吧，就这样，他们成了俘虏。

王玉生在俘虏群往外东张西望的，希望起义军有人来处理自己。这时，他见过来一个人，这是陈文汉，陈文汉也见到王玉生，赶紧过来问道："你怎么在这里？"王玉生说："没办法，身不由己，就成了这个样子。"陈文汉说："没事，起义部队优待俘虏，不会为难你们。"王玉生说："那太好，太好了。"

陈文汉说："你见到刘长生了吗？他在哪里？"王玉生说："他阵亡了。"接着，说了三标阵亡的经过，顺带也说了杨钊和崔大嘴阵亡的情况。陈文汉听说三标阵亡了，感慨地说："可惜了，太可惜了，这么好的人居然牺牲在这里。"

王玉生说："不过，我感觉他是被害的，你知道吗？他是背后中枪，我估计是有人打黑枪。"陈文汉说："打黑枪？谁会这么干？"王玉生说："很可能是关公脸，他在我们背后。而且听关公脸的卫兵对他的一个老乡说，刘长生最近和关公脸单独见过一次面，那之后，关公脸变得有些神经质，特别紧张。"陈文汉说："你设法找当时在场的人查查，尽快搞清楚是不是被打黑枪。这个事，只能靠你，我们起义部队这边现在事情太多，是没工夫去查的，拜托你了。”王玉生说：“行，我尽力。”

这时，于待昌过来了，跟王玉生打招呼，也问三标的情况，听到三标阵亡，也非常惋惜。于待昌问：“知道关公脸的下落吗？”王玉生摇摇头，陈文汉接过话，说道：“关公脸跑了，跑到外地滇军部队了。”

几天后，三标、杨钊和崔大嘴的尸体和其他滇军官兵尸体被埋在城外的一个山坡上。接着，起义部队处理俘虏，欢迎俘虏参加起义部队，如果不愿意参加的，可以回家。王玉生要求加入起义部队，希望分到石重团长那里。这时，王玉生知道石重之所以多次跑去南昌大旅社，是因为他也是共产党。在陈文汉的协助下，上面让王玉生如愿以偿。而一些滇军官兵不愿意参加，被释放了。

三标阵亡的事，王玉生一直在尽力调查，王玉生问了很多当时在场的滇军军人，但是当时天黑，又太乱了，到底是怎么回事，没有人看清楚。很快，武汉革命政府的几路大军开过来，对南昌城进行合围，起义部队有被围歼的危险，起义指挥部命令全部紧急撤离，王玉生只有把这个事暂时放下，跟随石重出发。

第二十五章

第1节

邓明雄走后，李津兰在报纸上看到，胡若愚的部队带着龙云向东撤退，在大板桥被卢汉部队追上，双方发生激战，胡若愚不敌，提议停火。随后，双方签订《板桥协定》，胡若愚释放龙云，龙云下令不再追击胡若愚部。这样，胡若愚率部撤走，龙云带卢汉等人返回昆明，云南的大权落入龙云手中。

这天晚上，李津兰到欧阳红家，告诉欧阳红一个好消息，李津兰一直期盼的邓明雄的来信，今天终于收到了。邓明雄信里说，他跟随胡若愚长官在大板桥停战后，撤退到贵州，受到贵州省主席周西成的欢迎，部队可以休整一下。另外，还专门说了一下，在大板桥与卢汉部队作战中，他没受伤，一块皮都没擦掉，身体很好。

欧阳红说："你看这不很好吗？原来你那么担心他出事，我就说没事，你看，他不是好好的，没一点事，结果不是挺好嘛。你就放宽心。"李津兰觉得欧阳红说得对，心里暖暖的。

第2节

第二天中午吃饭时，唐芸芸和董庆仁到李津兰办公室，唐芸芸说:“你们听说了吗?龙云把胡主席定的好多事都改了，完全是另搞一套，又是一次改朝换代。”董庆仁说:“是的，他说胡主席搞的还是唐继尧那套，不行，都要改。”李津兰说:“这话不属实，胡主席搞的并不是唐继尧那套。”唐芸芸说:“就是，就是找理由另搞一套，突出自己罢了。”董庆仁说:“你们听说了吗?人们都在传咱们裕滇银行的一些事也要调整。”唐芸芸问道:“胡主席也没对咱们裕滇银行干什么，有什么好调整的?”董庆仁说:“谁知道呢?反正中国人就是这个样子，谁上台都把事情重新梳理一遍，显出新政的成绩。”

下午，省政府的两个人到李津兰办公室，说要宣布一项省里的决定，李津兰看这架势，估计又出什么事了。两人让李津兰把潘永其和柳貂蝉叫到办公室，李津兰让行长室的人去办，很快两人到了。潘永其见这阵仗，有点心里打鼓，不知道要发生什么事，柳貂蝉也有点忐忑。

接着，两人中年纪大的那个展开文书，宣读了省里的决定，意思是撤销省里原来那个关于“1·25”挤兑事件的处理决定，认为这个挤兑事件不属于人为事故，完全是金融市场情况恶劣导致，裕滇银行临时负责人和具体经办人也是出于公心，行为规范，并无不当。同时，恢复潘永其副行长职务，主持工作，恢复柳貂蝉部门经理职务，最后，宣布免去李津兰临时负责人职务，仍担任部门经理。

宣布完，年纪大的这位问道:“潘副行长、柳经理，你们二位表个态吧。”潘永其说:“我坚决拥护省政府的决定，一定认真做好本职工作。”柳貂蝉有点受宠若惊，说道:“谢谢省政府，谢谢龙长官，我拥护省政府决定，非常拥护，我会好好工作。”年纪大的这位问李津兰道:“怎么样，李经理你也说说吧。”李津兰用平淡的口气说:“我拥护省政府的决定，一会我就向潘行长移交工作，之后，我也会做好自己的本职工作。”年纪大的这位说:“行，潘行长，那就请召开部门经理会，我把决定向大家宣布一下。”李津兰心想，唐芸芸说这是又一次改朝换代，看来没说错。

第3节

半个月后，李津兰收到婆婆蔡月娥从马来西亚发来的信，李津兰一直在等这封信。拆信后，李津兰见蔡月娥对自己与邓明雄结婚表示祝贺，说了很多体贴的话，让李津兰觉得心里特别温暖。这封信对于李津兰非常重要。她曾经是赵家的媳妇，只要没再婚，这层关系就没解除，这身份就没改变，即使与赵家的人相隔千山万水都如此。但是，现在自己跟邓明雄结婚了，身份改变了，必须跟赵家的人说一声，不能白不说黑不说的，那样李津兰无法心安。好了，现在说了，这层关系解除了，人家为自己高兴，希望自己能幸福，李津兰心安了。

这天，潘永其把李津兰叫到办公室说："现在咱们银行里有个麻烦，不知如何处理好，想跟你商量一下。"李津兰说："你说，是什么麻烦？"潘永其说："是这样，最近段毓婉的情况越来越差，整天都是无精打采、神魂不定的，交给她的工作已经不能完成。他们部门经理和同事意见都很大，想让她回家休息一段时间。可是她母亲去世了，他父亲的大老婆不同意她回去，很不好办，你看怎么办好？"

李津兰想了想说："这个事，我想就让她在城里休息，找个佣人照顾她，别送她回家为好。她这个状态，别说她父亲的大老婆不接受，就是接受，回到村里，她神志不清的，不知要被乡亲议论成什么样子。我觉得让她在城里住着休息比较好，别送她回家。"潘永其说："可是，好几个人的看法跟你相反，特别是柳经理，她说病成这样早该送回家了，这种病治不了，只有让时间慢慢磨，再磨几年自然就好了。"李津兰问道："现在段毓婉她父亲知道她这个情况吗？"潘永其说："应该不知道，她平时跟父亲没联系。"李津兰说："既然是这样，我还是这个意见，让她在城里养病，帮她找个佣人伺候她。"潘永其说："行，就这么办。"

接着，裕滇银行出了一个让众人都想不到的事，潘永其提拔吴少愚为上街经理部经理，接替柳貂蝉，柳貂蝉改任票房部经理，票房部就是唐芸芸那个部门，是裕滇银行各部门排位最后的部门。这天中午，唐芸芸和董庆仁到李津兰办公室，唐芸芸说："你们知道吗？这事把柳二娘气坏了，她这等于被贬了，尽管还是部门经理，可我们这个票房部就是管那些不值钱的滇票，这个经理算什么？"李津兰也觉得这个任命很奇怪，潘永其现在是副行长，只是临时负责，怎么突然调整部门经理了？而且吴少愚是从一般职员提升到部门经理，尽管吴少愚的资历是完全够了，但是这个提升也显得很不正常。

董庆仁说："这肯定是上面有人发话，否则，潘行长这种什么责任都不想承担的人，怎么调整起人事来？"唐芸芸说："这么说，吴少愚上面有人呀，这小子隐藏够深的。"董庆仁说："也可能不是隐藏，是他家在龙云这边有关系，现在龙云是省主席，提拔一个人，小事一桩。"李津兰说："应该就是这么一回事。"

董庆仁说："是，柳二娘是无论如何都没料到会有今天，她会很难接受。"唐芸芸说："是的，这么多年吴少愚都是柳二娘的直接手下，天天听柳二娘使唤的，一下子翻身了。"董庆仁说："你们知道宣布任命后吴少愚是怎么跟柳二娘说的吗？他不冷不热地说：'柳经理，这事跟我没关系，不是我抢你的位置，是上面让我干。我在你手下十几年，你知道我能力比你差远了。但是上面让我干，我还得干，我也没办法。'柳二娘气得差点吐血。"

可是，李津兰万万没想到，吴少愚被提拔后，整个人大变样，让人看出他不甘心平平淡淡当个部门经理，要轰轰烈烈干一番。原来吴少愚跟人说话，点头哈腰的，恭敬谦卑，现在跟人说话，鼻孔朝天，盛气凌人。这变化太大了，出乎所有人意料。当然，这还不算什么，更让李津兰想不到的是，他竟然向省里举报了自己，对，没说错，吴少愚举报了自己。

吴少愚举报李津兰三大罪状：第一，李津兰是胡匪红人邓明雄的夫人，有人说，胡匪军队袭击龙主席家时，邓明雄是急先锋，李津兰属于重要匪属，必须严惩；第二，李津兰本来是裕滇银行的罪人，在星旗银行骗案中给银行造成巨额损失，已被开除处理，又诱惑当时的行长，重新回来上班，必须严肃法纪，继续执行当年开除之令，让其马上离开；第三，当年星旗银行骗案给裕滇银行造成巨额损失，此经济赔偿责任一直没追究，实在不公，必须没收李津兰所有家产赔偿。

很快，这个消息在裕滇银行传开，唐芸芸和董庆仁都说万万没想到吴少愚是如此阴险恶毒之人，居然下手这么狠，简直可怕至极。很多人看李津兰的眼神马上改变，有同情的，有叹息的，也有幸灾乐祸的，李津兰知道这次又是大难临头，在劫难逃。

晚上欧阳红夫妇到李津兰北门街的小院，他们听说了这个举报之事，欧阳红说："这个吴少愚是什么人？怎么能干这种事？"小马说："大家都是同事，有什么事值得下手这么狠？"李津兰说："我估计吴少愚这么干，一个是要显摆显摆，让别人看看他的能力和本事，在银行里树立自己的威信；另一个可能还是这些年对我的仇恨一直没有消除，他总认为我伤害了他，对不起他。有些人，心眼就是小，碰上这种人有什么办法呢？"

欧阳红说："如果上面真的按这个狗东西举报信处理你，那真是不得了。第一条尤其要命，龙云在胡若愚部队攻打他家时，被炸瞎了眼，龙云要知道你是那个部队长官的太太，要报这仇，你不被关几年才怪。"李津兰不说话，她知道欧阳红说得没错，如果龙云要报复，自己被关几年是小事，搞不好还可能丢了性命。欧阳红又说："退一万步说，即使不被报复，把你开除了，房子没收了，你这日子怎么过？肚子里还有个孩子，这可如何是好？"

李津兰没说话，还能说什么呢？真是这样了，除了接受还能怎么样呢？欧阳红伤心地说："这是什么世道呀？翻来覆去的，今天这样，明天那样，整天就是人整人，人害人。"小马说："我们就是赶上这个时代，翻来覆去的，没完没了"李津兰说："没关系，天无绝人之路，到时总有办法，别想那么多了！"

第二十六章

第1节

几天后，这天上午，李津兰在办公室里，董庆仁进来很神秘地说："李经理，你知道吗？出事了。"李津兰问道："出什么事？"董庆仁说："大事，出大事了。"李津兰不屑地说："什么大事？现在咱们银行都这样了，还有什么大事？"董庆仁说："你不知道，刚才我在潘行长办公室，进来两个警察找他，说有要事，让潘行长去核实一下。"李津兰实在想不出警察来是什么意思，问道："什么意思？出什么事了？"董庆仁说："你等着看吧，警察叫他去的，能是小事？等着看吧。"

下午，潘永其回来了，把李津兰叫到他办公室，轻轻把门关上说："有个事跟你说一下。"李津兰估计要说上午警察来的事，说道："什么事？"潘永其说："柳经理死了。"什么？这着实让李津兰吃了一惊。潘永其说了整个经过：上午来的那两个警察，说在草海边发现一具女尸，衣服口袋里有一张碎纸片，从那些纸片上看，好像是裕滇银行信笺，让他去看看是不是裕滇银行的人。他跟警察到草海，见那个女尸是柳经理。警察初步认定是被人拖到水里呛死的，女尸身上有与人搏斗的痕迹。警察让潘永其提供线索，是什么人要害柳经理。潘永其对李津兰说："让我提供线索，我哪有什么线索？我想来想去，实在想不出个头绪。"李津兰听到此，紧张起来，说道："潘行长，我是跟柳经理有矛盾，这些年一直关系不好，可是，我们的矛盾并没发展到这种你死我活的地步，我是绝对不会害她的，我也不是那种人。”潘永其说：“是的，这个我知道，我不是那个意思，你别多心。”李津兰说：“我认为咱们银行的任何人都不可能对她下这样的毒手，大家毕竟是同事，同事一场不会做这么绝的事。”潘永其说：“是的，柳貂蝉在外面交往的人挺多的，方方面面的都有，估计这是得罪了外面什么人。行，你回去吧，我再想想。”

李津兰回到自己的办公室，唐芸芸和董庆仁进来，唐芸芸说：“听说柳二娘出事了？是真的吗？”李津兰点点头。董庆仁说：“怎么会出这种事呢？太可怕了，到底是怎么回事？”李津兰说了刚才听潘永其说的情况。董庆仁说：“我觉得柳二娘出这个事，肯定不是情杀，估计是得罪什么人，被杀人灭口了。”李津兰想，董庆仁说得有道理，柳貂蝉的死很奇怪，这不会和常耀宗辞职有关吧？

第2节

柳貂蝉的事还没个头绪，李津兰家里又出事了。这天一个陌生中年男人到裕滇银行来找李津兰，这是李津兰阿迷老家的一个堂哥，是李津兰的母亲庾美菊派来报丧的，他说李津兰的父亲李祖殷前天晚上暴病身亡。李津兰连忙请假跟这个男人乘火车回阿迷。李津兰到家看到在亲戚和邻居的帮助下父亲的灵堂已经搭起来了。母亲半斜靠在灵堂一角的柜子边，已经站不起来，嫂子段小凤失魂落魄地站在母亲身边。

李津兰给父亲磕头上香后，听邻居说了事情经过：本来父亲的身体一直都还不错，不至于去世得这么早，是他办那个事送了命。这几年生意太萧条，父亲这个榨油坊已经停业，他担心手上那些儿子汇来的银元贬值，想去乡下买下一些田地保值，同时租给人家耕种，自己也有点收益。这样，父亲四处托人介绍出让的田地。一个月前，一个中间人提供一个情况，距离阿迷城六十公里的一个乡里，一个大户要出让十亩水田，每亩七十个大洋。父亲去看了，这些水田在一个小坝子里，四周山青水绿的。父亲很喜欢，就跟对方签了定金书，付了两成的定金，几天后又签了正式地契，付了尾款。可是，过了几天去接收土地，大户人家说没收到尾款，不能交地。父亲四处打听才知道被中间人骗了，尾款让那个中间人卷走了，这下完蛋了，地没得到，钱也没了。父亲回到家里，不知如何向儿子交代，急得团团转，前天晚上跟母亲说这个事，非常激动，一下子犯了中风，就这么过去了。

在亲戚的帮助下，李祖殷的后事办完了。李津兰不放心母亲一个人在家里住，想带她和嫂子段小凤到昆明跟自己去住，再说自己怀孕了，也希望到时得到她们的帮助，就跟母亲和嫂子商量，两人都同意，收拾收拾东西，带上李云剑，锁了店铺来昆明了。

第 3 节

可是，老天爷最近不开眼，李津兰这边又出了事。李津兰回昆明上班第一天，下班时，潘永其把李津兰叫到办公室，安排她明早去美国三达美孚煤油公司取一个文书，李津兰有点意外地说：“这个小事，我派个人去取就行了。”潘永其说：“别这样，还是你亲自去一下，这样显得咱们对人家尊敬一点。”李津兰觉得这样也好，第二天上班去美孚煤油公司，在那里和人家聊几句，回到裕滇银行已经是上午 10 点多，她走进办公楼，门房大爹赶紧站起来，神情严肃地对她说：“李经理，回来了。”李津兰有点奇怪，过去大爹见到自己只是坐那里跟自己点头，很少这样庄重地和自己说话，怎么今天是这样？她走上楼梯，几个同事下来，跟她打招呼的神态也怪怪的，李津兰想这些人今天是怎么了？她走到总簿记部办公大门口，同事都站起来看着自己，李津兰说：“你们看什么？去忙吧。”

李津兰到自己办公室刚坐下，唐芸芸进来急匆匆说：“李经理，你可回来了。你还不知道吧？你又被开除了。”李津兰问道：“什么？什么时候的事？”唐芸芸说：“一上班潘行长通知部门经理到会议室开会，在那里宣布的，听说昨天这个决定就到咱们银行了。”此时，李津兰马上明白潘行长让自己去美孚煤油公司的用意了，这是为了避免让自己下不了台。

这时，董庆仁也进来了，激动地说：“李经理，听说你回来了，你都听说了吧？关于你的决定下来了，吴少愚那个狗东西的阴谋得逞了。”李津兰努力镇定地问道：“具体是哪些处罚？”董庆仁说：“开除公职，没收你的房产，赔偿星旗银行那事的经济损失。”李津兰问：“还有吗？”董庆仁说：“没了，这还不够吗？”对吴少愚的举报，李津兰最担心的是自己是邓明雄的太太而遭受关押、判刑，或者找个借口处死，现在没那么干，仅仅是开除公职，这算得上不错了。李津兰说：“没事，又不是没经历过，不就是那么回事！”

董庆仁说：“还有，这事把我和唐芸芸也捎上了，把我贬到大理办事处，唐芸芸贬到东川办事处。”李津兰没想到他二人也跟着倒霉，很过意不去。唐芸芸看出李津兰这个心思说：“这事跟你没关系，要怪只能怪吴少愚。”李津兰说：“怎么跟我没关系？如果你们二位没有跟我这层关系，怎么可能遭此毒手？”唐芸芸说：“我二人是跟你走得比较近，但是我干什么对不起咱们银行的事了？有一桩吗？算了，跟他们无处说理，遭受不公正待遇，在当今这乱世太多了，我们这算什么？”听唐芸芸这么说，李津兰还是觉得很过意不去。

这时，有人敲门，是行长室的人，说是行长让把这个文书送来，李津兰接过来一看，就是一早宣布的处理自己的决定。李津兰问道：“行长在吗？他要有时间，我去跟他汇报一下。”来人说：“不在，刚刚出去了。”李津兰估计潘永其躲避了，他那个性格，是不想面对面说这事，让双方难为情。董庆仁看着处理决定说：“你看看，让你十天内从你的房子里搬出去，否则强行搬离，真是没一点人性！”唐芸芸说：“是呀，被开除也就算了，要没收房子，这太过分了，十天内搬出去，让人家住哪里呀？”李津兰一边听唐芸芸说着，一边想着，再有三个月，肚子里的孩子该出生了，连个家都没有，怎么养孩子呀？

第4节

李津兰的小院被省政府没收了，她租下这个巷里另外一个小院，有五间平房，这里距离原来那个小院很近，就隔几个门洞。李津兰之所以租此小院，是怕邓明雄回来找不到自己，这里好找。

一个月后，省政府下令裕滇银行停业整顿，所有职员休假，发半薪。潘永其马上执行了省政府决定，将在裕滇银行办公楼和外地办事处的门口都悬挂“停业整顿”的大牌子，让职员封存本部门的账册和文书，离开工作地点。裕滇银行办公楼的大门被锁上，上面贴了省政府的封条，门口有军人二十四小时看守，任何人均不得入内。有储户得知这个情况，要求取款，都被军人驱散。

停业后，唐芸芸和董庆仁分别从东川和大理回到昆明，在家里待着，每月薪水减少，物价持续上涨，日子过得越来越艰难。潘永其、王平端也是在家待着，生活情况比唐芸芸和董庆仁稍好点，不过他俩盼望的退休，一直没办。那张牙舞爪的吴少愚，也待家里，他这部门经理才当半年，实在不过瘾，天天盼望早点恢复营业，让他挽起袖子继续大干一场。段毓婉的病一直没有告诉她父亲，她就孤独地住在城里，之前裕滇银行帮找的一个上年纪女佣人还在伺候她，她的病情还是不见好，时常发呆，魂不守舍的。听说，孔秀康的情况也不好，待在家里，看书写字，跟朋友聊聊天，一身的本事却无用武之地。欧阳红家的情况也不好，小马因是胡若愚当政时提拔的科长，被清算，已经免去科长职务，下放到剑川县下面一个乡公所做事，很难回家一趟。听说，常耀宗情况不错，在缅甸的腊戌开了个中文学校，教当地华侨子女学中文，自己是老板也是教师。

这时，老烟筒的涉嫌杀人案也早判决了，因证据不足，老烟筒被无罪释放。

这天，李津兰收到阿迷榨油坊邻居转来的一封信，信是从广东韶州寄到榨油坊的，收信人写的是李记古法榨油坊老板。李津兰感觉很奇怪，信封上的笔迹不是三哥的，心想这到底是谁写的？说了什么？李津兰打开信，很快看完了，这是写给刘长生父母的信，托榨油坊老板转交，写信人叫王玉生。

信里说自己是刘长生的战友，写这封信的目的就是把刘长生阵亡的消息告诉刘长生的家人，信里说了刘长生牺牲的经过，接着，说他认为刘长生是被他们团长关正阳趁混乱开枪打死的。说由于关正阳逃走了，他无法质问，事情当时没有结论。

信里说他被俘后加入起义部队，南下广东，跟随石重团长辗转到韶州一带。接着，为了生存，石重团长带他们进入范石生北伐军第 16 军藏匿，对外称是新收编的部队。这范石生原来是滇军旅长，他 16 军的官兵大部分是云南人。信里接着说，可是，万万没想到，他在 16 军竟然碰上关正阳，这关正阳从南昌逃出后，很快就投奔 16 军，现在在此当个师参谋长，混得还不错。王玉生质问了关正阳，打死刘长生那一枪是不是他打的？关正阳一口否认，但是他眼光明显在躲闪，这充分说明就是他干的。王玉生说，自己这个判断绝对不会错。

李津兰看完信，明白为什么这么长时间三哥没来信，原来他已离开这个世界，再也不能来信了。李津兰暗自咬牙说：“关正阳，当年你杀害我二哥，现在又杀害我三哥，这血海深仇，我一定要报。”

第 5 节

时间过去两年，到 1929 年 4 月，这时李津兰的女儿已经一岁多，小丫头小名叫花花，还没大名，李津兰等邓明雄回来给她起大名。

母亲庾美菊、嫂子段小凤和侄子李云剑在这里与她做伴。张孃孃和郭师傅也住在这里，白天郭师傅在外面拉黄包车，维持生计。李津兰很长时间没有收到大哥的信，李津兰感觉有点不正常，但是也没任何办法。

邓明雄一直有来信，前一封信说他们改编为“靖滇军”。可是，最近有一段时间没有来信，算一算有一个半月了。

这天，李津兰从报纸上看到前段时间胡若愚率“靖滇军”攻打昆明，与龙云的部队在西郊碧鸡山激战，最终未能越过碧鸡关，败走省外。这段时间，李津兰心想，邓明雄最近没来信，是不是跟碧鸡山打仗有关，报纸上说这一仗打得很激烈，李津兰求老天爷保佑，让他平平安安的。

第6节

一个月后的一天，巷子里的邻居带来了一个年轻人，说是来找李津兰的，李津兰见是邓明雄的卫兵小周，连忙接到屋里。小周让李津兰听到她最怕听到的消息，邓明雄阵亡了。这是一个月前，在碧鸡关激战时阵亡，当时胡若愚部队损失巨大。

第二天，碧鸡山被笼罩在蒙蒙细雨中，两辆马车沿着上山的道路向山口走去。这时是昆明的雨季，雨量不是很大，但是每天都下雨。马车走的路是唐继尧时代修筑的滇缅公路的一段，那个垭口城楼，就是碧鸡关的关楼。马车出碧鸡关门洞，往山脚下走去，拐入前面的树林，这里都是马尾松，在树林中的小路走了一段时间，下到一条山沟里，前面出现一片草地，走在马车边的小周说：“团长太太，到了。”李津兰和抱着花花的庾美菊下车，张孃孃和郭师傅从后面那辆车上下来。

小周指着草地上的一堆石头说：“就是这了，邓团长就埋在这里。在撤退前，胡若愚长官让人把阵亡的官兵都葬在这里，是几百人一起埋的。”李津兰下车，走到这堆石头前，见这里有香炉和祭拜的供品，估计是有一些阵亡官兵的亲属来祭拜过。

李津兰对石头堆说：“邓明雄，你怎么待在这不回家呢？我一直等你回家，你怎么就待在这呢？你不是说很快就回来吗？怎么不回来？你不回来让我怎么办？怎么办？现在你有女儿了，她叫花花，我等你给她起大名，你不回来，孩子连个大名都没有。我要知道你回不来，那天我就不让你走，死活把你留下来，咱们不当那个兵了……”李津兰一边说一边哭，瘫倒在地上。郭师傅把自己的蓑衣铺在草地上，和张孃孃一起把李津兰扶到上面，庾美菊坐到女儿身边，让李津兰靠在自己身上。

张孃孃把带来的纸钱、水果、酒、饭菜拿出来。在石头堆前摆好。张孃孃也哭起来，她觉得李津兰这命太苦了，嫁两个男人，两个男人都不长命。郭师傅和小周静静地站在一边。草地四周的马尾松，一棵挨着一棵，连成一片，覆盖了连绵起伏的山坡。这时，雨又下大了，天色更黑，远处的山峦都变得模糊了，雨点打在马尾松上发出沙沙的声响。

李津兰还在哭，心里悲伤而迷乱，很多故去的人浮现在眼前，二哥、第一任丈夫赵家轸、女儿、公公、大哥、三哥、父亲、第二任丈夫邓明雄。她在想，为什么我的命运会是这样？为什么？难道真像孔秀康说的那样，我们不该活在这个时代？

尾　声

时间过去十七年，到了 1946 年夏天，这时抗战已经结束，很多到昆明的外地人走了，昆明街头明显没有原来那么拥挤。这是在雨季，天上是厚厚的云层，不紧不慢的雨水一直没断过，房子和街道都是湿漉漉的。一辆别克轿车从鼓楼北侧驶过来，车里坐着一对夫妇，男的是富甲一方的关公脸，女的是已经不再唱戏的十三红。这之前，一些当年驰骋疆场的滇军军官厌倦了打仗，离开部队，到广州和香港做生意，一些人发了财，关公脸就是发财中的一员。

轿车刚驶到鼓楼南侧，突然一辆黄包车出现在车前，司机一脚急刹车，轿车停下来，司机伸头对拉黄包车的小伙子骂道："你个臭拉车的，找死呀？"这小伙子没有答话，扔下黄包车径直向轿车走来，司机见来者不善，问道："干什么？你知道车上坐的是谁吗？"小伙子走到轿车旁，突然掏出手枪，向后座上关公脸啪啪连开数枪，关公脸当场身亡。小伙子见人死了，对司机说："好，大仇得报。"转身向一旁的警署走去，投案自首。

当街枪杀云南富豪，这在昆明引起轰动。三个月后，云南省高等审判庭审理此案，李津兰坐在辩护席上，她怎么会出现在辩护席上？是这样，她是来为凶手辩护的，这个凶手就是李三标的儿子李云剑。

图书在版编目（CIP）数据

云南的眼泪 / 晨间著 . -- 北京：作家出版社，2025. 1 -- ISBN 978-7-5212-3178-6

Ⅰ. I247.5

中国国家版本馆 CIP 数据核字第 2024HX0886 号

云南的眼泪

作　　者：晨　间
责任编辑：秦　悦
装帧设计：薛　怡
出版发行：作家出版社有限公司
社　　址：北京农展馆南里10号　　　**邮　　编：**100125
电话传真：86-10-65067186（发行中心）
86-10-65004079（总编室）
E-mail:zuojia@zuojia.net.cn
http://www.zuojiachubanshe.com
印　　刷：三河市北燕印装有限公司
成品尺寸：152 × 230
字　　数：766千
印　　张：55.5
版　　次：2025年1月第1版
印　　次：2025年1月第1次印刷
ISBN　978-7-5212-3178-6
定　　价：218.00元（全三册）

李津兰终于找到举报二哥杀人的老烟筒，得知他这么干，是被关公脸收买。李津兰终于明白，关公脸、何胖子、柳貂蝉都是一条线上的人，逾期的一万元就是谋害二哥的经费。李津兰把这个情况写信告诉三哥和大哥。很快，柳貂蝉尸体出现在滇池中。

三标跟随国民党参加北伐。看了妹妹的信，去找关公脸算总账，关公脸承认自己指使老烟筒陷害二标，但是，又说如果李二标反袁称帝失败，云南必将生灵涂炭，他必须这么干。面对这个正义的罪恶，三标没对关公脸开枪。接着发生南昌暴动，三标在混乱中被关公脸打死。

李大标被北伐军收编，碰到变成北伐军副师长的何胖子，何胖子说共产党在找杀害林祥谦的凶手，大标要完蛋了，并承认自己组织除掉李二标。接着，大标率部去投奔吴佩孚，半途被何胖子追上，开枪自杀。

这天，李津兰得知三哥被关公脸打死。多年后，富甲一方的关公脸被人击毙于昆明街头。开枪的是李三标的儿子。

ISBN 978-7-5212-3178-6
9 787521 231786 >

官方微信　新书主页　定价：218.00元（全三册）